Deutsch von Hans Schiebelhuth
Durchgesehen von Sonja Schleichert

THOMAS WOLFE

Schau heimwärts, Engel!

Eine Geschichte
vom begrabenen Leben

«Einst war die Erde wahrscheinlich
ein weißglühender Ball wie die Sonne.»
Tarr und McMurry

ROWOHLT

Der Roman erschien 1929 unter dem Titel
«Look Homeward, Angel! A Story of the Buried Life»
im Verlag Scribner's, New York
Deutsche Gesamtauflage 255 Tausend
Umschlag- und Einbandgestaltung Manfred Waller
(Umschlagbild Hans Hillmann)

1. Auflage dieser Ausgabe März 1986

Gesetzt aus der Garamond von LibroSatz, Kriftel
Druck und Bindung Clausen & Bosse, Leck
Printed in Germany
ISBN 3 498 07308 7

SCHAU HEIMWÄRTS, ENGEL!

FÜR A. B.

«Then, as all my soules bee,
Emparadis'd in you (in whom alone
I understand, and grow and see),
The rafters of my body, bone
Being still with you, the Muscle, Sinew, and Veine,
Which tile this house, will come againe.»

AN DEN LESER

Dieses ist ein Erstlingsbuch, und der Verfasser beschreibt darin Erlebnisse, die, fremd und fern nun, einst Teil seines Lebensgewebes waren. Sollte aus diesem Grund ein Leser behaupten, das Buch sei autobiographisch, dann hat der Verfasser nichts zu entgegnen: Ihm scheint, daß alle ernsthafte Romanliteratur autobiographisch ist, daß man sich zum Beispiel schwerlich ein autobiographischeres Buch als *‹Gullivers Reisen›* vorstellen kann.

Diese kleine Vorrede jedoch richtet sich hauptsächlich an die Personen, die der Verfasser in der hier abgehandelten Zeit gekannt hat. Ihnen möchte er etwas bestätigen, was sie, wie er glaubt, bereits erkannt haben: Dieses Buch wurde in Unschuld und in der Nacktheit des Geistes geschrieben, und des Verfassers Hauptbestreben galt einer plastischen, lebendigen, intensiven Darstellung. Nun, da dieses Buch veröffentlicht wird, besteht der Verfasser darauf, daß es ein schöpferisches Werk ist, und daß es ihm fernlag, irgend jemanden zu porträtieren.

Aber wir sind die Summe aller Augenblicke unsres Lebens; alles, was unser ist, ist in ihnen; wir können dies nicht verbergen oder verhehlen. Wenn der Verfasser den Rohstoff des Lebens zu seinem Buch benutzte, so benutzte er nur, was niemand zu benutzen umhinkann. Literatur befaßt sich nicht mit Tatsachen schlechthin, sondern mit deren Auswahl, ihrer geistigen Verarbeitung und ihrer zweckvollen Einordnung. Dr. Johnson bemerkte, daß jemand eine halbe Bibliothek umblättern könne, um ein einziges Buch zu schreiben: so mag ein Schriftsteller die Hälfte aller Leute in einer Stadt «umblättern», um eine einzige Person für seinen Roman zu gestalten. Dieses ist nicht die ganze Methode, aber der Verfasser glaubt, daß es die ganze Methode veranschaulicht – in einem Buch, das aus einer mittleren Distanz zu den Dingen geschrieben wurde und ohne Groll oder bittere Absicht ist.

ERSTES BUCH

... Ein Stein, ein Blatt, eine nichtgefundene Tür; von einem Stein, einem Blatt, einer Tür. Und von all den vergessenen Gesichtern.

Nackt und allein gerieten wir in Verbannung. Im Dunkel ihres Schoßes kannten wir unserer Mutter Angesicht nicht; aus dem Gefängnis ihres Fleisches sind wir in das unaussprechliche, unmitteilbare Gefängnis dieser Erde gekommen.

Wer von uns hat seinen Bruder gekannt? Wer von uns hat in seines Vaters Herz gesehen? Wer von uns ist nicht immer eingekerkert gewesen? Wer von uns bleibt nicht immer ein Fremder, allein?

O Wüste der Verlorenheit; in heißen Labyrinthen, verloren, zwischen hellen Sternen auf dieser allzu müden, lichtlosen Schlacke verloren! Uns wortlos erinnernd suchen wir die große vergessene Sprache, das verlorene Ende eines Weges in den Himmel, einen Stein, ein Blatt, eine nichtgefundene Tür. Wo? Wann?

O verlorener und vom Wind betrauerter Geist, kehre zurück!

I

Ein Schicksal, das Engländer und Pennsylvania-Deutsche zusammenbringt, ist schon sonderbar genug. Eines aber, das von Epsom in den Quäkerstaat und von dort in das Gebirge führt, das Altamont über dem stolzen, korallenroten Hahnenschrei und dem sanften, steinernen Lächeln eines Engels umragt, dunkelt vom Wunder jenes Waltens, das die staubige Welt neu verzaubert.

Jeder von uns stellt alle Summen dar, die er nicht zusammengezählt hat. Versetze uns in Nacht und Nacktheit zurück, und du wirst erkennen, daß die Liebe, die gestern in Texas endete, vor viertausend Jahren auf Kreta begann.

Der Same unseres Verfalls wird in der Wüste blühen, am Fels wächst das Heilkraut, und unser Leben wird von einer Hure aus Georgia heimgesucht, weil ein Londoner Taschendieb ungehenkt blieb. Jeder Augenblick ist die Frucht von vierzigtausend Jahren. Die minutenerntenden Tage summen wie Fliegen heimwärts, dem Tod entgegen, und jeder Augenblick ist ein Fenster, das auf die Zeit hinausweist. – Hier ist so ein Augenblick:

Ein Engländer namens Gilbert Gaunt (was er später in Gant änderte, vermutlich ein Zugeständnis an die Aussprache der Yankees), der im Jahre 1837 auf einem Segler von Bristol nach Baltimore gekommen war, ließ alsbald die Einkünfte aus einem Wirtshaus, das er sich gekauft hatte, seine unfürsorgliche Kehle hinunterrollen. Dann wanderte er westwärts nach Pennsylvania; sein karges Brot erwarb er auf gefährliche Weise mit Zuchthähnen, die er auf den Höfen gegen die Champions der Ortschaften kämpfen ließ, und oft entkam er nur nach einer im Dorfgefängnis verbrachten Nacht, seinen Hahn tot auf dem Kampfplatz zurücklassend, ohne eine klingende Münze in der Tasche; und manchmal mit den Spuren einer derben Farmerfaust im verwegenen Gesicht. Stets aber entkam er. Er geriet schließlich zwischen die Pennsylvania-Deutschen, zur Erntezeit, und die Fülle des Landes tat es ihm so sehr an, daß er dort vor Anker ging. Im Lauf eines Jahres heiratete er eine handfeste, junge Witwe mit einer sauberen Farm, die wie alle anderen von dem Air des Vielgereisten, das ihn umgab, und seiner grandiosen Art zu reden, besonders wenn er Hamlet in der Manier des großen Edmund Kean vorspielte, bezaubert war. Er hätte Schauspieler werden müssen, sagten die Leute.

Der Engländer zeugte Kinder – eine Tochter und vier Söhne –, lebte angenehm und sorglos und ertrug das barsche, aber gerechtfertigte Schimpfen seiner Frau mit Geduld. Die Jahre vergingen, und der große Engländer ging mit dem Schlürfschritt des Gichtkranken; seine hellen, etwas starren Augen wurden trüb und versackten. Eines Morgens, als seine Frau ihn aus dem Bett herausschelten wollte, fand sie ihn tot, einem Schlaganfall erlegen. Er hinterließ fünf Kinder, eine Hypothek und – in seinen seltsamen dunklen Augen, die nun durchsichtig und offen starrten, etwas, das nicht mit ihm gestorben war: einen dunklen, leidenschaftlichen Hunger nach Reisen.

Mit diesem Vermächtnis verlassen wir diesen Engländer und beschäftigen uns von jetzt ab mit dem Erben, dem er es hinterließ, seinem zweitgeborenen Sohn, einem Jungen namens Oliver. Dieser Junge stand an der Landstraße, als staubbedeckt die Truppen der Konföderierten auf dem Marsch nach Gettysburg in der Nähe der Farm vorüberzogen. Wenn er den großen Namen Virginia hörte, wurden seine kalten Augen dunkler. Als der Bürgerkrieg endete, war er fünfzehn.

Eine längere Geschichte ist, wie er einmal in Baltimore eine Straße entlangging und in einer kleinen Werkstatt polierte granitene Grabmale sah, gemeißelte Lämmer und Cherubim, und einen Engel, auf kalten, abgezehrten Füßen schwebend, der steinern, sanft und schwachsinnig lächelte. Die kalten, seichten Augen des Jungen wurden dann dunkler von dem dunklen, leidenschaftlichen Hunger, der in den Augen eines Toten gelebt und der von Fenchurch Street über Philadelphia hinausgeführt hatte. Als Oliver den großen Engel mit der gemeißelten, langstengeligen Lilie anschaute, überkam ihn eisig eine namenlose Erregung. Die langen Finger seiner großen Hände schlossen sich fest zusammen. Mehr als alles in der Welt wollte er mit gelenkem Meißel in Stein schneiden, wollte er etwas Dunkles, Unsägliches, das in ihm war, am kalten Stein auslassen. Er wollte einen Engelskopf meißeln.

Oliver Gant trat in die Werkstatt ein und fragte den stämmigen, vollbärtigen Mann mit dem Holzhammer nach Arbeit. Er wurde Steinmetzlehrling. Fünf Jahre lang arbeitete er in dem staubigen Hof, dann war er Steinmetz. Als seine Gesellenzeit um war, war er ein Mann.

Er erreichte es nie. Er lernte nie, das Haupt eines Engels aus Stein zu hauen. Taube, Lamm, die glatten, gefalteten, marmornen Hände des Todes, schöne, feine Buchstaben – aber den Engel nicht. Und von all den wüsten, verlorenen Jahren – die turbulente Zeit in Baltimore, mit Arbeit und wilden Trinkgelagen verbracht; die Schauspielkunst von Booth und Salvini, welche einen verheerenden Einfluß auf den Steinmetz hatte, der sich jede Betonung des hochtrabenden Schwulstes einprägte und vor sich hin redend durch die Straßen strich, wild mit seinen riesigen, ausdrucksvollen Händen gestikulierend – sind dieses blinde Schritte, ein suchendes Tasten unserer Heimatlosigkeit, das Bild unseres Verlangens, wenn wir, uns wortlos erinnernd, die große vergessene Sprache suchen, das verlorene Ende eines Weges in den Himmel, einen Stein, ein Blatt, eine Tür. Wo? Wann?

Er erreichte es nie und taumelte über den Kontinent in die Südstaaten der Wiederaufbaujahre: ein sonderbarer wilder Kerl, fast zwei Meter groß, mit kalten unruhigen Augen, einer großzinkigen Nase und einer rhetorischen Flutwelle von Schmähungen, die hochstaplerisch, verrückt und von klassischer Formstrenge waren. Trotz des leichten, unsicheren Grinsens um die Winkel seines dünnlippigen, kläglichen Mundes nahm er diese pathetische Ausdrucksweise völlig ernst.

In Sydney, der kleinen Hauptstadt eines der mittleren Südstaaten, machte er ein Geschäft auf, lebte nüchtern und fleißig unter den aufmerksamen Augen der Bevölkerung, die feindselig, noch vom verlorenen Krieg wund war. Er machte sich einen guten Namen, fand Zutritt, heiratete eine hagere, lungensüchtige, auf die Ehe erpichte Jungfer. Cynthia war zehn Jahre älter als er; sie hatte etwas Geld. Achtzehn Monate Ehestand verwandelten ihn wieder in einen tobsüchtigen Trinker. Sein Geschäft ging in die Brüche, während er sich in den Kneipen herumtrieb, und Cynthia, seine

Frau, deren Leben er – so meinten die Mitbürger – nicht verlängern half, starb plötzlich nachts an einem Blutsturz.

So war wieder alles dahin: Cynthia, die Werkstatt, der schwer erkämpfte Ruhm der Nüchternheit, der Engelskopf. Er strich nachts durch die Straßen und verfluchte die Südstaatler und ihre Trägheit in fünffüßigen Jamben. Angekränkelt von Angst, vom Verlust, von Reue, zermürbt von den tadelnden Blicken der Stadt, fiel er vom Fleisch; und war überzeugt, daß Cynthias Geißel ihn strafend heimsuchte.

Er war erst knapp über dreißig, sah aber viel älter aus. Sein Gesicht war gelb und hohl. Seine großzinkige, wächserne Nase wirkte wie ein Vogelschnabel. Sein langer, brauner Schnurrbart hing traurig herab. Das wüste Trinken hatte seine Gesundheit untergraben. Er war spindeldürr geworden und hustete ständig. Jetzt, in der einsamen und abweisenden Stadt, dachte er an Cynthia, und ihm wurde angst. Er glaubte, er sei schwindsüchtig und müsse bald sterben.

Allein und abermals verloren, da er nirgends in der Welt Ordnung und Bleibe gefunden hatte, da ihm der Boden unter den Füßen entzogen war, nahm er sein zielloses Vagabundendasein wieder auf. Er wandte sich westwärts, der großen Festung des Gebirges entgegen, denn er wußte, daß jenseits der Berge sein übler Ruf unbekannt war. In den Bergen hoffte er Einsamkeit, neues Leben und seine Gesundheit wiederzufinden.

Seine Augen wurden wieder dunkler. Wie in seiner Jugend.

Den ganzen Tag unter einem verregneten grauen Oktoberhimmel fuhr Oliver westwärts durch den großen Staat. Er blickte traurig zum Fenster hinaus auf das riesige, brache, kaum beackerte Land. Die paar armseligen Farmen schienen ihm vergeblich in diese Wildnis gepflanzt. Sein Herz wurde kalt und wie Blei. Er dachte an die mächtigen Scheunen Pennsylvanias, an das goldene, reife, geneigte Korn, an die Fülle, die Ordentlichkeit, das reinliche Wirtschaften der Menschen dort. Er dachte daran, wie er selbst ausgezogen war, um Auskommen und Bleibe für sich zu finden, und an das Wirrsal seines Lebens, seine wild vergeudete Jugend, die Spur der Jahre.

Bei Gott, dachte er, ich werde alt. Warum hier?

Die verschollenen Jahre zogen gespenstisch in seinem Hirn um. Er sah plötzlich, daß eine Kette von Zufällen sein Leben bestimmt hatte: . . . ein Lied von Harmagedon, das ein verrückter Konföderierter sang . . . Hörner und Maultiergetrappel der Armee auf der Landstraße . . . das alberne weiße Gesicht eines Engels in einer verstaubten Werkstatt . . . die keck wippenden Schinken einer vorüberstreifenden Hure . . . Das hatte ihn aus Wärme und Fülle in diese Öde getrieben. Als er zum Fenster hinaus auf die fahle unbebaute Erde starrte, das große kahle Massiv des Piedmont, das schmutzige Ziegelrot der Landstraßen, die verschlampten Menschen, die gaffend auf den Bahnhöfen herumlungerten – einen dürren Farmer, der unsicher auf dem Kutschbock schwankte, einen trödelnden Neger, einen Farmtölpel mit Zahnlücken, ein blasses verhärtetes Weib mit einem schmierigen Balg auf dem Arm –, da packte ihn die Furcht vor der Seltsamkeit des Geschicks. Wie war er hierhergeraten, aus seinen sauberen, ordentlichen Jugendjahren in Pennsylvania, hierher in diese endlose, verlorene, rachitische Landschaft?

Der Zug klapperte vorwärts. Es regnete ständig. Der Grund roch stark. Ein Bremser kam in das mit schmutzigem Plüsch bezogene Abteil und leerte einen Kroppen Kohle in den Ofen am Ende des Ganges. Es zog. Helles geistloses Gelächter erklang von ein paar Bauernburschen, die sich auf zwei heruntergeklappten Sitzen breitgemacht hatten. Die Glocke der Lokomotive hallte klagend über dem Rädergerassel. Am Fuß des Gebirges war ein Knotenpunkt, dort stand der Zug eine unendliche, monoton summende Weile lang still. Dann ging die Fahrt weiter über die leere, rollende Erde hin.

Es wurde düster. Riesige Bergmassen traten vag aus dem Dunst. In den Hütten auf den Hängen gingen kleine blakende Lichter an. Der Zug kroch schwankend über schwindelnde Gerüste, die sich hoch über geisterhaft strudelnden Wassern spannten. Jäh in der Höhe, jäh in der Tiefe hingen kleine Spielzeughäuser an den Ufern, den Schlüften, den Abhängen, von Rauchfahnen umweht. Zäh und langsam arbeitete sich der Zug durch Einschnitte ins rote Erdreich in die Höhe, kämpfte sich schlängelnd aufwärts. Es war dunkel, als Oliver in der Kleinstadt Old Stockade, der Endstation, ausstieg. Die letzte Bergwand lag ungeheuer vor ihm. Als er den armseligen Bahnhof verlassen hatte und in das fettige Lampenlicht des Country Stores starrte, hatte Oliver das Gefühl, daß er – ganz wie ein großes Tier – sich dem Tod entgegen in den Ring dieser gewaltigen Berge schleppte.

Am nächsten Morgen reiste er mit der Postkutsche weiter. Sein Ziel war die kleine Stadt Altamont, vierundzwanzig Meilen von der mächtigen Außenmauer des Gebirges entfernt. Als die Pferde sich langsam die Bergstraße hinaufkämpften, wurde Oliver etwas vergnügter. Es war ein graugoldener Spätoktobertag, hell und windig. Die Höhenluft wehte frisch und scharf. Die Berge ragten über ihm, ganz nah, ungeheuer, unfruchtbar, unbegangen. Bäume, beinah laublos, hoben sich klar und mächtig ab. Der Himmel trieb mit weißen Wolkenfetzen; ein dichter Nebelschwaden wogte langsam eine Steilhalde hinab.

Tief unten schäumte ein Bach sein steiniges Bett hinunter, und er konnte, ganz winzig, einen Trupp Arbeiter sehen, die den Schienenstrang, der sich über die Bergkette nach Altamont winden sollte, legten. Die Kutsche kam über das Joch, die Pferde schwitzten, und zwischen königlich emporschwingenden Bergketten, die in violettem Dunst verschwammen, begann der langsame Abstieg zu dem Hochplateau, auf dem Altamont liegt.

In die geisterhafte Ewigkeit der Berge eingebettet, über hundert kleine Hügel und Senken gebreitet, fand Oliver eine Stadt von viertausend Einwohnern.

Hier war Neuland. Ihm wurde leicht ums Herz.

Diese Stadt Altamont war kurz nach dem Unabhängigkeitskrieg gegründet worden. Sie war damals eine bequeme Zwischenstation für Viehtreiber und Farmer auf dem Weg ostwärts von Tennessee nach South Carolina. Bereits ein paar Jahrzehnte vor dem Bürgerkrieg war sie Sommeraufenthalt vornehmer Leute aus Charleston und von den Plantagen des heißen Südens. Als Oliver zuerst dort ankam, hatte ihr Ruf als Kurort für Lungenkranke gerade begonnen. Ein paar reiche Herren aus dem Norden hatten Jagdhütten im

Gebirge errichtet, und einer von ihnen hatte große Landstrecken aufgekauft und baute nun mit einer Armee von Zimmerleuten und Maurern unter einem Stab importierter Architekten das größte Landhaus in den Vereinigten Staaten – ein Etwas aus Kalkstein mit spitzen Schieferdächern und einhundertdreiundachtzig Zimmern, nach dem Vorbild des Schlosses von Blois. Außerdem gab es ein großes neues Hotel, eine kostspielige hölzerne Riesenscheune, die protzig-behaglich auf einer strategischen Anhöhe über der Stadt thronte.

Aber weitaus die Mehrzahl der Einwohner war alteingesessen; stammte aus dem Gebirge und vom Land der Umgebung; ein Menschenschlag schottisch-irischen Blutes; hinterwäldlerisch, fleißig, handfest, intelligent.

Oliver hatte aus dem Ruin von Cynthias Besitz zwölfhundert Dollar gerettet. Im Winter mietete er einen kleinen Schuppen an einer Ecke des Square, kaufte ein paar Marmorblöcke auf Lager und fing sein Geschäft an. Zu tun hatte er anfangs wenig und hing einsam und trübselig seinen Todesgedanken nach. Während des bitteren Winters wurde der lange dürre Yankee, diese wandelnde Vogelscheuche, die murmelnd durch die Straßen strich, zum Stadtgespräch.

Alle Leute in seiner Pension wußten, daß er nachts in seinem Zimmer mit großen Schritten wie ein Raubtier im Käfig auf und ab ging, und daß tiefe, lange Seufzer, die wie aus seinen Eingeweiden heraufgequält klangen, unablässig auf seinen schmalen Lippen schwebten. Er sprach mit niemandem.

Als aber der wunderbar grün-goldne Bergfrühling mit kurzen heftigen Windstößen, mit dem Zauber und Duft der Blüten, mit lauen balsamischen Brisen kam, begann die große Wunde in Oliver zu verheilen. Seine Stimme ward wieder vernommen. Violett leuchtete die alte Beredsamkeit, ein Schatten des alten Ungestüms in ihm auf.

Eines Apriltags, als er frischerweckter Sinne vor seine Werkstatt trat, um das flimmernde Leben auf dem Square zu beobachten, hörte er hinter sich die Stimme eines Mannes, der gerade vorüberging. Und diese seichte, träge, schleppende Stimme rührte wie ein

Lichtstrahl an ein Bild, das zwanzig Jahre in ihm geschlummert hatte.

«Es kommt! Es muß kommen! Nach meiner Berechnung trifft es am 11. Juni 1886 ein.»

Oliver wandte sich um und sah, wie sich die stämmig-eindringliche Gestalt des Propheten entfernte, den er zuletzt gesehen hatte, als dieser auf der staubigen Straße nach Gettysburg und Harmagedon entschwand.

«Wer ist das?» fragte er jemanden.

Der Mann guckte und grinste.

«Das? Bacchus Pentland», sagte er. «Ein Original. Seine Leute leben hier in der Gegend.»

Oliver leckte seinen großen Daumen. Dann fragte er dünn lächelnd:

«Ist Harmagedon jetzt gekommen?»

«Er erwartet das täglich», sagte der Mann.

Dann traf Oliver Eliza. Eines Frühlingsnachmittags lag er auf dem glatten Ledersofa in seinem kleinen Büro und lauschte den hellen, pfeifenden Geräuschen vom Square. Ein heilsamer Friede brütete über seiner ausgestreckten Gestalt. Er dachte an mulmige schwarze Erde, über die das junge Licht der Blumen flackert, an kühles, perlendes Bier, an des Pflaumenbaums fallende Blüten.

Da hörte er flotte Absätze auf die Werkstatt zuklappern, schnell sprang er auf. Er zog gerade seinen wohlgebürsteten schwarzen Rock an, als sie eintrat.

«Ich wünscht, ich wär ein Mann», begann Eliza mit vorwurfsvollem Spott, wobei sie ihren Mund spitzte, «und hätt den ganzen Tag nichts zu tun, als auf einem bequemen Sofa zu liegen.»

«Guten Nachmittag, Madam», sagte Oliver. Er verbeugte sich umständlich. Ein mattes, durchtriebenes Lächeln spielte um seine schmalen Mundwinkel. «Sie haben mich in der Tat beim Gesundheitsschläfchen überrascht. Ich schlafe tagsüber eigentlich selten, aber das ganze letzte Jahr ging es mir gar nicht gut. So bin ich nicht imstand, die Arbeit zu leisten, die ich früher tat.»

Er schwieg einen Augenblick und ließ trübsinnig den Kopf hängen.

«Ach Gott, ich weiß wirklich nicht, was noch aus mir werden soll.»

«Ach was!» wandte Eliza schnell und verächtlich ein. «Meiner Meinung nach fehlt Ihnen gar nichts. Sie sind ein Mordskerl von einem Mann und stehn in den besten Jahren. Gut zur Hälfte ist die Sache gewiß nur Einbildung. Fast immer, wenn man glaubt, man sei krank, ist es nur Einbildung. Vor drei Jahren unterrichtete ich in Hominy Township und bekam Lungenentzündung. Kein Mensch glaubte, daß ich durchkäme. Aber ich hab's doch geschafft. Ich erinnere mich, da lag ich eines Tages da . . . ich glaub, man nennt das rekonvaleszieren . . . ja! . . . Der Grund, wieso mir das jetzt einfällt, ist der: Der alte Doktor Fletcher war gerade dagewesen, und als er wegging, sah ich, wie er zu meiner Kusine Sally den Kopf schüttelte. ‹Aber Eliza, um Himmels willen!› sagte Sally zu mir, sobald er aus dem Haus war. ‹Er sagte mir, daß du Blut spuckst, sooft du hustest. Du hast todsicher die Schwindsucht!› – ‹Ach was!› hab ich gesagt, und ich lachte so laut heraus, wie ich nur konnte. ‹Kein Wort glaub ich davon!› Und ich dacht mir: Nur nicht nachgeben, ich werd sie alle mal rein zum Narren halten.» (Hier nickte Eliza forsch und schürzte die Lippen.) «‹Und außerdem, Sally›, hab ich gesagt, ‹einmal kommen wir alle dran: Unsinn, sich deswegen Gedanken zu machen. Was kommt, kommt. Es kann morgen sein, es kann später sein. Aber kommen muß es gewiß.›»

«Ach Gott», sagte Oliver und nickte traurig. «Da haben Sie vollkommen recht. Ein wahreres Wort ist nie gesagt worden.»

Barmherziger Heiland! dachte er verzweifelt. Wie lange wird sie daherreden? Aber ein hübscher Kerl ist sie, todsicher. Er sah wohlgefällig ihre aufrechte, ordentliche Figur an, die milchweiße Haut, die schwarzbraunen Augen mit dem drolligen Kinderblick, ihr tiefschwarzes glänzendes Haar, das straff von der hohen weißen Stirn zurückgekämmt war. Sie hatte die Angewohnheit, vor dem Sprechen stets nachdenklich die Lippen zu schürzen. Sie ließ sich gern Zeit, verweilte auf jedem Zwischenton und kam erst nach endlosen Abschweifungen in jede Sackgasse der Erinnerung zur Sache, ergötzte sich in egozentrischer Lust am goldenen Festzug aller Dinge, die sie je gesagt, getan, gefühlt, gedacht oder gesehen hatte.

Als er sie so anblickte, brach sie plötzlich mitten im Satz ab, legte ihre hübsche behandschuhte Rechte ans Kinn und starrte mit nachdenklich gespitztem Mund ins Leere.

«Also!» sagte sie. «Falls Sie sich hier erholen und einen Teil Ihrer Zeit liegen müssen, dann brauchen Sie etwas, was Sie geistig beschäftigt.»

Sie öffnete das kleine lederne Handköfferchen, das sie trug, und nahm eine Visitenkarte und zwei dicke Bände heraus.

«Mein Name», sagte sie gewichtig und mit langsamem Nachdruck, «ist Eliza Pentland. Ich vertrete die Verlagsanstalt Larkin and Company.» Sie sprach die Worte stolz, mit würdevollem Genuß aus.

Barmherziger Heiland! dachte Oliver. Eine Vertreterin also!

«Wir offerieren», sagte Eliza und öffnete ein riesiges, gelbes, phantastisch mit Speeren, Fahnen und Lorbeerkränzen geschmücktes Buch, «eine poetische Blütenlese, betitelt *‹Juwelen in Vers für Herd und Heim›* und außerdem Larkins Handbuch *‹Arzt und Arznei zum Hausgebrauch›*, ein Werk, das die Behandlung und Verhütung von mehr als fünfhundert Krankheiten enthält.»

«So . . .» sagte Gant, heimlich grinsend, und leckte seinen großen Daumen. «Da könnte auch ich wohl herausfinden, was mir wirklich fehlt.»

«Gewiß!» versicherte Eliza mit entschiedenem Kopfnicken. «Wie es so schön heißt, lesen Sie die Gedichte zum Besten Ihrer Seele und Larkin zum Wohl Ihres Leibes.»

«Gedichte mag ich sehr gern», sagte Oliver, drehte ein paar Seiten um und hielt bei dem Abschnitt *Sänge von Säbel und Sporn* interessiert inne. «Als Junge konnte ich stundenlang rezitieren.»

Er kaufte die Bände. Eliza packte die Muster ein, richtete sich auf und sah sich neugierig und sehr genau in der staubigen kleinen Werkstatt um.

«Geht das Geschäft gut?» fragte sie.

«Das kann man nicht gerade sagen», gestand Oliver. «Es kommt gerade genug dabei heraus, um Leib und Seele zusammenzuhalten. Ich bin ein Fremder in einem fremden Land.»

«Ach was!» sagte Eliza fröhlich. «Sie sollten mehr unter die Leute gehen. Sie brauchen etwas, was die Gedanken ablenkt. Wenn ich Sie wäre, dann würde ich mal drangehen, mich um die Entwicklung dieser Stadt zu kümmern. Wir haben hier alles Zeug zu einer Großstadt: Landschaft, Klima, Bodenschätze, und sollten gemeinsam etwas dafür tun. Wenn ich ein paar tausend Dollar hätte, wüßte ich genau, was ich mit ihnen anfangen würde.» Sie blinzelte ihm forsch zu und machte eine sonderbar männliche Gebärde: den Zeigefinger ausgestreckt, die Faust lose geballt: «Betrachten Sie mal das Grundstück hier an der Ecke, auf dem Ihre Werkstatt steht. Es wird in den nächsten paar Jahren seinen Wert verdoppeln. Und dort –» sie deutete mit der lockeren, männlichen Gebärde – «dort wird eines Tages eine Straße laufen, darauf können Sie sich verlassen . . .» – sie schürzte nachdenklich die Lippen – «und dann wird dieses Grundstück schweres Geld wert sein.»

Sie fuhr fort, versonnen-hungrig über Baugelände zu reden. In ihrer Vorstellung war die Stadt eine riesige Blaupause; ihr Gedächtnis war auf beinahe unheimliche Weise mit Zahlen und Schätzungen vollgepfropft: wer ein Grundstück besaß, wer es verkauft hatte, der Kaufpreis, der faktische und der Spekulationswert, erste und zweite Hypotheken und so weiter.

Oliver dachte an Sydney. Als sie fertig war, bemerkte er mit Nachdruck, voller Ekel:

«Ich hoffe, daß ich nie wieder in meinem Leben Grundbesitz haben werde, außer einem Wohnhaus natürlich. So was lastet wie ein Fluch auf einem, und am Ende kriegt doch der Steuereinnehmer alles.»

Eliza sah ihn verdutzt an, als hätte er sich zu einer verdammenswerten Irrlehre bekannt.

«Na, aber hören Sie! Das wollen Sie doch nicht im Ernst behaupten! Sie werden sich doch auch etwas für die mageren Jahre zurücklegen wollen?»

«Ich befinde mich mitten in den mageren Jahren», sagte er düster. «Was ich an Grund und Boden benötige, sind acht Kubikfuß Erde für ein Grab.»

Dann aber redete er von freundlicheren Dingen und geleitete sie zur Tür. Er sah ihr nach, wie sie geziert über den Square davonging und am Rinnstein ihren Rock mit damenhafter Artigkeit ein wenig hob. Dann wandte er sich zu seinen Marmorblöcken. Ein Glücksgefühl regte sich in ihm, das er für immer verloren geglaubt hatte.

Die Familie Pentland, der Eliza angehörte, war eine der sonderbarsten Sippen, die dieses Gebirge je hervorgebracht hatte. Ihr Anspruch auf den Namen Pentland war strittig. Ein Schotte dieses Namens, Bergbauingenieur von Beruf, Großvater des derzeitigen Familienoberhaupts, war nach dem Unabhängigkeitskrieg auf der Suche nach Kupfer in die Gegend gekommen, hatte dort einige Jahre mit einer der Pionierfrauen gelebt und mehrere Kinder gezeugt. Als er verschwand, nahm die Frau für sich und die Kinder den Namen Pentland in Anspruch.

Derzeitiger Stammeshäuptling war Elizas Vater, Bruder des Propheten Bacchus, ein Major Thomas Pentland. Ein anderer Bruder war in der siebentägigen Gefechtsserie des Bürgerkriegs gefallen. Major Pentland hatte seinen militärischen Rang ehrlich, aber unauffällig erworben. Während Bacchus, der es nie weiter als zum Korporal brachte, sich bei Shiloh Blasen an die harten Hände feuerte, verteidigte der Major an der Spitze von zwei Landsturmkompanien das heimatliche Gebirge. Diese natürliche Festung war zwar während des ganzen Feldzugs nicht bedroht, aber in den letzten Tagen vor dem Waffenstillstand hatte das Freiwilligenkorps, gut hinter günstig gelegenem Fels und Baum verschanzt, drei Salven auf ein verirrtes Detachement aus Shermans Armee abgegeben und sich dann stillschweigend zum Schutz ihrer wartenden Frauen und Kinder gedrückt.

Die Pentlands waren so alt wie irgendeine andere Familie in der Stadt, aber sie waren immer arm gewesen und spielten sich nur selten als Patrizier auf. Durch Heirat und Versippung konnten sie sich naher Beziehung zu einigen Großen und auch zu ein paar Idioten und Geisteskranken rühmen; aber da sie an Intelligenz und Kraft den anderen Sippen der Gegend offensichtlich überlegen waren, wurde ihnen ein solider Respekt eingeräumt.

Die Pentlands waren ein ausgeprägter Typus. Wie meist bei kauzigen Familien trat das besondere Gruppenabzeichen bei aller

Individualität deutlich hervor. Sie hatten breitangesetzte Nasen mit fleischigen, tief eingebuchteten Flügeln, sinnliche Lippen, grob und sensibel zugleich, die sich beim Nachdenken mit erstaunlicher Gewandtheit verziehen konnten; breite intelligente Stirnen und tiefe, flache, ein wenig hohle Wangen. Die Männer hatten im allgemeinen eine frische Gesichtsfarbe und waren mittelgroß, untersetzt, schwer, wobei es auch eine schlaksige, leichenblasse Abart gab.

Major Thomas Pentland war Vater einer zahlreichen Familie. Die einzig überlebende Tochter war Eliza. Eine jüngere Schwester war ein paar Jahre zuvor an einer Krankheit gestorben, die die Familie wehmütig als «die Skrofeln unsrer armen Jane» bezeichnete. Von den sechs Söhnen war Henry, der Älteste, nun dreißig, Will sechsundzwanzig, Jim zweiundzwanzig, waren Thaddeus, Elmer und Greeley der Reihenfolge nach achtzehn, fünfzehn, elf. Eliza war vierundzwanzig.

Die Kindheit der vier Ältesten war in die Hungerzeit nach dem Bürgerkrieg gefallen. Die Entbehrungen dieser Jahre waren so furchtbar gewesen, daß keiner von den vieren je davon sprach; die grausame Sichel war in ihre Herzen gefahren und sie hatten Wunden davongetragen, die nie ganz vernarbten. Die Folgen waren bei allen eine krankhafte Anlage zum Geiz, eine unersättliche Besitzgier und der Drang, so bald wie möglich dem Haus des Majors zu entfliehen.

«Papa», sagte Eliza mit damenhafter Artigkeit, als sie Oliver zum erstenmal in das Wohnzimmer des Elternhauses führte, «darf ich dir Mr. Gant vorstellen?»

Major Pentland erhob sich gemächlich vom Schaukelstuhl am offenen Kamin, klappte ein großes Messer zusammen und legte den Apfel, den er gerade geschält hatte, auf den Kaminsims. Bacchus, der gerade an einem Stock geschnitzt hatte, sah wohlwollend auf. Will, der wie gewöhnlich an seinen plumpen Fingernägeln herumschnipselte, grüßte den Besuch, wobei er wie ein Vogel den Kopf neigte und zwinkerte. Die Herren spielten ständig mit ihren Taschenmessern herum.

Major Pentland, ein stämmiger, wohlbeleibter Fünfziger mit

gerötetem Gesicht, Patriarchenbart sowie den groben, selbstzufriedenen Zügen seines Clans, ging langsam auf Gant zu.

«Sie sind W. O. Gant? Nicht wahr?» fragte er mit ölig-gedehnter Stimme.

«Ja», sagte Oliver.

«Na, nach dem, was mir Eliza erzählt hat», sagte der Major und gab seiner Zuhörerschaft ein Zeichen, «müßten Sie L. E. Gant heißen.»

Das Zimmer hallte vom feisten, selbstgefälligen Lachen der Pentlands wider.

«Schäm dich, Papa!» rief Eliza und legte die Hand an ihren breiten Nasenflügel.

Gant grinste mit geheuchelter Heiterkeit.

Elender alter Racker, dachte er, diesen Kalauer hast du bestimmt seit einer Woche auf Lager.

«Du bist Will schon früher begegnet», sagte Eliza.

«Früher und später», blödelte Will.

«Und dies, sozusagen», sagte Eliza, als ihr Gelächter abgeebbt war, «dies ist Onkel Bacchus.»

«Yes, Sir», sagte Bacchus strahlend, «ganz wie er leibt und lebt.»

«Alle anderen nennen ihn Back-us», sagte Will und schickte ein flottes Zwinkern durch die Runde, «aber unter uns heißt er Behind-us.»

«Gehe ich recht in der Annahme», schaltete sich Major Pentland energisch ein, «daß Sie leidenschaftlicher Jäger sind?»

«Nein.» Oliver war fest entschlossen, auch das über sich ergehen zu lassen. Auf seinem Gesicht war ein gefrorenes Lächeln. «Wieso?»

«Weil ich gedacht hab –» der Major blickte von einem zum anderen – «Sie hätten schon viele Schürzen gejagt.»

Mitten in ihrer Lachsalve ging die Tür auf, und ein Trupp Pentlands kam herein; Elizas Mutter, eine einfache, verblühte Frau schottischen Typs – Jim, ein sonnverbrannter, schweinsgesichtiger Bursche, seinem Vater aus dem Gesicht geschnitten, nur ohne Bart – Thaddeus, braunäugig, braunhaarig, gutmütig, kälbern – Greeley, der Jüngste, der unter idiotischem Schmunzeln kleine

Quietschlaute hervorbrachte, über die die ganze Gesellschaft lachte. Er war elf, degeneriert, schwächlich, skrofulös, aber seine weißen, schweißigen Hände wußten der Violine ungelernte, überirdische Musik zu entlocken.

Da saßen sie dann in der kleinen warmen Wohnstube, im warmen Geruch mürber Äpfel. Die mächtigen Winde brausten von den Bergen herunter, es brüllte fern und irr in den kahlen Föhren, die Äste schlugen aneinander. Und während sie schälten oder schnitzten oder schnipselten, glitt das Gespräch von ihrer vulgären Heiterkeit hinweg zum Tod, zum Sterben. Dumpf, eintönig, mit feistem Behagen schwatzten sie vom Geschick, sprachen sie von kaum begrabenen Leuten. Und indessen das Gespräch kein Ende nahm, hörte Gant draußen den geisterhaften Wind heulen, war er in Verlust und Dunkelheit begraben, und seine Seele versank im Abgrund der Nacht, denn er spürte, daß er als Fremder sterben müsse, daß alle sterben müssen – nur diese triumphierenden Pentlands, die sich schmatzend am Tode gütlich taten, nicht.

Wie einer, der in Polarnacht untergeht, dachte er an die üppigen Wiesen seiner Jugend: die Maisfelder, den Pflaumenbaum, das reife Korn. Warum hier? O verloren!

2

OLIVER HEIRATETE Eliza im Mai. Sie machten eine Hochzeitsreise nach Philadelphia und zogen dann in das Haus an der Woodson Street, das er ihr gebaut hatte.

Mit seinen großen Händen hatte er Fundamente gelegt, tiefe muffige Keller ausgegraben, Wände mit glattem, warm-braunem Mörtel verkleidet. Er hatte sehr wenig Geld, dieses Haus aber wurde zum Spiegelbild seiner reichen Phantasie. Schließlich stand es – mit warmen Zimmern im Innern, in denen er nach Laune auf und ab gehen konnte, mit einer großen weitbauchigen Veranda nach außen – an der Berglehne, nahe bei der hügeligen Straße. In der lehmigen Erde des Vorgartens legte Oliver Blumenbeete an;

das kurze Stück Wegs zur Veranda pflasterte er mit großen, viereckigen Buntmarmorplatten; er errichtete einen Staketenzaun zwischen seinem Heim und der Welt.

Auf der großen Lichtung, die sich vierhundert Fuß lang hinter dem Haus erstreckte und in der eine frische Brise wehte, pflanzte er Obstbäume und Reben. Was er auch in jener reichen Zitadelle seiner Seele berührte, erwachte zu goldenem Leben: Mit den Jahren wuchsen die Bäume – Pfirsich, Pflaume, Kirsche und Apfel – hoch und trugen schwer. Die Rebhölzer wurden zäh, schlangen, wanden und schraubten sich an den Drähten, trieben üppig in Blätter, Ranken und Trauben. Sie umzogen das Grundstück in doppeltem Spalier, klommen zur Veranda vor, umrahmten die Fenster des Obergeschosses dicht mit Laub. Die Gartenblumen wucherten in wildem Tumult: samtblättrige Kapuzinerkresse mit hundert gelbgoldenen Farben gefleckt, Rosen, Schneeballblüten, rotkelchige Tulpen und Lilien. Dichtes Geißblatt belud den Zaun. Was auch immer Olivers Hände berührten, gedieh.

Für ihn war das Haus ein Bild seiner Seele, ein Gewand seines Lebenswillens. Aber für Eliza war es ein Stück Hab und Gut, dessen Wert als Grundstock zu einem Vermögen sie klug einschätzte. Wie alle älteren Kinder von Major Pentland hatte sie seit ihrem zwanzigsten Lebensjahr langsam angefangen, Boden zu erwerben. Sie besaß bereits ein oder zwei Stücke Land, die sie vom Ersparten ihres kargen Verdienstes als Lehrerin und Vertreterin gekauft hatte. Sie überredete Oliver, sich auf einem dieser Grundstücke, einem kleinen Eckchen am Rand des Square, eine Werkstatt zu bauen. Mit eigenen Händen und der Hilfe von zwei Negerarbeitern errichtete er ein zweistöckiges Backsteinhaus mit einer breiten Holztreppe, die von einer marmorgepflasterten Veranda auf den Platz hinunter führte. Auf diese Veranda, zu beiden Seiten der hölzernen Türen, setzte er einige Marmorstatuen; direkt neben die Tür stellte er einen schweren, geziert lächelnden Engel.

Aber Eliza war mit seinem Geschäft nicht zufrieden. Mit dem Tod war kein Geld zu machen. Die Leute stürben zu langsam, dachte sie. Sie sah voraus, daß ihr Bruder Will, der mit fünfzehn Jahren als Lehrling in den Holzhandel eingetreten war und nun bereits ein eigenes kleines Geschäft besaß, mit der Zeit ein reicher Mann werden würde. Sie überredete Gant, Will Pentlands Geschäftspartner zu werden. Nach einem Jahr jedoch ging Gants Geduld aus; sein qualvoll unterdrücktes Geltungsbedürfnis brach durch. Er schrie, daß Will sie alle ruinieren würde. Will, der seine Stunden im Geschäft abwechselnd damit zubrachte, mit einem Bleistiftstummel auf verschmutzte Briefumschläge Zahlen zu kritzeln, an seinen Nägeln herumzuschnipseln und mit vogelhaftem Nicken und Zwinkern endlos zu witzeln, kaufte stillschweigend Olivers Geschäftsanteil auf und baute weiterhin an seinem Vermögen. Gant zog sich zu seinen verstaubten Engeln in die Einsamkeit zurück.

Die seltsame Gestalt Oliver Gants warf ihren berühmten Schatten durch die Stadt. Die Leute hörten, wie er früh und spät Eliza pathetisch verfluchte, sahen ihn, wie er vom Haus zur Werkstatt rannte, wie er sich über seinen Marmorblöcken beschäftigte, wie er fluchend und heulend, voller Leidenschaft und Hingabe mit riesigen Händen sein phantasievolles Haus formte. Sie lachten über die Übertreibungen seiner Sprache, seines Gefühls, seiner Gebärden. Sie verstummten vor der manisch-trunksüchtigen Wut, die ihn fast pünktlich alle zwei Monate befiel und zwei bis drei Tage dauerte. Stinkend und bewußtlos fanden sie ihn in der Gosse und schleppten ihn heim ... der Bankier, der Polizist, ein ihm ergebener, schäbiger Juwelier namens Jannadeau, ein stämmiger Schweizer, der eine kleine, eingezäunte Ecke zwischen Gants Grabsteinen gemietet hatte. Sie behandelten ihn immer sanft und sorgfältig; sie empfanden das Seltsame, Stolze und Glorreiche, das in dieser trunkenen Ruine Babylons verschüttet lag. Er blieb ihnen fremd: Niemand – nicht einmal Eliza – nannte ihn je beim Vornamen. Er war und blieb für immer «Mr.» Gant.

Was Eliza an Schmerz, Angst und Herrlichkeit ausstand, weiß kein Mensch. Über alles ging Gants heißer Löwenatem der Gier und Wut hinweg. Wenn er betrunken war, trieb ihn ihr weißes, zusammengezogenes Gesicht mit den langsamen, krakenhaften Anzeichen des Mißmuts zum hellen Wahnsinn. Sie war dann tatsächlich in Lebensgefahr und mußte ihr Zimmer vor ihm absperren. Von Anfang an führten die beiden einen dunklen, unheimlichen Krieg miteinander, der tiefer als Liebe, tiefer als Haß, so tief wie die fleischlosen Knochen des Lebens war. Wenn er fluchte, weinte Eliza oder blieb stumm. Auf seine hochtrabenden Reden antwortete sie mit trockenem Genörgel. Seinen tobenden Attacken gegenüber war sie nachgiebig wie eine Weide im Sturm ... und langsam, unwiderstehlich setzte sie ihren Willen gegen ihn durch. Jahr um Jahr, trotz seines brüllenden Protests, erwarben sie – er wußte nicht wie – kleine Stücke Land, zahlten die verhaßten Grundsteuern und kauften von dem übrigen Geld neuen Boden hinzu. Über die Ehefrau hinweg, über die Mutter hinaus entwickelte sich in Eliza eine Person männlichen Wesens: die Grundstücksspekulantin.

In elf Jahren gebar sie ihm neun Kinder, von denen sechs am Leben blieben. Das erste, ein Mädchen, starb im zwanzigsten Monat an Kindercholera. Zwei andere starben bei der Geburt. Die übrigen überstanden die harte, nachlässige Wurfzeit. Das älteste, ein Junge, wurde 1885 geboren und Steve getauft. Das zweite, fünfzehn Monate später geboren, war ein Mädchen: Daisy. Das nächste, gleichfalls ein Mädchen: Helen, kam drei Jahre später. Dann, 1892, kamen Zwillinge, denen Gant, der sich immer für Politik begeisterte, die Namen der Präsidenten Grover Cleveland und Benjamin Harrison gab. Der letzte, Luke, wurde zwei Jahre später, 1894, geboren.

Zweimal in dieser Zeitspanne – in fünfjährigen Intervallen – artete Gants periodische Trunksucht in wochenlang ununterbrochene Sauferei aus. Er war gefangen, ertrank in den Wogen seines Durstes. Beide Male schickte ihn Eliza zur Kur in eine Trinkerheilstätte in Richmond. Einmal erkrankte sie und vier ihrer Kinder zu gleicher Zeit an Typhus. Während einer langwierigen Rekonvaleszenz schürzte sie verbissen die Lippen und fuhr mit ihnen zur Erholung nach Florida.

Unerschütterlich rang sich Eliza zum Sieg durch. Als sie durch diese gewaltigen Jahre der Liebe und des Verlustes schritt, die grell mit Schmerz, Stolz und Tod eingefärbt waren und mit dem starken, wilden Flackern seines fremden und leidenschaftlichen Seins, stockten ihre Glieder vor der drohenden Vernichtung, aber sie triumphierte über Krankheit und Auszehrung, war stark, war die Siegerin. Stumpf und grausam war er oft, aber sie erinnerte sich immer an das Herrliche, die ungeheure, pulsende Leuchtkraft des Lebens in ihm, sie dachte stets an das Verlorene, Verschüttete in ihm, das er nicht finden konnte. Furcht und wortloses Mitleid packten sie, wenn sie manchmal beobachtete, wie seine kleinen unruhigen Augen still und dunkel wurden vom sinnlos-gierigen Hunger, der alten Qual. O verloren!

3

In der grossen Prozession der Jahre, in denen die Geschichte der Familie Gant sich vollzog, sind nur wenige mit Schmerz, Schrecknis und Elend so beladen gewesen wie das, mit dem das zwanzigste Jahrhundert begann, und keines sollte entscheidendere Ereignisse mit sich bringen. Gant und seine Frau, die in einem anderen Jahrhundert groß geworden waren, fanden sich plötzlich in das Jahr 1900 versetzt (diese Zeitwende hat sicherlich Tausenden phantasiebegabter Menschen einen kurzen, aber schmerzenden Moment der Einsamkeit beschert), in ein Jahr, das unübersehbar mit anderen Grenzstationen ihres Lebens zusammenhing. 1900 wurde Gant fünfzig. Er wußte, daß er halb so alt war wie das ausgegangene Jahrhundert, daß Menschen nur selten ein Jahrhundert alt werden. Eliza, die mit dem letzten Kind, das sie gebären sollte, schwanger ging, überstand ihre letzte verzweifelte Angst. In der üppigen Dunkelheit von Sommernächten, als sie ausgestreckt, die Hände auf dem verquollenen Leib, im Bett lag, begann sie, ihr Leben für die Jahre, in denen sie nicht mehr Mutter werden würde, zu planen. Über dem sich schon öffnenden Abgrund, an dessen gegenüberliegenden Seiten ihr und Olivers Leben gegründet war, schaute sie aus: mit der unendlichen Ruhe, unerschöpflichen Geduld, die ein halbes Leben lang auf ein Ereignis warten kann; es war keine bestimmte Vorahnung, sondern ein prophetisch-brütender Instinkt.

Die fast buddhistische Stille ihres Wesens, die in ihr tief verwurzelt war und die sie weder unterdrücken noch verleugnen konnte, brachte Gant, da er sie am wenigsten verstehen konnte, am meisten in Wut. Er war fünfzig, war sich seines Alters tragisch bewußt. Er sah, daß die leidenschaftliche Fülle der Lebenskraft für ihn entschwand, und benahm sich sinnlos wie ein gereiztes Tier. Eliza hatte vielleicht mehr Grund zur Stille als er. Sie hatte von Kind auf Schweres durchgemacht, hatte Krankheit, Erschöpfung, Armut und der ständigen Bedrohung von Tod und Elend widerstanden; sie hatte ihr erstes Kind verloren und die anderen sicher durch alle Gefahren gesteuert. Nun war sie zweiundvierzig. Das letzte Kind regte sich in ihrem Leib. Sie war abergläubisch davon überzeugt – und die blinde Eitelkeit der Pentlands, die aller Welt Ende, nur nicht das ihrer Sippe, voraussahen, bestätigte sie hierin –, daß sie zu etwas Besonderem bestimmt sei.

Da lag sie in ihrem Bett und sah durch das Fenster einen großen Stern am Westhimmel brennen; sie stellte sich vor, daß er langsam emporsteige. Und obschon sie nicht zu sagen vermocht hätte, zu welchem Gipfel ihr Leben nun führte, so sah sie doch in der Zukunft eine nie gekannte Freiheit liegen und Besitz, Macht und Wohlstand. Die Lust danach brannte ihr unauslöschlich im Blut. Im Dunkeln erging sie sich in der Vorstellung, schürzte nachdenklich und zufrieden die Lippen und schaute sich selbst im Geiste, wie sie im Karneval des Lebens aus den Händen der Narrheit leichthin das Gut nahm, das diese noch nie zu halten gewußt hatte.

Ich werd es kriegen, ich werd es kriegen! dachte sie. Will hat es, Jim hat es. Und ich bin gescheiter als sie. Mit bitterem, peinigendem Bedauern dachte sie an Gant. Nicht einen Nickel hätte er, wenn ich nicht hinter ihm hergewesen wäre. Um das wenige, was wir haben, mußte ich kämpfen. Sonst hätten wir nicht einmal ein eigenes Dach über dem Kopf und müßten auf unsere alten Tage zur Miete wohnen. Zur Miete wohnen müssen aber war für sie die endgültige Schande, die träge und leichtsinnige Menschen befällt.

Allein für das Geld, das er jährlich für Whisky ausgibt, dachte sie weiter, könnte man ein schönes Grundstück kaufen. Ach, wir könnten es zu wahrem Wohlstand gebracht haben, wenn wir gleich angefangen hätten. Aber er hat immer schon den bloßen Gedanken an Besitz gehaßt. Er sagte mir einmal, er könne ihn nicht ertragen, seit er bei dem Handel in Sydney all sein Geld verlor. Wenn ich nur damals schon bei ihm gewesen wäre! Meinen letzten Dollar will ich wetten, daß die anderen statt seiner verloren hätten, fügte sie trotzig hinzu.

Da lag sie, die Frühherbstwinde fegten von den südlichen Bergen herab und füllten die Nachtluft mit welkem Laub, fuhren regellos in die hohen Bäume, so daß klagend-ferner Donner erklang. Sie dachte an den Fremden, der in ihrem Leib zu leben begonnen hatte, und an den anderen Fremden, den Urheber von so viel Leid, der nun fast zwanzig Jahre mit ihr gelebt hatte. Sooft ihre Gedanken auf Gant kamen, spürte sie schmerzlich-elementare Verwunderung über die wüste offene Fehde und den großen heimlichen Kampf, den ihre Habgier gegen seinen Haß auf Besitz führte, der sie erstaunte, vielleicht ihre Pläne vereitelte, sie jedoch an ihrer Siegesgewißheit nie irre werden ließ. «Ich schwör es», flüsterte sie, «einen solchen Menschen gibt es nicht zweimal.»

Gant stand dem Abklingen seiner sinnlichen Genußfähigkeit gegenüber. Er merkte, daß den rabelaishaften Exzessen im Essen, Trinken und Lieben nun Dämme gesetzt waren, und wußte um keinen Gewinn, der diese Einbuße aufwiegen könne. Auch spürte er den Stachel der Reue. Er hatte Kraft vergeudet. Er hatte gute Gelegenheiten – zum Beispiel die Partnerschaft mit Will Pentland, die ihm Ansehen und Reichtum gebracht hätte – verpaßt. Er wußte, daß das Jahrhundert vergangen war und die besten Jahre seines Lebens mitgenommen hatte. Mehr denn je empfand er die Fremdheit und Einsamkeit unseres kleinen Abenteuers auf Erden. Er dachte zurück an seine Kindheit auf der Farm in Pennsylvania, an seine Lehrzeit in Baltimore, an seine ziellosen Wanderjahre über den Kontinent, an die erschreckende Verknüpfung seines Daseins mit einer Kette von Zufällen. Die riesenhafte Tragödie des Zufalls hing wie eine graue Wolke über ihm. Klarer denn je sah er ein, daß er fremd unter Fremden in der Fremde lebte. Am fremdesten aber kam ihm seine Ehe vor, in der er Kinder, abhängiges Leben gezeugt hatte, diese Verbindung mit einer Frau, die ihm so völlig wesensfern war.

Er wußte nicht, ob das Jahr 1900 einen Anfang oder ein Ende für ihn bedeutete, aber mit der typischen Schwäche des Genußmenschen beschloß er, es als ein Ende zu betrachten und die Reste der Lebenskraft in einer lodernden Flamme zu verbrennen. In der ersten Hälfte des Januars, noch reumütig den guten Vorsätzen für das neue Jahr ergeben, zeugte er ein Kind. Im Frühling, als Elizas Schwangerschaft offenbar war, stürzte er sich in eine heftige Whiskyorgie, mit der verglichen selbst eine sechzehnwöchige Sauferei im Jahre 1896 nichts war. Tag um Tag war er wahnsinnig besoffen, die Trunksucht artete in dauernde Raserei aus. Im Mai schickte ihn Eliza in ein Sanatorium nach Piedmont zur «Kur». Diese bestand darin, daß er sechs Wochen lang schlechtes billiges Essen bekam und jeglichem Alkohol ferngehalten wurde. Er kam Ende Juni zurück, äußerlich geläutert, innerlich rasend vor Hunger und Durst.

Am Tag vor seiner Heimkehr ging die hochschwangere Eliza mit weißem, entschlossenem Gesicht in jede der vierzehn Bars im Städtchen, suchte den Eigentümer oder Barkeeper hinter der Theke auf und sprach laut und vernehmlich vor der dumpfen Gesellschaft der Gäste:

«Hören Sie, ich bin hergekommen, um Ihnen zu sagen, daß Mr. Gant morgen zurückkommt, und ich möchte Sie alle wissen lassen, daß ich jeden, der ihm etwas ausschenkt, vor Gericht und ins Gefängnis bringen werde!»

Diese Drohung, das wußten sie alle, war hochstaplerisch. Aber das strenge weiße Gesicht, der nachdenklich gespitzte Mund und ihre rechte Hand, die sie wie ein Mann locker geballt hatte, den Zeigefinger ausgestreckt – diese einfache, aber seltsam kraftvolle Geste verlieh ihrer Ankündigung Nachdruck und ließ alle in einem Schrecken erstarren, den keine hitzige Gardinenpredigt je erzeugt hätte. Bierdumpf hörten die Männer sie an; höchstens daß einer oder der andere ihr eine überraschte Zustimmung nachmurmelte, während sie hinausging.

«Wahrhaftiger Gott!» bemerkte ein Mann aus dem Gebirge und

sandte einen braunen, wenig treffsicheren Kautabakspritzer in den Spucknapf, «die wär dazu imstand! Die macht Ernst!»

«Teufel auch», sagte Tim O'Donnell und schob sein Affengesicht komisch hinter der Theke hervor, «ich würde mich nicht trauen, dem Gant was auszuschenken, und wenn der Whisky nur fünfzehn Cent das Quart wäre und wir wärn allein auf dem Klo. Ist sie weg?»

Dröhnendes Whiskygelächter.

«Wer ist sie?» fragte jemand.

«Will Pentlands Schwester.»

«Bei Gott, dann macht sie Ernst!» riefen mehrere, und die Bar dröhnte wiederum vor Gelächter.

Will Pentland saß im Loughrans Bar, als Eliza eintrat. Sie grüßte ihn nicht. Als sie hinausgegangen war, wandte er sich an einen der Herumsitzenden und bemerkte nach einem vogelhaften Nicken und Zwinkern:

«Ich wette, daß Sie das nicht fertigbrächten.»

Dem heimgekehrten Gant wurde in den Bars nichts ausgeschenkt. Er tobte vor Wut und Demütigung. Natürlich war es ihm ein leichtes, sich Whisky holen zu lassen: Er schickte einen Fuhrmann, der bei ihm zu tun hatte, oder irgendeinen Neger danach. Aber er reagierte mit den Jahren, wenn er auch wußte, daß sein Benehmen zum klassischen Mythos für die Kinder im Städtchen geworden war, äußerst empfindlich auf jeden Hinweis auf seinen Leumund, und in seiner Scham, seiner zitternden Erniedrigung am Morgen danach, wenn er entnervt und sein Stolz verletzt war, bot er einen Anblick des Jammers. Bitter gekränkt, glaubte er, daß Eliza ihn böswillig vor aller Öffentlichkeit herabgesetzt und gedemütigt hätte, und schimpfte maßlos mit ihr.

Den ganzen Sommer lebte Eliza in einer weißen, ahnungsvollen Stille dahin. Sie war nun schon an die Schrecken gewöhnt, brauchte sie beinahe. Mit furchtbarer Ruhe erwartete sie die Wiederkehr ihrer Angst in der Nacht. Gant, den ihre Schwangerschaft verdroß, ging jeden Abend in Elisabeths Freudenhaus am Eagle Crescent, wo er dann in später Stunde von ein paar erschöpften und erschreckten Huren der Obhut seines ältesten Sohns Steve übergeben wurde. Steve verstand bereits, mit den Frauen dieses Distrikts frech und frei umzugehen; sie streichelten ihn ordinär und gutmütig, lachten über seine schlüpfrigen Anspielungen und machten sich nichts daraus, wenn er ihnen einen festen Klaps auf den Hintern gab und dann ihren plumpen Haschversuchen gewandt entschlüpfte.

«Junge, Junge», sagte Elisabeth und gab Gants wackelndem Kopf einen kräftigen Stoß, «gib acht, daß du nicht nach diesem alten Gockel gerätst. Er kann auch ein lieber Kerl sein, wenn er sich Mühe gibt», fuhr sie fort, und während sie Gant auf die Glatze küßte, ließ sie die gefüllte Brieftasche, die er ihr zuvor in heftig aufwallender Freigebigkeit geschenkt hatte, geschickt in Steves Hand gleiten. Sie nahm es mit der Ehrlichkeit sehr genau.

Steve wurde auf diesen Gängen meist von Jannadeau und dem Neger Tom Flack, einem Kutscher, begleitet. Geduldig und zurückhaltend pflegten die beiden vor der vergitterten Tür zu warten, bis der lauter werdende Radau drinnen anzeigte, daß Gant zum Aufbruch bewogen worden war. Und er ging dann mit ihnen, wobei er manchmal schwerfällig gegen seine sanften Begleiter ankämpfte und wortgewaltig fluchte, oder jovial und willfährig war und ein unanständiges Lied aus seiner Jugendzeit grölte, das im Straßenrund mit den Gittertüren und auf den abendstillen Alleen der Stadt widerhallte.

«Da oben, Jungs,
Zwischen Wanzen und Taft
Bringt die Hure euch
Um die letzte Kraft.»

Zu Hause angekommen, ließ er sich die steile Verandatreppe hinaufhelfen und zu Bett bringen. Manchmal aber war er nicht zurückzuhalten; dann suchte er das abgeschlossene Schlafzimmer Elizas auf und tobte vor der Tür. Er beschimpfte sie aufs gemeinste, bezichtigte sie sogar der Unkeuschheit, denn mit dem Abflauen der geschlechtlichen Lebenskraft stiegen dunkle, neidische Verdächtigungen in ihm auf, Früchte seines Alters. Die furchtsame Daisy floh dann angstbleich in eines der Nachbarhäuser, zu Sudie Isaacs oder zu den Tarkintons. Die zehnjährige Helen aber, das Kind, das er am meisten liebte, bändigte ihn. Sie löffelte ihm heiße Suppe ein, und wenn er sich störrisch anstellte, ohrfeigte sie ihn fest mit ihrer kleinen Hand.

«Hier wird Suppe gegessen! Vorwärts! Geschluckt!»

So etwas gefiel ihm ungemein. Diese Tochter und er waren aus demselben Holz geschnitzt.

Manchmal nahm er überhaupt keine Vernunft an. Völlig von Sinnen, wie er dann war, schichtete er ein großes Holzfeuer im offenen Kamin des Wohnzimmers, goß Petroleum aus einer Kanne auf die lodernden Scheite und spuckte wild in die aufzischenden Flammen. Dazu sang er sparsame, ständig wiederkehrende Tonfolgen, bis er es müde wurde; oft dreiviertel Stunden lang:

«O-ho – Goddamn,
Goddamn, Goddamn,
O-ho – Goddamn,
Goddamn – Goddamn»,

meist in dem Taktmaß, mit dem Uhren die volle Stunde schlagen.

Draußen auf dem Zaun hockten wie Affen Sandy und Fergus Duncan, Seth Tarkinton . . . – manchmal machten auch Ben und Grover den Spaß mit – und sangen als Gegenstrophe:

«Der alte Gant,
Besoffen kommt er,
Besoffen kommt er,
Kommt er nach Haus.»

In der guten Stube der Nachbarin weinte Daisy vor Scham und Angst. Helen aber, das kleine, schmächtige, zornige Wesen, gab nicht nach. Schließlich bequemte Gant sich in einen Sessel und nahm grinsend heiße Suppe und feste Ohrfeigen von ihr an. Oben lag Eliza mit bleichem, aufmerksam gespanntem Gesicht.

Der Sommer ging. Die letzten Trauben hingen runzlig und

angefault an den Rebstöcken; fern blies der Wind; es war Ende September.

Eines Abends bemerkte Doktor Cardiac beim Weggehen kühl: «Morgen abend, denk ich, wird wohl die ganze Sache vorüber sein.» Eine tüchtige, ländliche Hebamme in mittleren Jahren blieb im Haus zurück.

Um acht Uhr kam Gant allein nach Haus. Steve hatte dableiben müssen, um für Eliza, falls es nötig sein würde, Botengänge zu tun. Niemand kümmerte sich jetzt um den Hausherrn.

Unten im Wohnzimmer sang Gant mit voller Stimme Obszönitäten, so daß es bis zu den Nachbarn schallte. Als Eliza das plötzliche wilde Aufzischen der Flammen im Kamin hörte, wovon das Haus in seinen Grundfesten erbebte, winkte sie Steve zu sich ans Bett:

«Er wird uns alle in Brand stecken, Steve», flüsterte sie heiser.

Sie hörten, wie unten ein Stuhl dumpf umfiel und Gant fluchte. Sie hörten, wie er mit schwerem Schritt durch das Speisezimmer und über die Diele taumelte, und das sackende Knirschen des Geländers, als sein Körper dagegen fiel.

«Er kommt rauf, Steve, er kommt rauf! Schließ die Tür ab!»

Steve schloß die Tür ab.

«Sind Sie drinnen?» brüllte Gant und trommelte mit seinen großen Fäusten an die wenig widerstandsfähige Tür. «Miss Eliza! Sind Sie drinnen?» heulte er. Er hatte die Angewohnheit, sie in solchen Augenblicken ironisch als «Miss» anzusprechen.

Er steigerte sich zu einer mit Beschimpfungen durchsetzten Lästerpredigt: «Nie hätte ich es mir träumen lassen . . .», fing er mit absurder Rhetorik an, deren er sich halb zornig, halb scherzend bediente, «. . . nie hätte ich es mir träumen lassen, als ich sie vor achtzehn bitteren Jahren das erste Mal sah, als sie mir wie eine Schlange auf dem Bauche kriechend entgegenkam . . .» (diese stereotype Phrase gab ihm Trost), und endete lahm, «. . . das hätte ich mir niemals träumen lassen, daß es dazu käme.» In der schweren Stille wartete er auf eine Antwort; er wußte, daß sie schweigend, mit weißem Gesicht hinter der Tür lag, und barst fast vor Wut, weil er genau wußte, daß sie ihm nicht antworten würde.

«Bist du da?» brüllte er. «Ich frage, ob du da bist, Weib?» Er bombardierte die Tür mit Fausthieben.

Da war nichts als weiße, lebendige Stille.

«Weh mir! Weh! Weh!» stöhnte er selbstmitleidig auf. Er brach in dumpfes, theatralisches Seufzen aus, welches als Begleitmusik seiner Tiraden fungierte. «Gnädiger Gott», weinte er. «Es ist furchtbar. Es ist entsetzlich. Es ist grausam. Was habe ich getan, daß Gott mich so heimsucht?»

Keine Antwort kam.

«Cynthia! Cynthia!» heulte er plötzlich auf. Er meinte seine erste Frau, jene dürre, tuberkulöse alte Jungfer, deren Leben sein Benehmen angeblich nicht verlängert hatte, deren Gedächtnis er aber nun, um Eliza zu kränken, gern anzurufen pflegte. «Cynthia! O Cynthia! Blicke herab auf mich in dieser Stunde der Not! Sende mir Kräfte! Leihe mir Beistand! Schütze mich vor dieser Teufelin! . . .» (Schwere, schnüffelnde, burleske Schluchzer.) «. . . Steige hernieder und rette mich! Ich komme um!! Ich flehe dich an, ich bitte dich, ich beschwöre dich um Hilfe!» – Es blieb still.

«Undankbarkeit, wütiger als des Tigers Biß», nahm er seine Klage wieder auf. Er variierte das Thema und mischte es mit halberinnerten Zitaten. «Gott im Himmel wird euch strafen. Euch alle. Tretet den alten Mann! Schlagt ihn! Werft ihn auf die Straße, denn er ist zu nichts mehr zu gebrauchen. Schleift seine müden Knochen über das Pflaster! Schickt ihn ins Armenhaus, dort gehört er hin. Zum Geldverdienen taugt er nichts mehr. Ah, ah! Du sollst deinen Vater ehren, auf daß du lange lebest in dem Land, das dir der Herr, dein Gott, gibt.

‹Hier, schauet! fuhr des Cassius Dolch herein;
Seht, welchen Riß der tück'sche Casca machte!
Hier stieß der vielgeliebte Brutus durch.
Und als er den verfluchten Stahl hinwegriß,
Schaut her, wie ihm das Blut des Cäsar folgte . . .›»

In diesem Augenblick sagte Mrs. Duncan zu ihrem Gatten: «Jimmy, du mußt rübergehen. Er tobt wieder, und sie steht vor der Entbindung.»

Der Schotte Duncan schob seinen Stuhl zurück und verließ festen Schrittes das warme Behagen des wohlgeordneten Familienlebens samt dem Geruch von frischgebackenem Brot. Am Gittertor vor Gants Haus traf er den geduldigen Jannadeau, den Ben geholt hatte. Sie tauschten ein paar sachliche Bemerkungen aus. Als sie im Haus ein lautes Krachen und den entsetzten Aufschrei einer Frau hörten, stürmten sie die Treppe hinauf. Eliza öffnete ihnen die Haustür. Sie war im Nachthemd.

«Schnell! Schnell!» flüsterte sie.

Gant stürzte hastig die Treppe herunter, so daß er sein eigenes Leben mehr als das der anderen in Gefahr brachte. «Bei Gott! Ich bring sie um!» schrie er. «Ich bring sie um. Ich mache Schluß mit meinem Jammer.»

Er hatte einen schweren Schürhaken in der Hand. Duncan und Jannadeau packten ihn und hielten ihn fest. Der stämmige Schweizer entwand ihm den Schürhaken mit festem Griff.

Steve kam gerade die Treppe herunter. «Er hat sich den Kopf an der Bettstelle aufgeschlagen, Mama.» Es stimmte. Gant blutete. «Geh und hol deinen Onkel Will, Steve!» befahl Eliza. Steve sauste ab wie ein Jagdhund.

«Es war ihm Ernst diesmal», flüsterte sie. Duncan machte die Haustür zu, um die Kette gaffender Nachbarn, die sich vor dem Tor versammelt hatten, auszuschließen. «Sie werden sich erkälten, Mrs. Gant.»

«Lassen Sie ihn nicht an mich heran!» rief Eliza verzweifelt.

«Sie können sich auf mich verlassen», sagte der Schotte fest.

Schwerfällig stieg sie die Treppe hinauf, aber auf der zweiten Stufe brach sie in die Knie. Die Hebamme, die sich im Badezimmer eingesperrt hatte, lief heraus und half ihr. Auf sie und Grover gestützt schleppte Eliza sich in ihr Zimmer zurück. Draußen ließ sich Ben geschickt von dem niedrigen Verandadach auf das Lilienbeet herunterfallen. Seth Tarkinton, der auf dem Drahtzaun saß, rief ihm vergnügt «Hallo» zu.

Gant, ein wenig verdutzt, ließ sich gefügig von den beiden Männern zu einem Schaukelstuhl führen. Er streckte alle Glieder erschlafft von sich; sie zogen ihm die Kleider aus. Helen war bereits in der Küche; nun erschien sie mit kochendheißer Suppe. Ein Signal des Erkennens trat in Gants tote Augen, als er sie erblickte.

«Mein Liebling», dröhnte er und machte eine leere Armbewegung in der Luft. «Wie geht's dir, mein Kind?» Sie stellte die Suppe nieder. Er umarmte sie. Er drückte ihren schmächtigen Körper an sich, rieb seinen borstigen Schnurrbart an ihren Wangen, blies ihr seinen faulen, widerlichen Whiskyatem ins Gesicht.

«Ach! Er hat sich geschnitten!» Die Kleine weinte fast.

«Ja, schau nur, wie sie mit mir umgegangen sind», greinte Gant und wies auf die Wunde.

Will Pentland, echter Sohn jener Sippe, die immer zusammenhält und einander nur in Zeiten von Tod, Pestilenz und Verhängnis besucht, kam herein.

«Guten Abend, Mr. Pentland, wie geht's?» sagte Duncan.

Mit vogelhaftem Nicken und Zwinkern betrachtete Will gutgelaunt die beiden Männer. «Na, es geht so», bemerkte er. Er stellte sich vor das Kaminfeuer und schnipselte nachdenklich mit einem scharfen Messer an seinen stumpfen Nägeln herum. Sein Grundsatz war, daß niemand die Gedanken eines Mannes, der an seinen Fingernägeln herumschnipselt, erraten könne. Er pflegte es stets in Gesellschaft zu tun.

Wills Anblick hatte Gant sofort aus seiner Lethargie hochgerissen, denn er erinnerte sich an die aufgekündigte Partnerschaft. Er haßte die Pentlandsippe. Er haßte ihre schnippische Selbstgefälligkeit, ihre unaufhörliche Witzelei, ihre Geschäftstüchtigkeit.

«Hinterwäldlerbrut! Elendes Geschmeiß! Gemeinstes Gezücht!» brüllte er.

«Aber Mr. Gant!» beschwichtigte Jannadeau flehentlich.

«Was ist los mit dir, Schwager?» fragte Will und sah unschuldig von seinen Fingernägeln auf. «Hast du vielleicht was Unverträgliches gegessen?» Er zwinkerte keck zu Duncan hinüber und machte sich wieder an seine Fingernägel.

«Dein elender alter Vater», brüllte Gant, «ist auf dem Square öffentlich ausgepeitscht worden, weil er seine Schulden nicht bezahlt hat.»

Das war eine völlig aus der Luft gegriffene Behauptung, die sich, wie so viele andere rhetorische Wendungen, irgendwie in Gants Kopf als Wahrheit festgesetzt hatte, vermutlich weil die Vorstellung ihm eine wahre Herzensbefriedigung war.

Will konnte es sich nicht versagen, auf diese Eröffnung einzugehen, und blinzelte wieder. «So? Ausgepeitscht worden ist er? Hier auf dem Square? Das müssen sie aber streng geheimgehalten haben, nicht?» Doch hinter der gespannt-freundlichen Fassade seines Gesichtes hatte er harte Augen. Nachdenklich spitzte er den Mund und fuhr fort, an seinen Fingernägeln zu schaben.

«Aber etwas will ich dir von ihm sagen», bemerkte er nach einer Weile kühl, drohend und sehr ruhig. «Er hat seine Frau eines natürlichen Todes im Bett sterben lassen. Er hat nie versucht, sie umzubringen.»

«Nein! Bei Gott nein!» brüllte Gant dagegen. «Er hat sie verhungern lassen. Wenn die alte Frau je eine anständige Mahlzeit bekam, dann war es sicher hier an meinem Tisch. Sie hätte zweimal zur Hölle und zurück laufen müssen, ehe sie eine vom alten Tom Pentland oder einem seiner Söhne bekam.»

Will klappte sein Taschenmesser zusammen und steckte es ein.

«Der alte Pentland hat in seinem ganzen Leben nicht einen Tag ehrlich gearbeitet!» schrie Gant, einer glücklichen Eingebung folgend.

«Aber Mr. Gant!» mahnte Duncan vorwurfsvoll.

«Still, still!» zischte Helen energisch. Sie trat mit der Suppe vor ihn hin und hielt ihm den dampfenden Löffel an die Lippen. Gant wandte sich weg, um eine neue Beleidigung hervorzustoßen. Sie schlug ihm fest auf den Mund.

«Hier wird Suppe gegessen! Vorwärts! Geschluckt!»

Er grinste demütig. Sein Blick ruhte lange auf ihr, während er die Suppe zu schlucken begann.

Will Pentland sah Helen eine Weile aufmerksam zu. Dann warf er nickend und zwinkernd einen Blick auf Duncan und Jannadeau. Ohne ein Wort zu sagen, verließ er das Zimmer. Er ging nach oben. Seine Schwester lag still ausgestreckt auf dem Rücken.

«Nun, Eliza, wie geht's?»

Das Zimmer roch stark nach mürben Birnen. Ein Feuer aus Tannenknüppeln brannte ausnahmsweise im Kamin. Will stellte sich davor und arbeitete an seinen Fingernägeln.

Eliza brach unvermittelt in Tränen aus. «Kein Mensch ahnt auch nur, was ich durchgemacht habe.» Sie trocknete sich die Augen mit einem Zipfel der Bettdecke. Ihre breitangesetzte Nase ragte feuerrot aus dem bleichen Gesicht.

«Hast du was Gutes zu futtern?» fragte Will und zwinkerte mit komischer Gier.

«Nebenan in der Kammer liegen Birnen auf dem Gestell. Vorige Woche gepflückt. Ich hob sie auf, daß sie mürbe werden.»

Er ging hinaus, kam gleich darauf mit einer großen gelben Birne zurück, trat vor das Feuer, klappte die kleine Klinge seines Taschenmessers auf.

«Das ist mehr, als ich aushalten kann. Ich weiß nicht, was in ihn gefahren ist. Du kannst getrost deinen letzten Dollar wetten, daß ich das nicht mehr lang mitmach», sagte Eliza ruhig nach einer Weile.

Will schwieg.

«Ich kann mich selbst durchschlagen», setzte sie trocken hinzu in jenem Ton, den Will gut an ihr kannte, und nickte forsch.

Er stand im Begriff, ihr ein großzügiges Angebot zu machen. «Schau her, Eliza», begann er, «wenn du an Bauen denkst, da könnte ich dir . . .» Hier bremste er noch rechtzeitig und schloß: «Ja, da könnte ich dir das Baumaterial zum billigsten Preis geben.» Er schob schnell eine Birnenscheibe in den Mund.

Sie schürzte mehrmals rasch hintereinander die Lippen.

«Nein», entschied sie, «es ist noch nicht soweit, Will. Wenn es dazu kommt, kriegst du Bescheid.»

Das Holzfeuer im Kamin rutschte leise zusammen.

«Ja, dann kriegst du Bescheid», versicherte sie nochmals.

Will klappte sein Taschenmesser zu und steckte es in die Hosentasche.

«Gut Nacht also, Eliza», sagte er. «Pett wird wohl gleich kommen und nach dir sehen. Ich werde ihr sagen, daß alles in Ordnung ist.»

Er ging leise die Treppen hinunter und machte sich durch die Vordertür davon. Als er die hohen Stufen der Veranda hinabstieg, traf er Duncan und Jannadeau, die aus dem Wohnzimmer still über den Hof gingen.

«Wie geht's ihm?» erkundigte er sich.

«Tadellos jetzt», versicherte Duncan vergnügt. «Er schäft tief und fest.»

«Den Schlaf des Gerechten?» fragte Will zwinkernd.

Der Schweizer fühlte sich durch den Spott auf seinen Titanen verletzt. «Jammerjammerschade», gurgelte er, «daß Mr. Gant trinkt. Er hätte es weit gebracht mit seinem Verstand. Wenn er nüchtern ist, dann gibt's keinen feineren Kerl als ihn.»

«So? Wenn er nüchtern ist?» Will zwinkerte im Dunkeln. «Na, und wenn er schläft?»

«Es ist alles sofort in Ordnung, sobald ihn Helen in die Hand bekommt», sagte Mr. Duncans tiefe volle Stimme. «Erstaunlich, wie die Kleine mit ihm zurechtkommt.»

«Ja, ja», lachte Jannadeau in gutturalem Behagen, «das Kind kennt seinen Papa in- und auswendig.»

Helen saß im großen Sessel am Kamin und las, bis das Feuer heruntergebrannt war. Dann schaufelte sie leise Asche auf die Glut. Gant lag auf dem glatten Ledersofa an der Wand, in klaftertiefem Schlaf versunken. Sie hatte ihn in eine Wolldecke eingewickelt. Nun legte sie ein Kissen auf einen Stuhl und legte seine Füße darauf. Er stank übel nach Whisky und schnarchte, daß die Fenster schepperten.

So, in tiefem Vergessen, verging ihm die Nacht. Er verschlief die kreißenden Wehen, die Eliza um zwei Uhr befielen. Er verschlief all die Mühe, die Geduld, die Qual des Arztes, der Hebamme, der Wöchnerin.

4

Die Geburt dauerte unendlich lange.

Als Gant am nächsten Morgen kurz nach zehn aufwachte und verkatert und beschämt den heißen Kaffee schlürfte, den ihm Helen brachte, hörte er aus dem Obergeschoß einen lauten, langen, tief aus der Lunge kommenden Schrei.

«Mein Gott!» stöhnte er entsetzt und deutete nach oben. «Ist's ein Mädchen oder ein Junge?»

«Ich hab's noch nicht gesehen, Papa», antwortete Helen. «Wir dürfen nicht rein. Aber Doktor Cardiac ist vorhin herausgekommen und hat gesagt, wenn wir brav wären, würde er uns ein Brüderchen zeigen.»

Auf dem Blechdach der Veranda war Radau, die Hebamme schalt. Steve sprang wie eine Katze auf das Lilienbeet vor Gants Fenster herab.

Der Hausherr brüllte: «Steve, verdammter Bengel, was hast du dort oben zu suchen?!», wobei er kurzzeitig in die Gesundheit zurückfiel.

Der Junge kletterte über den Zaun und verschwand.

«Ich hab's gesehen!» gellte er zurück.

«Ich auch! Ich auch!» jauchzte Grover, kam ins Zimmer gerannt und lief wieder hinaus, alles aus purem Überschwang.

«Wenn ich euch Lausbuben noch mal auf dem Dach hier erwische», keifte die Hebamme von oben, «dann versohle ich euch das Fell.»

Die Kunde, daß sein jüngster Erbe ein Junge sei, hatte Gant einen Augenblick lang gefreut. Nun aber schritt er wehleidig im Zimmer auf und ab und klagte in einem fort:

«Mein Gott! Mein Gott! Muß auch das noch mich auf meine alten Tage treffen? Wieder ein Maul mehr zu stopfen! Es ist furchtbar, es ist entsetzlich, es ist grausam!», und er weinte komödiantenhaft. Plötzlich wurde er gewahr, daß niemand da war, den er mit seiner Klage rühren könne, und er hörte auf. Er schlingerte zur Tür, ging durch Eßzimmer und Diele, wobei er laut klagte:

«Eliza! Mein Weib! Verzeih mir! Verzeih!»

Unter lautem Seufzen stapfte er treppauf.

«Nicht reinlassen!» rief der Gegenstand seiner inbrünstigen Bitten mit beachtlicher Kraft aus.

«Sagen Sie ihm, daß er jetzt nicht ins Zimmer kann», befahl Doktor Cardiac der Hebamme und starrte gebannt auf die Waage. «Hier gibt's sowieso nur Milch zu trinken», setzte er trocken hinzu.

Gant stand vor der Tür.

«Eliza, mein Weib, hab Mitleid mit mir, ich bitte dich! Wenn ich gewußt hätte . . .»

Die Hebamme riß die Tür auf und raunzte: «Ja, wenn der Hund nicht das Bein gehoben hätt, dann hätt er den Hasen gefangen. Verschwinden Sie bloß!» Sie warf ihm die Tür vor der Nase zu. Niedergeschlagen stieg Gant die Treppe hinunter, aber die Antwort der Hebamme lockte ein schlaues Schmunzeln auf sein Gesicht. Schnell leckte er den Daumen mit der Zunge. «Barmherziger Gott!» sagte er grinsend und brach wieder in Klagen aus.

«Das genügt jetzt», bemerkte Cardiac. Er hielt ein rotes, glänzendes und runzliges Etwas an den Fersen hoch und gab ihm einen kleinen, energischen Klaps auf den Popo, um es munter zu machen.

Der Stammhalter hatte sein Debut gemacht, ausgestattet mit allem Getriebe und Zubehör, mit den Einsätzen und Auswüchsen, den Bindungen und Zargen, den Wasserhähnchen, Augen und Nägeln, die man zur vollkommenen Erscheinung, der Harmonie der Teile und der Einheit der Wirkung auf dieser tathaft regsamen und kampferfüllten Welt für nötig hält. Er war das vollkommene Männchen im kleinen, die winzige Eichel, aus der die mächtige Eiche wachsen soll, der Enkel aller Zeitalter, der Erbe des uneingelösten Ruhms, das Kind des Fortschritts, der Liebling des knospenden goldenen Zeitalters. Was mehr ist: Fortuna und ihre Feen gaben sich nicht damit zufrieden, ihn beinahe unter den Segnungen von Zeitalter und Familie zu ersticken, sondern hoben ihn sorgsam für den Zeitpunkt auf, an dem der Fortschritt vor lauter Ruhm und Reife schon am Verfaulen war.

«Na, und wie wird es heißen?» fragte Cardiac mit der ruppigen Sachlichkeit des Mediziners und wies auf den Thronfolger.

Eliza war besser auf kosmische Schwingungen eingestellt. Mit einer vollen, wenn auch ungenauen Vorahnung dessen, was dem Glückskind verhängt war, nannte sie es «Eugene», ein Name, der (poetischerweise) «wohlgeboren» bedeutet, aber nichts, gar nichts (was jeder bestätigen wird) mit «wohlerzogen» zu tun hat.

Das erlauchte Wesen, das schon einen Namen trug, und von dem aus die Ereignisse dieser Chronik betrachtet werden sollen, war, wie schon gesagt, auf dem äußerst zugespitzten Endpunkt der Weltgeschichte geboren. Vielleicht hat der Leser das schon bemerkt. Nicht? Nun, dann frischen wir sein geschichtliches Gedächtnis auf.

Um 1900 hatten Oscar Wilde und James A. McNeill Whistler die meisten der ihnen nachgesagten Gescheitheiten schon gesagt, die Eugene zwanzig Jahre danach zu hören bekommen sollte. Die großen Männer der viktorianischen Epoche waren fast alle schon tot, als das Bombardement begann. William McKinley war zum zweitenmal Präsident der Vereinigten Staaten. Seesoldaten, die im Spanisch-Amerikanischen Krieg gekämpft hatten, waren auf Frachtdampfern in ihre Heimat zurückgekehrt. Großbritannien, eisern und ehrwürdig, hatte 1899 sein Ultimatum an die Südafrikaner geschickt; Lord Roberts (der von seinen Soldaten liebevoll «Little Bobs» genannt wurde) war nach verschiedenen Rückschlägen für die britischen Streitkräfte zu deren Generalkommandanten ernannt worden. Großbritannien hatte im September 1900 Transvaal annektiert, im Monat von Eugenes Geburt wurde die Annexion offiziell. Zwei Jahre später fand eine Friedenskonferenz statt.

Was ging inzwischen in Japan vor? Das erste Parlament trat 1891 zusammen. 1894 bis 1895 war Krieg mit China. Formosa wurde 1895 abgetreten. Außerdem war Warren Hastings, der Generalgouverneur von Indien, angeklagt und vor Gericht gestellt worden. Papst Sixtus V. war gekommen und gegangen. Dalmatien war von Tiberius unterjocht, Belisar von Justinian geblendet. Die Hochzeits- und Begräbniszeremonien der Wilhelmine Charlotte Karoline von Brandenburg-Ansbach und Georg II. von England waren feierlich begangen, während jene der Berengeria von Navarra und Richards I. nur noch eine schwache Erinnerung war. Diokletian, Karl V. und Victor Amadeus von Sardinien hatten alle auf ihre Throne verzichtet. Henry James Pye, Poeta Laureatus von England, war daheim bei seinen Vätern. Cassiodor, Quintilian, Juvenal, Lucretius, Martial und Albrecht der Bär hatten das Zeitliche gesegnet. Die Schlachten von Antietam, Smolensk, Drumclog, Inkerman, Marengo, Cawnpore, Killiecrankie, Sluys, Actium, Hohenlinden, Salamis, Lepanto, Tewsbury und Brandywine sowie die mit der Wildnis waren zu Wasser und zu Land geschlagen. Alkmäoniden und Lakonier hatten Hippias aus Athen vertrieben. Simonides, Menander, Strabo, Moschus und Pindar hatten ihre Rechnung auf Erden abgeschlossen. Die Heiligen Eusebius, Athanasius, Chrysostomus hatten in ihren Himmelsnischen Platz genommen. Menkaura hatte die dritte Pyramide gebaut. Aspalta hatte siegreiche Heere geführt. Die fernen Bermudas, Malta und die Inseln über dem Winde waren kolonisiert. Ferner: die spanische Armada war geschlagen. Präsident Abraham Lincoln war ermordet. Die Halifax Fisheries Award hatten den Engländern für Fischrechte auf zwölf Jahre fünfeinhalb Millionen Dollar gezahlt. Schließlich waren vor nur dreißig oder vierzig Millionen Jahren unsere ältesten Ahnen aus dem Urschleim gekrochen, und da sie zweifelsohne den Wechsel unangenehm empfanden, waren sie wieder in ihn zurückgekehrt.

So war der Stand der Weltgeschichte, als Eugene im Jahre 1900 die Lebensbühne betrat. Gern würden wir einen ausführlichen Bericht geben davon, wie er die Welt in seinen ersten Jahren, sozusagen aus der Perspektive der Wiege und des Fußbodens, erfuhr. Aber diese Eindrücke sind, soweit sie sich überhaupt in Worte fassen lassen, gewissermaßen unterdrückt – weniger aus Mangel an Intelligenz, sondern weil das Wesen seinen Körper noch nicht beherrscht, ihm die Kraft zur Artikulation fehlt; weil Einsamkeit, Kummer, Müdigkeit, Abschweifung und vollkommene Leere dauernd das Ordnungsbewußtsein überfluten und verschwemmen, bis ein Mensch drei oder vier Jahre alt ist.

Gewaschen, gepudert und gesättigt lag er in der Wiege und dachte dunkel über vieles nach, ehe er in Schlaf fiel – den endlosen, zeitauslöschenden Schlaf, der ihn stets glauben machte, er habe einen lebensprühenden Tag unwiderruflich verpaßt. Er erschrak bei der Vorstellung der öden Weite aus Unbehagen, Schwäche, Dumpfheit und tiefstem Mißverständnis, die er überwinden müsse, um auch nur zur Freiheit des Körpers zu gelangen. Es wurde ihm peinlich übel, wenn er an den Mangel an Koordination in den Kontrollzentren des Gehirns dachte, an die undisziplinierte, flegelhafte Blase und die Zurschaustellung der eigenen Hilflosigkeit vor seinen kichernden, ihn betätschelnden Geschwistern, wenn seine Windeln gewechselt wurden.

Er lag in Agonie, denn er war sterbensarm an Ausdruckssymbolen: Seine Vernunft war in Netze verstrickt, weil sie nicht mit Worten zu arbeiten verstand. Er hatte nicht einmal Namen für die Dinge, die ihn umgaben. Vermutlich bezeichnete er sie für sich selbst in einem Jargon, den er aus einer Verballhornung des ihn umdröhnenden Sprechens, dem er angestrengt lauschte, geformt hatte. Er merkte wohl, daß er zuerst mit Hilfe der Sprache entfliehen würde. So schnell er nur konnte, bezeigte er seinen gierigen Hunger für Bild und Schrift.

Manchmal brachten sie ihm große Bilderbücher; verzweifelt bestach er sie, gebärdete sich entzückt, jauchzte, schnitt Gesichter, tat, was man von ihm erwartete.

Wütend fragte er sich, wie sie sich wohl benehmen würden, wenn sie wüßten, was er wirklich von ihnen hielt. Dann wieder mußte er über sie, über die ganze verrückte Komödie der Irrungen lachen, wenn sie zu seiner Belustigung Tänze aufführten, mit den Köpfen wackelten, ihn brutal kitzelten, um ihn – gegen seinen Willen – laut kreischen zu lassen. Es war zugleich enervierend und komisch: Er saß mitten auf dem Fußboden und sah sie eintreten, ihre Gesichter von einem albernen Grinsen verzerrt; hörte den lächerlich-sentimentalen Tonfall, den sie immer anschlugen, wenn sie mit ihm redeten, ihre Worte, die er noch nicht verstehen konnte, aber die er sie bewußt verstümmeln sah in der grotesken Hoffnung, das, was gerade entstellt worden war, verständlich zu machen. Und er lachte über diese Dummköpfe, trotz seines Ärgers.

Wenn er allein im verdunkelten Zimmer lag und das Sonnenlicht in Bohlen durch die Spaltluken der Fensterläden fiel, überkam ihn ein tiefes Gefühl von Einsamkeit und Trauer. Er sah sein Leben vor sich wie einen Weg durch düsteren Wald; er wußte, daß er immer einsam sein würde. In diesem kleinen Rundschädel gefangen, in dieses unerforschliche, pochende Herz gesperrt, würde sein Leben immer einsame Wege gehen. Verloren. Er verstand, daß die Menschen einander immer fremd bleiben, daß keiner je um den anderen weiß; daß wir aus der Haft des dunklen mütterlichen Leibes entlassen werden, ohne der Mutter Angesicht zu kennen; daß wir als Fremde an ihre Brust gelegt werden ... daß wir nie die eisernen Gefängnismauern des Seins durchbrechen können, gleichviel, wessen Arm uns umfängt, wessen Mund uns küßt, wessen Herz uns erwärmt. Nie, nie, nie, nie, nie.

Er merkte, daß die großen Gestalten, die sich furchterweckend über seine Wiege beugten, die mit lauten Stimmen zusammenhanglos über ihn hinwegdröhnten, kein besseres Verständnis füreinander aufbrachten, als sie es ihm bezeigten. Er merkte, daß selbst ihr Sprechen, selbst die fließende Leichtigkeit ihrer Bewegungen nur ärmliche Mittler ihrer Gefühle und Gedanken waren und oft, anstatt Verständnis zu stiften, dazu dienten, Streit, Bitterkeit und Vorurteile zu vertiefen.

Sein Gemüt verdunkelte sich vor Entsetzen. Er merkte, daß er ein hilfloser Fremder war, ein amüsanter kleiner Clown, den unheimliche, verständnislose Wesen hätschelten und tätschelten. Er war aus einem Mysterium in ein anderes geraten. Irgendwo, innerhalb oder außerhalb seines Bewußtseins, leise, als wäre sie ins Meer versunken, hörte er eine große Glocke klingen. Und als er lauschte, ging das Gespenst der Erinnerung in ihm um; ein paar Augenblicke lang war ihm, als hätte er das Verlorene fast wiedergewonnen.

Manchmal stemmte er sich an den steilen Wänden seiner Wiege hoch und sah schwindligen Blicks auf das Muster des Teppichs hinunter. Die Welt schwamm aus und ein in seinem Bewußtsein wie die Gezeiten des Meeres. Kaum hatte er ein scharfes Bild des Ganzen, dann verebbte alles wieder ins Trübe und Schläfrige. Zuweilen versuchte er, das Wahrgenommene wie Stücke eines Rätsels zusammenzustellen: den tanzenden Feuerschein auf dem Schürhaken und das koboldhafte Kakeln und Glucken der sonnenwarmen Hennen draußen in der fernen verzauberten Welt. Manchmal hörte er morgens den Weckruf der Hähne laut und deutlich, dann wurde er ein wirklicher, wacher Erdenbürger. In Wechselwogen von Phantasmen und Realität vernahm er aus der guten Stube den lauten Zauberdonner von Daisys Klavierspiel. Viele Jahre später hörte er dieselbe Musik wieder, und eine Tür seines Gehirns tat sich auf. Er fragte. Sie sagte ihm, es sei Paderewskis Menuett.

Seine Wiege war ein großer Weidenkorb, mit Matratzen und Kissen gut gepolstert. Als er an Kraft zunahm, konnte er wahre Akrobatenstücke in ihr ausführen: sich fallen lassen, einen Reifen aus seinem Körper machen, sich ohne Mühe kerzengerade ausstrecken. Mit Geduld und Anstrengung gelang es ihm, aus der Wiege herauszukriechen. Dann krabbelte er über das endlose Muster des Teppichs, angezogen von großen, fröhlich-bunten Holzklötzen, die durcheinandergeworfen auf dem Fußboden herumlagen. Diese Klötze gehörten seinem Bruder Luke; die Buchstaben des Abc waren darauf ausgeschnitzt.

Er hielt sie mühsam in seinen winzigen Händen und studierte die Sinnzeichen der Rede. Er wußte, daß er hier die Bausteine zum Tempel der Sprache hatte, und gab sich verzweifelt Mühe, den Schlüssel zu finden, der Sinn und Ordnung in diese Anarchie brächte. Große Stimmen dröhnten über ihm; mächtige Gestalten hoben ihn in schwindelnde Höhe und setzten ihn wieder ab, mit einer Kraft, die unerschöpflich schien. Die versunkene Glocke erklang.

Der Frühling der Südstaaten hatte sich üppig entfaltet. Die gelockerte schwarze Gartenerde sproß mit zartem Gras, war mit taufeuchten Blumen bedeckt. Der große Kirschbaum schwitzte Saft in dicken Bernsteinklumpen. Reifende Kirschen hingen dicht im Laub. Da hob Gant ihn aus der Wiege, nahm ihn auf die sonnige

Veranda mit, trug ihn an den Lilienbeeten vorbei um das Haus herum zum äußersten Ende des Hintergartens, wo Bäume vom Gesang unsichtbarer Vögel erklangen.

Hier war der Erdboden schattenlos, trocken, vom Pflug aufgeworfen und erstarrt.

Eugene merkte an der Stille, daß es Sonntag war. Vom Drahtzaun her kam der beizende Geruch sonnenwarmen Ampfers. Jenseits des Zauns malmte Swains Kuh das kühle harte Gras. Von Zeit zu Zeit hob sie den Kopf und sang mit tiefer, voller Stimme vor sonntäglichem Behagen. In der klaren lauen Luft vernahm Eugene alle Geräusche der nachbarlichen Hintergärten, die ganze Umwelt drang unmittelbar in ihn ein. Als Swains Kuh wieder sang, tat sich das bedrängte Tor in ihm weit auf. Er antwortete «Muh», brachte den Laut zögernd, aber vollkommen hervor und wiederholte ihn voller Selbstvertrauen einen Augenblick später, als Swains Kuh wieder muhte.

Gant war außer sich vor Begeisterung. So schnell er konnte, rannte er zum Haus zurück. Unterwegs rieb er seinen borstigen Schnurrbart zärtlich an Eugenes Nacken und machte fleißig «Muh». Jedesmal bekam er Antwort.

«Barmherziger Heiland! Wie er rennt. Eines Tages wird er das Kind noch umbringen!» rief Eliza, die ihn durch das Küchenfenster mit halsbrecherischen Sprüngen herankommen sah. Sie trat an das Geländer des Küchenbalkons, die Hände mit Mehl bestaubt, die Nase rot vom Herd. «Was um alles in der Welt machst du da, Mr. Gant?» fragte sie.

«Muh!» machte Gant. «Er hat gemuht! Muh hat er gemacht.» Er sprach mehr zu Eugene als zu Eliza.

Eugene antwortete sofort. Er fand es bereits ziemlich albern und sah voraus, daß er nun wohl mehrere Tage lang die Kuh nachahmen müsse. Aber trotzdem war er ungeheuer erregt. Er spürte, daß eine Mauer durchbrochen war.

Auch Eliza war begeistert, aber ihre Art und Weise, dieses zu zeigen, bestand darin, daß sie zum Herd zurückging und ungerührt bemerkte, sie hätte ihr Lebtag noch keinen so großen Kindernarren gesehen wie Gant.

Später lag Eugene aufmerksam in seinem Korb auf dem Wohnzimmerfußboden und beobachtete, wie die dampfenden Gerichte eifrig von der ganzen Familie vorübergetragen wurden. Eliza pflegte damals wunderbar zu kochen, und ein Sonntagsmittagessen war eine durchaus denkwürdige Sache. Seit zwei Stunden aus der Kirche zurück, trieben sich die drei kleineren Brüder hungrig im Haus herum. Ben stand würdig mit zusammengezogenen Brauen auf der Küchenveranda und spähte durchs Fliegenfenster, wie weit es mit der Mahlzeit sei. Grover wagte sich in die Küche vor und sah interessiert beim Kochen zu, bis er hinausgejagt wurde. Luke – sein breites gutmütiges, humorvolles kleines Gesicht klaffte von einem überschwenglichen Lachen – raste durch die Zimmer und kreischte übermütig:

«Weni, widi, wiki
Weni, widi, wiki
Weni, widi, wiki
Wi, wi, wi.»

Er hatte zugehört, wie Daisy und Josephine Brown Schulaufgaben zusammen machten; der Gesang war seine Interpretation von Cäsars kurzer Prahlerei «Veni, vidi, vici».

Eugene hörte das Geklapper der Teller im Speisezimmer, den Radau der Jungen, den Klang von Wetzstahl und Klinge, als Gant, das große Tagesereignis ohne Variation, aber mit zunehmendem Eifer mehrmals wiederholend, das Messer zum Bratenschneiden schärfte. Die guten Düfte aus der Küche lockten stärker. Eugene bekam Lust auf üppige, unbekannte Speisen. Nicht allzulange mehr, und ich werde drinnen mit ihnen essen, dachte er.

Den ganzen Nachmittag erzählte Gant die große Neuigkeit. Er rief die Nachbarn auf die Veranda, und der Kleine mußte muhen. Eugene verstand alles, was an diesem Tag geredet wurde. Er konnte nicht darauf antworten, spürte aber, daß er nahe am Sprechen war.

In glänzenden Bruchstücken sah er so später seine ersten beiden Lebensjahre. An sein zweites Weihnachten erinnerte er sich dunkel als einer Zeit großer Festlichkeit. Auf das dritte war er schon vorbereitet. Mit der wunderbaren Fähigkeit von Kindern, sich an etwas zu gewöhnen, dachte er, er hätte Weihnachten von jeher gekannt.

Er kannte Sonnenschein, Regen, loderndes Feuer, seine Wiege, das grimmige Eingesperrtsein im Winter. In seinem zweiten Frühling sah er eines Tages Daisy die Straße hinauf zur Schule gehen. Es war das Ende der Mittagspause; sie war zum Essen daheim gewesen. Sie ging in Miss Fords Mädchenschule, ein Eckhaus aus rotem Backstein oben auf dem Hügel. Er sah, wie sie sich mit Eleanor Duncan traf. Zwei lange Zöpfe baumelten ihr den Rücken hinunter. Sie war bescheiden, schüchtern, mädchenhaft, ein ängstliches, leicht errötendes Kind. Trotzdem hatte er ungern mit ihr zu tun, denn sie badete ihn sehr unsanft, ließ das, was unter ihrer Milde verborgen an Ungezähmt-Gewalttätigem in ihr schlummerte, an ihm aus und schrubbte ihm die Haut bis aufs Fleisch. Er heulte jämmerlich. Als sie den Hügel hinaufging, wurde er gewahr, daß sie diese Person war; er erkannte sie.

Sein zweiter Geburtstag verging; sein Verständnis nahm zu. Im Vorfrühling des folgenden Jahres wurde er sich bewußt, daß man ihn eine Zeitlang vernachlässigte. Das Haus war totenstill, Gant brüllte nicht, die Jungen gingen auf Zehenspitzen. Luke – der vierte in der Familie, den die Seuche anpackte – lag auf den Tod krank mit Typhus. Eugene wurde ganz der Obhut einer jungen schlampigen Negerin überlassen. Er erinnerte sich lebhaft ihrer hohen, nachlässigen Gestalt, ihrer trägen, schlurfenden Füße in den schmutzigen weißen Strümpfen, des starken sinnlichen Geruchs ihrer schwarzen Haut.

Eines Tages ließ sie ihn in dem Gartenstreifen neben dem Haus spielen. Es war ein frischer Frühlingsmorgen, feucht aus der aufgetauten Erde entsprungen. Sie saß auf der Verandatreppe und gähnte, während Eugene in seinem schmierigen Kleidchen den Pfad entlang und in das Lilienbeet rutschte. Die Negerin lehnte den Kopf an den Pfosten, nickte ein. Schlau zwängte Eugene seinen kleinen Körper unter dem Drahtzaun hindurch und kroch auf den aschebestreuten Weg hinaus, der auf der einen Seite zu Swains, auf der anderen steil bergan zu dem reichdekorierten Holzpalast der Hilliards führte.

Die Hilliards waren die Aristokraten der Kleinstadt. Sie gehörten zu den vornehmen Familien von South Carolina. Schon daß sie «aus der Gegend von Charleston» kamen, sicherte ihnen ein ungeheures Prestige. Das Haus, eine riesige, walnußbraune Konstruktion mit Giebeln, die den Eindruck machte, als habe sie viele Winkel und keinen Bauplan, stand oben auf dem Berg, an dessen Hang Gant gebaut hatte. Der Platz vor dem Haus wurde von mächtigen, königlichen Eichen beschattet. Unten, beidseitig der Straße, die an Gants Obstgarten vorbeiführte, standen hohe Kiefern, in denen der Wind sang.

Mr. Hilliards Wohnsitz galt als der schönste in der Stadt. Ringsum wohnte der Mittelstand, aber die Lage war großartig. Hilliards lebten im großen Stil; sie benahmen sich wie Grafen, die von der Burg zum Dorf hinuntersteigen und sich gesellschaftlich nicht mit den Leuten im Dorf einlassen. Ihre Freunde kamen von weit her in Kutschen; täglich Punkt zwei Uhr fuhr ein alter Neger in Livree mit zwei tadellos gehaltenen braunen Stuten in flottem Tempo die gewundene Allee hinauf und wartete bei dem Kutscheneingang an der Seite auf seine Herrschaft. Fünf Minuten später fuhren Mr. und Mrs. Hilliard aus und blieben zwei Stunden weg. Dieses Ritual, das er stets vom Wohnzimmerfenster aus beobachtete, übte jahrelang eine große Faszination auf Eugene aus: Diese Nachbarn und ihre Lebensweise symbolisierten roh gesellschaftliche Überlegenheit.

An jenem Morgen, als er endlich auf Hilliards Privatweg herumrutschte, verspürte Eugene eine große Befriedigung. Dies war seine erste Flucht, eine Flucht in verbotene, verzauberte Regionen. Die Beschaffenheit der Schlacken, mit denen der Weg bestreut war, enttäuschte. Er krabbelte weiter. Die Uhr vom Gerichtsgebäude schlug elf.

Die Ordnung in Hilliards Haushalt war perfekt und versagte nie. Jeden Morgen, genau drei Minuten nach elf, kam ein großes graues Pferd langsam den Berg hinaufgetrabt, hinter sich einen schweren, mit Lebensmitteln beladenen Wagen, der tief, würzig und verlockend roch und mit exklusiv für die Hilliards bestimmter Nahrung beladen war. Jeden Morgen, genau drei Minuten nach elf, war der Fuhrmann, ein junger Neger, gemütlich auf dem Bock eingeschlafen. Es konnte nichts geschehen; nicht einmal ein Pflaster aus Haferkörnern hätte das Pferd dazu verleiten können, seine heilige Pflicht zu verletzen. Es trabte schwerfällig bergauf, bog gewichtig in die ausgefahrenen Radspuren der Allee ein, als es plötzlich das große Rund seines rechten Vorderhufes durch einen Fremdkörper behindert fühlte. Es sah herab und nahm langsam seinen Huf von etwas hoch, das noch kürzlich das Gesicht eines kleinen Jungen gewesen war. Dann, mit sorgsam gespreizten Beinen, ging es weiter, zog den Wagen an Eugenes Körper vorbei und hielt an.

Der Neger auf dem Bock und die Negerin auf der Verandatreppe erwachten gleichzeitig. Geschrei. Gant und Eliza kamen aus dem Haus gestürzt. Der erschrockene Fuhrmann hob den ohnmächtigen Eugene in die Arme des fluchenden Doktors McGuire. Die dicken, feinfühligen Finger des Arztes tasteten schnell Eugenes kleines, blutiges Gesicht ab. Kein Knochen war gebrochen.

«Er kann noch Kongreßabgeordneter werden. Ihr habt Pech und harte Schädel, W. O.», sagte McGuire und nickte den verzweifelten Eltern kurz zu.

Gant, durch diesen Bescheid erleichtert, ließ seine Wut an dem Neger aus. «Du verdammter schwarzer Hund», brüllte er, «dafür bring ich dich hinter Gitter!» Er packte ihn, über den Drahtzaun hinweg, an der Gurgel und würgte den Neger, der Stoßgebete murmelte und nicht wußte, wie ihm geschah, sich nur im Zentrum eines Tumults sah. Das Negermädchen war heulend ins Haus geflohen.

«Sieht schlimmer aus, als es ist», sagte der Doktor. «Etwas heißes Wasser, bitte!» Er legte den Helden auf ein Sofa. Immerhin dauerte es zwei Stunden, bis Eugene wieder zu sich kam. Alle Leute lobten das Pferd. «Es hatte mehr Verstand als der Nigger», sagte Gant und leckte seinen Daumen.

In der Tiefe ihres Herzens glaubte Eliza fest, dieses sei von den Schicksalsmächten vorgeplant gewesen. Die Fäden des Geschickes waren seit langem gesponnen; das zerbrechliche Gehäuse des Schädels, in dem das Leben bewahrt lag, blieb unversehrt, obwohl es so leicht hätte zerdrückt werden können wie ein Ei. Aber Eugene trug das Mal des Zentaurs noch viele Jahre, wenn auch das Licht besonders fallen mußte, um es zu enthüllen.

Als er älter war, fragte er sich manchmal, ob die Hilliards von ihrem Olymp herabkamen, als er so frevlerisch die Ordnung des Herrenhauses durchbrochen hatte.

Er fragte nie jemanden danach, hielt es für unwahrscheinlich: Er stellte sie sich vor, wie sie bestenfalls hinter der Gardine standen, großartig und nicht völlig im klaren darüber, was eigentlich passiert sei, mit dem vagen Gefühl, es müsse etwas Unangenehmes gewesen sein, mit Blut dabei.

Kurz darauf ließ Mr. Hilliard am Eingang der Allee ein Schild anbringen: «Privatweg. Betreten verboten».

5

Luke wurde wieder gesund, nachdem er einige Wochen lang Arzt, Krankenschwester und Familie verflucht hatte – es war ein störrischer Fall von Typhus.

Gant war nun Haupt einer zahlreichen Familie, die wie Leitersprossen von Eugene, dem Jüngsten, zu dem achtzehnjährigen Steve und der jungmädchenhaften Daisy anstieg. Daisy war siebzehn und ging in die oberste Mittelschulklasse. Sie war scheu und empfindsam und sah, ihrem Namen entsprechend, ganz wie ein Gänseblümchen aus. Sie lernte mit gründlichem Fleiß. Ihre Lehrer hielten sie für die denkbar beste Schülerin; sie gab pflichtschuldig und treu zurück, was ihr gereicht wurde. Sie hatte wenig Temperament, keinen Trotz. Ohne Leidenschaft für die Musik spielte sie Klavier. Aber ihr Spiel war ehrlich und sauber; sie hatte einen guten, flüssigen Anschlag. Ohne auszusetzen übte sie stundenlang.

Steve jedoch taugte offenbar nichts in der Schule. Als er vierzehn war, wurde er eines Tages zum Rektorzimmer bestellt, wo er wegen Schwänzens und Aufbegehrens eine Tracht Prügel empfangen sollte. Aber der Geist der Untertänigkeit war nicht in ihm. Er riß dem Mann den Stock aus der Hand, brach ihn entzwei, schlug ihm ein blaues Auge und sprang lachend aus dem Fenster die fünf Meter auf den Schulhof hinunter.

Dieses war einer seiner besten Streiche. In anderen Stücken erwies sich seine Führung weniger zu seinen Gunsten. Schon sehr frühzeitig, als er immer mehr bummelte, schließlich aus der Schule hinausgeworfen wurde, sich sein Charakter zunehmend in trotziger Bösartigkeit verhärtete, führte der Gegensatz zwischen ihm und Gant zu offenem, bitterem Streit. Vielleicht erkannte der Vater in den Schattenseiten des Sohnes seine eigenen Schwächen; doch jene Eigenschaften, die mit dem Charakter Gants versöhnten, fehlten seinem Ältesten ganz. Steve hatte einen zähen Talgklumpen, wo sein Herz hätte sitzen sollen.

Von allen Geschwistern hatte er die schwerste Jugend gehabt. Von Kind auf war er Zeuge von Gants wildesten Ausschweifungen gewesen. Er vergaß es nie. Da Eliza sich mehr mit den jüngeren Kindern abgeben mußte, war er als der Älteste sehr früh sich selbst überlassen geblieben. Eugene trank noch an ihren Brüsten, als Steve längst seine ersten zwei Dollar zu den Damen am Eagle Crescent getragen hatte.

Die Beschimpfungen, mit denen ihn Gant überhäufte, verletzten ihn tief. Gerade weil er sich seiner Schwächen bewußt war, verstärkte es sein trotzig-großtuerisches Gehabe, von seinem Vater «verkommener Taugenichts», «degenerierter Kerl», «Wirtshaushocker» genannt zu werden. Billig und protzig angezogen, mit knallgelben Schuhen, auffällig gestreiften Hosen und einem breitkrempigen Strohhut mit buntem Band stolzierte er hochstaplerisch-lässig herum, ein angestrengt selbstsicheres Lächeln im Gesicht. Mit unterwürfiger Herzlichkeit grüßte er jeden, der ihn bemerkte. Wenn ihm einmal ein begüterter Mann zunickte, pickte seine kranke, unbefriedigte Eitelkeit die Brotkrume gierig auf, und zu Hause prahlte er dann erbärmlich herum: «Ha! Jeder kennt Little Stevie! Alle, die hier was zu sagen haben, respektieren ihn. Alle! Jeder hat ein gutes Wort für ihn, bloß seine eigenen Angehörigen nicht. Ja, ja! Wißt ihr, was James T. Collins heut zu mir sagte?»

«Wer? Was? Wer ist das?» fragte Eliza in komischer Eile und sah von ihrem Strümpfestopfen auf.

«James T. Collins! Der hat seine zweihunderttausend Dollar auf der Bank liegen. ‹Steve›, hat er gesagt, ‹wenn ich deinen Kopf hätte› . . .» Und in selbstgefälliger Laune ließ Steve sich gehen und malte ein Bild seines zukünftigen Erfolges, wenn alle, die ihn nun über die Achsel ansahen, ihn bewundern würden . . . «Ja, dann werden sie alle kommen und Little Stevie die Hand drücken wollen!» prophezeite er.

Als Steve aus der Schule geworfen wurde, hatte ihn Gant aus Wut furchtbar geschlagen. Steve vergaß es nie. Schließlich wurde ihm gesagt, er solle sehen, wie er sich durchbringe. Er fand Gelegenheitsarbeit in einer Eisbar und als Austräger bei einem Morgenblatt. Mit seinem Freund Gus Moody, dem Sohn eines Eisenarbeiters, ging er eines Tages auf Entdeckungsfahrt. Dreckig und speckig krochen die beiden Vagabunden aus einem Güterzug in Knoxville, Tennessee, verbrauchten ihr bißchen Geld für Essen und in einem Bordell und erschienen zwei Tage später kohlschwarz und prahlend wieder daheim.

Eliza ärgerte sich. «Ich weiß wirklich nicht, was aus dem Jungen werden soll.» Es war tragisch, daß sie Wesentliches immer zu spät einsah. Sie schürzte die Lippen, ließ ihre Gedanken woandershin wandern, und dann, wenn das Unglück passiert war, weinte sie. Immer wartete sie ab. Außerdem liebte sie ihren Ältesten, wenn nicht mehr, so doch ganz anders als ihre übrigen Kinder. Sein erbärmliches Prahlen, seine windigen Aufschneidereien gefielen ihr. Sie hielt sie für Zeichen von «Smartheit». Nicht selten erboste sie ihre beiden fleißigen Töchter damit, daß sie diese Eigenschaften an Steve lobte. Wenn sie seine Handschrift sah, pflegte sie zu bemerken:

«Eine Sache ist sicher, Steve hat eine bessere Schrift als ihr alle, trotz eurer Schulbildung.»

Die Freuden der Flasche hatte Steve schon als kleiner Junge kennengelernt. Als er noch bei den Ausschweifungen seines Vaters assistierte, probierte er heimlich den starken, penetrant riechenden Whisky aus der halbvollen Feldflasche – es wurde ihm davon übel, aber er konnte mit der Tat vor seinen Kameraden prahlen.

Als er fünfzehn war, entdeckte er beim Zigarettenrauchen mit Gus Moody eine Flasche Whisky in der Scheune eines Nachbarn, die dieser Biedermann aus Angst vor seiner Frau in einem Hafersack versteckt hielt. Als dieser das nächste Mal auf einen heimlichen Schluck in die Scheune kam, fand er die Flasche halbleer. Ergrimmt verschnitt er den Rest mit Krotonöl. Die beiden Jungen erbrachen mehrere Tage lang.

Eines Tages fälschte Steve einen Scheck auf den Namen seines Vaters. Es vergingen ein paar Tage, bis Gant es entdeckte. Es handelte sich bloß um drei Dollar, aber seine Wut war groß. In einer häuslichen Philippika – er schrie so laut, daß Steves Sünde der gesamten Nachbarschaft bekannt wurde – war von Gefängnis und Zuchthaus die Rede, und daß Steve Schande über seinen alten Vater gebracht habe. Gant war zwar noch nicht alt, bediente sich jedoch dieses Adjektivs bei Streitigkeiten mit großer Geschicklichkeit. Natürlich zahlte er den Scheck, aber die Liste der Schimpfnamen für Steve wurde um die Vokabel «Wechselfälscher» vermehrt. Steve schlich verstohlen aus und ein. Mehrere Tage aß er seine Mahlzeiten allein. Es fielen wenige Worte, wenn Vater und Sohn einander zufällig begegneten. Mit harten Blicken durchschauten sie einander. Sie wußten, daß sie voreinander nichts verbergen konnten, daß dieselben Gelüste und Begierden wie Geschwüre an ihnen fraßen, derselbe schleichende Trieb ihr Blut verseuchte. Sie wußten das, und etwas in ihnen wandte sich vom Gegenüber in schmerzlicher Scham ab.

In seinen Tiraden gegen Eliza bestand Gant darauf, daß der Junge alles Schlechte von seiner Mutter geerbt hätte. «Er ist ganz wie dein Bruder Greeley!» schrie er. «Hinterwäldlerblut! Ich sag dir, wo er noch mal enden wird, . . .» – Gant lief fiebrig im Hause auf und ab, redete mit sich selbst, stürzte dann in die Küche: «Er wird im Zuchthaus enden!» Ihre Nase war von heißem Fett gerötet; sie spitzte den Mund und sagte wenig; nur wenn er sie zu sehr reizte, versuchte sie ihn ihrerseits zu kränken:

«Vielleicht wäre er besser geraten, wenn er nicht immer seinen Vater aus den schlimmsten Kneipen geholt hätte.»

«Das lügst du, Weib, das lügst du, bei Gott!» donnerte Gant pompös und ohne jede Logik.

Gant trank weniger. Abgesehen von fürchterlichen, alle sechs bis acht Wochen stattfindenden Sauforgien, die das ganze Haus tagelang in Schrecken versetzten, gab er Eliza keinen Grund, über seine Trunksucht zu klagen. Was jedoch ihre ungeheure Geduld fast erschöpfte, war seine gewohnheitsmäßige, alltägliche Schimpferei.

Sie schliefen nun in getrennten Zimmern im Obergeschoß. Gant stand um sechs oder halb sieben auf, zog sich an und ging hinunter, um die Feuer anzumachen. Während er den Küchenherd und den offenen Kamin im Wohnzimmer in Betrieb setzte, murmelte er unausgesetzt vor sich hin. Seine halblaute Stimme hob und senkte sich zu rednerischen Schwüngen. Er bereitete seine Tirade vor. War die Sache genügend geübt, dann erschien er plötzlich in der Küche vor Eliza und ließ unvermittelt seinen Schwall auf sie los, auch wenn gerade ein Negerjunge Koteletts und Steaks vom Schlachter auslieferte.

«Weib! Hättest du ein Dach über dem Kopf, wenn ich nicht dafür gesorgt hätte? Hättest du dich auf deinen nichtsnutzigen Vater verlassen können? Hätte dir Bruder Will oder Bruder Jim ein Obdach gegönnt? Haben diese Pentlands jemals irgendwem etwas gegeben? Waren sie je um etwas anderes als ihr eigenes erbärmliches Fell besorgt? Wie? Würde einer von ihnen einem hungrigen Bettler eine Brotkruste geben? Nein, tausendmal nein! Und wenn er eine Bäckerei hätte! Ach, es war ein bitterer Tag für mich, als ich zuerst dieses verfluchte Land betrat: Ich ahnte nicht, wie teuer es mich zu stehen kommen würde. Hinterwäldlerbrut! Hinterwäldlerbrut! . . .» Und nun erreichte die anschwellende Flut ihren Höhepunkt.

Manchmal, wenn sie einen Versuch zu antworten machte, kamen ihr die Tränen. Das freute ihn. Es machte ihm Spaß, sie weinen zu sehen. Aber meist gab sie ihm nur eine kurze, ärgerliche Antwort – zwischen ihren blinden, gegensätzlichen Seelen wurde ein tiefverborgener, häßlicher und verzweifelter Krieg geführt. Aber wenn er gewußt hätte, wozu diese täglichen Attacken sie treiben würden, hätte es ihn sehr überrascht – er brauchte diese Ausbrüche, in denen sich die fiebrige, tiefsitzende Unzufriedenheit seines Wesens entlud und sich an einem Opfer abreagierte. Außerdem war seine Ordnungsliebe so groß, daß er einen leidenschaftlichen Haß auf alles Schlampige, Ungeregelte, Zerstreute hatte. Eliza hatte die Eigenschaft, alte Stücke Bindfaden, leere Konservenbüchsen und Flaschen, Altpapier und Trödel aller Art aufzubewahren. Ihre manische Erwerbswut – eine in ihr damals noch nicht voll entwickelte Besessenheit – machte ihn rasend.

«Mein Gott! Schmeiß doch diesen Müll weg!» schrie er in ungeheucheltem Ärger und wollte sich darüber hermachen.

«Untersteh dich», sagte sie scharf, «du weißt nicht, wie man diese Sachen noch einmal brauchen kann.»

Vielleicht war es gegen alle Regel, daß hier größte Ordnungsliebe und frömmste Rücksicht auf den Ritus zu der abschweifenden, unruhigen, lebenshungrigen Natur gehörten, die noch ihre Schimpfkanonaden nach einem festen Muster vom Stapel ließ, während die praktisch-alltägliche Person mit ihrer ungezügelten Besitzsucht ständig das Chaos beschwor.

Gant hatte die Leidenschaft des echten Wanderers, dessen, der von einem festen Punkt her schweift. Er brauchte die Ordnung, die Abhängigkeit von einem Zuhause. Er war ein häuslicher Typ. Die gesammelte Kraft und Wärme der Familie bedeutete ihm Leben schlechthin. Nach seiner pünktlichen Morgentirade gegen Eliza ging er daran, die schlafenden Kinder zu wecken. Seltsamerweise konnte er das Gefühl, als einziger aus den Federn zu sein, nicht ertragen.

Der Weckruf, den er am Fuß der Treppe stehend komischgrollend ausstieß, hatte die Formel:

«Steve! Ben! Grover! Luke! Ihr verdammten Schlingel! Aufstehn! Was soll aus euch werden? Ihr werdet euer Lebtag zu nichts taugen!» Er fuhr mit seinem Gebrüll fort, als ob die Jungen ihm oben wach und aufmerksam zuhörten. «Als ich so alt war wie ihr, da hatte ich morgens um diese Zeit vier Kühe gemolken, einen

Haufen Hausarbeit geschafft und war dreizehn Kilometer durch tiefen Schnee zur Schule gepilgert!»

Wenn immer er seine Schulzeit beschrieb, schilderte er eine mit Eis und meterhohem Schnee bedeckte Landschaft. Offenbar war sein Schulbesuch stets bei polaren Klimaverhältnissen erfolgt.

Eine Viertelstunde später erhob er wieder sein Gebrüll. «Ihr verbummelten Taugenichtse! Wenn alle Fußböden unter euch durchbrechen, dann schlaft ihr im Keller weiter!»

Oben war dann bald hastiges Füßetrampeln zu hören. Nackt, ihre Kleiderbündel unterm Arm, kamen die Jungen einer nach dem anderen in das Wohnzimmer gelaufen. Vor dem lodernden Kaminfeuer zogen sie sich an.

Beim Frühstück war Gant meist, von sporadischen Klageausbrüchen abgesehen, fast glänzender Laune. Sie futterten mächtig. Gant legte ihnen große Stücke Beefsteak auf die Teller. Sie aßen Maisbrei, in Ei gebraten, frischgebackene, warme Brötchen, Marmelade und Schmoräpfel. Zur gleichen Zeit, wenn die Jungen bei dem Warnsignal der dunklen, endgültigen Neun-Uhr-Glocke aus dem Haus eilten, dabei noch konvulsivisch heißes Essen und Kaffee hinunterschluckten, ging er in seine Werkstatt.

Zum Mittagessen kam er heim und ließ sich über die Neuigkeiten des Tages vernehmen. Gegen Abend versammelte sich die Familie. Gant kam, schichtete sein großes Kaminfeuer, übte seine Schelttirade, die er eine halbe Stunde lang vorbereitet hatte, und ließ sie dann dreiviertel Stunden lang auf Eliza los. Dann aßen sie recht vergnügt zu Nacht.

So verging der Winter. Eugene war drei Jahre alt. Sie kauften ihm Fibeln und große Tierbilderbücher mit Reimfabeln, die Gant ihm unentwegt vorlas – nach sechs Wochen konnte Eugene alles auswendig. Oft mußte er sein Kunststück für die Nachbarn aufführen – er hielt die Bücher in der Hand und tat so, als könne er lesen. Gant war begeistert. Er unterstützte den Betrug. Alle hielten es für außerordentlich, daß ein Kind so früh lesen könne.

Im Frühling fing Gant wieder zu trinken an. Nach zwei oder drei Wochen hörte sein Durst auf. Er nahm beschämt das geregelte Alltagsleben wieder auf. Aber Eliza plante eine Veränderung.

Man schrieb 1904. Die Weltausstellung in St. Louis war in Vorbereitung. Sie sollte ein Schaubild der Geschichte der Zivilisation werden, größer und besser und schöner, als je eines gezeigt wurde. Viele Leute aus Altamont wollten hinfahren. Die Aussicht, Reise und Profit miteinander zu verbinden, faszinierte Eliza.

«Weißt du was?» begann sie eines Abends nachdenklich und ließ die Zeitung sinken. «Mir ist's, als sollte ich zusammenpacken und hinfahren.»

«Wohin?»

«Nach St. Louis», antwortete sie. «Wenn es gutgeht dort, könnten wir überhaupt ganz hinziehen.» Sie wußte, daß der Gedanke, mit dem bisherigen Leben zu brechen, sich auf Neuland zu begeben und das Glück woanders zu versuchen, einen mächtigen Zauber auf Gant ausübte. Vor Jahren schon – damals, als er seine Partnerschaft mit Will Pentland aufgab – hatten sie davon gesprochen.

«Was willst du denn dort anfangen? Und wie sollen die Kinder durchkommen?»

«Na! Das ist doch einfach!» sagte sie selbstgefällig. Sie schürzte nachdenklich die Lippen und lächelte gerissen. «Ich werde ein schönes, großes Haus mieten und eine Pension aufmachen. Wenn ich tüchtig die Werbetrommel rühr, wird's schon nicht hapern. Die Leute von hier kommen bestimmt gern zu mir.»

Gant wurde tragisch. «Barmherziger Heiland!» heulte er. «So etwas! Ich bitte dich, tu's nicht.»

«Sei doch nicht närrisch! Es ist nichts dabei, wenn man zahlende Gäste ins Haus nimmt. Hochanständige Leute hier in der Stadt machen das.» Sie wußte, daß sein Stolz leicht verletzlich war. Die Vorstellung, man könne denken, daß er nicht imstande sei, für die Seinen zu sorgen, war ihm unerträglich. Er brüstete sich oft damit, ein treusorgender Familienvater zu sein. Außerdem ging es ihm sehr gegen den Strich, wildfremde Leute gegen Entgelt aufzunehmen; es erschien ihm als Bedrohung, ein Einbruch in seine Privatsphäre. Er haßte Pensionsgäste; nichts konnte eine größere Schande sein, als seinen Lebensunterhalt damit zu verdienen, daß man die Verachtung, die Launen und das Geld von (wie er sie nannte) «Billigmietern» hinnahm.

Eliza, die das alles wußte, verstand seine Einstellung nicht. Vermögen zu besitzen und, mehr noch, Einkommen aus diesem Vermögen zu beziehen, war die Religion ihrer Familie. Sie, die Frau, übertraf die Männer ihrer Sippe insofern, als sie sogar Geld aus ihrem Heim herausschlagen wollte. Kein anderer Pentland hätte das gekonnt. Ihr aber fehlte jeder Sinn für das Private, für die besondere Heimlichkeit des eigenen Hauses.

Sie hatte Eugene gestillt, bis er drei Jahre alt war. In diesem Winter wurde er entwöhnt. Etwas in ihr hörte auf; etwas anderes begann.

Schließlich setzte sie es durch. Manchmal sprach sie mit Gant nachdenklich über ihren Plan; versuchte, ihn zu überreden. Manchmal, bei seinen abendlichen Schimpftiraden, gab sie ihm Kontra und drohte mit ihrem Vorhaben. Was sie eigentlich in St. Louis ausrichten wollte, war ihr unklar. Sie spürte, daß dort ein Anfang zu machen sei. Schließlich setzte sie es durch.

Gant erlag der Lockung des Neulands. Er sollte zunächst zwar zu Hause bleiben, aber dann, wenn alles gutging, würde er nachreisen. Die Aussicht, eine Zeitlang frei zu sein, begeisterte ihn. Ein Hauch der Freizügigkeit, der Unabhängigkeit, des Zaubers der Jugend kam wieder. Er blieb zurück, aber die Welt des Einsamen war voll von unsichtbaren Schatten. Daisy war im letzten Schuljahr; sie blieb bei ihm. Daß Helen mitging, war ihm ein großer Schmerz. Sie war fast vierzehn.

Anfang April reiste Eliza ab. Die aufgeregten Kinder umschwärmten sie. Sie trug Eugene auf dem Arm. Das hektische Durcheinander verwirrte und begeisterte ihn. Er war neugierig, ungeheuer gespannt. Die Tarkintons und Duncans kamen; es gab Tränen und Küsse. Die ganze Nachbarschaft war von der neuen Wendung des Gantschen Familiengeschicks überrascht. Mrs. Tarkinton sah Eliza beinahe ehrfürchtig an.

Eliza lächelte mit nassen Augen. Sie genoß es, die Sensation des Tages zu sein. «Man kann ja nie wissen», sagte sie, «aber wenn es dort klappt, werden wir wohl ganz nach St. Louis ziehen.»

«Oh! Sie kommen wieder», prophezeite Mrs. Tarkinton gutherzig und treu. «Es ist nirgends so schön wie hier.»

Sie fuhren mit der Straßenbahn zum Bahnhof. Ben und Grover hockten vergnügt nebeneinander und bewachten einen großen Korb mit Reiseproviant. Helen hielt nervös ein Bündel von Paketen und Päckchen fest.

Eliza blickte scharf auf die langen, geraden Beine des Mädchens und dachte an den halben Fahrpreis.

«Wie findest du das», fragte sie. Sie kicherte in die Hand und gab Gant einen leisen Rippenstoß. «Helen wird sich klein machen müssen.» Dann wandte sie sich an das Kind: «Sag mal, bist du nicht furchtbar groß für ein Mädchen unter zwölf?»

Helen richtete sich nervös auf.

«Wir hätten eine ganze Fahrkarte für sie nehmen sollen», brummte Gant.

«Ach was! Kein Mensch wird sich drum scheren!»

Gant brachte sie an den Zug. Der fürsorgliche Pullmanschaffner sorgte dafür, daß sie es bequem hatten.

«Paß gut auf sie auf, George», sagte Gant und gab dem Mann ein Trinkgeld. Eliza äugte eifersüchtig nach der Münze.

Zum Abschied küßte er sie alle mit seinem borstigen Schnurrbart, aber die knochigen Schultern seiner Kleinen streichelte er ungeschickt und drückte sie zärtlich an sich. Es gab Eliza einen Stich, dieses mit anzusehen.

Einen Augenblick lang waren beide linkisch und verlegen. Das Absurde des ganzen Plans, das Gefühl der erschreckend ungelenken Zufälligkeit allen Lebens machte sie sprachlos.

«Also . . .» fing er an. «Ich hoffe, du weißt, was du tust.»

Sie lehnte zum Fenster heraus und schürzte die Lippen. «. . . Du weißt ja nicht, wozu uns das alles führen kann.»

Er war ein wenig beschwichtigt. Der Zug ruckte und fuhr langsam an. Er küßte sie ungeschickt.

«Schreib mir, wenn du angekommen bist», sagte er und schritt schnell davon.

«Auf Wiedersehen! Auf Wiedersehen!» rief Eliza und winkte

mit Eugenes kleiner Hand der großen Gestalt auf dem Bahnsteig nach.

«Kinder, kommt und winkt eurem Vater zum Abschied!»

Die Kinder drängten sich am Fenster. Eliza weinte.

Eugene schaute durch die Scheiben und sah die Sonne leuchtendrot auf einem Fluß versinken, der sich durch die bunten Felsschluchten von Tennessee wand. Dieser verzauberte Fluß prägte sich seiner Kinderseele unauslöschlich ein. Jahre später noch sah er ihn in Träumen von überirdischer, unheimlicher Schönheit. Vom großen Wunder befangen, vom Stoßrhythmus der schweren Räder gewiegt, schlief er ein.

Ein weißes Eckhaus, mit Rasenflächen nach beiden Seiten – da wohnten sie. Eugene fühlte dunkel, daß es weit vom großen, lärmerfüllten Netz der Innenstadt entfernt lag – jemand sagte, so schien es ihm, es seien vier oder fünf Meilen bis dahin. Aber wo war der Fluß?

Zwei kleine Jungen mit weißblondem, glattem Haar und schmalen, gemeinen Gesichtern rasten ständig auf Dreirädern auf dem Bürgersteig vor dem Haus auf und ab. Sie trugen weiße Matrosenanzüge mit blauen Kragen, und Eugene haßte sie sehr. Er spürte unklar, daß ihr Vater ein schlimmer Mann sei, der sich beim Sturz in einen Aufzugschacht beide Beine gebrochen hätte.

Der Hinterhof war ganz mit einem rotgestrichenen Bretterzaun umzogen. Ganz hinten stand eine rote Scheune. Viele Jahre später kam Steve einmal heim und erzählte, daß die Ecke dort jetzt vollkommen zugebaut sei. Wo?

Eines Tages standen zwei Betten zum Lüften in dem heißen, kahlen Hinterhof. Er lag auf dem einen, seine kurzen Beine faul und gemütlich angezogen, und atmete den Geruch der warmen Matratze ein. Auf dem anderen Bett lag Luke. Sie aßen Pfirsiche. Eine Fliege setzte sich auf Eugenes Pfirsich und klebte fest. Er schluckte sie hinunter. Luke brüllte vor Lachen. «Fliegenfresser! . . .» Ihm wurde plötzlich schlecht, er erbrach heftig und konnte ein paar Tage nichts essen. Er fragte sich, warum er die Fliege gegessen habe, wenn er sie doch die ganze Zeit deutlich gesehen hatte.

Der Sommer kam mit wilder strahlender Hitze. Gant erschien für ein paar Tage und brachte Daisy mit. Eines Abends saßen sie in den *Delmar Gardens* und tranken Bier. In der heißen Luft saß er an einem kleinen Tisch und starrte durstig auf den feuchtperlenden, schäumenden Krug. Er hatte Lust, sein Gesicht in diesen schneekühlen Schaum zu stecken und tief vom Glück zu trinken. Eliza ließ ihn versuchen. Sie alle lachten laut über seine sauer verzogene, enttäuschte Miene.

Noch Jahre später erinnerte er, wie Gant an diesem Abend dasaß und, Schaum im Schnurrbart, mächtige Schlucke trank. Sein prächtiger, lustvoller Durst erweckte das Verlangen, gleichzutun. Er fragte sich, ob wohl alles Bier bitter wäre, ob nicht einmal die Zeit käme, wann er in die Freuden dieses großen Getränks eingeweiht werden würde.

Gesichter aus der alten, halbvergessenen Welt erschienen von Zeit zu Zeit. Leute aus Altamont kamen und blieben als Pensionsgäste in Elizas Haus. Eines Tages sah Eugene auf und erkannte mit dem Schreck des jähen Sicherinnerns das brutale, glattrasierte Gesicht Jim Lydas. Er war Sheriff von Altamont und wohnte ein paar Häuser unterhalb Gants. Einst, als Eugene knapp über zwei Jahre alt war, war Eliza als Zeugin zu einem Prozeß nach Piedmont gefahren. Sie blieb zwei Tage weg, und Eugene wurde der Obhut von Mrs. Lyda übergeben. Er vergaß nie die versteckte Grausamkeit, mit der Jim Lyda ihn am ersten Abend, als er mit ihm spielte, gequält hatte.

Nun war dieses Ungeheuer plötzlich wieder auf teuflische Art aufgetaucht. Eugene starrte in sein schweres, satanisches Gesicht. Er sah, daß Eliza neben Jim stand, und als das Entsetzen in den Kinderaugen wuchs, tat Jim so, als wolle er Eliza schlagen. Eugene schrie vor Wut und Angst, die beiden lachten. Der blinde Augenblick kam, in dem Eugene seine Mutter zum erstenmal haßte, rasend und machtlos aus Eifersucht und Furcht.

Eliza hatte die Brüder Steve, Ben und Grover gleich auf Arbeit geschickt. Allabendlich kamen sie von der Weltausstellung nach Hause und erzählten, erfüllt von der munteren Erregung des Tages. Verstohlen kichernd machten sie Andeutungen über den

Hoochy-Koochy; Eugene verstand, daß das ein Tanz war. Steve summte eine monotone, anzügliche Melodie und wiegte sich wollüstig dazu. Sie sangen ein Lied; die traurige, ferne Musik klang in ihm nach. Er lernte es:

«Meet me in Saint-Lou-iss, loo-ee,
Meet me at the Fair,
If you see the boys and girlies,
Tell them I'll be there.
We will dance the Hoochy-Koochy . . .»

Manchmal, wenn er auf einer sonnenwarmen Steppdecke lag, wurde Eugene sich bewußt, daß ein liebes Antlitz um ihn war, das ihn betrachtete . . . eine weiche, wohltuende Stimme, unvergleichlich anders als die Stimmen der anderen . . . eine zarte, olivengetönte Haut . . . schwarzes Haar . . . warme dunkle Augen mit dem Ausdruck einer erlesenen, trauervollen Güte. Dieses Wesen brachte sein sanftes Gesicht ganz nahe an das von Eugene, es streichelte und umarmte ihn. Auf seinem braunen Hals hatte es ein Muttermal, ganz wie eine Himbeere. Eugene berührte dieses immer wieder voll Verwunderung. Das Wesen war Grover – der liebenswürdigste und stillste von den Brüdern.

Manchmal erlaubte Eliza, daß die Geschwister den Kleinen auf Ausflüge mitnahmen. Einmal fuhren sie auf einem Flußdampfer. Eugene ging unter Deck und sah durch ein Kajütenfenster aus allernächster Nähe auf die mächtige gelbe Schlange, die sich langsam und unaufhaltsam weiterwand.

Die Brüder arbeiteten auf dem Ausstellungsgelände als Pagen im *Inside Inn*, dessen Name Eugene völlig bezauberte. Manchmal schleiften ihn seine Mutter oder eines seiner Geschwister durch den lärmenden, von Menschen wimmelnden Dschungel, mitten in die Üppigkeit und Vielfalt der Weltausstellung. Das *Ostindische Teehaus* betäubte seine Phantasie; als er hochgewachsene, beturbante Gestalten drinnen schreiten sah, empfing er seinen ersten unvergeßlichen Eindruck von der leisen, weihrauchduftigen Magie des Orients. Einmal blieb er in einem großen, von Lärm durchrasselten Gebäude wie angewurzelt stehen. Eine Lokomotive, das riesenhafteste Ungeheuer, das er je gesehen, rollte mit schrecklich sausenden Rädern auf Schienen: der Ofen glühte; rote Kohle rutschte durch den Rost: zwei Heizer feuerten unermüdlich: der Widerschein der Flammen lag auf ihren rußigen Gesichtern. Das Bild brannte sich in sein Gedächtnis wie eine Szene aus der Hölle, es ängstigte und begeisterte ihn.

Dann wieder stand er am Rand der langsam-schrecklichen Umdrehung des Riesenrades, oder taumelte durch das tosende Gewimmel der Hauptstraße und fühlte, wie sein Geist ins Wanken geriet und hilflos in der wüsten Phantasmagorie des Karnevals aufging; er hörte Luke eine verrückte Geschichte vom Schlangenfresser erzählen und kreischte vor Todesangst, als sie drohten, ihn dorthin mitzunehmen.

Einmal gab Daisy der katzenhaften Grausamkeit, die unter ihrer Sanftmut lauerte, nach und führte ihn in die grotesken Schrecken der Geisterbahn. Sie stürzten ins Bodenlose, vom grellsten Licht in tosende Finsternis, und als sein erster Schrei beim Langsamerwerden des Wagens verebbte, rollten sie in einen schrecklichen, düsteren Raum, dessen Wände mit gräßlichen Fratzen, roten Teufelsrachen und den tückischen Masken des Todes, des Alptraumes und des Irreseins bemalt waren. Nicht gefaßt auf das, was ihn erwartete, wurde er von wahnsinniger Angst entwurzelt: Der Wagen rollte abwärts, aus einer erleuchteten Höhle in die nächste, und als sein Herz zu einer Trockenerbse zusammenschrumpfte, hörte er die anderen laut und herzhaft lachen, auch seine Schwester. Sein Verstand, der eben erst zögernd die unwirkliche Wildnis der Kinderwelt verlassen hatte, brach zusammen, und er war auch Jahre danach noch wie gelähmt von der Vorstellung, daß sein Leben ein unerhörter Alptraum sei und er, ein Opfer verschwörerischer List, all seine Hoffnung, sein Vertrauen, seine Zuversicht verloren hätte, als ihn Teufel in Menschengestalt lüstern folterten. Halb von Sinnen und keuchend-lila vor Angst kam er schließlich wieder an das warme, vernünftige Tageslicht.

Das letzte, was er von der großen Schau erinnerte, war eine Nacht im Frühherbst. Wieder mit Daisy zusammen, saß er in einem

Autobus auf der Fahrerbank und lauschte zum erstenmal voller Staunen dem mühsamen Tuckern des Motors. Sie fuhren in strömendem Regen durch glänzendnasse Straßen und an den Kaskaden vorbei; die Wasser stürzten vor einem weißen Gebäude herab, an dem zehntausend Lichter wie Juwelen glühten.

Der Sommer war fort. Der Herbstwind flüsterte von verklungenen Festen; der große Karneval war beinahe herum.

Und nun wurde es sehr still im Haus. Eugene bekam seine Mutter kaum zu Gesicht. Er blieb drinnen unter der Obhut seiner Schwestern und wurde ständig ermahnt, ruhig zu sein.

Eines Tages kam Gant zum zweitenmal. Grover war schwer am Typhus erkrankt.

«Er sagt, er hätte auf der Ausstellung eine Birne gegessen», berichtete Eliza zum hundertstenmal. «Er kam heim und sagte, es wär ihm schlecht. Ich legte meine Hand auf seine Stirn, sie war glühendheiß. ‹Aber Junge›, sagte ich, ‹was um Himmels willen . . .›»

Die dunklen Augen glommen in ihrem bleichen Gesicht. Sie hatte Angst und redete sich Hoffnung ein.

«Hallo, mein Sohn Grover», sagte Gant hochgemut, als er in die Stube trat. Das Herz zog sich ihm zusammen, als er den Jungen sah.

Nach jedem Besuch des Arztes schürzte Eliza nachdenklicher die Lippen. So gut sie konnte, machte sie sich Mut, aber ihr Herz war getroffen, verzagt. Eines Nachts ließ sie die Maske plötzlich fallen und eilte aus dem Krankenzimmer. «Mr. Gant», sagte sie tonlos und schürzte die Lippen. Stumm wiegte sie ihr weißes Gesicht vor ihm, als könne sie nicht sprechen, und flüsterte dann schnell: «Tot, tot, tot.»

Eugene lag tief im mitternächtlichen Schlummer. Jemand rüttelte ihn. Er kam langsam zu sich und fand sich in Helens Armen. Sie saß auf dem Bettrand und hielt ihn. Ihr kleines, verzweifeltes und unheimliches Gesicht starrte ihn an. Langsam und deutlich sprach sie zu ihm; aus ihrer gedämpften Stimme klang eine verworrene Gier:

«Willst du Grover noch einmal sehen? Er liegt auf dem Kühlbord», flüsterte sie. Eugene überlegte, was ein Kühlbord sei. Das ganze Haus war von Drohung erfüllt. Sie trug ihn über den halbhellen Hausflur in ein Vorderzimmer. Er hörte gedämpfte Stimmen. Helen öffnete leise die Tür. Das Licht lag voll auf dem Bett. Eugene sah hin und Entsetzen strömte wie Gift in sein Blut. Vor dem armen, ausgebrannten Lebensgehäuse erinnerte er sich jählings an das warme braune Gesicht, die sanften Augen, die oft lange auf ihn herabgeblickt hatten. Wie einer, der aus Umnachtung erwachend wieder zur Vernunft kommt, erkannte er das vergessene, wochenlang nicht gesehene Antlitz, die fremde leuchtende Einsamkeit, die nicht wiederkommen würde. O verlorener und vom Wind betrauerter Geist, kehre zurück!

Eliza saß schwer auf einem Stuhl, das Gesicht zur Seite geneigt, den Kopf in die Hand gestützt. Sie weinte, ihr Gesicht von der komisch-häßlichen Grimasse verzerrt, die so unendlich viel furchtbarer ist als der stille Ausdruck des Kummers. Gant tröstete sie verlegen, sah von Zeit zu Zeit nach dem Jungen hin. Dann ging er hinaus und streckte die Arme aus, vor Bestürzung, vor Qual. Männer kamen, legten die Leiche in einen Korb und trugen sie aus dem Haus.

«Er war genau zwölf Jahre und zwanzig Tage alt», wiederholte Eliza immer wieder. Die Tatsache schien sie mehr als alles andere zu bekümmern.

«Geht jetzt, Kinder, und schlaft!» befahl sie plötzlich. Als sie sprach, fiel ihr Blick auf Ben, der verwirrt und stirnrunzelnd mit seinem sonderbaren, greisenhaften Blick vor sich hin starrte. Sie dachte, daß die Zwillinge nun getrennt seien. Sie erinnerte sich daran, wie sie zwanzig Minuten nacheinander zur Welt gekommen waren. Mitleid überkam sie, als sie an Bens Einsamkeit dachte. Sie weinte wieder. Die Kinder gingen zu Bett.

Gant und Eliza blieben allein im Zimmer. Gant vergrub das Gesicht in seinen mächtigen Händen. «Der beste Junge, den ich hatte», murmelte er. «Bei Gott! Der beste von allen.»

In der tickenden Stille gedachten sie seiner. In ihren Herzen war Angst und Reue, denn Grover war ein stilles Kind gewesen, und da sie viele Kinder hatten, hatten sie ihn nie recht beachtet.

«Das Muttermal», flüsterte Eliza. «Ich werde es nie vergessen. Nie, nie.»

Dann wurden sie auf einmal einander gewahr, plötzlich spürten sie das Grauen und die Fremdheit ihrer Umgebung. Sie entsannen sich des weinumrankten Hauses im fernen Gebirge, der knatternden Kaminfeuer, des Tumults, der Flüche, des Schmerzes, dachten an ihr blindes, verstricktes Leben. Sie erkannten das ziellose Geschick, das sie nun, am Ende des Karnevals, in dieser entlegenen Stadt mit dem Tod in Berührung gebracht hatte.

Eliza fragte sich, warum sie eigentlich hergezogen wäre. Sie suchte nach einer Antwort, ging zurück in die heißen, verzweifelten Labyrinthe. «Ach, wenn ich gewußt hätte, wie das enden würde . . .» fing sie an.

«Ach, laß doch», tröstete er und streichelte sie mit schwerfälliger Zärtlichkeit. Nach einer Weile sagte er einfältig: «Ja, ja, es ist doch recht eigenartig, wenn man es so bedenkt.»

Als sie nun dasaßen und stiller wurden, stieg Mitleid in ihnen auf – nicht mit sich selbst, sondern füreinander, und die Vergeudung, die Wirrnis und die tastende Zufälligkeit des Lebens. Gant dachte kurz an seine vierundfünfzig Jahre, seine entschwundene Jugend, seine sinkende Kraft, an das Häßliche und Böse in seinem Leben, und in ihm saß die lautlose Verzweiflung eines Menschen, der weiß, daß die geschmiedete Kette nicht gelöst, das gewebte Muster nicht entwirkt, die Tat nicht ungeschehen gemacht werden kann.

«Hätte ich es nur gewußt. Hätte ich es nur gewußt», sagte Eliza. Und dann: «Es tut mir leid.» Aber er wußte, daß ihr Kummer jetzt nicht ihm oder ihr selbst galt, ja nicht einmal dem Jungen, den der blinde Zufall der Seuche in den Weg geworfen hatte. Nein. In einem plötzlichen Aufflackern ihrer hellsichtigen schottischen Seele blickte sie klar und zum erstenmal ohne Verstellung auf die unerbittlichen Fluten der Notwendigkeit und empfand Mitleid für alle, die gelebt hatten, lebten oder leben würden; die mit ihren Gebeten die sinnlosen Kerzen vor den Altären entfachten; die demütig ihre Hoffnungen einem unzugänglichen Geist zum Opfer brachten; die die winzigen Raketen ihres Glaubens einer fernen Ewigkeit entgegenschossen, und die auf der vergessenen, sich tanzend im Kreis drehenden Schlacke dieser Erde auf Ratschlag, Gnade und Erlösung hofften. O verloren.

Sie reisten unverzüglich nach Hause. Auf jeder Station sahen Gant und Eliza ruhelos im Gepäckwagen nach. Es war grauer November. Die Bergwälder standen kahl über dem rostbraunen Teppich welken Laubs. Welkes Laub wehte durch die Straßen von Altamont. Es häufte sich auf den Pfaden, in den Rinnsteinen an. Welkes Laub trieb im Wind.

Die Straßenbahn fuhr schürfend um die Kurven bergauf. Die Gants stiegen aus. Die Leiche war schon vom Bahnhof hergebracht worden. Mrs. Tarkinton kam schluchzend aus ihrem Haus, Eliza entgegen. Ihre älteste Tochter war vor einem Monat gestorben. Die beiden Frauen fielen sich in die Arme und weinten laut.

Der Sarg war bereits in der guten Stube aufgebahrt. Die Nachbarn, mit Beerdigungsgesichtern, waren versammelt und grüßten flüsternd.

Das war alles.

6

Grovers Tod versetzte Eliza die furchtbarste Wunde ihres Lebens. Ihr Lebensmut war gebrochen; ihr maßvolles, aber mächtiges Streben nach Freiheit kam plötzlich zum Stillstand. Ihr schauderte schon beim bloßen Gedanken an die entlegene Großstadt und die Weltausstellung. Sie lebte in Angst vor dem versteckten Feind, der so hart zugeschlagen hatte.

In Verzweiflung und Trauer kapselte sie sich im Haus ein. Sie war bereit gewesen, das Familienleben aufzugeben; nun ging sie ganz darin auf. Sie arbeitete und plagte sich, nur um zu vergessen. Aber das dunkle verlorene Gesicht leuchtete plötzlich, ungreifbar, faunengleich im Dickicht ihrer Erinnerung auf; das Mal an seinem braunen Hals fiel ihr ein, und sie weinte.

Während des harten Winters schwanden allmählich die Schatten. Gant schichtete knatternde Feuer im Kamin, der Tisch bog sich von üppigen Mahlzeiten, der volle, berstende Alltag ging seinen geregelten Gang. Sie fanden wieder Geschmack am Leben.

Und als der Winter wich, löste sich langsam das Zwischendunkel in Eugenes Seele; Tage, Wochen, Monate erstanden einzeln vor ihm und lösten einander ab in strahlender Helligkeit. Er erholte sich von den Wirren der Weltausstellung. Das wirkliche Leben erschloß sich.

Seiner selbst bewußt und sicher im Schutz des Zuhauses lag er mit wohlgefülltem Bauch vor dem hitzeknisternden, lebendigen Feuer und schwelgte unersättlich in dicken Bänden aus dem Bücherregal, verliebt in den muffigen Geruch des Papiers und den scharfen Duft des warmen Ledereinbands. Seine Lieblingsbücher waren drei riesige Kalbslederbände, *‹Ridpath's History of the World›*. Die Seiten waren mit Hunderten von Zeichnungen, Kupferstichen und Holzschnitten illustriert; bevor er lesen lernte, konnte er mit Hilfe der Bilder dem Gang der Jahrhunderte folgen. Schlachtenbilder machten ihm am meisten Vergnügen. Aufgepeitscht vom Heulen des Windes draußen und dem Donner in den hohen Bäumen, überließ er sich dem dunklen Sturm und gab die verrückte, hemmungslose Gier in sich frei, die alle Männer haben, diese wilde Sehnsucht nach Dunkelheit, Wind und unerhörter Schnelligkeit. Das Vergangene enthüllte sich ihm in einzelnen, großen Bildern; er wob endlose Legenden um die Pharaonen, die auf Streitwagen, von sausenden Rossen gezogen, dahinflogen; eine unendlich ferne Erinnerung leuchtete in ihm auf, wenn er Fabelwesen betrachtete und die zwirnbärtigen, tierleibigen Könige von Assur, die Mauern von Babylon. Unzählige Bilder tanzten in seinem Kopf – Cyrus, wie er den Reiterangriff führt, der Speerwald der makedonischen Phalanx, die zersplitterten Ruder, das unübersehbare Gewirr der Schiffe bei Salamis, die Gelage Alexanders des Großen, das furchtbare Gefecht der Ritter, zerbrochene Lanzen, Streitaxt und Schwert, der Haufen der Pikeniere, belagerte Wälle und Sturmleitern voller Menschen, die gewaltsam zurückgekippt werden, der Schweizer, der sich in die aufgepflanzten Lanzen warf, Gedränge von Reiterei und Fußsoldaten, die düsteren Wälder Galliens, in denen Cäsar seine Eroberungen machte. Gant saß weiter weg, hinter ihm, schwang wild vor und zurück in einem solid gebauten Schaukelstuhl und spuckte ohne zu spritzen Kautabakspeichel über ihn hinweg ins aufzischende Feuer.

Manchmal trug ihm Gant mit volltönender Stimme Stellen aus Shakespeare vor, am häufigsten Mark Antons Anklagerede beim Begräbnis Cäsars, Hamlets Monolog, das Bankett aus ‹*Macbeth*›, die Szene zwischen Othello und Desdemona, ehe er sie erwürgt. Auch Verse las er ihm, oder zitierte sie aus dem weiträumigen Rückhalt seines Gedächtnisses. Seine Lieblingsgedichte waren: «Wie kann der sterblich' Geist voll Stolzes sein» («Lincolns Lieblingsgedicht war das», pflegte er dann zu sagen); «Verloren sind wir, schrie der Captain,/ Kam den Gang herabgeschwankt»; «Wenn mir mein Vaterhaus im Traum erscheint»; «Neunundneunzig und ihr Führer/ Ritten auf des Feindes Spur,/ In dem grauen Licht des Morgens/ Blieben neune übrig nur»; «Der Knabe stand auf brennendem Deck» und «Eine halbe Meile, eine halbe Meile, eine halbe Meile voran». Manchmal riefen sie Helen dazu, und sie mußte ihnen etwas vortragen:

> «Noch steht das Schulhaus dort am Weg,
> Ein zerlumpter Bettler sonnt sich vorm Tor,
> Der Flieder schießt noch im Gartengeheg,
> Und Brombeeren ranken, dicht wie zuvor . . .»

Wenn sie dann aufgesagt hatte, daß das Gras nun schon vierzig Jahre über dem Grab des Mädchens wuchs, und an die Stelle kam, wo der graue Bettelmann sagt, daß er in der harten Schule des Lebens gelernt habe, wie selten es vorkomme, daß jemand echte Liebe habe und den weltlichen Gütern entsage, dann seufzte Gant tief auf und bemerkte nickend: «Ja, ja, ein wahreres Wort als dies wurde niemals gesagt.»

In tiefer Einheit lebte die Familie zusammen. Gant überschüttete sie mit seiner Schelte, seiner Wärme, seiner verschwenderischen Fürsorge. Sie hatten es sich angewöhnt, seiner abendlichen Heimkehr erwartungsvoll entgegenzusehen, denn er brachte die große Freude am Leben, am Ritus des Daseins mit. Sie beobachteten ihn, wie er rüstigen Schritts um die Ecke bog, sie bewachten jede seiner Bewegungen vom Augenblick der Heimkehr an. Zuerst legte er die eingekauften Lebensmittel auf den Tisch, dann kümmerte er sich um das Kaminfeuer, das zu Anfang nie so war, wie er es haben wollte, und auf das er verschwenderisch Holz, Briketts und Kerosin schüttete. Darauf zog er den Mantel aus und wusch sich gründlich am Waschbecken; seine großen harten Hände rieben über die Bartstoppeln, so daß es wie das säuberlich-männliche Geräusch von Sandpapier klang. Dann stellte er sich gegen den Türpfosten und kratzte sich mit heftigen Hin- und Herbewegungen den Rücken. Dann leerte er einen halben Kanister Kerosin in das auflodernde Feuer, stürzte sich förmlich darauf, und murmelte vor sich hin. Schließlich biß er einen ordentlichen Priem Apfelkautabak von der Stange ab, die für ihn auf dem Kaminsims bereitlag, und – ohne seine grinsende Brut zu bemerken, die seine Riten freudig-gespannt verfolgte – schritt im Zimmer auf und ab und komponierte seine Tirade. Wenn er soweit war, stürzte er in die Küche und ließ sie unter Geheul auf Eliza los.

Seine ungestüme und disziplinlose Redeweise hatte im Laufe der Zeit und durch die ritualisierte Verwendung etwas von der beweglichen Kraft der klassischen Rhetorik bekommen. Seine Vergleiche waren grotesk und bewegten sich auf der Ebene vulgärer Heiterkeit. Die Kinder, die alle einen großen Sinn für Komik hatten, ergötzten sich täglich. Sie freuten sich im voraus darauf. Selbst Eliza, deren große Wunde langsam und schmerzlich zuheilte, wurde davon angeregt. Aber sie hatte immer Angst, er würde wieder der Trunksucht verfallen, und schweigend lag in ihr die unbeugsame, keine Verzeihung kennende Erinnerung des Vergangenen.

In diesem Winter, als der heilsame Frohsinn der Kinder, die ja kleine, absolute Gottheiten des Augenblicks sind, die Todesgedanken aus ihrem Herzen vertrieb, kehrte auch wieder so etwas wie Hoffnung bei ihr ein.

Sie lebten für sich selbst, unter sich selbst. Sie wußten nicht, wie allein sie waren. Jedermann kannte sie, aber sie waren mit niemandem befreundet. Sie standen für sich allein. Der Gesellschaftsschicht nach zählten sie wohl zum Mittelstand, aber die Duncans, die Tarkintons, die Nachbarn und Bekannten fühlten sich nie zu ihnen hingezogen, hatten nie an der seltsamen Farbigkeit ihres Lebens teil. Sie waren anders, sie paßten nicht, sie gehörten nicht in die Welt der musterhaften Bürger. Etwas Ursprüngliches, Beunruhigendes, Verrücktes, von dem sie selbst nichts ahnten, war in ihnen. Und Verkehr mit feinen Leuten wie den Hilliards war ebenso unmöglich, selbst wenn sie dafür begabt gewesen wären oder Lust dazu gehabt hätten. Aber sie hatten keine. Gant war ein großer Mann; wenn auch kein außerordentlicher; denn Außerordentlichkeit ist dem Leben nicht so bedingungslos verhaftet.

Wenn er durch das Haus stürmte, um seine gesammelten Pfeile abzuschießen, folgten ihm die Kinder vergnügt. Sie schrien vor Lust, wenn er Eliza sagte, sie sei, als er sie zum erstenmal sah, «wie eine Schlange auf dem Bauche kriechend» ihm entgegengekommen ... oder wenn er sie und alle Pentlands bei eingetretenem Frostwetter einer finsteren Macht über die Elemente bezichtigte.

«Frieren werden wir, erfrieren!» gellte er, «in diesem verruchten, grausamen, gottverlassenen Klima. Schert sich dein Bruder Will drum? Schert sich dein Bruder Jim drum? Schert sich das alte Schwein, dein elender Vater, drum? Barmherziger Heiland, Sendlinge des Teufels sind sie, denen ich in die Hände gefallen bin! Herzloser, wilder und abscheulicher als die wilden Tiere des Walds! Höllenhunde sind sie, sitzen dabei und weiden sich an meiner Qual, bis ich verrecke!»

Er lief in der Waschküche nebenan auf und ab und murmelte vor sich hin. Luke, grinsend, blieb wachsam in Reichweite.

«Aber fressen können sie!» schrie er dann und tauchte wieder in der Küchentür auf. «Fressen können sie, wenn ihnen jemand etwas vorsetzt. Mein Lebtag werde ich das alte Schwein nicht vergessen, wie er dasaß und schlang ... Cr-unch, Cr-unch, Cr-unch ... ‹Eliza, kann ich noch etwas Huhn haben?› ...» – hier ahmte Gant die weinerlich-leise Stimme des verstorbenen Majors Tom Pentland nach und setzte eine Miene wahnwitzigen Heißhungers auf. Die Kinder platzten heraus vor Vergnügen – «... und dabei hatte der alte Schuft es sich so schnell hineingeschaufelt, daß wir ihn vom Tisch tragen mußten.»

Immer wenn seine Bezichtigungen einen Höhepunkt erreichten, quietschten die Jungen vor Begeisterung, was Gant schmeichelte; er sah sich listig um, und ein schwaches Grinsen huschte über seinen dünnlippigen Mund. Auch Eliza lachte zuweilen kurz und trocken auf und rief dann abwehrend: «Raus aus der Küche! Ich habe genug von diesem Krach für heute abend.»

Bei solchen Gelegenheiten siegte manchmal seine ausgelassene Stimmung über ihn; er machte einen plumpen Versuch, Eliza zu streicheln, ging hin und legte seinen Arm um ihre Hüfte. Sie war verwirrt und entzog sich ihm hilflos: «Weg da! Hände weg von mir! Dazu ist es nun zu spät!» Ihr weißes, verlegenes Lächeln war schmerzhaft und komisch zugleich. Tränen traten ihr in die Augen. Bei diesen seltenen, unnatürlichen Bekundungen von Zärtlichkeit lachten die Kinder nur leise. Es war ihnen unbehaglich zumute. Oft baten sie: «Ach, laß sie in Ruh, Papa!»

Eugene stand im fünften Lebensjahr, als er zum erstenmal einer solchen Szene beiwohnte. Es war ihm peinlich, er schämte sich, er spürte einen Klumpen in der Kehle, renkte den Hals wie ein Erstickender und lächelte verzweifelt, ganz so, wie er später tat, wenn er im Theater armselige Clowns oder sentimentale Szenen sah. In der Tat, ohne ein undefinierbar würgendes Gefühl der Demütigung konnte er nie mit ansehen, wenn seine Eltern zärtlich zueinander waren. Sie alle waren so sehr an Flüche, Geschrei und Grobheiten gewöhnt, daß ihnen jeder Umschwung zur Zärtlichkeit peinlich verlogen erschien.

Doch als die trägen Monate, vom Schmerz verklebt, sich deutlicher voneinander abzuheben begannen, erwachte der starke Urtrieb nach Besitz und Freiheit wieder in Eliza, und der alte heimliche Kampf zwischen ihr und Gant fing wieder an. Die Kinder wuchsen heran. Eugene hatte in Harry Tarkinton und Max Isaacs Spielgefährten gefunden. Elizas Geschlechtlichkeit war am Erlöschen.

Der alte Zank um Besitz und Grundsteuern ging von neuem los. Gant, den Zettel des Einnehmers in der Hand, kam tobend nach Haus:

«Bei Gott, Weib, wohin soll das führen? In einem Jahr sind wir alle im Armenhaus. Ach, ich weiß schon, was es für ein Ende nehmen wird. Ich geh bankrott. Diese verdammten Schwindler werden mir den letzten Cent aus der Tasche nehmen, meine Sachen kommen unter den Hammer. Verflucht sei der Tag, an dem ich das erste Stück kaufte, dumm wie ich war. Wir alle werden Bettelsüppchen essen, ehe noch dieser furchtbare, dieser entsetzliche, dieser höllisch-verruchte Winter herum ist.»

Sie schürzte nachdenklich die Lippen und prüfte den Steuerzettel, während er ihr mit qualvoll gespanntem Gesicht zusah.

«Ja, das sieht schlecht aus, das muß ich sagen», bemerkte sie dann. «Jammerschade, daß du vorigen Sommer nicht meinem Rat gefolgt bist, Mr. Gant, denn dann hätten wir das heruntergekommene alte Haus der Owenbys gegen die zwei Häuser in Carter Street eingetauscht und würden jetzt vierzig Dollar Mieteinkommen im Monat beziehen . . .»

«Nie wieder will ich auch nur einen Fußbreit Land besitzen», brüllte er. «Ich bin damit mein Leben lang arm geblieben, und wenn ich sterb, dann komme ich auf den Armenacker.» Er verfiel in philosophisches Brüten, berief die Eitelkeit aller Menschenmühen, sprach von derselben Erde, «die schließlich Arm und Reich deckt», verweilte bei der Tatsache, daß wir nichts mit ins Grab nehmen können . . . und pflegte dann schließlich, ob es nun paßte oder nicht, ein paar Strophen aus Grays Kirchhofselegie zu zitieren, diesem Konversationslexikon standardisierter Melancholie:

«. . . erwarten all die letzte schwere Stunde.
Des Ruhmes Pfad, er führt nur bis zum Grab.»

Eliza aber hielt grimmig fest an dem, was sie besaß.

Gant, trotz seines Hasses auf Bodenbesitz, war stolz darauf, daß er ein eigenes Haus hatte, und liebte jeden Gegenstand, den er durch seinen Gebrauch veredelt hatte, und alle Dinge, die ihm Behagen verschafften. Unbegrenzter, bequemer und frei verfügbarer Wohlstand hätte gut zu ihm gepaßt. Er hätte gern große Summen auf der Bank und in der Tasche gehabt, wäre gern großzügig gereist, freigebig aufgetreten. Er trug gern große Geldbeträge mit sich herum, eine Gewohnheit, die Eliza nicht gutheißen konnte und derentwegen sie ihm oft Vorwürfe machte. Zweimal war er im Rausch bestohlen worden. Wenn er betrunken war, schwang er Bündel von Geldscheinen und verteilte oft große Beträge unter den Kindern, gab jedem zehn, zwanzig, fünfzig Dollar und nötigte sie: «Nehmt nur, nehmt! Nehmt es alles, verdammt noch mal!» Aber am nächsten Tag verlangte er es mit der gleichen Beharrlichkeit zurück. Helen sammelte es bei den oft nicht sehr willfährigen Jungen ein. Am nächsten Tag gab sie es ihm zurück. Sie war nun fünfzehn oder sechzehn, fast 1,80 groß, hager, grobknochig, mit großen Händen und Füßen. In ihrem offenen, großzügigen Gesicht lauerte Hysterie und Übererregbarkeit.

Das Band zwischen Vater und Tochter knüpfte sich täglich fester. Sie war nervös, heftig, reizbar und schimpfte gern, ganz wie er. Sie betete ihn an. Er hatte bemerkt, daß Helens Ergebenheit und seine Erwiderung Eliza zusehends kränkte, und pflegte diese zu betonen und übertreiben, besonders wenn er betrunken war. Seine vehemente Abneigung gegen seine Frau, seine obszönen Ausfälle wurden dann mit weinerlicher Folgsamkeit dem Mädchen gegenüber aufgewogen. Eliza, tief verletzt, merkte, daß er im Rausch seine wahre Gesinnung offenbarte. Sie mußte ihm aus dem Weg gehen und sich in ihr Zimmer einschließen, während die Tochter ihn mit Erfolg bändigte.

Zwischen Eliza und Helen blieben Reibungen nicht aus. Es kam zu scharfen, schroffen Worten; in der Enge des Hauses waren sie sich der Gegenwart der anderen Frau quälend bewußt. Ganz abgesehen von der uneingestandenen Nebenbuhlerschaft um Gants Gunst, konnte das Mädchen die von ihrer so verschiedene Art der Mutter kaum ertragen. Elizas langsame, lippenschürzende Rede, der Tonfall ihrer Stimme, ihre Gemütsruhe, die tiefe, ausharrende Geduld ihres Wesens versetzten Helen oftmals in Wut.

Sie aßen ungeheuerlich. Eugene fing an, ein Augenmerk auf die Jahreszeiten und die Gerichte zu haben. Im Herbst kellerten sie große, reifüberzogene Äpfel ein. Gant kam früher heim und brachte ganze Schweine vom Metzger, die er, eine lange Arbeitsschürze vorgebunden, mit seinen mageren, behaarten Armen in Fässern einpökelte. Die Speisekammer hing voll von geräucherten Schinken. Große Fässer mit Mehl standen am Boden. Die Bretter der tiefen Gestelle bogen sich von Eingemachtem: Kirschen, Pfirsiche, Pflaumen, Quitten, Äpfel und Birnen. Alles, was Gant anfaßte, erwachte zu vollem, prickelndem Leben: Seine Beete, in der schwarzen, feuchten Erde unter den Obstbäumen angelegt, prangten mit riesigen, krausen Salatköpfen, die sich säuberlich der fetten Erde entwanden, wobei kleine Erdklumpen an ihren festen Strünken haftenblieben; da waren dicke Radieschen und schwere Tomaten. Große, aufgeplatzte Pflaumen lagen im Gras, seine mächtigen Kirschbäume tropften schwere Fruchttränen, die Apfelbäume bogen sich unter der grünen Fülle. Die Erde war fruchtbar für ihn wie ein mächtiges Weib.

Im Frühling kamen die kühlen tauigen Vormittage, voll von spritzigem Wind und betäubenden Blütenschauern. Eugene spürte in dieser Verzauberung zum erstenmal das einsame, schmerzhafte, undefinierbare Versprechen der Jahreszeiten.

Wenn sie morgens aufstanden, roch das Haus nach vielen köstlichen Frühstücksspeisen, und sie saßen am dampfenden Tisch, der vollbeladen war mit Hirn und Eiern, Schinken, warmen Brötchen, Bratäpfeln, die in ihrem klebrigen Saft brodelten, Honig, goldgelber Butter, gebratenen Steaks, kochendheißem Kaffee. Oder es gab aufgestapelte Pfannkuchen, rumfarbene Melasse, braune, duftende Würstchen, eine Schale feuchter Kirschen, Pflaumen, fetten saftigen Speck, Marmelade. Zu Mittag aßen sie viel; ein enormer Rinderbraten wurde aufgetischt und fette, in Butter geschwenkte Lima-Bohnen, zarte dampfende Maiskolben, dicke rote Tomatenscheiben, grobgehackter, würziger Spinat, frischgebackenes gelbes Maisbrot, lockere Brötchen, ein Pfirsich-Apfel-Auflauf mit Zimt, weichen Kohl, große Glasschalen mit eingemachtem Obst – Kirschen, Birnen, Pfirsichen. Abends gab es gewöhnlich Steaks, kalten Maisbrei, in Rechtecke geschnitten und in Ei und Butter gebraten, Schweinekoteletts, Fisch und Brathähnchen. Zum Erntedankfest, Ende November, und zu Weihnachten wurden jedesmal vier Truthühner gekauft und wochenlang vorher gemästet.

Eugene, der sie mehrmals am Tag mit geschältem Mais fütterte, konnte es nicht ertragen, bei ihrer Hinrichtung dabeizusein, denn ihr freudig-erregtes Gullern echote dann schon in ihm. Wochen im voraus fing Eliza an zu backen. Die ganze Arbeitskraft der Familie drehte sich um den großen Ritus des Fests. Kurz vor den Feiertagen kamen dann noch in großen Büchsen und Schachteln die Süßigkeiten aus dem Feinkostladen ins Haus. Zur Freude an den hausgemachten Speisen gesellte sich der Zauber fremdartigen Leckerzeugs: glänzende, klebrige Datteln, kalte nahrhafte Feigen, die Bauch an Bauch gezwängt in kleinen Schachteln lagen, staubige Rosinen, verschiedene Nüsse (Mandeln, Pecans, die fleischigen Paranüsse sowie Walnüsse), Bonbonmischungen, Haufen gelber Florida-Orangen, Mandarinen – scharfe, durchdringende, nostalgische Gerüche.

Das Tranchiermesser klang auf dem Wetzstahl, wenn Gant sich zu Braten und Geflügel niedersetzte. Die Teller wurden gereicht, er legte selber vor und verteilte riesige Portionen. Eugene saß auf einem hohen Stühlchen neben dem Hausherrn. Er aß, bis sein kleiner, geschwollener Bauch wie das Fell auf einer Pauke gespannt war. Sein aufmerksamer Erzeuger piekte ihn mit dem Zeigefinger in den Magen, und erst, wenn keine Delle mehr entstand, erlaubte er ihm, aufzuhören.

«Da ist noch 'ne schlappe Stelle!» dröhnte er und legte dem Söhnchen nochmals tüchtig vor. Daß die Kinder diese Behandlung überstanden, war ein Zeichen für ihre trefflichen Mägen und für Elizas gute Küche.

Gant aß gierig und unvorsichtig. Fisch hatte er leidenschaftlich gern. Dabei schluckte er jedesmal Gräten. Das kam Hunderte von Malen vor, aber immer wieder sah er mit verzweifeltem, entsetztem Geheul auf, während ihm ein halbes Dutzend Hände hart auf den Rücken klopfte. Schließlich bekam er Luft und sagte noch ganz außer Atem: «Diesmal hab ich aber wirklich geglaubt, es ginge zu Ende.»

Eliza war verärgert. «Um Gottes willen! Warum paßt du nicht auf, Mr. Gant? Wenn du so schnell ißt, bleibt dir natürlich was im Hals stecken.»

Die Kinder machten große Augen und setzten sich erleichtert wieder auf ihre Plätze.

Gant hatte die deutsche Liebe zum Überfluß. Immer wieder erzählte er von den vollen Scheunen, der erschöpfenden Fülle des Lebens in Pennsylvania.

Auf seiner Reise nach Kalifornien, in New Orleans, war er hingerissen vom üppigen Angebot billiger Südfrüchte. Ein Straßenhändler bot ihm einen Riesenstock Bananen für fünfundzwanzig Cent an. Gant kaufte ihn auf der Stelle. Später, als er im Zug über den Kontinent fuhr, fragte er sich verzweifelt, was er mit den Bananen anfangen solle.

7

JENE FAHRT nach Kalifornien war Gants letzte große Reise. Er fuhr, als er sechsundfünfzig war, zwei Jahre nach Elizas Rückkehr aus St. Louis. In seinem mächtigen Körper bereiteten sich schon die Prozesse von Krankheit und Tod vor. Unausgesprochen, unbestimmt wußte er, daß er in der Falle des bürgerlichen Lebens gefangen saß, daß er im Kampf gegen den furchtbaren Willen, die Erde zu besitzen anstatt sie zu erforschen, der Unterlegene sein würde. Zum letztenmal flackerte jener alte Hunger in ihm auf, von dem seine kleinen grauen Augen einst dunkler geworden waren, der den Knaben in neues Land, dem sanften steinernen Lächeln eines Engels entgegen, geführt hatte.

Nach einer Wanderschaft von fünfzehntausend Kilometern kehrte er in das kahle, freudlose Gefängnis der Berge zurück. Es war ein grauer Tag gegen Ende des Winters. Wie oft war er in den mehr als achttausend Nächten seines Lebens mit Eliza zwischen ein Uhr nachts und fünf Uhr früh in nüchternem, zurechnungsfähigem Zustand wach gewesen? Im ganzen nicht mehr als neunzehnmal.

Einmal, als Leslie, Elizas erstes Kind, geboren wurde. Einmal, als sie sechsundzwanzig Monate später an Kindercholera starb. Einmal als Totenwache für seinen Schwiegervater, den alten Major

Tom Pentland, im Mai 1902. Einmal bei Lukes Geburt. Einmal im Zug nach St. Louis, kurz vor Grovers Tod. Einmal 1893, als Uncle Thaddeus Evans, ein alter, ihm ergebener Neger, im Theater starb. Einmal im März 1897, als er zusammen mit Eliza für den alten Major Isaacs die Totenwache hielt. Dreimal hintereinander, im Juli 1897, als sie glaubten, Eliza, die am Typhus erkrankt und zu einem weißen, von Haut überzogenen Skelett geschrumpft war, müsse sterben. Einmal im April 1903, als Luke todkrank mit Typhus lag. Einmal beim Tod seines Schwagers Greeley Pentland, sechsundzwanzig Jahre alt, liebenswürdig, skrofulös und schwindsüchtig, Witzbold und Geigenspieler, Scheckfälscher im kleinen, Knastbruder für sechs Wochen. Dreimal hintereinander, vom 11. bis 14. Januar 1905, vom Rheumatismus in der rechten Seite, als Teilhaber seines eigenen Kummers und als Ankläger seiner selbst und seines Gottes. Einmal im Februar 1896 als Totenwache bei der Leiche des elfjährigen Nachbarsohns Sandy Duncan. Einmal im September 1895 im Stadtgefängnis, wach vor Scham und Reue. Einmal, am 7. Juni 1896, in einem Zimmer von Keeleys Trinkerheilstätte in Piedmont, North Carolina. --- Und schließlich am 17. März 1906 im Zug zwischen Knoxville, Tennessee, und Altamont, am Ende einer siebenwöchigen Reise nach Kalifornien.

Und wie erschien die Heimaterde Gant, dem Weitgewanderten?

Graues Licht kroch, zerlöste sich über dem Felsenstrom, der Rauch der Lokomotive strich wie kalter Atem. Die Berge waren groß, aber näher, sehr viel näher, als er es erinnerte. Und Altamont lag grau und verwittert zwischen den Bergen, ein kümmerlicher, trübseliger Fleck im Winter. Vorsichtig stieg er in der schmutzigen Spielzeugstadt aus und kam sich wie Gulliver vor; alles war niedrig, nah und geschrumpft. Er fühlte sich riesengroß; mit sorgsam an den Körper gepreßten Ellbogen ließ er die stickige Spielzeugstraßenbahn unter seinem Gewicht erbeben und starrte gequält auf den schmutzigen Rauhputz des Pisgah Hotels, die schäbig aus Ziegel und Holz zusammengezimmerten Speicher in der Depot Street, die rostige, mit Brettern verschalte Erbärmlichkeit des Florence Hotels (für Eisenbahner), das von rindfleischsatter Hurerei erbebte.

Klein, klein, klein, dachte er. Ich hätte es nie geglaubt. Sogar die Berge. Bald werde ich sechzig.

Sein eingefallenes, gelbliches Gesicht wurde niedergeschlagen und ängstlich. Der Wagen schwang quietschend in die Weiche am Tunnel und hielt; Gant starrte wehmütig-verdrossen auf die Rattansitze. Der Wagenführer, noch Tabakrauch in der Kehle, stieg ein, schob die Tür zu, gähnte.

«Wo sind Sie gewesen, Mr. Gant?»

«Kalifornien», sprach Gant.

«Dacht mir's schon, daß Sie weg wären, als ich Sie wochenlang nicht sah.»

Es roch warm, nach Elektrizität, heißgelaufenem Stahl.

. . . Aber tot! Zwei Monate tot! Und wieder hierher zurück. In dieses furchtbare, entsetzliche, verruchte Klima. Tod, Tod! Ist es schon zu spät? Ein Land des Lebens, ein Blumenland. Wie klar die grüne, klare See war. Und die vielen Fische. Santa Catalina. Die im Osten sollten immer nach Westen gehen. Wie bin ich hierhergekommen? Hinab, hinab – immer hinab, wußte ich, wohin? Baltimore, Sydney – mein Gott, warum bloß? Das kleine Schiff mit dem Glasboden, so daß man hinabsehen konnte. Sie hob ihren Rock, als sie hinabstieg. Wo ist sie nun? Ein Paar Äpfelchen.

«Jim Bowles ist gestorben, während Sie weg waren», sagte der Wagenführer.

«Was??» dröhnte Gant. «Du meine Güte.» Und er schnalzte betrübt. «Woran denn?» fragte er.

«Lungenentzündung», sagte der Wagenführer. «Vier Tage krank, dann war's aus.»

«Ein Mann in den besten Jahren, groß und stark», sagte Gant. «Am Tag vor meiner Abreise hab ich noch mit ihm geredet», log er, fest überzeugt, daß es wahr sei. «Er sah aus, als ob er im Leben keinen Tag krank gewesen wäre.»

«Freitag kam er mit einer Erkältung heim», sagte der Wagenführer. «Dienstag lag er tot.»

Die Schienen brummten lauter. Er wischte mit dicken Handschuhfingern eine Lichtung in den Frostbeschlag der Fensterscheibe und blickte mit dampfendem Atem auf die rohe rote

Tunnelwand. Die andere Straßenbahn tauchte unvermittelt am Ende des Tunnels auf und bog kreischend mit einem Ruck in die Weiche aus.

«Ja, ja», sagte der Wagenführer und schob die Tür auf. «Man weiß nie, wer als nächster drankommt. Heute rot, morgen tot. Manchmal kommen die Großen und Starken zuerst dran.»

Er stieß die Schiebetür wieder zu, schaltete Strom ein. Der Wagen fuhr los wie ein aufgezogenes Spielzeug.

In den besten Jahren, dachte Gant. Auch ich, eines Tages. Nein, nur die anderen. Mutter bald sechsundachtzig. Ißt wie ein Mähdrescher, schrieb Augusta. Muß ihr zwanzig Dollar schicken. In der kalten Erde jetzt, gefroren. Hält sich bis zum Frühling. Regen, Verwesung, Regen. Wer hat den Auftrag gekriegt? Brock oder Saul Gudger? Mir das Brot vom Mund weggeschnappt. Bringen mich um, den Fremden. Georgia-Marmor, Sandsteinsockel, vierzig Dollar.

Ein lieber Freund ging fort von uns,
Von dieser Erde Leid und Not.
Doch Treu und Glauben leiten uns,
Er lebt, er ist nicht tot.

Vier Cent der Buchstabe. Verdammt wenig für die Arbeit. Meine sind die besten. Hätte Schriftsteller werden sollen. Mag auch gern zeichnen. Und die ganzen Kinder! Ich hätt es gehört, wenn irgendwas – er hätte es mir gesagt. Das werd ich nie kriegen. Obenherum ist alles in Ordnung. Wenn, dann weiter unten. Weggefressen. Löcher vom Whisky in den Eingeweiden. In Cardiacs Wartezimmer Bilder von einem Mann, der Krebs hat. Aber es müssen sich mehrere Ärzte darüber einig sein. Sonst strafbar. Aber schlimmstenfalls – das ist alles draußen. Es erwischt kriegen, bevor es in einem hochkriecht. Trotzdem weiterleben. Der alte Haight hatte eine Klappe am Bauch. Schöpfte es mit einem Löffel in einen Becher ab. McGuire, dieser verdammte Schlächter. Aber er kann fast alles. Hier ein Stück abschneiden, dort ein Stück ansetzen. Hat dem Maismehl-Vertreter aus einem Stück vom Schienbein eine neue Nase gemacht. Kann man nicht sehen. Auch das andere könnte gehen. Alle Sehnen durchschneiden und wieder zusammenknoten. Während man dabeisteht. Das wär was für McGuire, so ein flotter Notbehelf. Eines Tages werden sie auch das fertigbringen, wenn ich nicht mehr da bin. Die Dinger stehn dann, und keiner merkt was – aber vielleicht geht man dabei drauf. Das vom Bullen ist zu groß. Bald ist Frühling. Man würd dran sterben. Nicht groß genug. Ihr Gehirn ganz blutig. Volle, sich füllende Fontänen von Bullenmilch. Jupiter und wie hieß sie noch.

Im Vorübergleiten streifte sein Blick Pisgah und die westlichen Berge. Es ist weiträumiger dort. Die Gipfel kletterten sonnenwärts, zur Sonne. Das Auge hat Blickfeld. Weit in den sonnendunstigen Westen, dort rollt sich die Welt auf und öffnet sich in eine andere Welt, Gebirge und Ebene. Den Osten zur Heimat, den Westen zum Wunschziel.

Gegen Osten reichten die Berge, schützender Wall, an den Rand der Stadt. Birdseye, Sonnenuntergang. Eine dicke Rauchsäule stieg kerzengerade aus Judge Buck Seviers schmutzig-weißverschaltem Wohnsitz auf der respektablen Seite der Pisgah Avenue; dünne Rauchfähnchen flatterten von den Hütten der Neger unten in der Schlucht. Frühstück. Gebackenes Hirn und Eier mit weichen Scheiben durchwachsenen Specks. Wacht auf, wacht auf, wacht auf, ihr Hinterwäldlerbrut! Ob sie noch in drei alte, dreckige Nachtjacken eingewickelt schläft? In der nie gelüfteten, muffigkalten Bude? Schmutziggelbes Licht durch die Fensterblenden. Die rauhen Hände mit widerlich süßem Glyzerin eingeschmiert. Klebrige Flaschen, Haarnadeln, die Stücke Bindfaden herum? Keiner darf jetzt reinkommen. Schämt sich.

Ein Zeitungsträger, Nummer sieben, beendete gerade seine Route an der Ecke von Vine Street, als die Straßenbahn hielt und von der Pisgah Avenue östlich auf den Stadtkern zufuhr. Geschickt faltete der Junge die frisch gedruckte Zeitung, bog sie flach ein und schleuderte sie auf die Veranda von Shields dem Juwelier; sie schlug gegen die Holzwand und flog mit lautem Plopp zurück.

Dann ging er, der Übermüdete, der Erleichterte, in die Zeit, in das zwanzigste Jahrhundert hinein. Er spürte den Gespensterkuß des entledigten Gewichts auf seiner rechten Schulter, die vom Druck der schweren Zeitungstasche noch herabhing.

Schätze ihn auf vierzehn, dachte Gant. Das war Frühling 1864. Im Lager von Harrisburg. Mit Maultieren. Dreißig Dollar die Woche und freie Station. Die Männer stanken ärger als die Maultiere. Wir schliefen in Baracken, drei Betten übereinander. Ich im obersten, Gil unter mir im zweiten Stock. Schieb mir deine Schweißquanten nicht ins Maul. Sie waren größer als Maultierhufe. So ein Kerl war das. Wenn sie je auf dir landen, du Arschloch, glaubst du, es sind Maultierhufe, sagte Gil. Dann hatten sie es. Mutter hatte uns hingeschickt. Seid groß genug zur Arbeit, sagte sie. Im Mittelpunkt der Welt geboren, wieso dort? Zwölf Meilen von Gettysburg. Aus den Südstaaten kamen sie. Ohne Schuh. Hatten hohe Zylinder auf, gestohlene natürlich. Gib mir zu trinken, Junge. Das war Fitzhugh Lee. Nach dem dritten Tag gingen wir rüber. Devil's Den. Cemetery Ridge. Stinkende Haufen von Armen und Beinen, manche mit Fleischsägen abgetrennt. Ist der Boden nun fruchtbarer? Große Scheunen, größer als die Häuser. Wir waren alle starke Esser. Ich versteckte das Vieh im Gebüsch. Belle Boyd, die Schöne Konföderierten-Spionin. Viermal zum Erschießen verurteilt. Stahl ihm die Meldung aus der Tasche, als er mit ihr tanzte. Sicher ein Hürchen. Schweinskutteln mit heißem Knusperbrot. Muß ich mir mal machen lassen. Wenn schon, denn schon. War immer ein guter Familienvater, verdammt noch mal, und für mich tut kein Mensch was ...

Die Straßenbahn fuhr noch immer bergan, die dürftige, von billigen Pensionen gerahmte braungraue Schmuddeligkeit der Skyland Avenue hinauf.

Amerikas Schweiz. Das wunderschöne Land des Himmels. O Gott. Der alte Bowman prophezeite, daß er eines Tages ein reicher Mann sein würde. Baute Straßen bis nach Pasadena. Komm mit, weg von hier. Zu spät jetzt. Glaub, er war in sie verliebt. Egal. Zu alt. Wollte sie dort haben. Je oller, desto – die weißen Bäuche von

Fischen. Irgendwo eine Quelle, um mich reinzuwaschen. Einmal noch sauber wie ein Baby sein. New Orleans, die Nacht, als Jim Corbett John L. Sullivan k.o. schlug. Der Mann, der versuchte, mich auszurauben. Meine Kleider und Armbanduhr. Rannte im Nachthemd fünf Straßen von der Canal Street runter. Zwei Uhr morgens. Der warf alles auf einen Haufen, die Uhr obenauf. Prügelei in meinem Zimmer. Stadt voller Banditen und Taschendiebe, wegen des Boxkampfs. Reif für die Zeitung. Die Polizei kam eine halbe Stunde später. Dort kommen sie raus und laden einen ins Haus ein. Französinnen. Kreolinnen. Die schöne kreolische Erbin. Dampferwettfahrt. Captain, sie überholen uns. Ich werde keine Niederlage zulassen. Aus Holz. Nehmen Sie vom Schinken, sagte sie stolz. Es gab eine schreckliche Explosion. Er erwischte sie, als sie gerade zum drittenmal unterging, und schwamm an Land. Sie pudern sich vor dem Fenster, werfen einem Kußhändchen zu. Vielleicht besser für alte Männer. Wer macht da das Geschäft? Sie werden über der Erde bestattet. Das Wasser nur einen halben Meter unter dem Boden, verrottet sie. Warum nicht? Großes Geschäft. Italien. Carrara und Rom. Denn Brutus ist ein eh-ren-werter Mann. Was ist eine Kreolin? Was französisches und spanisches. Hat sie auch Niggerblut? Cardiac fragen.

Die Straßenbahn hielt kurz vor der Wagenhalle, mit Blick auf ihre untergestellten Schwestern. Dann bewegte sie sich zögernd an der kraftvollen Atmosphäre des Elektrizitätswerks vorbei, rollte polternd in das graue Eisband der Hatton Avenue und lief sanft bergauf bis zur gefrorenen Stille des Square.

Ach Gott, ja, ich erinnere mich. Der Alte bot mir das ganze Stück für tausend Dollar an, drei Tage, nachdem ich hier angekommen war. Wäre heut Millionär, wenn . . .

Die Straßenbahn fuhr am Tuskegee-Hotel vorbei zum Square hinauf. Ein Arrangement breiter, glatter, abgenutzter Ledersessel zwischen frisch geputzten, glänzenden Messing-Spucknäpfen, die schwerfällig zu beiden Seiten der Eingangstür kauerten, davor dicke Glasscheiben, die protzig fast bis zum Erdboden reichten. So mancher fette Männerkörper auf dem Leder. Wie Fische im Aquarium. Die zerkaute, feuchte Zigarre des Reisenden, speichelschlaff auf seinem fettigen Mund. Glotzt den Frauen nach. Die können sich nicht nach ihm umsehen. Ist im Vorteil. In der Hotelhalle wischte ein Negerboy die Klubsessel mit einem grauen Staubtuch ... Verschlafen ... Drinnen, vor dem neuaufgefüllten Prasseltanz des Kaminfeuers, hatte sich der Nachtportier im geräumigen, empfangenden Bauch des Ledersofas breitgemacht.

Die Straßenbahn kam auf den Square, holperte über das Netzwerk der Schienenlinien, hielt auf der Nordseite. Gant schürfte den Frostbeschlag vom Fenster und sah hinaus. Im mattgrau gefrorenen Morgen schloß sich der Square um ihn in künstlicher, eisüberzogener Enge. Plötzlich wurde er sich der armseligen, gedrückten Starre des Platzes bewußt. Dieses war der einzige feste Punkt in einer Welt, die sich vor seinen Augen ständig bewegte, änderte und neu erstand, und er empfand kränklich-schwache Furcht, das Herz zog sich ihm frierend zusammen, weil sein Lebenszentrum nun so klein, so verschrumpft aussah. Wenn er seine Arme weit ausstreckte, würden sie – so schien es ihm – gegen die Wände der schäbigen, drei- und vierstöckigen Backsteinhäuser schlagen, die verwahrlost rings um den Square standen. Wieder fest in der Erde verankert, traf ihn das, was sich in den letzten zwei Monaten an visuellen Eindrücken, Bewegung, Essen, Trinken und anderen Aktivitäten in ihm angesammelt hatte, wie ein Schlag. Das endlose Land, Wald, Feld, Hügel, Prärie, Wüste, Gebirge, die Küste, die unter seinem Blick vorbeiflog, die Erde, die, wenn der Zug hielt, ihm vor den Augen verschwamm, die Erinnerung an Gumbo, Austern, die riesigen Fischsteaks in Frisco, tropische Früchte – in allem hallte das unermeßliche Leben, die nie erlahmende Reproduktionskraft der See wider. Nur hier jetzt, in einer halbrealen, erschreckenden Vision dessen, was er seit zwanzig Jahren gekannt hatte, verlor das Leben seine Dynamik, Abwechslung und Farbigkeit.

Der Square besaß die gräßliche Konkretheit eines Traumes. Ganz außen an der südöstlichen Ecke sah er seine Werkstatt, wo sein Name mit schmutzigweißen, abblätternden Buchstaben groß auf die Backsteinwand gemalt war, dicht unter dem Dach: W. O. Gant – Skulpturen, Grabsteine, Friedhofseinrichtungen. Es war wie ein Traum von der Hölle, in dem man plötzlich seinen eigenen Namen im Hauptbuch des Teufels findet; wie ein Traum vom Tod, wenn der als Trauergast Gekommene plötzlich im Sarg liegt, oder wie wenn jemand, der bei einer Hinrichtung zuschauen wollte, sich als Todeskandidat vor dem Galgen sieht.

Ein müder Neger, beim Manor Hotel angestellt, kletterte mühsam hinauf und ließ sich auf einen der Sitze fallen, die für seine Rasse im hinteren Teil des Wagens reserviert waren. Einen Moment später schnarchte er schon leise durch seine aufgeworfenen Lippen. Von der Ostseite des Square kam Big Bill Messler, seine Weste über dem umgürteten Wanst halb aufgeknöpft, stieg gemächlich die Stufen vor dem Rathaus herunter und ging geräuschvoll, ländlich langsam, auf dem metallisch-kalten Gehsteig davon. Der Springbrunnen, umringt von einem dicken Eisarmband, spie spielerisch, nur mit halber Kraft, eine glänzende Fülle blaueisigen Wassers hervor.

Straßenbahnen brummten einzeln in das Zentrum; die Fahrer stampften und unterhielten sich, Atem dampfte. Der Tag begann. Neben dem Rathaus schliefen die Feuerwehrmänner, im Stockwerk darunter standen die Fahrzeuge. Hinter den verriegelten Türen trommelten große Hufe auf Holz.

Ein Marktwagen ratterte über das Ostende des Square, am Rathaus vorbei; das alte Pferd bog vorsichtig in die abschüssige, gepflasterte Gasse im Südosten ein, die Gants Werkstattt von Markt und «Kittchen» abtrennte. Als die Straßenbahn in östliche Richtung weiterfuhr, sah Gant eine Ecke von Niggertown. Die Siedlung war zart befiedert von Hunderten winziger Rauchfahnen. Eilig ging es die Academy Street hinunter; dort, wo die Siedlung der Neger an ihrem oberen Ende steil aus dem Tal auf die weißen Wohngebiete stieß, fuhren sie nordwärts in die Ivy Street. Dann lagen auf einer Seite der Straße schmuddelige, mit Rauhputz beworfene Häuser, auf der anderen ein prächtiger Eichenhain, in dessen Mitte der große, stuckrieselnde Kasten verlassen aufragte, der früher des alten Professor Bowmans Höhere Töchterschule gewesen war. Sie fuhren um die Ecke und hielten an, auf dem Hügel der Woodson Street, bei der großen, verlassenen, zugigen Holzscheune des Ivy Hotels, das sich nie rentiert hatte.

Gant schob seine schwere Reisetasche mit dem Knie vor sich her, stellte sie einen Augenblick hin, ehe er das Stück bergab zu seinem Haus ging. Die Straße war ungepflastert, die lehmige Erde war zu Klumpen gefroren. Der Weg war abschüssiger, kürzer, näher als er gedacht hatte. Nur die Bäume sahen groß aus. Er sah, wie Duncan in Hemdsärmeln die Morgenzeitung von seiner Veranda hereinholte. Werde ihn später sprechen. Jetzt dauert's zu lange. Ganz wie er erwartet hatte, stieg eine dicke Rauchsäule aus dem Schornstein des Schotten, aber sein Schornstein rauchte nicht.

Er ging ein paar Schritte bergab, öffnete leise das eiserne Gittertor und wandte sich zum Seiteneingang am Hof, anstatt die steilen Verandatreppen hinaufzusteigen. Die kahlen Rebstöcke wanden sich an den Spalieren, zäh, sehnig, wie gedrehte Taue. Er ging leise ins Wohnzimmer. Es roch scharf nach kaltem Leder. Ein bißchen spärliche, längst erkaltete Asche lag im offenen Kamin. Er stellte seine Reisetasche ab und ging durch die Waschküche in die Küche. Eliza, in einer seiner abgelegten Jacken und wollenen Handschuhen ohne Finger, stocherte in den Schlacken eines armseligen, schwindsüchtigen Herdfeuers herum. «Hallo, da bin ich wieder!» sprach Gant.

«Um Himmels willen!» rief sie, ganz wie er erwartet hatte. Sie war verlegen, wußte nicht, was sie mit ihren Händen anfangen sollte. Er legte ungeschickt seine Rechte einen Augenblick auf ihre Schulter. Befangen und reglos standen sie da. Dann nahm er die Kerosinkanne, goß Öl auf das Holz. Die Flamme bleckte hoch aus dem Herd.

«Um Gottes willen, Mr. Gant, du steckst uns ja das Haus an!» zeterte Eliza.

Er aber griff eine Handvoll Reisig, nahm die Kerosinkanne und stürmte wütend ins Wohnzimmer.

Als die Flammen knisternd und knackend aus dem ölgetränkten Reisig aufschossen, als er spürte, wie die Luft im feuererfüllten Kaminhals zitterte, kam seine Freude wieder. Er brachte die Weite der Wüste mit; die lange gelbe alluviale Schlange des Flusses, der Geröll von einem ganzen Kontinent mitführt; das üppige Bild beladener Schiffe, deren Masten über dem Hafendamm aufragen, der welt-nostalgischen Schiffe, die mit sich die gefilterten und konzentrierten Gerüche der Erde tragen; sinnlichen, negroiden Rum und Melasse, Teer, reifende Guaven, Bananen, Mandarinen, Ananas, die in den warmen Bäuchen tropischer Schiffe lagern, so billig, üppig und verschwenderisch wie die träge Äquatorerde und all ihre Frauen; die großen Namen Louisiana, Texas, Arizona, Colorado, Kalifornien; die sengende, unmenschliche Wüste; riesige Baumstämme, unter deren Wurzeltunneln ein Wagen hindurchfahren kann; Wasser, die sich vom Berggipfel in einer dampfenden lautlosen Spirale ergießen; im Untergrund brodelnde Seen, die von der rhythmischen Atmung der Erde himmelwärts geschleudert werden; phantasievolle Folterungen, zu steinernen Meeren erstarrt und von Canyons zu schwindelnden Tiefen ausgehöhlt, die sich chamäleonhaft wandeln und in täglich wechselnden, betäubenden Farben erglühen, jenseits von Mensch und Natur, unter dem unirdischen Schillern des Himmels. Eliza, noch ganz aufgeregt, fand allmählich die Sprache wieder. Sie war ihm ins Wohnzimmer gefolgt. Sie hielt die behandschuhten, aufgesprungenen Hände vor dem Bauch, während sie sprach:

«Gestern abend noch hab ich zu Steve gesagt, es sollte mich nicht wundern, wenn Vater jetzt jede Minute reinkäme.» Sie verzog das Gesicht, denn das plötzliche Märchenerzählen strengte an. «Ich hatte so ein Gefühl, ich weiß nicht, wie man das nennt, komisch ist ja so was schon, wenn man drüber nachdenkt. Vor ein paar Tagen war ich bei Garretts im Laden, um ein paar Sachen für den Haushalt zu bestellen, etwas Vanilleextrakt, Soda und ein Pfund Kaffee, da kam Aleck Carter zu mir und sagte: ‹Eliza›, sagte er, ‹wann kommt Mr. Gant zurück? Ich glaub, ich hab 'nen Auftrag für ihn.› ‹Aber wieso, Aleck›, sagte ich zu ihm, ‹ich erwarte ihn kaum vor dem ersten April.› Na und also, wer kann das wissen wieso, ich war kaum wieder draußen aus dem Laden, ich nehme an, ich muß an etwas ganz andres gedacht haben, denn ich entsinne mich genau, daß mir Emma Aldrich auf der Straße begegnete und mich ansprach, und ich vergaß zu grüßen, bis sie schon fast vorüber war, so rief ich ganz laut: ‹Emma!› – es ist mir ja ganz überraschend gekommen, so wahr, wie ich hier stehe, ich war meiner Sache ganz sicher, also ‹Emma›, rief ich aus, ‹weißt du, Mr. Gant ist auf der Heimreise begriffen›, ja, ganz genau so –––»

Jesus und Gott! dachte Gant. Es geht wieder los.

Elizas Gedächtnis bewegte sich im Seebecken des Geschehens wie ein riesenhafter Polyp, der zwar blind, aber vollkommen zum Tasten ausgerüstet, sich in jede Meereshöhle, Rille und Flußmündung einfühlte. Ihr gierig saugendes Gedächtnis hatte Anhaltspunkte an allen Dingen, die sie je gedacht, gefühlt, getan hatte. Sie war eine echte Pentland, für die sich die Sonne erhob oder unterging, Regen fiel und Menschen herbeikamen, sprachen und starben, die Ereignisse einen Augenblick lang aus der Zeit gehoben, aus der Leere herabgezogen wurden und dem Pentlandclan, seinem Lebensmuster und Zweckdenken, passend gemacht wurden.

Gant legte mittlerweile Kohlen und Holz aufs Feuer und murmelte vor sich hin. Er ordnete im Kopf seine Rede: deutlich gegliedert, proportioniert und interpunktiert: ansteigende Sequenzen, ausgewogene Sätze, Höhepunkte.

Ja, staubige Baumwollballen in langen Schuppen neben den Schienensträngen der Frachtbahnhöfe, verladebereit. Duftende Föhrenwälder der südlichen Ebenen, vom goldbraunen Feenlicht gesättigt, das zwischen hohen, geraden, glatten Stämmen steht. Ein Frauenbein beim Einsteigen in eine Kutsche, unter einem elegant gehobenen Rock in der Canal Street, vermutlich das einer Französin oder Kreolin. Die Beugung eines weißen Arms, der nach einer Fensterblende griff. Olivfarbene, französische, scheibenschimmernde Gesichter. Die Frau eines Arztes aus Georgia, die im Zimmer über ihm schlief, beim Ausgang. Das unauslöschbare, fischvolle Übermaß des Stillen Ozeans; ungezäunt, blau, langsam, katzenschleckend träge. Und der Strom, die alles austrinkende, gelbe, langsam wogende, den Kontinent entwässernde Schlange. Sein Leben war wie dieser Strom, reich mit Geröll, mit Fortgeführtem, fruchtbar von Sedimentablagerungen, unerschöpflich vom

Leben gefüllt, daß es noch reicher würde. Und mit der mächtigen Getriebenheit eines Flusses würde er nun dieses Leben im Hafen dieses Hauses ausströmen lassen. Diese Mündungsbucht würde genügen. Der Rebstock wand sich dreimal um das Haus, die Erde wucherte mächtig mit Blüte und Frucht, das Feuer brannte wild.

«Was gibt's zum Frühstück?» fragte er.

«Na», sagte sie und schürzte nachdenklich die Lippen. «Möchtest du ein paar Eier haben?»

«Ja», sagte er, «mit ein paar Scheiben knusprigen Specks und mehreren Bratwürstchen.»

Er schritt durch das Speisezimmer und über die Diele.

«Steve! Ben! Luke! Ihr verdammten Gauner!» brüllte er. «Aufstehn!»

Beinah gleichzeitig stampften ihre Füße auf den Boden.

«Papa ist zurück!» schrien sie.

Mr. Duncan sah zu, wie die Butter in das frischbackene, warme Brötchen einsickerte. Er blickte auf, schräg durch die Gardine. Da sah er aus Gants Schornstein dicken, schweren, wolkigen Rauch aufsteigen.

«Er ist wieder da», sagte er befriedigt.

Als er den Rauch sah, im gleichen Augenblick, sagte Tarkinton der Farbenhändler:

«W. O. ist zurück.»

So kehrte er heim, der ins Land gen Westen geschweift war, Gant der Weitgewanderte.

8

Eugene tummelte sich nun auf den endlosen Wiesen der Sinneswahrnehmungen; seine Empfindungsfähigkeit war so vollkommen, daß im selben Augenblick, wenn ihn etwas beeindruckte, sich auch die ganze Umwelt samt dem Hintergrund in ihm verhaftete, mit Farbe, Wärme, Geruch, Laut und Geschmack. So rief in ihm später der Duft besonnten Löwenzahns warme Grashänge im Frühling wach, einen Tag, einen Ort, das Rascheln jungen Erlenlaubs; die Seite eines Buches evozierte zarten, exotischen Mandarinenduft und den Winterbiß in große Äpfel; ‹*Gullivers Reisen*› war mit der Erinnerung an einen klaren, windigen Märztag verbunden, an kurze Wärmemomente, feuchten Tauwettergeruch und Kaminfeuer.

Über die Grenzen des Zuhauses hatte er sich hinausgewagt. Er war noch nicht ganz sechs, als er aus eigenem Antrieb zur Schule ging. Eliza hatte es ihm abgeschlagen; aber sein um ein Jahr älterer Spielgefährte Max Isaacs war schulpflichtig, und Eugenes Herz zog sich zusammen bei dem Gedanken, daß er nun wieder allein sein solle. Eliza war nicht umzustimmen; sie spürte, daß das Schulleben langsam und endgültig die Bande, die ihren Jüngsten an sie fesselten, lösen würde. Aber als sie dann eines Septembermorgens beobachtete, wie er schlau aus dem Tor schlüpfte und zur nächsten Straßenecke rannte, wo der andere kleine Junge auf ihn wartete, unternahm sie nichts, um ihn zurückzuholen. Etwas Gespanntes in ihr riß; sie sah ihn verstohlen zurückblicken und weinte. Sie weinte seinetwegen. In der Stunde nach der Geburt hatte sie in seine dunklen Augen gesehen und etwas erkannt, das ewig in ihnen brüten würde, unergründlich tiefe Brunnen ferner, unfaßbarer Einsamkeit. Sie wußte, daß ein Fremder aus der traurigen Nacht ihres Schoßes gekommen war, genährt von dem verlorenen Band zur Ewigkeit, sein eigener Geist, Spuk seines Hauses, einsam vor sich und der Welt. O verloren.

In eigene Wachstumsschmerzen verstrickt, hatten Eugenes Geschwister wenig Zeit für ihn. Luke, der Nächstjüngste, war fast sechs Jahre älter. Gelegentlich quälten sie ihn mit jener kleinlichen Grausamkeit, mit der ältere Kinder jüngeren zusetzen. Es faszinierte und erregte sie, wenn er, aus tiefen Träumen gerissen, in wahnwitzigem Jähzorn ein Tranchiermesser ergriff und sie verfolgte oder in blinder Wut mit der Stirn gegen die Wand stieß.

Sie hielten ihn für nicht ganz richtig, für «komisch». Die Jungen predigten die klebrige Feigheit der Kinderherde. Wenn ihre Quälereien herauskamen, dann behaupteten sie, sie wollten «einen rechten Kerl» aus Eugene machen. Eugene empfand wachsende Zuneigung für Ben, der behutsam im Haus herumstelzte und störrisch, mit zusammengezogenen Brauen, sein geheimes Leben bewahrte. Auch Ben war ein Fremder. Ein tiefer Instinkt zog ihn zu dem kleinen Bruder. Viel von seinem bescheidenen Lohn als Zeitungsausträger verwandte er darauf, Geschenke für Eugene zu kaufen oder ihm sonst eine Freude zu machen. Er ermahnte den Kleinen mürrisch, puffte ihn zuweilen, aber vor den anderen verteidigte und schützte er ihn.

Gant beobachtete das versunkene Gesicht des Jungen, der stundenlang über einem vom Feuer erhellten Bilderbuch saß, und schloß daraus, daß Eugene Bücher gern mochte, hatte die vage Absicht, einen Juristen aus ihm zu machen und ihn in die Politik zu schicken. Da würde er dann Gouverneur, Senator und schließlich Präsident der USA werden. Immer wieder erzählte er ihm die plumpe amerikanische Legende von den Knaben vom Land, die große Männer im Staat wurden, weil sie eben Knaben vom Land, arme und fleißige Farmersöhne waren. Eliza jedoch dachte, Eugene würde einmal Gelehrter, Wissenschaftler, Professor werden. Sie glaubte, sie selbst hätte die Neigung zum Lesen in wohlweislicher Absicht in Eugenes Gemüt gestiftet, eine fixe Idee, die Gant reichlich verdroß.

«Den ganzen Sommer, als ich ihn trug, habe ich jede freie Minute gelesen», behauptete sie, und mit dem selbstzufrieden-vertraulichen Lächeln, das sie stets aufsetzte, wenn sie von den Pentlands sprach, bemerkte sie dazu: «Ich will dir was sagen, es ist leicht möglich, daß alles in der dritten Generation herauskommt.»

«Zum Teufel mit der dritten Generation!» schnauzte Gant wütend.

«Na, nun aber hör mal», sagte sie nachdenklich und streckte den Zeigefinger zur Bekräftigung aus, «da muß ich dir dann doch sagen, daß alle Welt dachte, aus seinem Großvater wäre ein großer Gelehrter geworden, wenn –»

«O Gott», sagte Gant, sprang auf, schritt hämisch lachend im Zimmer auf und ab. «Das hätte ich mir gleich denken können. Sicher –» er leckte aufgeregt seinen Daumen – «wenn da überhaupt ein Verdienst zu erkennen ist, dann ist es bestimmt nicht meines. Lieber würdest du verrecken, als so was zugeben. Lieber prahlst du mit diesem erbärmlichen alten Spinner, der in seinem ganzen Leben keinen Tag richtig gearbeitet hat.»

«Das kannst du doch nicht wissen, wie willst du denn das wissen», fing Eliza hastig an.

«Jesus mein Gott!» schrie Gant und tobte mit dem ihm eigenen Desinteresse an Logik im Zimmer herum. «Jesus mein Gott! Welch eine Travestie! Eine Travestie der Natur! Ärgere Furien hat selbst die Hölle nicht als ein gekränktes Weib!» schrie er vage, aber mit viel Nachdruck und ließ beim Aufundablaufen lautes, bitteres, gezwungenes Lachen heraus.

In der Dunkelheit seiner Seele befangen, wie ein fremder Gast in einer lärmenden Schenke, grübelte Eugene beim Schein des Kaminfeuers über Büchern. Die Tore seines Seins schlossen ihn ein, hielten ihn von dem Zugriff der anderen fern; eine grenzenlose Phantasiewelt wob ihre rauchleichten, körperlosen Stoffe. Er tauchte seine Seele in den Strom der Bildlichkeit ein und durchstöberte die Regale nach bunten Büchern. Er fand *‹Mit Stanley in Afrika›*, reich vom Geheimnis des Dschungels, von kriegerischem Erlebnis, schwarzer Schlacht, sausendem Speer, dem schlangenknotigen Wurzeldickicht der Urwälder, den Dörfern aus Strohhütten, Gold, Elfenbein; Stoddards *‹Vorträge›*, auf dessen glatten, schweren Seiten die meistbesuchten Sehenswürdigkeiten Europas und Asiens abgebildet waren; *‹Das Buch der Wunder›*, in dem die Großtaten des technischen Zeitalters mit verlockenden Zeichnungen illustriert waren: Santos Dumont in seinem Ballon; flüssige Luft, die aus einem Kessel ausgegossen wird; sämtliche Kriegsflotten der Erde, die nach der Berechnung von Sir William Crookes durch dreißig Gramm Radium sechzig Zentimeter über den Meeresspiegel gehoben würden; Darstellungen vom Bau des Eiffelturms, das New Yorker Flatiron Building, das Automobil, das mit einem Stock gelenkt wird; das Unterseeboot. – Nach dem Erdbeben von San Francisco erschien ein Buch über die Katastrophe: auf der billigen, giftgrünen Einbanddecke sackten Türme zusammen, erzitterten Kirchen, rutschten vielstöckige Häuser in den aufgähnenden, flammenzüngelnden Rachen der Erde. Ein anderes Werk dieser Art hieß ‹*Paläste der Sünde, oder Der Teufel in der guten Gesellschaft*›. Es war angeblich von einem frommen Millionär verfaßt, der sein Vermögen darangegeben hatte, unter der Schminke die Krätze auf der Haut der Hochgestellten zu entblößen; reizvolle Bilder zeigten den Verfasser, wie er, den Zylinder auf dem Kopf, eine Straße hinunterging, in der viele großartige Paläste der Sünde standen.

Aus dieser seltsam zusammengewürfelten Bildergalerie baute seine brütende Phantasie eine immer größer werdende Welt zusammen. Die verlorenen, dunklen Engel aus Dorés Milton schwebten in die weiträumige Höhle der Hölle, die unter dieser Erde von aufstrebenden und zusammensackenden Türmen, von Maschinenwundern und eisengepanzerten, keulenbewehrten Ritterromanzen lag. Und wenn er daran dachte, daß er einmal hinausziehen würde in diese schöne epische Welt, in der die Farben des Lebens strahlten, weit weg von zu Hause, trieb sein Herzschlag ihm Blutwellen ins Gesicht.

Er wußte bereits, wie Kirchenglocken klingen, die sonntags abends fernher über das Land läuten. Er hatte der Erde gelauscht, die tief von brütender Dunkelheit umfangen war, und den millionentönigen kleinen Nachtgeräuschen. Er kannte den schrillen, schwächer werdenden Pfiff der Lokomotive in einem fernen Tal und den leisen Donner auf den Schienen. In der kurzen Verführung durch zahllose gleichzeitige und vermischte geheimnisvolle Gerüche und Sinneseindrücke, die sich mit flimmerndem Wechselspiel und Lautexplosionen ineinanderwoben, ahnte er die unendliche Weite und Tiefe der goldenen Welt.

Er erinnerte sich an das *Ostindische Teehaus* auf der Weltausstellung; das Sandelholz, die Turbane und Gewänder, die kühlen Räume und den Duft des schwarzen Tees. – Er hatte die sehnsüchtige Erregung eines taufeuchten Frühlingsmorgens erlebt, den Kirschduft, die kühle, klare, schrille Erde, die feuchte Lehmigkeit des Gartens, die scharfen Frühstücksdüfte und den dahintreibenden Blütenschnee. Er kannte den unreifen, scharfen, aufregenden

Geruch sonnenwarmen Löwenzahns in frischem Frühlingsgras zur Mittagsstunde; den Geruch von Kellern, Spinnweben und bebauter, versteckter Erde; im Juli, den von Wassermelonen, die in duftendes Heu gebettet auf einem Farmwagen liegen; den Geruch von Kantalupen und Pfirsichen, in Lattenverschläge gepackt; den Geruch von bittersüßen Orangenschalen vor einem Kohlenfeuer. Er kannte den guten männlichen Geruch im Zimmer seines Vaters; vom glatten, abgegriffenen Ledersofa mit dem klaffenden, roßhaarquellenden Riß; vom abgeplatzten Lack des Holzes auf dem Herd; den der warm gewordenen Kalbsledereinbände; des flachen, feuchten Priems Apfeltabak, in dem ein rotes Fähnchen steckte; den beizenden von Holzfeuerrauch und von brennendem Laub an Oktoberabenden; den trägen der Erde im Spätherbst und den des Geißblatts in Sommernächten; von warmer Kapuzinerkresse; den des gewaschenen, rotbäckigen Farmers, der einmal in der Woche frisch gepreßte Butter, Eier und Milch bringt; von fettem, weichem, nicht durchgebratenem Schinkenspeck mit Kaffee; von einem Backofen im Wind; von großen, dunkelgrünen Gartenbohnen, die noch heiß dampfen und großzügig in Butter und Salz geschwenkt sind; von einer Kammer aus trockenen Kiefernbrettern, in der Bücher und Teppiche aufbewahrt werden und die man lange nicht geöffnet hat; von großen, dunkelblauen Concord-Weintrauben in ihren länglichen weißen Körben.

Ja, und er kannte den erregenden Geruch von Kreide und lackierten Pulten; von deftigen Stullen mit Butter und kaltem Bratenaufschnitt; von neuem Leder in der Sattlerwerkstatt oder von einem Ledersessel am Feuer; von Honig und Kaffeebohnen, von eingemachten Sweet-Pickles und Käse und all dem duftenden Kompost des Krämerladens; von Äpfeln im Keller und im Obstgarten, von der Pulpe des Apfelweins; von Birnen, die auf einem Regal in der Sonne nachreifen und von Sauerkirschen, mit Zucker aufgekocht, die einmachbereit auf dem heißen Ofen stehen; von geschnitztem Holz, von frischem Bauholz überhaupt, von Sägemehl und Hobelspänen; von mit Nelken gespickten Pfirsichen, in Weinbrand eingelegt; von Kiefernharz und grünen Fichtennadeln; von einem Pferdehuf, der ausgeschnitten wird; von Röstkastanien,

Nüssen und Rosinen; von heißer, knuspriger Schwarte und Bratferkel; von Butter und Zimt, auf heißen, in Sirup gekochten Süßkartoffeln zerschmelzend.

Ja, und den des stinkenden, langsamen Flusses, und von Tomaten, die am Stock verfaulen; von regennassen Pflaumen und gekochten Quitten; vom verrottenden Blatt der Wasserlilie; vom Unkraut, das in grünem Sumpfschleim modert; und den wunderbaren Geruch der Südstaaten, sauber aber würzig, wie der einer massigen Frau; von tropfenden Bäumen und der Erde nach heftigem Regenfall.

Ja, und den einer Gänseblümchenwiese in der Morgensonne; von schmelzendem Roheisen in einer Gießerei; den Wintergeruch pferdewarmer Ställe und dampfender Misthaufen; von alter Eiche und Nußbaum; den Geruch beim Schlachter nach kräftigem Lammfleisch, fetter, gichtiger Leber, gewürzter Wurst und rotem Rindfleisch; von braunem Zucker, den man mit Splittern bitterer Schokolade schmelzen läßt; von zerriebenen Pfefferminzblättern und dem eines nassen Fliederbusches; von Magnolien bei Vollmond, von Hartriegel und Lorbeer; von einer alten, verkrusteten Pfeife und Bourbon, der in feuergehärteten Eichenfässern gereift ist; beizenden Tabakgeruch; den von Karbol und Salpetersäure; derben, treuherzigen Hundegeruch; den von alten, eingeschlossenen Büchern; kühlen Farngeruch an der Quelle; Vanille im Kuchenteig; aufgeschnittenen, schweren Käse.

Ja, und den Geruch einer Eisenwarenhandlung, hauptsächlich den reinlichen Geruch von Nägeln; den Geruch von Entwicklern in der Dunkelkammer des Fotografen; den vitalen Geruch von Farben und Terpentin; von Buchweizenteig und schwarzem Sorghumsirup; den Geruch von einem Neger zusammen mit dem seines Pferdes; von kochendem Karamel; den salzigen Geruch von Einmachkruken und den saftigen Unterholzgeruch südlicher Hügel; von schleimigen Austern in einem Schaff; von ausgeweideten Fischen auf Eis; von einer schwitzenden Negerköchin; von Kerosin und Linoleum; von Sarsaparilla und Guaven, von herbstlich reifen Persimonen.

Und den Geruch von Regen und Wind, des scharfen Donners,

des kalten Sternlichts, des sprödhalmigen, gefrorenen Grases; von Nebel und wolkenverhängter Wintersonne; den Geruch der Saatzeit, der Blütezeit, des mürben, fallschweren Herbstes.

Und maßlos gelüstig gemacht durch diese Erfahrungen, fing er nun an, in der Schule, in der Geographiestunde, diesem üppigen Ritterroman, die gemischten Gerüche und Düfte des Erdreichs zu ahnen. In jedem Fäßchen, das am Molenkopf aufgestapelt lag, roch er einen Schatz aus goldenem Rum, süßem Portwein, schwerem Burgunder. Er genoß den Dschungelwald der Tropen, den üppigen Duft von Plantagen, den Salz-, Fisch- und Teerdunst der Häfen; er reiste in eine weite Welt, die bezauberte ohne zu verwirren.

Nun waren die unzähligen Inseln des Archipels miteinander verbunden worden; festen Fußes stand Eugene auf dem unbekannten, wartenden Kontinent.

Er lernte sofort lesen; sein gutes Bildgedächtnis hielt den Umriß der Worte scharf und genau fest. Aber es dauerte Wochen, bis er schreiben oder wenigstens Buchstaben nachziehen konnte. Schaumfetzen und Traumtrümmer der verlorenen Welt schwammen immer noch durch sein klares Schultagsmorgengemüt, und obwohl er sonst den Anweisungen der Lehrerin genau folgen konnte, blieb er ins alte Unwissen verbannt, sobald es an das Buchstabenmachen ging. Die Kinder zogen ihre unbeholfenen Alphabete unter einer Reihe von Modellbuchstaben, aber alles, was Eugene fertigbrachte, war ein Durcheinander schartiger, taumeliger Speerspitzen, die er mit unendlicher Begeisterung andächtig wiederholte, unfähig einzusehen, wieso das keine Buchstaben wären.

Ich habe schreiben gelernt, dachte er.

Eines Tages guckte Max Isaacs plötzlich von seiner Übung herüber auf Eugenes Blatt und sah die unebenen Zackenlinien.

«Das is nich geschriebn», sagte er.

Er klemmte seinen Bleistift in die schmutzige, warzige Hand und schrieb die Vorlage einmal in Eugenes Heft ab.

Die lebendige Linie, die schöne, sich entwickelnde Struktur der

Sprache, die Eugene aus dem Bleistift seines Kameraden fließen sah, zerschnitt den Knoten, den keinerlei Unterweisung zu lösen vermocht hatte. Sofort ergriff er den Bleistift und schrieb die Buchstaben in schönerer, feinerer Ausführung, als es sein Freund vorgemacht hatte, auf die nächste Zeile. Er machte sich, einen unterdrückten Schrei in der Kehle, an die folgende Seite und schrieb ohne zu zögern das Muster ab, und noch eine Seite, und noch eine Seite. Mit dem hellen Staunen, mit dem Kinder ein Wunder anerkennen, sahen sie sich an.

«Das is jetz geschriebn», sagte Max.

Sie bewahrten das Geheimnis unter sich und sprachen nie davon. Eugene dachte später oft über diesen Vorfall nach; er erlebte dann wieder das Aufspringen der Tore, das Eindringen der Flut, die Flucht. Ja, so war es eines Tages, ganz plötzlich, geschehen.

Da er noch knirpsenhaft nahe am lebendigen Fell der Erde lebte, gewahrte er manche Dinge, die er ängstlich geheimhielt, wohl wissend, daß man ihn auslachen würde, wenn er darüber berichte. Eines Samstags im Frühjahr blieb er mit Max Isaacs auf der Central Avenue vor einer tiefen Grube stehen, in der Arbeiter der Stadtverwaltung ein gebrochenes Wasserrohr flickten. Die aufgeworfenen Erdwälle waren höher als ihre Köpfe; hinter ihren gebeugten Rücken war eine weite Kluft, ein Fenster ins Erdinnere, durch das man in einen dunklen Stollengang sehen konnte. Als die beiden Jungen hinunterblickten, packten sie einander plötzlich am Arm, denn dort unten, am Spalt vorbei, glitt der flache Kopf einer ungeheuren Schlange, war verschwunden, und es folgte der mannsdicke Schuppenleib nach; das Ungeheuer glitt endlos weiter in die tiefe Erde und verschwand schließlich im Rücken der arbeitenden, ahnungslosen Männer. Vor Schreck zitternd gingen sie fort. Dann und auch später sprachen sie im Flüsterton davon, aber erzählten es nie.

Eugene fand sich leicht in den geregelten Gang des Schullebens. Genau wie seine Brüder schlang er frühmorgens sein Frühstück hinunter, schluckte heißen Kaffee und rannte beim letzten, unheilverkündenden Zeichen der Schulglocke aus dem Haus, wobei er noch rasch seine Papiertüte mit dem noch warmen Lunch darin ergriff, die schon hungrig von Fettflecken gezeichnet war. Er galoppierte seinen Brüdern nach, sein Herz schlug ihm bis zum Hals vor Aufregung, und als sie im Laufschritt die Mulde am Fuße des Central Avenue-Hügels erreicht hatten, verlangsamte sich der Schlag seines angstvollen Herzens, denn er hörte die Glocke, wie sie sich in den Schlaf läutete und das flatternde Seil im ersterbenden Echo ihres Klanges hin und her zog.

Ben, stirnrunzelnd und hämisch, stemmte ihm eine Hand ins Kreuz und schob ihn bergan, einen Kreischenden, der aber außerstande war, sich der mächtigen Kraft im Rücken zu widersetzen. Ganz außer Atem kam er ins Klassenzimmer und sang noch die letzte Strophe des Morgenlieds mit, das die in vier Gruppen eingeteilte Klasse als Kanon sang:

«. . . fröhlich sein, fröhlich sein, fröhlich sein,
denn das Leben ist nur ein Traum . . .»

An kalten Herbstmorgen sangen sie auch:

«Wacht auf Ihr Damen und lustigen Herrn,
Überm Berg verblaßt schon der Morgenstern»,

oder den Wettstreit zwischen Südwind und Westwind, oder das Müllerlied:

«Ich möcht mit keinem tauschen,
Und keiner will's mit mir.»

Lesen fiel ihm leicht; er buchstabierte zuverlässig; im Rechnen war er gut. Aber er haßte die Zeichenstunde, obschon ihn Buntstiftschachteln und Malkasten entzückten. Manchmal machte die Klasse Waldspaziergänge; sie kamen mit gesammelten Blüten und Blättern zurück – dem verätzten, flammenden Rot des Ahorns, dem braunen Kiefernzapfen, braunem Eichenlaub: das sollte gemalt werden. Im Frühling war es ein kleiner Kirschblütenzweig oder eine Tulpe. Vor der Autorität der rundlichen Frau, die ihn anfangs unterrichtete, saß er ehrfurchtsvoll da. Er hatte Angst, irgend etwas zu tun, was in ihren Augen gemein und unanständig wäre.

Die Klasse war unruhig und trieb Unfug. Die Jungen dachten sich Quälereien aus oder kritzelten den kleinen Mädchen obszöne Zettel. Die Wildlinge und Faulpelze benutzten jede Gelegenheit, den Raum zu verlassen: «Fräulein, bitte, darf ich mal schnell raus?» Und dann gingen sie auf die Toilette, kichernd und unruhig herumtrödelnd.

Er konnte das nie aussprechen, denn es würde ihr die Peinlichkeit der Natur enthüllen. Einmal, als er sehr krank war, sich aber in Schweigen und stummer Übelkeit verschloß, erbrach er sich schließlich in die hohlen Hände.

Er fürchtete sich vor den Pausen, haßte sie, erzitterte vor dem lärmenden Durcheinander der Menge, dem Schulhof, aber sein Stolz erlaubte es ihm nicht, im Klassenzimmer zu hocken oder sich heimlich von ihnen abzusondern. Eliza hatte sein Haar lang wachsen lassen und wickelte es jeden Morgen um die Finger zu dicken Lord Fauntleroy-Locken. Die schrecklichen Qualen und Demütigungen, die er wegen dieser Locken ausstand, konnte oder wollte sie nicht verstehen, und mit spitzmündiger Ruhe widerstand sie hartnäckig allen Bitten, diese abschneiden zu lassen. Sie bewahrte die Locken von Ben, Grover und Luke in kleinen Schachteln auf. Sie weinte manchmal, wenn sie Eugenes Haar anschaute. Für sie waren diese Locken Symbole dafür, daß Eugene noch ein Baby sei, und ihr trauervolles Herz, so hellhörig, wenn es um Abschiede ging, weigerte sich, sie zu opfern. Sogar als sich eine blühende Kolonie von Harry Tarkintons Läusen in dem dichten Gelock ansiedelte, schnitt sie es nicht ab, sondern hielt seinen sich windenden Körper zwischen ihren Knien eingeklemmt und pflügte seine Kopfhaut zweimal täglich mit einem feinzinkigen Kamm.

Wenn er seine leidenschaftsbebenden Bitten vorbrachte, lächelte sie, gönnerhaften Humor vortäuschend, ließ ein spaßhaft summendes Geräusch in ihrer Kehle aufsteigen und sagte: «Was denn, was denn – du bist doch noch nicht groß, du bist doch noch mein Baby!» Verwirrt stand er vor ihrer nachgiebigen Unbeugsamkeit, die nur durch unablässige, enervierende Reizungen in Bewegung zu versetzen war, und erkannte plötzlich die Ursache von Gants Wut, war selbst außer sich vor hilflosem Zorn.

In der Schule war er ein verzweifeltes und gehetztes kleines Tier. Die Klasse in ihrem unfehlbaren Herdeninstinkt hatte den Fremden schnell herausgefunden und jagte ihn unerbittlich. Wenn die große Mittagspause kam, packte Eugene seine fettfleckige Papiertüte und rannte, vom heulenden Rudel verfolgt, zum Spielplatz. Die Führer der Bande, zwei oder drei große Lümmel fortgeschrittenen Alters und defizitärer Intelligenz, drängten sich an Eugene mit der Aufforderung: «Du kennst mich doch, Gene, nicht? Du kennst mich doch!» Immer noch am Laufen, öffnete er dann seine Tüte und warf ihnen eines seiner großen Sandwiches zu – das hielt sie einen Moment lang auf, da sie über den neuen Besitzer herfielen und das Brot in Fetzen rissen, aber kurz darauf waren sie wieder hinter ihm her, mit derselben kläffenden Hartnäckigkeit, und trieben ihn schließlich in eine Ecke des Zauns, um ihn dort mit ausgestreckten Pfoten und wildem Betteln zu bedrängen. Er gab ihnen dann alles, was er besaß; manchmal, mit plötzlich aufkochender Wut, entriß er einer gierigen Hand ein halbes Brot und verschlang es hastig. Wenn sie sahen, daß er nichts mehr hatte, gingen sie fort.

An den großen weihnachtlichen Mythos glaubte er noch, dabei war Gant sein unermüdlicher Gefährte. Abend um Abend im Spätherbst und Vorwinter kritzelte er Wunschzettel an den Weihnachtsmann, schrieb fleißig immer wieder die Liste der Geschenke auf, die sein Herz am meisten begehrte. Dann warf er voller Vertrauen den Zettel in das auflodernde Kaminfeuer. Die Flamme faßte das Papier und wehte dessen verkohlten Geist heulend zum Rauchfang hinauf. Gant rannte an das Fenster, deutete auf den stürmischen Nordhimmel und sagte:

«Siehst du? Dort fliegt er!»

Eugene sah. Er sah, wie sein Gebet, beflügelt von den treuen Botenwinden, nordwärts getragen wurde zu den bereiften, putzigen Giebeln des Spielzeuglandes, ins kalte, lustige Reich der

Elfen: hörte winzige silberne Ambosse erklingen, das tiefe Lachen der Zwerge, das Stallwiehern der himmlischen Rentiere. Gant sah und hörte sie auch.

Zum Fest wurde er mit buntem Spielzeugtand überschüttet. Von Herzen haßte er die Leute, die für «nützliche» Geschenke sind. Gant kaufte ihm Karren, Schlitten, Trommeln, Hörner. Das Schönste war ein kleiner Feuerwehrwagen, der zum bestaunten Objekt und später zur Plage der gesamten Nachbarschaft wurde. Monatelang lebte er in der schulfreien Zeit im Keller mit Max Isaacs und Harry Tarkinton; sie hatten die Leitern auf dem Wagen so mit Draht festgemacht, daß sie im Handumdrehen angelegt werden konnten. Sie taten, als dösten sie auf Wache, ganz wie es die Feuerwehr tut. Plötzlich sprangen sie auf, wenn einer von ihnen die Alarmglocke «Klengelengeleng» nachmachte. Dann, wie besessen, stürzte Eugene zum Fahrerbock, wurden Harry und Max als schnaubendes Gespann angeschirrt, und sie sausten durch die enge Tür hinaus, galoppierten in halsbrecherischem Tempo vor ein Nachbarhaus, legten Leitern an, öffneten Fenster, erzwangen Eintritt, löschten eingebildete Brände und fuhren dann wieder ab, ohne sich um das Gekeif der heimgesuchten Hausfrau zu scheren.

Monatelang gingen sie ganz in diesem Spiel auf. Ihr Vorbild war die städtische Feuerwehr, besonders aber Jannadeau, der Leutnant bei der Truppe war, stolz darauf wie ein Kind. Sie hatten gesehen, wie er, sobald der Alarm ertönte, aus seinem Juwelierladen in Gants Werkstatt stürzte, die verstreuten Einzelteile einer Uhr auf dem Tisch liegenließ und den großen Löschwagen gerade noch erreichte, als dieser mit Höchsttempo auf den Square fuhr. Die Feuerwehr gab der gaffenden Bürgerschaft gern die waghalsigsten Vorstellungen; phantastisch behelmt, hingen sie in turnerischen Verrenkungen von den Wagen – ein Mann hielt einen anderen in den vorbeifliegenden Raum, und der wiederum fing in der Luft den herabtauchenden schweren Körper des Schweizers auf, als jener halsbrecherisch herübersprang. Einen verzückten Moment lang standen sie als schwebendes Dreieck über der rasenden Geschwindigkeit. Den Leuten lief es eiskalt den Rücken hinunter vor Begeisterung.

Und wenn des Nachts Glockengeläut durch die ertrinkenden Winde drang, fuhr ihm sein Dämon ins Herz, zersprengte alle Bande, die ihn an die Erde fesselten, und versprach ihm Einsamkeit und Herrschaft über Land und See, Wohnrecht in der Dunkelheit: Er sah hinab auf die tanzende Scheibe von dunklem Feld und Wald, glitt über singende Kiefern auf eine geduckte Siedlung herunter und ließ ihre bewachten, umgitterten Feuer zu den Dächern emporschlagen, stieß mit seinem am Halfter geführten Sturm herab auf ihre verdammten und flammenden Wände, schwang sich im Kreis, heulte dünn lachend über ihren furchtgebeugten Köpfen und rief mit eines Satans Stimme den geschoßschnellen Wind herab.

Oder mit dem Sturm, dem Dunkel und allen schwarzen Mächten der Zauberkunst zum Lehen ghulgesichtig durch eine sturmgepeitschte Fensterscheibe zu blicken, rasch unaussprechliches Entsetzen zu säen inmitten einer geborgenen Gemeinschaft; oder, kein Übermensch zwar, dennoch in deinem mehr als sterblichen Herzen dämonische Ekstase bergend, dich an ein einsames, windumfegtes Haus zu schmiegen und durch das rinnende Glas heimlich eine Frau zu betrachten, oder deinen Feind, und während du noch in deiner dunklen, sieghaften, allsehenden Vereinzelung frohlockst, plötzlich eine Hand auf deiner Schulter zu fühlen: dann blickst du, heimgesuchter Heimsucher, verfolgter Verfolger, in das grünverweste Höllengesicht des gehässigen Todes.

Ja, und ein Reich gebetteter Frauen, schöne Fünkchen in der keuchenden Dunkelheit, wenn Winde das Haus erzittern ließen, und er kam über Welten hinweg zu ihnen, zwischen die duftenden Säulen des Entzückens. Das große Enigma ihres Körpers bewegte ihn dunkel, aber hier an der Schule fand er Unterweisung für seine Neugier bei den stoppelbärtigen Lümmeln von Doubleday, die die Herzen der kleineren, sanfteren Jungen mit Furcht und Staunen erfüllten. Doubleday war das verseuchte Stadtviertel, in dem das ortsansässige Pack der stumpfen Gebirgsrasse hauste, rohes Volk, das nachts auf den Gassen herumlungerte und gegen andere Banden mit Steinen Krieg führte, so daß es in der Nacht von Allerheiligen eingeschlagene Schädel gab.

Eugenes Mitschüler Otto Krause war der Sohn deutscher Einwanderer, ein stoppelbärtiger, käsebleicher Junge mit schnurgeraden Augenbrauen, sehr schnell auf den hageren Beinen; er war ewig heiser und hatte ein idiotisches Lachen. Dieser zeigte ihm die Gärten der Lust. Ein Mädchen namens Bessie Barnes, schwarzhaarig, hochgewachsen, mit einer kecken aufreizenden Figur, diente als Modell. Bessie war dreizehn, Otto war vierzehn, Eugene war acht. Alle drei gingen sie in die drittunterste Volksschulklasse. Otto saß neben Eugene, malte Obszönes auf seine Bücher und reichte seine verstohlen hingekritzelten Unanständigkeiten über den Gang zu Bessie hinüber. Die Nymphe zog eine lüsterne Fratze und gab sich einen verächtlichen Klaps auf ihre angehobene, schöne Hinterbacke, eine Gebärde, die Otto für eine Zusage hielt und gekitzelt mit einem heiseren Kichern beantwortete.

Bessie ging ihm im Kopf herum.

Während des Unterrichts vergnügten sich Otto und Eugene heimlich damit, Unanständigkeiten in ihre Geographiebücher zu zeichnen. Die dargestellten Ureinwohner der Tropen versahen sie mit Hängebrüsten und mächtigen Geschlechtsteilen. Auf kleine Zettel schrieben sie kurze schweinische Reime über die Lehrerin und den Rektor. Ihre Lehrerin war eine magere alte Jungfer mit rotem Gesicht und grellen, fanatischen Augen: Wenn Eugene sie sah, dachte er immer an den Soldaten und das Feuerzeug und die Hunde, an denen jener vorbeigehen mußte, die Augen hatten wie Teetassen, Mühlenräder, der Mond. Sie hieß Miss Groody, und Otto, idiotisch vulgär wie kleine Jungen sind, dichtete:

«Die alte Miss Groody
Hat gute Toody.»

Eugenes Poesie galt der Person des Rektors. Dieser war ein fetter, weichlicher, geckenhafter junger Mann namens Armstrong. Er trug stets eine Nelke im Knopfloch, die er zart in der Hand zu halten pflegte, nachdem er einen unartigen Jungen verprügelt hatte, und deren Duft er mit sensiblen Nüstern und niedergeschlagenen Augen einsog. Im Ansturm der ersten Schaffensfreude verfaßte Eugene Dutzende von Reimen, die Armstrong, dessen Eltern und sein Verhältnis zu Miss Groody in Mißkredit brachten.

Eugene war besessen. Er verbrachte den ganzen Tag damit, dieses Thema in obszönen Versen zu variieren. Und er gewann es nicht über sich, sie zu vernichten. Sein Pult war mit winzigen, beschriebenen, zerknitterten Papierbällchen vollgestopft. Eines Tages in der Erdkundestunde wurde er von der Lehrerin ertappt. Seine Knochen wurden wie Gummi, als sie sich mit funkelnden Augen auf ihn stürzte und ihm den Zettel mit seiner Kritzelei, im Buch versteckt, wegnahm. Während der Pause untersuchte sie sein Pult, las die Reime und befahl ihm mit unheilverkündender Ruhe, sich nach der Schule beim Rektor zu melden.

«Was wird's da geben?» wisperte er mit trockener Stimme zu Otto Krause.

«Haue, Haue!» sagte Otto und lachte heiser.

Und die anderen quälten ihn mit Raffinesse; wenn er zu ihnen hinsah, rieben sie sich den Hintern und machten ein schmerzverzerrtes Gesicht dazu.

Eugenes Magen kehrte sich um. Er hatte einen Abscheu allen körperlichen Demütigungen gegenüber, der nichts mit Feigheit zu tun hatte und den er nie überwinden konnte. Er empfand Bewunderung und Neid vor der Abgebrühtheit seiner Klassenkameraden, die eine Tracht Prügel einfach hinnahmen, laut heulten, um die Schläge zu mildern, und zehn Minuten später damit prahlten, wie wenig ihnen das alles ausmache. Er wußte, daß er es nicht ertragen würde, von dem dicken jungen Mann mit der Blume geschlagen zu werden. Um drei Uhr meldete er sich auf dem Rektorzimmer, kreideweiß im Gesicht.

Armstrong, schlitzäugig und schmallippig, ließ den Stock, den er in der Hand hielt, bei Eugenes Eintritt durch die Luft sausen. Hinter ihm auf dem Schreibtisch lag ein säuberlich geordneter und geglätteter Stapel der verdammungswürdigen Zettel mit gereimten Beleidigungen.

«Hast du das Zeug da geschrieben?» fragte Armstrong und

machte seine Augen klein wie Punkte, um seinem Opfer Angst einzujagen.

«Ja», gestand Eugene.

Armstrong ließ abermals den Stock durch die Luft sausen. Er hatte Daisy mehrere Male zu Hause besucht und an Gants reichgedecktem Tisch gegessen. Er erinnerte sich dessen genau.

«Habe ich dir je etwas zuleid getan, Son, daß du mich so verunglimpfst?» knirschte die gekränkte Großmut.

«N-n-nichts», stotterte Eugene.

«Willst du es je wieder tun?» tönte die schneidende Strenge.

«N-n-nein, Sir», antwortete der Sünder mit versagender Stimme.

«Gut! Dann will ich dir's hingehn lassen», sprach Gott in seiner Größe und warf den Stock weg.

«Du kannst gehen.»

Eugene fand seine Beine erst wieder, als er draußen auf dem Spielplatz war.

. . . der herrliche Herbst, die Lieder, die sie sangen: von der Ernte, und den Farben eines Blattes, «Heute ist ein Feiertag» und «Hoch in der Luft dort droben», und das Lied vom Zug («Geschwind fliegen die Bahnhöfe vorbei»); die mürben Tage, die sich öffnenden Tore des Verlangens, die rauchige Sonne, das herabfallende Prasseln welken Laubes.

«. . . Und jede kleine Schneeflocke ist anders geformt als die andere.»

«Wirklich, Miss Pratt? Jede?»

«Ja, jede Schneeflocke ist anders als alle anderen, die es je geschneit hat. Die Natur wiederholt sich nie.»

«Oh!»

Bens Bart begann zu sprießen; er rasierte sich bereits. Er tollte stundenlang mit Eugene, drückte ihn auf das Ledersofa und kratzte die zarte Wange des Kleinen mit seinem Stoppelkinn. Eugene quietschte.

«Ha! Wenn du das erst mal kannst, bist du ein Mann», sagte Ben.

Und er sang leise mit seiner dünnen summenden Geisterstimme:

«Peck peck peck! pocht der Specht an die Schulhaustür,
Peck peck peck! und sein Schnabel ward wund,
Nun schnelle an der Schelle auf dem Schulhaus gewetzt,
Peck peck peck! ward der Schnabel gesund.»

Sie lachten – Eugene wurde von kehligem Gelächter geschüttelt, Ben kicherte leise. Er hatte wäßrige graue Augen und eine gelbe, unebene Haut. Sein Kopf mit der hohen knochigen Stirn war wohlgeformt. Sein Haar war kraus, ahornbraun. Unterhalb der ständig zusammengerückten Brauen war sein Gesicht klein und lief spitz zu. Sein ungewöhnlich sensibler Mund lächelte kurz, flackernd, nach innen gewandt – so wie aufblitzendes Licht, das über eine Messerklinge läuft. Ben gab stets einen Puff, wenn er eigentlich streicheln wollte; er war sehr zärtlich und sehr stolz.

9

Ja, und die Zeit, wenn Proserpina wiederkehrt, wenn der Ceres totes Herz aufs neue entbrennt, wenn aller Wald von zartem Dunste schwimmt und Vögel, winzig wie ein knospendes Blatt, durch die singenden Bäume schwirren, wenn der weiche, würzig duftende Teer auf die Straßen gefahren wird und die Jungen Bällchen davon auf der Zunge rollen, die Taschen von Kreiseln und bunten Glasmurmeln ausgebeult, dann grollt der berstende Donner nachts, dann fällt der millionenfüßige, alles aufweichende Regen; morgens sieht man Wolkenfetzen am stürmischen Himmel . . . und wenn der Junge aus dem Gebirge seinen Leuten, die einen Zaun setzen, den Wasserkrug bringt, dann hört er den Wind durch das Gras schlängeln und unten im Tal den lang hinseufzenden Pfiff des Zuges, das matte Geläut einer Glocke . . . die großen blauen Berge scheinen ihm näher, dichter, herausgerückt, denn er hat ein wortloses Gelöbnis vernommen: Der Frühling, ein scharfes Messer drang in sein Herz.

Und das Leben wirft den rostroten, verwitterten Schutzpelz ab, die Erde sprießt auf mit zarter, unerschöpflicher Gewalt, und der Becher des Menschenherzens fließt über von sagenhafter Erwartung, stummen Versprechungen, unerklärlicher Sehnsucht. Irgend etwas schnürt ihm die Kehle zu, irgend etwas blendet ihm den Blick, und ein mutiger Hörnerklang tönt leise durchs Erdreich.

Die kleinen Mädchen traben geziert, bezopft und artig zur Schule – aber die jungen Götter säumen. Sie hören die Schalmei, die Flöte, das Getrampel der Bockshufe im moosigen Wald, einmal klingt es von hier herüber, dann wieder von dort: sie schwanken, sie lauschen, sie sind am gespanntesten, wenn sie müßig zu warten scheinen; schließlich gehen sie verwirrt weiter zu dem einzigen Heim, das sie kennen, denn die Erde ist voll von uralten Gerüchten, und sie können den Weg nicht finden. Alle Götter haben sich verirrt.

Aber sie schützten ihr Reich vor den Barbaren. Eugene, Max und Harry regierten über die kleine Nachbarschaft. Sie führten Krieg gegen die Neger und die Juden, an denen sie ihren Spaß hatten, und gegen die verhaßte, verachtete Brut aus der Pigtail Alley.

Katzengleich durchstreiften sie das dunkle Versprechen der Nacht; saßen manchmal auf der Mauer an der Ecke, unter dem erregend grellen Schein der Straßenlaterne, die gasig flimmerte und von Zeit zu Zeit geräuschvoll aufflackerte. Sie lagen in Gants Garten im dichten Gebüsch versteckt und lauerten verliebten Negerpärchen auf, die dort vorbeigingen; wenn ihre Opfer ganz herangekommen waren, ließen sie mit einem Band die Schlangenattrappe eines ausgestopften schwarzen Strumpfes aufzucken. Die Dunkelheit hallte von Lachen wider, wenn die lauten, vollen, komischen Stimmen plötzlich stammelten, ganz verstummten, laut aufkreischten. Dem schwarzen Lieferjungen des Grünzeughändlers, der auf dem Fahrrad elegant in eine Gasse bog, warfen sie Steine nach.

Nein, sie haßten sie nicht, die Neger: Clowns sind schwarz. Sie hatten gelernt, daß es richtig sei, sie freundlich zu knuffen, heiter zu beschimpfen, ihnen großmütig zu essen zu geben. Menschen behandeln einen treuen, schwanzwedelnden Hund gut, aber er darf nicht ständig auf zwei Beinen laufen. Sie wußten, daß man sich «von einem Nigger nicht dummkommen läßt» und Streitigkeiten am einfachsten mit einem Knüppel und eingeschlagenen Schädeln behebt. Bloß, daß es unmöglich ist, einen Niggerschädel einzuschlagen. Die Juden spuckten sie lustig an. Ersäuf den Juden, verhau den Nigger.

Die Jungen paßten Juden auf, folgten ihnen bis nach Hause und schrien: «Gänseschmalz! Gänseschmalz!» Sie glaubten unbedingt, daß Semiten in der Hauptsache von Gänseschmalz leben. Oder sie übernahmen, wie kleine Jungen es tun, blindlings ein traditionelles oder verstümmeltes oder vollkommen imaginäres Schimpfwort und riefen ihren geplagten, vor sich hin murmelnden Opfern «Wischamadei Wischamadei» nach, überzeugt davon, daß dieses die tiefste, unaussprechlichste Beschimpfung für jüdische Ohren sei.

Eugene war nicht für Pogrome; bei Max aber war es Leidenschaft. Ihre Nachstellung galt vor allem Isaak Lipinski, einem kleinen Jungen mit verstohlen-scheuem Gesicht. Hinterhältig überfielen sie ihn bei jeder Gelegenheit, jagten ihn über Straßen und Wege, über Zäune und durch Gärten, durch Scheunen und Ställe bis in sein Elternhaus; er bewegte sich mit atemberaubender Geschwindigkeit und Gerissenheit, entkam taschenspielergleich, spornte sie hämisch an, machte ihnen eine lange Nase und grinste breit, Itzig der er war, mit tiefster Verachtung.

Manchmal, katzenhaft durchdrungen von der Bosheit der Nacht, treibend in der brütenden Verheißung des Ortes, schlichen sie vor ein jüdisches Haus. Sie kauerten unter dem Fenster, eng aneinandergedrückt, und lauschten kichernd den vollen, erregten Stimmen, besonders den rauchigen, kehligen der Frauen, oder krümmten sich vor Lachen über den hysterischen Zank, von dem beinahe allabendlich die Judenwände erbebten.

Einst verfolgten sie johlend zwei Juden, die sich miteinander stritten und dabei die Straßen entlangliefen – ein Junger und sein

Schwiegervater, wobei jeder abwechselnd schlagender Verfolger und verfolgter Geschlagener war.

Am Tag, an dem Louis Greenberg, ein bleicher, gerade vom College zurückgekehrter Jude, mit Karbolsäure Selbstmord beging, standen sie neugierig vor dem schäbigen, von Klage erfüllten Haus und wurden von plötzlicher Schadenfreude erfaßt, als sie seinen Vater erblickten, einen bärtigen, orthodoxen alten Juden, der Kleidung von einem rostigen, fettigen Schwarz und eine abgeschabte Melone trug. Jener kam die Anhöhe vor seinem Haus hinaufgelaufen, rang die Hände und jammerte dabei rhythmisch:

«Oi, yoi yoi yoi yoi,
Oi, yoi yoi yoi yoi,
Oi, yoi yoi yoi yoi.»

Die flachshaarigen Kinder aus der Pigtail Alley aber haßten sie mit einem humorlosen, tödlichen Haß. Pigtail Alley war eine kotige Gasse am unteren Ende der Woodson Street, die vage in einem übelriechenden, veralgten Sumpf endete. Auf einer Seite dieser heruntergekommenen Straße lagen, in unregelmäßiger Linie angeordnet, weißgetünchte Hütten, von armen Weißen bewohnt, deren Kinder beinahe immer weißblond waren. Knochige Frauen, die Münder von Schnupftabak gefleckt, und Männer mit von Tabakspeichel verschmierten Kinnbacken dösten stumpfsinnig hingestreckt auf ihren aus breiten Brettern grob zusammengezimmerten Veranden im heißen Gestank. Nachts brannte eine blakende Lampe trüb im Dunkel des Hausinnern; es roch nach Gebratenem und ungewaschenen Leibern; die schrillen, krächzigen Flüche zänkischer Weiber mischten sich mit den schleppenden, betrunkentobsüchtigen Stimmen der Männer: Schreie, Verwünschungen.

Als die Kirschen reif waren und Gants großer Weißer Wachskirschenbaum schwer mit Frucht beladen stand, kletterten im biegsamen, geduldigen Astwerk die von Luke kommandierten Nachbarskinder herum, ob Juden oder Christen, wobei ein Viertel des Gepflückten ihnen gehören sollte. Eines dieser weißblonden Kinder aus Pigtail Alley stand traurig und ängstlich vor dem Gartentor. «Geht in Ordnung, Son», rief Luke, knapp fünfzehn, ihm herzlich zu. «Nimm dir einen Korb und los geht's.»

Das Kind kam wie eine Katze den verharzten Stamm hinaufgeklettert, währenddessen Eugene sich beschwingt auf dem schlanken, spiralenförmigen Ast ganz an der Spitze wiegte und sich der federnden Kraft des Baumes freute und der ganzen überwältigenden, duftenden, wie ein morgendlicher Weckruf frischen Hintergartenwelt. Das Alley-Kind pflückte mit unglaublicher Geschwindigkeit sein Körbchen voll, glitt flink zu Boden und leerte es in den großen Sammelkorb; war schon wieder halb den Stamm hinaufgeklettert, als seine ausgemergelte Mutter in den Garten geschossen kam, auf ihn zu.

«Du, Reese», kreischte sie, «was hast du dich hier rumzutreiben!» Sie riß ihn hart vom Baum herunter und schlug ihm mit einer Rute über seine braunen Beine. Er heulte.

«Mach, daß du nach Hause kommst!» befahl sie, versetzte ihm noch einen Schlag.

So trieb sie ihn vor sich her, beschimpfte ihn rauhstimmig und schlug ihn immer wieder heftig mit der Rute, wenn er, außer sich vor Stolz und Demütigung, langsamer wurde oder störrisch stehenblieb. Bei jedem Schlag heulte er wieder auf und rannte auf seinen kurzen Beinen ein paar Schritte voran.

Die aufgebaumten Jungen kicherten, aber Eugene, der den Schmerz im harten, hageren Gesicht der Frau gesehen hatte, das zornige Mitleid ihrer flammenden Augen, hatte das Gefühl, als ob etwas in ihm sich öffne und stechend aufplatze, wie ein Abszeß.

«Er hat seine Kirschen vergessen», sagte er zu seinem Bruder.

Die Jungen johlten hinter Loney Shytle her, die im Vorbeigehen einen schalen, durchdringenden Geruch ausströmte, auf dem ungewaschenen stumpfbraunen Haar einen breiten Federhut trug, faustgroße Löcher in den Fersen ihrer schmutzigen weißen Strümpfe hatte. Sie war der Grund blutschänderischer Eifersucht zwischen ihrem Vater und ihrem Bruder; am Hals hatte sie eine große Narbe von einer Wunde, die ihr ihre Mutter einst mit dem Rasiermesser beigebracht hatte; in ihren ausgetretenen Schuhen ging sie mit dem steifen, spreizbeinigen Hoppelgang der Geschlechtskranken.

Eines Tages hatten sie einen Jungen aus der Alley umzingelt. Furchtsam und trotzig zog er sich in eine stinkende Mauerecke zurück. Willie Isaacs, ein jüngerer Bruder von Max, verhöhnte ihn, hämisch lachend: «Seine Mutter nimmt Wäsche ins Haus.» Und dann, sich bei diesem genialen Einfall vor Lachen krümmend, sagte er:

«Seine Mutter nimmt Wäsche ins Haus; sie wäscht für ’nen dreckigen ollen Nigger!»

Harry Tarkinton brüllte vor Vergnügen. Eugene wandte sich unentschieden weg, reckte krampfhaft den Hals, hob den einen Fuß abrupt vom Boden:

«Das ist gelogen!» schrie er seinen erstaunten Gefährten ins Gesicht. «Das ist gelogen!»

Harry Tarkintons Eltern waren aus England eingewandert. Er war drei oder vier Jahre älter als Eugene, ein untersetzter, unbeholfener Junge mit groben Gesichtszügen, einem fleischigen, fliehenden Kinn und einer von chronischem Katarrh verschwollenen Nase. Immer roch er nach den Farben und Ölen, mit denen sein Vater handelte. Er war der Zerstörer der Visionen, der Anstifter zur Anstößigkeit. Im kühlen dichten Abendgras in Gants Garten, bei Sonnenuntergang, lagen sie einmal und unterhielten sich. Da zertrümmerte Harry für immer den Zauber des Weihnachtsfestes. Dafür bot er Eugene den Ölfarbengestank, die Abortluft, die stumpfe, schweißige, phantasielose Leidenschaft des Vulgären. Eugene konnte seine Viehstallwonnen nicht nachvollziehen – der scharfe Hühnergeruch, der den Tarkintons eigene Farbenduft und der stinkend schlammige Geruch des Rinnsals, das sich unter den schmutzigen, unordentlichen Stellen des Gartens hindurchwand, hielt ihn davon ab. An einem öden Nachmittag stöberten die zwei im Dachstock des Gantschen Hauses. Sie fanden eine Flasche, halbvoll mit einem Haarwuchsmittel.

«Hast du schon Haar unten am Bauch?» forschte Harry.

Eugene war verlegen, machte Ausflüchte, gestand. Sie knöpften sich die Hosenlätze auf und schmierten sich mit öligen Händen die Bäuche ein. Tagelang warteten sie verzückt auf das Goldene Vlies.

«Haar da unten macht 'nen Mann aus dir», behauptete Harry.

In diesem Frühling ging Eugene oft in die Werkstatt seines Vaters am Square. Alles dort gefiel ihm: die helle, bergkühle Sonne; die Schaumschleier, die vom Brunnen herübergeweht wurden; die redseligen Feuerwehrmänner, froh, dem Winter entkommen zu sein; die Kutscher und Fuhrleute, die träge auf Gants Holztreppe herumsaßen, mit den Peitschen um die Wette knallten, miteinander zum Spaß rangen. Jannadeau hinter dem schmutzigen, mit Fliegendreck bespritzten Schaufenster, der mit feiner, lupenbewehrter Aufmerksamkeit in die Innereien einer Armbanduhr spähte; der starke Moosgeruch von Gants absurdem Backsteinschuppen; die stauberfüllte Luft des nach vorn liegenden Lagerraums, dessen Boden sich unter dem Gewicht der Grabsteine gesenkt hatte – da standen polierte Platten aus Georgia-Marmor, unbehauene, häßliche Blöcke aus Vermont-Granit, bescheidene, mit einer Urne, einem Putto oder einem liegenden Lamm gezierte Grabmale, und fliegenverdreckte, plumpe Engel aus Carrara in Italien, die Gant für schweres Geld erstanden hatte und nie verkaufte. Sie waren seine Freude, sein Stolz.

Durch eine Holzwand abgeteilt war seine Werkstatt, mit Steinstaub überzogen – grobe hölzerne Böcke, auf denen er die Inschriften meißelte; den mit Meißeln, Bohrern, Hämmern vollgestopften Werkzeugregalen; der Schmirgelscheibe mit Pedal, die Eugene stundenlang mit Enthusiasmus betätigte, vom lauter werdenden Dröhnen begeistert; aufgestapelte Sandsteinsockel; ein kleiner, zerbeulter, gußeiserner Ofen. Brennholz und Kohle lagen in losen Haufen aufgeschüttet am Boden.

Zwischen dem Lager und der Werkstatt, gleich wenn man hereinkam auf der linken Seite, war Gants Büro, ein kleiner Raum: Staub von zwanzig Jahren, zusammengebündelte Stöße von schmutzigen Papieren auf dem altmodischen Schreibtisch; ein Ledersofa, ein zweiter Schreibtisch, auf dem geschichtet runde und rechteckige Stein- und Politurmuster lagen. Durch die trüben Scheiben des nie geöffneten Fensters blickte man auf Will Pentlands Bürohaus und Holzlager hinaus, auf einige ärmliche Behausungen, und sah eine Ecke des Marktplatzes, der, nur durch einen kurzen Straßenblock abgeschnürt, auf dem Hang neben dem Square lag und auf dem sich die Wagen der Fuhrleute und fliegenden Händler drängten.

Gewöhnlich fand Eugene seinen Vater, wie er sich beunruhigend schwer auf Jannadeaus schmutzigen Glasschaukasten oder auf den knarrenden kleinen Zaun stützte, der Jannadeaus Ecke von dem Grundstück abtrennte. Sie sprachen über Politik, Krieg, Tod und Hungersnot. Gant schimpfte auf die Demokraten und schob ihnen die Schuld am schlechten Wetter, den Suppenküchen und den hohen Steuern in die Schuhe. Er pries Teddy Roosevelts sämtliche Aussprüche, Handlungen und Prinzipien. Jannadeau, guttural, ruhig und vernünftig, konterte mit Statistiken und zog seine Bibliothek zu Rate, worum auch immer es sich handeln mochte: eine fettige Ausgabe des ‹*Weltalmanach*›, schon drei Jahre alt, und sagte dann triumphierend, nachdem er mit schmutzigen Fingern ein wenig darin herumgeblättert hatte: «Aha! Ganz wie ich mir dachte! die Muni*zi*palsteuer in Milwaukee während der de*mo*kratischen Verwaltung 1905 war 2,25 Dollar auf Hundert, also niedriger als sie seit Jahren war. Ich kann einfach nicht begrei*fen*, wieso das Gesamtsteuereinkommen nicht aufgeführt ist.» Er disputierte lebhaft und bohrte dabei mit seinen stumpfen, schwarzen Fingernägeln in der Nase. Sein breites gelbes Gesicht legte sich in schlaffe Falten, wenn er guttural über Gants Unvernunft lachte.

Gant aber war nie von etwas abzubringen, nie zu überzeugen: «Ich prophezeie es, Jannadeau», dröhnte er, «wenn die Demokraten bei der Wahl gewinnen, dann kommt es zu Bankkrächen, wir müssen Suppenküchen für die Armen einrichten, und wir beide werden vor Hunger verreckt sein, ehe noch der nächste Winter herum ist.»

Oder Eugene fand seinen Vater in der Werkstatt, über den Bock gebeugt, wie er den schweren Holzschlegel vorsichtig und geschickt einsetzte, wenn er den Meißel durch das Labyrinth einer

Inschrift führte. Gant trug nie Arbeitskleider, sondern behielt den wohlgebürsteten schwarzen Straßenanzug an. Er hatte die Jacke abgelegt und einen langen, gestreiften Schurz vorgebunden. Wenn Eugene ihm bei der Arbeit zusah, spürte er immer, daß sein Vater kein gewöhnlicher Handwerker, sondern ein Meister sei, der für ein paar Minuten gerade letzte Hand an ein *chef-d'œuvre* legt.

Niemand auf der Welt kann das besser als er, dachte Eugene, und in ihm flammte eine dunkle Vision auf, wenn er sich vorstellte, daß das Schaffen seines Vaters niemals, solange die Zeit währt, ausgelöscht sein würde, sondern daß, wenn jenes große Skelett längst zu Staub zerfallen wäre, in manchem dichten Unterholz, in der üppigen Wildnis manch eines vergessenen Friedhofs diese Inschriften überdauern würden. Mitleidig dachte er an all die Krämer, Brauer, Tuchhändler, die kamen und gingen, ihr vergängliches Werk zu Exkrement geworden, oder zu einem zerfallenen Stück Stoff; oder die Klempner wie Max' Vater, deren Arbeit unter der Erde verrostete, oder Maler wie Harrys Vater, deren Arbeit im Laufe der Jahreszeiten verwitterte oder von einer neuen, helleren Farbschicht überdeckt und getilgt wurde: und die große Furcht vor Tod und Vergessenwerden, davor, daß alles Lebendige, alle Erinnerung, alles Verlangen auf dem weiten Friedhof der Erde zerfallen und verwesen muß, ging wie ein Sturmwind durch sein Herz.

Er bedauerte alle Männer, die dahinscheiden, ohne ihren Namen in Felsen gesprengt, ihr Zeichen in Klippen gehauen zu haben; die nicht nach dem unvergänglichsten Gegenstand suchten und dort ein Mal, ein Symbol einmeißelten, so daß man sie niemals vergessen würde.

Dann wieder fand Eugene seinen Vater, wie er mit langen Schritten das Gebäude in seiner Tiefe durchmaß, wie ein Verrückter zwischen den Posten stehenden Statuen herumrannte, die das Lager flankierten, und, die Hände auf den Rücken verschränkt, ein drohend an- und abschwellendes Murmeln ertönen ließ. Eugene wartete. Nachdem der Alte achtzig- oder neunzigmal in seiner Werkstatt auf und ab gelaufen war, sprang er mit einem wütenden Aufschrei zur Vordertür und stürmte auf die Veranda hinaus. Dort ließ er eine Jeremiade auf die Fuhrleute los, die vor seiner Schwelle herumlungerten und ihn geärgert hatten.

«Ihr Niedrigsten unter den Niedrigen! Ihr Schlimmsten unter den Schlimmen! Lausige, verbummelte Taugenichtse ihr!!! Ihr habt mir den Hunger ins Haus gebracht! Ihr habt mir das bißchen Kundschaft verjagt, die mir mein täglich Brot verschafft und den Wolf von der Tür gewiesen hätte. Bei Gott, ich hasse euch, meilenweit stinkt ihr mich an! Ihr verfluchtes, entartetes, hoffnungsloses Gezücht, ihr würdet die Pfennige stehlen, mit denen man die Lider der Toten beschwert, so wie ihr mich bestohlen habt, furchtbare, entsetzliche, blutdürstige Hinterwäldlerbrut, die ihr seid!»

Er rannte brummend in die Werkstatt zurück, erschien aber einen Augenblick später wieder in der Tür mit ostentativer Gemütsruhe, die dann doch in Gebrüll umschlug.

«Ich warne euch ein für allemal: Wenn ich euch noch einmal auf der Schwelle meiner Werkstatt treffe, laß ich euch ins Gefängnis werfen!»

Sie zerstreuten sich, blickten einfältig vor sich hin und gingen, mit ihren Peitschen spielend, zu ihren Wagen. «Der Alte ist aber heut aufgebracht, Gottogott. Was er nur hat?»

Keine Stunde verging, und sie saßen wieder, von irgendwoher angetrieben, wie Schmeißfliegen auf den Stufen vor Gants Tür. Gant kam heraus, um auszugehen. Sie grüßten ihn fröhlich, denn sie mochten ihn gern.

«'n Tag, Mr. Gant.»

«Guten Tag, Jungens», sagte er freundlich, abwesend. Und dann war er mit seinen hageren, raffenden Schritten verschwunden.

Wenn Eugene eintrat und Gant beschäftigt fand, grüßte der Alte nur kurz «Hallo, Son!» und meißelte an der Inschrift weiter, bis er die Lettern mit Wasser und Bimsstein abgeschliffen hatte. Dann zog er den Schurz aus, zog die Jacke an und sagte zu dem unruhig herumtrödelnden, erwartungsvollen Jungen: «Komm mit, du hast bestimmt Durst.»

Sie gingen über den Square in die kühlen Tiefen des Drugstores hinein, standen vor der onyxfarbenen Pracht des Siphons, über ihnen die kreisenden hölzernen Fächer des Ventilators, und tranken eisgekühlte, prickelnde Softdrinks – Limonade, so kalt, daß Eugene davon Kopfschmerzen bekam, oder schäumende Eiskremsoda, die ihm mehrmals mit scharfem köstlichen Kitzel in der Nase aufstieß.

Eugene verließ Gant dann, um fünfundzwanzig Cent reicher, und brachte den Rest des Nachmittags in der Bibliothek am Square zu. Er las nun schnell und leicht. Mit wahrem Heißhunger fiel er über romantische Abenteuerbücher her. Zu Hause verschlang er ganze Stöße von Fünf-Cent-Romanen aus Lukes Bücherregal. Er war ganz verwoben in die wöchentlichen Abenteuer des *Young Wild West*, phantasierte abends im Bett von tugendsam-heldenhaften Beziehungen zu der schönen Arietta, verfolgte Nick Carters Bahnen durch das Labyrinth der Großstadtkriminalität, Frank Merriwells athletische Triumphe und die Abenteuer von Fred Fearnot und schwelgte im Ruhm nicht enden wollender Siege der Freiheitskämpfer von 1776 über die britische Armee der verhaßten Rotfräcke.

In den ersten Jahren seiner Lesewut interessierte er sich weniger für Liebe als für den materiellen Erfolg. Die weiblichen Strohpuppen, die in Knabenbüchern auftreten – ein Etwas mit Haaren, tanzenden Augen und tugendhaften Ansichten, untadelig und leer –, genügten ihm vollständig. Sie waren der Lohn der Tapferkeit, der Preis, der im letzten Augenblick durch Schlag oder Schuß den Händen des Bösewichts entrissen und dann zusammen mit einem erklecklichen Einkommen genossen wird.

Aus der Stadtbibliothek verschlang er Jugendromane zu Dutzenden und ging mit unverminderter Begeisterung durch die endlose Eintönigkeit der Alger-Bücher – *‹Mut und Glück›*, *‹Schwimm oder geh unter›*, *‹Schneid›*, *‹Jakobs Mündel›*, *‹Jed, der Knabe aus dem Armenhaus›*, und wie sie alle hießen. Er weidete sich in Gedanken an den schweren Summen, die den Helden dieser Werke stets zuteil werden (ein Motiv in der Knabenlektüre übrigens, dem man bisher noch keine gebührende Beachtung schenkte); all diese glücklichen Zufälle: eine Eisenbahnschiene ist los, man signalisiert dem Zug, dem Lebensretter winkt reicher Lohn; eine banknotengespickte

Brieftasche wird gefunden und dem Eigentümer zugestellt; der Wert wertlos geglaubter Aktien wird aufgedeckt; oder jemand findet in der Stadt einen reichen Gönner – das alles verhaftete sich in Eugene zu tiefsitzenden Wunschbildern, von denen er sich niemals wirklich befreien sollte.

Mit den finanziellen Details befaßte er sich bis ins kleinste. Ungeheuer wichtig war es, den Wert jenes Besitztums zu wissen, das der schurkische Vormund und dessen schuftiger Sohn an sich gebracht hatten. Eugene rechnete sich die Jahres-, Monats-, Tagesrente des Kapitals aus, stellte sich vor, was er sich dafür kaufen würde. In seinen eigenen Ansprüchen war er keineswegs bescheiden – unter einer Viertelmillion Dollar, dachte er, könne er kaum anständig auskommen. Ein Einkommen von hunderttausend Dollar, zu sechs Prozent verzinst, hielt er für kärglich. Wenn lumpige zwanzigtausend Dollar als Lohn der Tugend erwähnt wurden, war er zutiefst verdrossen, empfand die Unsicherheit des Lebens und glaubte, daß Luxus eine nur momentane Annehmlichkeit sei.

Er gründete einen Lesezirkel mit seinen Freunden, borgte und lieh Bücher nach einem verwickelten System, von Max Isaacs, von dem Metzgersohn «Nosey» Schmidt, der die ganze Abenteuerserie *‹The Rover Boys›* besaß. Er plünderte Gants Bücherregale und las Übersetzungen der Ilias und der Odyssee zur gleichen Zeit und aus denselben Gründen wie *‹Diamond Dick›*, *‹Buffalo Bill›* und die Romane von Alger. Dann, als mit den Jahren das Tasten nach erotischen Reizbildern deutlicher wurde, suchte er leidenschaftlich in romantischen Legenden nach jenen heißblütigen Frauen, deren Atem wie Honig ist und deren sanfte Berührung einen plötzlichen Feuersstrom durch die Adern schickt.

Bei dieser Plünderung der vollen Regale fand er sich unentrinnbar verstrickt in das groteske Muster jener puritanischen Romane, die den züchtigen Jüngern John Calvins dionysische Wonnen zuerkennt, die gleichzeitig Wollust stöhnt und Gebete aufsagt, die brennende Altäre vor dem Pflaumenbaum errichtet, die die heidnische Hetäre mit dem bekehrten Flittchen überbietet.

Ach ja, dachte er, da kann ich meine Torte aufessen und sie doch noch haben – aber eine Hochzeitstorte muß es sein. Ganz ergeben begehrte er, ein guter Mann zu werden; er würde seine Liebe nur einer Jungfrau verehren; unbedingt würde er nur ein reines Weib ehelichen. Dies würde ja der Lust keinen Abbruch tun – im Gegenteil! – er sah es ja aus den Büchern, daß die guten Frauen körperlich bei weitem die anziehendsten sind.

Er hatte da unwissentlich eine Wahrheit herausgefunden, die dem Hedonisten erst sehr viel später nach vielen Mühen klar wird: daß nämlich die zutiefst konventionellen Lebensumstände dem Daseinsgenuß am förderlichsten sind. Er bezeigte den Gesetzen der Gemeinde eine kindlich-leidenschaftliche Anhänglichkeit; all die gefilterten Ablagerungen des Sonntagmorgens-Presbyterianismus wirkten sich aus.

Er schloß sich im Fleisch Tausender von Romanfiguren ein; verlieh seinen Lieblingshelden eine Existenz, die über die Welt der Bücher hinausreichte, und trug ihre Standarten auf den grauen Plan des Alltags. So schaute er sich selbst als den streitbaren jungen Lizentiaten, der gegen die Zustände in den Slums Krieg führt, dabei auf die geldkalte Feindseligkeit seiner eleganten Kirche trifft, bis ihm in letzter Stunde die Tochter des Millionärs, dem die Mietskasernen gehören, zu Hilfe kommt, so daß er schließlich den Sieg für Gott, die Armen und sich selbst erringt.

. . . Sie standen einen Augenblick lang schweigend im riesigen, leeren Schiff der St.-Thomas-Kirche. Oben auf der Empore glitten die zarten Finger des alten Michael leise über die Tastatur der Orgel. Die letzten Strahlen der sinkenden Sonne schienen durch die westlichen Fenster und fielen einen Augenblick wie ein goldener segnender Schein auf Mainwarings abgespanntes Gesicht.

«Ich gehe nun fort», sagte er fest.

«Sie gehen fort?» flüsterte sie. «Wohin?»

Die Orgeltöne schwollen an.

«Dorthin», er deutete kurz nach Westen, «dorthin – unter Sein Volk.»

«Wirklich!» Sie konnte das Beben ihrer Stimme nicht unterdrücken. «Und Sie gehen allein?»

Er lächelte traurig. Die Sonne war untergegangen. Die wachsende Dunkelheit verbarg die verdächtige Feuchtigkeit in seinen grauen Augen. «Ja, allein», sagte er. «Ist nicht ein Größerer vor neunzehnhundert Jahren auch allein ausgezogen?»

«Allein, ach, allein!» Schluchzen stieg in ihrer Kehle auf, erstickte sie fast.

«Aber ehe ich gehe», sagte er nach einer Weile mit einer Stimme, deren innere Erregung er vergebens zu unterdrücken sich bemühte, «. . . da möchte ich Ihnen gestehen, Grace . . .» Er hielt inne und suchte die Herrschaft über seine Gefühle zu gewinnen.

«Ja . . . was?» hauchte sie.

«. . . daß ich Sie nie vergessen werde, meine Kleine, solange ich lebe, nie.» Er wandte sich zum Weggehen.

«Nein, nein! Nicht allein!» Sie hielt ihn weinend zurück.

Er drehte sich blitzschnell um. «Was soll das heißen?» fragte er heiser.

«Oh, verstehst du denn nicht? Begreifst du denn nicht?» Sie hob flehend, mit brechender Stimme, ihre kleinen Hände.

«Grace! Grace! Mein Gott, liebst du mich wirklich?»

«O du einfältiger Mann, du geliebter, blinder, törichter Junge! Hast du es denn nicht schon lange gewußt? Es ist seit dem Tag, an dem ich dich in der Murphy Street-Siedlung predigen hörte.»

Er preßte sie in einer heftigen Umarmung an sich. Ihr schlanker Leib gab dem Druck seiner Arme nach, als er sich über sie beugte. Sie legte ihre vollen runden Arme um seine breiten Schultern, schmiegte sie um seinen Hals. Sie zog sein dunkles Haupt zu sich herab, während er sie mit hungrigen Lippen auf die geschlossenen Lider, auf die Säule ihrer Kehle, auf den geöffneten Blumenkelch ihrer jungen frischen Lippen küßte.

«Nein», flüsterte sie, «nicht allein, sondern ewig zusammen!»

«Auf ewig!» antwortete er feierlich, «so wahr mir Gott helfe.»

Die Orgeltöne schwollen zu einem Triumphgesang an und fluteten durch das geräumige Dunkel der Kirche. Und während der alte Michael sein ganzes Herz in die Musik legte, rollten ihm unaufhaltsam Tränen über die abgezehrten Wangen. Er lächelte glücklich unter diesen Tränen, als er mit seinen greisen Augen die uralte Sage von Jugend und Liebe sich von neuem erfüllen sah, und murmelte:

«Ich bin die Auferstehung und das Leben, das Alpha und das Omega, der Erste und der Letzte, der Anfang und das Ende . . .»

Eugene wandte seine feucht gewordenen Augen dem Licht zu, das durch die Fenster des Lesesaals fiel; er blinzelte heftig, schluckte schwer, schneuzte sich scharf die Nase. Ach ja! Ach ja!

. . . Die Wilden merkten, daß sie nun nichts mehr zu fürchten hatten. Rasend vor Wut über die erlittenen Verluste bereiteten sie den Angriff vor und marschierten langsam zum Fuß des Abhangs. Taomi, ihr Häuptling, in gräßlicher Kriegsbemalung, führte einen wilden Tanz auf und trieb sie mit schriller Stimme an.

Glendenning stieß eine leise Verwünschung aus, als er zum letztenmal die leeren Patronengürtel untersuchte. Dann lud er verbissen die letzten zwei Schuß in seinen Colt und sah hinab auf den brüllenden Haufen dort unten.

«Die sind wohl für uns?» fragte sie ruhig.

Er nickte.

«Das Ende also?» flüsterte sie leise, aber ohne eine Spur von Angst.

Er nickte abermals und wandte kurz den Kopf ab. Dann kehrte er ihr sein graues Gesicht zu.

«Ja, jetzt heißt's sterben, Veronika», sagte er, «und so kann ich es denn sagen.»

«Ja, Bruce», antwortete sie sanft. – Er war beglückt, denn es war das erste Mal, daß sie ihn beim Vornamen nannte.

«Ich liebe dich, Veronika», sagte er. «Ich habe dich von dem Augenblick an geliebt, als ich dich fast leblos am Strand fand, in all den Nächten geliebt, die ich draußen vor dem Zelt lag, in dem du ruhig atmend schliefst, und am meisten lieb ich dich jetzt, in dieser Stunde des Todes, wo ich von der Pflicht, über meine Liebe zu schweigen, entbunden bin.»

«Liebster, ach Liebster! Warum hast du geschwiegen?» flüsterte sie mit tränenüberströmtem Gesicht. «Ich habe dich auf den ersten Blick geliebt.»

Sie neigte sich zu ihm mit halbgeöffnetem, bebendem Mund, ihr Atem ging in kurzen Stößen, und während seine nackten Arme sie fest umfaßten, trafen sich ihre Lippen in einem langen Augenblick der Seligkeit, in einer jähen Ekstase, in der all die eingesperrte Sehnsucht ihres ganzen Lebens Erlösung und Erfüllung fand, nun, im glorreichen Todesmoment.

Ein lauter Knall aus einiger Entfernung erschütterte die Luft. Glendenning sah schnell auf und rieb sich erstaunt die Augen. Unten, im kleinen Hafen der Insel, drehten sich langsam die schmalen Flanken eines Zerstörers, und gerade fuhren Flamme und Rauch aus einer Geschützmündung heraus. Eine 15-cm-Granate schlug pfeifend dreißig Meter vor den Wilden ein.

Mit gellendem Geschrei, einem Ausdruck der Furcht und überraschten Wut, wichen die Angreifer zurück und flohen zu ihren Kanus. Schon wurde ein mit kräftigen Blaujacken bemanntes Boot vom Schiff herabgelassen und ruderte auf die Küste zu.

«Gerettet! Wir sind gerettet!» rief Glendenning. Er sprang auf und signalisierte dem Boot. Plötzlich hielt er inne.

«O verdammt, verdammt noch mal», murmelte er bitter.

«Was ist denn, Bruce?» fragte sie. Er antwortete ihr mit rauher, kalter Stimme.

«Ein Kriegsschiff ist gerade in den Hafen eingefahren. Wir sind gerettet, Miss Mullins, gerettet!» Und er lachte bitter.

«Aber Bruce, Liebster, was ist denn mit dir? Freust du dich nicht? Warum benimmst du dich so seltsam? Nun können wir doch unser ganzes Leben zusammen verbringen!»

«Zusammen?» sagte er mit hartem Lachen. «Ach nein, Miss Mullins. Ich kenne meinen Stand. Glauben Sie etwa, daß der alte John T. Mullins seine Tochter Bruce Glendenning zur Frau gibt, einem internationalen Tramp, der es mit allen Professionen versuchte und es nirgends zu etwas gebracht hat? Nie im Leben! Es ist nun alles aus zwischen uns. Es heißt Lebwohl sagen. Wahrscheinlich», sagte er mit trockenem Lächeln, «werde ich bald von Ihrer Heirat mit einem Herzog oder Lord oder irgend so einem Ausländer hören. Also, leben Sie wohl, Miss Mullins. Viel Glück! Wir müssen nun jedes seinen eigenen Weg gehen.» Er wandte sich weg.

«Du närrischer Junge! Du lieber, böser, törichter Junge!» Sie fiel ihm um den Hals, schmiegte sich zärtlich an ihn und redete sanft auf ihn ein. «Glaubst du wirklich, ich ließe dich je wieder von mir gehen?»

«Veronika!» keuchte er. «Ist es dir wirklich Ernst?»

Sie wollte ihm in die anbetenden Augen sehen, konnte aber nicht, denn sie war über und über errötet. Er riß sie verzückt an sich, und zum zweitenmal, nun aber mit der Aussicht auf ein langes und glückliches Leben, fanden sich ihre Lippen in süßem Vergessen ...

Ach Gott. Ach Gott. Eugenes Herz war voll Freude und Traurigkeit – traurig, weil das Buch zu Ende war. Er zog sein verklebtes Taschentuch und blies den Inhalt seines überströmenden Herzens hinein, mit einem mächtigen, sieghaften und ekstatischen Trompentenstoß glorreicher Sentimentalität. Ach Gott. Guter alter Bruce-Eugene.

In der hehren Innenwelt, in die ihn seine Phantasie hob, war aller Makel des Lebens getilgt. Er lebte edel und heldenhaft unter wunderschönen, tugendsamen Geschöpfen. Er sah sich selber in ekstatischen Momenten mit Bessie Barnes, ihre reinen Augen von Tränen trüb, ihr süßer Mund bebend vor Verlangen. Er spürte den starken Händedruck ihres Bruders Honest Jack, dessen treuherzige Aufrichtigkeit, die tiefe, ewige Verbundenheit ihrer wackeren Männerherzen, wenn sie einander stumm und feuchtäugig anblickten und an den Teufelspakt, die Fahrt, Seite an Seite, durch Tod und Schrecken dachten, die sie wortlos, aber unauslöschlich zu Freunden gemacht hatten.

Eugene begehrte die beiden Dinge, die alle Männer begehren. Er wollte geliebt werden und berühmt sein. Der Ruhm war chamäleonhaft, aber der Triumph lag immer zu Hause bei den Leuten von Altamont. Das Bergstädtchen hatte eine ungeheure Autorität für ihn. Mit der Ichbezogenheit des Kindes hielt er seine Vaterstadt für den Mittelpunkt der Erde, den kleinen, aber dynamischen Kern allen Lebens. Er sah sich in der Schlacht napoleonische Triumphe feiern, mit seinen wilden, auserlesenen Kämpfern wie ein Blitzschlag die Flanke des Feindes spalten, ihn einschließen, umzingeln, vernichten; als junger Großindustrieller: machtvoll, sieghaft, reich; als Rechtsanwalt Gerichtshöfe mit dem Zauber seiner Beredsamkeit bannen . . . aber stets sah er sich von seinen Triumphen heimkehren, den Lorbeer der Welt auf der bescheidenen Braue.

Die Welt jenseits der dunstumwobenen Bergketten war ein unwirkliches Feenland aus Hall und Strahlung, mit Obstgärten von Genien bewacht, weindunklen Meeren, phantastischen, wolkenkratzerabgründigen Städten, aus denen er mit goldener Beute zum wahren Lebenszentrum, nach Altamont, zurückkehren würde.

Er spürte den köstlichen Kitzel der Verführung und hielt dennoch treu an seiner Ehre fest, nachdem er sie den lockendsten Versuchungen ausgesetzt hatte. Da war die schöne, gepflegte Gattin des reichen Mannes, die der brutale Gatte vor aller Öffentlichkeit beleidigt, aber der brave Bruce-Eugene ritterlich verteidigt hatte. Nun schmolz sie vor ihm hin mit der reinen Glut ihres einsamen Frauenherzens und goß ihr trauriges Lebensschicksal in sein mitfühlendes Ohr, über die Weingläser ihrer kerzenbesetzten, reichen, aber intimen Tafel hinweg. Wenn sie nun im Halbdunkel sehnsüchtig näher rückte, ihr Kleid aus leuchtendem Samt wie eine zweite Haut, löste er sanft die sich um seinen Hals verschränkenden Arme und ihren festen, kurvigen Leib, der an seinem klebte, von sich ab. Da war die blonde Prinzessin aus dem legendären Balkan, die Kaiserin des giebelverzierten Spielzeuglandes und der Puppenhusaren. In einer großen Szene an der Landesgrenze lehnte er edelmütig ihren opferwilligen Thronverzicht zu seinen Gunsten ab und trank ein ewiges Lebewohl von ihren Lippen. Aber er heiratete sie dann doch und machte sie zur Bürgerin seines freien Vaterlandes, später nämlich, als eine Revolution in ihrer Heimat ihren Stand dem seinen gleichgemacht hatte.

Aber wenn er sich in alte Mythen vertiefte, in die Welt, wo kein Makel auf dem Willen, der Tat liegt, dann gab er sich auf goldenen Wiesen und in grünleuchtenden Hainen ganz der heidnischen Liebe hin. Oh! und König sein und eine üppige, breithüftige Jüdin auf dem Dach ihres Hauses baden sehen und sie besitzen! Ein rauher Baron auf seiner Burg sein und in einem großen Raum das alte Herrenrecht mit den schönsten der untertänigen Frauen und

Mädchen ausüben, beim flackernden Lichtschein großer Scheite im Kamin, während der Sturm wild um die Mauern braust!

Öfters auch, wenn sein Verlangen die Hülse der Moral sprengte, erging er sich in unzüchtigen Schuljungenphantasien und träumte sich in eine Romanze mit einer hübschen Lehrerin. Seine Klassenlehrerin im vierten Schuljahr war eine junge, unerfahrene, aber wohlgebaute Person mit karottenfarbenem Haar und einem vollen, sorglosen Lachen.

Eugene träumte, er sei bereits im zeugungsfähigen Alter, ein starker, tapferer, hochintelligenter Junge, zwischen den stummelzähnigen Kindern und stoppelbärtigen Lümmeln der Dorfschule ein strahlender Stern. Und als der milde Herbst reifte, nahm ihr Interesse an ihm zu. Sie ließ ihn wegen völlig imaginärer Vergehen «nachsitzen», hieß ihn verwirrt irgendeine Strafaufgabe machen. Ihre Augen ruhten mit stetem Sehnsuchtsblick auf ihm, wenn sie dachte, er merke es nicht.

Er tat so, als käme er mit der Aufgabe nicht zurecht. Hilfsbereit kam sie und setzte sich neben ihn, lehnte sich dicht an ihn, so daß ein paar feine Strähnen ihres karottenfarbenen Haares seine Nasenlöcher streiften, er die feste Wärme ihres üppigen weißen Armes spürte und die Rundungen ihrer eng vom Rock umspannten Schenkel. Sie erklärte ihm weitschweifig die Schwierigkeit der Aufgabe, führte ihm die Finger mit ihrer warmen, ein ganz klein wenig feuchten Hand, wenn er tat, als könne er etwas – einen Ort auf der Karte etwa – nicht finden. Sie tadelte ihn mit lieber leiser Stimme:

«Warum bist du nur so ein böser Junge?» . . . oder zärtlicher noch: «Willst du dich denn in Zukunft nicht bessern?»

Hierauf würde er mit simulierter jungenhaft-unartikulierter Schüchternheit versichern: «Wirklich, Miss Edith, ich habe es gewiß nicht bös gemeint.»

Später, wenn die goldene Sonne rot versank und nichts mehr im Klassenzimmer war als Kreidegeruch und das laute Summen der alten Oktoberfliegen, würden sie zusammen weggehen. Er schlüpfte achtlos in seinen Mantel, sie schalt ihn und rief ihn zu sich, glättete ihm den Kragen, zupfte ihm die Krawatte zurecht, ordnete sein wirres Haar, sagte:

«Du bist ein schöner Junge, Eugene. Ich wette, die Mädchen sind sehr hinter dir her.»

Er würde mädchenhaft erröten, und sie würde, neugierig gemacht, in ihn dringen: «Na, sag mir schon, wer dein Schatz ist!»

«Aber ich hab ja keinen, wirklich nicht, Miss Edith.»

«Aha! Ich verstehe. Du machst dir eben nichts aus diesen albernen kleinen Mädchen», würde sie ihm nun zureden. «Du bist zu stolz für solche Tändeleien. Du bist älter als deine Jahre und brauchst das Verständnis, das nur eine reife Frau geben kann.»

Und dann würden sie im goldenen Abendlicht am Saum der kiefernfrischen Wälder entlanggehen, den schmalen Pfad, der von herbstbraunem Ahornlaub verweht wäre, über die Felder, an reifen runden Kürbissen vorbei, im goldenen Herbstgeruch der Persimonenbäume.

Sie würde allein mit ihrer tauben, hochbetagten Mutter wohnen, allein in einem kleinen Häuschen abseits der Straße, das von einsamen, singenden Kiefern umstellt war, ein paar große Eichen und Ahornbäume im von Laub bedeckten Garten.

Sie würden querfeldein auf das Haus zukommen. So würde es notwendig sein, über einen Zauntritt zu steigen. Er würde zuerst hinüberklettern und ihr dann behilflich sein, dabei entflammt die graziös geschwungene Kurve ihres absichtlich zur Schau gestellten, seidenbestrumpften Beines betrachten.

Da die Tage nun kürzer würden, würden sie im Dunkel kommen, oder unter dem schweren, tiefhängenden Herbstmond. Sie würde so tun, als fürchte sie sich, wenn sie den Wald entlanggingen, sich geängstigt an ihn pressen, von merkwürdigen, eingebildeten Geräuschen erschreckt sich an ihn klammern. Schließlich eines Abends würde es beim Zauntritt zur Entscheidung kommen. Sie würde sagen, sie könne in der Dunkelheit nicht allein herabspringen, und er würde sie in seinen Armen herunterheben. Da würde sie flüstern:

«Wie stark du bist, Eugene!»

Dann würde er sie nicht loslassen. Seine Hände würden von ihren Kniekehlen an aufwärtsgleiten. Und während er sie auf die hartgefrorene Erde niedersetzte, würde sie ihn leidenschaftlich küssen, einmal und noch einmal, ihn an sich pressen, ihn streicheln und schließlich unter dem rauhreifbedeckten Persimonenbaum sich ganz seinen unbezähmbaren Knabenwünschen hingeben.

«Der Junge liest Unmengen von Büchern!» prahlte Gant in der ganzen Stadt. «Die Bibliothek hat er schon ausgelesen.»

«Bei Gott, W. O., Sie müssen einen Advokaten aus ihm machen, er hat wahrhaftig das Zeug dazu.» Major Liddell spuckte mitten aus seiner hohen, brüchigen Stimme heraus treffsicher über den Bürgersteig hinweg und ließ sich in seinen Sessel zurücksinken, der unter den Fenstern der Bibliothek stand. Mit zitternder Hand strich er seinen tabakfleckigen weißen Spitzbart glatt. Er war ein Veteran.

10

Aber diese Freizügigkeit, dieses Einsamsein mit Büchern, dieses Träumen, diese uneingeschränkte Zeit für Phantasien sollte nicht dauern. Gant und Eliza waren beide beredte Fürsprecher der wirtschaftlichen Unabhängigkeit – alle Jungen waren bereits sehr früh zum Geldverdienen angehalten worden.

«Da lernt ein Junge Selbständigkeit», sprach Gant und hatte das Gefühl, als hätte er dieses irgendwo schon einmal gehört.

«Ach was», meinte Eliza. «Es schadet ihnen gewiß nichts. Wenn sie jetzt nicht arbeiten lernen, dann werden sie später im Leben nie etwas leisten. Außerdem verdienen sie so ihr Taschengeld.» Dieses letztere war zweifellos ein äußerst schwerwiegendes Argument.

Also hatten die Söhne des Hauses von Kindesbeinen an nach den Schulstunden und in den Ferien gearbeitet. Unglücklicherweise unterzogen sich weder Gant noch Eliza der Mühe, nachzuforschen, was für Arbeit ihre Söhne taten. Sie gaben sich vage der

Gewißheit hin, daß jegliche Arbeit, die Geld einbringt, ehrlich, ratsam und charakterbildend sei.

Zu dieser Zeit hatte sich der störrische, wortkarge, einsame Ben bereits mehr und mehr in sich selbst zurückgezogen. Er kam und ging wie ein Phantom; wie eines Phantoms wurde seiner in dem radauerfüllten Haus gedacht. Allmorgendlich um drei Uhr, wenn sein schmaler, noch nicht ausgewachsener Körper der Segnung tiefsten Schlafes bedurft hätte, stand er bei schwindendem Sternenlicht auf, stahl sich aus dem schlafenden Haus und ging zu den dröhnenden Pressen und dem geliebten Geruch der Druckerschwärze, um seine Route als Zeitungsträger anzutreten. Ohne daß es Gant und Eliza besonderes Kopfzerbrechen bereitet hatte, war er nach der achten Klasse stillschweigend von der Schule weggeblieben und hatte weitere Verpflichtungen bei dem Zeitungsverlag übernommen. Er lebte in selbstgenügsamem, bitterem Stolz von seinem Verdienst. Er schlief zu Hause, aß auch vielleicht einmal am Tag dort. Spät am Abend kam er hager nach Hause getrottet, mit dem Gang seines Vaters, schmalen langen Schultern, frühzeitig gebeugt vom Gewicht der schweren Zeitungstasche – rührend und hungrig ein Gant. In sich verkapselt trug er das Zeichen ihres tragischen Irrtums: Er ging allein in der Dunkelheit, Tod und die dunklen Engel schwebten über ihm, und niemand sah ihn. Morgens um halb vier, die vollgestopfte Zeitungstasche neben sich, saß er mit anderen Zeitungsjungen in einer Frühstücksbar, eine Tasse Kaffee in der einen, die Zigarette in der anderen Hand. Und lachte leise, fast lautlos mit seinem beweglichen, ungemein sensiblen Mund und den finsteren grauen Augen.

Zu Hause verbrachte er ruhig versponnene Stunden mit Eugene. Er spielte mit ihm, puffte ihn auch von Zeit zu Zeit mit seiner harten weißen Hand, und baute eine geheime Verständigung zwischen ihnen auf, zu der niemand aus der Familie Zutritt und Einsicht hatte. Von seinem bescheidenen Lohn gab er dem Kleinen Taschengeld, kaufte ihm teure Geschenke zum Geburtstag, zu Weihnachten und bei besonderen Gelegenheiten. Es rührte und freute ihn, daß er Eugene wie Maecenas erschien, und wie groß und unerschöpflich dem Jüngeren seine mageren Geldmittel vorkamen. Über das, was er verdiente, überhaupt über sein ganzes Leben außerhalb des Hauses bewahrte er eifersüchtiges Stillschweigen.

Er wurde gereizt und störrisch, wenn Eliza danach forschte. «Das sind meine eigenen Angelegenheiten! Bei Gott, verlange ich etwa etwas von euch?»

Eine tiefsitzende Zuneigung für alle brütete in ihm. Nie vergaß er einen Geburtstag, stets legte er ein kleines, nicht allzu teures, mit erlesenem Geschmack ausgesuchtes Geschenk unauffällig bereit. Wenn sie – wie es ihre Art war – es übertrieben lobten und in redselige Dankesergüsse ausbrachen, warf er den Kopf zur Seite, einem unsichtbaren Zuhörer zugewandt, lachte leise und gereizt und sagte: «Um Gottes willen, nun hör dir das an, bitte!»

Mag sein, daß, wenn Ben wohlgebügelt und gebürstet, mit sauberem Kragen, die Füße leicht einwärts setzend durch die Straßen hastete oder leise und ruhelos im Haus herumstrich, sein dunkler Engel weinte, aber niemand sonst sah es, niemand wußte es. Er war ein Fremder, und wenn er suchend durch das Haus ging, forschte er immer rastlos nach einem Zugang zum Leben, einer geheimen, unentdeckten Tür, einem Stein, einem Blatt – irgend etwas, das ihn einlassen würde in das Licht und die menschliche Gemeinschaft. Sein Sinn für Häuslichkeit war tief verwurzelt; in diesem von Gekeif und Schimpfen erfüllten Haushalt war seine düstere, beherrschte Ruhe wie ein sanftes Beruhigungsmittel für ihre Nerven: Mit stillschweigender Autorität und weißen, geschickten Händen machte er allerlei Ausbesserungsarbeiten, fügte in feiner Tischlerarbeit alte, zerbrochene Möbel wieder zusammen, flickte durchgebrannten Leitungsdraht und defekte Steckdosen.

«Der Junge ist ein geborener Elektrotechniker», sagte Gant. «Ich habe beinahe Lust, ihn auf eine Schule zu schicken.» Er malte ein romantisches Bild von dem Wohlstand des Mr. Charles Liddell, des tüchtigen Sohns des Majors, der mit seinen elektrischen Künsten Tausende verdiene und seinen alten Vater unterstützte. Er wurde bitter und vorwurfsvoll und ließ sich über sein eigenes Verdienst und die Nichtsnutzigkeit seiner Söhne ausführlich vernehmen.

«Andere Söhne sorgen für ihre alten Väter, aber meine? Meine nicht! O Gott, das wird ein harter Tag werden, wenn ich mich einmal nicht mehr selber ernähren kann. Tarkinton hat mir neulich erzählt, daß ihm Rafe, seit er sechzehn ist, fünf Dollar die Woche für das Essen bezahlt. Wäre es möglich, daß einer meiner Söhne so etwas täte? Nein! Ausgeschlossen! Da müßte erst die ganze heiße Hölle einfrieren, und selbst dann täten sie es nicht.»

Daraufhin schilderte er die Härte seiner eigenen Jugend, hinausgestoßen – so sagte er –, um sein Brot zu verdienen in einem Alter, das je nach seinem Grimm zwischen sechs und elf Jahren schwankte, und verglich sein damaliges Leben mit dem Luxus, in dem seine Söhne schwelgten.

«Keiner hat je etwas für mich getan!» heulte er. «Aber alles und jedes ist für euch getan worden. Und was für Dank krieg ich von euch? Habt ihr überhaupt je daran gedacht, daß der Alte in seinem kalten Laden da oben am Square schuftet und schwitzt, damit ihr zu essen und ein Dach über dem Kopf habt? Nein! Undankbarkeit, wütiger als des Tigers Biß!» Ein reumütiger Bissen stak rachsüchtig in Eugenes Kehle.

Eugene wurde in die Ethik des Erfolgs eingeweiht. Nicht genug, daß ein Mensch arbeitet – obschon man grundsätzlich arbeiten soll –, viel wichtiger ist, daß man Geld macht, und zwar viel Geld, wenn man «ein großer Erfolg sein» will; aber immerhin mindestens so viel, um sich «zu unterhalten». Das war für Gant und Eliza die Grundlage aller Bewertung. Vom Soundso zum Beispiel sagte sie etwa: «Er taugt nichts, er war nie imstande, sich zu unterhalten», und Eliza (Gant schwieg) setzte hinzu: «Er hat ja kein bißchen Grundbesitz!» – das war der Gipfel der Infamie.

Eugene wurde nun früh um sechs Uhr dreißig von seinem Vater aus den Federn gejagt. Er ging in den kühlen Garten, in den frischen, sanften Frühlingsmorgen hinunter, wo er, von Gant unterstützt, große knackige Salatköpfe, Rettiche, Pflaumen und Frühäpfel in kleine Körbchen erntete – etwas später auch Kirschen. Die Körbchen wurden in eine Kiepe verstaut, und Eugene ging in der Nachbarschaft hausieren. Er wurde seine Ware, zu fünf und zehn Cent das Körbchen, leicht und mit Vergnügen los an den Türen von Häusern, in denen es köstlich nach Morgengerichten duftete. Munter kam er mit der leeren Kiepe zum Frühstück heim. Er mochte die Arbeit, den Gartengeruch, den Duft des frischen, feuchten Gemüses. Er liebte die romantische Beschaffenheit der Erde, die seine Taschen mit klingender Münze füllte.

Das Geld, das er einnahm, durfte er behalten, wenn Eliza auch hartnäckig darauf drang, daß er es nicht verschwenden, sondern sich ein Bankkonto anlegen solle, so daß er später damit ein Geschäft anfangen oder ein Stück Land dafür kaufen könne. Sie gab ihm eine Sparbüchse, in die er mit unwilligen Fingern einen Teil seiner Einnahmen plumpsen ließ. Es gab ihm eine trübselige Befriedigung, wenn er das Ding von Zeit zu Zeit schüttelte und dabei hungrig an die Köstlichkeiten dachte, die vor ihm in diesem kleinen, schweren, goldklimpernden Tresor weggeschlossen waren. Es gab einen Schlüssel, aber den behielt Eliza in Verwahrung.

Monate vergingen. Eugenes rundlich-stämmiger Kinderkörper reckte und streckte sich gemäß der geheimen Chemie der Wachstumsvorgänge. Er wurde zerbrechlich, dünn, bleich. Er war für sein Alter ungewöhnlich aufgeschossen. Eliza meinte, er sei jetzt groß genug, «um ein wenig was zu schaffen».

Von Donnerstag bis Samstag wurde er nun auf die Straße geschickt, um die *Saturday Evening Post* zu verkaufen. Luke hatte die Agentur am Ort. Eugene haßte diese Arbeit mit einem bösen, schwärenden Haß. Krank vor Entsetzen sah er allwöchentlich den Donnerstag nahen.

Luke war seit seinem zwölften Jahr Inhaber der Agentur. Er genoß im Städtchen den Ruf eines glänzenden Verkäufers. Er trat mit breitem Grinsen auf und überschäumender Vitalität, schwanzwedelnd und schlagfertig; all seine Energie setzte er in eine wahnsinnige Extraversion um. Er lebte vollkommen im Augenblick, hielt nichts in sich geheim, hütete nichts. Er hatte ein instinktives Grauen vor der Einsamkeit.

Er begehrte vor allem die Hochachtung und das Wohlwollen der Leute. Daß ihn die Familie lieben und schätzen solle, war ihm verzweifelt wichtig. Lautes Lob, Herz auf der Hand und auf der

Zunge, freizügige Zurschaustellung von Gefühl ... das war wie Luft, Speise und Trank für ihn. Er bestand hartnäckig darauf, in der Eisbar zu bezahlen, brachte Eliza verpacktes Eis und Gant Zigarren mit. Und da Gant die Großzügigkeit des Sohnes vor aller Welt rühmte, nahm das Bedürfnis danach in Luke ständig zu. Er schuf ein Bild seiner selbst als der gute Kamerad, witzig, selbstlos, von allen belacht, von allen geliebt – der Großherzige Selbstlose LUKE. Und das war auch ganz die Meinung, die die Leute von ihm hatten.

In den folgenden Jahren geschah es öfter, daß Luke grob und ungeduldig eine Münze in Eugenes leere Tasche warf. Aber, so groß auch Eugenes Geldverlegenheit sein mochte, es kam immer zu einem peinlich-verlegenen Auftritt – erst lehnte er das Angebot ab, war verwirrt, denn er spürte intuitiv Lukes Hunger nach Dankbarkeit und Anerkennung und hatte das Gefühl, als würde er seine Freiheit einer niederzwingenden Gier unterwerfen.

Bens Großzügigkeit dagegen beschämte ihn nie. Seine ungewöhnlich feine Intuition hatte ihm längst gesagt, daß dieser Bruder ihn vielleicht aus Ärger puffen oder wegen der Belästigung verwünschen würde, aber daß er ihm nicht vergangene Wohltaten auftischen würde, ja daß der bloße Gedanke, etwas geschenkt zu haben, Ben mit tiefer Scham erfüllte. Hierin war Eugene ganz wie Ben: Der Gedanke an ein gemachtes Geschenk, samt den selbstgefälligen Rückschlüssen des Gebers, war ihm ekelhaft.

So kam es, daß der brütende Geist des noch nicht Zehnjährigen sich in das verwickelte Problem von Augenschein und Wahrheit verstrickte. Eugene fand weder Worte noch Antwort vor dem Rätsel, das ihn verdutzt und wütend machte. Er sah, daß das, was den Stempel der Tugend trug, ihm Abscheu erweckte, daß das, was für edel galt, ihn entsetzte, mit müdem Ekel erfüllte. Mit acht Jahren schon biß sich sein Verstand mit dem quälenden Paradox des Ichsüchtig-Selbstlosen herum, jener Niedrigkeit, die als Vornehmheit auftritt, jener Schäbigkeit, die großmütig tut. Er war außerstande, die tiefen Quellen des menschlichen Triebes, der mit tugendhaftem Gehaben auf öffentliche Anerkennung abzielt, aufzudecken. Und so machte ihn die Überzeugung der eigenen Unvollkommenheit elend.

Eine rücksichtslose, sich keinem Zwang beugende Ehrlichkeit beherrschte ihn ganz, wo immer sein Herz und sein Kopf wirklich beteiligt waren. So kam es, daß er einmal anläßlich der Beerdigung eines entfernten Verwandten oder Freundes der Familie, den er nie besonders gern gemocht hatte, sich bitter schämte, weil seine Miene bei dem feierlichen Geleier des Geistlichen, den klagenden Gesängen des Chores nichtempfundenen Kummer geheuchelt hatte. Also rutschte er beiläufig auf seinem Sitz hin und her, schlug die Beine übereinander, sah gelangweilt zur Decke, lächelte zum Fenster hinaus, bis er es erreicht hatte, daß die Leute ihn mißbilligend betrachteten. Das gab ihm eine tiefe Befriedigung, als ob er durch den Verlust an Achtung sein wahres Ich zum Ausdruck gebracht hätte.

Luke jedoch gedieh prächtig bei diesem albernen Mummenschanz. Jedem Pseudogefühl, jeder Vortäuschung von Kummer, Mitleid, Wohlwollen, Bescheidenheit verlieh er gewichtigen Nachdruck. Er unterstrich dick, trug schwer auf, und das trübe Auge der Öffentlichkeit sah ihn freundlich an. In ihm war nichts, das ihn zügelte, er lebte restlos nach außen. Er hatte den Heißhunger des Herdentriebs, die gierige Leidenschaft, sich einzusetzen.

In der Familie genügte ein schlichtes, brutales Etikett zur Kennzeichnung aller Subtilitäten – Ben hieß einfach «der Stille», Luke der «Selbstlose und Großzügige», Eugene wurde «der Gelehrte» getauft. Das reichte aus. Der Großzügige, der nie imstande gewesen war, sich auch nur eine Stunde lang auf ein Buch zu konzentrieren oder in die Logik der Zahlen zu vertiefen, haßte – komisch von einem Fuß auf den anderen wippend, drollig stotternd, vergeblich Worte suchend, die er nicht herausbekommen konnte – die brütende Versunkenheit des Jüngsten.

«Vorwärts, du Tagträumer!» stotterte er ironisch. «Wir m-m-müssen auf die Straße. Wer zuerst kommt, m-m-mahlt zuerst!»

Obschon «Tagträumer» ein völlig bedeutungsloses Steinchen aus dem Mosaik seiner Redeweise war, erschrak Eugene; er hatte

Angst, seine sorgsam gehütete Geheimwelt sei entdeckt, der Lächerlichkeit preisgegeben. Der ältere Bruder verwand es nie, daß seine Leistungen in der Schule höchst erbärmlich gewesen waren. So hatte er sich leicht davon überzeugt, daß jenes tiefe Sich-nach-innen-Kehren des Geistes, der brütende Rückzug an den geheimen Ort, den er in der geheimnisvollen, hypnotisierenden Macht der Sprache über Eugene erspürte, nicht nur eine besondere Form von Faulheit sei (die einzigen Formen der Arbeit, die er anerkannte, waren Gewichtheben und schweißtreibendes Zungengeklapper), sondern er hielt Eugenes Neigung zur Innerlichkeit für einen «selbstsüchtigen» Mangel an Familiengefühl. Er war fest entschlossen, den Thron des Tugendhaftesten mit niemandem zu teilen.

Stumpfsinnig, aber eindeutig wurde zu Eugenes Kenntnis gebracht, daß so mancher andere Junge in seinem Alter nicht nur sich selbst versorge, sondern auch noch seine gebrechlichen Eltern in Luxus erhielte, nämlich dank seiner Einkünfte als Bankpräsident, Kongreßmitglied oder Chefingenieur. Tatsächlich gab es keine Anspielung, keine Übertreibung, mit der Gant ihn verschont hätte. Er hatte längst bemerkt, daß jedes erzitternde Gefühl das kleine, Millionen Töne besitzende Instrument zum Klingen brachte, und es machte ihm Spaß, das Kind zusammenzucken, schlucken, sich reuevoll zermartern zu sehen. So sagte er sentimental – etwa bei Tisch, während er Eugene eine mächtige Portion vorlegte:

«Ich will dir was sagen, es gibt wenige Jungen, die haben, was du hast. Was aber wird aus dir werden, wenn dein alter Vater gestorben und verdorben ist? Hm?» Und er malte dann ein gräßliches Bild, wie er kalt und tot daliegen würde, auf ewig in die feuchte Verwesung der Erde hinabgesenkt, beerdigt, vergessen – ein Tag, der, wie er trüb andeutete, nicht fern sei. «Ja, dann wirst du an den Alten denken, mein Jungchen! Man entbehrt das Wasser erst, wenn der Brunnen leer ist.» Mit offenbarem Vergnügen beobachtete er dann, wie Eugenes Kehle konvulsivisch zuckte, wie der Junge die Tränen wegzublinzeln versuchte, wie sein Gesicht blaß und starr wurde vor Qual.

«Also wirklich, Mr. Gant!» begehrte Eliza auf, obschon auch sie das Schauspiel ergötzte. «Du solltest dem Kind wahrhaftig nicht so stark zusetzen.»

Bei solcher Gelegenheit brachte Gant mit trauriger Stimme gern «Little Jimmy» aufs Tapet. Das war ein kleiner Junge ohne Beine; er wohnte in der Nähe des Vergnügungsparks am Fluß; Gant hatte ihn Eugene öfter gezeigt und um den bedauernswerten Krüppel eine rührende Saga von Armut und Waisenschaft gewoben; sie wurde verzweifelte Wirklichkeit für Eugene. Als er sechs Jahre alt war, hatte ihm Gant ein Pony zu Weihnachten versprochen, sorglos, ohne im geringsten daran zu denken, sein Versprechen einzulösen. Das Fest kam näher. Gant fing an, rührende Geschichten von «Little Jimmy» zu erzählen, um Eugene klarzumachen, daß er es tausendmal besser hätte als dieser arme Kerl. Nach einem mächtigen inneren Kampf hatte Eugene, von Gant gedrängt, in einer gekritzelten Botschaft an den Weihnachtsmann zugunsten von «Little Jimmy» auf das Pony verzichtet. Eugene vergaß es nie. Selbst als er längst erwachsen war, fiel ihm die Sache wieder ein, auch wenn er ohne Groll und Gehässigkeit daran dachte, aber stets empfand er scharfen Schmerz über den blinden Mißbrauch, die bedenkenlose Unehrlichkeit, den dümmlichen Meineid, den gemeinen, lähmenden Betrug.

Luke plapperte wie ein Papagei die Reden des Alten nach, aber im Ernst, geistlos, ganz ohne Gants Humor und Tricks, aber mit derselben Sentimentalität. Er lebte in einer Jahrmarktsbude mit plumpen bunten Symbolen; sie hießen: «Vater», «Mutter», «Heim», «Familie», «Großzügigkeit», «Ehre», «Selbstlosigkeit». Sie waren aus Zucker und Melasse gemacht, von einem tränenden Zuckersirup übergossen.

«Wenigstens *ein* Junge, der was taugt», sagten die Nachbarn.

«Entzückender Kerl», sagten die Damen, die von seinem Gestotter, seiner Cleverness, seiner Gutmütigkeit, seiner aufmerksamen Ergebenheit begeistert waren.

«*Der* Bursche ist dahinterher! Er wird es zu was bringen», sagten alle Männer im Städtchen.

Und als eben dieser lächelnde Draufgänger wollte er gesehen

werden. Wie Evangelien las er die Rundschreiben, die die Curtis Publishing Company an ihre Vertreter sandte. Er beherzigte die Ratschläge und gewöhnte sich die Posen an, die das gute Geschäft fördern sollten, die einzig richtige Methode der «Annäherung», die überzeugendste Art, die Wochenschrift aus der Tasche zu ziehen und die lebhafte Beschreibung des Inhalts, von dem er völlig durchdrungen sein sollte, als Ergebnis genauesten Lesens – die Rundschreiben forderten nämlich, der *gute* Verkäufer solle «seine Ware in- und auswendig kennen». Luke vermied jedoch die inwendige Kenntnis und ersetzte sie mit frech empfundenem Geschwätz. In wörtlicher Befolgung solcher Weisheit, durch seine bodenlose Dreistigkeit unterstützt, gab Luke eine der denkbar tollsten Shows für den Verkauf von gedruckter Ware. Im übrigen hielt er sich genau an Axiome wie: «Der *gute* Verkäufer nimmt nie ein Nein zur Antwort.» «Der *gute* Verkäufer gibt nie einen prospektiven Käufer frei.» «Der *gute* Verkäufer stellt sich stets auf die Psychologie des Kunden ein.» Er ging neben einem arglosen Passanten her, nahm Gleichschritt auf, entfaltete die Zeitung und hielt sie dem Mann unter die Nase. Dazu ließ er mit irrsinniger Geschwindigkeit ein wüstes Redegeprassel los, das von gestotterten Gags und Schmeicheleien wimmelte.

Er sprach so schnell, daß der Mann die Zeitung weder nehmen noch sie zurückweisen konnte; inmitten einer grinsenden Menge hetzte er ihn eine Straße entlang, trieb ihn dann in eine Ecke und nahm aus den Fingern seines Opfers die Fünfcentmünze entgegen, mit der dieses eifrig seine Freiheit zu erkaufen suchte. «Yes, Sir. Yes, Sir», pflegte er mit klangvoller Stimme anzufangen und fiel dann weit ausholend in den Schritt des «prospektiven Abnehmers» ein. «Die *Saturday Evening Post*, letzte Nummer! Fünf Cent, nur einen Nickel! Auflage zwei Mi-mi-mi-millionen! Sechsundachtzig Seiten voll Di-di-di-dichtung und Wahrheit, ganz zu schweigen vom Anzeigenteil. We-we-wenn Sie n-n-nicht lesen können, dann sind für Sie die B-b-b-bilder allein schon das Geld wert. Auf Seite dreizehn haben wir diesmal einen ausgezeichneten Artikel von Isaac F. Markosson, dem berühmten Reiseschriftsteller und politischem Publizisten. Auf Seite neunundzwanzig eine Kurzgeschichte von Irvin S. Cobb, dem größten l-l-l-l-lebenden Humoristen. Eine neue Geschichte aus dem Leben der Preisboxer von Jack L-l-london. Wenn Sie das alles als Buch kauften, dann würde es Sie gut und gern a-a-a-a-anderthalb Do-do-do-dollar kosten!»

Außer diesen Gelegenheitsopfern hatte Luke noch viele Abnehmer unter den Einwohnern des Städtchens.

Prall vor Begrüßungsfreude, glorreich vor Glattzüngigkeit kam er stramm und strahlend den Bürgersteig entlanggependelt . . . Er verlieh den bekannten Mitbürgern in seiner vollen, stammelnden Tenorstimme neue Titel:

«Wie geht's, Colonel? Wie steht's, Major? Hier gibt's Lesefutter für 'ne ganze Woche! Frisch von der Presse! Und was machen die werten Angehörigen, Captain?»

«Und wie geht's dir, Son?»

«Ausgezeichnet, General! Glatt und glitschig wie 'n junger Hundebauch!»

Dann brüllten sie ihr schnaufendes, rotgesichtiges Südstaatlerlachen heraus: «Der Junge ist einfach prima. Hier, Son, gib mir eins von den verdammten Dingern rüber. Ich brauch's nicht, aber ich kauf es, bloß um dich reden zu hören.»

Er, der erdhafteste in der Familie, war voll von heftig-deftiger Vulgarität, hatte eine triebhaft-üppige, rabelaissche Saftigkeit, äußerte sich spontan in gargantuanischen Bildern. Trotz Elizas Zeter und Mordio näßte er allnächtlich das Bett. Das war gewissermaßen der letzte, abschließende Pinselstrich zum Bildnis seines stotternden, pfeifenden, fröhlichen, sprudelnden, komischen Charakters. Er war Luke der Einzige, Luke der Unvergleichliche. Er war, trotz seiner zappelig-geschwätzigen Nervosität, ein gewinnender, liebenswerter Kerl, in dem ein tiefer Quell von Zuneigung sprudelte. Er begehrte überschwengliches Lob für seine Handlungen, aber seine Menschenliebe und seine Zärtlichkeit waren tief und echt.

Jeden Donnerstag versammelte er in Gants staubigem kleinen Büro den grinsenden Haufen kleiner Jungen, die die *Post* austrugen, und ermahnte sie, bevor er sie losschickte:

«Na, habt ihr euch überlegt, was ihr den Leuten erzählen wollt? Ihr könnt euch doch nicht auf die Ärsche setzen und warten, bis der Kunde zu euch kommt! Habt ihr euch eine Taktik zurechtgelegt?» Er wandte sich an einen kleinen, erschreckten Jungen. «Wie machst du dich ran an den Mann? Na, los! Los! Gott verda-da-dammt, stell dich nicht so blöd hin und g-g-g-glotz mich an!» Idiotisch ausgelassen lachte er auf. «Jetzt guckt euch mal sein Gesicht an, Jungs!»

Gant stand in einiger Entfernung mit Jannadeau und beobachtete schmunzelnd den Vorfall.

«Schon gut, Christoph Kolumbus!» wandte sich Luke nun gutmütig an den Jungen. «Also was sagst du den Leuten, Son?»

Der Junge räusperte sich furchtsam: «*Saturday Evening Post* gefällig, der Herr?»

«Oh, twah-twah», sagte Luke, ihn geziert nachäffend (die anderen kicherten), «putziges twah-twah!» «Glaubst du wirklich, daß du so *eine* Zeitung verkaufst? Meine Güte noch mal, wo hast du denn deinen Verstand? Ramme deinen Mann an! Pack ihn! Und nimm nie ein Nein zur Antwort! Vor allen Di-di-dingen frage nicht, ob 'ne Zeitung *gefällig* ist! Knall in ihn rein und sag: *‹Hier, der Herr, noch warm von der Presse!!›* Jesus Christus!» gellte er plötzlich und blinzelte kopfwackelnd nach der Turmuhr auf dem Amtsgericht. «Wir sollten schon 'ne Stunde unterwegs sein. Vorwärts los! Drückt euch nicht rum! Hier sind die Zeitungen. Wieviel kriegst du, kleiner Itzig?»

Er hatte mehrere Juden eingestellt; sie verehrten ihn, und er liebte ihre Wärme, Lebendigkeit, ihren Humor.

«Zwanzig.»

«Zwanzig!?» gellte Luke. «Bummelant! Hier sind f-f-fünfzig. G-g-g-geh! Die wirst du glatt los bis heut abend. Meine G-g-güte, Papa», sagte er und wies auf die Juden, als Gant das Büro betrat, «das s-s-sieht aus wie das L-letzte Abendmahl, nicht? O.k.!» rief er und hieb einem kleinen Jungen, der sich nach seinem Zeitungsstoß auf dem Boden gebückt hatte, auf den Allerwertesten.

«Streck mir den Arsch nicht in die Fresse!»

Die Jungen quietschten.

«Also ran an den Mann! Laßt mir keinen entkommen!»
Aufgeregt lachend schickte er die Jungen auf die Straße.

In diese Beschäftigung, diese Ausbeutungsmethode wurde Eugene nun eingeweiht. Er haßte die Arbeit mit einem unüberwindlichen, irrationalen Haß. Am widerlichsten war es ihm, daß er sich den Leuten zur Belästigung machen mußte, um seine Ware loszuschlagen. Er kam sich erniedrigt vor. Aber er führte die Sache durch, ein seltsames, leidenschaftliches, lockenköpfiges kleines Geschöpf, das eilfertig hinter erstaunten Passanten herwetzte und aus seinem dunklen, lebenshungrigen Gesicht einen Hurrikan von Worten hervorstieß. Die Leute, von der merkwürdigen Beredsamkeit eines so kleinen Jungen fasziniert, kauften.

Manchmal nahm ihn ein schmerbäuchiger Richter, ein Bankier oder ein Anwalt mit in sein Heim, hieß ihn sich dort vor den Ehefrauen, vor der Familie produzieren und entließ ihn mit einem Geschenk von fünfundzwanzig Cent. «Was sagt ihr dazu!»

Wenn er seine ersten Verkäufe in der Stadt getätigt hatte, machte er die Runde auf den Hügeln und in den Wäldern des Stadtrandes, ging auch in die Sanatorien für Lungenkranke. Dort verkaufte er leicht und schnell – «wie warme Semmeln», pflegte Luke zu sagen – an bleiche unrasierte Juden mit sensiblen Gesichtern, an Ärzte und Krankenschwestern, an einen skeletösen Wüstling, der seine verrottete Lunge in einen Becher spuckte, an hübsche junge Frauen, die aus ihren Liegestühlen zu ihm emporlächelten, nur von Zeit zu Zeit ein wenig husteten und, wenn sie ihm das Geld gaben, die heiße weiche Hand einen Augenblick auf seiner ruhen ließen.

In einer Heilstätte im Bergwald lockten ihn eines Tages zwei junge New Yorker Juden in ein Krankenzimmer, sperrten die Tür ab und warfen ihn aufs Bett. Einer zückte ein Taschenmesser und erklärte, er würde den Jungen nun kastrieren. Sie waren junge Männer, die sich in den Bergen, der Stadt, bei dem schrecklichen Krankenhauszwang langweilten, und erst Jahre später begriff Eugene, daß sie den Überfall sicher tagelang geplant hatten, als Abwechslung ihrer öden Existenz, und der Aufregung und Angst entgegenfieberten, in die sie ihn versetzen würden. Seine Reaktion war wilder, als sie es sich erhofft hatten: Er drehte durch, schrie und kämpfte wie ein Verrückter. Sie waren sehr schwach; er wand sich aus ihrem Griff und vom Bett herunter, um sich schlagend wie ein Tiger, stieß und trat nach ihnen in blinder, rasender Wut. Eine Krankenschwester befreite ihn, schloß die Tür auf und führte ihn in das Sonnenlicht. Die beiden jungen Schwindsüchtigen, erschöpft und erschrocken, blieben in ihrem Zimmer. Ihm war übel vor Angst und weil er mit den Fäusten auf ihre leprösen Körper eingeschlagen hatte.

Aber der kleine Berg aus Fünf- und Zehncentstücken und Vierteldollars klimperte angenehm in der Tasche. Er stand erschöpft auf müden Beinen vor einem blanken Siphon und barg sein erhitztes Gesicht in eisgekühlten Tränken. Manchmal, wenn auch mit sehr schlechtem Gewissen, ließ er die ermüdende Straße hinter sich und stahl sich auf eine Stunde der Verzauberung und goldenen Vergessenheit in die Bibliothek; dort spürte ihn oft sein geschäftiger, wachsamer Bruder auf, der ihn wieder an die Arbeit trieb und höhnisch zur Aktivität anspornte:

«Wach auf, sag ich dir, du lebst nicht im Märchenland. Los! Sei dahinterher!»

Eugenes Gesicht taugte nicht zur Maske. Es war wie ein dunkler Teich, auf dem jeder Kieselstein eines Gedankens oder Gefühls seinen Kreis hinterläßt. Daß er sich der Arbeit schämte und sie haßte, war, obschon er es zu verbergen suchte, offenbar. Er wurde des «falschen Stolzes» geziehen, ihm wurde vorgehalten, er habe «Angst, ein wenig ehrliche Arbeit zu verrichten», er wurde daran gemahnt, daß ihn seine großmütigen Eltern mit reichen Segnungen überhäuften.

In seiner Verzweiflung wandte er sich an Ben. Manchmal trafen sich die Brüder in der Stadt. Eugene war heiß von der Hetze, müde, schmutzig; trug seine schwere Segeltuchtasche. Ben sah ihn finster an, schalt ihn wegen seines unordentlichen Aufzuges, nahm ihn mit in einen Imbiß und gab ihm etwas zu essen: rahmige Milch, einen dampfenden Teller geschmälzter Bohnen, dicken zweischichtigen Apfelkuchen.

Ben und Eugene waren von Natur Aristokraten. Eugene fing gerade an, seinen sozialen Status oder besser: seinen nicht vorhandenen sozialen Status zu empfinden. Ben empfand ihn seit Jahren. Das Empfinden hätte sich bei beiden recht einfach im Wunsch nach eleganter Damengesellschaft äußern können; keiner aber wagte oder war imstande, dieses zuzugeben. Eugene brachte es nicht einmal fertig, sein soziales Minderwertigkeitsgefühl offen einzugestehen. Jede Verlautbarung, daß der Umgang mit Leuten von Welt und Lebensart dem Verkehr mit den Tarkintons und ihren rotgesichtigen Töchtern vorzuziehen sei, wäre im Hause Gant mit Hohn aufgenommen, als falscher Stolz und undemokratisch gebrandmarkt worden. Man hätte ihn «Mr. Vanderbilt» oder «Prince of Wales» genannt.

Ben jedoch ließ sich nicht von ihrem Geschwätz einschüchtern. Er durchschaute die Heuchelei. Mit bitterer Hellsichtigkeit erkannte er sie, hatte nur ein leises, ironisches Lachen für ihre Hohlheit, und nickte kurz nach oben und zur Seite, dem Begleiter zu, dem er all seine verachtungsvollen Beobachtungen mitteilte – seinem dunklen, satirischen Engel: «Hör dir das bloß mal an!» Hinter seinen düsteren, stillen Augen war etwas Sonderbares, Unbestechliches, Unzweideutiges; das machte ihnen angst. Außerdem hatte er jene Form der Freiheit errungen, die sie unbedingt anerkannten, nämlich wirtschaftliche Unabhängigkeit, und er sprach geradeheraus, konterte auf ihre tugendhaften Vorhaltungen mit stillglühendem Zorn.

Eines Tages stand er nach Nikotin riechend vor dem Kaminfeuer und sah grimmig Eugene an, der, schmierig und zerzaust, die schwere Zeitungstasche umgehängt, sich gerade auf die Straße trollen wollte.

«Komm mal her, kleiner Drecksack!» befahl er. «Wann hast du eigentlich deine Pfoten das letzte Mal gewaschen?» Finster blickte er den Kleinen an, hob die Hand, als ob er ihn schlagen wollte, endete aber damit, daß er statt dessen mit seinen geschickten knochigen Fingern Eugenes Schlips zurechtknüpfte.

«Um Gottes willen, Mama», brach er plötzlich gereizt los, «kannst du ihm nicht mal ein sauberes Hemd geben? Alle vier oder fünf Wochen sollte er doch wenigstens eins haben!»

«Was soll das heißen? Was soll das heißen?» fragte Eliza mit komischer Hast und sah von dem Korb mit Socken hoch, die sie gerade stopfte. «Dieses hab ich ihm vorigen Dienstag gegeben.»

«Kleiner Lump!» knurrte er und sah Eugene an. Sein Blick war wild vor Schmerz. «Mama! Um Gottes willen, warum schickst du ihn nicht zum Friseur, daß er ihm diese verlausten Locken abschneidet? Ich werd es bezahlen, wenn's dir zu teuer ist!»

Sie schürzte zornig die Lippen und stopfte verbissen weiter. Eugene blickte ihn voll stummer Dankbarkeit an. Nachdem er gegangen war, rauchte der Stille verstimmt vor sich hin, zog den duftenden Rauch mit tiefen Zügen in seine schwächliche Lunge hinein. Eliza dachte verletzt über das nach, was er gerade gesagt hatte, und arbeitete weiter.

«Was hast du eigentlich mit deinem Jüngsten vor, Mama?» fragte er nach einer Weile mit harter, ruhiger Stimme. «Willst du einen Herumtreiber aus ihm machen?»

«Was soll das heißen? Was soll das heißen?»

«Hältst du's wirklich für richtig, wenn er unter dem Gassengesindel verkommt?»

«Ich versteh überhaupt nicht, was du damit sagen willst», behauptete sie ungeduldig. «Es ist keine Schande, wenn ein Junge ein wenig ehrliche Arbeit leistet, kein Mensch glaubt das.»

Ben wandte sich an seinen dunklen Engel: «Um Gottes willen, nun hör dir das an, bitte!»

Eliza schürzte die Lippen und schwieg.

Dann sagte sie: «Hochmut kommt vor dem Fall.»

«Ich kann nicht einsehn, wieso das uns was ausmacht. Tiefer fallen können wir ja nicht.»

«Ich halte mich für so gut wie andere Leute», sagte sie würdevoll. «Ich trage meinen Kopf hoch vor jedermann, mit dem ich zusammenkomme.»

«Ach du mein Gott!» sagte er zu seinem Engel. «Du kommst doch mit niemand zusammen. Ich seh nichts davon, daß deine feinen Herren Brüder und ihre Frauen mit dir verkehren.»

Das stimmte und tat weh. Sie schürzte die Lippen.

«Nein, Mama», sagte er nach einer Pause. «Du und der Alte, ihr habt euch einen Dreck drum gekümmert, was wir Kinder taten, solang ihr 'nen Nickel dabei sparen konntet.»

«Was soll das heißen?! Ich versteh überhaupt nicht, was du damit sagen willst», antwortete sie. «Du tust, als ob wir reiche Leute wären! Aber armen Teufeln bleibt nichts anderes übrig, als sich nach der Decke zu strecken.»

«Ach du mein Gott!» Ben lachte bitter. «Du und der Alte, ihr tut so, als ob ihr betteln gehn müßtet, dabei habt ihr 'nen ganzen Strumpf voll Geld.»

«Was soll das heißen?» fragte sie ärgerlich.

«Nein», sagte er nach einer Weile düsteren Schweigens. Er liebte es, Feststellungen mit einem Nein zu beginnen. «In dieser Stadt leben Leute, die haben nicht den fünften Teil von dem, was ihr habt. Und sie leben doppelt so anständig wie wir. Wir anderen Kinder haben ja nie etwas von euch gekriegt, aber ich will nicht, daß aus dem Kleinen ein Stromer wird.»

Eine lange Stille trat ein. Eliza, dem Weinen nah, schürzte die Lippen, schwieg, stopfte voller Bitterkeit.

«Ich hätte nie gedacht», sagte sie nach einer Pause, mit zitternden Lippen und einem tiefverletzten Lächeln, «daß einer meiner Söhne je so zu mir sprechen würde. Hüte dich!» drohte sie, «der Tag der Abrechnung kommt. Du kannst dich drauf verlassen. Dann wird es dir dreimal zurückgezahlt werden, daß du so unnatürlich–» hier sank ihre Stimme zu tränenerstícktem Flüstern – «so *unnatürlich* an mir gehandelt hast.» Zügig begann sie zu weinen.

«Ach du mein Gott!» Ben reckte sein bitteres, hageres, graues, pickliges Gesicht zu seinem lauschenden Engel. «Nun hör dir das an, bitte!»

11

Eliza sah Altamont nicht als lebendiges, plastisch-perspektivisches Bild; sie sah es als Muster auf einem ungeheuren Blaupausplan. Sie kannte die Geschichte jedes nennenswerten Grundstücks:

wer es von wem für wieviel gekauft hatte; wem es 1893 gehörte und für wieviel es nun auf dem Markt zu haben war. Ihr erfahrenes Auge beobachtete den Verkehrsstrom; sie wußte, an welcher Ecke die meisten Leute täglich oder stündlich vorübergingen. Sie spürte die Wachstumsschmerzen der jahraus, jahrein größer werdenden Stadt. Sie wußte die Richtung der zukünftigen Ausdehnung richtig einzuschätzen. Sie verstand sich auf Entfernungen. Sie erkannte auf den ersten Blick, wo die Zufahrt zu einem wichtigen Knotenpunkt einen dummen Umweg machte, sah in einer geraden Linie quer durch Häuser und Grundstücke und verkündete: «Hier wird eines Tages eine Straße hindurchgehen.» Ihre Sicht des Grund und Bodens und der Menschen war klar, grob und auf das Wichtige gerichtet, nicht theoretisch, sondern von einer außerordentlich direkten Intensität. Ihr Instinkt war, dort günstig zu kaufen, wo die Leute hinziehen würden; Sackgassen zu meiden; in einer Straße zu kaufen, die zu einem zentralen Punkt führte und ausgebaut werden konnte.

So kam es, daß sie Dixieland erwog. Es lag fünf Minuten vom Square an einer hübschen, leicht abschüssigen Straße, an der kleine Einfamilienheime des Mittelstands und ein paar Pensionen standen.

Dixieland war ein großes, billig gebautes Holzhaus mit achtzehn oder zwanzig zugigen Räumen mit hohen Decken. Es machte einen planlosen, zufälligen, giebeligen Eindruck und war schmutziggelb gestrichen. Es hatte einen sauberen grünen Vorgarten, nicht tief, aber breit; an der Straße stand eine Reihe junger Ahornbäume mit tiefhängenden Kronen. Der Hintergarten reichte sechzig Meter den Berghang hinunter. Die Straßenfront war ungefähr vierzig Meter breit. Eliza richtete das Auge auf den Square und sagte:

«Hier wird eines Tages eine Straße verlaufen.»

Im Winter fuhren heulende Windstöße unter die Röcke von Dixieland: sein hinteres Ende stand hoch über dem Erdboden auf nassen Säulen verrottenden Backsteins. Die großen Räume wurden mittels eines kleinen Heizkessels beheizt, der, wenn er entfacht war, eine heiße, trockene Abgespanntheit im Erdgeschoß verbreitete und die höheren Etagen mit gasartiger Kühle versorgte.

Das Haus stand zum Verkauf. Sein Besitzer war ein pferdegesichtiger Gentleman in mittleren Jahren, Reverend Wellington Hodge. Er war unter günstigsten Auspizien als Methodistenprediger nach Altamont gekommen. Aber als er begann, neben Jehova, dem Herrn der Heerscharen, auch John Barleycorn, dem Geist im Whisky, inbrünstig zu dienen, fing seine Trübsal an. Seine Karriere als Evangelist kam zu einem jähen Abschluß in einer Winternacht, als die Straßen unter dem Schneefall verstummten. Wellington, lediglich mit seinem wollenen Unterzeug bekleidet, machte um zwei Uhr nachts einen wilden Ausbruch aus Dixieland. Ein kühner Wettlauf führte den Streiter Christi atemlos, aber siegreich vor das Portal des Hauptpostamts, wo er das Reich Gottes und die Austreibung aller Teufel verkündigte. Danach hatte er, von seiner Frau unterstützt, eine Pension aufgemacht, sich schlecht und recht durchgeschlagen. Nun war er verbraucht, entehrt, der Stadt Altamont müde.

Dixieland war für ihn ein Ort des Entsetzens.Er war überzeugt, daß der böse Einfluß dieses Hauses an seinem Verderb mitschuldig sei. Er war ein empfindlicher Mensch; wenn er durch sein Haus wanderte, stockte sein Schritt an verbotenen Orten. Da war die Gesimsecke der langen Veranda, wo ein zahlender Gast sich eines Tages zur Stunde des Sonnenaufgangs aufgehängt hatte ... dort war die Ecke in der Halle, wo der Schwindsüchtige in einem Blutsturz zusammengebrochen war; das Zimmer, in dem der Greis sich die Kehle durchschnitt. Wellington Hodge hatte Heimweh nach dem Land, wo es gute Rennpferde, windgewelltes Gras und guten Whisky gibt – nach Kentucky. Er wollte Dixieland verkaufen.

Immer gedankenvoller schürzte Eliza die Lippen, immer öfter wählte sie den Weg durch die Spring Street.

«Das Haus wird eines Tages schweres Geld einbringen», bemerkte sie zu Gant.

Gant klagte nicht. Es war ihm klargeworden, daß es vergeblich ist, gegen eine unbezähmbare, unerbittliche Leidenschaft aufzubegehren.

«Willst du es haben?» fragte er.

Sie schürzte die Lippen.

«Es ist ein sehr guter Kauf», sagte sie.

«Es wird dich im Leben nicht gereuen, W. O.», sagte Dick Gudger, der Immobilienmakler.

«Es ist ihr Haus», sagte Gant müde. «Schreibe den Kaufvertrag auf ihren Namen aus, Dick.» – Sie sah ihn an.

«Ich will meine Ruhe vor Häusern und Grundstücken haben», erklärte Gant. «Es ist eine Last und ein Fluch, und am Ende kriegt der Steuereinnehmer doch alles.»

Eliza schürzte die Lippen und nickte. Sie kaufte Dixieland für siebentausendfünfhundert Dollar. Sie hatte Bargeld genug für die Anzahlung von tausendfünfhundert Dollar. Der Rest war in jährlichen Raten von tausendfünfhundert Dollar fällig. Es war ihr klar, daß sie dieses Geld aus dem Haus herauswirtschaften müsse.

Im Frühherbst, als die Ahorne noch vollbelaubt und grün standen und die Wanderschwalben heimlich die Bäume mit Lärm füllten, sich am Abend als schwarzer Wirbelwindflaum herabstürzten und an dessen trichterförmigem Ende wie welke Blätter in den von ihnen erwählten Schornstein segelten, zog Eliza in Dixieland ein. In der Familie gab es Radau, Aufregung und eine Riesenneugierde, was die Neuerwerbung betraf, aber niemand machte sich eine klare Vorstellung von der Bedeutung des Vorfalls. Gant und Eliza, obwohl sie sich dunkel bewußt waren, an einem Wendepunkt ihres Lebens angekommen zu sein, sprachen vage über ihre Absichten, nannten Dixieland ausweichend «eine gute Kapitalsanlage», sagten nichts Definitives. In Wirklichkeit ahnten sie instinktiv ihre bevorstehende Trennung: Elizas Sein trieb bereits in einem halbblinden, aber unwiderstehlichen Angezogenwerden auf den Kern seines Verlangens zu.

Sie hätte unmöglich den genauen Sinn ihres Unternehmens erklären können, aber sie war überzeugt, daß derselbe blinde Drang, der sie nach St. Louis in Tod und Elend getrieben hatte, sie nun auf die rechte Bahn gewiesen habe. Sie war auf dem Geleis.

So wirr, ungenau und oberflächlich die beiden Gatten auch den Bruch ihrer Lebensgemeinschaft, die Auflösung ihres lärmerfüllten gemeinsamen Hausstands behandelten, als die Stunde der Trennung schlug, lösten sich die Elemente unwandelbar und ohne Zaudern voneinander.

Eliza nahm Eugene mit nach Dixieland. Er war das letzte Band, das sie mit ihrem schwierigen Dasein als Frau und Mutter verknüpfte, er schlief noch manchmal nachts bei ihr im Bett. Sie handelte wie ein Schwimmer, der sich in eine dunkle, verzweifelte See hinauswagen will und der eigenen Kraft und dem Schicksal nicht ganz vertrauend sich eine Sicherheitsleine anlegt, die noch zum Land hinüberreicht.

Ohne daß viel Worte darüber verloren wurden, als wäre es von alters her so bestimmt, blieb Helen bei Gant.

Daisy sollte bald heiraten. Ein hochgewachsener, glattrasierter Mann hatte sie mit leidenschaftlicher Werbung belagert. Er war Versicherungsvertreter von Beruf, trug Gamaschen und blendendweiße, fünfzehn Zentimeter lange, gestärkte Stehkragen, sprach mit einem öligen, irren Summton in der Stimme, räusperte sich von Zeit zu Zeit ohne Grund leise und hieß Mr. McKissem. Daisy argwöhnte insgeheim, daß er wahnsinnig wäre. Sie nahm allen Mut zusammen und gab ihm trotz heftiger Belagerung einen Korb.

Der Freier, dem sie sich anverlobte, war ein junger Mann aus South Carolina, der in einer ziemlich ungeklärten Geschäftsbeziehung zum Lebensmittelgroßhandel stand. Er trug sein Haar von der Mitte seiner niedrigen Stirn an gescheitelt, hatte eine weiche, gedehnte, liebenswürdige Stimme; seine Manieren waren herzhaft, sein Auftreten bestimmt, seine Gewohnheiten großzügig. Anläßlich seiner Besuche brachte er Gant Zigarren und den Jungen große Schachteln mit Bonbonmischung mit. Alle Welt hielt ihn für einen vielversprechenden jungen Mann.

Was die übrigen Kinder anbetrifft – nun, da waren nur noch Ben und Luke, und diese hatte man sich selbst überlassen. Steve hatte seit seinem achtzehnten Jahr meist fern der Heimat gelebt. Er brachte sich als Vagabund der Landstraße, als Gelegenheitsarbeiter in New Orleans, Jacksonville, Memphis durch. Dann und wann fälschte er einen kleinen Scheck auf den Namen seines Erzeugers. Nach längerer Zeit gab er dann gelegentlich Gastrollen bei seiner betrübten Familie. Er selbst, oder irgendein Kamerad, der sich zu diesem Behufe den Doktortitel beilegte – pflegte heimzutelegrafieren, daß er schwer krank sei, ja, daß er im Sterben läge und in einem Sarg geschickt werden würde, falls es die Eltern nicht vorzögen, ihm noch bei Lebzeiten Reisegeld zu schicken.

So kam es, daß Eugene, noch ehe er acht Jahre alt war, unter ein anderes Dach zog und für immer der lärmerfüllten, unseligen, warmen Daseinsmitte seines Zuhauses verlustig ging. Er wußte nie ganz genau, wo er von Tag zu Tag Mahlzeit und Obdach suchen solle, obschon er völlig sicher war, daß ihm beides gewährt werden würde. Er aß, wo er gerade seinen Hut an den Nagel gehängt hatte, entweder am Tisch seines Vaters oder bei Eliza in der Pension. Gelegentlich, wenn auch sehr selten, schlief er mit Luke zusammen im alten Haus in einer abgeschrägten, alkovenartigen Kammer unter dem Dach, die einfach weiß getüncht war und von der aus eine steile, zugige Treppe zur Küchenveranda hinabführte. Dort roch es nach alten, in Kisten verpackten Büchern und süß nach Garten. Es standen zwei Betten da; der ungewohnte Alleinbesitz einer ganzen Matratze beglückte ihn. Er sehnte die Tage herbei, wenn ihm dieses männliche Recht auf immer zuerkannt sein würde. Aber Eliza gab ihn nur selten eine Nacht frei; er war ihr wie ins Fleisch genietet.

Während des geschäftigen Tages vergaß sie ihn. Abends aber hing sie am Telefon, verlangte, er solle zu ihr kommen, machte Helen Vorwürfe, daß sie ihn dort zurückhalte. Eliza führte einen erbitterten heimlichen Krieg um ihn mit der Tochter. Der Betrieb in Dixieland nahm sie oft tagelang restlos in Anspruch; plötzlich fiel ihr ein, daß Eugene zu keiner Mahlzeit zugegen gewesen war. Ärgerlich fordernd war sie am Fernsprecher.

«Wirklich, Mama», antwortete Helen dann gereizt, «er ist dein Kind, nicht meines. Aber hungrig herumlaufen lassen kann ich ihn nicht.»

«Was soll das heißen? Was soll das heißen? Er ist hier weggelaufen, als das Mittagessen gerade aufgetragen wurde. Ich habe hier eine gute Mahlzeit für ihn auf dem Tisch, h-m, ich sage dir, eine *gute* Mahlzeit.»

Helen legte die Hand auf die Muschel, schnitt dem Kleinen, der schlau und kichernd dabeistand, eine Grimasse und ahmte Elizas Pentlandsche Sprechweise nach: «H-m! Herrje, Kind – das ist doch *gute* Suppe, *sehr gute* Suppe.»

Eugene bog sich vor unterdrücktem Lachen.

Dann sprach sie wieder in den Apparat: «Also, Mama, das ist ganz und gar deine Angelegenheit. Wenn Eugene nicht da oben bleiben will, kann ich es nicht ändern.»

Wenn er dann nach Dixieland zurückkehrte, fragte Eliza ihn mit bitter bewegten Lippen aus und suchte seinen heißen Stolz zu verletzen, um ihn bei sich zu behalten.

«Was soll das heißen, daß du so ohne weiteres zu deinem Vater ins Haus läufst. Ich wäre mir zu gut dafür, sch-ä-m-e-n würde ich mich.» Ihr Gesicht verzog sich zu einem bitteren, verletzten Lächeln. «Helen will nicht das geringste von dir wissen. Du fällst ihr nur zur Last.»

Aber der starke Zauber, den Gants Haus für ihn besaß, dessen angefügte und dazugebaute Schrullen, sein Männergeruch, die es umrankenden, üppigen Weinreben, die hohen, verharzten Bäume, die drinnen von Lärm erfüllte Abgeschlossenheit, die abgeplatzte Farbe, das warme Kalbsleder, die Gemütlichkeit und der Überfluß – all das lockte ihn immer wieder von Dixieland fort, dieser großen, kalten Gruft – besonders zur Winterszeit, denn Eliza sparte sehr mit Kohlen.

Gant hatte Dixieland «Die Scheune» getauft. Morgens, nachdem er schwer gefrühstückt hatte, marschierte er hager zum Square und machte den Umweg über Spring Street. Seine Tirade, die er sonst im Wohnzimmer erdacht hatte, komponierte er nun unterwegs. Er schritt durch die große kalte Diele von Dixieland und erschien in der Küche, wo Eliza mit zwei oder drei Negerinnen das Frühstück für die hungrigen Pensionsgäste richtete, die energisch in den Schaukelstühlen auf der Veranda auf- und abwippten. Unvermittelt ließ Gant seine Tirade los; allen Einwänden, Vorwürfen, Beschimpfungen, die er bei dem Kauf und der Übersiedlung unterdrückt hatte, ließ er nun freien Lauf.

«Weib! Du, die du mein Haus verlassen, die du mich zum Gegenstand des Gelächters gemacht, die du deine Kinder ins Elend gestoßen hast, Teuflin, die du bist! Es gibt nichts, das du nicht tun würdest, um mich zu demütigen, zu erniedrigen, zu quälen. Nun, wo ich alt bin, hast du mich verlassen, auf daß ich allein sterbe. O Gott! Ein bitterer Tag war es für mich und meine Kinder, als du zum erstenmal deine heißhungrigen Augen auf diese entsetzliche, diese furchtbare, diese verruchte, diese mörderische Scheune warfst. Es gibt keine Schändlichkeit, vor der du zurückschreckst, wenn die Aussicht besteht, einen Nickel dabei zu verdienen. Du bist so tief gesunken, daß nicht einmal deine leiblichen Brüder etwas mit dir zu tun haben wollen. ‹Nicht Mensch noch Tier ist je so tief gesunken!›»

Am Herd, in der Speisekammer, im Eßzimmer vibrierten die vollen Stimmen der Negerinnen von Gelächter: «Der Mann kann aber reden!»

Eliza kam schlecht mit den Schwarzen aus. Wie alle Leute aus der Gegend begegnete sie Negern mit Abneigung und Mißtrauen. Zudem war sie keine Dienstboten gewöhnt und verstand nicht, sie zu behandeln. Sie keifte, zankte, nörgelte den ganzen Tag mit den verdrossenen Negermädchen herum, hatte Angst, bestohlen zu werden. Angst, daß die Mädchen die Zeit, für die sie sie bezahlte, vertrödelten. Und sie bezahlte ihnen nur widerwillig ihren Lohn, rückte die kleinen Beträge fast Münze um Münze heraus und beschimpfte die Mädchen, sie seien dumm und faul. «Was hast du bloß die ganze Zeit gemacht? Bist du endlich fertig mit den Zimmern oben?» «No'm», sagte die Negerin mürrisch und schlurfte plattfüßig durch die Küche. «Es ist doch nicht die Möglichkeit», schimpfte Eliza, «mein Lebtag hab ich noch keine so nichtsnutzige Negerin gesehen! Glaub bloß nicht, daß ich dich bezahle, damit du dich amüsierst!» So ging es den ganzen Tag. Deshalb stand Eliza morgens oft ohne Dienstboten da.

Die Negerinnen waren nach Feierabend brummend nach Haus gegangen; es fiel ihnen nicht ein, am nächsten Morgen wieder zu erscheinen. Die Kleinlichkeit und Zanksucht der Herrin von Dixieland war im ganzen Negerviertel bekannt; es wurde immer schwerer, Mädchen zu finden, die für Eliza arbeiten wollten. Wenn sie frühmorgens ohne Hilfe dastand, rief sie ganz aufgeregt Helen an, jammerte ihr die Ohren voll und bat um Hilfe:

«Tatsächlich, Kind, ich weiß nicht, was ich anfangen soll. Ich könnte diesem nichtsnutzigen Niggerweib den Hals umdrehen. Da steh ich ganz allein, und das Haus voll Gäste . . .»

«Aber Mama, wie um alles in der Welt fängst du's nur an, daß dir die Nigger davonlaufen? Bringst du's nicht fertig, sie im Haus zu halten? Andere Leute können das doch auch. Was machst du bloß mit ihnen!»

Aber so aufgebracht sie auch war, sie verließ Gants Haus und kam zu ihrer Mutter, half beim Servieren mit all ihrer Herzlichkeit, ihrer nervösen, lebhaften guten Laune. Die Pensionsgäste mochten sie sehr; sie sagten, sie sei «ein feiner Kerl». Jedermann dachte und sagte so. Sie gewann alle durch ihr rückhaltloses, weiträumiges, dominierendes Wesen. Eine brennende Lebenslust zehrte an ihrer schwachen Gesundheit, ihren schmalen Kraftreserven, so daß ihre überreizten Nerven sie oft in die Nähe der Hysterie zogen, manchmal auch zu einem physischen Zusammenbruch. Sie war beinahe 1,80 Meter, hatte große Hände und Füße, hagere, gerade Beine und ein knochiges, großzügiges Gesicht mit einem langen, vollen Kinn, das ein wenig herabhing, so daß man ihre großen, von Gold umrandeten Schneidezähne sah. Trotz der Hagerkeit wirkte das Gesicht nicht hart oder grob; es wirkte herzlich, ergeben, seelenvoll, feinfühlig, verletzt, bitter, hysterisch; manchmal war es strahlend und schön.

Ihrer Charakteranlage nach konnte sie zwangsläufig nicht anders, sie mußte sich für andere abrackern und plagen. Sie begehrte schaumschlägerisches Lob dafür. Unbedingt lebensnotwendig war ihr die Empfindung, daß ihre Mühen nicht genug geschätzt und anerkannt würden. Schon zu Anfang wurde sie ganz wütend, zählte ihre Kümmernisse auf und kommentierte die Art, wie ihre Hilfeleistungen für Eliza meist abliefen, mit einer Stimme, die hart und hysterisch geworden war:

«Da braucht nur eine Kleinigkeit nicht zu stimmen, und schon hängt sie am Telefon. Ich hab's doch weiß Gott nicht nötig, daß ich zu ihr ins Haus geh und wie ein Nigger schufte, damit ihre dämlichen Kostgänger versorgt sind. Nicht wahr, das siehst du ein?»

«Ja», pflichtete Eugene, ihr demütiger Zuhörer, bei.

«Aber lieber würde sie verrecken als das zugeben. Hat sie deswegen auch nur ‹Danke schön› zu mir gesagt?» Hier lachte sie, und ihr Humor gewann einen Augenblick die Oberhand über die Hysterie. «Hat sie deswegen auch nur einmal ‹Scher dich zum Teufel› zu mir gesagt?»

«Nein», quietschte Eugene und bekam Lachkrämpfe.

«Ach, herrje, Kind. H-m! Ja. Es ist *gute* Suppe», sagte sie, von der deftigen Burleske selber entzückt.

Eugene knöpfte sich Hemdkragen und Hosenbund auf und wälzte sich am Boden vor Lachen.

«Hör auf, Helen, hör auf! Ich lach mich ja tot.»

«H-m! Ach herrje. Ja», mimte sie grinsend weiter, als wolle sie, daß er sich totlachen solle.

Ob Eliza Dienstboten hatte oder nicht, täglich kam Helen, um bei dem Mittagessen servieren zu helfen. Und wenn Gant und die Jungen in der Pension anstatt zu Hause zu Nacht aßen, kam sie sogar zweimal. Sie kam, weil die Gier zu dienen sie verzehrte, weil ihr Bedürfnis, mehr zu geben, als sie zurückempfing, Befriedigung brauchte, und schließlich weil – trotz ihres Gantschen Hohns auf die «Scheune» und auf die «schäbigen Kostgänger» – das Tellergeklapper, die Fütterung, der verflochtene Lärm ihrer Unterhaltung sie anregten und begeisterten.

Ganz wie Gant, ganz wie Luke, brauchte sie Ausdehnungsmöglichkeiten, Bewegung und Aufregung, um zu leben. Sie wollte beherrschen, unterhalten, Mittelpunkt der Gesellschaft sein. Kleine Aufforderung genügte, und sie sang für die Pensionsgäste, hämmerte mit schwerem, sehr genauem Anschlag auf das klapprige Pianoforte ein. Mit ihrem kraftrollenden, klingenden, etwas spröden Sopran sang sie klassische, kitschige und komische Lieder. Eugene erinnerte sich an weiche, kühle Sommernächte, die Versammlung der Hausgäste und *I Wonder Who's Kissing Her Now*, das Gant immer wieder bestellte, *Love Me and the World Is Mine*, *Till the Sands of the Desert Grow Cold*, *Dear Old Girl, the Rob*-bin *Sings Above You, The End of a Perfect Day* und *Alexanders Ragtime Band*, das auch Luke einmal, zur Qual der Hausgenossen, wochenlang einstudiert und unter donnerndem Beifall auf dem Sängerwettstreit der Schüler zum besten gegeben hatte. Später dann saß man in der kühlen Dunkelheit auf der großen Veranda. Gant wippte heftig im Schaukelstuhl; seine mächtige Stimme schallte in die stille Nachbarschaft. Er trug den in Bann geschlagenen Pensionsgästen mit strömender Redegewalt seine Lösung der Staatsprobleme vor, ließ seine vorurteilsvollen, aber kühnen Meinungen zu Tagesfragen und den Neuigkeiten der Stunde ertönen:

«. . . Und was haben *wir* getan, Gentlemen? In offener Seeschlacht, die nicht länger als zwanzig Minuten dauerte, haben wir ihre Kriegsflotte ins Meer versenkt – unter Gewehr- und Schrapnellfeuer erstürmten Teddy und seine *rough riders* den Hügel bei Santiago –, der Krieg, wie Sie wohl wissen, war in ein paar Monaten vorbei. Ohne materielle Hintergedanken waren wir in den Kampf gezogen; wir gingen in diesen Krieg, weil eine *große* Nation die Unterjochung eines kleinen Nachbarvolks nicht länger dulden durfte – und dann haben wir mit einem Edelmut, der des größten Volks unter der Sonne wohl würdig ist, dem geschlagenen Feinde zwanzig Millionen Dollar gezahlt. Herrgott!! War das nicht eine glorreiche Geste?! Glauben Sie im Ernst, irgendeine andere Nation hätte das fertiggebracht?»

«No, Sir», sagten die Pensionsgäste mit Nachdruck. Nicht immer zwar teilten sie seine politischen Ansichten – Teddy Roosevelt war der fehllose Nachfahr der Cäsar, Napoleon, Lincoln –, aber sie glaubten, daß Gant «ein Kopf» sei, daß er es als Politiker weit gebracht haben würde. «Der Mann hätte Rechtsanwalt werden sollen», sagten die Pensionsgäste.

Und dennoch brandete in diese auserwählten Berge der große, drängende Schwall der Welt, wie eine küssende Woge, die faul strandeinwärts schwingt, klatschend, wasserreich, dann in ihre ursprüngliche, halbmondförmige Kraft zurückschreckt, um beim nächstenmal tiefer einzudringen.

Zu den Elementareinsichten, die Elizas primitives Denken ausmachten, gehörte die, daß Leute, die in dürrer Wüste darben, nach Oasen Ausschau halten, daß Durstige trinken wollen, daß Leute, die in der drückenden Luft der Ebenen ersticken, das Gebirge aufsuchen, um Erleichterung, Erholung, neuen Lebensauftrieb zu finden. Sie hatte jenen absolut treffsicheren Instinkt, den man heutzutage, nachdem abgesahnt ist, als «Vision» bezeichnet.

Straßen, an denen sie Grundstücke besaß, Straßen, die vor zehn Jahren noch lehmige Fahrwege waren, wurden nun asphaltiert. Die Kosten dafür trieben Gant in helle Raserei; er verfluchte das Land, den Tag seiner Geburt, die Umtriebe der Satansbrut. Eugene aber folgte den fahrbaren zweirädrigen Kesseln, in denen Teer kochte, beobachtete, wie die große Walze, ein Ungeheuer, das in Alpträumen zermalmend über ihn hinging, die Gesteinsschichten zu Pulver zerrieb. Es versetzte ihn in Ekstase, zu sehen, wie die gewalzte, duftende Teerzunge sich ausbreitete.

Von Zeit zu Zeit schnaufte ein hochgebauter Cadillac an Dixieland vorbei bergan. Eugene sandte ein Stoßgebet zum Himmel, wenn der pustende Motor zu versagen drohte. Jim Sawyer, ein junger Kerl, kam, um Miss Cutler, die Schöne aus Pittsburgh, abzuholen. Er öffnete den Schlag in dem roten gepolsterten Bauch des Gefährts. Die beiden stiegen ein.

Manchmal, wenn Eliza morgens ohne Dienstboten dastand, wurde er nach Niggertown geschickt, um neue zu beschaffen. In dieser Rachitisstadt durchwanderte er ihre stinkenden Bretterbuden, ging vorbei an übelriechenden Rinnsalen voller Schlamm und Kloake, durch stinkende Keller, durch das ganze stinkende Labyrinth der über den Berg ausgebreiteten Siedlung. In den heißen, versiegelten Verliesen ihrer Behausungen lernte er die wilde, auf Betten räkelnde Anmut ihrer Körper kennen, ihr volltönendes Lachen, ihren Geruch nach tropischen Dschungeln, vermischt mit dem Duft brutzelnden Essens und kochender Wäsche.

– Ob man vielleicht Arbeit suche?

– Wer ihn schicke?

– Seine Mutter, Mrs. Eliza Gant.

Stillschweigen. Alsdann der Bescheid, weiter oben an der Straße bei «Missus Cawpening» wohne ein Mädchen, das suche Arbeit. Er möge dort fragen.

Eliza paßte mit Falkenaugen auf, daß sie nicht bestohlen wurde. Eines Tages ging sie in Begleitung eines Detektivs in das Negerviertel und durchsuchte das Zimmer eines Mädchens, das aus ihrem Dienst davongelaufen war. Sie fand, was sie vermißt hatte: Bettzeug, Handtücher, Löffel. Das Mädchen bekam zwei Jahre Zuchthaus.

Eliza liebte den Apparat des Gesetzes, den Geruch und die Spannung einer Gerichtsverhandlung. Wenn es nur irgend anging, klagte sie. Es machte ihr Spaß, Leute zu verklagen; es machte ihr Spaß, angezeigt zu werden. Sie verlor nie einen Prozeß.

Wenn ihre Pensionsgäste mit der Miete im Verzug waren, beschlagnahmte sie triumphierend deren Hab und Gut. Besonderes Vergnügen bereitete ihr eine Gefangennahme am Bahnhof in letzter Sekunde, mit der Unterstützung eines willfährigen Polizisten und umringt von sensationslüsternem Gesindel.

Eugene schämte sich wegen Dixieland. Und wiederum getraute er sich nicht, seine Scham offen einzugestehen. Genau wie in seiner Arbeit als Zeitungsjunge, kam er sich auch hier besiegt, ins Netz verstrickt, in der Falle gefangen vor. Er haßte dieses unanständige Leben, die Würdelosigkeit, den Mangel an Privatheit, und daß die vier Wände, die den einzelnen von den anderen abschirmen sollen, dem lärmenden Mob hingeopfert waren. Er verstand kaum, spürte aber deutlich die Vergeudung und Wirrsal, die blinde Grausamkeit ihres Lebens. Sein Geist war verwirrt, verzweifelt, auf die Folter gespannt. Er ward täglich tiefer überzeugt, daß ihr Leben, gemessen an seinem Wunschbild eines einfachen, ruhigen, gemütlichen Glücks, nicht hoffnungsloser verkrampft und verstümmelt, entstellt und verkehrt hätte sein können, wenn sie sich absichtlich bemüht hätten, es zu zerrütten und zu verzerren. Er erstickte vor unterdrücktem Zorn, dachte an Elizas träge Sprechweise, die endlosen Reminiszenzen, die ständig geschürzten Lippen, die ihn weiß vor Wut, ja fast wahnsinnig machten.

Er hatte längst durchschaut, daß ihre Armut, das Drohen mit der Bettelsuppe, die düsteren Anspielungen auf das Armenbegräbnis zu der blinden Mythologie der Geldsucht gehörten. Ärger über ihre Habgier schwelte in ihm wie ein versteckter Brand. In Dixieland gab es überhaupt keinen Winkel, der der Familie heilig war, den sie für sich allein bewohnten, keinen Ort, an dem man vor der Zudringlichkeit der Pensionsgäste sicher war.

Wenn sich das Haus füllte, zogen sie – Stufe um Stufe sich mit dem Schäbigeren begnügend – von einem Zimmer in das andere. Er spürte, daß ihnen das schaden, daß es sie grob, unempfindlich machen würde. Schon damals glaubte er leidenschaftlich an gutes Essen, anständiges Wohnen, selbstverständliche Bequemlichkeit. Er spürte, daß ein zivilisierter Mensch bei diesen Dingen den Anfang machen müsse. Er wußte, daß der Niedergang des Geistes, wo auch immer er in der Geschichte auftrat, nicht auf gute Küche und zuverlässige Wasserleitung zurückzuführen war.

Im Hochsommer, wenn das Haus vollbesetzt war, mußte er oft warten, bis die Gäste gespeist hatten, ehe sich ein Plätzchen zum Essen für ihn fand. Mißmutig ging er unter der auf Stützen stehenden Hinterveranda auf und ab und strich wütend im dunklen Keller herum oder in den beiden feuchten, fensterlosen Räumen, die Eliza, falls es ihr gelang, an Negerinnen zu vermieten pflegte.

Er lernte den grausamen, kleinlichen Kastengeist des Dorfs kennen.

Seit Jahren war er gewohnt, am Sonntag gebadet, gebürstet, frische Wäsche am gesalbten Leib, durch die angenehm belebten Straßen zu der presbyterianischen Sonntagsschule zu gehen. Er war bereits der Obhut mehrerer alter Fräulein entwachsen, die seinen naiven Glauben im Katechismus, in der Güte Gottes und den Grundrissen der Himmelsarchitektur unterwiesen hatten. Das Fünfcentstück, das er früher nur ungern im Gedanken an Kuchen und Ale abgeliefert hatte, gab er nun leichten Herzens hin, denn er hatte genug Geld, um sich im Drugstore kalte, sprudelnde Drinks zu kaufen.

In der frischen Sonntagsmorgenluft marschierte er hochgemut los, um seiner religiösen Pflicht nachzukommen. Bei der Kirche hielt er kurz an und betrachtete die Jungen der Kadettenanstalt, die in straffen Reihen standen, sorgsam in Baptisten, Methodisten, Presbyterianer unterteilt.

Die Kinder versammelten sich in einem großen Raum neben der Kirche, von dem rechts und links kleine Klassenzimmer abzweigten, in die sie nach Ende des einführenden Gottesdienstes verteilt wurden. Der Superintendent, ein schottischer Zahnarzt mit schwarzgrauem Bart, welcher von einem kleinen Stück wie balsamiert wirkender Haut umrahmt wurde, hielt die Ansprache. Sein Zellgewebe, seine chemischen Säfte schienen in einem Zustand der Alterslosigkeit gebannt; von Jahrzehnt zu Jahrzehnt blieb er sich gleich. Er las die Bibelstelle oder das Gleichnis, das an dem betreffenden Sonntag durchgenommen wurde, kommentierte mit cäsarischer Trockenheit und Übersicht, gab den Dienst dann an den ersten Helfer ab, einen glattrasierten, bebrillten wilsonähnlichen Herrn, der ebenfalls gebürtiger Schotte war. Dieser lächelte die Kindergemeinde mit kalter Liebenswürdigkeit über seinen hohen weißen Stehkragen hinweg an und führte sie durch die Verse des Gesanges, hob seine Arme und schielte ihnen aufmunternd zu, wenn der Einsatz des Chores nahte. Eine feiste Jungfrau behämmerte das Klavier, das wie Espenlaub unter den Schlägen erzitterte.

Eugene liebte den Klang der kristallhellen Kinderstimmen, die von denen der etwas größeren Jungen und Mädchen gestützt und von den vollen Klängen der Junior und Senior Baraccas und Philatheas untermalt wurden. Wenn die Kollekte für die Innere Mission war, sangen sie stets:

«Wirf eine Rettungsleine aus,
Jemand ertrinkt auf See . . .»

Ein anderes Lied war:

«Wollen wir uns am Strom versammeln,
Am Jordan, dem schönen Strom . . .»

Das hatte er sehr gern. Ganz besonders liebte er das edle Ungestüm von «Vorwärts, Christi Streiter! . . .»

Später saß er mit seiner Gruppe in einem der kleineren Räume. Eugene ging nun in eine Klasse, in der nur Jungen waren. Sein Lehrer war ein bleicher junger Mann, dünn und gebeugt, der von Beruf Sekretär des Christlichen Vereins Junger Männer war. Er war schwindsüchtig. Die Jungen bewunderten ihn, weil er sich früher als Baseball- und Basketballspieler ausgezeichnet hatte. Er sprach mit einer trauervollen, zuckrigen, winselnden Stimme. Er war von einer bedrückenden Christushaftigkeit. Vertraulich sprach er zu ihnen von dem Gleichnis des Sonntags, prägte ihnen mahnend ein, was sie daraus für das tägliche Leben an Gehorsam und Liebe zu Eltern und Freunden, an Pflichttreue und Ritterlichkeit und Nächstenliebe lernen könnten. Und daß, wenn die Jungen je in Zweifel über die Richtigkeit ihres Tuns geraten sollten, sie sich nur zu fragen brauchten, was unser Herr Jesus Christus dazu sagen würde. Er sprach sehr oft von Jesus mit seiner melancholischen, etwas mißvergnügten Stimme. Wenn er so redete, wurde Eugene von einem vagen Unbehagen befallen; er dachte dann an etwas Weiches, Pelziges mit einer nassen Zunge.

Er war nervös und gehemmt. Die anderen Jungen kannten einander sehr gut. Ihre Elternhäuser standen an der Montgomery Avenue oder dort in der Nachbarschaft, im vornehmsten und modernsten Viertel der Stadt. Manchmal sagte einer von ihnen grinsend zu ihm: «'ne *Saturday Evening Post* gefällig, Mister?»

Da er während der Woche mit seinen Sonntagsschulkameraden nicht in die geringste Berührung kam, hatte er irrtümliche, stark übertriebene Vorstellungen von deren gesellschaftlichem Vorrang. Tatsächlich gab es nur wenige ortsansässige alte Familien wie die Pentlands. Altamont hatte sich schnell aus einem auf den Hügeln verstreuten Dorf zur Stadt entwickelt. Das Kastensystem war willkürlich, wie in allen Kurorten, und hing überwiegend von Geld, Ehrgeiz und Anmaßung ab.

Harry Tarkinton und Max Isaacs waren Baptisten, wie fast alle Nachbarn von Gant mit Ausnahme der Schotten. Gesellschaftlich standen die Baptisten auf der untersten Stufe der Achtung, wenn sie auch die größte Anhängerschaft besaßen. Sie galten als vulgär. Ihr Prediger war ein großer dicker Mann mit weißer Weste und rotem Gesicht. Allsonntäglich erzielte er große rhetorische Effekte, brüllte wie ein Löwe, girrte wie ein Täubchen und schmückte seine Ausführungen mit intimen Anspielungen auf seine Gattin. Dieses für die Gemeinde amüsante Programm wurde aber von der Episkopalkirche (das war die gesellschaftlich angesehenste) und von den Presbyterianern (weniger elegant, aber durchdrungen von Wohlanständigkeit) als wenig moralisch erachtet. Die Methodisten hielten die Mitte zwischen Gewöhnlichkeit und Etikette.

Diese steifleinene und wohlgebürstete Welt des Sonntagmorgens-Presbyterianismus mit ihrer nüchternen Anständigkeit, ihrer vornehmen Zurückhaltung, mit ihrer Andeutung ruhigen Wohlstands, unbestrittenen gesellschaftlichen Stellung, rituellen Ordentlichkeit, ihrem geschlossenen Machtgefüge bewegte Eugene tief wegen ihrer Stille. Er spürte stets, daß er nicht dazugehöre. Aus dem Wirrwarr seines Alltags tauchte er dort für ein paar Stunden auf, sah zu und ging dann – schließlich auf Jahre – mit dem traurigen Herz eines Fremden weg. Und aus dem milden Dunkel der Kirche, dem vollen, fernen Klang der Orgel, der ruhigen, nasalen Stimme des schottischen Geistlichen, den endlosen Gebeten und den bunten Bildchen vom christlichen Mythos, die er als Kind unter der Obhut der alten Fräulein gesammelt hatte, erwuchs ihm ein Verständnis für den echten Schmerz, das wahre Mysterium, die heilige Sinnenschönheit aller Religion, etwas Tieferes und Schöneres als jene nüchtern-strenge Anständigkeit.

12

Im Winter und im stumpf hinsterbenden Spätherbst haßte er Dixieland am meisten; die trüben, vom Fliegendreck verschmutzten elektrischen Lampen; die lausige Sucherei nach einer warmen Ecke im Haus; Eliza, die in einen alten Sweater, ein schmutziges, wollenes Halstuch, einen abgelegten Männerrock eingewickelt, umherging, ihre von Kälte aufgesprungenen Hände mit Glyzerin eingeschmiert. Die Wände, naßkalt und schwammig, atmeten Krankheit und Tod aus. Eine Frau starb am Typhus; der Gatte kam eilig in die Diele, ließ resigniert die Hände sinken. Das Paar war aus Ohio.

Oben, auf einer Schlafaltane, hustete ein abgezehrter Jude in die unaufhörliche Dunkelheit.

Helen war wütend: «Um Gottes willen, Mama, warum nimmst du solche Leute ins Haus? Siehst du nicht, daß er Schwindsucht hat?

«Aber nei-ein, wieso denn?» sagte Eliza und schürzte die Lippen. «Er sagte, es sei ein Bronchialkatarrh. Ich fragte ihn, und er lachte ganz vergnügt und laut und sagte: ‹Aber Mrs. Gant›, sagte er . . .» und nun folgte eine endlose Erzählung, die vom Hundertsten ins Tausendste ging. Helen kochte vor Wut. Eliza pflegte mit grundsätzlicher Blindheit alles zu verteidigen, was Geld einbrachte.

Der Jude war ein gütiger Mensch. Er hustete leise hinter vorgehaltener, weißer Hand und aß in Ei paniertes und dann in Butter gebratenes Brot. Eugene entwickelte einen großen Appetit auf diese unbekannte Speise; unschuldig taufte er sie «Judenbrot» und konnte nicht genug davon bekommen. Lichenfels lachte leise, hustete. Seine Frau lachte dunkel und voll. Eugene erledigte allerlei Besorgungen für ihn und bekam wöchentlich ein Geldstück dafür. Der Kranke hatte ein Konfektionsgeschäft in New Jersey. Im Frühling mußte er in ein Sanatorium, in dem er später starb.

Winters saßen einige fröstelnde Pensionsgäste – Gesichter, Charaktere, die schon durch die Wiederholung mittelmäßig erscheinen – stundenlang vor den Kohlen des Wohnzimmerkamins, wippten zeitlos in Schaukelstühlen mit stumpfen Gebärden, dumpfen Stimmen, sich so entsetzlich miteinander und in Dixieland langweilend, wie sie Eugene langweilten.

Im Sommer gefiel es ihm besser. Da kamen träge Frauen aus dem heißen reichen Süden der Staaten, Mädchen aus New Orleans mit schwarzem Haar und weißer Haut, weizenblonde aus Georgia, lüsterne aus South Carolina, die die gedehnte Sprechweise der Neger hatten. Da kam sumpffiebrige Mattigkeit aus Mississippi, die einen Stich ins Gelbe, aber ganz blendend weiße Schneidezähne hatte. Ein rotgesichtiger Gast aus South Carolina mit nikotinfleckigen Fingerspitzen nahm Eugene täglich zu den Baseballspielen mit. Ein hagerer, gelber, malariakranker Pflanzer aus Mississippi stieg mit ihm durch Berg und duftendes Tal. Nachts hörte er volles Frauenlachen von den dunklen Veranden, zärtlich und grausam zugleich; dazu die gurrenden Kehllaute der Männer. Er beobachtete die nachgiebig-verstohlene Hurerei des Südens, die dunkle Zurückgezogenheit ihrer mitternächtlichen Körper, ihre Morgenunschuld. Mit blutigem Schnabel hackte das Verlangen in sein Herz; die eifersüchtige Tugend machte ihn moralisch, weil diese Welt ihm verwehrt war.

Manchmal blieb er morgens mit Helen in Gants Haus, spielte mit Buster Isaacs, einem Cousin von Max, Ball. Dieser dicke lustige Knirps wohnte nebenan. Später rief ihn der üppige Weihrauch von Helens selbstgekochten Karamellen. Dann wurde er in das kleine jüdische Geschäft am Ende der Straße geschickt, um die in Essig eingelegten Köstlichkeiten zu holen, die sie so liebte. Dann saßen sie mitten am Vormittag und tafelten: Pickles, dicke Scheiben vollreifer Tomaten, üppig mit Mayonnaise übergossen; bernsteinfarbenen Filterkaffee; Feigenkekse und Löffelbisquits, heiße, dampfende Karamellen, von Walnüssen durchsetzt und mit Butter bestrichen; Sandwichs mit zartem Schinken und Gurken; eisgekühlte Limonade, nach der man aufstoßen mußte.

Eugenes Vertrauen in Helens Gantschen Überfluß kannte keine Grenzen; solche Fülle konnte nur aus dem Unerschöpflichen quellen. Warme muntere Hennen gackerten fröhlich durch die morgendliche Nachbarschaft; starke Neger trugen in Eisenzangen tropfendes Eis von ihren dampfenden Wagen; er stand unter ihren dröhnenden Sägen und fing die fliegenden Eissplitter auf; er trank den Geruch ihrer großen Körper gemeinsam mit den üppigen Abfällen des Einfrierens, dazu noch die scharfe Öligkeit des Linoleumfußbodens im Eßzimmer. Und mittags, im Roßhaar-Nußbaum-Ambiente der guten Stube, in der es mild nach Klavier und schal nach lackiertem Holz roch, spielte sie für ihn und sang mit ihm gemeinsam: *Wilhelm Tell*, *Mein Herz bei deiner Stimme süßem Klang . . .*, *Das Lied ohne Worte*, *Holde Aida*, *Die verlorne Saite*. Ihre lange muskulöse Kehle spannte sich, wenn der hohe Sopran aufschwang.

Ihre Freude an ihm war unersättlich. Sie verwöhnte ihn mit sauren und süßen Leckerbissen. Manchmal, beiläufig in ihrer rastlosen Umtriebigkeit einhaltend, warf sie ihn auf Gants Sofa und hielt ihn fest, schlug dann mit ihrer großen Hand kräftig in sein zuckendes Gesicht.

Wenn sie aber nervlich überreizt war, machte sie oft bösartige Attacken auf ihn; dann haßte sie sein dunkles, brütendes Gesicht mit der vorgewölbten Unterlippe, seine tiefe Traumverlorenheit. Wie Luke und Gant suchte sie in der Welt eine unablässige Beschäftigung ihrer ruhelosen, juckenden Lebenskraft. Menschen, die sich in sich selbst zurückziehen konnten, waren ihr im Grunde verhaßt. So wurde sie oft wütend, wenn sie ihn ins Träumen versunken oder in ein Buch vertieft fand, während ihre eigenen Drähte vibrierten. Sie riß ihm das Buch aus der Hand, schlug ihn, stach ihn mit grausamen, wilden Worten. Sie stülpte die Unterlippe vor, glotzte mit vorgestrecktem Hals idiotisch in die Runde, adaptierte eine Miene vollkommenen Schwachsinns und goß den furchtbaren Sturzbach ihres Giftes über ihn aus: «Du kleiner Idiot – läufst da rum mit deinem komischen, bekloppten Gesicht. Du bist ein ganzer Pentland, du komischer kleiner Idiot, du. Alle lachen über dich, weißt du das? Weißt du das?! Wir ziehen dir Mädchenkleider an und lassen dich damit herumlaufen. In dir ist kein Tropfen Gantblut – hat Papa ja auch gesagt –, du bist wie Greeley, du hast sie nicht alle. Das Irre der Pentlandsippe quillt förmlich aus dir raus!»

Manchmal war die schwelende Wut so groß, daß sie ihn auf den Boden warf und ihn trat.

Die Mißhandlungen verletzten ihn nicht so tief wie die zügellose Gehässigkeit ihrer Zunge. Sie war wahnsinnig geschickt im Erfinden von Kränkungen. Eugene, starr vor Entsetzen, stürzte aus dem Elfenhimmel in die Hölle. Plötzlich war sein freigebiger Engel in eine schlangenhaarige Furie verwandelt. Sein erhabener Glaube an Liebe und Güte war verloren, er brüllte wie ein Wahnsinniger, raste zur Wand wie ein verrückter kleiner Ziegenbock und schlug kreischend seinen Kopf dagegen, wieder und wieder, wünschte verzweifelt, sein gepreßtes, überladenes Herz möge bersten, etwas in ihm möge zerbrechen, so daß er blutüberströmt aus dem erstickenden Gefängnis seines Daseins entfliehen könnte.

Seine Verzweiflung tat Helen gut. Das war, was sie wollte. Sie hatte ihre Wut an ihm ausgelassen, nun war sie erlöst, befreit, gereinigt. Nun konnte sie, in wilder, erstickender Herzlichkeit für ihn, sich wieder sammeln. Sie hob den Widerstrebenden auf, drückte ihn an sich, pflanzte Küsse auf sein erhitztes, irres Gesicht, streichelte und schmeichelte, redete ihm zärtlich zu:

«Eia, eia! Es war ja nur Spaß! Hat er wirklich geglaubt–» sie redete ihn dann stets in der dritten Person an – «es wäre Ernst? Nein, nein! Ei, er ist ja stark wie ein junger Bulle, ein richtiger kleiner Riese ist er, so ein Wilder, die Augen treten ihm ja direkt aus dem Kopf, ich hab Angst gehabt, die Mauer würde einbrechen! Yes, Ma'am. Herrje, Kind! Das ist *gute* Suppe, *sehr gute* Suppe ist das . . .» Und er lachte gegen seinen Willen, weiterschluchzend, denn diese Agonie von Liebe und Versöhnung war ihm noch qualvoller als die vorangegangenen Mißhandlungen.

Später, wenn er sich ein wenig beruhigt hatte, schickte sie ihn in den Laden und ließ ihn Pickles, Törtchen und kalte Getränke holen. Rotäugig trabte er los, die Wangen schmierig von Tränen, und fragte sich verzweifelt, warum diese Sache passieren mußte. In brennender Scham reckte und wand er den Hals, ging mit abrupten Schritten.

Unablässig haßte Helen alles, was sie langweilte, und jegliche Respektabilität. Trotzdem war sie im Grunde eine ausgesprochen konventionelle Person. Das gelegentlich Vulgäre an ihr war nur Ausdruck ihrer Vitalität. Sie war unschuldig wie ein Kind; selbst die simple Lasterhaftigkeit des Dorfes verstand sie nicht. Sie hatte mehrere Verehrer; einfache, trinkfeste junge Männer vom Lande.

Einer, ein hagerer, alkoholischer Angestellter der Stadtverwaltung mit hochrotem Gesicht, der aus Altamont stammte, betete sie an. Ein anderer, ein lachender blonder Hüne, kam aus den Kohlengruben von Tennessee. Wieder ein anderer, ein junger Mann aus South Carolina, stammte aus demselben Städtchen wie Daisys Verlobter.

Diese Burschen – Hugh Parker, Jim Phelps, Joe Cathcart – waren ihr treu ergeben. Sie liebten die unermüdliche, dominierende Energie an ihr, ihre eindringliche Sprachfertigkeit, ihre große Aufrichtigkeit, ihre tiefe Güte. Sie spielte und sang für sie, setzte ihre ganze Persönlichkeit ein, um sie zu unterhalten. Sie brachten ihr Schachteln Konfekt und kleine Geschenke, waren eifersüchtig aufeinander, aber einmütig davon überzeugt, daß sie «ein feiner Kerl» sei.

Auch Whisky pflegten sie ihr mitzubringen. Sie hatte sich das Trinken ein bißchen angewöhnt. Ein Schlückchen regte ihr fiebriges Wesen stark an, elektrisierte ihr Blut, erfrischte sie, gab ihrer Energie etwas Hektisches, Ruckweises. Sie nippte an der Flasche, trank nie viel auf einmal, war oft leicht angeheitert, nie aber richtig beschwipst oder gar betrunken. «Ich trink 'nen Whisky, wenn's einen gibt», sagte sie.

Leichtlebige junge Frauen mochte sie fast immer gern. Das Verzehrende, Gefährliche, der Humor und die Freizügigkeit des eleganten Lebens zogen sie magnetisch an. Der Kurort wimmelte im Sommer von Liebesabenteuerinnen, die der strengen Sonntagszüchtigkeit der Dörfer, der sonnabendlichen Wollust betrunkener Gatten entflohen waren. Helen mochte Leute, die, wie sie sagte, «dann und wann 'nen Whisky brauchen».

Sie befreundete sich mit Mary Thomas, einer jungen, flotten, hochbeinigen Prostituierten aus Kentucky; sie war Maniküre in einem der großen Hotels in Altamont.

«Mich interessieren zwei Sachen», sagte Mary, «am Gockel der Du-weißt-doch und an der Henne die Wie-heißt-schon.» Sie hatte ein lautes, ansteckendes Lachen. Sie wohnte in Dixieland, hatte ganz oben ein kleines Zimmer mit einer Schlafaltane, das nach vorn herausging. Eugene hatte ihr einmal Zigaretten geholt; sie stand breitbeinig in einem dünnen durchsichtigen Unterrock gegen das Licht, ihre langen sinnlichen Beine zeichneten sich deutlich ab.

Mary schenkte Helen Kleider, Hüte, Seidenstrümpfe. Manchmal tranken sie zusammen. Scherzhaft und sentimental verteidigte Helen die Freundin.

«Na, sie macht wenigstens kein Hehl daraus. Es liegt ihr nichts dran, ob's die Leute wissen.»

Oder: «Sie ist nicht schlimmer als die keuschen Susannen. Aber ehrlicher ist sie, das steht fest.»

Gereizt, wenn man indirekt ihre freundliche Haltung gegenüber Mary kritisierte, sagte sie böse: «Was wissen Sie denn tatsächlich von ihr? Nehmen Sie sich in acht mit diesem Gerede, sonst fallen Sie mal schwer dabei rein.»

Trotzdem vermied sie es, sich öffentlich mit Mary zu zeigen. Ja, ungereimterweise, in einem Augenblick schlechter Laune, machte sie gelegentlich ihretwegen Eliza Vorwürfe:

«Wie kommst du nur dazu, Mama, solche Leute ins Haus zu nehmen? Die ganze Stadt weiß doch, wie sie's treibt. Dein Haus ist bald so verrufen wie ein regelrechter Puff, das kannst du mir glauben.»

Eliza, verärgert, schürzte die Lippen:

«Wieso? Das geht mich doch gar nichts an? Ich gebe nicht darauf acht. Ich trage meinen Kopf hoch und kann jedermann ins Auge sehn. Aber ich *verkehre* wenigstens nicht mit solchen Leuten.»

Das gehörte zu ihrem Verteidigungsmechanismus. Mit stolzer, gespielter Ahnungslosigkeit ignorierte sie alles Unerfreuliche, wenn es nur Geld einbrachte. Als Folge davon sprach sich Dixieland unter lockeren Frauen herum, durch diese typische, unmerkliche Mundpropaganda von einer an die andere weitergegeben. Unauffällig kamen sie – die halböffentlichen, verstohlenen Prostituierten eines Touristenortes.

Die meisten ihrer alten Schulfreundinnen – Genevieve Pratt, die unscheinbare, fleißige Lehrerstochter, «Teeney» Duncan, Gertrude Brown – hatte Helen längst aus den Augen verloren. Ihre Gefährtinnen waren nun lebhafter, wenn auch etwas vulgärer – junge Frauen wie Grace Deshaye, Tochter eines Klempners, eine üppige Blondine; Pearl Hines, Tochter eines frommen Baptisten und Sattlers, breit und schwer gebaut mit breitem und schwerem Gesicht und einer mächtigen Singstimme für Ragtimes. Am besten aber stand sie mit Nan Gudger.

Nan Gudger war schlank, munter, äußerst lebhaft. Ihre Taille war so eng geschnürt, daß ein Mann sie mit beiden Händen umspannen konnte. Sie war die zuverlässige, genaue, korrekte Buchhalterin eines Lebensmittelgeschäfts. Von ihrem Gehalt unterstützte sie großzügig ihre Familie. Ihre Mutter hatte einen großen Kropf, der von ihrem schlaffen Hals herabhing; Eugene konnte die Alte nicht ansehen, ohne daß er eine Gänsehaut bekam. Ihre Schwester war auf beiden Beinen gelähmt und ging, gestützt auf die Kraft ihrer muskulösen Schultern, an Krücken im Hause herum. Die beiden Brüder, kräftige Lümmel, achtzehn und zwanzig Jahre alt, trugen auf ihren unverwundbaren Leibern immer frische Messerstiche, blaue Flecke und andere Male ihrer Kämpfe in Bordell und Spielhalle.

Die Familie bewohnte ein zweistöckiges baufälliges Holzhaus an der Clingman Street. Die Frauen arbeiteten fleißig und klaglos, um die jungen Männer zu ernähren. Eugene kam oft mit Helen in das Haus, die das vulgäre, humorvolle, aufgeregte Leben der Gudgers anziehend fand. Die unverblümten, saftigen Redensarten Marys machten ihr besonders Spaß.

Am Ersten jedes Monats gaben Nan und Mary ihren Brüdern Taschengeld und dazu eine besondere Summe für ihre monatliche Visite bei den Frauen von Eagle Crescent.

«Oh, das ist doch nicht möglich, Mary, tut ihr das wirklich?» fragte eifrig-ungläubig Helen.

«Aber sicher, meine Süße!» bestätigte Mary, grinste breit und nahm den Priem aus ihrem braunen Mundwinkel, hielt ihn in ihrer kräftigen Hand. «Wir geben den Jungs immer einmal im Monat Geld für eine Frau.»

«Nein, wirklich nicht! Es ist Spaß», lachte Helen.

«Ach du lieber Gott, weißt du Kindskopf denn das nicht einmal?» Mary spuckte wenig treffsicher in das Feuer. «Das tut den Bengels gut. Sonst werden sie krank.»

Eugene glitt hilflos vor Lachen vom Stuhl hinunter. Panoramahaft flammte vor ihm das ganze erstaunliche Bild der Burleske und des feierlichen Aberglaubens auf: Zwei Frauen gaben im Interesse der Wohlfahrt und Gesundheit Geld her, zwei junge nikotinstinkende haarige Lümmel gingen dafür huren.

«Was gibt's denn da zu lachen, du Gelbschnabel!» sagte Mary und stach den keuchend auf der Erde Liegenden in die Rippen. «Du bist ja noch nicht trocken hinter den Ohren.»

Sie hatte die leidenschaftliche Wildheit der Leute aus dem Gebirge. Verkrüppelt wie sie war, atmete sie die hitzige, brutale Lust ihrer Brüder ein. Sie waren rohe, gutmütige, unwissende und mörderische Menschen. Nan aber war absolut anständig und wohlerzogen. Sie hatte dicke, schwulstige Lippen wie ein Neger, ein herzhaftes tropisches Lachen. Sie ersetzte die schäbigen Möbel des Hauses mit neuen, hochpolierten Tischen und Stühlen, die aus den Fabriken in Grand Rapids in Michigan kamen. Im Wohnzimmer stand ein neues Bücherregal; es war immer abgeschlossen; hinter den Glasscheiben träumten ungelesen die Klassiker in der Harvardausgabe und ein billiges Konversationslexikon.

Als Mrs. Selborne zum erstenmal aus dem heißen Süden nach Dixieland kam, war sie erst dreiundzwanzig, sah aber älter aus. Reif sein war bei ihr alles. Sie war eine hochgewachsene üppige Blondine, gepflegt und elegant. Sie hatte müßig-träge Bewegungen und einen sinnlich-wogenden Gang, ihr Lächeln war zärtlich und voll Verführung, ihre Stimme weich, ihr dunkles, reiches, melodisches Lachen sprudelte von mitternächtlicher Heimlichkeit. Sie war eine von mehreren schönen, bacchantischen Schwestern und stammte aus einer vornehmen, aber verarmten Familie aus South Carolina. Mit sechzehn Jahren hatte sie geheiratet. Ihr schwerfälliger, rotgesichtiger Gatte saß stillschweigend an ihrer unvergleichlichen Tafel, aß schnell und viel, murmelte bestenfalls ein paar Worte, wenn es nicht anders ging, und verzog sich dann wieder in sein Büro, wo es nach Pferden und Sattelleder roch. Er war Besitzer eines Mietstalls. Sie hatte zwei Kinder von ihm, beides Mädchen. Verstohlen, und trotzdem erkannt, bewegte sie sich in der leisen verleumderischen Luft des Industrienests, beging vorsichtig Ehebruch mit dem Besitzer einer Baumwollspinnerei, einem Bankier, einem Holzgroßhändler. Mit ihrem zärtlichen, blonden Lächeln schritt sie behutsam an dem schlauen Lächeln der Bürger vorbei, wohl wissend, daß der Boden unter ihren Füßen vermint war, daß ihr Name bei Kaufleuten und Angestellten mit einem eindeutigen Grinsen und Zwinkern genannt wurde. In Gesellschaft bezeigten ihr die Herren eine noch ausgesuchtere Höflichkeit, als sie sonst in den Südstaaten Damen gegenüber üblich ist, aber hinter der öligen Verbindlichkeit der Masken glänzten die Augen ihr Einladungen zu.

Als Eugene sie zum erstenmal sah und von ihr hörte, spürte er sofort, daß diese Frau nie erwischt, immer aber erkannt werden würde. Er liebte sie verzweifelt. Sie war das lebende Symbol seiner Sehnsucht: die riesenhafte, mythische Gestalt der Liebenden und Mutter, alterslos und ewig herbstlich, die Immer-Wartende, die Weizenhaarige, die Großbrüstige, die Blondgliedrige, die in den Feldern der Ernte geht . . . Ceres und Helena war sie, reife, unerschöpfliche, verjüngende Kraft, die dunkle Amme, die allen Trübsinn, alle Entzauberung einlullt . . . Der Frühling, das scharfe Messer, hatte Eugene durchbohrt. Mädchen lachten im Dunkel. Die heftigen Erwartungen der Jugend drängten. Unlöschbar brannte das Verlangen in ihm. Etwas zog ihn stets zu älteren Frauen.

Als Mrs. Selborne zum erstenmal nach Dixieland kam, zählte ihre älteste Tochter sieben Jahre; die jüngste war fünf. Jede Woche empfing sie einen kleinen Scheck von ihrem Gatten und einen ansehnlichen von dem Holzgroßhändler. Sie hatte eine schwarze Dienerin mitgebracht. Sie war großzügig und freigebig zu der Negerin und zu den Töchtern. Dieses Verschwenden aus selbstverständlicher Fülle und ihr volles, verführerisches Lachen faszinierte Helen, zog sie zu der älteren Frau.

Und nachts horchte Eugene auf die süße leise Stimme dieser Frau. Er vernahm die Sinneslockung ihres sprudelnden Lachens, wenn sie auf der dunklen Veranda mit irgendeinem Handlungsreisenden oder einem Kaufmann aus der Stadt saß. Das Blut gerann ihm vor eifersüchtiger Sittlichkeit; er war bitter gekränkt, dachte an ihre kleinen schlafenden Töchter; eine leidenschaftliche Brüderlichkeit für den betrogenen Gatten wallte in ihm auf. Er träumte sich in die Rolle des sühnenden Helden, rettete sie in einer Stunde großer Gefahr, machte sie reumütig mit ernsten Vorwürfen, nahm als ein Reiner die Liebe an, die sie ihm bot.

Morgens dann, wenn sie vorüberging, sog er den Saatduft ihres frisch gebadeten Leibes ein, spähte verzweifelt in das zärtlich-sinnliche Gesicht und versuchte sich mit einem Gefühl von Unwirklichkeit vorzustellen, wie dieses schweigende Antlitz unter den Händen der Dunkelheit verwandelt würde.

Steve kehrte nach einjähriger Wanderschaft aus New Orleans zurück. Sobald er sich wieder zu Hause zurechtfand, servierte er dieselben absurden Prahlereien, dieselbe Weinerlichkeit wie seit eh und je.

«Stevie hat es nicht nötig zu arbeiten», prahlte er. «Er ist schlau und läßt die anderen für sich schuften.» Diese trotzige Bemerkung bezog sich auf seinen Ruf als «Wechselfälscher». Obschon er nie die Courage gehabt hatte, jemand anderen als seinen Vater – und auch diesen nur um den Betrag kleiner Schecks – zu schädigen, hielt er sich für einen großen Schwindler.

Alle lasen gerade die Wallingford-Geschichten (‹*Das schnelle Geld*›); jeder bewunderte diesen romantischen Banditen. Er war jetzt Anfang Zwanzig, mittelgroß, mit pickligem Gesicht und grauer Haut; er hatte eine angenehme leichte Tenorstimme. Eugene war entsetzt, sooft sein ältester Bruder heimkehrte. Er ekelte sich vor ihm. Die Schwachen und Wehrlosen, also vor allem Eugene und Eliza, hatten am meisten unter Steve zu leiden. Mehr als die Roheit, die Versoffenheit, haßte Eugene das Feige und Verstohlene an ihm, mehr als die Gewalttätigkeit die gefühlsduseligen Versöhnungsszenen.

Immer wieder versuchte Gant, seinen Ältesten an eine geregelte Arbeit zu gewöhnen. So schickte er ihn eines Tages auf einen ländlichen Friedhof, um dort ein kleines Grabmal aufzubauen. Eugene mußte als Handlanger mit. Steve schaffte eine Stunde lang in der brennenden Sonne. Er wurde zusehends mißmutiger. Die

Hitze war drückend, das geile Unkraut roch scharf, Steve hatte überhaupt eine unüberwindliche Abneigung gegen Arbeit. Eugene wartete nervös-angespannt auf den Ausbruch, der kommen mußte.

«Was stehst du da rum», heulte der große Bruder auf, von seiner Verdrießlichkeit bis zum Äußersten getrieben, und schlug dem Kleinen mit einem schweren Schraubenschlüssel gegen das Schienbein. Eugene taumelte vor Schmerz zu Boden. Augenblicklich war Steve wie verwandelt, nicht aus Reue, sondern aus Angst, er könne ihn so schwer verletzt haben, daß die Mißhandlung herauskäme.

«Du hast dir doch nicht weh getan, Brüderchen, sag schnell, daß du dir nicht weh getan hast», fing er mit zitternder Stimme an und tätschelte Eugene mit seinen unreinen gelben Händen. Und dann folgte eine der Versöhnungsszenen, die Eugene so entsetzlich waren; Steve wimmerte, blies Eugene seinen faulen Atem ins Gesicht, bettelte, flehte ihn an, zu Hause nichts von dem Vorfall zu sagen. Eugene wurde es übel; Steves schaler Körpergeruch, der feuchtkalte, ungesunde, nach Nikotin stinkende Schweiß, die Berührung durch Steves verseuchtes Fleisch erfüllte ihn mit Entsetzen.

Aber die Art, wie Steve den Kopf trug, etwas in seinem herausfordernden Schlenkergang beschworen das Gespenst seiner zerstörten Jungenhaftigkeit. Manchen Frauen gefiel er. Er hatte Glück, insofern er es fertigbrachte, daß Mrs. Selborne während ihres ersten Sommers in Dixieland seine Geliebte wurde. Nachts quoll ihr volles Lachen von der dunklen Veranda auf; sie streifte mit Steve durch die stillen, laubverschatteten Straßen, sie gingen zum Vergnügungspark in Riverside und über die grellen Lichter des Rummelplatzes hinaus zu den dunklen, sandigen Pfaden am Fluß.

Als sie sich dann mehr und mehr mit Helen befreundete und den Abscheu der Familie vor Steve gewahr wurde, als sie einzusehen begann, wie sehr sie ihrem Ruf geschadet hatte durch die Beziehung zu diesem Prahlhans, der ihren Namen in allen Kneipen ausposaunte, um sich seiner Eroberung zu rühmen, ließ sie ihn mit stillschweigender, zärtlicher Unabänderlichkeit fallen. Wenn sie nun, Sommer um Sommer, wiederkam, begegnete sie ihm mit einem unschuldigen, unwissenden Lächeln, überhörte seine unzüchtigen Anspielungen und seine plumpen Drohungen, die bitteren Offenbarungen, die er hinter ihrem Rücken machte. Ihre Zuneigung zu Helen war echt; sie wußte jedoch gut, daß sie auch strategischen Nutzen aus der Freundschaft zog.

Helen machte sie mit gutaussehenden jungen Männern bekannt, gab ihr zu Ehren in Gants Haus oder in Dixieland Einladungen und Tanztees, half ihr in allen Intrigen, sorgte dafür, daß sich die Dinge im Privaten, in der Stille, im Dunkel abspielen konnten. Gereizt verteidigte sie die Freundin, als die üble Nachrede begann.

«Was wissen Sie über ihr Tun und Lassen? Überhaupt nichts. Ich rate Ihnen, nehmen Sie sich mit diesem Gerede in acht. Außerdem hat sie einen Gatten, der sie in Schutz nehmen wird. Eines Tages jagt der Ihnen 'ne Kugel durch den Kopf und dann . . .»

Oder etwas vorsichtiger: «Na also, ich schere mich nicht um das Geschwätz. Mir gefällt sie sehr, ich mag sie. Sie ist eine reizende Person. Und letzten Endes, was weiß man denn für sicher? Nichts. Was kann man ihr nachweisen? Nicht das geringste!»

Im Winter machte Helen kurze Besuche bei Mrs. Selborne. Begeistert kam sie aus South Carolina zurück, schwärmte von ihrem Empfang, den Parties, die die Freundin «ihr zu Ehren» gegeben hatte, dem Essen, der großartigen Gastfreundschaft. Mrs. Selborne lebte in derselben Stadt wie Joe Gambell, Daisys Verlobter. Der kleine Angestellte erging sich in vielsagenden Anspielungen über die Dame, ihr gegenüber aber benahm er sich höchst unterwürfig, verwirrt und sehr ergeben. Nach seiner Verheiratung nahm er ohne Einwand die Geschenke, Kleider und Lebensmittel an, die sie ihm ins Haus schickte.

Daisy heiratete im Sommer, nachdem Eliza Dixieland erworben hatte. Die Hochzeit war im Juni. Sie fand im geräumigen Speisesaal der Pension in großem Stile statt. Gant und seine zwei Ältesten standen einfältig grinsend in ihren ungewohnten Smokinganzügen herum. Die Pentlands, eine Sippe, die stets an Hochzeiten und Begräbnissen teilnimmt, schickten Geschenke und kamen. Will und Pett schenkten ein schweres Tranchierbesteck.

«Ich hoffe doch, daß ihr immer was zum Zerlegen auf dem Tisch haben werdet», sagte Will, tranchierte einen imaginären Braten und zwinkerte Joe Gambell zu.

Eugene erinnerte sich an Wochen irrsinniger Vorbereitungen, unendliche Kleiderproben, an Daisy, die vor Hysterie ihre Fingernägel anstarrte, bis sie blau wurden. Schließlich kam der Glanz der letzten beiden Tage. Die Geschenke liefen ein, das Haus war ungemein festlich mit Teppichen und Blumen. Der Speisesaal war voll von Menschen, des presbyterianischen Geistlichen leiernde Schottenstimme wollte kein Ende nehmen, der große Moment war da: Die Musik blies einen Tusch, und der Lebensmittelverkäufer bekam die Braut. Dann wieder Durcheinander, Glückwünsche, die Hysterie der Frauen. Daisy lag hemmungslos schluchzend in den Armen einer entfernten Kusine, Beth Pentland, die mit ihrem dröhnenden, rotgesichtigen Gatten, dem Inhaber einer Lebensmittelkette, aus einer Stadt in South Carolina zur Feier gekommen war, mit Geschenken und einer riesigen Wassermelone. Beths Freude wurde nachträglich verdorben, als sie feststellte, daß sie das Kleid, an dem sie Wochen im voraus gearbeitet hatte, in der Aufregung verkehrt herum angezogen hatte.

Daisy verschwand nun fast ganz aus Eugenes Leben. Er sah sie in den folgenden Jahren auf kurzen, immer seltener werdenden Besuchen. Der Lebensmittelverkäufer hatte sich zu der einzigen gewagten Gebärde seines ganzen Lebens aufgerafft. Er verließ seine baumwollstaubige Vaterstadt, verzichtete auf die langen trägen Geschäftsstunden, auf den gemütlichen Tratsch mit mageren Baumwollfarmern und Stadtleuten, an den er gewöhnt war. Er nahm eine Anstellung als Handlungsreisender für einen Nahrungsmittelhersteller an. Sein Standort war die Stadt Augusta, Georgia, aber er würde bis weit in den Süden kommen. Diese Entwurzelung aus angestammtem Nährboden, dieses abenteuerliche Wagnis in neues Land, diese Bereitschaft, es wirtschaftlich und gesellschaftlich vorwärtszubringen, war sein Hochzeitsgeschenk für Daisy . . . ein sehr kühnes Unterfangen, das allerdings schon von Anfang an gefährdet war durch Mangel an Selbstsicherheit, Angst und sein bäuerliches Mißtrauen gegen neue Orte, neue Gesichter, Neuerungen überhaupt – gegen jede Lebensform, die von der seines Heimatdorfes abwich.

«Eine Stadt wie Henderson gibt es auf der Welt nicht noch mal», behauptete er mit dümmlicher, enervierender Anhänglichkeit an jene aus Stumpfsinn, roter Lehmerde, Ignoranz, Klatsch und Aberglauben bestehenden Zuflucht, in deren Bannkreis er herangewachsen war.

Trotzdem ging er nach Augusta, wo er mit Daisy sein neues Leben in einer Pension begann. Sie war einundzwanzig Jahre alt, ein schlankes, leicht errötendes Mädchen, das gewissenhaft und akademisch schön, mit rieselndleichtem Anschlag, aber völlig phantasielos Klavier spielte. Eugene konnte sich nie gut an sie entsinnen.

Im Frühherbst des Hochzeitsjahres unternahm Gant eine Reise nach Augusta und nahm Eugene mit. Die beiden waren höchst aufgeregt und gespannt. Auf dem verschlafenen Umsteigebahnhof Spartanburg mußten sie lange in der Hitze warten; dann rollten sie in dem abgenutzten Wagen der Nebenlinie, die nach Augusta führt, durch das heiße, ausgetrocknete, herbstliche Land. Pinienwälder lagen am Fuße der Berge. Alles und jedes in der Landschaft tranken sie mit durstigen, abenteuersüchtigen Augen ein. Gants unruhiger Geist war durch die erzwungene Seßhaftigkeit wie ausgedörrt, für Eugene war die Fahrt nach St. Louis längst zur blassen Unwirklichkeit geworden. Eine Vision, ein herrliches vorgefaßtes Bild des üppigen Südens, brannte in ihm seltsamer noch als das Phantasieheimweh nach dem verschneiten Norden, das die verwehten, kurzlebigen Schneefälle in Altamont in ihm erweckten, wenn alle die ungewohnte Gelegenheit zum Eislaufen und Schlittenfahren in den steilen Hügeln ergriffen; das ihm ein nördliches Verlangen einflößte nach Dunkelheit, Sturm, den Winden, die brüllend über die Erde ziehen, und nach der jubelnden Geborgenheit warmer Wände: wie es vielleicht nur ein Südländer kennt.

Und er sah die Stadt Augusta nicht in den Farbtönen der schnöden Wirklichkeit, sondern wie einer, dem sich ein Fenster ins

Feenland auftut, wie einer, der ein Leben im Gefängnis gelebt hat und freigelassen die Erde und das Leben im rosigen Sonnenaufgangslicht erblickt, wie einer, der in der legendären Bildwelt der Bücher gelebt hat, reist, und nun alles als eine erweiterte Verwirklichung dieses Traums erlebt – so sah er Augusta, mit den frischen, klaren Augen eines Kindes, mit Jubel, mit Verzauberung.

Sie blieben zwei Wochen. Im Gedächtnis bewahrte er vor allem die braunen Hochwasserspuren an den Häusern, denn die Stadt hatte kürzlich eine Überschwemmung überstanden, und die Flut war bis über die Erdgeschosse gestiegen; die breite Hauptstraße; einen würzig duftenden, glitzernden Drugstore, mit allen Gewürzen seiner Phantasie parfümiert; die Hügel und Felder um Aiken in South Carolina, wo er umsonst nach John D. Rockefeller suchte, einem legendären Prinzen, der dem Hörensagen nach dort Sport trieb, und wo er sich wunderte, daß zwei Staaten unmerklich, ohne sichtbare Trennungslinie aneinandergrenzen können. Schließlich die Entkörnungsmaschine, wo er zusah, wie riesenhafte, unförmige Ballen von Rohbaumwolle säuberlich in halb so große Würfel zusammengepreßt wurden.

Einmal hatten ihn ein paar Kinder auf der Straße wegen seiner langen Locken verhöhnt; in einem Wutausbruch hatte er sie maßlos beschimpft. Einmal hatte er sich über seine Schwester geärgert und war in seinem Jähzorn kurzerhand davongerannt. Er lief stundenlang einer Landstraße am Flußufer und durch Baumwollfelder nach, in das Abenteuer hinein. Gant holte ihn auf einem geliehenen Wagen ein.

Sie gingen ins Theater; es war eines der ersten Stücke, die er sah, ein biblischer Stoff: die Geschichte von Saul und Jonathan. Von Szene zu Szene flüsterte er Gant die zukünftigen Ereignisse ins Ohr, eine Altklugheit, die den Alten höchlich belustigte und von der er monatelang erzählte.

Kurz ehe sie nach Hause abreisten, gab Joe Gambell in einem Anfall von konstruierter Unzufriedenheit seine Stellung auf und kündigte seine bevorstehende Rückkehr nach Henderson an. Sein Abenteuer hatte genau drei Monate gedauert.

13

In den folgenden Jahren, bis er elf oder zwölf Jahre alt war und nicht mehr auf eine Kinderfahrkarte mitgenommen werden konnte, reiste Eugene in den reichen, geheimnisvollen Süden. Eliza wurde während ihres ersten Winters in Dixieland von schweren Rheumatismusschüben befallen; diese waren teilweise auf ein Nierenleiden zurückzuführen, das ihren Körper anschwellen ließ. Der Arzt diagnostizierte die Brightsche Krankheit. So begann sie – auf der Suche nach Gesundheit und unklar auch auf der Suche nach Reichtum – ausgedehnte, wenn auch keineswegs verschwenderische Reisen nach Florida und Arkansas zu machen.

Sie äußerte sich stets sehr hoffnungsvoll über die Möglichkeit, in einem tropischen Winterkurort eine zweite Pension aufzumachen und so im Sommer ihr Haus in Altamont, im Winter das im warmen Süden zu führen. Im Winter vermietete sie nun Dixieland auf ein paar Monate, manchmal auch auf ein Jahr, obwohl sie keineswegs daran dachte, sich die einträgliche Kursaison im Sommer entgehen zu lassen. Sie vermietete, mehr oder weniger absichtlich, an unerfahrene Frauen, die sich abenteuernd im Geschäft der Pensionsinhaberin versuchten, für ein oder zwei Monate im voraus bezahlten, aber weder Mittel noch Ausdauer hatten, ein Unternehmen wie Dixieland außerhalb der Kurzeit länger zu halten. Wenn Eliza dann von ihrer Reise zurückkehrte, benutzte sie ausstehende Mieten oder irgendeinen anderen Vertragsbruch als Enterhaken und rückte triumphierend in die Schlacht, erzwang den Eintritt in die Burg mit Hilfe von Polizisten, Detektiven, mit Befugnissen, Vollmachten, Vorladungen und all der anderen schweren Artillerie juristischer Kriegführung und riß rachsüchtig ihr Vermögen wieder an sich.

Ihre Reiseziele lagen stets im Süden. Den Norden hielt sie, obschon sie ihn öfters zu erkunden drohte, für verdächtig. Nicht etwa, daß sie wegen des verjährten Bürgerkriegs gegen Land und Leute dort eine feindselige Gesinnung hegte, aber sie empfand Furcht, Mißtrauen, Fremdheit: Der «Yankee», von dem sie oft im Scherz sprach, war ein Ausländer für sie. So reiste sie also in den Süden, in jenen Süden, der wie die dunkle Helena in Eugenes Blut brannte, und sie nahm ihn stets mit. Er schlief noch immer in ihrem Bett.

Eugenes Gefühl für den Süden lag nicht in der Geschichte begründet, sondern war Kern und Sehnsucht seiner romantischen Natur. In ihm war jene grenzenlose und unerklärliche Trunkenheit, jener Magnetismus des Blutes, der manche Menschen ins Herz der Hitze und weiter in die smaragdene Kälte des Südpols treibt, so wie es jenem unvergleichlichen Romantiker, dem Autor des ‹*Alten Matrosen*› ging; dorthin, wo es kein Jenseits mehr gibt. Diese Sehnsucht nach dem Süden wurde fraglos gesteigert durch das, was er gelesen und geträumt hatte. Dazu kam, daß der Geschichtsunterricht in der Schule jene Realität phantastisch entstellte und eine Gloriole um die Gegend wob: Da hörte er von dem «guten alten Süden» in jenen «guten alten Zeiten», wo Leute noch in sogenannten «Herrenhäusern» wohnten, wo die Sklaverei eine von dauerndem Banjogeklimper, den Geschenken des freigebigen «Colonel» und dem Shuffletanz seiner glücklichen Leibeigenen begleitete Wohlfahrtseinrichtung war, wo alle weißen Frauen rein, sanft und schön und alle weißen Männer ritterlich und tapfer, die Konföderierten eine Schar eleganter, todesmutiger Kavaliere waren. Jahre später, als er den Gedanken an jene geistige Verödung, jene feindselig-mörderische Verschanzung gegen alles Neue nicht mehr ertragen konnte – als ihre billige Mythologie, die Legende ihres Charmes und ihrer aristokratischen Lebensart, die anheimelnde Weichheit ihrer gedehnten Sprechweise ihn anwiderte: als er nicht mehr ohne Überdruß und Ekel an eine Rückkehr zu ihrem Leben und jenem wuchernden Aberglauben denken konnte, war dennoch seine Ehrfurcht vor jenem Mythos, seine Angst vor ihrer Feindschaft so groß, daß er so tat, als sei er ein fanatischer Anhänger von ihnen, ja er entschuldigte sich dafür, im Norden zu wohnen und schob es auf die Umstände.

Schließlich begriff er, daß diese Leute ihm nichts gegeben hatten, daß weder ihre Liebe noch ihr Haß ihn berührten, daß er ihnen nichts schuldig war, und er entschloß sich, das auch offen zu bekennen, ihre Unverschämtheit mit einem Fluch zu beantworten. Das tat er dann auch.

Nun aber reichte sein Leben an ein fabelhaftes, einsames Wunder, in die Verzauberung, die nur durch Elizas geizige Gewohnheiten, ihren Mangel an Großartigkeit in einer großartigen Welt, unterbrochen wurde. Sie aßen Brötchen und Butter und Milch in unaufgeräumten Hotelzimmern; im Speisewagen packten sie mitgebrachte Butterbrote aus einer Schuhschachtel, sobald Eliza nach einem langwierigen Studium der Karte schließlich Kaffee bestellt hatte. Beinahe überall, wo sie abstiegen, gab es Schwierigkeiten wegen des Preises und Streit wegen der Rechnung. Wenn der Fahrkartenkontrolleur kam, hieß sie ihn sich «zusammenzuhutzeln», damit seine Berechtigung auf eine ermäßigte Fahrkarte nicht angezweifelt würde, denn Eugene war ein hochaufgeschossener Junge.

Auf die Herbstfahrt mit Gant nach Augusta folgte eine Winterreise mit Eliza nach Florida. Sie gingen zuerst nach Tampa, dann ein paar Tage später nach Saint Petersburg. Er watete durch den tiefen losen Sand der Straßen, saß und fischte mit munteren alten Männern am Ende des langen Piers, verschlang eine Unmenge von Groschenromanen, die er in einer Kiste in den Zimmern, die Eliza in einem Privathaus gemietet hatte, fand. Sie reisten ganz plötzlich ab. Es gab Krach mit dem alten Georgia-Ureinwohner, der ihnen die Zimmer vermietet hatte, und sich nun um sein Haupteinkommen für die Saison geprellt sah. Eiligst fuhren sie nach South Carolina, auf eine hysterische Depesche Daisys hin, die ihrer Mama ein «Komme bitte sofort» gedrahtet hatte. Sie kamen in der schäbigen, klebrig-erdigen, regenklammen Kleinstadt an. Es war Ende März. Daisys erstes Kind, ein Junge, war am Tage zuvor geboren worden. Eliza hielt die Unterbrechung ihres Urlaubs für überflüssig und unnütz, war verärgert; zwei oder drei Tage nach der Ankunft zerstritt sie sich mit der Tochter und fuhr heim nach Altamont. Bei ihrer Abreise erklärte sie – Daisy applaudierte dem Vorsatz mit Ironie –, sie würde nie wieder zu Besuch kommen. Aber sie hielt nicht Wort.

Im nächsten Winter fuhren sie zur Zeit des Mardi Gras nach New Orleans. Eugene erinnerte sich an die großen Zisternen, die im Garten hinter dem Haus seiner Tante Mary voll mit Regenwasser standen; an das Schnarchen der Tante, von dem nachts die Fenster schepperten; und an die großen Karnevalszüge in der Canal Street: geschmückte, hoch aufgestockte Narrenkutschen; die Schönen lächelten; Gruppen in grotesken und phantastischen Masken marschierten lärmend vorbei. Und wieder sah Eugene Schiffe vor Anker; die hohen Kiele ragten über die Hafenmauer am Ende der Canal Street. Auf dem Friedhof waren die Grabhügel über der Erde angelegt, weil – wie Gants Neffe Olly erklärte – «das Grundwasser sie verrotten läßt».

Und er erinnerte sich an die Gerüche auf dem alten French Market, an den Duft des starken Kaffees, den er dort trank, und an die völlig ungewohnte Sonntagsheiterkeit der Stadt; offene Theater, Gehämmer und Gesäge aus den Werkstätten, Menschen in lustiger Stimmung auf der Straße. Er besuchte die Boyles, Stammgäste in Dixieland, die im alten French Quarter wohnten. Er schlief mit Frank Boyle in einem dunklen, von Kerzen matterleuchteten Saal. Die Boyles hatten als Köchin eine steinalte Negerin, die nur Französisch konnte; frühmorgens kam sie vom Markt mit einem großen Korb voll Gemüse, Südfrüchten, Geflügel, Fleisch. Sie bereitete fremde Gerichte von ungekannter Köstlichkeit: schweren Gumbo, garnierte Beefsteaks, Geflügel in würzigen Tunken.

Und er blickte auf die ungeheure gelbe Schlange des Mississippi, träumte von den fernen Ufern, von den unzähligen, tropisch umwucherten Flüssen, die ihn speisen, von dem romantischen Leben auf den Plantagen und in den Zuckerrohrfeldern, von Uferlandschaften im Mondlicht. In seiner Phantasie sah er Neger im Dunkel auf den Deichen tanzen, die langsamen Lichter der goldenen Flußdampfer, Frauen an Deck mit schwarzen Haaren und duftender Haut; hörte das geisterhafte Echo der Musik klingen unter den tief ins Wasser hängenden phantomischen Uferbäumen.

Sie waren erst kurze Zeit von dieser Reise zurück, als Eugene eines Nachts, als er im Hause seines Vaters schlief, durch furchtbare Schreie Gants geweckt wurde. Gant hatte seit Tagen maßlos gesoffen. Eugene hatte man nachmittags zu der Werkstatt geschickt, um ihn abzuholen, und bei Sonnenuntergang brachten er und Jannadeau ihn nach Hause, auf dem von einem lahmen Pferd gezogenen Wagen eines Negers. Nach der üblichen Bändigung des wahnsinnig Betrunkenen, der Verabreichung heißer Suppe und dem Entkleiden erschien Doktor McGuire, gab Gant eine Spritze in den sehnigen Arm, ließ Schlafpulver zurück und ging. Helen war völlig erschöpft; auch Gant war am Ende seiner Kräfte und hatte in der letzten Zeit zwei oder drei schmerzhafte Rheumaschübe gehabt.

Nun erwachte er in der Dunkelheit, schrie vor Entsetzen, vor wahnsinnigen, nie gekannten Schmerzen. Seine ganze rechte Körperhälfte war gelähmt. Abwechselnd flehte er Gott an und verfluchte ihn. Es bestand die Gefahr, daß die rheumatische Entzündung sich auf das Herz schlüge. Tagelang betreuten Arzt und Pflegerin den Kranken, der sich vor Schmerz bog, krümmte, wand. Als er soweit wiederhergestellt war, daß er reisen konnte, fuhr er unter Helens Obhut nach Hot Springs. Wie eine Wilde trieb die Tochter alle andere Hilfe von der Seite des Kranken, sie wich nicht von ihm, schenkte ihm jeden Augenblick ihrer Zeit. Sie blieben sechs Wochen weg. Ab und zu kamen Postkarten und Briefe, die Farbe in Eugenes Leben brachten, berichtend von einem Leben in Hotels, Mineralbädern, Krankheit, Lähmungserscheinungen, von dem Sport, den vornehme Reiche dort im Kurort trieben. Als Gant zurückkam, konnte er wieder gehen und das Rheuma war aus seinen Gliedern fortgeheizt, aber seine rechte Hand, steif und krumm nun, war für immer gelähmt. Er konnte die Finger nie mehr schließen. Sein Auftreten war ernüchtert und zahm; Angst, ein gewisses Entsetzen glomm in seinen Augen.

Die Zusammengehörigkeit von Vater und Tochter aber war endgültig besiegelt. Vor Gant lag, er ahnte es selbst, eine Straße der Schmerzen und des Schreckens, die in den Tod führte. Aber jeden Schritt dieses Weges, den er gebrochen, von seinen großen Kräften verlassen, ging, ging sie mit ihm und schmiedete so das Band, das sie zusammenhielt, über das Leben, über den Tod, über alles Gedenken hinaus.

«Ich wäre gestorben, wenn ich sie nicht hätte», behauptete er immer wieder von Helen, «sie hat mir das Leben gerettet. Ohne sie könnte ich nicht zurechtkommen.» Und er prahlte unaufhörlich mit ihrer Ergebenheit und Treue, mit den Kosten der Kur, den Hotels, von dem Reichtum und den feinen Leuten, die sie zusammen gesehen hatten.

Während die Legende von Helens Ergebenheit von Tag zu Tag wuchs, während Gants Abhängigkeit von ihr zunahm und stets laut verkündet wurde, schürzte Eliza immer gedankenvoller die Lippen, weinte manchmal in das brutzelnde Fett der Bratpfanne, lächelte dann wieder unter der breitangesetzten roten Nase, ein zuckendes, bitteres, furchtbar gekränktes Lächeln.

«Ich werd's ihnen zeigen», weinte sie, «ich werd's ihnen zeigen», und kratzte sich gedankenvoll einen hochroten juckenden Flecken auf dem linken Handrücken, ein Ekzem, das in diesem Jahr dort ausgeschlagen war.

Im folgenden Winter ging auch sie nach Hot Springs. Sie blieben zwei Tage in Memphis, wo Steve gerade in einer Farbenhandlung arbeitete. Er ging mit Eugene in der Stadt spazieren, schlüpfte ab und zu in eine Bar an der Straßenecke, um «mal kurz 'nen Bekannten zu sprechen». Der Bekannte hatte die Eigenschaft – so schien es Eugene –, Steves wiegenden Gang noch herausfordernder zu machen.

Eugene fuhr verschlafen auf, als der Zug über den Fluß fuhr. Dann sah er verschwommen die armseligen Hütten von Arkansas zwischen dunklen, malariaverseuchten Feldern.

In Hot Springs schickte ihn Eliza gleich in die Schule. Mit einem kühnen Satz sprang er in die bestürzende neue Welt. Seine Leistungen waren glänzend und erwarben ihm die Gunst der jungen Klassenlehrerin, aber die feindselige Bande der Mitschüler ließ den Fremden bitter büßen. Ehe noch ein Monat vergangen war, hatte er schwer für seine Unkenntnis ihrer Gebräuche gezahlt.

Eliza kochte sich täglich in den Bädern aus. Manchmal begleitete er sie. Trunken von Unabhängigkeit verließ er sie und schritt in die Männerabteilung. Er entkleidete sich in einem kühlen Zimmer, ging in den mit Liegegelegenheiten ausgestatteten Heißluftraum, schloß sich in der Dampfzelle ein, wo er in der Schweißlache, die sich zu seinen Füßen bildete, sich aufzulösen glaubte. Mit zitternden Knien kam er wieder heraus und ließ sich in einer riesigen Wanne von einem mächtigen grinsenden Negermasseur wunderbar rollen und kneten. Später lag er matt, aber mit dem Gefühl, von Grund auf gereinigt zu sein, im Nachschwitzraum: glorreich, ein Mann unter Männern. Sie unterhielten sich von Liege zu Liege oder trugen ihre prallen Bäuche auf und ab, die Lenden keusch mit einem Badetuch gegürtet. Da waren malariakranke Südstaatler mit malariakrankem, schleppendem Akzent; Alkoholiker mit schweren Augensäcken, Spieler mit puterroten Gesichtern; zusammengebrochene Boxer. Dampf und Männerschweiß; Eugene roch das gern zusammen.

Eliza sorgte dafür, daß er nicht müßiggehe. Sie schickte ihn mit der *Saturday Evening Post* auf die Straßen. «Es schadet dir nichts, wenn du nach der Schule ein bißchen leichte Arbeit tust», sagte sie zu ihm, als er mit der vollgestopften Tasche abschob.

«Trag den Kopf hoch, Junge!» rief sie ihm nach. «Geh gerade, daß die Leute denken, daß du wer bist!»

Sie hatte ihm einen Stoß gedruckter Karten mitgegeben, auf denen stand:

Verbringen Sie den Sommer in
DIXIELAND
IM SCHÖNEN ALTAMONT
der Perle der amerikanischen Schweiz

Zivile Preise · Für Touristen · Für Dauergäste
Man wende sich an die Besitzerin
Eliza M. Gant

«Wenn wir leben wollen, Junge, dann müssen wir ein wenig Kundschaft zusammentrommeln, und du mußt mir helfen», bemerkte sie mit jener lippenschürzenden zittermündigen Scherzhaftigkeit, die ihn so schmerzte, weil er spürte, daß sie die augenscheinliche Maske einer noch augenscheinlicheren Unaufrichtigkeit war.

Das Herz krampfte sich ihm zusammen, als er schließlich begriff, daß er als abgehärteter Dickhäuter in Elizas Diensten erschien. Er «trug den Kopf hoch», er bemühte sich, den Eindruck hervorzurufen, daß er «wer» sei, überreichte herzlich die Empfehlungskarte und schilderte auf Befragen die Freuden des Lebens in Altamont und die Annehmlichkeit der Unterkunft in Dixieland. Er ergriff jede Gelegenheit, um «Kundschaft zusammenzutrommeln». Er haßte diesen Jargon; Eliza, die ihn vor langer Zeit irgendwo aufgeschnappt hatte, drückte sich mit Vorliebe darin aus. Sie leckte sich die Lippen, wenn sie von «Dauergästen» oder «Kundschaft zusammentrommeln» sprach. Genau wie Gant war auch Eugene im stillen entsetzt, daß man für Geld das Brot auf seinem Tisch, den Schutz seiner vier Wände an den Gast, den Fremden, den unbekannten Freund aus der Welt, an den Siechen, den Lebensmüden, den Einsamen, den Gebrochenen, den Gauner, die Hure, den Narren verkaufen könne.

Sein Blick war an die fernen blauen Berge der Ozarks verloren. Er ging die Central Avenue hinauf, zu beiden Seiten ragten Berge. Berge, die für ihn Bezauberung, die nahe Pforte in ein zeitloses, unbegrenztes Feenland waren. Er trank vom Wasser der kochenden Brunnen in der Hoffnung, sich von allem Makel reinzuwaschen. Ein Traum, den er sein Leben lang träumen sollte, der Traum vom Jungbrunnen fing in ihm an. Er badete bis zum Hals im heilsamen Schlamm, der jeden Tropfen verderbten Bluts aus den Adern ziehen, ein Krebsgeschwür austrocknen, eine Zyste zum Verschwinden bringen und absorbieren, alle skorbutischen Flecken tilgen, den fädigen Schleim der Krankheit herausschöpfen, aufsaugen, hinwegfädeln und dem Menschen wieder das Gewebe eines vollkommenen, reinen Geschöpfes verleihen soll.

Und stundenlang blickte er in die Eingangshallen der großen

eleganten Hotels, starrte auf die Beine der Damen auf den Veranden, beobachtete die Großen des Landes bei ihrer Erholung. Er bedachte – und das Herz klopfte ihm vor Staunen und Verwunderung –, daß er Gestalten aus Gesellschaftsromanen vor sich habe, die hier statt auf dem Papier in Fleisch und Blut ihr göttergleiches Leben führten. Er empfand die tiefste Ehrfurcht vor der großen Welt jener Bücher, besonders der englischen: Da liebten die feinen Leute, aber im Gegensatz zu den gewöhnlichen Sterblichen liebten sie elegant; ihre Redeweise war subtil, exquisit, vornehm; selbst in ihren Leidenschaften bezeigten sie nie grobe Gelüste oder Hunger; sie waren völlig außerstande, niedrig zu denken, fleischliche Gier zu empfinden. Wenn er die schönen Schenkel junger Reiterinnen betrachtete, faszinierte es ihn, sie mit wohlgeformten Beinen gespreizt über dem kräftigen guten Pferdegeruch sitzen zu sehen, und er fragte sich, ob sie die warme, geschmeidige Schwingung des starken Pferderückens erregte, und wie sie wohl liebten. Ihre absurde Eleganz in den Romanen beeindruckte ihn sehr; er glaubte, daß in jener Welt Frauen mit Glacéhandschuhen und schlagfertigen feinsinnigen Geistreicheleien verführt würden. Solche Gedanken erfüllten ihn mit Scham ob seiner eigenen Niedrigkeit. Er stellte sich vor, daß die feinen Leute jenseits der Naturgesetze liebten, daß sie die Wollust der Tiere und der gemeinen Menschen schon bei der elektrisierenden Berührung eines Fingers, dem in einem Auge aufblitzenden Funken, der besonderen Betonung einer Redewendung empfänden, köstlich und ewig während.

Und wenn diese Leute ihm ins traumverlorene Gesicht sahen – dieses Gesicht, das nun, nachdem die reichen Locken gefallen waren, noch fremder war als zuvor –, da kauften sie von ihm und zahlten das Vielfache des Preises mit der lässigen Bußfertigkeit von Verschwendern.

In den Fenstern der Restaurants schwammen große Fische in Glaskästen; Aale rollten sich schlangenhaft, weißbäuchige, große Forellen drehten sich, ließen sich sinken. Eugene träumte von unbekannten üppigen Mahlzeiten an den Tischen dieser Gaststätten.

Manchmal kamen Männer mit fischbeladenen Wagen von dem

großen Fluß herüber. Da fragte er sich, ob er diesen wohl je sehen würde. Was hier nah und unerkundet in der Gegend lag, erfüllte ihn mit sehnsüchtigem Verlangen.

Und später reiste er wieder mit Eliza die sandige Küste von Florida entlang, erging sich auf den schmalen Wegen in Saint Augustine, rannte auf dem betonharten Strand von Daytona. In Palm Beach streifte er über die grünen Rasenplätze vor den Hotels, um Kokosnüsse zu stehlen, die Eliza als Souvenirs nach Altamont mitnehmen wollte; er stopfte sie in einen braunen Hanfsack, lud ihn sich auf die Schultern und schleppte die Last durch die nicht enden wollenden Gartenrestaurants des *Royal Poinciana* und *Breakers*, ein Gegenstand des Zorns, des Skandals, des Amüsements für Sklaven und Prinzen. Er streifte auf den breiten, palmschattigen Wegen, die die Halbinseln queren, um seidige Frauenbeine, im sinnlichen, lockeren Sand ausgebreitet, zu sehen, und die hageren gebräunten Körper der Männer . . . und die breit anbrandenden, sich überstürzenden Wogen im endlosen Schnörkelwerk der smaragdgrünen und nie endenden See, die aus Muscheln, die sein Vater besaß, in sein Gemüt gerauscht, in seinem berggeborenen Herzen gedröhnt hatte, die er aber bisher nie gesehen hatte. Durch die huschenden Sonnenkringel unter den Palmen, auf den weichen Spazierwegen ließen sich Prinzessinnen und Lords spazierenfahren; in den vergitterten Bar-Rooms, in denen große Fächer summten, saßen Herren und tranken aus beschlagenen, hochstieligen Kristallgläsern.

Später kamen sie nach Jacksonville und lebten dort ein paar Wochen in der Nähe von Pett und Greeley. Ein kleiner buckliger Mann, der die Harvard-Universität besucht hatte, gab ihm Unterricht. Er aß mit seinem Lehrer in einem Büfettrestaurant; der Lehrer trank Bier und aß Brezeln dazu. Als sie abreisten, weigerte sich Eliza, die bescheidene Summe zu bezahlen, die der Mann für seine Lehrtätigkeit verlangte. Der Bucklige zuckte die Achseln und nahm, was sie ihm anbot. Eugene verrenkte den Hals und hob scharf den Fuß vom Boden, wie jemand, der sich vor plötzlichem Schmerz windet.

So sah er, der Bergumgrenzte, Himmelumgürtete, er, dessen Meister die Berge waren, zuerst den fabulösen Süden. Bilder von vorüberwehenden Feldern, Wäldern, Hügeln blieben ihm für immer im Herzen. An die dunkle Landschaft draußen verloren lag er nächtelang auf der Liege im Pullmanwagen und sah, wie das schattende, schemenhafte Land vorüberflog; schlief schließlich ein und erwachte plötzlich, um die kühlen Seen von Florida im Tagesgrauen zu sehen, die dalagen, als hätten sie von Ewigkeit her auf diese Begegnung gewartet. Oder er hörte, als der Zug in den noch dunklen Morgenstunden in Savannah einlief, die fremdartigen, ruhigen Stimmen von Männern, die sich auf dem Bahnsteig unterhielten, und die schwachen, ahnungsvollen Echos der Halle. Oder er sah in der blassen Stunde vor Tagesanbruch gespenstische Wälder, tiefgefurchte Feldwege, eine Kuh, einen Jungen, eine Schlampe, die trübäugig an einer Hüttentür lehnte. Er erlebte in diesem einzigen Augenblick der Zeit, was sich alles Leben zu zeugen gemüht hatte, damit es im Fenster des fahrenden Zuges erscheine und vorüber sei.

Der Gemeinschaft aller Dinge auf Erden entsann er sich mit einer seltsamen Vertrautheit. Er träumte von den stillen Wegen, den monderhellten Wäldern, und er dachte, eines Tages würde er zu Fuß hinkommen und sie dort unverändert, mit all dem Wunder des Wiedererkennens, finden. Sie existierten für ihn von Anfang an und auf immer.

Eugene war fast zwölf Jahre alt.

ZWEITES BUCH

14

Der Pflaumenbaum, schwarz und spröde, wiegt sich steif im Winterwind. Die Millionen kleiner Zweige sind zu Eisspeeren gefroren. Aber im Frühling wird er sich schwer und geschmeidig unter der vollen Last von Frucht und Blüten beugen. Er wird wieder jung werden. Rote Pflaumen werden reifen, verzweifelt auf winzigen Stengeln geschüttelt werden. Sie werden zerplatzt auf die lehmige, warme, weiche Erde fallen; wenn der Wind in den Obstgarten fährt, wird sich die Luft mit fallenden Pflaumen erfüllen; die Nacht wird erfüllt sein vom Geräusch ihres Fallens und ein großer Baum voller Vögel wird singen, knospend, reich erblühend, die Luft auch mit warmkehligen, pflaumenfallenden Vogeltönen füllen.

Die harte Bergerde ist feucht aufgetaut und locker geworden; starker, alles durchweichender Regen fällt; frischhalmiges, zartes Gras, wie dünner Flaum aufgesproßt, bedeckt strichweise das Land.

Das Gesicht meines Bruders Ben, denkt Eugene, ist wie ein Stück leicht angegilbtes Elfenbein; seine hohe weiße Stirn trägt er wild verknotet, wie ein böser alter Mann. Sein Mund ist wie ein Messer, sein Lächeln wie ein Lichtschein auf einer Klinge. Sein Gesicht ist wie eine Klinge, ein Messer, ein flackernder Lichtschein – es ist fein und grimmig, es blickt immer so schön finster, und wenn er seine harten weißen Finger und finsteren Augen auf einen Gegenstand legt, den er reparieren will, zieht er ganz gesammelt und scharf die Luft durch seine lange, spitze Nase.

Deshalb empfinden Frauen, die ihn ansehen, aufquellende Zärtlichkeit für sein spitzes, pickliges, stets finster blickendes Gesicht. Sein Haar glänzt wie das eines kleinen Jungen – es ist kraus und spröde wie Kopfsalat.

In die aprilnen Vortagsstraßen geht Ben. Die Nacht ist strahlend mit kühlen, zarten Sternen punktiert. Der Garten regt sich blättrig in frischen Windstößen. Leise schleicht Ben aus dem schlafenden Haus. Sein helles, mageres Gesicht ist dunkel zwischen den Obstbäumen. Unter den neuen Blüten riecht es nach Nikotin und

Schuhleder. Seine einwärts gedrehten braunen Schuhe hallen wie Musik durch die leeren Straßen.

Träge schwappt das Wasser im Springbrunnen am Square; alle Feuerwehrmänner schlafen – nur Big Bill Merrick, der tapfere Polyp mit roten Schweinebacken, hängt unappetitlich über seinem Mince-Pie und Kaffee im *Uneeda*-Imbiß. Der gute, warme Geruch der Druckerschwärze weht in Wolken auf die Straße. Ein Zug, der in den Frühlings-Süden fährt, pfeift langgezogen.

Die Zeitungsträger gehen ins Dunkel, an den kühlen Obstgärten vorbei. Negerinnen dehnen erwachend ihre kupfernen Glieder in den dunklen Verschlägen. Reinlich murmelt der Bach in der Schlucht.

Ein Neuer, Nummer sechs, hörte, wie die Jungen von Foxy sprachen.

«Wer ist Foxy?» fragte Nummer sechs.

«Ein Aufpasser! Gib acht, daß er dich nicht erwischt, der Bastard!»

«Vorige Woche hat er mich dreimal ertappt, jedesmal im griechischen Restaurant. Nicht mal essen können sie einen lassen!»

Nummer drei dachte an Freitagmorgen – er hatte die Route im Negerviertel.

«Wie viele, Nummer drei?»

«Hundertzweiundsechzig.»

«Wie viele Totenköpfe hast du darunter?» fragte Mr. Randall zynisch. «Hebst du je das Geld dort ab?» fügte er hinzu, während er im Buch nachschlug. «Er läßt sich mit Sex bezahlen», sagte Foxy grinsend. «Eine Woche freie Zustellung für die Dosis.»

«Was willst du denn überhaupt?» bockte Nummer drei streitsüchtig auf. «Du hast da seit sechs Jahren abgesahnt.»

«Mach mit den Niggern, was du willst», sagte Randall. «Aber das Geld für die Zeitung muß her.» Randall wandte sich an Ben. «Hör mal, Ben, nächsten Samstag gehst du mit ihm auf die Route.»

Ben lachte still, zynisch.

«Ach du mein Gott», sagte er. «Ich soll also diesem kleinen Gauner mal auf die Pfoten schauen. Na, ich kann dir's von vornherein verraten, Randall, er beschummelt dich seit einem halben Jahr.»

«Schon gut!» sagte Randall verärgert. «Das sollst du jetzt endgültig klarstellen.»

«Bei Gott», sagte Ben verächtlich, «dieses Früchtchen hat Nigger auf der Liste, die seit fünf Jahren tot sind. Das hast du davon, daß du jeden hergelaufenen kleinen Gauner anstellst.»

«Nummer drei», sagte Randall, «wenn du dich jetzt nicht fix auf die Beine machst, dann gebe ich die Route einem andern Jungen.»

«Zum Teufel», maulte Nummer drei, «tun Sie's doch! Mir ist's schnuppe!»

«Um Gottes willen, nun hör dir das an, bitte», wandte sich Ben leise lachend an seinen Engel und deutete mit einer Kopfbewegung auf Nummer drei. «Ja, hör dir das Ding an, das sag ich auch», begehrte Nummer drei rauflustig auf.

«Schon gut, Kleiner, lauf und trag deine Zeitungen aus, eh dir hier noch was passiert», sagte Ben und sah den Jungen einen Moment lang finster an. «Du Gauner», bemerkte er angewidert, «ich hab 'nen kleinen Bruder zu Haus, der taugt mehr als sechse von deiner Sorte.»

Der Frühling lag wie ein Duftschleier auf der Erde. Die Nacht war eine kühle Schale fliederfarbenen Dunkels, mit jungem Gartengeruch gefüllt.

Gant schlief schwer, brachte das lose Schiebefenster mit seinen tiefen, raspelnden Schnarchern zum Erzittern; und mit kurzen Explosionsdonnern, die fliederfarbene Nacht aufreißend, fuhr die Kleinbahn Nr. 36 die Saluda Avenue hinauf. Die Lokomotive bockte verzweifelt wie ein Ziegenbock, die Räder sausten, ohne die Spur zu fassen. Der Maschinist Tom Cline starrte mit ernstem Gesicht hinunter in den milchigen Nebelbrodem der Schlucht und wartete ab. Die Lokomotive lief an, blieb stehen, faßte die Fahrspur und pflügte langsam, wie ein eingespanntes Maultier, bergan. Zufrieden lehnte sich Tom Cline hinaus und schaute. Das Sternenlicht glommm matt auf den Schienen. Er aß ein dickes, mit kaltem Braten belegtes Butterbrot; er zerriß es mit seinen großen, rußigen Fingern und beschmierte sich damit. Ein Geruch von Lorbeer und Hartriegel begleitete die kühle, langsame Durchfahrt der Welt. Die Wagen klapperten auf dem Geleis. Der Weichensteller, trübe gebadet im gelben Licht seiner gefährlich am Steinhang lehnenden Hütte, stand mißmutig am Stellblock.

Die Arme auf das Fensterbrett gelehnt und nachdenklich kauend stierte Tom durch seine Schutzbrille lange auf den Weichensteller herab. Er hatte noch nie ein Wort mit ihm gesprochen. Dann wandte er sich ab, nahm stillschweigend die mit kaltem Kaffee halbgefüllte Flasche, die ihm sein Heizer reichte, und spülte sein Essen mit den großen, gurgelnden, ungezwungenen Schlucken eines Bischofs hinab.

In Valley Street Nr. 18 erzitterte die Veranda der roten Holzhütte vor Verrottung, schmutzüberzogen von einer fettigen Salbe gelben, negerhaften Schlamms. Die von Nummer drei rechteckig gefaltete, noch von Druckerschwärze feuchte Zeitung schlug flach gegen die Tür und fiel dann steif und senkrecht, wie ein Holzscheit, auf die Veranda. Drinnen regte sich May Corpening nackt, murmelte betäubt etwas vor sich hin und bewegte ihre dicken, kupferfarbenen Beine im warmen Bettmief mit einem langsamen, seidigen Geräusch.

Harry Tugman zündete sich eine Camel an und zog den Rauch in die mächtige, von Druckerschwärze gefleckte Lunge, während er zusah, wie die große Presse langsam stoppte. Seine Arme waren nackt, er hatte Muskeln wie Maschinenkolben. Er ließ sich faul in einen knarrenden Korbsessel fallen, lehnte sich zurück und überflog das warme, scharf riechende Blatt. Üppiger Rauch kräuselte langsam aus seinen Nasenlöchern. Er warf die Zeitung weg.

«Teufel, was für ein Umbruch!» sagte er.

Ben kam die Treppe herunter, übellaunig, die Brauen finster gerückt, und ging gebückt zum Kühlschrank hinüber. «Meine Güte, Mac», rief er dem Mann, der den Umbruch machte, gereizt zu, «hast du denn nie was anderes außer Wurzelbier und sauer gewordener Milch?!»

«Herrgott, was verlangst du eigentlich?» sagte Mac.

«Na, ab und zu möchte man mal 'ne Flasche Coca-Cola vorfinden. Der alte Candler in Atlanta stellt dieses Gesöff nämlich immer noch her», sagte Ben bissig.

Harry Tugman warf die Zigarette weg.

«Diese Nachricht ist hier noch nicht eingelaufen, Ben», sagte er. «Du mußt warten, bis die Leute die Aufregung des Bürgerkriegs überstanden haben. Hopp!» rief er und sprang plötzlich auf, «gehn wir rüber in den ‹Fettlöffel›!»

Er ging an das Waschbecken und hielt seinen großen Kopf unter den Hahn. Erfrischend lief ihm das lauwarme Wasser über den breiten Nacken, das weißblaue, übernächtig-fahle, hungrige, zähe, humorvolle Gesicht. Er wusch sich die Hände, daß der Schaum schlabberte; seine Armmuskeln spielten wie Schlangen. Er sang in seinem dröhnenden Quartettbariton:

«Gib acht, gib acht, gib acht,
Manch tapfres Herz liegt in der Tiefe und ruht.
Gib acht, gib acht, gib acht.»

Gemütlich saßen sie in der warmen, erschöpften Stille des Druckersaales. Die Büros im ersten Stock schliefen, in gelbgraues Licht gebadet, wie übermüdete Männer. Die Zeitungsträger waren auf ihren Routen. Es schien, als ob der ganze Bau langsam und schwerfällig atme. Die liebliche Frühmorgenluft spülte kühl über ihre Gesichter hin. Der Himmel war mattperlgrau am Horizont.

Sonderbar, scharf, bruchstückweise erwachte das Leben im fliederfarbenen Dunkel. Langsam die widerhallende Straße hochratternd zog Nr. 6, Mrs. Goulderbilts stattliche braune Stute, unbeirrbar den cremefarbenen, glasklinkernden, mit extra sahniger, teurer Flaschenmilch vollbeladenen Molkereiwagen. Der Fahrer, der gesund nach frischem Schweiß und Milch roch, eine Haut wie Milch und Blut hatte, war ein junger Bauer. Zwölf Kilometer war er von Biltburn her über die sternhellen betauten Felder, durch die Wälder, unter dem hohen englischen Backsteinparktor hindurch zur Stadt gefahren.

Im Pisgah Hotel, gegenüber dem Bahnhof, klinkte die letzte Tür leise ins Schloß; die verstohlenen Schritte der Nacht verstummten. Miss Bernice Redmond gab dem Nachtportier, einem

Neger, acht Eindollarnoten und ging endgültig zu Bett mit dem Ersuchen, vor ein Uhr nicht gestört zu werden. Eine rangierende Lokomotive rasselte lärmend auf den Geleisen. Über die Biltburn-Straßenkreuzung ging Tom Cline, mit gleichmäßig-klagendem Atem vor sich hin pfeifend. Nummer drei hatte bereits hundertzweiundvierzig Zeitungen zugestellt, er hatte nur noch die rachitische Holztreppe zum Eagle Crescent zu ersteigen und dort die acht Häuser zu bedienen. Befangen blickte er über das planlose Auf und Ab des hügeligen Negerviertels hinweg nach dem Bergrand im Osten. Die Sterne im perlgrauen Himmel hinter Birdseye Gap sahen wie ertrunken aus. Nicht mehr viel Zeit übrig, dachte Nummer drei. Er hatte ein blondes, fleischiges Gesicht, blaß und mit dichtem blonden Bartflaum bedeckt, ein langes, volles, fliehendes Kinn. Er leckte sich die volle aufgesprungene Unterlippe der Länge nach ab.

Ein Siebensitzer-Hudson, vier Zylinder, Modell 1910, schoß trunken mit lautem Motorgeknatter vom Bürgersteig vor dem Bahnhof los, schlingerte über den ebenen Platz am Fuß der South End Avenue – wo Neger zu pennen und Feuerwehrleute zu üben pflegten – und sauste mit 80-km-Geschwindigkeit auf die Stadt zu. Der Bahnhof begann sich sacht im Schlaf zu rühren; schwach hallte es wider unter den leeren Schuppen; helle Hammerschläge auf Waggonräder, metallisches Absatzklappern auf den Fliesen. Schläfrig goß eine Negerin Wasser auf die Fliesen des Wartesaals und schob dann mit träg-mürrischen Bewegungen einen klatschnassen grauen Lumpen über den Fußboden.

Es war fünf Uhr dreißig. Ben hatte um drei Uhr fünfundzwanzig das Haus verlassen und war in den Garten gegangen. In vierzig Minuten würde Gant aufwachen, sich ankleiden, sein Morgenfeuer schüren.

«Ben», sagte Harry Tugman, als sie aus dem Zeitungsbau heraustraten, «wenn Jimmy Dean mir noch mal in den Drucksaal kommt und Scherereien macht, dann kann er sich jemand anders suchen, der ihm sein Lauseblättchen druckt. Teufel noch eins! Ich krieg jeden Tag 'ne Stelle an 'ner großen Zeitung.»

«Ist er heut nacht heruntergekommen?» fragte Ben.

«Ja ... und schnell wieder raufgegangen», sagte Harry Tugman. «Ich sagte ihm, er solle seinen Arsch nach oben tragen.»

«O Gott. Und was hat er gesagt?»

«Er sagte: ‹Ich bin Chefredakteur, ich!› – ‹Und wenn Sie des Präsidenten Rotzfahne sind›, sagte ich, ‹dann ist es mir genauso sauwurscht. Wenn Ihnen was dran liegt, daß heut 'ne Zeitung gedruckt wird, dann scheren Sie sich aus dem Druckersaal!› Und glaub mir, da hat er sich schleunigst verzogen.»

In der kühlen, blauperligen Dunkelheit bogen die beiden ums Postamt an der Ecke und steuerten schräg über die Straße auf den *Uneeda Lunch Nr. 3* zu. Es war ein kleiner Schuppen, vier Meter Straßenfront, zwischen einen Optikerladen und einen griechischen Schuhputzersalon eingeklemmt.

Drinnen saß Dr. Hugh McGuire auf einem hohen Barstuhl, einen Teller brauner Kidneybohnen vor sich, die er geduldig eine nach der anderen mit der Gabel aufspießte. Ein scharfer Geruch von Maiswhisky hing um ihn. In den feisten, gewandten, haarigen Metzgerhänden hielt er unbeholfen die Gabel. Sein Gesicht mit dem schweren Unterkiefer hatte große, braune Bartstoppelflecken. Er drehte sich auf dem Barstuhl um und stierte eulenhaft, als die beiden eintraten. Schließlich gelang es ihm, den schwanken Blickstrahl seiner geröteten Stielaugen auf Ben zu richten.

«Hallo, Son», bellte er gutmütig. «Was kann ich für dich tun?»

«Ach Gott», sagte Ben geringschätzig lachend und nickte Harry Tugman zu, «nun hör dir das an, bitte!»

Sie hatten kaum am unteren Ende Platz genommen, als der Leichenbestatter Horse Hines in der Tür erschien. Obschon Horse Hines beileibe kein magerer Mann war, sah er dennoch wie ein Skelett im schwarzen Gehrock aus. Über seinem langen Unterkiefer spaltete sich pferdeartig ein langer, schmaler Mund, wenn er berufsmäßig lächelnd die großen Pferdezähne in seinem weißen, gestärkten Gesicht entblößte.

«Gentlemen, Gentlemen», sagte er ohne ersichtlichen Grund und rieb sich die langen Hände, als wäre Frostwetter. Seine Handflächen rasselten hohl, als klängen alte Knochen aneinander.

Dr. Coker, Tuberkulosespezialist, genannt der «Lungenhai», der mit sardonischem Interesse McGuires Bohnenjagd stetig verfolgt hatte, nahm nun die lange Zigarre aus dem satanischen Gesicht, hielt sie zwischen den fleckigen Fingern und tippte seinen Zechkumpan auf die Schulter.

«Komm, gehn wir!» sagte er ruhig. Er deutete feixend auf den Leichenbestatter. «Es macht 'nen üblen Eindruck, wenn wir mit dem da zusammen gesehn werden.»

«Morgen, Ben», sagte Horse Hines und setzte sich weiter unten an die Bar. «Zu Hause alles in Ordnung?» erkundigte er sich leise.

Ben warf ihm einen düsteren Seitenblick zu, wandte sich mit einem schnellen, bitteren Zucken seines Mundes zum Barkellner.

«Doktor», fragte Harry Tugman mit dem servilen Respekt des Laien vor dem Medizinmann, «was verlangen Sie eigentlich für 'ne Operation?»

«Operation? Was?» bellte McGuire zurück. Es war ihm gerade geglückt, eine Bohne aufzuspießen.

«Blinddarm rausnehmen», sagte Harry Tugman, denn ihm fiel sonst nichts ein.

«Dreihundert Dollar, wenn wir in den Bauch rein müssen», sagte McGuire. Er verschluckte sich und hustete, zur Seite gewandt.

«Du ersäufst ja schon in deinen eigenen Absonderungen wie die alte Lady Sladen», sagte Coker mit seinem gelben Grinsen.

«Was?» rief Harry Tugman. «Wann starb sie?» Er dachte eifersüchtig an die versäumte Reportage.

«Gestern abend spät», antwortete Coker.

«Guter Gott, tut mir leid», sagte Harry Tugman erleichtert.

«Ich habe gerade die alte Dame aufgebahrt», berichtete Horse Hines zartfühlend. «Ein Haufen Haut und Knochen!» Er seufzte mitleidig. Seine hartgesottenen Augen wurden feucht.

Ben wandte ihm das Gesicht zu. Er sah aus, als sei ihm speiübel.

«Joe», sagte Horse Hines mit fröhlichem Berufsethos zum Kellner, «gib mir 'nen Kumpen von der Einbalsamierungsflüssigkeit da!» Er deutete mit dem langen Pferdekinn auf die Kaffeemaschine.

«Um Gottes willen!» murmelte Ben angewidert. Dann platzte er heraus. «Verdammt, waschen Sie sich eigentlich die Hände, ehe Sie herkommen?»

Ben war zwanzig; niemand dachte daran, daß er so jung war.

«Möchtest du nicht ein Stück kalten Schweinebraten, Son?» fragte Coker mit seinem bösartigen gelben Grinsen.

Ben fauchte im Rachen, er preßte die Hand auf den Magen.

«Was hast du denn, Ben?» lachte Harry Tugman und schlug ihm auf den Rücken.

Ben kletterte vom Stuhl, nahm seinen Kaffeebecher und den Teller mit dem braunen Stück Mince-Pie, das er bestellt hatte, und setzte sich auf die andere Seite von Harry Tugman. Alle lachten. Mit finsterem, schnellem Seitenblick musterte Ben McGuire.

«Bei Gott, Tug», sagte er, «sie haben uns eingekesselt.»

«Nun hör dir mal den Kerl an!» sagte McGuire zu Coker.

«Nicht aus der Art geschlagen, was? Ich war bei seiner Geburt, hab ihn durch den Typhus gebracht, hab seinem Alten über siebenhundert Besäufnisse weggeholfen und bin für meine Mühen auf achtzehn verschiedene Weisen Hurensohn genannt worden. Aber wenn nur eins in der Familie 'n bißchen Bauchweh hat», fügte er stolz hinzu, «dann sollst du mal sehn, wie sie zu mir gelaufen kommen. Stimmt's, Ben?» fragte er mit einem Kopfnicken.

«Ach, nun hör dir das an, bitte», lachte Ben gereizt und barg sein spitzes Gesicht in seinem Kaffeebecher. Seine bittere Art erfüllte das Lokal mit Leben, mit Zärtlichkeit, mit Schönheit. Sie blickten ihn mit gutmütig-betrunkenen Augen an, sahen seine graue, entrüstete Miene, das einsame, dämonische Flackern seines Lächelns.

«Ja, und noch was», fing McGuire wieder an, «wenn sie je was zu schneiden haben in der Familie, dann kannst du sicher sein, daß sie mich dann holen.» Er drehte sich gewichtig auf seinem Barstuhl um. «Stimmt's, Ben?» fragte er

«Wenn Sie an mir was zu schneiden haben», bemerkte Ben, «dann werd ich verdammt Sorge tragen, daß Sie gerade auf den Beinen stehn können, eh Sie mir mit dem Messer zu Leibe rücken.»

«Komm jetzt, Hugh», sagte Coker und faßte McGuire unter den Achseln. «Hör endlich auf, diese verfluchten Bohnen auf dem

Teller rumzujagen. Krabble oder meinetwegen falle von diesem Stuhl runter!»

McGuire, in Säuferträumen verloren, stierte glasig auf den Bohnenteller und seufzte.

«Verdammt noch mal, komm jetzt!» sagte Coker und stand auf. «In fünfundvierzig Minuten mußt du operieren.»

«Wer ist das Opfer?» fragte Ben und hob sein Gesicht von dem fleckigen Becher empor. «Ich möcht Blumen schicken.»

«. . . Wir alle, über kurz oder lang», brummelte McGuire dumpf mit gedunsenen Lippen . . . «. . . Heute rot, morgen tot. Macht nichts . . . nein, macht ganz und gar nichts.»

«Um Himmels willen!» wandte sich Ben gereizt an Coker, «wollen Sie ihn wirklich in diesem Zustand operieren lassen? Warum schießen Sie die Patienten nicht lieber gleich tot?»

Coker pflückte die Zigarre aus dem langen, feixenden, malariagelben Gesicht.

«Ach was, der wird ja gerade erst warm, Son.»

Mattschillerndes Licht schwamm leicht am Saum der fliederfarbenen Nacht; die Ränder des Lichtes und der Dunkelheit waren auf die Berge gestickt. Der Morgen ergoß sich schnell wie eine perlgraue Flut über Felder und Hänge, floß hinab in das lösliche Dunkel.

Am Rand des Bürgersteigs hielt nun Dr. Jefferson Spaugh in seinem Buick-Sportwagen und stieg aus. Er zog geckenhaft seine Handschuhe aus und staubte sich damit die Seidenaufschläge seines Smokings ab. Sein Gesicht, whiskygerötet, mit den hochsitzenden Backenknochen, war eigentlich hübsch. Sein Mund war gradlippig, grausam, sinnlich. Eine ererbte Aura von Schweiß und Maisfeld hing duftlos, aber telepathisch um ihn. Er war ein akademisch zurechtgebügelter, mit Kluballüren aufgeputzter Gebirgsfarmer. Vier Jahre auf der Universität von Pennsylvania verändern einen Menschen.

Er steckte die Handschuhe achtlos in die Rocktasche, trat ein. McGuire, schwerfällig wie ein Bär vom Barstuhl schlüpfend, glotzte ihn an, bis sein Bild scharf eingestellt war. Dann machte er eine herausfordernde, runde Gebärde mit seinen feisten Händen.

«Na, da schaut euch das an», sagte er. «Weiß einer, was das ist?»

«Es ist Percy», sagte Coker. «Du kennst doch Percy van der Gould.»

«Ich hab die ganze Nacht bei den Hilliards durchgetanzt», erklärte Spaugh elegant. «Verflucht, meine neuen Lackpumps haben mir die Füße ruiniert!» Er setzte sich auf einen Barstuhl und stellte stutzerhaft seine großen Bauernfüße, die unanständig breit und eckig in den Tanzschuhen wirkten, zur Schau.

McGuire wandte sich ungläubig an Coker: «Was hat er getan?»

«Er hat die ganze Nacht bei den Hilliards getanzt», erklärte Coker in affektiert-ironischem Ton.

McGuire hielt sich keusch die Hand vor das aufgedunsene Gesicht.

«Drück mich aus, ich bin ein Träubchen!» rief er. «Bei den Hilliards hast du getanzt, du verdammter Hinterwäldler?! Bind uns doch keinen Bären auf! Du bist auf einem Sex-Picknick im Negerviertel gewesen!»

Bullenlungiges Gelächter dröhnte in das perlmutterne Frühlicht.

«Lackpumps!» sagte McGuire. «Drücken ihm an den Füßen. Bei Gott, Coker, als er vor zehn Jahren zum erstenmal in die Stadt kam, da wußte er nicht, was Klosettpapier ist. Man mußte ihn zu Boden schmeißen, um ihm Schuh anzuziehen.»

Ben lachte dünn zu seinem Engel auf.

«Paar Scheiben gebutterten Toast, nicht zu braun, bitte», bestellte Spaugh zart beim Kellner.

«Schweinskutteln mit Sorghum, wolltest du sagen, du Arschloch. Dich hat man doch mit Pökelfleisch und warmem Maisbrot aufgezogen.»

«Wir sind zu roh für so ’nen feinen Herrn», bemerkte Coker. «Nachdem er sich in den besseren Familien besoffen hat, ist er ein sehr begehrter Gesellschafter geworden. Sein Ruf ist so gut, daß er zur offiziellen Hebamme für alle schwangeren Jungfrauen befördert wurde.»

«Ja», sagte McGuire, «er ist der Freund aller Jungfrauen. Er hilft ihnen aus der Klemme. Er hilft ihnen nicht nur raus, er hilft ihnen auch wieder rein.»

«Ist doch wohl nichts dabei, oder doch?» fragte Spaugh, «solang die Sache unter uns bleibt, was?»

Gelächter schaukelte in den zärtlichen Tag.

«Der Ton hier wird mir zu rauh», sagte Horse Hines neckisch und stand auf.

«Schütteln Sie wenigstens Coker die Hand, eh Sie weggehn, Horse», mahnte McGuire. «Er ist der beste Geschäftsfreund, den Sie haben. Sie sollten ihm Prozente zahlen.»

Das Licht, das nun eindrang, war weich und unirdisch wie das Licht, das den Meeresboden bei Santa Catalina füllt, wo die großen Fische schwimmen.

Plattfüßig, von Nierenschmerzen den Rücken gebeugt, den Uniformrock offen, kam Leslie Roberts, Polizist auf Streife, durch das submarine Perlenleuchten geschlurft. Er blieb stehen und blickte, den Gummiknüppel leise auf dem Rücken dengelnd, mit seinem hohlen, leberkranken Gesicht durch die offene Tür.

«Da kommt dein Patient», sagte Coker leise, «der hartleibige Hüter der Ordnung.»

Laut, mit großer Herzlichkeit, grüßten alle:

«Wie geht's, Les?»

«So leidlich, leidlich», sagte der Polizist trübselig wie sein herabhängender Schnurrbart. Er ging weiter, rotzte einen Klumpen schleimigen Auswurfs in den Rinnstein.

«Macht's gut, Gentlemen», sagte Horse Hines und wollte gehen.

«Halt! Vergessen Sie nicht, was ich Ihnen sagte, Horse! Seien Sie nett zu Ihrem besten Freund.» McGuire deutete mit dem Daumen auf Coker.

Horse Hines war unter seiner dünnen Schicht von Frohsinn tief gekränkt.

«Ich vergesse es nie», sagte er ernst. «Wir beide stehen in ehrenvollen Berufen. In der Stunde des Todes, wenn das sturmgerüttelte Schiff in den Hafen der Ruhe einläuft, dann sind wir die Vertrauensmänner des Allmächtigen.»

«Meine Güte, Horse! Das nenn ich Beredsamkeit!» rief Coker.

«Alle die heiligen Riten, das Zudrücken der Augen, das Falten der Hände und das Ausrecken der Glieder, die Herrichtung des leblosen Gehäuses, das die abgeschiedene Seele zurückläßt, bedeuten einen erhabenen Auftrag. Wir, die Lebenden, sind es, die Balsam in das gebrochene, kummervolle Herz der Hinterbliebenen gießen, die die Witwe in ihrem Schmerz trösten, die die Tränen der Waisen trocknen, wir sind es, die Lebenden, die dafür sorgen, daß . . .»

«. . . diese Staaten vom Volk für das Volk und durch das Volk regiert werden», schloß McGuire ab.

«Sie haben recht, Horse», sagte Coker. «Ich bin tief gerührt. Und was mehr ist, wir tun das alles nämlich umsonst. Zumindest», bemerkte er tugendhaft, «berechne ich keinen Cent für die Tröstung der Witwe.»

«He, aber wie war das doch mit der Einbalsamierung der kummergebrochenen Herzen?» fragte McGuire. «Ich sagte *Balsam gießen,* nicht *einbalsamieren*», bemerkte Horse Hines kalt.

«Sagen Sie mal, Horse», fragte Harry Tugman, der mit großem Interesse zugehört hatte, «haben Sie nicht diese Rede letzten Sommer auf der Tagung der Leichenbestatter gehalten?»

«Was damals wahr war, ist es auch heute», sagte Horse Hines bitter und ging weg.

«Jesus», sagte Harry Tugman, «nun ist er tatsächlich sauer. Ich dachte, ich platz, Doc, als Sie das mit der Einbalsamierung des kummergebrochenen Herzens vom Stapel ließen.»

Gerade stoppte Dr. Ravenel seinen Hudson vor dem Postamt auf der anderen Straßenseite und kam schnell herüber, seine Handschuhe unterwegs ausziehend. Er war barhaupt; sein dünnes, aristokratisches Silberhaar war ein wenig wirr vom Wind. Die grauen Chirurgenaugen blickten scharf durch dicke Brillengläser. Er hatte ein ausgezeichnetes, ruhiges, sorgenvolles Gesicht, glattrasiert, aschgrau, hager, in dem ab und zu die Lichter eines ernsthaften Humors spielten.

«O Jesus!» sagte Coker, «da kommt der Herr Lehrer!»

«Morgen, Hugh», sagte Ravenel, als er eintrat, «du bereitest dich, scheint mir, auf die Klapsmühle vor, was?»

«Seht mal, wer da kommt!» brüllte McGuire gastfreundlich. «Dick mit dem todsichern Chirurgenblick, der literarisch gebildete Knochensäger, der Besitzer der großartigsten Gallensteinsammlung der Welt! Wann bist du zurückgekommen, Son?»

«Gerade rechtzeitig, wie mir scheint», sagte Ravenel, die Zigarette sorgfältig zwischen den langen Chirurgenfingern balancierend. Er sah auf die Uhr. «Ich glaube, du hast in einer halben Stunde ’ne kleine Verabredung in Ravenels Klinik, Hugh. Stimmt's?»

«Bei Gott! Dick», grölte McGuire, «du bist doch immer im Recht! Sag mal, was hast du den Leuten auf dem Chirurgentag erzählt?»

Ravenels Zuneigung war eine Blume, die hinter der Mauer wächst.

«Ich hab erzählt, der beste Chirurg in Amerika, wenn er nüchtern ist, sei ein mieser, ständig besoffener Penner namens McGuire.»

«Halt! Halt! Halt!» rief McGuire und hob protestierend die feiste Rechte. «Ich erhebe Einspruch, Dick. Das war gutgemeint, Son, aber du hast das durcheinander bekommen. Du wolltest sagen, ‹der beste Chirurg in ganz Amerika, wenn er nicht nüchtern ist›. Stimmt's?»

«Haben Sie ein Referat dort gehalten?» wandte sich Coker an Ravenel.

«Ja», sagte Ravenel, «ich trug meine Abhandlung über Karzinome der Leber vor.»

«Wie wär's mit einem Bericht über Pyorrhoea an den Zehennägeln?» schrie McGuire. «Da könntest du dich mal drüber äußern.»

Harry Tugman lachte herzhaft los, ohne genau zu wissen wieso. McGuire rülpste laut in die Stille, döste einen Augenblick vor sich hin. Er kam wieder zu sich und legte gewichtig los.

«Literatur! Alles Literatur, Dick! Das hat schon manchen guten Chirurgen ruiniert. Du liest zuviel, Dick. Der Cassius dort hat einen hohlen Blick. Du weißt zuviel, Dick. Der Buchstabe tötet den Geist, kannst du mir glauben. Hast du jemals bemerkt, daß ich was rausnehme und es nicht wieder einsetze? Jedenfalls, ich laß den

Leuten was zum Funktionieren übrig. Ich bin kein Gelehrter, die Vorzüge deiner Bildung habe ich nicht genossen, Dick. Ich bin ein schlachtender Amateur, ein Zimmermann, Dick. Ich bin ein Dekorateur. Ich bin ein Maschinist, ein Klempner, ein Elektriker, ein Schlachter, ein Schneider, ein Juwelier. Ich bin ein Juwel, ein Edelstein, ein ungeschliffener Diamant, Dick. Ein einfacher Praktiker. Ich schneid dem Patienten das Getriebe raus, spuck mal drauf, kratz die Dreckränder ab und setz das Zeug dann wieder ein. Ich bin sparsam, Dick. Ich schneid alles, was ich nicht brauchen kann, raus und brauche alles, was ich rausgeschnitten habe. Wer hat dem Papst 'nen Schwanzwirbel aus 'nem Fingerknöchel gemacht? Wer hat die Dogge zum Heulen gebracht? Ach so – deshalb sieht der Gouverneur so jung aus. Wir sind mit zweckloser Maschinerie angefüllt. Tüchtigkeit! Wirtschaftlichkeit! Leistung! Hast du die Heinzelmännchen im Haus? Nein? Dann geh und kauf dir Putzpulver, Marke Goldstaubzwilling! Frag nur den Ben da, der kennt sich aus.»

«Ach du mein Gott», lachte Ben dünn, «nun hör dir das an, bitte.»

Zwei Häuser weiter aufwärts, dem Postamt gerade gegenüber, zog Pete Mascari mit rostigem Donner den Rolladen vor seinem Obstgeschäft hoch. Perlmutterlicht fiel kühl auf die obstige Architektur, das getürmte Mauerwerk der speichelblanken roten Winteräpfel, das spitzigbleiche Gelb der Florida-Orangen, die lila Tokajertrauben in ihrem Bett aus Sägemehl. Es roch schal und fruchtig nach reifenden Bananen, Steigen von Äpfeln, vermischt mit dem scharfen Duft nach Pulver: Die Schaufenster waren voller Leuchtkugeln, Raketen, Feuerräder, grüner, vierschrötiger Happy Hooligans und kämpferischer Jack Johnsons, roter Kanonenschläge und winziger, scharf riechender Pakete knatternder, prasselnder Knallfrösche. Kurz fiel Licht auf die aschfarbene Leichenhaftigkeit seines Gesichtes und das flüssige sizilianische Gift seiner Augen. «Nicht die Trauben kneifen, die Bananen kneifen!»

Eine Straßenbahn, spielzeuggrün mit neuer Frühjahrsfarbe, fuhr zum Square.

«Dick!» sagte McGuire etwas ernüchtert, «tu mir 'nen Gefallen und übernimm die Operation.»

Ravenel schüttelte den Kopf.

«Ich werde dabeistehn», sagte er, «aber – nüchtern oder nicht – du mußt schneiden, ich hab vor so was Angst.»

«Du sollst 'ner Frau 'nen Tumor wegschneiden, was?» fragte Coker.

«Nein», sagte Ravenel, «er soll vom Tumor die Frau wegschneiden.»

«Ich wette, das Ding ist fuffzig Pfund schwer», bemerkte McGuire mit plötzlich erwecktem fachmännischen Interesse.

Ravenel zuckte fast unmerklich zusammen. Ein frischer, kühler Luftzug fuhr in den Raum. McGuire zog die breiten Schultern hoch, als wäre ihm ein Eimer kaltes Wasser übergeschüttet worden. Er schien aufzuwachen.

«Ich möcht ein Bad nehmen», sagte er zu Ravenel. «Und rasieren muß ich mich.» Er rieb sich über das fleckige, haarige Gesicht.

«Mein Zimmer drüben im Hotel steht zu deiner Verfügung, Hugh», sagte Spaugh und warf Ravenel einen dringlichen Blick zu.

«Ich benutze das Bad in der Klinik», entschied McGuire.

«Allerhöchste Zeit», sagte Ravenel scharf. «Dann laßt uns doch sehen, daß wir endlich loskommen!»

«Hast du gesehn, wie Kelly in Baltimore am John Hopkins Institute diese Operation ausführte?» fragte McGuire.

«Ja», sagte Ravenel. «Er betete erst sehr lange, um seinen Ellenbogen Kraft zu geben. Der Patient starb.»

«Verflixte Beterei», sagte McGuire. «Bei dieser Frau da hilft so was ohnehin nicht. Gestern abend hat sie mich ein gemeines, stinkversoffnes Arschloch genannt. Wenn sie noch in dieser Laune ist, dann kommt sie durch.»

«Die Weiber hier aus den Bergen vertragen allerhand, bis sie verrecken», bemerkte Spaugh weise.

McGuirc wandtc sich an Coker: «Kommst du mit?»

«Danke, nein! Ich geh pennen. Das alte Mädchen brauchte höllisch lang zum Abkratzen. Ich glaubte schon, sie käme nicht zu End damit.»

Sie brachen auf. McGuire schien nun wieder ziemlich betrunken.

«Ben», sagte er, «erzähl deinem Alten, daß ich ihm die Knochen im Leib kaputtschlag, wenn er nicht dafür sorgt, daß Helen mehr Ruhe hat. Er hält sich nüchtern, was?»

«Wie soll ich das wissen, McGuire», antwortete Ben gereizt. «Glauben Sie, ich hätte sonst nichts zu tun, als mich um Ihre Säuferpatienten zu scheren?»

«Helen is 'n großartiges Mädchen, mein Junge», sagte McGuire gefühlvoll. «Eine unter Millionen!»

«Hugh!! Zum Teufel! Komm jetzt!» rief Ravenel.

Die vier Ärzte traten hinaus in das perlmutterne Licht. Wiedergeboren, frisch gewaschen, rein aus dem fliederfarbenen Dunkel enttaucht, lag die Stadt da. Jung im Frühling der Welt.

McGuire schob über die Straße zu Ravenels Auto und plumpste schwer ins Lederpolster, fühlte sich frisch gestärkt. Jeff Spaugh fuhr mit spuckendem Motor davon, wobei er ihnen lässig zuwinkte.

Harry Tugmans Blicke folgten bewundernd McGuires schlaffer, vierschrötiger Gestalt.

«Ich wette», sagte er großsprecherisch, «daß er die verdammt beste Operation macht, von der ihr je gehört habt.»

«Todsicher», sagte der ergebene Kellner. «Wenn er nicht mindestens ein Viertel Whisky im Leib hat, kann er nicht arbeiten. Aber gießen Sie ihm ein paar tüchtige Drinks hinter die Binde, und er schneidet Ihnen den Kopf ab und setzt ihn wieder kunstgerecht an, ehe Sie's gewahr werden.»

Als Jeff Spaugh davonratterte, bemerkte Harry Tugman neidisch: «Schau dir das Arschloch an, Ben! Mr. Vanderbilt, was? Bildet sich wer weiß was ein, der klobige Stier! Glaubst du wirklich, daß er bei den Hilliards auf dem Ball war?»

«Woher soll ich das wissen?» sagte Ben gereizt. «Geht es mich was an?»

«Na, Little Maudie wird wohl morgen die Gesellschaftsspalte mit lauter Blödsinn vollstopfen», sagte Harry Tugman. «Den ‹Jungen Kreis› nennt sie diese Typen. Meine Güte. Das geht von jedem kleinen Weibsstück, das alt genug ist, Unterhosen zu tragen, bis hin zum alten Redmond. Und wenn Saul Gudger zum ‹Jungen Kreis› gehört, Ben, dann sind wir beide noch in der dritten Klasse. Verdammt noch mal» (er setzte ein überzeugendes Gesicht auf und wandte sich an den grinsenden Kellner), «der war schon so kahl wie ein Schweinskopf, als der Krieg mit Spanien ausbrach.» Der Kellner lachte. Mit sprudelnder Phantasie improvisierte Harry Tugman drauflos: «Gestern abend versammelten sich die Mitglieder des ‹Jungen Kreises› zu einer Tanzeinladung im Rotzwald, dem wunderschönen Anwesen von Mr. und Mrs. Clarence Fäßchen, deren jüngste Tochter Gladys in dieser Saison ihr Debut gibt. Die liebenswürdigen Gastgeber und ihre Tochter empfingen die Gäste an der Schwelle ihres Heims, wobei sie den schönsten alten Traditionen südstaatlicher Aristokratie ein Denkmal setzten. Mrs. Fäßchens begabte Schwester, Miss Catherine Hüftenkuß (im ‹Jungen Kreis› liebevoll ‹Dröhnende Käte› genannt), kümmerte sich um die abgegebene Garderobe (Mäntel, Stolen, Suspensorien und Schmuck). Das Dinner wurde pünktlich um zwanzig Uhr serviert, gefolgt vom Kaffee und Pluto-Wasser um zwanzig Uhr fünfundvierzig. Ein köstlicher kleiner Imbiß in neun Gängen war von Artaxerxes Papadopolos, dem bekannten Konditor, Lieferanten und Besitzer des *Bijou Cafés für Damen und Herren* zubereitet worden.

Nach Erster Hilfe und einer gründlichen ärztlichen Untersuchung, die von Dr. Jefferson Reginald Alfonso Spaugh, dem beliebten Gin-äkologen, durchgeführt wurde, begaben sich die Gäste in den Ballsaal. Die Musik machte Zeke Buckners *Upper Hominy Stringed Quartette*, Mr. Buckner höchstpersönlich an Tamburin und Schlagzeug. Unter den tanzenden Damen befanden sich Aline Tittenwert, Lena Ginster, Ophelia Beinn, Gladys Fäßchen, Beatrice Hurberg, Mary Weißflanke, Helen Schocksie und Lofta Barnes. Und die Herren I.C. Hintern, U.B. Ungezwungen, R.U. Bereit, O.I. Liebtes, Cumming Isstark, Sansom Geiler, Preston Updyke, Dows Verrucht, Pettigrew Biggs, Otis Goode und J. Breitarsch.»

Ben lachte lautlos und steckte sein spitzes Gesicht wieder in den Kaffeebecher. Dann, die dünnen Arme ausgestreckt, bog er seinen Körper sinnlich durch und ließ mit breitem Gähnen die ganze nächtliche Ansammlung von Müdigkeit, Langeweile und Ekel heraus. «Oh-h-h Gott.»

Jungfräuliches Sonnenlicht kroch rein und fleckenlos auf die Straße. In diesem Augenblick erwachte Gant.

Er blieb ein Weilchen auf dem Rücken liegen im angenehmen, gelbschattigen Dämmerlicht des Zimmers und lauschte den rieselnden Flötentönen des lebendig piepsenden Vogelmorgens. Dann gähnte er abgrundtief, kraulte sich mit der Rechten die dichtbehaarte Brust.

Das schnelle Gackgack sinnlicher Hennen. Komm und raub uns aus. Die ganze Nacht hindurch für dich, Herr und Meister. Wie Stimmen üppiger, sich unter Sträuben wollüstig hingebender Jüdinnen. Tu's, tu's nicht! Brich ein Ei in sie!

Ausgeschlafen, ausgereckt, wach, den warmen Schwall des Federbetts auf den hageren Beinen, lauschte er dem einladenden Gackern der Hennen.

Aus warmem Sand, ihre fetten gefiederten Leiber schüttelnd, protestierend aber zufrieden, taumelten sie in die Höhe, für mich. Für mich auch die Erde mit der Rebe. Die feuchte neue Erde, wie angeschnittener Schweinebraten vom Pflug zerlegt, wie Wasser in der Kielspur eines Schiffes zerteilt. Und die sauber mit dem Spaten umgegrabene, schwammige Erde, wie Fleisch aufgerollt. Und die vorsichtig mit der Hacke gelockerte Erde um die Wurzeln des Kirschbaums. Die Erde empfängt meinen Samen. Für mich die großen Salathäupter, aufgeschwemmt, vollsaftig, wie schwere Weiber. Und der Weinstock, zäh und verknorpelt im Holz. Im August wird er schwere Trauben tragen. Wie der Saft da hineinkommt? Wie Milch in die Brüste, wie Blut durch die Adern. So werden sie prall und üppig.

Die ganze Nacht Blütenfall. Bald gibt's helle Herzkirschen. Ende Mai Frühäpfel. Isaacs Juniäpfel hängen halb in meinen Garten herüber. Grüne Apfelschnitzen in Speck gebraten.

Mit Heißhunger dachte er an das Frühstück. Er warf das Oberbett glatt zurück, schwang den Leib in Sitzstellung auf den Bettrand, setzte seine weißen, etwas schwindsüchtigen Füße auf den

Boden. Vorsichtig stand er auf, ging zu dem lederüberzogenen Armstuhl und zog ein Paar reine, weiße Socken an. Dann streifte er das Nachthemd über den Kopf und betrachtete einen Augenblick im Spiegel über der Kommode die große, knochige Gestalt, die langen, sehnigen Arme, die hagere, haarige Brust. Der Bauch hing schlaff. Dann fuhr er flink mit seinen schlaffen, bleichen Waden in die eingeschrumpften Beine der Trikothemdhose, weitete das elastische Gewebe durch eine Dehnung des Brustkastens, knöpfte es zu. Dann stieg er in seine umfangreiche, schwere, gemeißelte Falten werfende Hose und zog die weichledernen Slipper an. Auf dem Weg in die Küche legte er seine Hosenträger um. In drei Minuten hatte er mit Petroleum und Kienspänen ein kräftiges Feuer im Herd knattern. Regsam, lebendig, frisch, so nahm er an der Wachheit des Frühlingsmorgen teil.

Hinter Birdseye Gap, in der tauigen Fülle von Lunn's Cove, erwachte Judge Webster Tayloe, der prominente, reiche und vornehme Syndikus (im Ruhestand, nur noch gelegentliche Konsultationen), erhob sich im warmen, nußbaumdämmrigen Licht seines Schlafzimmers. Durch die schwarzen Brillengläser, die seinem langen, subtilen und hochmütigen Gesicht das I-Tüpfelchen aufsetzten und es endgültig vom Pöbel abhoben, nahm er mit Wohlgefallen zur Kenntnis, daß einer seiner Bauernlümmel mit einem überschwappenden Eimer frischer Milch von der dritten Weide kam, ein anderer seine Sense im jungen Sonnenglitzern wetzte, ein dritter, seinen intelligenteren Genossen Pferd nachahmend, langsam einen leichten Wagen rückwärts in den Wagenschuppen schob.

Wohlgefällig beobachtete er seinen kleinen Sohn, den Mulatten, der mit träger Katzengeschwindigkeit über den Rasen kam; sah befriedigt die Anmut und Gewandtheit seiner Bewegungen, die schlankc, kräftige Wölbung seines Rumpfes, seine feingliedrige, federnde Kraft. Auch den wohlgeformten, intelligenten Schädel, die munteren schwarzen Augen, das sensible ovale Gesicht und die schöne, kokos-olivfarbene Haut. Er sah aus wie ein adliger Spanier. *Quod potui perfeci.* Dank solcher Verschmelzung vielleicht sind Menschen imstande, Menschen zu lieben.

Im Flußschilf die Schalmeien, der Tempel der Musen, der heilige Hain. Das soll wiederkommen. Warum nicht? Ganz wie in diesem Tal. Auch ich hab in Arkadien gelebt.

Er nahm einen Augenblick die Brille ab und betrachtete die Lidlähmung seines linken Auges und die große, harlekinartige Warze darunter. Durch die schwarzen Gläser sah es aus, als ob er eine Halblarve trüge, und es gab der subtilen, sinnlichen, beunruhigenden Intelligenz seines Gesichtes einen Zug mysteriöser Unerforschlichkeit.

Sein schwarzer Kammerdiener erschien und meldete, das Bad sei fertig. Er streifte das lange, feingewebte Nachthemd von seinem sommersprossigen Fitzsimmons*-Körper und stieg entschlossen in das lauwarme Wasser. Zehn Minuten lang ließ er sich mit dem Schwamm abwaschen, mit der Bürste schrubben, auf dem Massiertisch von den kräftigen Händen des Negers durchkneten. Dann zog er frische Wäsche und frisch gebügelte schwarze Beinkleider an. Nachlässig band er eine schmale schwarze Schleife unter den breiten, gestärkten Umlegekragen und knöpfte um seine hohe gerade Gestalt den Gehrock, dessen Schöße bis zu den Knien reichten. Er nahm eine Zigarette aus einer Schachtel auf dem Tisch und zündete sie an.

In der Fahrbahn schlenkernd, durch die Büsche blitzend, kam mit blechernem Geklapper ein Ford die gewundene Straße vom Bergsattel herunter. Zwei Männer saßen darin. Sein Gesicht wurde hart. Es entspannte sich erst, als das Auto in einer Staubwolke an dem Außengatter seines Besitztums vorbeigefahren war. Undeutlich sah er ihre geilen roten Bauerngesichter und ergänzte das Bild in seiner Vorstellung um Cord und Schweiß. Und in der Stadt wohnten ihre Vettern. Häuser aus Backstein und Stuck, die weißen Ekzeme der Vorstadt. Vereinigte *half-breeds* aller Länder.

In mein Tal nun mit Rasenmähern! Englischen Rasen vor den Häusern! Er drückte seine Zigarette im Aschenbecher aus. Am Fenster stehend überflog er im Geist die Zahl der Pferde, Esel, Rinder, Schweine, Hühner, die aufgespeicherte Fülle der großen

* Robert Prometheus Fitzsimmons, 1862-1917, engl. Schwergewichtsweltmeister im Boxen.

Scheunen, den üppigen Ertrag der Felder und Gärten. Ein Mann kam auf das Haus zu, in der einen Hand einen Korb mit Eiern, in der anderen einen mit Butter. Auf jeden Butterwecken war eine Weizengarbe gepreßt, jeder Wecken war lose in reines, weißes Leinen gewickelt. Er lächelte grimmig; im Belagerungsfall würde er sich lange halten können.

In Dixieland lag Eliza tief im Schlaf in einer kleinen dunklen Kammer, deren Fenster nur über die Küchenveranda Licht empfing. Das Gelaß war wie eine Wildnis mit dem Schlingkraut von Kordeln und Schnüren verhängt; Stöße von alten Zeitungen und Zeitschriften waren in die Ecken geschichtet; die Bretter der Gestelle waren mit klebrigen, etikettierten, halbleeren Arzneiflaschen und Salbentöpfen vollgestellt. Es roch nach Menthol, Lorbeeröl, süßem Glyzerin, Schnupfensalbe.

Die Negerin kam an, ging unter dem auf Stelzen gebauten Haus entlang und stieg träge die steile Hintertreppe hinauf. Sie klopfte.

«Wer ist da?» rief Eliza scharf. Sie war sofort wach, stand auf, kam zur Tür. Sie trug ein Nachthemd aus grauem Flanell über einer dicken wollenen, von Ben abgelegten Unterjacke. Wie ein seltenes Meermoos unter Wasser baumelte die Halsstrippe am Nachthemd. Sie öffnete die Tür.

Im ersten Stock, in dem kleinen Vorderzimmer mit der Schlafaltane, schlief Miss Billie Edwards aus Missouri, vierundzwanzig Jahre alt, die kühne, herrische Löwenbändigerin des Wanderzirkus *Johnny L. Jones Combined Shows*, der zur Zeit auf dem Platz am Hügel hinter der Plum Street-Schule Vorstellungen gab. Nebenan in dem großen luftigen Eckzimmer lag in tiefem, alkoholischem Schlummer Mrs. Marie Pert, einundvierzig Jahre alt, Gattin eines meist abwesenden Arzneimittelvertreters. Auf dem Kaminsims standen in Silberrahmen zwei Fotos, eins von ihrer abwesenden achtzehnjährigen Tochter Louise, das andere von Benjamin Gant. Ben lag vor dem Haus im Gras, die Ellenbogen aufgestützt, und trug einen breitkrempigen Strohhut, unter dem sein Gesicht bis auf den Mund im Schatten verborgen lag. Außerdem waren in ihren Zimmern: Mr. Conway Richards, der die Candy Wheel-Konzession beim Wanderzirkus hatte; Miss Lily Mangum, sechsundzwanzig Jahre alt, approbierte Krankenschwester; Mr. William H. Baskett, dreiundfünfzig Jahre alt, aus Hattiesburg, Mississippi, Baumwollpflanzer und Bankier, malariakrank, mit seiner Frau. Und in dem großen Zimmer im Obergeschoß Miss Annie Mitchell, neunzehn Jahre alt, aus Valdosta, Georgia; Miss Thelma Cheshire, einundzwanzig Jahre alt, aus Florence, South Carolina, und Mrs. Rose Levin, achtundzwanzig Jahre alt, aus Chicago, Illinois – alle drei Mitglieder des Chores von *Molasses Evans and his Broadway Beauties*, die eine Agentur in Piedmont aus Atlanta (Georgia) nach Altamont gebracht hatte.

«He, Mädchen! Der Herzog von Gorgonzola und der Graf Limburger kommen zur Vorstellung! Die müssen amüsiert werden!»

«Kannst du dich drauf verlassen!»

«Gebt auf den Kleinen mit dem großen Geldbeutel acht!»

«Kannst du Gift drauf nehmen, hurra!»

> «Wir sind die Girls, wir haben Spaß,
> Mit Reizen nicht geizend, denn wir haben so was,
> Wir sind fesch, wir sind nett,
> Vergnügt und adrett,
> Und wir singen und ta-ta-tanzen . . .»

Hinter einem mit Plakaten verpappten Bretterzaun an der Upper Valley Street, gegenüber dem Gebäude des Christlichen Vereins Junger Männer (für Farbige), im überfüllten Geschäfts- und Vergnügungszentrum von Altamonts Negerviertel, da lag Moses Andrews, sechsundzwanzig Jahre alt, Neger, und schlief den letzten großen Schlaf der Weißen und Schwarzen. Seine Taschen waren nun leer. Am Abend waren sie noch voll gewesen, voll von dem Geld, das der Pfandverleiher Saul Stein ihm für einige Gegenstände gegeben hatte, die dieser im Haus des Rechtsanwalts George Rollins gestohlen hatte (eine Golduhr, 18 Karat, Marke Waltham, mit schwerer Goldkette; den Diamant-Verlobungsring der Mrs. Rollins; drei Paar feine Seidenflorstrümpfe und zwei

Herrenunterhosen). Eine halbleere Flasche Whisky, Marke Cloverleaf Bonded Kentucky Rye, mit der sich Moses hinter den Bretterzaun zurückgezogen hatte, lag unberührt in der schlaffen linken Hand. Die breite, schwarze Gurgel klaffte, von Ohr zu Ohr geschlitzt. Jefferson Flack, Moses' verhaßter und hassender Nebenbuhler, achtundzwanzig Jahre alt, Neger, hatte mit dem Rasiermesser saubere Arbeit gemacht. Er lag nun friedlich, unverdächtig, unverfolgt bei Molly Fiske, ihrer gemeinsamen Geliebten, in deren Apartment an der East Pine Street. Moses war im Mondschein ermordet worden.

Eine halbverhungerte Katze strich lautlos den Bretterzaun entlang. Als die Glocke vom Amtsgericht sechs harte Schläge dröhnte, stapften acht Negerarbeiter, die Hosenböden ihrer Arbeitsanzüge steif mit Zement verklebt, in Keilformation wie ein einziges großes Tier vorbei. Jeder trug sein Mittagessen in einem kleinen Schmalztopf.

Mittlerweile vollzogen sich gleichzeitig folgende Ereignisse in der Nachbarschaft:

Dr. H.M. McRae, achtundfünfzig Jahre alt, Pfarrer der First Presbyterian Church, wusch seinen mageren schottischen Leib, kleidete sich an mit gestärktem weißen Hemd und steifem schwarzen Tuchanzug, rasierte sein hageres, sauberes, nicht alterndes Gesicht und verließ das Schlafzimmer seiner Wohnung in der Cumberland Avenue, um sein Frühstück, bestehend aus Haferbrei, trockenem Toast und gekochter Milch, einzunehmen. Sein Herz war rein, sein Sinn aufrecht, sein Glaube, sein Leben waren wie ein mit Bimsstein blankgescheuerter Tisch. In dreißigminütiger Andacht betete er ohne Anmaßung für das Heil aller Menschen und für den Erfolg aller guten Unternehmungen. Er war eine weiße, unauslöschliche Flamme, die von Liebe über den Tod hinaus leuchtet. Was er sprach, klang von steter Inbrunst wie Stahl auf Stahl.

Im Dampfbad von Dr. Frank Engels Sanatorium an der Liberty Street sank Mr. J.H. Brown, der reiche Sportsmann und Verleger des *Altamont Citizen*, in traumlosen Schlaf. Er war fünf Minuten im Dampf und zehn Minuten in der Badewanne gewesen und hatte sich eine halbe Stunde lang im Trockenraum der fachmännischen Osteopathie des beliebten «Colonel» Andrews (so hieß Dr. Engels äußerst geschickter Negermasseur) von den Sohlen seiner gichtigen Füße bis zu dem ädrigen Seidenglanz seines leicht blauroten Gesichts unterzogen.

Schräg gegenüber, im *Altamont City Club*, Ecke der Liberty Street und der Federal Avenue, am Fuße des Battery Hill, sammelte ein verschlafener Neger in weißer Dienstjacke die verstreuten Spielmarken auf dem Tisch ein und verstaute sie säulenweise sortiert in Schachteln. Zu der Pokerpartie, die gerade beendet worden war, hatten Mr. Gilbert Woodcock, Mr. Reeves Stikeleather, Mr. Henry Pentland jr., Mr. Sidney Newbeck aus Cleveland, Ohio (im Ruhestand), und der schon erwähnte Mr. J. H. Brown gehört.

«Meine Güte, Ben», sagte Harry Tugman, als sie aus dem *Uneeda Lunch Nr. 3* traten, «ich dachte, es geht los, als sie da plötzlich den Alten aus dem Schrank zerrten. Nach all dem Kram, den er über die moralische Erneuerung der Stadt geschrieben hat!»

Ben meinte: «Mich sollte es nicht wundern, wenn Judge Sevier die Haussuchung bei ihm veranlaßt hat.»

Harry Tugman wurde ungeduldig: «Klar. Aber ich wette, daß ‹Queen Elizabeth›, die Puffmutter, hinter der Sache steckt. Sie weiß und erfährt alles. Der Alte hat schon seit 'ner Woche den Mund nicht aufgemacht, kaum daß er sich getraut, den Kopf aus dem Büro zu strecken.»

In der Klosterschule der heiligen Katharina an der Saint Clement's Road ging Schwester Theresa, Äbtissin, behutsam durch den Schlafsaal und ließ neben jedem Bett die Fensterblende in die Höhe. Der Duft der Apfel- und Kirschblüte wehte sanft herein über die lange kühle Reihe der schlafenden, rosenblattzarten Mädchen. Der Atem flog leise von den tauigen, halboffenen Mündern; rosiges Licht fiel auf die kissengestützten Armbeugen, die schmalen jungen Hüften, die krausen Nelkenknospen der Brüste. Am äußersten Ende des Saals lag ein dickes Mädchen, alle viere von sich gestreckt, und schnarchte laut durch die bibbernden Lippen.

Erst in einer Stunde wird geweckt.

Von einem der kleinen weißen Tischchen zwischen den Bettstellen nahm Schwester Theresa ein Buch, das unvorsichtigerweise am Abend dort liegengeblieben war. Sie schlug es auf und las den Titel: ‹*Das Gewohnheitsrecht*›, von Robert W. Chambers. Unter dem grauen Bartanflug, über das ganze große grobknochige Gesicht huschte ein stilles, unmerkliches Lächeln. Schnell nahm sie einen Bleistift in die knochige, erdfleckige Hand und kritzelte mit ihrer zackigen, männlichen Handschrift auf das Vorsatzblatt: «Schund, mein Kind! Lies es, damit du es selbst merkst.»

Dann ging sie mit leisen, schweren Schritten in das Erdgeschoß hinunter, wo sie in ihrem Arbeitszimmer von Schwester Louise (Französisch), Schwester Mary (Geschichte) und Schwester Bernice (Alte Sprachen) zur Morgenbesprechung erwartet wurde. Als die Lehrerinnen gegangen waren, setzte sie sich an den Schreibtisch und arbeitete eine Stunde am Manuskript jenes Buches, das, bescheidenerweise als «Leitfaden für höhere Schulen» bezeichnet, später ihren Namen überall, wo die edle Architektur der Prosa gewürdigt wird, berühmt gemacht hat: der großen ‹*Biologie*›. Es gongte im Schlafsaal, sie hörte das hohe, helle Lachen der jungen Mädchen. Sie erhob sich und sah aus dem Fenster. Eine junge Nonne, Schwester Agnes, kam vom Pflaumenbaum an der Mauer, den Arm voller Blüten.

Unten im Baumversteck, auf der Sohle des Biltburn-Tals, donnerte ein Zug über die Schienen mit langem, schrillem Pfiff.

Die Marktstände im Untergeschoß der City Hall wurden aufgemacht. Metzger in gestreiften Schürzen schwangen Hackbeile auf kaltes Frischfleisch, schmissen dicke Koteletts auf marmoriertes Fettpapier, schoben die rasch eingeschlagenen Bündel den wartenden schwarzen Lieferjungen zu.

Der selbstbewußte Neger J. H. Jackson stand in seiner viereckigen Gemüseauslage. Seine zwei ernsten Söhne und seine bebrillte, betont sachliche Tochter halfen bedienen. Ihn umgaben breite, schräge Gestelle voller Obst und Gemüse, noch nach Morgenerde riechend, große krause Endivien, dicke Rettiche, noch Humusklümpchen an den Wurzeln, junge Zwiebeln mit Stengeln wie Federkiele, frisch aus dem Beet gezupft, Spätsellerie und Frühkartoffeln, dünnrindige Zitrusfrüchte aus Florida.

Am Stand nebenan hob Sorrell, der Fisch- und Austernverkäufer, aus der Tiefe einer in Eis gepackten Emailkanne tropfende Kellen von Austern empor und leerte sie in dicke Pappschachteln. Breitbäuchige schwere Seefische – Karpfen, Alsen, Forellen, Barsche – lagen fertig ausgenommen auf Eis.

Mr. Michael Walter Creech, Metzgermeister, hatte sein herzhaftes Frühstück – Kalbsleber, Speck und Eier, warme Brötchen und Kaffee – beendet. Er gab einem aus der Reihe der schwarzen Lieferjungen ein Zeichen. Die ganze Reihe sprang vorwärts wie eine Meute. Mit gehobenem Hackbeil und einem Fluch jagte er sie zurück. Der Glückliche, den er begünstigt hatte, kam nun und nahm das Tablett mit den üppigen Überresten der Mahlzeit und einer halbvollen Kanne Kaffee. Da er gerade auf Lieferfahrt wegmußte, stellte er es in das Sägemehl am Ende der Schlächterbank und spuckte ausgiebig darauf, um es vor seinen aasfressenden Kameraden zu bewahren, und fuhr laut und triumphierend lachend auf dem Fahrrad davon. Mr. Creech blickte seine Nigger finster an.

Die Stadt hatte Mr. Creechs afrikanisches Blut – ein Achtel seitens seiner väterlichen Großmutter «Yellow Jenny», der Mulattin – soweit vergessen, daß sie bereit war, ihm einen politischen Posten einzuräumen. Aber Mr. Creech selbst vergaß es nie. Er schoß seinem Bruder Jay einen bitteren Seitenblick zu. Jay ahnte in seiner Lebensfreude nichts davon, daß des Hasses Ätzgift selbst eines Bruders Herz verzehren könne, und stand vor seinem muldigen Holzblock, hackte begeistert Speerrippchen aus und sang dazu in seinem vollen Tenor das Lied vom «kleinen grauen Vaterhaus im Westen»:

«. . . wo blaue Augen blinken,
wenn sie den meinen winken . . .»

Giftig blickte Mr. Creech auf Jays gelbe Backen, auf das fettige Vibrieren der gelblichen Kehle, das versengte, krullige Haar. Bei Gott, dachte er in seiner Herzensnot, man könnte ihn für einen Mexikaner halten. Jays goldene Stimme erreichte ihren Glanzpunkt. Mit delikater Zurückhaltung ging sie bei der letzten Note in ein hohes süßes Falsett über. Er hielt den Ton länger als zwanzig Sekunden. Alle Metzger ringsum hielten mit der Arbeit inne. Manche von ihnen, große stattliche Männer mit erwachsenen Kindern, wischten sich hastig eine Träne aus dem Augenwinkel.

Die gesamte Zuhörerschaft ist restlos begeistert. Keine Seele rührt sich. Nicht einmal ein Hund oder ein Pferd wagt sich zu rühren. Als der letzte holde Ton in ein sommerfädenfeines Tremolo zerschmolz, trat jene tiefe Grabesstille, nein! jene tiefe, tiefe Todesstille tritt ein, die den höchsten Triumph, den ein Künstler hienieden erreichen kann, darstellt. Irgendwo in der Menge schluchzt eine Frau auf und sinkt ohnmächtig um. Unverzüglich tragen zwei gerade anwesende Boy-Scouts sie davon und leisten ihr auf der Damentoilette Erste Hilfe: der eine zündet ein munteres Feuerchen aus Fichtenreisig an, indem er zwei Feuersteine aneinanderschlägt; der andere aber macht aus einem zusammengeknüpften Taschentuch eine Aderpresse. Nun jedoch bricht ein Höllenlärm los. Damen reißen sich die Ringe von den Fingern, die Perlenketten vom Hals, reißen sich Chrysanthemen, Hyazinthen, Tulpen und Gänseblümchen von den kostbaren Ansteckbuketts, während hochmodisch gekleidete Herren aus den Logen und Rängen ein Dauerbombardement von Tomaten, Salathäuptern, Eiern, Kartoffeln, Ochsentalg, Schweinsknöcheln, Fischköpfen, Seemuscheln, Koteletts und Würstchen unterhalten.

Zwischen den Marktständen wandelten spähäugig und spürnasig die Pensionswirtinnen von Altamont hin und her. Wenn auch alle Altersgruppen und Kleidergrößen vertreten waren, trug doch jede den Stempel unerbittlich feilschender Entschlußkraft. Ihre Lippen waren kämpferisch zusammengepreßt. Sie beäugten die Fische, sie betasteten die Gemüse, sie kniffen die Kohlköpfe, wogen die Zwiebelbündel in der Hand, öffneten Salathäupter. Man muß die

Augen offenhalten, oder die Leute hauen einen übers Ohr. Und auf die faulen, nichtsnutzigen Niggerköchinnen ist gar kein Verlaß; die schmeißen mehr weg, als sie kochen. Mit harten Blicken sahen diese Damen einander ins Gesicht: Mrs. Barrett vom *Grosvenor* der Mrs. Neville vom *Glen View*, Mrs. Ambler vom *Colonial* der Miss Mamie Featherstone vom *Ravencrest*, Mrs. Ledbetter vom *Belvedere* – –

«Ach, Mrs. Coleman, ich höre, daß Sie ein volles Haus haben?» sagte sie fragend. «Ja, die ganze Zeit schon», bestätigte Mrs. Coleman. «Alles Dauergäste. Mit Touristen gebe ich mich gar nicht ab», fügte sie hochmütig hinzu.

«Ach, mit Lungenkranken, die sich für gesund ausgeben», entgegnete Mrs. Ledbetter bissig, «könnte ich jederzeit volles Haus haben. Ich nehme sie einfach nicht. Erst neulich sagte ich . . .» – –

Mrs. Michalove vom *Oakwood* der Mrs. Jarvis vom *Waverley*, Mrs. Cowan vom *Ridgemont* der – –

Unsere Stadt ist glänzend darauf eingerichtet, den Ansprüchen des großen, ständig wachsenden Anstroms der Touristen, die die Gebirgsmetropole besonders in den Hochsommermonaten besuchen, gerecht zu werden. Außer den Namen von acht großen Luxushotels allerersten Ranges und Rufes enthält das Verzeichnis der Handelskammer vom Jahre 1911 die Anschriften von zweihundertfünfzig Privathotels, Pensionen und Sanatorien, die sämtlich den Bedürfnissen der Reisenden, die aus Geschäftsgründen oder vergnügungshalber oder aus gesundheitlichen Gründen kommen, zu genügen bestrebt sind.

Haltet ihr Gepäck am Bahnhof an.

Der Zeitungsträger Nummer drei war mit seiner Route fertig. Leise schlich er über die schlammüberzogene Veranda des Hauses an der Valley Street, leise klopfte er an der Tür, leise öffnete er und schlich durch die schwarze, miasmatische Luft zu dem Bett, in dem May Corpening lag. Sie war wie betäubt, sie murmelte etwas. Als er sie berührte, wandte sie sich ihm zu, zog ihn noch halb im Schlafe zu sich herab mit schwerer, sinnlicher Zärtlichkeit, nahm ihn in ihre üppigen, kupferfarbenen Arme.

Nun stapfte, den leeren blechernen Luncheimer schwingend, Tom Cline, der rußige Maschinist, die Treppe zu seiner Wohnung in Bartlett Street hinauf.

Nun kehrte Ben in Begleitung Harry Tugmans in das Zeitungsbüro zurück.

Eugene erwachte nun plötzlich im Gartenzimmer von Gants Haus in der Woodson Street, als sein Vater ihn von der untersten Treppenstufe her rief, und wandte sein Gesicht mitten in die flüchtige Vision eines rosenerrötenden blauen Himmels und zarter Blüten, die langsam zu Boden schneiten.

15

DIE BERGE waren seine Meister. Sie schlossen sein Dasein ein. Sie waren der Becher der Wirklichkeit, jenseits von Wachstumszyklen, jenseits von Kampf und Tod. Für ihn bildeten sie eine absolute Einheit inmitten des ewigen Wandels. Alte Gesichter glommen in Eugenes Gedächtnis, die Blicke suchten ihn heim. Er erinnerte sich an Swains Kuh, St. Louis, den Tod, an sich selbst in der Wiege. Er verfolgte das Gespenst seiner selbst, er versuchte einen Augenblick lang das Leben, an dem er teilgehabt hatte, zurückzugewinnen. Er verstand das Wachstum, den Wandel nicht. Er stand in der Wohnstube und starrte ein Kinderbildnis von sich an; er wandte sich ab: Ihm graute vor seinem Unvermögen, sein Ich auch nur eine Sekunde lang zu fassen, zu greifen, zu halten.

Die körperlosen Schemen des gelebten Lebens erschienen mit gräßlicher Genauigkeit, wahnsinnig nah wie Visionen. Etwas, das sich vor fünf Jahren zugetragen hatte, erstand, wie durch eine Handbewegung heraufbeschworen, und im gleichen Augenblick hörte er auf, an sein eigenes Sein zu glauben. Er wartete darauf, daß jemand ihn aufwecken würde; so hörte er abends Gants mächtige Stimme unter dem schwerhängenden Wein, blickte schläfrig von der Veranda zum vollen, tiefstehenden Mond auf und ging gehorsam zu Bett. Aber alles, was er zuvor erinnert hatte, blieb . . . und was wäre wenn . . . unablässig wurde eines zur Ursache des anderen . . .

Er lauschte dem spukhaften Ticken seines Lebens. Seine ungeheure Hellsichtigkeit, das wilde schottische Geschenk von Elizas Seite her, brannte zurück durch die Phantomjahre, riß aus den geisterhaften Schatten eine Million von Lichtfunken empor – ein kleiner Bahnhof im Morgengrauen; eine Landstraße in der Dämmerung schnurgerade durch einen Tannenforst; die rußige Lampe in einer Hütte unter der Brücke; ein Hirtenjunge, der hinter springenden Kälbern herlief; eine wirrhaarige Schlampe mit tabakfleckigem Mund in einem Türrahmen; mehlbestaubte Neger, die Säcke aus einem Güterwagen ausluden; der Mann, der den Autobus durch die Weltausstellung in St. Louis fuhr; ein kühllippiger See im ersten Tageslicht.

Wie geflochtener elektrischer Leitungsdraht wand sich sein Leben zurück in den braunen Schummer der Vergangenheit. Er, Eugene, war es, der Form und Bewegung in die millionenfachen Erlebnisse brachte, die der Zufall, irgendeine Kopfbewegung, der Gewinn oder Verlust eines Augenblicks, der ungeheure, ziellose Impuls des Unberechenbaren in die Gluthitze seines Ichs warf. In weißem, lebendigem Licht erstanden vor ihm diese Stecknadelköpfe des Erlebten, und alles andere lag in ihrem Schatten, war von erschreckender Geisterhaftigkeit. Viele der wiederkehrenden Sinneseindrücke, die von Echo widerhallende Korridore der Phantasie in ihm auftaten, hatte er aus der vorüberfliegenden Landschaft durch das Zugfenster aufgefangen.

Was ihn entsetzte, war die furchtbare Kombination von Feststehendem und Wandelbarem, war der qualvolle, ewig dünkende Augenblick absoluter Bewegungslosigkeit, in dem – wenn man am Leben mit großer Geschwindigkeit vorbeifährt – der Beobachter und das Beobachtete in der Zeitlichkeit erstarrt zu sein scheinen. Da gab es diesen Moment zeitloser Schwebe, in dem das Land sich nicht bewegte, der Zug sich nicht bewegte, die Schlampe in der Tür sich nicht bewegte, er selbst sich nicht bewegte. Es war, als ob Gott den Taktstock scharf über dem unendlichen Orchester der Meere gehoben hätte und so die ewige Bewegung in der zeitlosen

Architektur des Absoluten hängend innehielte. Es war wie jene verlangsamten Filmaufnahmen, die einen Schwimmer beim Kopfsprung, ein Pferd beim Nehmen einer Hürde festhalten – mitten in der Luft ist die Bewegung plötzlich versteinert; eine Handlung, die sich unerbittlich zu Ende vollziehen muß, ist aufgefangen. Dann vollendet sich der parabolische Flug und der schwebende Körper stürzt in das Becken hinab. Aber die Bilder, die in Eugene brannten, existierten ohne Anfang und Ende, ohne das wesentliche Eingefügtsein in den Zeitablauf. Ohne jeden Übergang, in Zeitlosigkeit gebannt, verschwand die in der Tür stehende Schlampe.

Eugenes Gefühl von Unwirklichkeit wurde durch Zeit und Bewegung erzeugt, wenn er sich vorstellte, die Frau ginge, nachdem der Zug vorübergesaust war, in die Hütte und nähme einen Kessel vom Herd. Sofort wandelte sich das Leben zur Schattenhaftigkeit, die lebendigen Lichter wurden geisterhaft. Der Junge, der hinter den Kälbern herlief, wo war er später, wo jetzt?

Ich bin – dachte er – ein Teil von allem, was ich berührte, was mich berührt hat. Und das Erlebte hat keinen Sinn, außer dem, den ich ihm gewährte. Es wurde verwandelt und vermischte sich mit dem, was ich damals war, und ist jetzt wieder etwas anderes geworden, mit dem verschmolzen, was ich nun bin. Dieses Was-ich-nunbin aber ist wieder nur eine Anhäufung dessen, was ich zu werden im Begriff war. Warum hier, warum da? Warum dann, warum jetzt?

Zwei Formen der Ichsucht waren lebendig in ihm; die innerlich brütende Elizas und die ausdehnungsbesessene Gants. Ihr Zusammentreffen machte ihn zu einem fanatischen Zeloten der Schicksalsreligion. Über Mißbrauch, Vergeudung, Qual, Tragödie, Tod und Wirrnis erhaben lief die unentwegbare Notwendigkeit in ihren Bahnen: kein Sperling fiel vom Dach, ohne daß sein Aufprall Schallwellen durch Eugenes Leben sandte, und das einsame Licht, das auf die dickflüssigen, endlosen Morgenmeere fiel, rief wäßrige Verwandlungen hervor, die ihm Leben zuspülten: die Fische schwammen aus der Tiefe herauf.

Der Same unseres Verfalls wird in der Wüste blühen; am Fels wächst das Heilkraut, und unsere Leben werden von einer Hure aus Georgia heimgesucht, weil ein Londoner Taschendieb ungehenkt blieb. Das Schicksal bewirkt es, daß wir allen anderen ein Geist und uns selbst die einzige Wirklichkeit sind. Das Schicksal bewirkt es, daß wir der riesige Nabel der Welt, daß wir ein Sandkorn sind, daß wir der Stein sind, der zur Lawine wird, der Kiesel, dessen konzentrische Kreise sich über die Meere weiten.

Eugene glaubte also, des Lebens Mittelpunkt zu sein. Er glaubte, die Berge umschlössen das Herz der Welt; er glaubte, daß aus dem Chaos der Zufälligkeiten das unvermeidliche Ereignis im unerbittlichen Augenblick käme, um sich zur Summe seines Daseins zu addieren.

Gegen die jenseitigen Bergflanken aber schwappte die Welt wie ein verschattetes Meer, in dem die großen Fische seiner Phantasie schwammen. Unendliche Abwechslung war in diesen unbesuchten Regionen, aber Zweck und Ordnung schienen Eugene dort gewiß. Kein Abenteuer würde dort umsonst sein; Mut würde mit Schönheit, Begabung mit Erfolg, jedes Verdienst nach seiner Richtigkeit und Wichtigkeit belohnt werden. Gefahr und Mühsal zwar würden dort sein, nicht aber Vergeudung und Wirrnis. Kein blindes hilfloses Tasten. Denn das versammelte Schicksal würde im erkorenen Augenblick wie eine Pflaume vom Baum herabfallen. Im Zustand der Verzauberung existierte keine Unordnung.

Frühling war unterwegs im Garten der ganzen Welt. Jenseits der Bergmauer faltete sich das Land auf zu neuen Gebirgen, zu goldenen Städten, üppigen Wiesen, tiefen Forsten, zum Meer. Für ewig, für immer.

Jenseits der Berge lagen die Minen Salomos, die Spielzeugrepubliken Südamerikas, die kleinen klingenden Springbrunnen in den Höfen ... jenseits waren die mondhellen Dächer von Bagdad, die schmiedeeisernen Fenstergitter in Samarkand, die Kamele Bithyniens im Mondlicht, das spanische Ranchhaus der Triple Z und J. B. Montgomery, der mit seiner wunderschönen Tochter aus seinem privaten Salonwagen in den weiten wilden Westen ausstieg; die von Spukburgen umstandenen Klippen von Graustark ...

jenseits waren das Goldschätze herausgebende Kasino von Monte Carlo und das blaue, ewige Mittelmeer, die Mutter der Reiche. Und augenblicklicher Reichtum tickte sich auf Morsestreifen: es erschien der erste Stock des Eiffelturms mit dem Restaurant, wo Franzosen saßen und sich die Schnurrbärte mit der Zigarette anzündeten ... es erschien eine Farm in Devon: weißer Rahm und braunes Ale, winterliche Kaminfreuden und *Lorna Doone* ... es erschienen die hängenden Gärten von Babel, Bankette im Sonnenuntergang mit den Königinnen, und – langsam glitt die Barke auf dem Nil – die weisen üppigen Leiber der Ägypterinnen, auf mondbeglänzten Balustraden kauernd, und die donnernden Rennwagen der großen Könige, Schätze in Grabgrüften, die man um Mitternacht suchte ... das weinselige, an Schlössern reiche Land an der Loire ... und kalikogewärmte Beine im Heu ...

Auf einem Feld in Thrakien lag die schöne Helena, sonnscheckig ihr liebreicher Leib.

Mittlerweile war es mit den Geschäften ziemlich gut gegangen. Eliza hatte zwar in den ersten Jahren infolge ihrer Krankheiten weniger aus Dixieland herausgeschlagen, als sie gerechnet hatte, aber nun war sie wieder gesund. Die letzte Rate war abgezahlt, das Haus gehörte ihr. Der Besitz wurde auf zwölftausend Dollar geschätzt. Außerdem hatte sie dreitausendfünfhundert Dollar von einer für zwanzig Jahre laufenden Fünftausend-Dollar-Lebensversicherung geliehen, die in nur zwei Jahren ausgezahlt werden würde.

In Dixieland hatte sie ausgedehnte bauliche Veränderungen durchgeführt: Im Obergeschoß hatte sie eine große Schlafaltane angefügt und auf dem einen Flügel zwei Zimmer, ein Bad und einen Korridor angebaut. Den anderen Flügel erweiterte sie um drei Schlafzimmer, zwci Bäder und eine Toilette und verlängerte den vorhandenen Korridor. Unten wurde die Veranda verbreitert, eine große Glasterrasse unter der Schlafaltane angelegt und der Bogengang im Eßzimmer entfernt. Dieses wollte sie außerhalb der Saison als großes Schlafzimmer benutzen. Sie trennte davon eine kleine Speisekammer ab, in der die Familie essen sollte, und fügte neben der Küche einen winzigen Raum für sich an. Diese An- und Umbauten wurden nach ihren Plänen und in allerbilligstem Material ausgeführt; sie verloren nie den Geruch von frischem Holz, billigem Firnis und schäbigem Rohverputz, aber die acht oder zehn neuen Räume hatten sie nur dreitausend Dollar gekostet. Im Jahre 1911 trug sie eine Reineinnahme von zweitausend Dollar auf die Bank; sie hatte dort stets ein Guthaben von fast fünftausend Dollar stehen.

Gemeinsam mit Gant besaß Eliza das Geschäftshaus am Square. Es hatte zehn Meter Straßenfront; sein Wert wurde auf zwanzigtausend Dollar veranschlagt; es warf ein monatliches Mieteinkommen von fünfundsechzig Dollar ab: zwanzig Dollar von Jannadeau, fünfundzwanzig Dollar von McLeans Klempnerei im Kellergeschoß, zwanzig Dollar von der J.N. Gillespie Company, Druckereibetrieb, die den ersten Stock gemietet hatte.

Außerdem besaßen sie drei Baugrundstücke an der Merrion Avenue, für zweitausend Dollar das Stück oder gemeinsam für fünftausendfünfhundert Dollar käuflich; Gants Haus in der Woodson Street, auf fünftausend Dollar geschätzt; rund fünfzig Hektar Land am bewaldeten Berghang mit einem Farmhaus, mehreren hundert Pfirsich-, Apfel- und Kirschbäumen und ein paar Äckern, für einhundertzwanzig Dollar im Jahr verpachtet, von den Eigentümern auf fünftausendfünfhundert Dollar veranschlagt; zwei kleinere Häuser, eines in Carter Street, das andere in Duncan Street, für je fünfundzwanzig Dollar im Monat an Eisenbahner vermietet, Wert viertausendfünfhundert Dollar; achtzehn Hektar Land an der wichtigen Reynoldsville Road zwischen Altamont und Biltburn, zehntausend Dollar wert; drei Häuser im Negerviertel, am unteren Ende der Valley Street, in Beaumont Crescent, nahe am großen Haus des Negers Johnson, und in Short Oak, Gesamtwert dreitausendeinhundert Dollar, Mieteinkommen siebenunddreißig Dollar im Monat; zwei Häuser jenseits des Flusses, vier Meilen von West Altamont entfernt, die einen Wert von zweitausendsiebenhundertfünfzig bzw. dreitausendfünfhundert Dollar hatten und monatlich zweiundfünfzig Dollar Miete einbrachten; drei im dichten Gestrüpp der Hügel verborgene Baugrundstücke, die eine Meile abseits des durch West Altamont verlaufenden Highway lagen und fünfhundert Dollar wert waren; und ein Haus in der Lower Hatton Avenue, unvermietet und Gegenstand Gantscher Flüche, viertausendfünfhundert Dollar wert.

Außerdem besaß Gant zehn Aktien in der neugegründeten Fidelity Bank, die bereits zweihundert im Kurs standen, also zweitausend Dollar darstellten; und in drei Banken, der Fidelity, der Merchants und der Battery Hill Bank, hatte er ein Konto von je tausend Dollar, zusammen dreitausend Dollar. Sein Lager an Steinen, Grabmalen und fliegenverdreckten Engeln stellte, wenn es auch zu diesem Preis nicht unmittelbar verkauft werden konnte, eine Kapitalanlage von zweitausendsiebenhundert Dollar dar.

Das Vermögen der beiden Gatten belief sich also auf rund einhunderttausend Dollar. Das war der Stand zu Anfang des Jahres 1912, ehe die Industrie in den Südstaaten sich intensiv und rapide entwickelte, ehe infolgedessen die Einwohnerzahl von Altamont sich verdreifachte und die Bodenpreise um das Vielfache stiegen. Der größte Teil des Geldes steckte in soliden, von Eliza ausgesuchten Immobilien; es warf über zweihundert Dollar Miete im Monat ab. Dazu kam, was Gant mit seinem Grabsteingeschäft und Eliza mit der Pension verdienten. Ihr gemeinsames Jahreseinkommen lag zwischen achttausend und zehntausend Dollar. Gant pflegte zwar oft, wenn er nicht gerade auf den Grundbesitz schimpfte, sein Geschäft zum Teufel zu wünschen; er behauptete dann, daß er mit seinen Grabsteinen kaum das tägliche Brot verdiene; tatsächlich aber verdiente er sehr gut; er hatte gewöhnlich ein bis zwei Aufträge von Farmersleuten aus der Umgebung; seine Brieftasche war stets gespickt; er trug einhundertfünfzig bis zweihundert Dollar in Fünf- und Zehndollarnoten bei sich und ließ Eugene die Scheine öfters zählen, wobei er die Freude seines Sohnes wie auch das eigene Auskosten des Überflusses genoß.

Bei ihren Projekten hatte Eliza ein- oder zweimal Geld verloren; eine romantische Strähne hatte dann über die Gerissenheit und Umsicht in ihr gesiegt. Sie steckte tausendzweihundert Dollar in eine Ödlandkolonisation in Missouri, ein völlig utopisches Unternehmen. Sie bekam nichts für ihr Geld. Aber der Unternehmer schickte ihr wöchentlich seine Zeitung, mehrere wunderschöne Prospekte, in denen das Endstadium abgebildet war und eine Terrakottaplastik; dieses dreißig Zentimeter hohe Kunstwerk stellte den großen Bruder mit seinen Schwestern Jenny und der daumenlutschenden Kate dar. Gant riß wilde Witze über die Gruppe, man solle Eliza das Ding an die Nase hängen. Ben wies verächtlich mit dem Kopf darauf und sagte: «Das sind nun ihre zwölfhundert Dollar.»

Eliza war bereit, auf eigene Faust Geschäfte zu machen, denn Gant war für weitere Grundstückkäufe nicht zu haben. Es erfüllte sie beinahe mit Schmerz, mit wütendem Hunger, wenn sie saftige Objekte anderen Leuten in die Hände fallen sah, oder wenn sich kein Käufer fand. Dabei war es vorauszusehen, daß Land bald unerschwinglich teuer werden würde. Und sie wollte dabeisein, wenn man die Torte verteilte.

Schräg gegenüber von Dixieland lag das Brunswick, ein gutgebautes rotes Backsteinhaus mit zwanzig Zimmern. Gant hatte vor zwei Jahrzehnten die Marmorverzierungen an der Fassade selbst ausgeführt; Will Pentland hatte die Hartholzböden und die Eichenbalken geliefert. Das Brunswick war ein häßliches, vielgiebliges Gebäude im viktorianischen Stil, Hochzeitsgeschenk eines reichen Nordstaatlers an seine Tochter, die an Tuberkulose starb.

«Das bestgebaute Haus in der ganzen Stadt», erklärte Gant.

Aber er lehnte es stracks ab, das Brunswick gemeinsam mit Eliza zu kaufen. Sie sah es blutenden Herzens für achttausendfünfhundert Dollar in die Hände des reichen Altwarenhändlers S. Greenberg übergehen. Greenberg teilte den großen Hintergarten, der bis zur Yancey Street reichte, in fünf kleine Grundstücke, die er binnen eines Jahres zu je tausend Dollar verkauft hatte. Und das Haus stand für zwanzigtausend Dollar zum Verkauf. Eliza quengelte: «Wir könnten unser Kapital dreimal zurückhaben!» Für größere Projekte hatte sie nicht genug Geld flüssig. Also sparte sie und wartete ab. Will Pentlands Vermögen wurde damals auf fünfhundert- bis siebenhunderttausend Dollar geschätzt. Es steckte hauptsächlich in Lagerhäusern und Geschäftsbauten im Bahnhofsviertel. Manchmal behaupteten Leute in Altamont – besonders die jungen Männer, die bei Collisters Drugstore herumlungerten und in langen verträumten Stunden den Wohlstand der ortsansässigen Plutokratie zu bestimmen suchten –, Will Pentland sei Millionär. Millionär sein war damals eine Auszeichnung; es gab nur sechs- bis achttausend Millionäre in den USA. Will Pentland war keiner. Er hatte wirklich nur eine halbe Million.

Aber Mr. Goulderbilt, der war Millionär. Er ließ sich in seinem großen Packard zur Stadt fahren, dann jedoch stieg er aus und benutzte den Bürgersteig, ganz wie ein gewöhnlicher Sterblicher.

Eines Tages – Goulderbilt betrat gerade eine Bank – zeigte ihn Gant seinem Sohn Eugene.

«Das ist er! Siehst du ihn?» flüsterte Gant.

Eugene nickte mechanisch. Er hatte die Sprache verloren. Mr. Goulderbilt war ein kleines, behendes Männchen. Schwarzes Haar, schwarzer Schnurrbart, schwarzer Anzug. Kleine Hände und Füße.

«Er hat fünfzig Millionen», sagte Gant. «Man sieht's ihm nicht an, nicht wahr?»

Eugene träumte davon, daß diese Geldprinzen fürstlich auftreten sollten. Sie müßten – so wünschte er – in wappengezierten Kutschen mit glänzend livriertem, berittenem Geleit durch die Straßen fahren. Sie müßten glitzernde Ringe an den Händen, hermelinbesetzte Gewänder tragen. Ihre Frauen müßten bekrönt mit funkelnden Diademen, einem Mosaik aus Amethysten, Beryllen, Rubinen, Topasen, Saphiren, Opalen und Smaragden, und mit dicken Perlenketten geschmückt dasitzen. Sie müßten in alabasternen Säulenpalästen wohnen, in großen Sälen an ungeheuren, cremefarben gedeckten Tafeln von altem Silbergeschirr speisen: seltsame, märchenhafte Gerichte, wie die schwellend-üppigen Zitzen einer fetten, schwangeren Sau; Pilze in Öl, fangfrischen Lachs, Hasenpfeffer, Barbenbärte mit erlesen-scharfer Soße bereitet, Karpfenzungen, Haselmäuse und Kamelhacken . . . mit bernsteinernen Löffeln essen, die mit Diamanten und geschliffenem Granat verziert sind; aus achatenen Bechern trinken, die von Smaragden, Hyazinthen und Rubinen funkeln . . . kurz alles haben, alles tun, was Epikur Mammon begehrte.

Eugene traf nur einen Millionär, dessen öffentliches Auftreten ihn befriedigte. Und dieser Mann war leider verrückt. Er hieß Simon.

Als Eugene Simon kennenlernte, war dieser fast fünfzig Jahre alt; er hatte einen kräftigen, ziemlich schweren Körper und war mittelgroß; sein hageres braunes Gesicht mit den schattenhohlen Wangen war immer sorgfältig rasiert, manchmal aber schrecklich von seinen meißelnden Fingernägeln zerkratzt. Ein langer schmaler Mund, der sich leicht nach unten bog, subtil, sensibel, ließ manchmal das ganze Gesicht von teuflischer Heiterkeit erstrahlen. Simon hatte volles, glattes, stark angegrautes Haar, von den Schläfen straff zurückgestrichen. Er trug locker sitzende, gutgeschnittene Kleidung: dunkle Jacke zu weiten grauen Flanellhosen, gestreifte Seidenhemden mit dazugehörigen Kragen, lose, volle Krawatten. Seine Westen hatten ein rotbraunes Schachbrettmuster. Simon war eine sehr distinguierte Erscheinung.

Er zog mit seinen beiden Wärtern nach Dixieland, als Schwierigkeiten in verschiedenen Hotels ihn gezwungen hatten, nach privater Unterkunft zu suchen. Er mietete zwei Zimmer mit einer Schlafaltane und zahlte sehr gut.

«Ach was», sagte Eliza nachdrücklich zu Helen, «ich glaub gar nicht, daß da was nicht stimmt. Er benimmt sich so ruhig und hat überhaupt die besten Manieren von der Welt.»

In diesem Augenblick gellte ein durchdringender Schrei durch das ganze Haus. Dem folgte ein langes, teuflisches Gelächter. Eugene hüpfte, vor Vergnügen quietschend, in der Diele auf und ab. Ben, stirnrunzelnd, mit zuckendem Mund, fuhr mit dem Arm aus, als wollte er den kleinen Bruder puffen. Statt dessen aber warf er den Kopf seitwärts gegen Eliza und bemerkte mit einem leisen, verächtlichen Lachen:

«Ich versteh weiß Gott nicht, Mama, warum du solche Leute ins Haus nimmst. Ich dächte, du hättest genug von solchen in deiner eignen Familie.»

Helen legte wütend los: «Um Gottes willen, Mama! . . .»

Da trat Gant aus der Dämmerung ein. Er trug ein fleckiges Paket, in dem Schweinskoteletts eingewickelt waren, und murmelte rhetorisch vor sich hin. Wieder gellte das Lachen von oben. Gant blieb überrascht stehen und hob verdutzt den Kopf. Luke, der aufmerksam am Fuß der Treppe gelauscht hatte, platzte blökend heraus. Helen, deren Ärger sofort in reizbare Belustigung umschlug, ging auf das ratlose Gesicht ihres Vaters zu und stieß ihm mehrmals mit dem Finger in die Rippen.

«Na», fragte er erstaunt, «was ist denn los?»

«Miss Eliza hat 'nen Verrückten da oben», kicherte sie.

«Mein Gott!» schrie Gant verzweifelt. Er leckte schnell seinen großen Daumen und blickte flehentlich zu seinem Schöpfer empor, übertriebene Demut in den kleinen grauen Augen und dem schnabeligen Vorspringen seiner großen Nase. Dann ließ er wie ein Verzweifelter die Arme fallen, ging hastig auf und ab und ließ seinem Unmut freien Lauf. Eliza stand stumm da, sah einen nach dem anderen an, bewegte hastig die Lippen. Ihr weißes Gesicht war gekränkt und bitter.

Wieder gellte das wilde, hämische Gelächter von oben. Gant hielt inne, fing Helens Blick auf, grinste plötzlich einfältig, ganz gegen seinen Willen.

«Gnad uns Gott», kicherte er, «demnächst wird sie Barnums Mißgeburten als Gäste hier haben.»

In diesem Augenblick erschien Simon. In bester Haltung, distinguiert und ernst, kam er mit seinen Begleitern Mr. Gilroy und Mr. Flannagan die Treppe herunter. Die beiden Wärter waren rot im Gesicht und atmeten schwer wie nach einer großen Anstrengung. Simon jedoch war tadellos und gepflegt wie immer, ganz Mann von Welt.

«Guten Abend», grüßte er verbindlich, «ich hoffe, ich habe Sie nicht warten lassen.» Sein Blick fiel auf Eugene.

«Komm mal her, mein Junge», sagte er sehr gütig.

«Keine Bange», bemerkte Mr. Gilroy aufmunternd, «er tut keiner Fliege was.»

Eugene trat ehrerbietig näher.

«Und wie heißt du, mein Junge?» fragte Simon mit seinem schönen Satanslächeln.

«Eugene.»

«Ein schöner Name», sagte Simon. «Bemüh dich stets, seiner würdig zu sein.»

Mit großartig-nachlässiger Gebärde griff er in die Rocktasche und holte vor den Augen des erstaunten Knaben eine Handvoll blinkender Fünf- und Zehncentstücke heraus.

«Sei immer gut zu den Vögeln», sagte Simon und leerte den Schatz in Eugenes Hände.

Die Gants sahen Mr. Gilroy fragend an.

«Das? Schon gut!» bemerkte Mr. Gilroy vergnügt. «Er entbehrt es nicht. Er hat noch 'ne ganze Menge in der Tasche.»

«Er ist Multi-milli-onär», bemerkte Mr. Flannagan stolz. «Wir geben ihm jeden Morgen vier bis fünf Dollar in Kleingeld zum Verschenken.»

Simons Blick war zum erstenmal auf Gant gefallen.

«Geben Sie auf den Stechrochen acht!» rief er. «Und denken Sie an die *Maine*.»

«Ich will euch was sagen», erklärte die lachende Eliza. «Er ist gar nicht so verrückt, wie ihr euch einbildet.»

«Stimmt», sagte Mr. Gilroy zu dem schmunzelnden Gant. «Der Stechrochen ist ein Fisch; kommt an den Küsten von Florida vor.»

«Vergessen Sie die Vögel nicht, meine Freunde», sagte Simon und ging von seinen Gefährten gefolgt hinaus. «Seien Sie immer gut zu den Vögeln!»

Sie gewannen ihn sehr lieb. Irgendwie paßte er in ihr Leben. Keiner von ihnen fühlte sich in der Atmosphäre des Wahnsinns unwohl. Aus der Gefangenschaft seines Zimmers hinaus in das blütentreibende Dunkel der Frühlingsnächte barst plötzlich sein satanisches Lachen; Eugene lauschte erregt auf und schlief wieder ein, außerstande, das Lächeln der dunkel blühenden Bosheit, die von losem Kleingeld klinkernden Taschen zu vergessen.

Nacht, tausendstimmiges Rascheln winziger Flügel. Ich hört' den Uferlaut der Binnenmeere.

– Und die Luft wird von warmkehligen, pflaumenfallenden Vogellauten voll sein. Eugene war fast zwölf. Seine Kindheit war vorüber. Und als dieser Frühling sich vollendete, spürte er zum erstenmal das ganze volle Entzücken der Einsamkeit. Im dünnen

Nachthemd stand er im Hinterzimmer von Gants Haus am Fenster, das auf den Garten hinaus ging, trank die süße Luft tief ein, war glücklich, im Dunkel allein zu sein, hörte den langgezogenen, klagenden Pfiff der westwärts fahrenden Züge.

Der Kerker des Ich hatte sich ganz um ihn geschlossen; er lebte ganz in den Mauern seiner amöbenhaften Phantasie. Er hatte nun gelernt, mechanisch vor der Welt ein annehmbares Abbild seiner selbst zur Schau zu tragen; das schützte vor Zudringlichkeit. In den Schulpausen war ihm die Qual des Verfolgtwerdens und der Flucht erspart. Er ging in die Oberklasse der Volksschule; er gehörte zu den großen Jungen. Sein Haar war, als er neun Jahre war, geschnitten worden; nach einer erbitterten Belagerung hatte die starrsinnige Eliza nachgegeben; so hatte er auch um seiner langen Locken willen nicht mehr zu leiden. Aber er war wie Unkraut in die Höhe geschossen; er überragte Eliza bereits um drei oder vier Zentimeter. Er war grobknochig, aber sehr mager und schwach; es war kein Fleisch an ihm. Seine ungemein langen, sehr dünnen und geraden Beine wirkten komisch; er sah wie eine Schere aus, wenn er mit weiten, springenden Schritten dahinging.

Auf dem schmächtigen, unentwickelten Hals, unter dem großen breitstirnigen Kopf mit dem dichten Lockenhaar, das vom hellen Ahornbraun der Kindheit zu einem tiefen Braunschwarz nachgedunkelt war, saß ein so kleines, zartgeformtes Gesicht, daß es nicht zu dem Körper zu gehören schien. Die Fremdheit und Entrücktheit des Ausdrucks wurde durch eine leidenschaftliche, dunkelbrütende Versonnenheit noch gesteigert. Jeder Gedankensplitter, jede Gefühlsregung flogen über dieses Gesicht wie Lichtreflexe über einen dunklen Teich. Der Mund war sinnlich, voll, ungemein beweglich; die tief eingekerbte Unterlippe war etwas aufgeworfen. Dieses traumverzückte Gesicht trug gewöhnlich den Ausdruck einer fast düsteren Nachdenklichkeit. Er lachte selten; nur ein inwendiges Lächeln zog über sein Gesicht, wenn er einem phantastischen Einfall nachhing oder sich eines Vorfalls erinnerte, dessen ganze Absurdität ihm erst jetzt richtig bewußt wurde. Wenn er lächelte, öffnete er die Lippen nicht; ein kurzes, verzerrtes Flackern huschte über den Mund. Seine dichten, hochbogigen Brauen waren über der Nasenwurzel zusammengewachsen.

In diesem Frühling war er einsamer als je. Elizas Umzug nach Dixieland vor drei oder vier Jahren, die Auflösung des festen Haushalts in der Woodson Street, hatte seine Freundschaften mit Harry Tarkinton, Max Isaacs und anderen Nachbarssöhnen unterbrochen. Er verkehrte nun kaum noch mit ihnen, nur gelegentlich nahm er die Beziehungen für eine Weile wieder auf. Er hatte keine ständigen Spielgefährten mehr, sondern nur noch eine Kette loser Beziehungen zu Kindern, deren Eltern eine Zeitlang in Dixieland wohnten, mit Tim O'Doyle, dessen Mutter das Brunswick leitete, mit Kindern da oder dort, die ihn flüchtig interessierten.

Aber bald ödeten sie ihn furchtbar an. Ihm grauste vor der stumpfsinnigen Häßlichkeit ihres Wesens, ihres Denkens, ihrer Vergnügungen. Ihm war, als wate er in fauligem Sumpfwasser. Dumpfe Menschen entsetzten ihn: Die Eintönigkeit seines eigenen Daseins erschreckte ihn nicht so sehr wie die im Leben anderer. Seine schon frühzeitig manifestierte Abneigung gegen Pett Pentland und ihre humorlos-steifen, verrosteten Tanten kam mit versunkenen Erinnerungen herauf – das alte Haus in der Central Avenue, der Geruch nach mürben Äpfeln und Medizin im stickigen Zimmer, der Wind, der heulend draußen herabfuhr, die endlos-eintönigen Gespräche über Krankheit, Elend, Tod. Er war mit angstvollem Zorn gegen sie erfüllt, weil sie gedeihen, leben konnten im Klima dieser entsetzlichen Gedrücktheit, die ihn krank machte.

Die ganze Landschaft – sinnfällige Umwelt seines Daseins – lag nun im Sonnenglanz und in den Wolkenschatten vorurteilsvoller Zu- und Abneigungen, die in ihm unter Gott weiß was für unerfindlichen Wahlverwandtschaften entstanden waren. Eine Straße war für ihn eine «gute» Straße, ganz im Glanz lebensvoller, unbeschwerter Fröhlichkeit gebadet, während eine andere ihm unerklärlicherweise als «schlechte» Straße, als angsteinflößend, bedrückend und hoffnungslos erschien.

Vielleicht war es das kalte, fahlrote Licht eines Vorabends im Winter, das hämisch frühlingsverheißend über einem Spielplatz verglomm, während in den Häusern ringsum blakend Lichter entflammten, Männer in das dumpfwarme Gefängnis ihres Zuhauses traten, schmutziges Kindergesindel in den Stuben Abendbrot aß: Petroleumlampen (die er haßte) und Schlafenszeit. Ein Haß auf diesen Ort gefror in ihm, ging nicht wieder fort, wenn auch die Gefühle, die ihn hervorriefen, längst vergessen waren.

Oder er kam im Spätherbst von einem Waldspaziergang zurück und ging durch die Cove oder Valley Street mit tropfender Nase, erdverkrusteten Stiefeln, den Duft einer zerdrückten Persimone am Knie und dem Geruch von feuchter Erde und Gras an seinen Handflächen ... und fortan haßte er die beiden Straßen hartnäckig und hatte eine abergläubische Angst vor den Leuten, die dort wohnten.

Er hatte eine ganz ungewöhnliche Vorliebe für hartes, grelles, weißglühendes Licht. Er haßte dumpfe, trübe, weiche, gedämpfte, verschattete Lampen und Lichter. Nachts wünschte er in mit Bogenlampen scharf und durchdringend erleuchteten Räumen zu sein. Und dann das Dunkel.

Obwohl er sich leidenschaftlich für Sport interessierte, war Eugene ein schlechter Mitspieler. Als ihm Max Isaacs, der Freund, längst nichts mehr bedeutete, nahm er an Max Isaacs, dem Baseballspieler, noch lebhaftesten Anteil. Max spielte meist Außenpositionen. Wenn ihm zugeschlagen wurde, schnellte er leicht über das ihm zugeteilte Feld, sprang wie ein Panther und fing den Ball mit müheloser Gewandtheit. Max war ein erstklassiger Ballschläger; ruhig gespannt stand er vor dem Einschenk und traf den Ball voll mit knappem Armschwung und scharfem Schulterruck. Vergeblich versuchte Eugene, die Kraft und Genauigkeit dieser Bewegung, die den Ball in weitem Bogen sausend über das Feld trieb, nachzuahmen. Es gelang nicht; er hackte plump und blindlings zu und schlug einen armseligen Aufdotzer in die Base. Im Feld war er ebensowenig zu gebrauchen. Er lernte es nie, in der Mannschaft zu spielen, ein Glied des organisch-bewegten, telepathisch-vereinten Ganzen zu sein. Er war übererregt, nervös und patzte, sobald er in der Gruppe spielte. Aber er verbrachte Stunden mit einem anderen Jungen – oder nach dem Mittagessen mit Ben

– beim Fangball zu zweit. Er steigerte sich zu ungeheurer Schnelligkeit, bog die ganze junge Geschmeidigkeit seines schmalen langen Körpers dem Ball nach, triumphierte, wenn dieser laut klatschend in der Tasche des Baseballhandschuhs landete oder in steiler Kurve emporschoß. Ben, durch einen behenden Rückwurf überrascht, stieß wilde Flüche aus und schleuderte den Ball wütend zurück in die nur dünn behandschuhte Hand seines Opponenten.

Im Frühjahr und im Sommer ging er, sooft er sich's leisten konnte oder eingeladen war, zu den Baseballspielen der Distriktsliga. Er war ein fanatischer Parteigänger des Stadtklubs und seiner besten Spieler; er träumte sich ständig in die Rolle des Sporthelden, der das Spiel für seine Seite rettet. Praktisch jedoch war es ihm unmöglich, sich der Selbstdisziplin und harten Arbeit zu unterwerfen, Niederlagen und Versagen hinzunehmen, wie es ein guter Sportler können muß. Er wollte stets gewinnen, stets den General spielen, stets die heldische Speerspitze des Triumphes sein. Und dann wollte er geliebt werden. Siegen und geliebt werden. In schwärmerischen Phantasien sah er sich stets als Sieger und Geliebten.

Er hatte jedoch klarsichtige Momente, in denen sich ihm das Elend und die Niederlagen seines Lebens enthüllten – dann erblickte er seine schlaksige, absurde Gestalt, sein unpraktisches, in Träume und Brüten verlorenes Antlitz, das allzusehr einer dunklen, seltsamen Blume glich, um Zuneigung bei Spielkameraden und Verwandten zu erwecken, sondern eher – so schien es ihm – Unbehagen und Bitterkeit verbreitete, Hohn herausforderte. Mit einem kranken, kraftlosen Gefühl entsann er sich der zahllosen geistigen wie körperlichen Demütigungen, die er vor den Augen der Welt, zu Haus und in der Schule erlitten hatte ... ihm war dann, als seien die Hörner des Siegs im Wald verschallt und die Trommeln und Gongs des Triumphs in der Stille verzittert. Die Adler waren fortgeflogen. Plötzlich sah er sich als Irren, der im Wahn befangen war, Cäsar zu sein. Er verrenkte den Hals, wandte den Kopf ungelenk zur Seite und schlug die Hand vors Gesicht.

16

Der Frühling wurde groß. Gegen Mittag schläferte die Sonne. Warme Windstöße flogen um die Giebel. Junges Gras wellte, Gänseblümchen zwinkerten.

Eugene preßte die hohen Knie gegen die unbequeme Bodenleiste der Sitzbank. In seinen Wachträumen war Heimweh. Zwei Reihen weiter schrieb Bessie Barnes eifrig mit und zeigte ihre langen, üppigen, seidenbestrumpften Beine. Tu mir das Tor der Freuden auf! Hinter ihr saß ein Mädchen namens Ruth, milchweiße Haut, dichtes, schwarzes, in der Mitte gescheiteltes Haar, die Augen dunkel und sanft wie ihr Name. Eugene erwog ein zügelloses Leben mit Bessie und dann, nach vorhergegangener Bekehrung, eine reine Ehe mit Ruth.

Eines Tages, nach der Zwölfuhrpause, wurden die drei Oberklassen von den Lehrern aufgestellt und in die Aula geführt. Die Schüler waren aufgeregt und flüsterten leise miteinander. Zu dieser Zeit waren sie noch nie in die Aula geführt worden. Es kam öfters vor, daß mitten im Unterricht das Klingelzeichen ertönte; dann sprangen die Klassen schnell auf, formierten Zweierreihen und marschierten aus dem Schulhaus. Das hieß Feueralarm und machte Spaß. Einmal war das Gebäude in vier Minuten leer.

Aber das nun war etwas Neues. Sie marschierten in die Aula, nahmen klassenweise Platz, wobei zwischen jedem ein Stuhl freiblieb. Die Tür zum Rektorzimmer zur Linken – wo die kleinen Jungen Prügel bekamen – ging auf. Der Rektor kam heraus, trat schnell an das Katheder und fing an zu reden.

Dieser Rektor war neu. Der junge Armstrong, der so feinsinnig an der Blume gerochen, Daisy besucht und Eugene einmal beinahe wegen schmutziger Dichtungen verhauen hatte, war versetzt. Der neue Rektor war älter, achtunddreißig etwa. Er war groß und stark, fast 1,80 Meter hoch. Er stammte aus einer kinderreichen Farmerfamilie in Tennessee. Sein Vater war arm, hatte aber seinen Kindern zu einer guten Ausbildung verholfen. Das alles wußte Eugene bereits, denn der Rektor sprach jeden Morgen zu ihnen und sagte dann, er hätte es nie so gut gehabt wie sie. Mit einem gewissen Stolz stellte er sich ihnen als Vorbild hin. Mit spaßigem Ernst mahnte er die kleinen Jungen, «nicht wie das dumpfe Vieh auf der Trift, sondern wie Helden im Kampf zu stehen». Das war Poesie, Longfellow.

Der Rektor hatte schwere, stämmige Schultern und dicke, ungelenke Arme mit wulstigen Bauernmuskeln. Eugene hatte ihn einmal im Schulgarten mit der Hacke arbeiten sehen, damals, als jedes Kind eine Pflanze zum Einsetzen bekommen hatte. Diese Muskeln hatte der Rektor auf der Farm bekommen. Die Jungen sagten, daß es bei ihm sehr harte Hiebe setze. Er hatte einen plumpen Schleichgang, der äußerst komisch und ungeschickt wirkte. Aber er konnte einen Jungen «schnappen», ehe der es recht gewahr ward. Otto Krause nannte ihn «kriechenden Jesus». Eugene war ein wenig schockiert darüber. Aber die Jungen waren eine rohe Bande, der Spitzname blieb.

Der Rektor hatte ein weißes, wächsern-durchsichtiges Gesicht und eingefallene Wangen wie die Pentlands, eine bläulich-bleiche Nase, die etwas dunkler getönt war als die übrige Haut, und einen dünnlippigen, leicht geschwungenen Mund. Sein grobes, dichtes, schwarzes Haar ließ er nie zu lang wachsen. Er hatte kurze, breite, kräftige Hände; sie waren sehr trocken und immer mit Kreide beschmiert. Wenn Eugene an ihm vorüberging, fing er stets den Geruch von Kreide und Schulhaus auf. Vor solcher Autorität wurde ihm kalt ums Herz: Das Fleisch dieses Menschen war mit der Heiligkeit von Schulhaus und Kreide gesalbt. Da war der Mann, der berührte, ohne berührt werden zu können, der schlug, ohne daß man zurückschlagen konnte. Eugene stellte sich in schrecklichen Phantasien vor, ihm Widerstand zu leisten, und erschauerte, wenn er an die schreckliche Vergeltung dachte: es würde wie die Blitze schleudernde Hand Gottes sein. Dann sah er sich vorsichtig um, ob auch niemand seine Gedanken erraten habe.

Der Rektor hieß Leonard. Jeden Morgen, nach einem Gebet von zehn Minuten, hielt er eine längere Ansprache an die Schüler. Er hatte eine hohe, laute Stimme. Manchmal vergaß er sich und verfiel in eine komische, bäurisch-rauhe, langgedehnte Sprechweise. Es geschah oft, daß er den Faden verlor und mitten im Satz zu träumen anfing. Dann starrte er mit halboffenem Mund stumpfsinnig vor sich hin, lachte plötzlich idiotisch auf und kehrte, die Gedanken immer noch unterwegs, zur Sache zurück.

Jeden Morgen, zwanzig Minuten lang, ließ er ein planloses, langweilig-pompöses Gerede auf die Kinder los. Die Lehrer gähnten vorsichtig hinter vorgehaltener Hand, die Kinder kritzelten etwas vor sich hin oder schrieben einander Zettelchen. Der Rektor sprach vom «höheren Leben» und von den «Dingen des Geistes». Er versicherte, die Schüler seien die Elite von morgen und die Hoffnung der Welt. Woraufhin er Longfellow zitierte.

Ein rechtschaffner, stumpfsinnig-ehrlicher Mann, dieser Leonard. Es war ein gutes Stück erdhafter Roheit an ihm. Abgesehen von seiner Leidenschaft für die Schulmeisterei ging ihm nichts über eine Farm. Er hatte ein großes, baufälliges Haus vor der Stadt gepachtet; es stand auf einem Hügel in einem Hain alter, stattlicher Eichen. Dort wohnte er mit seiner Frau und seinen zwei Kindern. Er hielt eine Kuh, denn ohne Kuh konnte er nicht leben. Frühmorgens und abends ging er, sie zu melken, lachte sein leeres, idiotisches Lachen und gab ihr einen schönen kräftigen Tritt in den Bauch, damit sie herumtrat.

Leonard war ein harthändiger Herr. Aufsässigkeit erstickte er mit ordentlicher Kornfeld-Brutalität. Wenn ein Junge frech wurde, riß er ihn schwungvoll vom Stuhl hoch und zerrte den sich windenden Körper in sein Büro, wobei er schweratmend mit seinem ungelenken Schritt den Korridor entlangeilte und höhnisch sagte: «Du junger Frechdachs, gleich werden wir sehen, wer hier was zu sagen hat. Gleich werden wir sehen, Bürschchen, ob ich mir von jedem hergelaufenen Dreikäsehoch dumm kommen lassen muß.» Sowie er das Büro erreicht und die Glastür hinter sich geschlossen hatte, drangen die Geräusche seiner strengen Rechtsauffassung nach draußen: sein keuchend-angestrengtes Atmen, das Pfeifen, mit dem sein Bambusrohr die Luft zerschnitt, und die angst- und schmerzerfüllten Heultöne, die er seinem Opfer entrang.

Heute nun hatte er die Schüler versammelt, um einen kleinen Aufsatz schreiben zu lassen. Mit leeren Gesichtern dösten die Kinder vor sich hin, als er ihnen umständlich auseinandersetzte, was sie schreiben sollten. Schließlich verkündigte er, daß er einen Preis ausgesetzt habe. Er würde aus eigener Tasche demjenigen, der die beste Arbeit abliefere, fünf Dollar geben. Das machte sie sofort munter, knisterndes Interesse erwachte.

Der Aufsatz war über ein französisches Bild, das *Das Lied der Lerche* hieß. Auf dem Bild war ein Bauernmädchen dargestellt. Es war barfuß; in der Hand hielt es eine Sichel. Das Morgenlicht lag auf den Feldern. Das Mädchen hob das Gesicht zum Himmel und lauschte den Trillern des Vogels. Die Kinder sollten schreiben, was das Gesicht des Mädchens ausdrücke. Sie sollten schreiben, was ihnen das Bild bedeute. Es war im Lesebuch reproduziert; zudem hing es nun groß und in Buntdruck zur Besichtigung an der Wand. Gelbe Papierbogen wurden verteilt. Die Kinder starrten vor sich hin, kauten an ihren Bleistiften. Es wurde still im Saal, man hörte das feine Gekratz der Schreibenden.

Der warme Wind flog um die Giebel. Draußen, leise sausend, wellte das Gras.

Eugene schrieb:

«– Das Mädchen hört das Lied der ersten Lerche. Sie weiß, das bedeutet, der Frühling ist da. Das Mädchen ist ungefähr siebzehn oder achtzehn. Ihre Leute sind arm; sie ist nie woanders gewesen. Im Winter trägt sie Holzpantinen. Das Mädchen spitzt den Mund ein wenig, als ob sie pfeifen wolle. Aber sie pfeift nicht, damit der Vogel nicht merkt, daß sie ihn beobachtet. Ihre Leute kommen hinter ihr her das Feld herunter, aber wir sehen sie nicht. Das Mädchen hat einen Vater, eine Mutter und zwei Brüder. Alle haben sie immer hart gearbeitet. Sie ist die Jüngste. Sie möchte gern reisen und die Welt sehen. Manchmal hört sie einen Zug pfeifen, der nach Paris geht. Sie ist noch nie Eisenbahn gefahren. Sie möchte gern mal nach Paris. Sie möchte schöne Kleider haben und reisen. Vielleicht möchte sie in Amerika, dem Land der unbegrenzten Möglichkeiten, ein neues Leben anfangen. Das Mädchen hat es nicht gut gehabt; ihre Angehörigen verstehen sie nicht. Wenn sie jetzt sähen, wie sie der Lerche zuhört, würden sie sie verspotten. Das Mädchen hat nie die Vorteile einer guten Schulbildung genossen, ihre Leute sind zu arm dazu. Wenn ihr aber diese Gelegenheit gegeben wäre, dann würde sie sie mehr nützen, als manche andere Kinder tun, denen diese Vorteile geboten werden, denn am Gesicht sieht man, daß das Mädchen klug und verständig ist.»

Das war Anfang Mai. In vierzehn Tagen sollten die Abschlußprüfungen sein. Eugene freute sich sehr darauf. Er hatte das Pauken, das Überfliegen des Lehrstoffs gern; es machte ihm Spaß, seine aufgespeicherten Kenntnisse verschwenderisch zu Papier zu bringen; die hochgespannte, nervöse, nach Endgültigkeit riechende Atmosphäre im Prüfungssaal regte ihn an. Und dann würden die trägen, heißen Ferienmonate kommen. Ach, wenn er dann hier sein könnte, mit dem großen Gipsabdruck der Minerva allein, oder mit Bessie Barnes oder mit Miss – mit Miss –

«Den Jungen müssen wir kriegen», sagte Margaret Leonard und reichte ihrem Mann Eugenes Aufsatz. Sie wollten eine Privatschule für Knaben aufmachen; aus diesem Grunde hatte der Rektor den Aufsatz schreiben lassen.

Leonard tat so, als läse er eine halbe Seite, starrte geistesabwesend in die Ewigkeit und kratzte sich am Kinn, wobei er sein Gesicht kreidestaubig machte. Dann, als er ihren Blick auffing, lachte er blödsinnig und bemerkte: «Wie? Den kleinen Nichtsnutz? Ach was? Glaubst du wirklich . . .?» Er beugte sich vornüber, mit eingezogenem Atem winselnd vor Lachen, und klatschte sich auf die Knie, wo er Kreidespuren zurückließ. Er brachte einen fetten Schnalzlaut hervor und sagte schließlich: «Barmherziger Heiland!»

«Hier, vorwärts, sieh dir das an und mach keine Flausen!» sagte sie und lächelte zärtlich amüsiert über ihn. «Faß dich und geh und besuch die Eltern dieses Jungen!» Sie liebte den Mann sehr; er liebte sie.

Ein paar Tage später versammelte Leonard die Oberklassen abermals in der Aula. Er hielt eine wirre Rede, in der er den Schülern kundtat, daß einer unter ihnen den Preis gewonnen hätte; den Namen des Preisträgers verschwieg er; schließlich las er nach längeren, genüßlichen Abschweifungen Eugenes Aufsatz vor, nannte den Namen und rief ihn nach vorn.

Kreidegesicht nahm Kreidehand. Das Herz des Jungen raste an die Rippen. Die stolzen Hörner erschallten, er schmeckte Ruhm.

Geduldig belagerte Leonard Eliza und Gant den ganzen Sommer lang. Gant wich aus, war und blieb unverbindlich, wies ihn schließlich an Eliza. «Sie müssen mit der Mutter reden!» Privatim äußerte er sich sehr aufgebracht über das Ansinnen und hielt laute Reden über die Verdienste der Volksschule als einer Brutstatt rechtschaffenen Staatsbürgertums. Die Familie rümpfte die Nase: «Privatschule?! Mr. Vanderbilt, was?! Dem Bürschlein große Rosinen in den Kopf setzen, so daß sein Lebtag nichts aus ihm wird!»

Woraufhin Eliza nachdenklich wurde. Sie war ein ganz schöner Snob. Mr. Vanderbilt? Warum eigentlich nicht! War sie etwa etwas Geringeres? Keineswegs! Sie würde es schon beweisen.

«Haben Sie schon Kunden zusammengetrommelt? Wessen Söhne werden in Ihre Schule kommen?» fragte sie.

Leonard nannte ein paar reiche, angesehene Leute, die ihm ihre Söhne schicken würden: Dr. Kitchener, der Hals-Nasen-Ohren- und Augen-Spezialist; Mr. Arthur, der Syndikus; Bischof Raper von der episkopalischen Diözese.

Eliza wurde noch nachdenklicher: Sie dachte an Pett, Will Pentlands Frau. Hatte die es vielleicht nötig, so dickzutun?

«Wie hoch ist das Schulgeld?» fragte sie.

Hundert Dollar im Jahr, erklärte er. Sie schürzte die Lippen nachdenklich, bevor sie antwortete. Dann lächelte sie neckisch und sah Eugene an.

«Hm, das ist ein ganzer Haufen Geld», sagte sie schließlich. «Wissen Sie –» ihr Lächeln wurde wehleidig – «wie die Nigger so sagen, wir sind arme Leute.»

Eugene zuckte zusammen.

«Na, was ist denn, Junge?» sagte Eliza scherzhaft zu ihm, «glaubst du, daß du das Geld wert bist?»

Mr. Leonard legte seine weiße, trockene Hand auf Eugenes Schulter und fuhr ihm zärtlich über Rücken und Nieren, dabei überall Kreidespuren zurücklassend. Dann umklammerte er den schmalen Jungenarm fest mit seinen fleischigen Fingern. «Dieser Bursche ist es wert», versicherte er und schüttelte ihn langsam hin und her, «yes, Sir.»

Eugene lächelte in tödlicher Verlegenheit. Eliza schürzte wieder die Lippen. Sie spürte eine starke Seelenverwandtschaft mit Leonard. Sie beide gehörten zu der Sorte, die sich bei allem Zeit läßt. Sie lächelte schlau, rieb sich die breite, gerötete Nase.

«Ja, sagen Sie mal», legte sie los, «ich war mal selber Schullehrerin, das wissen Sie wohl gar nicht, was? Aber dafür bekam ich längst nicht so viel Geld, wie Sie da verlangen. Ich war herzlich froh, wenn ich 'nen Freitisch und zwanzig Dollar im Monat bekam.»

«Tatsächlich, Mrs. Gant?» entgegnete Mr. Leonard höchst interessiert. «Na also!» Er begann sinnlos und winselnd zu lachen, wobei er Eugene so heftig schüttelte, daß dessen Arm unter seinem brutalen Griff abstarb.

Eliza begann wieder:

«Ja, ja, ich erinner mich noch ganz genau . . . da war mein Vater, es war lange vor deiner Geburt . . .» – bemerkte sie zu Eugene – «denn deinen Papa hatte ich damals noch nicht gesehn, und du warst damals weiter nichts wie ein schmutziges Spüllümpchen, das im Himmel zum Trocknen aufgehängt ist, wie es so schön heißt . . . ja, ja, damals hätte ich jedem ins Gesicht gelacht, der mir was vom Heiraten vorgeschwätzt hätte. Also, was ich sagen wollte . . .» – hier schüttelte sie traurig den Kopf und verzog den Mund vor Wehmut – «wir waren damals sehr, sehr arm, kann ich nur sagen, ich hab erst neulich wieder dran gedacht, wie oft wir damals nicht wußten, wo die nächste Mahlzeit herkommen sollte. Also wie gesagt . . .» – sie wandte sich an Eugene – «dein Großvater kam eines Abends heim und fragte mich: ‹Also rat mal, wen ich heut getroffen habe?› Ich erinnere mich so genau, als stünde er leibhaftig vor mir im Zimmer. Na also, mir schwante so was, wissen Sie . . .» – hier wandte sie sich an Leonard mit unschlüssigem Lächeln – «. . . so Ahnungen sind schon merkwürdig, wenn man später darüber nachdenkt. Also, ich hatte gerade meiner Tante Jane beim Tischdecken geholfen; sie war ganz aus Yancey County gekommen, um deine Großmutter zu besuchen – da plötzlich ging es mir auf – nicht, daß Sie denken (zu Leonard), daß ich aus dem Fenster geguckt hätte oder so was, nein, ohne all das wußte ich, daß er bestimmt kommen würde – ‹Oh Gott›, rief ich – ‹da kommt er› –

‹Was redest du da bloß, Eliza›, sagte deine Großmutter – ich erinner mich noch, sie ging zur Tür und sah den Weg hinab – ‹da ist doch gar keiner› – ‹Er kommt gleich›, sagte ich, ‹wart's nur ab› – ‹Wer denn?› fragte deine Großmutter – ‹Na, Vater natürlich›, sagte ich, ‹er trägt was auf dem Rücken› – und tatsächlich: ich hatte noch gar nicht ganz ausgesprochen, als er da langkam, in voller Lebensgröße den Weg hochkam mit einem Sack voller Äpfel. An der Art, wie er ging, konnte man schon merken, daß er was zu erzählen hatte – na, jedenfalls – er sagte kaum guten Tag – ich erinner mich, daß er beinahe schon im Reden war, bevor er richtig das Haus erreicht hatte – ‹Oh, Vater›, rief ich, ‹du hast mir ja Äpfel mitgebracht!› – es war das Jahr, nachdem ich fast an Lungenentzündung gestorben wäre, da hab ich immer Blutstürze gehabt und Blut gespuckt, und ich hatte ihn gebeten, mir Äpfel mitzubringen – ‹Well, Sir›, sagte meine Mutter zu ihm und guckte ganz seltsam, ‹ich sag dir, so was ist mir noch nicht vorgekommen› – und sie erzählte ihm, was passiert war. Na, er wurde ganz ernst und sagte – ich vergeß nie, wie er das gesagt hat – ‹*Sie hat mich wohl gesehen*. Ich war zwar noch nicht da, aber ich hab an euch gedacht, und daran, den Weg hinaufzugehen – Ich habe gute Nachricht für dich, Eliza. Und nun rate mal, wen ich heut getroffen habe!› ‹Aber ich habe nicht die geringste Idee, wen!› antwortete ich, und da sagte er: ‹Der alte Professor Truman war es. Er ist in der Stadt auf mich zugekommen und sagte: ‚Hör mal, ich hab 'ne Stelle für die Eliza. Wenn sie will, kann sie den Winter über in Beaverdam Schule halten.'› ‹Ach was›, sagte mein Vater, ‹sie hat ja nie im Leben einen Tag unterrichtet›, aber der alte Professor Truman lachte einfach laut heraus und sagte: ‹Da machen Sie sich nur keine Sorgen, die Eliza kann alles, was sie will . . .› Ja, ja . . . so ist es denn zustand gekommen . . .»

Von Tragik erfüllt, hielt sie einen Augenblick lang inne, abwesend, ihr weißes Gesicht geneigt, und blickte hinab in die Schneise der vergangenen Jahre.

«Also, hallo, mein Junge», sagte Mr. Leonard unsicher, gab Eugene einen Stoß und lachte selbstgenüßlich vor sich hin.

Eliza schürzte langsam die Lippen.

«Schön!» entschied sie, «ich werde Ihnen den Jungen auf ein Jahr schicken.»

Das war ihre Art, Geschäfte zu erledigen. Die Strömung des Sargassomeers ist tief.

Solchermaßen, auf den äußersten Spitzen millionenfacher Impulse wirkte das Schicksal auf Eugenes Leben ein.

Mr. Leonard hatte ein großes, altmodisches, leicht baufälliges Haus vor der Stadt gepachtet. Es war vor dem Bürgerkrieg gebaut und stand breitaufgesetzt in einem Hain großer Eichen auf einem Hügel. Die Fronten gingen nach Westen und Süden, gegen Biltburn hin und gegen das Südende der Stadt mit dem Bahnhofsviertel und den Mietskasernen, in denen Neger wohnten.

Eines Tages, Anfang September, nahm er Eugene mit hinaus. Sie sprachen gewichtig von Politik, als sie über den Square gingen, die Hatton Avenue hinunter, südwärts die Church Avenue entlangschritten und schließlich in südwestliche Richtung die gewundene Straße hügelan zum Haus hinaufgingen. Wehmütige Vorherbstmusik rauschte in den alten Bäumen, als sie das große Grundstück betraten.

In der geräumigen Wohndiele des gedrungenen, verschachtelten alten Hauses sah Eugene zum erstenmal Margaret Leonard. Sie hatte eine Schürze vorgebunden und trug einen Besen in der Hand. Am meisten überwältigte ihn ihre entsetzliche Zerbrechlichkeit.

Sie war damals vierunddreißig. Sie hatte zwei Kinder, einen sechsjährigen Sohn und eine zweijährige Tochter. Als sie vor ihm stand, die lange, feine Hand um den Besenstiel gelegt, bemerkte Eugene, daß die Spitze ihres rechten Zeigefingers flach war, so, als sei sie mit einem Hammer unheilbar plattgeschlagen worden, und eine kurze Welle kalter Übelkeit überkam ihn. Jahre später erst erfuhr er, daß Tuberkulöse zuweilen solche Finger haben.

Sie war mittelgroß, etwa 1,60 Meter. Als Eugenes Verlegenheit abflaute, merkte er, daß sie höchstens siebzig oder achtzig Pfund wiegen könne. Von den Kindern hatte er reden hören; nun fielen sie ihm ein. Zwangsläufig, mit kaltem Entsetzen dachte er an Leonards schweren, weißen Muskelwulst. Die Vorstellung der geschlechtlichen Beziehungen zwischen den beiden drängte sich ihm jählings auf: Furchtsam und ungläubig wehrte er den Gedanken ab.

Sie trug ein Kleid aus steifem, grauem Gingham, das keineswegs lose oder füllig um ihre abgezehrte Gestalt fiel, sondern ihren Körper so verhüllte, als wäre er ein drapierter Stock.

Während Eugene noch in diesen qualvollen Eindrücken befangen war, hörte er ihre Stimme. Beschämt blickte er auf und sah ihr ins Gesicht. Es war das stillste und leidenschaftlichste Gesicht, das er je gesehen hatte. Unter der aschfahlen, dünnen Haut zeichneten sich die zarten Linien der Gesichts- und Schädelknochen klar ab. Die leichenhafte Spannung, die die Haut Sterbender hat, war gerade überwunden. Dieser Mensch hatte soweit zurückgefunden, daß das Leben ihm die Waagschale von Krankheit und Genesung im Gleichgewicht hielt. Alles, was sie tat, mußte diese Frau erwägen und bemessen.

Eine sehr gerade Nase und ein langes, feingeschnittenes Kinn gaben dem schmalen Gesicht einen Anflug weltkluger Entschiedenheit. Um winzige Grübchen in der blassen Wangenhaut und um die Mundwinkel zuckten von Augenblick zu Augenblick ein paar zerfranste Nervenbündel, was aber die aus einer tiefen, inneren Stille gespeiste Schönheit des Ausdrucks nicht störte. Dieses Gesicht spiegelte einen dauernden nervösen Kampf wider und darüber hinaus den Sieg einer steten, stillen Energie über die tausend kreischenden Teufel der Erschöpfung und äußersten Müdigkeit, die sie zu zerreißen suchten. Auf ihr ruhte die epische Dichtung von Schönheit und der dem Kampf abgerungenen Ruhe – er hatte immer das Gefühl, als hielte Margaret Leonard eine Hand aufs Herz gekrampft, um all die widerspenstig gespannten Drähte ihres Wesens gewaltsam zusammenzufassen.

Er spürte, wenn sie einmal die Hand wegnähme, würde sie zerbrechen, würde die große Welle ihrer Tapferkeit verebben. Buchstäblich, körperlich empfand er das so. Sie erschien ihm wie ein ruhmbedeckter, sagenhaft ruhiger Feldherr, der, tödlich verwundet, die zerrissene Schlagader mit einem Griff abpressend, seinen Tod um eine Stunde hinhält und die Schlacht weiter lenkt.

Ihr Haar war grob, ziemlich dicht, mattbraun, leicht angegraut; sie trug es in der Mitte gescheitelt und hinten zu einem Knoten zusammengeknüpft. Alles an ihr war äußerst reinlich, wie ein makellos gescheuerter Küchentisch. Sie nahm seine Hand, und er spürte die nervöse Lebenskraft ihrer Finger und bemerkte, wie sauber und gebürstet diese etwas verarbeiteten Hände waren. Wenn er jetzt ihrer Abgezehrtheit überhaupt noch gewahr war, erschien sie ihm als Verklärung. Er fühlte sich nicht mit Krankheit in Verbindung gebracht, sondern mit der größten Gesundheit, die er je gekannt hatte. Ihr Wesen durchdrang ihn wie hohe Musik. Sein Herz hob sich.

«Dieses», sagte Mr. Leonard und streichelte ihm über die Nieren, «ist Mr. Eugene Gant.»

«Schön!» sagte sie, mit einer leisen Stimme, in der ein Draht zitternd schwang. «Es freut mich, dich kennenzulernen.» In ihrer Stimme vernahm er die ruhige Verwunderung, wie er sie von Leuten kannte, die etwas sehr Seltsames erlebt oder gehört hatten, das außerhalb des Lebens, außerhalb der Natur zu liegen schien: den Ton des schlichten Hinnehmens. Und plötzlich wußte er, daß dieser Frau alles Leben ewig fremd scheinen müsse, daß sie unmittelbar in die Schönheit, das Mysterium und die Tragödie der Menschenherzen hineinsah, und er spürte, daß er ihr schön erschien.

Ihr Antlitz verdunkelte sich von der seltsamen, leidenschaftlichen Lebenskraft, die keine Zeichen hat und körperlos wie das Ursein in ihr war. Das Braun ihrer Augen wurde schwarz, so, als sei ein Vogel durch ihren Blick geflogen und hätte den Schatten seiner Flügel darin zurückgelassen. Sie sah Eugenes kleines, müdes, traumverlorenes Gesicht, das merkwürdig auf dem Stengel seines langen, fleischlosen Körpers brannte, sah die geraden, mageren Schenkel und die großen, etwas einwärts gedrehten Füße, sah die Schmutzspuren auf den Knien seiner Strümpfe, die dünnen Arme, die ungelenk aus den Ärmeln der billigen, schlechtsitzenden Jacke hervorkamen, sah die schmalen, armseligen, abfallenden Schultern, sah das dichte Wirrhaar – sie sah alles, und sie lachte nicht.

Er hob ihr sein Gesicht entgegen wie ein Gefangener, der in die Freiheit blickt, wie ein lange im Finsteren eingekerkerter Mensch, der sich nun im großen See der Morgendämmerung badet, wie ein Blinder, der auf seinen Augen das Wesen unwandelbarer Helle, das Lichtherz fühlt. Sein ganzer Körper trank ihre strahlende Kraft ein, wie ein Ausgestoßener in der Wüste den Regen trinkt. Er schloß die Augen und ließ das Licht über sich hingehen. Und als er wieder aufblickte, sah er, daß ihre Augen feucht glänzten.

Dann fing sie an zu lachen. «Meine Güte, Mr. Leonard», sagte sie zu ihrem Mann, «er ist fast so groß wie du! Stell dich mal hierher, Junge, ich muß euch mal aneinander messen.» Mit gewandten Händen stellte sie beide Rücken an Rücken auf. Leonard war sechs oder acht Zentimeter größer als Eugene. Er lachte weinerlich.

«Was? Der Taugenichts!» rief er. «Der kleine Grünschnabel!»

«Wie alt bist du, Eugene?» fragte sie.

«Im nächsten Monat werde ich zwölf.»

«So? Das soll mal einer verstehn!» sagte sie verwundert. Dann fuhr sie fort: «Ich will dir eines sagen, wir müssen sehen, daß du etwas Fleisch auf die Knochen kriegst. So darfst du nicht herumlaufen, das gefällt mir nicht.»

Sie schüttelte den Kopf.

Er fühlte sich unbehaglich, verwirrt, war etwas verstimmt. Es versetzte ihn stets in angstvolle Verlegenheit, wenn man ihm sagte, er sei «zart»; es verletzte seinen Stolz.

Sie nahm ihn mit in den großen Raum zur Linken, der als Wohnzimmer und Bibliothek eingerichtet war. Sie beobachtete, wie sein Gesicht vor Eifer zu strahlen begann, als er die fünfzehnhundert oder zweitausend Bücher, die dort auf verschiedenen Gestellen standen, erblickte. Linkisch nahm er in einem Korbsessel am Tisch Platz und wartete, bis sie zurückkam. Sie brachte ihm Dickmilch (die er noch nie gegessen hatte) in einem Glas und einen Teller belegte Brote dazu. Als er gegessen hatte, zog sie einen Stuhl neben seinen und setzte sich. Sie hatte Leonard weggeschickt, er solle irgend etwas in den Ställen erledigen. Man hörte, wie er draußen befehlshaberisch sein Vieh rief.

«Nun erzähl mir mal, Junge, was du gelesen hast», sagte sie.

Geschickt tastete er sich durch die Wüstenei des Gedruckten und gab als seine Lieblingsbücher diejenigen an, von denen er spürte, daß sie ihren Beifall hätten. Und da er alles, Gutes und Schlechtes, aus der Stadtbibliothek verschlungen hatte, konnte er mit seiner Belesenheit Eindruck auf sie machen. Manchmal hielt sie ihn an und fragte etwas über ein Buch; dann erzählte er ausführlich den Inhalt, mit ein paar grellen Details, so daß sie völlig zufrieden war. Sie war aufgeregt, sie brannte darauf, diesen Heißhunger nach Wissen, Erfahrung und Weisheit zu stillen. Und Eugene spürte plötzlich die Lust des Gehorsams. Das ungestüme, dumpfe Umhertasten, das blinde Jagen, die verzweifelte, rastlose Gier, das würde nun aufhören. Er würde geleitet, angewiesen, geführt werden. Der Seeweg nach Indien durch die schmalen Meeresstraßen, den er nie gefunden hatte, würde nun auf der Karte für ihn vorgezeichnet werden. Ehe er wegging, gab sie ihm einen dicken Band von neunhundert Seiten, der mit lebendigen Kupferstichen von Liebe und Kampfszenen illustriert war, aus dem Zeitalter, das er am meisten liebte.

Um Mitternacht noch war er tief versunken im Schicksal des Mannes, der den Bären erschlug und die Windmühle niederbrannte, der die Geißel der Banditen war ... tief versunken in der Landstraßen- und Tavernenwelt des Mittelalters ... begeistert von dem tapferen, schönen Gerard, dem Erzeuger des Genies, Vater des Erasmus. Eugene hielt Charles Reades *‹The Cloister and the Hearth›* für die schönste Geschichte, die er je gelesen hatte.

Die Altamont Fitting School war das größte Abenteuer im Leben der Leonards. All den verspäteten Erfolg, von dem er als junger Mann geträumt hatte, hoffte Leonard nun zu ernten. Für ihn bedeutete die Schule Unabhängigkeit, Herrschaft, Macht und – so hoffte er – auch Wohlstand. Für Margaret war das Lehren Selbstzweck, ihre lyrische Musik, ihr Leben, die Welt, in der sie Gutes und Schönes stiften und aufbauen konnte; der Herr ihrer Seele, der ihrem Geist Leben gab, während er ihren Leib zerbrach.

Die kleinen Nachtfalter der Menschenvergötzung taumelten hochzeitstrunken ins Vulkanfeuer des Bewußtseins und verbrannten. Eugenes Götter und Helden wurden alle von der mitleidlosen

Sense der Jahre dahingerafft. Welche Hoffnung hatte sich denn im Leben erfüllt? Was hatte der Geißel von Wachstum und Erinnerung widerstanden? Warum war das Gold so trüb geworden? Sein ganzes Leben lang – so schien es – fing Eugene mit leidenschaftlichen Beziehungen zu Menschen an und endete vor Bildern. Das Leben, an das er sich zu lehnen gedachte, zerfloß unter seinem Gewicht, entwich, und er hielt ein Standbild umarmt. Aber siegreich und wirklich inmitten des von Schatten heimgesuchten Herzens blieb jene Frau lebendig, die seine geblendeten Augen zuerst mit dem Licht berührt hatte, die seiner verhängten, unbehausten Seele ein Heim gab. Sie blieb.

O Tod-im-Leben, der uns die Menschen in Steine verwandelt! O Wandel, der gleichmachend über unsere Götter dahingeht! Wenn auch nur einer von ihnen noch unter der Asche der verzehrenden Jahre lebt, soll nicht der Staub geweckt werden, soll nicht der tote Glaube wieder entbrennen, sollen wir nicht Gott wieder schauen wie einst auf den Bergen des Morgens? Wer geht mit uns auf die Berge?

17

EUGENE VERBRACHTE seine nächsten vier Lebensjahre in Leonards Schule. Er kannte die entsetzliche Öde in Dixieland ... er sah den dunklen Schmerzensgang, den Gant mit seinen großen Gliedern bergab ging, und die einsame Kerkerhaft seines eigenen Lebens zehrte an ihm wie Hunger ... so erschienen ihm diese vier Jahre wie ein Aufenthalt im Hain, wo goldene Äpfel reifen.

Was Leonard selbst ihm gab, war sehr wenig: – ein trockener Kriegszug durch die Riesenwüsten lateinischer Prosa – zuerst eine ruppige, unintelligente, steifgerittene Attacke auf die Grammatik, die ihn unnötigerweise furchtsam machte und bestürzte, ihn auf Jahre hinaus in absurde Vorurteile gegen die Gesetze der Sprachform trieb und ihm eine ungesunde Abneigung gegen die Syntax eingab – dann ein Jahr lang die karge, knappe Genauigkeit des

Cäsar, die großartige Struktur und Schärfe seines Stils, die Sicherheit seines Satzbaus: all das wurde durch ein dumpfes Einteilen in Tagespensen, das kleinliche Zerlegen der Sätze in Einzelteile und die schwerfällige Antisprache pedantischen Übersetzens abgetötet («Nachdem er alle Dinge, die notwendig waren, erledigt hatte und die Jahreszeit der Fortsetzung des Krieges günstig war, begann Cäsar, seine Legionen in Kampfformation aufzustellen»). Die dunkle Pracht des Krieges in Gallien, der römische Speer, der den feindlichen Lederschild durchbohrt, die Verhandlungen der Barbaren in den Wäldern, die stolzen Siegeshörner: das alles hätte ein guter Lehrer mit einem Schuß von Enthusiasmus den Worten des großen Realisten beifügen können. Aber Leonard konnte es nicht. Statt dessen gab es methodische Routine und Gedächtnisarbeit: – *Cogitata.* Neutrum Pluralis des Partizips als Substantiv verwandt. *Quo* statt *Ut* zur Anzeigung der Absicht gebraucht, wenn Komparativ folgt. März letzten Jahres fehlten drei Tage am Pensum. Achtzig Zeilen für morgen durchgehen. Sie saßen ein mühseliges Zeitalter, zwei Jahre, über diesem langweiligen Hund Cicero. *‹De senectute›. ‹De amicitia›.* Vergil wurde umgangen, weil John Dorsey Leonard ein schlechter Seemann war und sich in vergilianischer Navigation nicht auskannte. Er haßte Forschungsfahrten, mißtraute dem Reisen. «Nächstes Jahr», sagte er. Und die großen Namen des Ovid, des Herrn der Bodengeister, des bacchischen Flötenspielers der *‹Amores›*, und des Lucretius, der vom Rhythmus der Gezeiten klingt, auch sie wurden umgangen. *Nox est perpetua.*

«Wie?» kam es langgezogen aus Leonards Kehle. Er lachte leer. Vom Kinn bis zu den Knien war er mit Kreide beschmiert. Stephen («Pap») Rheinhart beugte sich vorsichtig vor und stieß Eugene mit dem spitzen Bleistift in die Weichen. Eugene knurrte; es tat weh.

«Ihr wollt wissen warum?» sagte Mr. Leonard und rieb sich das Kinn. «Es ist eben ein ganz anderes Latein.»

«Wieso anders?» fragte Tom Davis hartnäckig. «Schwerer als Cicero?»

«Na», entschied Mr. Leonard unschlüssig, «eben anders. Jedenfalls noch ein bißchen zu hoch für euch.»

«*– est perpetua. Una dormienda. Luna dies et nox.*»

«Sind lateinische Gedichte schwer zu lesen?» erkundigte sich Eugene.

«Na . . .» Mr. Leonard schüttelte den Kopf. «Leicht jedenfalls nicht. Horaz zum Beispiel . . .» fing er vorsichtig an.

«Er hat Oden und Epoden geschrieben», sagte Tom Davis. «Was ist eigentlich 'ne Epode, Mr. Leonard?»

«Eine Epode ist eine Gedichtform», verkündete Mr. Leonard nachdenklich.

«Verdammt», flüsterte «Pap» Rheinhart rauh in Eugenes Ohr. «Das wußte ich, ehe mein Alter Schulgeld berappte.»

Leonard lächelte süßlich, rieb sich das Kinn und machte es noch kreidiger. Er wollte zur Lektion des Tages zurückkehren.

«Also hier waren wir stehengeblieben.»

«Bitte, wer war Catull?» begehrte Eugene heftig zu wissen. Wie ein Speer sauste der Name durch sein Hirn.

«Er war ein Dichter!» antwortete Leonard, gedankenlos, schnell, aufgeschreckt. Schon tat ihm die Auskunft leid.

«Was für Gedichte hat er denn geschrieben?» fragte Eugene.

Keine Antwort.

«Ähnlich wie Horaz?»

«Eigentlich nicht», sagte Leonard nachdenklich. «Er schrieb anders als Horaz.»

«Worüber denn? Wie denn?» wollte Tom Davis wissen.

«Wie deine Oma, wenn sie Bauchgrimmen hat», flüsterte «Pap» Rheinhart.

«Er schrieb über Dinge, die damals von allgemeinem Interesse waren», sagte Mr. Leonard leichthin.

«Über Liebschaften, nicht wahr?» sagte Eugene mit bebender Stimme.

Tom Davis sah ihn erstaunt an. «Hat der Mensch Töne!» rief er und fing an zu lachen.

«Ja, er schrieb Liebesgedichte», behauptete Eugene leidenschaftlich. «Er war in eine Dame namens Lesbia verliebt. Frag Mr. Leonard, wenn du's mir nicht glaubst.»

Sie wandten ihm ihre durstigen Gesichter zu.

«Na – ja – nein – das weiß ich selber nicht so genau», sagte der verwirrte Mr. Leonard abweisend. «Woher weißt du denn das, Eugene?»

«Ich hab's in einem Buch gelesen», sagte Eugene. Er fragte sich selbst, wo. Wie ein sausender Speer der Name.

– dessen Zunge wie eine Schlangenzunge gespalten war, dessen Sprache wie eine Lanze der Leidenschaft und Ekstase flog. –

Odi et amo; quare id faciam . . .

«Nicht alle seine Gedichte», sagte Mr. Leonard, «nur einige.»

. . . fortasse requiris. Nescio, sed fieri sentio et excrucior.

«Wer war sie denn?» fragte Tom Davis.

«Das war damals so Brauch», sagte Mr. Leonard beiläufig. «Wie mit Dante und Beatrice. Es war die Form, in der Dichter ihre Komplimente abstatteten.»

Die Schlange flüsterte. Etwas Wildes schoß Eugene ins Blut. Die Gewänder des Gehorsams, der Untertänigkeit, der schicklichen Achtung vor dem Lehrer fielen von ihm ab.

«Sie war die Frau eines anderen», behauptete er laut.

Entsetzliche Stille.

«Na! Aber! Wer hat dir denn das gesagt, Junge?» Mr. Leonard war bestürzt. Er betrachtete diese Heirat als eine wilde, möglicherweise gefährliche Mythe. «Wer hat dir das gesagt, Junge?!»

«Was war sie denn wirklich?» fragte Tom Davis spitz.

«Nein, das stimmt nicht ganz, daß sie eines anderen Frau war», brummte Mr. Leonard und rieb sich das Kinn.

«Sie war ein schlechtes Frauenzimmer», sagte Eugene. Und dann fügte er verzweifelt hinzu: «Sie war 'ne kleine Nutte.»

«Pap» Rheinhart zog scharf den Atem ein.

«Was?! Was?! Was?!» rief Mr. Leonard schrill, als er wieder Worte fand. Er kochte vor Wut. Er sprang auf. «Was hast du da gesagt, Eugene?»

Aber dann dachte er an Margaret. Wie gelähmt blickte er auf die bleiche Verstörtheit des Knabengesichtes. Allzu fern. Er setzte sich wieder. Er war erschüttert.

– dessen unzüchtigster Schrei noch von Leidenschaft befeuert war, dessen klangvollster Vers aus der Besudelung erblühte. –

Nulla potest mulier tantum se dicere amatam.

Vere, quantum a me Lesbia amata mea est.

«Du solltest vorsichtiger mit deinen Reden sein, Eugene», warnte Mr. Leonard freundschaftlich.

«Aber vorwärts jetzt», rief er plötzlich aus und nahm brutal sein Buch. «So kommen wir mit der Arbeit nicht weiter. Also los!» Er spuckte in seine intellektuellen Hände und bemerkte Tom Davis' breites Grinsen. «Ich weiß, was ihr vorhabt, ihr Racker! Ihr möchtet die ganze Stunde mit dieser Fragerei vertrödeln.»

Tom Davis lachte laut. «Also los, Tom!» befahl Leonard scharf. «Du fängst an. Seite dreiundvierzig. Sechster Absatz. Zeile fünfzehn.»

In diesem Augenblick läutete es, und Tom Davis' Lachen schallte durch das Klassenzimmer.

Doch auf den begangenen Pfaden des Lehrbuches gab John Dorsey Leonard verläßlichen Unterricht. Es wäre ihm vielleicht schwergefallen, eine Seite Latein, Vers oder Prosa, mit der er nicht seit Jahren vertraut war, zu zergliedern. Im Griechischen haperte es noch mehr; aber immerhin hätte er einen zweiten Aorist oder einen Optativ, der ihm schon einmal begegnet war, im Dunkeln wiedererkannt. Zum Abschluß gab es nämlich zwei kostbare Jahre Griechisch; sie lasen die *‹Anabasis›*.

«Wozu lernen wir das Zeug eigentlich?» bemerkte der diskussionsfreudige Tom Davis.

Hier hatte Leonard Boden unter den Füßen. Den Wert der Klassiker kannte er.

«Es lehrt den Menschen, die höheren Dinge zu schätzen. Es legt den Grund zu einer guten Allgemeinbildung. Es trainiert den Verstand.»

«Und was nutzt das, wenn's nachher ans Geldverdienen geht?» fragte «Pap» Rheinhart. «Deshalb kann man doch nicht mehr Mais anbauen!»

«Na, so sicher ist das nicht!» protestierte Mr. Leonard lachend. «Ich glaube meinerseits, daß es auch dazu gut ist.»

«Pap» Rheinhart sah ihn mit komisch geneigtem Kopf an. Sein schiefer Hals gab dem heiteren, gutherzigen Gesicht einen Ausdruck schräger, spöttischer Reife. Er saß voller argloser Späße, hatte eine barsche Stimme und kaute ständig Tabak. Sein Vater war ein wohlhabender Mann; er wohnte auf seiner großen Farm in einem Tal in der Nachbarschaft. In der Stadt besaß er eine Molkerei und eine Gießerei. Einfache Leute ohne Allüren, die Rheinharts. Deutscher Abkunft.

«Leuchtet mir nicht ein, Mr. Leonard», sagte «Pap» Rheinhart. «Soll man etwa mit den Farmarbeitern Latein reden?»

«Gibibus mirus Mistgablus», sagte Tom Davis lachend. Mr. Leonard lachte wohlwollend-geistesabwesend mit; die Redensart stammte von ihm.

«Es lehrt den Verstand, mit Problemen aller Art fertig zu werden», erklärte er.

«Ihrer Meinung nach also», stellte Tom Davis fest, «müßte ein Mann, der Griechisch gelernt hat, einen besseren Klempner abgeben als einer, der es nicht kann.»

«Yes, Sir», sagte Mr. Leonard und nickte entschieden mit dem Kopf. «Das glaube ich ganz bestimmt.» Dann fiel er mit schlabberigem Kichern in das dröhnende Gelächter seiner Schüler ein.

Er stand hier mit festen Füßen auf hartgetretenem Grund. Die Schüler verlockten ihn zu langen Debatten, während er seinen Mittagsimbiß aß. Überzeugend, mit liebenswürdiger Vernunft und erschöpfender Genauigkeit, bewies er ihnen die Beziehungen zwischen Griechisch und Dosengemüse, wobei er mit einem warmen Brötchen gestikulierte. Der große Wind aus Athen hatte ihn nie gestreift. Von der feinen, sinnlichen Intelligenz der Hellenen, ihrer femininen Grazie, der konstruktiven Macht und Subtilität ihres Denkens, der Unstabilität ihres Charakters, von der Struktur, dem Maß und der Vollkommenheit ihrer Formen, davon sagte er nichts.

Auf einer amerikanischen Universität hatte er einen Blick auf den erhabenen Bau der architektonischsten aller Sprachen erhascht. Er spürte die marmorne Vollkommenheit eines Wortes wie γυναικός, aber seine Reden rochen nach Kreide und Studierfunzel. Griechisch war gut, weil es alt, klassisch und akademisch war. Der Duft des Ostens, die dunkle Unterströmung des Orients, die das Leben der Dichter und Soldaten berührte und etwas Perverses, Böses, Üppiges einfließen ließ, war ihm fremd wie Lesbos. Er war einfach das Schallrohr einer Formel, deren Richtigkeit er für sicher hielt. Er hatte keinen echten Glauben.

Καὶ κατὰ γῆν καὶ κατὰ θάλατταν.

Den Unterricht in Mathematik und Geschichte erteilte John Dorsey Leonards Schwester, Miss Amy. Sie war eine mächtige Person, 1,90 Meter groß, hundertsechzig Pfund schwer. Sie hatte öliges, schwarzes Haar, sehr dicht und glatt, und pechschwarze Augen, was ihrem Gesicht ein sehr sinnliches Aussehen verlieh. Ihre starken Unterarme waren mit feinem Flaum bedeckt. Sie war nicht fett, aber sehr einkorsettiert; die schweren Schultern und die mächtigen Arme zeichneten sich unter dem kühlen Weiß ihrer Blusen ab. Bei heißem Wetter schwitzte sie stark; unter den Achseln bildeten sich große Schwitzflecken. Im Winter wärmte sie sich am Feuer. Sie hatte den aufregenden Duft von Kreide und den starken, guten Geruch eines gesunden Tieres. Eines Winterabends ging Eugene über die windbefegte Rückveranda und blickte in ihr Zimmer, als ihre kleine Nichte gerade zur Tür heraus kam. Miss Amy saß vor einem großen, flackernden Kohlenfeuer, das im offenen Kamin brannte. Sie hatte gerade gebadet und zog ihre Strümpfe an. Fasziniert starrte Eugene auf die von der Hitze geröteten Schultern und den großen, tierhaften, dampfenden Leib.

Sie liebte Feuer und Wärme. Am liebsten saß sie, schläfrig und dennoch wach, am Ofen, die Beine beim Sitzen gespreizt, und saugte Hitze ein. Ihre Erdhaftigkeit war noch ausgesprochener, noch sinnlicher als die ihres Bruders. Wärme streichelte sie, regte sie langsam an. Träge, mit gleichgültiger Liebenswürdigkeit lächelte sie alle Jungen an. Niemals empfing sie Männerbesuch und war doch wie ein Teich durstig nach Lippen. Sie suchte keine Männer. Träge warm, katzenhaft lächelte sie alle Welt an.

Sie war eine gute Mathematiklehrerin. Ihr Zahlensinn war angeboren. Träge gab sie die Aufgabe, träge rechnete sie die Lösung vor und lächelte mit gutmütiger Geringschätzung. Hinter ihr stöhnte Durand Jarvis leidenschaftlich in Eugenes Ohr, krümmte sich in erotischer Verzücktheit, krampfte sich an das Pult.

Die Schwester Sheba traf gegen Ende des zweiten Schuljahrs ein, begleitet von ihrem schwindsüchtigen Gatten, einem wandelnden Leichnam mit Blutspuren an den Lippen, dreiundsiebzig Jahre alt. Die Leonards sagten, er wäre neunundvierzig, die Krankheit habe ihn zum Greis gemacht. Lattimer war über zwei Meter groß, mit langen, geraden Schnurrbartspitzen, wächsern und ausgemergelt wie ein Mandarin. Er malte: Bilder in impressionistischen Farbklecksen – Schafe auf struppiger Bergtrift; Fischerboote am Pier mit einem roten Wirrwarr von Backsteinhäusern im Hintergrund. *Old Gloucester Town, Marblehead, Leute von Cape Cod, Alte Seebären:* Diese verheißungsvoll salzigen Bildtitel brachten den Geruch nach Teerseilen mit sich; nach trockenen Kabeljauköpfen, die in der Sonne faulen; nach sich wiegenden Booten, in denen knietief der ausgenommene Fisch liegt; nach dem scharfen Lendengeruch der See im Hafenbecken. Die ruhigbrütende Leere im Gesicht eines Seemannes, Zeichen seines Ehebundes mit dem Ozean. Wie sieht die See in der Frühlingsdämmerung aus? Die kalten Möwen schlafen auf dem Wind. Rosig aber der Himmel.

Die Schüler sahen den wächsernen Mandarin dreimal zittrig den Weg vor dem Haus auf und ab spazieren. Es war Frühling; Südwind sang in den hohen Bäumen. Mr. Lattimer schwankte an einem Stock, den er mit blauer, schwindsüchtiger Hand vor sich hinsetzte. Seine Augen waren blaßblau wie die eines Ertrunkenen.

Er hatte zwei Kinder von Sheba: Mädchen, exotische, zarte Blüten, schwarz und milchweiß; seltsam und lieblich wie der Frühling selbst. Die Jungen beschäftigten sich neugierig mit ihnen.

«Er taugt, scheint's, doch noch mehr, als er aussieht», bemerkte Tom Davis. «Die Kleine ist erst zwei oder drei Jahre alt.»

«Er ist überhaupt nicht so alt, wie er aussieht», behauptete Eugene. «Es kommt, weil er so krank ist. Er ist neunundvierzig.»

«Woher willst du das wissen?» fragte Tom Davis.

«Miss Amy hat es mir gesagt», gestand Eugene unschuldig.

«Pap» Rheinhart verrenkte komisch den Kopf und schob den Kautabakpriem mit der Zungenspitze in die andere Backe. «Neunundvierzig!» sagte er. «Du bist nicht bei Trost, Junge. Der Mann ist so alt wie Gott.»

«Aber sie hat es doch gesagt!» beharrte Eugene störrisch.

«Natürlich behauptet sie das», erwiderte «Pap» Rheinhart. «Glaubst du, sie werden's dir auf die Nase binden? Wo sie hier ihre Privatschule haben!»

«Junge, Junge, bist du doof!» warf Jack Chandler ein, der sich bisher überhaupt nicht um die Sache bekümmert hatte.

«Verdammt», sagte Julius Arthur, «kapierst du denn gar nichts? Du bist ihr Liebling. Und sie wissen genau, daß du alles für bare Münze nimmst, was sie dir erzählen.»

«Pap» Rheinhart sah Eugene forschend an und schüttelte den Kopf, als ob es mit ihm hoffnungslos sei. Die Mitschüler lachten über Eugenes Gutgläubigkeit.

«Na, wenn er schon so steinalt ist», fing Eugene wieder an, «dann sagt mir doch, warum die Madame Sheba ihn geheiratet hat.»

«Einfach weil sie keinen andern kriegen konnte», entschied «Pap» Rheinhart ungeduldig.

«Glaubt ihr, daß sie ihn zu ernähren hat?» fragte Tom Davis neugierig. Schweigend grübelten sie darüber nach.

Eugene war bestürzt. Da sah er die zwei lieblichen Töchterchen wie Blütenblätter von den schweren Brüsten ihrer Mutter fallen, da sah er den wächsernen Künstler seine letzten Schritte dem Tod entgegenwanken, da hörte er Shebas laute Stimme, wenn sie in saftiger Burleske ihre Meinungen zum besten gab . . . und er stand vor einem unlösbaren Rätsel: Der Tod hatte Leben gezeugt, aus der groben Erde waren Blüten entsprungen.

Sein Glaube war ein Ding für sich; er hatte mit seinen Überzeugungen nichts zu tun. Er war so oft enttäuscht worden, daß in ihm bitteres Mißtrauen erwacht war. Manchmal war er voll beißenden Spottes, bösartig, grob, grausam und subtil, um so ätzender wegen seiner eigenen Verletzlichkeit. Unwissentlich hatte er sich hier eine Mythologie aufgebaut, der er um so heftiger anhing, je klarer er sich über ihre Unwahrheit war. Bruchstückweise und unklar fing er an zu erkennen, daß Menschen – das heißt schöpferische Menschen – nicht für reale Wahrheiten leben, sondern die Tatbestände verfälschen. Manchmal war sein junges, unersättliches Hirn jeder

Herrschaft entraten: Ein gräßlicher Vogel hackte ihm mit dem Schnabel ins Herz, riß ihm mit den Fängen in den Eingeweiden. Und dieser stets wache Vogeldämon umflog ihn, stieß zu, hackte drein und zerriß ... dann flog er davon, kam wieder, siegreich und böse ... und das, was Eugene als Wunder erlebt hatte, war nackt, gemein und niedrig geworden.

Eugene sah ein, hoffnungsvoll, daß er dennoch nie umlernen könne. Immer blieb ja der Schimmer, das Gold. Seine Zunge war bitter, weil sein Herz soviel glaubte.

Sein wacher, mitleidloser Verstand lag auf der Lauer wie eine geringelte Schlange: sie bemerkte jede Gebärde, erfaßte jeden schnellen Blick über seinen Kopf hinweg, durchschaute das billige Gewebe jeder Täuschung. Aber Leute wie die Leonards existierten für ihn jenseits des menschlichen Irrens. Er hatte für Margaret ein Fenster seines Herzens aufgetan, und nun wandelten sie gemeinsam im heiligen Hain der Dichtung. Aber all seine dunklen Wünsche, die Sehnsucht nach schönen Formen und das Elend, die trunkene Unordnung seines Familienlebens verbarg er angstvoll vor ihr. Er hatte Angst, sie könne davon hören. Verzweifelt fragte er sich oft, wie viele von seinen Mitschülern darum wußten. Alles, was Margaret zu den gemeinen Tatsachen des Lebens hätte herabziehen können, sie in den befleckenden Strom des Lebens tauchte, schien ihm unwahr, war ihm entsetzlich wie ein Alptraum.

Daß sie beinahe an Schwindsucht gestorben war, daß die laute und geschwätzige Sheba an einen brüchigen Greis verheiratet war, der mit ihr zwei Kinder gezeugt hatte und nun starb, daß die ganze Leonardsippe treulich zusammenhaltend ihre offenen Wunden geheimhielt und vor den scharfen Augen und den rasselnden Zungen der Schuljungen eine Scheidewand aus durchsichtigem Betrug und schalen Ausflüchten errichtete, das lähmte ihn, gab ihm ein Gefühl der Unwirklichkeit.

Eugene glaubte an den Ruhm und das Gold.

Er wohnte nun hauptsächlich in Dixieland. Seit sie ihn zu den Leonards geschickt hatte, fühlte er sich stärker mit Eliza verbunden. Gant, Helen und Luke waren darüber aufgebracht, daß er die

Privatschule besuchte. Die Geschwister grollten; es war Neid dabei. Die Mißgunst hatte nun noch einen neuen Stachel:

«Du hast ihn ganz verdorben, seit du ihn auf die Privatschule geschickt hast.» Oder: «Er darf sich unmöglich die Finger schmutzig machen, nachdem er in so eine feine Schule geht.»

Eliza trieb ihn unermüdlich zur Arbeit an. Oft erwähnte sie, wie schwer es ihr bei ihrer Armut falle, das Schulgeld aufzubringen ... er müsse hinter der Arbeit her sein und ihr in seiner Freizeit helfen ... im Sommer solle er zum Bahnhof gehen und unter den ankommenden Touristen «Kunden zusammentrommeln».

«Zum Donnerwetter, was ist denn los mit dir?» spottete Luke. «Schämst du dich etwa, ein bißchen ehrliche Arbeit zu schaschaffen?»

Pension Dixieland! Drei Schritt vom Square! Besitzerin: Mrs. Eliza E. Gant! Hierher, meine Herrschaften! Jawoll, Herr Kaptän, aller Komfort der Neuzeit, ganz wie in einem modernen Gefängnis. Und Kuchen und Brötchen im Haus gebacken, ganz wie's bei Muttern hätte sein sollen, aber nicht war!

Geschäftstüchtiger Bursche das!

Zum Schluß des ersten Schuljahres sagte Eliza zu John Dorsey Leonard, daß sie das Schulgeld nicht länger zahlen könne. Er besprach sich mit Margaret, kam wieder und willigte ein, den Jungen um den halben Preis zu behalten.

«Er kann Ihnen helfen, neue Kundschaft zusammenzutrommeln», sagte Eliza. «Ja», pflichtete Leonard bei, «das ist das Richtige.»

Ben hatte sich ein Paar neue Schuhe gekauft. Sie waren hellbraun. Er hatte sechs Dollar dafür bezahlt. Er kaufte stets gute Sachen. Aber diese Schuhe scheuerten ihm die Fußsohlen auf. Er kam heim, die Stirn wütend geballt, hupfte in sein Zimmer und zog die Schuhe aus.

«Gott verdammt noch einmal!» gellte er und schleuderte die Schuhe gegen die Wand. Eliza erschien in der Tür.

«Du wirst es nie zu was bringen, Junge, wenn du das Geld in dieser Weise zum Fenster hinauswirfst.» Sie schüttelte den Kopf und zog ein betrübtes, spitzmündiges Gesicht.

«Um Gottes willen!» fauchte er. «Nun hör dir das an, bitte! Habe ich je Geld von euch verlangt?» Er war wütend.

Sie nahm die Schuhe und gab sie Eugene.

«Es wäre schade um die teuren Schuhe», sagte sie. «Probier sie mal, Junge.»

Eugene zwängte sie an. Seine Füße waren bereits größer als Bens. Er tat ein paar vorsichtige, schmerzhafte Schritte.

«Na, gehn sie?» fragte Eliza.

«Ich glaub schon», sagte er unschlüssig. «Sie sind ein bißchen eng.»

Er liebte den guten Schnitt, das stark riechende, körnige Leder. Er hatte nie so gute Schuhe gehabt.

Ben kam in die Küche.

«Du kleiner Trottel», sagte er zu Eugene. «Du hast ja Hufe wie ein Maulesel!» Stirnrunzelnd kniete er hin und tastete das gespannte Oberleder über den Zehen ab. Eugene zuckte zusammen vor Schmerz.

«Um Gottes willen, Mama», schrie Ben. «Zwing dem Kleinen doch nicht diese Schuhe auf, sie sind zu eng. Ich will ihm ein Paar neue kaufen, wenn du zu knauserig bist, das Geld dafür auszugeben.»

«Ach was! Was soll denn mit diesen Schuhen los sein?» sagte Eliza. Sie fühlte mit den Fingern Eugenes Fuß ab. «Alle neuen Schuhe drücken; sie müssen erst ausgetreten werden. Das schadet ihm kein bißchen.»

Aber nach sechs Wochen mußte Eugene auf die Schuhe verzichten. Das harte Leder gab nicht nach; seine Füße schmerzten täglich mehr. Er hinkte herum, Schritt für Schritt, wie ein Gepeinigter, dem die Beine in Holzstöcke gepreßt sind. Seine Füße waren taub und leblos, die Sohlen wund. Eines Tages packte ihn Ben, warf ihn wütend zu Boden und zog ihm die Schuhe aus. Es dauerte Tage, bis Eugene wieder bequem gehen konnte. Die Zehen, die ihm von Kind auf gerade und lang gewachsen waren, waren verklumpt, die Knochen verkrüppelt, die Nägel abgestorben.

«Ewig schad um die guten Schuhe!» seufzte Eliza.

Aber sie hatte merkwürdige Anfälle von Freigebigkeit. Eugene verstand das nicht.

Aus dem Westen kam ein Mädchen nach Altamont. Sie sagte, sie wäre aus Sevier, einer Stadt im Gebirge. Sie war groß und braun und hatte das schwarze Haar, die schwarzen Augen der Cherokee-Indianer. «Paßt mal auf», sagte Gant, «die Person hat sicher Cherokeeblut in den Adern.»

Sie nahm ein Zimmer. Tagelang wiegte sie sich im Schaukelstuhl vor dem Kamin des Wohnzimmers. Sie war scheu, furchtsam, etwas verdrossen. Sie benahm sich ländlich-umständlich. Sie sprach nie, wenn sie nicht angesprochen wurde.

Manchmal war sie krank und blieb im Bett liegen. Eliza brachte ihr dann Essen und war äußerst gütig zu ihr.

Tag um Tag schaukelte das Mädchen, den ganzen stürmischen Vorherbst hindurch. Eugene konnte den Rhythmus ihrer großen Füße hören, die den Schaukelstuhl unablässig in Gang hielten. Sie nannte sich Mrs. Morgan.

Eines Tages, als er gerade das glühende Kohlenfeuer knisternd aufschüttete, vor dem sie saß, kam Eliza ins Zimmer. Mrs. Morgan schaukelte unverdrossen weiter. Eliza stand eine Weile vor dem Feuer, schürzte nachdenklich die Lippen, faltete still die Hände über dem Bauch. Sie sah durch das Fenster auf den stürmischen Himmel, auf die windbefegte, kahle Straße hinaus.

«Sieht aus», sagte sie, «als käm ein harter Winter für die Armen.»

«Yes'm», sagte Mrs. Morgan mißmutig und schaukelte weiter.

Eliza schwieg eine Weile.

«Wo ist eigentlich Ihr Mann?» fragte sie dann.

«In Sevier», sagte Mrs. Morgan. «Er ist bei der Eisenbahn angestellt.»

«Wie denn, was denn», sagte Eliza. Schnell, komisch. «Ein Eisenbahner, sagen Sie?» fragte sie scharf.

«Yes'm.»

«Na, das ist aber komisch, daß er nicht mal herkommen kann, um nach Ihnen zu sehen», stellte Eliza mit unerschütterlicher, richtender Gelassenheit fest. «Ein Kerl, der sich so benimmt, kommt mir ganz wie ein Lump vor.»

Mrs. Morgan sagte nichts. Ihre pechschwarzen Augen glitzerten im Feuerschein.

«Haben Sie Geld?» fragte Eliza.

«No'm.»

Eliza stand gediegen da, wärmte sich, schürzte die Lippen.

«Wann erwarten Sie Ihr Baby?» fragte sie unvermittelt.

Mrs. Morgan blieb eine Weile stumm und schaukelte weiter.

«Diesen Monat noch, glaub ich», antwortete sie dann.

Woche um Woche war ihr Leib stärker geworden.

Eliza bückte sich und hob den Rock. Bis zum Knie zeigte sie ihr Bein: Baumwollstrümpfe, dicke Flanellunterhosen hineingestopft.

«Pfui!» rief sie keusch aus, als sie bemerkte, daß Eugene hinstarrte. «Dreh dich um, Junge!» befahl sie. Sie kicherte und rieb sich die Nase. Das Mattgrün zusammengefalteter Dollarnoten glomm durch den Strumpf. Sie zog den Pack Scheine heraus.

«Na, ich nehme an, daß Sie da ein bißchen Geld nötig haben», sagte Eliza, schälte zwei Zehndollarscheine aus dem Pack und reichte sie Mrs. Morgan.

««Danke, Ma'am», sagte Mrs. Morgan und nahm das Geld.

«Sie können hier im Haus bleiben, bis Sie wieder arbeitsfähig sind», sagte Eliza. «Ich kenne einen guten Arzt.»

«Um Himmels willen, Mama», schnob Helen, «wie in aller Welt kriegst du solche Leute ins Haus?»

«Barmherziger Gott!» heulte Gant, «es gibt wohl nichts, was du nicht herholst – Blinde, Lahme, Irre, Huren und Bastarde. Alle kommen sie hierher.»

Wenn er jedoch Mrs. Morgan traf, machte er ihr eine tiefe Verbeugung und grüßte aufs liebenswürdigste: «Wie geht es Ihnen?»

Nachher sagte er zu Helen:

«Ich will dir was sagen, sie ist ein hübsches Mädchen.»

«Hahaha!» lachte Helen in ironischem Falsett und gab ihm einen Rippenstoß: «Da möchtest du wohl mal ran, was?»

«Na ja», gestand er gutgelaunt, leckte den Daumen und grinste Eliza verschmitzt an. «Sie hat da vorn so ein Paar Äpfelchen.»

Eliza lächelte bitter ins brutzelnde Fett.

«Hm!» sagte sie verächtlich. «Mir ist's gleich, mit wie vielen er herumzieht. Alte Narren sind die schlimmsten. Aber gib acht, daß du's nicht zu scharf treibst; das ist ein Spiel, das zu zweien gespielt wird.»

«Hahahaha!» lachte Helen dünn. «Nun ist sie wütend.»

Helen lud Mrs. Morgan oft in Gants Haus und kochte großartig für sie. Sie brachte ihr Süßigkeiten und parfümierte Seifen aus der Stadt mit.

Bei der Geburt wurde McGuire zugezogen. Eugene saß im Erdgeschoß und hörte, was im Zimmer oben vorging: ruhige Geschäftigkeit, das leise Stöhnen der Gebärenden; schließlich ein hoher, schriller Schrei. Eliza war ganz aufgeregt und hatte ständig Kessel mit siedendem Wasser auf dem Gasherd. Von Zeit zu Zeit eilte sie mit einem dampfenden Kessel in den ersten Stock; gleich darauf kam sie langsam die Treppe wieder herunter; sie blieb auf jeder Stufe stehen und horchte.

Helen rumorte mit den Kesseln nervös in der Küche herum und tobte aufgebracht gegen unbekannte Verleumder: «Was wissen wir denn eigentlich Genaues über sie?» sagte sie herausfordernd. «Niemand kann behaupten, daß sie nicht verheiratet ist! Die Leute sollen sich in acht nehmen, niemand hat ein Recht, solche Sachen herumzutratschen!»

Es war Nacht. Eugene ging hinaus auf die Veranda. Die Luft war frostig-klar, nicht sehr kalt. Über dem schwarzen Umriß der östlichen Berge wölbte sich tief die Schale des Himmels mit den fernen, glitzernden Sternen. Die Lichter der Nachbarschaft brannten hell, so hart und strahlend wie Splitter eines kalten Edelsteins. Über die weiten Höfe trieb der Geruch von Hacksteak und gebratenen Zwiebeln. Ben stand am Geländer, auf ein hochgestelltes Bein gestützt, und rauchte mit tiefen Lungenzügen. Eugene kam herüber und stellte sich neben ihn. Im ersten Stock schrie das Neugeborene. Eugene kicherte, sah zu der dünnen Elfenbeinmaske empor. Ben hob den Arm, wie um zuzuschlagen, ließ die Hand verachtungsvoll sinken, lächelte. Im «Judenschloß», einer großen Villa auf dem Hügel, zitterten die Lichter. Der Duft des

Abendessens lag neblig über den Häusern; Stimmen kamen, frostfern, durch die Nacht.

Tiefer Schoß, dunkle Blume. Das Verborgene. Die geheime Frucht, herzrot, vom schweren indianischen Blute genährt. Schoßnacht, brütende Dunkelheit: heimlich blüht es ins Leben.

Mrs. Morgan reiste ab, als ihr Kind zwei Wochen alt war. Es war ein kleines, braunhäutiges Bübchen mit einem gnomenhaften schwarzen Haarschopf und sehr schwarzen, glänzenden Augen. Ganz wie ein kleiner Indianer.

Zum Abschied schenkte Eliza der Mutter zwanzig Dollar.

«Wo gehen Sie hin?» fragte sie.

«Ich hab Verwandte in Sevier», sagte Mrs. Morgan.

Sie ging die Straße hinauf. Sie trug einen billigen Handkoffer, imitiertes Krokodilleder. Das Baby an ihrer Schulter wackelte mit dem Kopf und sah munter zurück mit den glänzenden, pechschwarzen Augen. Eliza winkte ihm mit der Hand nach, sie lächelte mit wehem Mund. Dann wandte sie sich ins Haus, schnüffelte. Ihre Augen waren feucht.

Eugene fragte sich, warum die Mutter nach Dixieland gekommen war.

Eliza war gut zu einem kleinen, schnurrbärtigen Mann. Er hatte eine Frau und eine kleine neunjährige Tochter. Er war Ober in einem Hotel, zur Zeit ohne Anstellung. Er wohnte in Dixieland, bis er über hundert Dollar schuldete. Aber er spaltete das Holz zum Feuermachen säuberlich auf, schleppte Kohlen, tat notwendige Ausbesserungsarbeiten als Zimmermann und strich rostige Stellen im Haus über.

Eliza mochte ihn gern. Er war ganz das, was sie «einen guten Familienvater» nannte. Häusliche, gezähmte Männer gefielen ihr stets. Und der kleine Mann war sehr gütig, sehr zahm. Eugene konnte ihn gut leiden, weil er vorzüglichen Kaffee kochte. Eliza machte ihm keinerlei Scherereien wegen des Geldes. Schließlich fand er Anstellung mit Unterkunft in einem Hotel. Er zahlte Eliza jeden Cent, den er schuldete.

Eugene blieb gewöhnlich über Mittag in der Schule und kam um drei oder vier Uhr nachmittags – manchmal freilich wurde es Abend – nach Hause. Eliza war ärgerlich über sein Ausbleiben; sie setzte ihm das verbrutzelte Essen, das sie im Ofen warmgestellt hatte, vor: fettäugige Gemüsesuppe von leimartiger Konsistenz aus Kohl, Bohnen und Tomaten; Braten oder Huhn; seinen Teller kalte Limabohnen, Krautsalat, Brötchen und Kaffee.

Die Schule war ihm Lebensmittelpunkt, und Margaret Leonard war seine geistige Mutter geworden. Er liebte es sehr, nachmittags dortzubleiben, wenn der Schwarm der Schüler sich verzogen hatte. Da konnte er frei im alten Haus herumstreifen oder unter den Windgesängen der imposanten alten Bäume sich der stolzen Einsamkeit des Hügels freuen, des klaren, windigen Falls der Eicheln, des Geruchs nach verbranntem Laub.

Er schmökerte, verlor sich heißhungrig in ein Buch, bis ihn Margaret entdeckte und an die frische Luft hinausjagte. Er ging dann zu dem geebneten Basketball-Spielplatz, der am Eingang des Grundstücks neben Bischof Rapers Garten lag. Hier trieb er im Abendrot Sport, rannte, spielte mit einem Kameraden Ball, freute sich an seiner zunehmenden Geschwindigkeit und Gewandtheit, an der Sicherheit, mit der er den Ball in den Korb warf.

Margaret Leonard wachte mit beinahe krankhaftem Eifer über seiner Gesundheit. Ständig warnte sie ihn vor den schrecklichen Folgen, die es hatte, wenn man Raubbau mit seiner Gesundheit trieb – jahrelang müsse man dann mühsam das wiederherstellen, was man einst achtlos fortgeworfen hatte.

«Komm mal her, Eugene», pflegte sie zu rufen. «Ich muß dich mal kurz sprechen.»

Nervös, etwas verängstigt setzte er sich zu ihr.

«Wieviel Stunden schläfst du?» fragte sie.

Hoffnungsvoll log er. Neun Stunden. Das würde wohl so richtig sein.

«Schlafe zehn Stunden, Junge», befahl sie ihm. «Schau her, du kannst es dir einfach nicht leisten, achtlos mit deiner Gesundheit umzugehen. Guter Gott! Ich weiß wahrhaftig, wovon ich da spreche. Ich habe den Preis bezahlen müssen, kann ich dir sagen.

Eugene, in einer Welt wie der unseren ist jemand, der nicht gesund ist, so gut wie verloren.»

«Aber mir fehlt doch gar nichts», begehrte er verzweifelt auf.

«Du bist nicht gut bei Kräften, Eugene. Du hast kein Fleisch auf den Knochen. Und die Ringe unter deinen Augen machen mir Sorge. Lebst du regelmäßig?»

Er lebte nicht regelmäßig; er haßte Regelmäßigkeit. Er war viel zu sehr an die Aufregungen und Dauerkrisen in seiner Familie gewöhnt. Eine ruhige, geordnete häusliche Existenz hatte er nie gekannt. Vor der Regelmäßigkeit fürchtete er sich. Sie bedeutete Langeweile und Öde für ihn. Und außerdem liebte er die Mitternachtsstunde.

Aber nun versprach er gehorsam, eine strenge Tageseinteilung einzuhalten: regelmäßig zu essen, zu schlafen, zu arbeiten, Leibesübungen zu treiben.

In der Mannschaft zu spielen hatte er immer noch nicht gelernt. Er fürchtete die anderen, konnte sie nicht leiden, mißtraute ihnen. Er scheute die körperlich ausgetragenen Konflikte des Knabenlebens, aber da er Margarets Augen auf sich ruhen wußte, stürzte er sich voller Verzweiflung in ihre Spiele, ließ seinen schwachen Körper zwischen tobenden Beinen und dem Handgemenge kräftiger Burschen herumstoßen, stand immer wieder zerschlagen und gedemütigt auf, nur um sich von neuem in das Gewühl der stämmigen Meute zu werfen. Zu den schmerzenden Gliedern kam täglich von neuem ein schmerzliches Schamgefühl, aber er ließ nicht locker, machte weiter, ein bleiches Lächeln auf den Lippen und voller Neid und Angst. John Dorsey Leonards Schlagworte – vom «fairen Spiel», von «jener Art, Sieg und Niederlage lächelnd zu tragen», vom «echten Sportgeist» – plapperte er treulich wie ein Papagei nach, ohne Glauben und Verständnis. Diese Phrasen waren der ganzen Schule geläufig; sie wurden immer wieder zu aller Bewußtsein gebracht. Manchmal, wenn Eugene sie aus dem Munde eines Mitschülers vernahm, packte ihn wieder jene alte, rätselhafte Scham. Er verrenkte krampfhaft den Hals und hob nervös den Fuß vom Boden.

Und zudem bemerkte er – aber und abermals beschämt –, daß

diese Schuljungen, die sich so ruppig, so selbstbewußt, so aggressiv-robust gebärdeten, trotz allen Lippendienstes vom fairen Spiel und vom echten Sportgeist weit entfernt waren. Überall war der Schwächere rechtmäßig dem Stärkeren ausgeliefert. Selbst Leonard, wenn ihn ein Schüler etwa beim Disputieren übertraf, machte vom Recht des Stärkeren Gebrauch, um die Richtigkeit seiner Sache darzutun, und bediente sich dazu körperlicher Gewalt. Solche Schauspiele waren widerlich und empörend. Eugene beobachtete sie fasziniert und angeekelt.

Leonard war durchaus kein schlechter Kerl; im Gegenteil, er war ein Mann von beträchtlichem Charakter, besaß Güte, war ehrlich bestrebt. Er liebte seine Angehörigen; er stand mutig gegen die Bigotterie der Methodistengemeinde auf, wo er im Gemeinderat saß; er mußte zurücktreten, weil er seine Ansichten über die Darwinsche Theorie zu freimütig geäußert hatte. So war er ein Beispiel des traurigen Dorf-Liberalismus: ein fortschrittlicher Denker unter Methodisten, ein Fackelträger am hellen Mittag, ein Fürsprecher für die Duldung von Ideen, die ein halbes Jahrhundert lang anerkannt waren.

Seine Lehrpflicht trachtete er in Wahrheit zu erfüllen. Aber er war ein Kind der Erde; seine schwerfäustige Gewalttätigkeit gehörte der Erde an und hatte die unbewußte Brutalität der Natur. Obschon er sein Interesse an «geistigen Dingen» immer wieder zur Geltung brachte, sein Interesse an der Scholle war viel größer. Seit seinem Abgang von der Universität hatte er keine nennenswerten Studien mehr getrieben. Er faßte langsam auf; die sensible Intuition Margarets fehlte ihm völlig. Aber sie liebte ihn mit so leidenschaftlicher Treue, daß sie alle seine Handlungen vor der Welt guthieß. Eugene hatte sogar gehört, wie sie mit schrill bebender Stimme schrie, Leonard solle einen Schüler, der ihm frech entgegnet hatte, «ohrfeigen, daß ihm der Kopf wegfliegt». Und der Junge erzitterte vor Furcht und Ekel, als er sie in diesem Zustand sah. Aber er wußte bereits, wieweit Liebe einen Menschen verändern kann. Leonard hielt sein eigenes Tun und Lassen für weise und gut. Er war in einer Tradition erzogen, wo strikter Gehorsam vor dem Herrn selbstverständlich war und keine Widerworte geduldet wurden. Sein Vater, ein Patriarch auf einer Farm in Tennessee, der sonntags Laienprediger war, hatte jede Rebellion im Hause mit der Reitpeitsche und frommen Gebeten zu unterdrücken gewußt. Von ihm hatte John Dorsey gelernt, wie vorteilhaft es ist, Gott zu sein. Er war der Meinung, daß kleine Jungen, die aufbegehrten, Prügel brauchten.

Natürlich trug Leonard klugerweise Sorge, weder jene Schüler, die aus wohlhabenden und vornehmen Häusern kamen, noch seine eigenen Sprößlinge körperlich zu züchtigen. Im Bewußtsein ihrer Immunität gaben sich diese jungen Burschen alle erdenkliche Mühe, unverschämt und ungehorsam zu sein. Justin Raper, der Sohn des Bischofs, ein großer, schmaler Junge von dreizehn Jahren, schwarzhaarig, mit einem schmalen, dunklen, pickeligen Gesicht, tippte dreißig Durchschläge von einer Schmutzballade:

«Madam, Ihre Tochter sieht pikfein aus!
Schlappuhn!»

und vertrieb sie zu fünf Cent das Stück unter den Mitschülern.

Außerdem ertappte Leonard diesen Jüngling eines Frühlingnachmittags im hohen Gras unter den blühenden Hartriegelsträuchern auf der Ostseite des Hügels im Geschlechtsverkehr mit Miss Hazel Bradley, der Tochter eines Kleinkrämers in der Biltburn Avenue, einem Mädchen, dessen übler Ruf stadtbekannt war. Nach kurzem Überlegen ging Leonard nicht zum Bischof. Er ging zum Krämer.

«Ja, ja», sagte Mr. Bradley und zwirbelte seinen langen Schnurrbart, «da werden Sie wohl ein Schild ‹Betreten verboten› aufstellen müssen.»

Die Zielscheibe aller Mißhandlungen, sowohl für Leonard als auch für die Schüler, war der Sohn eines Juden, Edward Michalove. Sein Vater war Juwelier, ein Mann mit dunkler, sanfter, blütengleicher Art und ebensolchem Gesicht. Er hatte zarte, weiße Hände. In seinem Schaufenster lagen antike Broschen; mit Gemmen besetzte Spangen, alte, ziselierte Uhren. Der Junge hatte zwei Schwestern, volle, sehr schöne Frauen. Die Mutter war tot. Niemand in der Familie sah jüdisch aus. Etwas Dunkles, Weiches floß um ihre Erscheinungen.

Edward war zwölf, ein hochgewachsener, schlanker Knabe mit bernsteinfarbener Haut und der zimperlichen Affektiertheit einer alten Jungfer. Er hatte Angst vor den anderen Jungen. Seine spitze, giftige Altjüngferlichkeit trat in der Notwehr deutlicher zutage. Wenn er gehänselt, bedroht, gequält wurde, brach er in ein unangenehmes, schrilles Lachen oder in hysterische Tränen aus. Sein merkwürdiger, kurzschrittiger Trippelgang, eine komische Handbewegung, so als wolle er den Saum langer Röcke vom Erdboden hochheben, und seine Fistelstimme mit dem weibisch-wollüstigen Unterton . . . das lenkte das schwere Geschütz der allgemeinen Abneigung auf ihn.

Sie nannten ihn «das Fräulein». Sie rempelten und rüpelten ihn an, bis er in einen Zustand der Dauerhysterie geriet, so daß er sich wie ein fauchendes Kätzchen benahm und die schmalen Krallenhände mit den langen Fingernägeln vor sich hinhielt, um zu kratzen, wenn sie auf ihn losgingen. Lehrer und Schüler machten etwas Verächtliches aus ihm, um dann den zu hassen, zu dem sie ihn gemacht hatten.

Eines Tages war ihm Arrest aufgebrummt worden. Er schluchzte. Plötzlich sprang er auf und lief zur Tür hinaus. Leonard, schwer schnaubend, setzte ihm nach, erwischte ihn beim Kragen und schleifte den Heulenden kurz darauf ins Klassenzimmer zurück.

«Setz dich», brüllte er und warf den Knaben gegen eine Sitzbank, daß es krachte. Plötzlich gewann die Angst, er könnte den Jungen zum Krüppel machen, die Oberhand über seine sinnlose Wute. «Steh auf!» brüllte er und riß den Jungen hoch.

«Du grüner Lümmel», schnaufte er, «du dreister kleiner Knirps! Jetzt wollen wir mal sehen, wer sich hier aufzuspielen hat!»

«Fassen Sie mich ja nicht an», schrie Edward, von Ekel übermannt. «Ich sag's meinem Vater, alter Leonard, daß er herkommt und Sie mit Tritten in den fetten Hintern über den Schulhof jagt, das können Sie mir glauben!»

Eugene machte die Augen zu. Es war ihm eiskalt ums Herz. Er glaubte nicht mit ansehen zu können, wie dem Jungen jetzt das Lebenslicht ausgeblasen würde. Aber als er die Augen wieder auftat, stand Edward, tiefrot und schluchzend, noch genau dort, wo er zuvor gestanden hatte. Nichts war geschehen.

Eugene wartete, daß Gottes Strafe über den unseligen Lästerer hereinbrechen würde. Aus der Versteinerung in Leonards Gesicht, aus der gefrorenen Miene der Schwester Amy war zu schließen, daß sie ebenfalls darauf warteten.

Edward lebte. Weiter geschah nichts – nichts.

Jahre später noch dachte Eugene an diesen jungen Juden zurück. Er dachte an ihn mit der alten heißen Scham, dem stechenden Schmerz, mit dem sich ein Mensch an eine feige, unehrenhafte Handlung erinnert, die man nicht mehr ungeschehen machen kann. Nicht nur deshalb, weil er an der Verfolgung des Jungen teilgenommen hatte. Er war von Herzen froh gewesen, daß noch ein Schwächerer als er da war, jemand, auf den die Flut der Lächerlichkeit abgelenkt werden konnte. Jahre später war ihm klar, daß auf den schmalen Schultern des jüdischen Knaben die Bürde lag, die andernfalls er hätte tragen müssen, daß dieses überladene Herz von einer Qual verzerrt wurde, die sonst seine Qual hätte sein können.

Mr. Leonards «Männer von morgen» taten ihr Bestes. Der Sinn für Gerechtigkeit und körperliche Ehre war ihnen zwar unbekannt, aber sie bekannten sich desto lauter zum Buchstaben. Jeder von ihnen hatte Angst, erwischt zu werden. Jeder, so gut er es vermochte, baute einen Wall aus Hochstapelei und Anmaßung vor sich auf. Ritterlichkeit, Mut und Ehre, die großen Männertugenden, verrotteten auf dem Müllhaufen. Die große Sippe der *go-getter* und *he-men*, der sich brüstenden Raffer und der prahlenden Kraftmeier, jener laut dröhnenden und heftig drohenden Gesellen mit den schäbigen Herzen, war im Anmarsch.

Und Eugene, dessen wirkliches Wesen nun ganz in der Festung seiner Phantasie eingeschlossen war, trug seinen Leib täglich zu neuen Niederlagen, ahmte, so gut er konnte, die Redeweisen und Allüren seiner Mitschüler nach, nahm tätig oder im Geist an den

Attacken auf den Schwächeren teil und wurde dafür manchmal dadurch belohnt, daß er Margaret sagen hörte, er sei ein «Junge, der den rechten Geist in sich hat». Das sagte sie nämlich sehr oft.

Gant und Eliza hatte er es zu danken, daß er glücklicherweise ein dominant maskuliner Typus war, aber in seinem bisherigen Leben, ob zu Hause oder in der Schule, hatte er selten Siege erlebt. Furcht jedoch kannte er gut. Die Tyrannei der Kraftmeier erschien ihm später noch so abschreckend, daß er dann – ein junger Mann Anfang Zwanzig, als sein großes Knochengerüst schließlich mächtig im Fleisch stand – die Hochstapler und Dicktuer, die Prahlhänse und leere Drohungen Ausstoßende, in Erinnerung des Erlittenen einfach von seinem Pfad stieß, sie zurückwarf, mit irrer Wut in ihre überraschten, erschrockenen Gesichter blickte und sie verfluchte.

Den Juden vergaß er nie. Er dachte immer mit Scham an ihn zurück. Es dauerte viele Jahre, bis er verstand, daß dieser sensible und feminine Mensch, mit dem er durch das furchtbare geheime Band seiner eigenen Unehre verbunden war, nichts Perverses, nichts Unnatürliches, nichts Degeneriertes an sich hatte. Edward war sowohl Frau als auch Mann. Das war alles. Und für den Androgynen ist kein Platz unter den Boy-Scouts – er muß zum Parnassus gehen.

18

In den Jahren, die auf Elizas Auszug nach Dixieland folgten, hatten die unerbittlichen, chemischen Prozesse der Anziehung und Abstoßung unmerklich tiefe Änderungen in den Beziehungen der Gants untereinander bewirkt. Eugene war aus Helens Obhut ganz in Bens Hände geglitten. Die Trennung war unvermeidlich. Die große Zuneigung, die Helen dem Kind bezeigt hatte, entsprang keiner körperlichen oder geistigen Wahlverwandtschaft. Sie war lediglich Ausdruck ihres großen Muttertriebs, etwas, das wie ein Katarakt von Zärtlichkeit und Grausamkeit aus ihr auf widerstandsloses, junges, formbares Leben stürzte.

Die Zeit war vorbei, daß sie ihn auf dem Bett herumknuffen, ihn zerzausen, in einer Umarmung ersticken, ihn streicheln, beißen und küssen konnte. Es lockte kein süßer, rundlicher Kinderkörper mehr . . . und somit hatte Eugene seine Anziehung für sie verloren. Er war hoch aufgeschossen wie eine Bohnenstange, seine Glieder waren lang und schlaksig, er hatte große Füße, knochige Schultern, und sein Kopf war viel zu schwer für den schmächtigen Hals, auf dem er saß. Außerdem verschloß er sich Jahr für Jahr tiefer in seinem geheimen Leben. Etwas Fremdes und Wildes blühte dunkel in seinem Gesicht. Wenn sie ihn anredete, waren seine Augen voll vom Schatten großer Schiffe und versunkener Städte.

Und dieses geheime Leben in ihm, das sie nicht begriff, an dem sie nicht teilhaben konnte, machte sie wütend auf ihn. Ihre großen Hände mit den roten Knöcheln mußten das Leben anpacken, es puffen und streicheln, es lieben und versklaven können. Ihre rastlose Energie ergoß sich über allem, was in der Sonnenwärme gedieh. Sie mußte unterjochen und herrschen, und all ihre Tugenden – die Lust am Dienen, Geben, Pflegen, Amüsieren – entsprangen der Sucht, sich alles, was sie berührte, zu unterwerfen.

Sie selbst war unbeherrschbar. Sie lehnte alles ab, was sich nicht von ihr beherrschen ließ. Eugene in seiner Einsamkeit hätte ihr gern seinen Geist in die Sklaverei verkauft, wenn er dafür ihre Liebe, die er sich so seltsam verscherzt hatte, hätte eintauschen können. Aber er war außerstande, ihr die blühenden Ekstasen, die dunklen, nicht mitteilbaren Phantasien, in denen er beheimatet war, zu offenbaren. Sie haßte alles Verborgene. Das Mysteriöse, das Klug-Verriegelte, das Leben im Jenseitigen mit seinen unlotbaren Tiefen versetzte sie in hellen Zorn.

Jäh von Haß geschüttelt, karikierte sie seinen Schmollmund, seine Art den Kopf hängen zu lassen, seinen hüpfenden Känguruhgang.

«Du kleiner Idiot. Du ekelhafter kleiner Idiot. Du weißt ja nicht mal, wer du eigentlich bist, du kleiner Bastard. Du bist kein Gant – das sieht jeder. In dir ist kein bißchen von Papa. Spinner! Spinner! Du bist so wie Greeley Pentland!»

Das behauptete sie immer wieder. Sie war eine fanatische Parteigängerin. In abergläubischer Hysterie hatte sie bereits die Familie in zwei feindliche Lager geteilt, die Gants und die Pentlands. Zu den Pentlands zählte sie Steve, Daisy und Eugene. Diese drei waren ihrer Ansicht nach kalt und selbstsüchtig. Mit freudiger Befriedigung brachte sie die ältere Schwester und den kleinen Bruder mit dem kriminellen Taugenichts Steve unter einen Hut.

Luke und Helen waren nun unzertrennlich. Es mußte so sein. Sie beide waren «Gants», das heißt freigebig, prima, anständig. Die Geschwisterliebe zwischen Helen und Luke war maßlos. Sie liebten aneinander das ständige Aufbrausen, den grenzenlosen Drang, ihr Ich nach außen zu kehren, das Überschäumende, die lärmende Geschäftigkeit, das verzweifelte Bedürfnis zu dienen und zu geben. Sie gingen einander oft sehr auf die Nerven, aber ihre Liebe war so geschmiedet, daß sie nicht Schaden nehmen konnte. Sie sangen Preislieder aufeinander.

«Ich werde ihn schon kritisieren, wenn mir's Spaß macht», sagte sie rauflustig. «Mir steht es zu. Aber sonst soll mal einer wagen, etwas an ihm auszusetzen! Er ist ein feiner, großzügiger Kerl. Der beste von den Jungen, das ist bombensicher.»

Ben allein schien zu keiner Gruppe zu gehören. Er bewegte sich wie ein Schemen, stand völlig außerhalb dieser leidenschaftlich-vollblütigen Parteigängerei. Aber Helen erkannte ihn als «freigebig» an. Demzufolge war er für sie «ein Gant».

Trotz der heftigen Abneigung gegen die Pentlands hatten Helen und Luke Gants Anlage zur gesellschaftlichen Heuchelei geerbt. Es war ihnen vor allem wichtig, einen guten Eindruck zu machen, beliebt zu sein, viele Freunde zu haben. Überströmend sagten sie Dank, überschwenglich ergingen sie sich in Lob, widerlich süß war ihre Schmeichelei. Sie trugen die Schlagsahne dick auf. Ihre Gereiztheiten, ihre Nervosität, ihre Verstimmungen sparten sie für häusliche Szenen auf. Und wenn sie jemand von Will oder Jim Pentlands Familie trafen, dann benahmen sie sich nicht nur sehr freundlich, sondern auch ein wenig unterwürfig. Geld machte Eindruck auf sie.

In der Familie war damals ständig etwas los. Steve hatte ein oder zwei Jahre vorher eine Kleinstädterin aus dem Süden des Staates

Indiana geheiratet. Sie war siebenunddreißig, also zwölf Jahre älter als er, eine vierschrötige, schwerfällige Deutsche mit einer großen Nase in dem geduldig-häßlichen Gesicht. Sie war eines Sommers mit einer anderen Frau, einer alten Jungfer, die sie schon sehr lange kannte, nach Dixieland gekommen. Kurz vor der Abreise hatte sie sich von Steve verführen lassen. Im folgenden Winter war dann ihr Vater, ein kleiner Zigarrenfabrikant, gestorben. Er hinterließ ihr neuntausend Dollar aus der Lebensversicherung, sein Haus, etwas Geld in der Bank und einen Viertelanteil an dem Geschäft, das seine beiden Söhne weiterführten.

Sie hieß Margaret Lutz.

Im Frühjahr kam sie wieder nach Dixieland. An einem schläfrigen Nachmittag, als sonst niemand im Hause war, fand Eugene die beiden in der Woodson Street. Mit dem Gesicht nach unten lagen sie ausgestreckt auf Gants Bett, jeder den Arm über die Hüften des anderen gelegt. Während er dort stand, verharrten sie reglos, in abstoßender Erstarrung. Steves gelber Geruch war im Zimmer. Eugene begann vor Wut zu zittern. Der Frühling war lau und lieblich, eine leichte Brise strich, mit Blütenduft und Teergeruch beladen. Er war voller Hochgefühl in das leere Haus gekommen, hatte dessen köstliche Stille, die etwas muffige Kühle geschmeckt und sich auf einen ungestörten Nachmittag mit den großen Kalbslederbänden gefreut. Im Nu war seine Freude wie weggewischt.

Alles, was Steve anrührte, war befleckt. Eugene haßte ihn, weil er stank, weil alles, was er anrührte, stank, weil er überall Angst, Scham und Ekel hintrug, weil seine Küsse noch fauliger waren als seine Flüche, seine Flennerei noch ekelhafter als seine Drohungen.

Er sah, wie, vom stinkenden Atem seines Bruders behaucht, die Haarsträhnen der Frau leise wehten.

«Was tut ihr hier auf Papas Bett?» schrie er.

Steve machte ein dummes Gesicht, fuhr in die Höhe und packte ihn am Arm. Die Frau richtete sich träge auf, wie betäubt vor sich hin starrend, die kurzen Beine gespreizt.

«Du willst uns wohl verpetzen, was?» versuchte Steve ihn mit Verachtung einzuschüchtern. «Zur Mama laufen und ihr's erzählen, was, Kleiner?»

Er schloß seine gelben Finger um Eugenes Arm.

«Geht von Papas Bett runter», sagte Eugene verzweifelt. Er riß seinen Arm weg.

«Du verrätst uns doch nicht, Brüderchen – das tust du doch nicht!» umschmeichelte Steve ihn und blies ihm seinen faulen Atem ins Gesicht.

Es wurde Eugene übel.

«Laß mich los!» murmelte er. «Ich sag nichts.»

Bald darauf heirateten Steve und Margaret. Mit der alten Empfindung eines fast körperlichen Schamgefühls beobachtete Eugene sie, wenn sie morgens zum Frühstück die Treppe hinabkamen. Steve trat großsprecherisch auf, lächelte herablassend, erging sich in Anspielungen auf ein großes Vermögen. Das Gerücht raunte von einer Viertelmillion.

«Leg es in Fettpolstern an», sagte Harry Tugman und schlug Steve auf die Schulter. «Ich hab ja immer behauptet, daß du's zu was bringst.»

Eliza lächelte ihr stolzes, erfreutes, zitterndes, trauriges Lächeln über diese Angabe, diese Prahlerei. Der Erstgeborene.

«Jawohl!» behauptete er von sich. «Little Stevie hat ausgesorgt, er hat es geschafft. Nun kommen all die Superschlauen, die es vorausgesagt haben, nicht wahr? Nun setzen sie das große Lächeln auf, nun strecken sie die Hand mit Freut-mich-sehr hin, wenn er die Straße entlanggeflitzt kommt, nicht wahr? Erst haben sie mich madig gemacht, und jetzt rühmen sie mich, ja, ja.»

«Ich will euch was sagen», bemerkte Eliza, «er ist nicht auf den Kopf gefallen. Er ist so gescheit wie sie alle.»

Gescheiter noch, dachte sie. Stolz lächelnd.

Steve kaufte sich neue Anzüge, gelbe Schuhe, gestreifte Seidenhemden, einen breitkrempigen Strohhut mit blauweißrotem Band. Er schwang die Schultern in großem Bogen, wenn er dahinschritt, schnippte nonchalant mit den Fingern, lächelte großmütig-herablassend die Leute an, die ihn grüßten. Helen ärgerte und amüsierte sich abwechselnd darüber; sie lachte über sein absurdes Truthahngehaben. Aber Margaret Lutz schloß sie sofort ins Herz. Sie nannte sie «Süße». Vor lauter Warmherzigkeit wurden ihr die Augen feucht, wenn sie der Deutschen in das geduldige, scheue, etwas verängstigte Gesicht sah. Sie umarmte und streichelte sie.

«Mach dir keine Gedanken, Süße», sagte sie. «Wenn er dich nicht anständig behandelt, dann laß es uns wissen. Wir werden ihm schon den Kopf zurechtrücken.»

«Steve ist ein guter Junge», sagte Margaret, «wenn er nur nicht trinkt. Solang er nüchtern ist, ist er tadellos.» Sie brach in Tränen aus.

«Ja, ja, der Fluch des Alkohols», sagte Eliza und schüttelte trübselig den Kopf. «Der hat mehr Heime zerstört als sonst irgend etwas.»

Später bemerkte Helen zu Eliza: «Na, Schönheitspreise wird sie wohl nicht gewinnen, soviel ist sicher.»

«Kannst du Gift drauf nehmen», bestätigte Eliza. «. . . Was sich der Steve bloß dabei gedacht hat! Sie ist mindestens zehn Jahre älter als er», fuhr sie fort.

Helen wurde sofort scharf. «Na, ich würde sagen, daß er sehr gut mit ihr fährt. Tu doch nicht so, als ob dein Herr Sohn eine tolle Partie wäre! Die ganze Stadt weiß, was für ein Früchtchen er ist.» Sie lachte ironisch. «Du meine Güte. Steve hat es mit ihr sehr gut getroffen; sie ist ein anständiger Kerl.»

«Nun», sagte Eliza entschieden, «hoffen wir, daß es nun besser mit ihm wird und er einen neuen Anfang macht. Er hat mir versprochen, daß er sich alle Mühe geben will.»

«Wollen wir es hoffen», sagte Helen hart. «Wollen wir es hoffen. Es ist wahrhaftig höchste Zeit.»

Ihre Abneigung gegen Steve war angeboren und eingefleischt. Für sie zählte er zu den Pentlands. Tatsächlich aber war Steve ganz in Gants Art geschlagen. All seine Schwächen waren die seines Vaters. Aber die Sauberkeit, die zähe, feste Fiber, das Format und die gefühlvolle Reue des Alten hatte er nicht mit abbekommen. In ihrem Herzen wußte Helen das ganz genau; es verschärfte ihre Abneigung. Gant lehnte diesen Sohn entschieden ab, und sie nahm an dieser Ablehnung leidenschaftlich Anteil. Aber ihr Gefühl war

– wie alle ihre Gefühle – durch freundschaftliches Mitleid, durch Duldsamkeit gebrochen.

«Wie denkst du dir eigentlich dein Leben, Steve, nachdem du jetzt eine Familie hast?» fragte sie.

«Stevie hat ausgesorgt», sagte er wohlgefällig lächelnd, «nun sollen andere sich Gedanken machen.» Er hob die gelbe Hand zum Mund und sog tief den Zigarettenrauch ein.

«Verdammt noch mal, Steve», fuhr sie ihn gereizt an. «Reiß dich doch zusammen! Gib dir Mühe, ein Mann zu sein. Margaret ist eine Frau. Du wirst doch nicht erwarten, daß sie dich aushält.»

«Was geht das dich an!» sagte er mit schriller, häßlicher Stimme. «Hab ich dich etwa um Rat gefragt? Ihr seid alle gegen mich. Keins von euch hat ein gutes Wort für mich gehabt, als es mir mies ging, und jetzt seid ihr wütend, weil es mir gutgeht.»

Er lebte seit Jahren im Glauben, unschuldig verfolgt zu sein. Sein Versagen zu Haus schrieb er der Mißgunst, dem Übelwollen und der Treulosigkeit seiner Angehörigen zu; sein Versagen in der Öffentlichkeit erklärte er mit der Tücke und dem Neid einer feindlichen Macht, die er «die Welt» nannte.

«Nein», sagte er und sog wieder an seiner feuchten Zigarette, «mach du dir mal keine Gedanken um den Stevie. Er will von euch nichts, bittet euch um nichts, kapierst du?»

Er zog eine Rolle Banknoten aus der Tasche und zeigte ihr ein paar Zwanziger.

«Wo ich das herhabe, da gibt's noch 'nen ganzen Haufen. Und noch was will ich dir sagen: Little Stevie wird bald bei den Großen mitmischen. Ich hab da ein paar Geschäfte laufen, das wird den armen Schluckern in Altamont zeigen, wo sie hingehören. Verstehst du?» fragte er.

Ben hatte während dieses Gesprächs auf dem Klavierstuhl gesessen und finster die Tastatur angestarrt. Er summte leis eine Melodie vor sich hin und versuchte, sie mit einem Finger nachzuklimpern. Nun warf er den Kopf zur Seite. Ein abfälliges Lächeln flackerte über seinen Mund.

«Ich habe gehört, daß Mr. Vanderbilt bereits auf unseren Nabob eifersüchtig ist», sagte er zu Helen.

Helen ließ ihr heiseres, ironisches Lachen ertönen.

«Du bist wohl ein ganz Schlauer, was?» raunzte Steve plump. «Na, man merkt nichts davon, daß es dich vorwärtsbringt.»

Ben sah ihn stirnrunzelnd an. Ohne es zu wissen, rümpfte er die Nase.

«Na, hoffentlich werden Sie Ihre alten Freunde nicht vergessen, Mr. Rockefeller», sagte er mit sanfter, bedrohlicher Liebenswürdigkeit. «Ich möchte gern Vizepräsident in Ihrer Company werden, falls die Stelle noch frei ist.»

Dann wandte er sich wieder zum Klavier und suchte mit gekrümmtem Finger nach Tönen.

«Schon gut! Lacht nur, wenn's euch Spaß macht!» protzte Steve. «Aber ihr habt es bestimmt noch nicht erlebt, daß Little Stevie als kleiner Angestellter für fünfzehn Dollar die Woche in einem Zeitungsbüro arbeitet? Oder . . .», fügte er hinzu, «daß er in Amüsiertheatern auftritt und singt?»

Helens grobknochiges Gesicht wurde rot vor Wut. Sie hatte angefangen, gemeinsam mit der Sattlerstochter Pearl Hines in Vaudevilles und Kinos zu singen.

«Besser wär's, wenn du dich nicht so mausig machtest, Steve», fuhr sie wütend los. «Such dir erst mal Arbeit! Hör erst mal mit deiner Nichtstuerei auf! So einer wie du, der sich Tag und Nacht in den Spielhallen und Drugstores herumtreibt und das Geld seiner Frau versäuft, der hat es gerade nötig, das Maul aufzureißen!»

«Meine Güte, Helen», rief Ben gereizt und drehte sich wieder um. «Hör ihm doch nicht zu! Merkst du's denn nicht, daß er nicht richtig im Kopf ist?»

Im Laufe des Sommers fing Steve an, wieder schwer zu trinken. Sein verfaultes, seit Jahren vernachlässigtes Gebiß fing gleichzeitig an zu schmerzen. Wild vor Zahnweh und von billigem Whisky war er überzeugt, daß Eliza und Margaret an seinem Jammer schuld seien. Er stellte ihnen nach und brüllte ihnen die Ohren voll, wenn er sie allein traf. Er beschimpfte sie in der gemeinsten Weise und behauptete, daß sie seinen Organismus vergiftet hätten.

Gegen zwei oder drei Uhr nachts erwachte er vor Zahnweh, lief flennend im Haus herum und bettelte um Hilfe. Eliza schickte ihn zu Spaugh ins Hotel oder zu McGuire in die Privatwohnung, wobei Eugene ihn begleiten mußte. Die Ärzte, halbwach und mürrisch, schoben seinen Hemdsärmel zurück und stießen ihm eine Morphiumspritze tief in den Oberarm. Das half; er konnte schlafen.

Einmal kam er kurz vor dem Abendessen nach Dixieland, die Hände auf die schmerzenden Kinnbacken gepreßt. Eliza stand vor der heißen Pfanne am glühenden Herd. Er verfluchte sie, weil sie ihn geboren habe, verfluchte sie, weil sie ihn habe zahnen lassen, verfluchte sie, weil sie des Mitgefühls, der Mutterliebe, der Güte bar sei.

Ihr bleiches Gesicht zuckte über den Kochdünsten.

«Mach, daß du hier rauskommst!» befahl sie. «Du weißt nicht, was du sprichst. Der verdammte Alkohol macht dich so gemein.»

Sie fing an zu weinen, wischte sich mit der Hand über die breite, gerötete Nase. «Ich hätte nie gedacht, daß einer meiner Söhne so zu mir reden würde», stellte sie fest. Mit der für sie typischen, kraftvollen Geste streckte sie den Zeigefinger aus. «Ich mach das nicht länger mit!» sagte sie streng. «Wenn du nicht sofort verschwindest, rufe ich Nummer 38 an und laß dich abführen.»

38 war das Polizeirevier. Das erweckte unangenehme Erinnerungen. Schon zweimal hatte Steve im Rausch im Stadtgefängnis gesessen. Er raste noch ärger als zuvor, schrie ihr gemeine Worte ins Gesicht, hob die Hand, um sie zu schlagen. In diesem Augenblick trat Luke ein, er war unterwegs nach der Woodson Street.

Die Abneigung zwischen Luke und dem Ältesten war tief und tödlich. Seit Jahren schon. Zitternd und zornentbrannt kam Luke seiner Mutter zu Hilfe.

«Ent-a-a-a-arteter elender M-mensch!» stotterte er, unbewußt in Gantsche Rhetorik verfallend. «Mit der Reitpeitsche sollte man dich zü-zü-züchtigen!»

Er war neunzehn, ein gutgebauter, muskulöser Bursche, aber viel zu empfindlich für die Tabus der Bruderliebe, um auf Steves Angriff gefaßt zu sein. Steve fiel in der gemeinsten Weise über ihn her, schlug ihn trunken mit den Fäusten ins Gesicht, trieb den Schnaufenden, Halbblinden aus der Küche. Unrecht ewig auf dem Thron!

Irgendwo über der Angst und der Raserei hörte Eugene Ben, wie er unbekümmert vor sich hin summte und sich langsam die Töne dazu suchte.

«Ben!!» schrie er, tanzte wild und ergriff einen Hammer.

Ben kam mit einem Satz herein, lautlos wie eine Katze. Luke schoß das Blut aus der Nase.

«Ran mit dir, du Scheißkerl! Jetzt kommst du dran!» heulte Steve siegesbefeuert und warf sich in pathetische Boxerstellung. «Keine Aussicht für dich, Jungchen», prahlte er, «ich mach dich mit Leichtigkeit fertig!»

Ben sah ihn ruhig an, runzelte die Stirn, tanzte um ihn herum und schwang die Fäuste im Stil der Polizeiboxer. Jählings packte ihn eine rasende Wut. Der Stille sprang den Amateurfaustkämpfer an und legte ihn mit einem einzigen Hieb glatt zu Boden. Steves Kopf schlug auf den Fußboden auf. Das tat gut! Eugene, wahnwitzig vor Freude, hüpfte und schrie, während Ben knurrend auf seines Bruders ausgestreckten Körper sprang und dessen angeschlagenen Schädel auf die Holzdielen hämmerte. Ben war herrlich gründlich, wenn er mal loslegte, und fragte nicht nach den Folgen.

«Hurra für Ben! Hurra für Ben!» jauchzte Eugene, irr lachend.

Eliza, die laut «Hilfe» und «Polizei» gerufen und das Eingreifen der Öffentlichkeit gefordert hatte, gelang es schließlich mit Lukes Beistand, Ben von seinem halb ohnmächtigen Opfer wegzureißen. Sie weinte bitterlich. Luke, seine blutige Nase vergessend, untröstlich darüber, daß hier ein Bruder den anderen verprügelt hatte, half Steve auf die Beine und bürstete ihn ab.

Sie schämten sich alle entsetzlich, sie konnten einander nicht ins Auge sehn. Bens mageres Gesicht war sehr bleich, er zitterte am ganzen Körper. Als er Steves verschwiemelte Augen einen Augenblick erhaschte, räusperte er sich trocken, ging zum Spülstein und trank ein Glas Wasser.

Eliza weinte: «Ein Haus, das untereinander zerstritten ist, kann nicht bestehen.»

Helen kam aus der Stadt; sie brachte Brot und Gebäck mit.

«Was ist los?» fragte sie, obwohl sie auf den ersten Blick erkannte, was vorgefallen war.

«Ich weiß nicht», sagte Eliza kopfschüttelnd mit zuckender Miene. «Gottes Zorn muß über uns hereingebrochen sein. Mein ganzes Leben hatte ich nichts als Elend auszustehen. Und alles, was ich mir wünsche, ist ein bißchen Frieden.» Sie weinte leise, aus glanzlosen Augen. Sie wischte sich mit dem Handrücken die Tränen ab.

«Na, vergiß es!» sagte Helen ruhig. Ihre Stimme war gleichgültig, trübselig, kummervoll. «Wie geht's jetzt, Steve?» fragte sie.

«Ich mach weiß Gott keinem Menschen Schwierigkeiten, Helen», wimmerte er kläglich. Seine Stimme klang düster. «Nein, dem Steve hat man nie was gegönnt. Alle haben sie einen Pik auf mich. Sie haben sich auf mich gestürzt, Helen. Meine eigenen Brüder sind über mich hergefallen, krank wie ich bin, und haben mich verhauen. Gut! Ich werde weggehen und es zu vergessen suchen. Ich trage nicht nach. Nein, so einer bin ich nicht.» Er drehte sich herum und streckte Ben mit ekelerregender Süßlichkeit seine gelben Finger hin. «Gib mir die Hand, Brüderchen. Hier! Du hast mich geschlagen, aber ich will dir's vergeben und vergessen.»

«O du mein Gott!» sagte Ben und preßte die Hand auf den Magen. Ihm wurde schwach. Er beugte sich über den Spülstein und trank schnell noch ein Glas Wasser.

«Nein, nein, ich trage wirklich nicht nach», fing Steve wieder an. «So einer bin ich nicht . . .» Er hätte ewig in dieser Tonart weitergewimmert, aber Helen gebot ihm mit müder Bestimmtheit Einhalt.

«Gut! Schluß! Hört jetzt alle damit auf!» befahl sie. «Das Leben ist ohnehin zu kurz.»

Das war es tatsächlich. Nach solchen Explosionen kam für sie alle eine Stunde der Stille, in der sie einander betrübt und ruhig erkannten. Sie waren wie Männer, die, verzweifelt einer Fata Morgana nachjagend, plötzlich stillstehen, sich umblicken und ihre Fußspuren unendlich weit zurück in der Wüste verlaufen sehen. Oder vielleicht wie Leute, die irrsinnig gewesen sind und dem

Irrsinn auch wieder verfallen werden und sich eines Morgens still und vernünftig, mit traurigen, ungetrübten Augen im Spiegel erblicken.

Ihre Gesichter waren traurig. Großes Alter war in ihnen. Sie wußten plötzlich um den weiten Weg, den sie gekommen waren, spürten die Menge Leben, die sie gelebt hatten. Ein Augenblick des Zusammenhalts, ein Augenblick tragischer Zuneigung und Einigkeit kam, der sie zu einem Kranz kleiner, spitzer Flämmchen gegen den Nihilismus, gegen das Sinnlose des Daseins zusammenzwang.

Margaret kam verängstigt herein, die Augen rotgeweint, das breite, deutsche Gesicht blaß und von Tränen verschmiert. Eine Gruppe Pensionsgäste flüsterte aufgeregt in der Diele.

«Die werde ich alle verlieren», quengelte Eliza. «Das letzte Mal haben drei Leute gekündigt. Über zwanzig Dollar die Woche weniger, wo das Geld jetzt so rar ist. Ach Gott, ich weiß wahrhaftig nicht, wie das noch mit uns enden soll.»

«Meine Güte», herrschte Helen sie an, «hör doch einmal mit deinen Pensionsgästen auf!»

Steve sank dumpf auf einen Stuhl vor dem langen Küchentisch. Von Zeit zu Zeit murmelte er sentimental vor sich hin. Luke stand aufmerksam neben ihm, das Gesicht empfindlich, verletzt, einen beschämten Zug um den Mund. Er sprach sanft mit ihm und brachte ihm ein Glas Wasser.

«Gib ihm doch 'ne Tasse Kaffee, Mama», verlangte Helen gereizt. «Um Gottes willen! Soviel kannst du wirklich für ihn tun.»

«Ja, aber ja! Gleich!» stammelte Eliza. Sie eilte unbeholfen zum Gasherd und zündete den Brenner an. «Ich hab nur nicht dran gedacht, ja, gleich, in einer Minute.»

Margaret saß auf einem Stuhl am anderen Ende des unaufgeräumten Küchentischs, das Gesicht in die Hand gestützt, und weinte. Ihre Tränen zogen kleine Bäche durch die dicke Decke von Puder und Rouge, die sie auf ihre grobe Haut zu legen pflegte.

«Kopf hoch, meine Süße», sagte Helen und fing an zu lachen. «Es wird bald wieder Weihnachten.» Sie tätschelte tröstend den breiten Rücken der Deutschen.

Ben öffnete die mit löchrigem Moskitogitter bespannte Innentür und ging auf die Küchenveranda hinaus. Es war eine kühle Augustnacht; der Himmel war dicht mit großen Sternen besät. Er zündete eine Zigarette an; seine weiße Hand zitterte, als er das Streichholz hielt. Von sommerlichen Veranden wehten schwache Geräusche her, Frauengelächter, ein paar Takte Tanzmusik. Eugene stellte sich neben ihn und sah ihn mit freudig-trauriger Bewunderung an. Halb ängstlich, halb übermütig stieß er ihn in die Rippen.

Ben knurrte leise, hob die Hand zum Schlag, ließ sie sinken. Schnell flackerte ein Lichtschein über seinen Mund. Er rauchte.

Steve zog mit seiner Deutschen nach Indiana. Zuerst kamen Nachrichten von Fett und Fülle, von einem sorglosen Leben und Pelzmänteln (mit Fotografien) – später von Streitigkeiten mit ihren ehrlichen Brüdern, von Scheidungsplänen, Versöhnung und Wiederaufleben. Steve pendelte zwischen seinen beiden finanziellen Stützen, Margaret und Eliza, hin und her. Jeden Sommer erschien er in Altamont und ergab sich eine Zeitlang dem Alkohol und Rauschgiften. Sein Aufenthalt endete regelmäßig mit Familienkrach, Gefängnis und Sanatorium.

«Die Hölle reißt ihren Rachen auf», heulte Gant, «wenn dieser Elende heimkommt. Ein Fluch und eine Sorge, so liegt er auf uns. Der Niedrigste unter den Niedrigen, der Gemeinste unter den Gemeinen, das ist er. Weib! Du hast ein Ungeheuer geboren! Jener wird nicht ruhen, bis er mich unter die Erde gebracht hat, dieser verdammungswürdige, dieser grausame, dieser entsetzliche Schurke!»

Eliza aber schrieb ihrem Ältesten regelmäßig; von Zeit zu Zeit legte sie Geldscheine in die Briefe ein. Sie hoffte unendlich für ihn, hoffte gegen alle Natur, gegen alle Vernunft, gegen die gesamte Struktur des Daseins. Freilich wagte sie nicht, ihn offen zu verteidigen und zuzugeben, daß er den Platz im Kern ihres Herzens innehabe. Aber sie zeigte jeden Brief, in dem er von Erfolgen prahlte oder von seiner allmonatlichen Auferstehung im Geiste berichtete, und las ihn der ungerührt zuhörenden Familie vor. Es waren alberne Briefe in blumigem Stil, voller Anführungszeichen und in einer protzig-schnörkeligen Handschrift geschrieben. Diese Verstiegenheiten erfüllten sie mit freudigem Stolz; Steves phantasievolles Analphabetentum erschien ihr als Beweis seiner überlegenen Intelligenz.

Liebe Mama:

Deinen werten vom 11. lfd. Ms. zur Hand und beeile ich mich Dir zu schreiben, wie froh ich bin zu vernehmen, daß Du wieder «im Land der Lebendigen» weilst, denn ich hatte schon begonnen, mir Gedanken darüber zu machen, daß es «so lange Zeit braucht zwischen zwei Labsalen». – «Ich will euch was sagen», bemerkte Eliza und kicherte vor Vergnügen, «der Junge ist nicht auf den Kopf gefallen.» Helen, mit einem halb unverschämten, halb verärgerten Lächeln um den großen Mund, sah Luke an, schnitt eine Fratze und verdrehte die Augen, als Eliza weiterlas. Gant, den Kopf ein wenig verrenkt, war ganz Ohr. – *Seit meinem letzten Schreiben haben sich die Dinge günstig für mich entwickelt. Liebe Mama: Es hat den Anschein, als ob «der verlorene Sohn» eines Tages im eigenen Auto heimkehren könnte.* – «He! Was war das?» fragte Gant, worauf Eliza die Stelle nochmals las. Er leckte den Daumen und grinste wohlgefällig vor sich hin. «Wa-wa-was ist los?» stotterte Luke. «Hat er die Ei-ei-eisenbahn gekauft?» Helen lachte heiser. «Wer's glaubt, wird selig», bemerkte sie. – *Der gute Anfang, Mama, ist mir schwergefallen; jedoch war alles gegen mich und alles, was Little Stevie jemals verlangt hat in diesem «Tränental», war eine faire Chance.* – Helen ließ ihr rauchig-ironisches Falsettlachen erklingen. «Alles, was Little Stevie begehrte», sagte Luke, rot vor Ärger, «wa-wa-war die ganze Welt für sich und ein pa-pa-paar Go-go-goldbergwerke o-o-o-obendrein.» – *Nachdem ich mich nun endgültig auf die Beine gebracht habe, gedenke ich der Welt zu zeigen, daß ich diejenigen, welche mir in meiner «Stunde der Not» beigestanden haben, nicht vergessen habe, und der beste Freund, welchen ein Mann hat, das ist seine Mutter.* – «Wo ist die Schaufel?» fragte Ben leise kichernd.

«Der Junge schreibt einen guten Stil», lobte Gant. «Verdammt will ich sein, wenn er nicht der Gescheiteste von der ganzen Bande ist, wenn er sich Mühe gibt.»

«Ja», entgegnete Luke, «er ist so gescheit, daß du jeden Bären glaubst, den er dir aufbindet. Aber das Kind, das durch dick und dünn mit di-di-dir gegangen ist, dem zo-zollst du k-k-keine A-a-a-anerkennung.» Er warf einen bezeichnenden Blick auf Helen. «'ne verda-da-dammte Schande!»

«Red nicht davon», sagte sie müde.

«Ja, ja . . .» bemerkte Eliza gedankenvoll. Sie hielt den Brief in den gefalteten Händen und starrte, die Lippen geschürzt, glückselig träumend ins Leere «. . . Vielleicht ist er wirklich ein anderer Mensch geworden. Man kann nie wissen.»

«Hoffentlich! Hoffentlich!» sagte Helen verdrießlich, «aber erst wollen wir Beweise sehn.»

Nachher sagte sie mit hysterischer Stimme zu Luke: «Da siehst du's wieder, nicht wahr? Werde ich überhaupt einer Anerkennung gewürdigt? Ich kann mich zu Tod rackern für die Alten, aber krieg ich auch nur ein ‹Scher dich zum Teufel› dafür? Was?»

In diesen Jahren ging Helen mit der Sattlerstochter Pearl Hines in den Süden auf Tournee. Sie sangen im Beiprogramm der Kleinstadtkinos; wurden durch einen Agenten in Atlanta gebucht.

Die dralle Pearl Hines mit dem Vollmondgesicht und den negroiden Lippen war immer guter Dinge. Sie sang Ragtime und Niggersongs mit natürlicher Leidenschaft, schwenkte die Hüften und bubberte mit den Brüsten dazu.

«Ei, da kommt mein Da-daddy, ja,
O Pop! O Pop! O-o Pop!»

Sie verdienten manchmal ganze hundert Dollar die Woche. Sie traten in Städten auf wie Waycross in Georgia, Greenville in South Carolina, Hattiesburg im Staat Mississippi, Baton Rouge in Louisiana.

Sie trugen den starken Panzer der Unschuld. Sie waren lebenslustige, aber anständige Mädchen. Manchmal leisteten sich Lebemänner einen leisen, verletzenden Verstoß, weil sie an den Ruf glaubten, den ein Showgirl bei den Kleinstädtern genießt. Aber im allgemeinen wurden die beiden wie Ladies behandelt.

Für Helen und Pearl waren diese Tourneen eine vielversprechende Sache. Das stumpfsinnige Gelächter, der obszöne Enthusiasmus, mit dem Pearls Lieder von den nach Schweiß und Erde riechenden Farmern in South Carolina oder Georgia aufgenommen wurden, verletzte sie nicht, sondern machte ihnen Freude und stachelte ihren Ehrgeiz weiter an. Sie hielten sich für Berufssoubretten, lasen die Fachzeitschriften und sahen sich schon als eine mit Lichtreklamen angekündigte, mit schwerem Geld bezahlte, auf lange Zeit in den Großstadtvaudevilles engagierte «große Nummer».

Pearl hatte den populären Teil des Programms auszufüllen und sollte mit dem sinnlich-dynamischen Rhythmus ihrer Fleischlichkeit die Ragsongs «anbringen». Helens Aufgabe war es, das Programm mit opernhafter Würde anzureichern. Im Licht eines roten Scheinwerfers, vor respektvoll verstummten Zuhörern, sang sie anspruchsvollere Liedchen – Tostis *Lebwohl, Das Ende eines vollkommenen Tages, Der Rosenkranz*. Sie hatte eine große volle Stimme mit einem metallischen Timbre. Ihre musikalische Ausbildung hatte sie von ihrer Tante Louise erhalten. Die Tante Louise, eine üppige Blondine, hatte nach ihrer Scheidung von Elmer Pentland noch ein paar Jahre in Altamont gelebt. Sie gab Musikstunden und genoß ihre dahinschwindende Blüte mit jungen Männern. Sie gehörte zu der Sorte reifer, temperamentvoller, gefährlicher Frauen, für die Helen schwärmte. Als des spitzzüngigen, spießigen Geredes über ihren Lebenswandel zuviel wurde, zog sie mit ihrer kleinen Tochter nach New York.

Aber sie hatte gesagt: «Helen, eine Stimme wie deine sollte für die große Oper ausgebildet werden.»

Helen vergaß das nie. Sie träumte von Frankreich und Italien, von den grellen Schlaglichtern einer «Opernkarriere», der pathetischen Musik, den im Diamantenfeuer blitzenden Logen, dem frenetisch tosenden Beifall, der auf die temperamentvollen, alles in den Schatten stellenden Sänger und Sängerinnen herabprasselte. Choräle erklangen in ihr. Sie glaubte sich zum Opernstar vorbestimmt. Und als nun die Nummer Gant und Hines – *The Dixie Melody Twins* – im Zickzack durch die Südstaaten reiste, hielt sie die

Erfüllung dieser heftigen, hellen, formlosen Wünsche für nähergerückt.

Sie schrieb oft nach Hause, gewöhnlich an Gant. Ihre Briefe pochten vom großen Pulsschlag des Daseins. Die Anregung neuer Städte, ein Vorgefühl überschäumenden Lebens sprach aus ihnen. Überall lernten sie «nette Leute» kennen – und tatsächlich, überall waren gute Frauen und Mütter und nette junge Männer von diesen beiden fröhlichen, anständigen, unternehmungslustigen Mädchen begeistert. Helen war ein ungeheuer anständiger Mensch; ihre saubere, überzeugende Vitalität zog gute Leute an und stieß schlechtes Gesindel ab.

Sie hatte eine Reihe junger Männer unter ihrer Herrschaft – harte, rotgesichtige, tüchtig trinkende, scheue Kerle. Sie hatte ein mütterlich-gebieterisches Verhältnis zu ihnen; sie hörten ihr zu, ließen sich regieren, verehrten sie. Kaum einer von ihnen wagte es je, sie zu küssen.

Eugene wunderte sich sehr über diese lammfrommen Löwen. Unter Männern waren sie jähzornig, wüst, verwegen und streitsüchtig; vor Helen benahmen sie sich schüchtern und linkisch. Einer von ihnen, ein hagerer, alkoholsüchtiger Angestellter der Stadtverwaltung mit hohen Backenknochen, war ständig in tumultuöse Gerichtsverhandlungen verwickelt. Ein anderer – von Beruf Eisenbahndetektiv –, jung, ausladend, hochblond, der im Suff Negerschädel zu zertrümmern pflegte, hatte schon mehrere Männer erschossen und fand schließlich bei einer Revolverschießerei in Tennessee den Tod.

Helen fand überall Freundschaft und Schutz. Pearls fröhliche, unbeschwerte Sinnlichkeit aber verleitete gelegentlich die Dorfcasanovas zu Fehlschlüssen. Mit unschuldigem Gusto sang sie:

> «Nun soll ein süßer, alter Papa kommen
> Und, ach, so lieb mit mir tun . . .»

und unangenehme Typen mit angekauten Zigarren näherten sich, luden zu Maiswhisky ein und gebrauchten vertrauliche Anreden, wenn sie schließlich ein Hotelzimmer oder ein Auto zum trauten

Stelldichein vorschlugen. Wenn das vorkam, war Pearl höchst betreten und schwieg. Hilfesuchend wandte sie sich an Helen. Und Helen, einen angespannten, verletzten Zug um den großen Mund, die Augen funkelnd, wies dann zurecht:

«Ich versteh nicht, was Sie da meinen. Mir scheint, Sie haben sich in uns geirrt.» Sie versäumte nie, betroffen gestammelte Entschuldigungen zu erzwingen.

Sie war rührend unschuldig, von ihrer ganzen Veranlagung her außerstande, «das Schlimmste» von jemandem zu glauben. Es schien ihr vollkommen ausgeschlossen, daß ihre smarten jungen Freundinnen jemals, wie sie sich ausdrückte, «aufs Ganze gingen». Sie liebte Klatsch und klatschte selbst gern, aber von der ganzen verworrenen Unmoral des ländlichen Lebens hatte sie kaum eine Vorstellung. Vertrauensvoll und daseinsfroh wandelte sie mit Pearl Hines auf der dünnen Lavakruste um den Krater des Vulkans und merkte weiter nichts, als daß das Leben dort nach Freiheit, Abwechslung und Abenteuer riecht.

Aber mit der Partnerschaft war es bald Schluß. Pearl Hines hatte klar bestimmte Lebensabsichten. Von jeher hatte sie heiraten wollen, und zwar ehe sie fünfundzwanzig wurde. Für Helen waren diese Tourneen ein Vorstoß in Neuland, ein Weg zur Freiheit, eine instinktiv-tastende Bewegung auf einen Sinn zu, ein Lebenszentrum, in dem sich ihre Energie erschöpfen konnte, das ihren blinden Hunger nach Abwechslung, Schönheit und Unabhängigkeit befriedigte. Sie wußte nicht, was sie mit ihrem Leben anfangen sollte. Vielleicht würde sie ihr Schicksal niemals auch nur annähernd bestimmen können: das in ihr verankerte, mächtige Bedürfnis würde sie dann treiben, der Drang, zu unterwerfen und zu dienen.

Zwei oder drei Jahre lang bestritten Pearl und Helen ihren Unterhalt durch diese Tourneen. Sie reisten im Herbst. Im Frühjahr oder zu Anfang des Sommers kamen sie wieder nach Altamont und hatten genug Geld verdient, um bis zur nächsten Saison durchzuhalten.

Bedächtig erwog Pearl während dieser Zeit mehrere Heiratsanträge, die ihr von jungen Männern gemacht wurden. Sie hatte die herzlichste Zuneigung eines Berufsbaseballspielers; er war Manager der Altamont-Mannschaft und spielte zweite Base. Er war ein zähes, schönes, junges Tier. Mitten im Spiel pflegte er wütend den dick wattierten Fanghandschuh hinzuschmeißen und streitsüchtig auf den Schiedsrichter loszurennen. Seine harte Selbstsicherheit, seine schnelle, nasale Sprechweise, sein hagerer, sonnverbrannter Körper gefielen Pearl. Aber sie war nicht verliebt. Sie gehörte zu denen, die sich nie verlieben. Zudem wußte sie, wie weit die Einkünfte eines Ballspielers aus der Provinz reichen. Sie heiratete schließlich einen schwerfälligen jungen Mann aus Jersey City, der ein großes, gutgehendes Speditionsgeschäft besaß.

So fand die Partnerschaft der *Dixie Melody Twins* ein Ende. Helen, allein gelassen, floh die trübselige Enge der Kleinstädte und wandte sich den großen Städten zu, in denen sie sich vage Glück, Unterhaltung und Erfüllung ihrer Wünsche zu finden versprach.

Sie entbehrte Luke sehr. Ohne ihn kam sie sich unvollständig, schutzlos vor. Luke studierte seit zwei Jahren auf dem Polytechnikum in Atlanta, Georgia, Elektrotechnik. Dieser Entschluß war in ihm schon vor Jahren durch Gants Lobreden auf den schwerverdienenden Elektroingenieur Liddell erzeugt worden. Luke versagte vollkommen. Er war viel zu undiszipliniert zum Studium. Seine Konzentrationsfähigkeit wurde von tausend kleinen Impulsen durchbrochen. Sein Gehirn stotterte genauso wie seine Zunge. Wenn er gereizt und ungeduldig eine Logarithmentafel aufschlug, wiederholte er dazu unsinnig oft die Nummer der Seite, die er suchte, und wippte unablässig auf dem Fußballen, so daß sein ganzer Körper vibrierte . . .

Sein großes verwertbares Talent war die Kunst des Verkaufens. Er besaß im höchsten Grade die Eigenschaft, die amerikanische Schauspieler und Geschäftsleute als «Persönlichkeit» bezeichnen: eine rastlose Aktivität, rabelaishafte Derbheit, instinktive Schlagfertigkeit und eine hypnotische Sprachkraft, die sich als irre, vollkommen bedeutungsleere Sturzflut glühend über die Zuhörer ergoß. Er war imstande, alles zu verkaufen, weil er im Branchenjargon «sich selbst verkaufen» konnte. Die enorme Flexibilität des amerikanischen Geschäftslebens war sein Element – dort, wo die seltsamsten Gewerbe gediehen, die irrsten Werbekampagnen liefen, hätte er in einem Delirium der Verkaufswut die Bauerntölpel zur Verzückung bringen, die Knöpfe von ihren Jacken schneiden, alles und jeden und schließlich sich selbst übers Ohr hauen können. Er war kein Elektroingenieur, er war elektrische Energie. Zum Studieren taugte er nicht – zwar raffte er verzweifelt seinen unvernieteten Verstand zusammen, ging aber unter der Belastung von Integralrechnung und technischen Wissenschaften in die Knie.

Er hatte einen ungeheuren, grellen, prächtigen Humor. Leute, die ihn nicht kannten, waren bereits zum Kichern aufgelegt, wenn sie seiner ansichtig wurden; sie brüllten vor Lachen, wenn er den Mund auftat. Seine körperliche Schönheit war erstaunlich. Sein Kopf war wie das Haupt eines wilden Engels. Lockenstrudel leuchtenden Goldhaars umrahmten sein Gesicht. Seine Züge waren regelmäßig, männlich, heiter und offen, von dem seltsamen inwendigen Licht einer idiotischen Begeisterung erhellt. Selbst wenn er gereizt stotterte, wenn seine Mienen von Nervosität ganz verwirrt waren, stets war sein breiter Mund zum Lachen bereit, einem unirdischen, überschwenglichen, irren Lachen. Es war ein dämonischer Überschwang in ihm, ein unbändiges Verstehen, etwas, das nicht aus dem Hirn stammt. Wenn er auch süchtig nach Lob war, nach Anerkennung, ein gerissener Schmeichler, überkam ihn dennoch dieser Dämon in den unerwartetsten Augenblicken, der würdigsten Umgebung, obwohl er sich alle Mühe gab, dem guten Bild, das man von ihm hatte, zu entsprechen.

Eines Tages erklärte ihm eine alte, kirchlich gesinnte Dame liebevollen Ernstes die Dogmen des Presbyterianismus. Luke hörte ihr sehr respektvoll zu, leicht vorgeneigt in einer Pose übertriebener Aufmerksamkeit, eine kräftige Hand um das Knie gelegt. Von Zeit zu Zeit murmelte er ein Wort der Zustimmung. Plötzlich packte ihn der Lachteufel; unbändig gekitzelt vom Rhythmus seines Murmelns, der ernsthaften Ruhe und Selbstvergessenheit der alten Dame, der Absurdität der ganzen Situation, wurde sein Gesicht von Übermut gekräuselt und er säuselte mit fetter, süßlicher, anzüglicher Stimme: «Jaah? Jaah? Jaah?» Wenn sie dann schließlich verspätet begriff, daß man sie mit einem Schwall dämonischen Unsinns überschüttete, innehielt, ihm ein überrascht-verwirrtes Gesicht zuwandte, verfiel er in schallendes «Hohoho», lachte noch wilder, unsinniger, unvernünftiger, gurgelte Rachenlaute heraus und stach ihr mit den Fingern in die Rippen.

Eliza, die, mit gespitztem Mund in ihren Träumen versunken, plötzlich inmitten einer langen, minuziös rekonstruierten Reminiszenz die allvernichtende Wirkung dieses Lachens spürte, schlug ihm auf die Hände, wenn er sie neckte, schürzte pikiert die Lippen und erklärte schließlich, von immer neuen Hohos zornig entrüstet: «Wahrhaftig, Junge, du benimmst dich wie ein richtiggehender Idiot. An deiner Stelle würde ich mich schämen, ja, schämen würde ich mich.» Sie schüttelte mitleidig den Kopf über ihn. Aber was sie auch tat, es stachelte ihn zu immer wilderem Gelächter auf.

Diese Eigenschaft war ungewöhnlich. Luke besaß etwas, das viel wertvoller ist als Intelligenz ... Es war ihm gegeben, das Leben als Burleske zu sehen. Sein zertrümmerndes, idiotisches Hohoho war seine eigentliche Antwort auf die falschen Vorspiegelungen, die Intrigen, die Heucheleien der Welt. Aber er besaß seinen Dämon nicht; sein Dämon besaß ihn, zeitweise. Hätte der Dämon ihn ganz und dauernd besessen, dann wäre er ein erstaunlich aufrichtiger und klarer Mensch gewesen. Aber wenn er nachdachte, dachte er wie ein Kind, heuchlerisch und sentimental, ganz in der Unaufrichtigkeit von Kindern befangen.

Sein Gesicht war wie eine Kirche, in der Schönheit und Humor getraut werden. Das Fremde und das Vertraute waren ein und dasselbe in ihm. Leute, die ihn ansahen, waren überrascht; sie sahen da etwas, von dem sie nie ein Wort gehört hatten, das ihnen jedoch von jeher bekannt war.

Helen und Pearl kamen auf ihren Fahrten ein- oder zweimal in der Saison nach Atlanta und besuchten ihn. Im Frühling waren sie zur Gastopernwoche da. Luke hatte für den ersten Abend Anstellung als Statist – als Speerträger in der *Aida* – gefunden. Den Rest der Woche passierte er den Theaterportier als «Lukio Gantio, ein Mitglied der Truppe».

Die großen Füße in Schnürsandalen, die nackten Beine dicht behaart unter den Beinschienen, eine Korkenzieherlocke unter dem Blechhelm hervorquellend, so lungerte er an jenem *Aida*-Abend hinter den Kulissen herum. Er stand komisch auf seinen Speer gestützt, sein Gesicht leuchtete vor Übermut.

Caruso, der seinen Auftritt erwartete, musterte ihn von Zeit zu Zeit mit einem breiten Itaker-Grinsen.

«Höh, wer seind Sie, wos?» fragte Caruso und musterte ihn vom Scheitel zur Sohle.

«Wa-wa-was?» sagte er, «kennen Sie Ihre eigenen Soldaten nicht, wenn sie vor Ihnen stehn?»

«Ein Teufel von ein Soldat seind Sie», sagte Caruso.

«Ho! Ho! Ho!» blökte Luke. Mit Anstrengung hielt er seine Hände, die so gern in Rippen stießen, zurück.

Seine Sommerferien verbrachte er in Altamont. Er fand Anstellung bei einer Firma, die einen großen Trakt Baugelände aufgeteilt hatte und die Parzellen meistbietend versteigerte. Luke stand inmitten der Interessenten auf einem Fuhrwagen und feuerte, die Hand an den Mund gelegt, die Leute zum Bieten an. Eindringlich, inständig, obszön erschallte seine Stimme . . . Diese Beschäftigung berauschte ihn geradezu.

Breit, erwartungsvoll grinsend drängten sie sich um die Speichen. Mit hellem, kehligem Tenor rief er:

«Immer ran, meine Herren, das ist Grundstück Nummer siebzehn der schönen, aufblühenden Villenvorstadt Heimwald. Wir liefern den Wald, Sie stellen das Heim hinein. Dieses hübsche Baugrundstück, meine Herren, ist sechzig Meter tief, da haben Sie genug Platz für einen Garten und ein Hinterhäuschen. Ziehen Sie Ihre Maiskolben auf eigenem Grund und Boden im schönen Heimwald! Sie haben hier vierzig Meter Straßenfront, an einer großartigen, neuen, asphaltierten Straße.»

«Wo ist denn die Straße?» rief jemand.

«Auf dem Blaupausplan natürlich, Colonel. Da besitzen Sie sie blau auf weiß, sozusagen. Also meine Herren, eine nie wiederkehrende Gelegenheit bietet sich da. Sie tritt Sie in den Hosenboden.

Sind Sie vorausschauende, klug die Zukunft erwägende Männer? Bedenken Sie, was Ford und Edison, was Napoleon und Cäsar an Ihrer Stelle täten! Gehorchen Sie dem Impuls! Hier können Sie nicht verlieren. Die Stadt wächst in dieser Richtung! Legen Sie mal die Hand ans Ohr, dann werden Sie sofort hören, wie sie hierherwächst. Nicht wahr? Ja, Sie hören es! Auf diesen Hügel da wird das neue Amtsgerichtsgebäude hinkommen; ein ganz klein wenig unterhalb von hier werden Bäcker und Leichenbestatter in funkelnagelneuen Backsteinhäusern ihre schönen Läden eröffnen. Also: Zum ersten! Zum zweiten . . . Wer bietet?!»

«Erwerben Sie ein Eigenheim im wundervollen Heimwald, einen Kanonenschuß von allen wichtigen Verkehrsverbindungen – Bahn, Straße, Flughafen – entfernt. Fließendes Wasser ist ganz in der Nähe und kommt auch aus der Leitung. Unsere Lieferwagen holen alles vom Zug ab. Meine Herren, hier können Sie Ihr Glück machen. Das Gebiet ist reich an Bodenschätzen – Gold, Silber, Kupfer, Eisen, Steinkohle und Erdöl liegen in verschwenderischer Fülle unter den Wurzeln jedes Baumes.»

«Und was ist unter den Büschen, Luke?» grölte Mr. Halloran, der Molkereimagnat.

«Im Gebüsch sitzt der Füsch», entgegnete Luke im allgemeinen Tumult. «All right, Major. Ja, Sie da, mit der Nase mitten im Gesicht! Was bieten Sie? Wer bietet mehr?»

Wenn keine Versteigerungen stattfanden, stand Luke auf dem Bahnsteig und überschüttete ankommende Touristen mit beredsamen Einladungen nach Dixieland. Er überragte dominierend das ganze reklametüchtige Babel der Hotelportiers, der Ehemänner von Pensionsbesitzerinnen und der schwarzen Gepäckträger.

«Ich geb dir einen Dollar für jeden Kunden, den du mir hertrommelst», sprach Eliza.

«Ach laß doch, nicht der Rede wert!» Luke der Bescheidene. Luke der Großmütige.

«Er wäre imstand, das Hemd, das er auf dem Leib trägt, zu verschenken», bemerkte Gant.

Ein feiner Junge, ein guter Sohn. Auf der Veranda saß Eliza, erholte sich von der Plackerei des heißen Tages in der nächtlichen Kühle und aß Eiskrem, die er ihr aus der Stadt mitgebracht hatte.

Er war dahinterher. Er hausierte mit patentierten Waschbrettern, mit gesetzlich geschützten Kartoffelschälern, mit Kakerlakengift. Den Negern drehte er Haaröl an, das unter Garantie krulliges Gelock in glatte Strähnen verwandeln sollte. Er verkaufte ihnen religiöse Öldrucke: schwarze und weiße Engel, dunkelschimmernde und hellhäutige Cherubim segelten im Gleitflug um einen unparteiischen und gekreuzigten Heiland; die Unterschrift hieß: «Gott liebt sie beide». Sie gingen weg wie warme Semmeln.

Außerdem war er Chauffeur. Er fuhr Gants Wagen, einen Ford, Fünfsitzer, Modell 1913. Der Alte hatte ihn in einer Stunde inspirierten Wahns gekauft, sprach die halbe Zeit von ihm. Dieser Gegenstand des Zorns und der Prahlsucht erfüllte Gant mit Schrecken; er verdammte seine rasche Handlungsweise. Man muß wissen, das war, ehe noch jedermann einen Wagen hatte. Die Pracht seines neuen Triumphwagens begeisterte ihn, aber er entsetzte sich über die Kosten. Jede Rechnung für Benzin, Reparaturen oder Ersatzteile entriß ihm Aufschreie; ein Loch im Reifen, eine Panne, irgendein kleinerer Defekt ließen ihn wie wahnsinnig im Zimmer auf und ab laufen, wobei er fluchte, weinte, betete.

«Keine Minute Frieden ist mir gegönnt, seit ich ihn gekauft hab! Ein verdammungswürdiges, ein blutsaugendes Ungeheuer ist er! Nicht genug, daß er mir das Lebensmark abgezapft hat, er wird mich auch noch auf den Armenfriedhof bringen.» Er weinte. «Es ist furchtbar, es ist entsetzlich, es ist grausam, auf seine alten Tage so heimgesucht zu werden. Oh, du barmherziger Gott!» – mit zornrollenden Augen sah er den beschämten Luke an. «Wie hoch ist die Rechnung, Son? Was?»

«Reg dich doch nicht so auf, Papa», sagte Luke beschwichtigend und trat von einem Fuß auf den andern. «Es sind nur acht Dollar und zweiundneunzig Cent.»

«Jesus, du mein Gott!» schrie Gant. «Ich bin ruiniert!» Er schluchzte laut und theatralisch, schnüffelte, schritt wieder auf und ab wie ein Tier im Käfig.

Angenehm aber war es, in die Dämmerung oder in die kühlen

Sommernächte hinauszufahren. Da hatte man Eliza an seiner Seite oder eine seiner Töchter. Man rauchte ein gutes Kraut, streckte den langen Leib auf dem gepolsterten Rücksitz aus, man rollte durch die dufterfüllte Landschaft, durch die langen, dunklen Straßen der Stadt.

Wenn ihnen ein anderes Auto entgegenkam, schrie Gant entsetzt auf, verfluchte seinen Sohn, bat ihn dann händeringend um Vorsicht. Luke war ein nervöser, zerstreuter, wilder Fahrer. Seine stotternden, ungeduldigen Hände und Füße übertrugen ihre Zappeligkeit auf die Blechkiste. Er fluchte am Steuerrad, bremste plötzlich und brach in ein wütendes Tuh-Tuh-Tuh aus, wenn der Wagen daraufhin stoppte.

Wenn es spät wurde und die Straßen verstummten, dann kam der Teufel über ihn. Er segelte eine lange, baumüberwölbte, laubschattige, mit flachen Terrassen sanft abfallende Hügelallee hinab, brach plötzlich in ein irrsinniges Gelächter aus, hing sich über das Steuerrad, gab Vollgas, und sein idiotisches Ho! Ho! Ho! schallte in die Nacht als Antwort auf Gants Verwünschungen und Gebete. Und bergab mit mörderischer Geschwindigkeit sauste das Gefährt durch die Nacht; der Junge verlachte Bitten wie Flüche, wenn sie an der blinden Gefahr der Straßenkreuzungen vorüberschossen.

«Gottverdammter Schuft! Halt! Halt!» gellte Gant. «Ich laß dich ins Gefängnis werfen, du Hinterwäldler!»

«Ho! Ho!» Das Lachen überschlug sich zu einem irren Falsett.

Daisy, die gerade auf ein paar Wochen zur Sommerfrische da war, wurde es eiskalt vor Entsetzen. Sie preßte das Jüngste ihres alljährigen Nachwuchses an die Brust und stöhnte melodramatisch:

«Ich bitte dich, um meiner Familie willen, um meiner armen, mutterlosen Kinder willen – –»

«Ho! Ho! Ho!»

«Ausgeburt der Hölle!» schrie Gant und fing an zu weinen. «Grausames, verbrecherisches Ungeheuer! Unser Hirn wird gleich an einem Baumstamm kleben . . .»

Gefährlich dicht flitzen sie an einem Auto vorbei, das mit erschrecktem Bremsenkreischen an der Ecke wie ein scheuendes Pferd stutzte.

«Verdammter Schuft!» heulte Gant, beugte sich nach vorn und packte Luke mit seinen großen Händen an der Gurgel. «Willst du wohl anhalten?!» Luke ließ den Wagen noch ein bißchen schneller dahinrasen. Mit einem Schreckensgeplärr fiel Gant in seinen Sitz zurück.

An Sonntagen machten sie längere Ausflüge. Oft fuhren sie die dreiunddreißig Kilometer nach Reynoldsville. Es war ein häßlicher Kurort. Der Gestank der ankommenden und abfahrenden Automobile hing schwer über der breiten Hauptstraße. Da kamen und gingen Leute aus verschiedenen Staaten. Von Süden herauf, aus South Carolina und Georgia kamen Baumwollfarmer und kleine Kaufleute mit ihren Familien in verbeulten, mit rotem Lehmsandstaub bedeckten Wagen. Sie aßen ein schweres Mittagessen – Brathuhn mit Mais, grünen Bohnen und Tomatenscheiben – in einem der großen, aus Holz gebauten Hotelrestaurants ... saßen dann eine Stunde in einem Drugstore über üppigen Schokolade-Nuß-Eisbechern, ließen die sommerlichen Menschenmassen aus glücklichen Touristen und reifen, kühlhäutigen Jungfrauen auf dem breiten Gehweg dichtgedrängt an sich vorüberziehen ... fuhren dann ein bißchen in der Stadt herum ... und kehrten schließlich wieder heim in die Staubwindwolken und die Knallhitze der südlichen Ebene. Neuland.

Jungfrauen aus dem Süden, fließend die weichen, reifen Kurven ihrer Körper, langgezogen und träg ihre Aussprache ... von ihnen waren die Sommerveranden erfüllt.

Dieser Luke war ein Goldkerl. Ein Liebling war er. Ein großherziger, lieber, guter Junge. Entzückend, geradezu hinreißend war er. Frauen hatten ihn gern, sie lachten ihn an, sie zupften ihm verliebt an den goldenen Locken. Mit sentimentaler Zärtlichkeit liebte er Kinder, Mädchen von vierzehn, fünfzehn Jahren. Er hegte hochromantische Empfindungen für Delia, Mrs. Selbornes älteste Tochter. Er brachte ihr Geschenke, war abwechselnd zärtlich und gereizt mit ihr. Eines Nachts auf der Terrasse vor Gants Haus – der Augustmond schien, und die reifenden Trauben dufteten – streichelte er Delia, während Helen im Wohnzimmer sang.

Er streichelte sie leise, er lehnte seinen Kopf über sie, er sagte, er möchte ihn so gern an ihre «B-b-b-brüste» betten. Eugene beobachtete die beiden mit bitterem, giftgeschwollenem Herzen. Er wollte das Mädchen für sich haben, sie war dumm, aber sie hatte den wissenden Körper, das schwebende Lächeln ihrer Mutter. Mehr als Delia freilich begehrte er Mrs. Selborne; er hatte noch leidenschaftliche Tagträume von ihr: aber ihr Wesen war ja in Delia wieder Fleisch geworden. Infolgedessen benahm er sich stolz, ablehnend, kalt und albern vor den beiden. Sie konnten ihn nicht leiden.

Neidisch, mit angenagtem Herzen, bewachte er Luke, wenn er Mrs. Selborne den Hof machte. Luke benahm sich so außergewöhnlich ergeben vor ihr, daß selbst Helen verdrossen und manchmal sogar eifersüchtig wurde. Und jede Nacht, ob aus einem haltenden Auto oder einer entlegenen Ecke von Gants Haus oder in Dixieland, hörte Eugene ihr üppig quellendes Lachen voll von Zärtlichkeit, Hingabe, Geheimnis. Manchmal hockte er in Elizas Haus auf der Treppe und wartete, bis sie um ein oder zwei Uhr nachts heimkam. Wenn sie ihn im Dunkeln anstieß, schrie sie leise erschreckt auf. Im ruppigsten Ton brachte er seine Entschuldigung vor und ging dann mit heftig pochendem Herzen und brennendem Gesicht zu Bett.

Ach ja, dachte er dann in seinen unreifen Moralvorstellungen von seinem Bruder Luke, dem Gerngesehenen, . . . da setzt sie dich auf den Thron der Zuneigung, du Idiot, und dabei prellt sie dich doch. Da tust du dick und kaufst Eiskrem, und was hast du davon? Wie ist dir zumute, wenn du sie um zwei Uhr morgens aus irgendeinem Auto kommen siehst, nachdem sie sich im Dunkeln mit irgendeinem Vertreter herumgedrückt hat, oder mit dem alten Poxy Logan, der sich jahrelang eine Niggerin als Geliebte hielt? Geh du nur und bette deinen Kopf an ihre B-b-b-brüste! Du machst mich krank, du Trottel! Sie ist nicht besser als – – aber du hast doch keine Ahnung, du armer Idiot. Erst läßt sie dich all dein Geld ausgeben und dann treibt sie sich mit irgendeinem kleinen Zuhälter herum bis morgens. Ja, das ist wahr!! Willst du vielleicht etwas? Komm nur mit in den Hintergarten, du Angeber! Da werd ich's dir schon weisen ... da! ... So! und so! ... und so!! ... Wild stieß er mit den Fäusten zu. Er boxte sein Phantom zu Boden und sich selbst in die Erschöpfung.

Als Luke auf das Polytechnikum zog, besaß er ein paar hundert Dollar, die er sich bei der *Saturday Evening Post* erspart hatte. Er nahm sehr wenig Geld von Gant an. Er arbeitete als Kellner, warb unter den Studenten für College-Pensionen und war Vertreter der Schneiderfirma, die die *Kippy Campus Clothes* herstellte. Gant prahlte mit dieser Tüchtigkeit. Die Männer im Städtchen verschoben den Priem im Mund, nickten forsch, spuckten und sagten:

«Der Junge wird's zu was bringen!» Luke arbeitete so hart, wie nur ein Selfmademan für seine Ausbildung arbeiten kann. Er brachte jedes Opfer. Nur studieren – studieren tat er nicht.

Er war außerordentlich beliebt, so was Besonderes, so «Luky». Seine Mitstudenten beteten ihn geradezu an. Zweimal nach Fußballwettspielen, in denen die Mannschaft des Polytechnikums die Mannschaft der Universität von Georgia schlug, bestieg er einen Leichenwagen und hielt eine Grabrede auf die geschlagene Universität.

Aber trotz all dieser Bemühungen saß er am Ende des dritten Studienjahres immer noch im Anfangskurs, und es bestand alle Aussicht, daß er ewig dort bleiben würde.

Eines Frühlingstages schrieb er Gant: «Die Sch-sch-scheißkerle, die diesen Laden hier schmeißen, haben es auf mich abgesehen. Sie haben mich übers Ohr gehauen. Hier nimmt man ei-einem das s-s-sauerverdiente G-geld ab bis auf den letzten Cent. Jetzt g-g-geh ich auf 'ne anständige Schule.» Dann reiste er nach Pittsburgh und fand dort Arbeit bei der Westinghouse Electric Company. Dreimal in der Woche besuchte er einen Abendkursus im Carnegie Institute of Technology. Er schloß Freundschaften.

Der Krieg war ausgebrochen. Nach einem Aufenthalt von fünfzehn Monaten verließ er Pittsburgh und zog nach Dayton, wo er in einer Kesselfabrik, die sich auf die Herstellung von Kriegsmaterial umgestellt hatte, Arbeit fand.

Von Zeit zu Zeit, im Sommer für ein paar Wochen, zu Weihnachten für ein paar Tage, kehrte er als Urlauber in den Schoß seiner

Familie zurück. Stets brachte er Gant einen Handkoffer voll Bier und Whisky mit. Ja, dieser Junge war «gut gegen seinen Vater».

19

Eines Nachmittags im Frühsommer lehnte Gant am Geländer der Veranda vor seiner Werkstatt und unterhielt sich mit Jannadeau. Er wurde bald fünfundsechzig; sein großer Körper war zusammengeschrumpft; er ging ein wenig vornübergebeugt. Er sprach nun oft vom Alter; in seinen Tiraden weinte er über seine steife rechte Hand. Triefend vor Selbstmitleid bezeichnete er sich als den «armen alten Krüppel, der für sie alle sorgen muß».

Die Trägheit, der Zerfall des Alters kam über ihn. Morgens stand er eine Stunde später auf. Er kam zwar pünktlich in seine Werkstatt, aber dort lag er dann stundenlang auf dem braunen, abgenutzten Ledersofa seines Büros oder schwatzte mit Jannadeau oder mit dem vulgären alten Liddell, mit Cardiac oder mit Fagg Sluder, der sein Vermögen zinsträchtig in zwei großen Geschäftshäusern am Square angelegt hatte und nun bequem zurückgelehnt in einem Sessel vor der Feuerwache saß und unermüdlich mit Mitgliedern des Baseballclubs klatschte, dessen wichtigster Geldgeber er war. Es war schon nach fünf Uhr, das Spiel war vorbei.

Negerarbeiter trampten heim, die Gesichter unheimlich weiß vom Zementstaub. Die Kutscher und Fuhrleute verzogen sich allmählich. Ein latschiger Polizist trödelte, sich in den Zähnen stochernd, die Rathaustreppe herunter. Aus hohen vergitterten Fenstern auf der Marktseite des Platzes drang von Zeit zu Zeit das Geheul einer besoffenen Negerin. Das Leben summte langsam wie eine Schmeißfliege.

Im Westen war Abendrot. Eine kühle, erfrischende Brise kam von den Bergen, brachte dem müden Land Erquickung. Des Abends Hoffnung und Ekstase lagen in der Luft. Langsam pulsierend stieg der dicke Strahl des Springbrunnens, fiel in sich selbst zurück; das Wasser schwappte träge im Becken. Ein Wagen ratterte hell über das Pflaster. Neben dem Feuerwehrschuppen zog der Kleinkrämer Bradley seine Markise mit langsam-knirschenden Umdrehungen hoch.

An der anderen Ecke des Square trippelten die Jungfrauen aus dem Ostviertel plappernd nach Hause. Sie erschienen um vier Uhr, wandelten die Avenue ein paarmal auf und ab, kauften irgendeine Kleinigkeit, um den Ausgang zu rechtfertigen, und gingen schließlich in den großen Drugstore, der von in Gruppen herumstehenden jungen Männern gefüllt war, die sich träge-gespannt, mit schleppendem Tonfall unterhielten. Das war ihr Klub, ihre Brasserie, das Forum der Geschlechter. Mit selbstsicheren Mienen lösten sich Jünglinge aus ihren Gruppen und schlenkerten mal rüber zu den Tischchen auf einen kleinen Schwatz mit «ihrer» Lady. Südhimmelblaue Augen blickten keck in lachend graue; hübsche Grübchen wurden tiefer; der süßeste kleine Popo *in dear old Dixie* glitt glatt über poliertes Holz.

Gant pflegte nun glückselige Stunden im Klatsch mit geilen Lustgreisen zu verbringen. Zotiges, krächzendes Gemecker explodierte in überschnappenden Schnaufern auf dem Square. Am Abend brachte er die neuesten Nachrichten von der Straße heim, leckte schlau grinsend den Daumen und fragte Helen um Bescheid:

«Na, ich sag's ja, sie ist nichts anderes wie 'ne regelrechte kleine Nutte, was?»

«Hahaha», lachte sie, «das möchtest du wohl gern wissen?»

Sein Alter trug ihm Früchte; der Ehrensold für treuen Dienst am Leben wurde ihm entrichtet. Wenn Helen nun abends Freundinnen ins Haus brachte, ließ sie ihn neckisch lachend die Mädchen umarmen. Väterlich rief er: «Das liebe Herzchen! Komm mal her und gib dem Alten 'nen Schmatz!» Er pflanzte stachelige Schnurrbartküsse auf weiße Kehlen, weiche Lippen; zärtlich betastete er feste, junge Arme; er streichelte die Mädchen mit der guten linken Hand, wiegte sie ein bißchen hin und her. Sie giggelten vor Vergnügen, weil sein Schnurrbart «so ki-ki-kitzelte».

«O-oh, Mr. Gant! Hahahaha!»

«Dein Vater ist so ein netter Mann», sagten sie. «Er hat so 'ne liebenswürdige Art.»

Helen, die diese Umarmungen mit Argusaugen überwachte, lachte heiser-erregt: «Jajaja, Alterchen, das macht Spaß, nicht wahr? Schad, daß es mit Techtelmechteln für dich aus ist!»

Gant unterhielt sich mit Jannadeau. Aber seine unsteten Augen wanderten über die Ostecke des Stadtplatzes. Die stattlichen Matronen von Altamont, vom Markt kommend, gingen vor dem Haus vorüber. Manche lächelten ihm zu, wenn sie ihn erblickten, und er verbeugte sich tief. So 'ne liebenswürdige Art.

«Der König von England», bemerkte er, «ist lediglich eine Dekorationsfigur. Er hat nicht annähernd die Macht, die der Präsident der Vereinigten Staaten hat.»

«Seine Macht*be*fugnisse sind streng *be*grenzt», sagte Jannadeau mit seinem gutturalen Akzent, «aber nur durch Herkommen, nicht durch Statut. Tatsächlich gehört er immer noch zu den Monarchen, die sehr viel zu sagen haben.»

Mit dicken, schmutzigen Fingern tüftelte er in einem Uhrwerk herum.

«Der verstorbene König Edward war ein kluger Kopf», sagte Gant und leckte seinen Daumen, «trotz all seiner Fehler. Der, den sie jetzt haben, ist ein Mensch ohne Relevanz, ein Einfaltspinsel.» Er grinste schwach, gerissen, freute sich an den komplizierten Worten und blickte verstohlen zum Schweizer, um zu sehen, ob jener auch gehörig beeindruckt war.

Die unsteten Augen hefteten sich aufmerksam auf die vornehm-elegante, geschmackvoll gekleidete Erscheinung von «Queen Elizabeth», die an der Werkstatt vorüberging. Sie lächelte verbindlich. Ihre klaren Augen verweilten ein wenig auf den glatten, marmornen Todestafeln, den Lämmern, den Cherubim. Gant verbeugte sich tief.

«Guten Abend, Madam», sagte er.

Sie ging weiter. Einen Augenblick später kam sie entschlossen zurück und stieg die breite Freitreppe zur Veranda hinauf. Gants Puls ging schneller, als er sie kommen sah. Zwölf Jahre.

«Wie geht's, Madam?» erkundigte er sich galant. «Wahrhaftig, Elizabeth, gerade hab ich zu Jannadeau gesagt, daß keine Frau hier sich besser anzieht als Sie.»

«Nett von Ihnen, Mr. Gant», sagte sie in ihrer kühlen, ruhigen Stimme. «Sie sind zu freundlich.»

Sie grüßte Jannadeau mit einem liebenswürdigen Nicken. Er schlenkerte sein mächtiges Haupt mit der zerklüfteten Stirn gegen sie und murmelte einen verbindlichen Gruß.

«Wirklich, Elizabeth», sagte Gant, «Sie haben sich in den letzten fünfzehn Jahren kein bißchen verändert. Keinen Tag sind Sie älter geworden.»

Sie war achtunddreißig und sich angenehm dessen bewußt.

«Ach ja», sagte sie lachend, «das sagen Sie so, um mir eine Freude damit zu machen. Ich bin kein Gänschen mehr.»

Sie hatte eine helle, reine, angenehm sommersprossige Haut; rotblondes Haar; einen schmalen, lebendigen, humorvollen Mund. Ihre Figur war knapp und kräftig; nicht mehr jung. Ihr Auftreten war energisch, distinguiert, elegant.

«Wie geht's den Mädchen, Elizabeth», erkundigte er sich gutmütig.

Ihre Miene wurde traurig. Sie zog die Handschuhe aus.

«Deswegen kam ich hierher», sagte sie. «Eine von ihnen ist vorige Woche gestorben.»

«Ich weiß», sagte Gant. «Es tat mir so leid, als ich es hörte.»

«Sie war die beste von meinen Mädchen», erklärte Elizabeth. «Alles in der Welt hätte ich für sie getan. Wir haben ja auch wirklich alles versucht», fügte sie hinzu. «In dieser Beziehung brauche ich mir keine Vorwürfe zu machen. Ich hatte die ganze Zeit über einen Arzt und zwei Krankenschwestern im Haus.»

Sie öffnete ihre schwarzlederne Handtasche, ließ ihre Handschuhe hineinfallen und nahm ein kleines, blaugerändertes Taschentuch heraus. Sie fing still an zu weinen.

«Hu-huh-huh-huh», sagte Gant ergriffen und schüttelte den Kopf. «Zu schlimm, zu schlimm, wirklich. Kommen Sie mit in mein Büro.»

Sie gingen durch den Lagerraum und nahmen Platz. Elizabeth trocknete ihre Augen.

«Wie hieß sie denn?» fragte er.

«Wir riefen sie Lily. Ihr Name war Lillian Reed.»

«Ach! Da hab ich sie ja gekannt», rief er aus. «Vor nicht ganz zwei Wochen hab ich noch mit ihr gesprochen.»

«Ja. Es ist schnell mit ihr gegangen», sagte Elizabeth. «Ein Blutsturz nach dem anderen.» Sie wies auf ihren Unterleib. «Niemand ahnte, daß sie krank war, bis vorigen Mittwoch. Und Freitag war sie tot.» Sie weinte wieder.

«T-t-t-t», gluckte Gant bedauernd. «Zu schlimm, wirklich, zu schlimm. Sie war so ein bildhübsches Kind.»

«Ich hätt sie nicht lieber haben können, wenn sie meine eigne Tochter gewesen wäre», sagte Elizabeth.

«Wie alt war sie denn?» fragte er.

«Zweiundzwanzig», sagte sie, wieder weinend.

«Schade, schade», sagte er. «So jung ins Grab. Hatte sie Angehörige?»

«Niemanden, der 'nen Finger für sie rührte», sagte Elizabeth. «Ihre Mutter starb, als sie dreizehn war. Sie stammte hier aus der Gegend, aus Beetree Fork. Und ihr Vater ist ein gemeiner alter Hund», fügte sie indigniert hinzu. «Er hat nie was für sie noch für sonst jemanden getan. Nicht mal zur Beerdigung ist er gekommen.»

«Gott wird ihn strafen», sagte Gant düster.

«Todsicher», stimmte ihm Elizabeth bei. «In der Hölle werden sie es ihm besorgen. Dieser Scheißkerl!» fügte sie tugendhaft hinzu. «Wenn er doch verfaulen würde!»

«Da können Sie sicher sein, das wird er. Ach Gott.» Er schwieg einen Augenblick lang und schüttelte betrübt den Kopf.

«Furchtbar traurig das alles», sagte er. «Und wenn man bedenkt, daß das ganze Leben noch vor ihr lag . . .» Einen Augenblick lang empfand er den Triumph, den alle Menschen empfinden, wenn sie hören, daß jemand gestorben ist. Und ein Schauder überlief ihn. Er hatte Angst. Vierundsechzig.

«Ich hätte sie nicht lieber haben können, wenn sie mein eigenes Kind gewesen wäre. So ein junges Mädchen, das alles noch vor sich hatte.»

«Ja, ja, das ist sehr traurig», sagte er. «Wirklich.»

«Und so ein feiner Kerl war sie.» Elizabeth weinte leise. «Und so eine glänzende Zukunft. Ihr waren beßre Gelegenheiten geboten als mir, und –» sie sagte das in aller Bescheidenheit – «Sie wissen ja, daß ich's zu was gebracht habe.»

«Aber sicher! Sie sind reich, Elizabeth», bestätigte er eindringlich. «Verdammt will ich sein, wenn ich Sie nicht für 'ne reiche Frau halte. Die Liegenschaften allein, die Sie hier in der Stadt besitzen, stellen ein Vermögen dar.»

«Nun, reich würde ich nicht sagen», wandte sie ein. «Aber ich habe genug zum Leben, ohne daß ich 'nen Finger krumm machen muß, und ich hab mein ganzes Leben lang hart arbeiten müssen. Von nun an werde ich die Hände in den Schoß legen.»

Sie sah ihn mit einem scheuen, selbstgefälligen Lächeln an und strich sich mit der kleinen, energischen Hand eine Haarlocke zurück. Er musterte sie aufmerksam. Mit Vergnügen glitt sein Blick an ihr hinunter. Ihre festen, unkorsettierten Hüften zeichneten sich unter dem gutgeschnittenen Schneiderkleid ab, und ihre übereinandergeschlagenen hübschen Beine, die sich zu graziösen Füßen verjüngten, staken in zierlichen, hellbraunen Straßenschuhen. Sie war fest, kräftig, gepflegt, elegant; sie duftete leicht nach Fliederparfum. Er sah ihr in die klaren, lichtgrauen Augen. Er sah, daß sie durchaus eine große Dame war.

«Bei Gott, Elizabeth», sagte er. «Sind Sie eine attraktive Frau!»

«Ich hab's gut gehabt im Leben, und außerdem habe ich auf mich achtgegeben», erklärte sie.

Sie hatten einander stets von Grund auf begriffen und verstanden, vom ersten Tag ihrer Bekanntschaft an. Zwischen ihnen gab es keine Entschuldigungen, keine Fragen, keine Antworten. Die Welt zählte nicht. Durch die Stille hörten sie das Geplätscher des Springbrunnens und helles, obszönes Greisengemecker vom Square. Er nahm ein Musterbuch vom Schreibtisch und schlug die glatten Seiten um; es zeigte bescheidene Grabmale aus Georgia-Marmor und Vermont-Granit.

«Nein», sagte sie ungeduldig, «an so was dachte ich nicht. Ich weiß, was ich will.»

Er sah erstaunt auf. «Und das wäre?»

«Den Engel draußen am Eingang.»

Er war betroffen. Er wollte nicht. Er biß sich die Lippen. Kein Mensch wußte, wie er an dem Engel hing. Vor den Leuten nannte er ihn seinen «Weißen Elefanten» und verwünschte den Tag, an dem er ihn gekauft hatte. Sechs Jahre nun stand der Engel auf der Veranda und verwitterte in Wind und Regen. Nun war er braun und fleckig. Aber er war aus Carrara in Italien gekommen. Und hielt anmutig eine steinerne Lilie in der Hand. Die andere Hand hatte er segnend erhoben. Und die ganze Gestalt schwebte plump auf dem Zehenballen des einen schwindsüchtigen Fußes. Auf dem dummen weißen Gesicht lag ein Ausdruck sanft lächelnder, steinerner Idiotie.

Wenn ihn gerade die Wut packte, dann schimpfte Gant oft furchtbar mit dem Engel: «Du hast mich ins Elend gestürzt, ruiniert hast du mich, du bist der Fluch, der auf meinem schwindenden Leben lastet. Und nun willst du mich erdrücken, entsetzlicher Quälgeist, du schreckliches, du grausames, du unnatürliches Ungeheuer!»

Dann wieder, wenn er betrunken war, fiel er vor dem Engel auf die Knie, nannte ihn Cynthia und flehte ihn um Liebe, um Vergebung, um seinen Segen an, bezeichnete sich selbst als unartigen, aber reumütigen Jungen. Gelächter schallte vom Square.

«Wie steht's damit?» fragte Elizabeth. «Wollen Sie ihn nicht verkaufen?»

«Er wird Sie eine schöne Stange Geld kosten», sagte Gant ausweichend.

«Das macht nichts», sagte sie bestimmt. «Ich hab's ja. Wieviel ist's?»

Er schwieg. Er dachte an den Platz, den der Engel einnahm. Es gab nichts, diesen Platz wieder auszufüllen, das wußte er. Wenn dieser Engel ging, würde ein erloschener Krater in seinem Herzen sein.

«Also gut!» entschied er. «Sie können ihn für den Preis haben, den er mich gekostet hat. Vierhundertzwanzig Dollar.»

Sie nahm einen dicken Pack Banknoten aus ihrer Handtasche, zählte die Summe ab. Er schob das Geld zurück.

«Nein», erklärte er. «Bezahlen Sie mich, wenn die Arbeit fertig und das Monument aufgestellt ist. Sie wünschen doch 'ne Inschrift, nicht wahr?»

«Ja. Hier ist der volle Name, Alter, Geburtsort und so weiter», sagte sie und reichte ihm einen bekritzelten Briefumschlag. «Ich möchte auch einen Vers dazu, etwas, das auf ein junges Mädchen paßt, das so aus dem Leben gerissen wurde.»

Er zog ein kleines, zerfleddertes Heft mit Inschriften aus einem Fach, blätterte darin, las ihr ein paar Vierzeiler vor. Aber sie schüttelte immer den Kopf dazu. Schließlich fragte er sie, wie sie diesen hier fände, und las ihn ihr vor:

«Sie ging dahin in ihrer Schönheit Blüte,
Gott rief sie jung von uns, die wir sie sehr geliebt.
Wir glauben und vertraun, daß seine Lieb und Güte,
Die größer ist als unsre, sie im Himmel treu umgibt.»

«Oh, das ist schön – sehr schön», sagte sie. «Den möchte ich.»

Auch er fand, das sei der beste.

Sie standen auf. Ihre elegante Gestalt reichte ihm bis zur Schulter. Während sie ihre Lederhandschuhe über den kleinen rosa Flanken ihrer Hände zuknöpfte, sah sie sich in dem kühlen, muffigen Büro um. Das abgenutzte Ledersofa nahm eine ganze Wandfläche ein; die Umrisse seines langen Körpers waren auf das Polster eingedrückt. Sie blickte zu ihm auf. Sein Gesicht war ernst, traurig. Sie erinnerten sich.

«Lang, lang ist's her, Elizabeth», sagte er.

Sie schritten langsam durch den von Marmorfiguren flankierten Gang. Vor der Tür, als Schildwache, stand der Engel und starrte herunter ins Leere. Jannadeau zog sein großes Haupt tiefer zurück in die schützende Wölbung seiner stämmigen Schultern, wie eine Schildkröte. Sie gingen über die Veranda.

Der Mond stand bereits wie sein eigener Schatten in den durchsichtigen, reinen Abendhimmeln. Ein kleiner Zeitungsjunge, die große Leinwandtasche leer, schlenkerte flink vorbei; seine sommersprossige Nase blähte sich hungrig dem vorausgenossenen Duft des Abendessens entgegen. Schon war er um die Ecke. Und nun, einen Augenblick lang, als sie vor den Stufen der Freitreppe standen, schien das ganze Leben zum Bilde gefroren. Die Feuerwehrleute und Fagg Sluder hatten Gant gesehen, hatten geflüstert. Und nun starrten sie herüber. Der Polizist, an das Terrassengeländer vor dem Polizeiamt gelehnt, starrte herüber. Der Farmer auf dem kleinen Rasenring um den Springbrunnen, der sich gerade vornübergebeugt und aus den hohlen Händen getrunken hatte, hob den Kopf wieder mit tropfendem Kinn und starrte herüber. Am Fenster des Steuereinnehmerbüros im ersten Stock des Rathauses stand hemdsärmelig der feiste, stämmige Yancey und starrte herüber. Und in diesem Augenblick war der langsame Pulsschlag des Springbrunnens aufgehalten, alles Lebende hing wie eine unterbrochene Gebärde in fotografisch fixierter Schwebe, und Gant spürte, daß er allein war und langsam durch die Welt des Augenscheins dem Tod entgegenglitt, so wie sich 1910 ein Mann auf einem Bild von der Weltausstellung in Chicago wiederfindet, als er dreißig war und sein Schnurrbart noch schwarz. Der dann, beim Anblick der Turnüren und steifen Hüte, aus den wimmelnden Sekunden herausgegriffen und fixiert, den toten Moment erinnert und über die Grenzen des Sichtbaren hinaus nach dem sucht, was dagewesen ist, sein muß. Oder der Kriegsveteran, der sich aufgestützt neben Ulysses Grant liegend erblickt, vor dem Marsch, und einen jetzt Toten zu Pferde sitzen sieht. Oder irgendein akademischer Würdenträger, der sich vor einem Zelt in Schottland wiederfindet, als jungen Mann, einen längst vergessenen und verlorenen Kricketschläger bemerkt und das Gesicht eines Dichters, der inzwischen gestorben ist; junge Männer und der Tutor, wie sie damals aussahen, als sie in den Semesterferien neun Stunden am Tag für das Abschlußexamen lernten.

Wo nun? Wo später? Wo damals?

20

In jenen Jahren, in denen seine Lieblingskinder Luke und Helen die meiste Zeit weg waren, führte Gant ein zersplittertes Leben, halb bei sich in der Woodson Street, halb bei Eliza. Zwar haßte und fürchtete er das Alleinsein, aber er war ein Gewohnheitsmensch und dachte überhaupt nicht daran, seine behagliche Bleibe aufzugeben und statt dessen mit der kahlen Winterlichkeit von Dixieland vorliebzunehmen. Eliza wollte ihn gar nicht dort haben. Sie war durchaus dafür, daß er zum Essen kam, aber daß er über Nacht blieb – was häufig vorkam, wenn Helen weg war – und seine Tiraden, die nun immer länger wurden, ging ihr mehr als je auf die Nerven.

«Du hast doch dein eigenes Haus», quengelte sie. «Warum bleibst du nicht dort, statt hier herumzulungern und mir Scherereien zu machen?»

«Schmeißt ihn nur raus, schmeißt ihn nur raus!» stöhnte er bitter gekränkt. «Schleift seine Knochen über das Pflaster! Er ist ja nur ein Bettler, um den sich kein Mensch schert. O Gott, o Gott! Der alte Ackergaul ist zu nichts mehr nütze, seine Tage sind gezählt: Gebt ihm einen Tritt und schickt ihn zum Schinder! Der alte Krüppel kann nichts mehr zum Futtern nach Hause bringen, also: Auf den Müll mit ihm! Entartete, widernatürliche Ungeheuer, die ihr seid!»

Trotzdem hielt er sich in Dixieland auf, solange jemand da war, der ihm zuhörte. Er verzauberte den kleinen, trübsinnigen Haufen der Wintergäste. Durstig tranken sie das dramatische Pathos, mit dem er, vor dem prasselnden Kaminfeuer hin- und herwippend, immer wieder die Saga seines Lebens erzählte. Da griff er vor ihren verzauberten Augen einen romantischen Vorfall heraus, verschönte und dramatisierte ihn, baute ihn auf, umwob ihn. Eine ganze Mythologie entstand, als sie ihm glotzäugig lauschten.

Der General Fitzhugh Lee, der einst hoch zu Roß vor dem Farmerjungen gehalten und einen Trunk Wasser verlangt hatte . . . dieser General trank jetzt aus der eichenen Schöpfkelle des Ziehbrunnens und schüttete den Rest zur Seite; er erkundigte sich alsdann bis ins kleinste über die Anmarschwege nach Gettysburg, fragte ihn, ob er feindliche Detachements gesehen habe, schrieb sich den Namen des Jungen in ein kleines Notizbuch und sagte, als er weiterritt, zu seinem Stab: «Der Junge da wird's zu was bringen. Ein Volk, das solche Jungen hervorbringt, ist unbesiegbar.»

Friedliche Indianer, die er, als er nach einem alten Fort unterwegs auf einem Esel durch die Wüste von New Mexico ritt, freundlich gegrüßt hatte . . . diese Indianer verfolgten ihn nun mit mörderischem Vorsatz, wollten ihn skalpieren und stießen ein wildes Schlachtgeheul aus; durch die verdutzten Dörfer der Rothäute ging die Jagd, bis er bei zwei Cowboys, die urplötzlich auftauchten, Schutz und Beistand fand.

Jener Dieb, der in tiefster Nacht in New Orleans in sein Zimmer eingedrungen war und seine Kleider gestohlen, mit dem er auf dem Fußboden verzweifelt gerungen hatte – nun verfolgte er ihn nackt siebzehn (nicht mehr fünf!) Straßenblöcke entlang, die Canal Street hinunter.

Allwöchentlich ging er ein paarmal ins Kino und nahm Eugene mit. Er saß vornübergebeugt, völlig in Anspruch genommen da, und stets sah er sich das ganze Programm zweimal an. Um halb elf oder elf Uhr traten sie auf das kalte, hallende Straßenpflaster heraus, in eine gleichsam kahlgefrorene Welt, in die tote Stadt der geschlossenen Läden, der leblosen Schaufensterauslagen, der Modelle, die hinter den Scheiben der Hut- und Kleiderläden in wächserner Lustigkeit posierten, der gefrorenen Stille entgegen.

Der erschlaffte Springbrunnen auf dem Square ließ eine dicke Spirale gefrierenden Wassers in den breiter werdenden Eisring herabfallen. Im Sommer, da spielt die Fontäne hoch, eine blaue Sprühfahne weht über dem Platz! Als man ihn herunterdrehte, verkümmerte er. So ist das mit Brunnen. Kein Wind blies.

Die Augen auf den zementierten, sauberen Bürgersteig gerichtet, schritt Gant aus. Er murmelte vor sich hin, komponierte eine Inhaltsangabe des Films. Der kalte Stahl neuer Nähmaschinen glitzerte im schwachen Licht. Das Singer-Hochhaus. Höchstes in der Welt. Das steppende Gesumme von Elizas Nähmaschine. Eh du dich versiehst, hast du die Nadel durch den Fingernagel. Er erschauerte.

Sie gingen am Sluder Building an der Ecke des Platzes vorbei. Kriegt siebenhundert Dollar im Monat Miete dafür. Das Schaufenster an der Ecke lag voller Gummispritzen und Thermosflaschen. Trinkt Coca-Cola. Manche behaupten, daß er das Rezept von einem alten Weib aus dem Gebirge gestohlen hat. Nun hat er fünfzig Millionen. Ratten im Faß. Bei Woods ist das Gesöff übrigens besser, hier ist es zu dünn. Gant trank neuerdings Coca-Cola gern; vier oder fünf Glas täglich.

D. Stern hatte seine alte Holzbude hier an der Ecke, zwanzig Jahre lang, dann kaufte Fagg Sluder das Grundstück. Früher hat es zu Pastons Gut gehört. Ich hätt's für ein paar Cent haben können; dann schwämm ich jetzt im Geld. D. zog dann in die North Main Street. Stinkt jetzt nach Geld, der Jud. Vermögen in Wiener Würstchen gemacht. Sie kochen, sie kochen, der Pott ist zerbrochen. Mangelt es mir nicht an Zeit, hab ich gleich 'nen Reim bereit. Dreizehn Kinder. Sie kriegt alle Jahr eins. Nun ist sie so breit, wie sie lang ist. Werden alle fett, diese Judenweiber. Die Kinder arbeiten alle. Zahlen den Alten ihren Unterhalt. Meine nicht! Da kannst du dich drauf verlassen! Da sieht man, wieso die Juden reich werden! Dieser Bucklige – wie nannten sie ihn? «Grausamer Scherz der Natur.» Ach ja. Was ist nur aus dem alten John Bunny geworden. Ich mochte seine Bilder gern. O ja. Tot.

Dieser reine Blick! dachte Eugene. Ach, dieser reine Blick, den sie alle haben. Am Schluß, wenn er sie küßt, die langen Wimpern über den feuchten Augen. Die süßen, wollustbebenden Lippen. Wenn er sie an sich reißt, wenn er sich über ihren hingebungsvollen Leib beugt und hungrige Küsse auf ihren Mund küßt. Wenn der fliederfarbene Baldachin der Morgendämmerung von den Strahlen der aufsteigenden Sonne zerrissen wird. Der Fremde. Es reicht wohl nicht ganz, einfach zu sagen «Und am nächsten Morgen». Sie haben eine dicke Schicht gelber Schminke auf dem Gesicht. Währenddessen, in England. Möchte mal wissen, wie sie miteinander reden. Sicher ein ganz schön brutaler Haufen.

Schnell war er wieder überzeugt, gläubig. Der andere war doch besser.

Eugene dachte an den Fremden. Stahlgraue Augen. Beherrschtes Gesicht. Eine Achtelsekunde schneller mit den Pistolen als sonst jemand im Wilden Westen. Mit beiden Pistolen! Die Linke so sicher wie die Rechte! Anderson von den Essanay. Starke, schweigsame Männer. Er klatschte sich auf die Schenkel und schoß mit dem mörderisch ausgestreckten Zeigefinger Mülleimer und Laternenpfähle um. Gant, in seinem Gedankenbau aufgeschreckt, warf ihm einen schnellen, unsicheren Blick zu. Sie gingen weiter.

Kam da ein Frühlingstag mit vieler Blüte. Und dann Dunkelheit. Das Bild einer zu Boden getrampelten Lilie. Das bedeutete, daß er sie dick gemacht hat. Kunst. Und schenkte dir ein Kindlein fein. Jetzt darfst du mich nicht verlassen. Wieso nicht? Ja, weil –. Scheu schlug sie die Augen nieder, sie errötete. Er starrte sie fragend an. Dann entdeckte sein forschender Blick (o gut so!) das Babykleidchen, an dem sie genäht hatte. Es tagte. Wirklich, Grace? Errötend, halb lachend, halb seufzend fiel sie ihm um den Hals. Du dummer, lieber Junge. Natürlich mein ich es ernst (du Scheißkerl!).

Die Geschichte von der kleinen Tänzerin. Jim Faro, der Falschspieler. Gefährlich lächelnd. Unzüchtig. Die lange, nasse Zigarre im Mundwinkel. Er mischte die Karten, sah sich um. Der Geierblick. Mord im Herzen und drei falsche Asse im Ärmelaufschlag. Aber den kalten, stahlgrauen Augen des Fremden entgeht nichts. Unerschütterlich trinkt er seinen Scotch vor dem Spiegel, wirbelt dann herum. Sein Colt-Revolver bellte eine Sechstelsekunde früher als die Pistole des Falschspielers. Jim Faro hustete und glitt langsam vom Stuhl. Im vollen Saloon der Triple Y war es mucksmäuschenstill. Die Männer standen wie versteinert. Die Gesichter von Bad Bill und den zwei Mexikanern waren jetzt schmutziggrau. Schließlich ergriff der Sheriff das Wort, nachdem er sich betroffen von dem reglosen Körper, der im Sägemehl lag, abgewandt hatte: «Bei Gott, Fremder, ich wußte nicht, daß der Mann lebt, der schneller mit dem Schießprügel spricht als Jim Faro. Wie heißt Er?» – «In der Familienbibel zu Haus, Partner», sagte der Fremde schleppend, «steht Eugene Gant. Aber hierzuland nennen mich die Leute den Dixie Ghost.» – Den Leuten verschlug es den Atem. «Bei Gott!» wisperten sie, «es ist der Ghost!»

Und als er sich wieder ungerührt seinem Drink zuwenden wollte, fand er sich von Angesicht zu Angesicht mit der kleinen Tänzerin. Zwei heiße Salzwasserperlen quollen aus der durchsichtigen Tiefe ihrer reinen Augen und fielen auf seinen gebräunten Handrücken.

«Wie kann ich Ihm danken?» rief das Mädchen. «Er hat mich von einem Schicksal errettet, das schlimmer als der Tod ist!»

Und Er, der Dixie Ghost, der dem Tod so oft ohne mit der Wimper zu zucken ins Auge gesehen hatte, konnte nun einem Etwas, das ihn aus großen, braunen Augen ansah, nicht mit dem Blick begegnen. Er nahm den Sombrero ab und drehte ihn verlegen in der Hand.

«Nicht der Rede wert, Madam», sagte er verlegen. «Jederzeit froh, einer Dame behilflich gewesen zu sein.»

Mittlerweile hatten die beiden Barkellner ein Tischtuch über den toten Jim Faro gedeckt, die Leiche in das Hinterzimmer geschleppt und waren auf ihre Plätze hinter dem Schanktisch zurückgekehrt. Die Gäste standen in kleinen Gruppen zusammen, lachten, unterhielten sich aufgeregt. Als der Barpianist die ersten Takte eines Walzers auf dem alten, schäbigen Klavier anschlug, fingen sie alle an zu tanzen.

Im Wilden Westen jener Tage waren die Leidenschaften primitiv, jäh kam die Rache, die Vergeltung folgte auf dem Fuß. Zwei Grübchen bewachten eine Kompanie milchweißer Zähne. «Tanzt Er mal mit mir, Mr. Dixie Ghost?» lockte sie.

Seine Gedanken drehten sich um das Geheimnis der Liebe. Rein, aber leidenschaftlich. Der Augenschein spricht gegen sie, das ist wahr. Der stinkende Atem der Verleumdung . . . Sie arbeitete in einem Bordell. Aber ihr Herz war rein. Was könnte man sonst auf der Welt gegen sie sagen. Er hielt Totschlag für ein sauberes, angenehmes Geschäft. Fröhlich, mit Kinderaugen, betrachtet er seine toten Feinde. Männer im Film sterben eines heftigen, aber reinlichen Todes. Peng! Peng! Lebt wohl, Freunde, mit mir ist's aus! Ein sauberes, kleines Loch durch den Kopf oder das Herz. Kein Blut. Er war unschuldig geblieben. Ob vielleicht doch die Eingeweide austreten, das Hirn herumspritzt? Kinnschuß, und das Gesicht sieht wie ein Klumpen Johannisbeergelee aus. Oder da unten, jener andere Teil – sein Arm schlug wie ein Flügel: er litt. Wenn das weg ist – aus, vorbei. Entsetzt griff er sich an die Kehle.

Von der kleinen, schwanzförmigen Straße, die zum nordöstlichen Teil des Square führte, gingen sie ostwärts die Academy Street hinunter. Im Hirn brannten ihm Ketten von Bildern, scharf wie Gemmen, wandelbar wie Chamäleons. Sein Leben war der Schatten eines Schattens, ein Spiel in einem Spiel. Er wurde der Star, der den Helden spielt. Der Lord der Lichtspiele, der Liebhaber der schönsten Kinokönigin, so heldenhaft wie seine Pose und mit der Fähigkeit begabt, dem Schein eine höhere Wirklichkeit zu verleihen. Er war der Dixie Ghost und der Mann, der den Dixie Ghost spielte; durch ihn wurde die Legende wahr.

Er war alle die Helden, die er bewunderte, und an Schönheit, Adel und echtem Mannestum übertraf er die verächtlichen Gesellen, die immer siegten, unentwegt «gut» waren und ewig von schönen Frauen geliebt wurden. Er selber war erkoren und wurde geliebt von einem Schwarm weltberühmter Schönheiten – von vampirischen Weibsteufeln sowohl wie von reinen, süßen Engeln – die sich, die schweren Blondinen voran, um seine Gunst bewarben und ihn teilweise sogar mit moralisch zweideutigen Schlichen und Listen zu gewinnen trachteten. Aus unaufhörlichen Großaufnahmen sahen ihre Augen ihn an, tugendsam trank er ihre Küsse. Und wenn der Konflikt vorüber, der Totschlag geheiligt, die Tugend gekrönt war, dann schritt er mit seiner Sirene in den willkommenen Glanz einer ständig untergehenden Sonne.

Mit brennenden Wangen warf er Gant einen verstohlenen Blick zu und verrenkte gequält den Hals. Auf der anderen Straßenseite lag die neue Backsteinfassade des *Orpheum*-Theaters in den grellkalten Schein eines Kalklichtes getaucht. Diese Woche: Gus Nolan und seine süßen Pfirsiche aus Georgia. Ferner die *Comedy Four* aus Piedmont und Miss Bobbie Dukane.

Das Theater war dunkel, die zweite Vorstellung aus. Neugierig starrten sie zu den Plakaten herüber. Wo waren die süßen Pfirsiche jetzt, in dieser kalten Stille? Wahrscheinlich im *Athens* am Square. Da gingen sie immer hinterher hin. Gant sah auf seine Uhr: zwölf nach elf. Big Bill Messler würde draußen stehen, seinen Knüppel schwingen und sie beobachten. Auf den Barhockern ein Dutzend junger Gecken und verliebte Augen machende Lebemänner. Du, ich hab draußen ein Auto. Amore bei widrigen Winden. Später dann das *Genevieve* in der Liberty Street. Da bleiben sie. Geflüster, Schritte, Razzien. Manche von ihnen sind wohl Mädchen aus gutem Hause, dachte Gant.

Gegenüber der Baptistenkirche, vor dem Geschäft des Bestatters Gorham, fuhr ein Leichenwagen vor. Das matte Licht einer Ampel schien durch die Farne. Wer mag da wohl gestorben sein? dachte Gant. Die schwerkranke, achtzigjährige Miss Annie Patton? Oder irgendein spitznäsiges, lungensüchtiges Jüdchen aus New York? Einer muß immer dran glauben. Die letzte, schwere Stunde. Ach Gott!

Appetitlos dachte er an Beerdigungen und Beerdigungsinstitute, insbesondere an Mr. Gorham. Ein Typ mit blondem Haar und weißen Augenbrauen. Wollte sie heiraten, als dieser reiche junge Kubaner starb, damit sie Flitterwochen in Havanna machen konnten.

An der Baptistenkirche bogen sie in die Spring Street ein. Wie eine Wohnstätte der Toten, dachte Eugene. Die Stadt, rauhbereift, lag unter dem Sternenhimmel im Starrkrampf gefroren. Alles Lebendige hing in der Schwebe. Nichts alterte, nichts verfiel, nichts starb. Es war der Sieg über die Zeit. Wenn doch mal ein Zauberer mit einem Fingerschnipsen das ganze Leben auf der Welt anhalten würde, einen Nu lang, der hundert Jahre dauert!? Schlafverstrickt alle Menschen, lauter Dornröschen! Wenn du aufwachst/ weck mich früh, ach/ weck mich früh/ o Mutter mein!

Er versuchte, sich Leben und Bewegung hinter den starren Häusermauern vorzustellen. Es ging nicht. Ein Haus verrät nichts; drinnen kann gemordet werden, und das Gesicht des Hauses bleibt still. Er dachte, Troja müsse so still sein wie diese Straßen, so intakt, so wenig verfallen wie an dem Tag, als Hektor fiel. Aber Troja ward ja verbrannt ... Oh, alte Städte finden, nicht als Ruinen, sondern ganz so, wie sie damals waren ... dieser Gedanke beseligte ihn. Atlantis, die Ville d'Ys. Die alten, verlorenen Städte, meerversunken. Große, leere, unverschüttete Straßen, in denen das einsame Echo seiner Tritte hallte; weite Arkaden, die er durchschritt; das Atrium, in das er eindrang; der Klang seiner Schuhe auf den Fliesen des Tempels.

Oder – so phantasierte er wollüstig – mit einer Gruppe schöner Frauen als einziger am Leben bleiben in einer Stadt, deren übrige Bevölkerung vor einer Seuche, einem Erdbeben, einem Vulkanausbruch oder irgend sonst einer Gefahr, die ihn nicht betraf, geflüchtet war ... Er rollte die Zunge im Mund und sah sich schwelgerisch durch erstklassige Konditoreien und Feinkostgeschäfte wandeln, sich wie eine Anakonda mit importierten Köstlichkeiten vollstopfen: kleine, erlesene Fischchen aus Rußland, Frankreich, Sardinien; schwarzen Räucherschinken aus England, reife Oliven, Pfirsiche in Branntwein, feines Likörkonfekt. Er sah sich in die Keller hinuntersteigen, schweren Burgunder zechen, erdgekühlten Flaschen Pol Roger an der Wand die vergoldeten Hälse brechen, seinen Mittagsdurst am Spund eines großen Fasses Münchner Dunkles stillen. Wenn seine Wäsche angeschmutzt wäre, dann würde er sich mit neuem seidenem Unterzeug und den feinsten Hemden bedienen; jeden Tag würde er einen anderen Hut aufsetzen und einen neuen Anzug anziehen, sooft es ihm paßte.

Und jeden Tag würde er in einem anderen Haus wohnen, jede Nacht in einem anderen Bett schlafen; schließlich würde er sich die luxuriöseste Wohnstatt zum Daueraufenthalt wählen und dort die reichsten Schätze aus allen Bibliotheken der Stadt zusammentragen. Und zu guter Letzt: Wenn er eine der Frauen begehrte, die mit ihm in der Stadt geblieben waren und deren ganzes Denken und Trachten sich nun um seine Person drehte, dann würde er sie zu sich befehlen, indem er die Nummer, die er ihr verliehen hatte, in Glockenschlägen vom Gerichtsgebäude verkündete.

Er verlangte nach opulenter Einsamkeit. Seine dunklen Visionen entzündeten sich an Königreichen auf dem Meeresgrund, an windumknatterten Burgzinnen, an Elfenländern tief im Herzen der Erde. Suchend tastete er nach der Märchenwelt, zu der es keine Eingangstür gibt, die sich irgendwo unter einem Blatt, einem Stein auftut. Wo kein Vogel singt.

Ein wenig praktischer erträumte er große, unterirdische Hausungen für sich, tiefe Berggrotten, Säle im braunen Erdreich, die prachtvoll mit dem von ihm gehorteten Beutegut ausstaffiert waren. Durch kühle, versteckte Zisternen würde Luft kommen; von einem Ausguck in der Bergflanke würde er auf eine gewundene Landstraße und Reisige, die nach ihm fahndeten, ausspähen; er würde ihr Fußgetrappel über sich hören. Aus unterirdischen Teichen würde er fette Fische emporziehen; sein mächtiger Keller würde große Fässer voll mit altem Wein halten; er würde die ganze Welt ihrer Schätze, einschließlich der schönsten Weiber, berauben können und nie, nie erwischt werden.

Salomos Goldminen. Sie. Proserpina. Ali Baba. Orpheus und Eurydike. Nackt kam ich aus meiner Mutter Schoß. Nackt werde ich zurückkehren. Der Mutterbauch der Erde umschließe mich! Nackt, ein heroisches Kerlchen, von dem großen, braunen Leib umschlossen.

Sie kamen in die Nähe von Elizas Haus. Eugene bemerkte plötzlich, daß sie sehr viel schneller gingen. Er mußte fast laufen, um mit Gants linkischen, weitausholenden Schritten mitzukommen.

Gant stöhnte leise, mit langgezogenem, bebendem Atem. Er hielt eine Hand auf die schmerzende Stelle gekrampft. Eugene brach in ein idiotisches Lachen aus. Gant sah ihn gequält und vorwurfsvoll an.

«Au-u-u! Barmherziger Gott!» winselte er. «Das tut weh.»

Unvermittelt spürte Eugene echtes Mitleid mit ihm. Zum erstenmal sah er, daß der große Gant alt geworden war. Das hagere Gesicht war vergilbt und eingefallen. Die dünnen Lippen waren schlaff. Die Chemie des Verfalls hatte ihre Spuren hinterlassen.

Nein, hier gab es kein Zurück mehr. Er begriff, daß Gant langsam dahinsiechte. Die Widerstandskraft war gebrochen, die unglaubliche Kraft, die er früher besessen hatte, verschwunden.

Der große Rahmen war wackelig und splitterte, wie ein an Land verschlagenes Schiff. Gant war krank. Alt.

Er litt an einer Krankheit, die bei Männern, die achtlos ihren Lüsten gefrönt haben, im Alter sehr häufig auftritt: Vergrößerung der Prostata. Diese Krankheit ist nur ganz selten tödlich; sie gehört zu den Geißeln des Alters; sie ist häßlich und unbequem. Im allgemeinen wird sie durch chirurgische Eingriffe erfolgreich behandelt. Die Operation ist nicht allzu gefährlich. Aber Gant hatte Angst vor dem Messer, haßte es; allen, die ihm davon abrieten, lieh er ein williges Ohr.

Er war ein unphilosophischer Mensch. Er hatte keine Distanz zum Leben. Er konnte nicht mit unbeteiligtem Humor das Absterben der Sinne, das Abflauen der Begierden, den Eintritt der körperlichen Impotenz mit ansehen. Hungrig und geil hörte er amouröse Neuigkeiten; seine Belustigung sah mit den Augen des Verlangens, atmete heiße Begierde. Die angenehme Ironie, mit der ein philosophischer Geist jener Torheiten spottet, die er nicht länger zu genießen imstande ist, war ihm nicht gegeben.

Resignation – das kannte er nicht. In ihm brannte die brennendste aller Lüste, die Wollust der Erinnerung, jener heißhungrige Wille, der das Gestorbene gewaltsam wiederzuerwecken versucht. Er hatte das Alter erreicht, in dem man begierig Todesanzeigen liest. Wenn Freunde oder Bekannte das Zeitliche gesegnet hatten, dann schüttelte er trübselig-heuchlerisch den Kopf und sagte: «Einer nach dem anderen geht dahin, o Gott, der nächste werde ich sein.» Natürlich glaubte er das nicht. Der Tod wartete immer noch auf die anderen, nicht auf ihn.

Er alterte rapide. Vor ihren Augen fing er an, eines langsamen Todes zu sterben, unfähig und hinfällig zu werden. Es war entsetzlich, weil Unmäßigkeit im Fressen und Saufen, wüste Ausschweifungen so sehr zu seinem Leben gehört hatten. Es war unglaubhaft und furchtbar zugleich, diesen Riesenkörper hinsiechen zu sehen. Sie fingen an, den Fortschritt der Krankheit mit jenem Horror zu beobachten, mit dem man die Bewegung eines Hundes, der sich ein Bein gebrochen hat, verfolgt, bevor dieser beseitigt wird. Dieser Horror ist größer als das Entsetzen, das einen packt, wenn man einen Menschen mit gebrochenen Beinen sieht, denn jener kann letzten Endes ohne Beine auskommen. Ein Hund steckt ganz in seiner Haut.

Ein seniler Eigensinn mäßigte nun seinen wilden Bombast. Er fluchte und jammerte abwechselnd. Mitten in der Nacht stand er auf, gepeinigt und erschreckt, und lästerte einen Augenblick gegen seinen Gott, nur um ihn im nächsten Augenblick jammernd um Vergebung anzuflehen. Hinter all dem Getue stand der tatsächliche, unbestreitbare körperliche Schmerz.

«Au-u-u! Ich verfluche den Tag, an dem das grimmige, blutdürstige Ungeheuer da droben mich ins Leben geschickt hat. A-u-u! Au-u-u! O Jesus, vergib mir! Erbarm dich, mein Gott! Ich weiß, daß ich schlecht war. Hab Mitleid mit mir! Au-u-u! Gib mir noch eine Chance, um Christi willen . . . Au-u-u!»

Eugene kochte oft vor Zorn bei diesem Schauspiel. Ihn ärgerte, daß Gant, der seinen Kuchen gegessen hatte, sich nun über Bauchweh beklagte und obendrein noch mehr Kuchen haben wollte. Er erkannte nicht ohne Bitterkeit, daß sein Vater alles, was ihm das Leben je geboten, gierig verschlungen hatte, daß der Alte seinen Lüsten ausgiebiger gefrönt hatte und in seinen Forderungen an andere rücksichtsloser gewesen war als die meisten Männer. Er fand diese theatralischen Darbietungen, wilden Anschuldigungen und das feige, besänftigende Kriechen vor einem Gott, um den sich Gant und Eliza, wenn es ihnen gutging, nie kümmerten, erbärmlich und gemein. Die ständige Beschäftigung der beiden mit dem Tod anderer Leute, ihr krankhaft gieriges Durchblättern der Todesanzeigen, um Bekannte zu entdecken; die seltsame Intensität, mit der sie sich in die Todesumstände irgendeiner zahnlosen alten Hexe hineinsteigerten, die, von Wundsein geplagt, schließlich nach ihrem achtzigsten Jahr Erlösung fand, während Feuersbrünste, Hungersnot und Gemetzel in einer etwas entlegeneren Ecke der Welt sie nicht berührte; die abergläubische Wichtigkeit, die sie dem Provinziellen, Unwichtigen beimaßen; die Art, in der sie Gottes Hand bei dem Tod eines Bauern zu erkennen glaubten und sicher waren, ihr eigener Tod bedeute die Aufhebung göttlicher Gesetze und das Außerkrafttreten der natürlichen Ordnung – das alles erfüllte ihn mit heller Wut.

Eliza war in einer ausgezeichneten Position, um über den Tod anderer nachzudenken. Ihre Gesundheit war glänzend. Sie war Mitte Fünfzig; die Anfälligkeiten der mittleren Lebensjahre hatte sie mit Triumph überwunden. Bleich, gedrungen, beträchtlich schwerer, als sie es je gewesen war, schaffte sie in Dixieland täglich ein Pensum an Plackerei, das einen starken Neger umgelegt hätte. Sie kam selten vor zwei Uhr nachts ins Bett und war jeden Morgen vor sieben wieder auf den Beinen.

Höchst ungern gestand sie vor anderen ihre Gesundheit ein. Die geringste Unpäßlichkeit bauschte sie auf. Gants Klagen begegnete sie stets mit einem entsprechenden Leiden ihrerseits. Wenn Helen ihr vorwarf, daß sie den Kranken vernachlässige, oder wenn die Bemühungen der Tochter um Gant ihre Eifersucht anstachelten, dann lächelte sie ein weißes, bitter gekränktes Lächeln und erging sich in dunklen Anspielungen:

«Es kann sehr wohl so kommen, daß er nicht als erster von uns zweien die Augen auf immer zumacht . . . mir hat da neulich so was geschwant, kann ich dir nur sagen, ganz unheimlich war das . . . wirklich, nimm dich in acht, so sehr lange wird es wohl nicht mehr dauern mit mir . . .» Ihre Augen schwammen vor Selbstmitleid, es zuckte um ihren verkrampften Mund, sie weinte über ihr eigenes Leichenbegängnis.

«Verdammt noch mal, Mama», platzte Helen wütend heraus. «Dir fehlt doch gar nichts! Aber Papa ist ein schwerkranker Mann. Siehst du denn das nicht?» Sie sah es nicht.

«I wo!» sagte sie, «das ist gar nicht so schlimm. McGuire sagte mir, daß unter drei Männern über fünfzig zwei dieses Leiden haben.»

Gants erkrankter Körper kochte Gift und Galle über Elizas zunehmende Gesundheit. Es machte ihn rasend, sie so fest und kräftig dastehen zu sehen. Mörderisch hilflos, verblüfft – in ihm saß eine rasende Wut auf sie, die nach einem Ventil suchte und manchmal als wilder, unartikulierter Schrei aus ihm herausbrach. Schwach ergab er sich seiner Invalidität, war tyrannisch in seinem Bedürfnis nach Beachtung, wurde eifersüchtig auf jeden Dienst, der nicht ihm erwiesen wurde. Elizas Gleichgültigkeit seinem

Leiden gegenüber erweckte einen krampfhaften Hunger nach Mitleid und Tränen in ihm. Manchmal schrie er wie ein Irrer vor aufgespeicherter Wut; manchmal besoff er sich bis zur Bewußtlosigkeit. Oft auch versuchte er sie zu erschrecken, indem er sich totstellte. Einmal spielte er den toten Mann so erfolgreich, daß Ben tatsächlich getäuscht wurde. Er beugte sich über den Körper, der starr in der Diele lag, und erbleichte.

«Ich kann seinen Herzschlag nicht mehr hören, Mama», sagte Ben mit nervös zuckendem Mund.

«Aha!» sagte sie. Und nun wählte sie ihre Worte mit Kalkül. «Der Krug ist also einmal zu oft zum Brunnen gegangen. Ich wußte, daß es früher oder später so kommen mußte.»

Aus dem Schlitz seines nicht ganz geschlossenen Lids schoß er ihr einen mörderischen Blick zu. Bedachtsam, die Hände vor dem Bauch gefaltet, musterte sie ihn. Ihr ruhiges, urteilsfähiges Auge bemerkte, wie sein verstohlener Atem leise ging.

«Nimm ihm das Geld ab, Junge, und alle Papiere, die er bei sich trägt», befahl sie. «Ich werde den Leichenbestatter anrufen.»

Mit einem Wutgeheul erwachte der Tote.

«Ich dacht mir schon, daß ich dich ins Leben zurückbringen könnte», bemerkte sie selbstgefällig.

Gant stand auf.

«Du Höllenhündin», gellte er. «Mein Herzblut würdest du trinken. Du mitleidloses, unbarmherziges, blutgieriges Ungeheuer!»

«Eines Tages», erklärte Eliza, «wirst du einmal zu oft falschen Alarm gegeben haben.»

Dreimal wöchentlich ging Gant zu Cardiac in Behandlung. Der dürre Doktor war alt geworden. Hinter der trockenen Zurückhaltung, der forschen Autorität offenbarte sich ein lüsterner, zotiger Greis. Er hatte ein angenehmes Vermögen und kümmerte sich wenig um seine immer kleiner werdende Praxis. Aber er war noch immer ein glänzender Bakteriologe und verbrachte Stunden über Objektträgern, auf denen üppige Bazillenmuster zu sehen waren. Prostituierte, die sich angesteckt hatten, suchten seine zuverlässige Behandlung auf.

Er riet Gant vom Seziermesser ab. Eifersüchtig riß er seine Behandlung an sich, äußerte sich verächtlich über Operationen und versicherte, daß man das Leiden durch eine geschickte Behandlung der befallenen Teile und Katheterisierung lindern könne. Die beiden wurden dicke Freunde. Cardiac widmete Gant ganze Vormittage. Das Behandlungszimmer hallte von ihrem schlauen Gelächter wider, während skrofulöse Bergbewohner im Warteraum saßen und stumpfsinnig in *Life* blätterten. Wenn der Masseur seine Arbeit beendet hatte, lag der Patient wollüstig auf dem Massiertisch, und der Arzt unterhielt ihn stundenlang mit den vertraulichsten Berufsgeheimnissen leichter Mädchen, erzählte ihm obszöne Geschichten, zeigte ihm seine reichhaltige Sammlung pseudowissenschaftlicher Pornographien.

«Und Sie wollen behaupten», rief er eifrig, «daß die Mönche eine Petition beim Erzbischof eingereicht haben?»

«Ja», sagte der Arzt. «In der Hitze mußten sie sich so quälen. Er schrieb ‹Bewilligt› quer über die Bittschrift. Da ist eine Ablichtung des Dokumentes.» Mit seinen sauberen, vertrockneten Fingern hielt er das Buch aufgeschlagen und zeigte es ihm.

«Meine Güte!» Gant war starr. «In diesen heißen Ländern treiben sie es wohl ganz schlimm.» Er leckte seinen Daumen und lächelte in versunkener Obszönität. Wenn man da bloß mal an den späten Oscar Wilde denkt.

21

Während der ersten Jahre seines Krankseins war Gant zwar nicht sehr rüstig, aber seine Lebenskraft war keineswegs ernstlich erschüttert. Die ärztliche Behandlung verschaffte ihm anfangs Perioden des Friedens; er hielt sich dann fast für genesen. Immer aber kam es wieder vor, daß er über Nacht in einen jammernden, kindischen Greis verwandelt war; dann lag er tagelang im Bett und ergab sich kraftlos seinem Leiden. Diese heftigen Anfälle folgten gewöhnlich auf eine wüste Sauferei.

Der öffentliche Ausschank von Alkohol war längst nicht mehr statthaft; die Saloons waren seit langem geschlossen. Die Stadt Altamont war eine der ersten, in der die Frage «Trocken oder Naß» durch Abstimmung entschieden wurde.

Gant hatte fromm für die Reinheit gestimmt. Eugene erinnerte sich gut an den Wahltag; das lag nun schon Jahre zurück. Stolz schritt er an der Seite seines Vaters, als Gant zum Wahllokal ging. Die kampfbereiten «Trockenen» waren übereingekommen, ihre Gesinnung mit dem Tragen einer kleinen weißen Seidenschleife im Knopfloch kundzutun. «Weiß» wegen «Reinheit». Die «Nassen» trugen trotzig Rot.

Von heftigen Posaunenstößen in den protestantischen Kirchen angekündigt, kam der Tag der Sühne für die Armee zäher, wohlgedrillter Sinalco-Streiter. Jene «Nassen», die die Vorhutgefechte zu Hause und das schwere Geschützfeuer von der Kanzel siegreich überstanden hatten – ihre Zahl (ach, ach!) war gering –, gingen kühn, das Leuchten der ihnen abgesprochenen Mannesehre im Gesicht, in den Tod; eine wackere Schar, die in verzweifeltem Getümmel, vom Mob auf allen Seiten umringt, fällt.

Sie wußten nicht, wie herrlich ihre Sache war. Sie wußten nur, daß sie dem Willen einer von Priestern verhetzten Gemeinde, der vernichtendsten Gewalt im Dorf, trotzten. Niemand hatte ihnen gesagt, daß sie für Freiheit stünden. Und so standen sie eigensinnig und geröteten Gesichts, den starken, braunen Geruch ihrer Schande um die Nase, für den Dämon Alkohol, diesen Götzen mit dem Hopfen-und-Malz-Maul, den blutgeäderten Augen, der roten Nase, der das schöne Geld aus den losen Beuteln lockt. Sie traten an, Weinlaub im Haar, einen guten Whiskynebel ausatmend, ein tapfer-festes Lächeln um den entschlossenen Mund.

Als sie zur Urne schritten und wie umzingelte Ritter nach Waffenbrüdern Ausschau hielten, da standen wie Jägerinnen mit gespannten Bogensehnen die Damen aus den Kirchenvorständen der Stadt, umgeben von den eifrigen Kohorten der Sonntagsschüler, auf dem Plan. Diese Zöglinge des Kindergottesdienstes – in weiße Engelsgewänder gekleidet, kleine Sternenbanner in den kleinen Händen – waren gierig wie eine Meute, das Ihre zu tun.

«Da kommt einer», sagten die Damen. «Los! Kinder!» Und die Pygmäen berannten ihren Gulliver, kreischend, heißhungrig, monströs, wie es nur mit Schlagworten verhetzte Kinder sein können. Sie umringten das Opfer in einem wilden Elfentanz und piepsten ein schrilles Lied:

«Wir sind einer liebenden Mutter Schatz,
Männer und Frauen von morgen.
Wollt ihr um des Augenblicks leere Lust
Uns stürzen in währende Sorgen?

O gedenkt doch der Schwestern, der Eh'fraun, der Mütter,
Des Säuglings im Elend: gedenkt ihrer wohl!
Denkt nicht an euch selber! Denkt an die Betroffnen!
Wählt *gegen* den Dämon Alkohol.»

Ein Schauder überlief Eugene. Mit scheuem Stolz blickte er zu Gants weißer Schleife empor. Fröhlich gingen sie an unglücklichen, vom Wogenprall der Unschuld umbrandeten Alkoholikern vorbei, die mörderisch auf «einer liebenden Mutter Schatz» herniederlächelten.

Wenn die Rangen meine wären, würde ich ihnen den kleinen Popo versohlen, dachten sie für sich.

Das Wahllokal war ein Lagerschuppen aus Wellblech. Am Eingang empfing Gant die eifrigen Glückwünsche der Damen von der First Baptist Church: Mrs. Tarkinton, Mrs. Fagg Sluder, Mrs. C. M. McDonnell und Mrs. W. H. (Pett) Pentland, die mit schwer gepudertem Gesicht hochmütig über den hohen Fischbeinkragen hinweg lächelte und elegant mit den langen Röcken ihres grauen Seidenkleids rauschte. Sie hatte Gant sehr gern.

«Wo steckt Will?» fragte er.

«Gibt den Whiskyfabrikanten zu verdienen, anstatt sein Scherflein zu Gottes Werk beizusteuern», sagte Pett mit echt christlicher Bitterkeit. «Wir beide wissen ja, was es mit diesem querköpfigen Pentlandcharakter auf sich hat», fügte sie vielsagend hinzu.

Bedauernd schüttelte er den Kopf und blickte trübsinnig in

den Rinnstein. «Ja, ja, Pett, wir haben beide ’ne Menge durchgemacht.»

Ein Geruch von getrockneten Wurzeln und Sassafras wand sich aus dem Lagerschuppen und stieg als scharfe Spirale in die schmalen Schlitze seiner Nasenlöcher.

«Wenn es darauf ankommt, für eine gute Sache Zeugnis abzulegen», erklärte Pett Pentland einigen Damen, «dann kann man stets auf Will Oliver Gant rechnen.»

Gants Feldherrnblick streifte die Bergketten von Pisgah.

«Alkohol ist ein Fluch», bekannte er. «Alkohol hat Millionen Menschen ins Elend gestürzt.»

«Amen, Amen», flötete Mrs. Tarkinton, rhythmisch ihre breiten Hüften schwingend.

«Alkohol hat Krankheit, Armut und Leid über Hunderttausende von Heimstätten gebracht. Alkohol hat das Herz von Ehefrauen und Müttern gebrochen, Alkohol hat armen, unschuldigen Kindlein das Brot vom Munde gestohlen.» – «Amen, Amen!»

«Alkohol hat . . .» begann er wiederum, da erblickte er zu seinem Unbehagen das breite, rote Gesicht Tim O’Doyles und das grimmige, backenbärtige Whiskygesicht von Major Ambrose Nethersole. Diese zwei prominenten Kneipiers standen keine zwei Meter entfernt und hörten aufmerksam zu.

«Fahr fort!» feuerte ihn Nethersole mit seinem Unkenbaß an. «Aber gib acht, daß dir der Whisky nicht aufstößt!»

«Bei Gott!» erklärte Tim O’Doyle und wischte sich ein schmales Kautabakrinnsal von seinem breiten Affenmund, «ich hab ihn so besoffen gesehn, daß er das Fenster für die Tür hielt. Wenn er kommt, stellen wir zwei Extrakellner ein, um die Flaschen aufzukorken. Er gibt dem Barmann was extra, damit er früher aufsteht.»

«Hören Sie nicht hin, meine Damen, ich bitte Sie», sagte Gant feindselig. «Sie sind die Niedrigsten unter den Niedrigen, der whiskybesudelte Abschaum der Menschheit, gehören zu denen, die des Namens Mensch nicht mehr würdig sind, so tief ist die Entwicklungsstufe, auf die sie zurückgesunken sind.»

Mit einer tiefen Verbeugung zog er den Schlapphut und trat in den Schuppen.

«Bei Gott», sagte Ambrose Nethersole beifällig, «das Reden hat er wenigstens nicht verlernt.»

Es dauerte keine sieben Wochen, da jammerte Gant schon bitterlich über seinen ungestillten Durst. Mehrere Jahre lang ließ er sich das zulässige Quantum für den häuslichen Verbrauch – siebeneinhalb Liter im Monat – aus Baltimore kommen. Es waren die Tage der «Blinden Tiger». Die Stadt war gespickt mit diesen illegalen Schankstätten, wo es hauptsächlich schlechten Roggenwhisky und scharf destillierten Maisbranntwein gab. Er alterte, siechte dahin, trank immer noch.

Ein schmales Rinnsal Lust sickerte noch träg und trübe durch das ausgetrocknete Bachbett seiner Lebensgier und verlor sich armselig in trockener, herumfummelnder Unzucht. Hübschen, jungen Sommerwitwen in Dixieland schenkte er Geld, Unterwäsche und Seidenstrümpfe, welch letztere er den Damen persönlich in seinem staubigen, kleinen Büro anzog. Unbeirrbar zärtlich lächelnd streckte Mrs. Selborne langsam das üppige Bein aus und ließ sich mit einem herzhaft schmatzenden Geräusch sein Geschenk: blumenbestickte, grünseidene Strumpfbänder, überstreifen. Mit dem verschmitzten Lächeln des Nachgenießers leckte er seinen Daumen, als er es erzählte.

Eine Strohwitwe, neunundvierzig, mit hennagefärbter Turmfrisur, hochgeschnürtem Busen und Hüften, die in einer scharfen Diagonale architektonisch auswuchteten, fetten fleckigen Armen und einem bleiern-schlaffen, tiefgefurchten Gesicht, das mit greller Schminke verspachtelt war, mietete das Obergeschoß in der Woodson Street, als Helen weg war.

«Sieht mir aus, als wär da was zu machen», bemerkte Gant hoffnungsvoll.

Sie hatte einen vierzehnjährigen Sohn, einen Jungen mit olivfarbenem, rundem Gesicht, einem weichen weißen Körper und dünnen Beinen, der sich ständig die Fingernägel abbiß. Er hatte schwarzes Haar, dunkle Augen, ein traurig-verstohlenes Wesen. Er war eingeweiht; zur gegebenen Stunde wußte er aus dem Haus zu verschwinden.

Gant kam nun früher heim als sonst. Die Witwe räkelte sich bunt auf der Terrasse im Schaukelstuhl. Er verbeugte sich tief, nannte sie «Madam». Von der obersten Treppenstufe herab redete sie scheu-kätzchenhaft mit ihm, wobei sie sich gegen das knarrende Geländer drängte. Sie machte ihm Augen. Sie war so frei, im Wohnzimmer, wo er nun schlief, aus und ein zu gehen. Eines Abends trat sie bei ihm ein . . . Sie kam gerade aus dem Bad, roch nach teurer Seife und war fleischig in einen hochroten Kimono gezwängt.

Ein hübsches Weibsbild noch, dachte er. Guten Abend, Madam.

Er erhob sich aus dem Schaukelstuhl, legte seine Abendzeitung, das republikanische Parteiblatt, weg, nahm die stahlgeränderte Brille von der großzinkigen Nase.

Den Morgenrock mit geäderter Hand fest um sich ziehend, kam sie hüpfend an den kalten Kamin. Geschwind, mit einem lustigen Seitenblick auf ihn, schlug sie den Kimono auf und zeigte Gant ihre dünnen, seidenbestrumpften Beine und die klobigen Hüften, die in blauen, gefältelten Seidenhöschen staken.

«Hübsch, was?» zwitscherte sie. Dunkel herausfordernd. Als er einen Schritt vorwärts tat, schlüpfte sie weg. Eine Schwergewichtsmänade, die die bacchantischen Verfolger lockt.

«Und ein Paar Äpfelchen!» rief er zusammenfassend aus.

Vom nächsten Morgen ab kochte sie ihm Frühstück. Eliza beobachtete die beiden von Dixieland aus mit bitteren Blicken. Er hatte kein Talent für Heimlichkeiten. Seine Morgen- und Abendbesuche in der Pension waren nicht mehr so lang, seine Tiraden nicht mehr so scharfzüngig.

«Bilde dir ja nicht ein», sagte Eliza, «daß ich nicht weiß, was bei dir im Hause vorgeht.»

Er machte ein Schafsgesicht, grinste, leckte den Daumen. Sie versuchte zu reden, konnte nicht, bewegte lediglich die Lippen. Sie wandte sich wieder zum Herd, spießte ein Beefsteak in der Pfanne an und schnellte es auf die ungebratene Seite, lächelte rachsüchtig hinter der aufsteigenden Säule fettigen blauen Rauches. Er stieß sie mit plumpem Finger in die Weichen. Halb aufgebracht, halb amüsiert, zeterte sie los und floh ungeschickt, aber in stolzer Haltung aus seiner Reichweite.

«Weg da! Ich will dich hier nicht haben! Es ist zu spät für solche Späße!» Sie lachte ihn höhnisch an: «Nicht, jetzt möchtest du, daß es nicht vorbei wäre. Jetzt möchtest du noch können?» Sie bewegte wieder die Lippen, ohne ein Wort hervorzubringen. Schließlich sagte sie: «Ich würde mich schämen. Schämen würde ich mich. Hinter deinem Rücken lacht die ganze Stadt über dich.»

«Das lügst du, Weib! Das lügst du», donnerte er großartig, getroffen. Der hammerschleudernde Thor.

Er wurde seiner neuen Liebsten bald müde. Die Entleerungen erschöpften und ängstigten ihn. Eine Zeitlang beschenkte er die Witwe mit kleinen Summen und vergaß, die Miete von ihr zu verlangen. Seine stürmischen Schelttiraden galten jetzt ihr. Er schritt stundenlang zwischen den Grabsteinen in seiner Werkstatt auf und ab und murmelte Drohungen vor sich hin, als er merkte, daß er die alte Freiheit seines Hauses eingebüßt und sich eine tyrannische Hexe aufgeladen hatte.

Eines Abends kam er schwer betrunken nach Hause, jagte sie aus ihrem Zimmer. Sie war schon entkleidet und abgeschminkt, hatte ihr künstliches Gebiß abgelegt. Schnell raffte sie noch ein flatterndes Stück Kimono mit zitternder Hand. Er verfolgte sie, trieb sie in den Garten unter den großen Kirschbaum. Sie rannten um den Stamm herum, er heulte, stürzte wild auf sie los. Sie zitterte vor Angst, warf hastig scheue Blicke in die lauschende Nachbarschaft; sie fand Zeit, den zerknitterten Frisiermantel anzuziehen, so daß wenigstens das unzüchtige Bibbern ihrer Brüste verborgen war. Sie schrie um Hilfe. Niemand kam.

«Du Hure!» gellte er. «Ich bring dich um! Du hast mein Herzblut getrunken, du hast mich an den Rand des Abgrunds gebracht, und nun weidest du dich an meinem Elend und lauschst mit teuflischem Entzücken dem Rasseln des Todes in meiner Kehle, blutdürstiges, unnatürliches, furchtbares Ungeheuer, du!»

Geschickt hatte sie den Baumstamm als Deckung gegen ihn benutzt. Als ihn nun die Flut der Flüche einen Augenblick ablenkte, floh sie furchtbeschwingt auf die Straße und suchte Zuflucht in einem Nachbarhaus. In Mrs. Tarkintons Armen fand sie Aufnahme. Sie schluchzte hysterisch, die Tränen zogen Bäche über ihr armes, abgeschminktes Gesicht. Die beiden lauschten hinüber in Gants Haus. Sie hörten seine ziellosen, betrunken taumelnden Schritte, wie er mit lautem Krach Stühle in Trümmer schlug. Sie hörten seinen wüsten Fluch, als er umfiel.

«Er wird sich töten», rief sie. «Er weiß ja nicht, was er tut ... Guter Gott!» weinte sie, «nie im Leben hat ein Mann so schreckliche Dinge zu mir gesagt.»

Sie hörten, wie Gant abermals hinfiel. Dann wurde es still drüben im Haus. Sie erhob sich ängstlich.

«Er ist kein schlechter Kerl», flüsterte sie.

Im Frühsommer, als Helen zurückgekehrt war, wurde Eugene eines Morgens durch schlurfende Schritte und aufgeregte Reden geweckt. Der Lärm kam von dem kleinen hölzernen Gang, der rund um das obere Stockwerk führte und bei dem «Spielhaus» endete, einem kleinen, muffigen Anbau aus Kiefernholz, nur ein einziger großer Raum, den er aus seinem Giebelfenster hinten fast mit der Hand berühren konnte. Das «Spielhaus», ein weiteres Beispiel Gantscher Verstiegenheiten, wurde vor Jahren, als die Kinder noch klein waren, gebaut. Nun wurde es nie mehr benutzt; es war eine köstliche Zuflucht; in der kühlen, muffigen Luft dort roch es gut nach altem Kiefernholz, Büchern und verstaubten Zeitschriften.

Seit ein paar Wochen aber wohnte Annie dort, eine mollige, hübsche, fünfunddreißig Jahre alte Negerin mit glänzend kupferfarbener Haut. Sie war mit ihrer Herrin, Mrs. Selborne, aus South Carolina heraufgekommen; sie hoffte in dem Kurort eine Stelle für den Sommer zu finden. Sie war eine gute Köchin. Helen – stolz wie sie war – hatte Annie für fünf Dollar die Woche in Dienst genommen.

Gant war an diesem Morgen früher als sonst erwacht, hatte gedankenvoll an die Decke gestarrt, hatte sich angezogen und war zu Annie in das Spielhaus geschlichen. Das laute Protestgezeter der Negerin hatte Helen geweckt. Die Tochter, von Ahnungen erfüllt, war sofort heruntergekommen. In der Waschküche fand sie Gant; er ging jammernd auf und ab, rang die Hände; durch die offenen Türen hörte sie die Negerin, wie sie übellaunig vor sich hin schimpfte, Schubladen zuknallte und geräuschvoll ihre Siebensachen zusammenpackte.

«Das bin ich nich gewohnt. Ich bin 'ne verheiratete Frau, bitte sehr. Und in diesem Haus bleib ich keine Minute mehr.»

Helen packte Gant wütend an und schüttelte ihn.

«Du verdorbener alter Kerl!» schrie sie, «was unterstehst du dich!»

«Barmherziger Gott!» greinte er und stampfte mit dem Fuß auf wie ein eigensinniges Kind. «Muß das noch auf meine alten Tage über mich kommen?!» Er ging wieder auf und ab und heulte theatralisch: «Hu-hu-hu-hu! O Jesus, es ist entsetzlich, es ist furchtbar, es ist grausam, daß du mich so heimsuchst!» Seine Verachtung für die Vernunft war parnassisch: Er bezichtigte Gott, daß er ihn bloßgestellt habe, er weinte, weil er ertappt worden war.

Helen eilte zu Annie und versuchte, die Empörte mit großen Gebärden und gutem Zureden zu beschwichtigen.

«Komm doch, Annie, vergiß den Vorfall. Ich gebe dir einen Dollar mehr die Woche, wenn du bleibst.»

«Nein, Madam», erklärte Annie dickköpfig. «Ich kann hier nich mehr bleiben. Ich hab Angst vor dem Kerl.»

Gant hielt in seinem zerstreuten Aufundabgehen von Zeit zu Zeit inne, um gespannt zu lauschen. Sooft Annie ihre hartnäckige Weigerung wiederholte, stöhnte er aus der Tiefe seines Herzens auf und begann von neuem mit seiner Klage.

Luke erschien. Er war barfuß, gebärdete sich zappelig, trat von einem Fuß auf den anderen. Er ging hinaus und guckte. Als er die verdrossene Wohlanständigkeit im Gesicht der Negerin sah, platzte er mit großem «Hohoho» heraus. Helen kam mit wütend-verstörter Miene in das Haus zurück.

«Sie wird es in der ganzen Stadt herumtratschen», verkündete sie.

Gant verfiel in langatmiges Stöhnen. Eugene, den der Auftritt zunächst bestürzt hatte, sprang wie ein Verrückter auf dem Linoleumfußboden in der Küche herum, katzengleich auf die nackten Füße fallend, wobei er vor Freude kreischte. Ben erschien stirnrunzelnd in der Tür und fing an, kurz und verächtlich zu kichern.

«Und natürlich wird sie Mrs. Selborne die ganze Geschichte brühwarm erzählen, sobald sie zurück in Henderson ist», fuhr Helen fort.

«O du mein Gott!» jammerte Gant, «warum hast du mir dies auferlegt!»

«Ach, hau ab! Hau bloß ab!» sagte sie komisch, und ihr Zorn lockerte sich plötzlich zu einem noch halb erbosten, frechen Grinsen. Sie brüllten los. «Ich ste-erbe!» Eugene erstickte fast, bekam den Schluckauf, glitt langsam vom Türgriff zwischen Küche und Waschraum zu Boden.

«Idiot!» fauchte Ben, hob scharf die Hand – ein Lächeln flackerte über seinen Mund – er wandte sich ab.

In diesem Augenblick erschien Annie in der Tür: die tiefgekränkte Hochehrbarkeit in Person.

Luke sah ernst und nervös erst auf seinen Vater, dann auf die Negerin. Er wurde zappelig, trat von einem Fuß auf den anderen.

«Ich bin 'ne verheiratete Frau», sagte Annie. «So was bin ich nich gewohnt. Ich will mein Lohn!»

Aus Luke ergoß sich ein Strom wilden Gelächters. «Hoho!» Er stocherte Annie in die gutgepolsterten Rippen. Sie zog ärgerlich vor sich hin brummend ab.

Schwach vor Lachen wälzte Eugene sich auf dem Fußboden; schwach zuckte er noch mit dem Bein, als sei er gerade enthauptet worden; blindlings fingerte er am Kragen seines Nachthemdes. Von Zeit zu Zeit drang ein schwach glucksender Laut aus seinem aufgerissenen Mund.

Sie lachten unbändig, hilflos, ließen die ganze emporgequollene, verklebte Hysterie, die sich in ihnen angesammelt hatte, als irres Gelächter herausströmen; in einem Augenblick wilder Übergabe reinigten sie ihr Leben von aller Angst, allem Unglück, von dem Schmerz des Alters, des Todes.

Sterbend ging er in ihrer Mitte, ließ seine Klage gegen Gottes lidlosen Starrblick ertönen und lauschte ihrem Lachen: abschätzend, vorsichtig, mit unruhig herumspähenden Augen, wobei ein leichtes, schlaues, geschmeicheltes Grinsen um seinen jammernden Mund spielte.

Die Gezeiten überdachend, in ihrer Umarmung gewiegt, schaukelte Elizas Leben wie die Sargassosee, wenn sich morgens ein Luftzug aus der Küche durch ihren bewachten Türspalt wand und die herabhängenden Büschel alter Bindfäden in fließendem Rhythmus fächelte. Vorsichtig rieb sie sich den Schlaf aus den kleinen, kurzsichtigen Augen und lächelte verschwommen, dachte, noch ungeweckt, an alte Verluste. Ihre verbrauchten Hände tasteten suchend im Bett. Als sie den Platz neben sich leer fand, erwachte sie. Sie erinnerte sich.

Mein Jüngster, mein Ältester, letzte bittere Frucht meines Leibes, o Seelendunkler, so fern, so einsam, wo bist du? Sie erinnerte sich an sein Gesicht. Todessohn, Teilhaber meiner Gefahr, letzte Prägung aus meinem Fleisch, der meine Seiten wärmte und sich an meinen Rücken schmiegte. Fort? Von mir abgeschnitten? Wann? Wo?

Die Küchentür ging. Ein Lieferjunge warf das Wurstpaket auf den Tisch. Eine Negerin schürte das Feuer im Herd. Nun war sie wach.

Ben tat es in aller Ruhe, aber ohne die geringste Verstohlenheit. Er gestand nichts, er bestritt nichts. Die hölzerne Hängeschaukel auf der Veranda knirschte, sein dünnes Lachen stieß leise in die Dunkelheit. Mrs. Pert lachte liebenswürdig, behaglich. Sie war dreiundvierzig, eine stattliche Frau mit guten Manieren, die ziemlich viel trank. Wenn sie betrunken war, wurde ihre Stimme leise, dunkel und verwaschen; sie lachte dann mild und ungewiß und ging mit der bedächtigen Schwere der Alkoholiker. Sie war gut angezogen, stand gut im Fleisch, sah aber nicht sinnlich aus. Sie hatte angenehme Gesichtszüge; ihr weiches Haar war braun wie altes Eichenholz. Ihre Augen waren blau und ein wenig verschwommen. Sie hatte ein gemütlich glucksendes Lachen und war allgemein beliebt in der Familie; Helen nannte sie Fatty.

Ihr Mann war Arzneimittelvertreter; er bereiste Tennessee, Arkansas und Mississippi. Dreimal im Jahr kam er für vierzehn Tage nach Altamont. Ihre Tochter Catherine, beinahe so alt wie Ben, kam jeden Sommer einige Wochen nach Dixieland; sie war Volksschullehrerin in einem Dorf in Tennessee. Ben machte beiden den Hof.

Mrs. Pert lachte leise, wenn sie mit ihm sprach. Sie nannte ihn «Old Ben». Er saß im Dunkeln bei ihr, redete ein bißchen, summte ein bißchen vor sich hin, lachte manchmal ein bißchen in dünnem Moll, schwieg lange mit einer Zigarette in den gegabelten, elfenbeinfarbenen Fingern und sog den Rauch tief ein. Manchmal brachte er eine Flasche Whisky mit, die tranken die beiden stillschweigend aus. Vielleicht machte sie das ein wenig gesprächiger als sonst. Jedenfalls: laut waren sie nie. Dann und wann standen sie um Mitternacht von der Schaukel auf, gingen auf die Straße hinaus und verschwanden unter den laubigen Bäumen. Dann kamen sie die ganze Nacht nicht wieder zurück.

Eliza, die einen Haufen zerknitterter Wäsche in der Küche bügelte, horchte auf. Sie ging in den ersten Stock und sah vorsichtig in Mrs. Perts Zimmer hinein. Mit nachdenklich verzogenem Mund kam sie wieder herunter.

Sie mußte sich über solche Sachen mit Helen aussprechen. Es bestand ein merkwürdiges, trotziges Einverständnis zwischen den beiden. Sie lachten und waren bitter zusammen.

«Aber gewiß!» antwortete Helen. «Ich weiß das schon die ganze Zeit.» Trotzdem lugte sie neugierig aus der Tür; ihr Mund stand offen, so daß man ihre großen, goldplombierten Zähne sah. Auf ihrem großflächigen Gesicht mit den starken Backenknochen stand ein kindlicher Ausdruck von Gläubigkeit, Staunen, Zweifel und verletzter Unschuld. «Glaubst du, daß er wirklich was mit ihr hat? Bestimmt nicht, Mama, sie ist ja alt genug, um seine Mutter zu sein.»

Über Elizas weißes, nachdenklich und vorwurfsvoll verzogenes Gesicht huschte ein wissendes Lächeln. Um es zu verbergen, wischte sie sich schnell die Nase. Sie kicherte.

«Ich will dir was sagen», erklärte sie, «der Apfel fällt nicht weit vom Stamm. Er schlägt seinem Vater nach.» Dann flüsterte sie: «Es steckt im Blut.»

Helen lachte heiser, kratzte sich verlegen am Kinn, sah auf den ungejäteten Garten hinaus.

«Armer, alter Ben», sagte sie, und Tränen traten ihr in die Augen, sie wußte selbst nicht, warum. «Immerhin, Fatty ist eine Lady. Ich mag sie gern. Mir ist's gleich, ob's die Leute wissen», fügte sie trotzig hinzu. «Das geht niemanden sonst was an. Und sie benehmen sich still, das muß man zugeben.» Sie schwieg eine Weile, dann bemerkte sie: «Die Frauen sind verrückt nach ihm. Sie haben die Stillen gern, nicht wahr? Ben ist ein Gentleman.»

Eliza schüttelte gewichtig den Kopf. «Ja, ja, was du nicht sagst», flüsterte sie, die gespitzten Lippen bewegend. «Sie sind immer zehn Jahre älter, mindestens!»

«Armer, alter Ben», wiederholte Helen.

Eliza schüttelte wieder den Kopf. «Ja, ja», sagte sie, «ein so stiller, trauriger Mensch, ja, ja . . .» Sie wollte sprechen, aber die Worte blieben ihr im Mund stecken. Nun waren auch ihre Augen feucht.

Sie dachten über Söhne, über Liebhaber nach; ihr Verständnis füreinander wurde tiefer. Sie tranken den Kelch ihrer gemeinsamen Sklaverei und dachten an diese Gantschen Männer, die immer Hunger kennen würden, immer Fremde sein würden, unerkannte Wanderer, die ihren Weg verloren haben. O verloren.

Frauenhände waren hungrig auf sein spröd gelocktes Haar. Frauen, die zum Zeitungsbüro kamen, um Anzeigen aufzugeben, fragten nach ihm. Die Stirn in ernste Falten gelegt, saß er mit gekreuzten Knöcheln da und las monoton, fast analphabetenhaft vor, was sie geschrieben hatten. Seine schmalen, behaarten Handgelenke stießen an die gestärkten weißen Manschetten, seine sehnigen, nervösen, von Nikotin wie altes Elfenbein gefärbten Finger glätteten das Papier. Den gutgeschnittenen Kopf gebeugt, die Stirn noch ernster gerückt, strich er aus, stellte er um. Ausdrucksvolle Damenfinger zuckten. «Wie ist es damit?» Geistesabwesende Antworten. Augen in sprödes Kraushaar verwirrt. «Sehr viel besser. Danke schön.»

Gesucht: Stirnrunzelnder Mannknabenkopf für verständnisvolle Finger reifer, verständnisvoller Frau. Unglücklich verheiratet. Anschrift: Mrs. B. J. X. Postfach 74. – Acht Cent das Wort bei einmaligem Erscheinen des Inserats. Zärtliches: «Oh, danke schön, Ben.»

Der fette Jack Eaton, Redakteur des Anzeigenteils, kam ins Büro des Lokalredakteurs. «Ben», sagte er grinsend, «eine von deinem Harem ist draußen. Sie hätte mir fast den Kopf abgerissen, als ich ihr das Inserat abnehmen wollte. Frag sie doch bitte, ob sie 'nen Freund hat!»

«Oh, nun hör dir das an, bitte», kicherte Ben höhnisch, dem Lokalredakteur zugewandt. «Du hast deinen wahren Beruf verfehlt, Eaton. Du solltest lieber als Komiker in einer Show mit Honeyboy Evans auftreten.» Stirnrunzelnd schleuderte er die Zigarette aus der elfenbeinfarbenen Hand und trottete nach vorn ins Inseratenbüro. Eaton blieb einen Augenblick beim Lokalredakteur, um zu lachen.

O seltener Ben Gant!

Im Hochsommer, wenn Dixieland überfüllt war und er spätabends nach Hause kam, schlief er bei Eugene in dem großen Vorderzimmer, in dem sie alle geboren waren. Einen Berg Kissen in den Rücken gestopft, lag er in dem alten, cremefarbenen Bett, das an Kopf- und Fußteil mit bunten Fruchtkränzen bemalt war, und las ruhig und etwas holprig die Baseballgeschichten von Ring Lardner vor. Die Aussprache unbekannter Vokabeln machte ihm Schwierigkeiten. *«Du kennst mich doch, Al.»*

Das flache Verandadach vor dem Fenster war noch warm von den Tagesausdünstungen teerverklebten Blechs. Üppige, spinnwebige Trauben hingen dicht in den breitblättrigen Reben. *«Ich hab meinen Jungen doch nicht großgezogen, damit ein Linkswerfer aus ihm wird. Hab nicht übel Lust, Gleason eins aufs Auge zu geben.»*

Ben las mühsam, hielt einen Augenblick später inne und kicherte. Wie ein Kind, stirnrunzelnd und beflissen, tastete er nach dem Sinn. Frauen liebten seine stirnrunzelnde, langsame Beflissenheit. Schnell war Ben nur in Augenblicken der Wut und wenn er sein «Oh, nun hör dir das an, bitte!» zu seinem Engel sprach.

22

Als Eugene gerade vierzehn geworden war und das zweite Jahr in Leonards Schule ging, besorgte Ben ihm Arbeit als Zeitungsträger. Eliza murrte; sie schalt den Jüngsten faul; sie klagte darüber, daß er so gut wie nichts im Hause schaffte. Tatsächlich war er nicht faul; er war unwillig. Er haßte die trübsinnige Alltagsplackerei in der Pension. Sie verlangte keine schwere Arbeit von ihm, aber die Anforderungen, die sie an ihn stellte, kamen oft und unerwartet. Ihn deprimierte die Sinnlosigkeit aller Arbeiten, die in Dixieland erledigt wurden, die Art, wie die tägliche Mühe wieder vollkommen zunichte gemacht wurde. Hätte sie ihm die Verantwortung für eine tägliche Besorgung aufgebürdet, dann hätte er sich willig in den Dienst geschickt und die Pflicht erfüllt. Aber sie hatte es sich viel beiläufiger gedacht: Er sollte sich ständig für beliebige Besorgungen bereithalten, und um seine Gefühle kümmerte sie sich nicht.

Ihr ganzes Sein drehte sich um Dixieland. Sie war die Sklavin ihres Besitzes. Eugene sah es mit Grauen. Wenn sie ihn Brot holen schickte, dann war er trübselig, weil das Brot von Fremden gegessen, trübselig, daß durch diese Mühen nichts auf der Welt jünger, besser, schöner werden würde, trübselig, weil alles nur Alltagsplackerei war.

Sie schickte ihn mit der Hacke in den Garten. Das Unkraut, das er jäten sollte, wucherte geil in den Gemüsebeeten. Und trotzdem stand das Gemüse prächtig, denn alles auf der Erde gedieh unter Elizas achtloser Hand. Es machte ihn trübselig; er wußte, als er draufloshackte, daß das Unkraut in der Bruthitze bald wieder dasein würde; daß ihr Gemüse, gejätet oder nicht, immer prächtig gedeihen und schließlich von den Pensionsgästen gegessen würde. Und er wußte, daß Elizas Leben, ihres allein, überdauern würde. Als er zu ihr hinsah, empfand er die Müdigkeit, das Entsetzen, das in der Zeit liegt: Alles außer ihr würde in einer erstickenden Sargassosee umkommen. Grimmig hackte er wieder darauf los. Ein schriller Schrei von der Veranda brachte ihn zur Besinnung. Er hatte eine ganze Reihe junger, aufgekeimter Maispflanzen zerstört.

«Um Himmels willen, Junge!» schalt sie und blickte aus einem Durcheinander von Waschzubern, schlaffen Strümpfen, die zum Trocknen auf der Leine hingen, leeren Milchflaschen, die noch nicht ausgewaschen und dunkel angelaufen waren, und rostigen Schmalztöpfen auf ihn herab. «Nun sehen Sie sich so was an», sagte sie zu Mr. Baskett, dem Baumwollhändler aus Hattiesburg, der malariakrank durch seinen schütteren Schnurrbart grinste. «Was soll man mit so einem Jungen anfangen? Er hat mir 'ne ganze Reihe junger Maispflanzen umgehackt.»

«Ja», sagte Mr. Baskett und spähte zu Eugene hinab: «Und das Unkraut hat er stehenlassen!» sagte er. Dann sagte er streng: «Junge, dich sollte man mal zwei Monate auf 'ne Farm schicken!»

Das Brot, das ich hole, werden die Fremden essen. Das Holz, das ich kleinspalte, und die Kohle, die ich herbeischleppe, wärmt die Fremden. Rauch. *Fuimus fumus.* Unser ganzes Leben geht in Rauch auf. Keine Struktur, keine Schöpfung darin, nicht einmal die Rauchbauten des Traums. Komm näher, Engel. Flüstere in unsere Ohren. Wir verwehen im Rauch; an unserem Heute ist nichts als die Trübsal, die der Lohn unseres Gestern ist. Wie können wir uns retten?

Er bekam die Niggertown-Route, die schwerste und am wenigsten einträgliche von allen. Er erhielt zwei Cent das Exemplar für die wöchentliche Zustellung; zehn Prozent des Abonnementsgelds, das er abhob; zehn Cent für jeden neuen Besteller, den er einbrachte. So verdiente er vier bis fünf Dollar die Woche. Sein magerer, unterentwickelter Körper trank Schlaf mit unersättlichem Durst. Nun aber mußte er um halb vier in der Frühe aufstehen. Die Stille und die Dunkelheit machten ein unwirkliches Gedröhn in seinen schlaftrunkenen Ohren.

Seltsame, himmlische Musik kam aus dem Dunkel. Über seine langsam erwachenden Sinne schwang das große Gewoge symphonischer Orchester. Die Stimmen böser Geister, schön und schlaflaut, riefen aus dem Dunkel, dem Licht herab. Fäden uralten Gedenkens wurden weiter gewoben.

Blindstolpernd in der weißen Grelle öffnete er langsam die

schlafverschnürten Augen, als er neugeboren wurde, als die Nabelschnur riß, die ihn an das Dunkel gefesselt hatte.

Erwache, Knabe, der du die Geister hörst, erwache ins Dunkel. Erwache zu uns, du Phantom. Versuch es, den Weg zu finden. Öffne die Wand aus Licht. Geist, Geist, wer ist der Geist? O verloren. Geist, Geist, wer ist der Geist? Flüsterzungiges Lachen. Eugene, Eugene! Hier, ja hier ist der Weg, Eugene. Hast du vergessen? Das Blatt, den Stein, die Wand aus Licht. Hebe den Felsen auf, Eugene, das Blatt, den Stein, die nichtgefundene Tür. Kehre zurück!

Eine Stimme, schlafseltsam und laut, ewig fernnah, sprach:

Eugene!

Sprach und verstummte. Sprach weiter, ohne zu sprechen. Sprach mit ihm. Wo es Dunkelheit gibt, Sohn, da gibt es auch Licht. Versuche es, Knabe. Du weißt das Wort. Entsinne dich. Im Anfang war der Logos. Jenseits der Grenze des Grenzenlosen grünwaldiges Land. Gestern war's. Entsinnst du dich?

Weitwaldig, ein Hornklang schlängelt sich. Seewaldig, wasserweit, der korallengrottige seeferne Hornklang. Frauen mit Hexengesichtern, in flaschengrünen Gewändern, über die Sättel geschwungen. Meerweiber, entschuppt und lieblich, unter den Kolonnaden am Meeresgrund. Das verborgene Land unter dem Felsen. Die flitzenden Waldweibchen, in Rinden verwachsen, fern-sanft . . . als er erwachte, lockten sie mit abschwellendem Geschwirr. Dann tieferer Sang, satanskehlig, windbeschuht. Bruder, oh, Bruder. Sie schossen in den Abgrund, in die Dunkelheit hinab, verweht mit dem Wind wie Kugeln. O verlorener und vom Wind betrauerter Geist, kehre zurück!

Leise zog er sich an, ging leise die Treppe hinunter, schlich leis zur Hintertür hinaus. Die kühle Luft, mit blauem Sternenlicht befrachtet, schreckte seinen Körper in die Wachheit, aber das seltsame Dröhnen in den Ohren hielt an, als er die Straße hinauf zur Stadt ging. Er lauschte wie sein eigener Geist dem Klang seiner Schritte, hörte von fern das zwinkernde Flackern der Straßenlaternen, sah aus seeversunkenen Augen die Stadt.

Eine feierliche, Erde, Luft und Weltall erfüllende Musik tönte in seinem Herzen. Sie war nicht laut, aber sie war allgegenwärtig. Sie sprach zu ihm von Tod und Dunkelheit und dem Sternmarsch, den alle, die leben oder gelebt haben, tun und der sie auf einer Ebene zusammentreffen läßt. Die Welt war voller schweigend dahinschreitender Menschen: kein Wort erklang, aber im Herzen eines jeden war eine alte, gemeinsame Kunde, das Wort, das alle einmal gewußt und nun vergessen haben: der verlorene Schlüssel, der den Kerker öffnet; das Ende eines Weges in den Himmel, und als die Musik anschwoll und ihn bedrängte, rief er: «Ich werde es behalten! Wenn ich den Ort finde, werde ich wissend sein.»

Aus den Türen und Fenstern des Zeitungsgebäudes fiel das Licht in heißen Schäften in die Finsternis heraus. Aus dem Druckersaal im Erdgeschoß kam ein lauter werdendes Dröhnen, als die große Presse ihre Höchstgeschwindigkeit erreichte. Wenn Eugene eintrat und den warmen Geruch von Stahl und Druckerschwärze in den Lungen spürte, kam er plötzlich ganz zu sich. Schlagartig verfestigten sich seine lichtbetäubten Glieder; es war, als ob ein unsichtbarer Luftgeist den Erdboden berührt und augenblicklich körperliche Gestalt angenommen hätte.

Die Zeitungsjungen standen in einer lärmenden Schlange vor dem Tisch des Vertriebsleiters und gaben das eingesammelte Geld dort ab: jeder eine kalte Handvoll schmieriger Münzen. Unter einem grünbeschirmten Lampenlicht saß er und überflog ihre Kontrollbücher, addierte ihre Ziffern, zählte das Geld nach und sortierte die Fünf-, Zehn- und Eincentstücke in kleine, abgeteilte Fächer einer Schublade. Dann reichte er allen eine gekritzelte Stückanweisung für den Packen Zeitungen, die sie an diesem Morgen austragen sollten.

Flink wie Whippets, die herausdürfen, rannten sie die Treppe hinunter und reichten dem Auszähler ihren Anweisungszettel. Jener fuhr mit dem unfehlbaren, von Druckerschwärze geschwärzten Daumen über den Stoß frisch gedruckter Zeitungen, hob die angewiesene Zahl Exemplare ab und händigte sie dem Träger aus. Jeder Träger erhielt zwei Zeitungen mehr, als ihm zustanden; diese überzähligen Exemplare hießen «Extras». Wenn ein Junge keine Gewissensbisse hatte, dann konnte er die zuständige Zahl noch durch «Totenköpfe» vergrößern; er ließ dann einfach die Namen von einem halben Dutzend ausgeschiedener Abonnenten in seinem Kontrollbuch stehen. Überzählige Exemplare waren immer gut – für Kaffee und Kuchen bei dem Imbiß-Verkäufer oder als Dank an den «Lieblings»-Polizisten, -Feuerwehrmann oder -Straßenbahnschaffner.

Im Druckersaal stand Harry Tugman; dicker Zigarettenrauch kräuselte aus seiner Nase. Gleichmütig ertrug er die bewundernden Blicke der Jungen. Er überblickte das Arbeiten der großen Presse mit fachmännischer Gelassenheit. Das Hemd über der mächtigen Wölbung seines Brustkastens war aufgeknöpft; unter dem naßgeschwitzten Unterhemd zeichnete sich der schwarze Busch seines Brusthaars ab. Ein Arbeiter, eine Ölkanne und einen Fetzen Zellstoff in der Hand, turnte gelenkig zwischen dröhnenden Kolben und Zylindern herum. Ein breites, weißes Papierband strömte unablässig von der Walze und verschwand dann in einem breitdrückenden Chaos von Maschinerie, aus dem ein paar Sekunden später – zugeschnitten, gedruckt, gefalzt und gefaltet – die dicke Zeitung zusammen mit hundert ebensolchen Zeitungen am laufenden Band herausglitt.

Maschinenwunder! Warum werden nicht auch Menschen so hergestellt? Ärzte, Dichter, Priester gedruckt, gefalzt und gefaltet?

Harry Tugman warf den nassen Zigarettenstummel weg und grinste übers ganze Gesicht. Die Jungen bestaunten ihn ehrfurchtsvoll. Er hatte einmal einen Setzer, der es gewagt hatte, auf seinem Sessel Platz zu nehmen, mit einem Faustschlag zu Boden geschmissen. Er war der Boß. Er kriegte fünfundfünfzig Dollar die Woche. Wenn ihm der Betrieb hier nicht paßte, dann konnte er jederzeit woanders Arbeit finden: an der *New Orleans Times – Picayune*, am *Louisville Courier Journal*, an der *Atlanta Constitution*, am *Knoxville Sentinel*, am *Norfolk Pilot*. Harry Tugman war ein Kerl; er konnte auf Reisen gehen; die Welt stand ihm offen.

Einen Augenblick später waren sie draußen auf der Straße und humpelten rasch davon ins Dunkel, das gewohnte Gewicht der vollgestopften Zeitungstasche auf den Schultern.

Eugene hatte eine verzweifelte Angst zu versagen. Mit verkrampftem Gesicht hörte er auf Elizas Ermahnungen.

«Halt dich grad, Junge! Zeig den Leuten, daß du wer bist!»

Er hatte wenig Selbstvertrauen. Er schrak im voraus vor der Demütigung des Entlassenwerdens zurück; fürchtete den Dolchstoß der Worte. Er war bang vor seinem eigenen Stolz.

Die drei ersten Male begleitete ihn der Träger, der die Route abgab. Eugene mußte seine fünf Sinne zusammennehmen, um alle die stereotypen Handgriffe der Zustellung zu lernen, um sich den Weg durch das labyrinthische Netz des Negerviertels zu merken, um seine Route dem wuchernden Chaos aus Lehm und Schlamm aufzuzwingen, jene Häuser, die auf dem Abonnement waren, vor sich aufleuchten zu lassen und alle anderen zu übersehen. Jahre später, als er die verzwirnte Anarchie dieses Arbeitsplanes vergessen hatte, fiel ihm noch, wenn er allein im Dunkeln war, plötzlich die Straßenecke ein, wo er seine Tasche abstellte, um einen Steilhang hinaufzusteigen; die Schlucht mit den drei baufälligen Hütten, zu denen er hinunterklettern mußte; ein hochgebautes, hölzernes Mietshaus, auf dessen schmale Veranden er den wohlgezielten Zeitungsblock treffsicher schoß.

Der Junge, der die Route abgab, war ein robuster Bursche vom Land, siebzehn Jahre alt. Er hatte nun eine bessere Anstellung bei der Zeitung bekommen. Er hieß Jennings Ware, war ruppig-gutmütig, ziemlich abgebrüht und rauchte sehr viele Zigaretten. Seine ungebrochene Vitalität war anregend und tröstlich. Er lehrte seinen Schüler, wann und wo das Aufpassergesicht des lauernden «Foxy» zu erwarten sei ... daß man sich dem Erwischtwerden entzieht, indem man schnell unter dem Bartisch verschwindet ... wie man die Zeitung zusammenfaltet und scharf und treffsicher zum Ziel schleudert.

Im frischen, noch ungeborenen Morgen begannen sie. Sie stiegen den steilen Hügel der Valley Street hinunter in die Zone des tropischen Schlafs, vorbei an der eingestallten Apathie schwarzer Schläfer, an all den unerlaubten Liebschaften, den zahllosen, zufälligen Ehebrüchen in Niggertown. Wenn der steife Zeitungsblock scharf auf den morschen Holzveranden aufschlug oder gegen lose Türbretter plumpste, dann kam von drinnen das dumpfe, unzufriedene Gestöhn der Gestörten. Die Jungen kicherten.

«Die Kundin da streichst du von der Liste, wenn sie das nächstemal nicht blecht», sagte Jennings Ware. «Sechs Wochen im Rückstand.»

«Diese Nummer da ist sichere Kasse», sagte er und schnickte eine Zeitung lautlos auf die Fasermatte vor der Tür. «Sind gute Nigger. Jeden Mittwoch kriegst du dein Geld.»

«Da drin wohnt 'ne kesse Mulattin», sagte er und schleuderte die Zeitung so, daß sie flach gegen die Tür klatschte. Ratsch! Er grinste, als ihm von drinnen der empörte Schrei einer jungen, vollfleischigen Frau antwortete. «Wenn du willst, kannst du mir ihr . . .»

Ein leeres, verlegenes Lächeln kämpfte auf Eugenes Lippen. Jennings Ware sah ihn mit Kennermiene an, drängte sich aber nicht mit Fragen auf. Jennings Ware war ein gutmütiger Kerl.

«Sie ist ein gutes Mädchen», sagte er. «Du hast Anrecht auf ein paar Totenköpfe. Ein kleines Tauschgeschäft, weißt du . . .»

Sie gingen die dunkle, ungepflasterte Straße hinunter und falteten die Zeitungen flink zwischen den Zustellungen.

«Saumäßig, diese Route», sagte Jennings Ware. «Bei Regenwetter kaum zu machen. Der Dreck geht dir bis an die Knie. Und nur die Hälfte dieser Scheißtypen zahlt pünktlich.»

Haßerfüllt schleuderte er eine Zeitung.

«Aber Junge, Junge! Spaß beiseite», sagte er nach einer Weile. «Wenn du mal *jelly roll* willst, dann bist du hier richtig.»

«Mit . . . mit Negerinnen?» flüsterte Eugene und leckte seine trockenen Lippen.

Jennings Ware mit dem roten Gesicht sah ihn satirisch an.

«Siehst du vielleicht schöne Damen aus der Gesellschaft hier herumlaufen?» fragte er.

«Sind Negerinnen gut?» fragte Eugene trocken und kleinlaut.

«Junge!!!» Das Wort fuhr heraus wie ein Kanonenschuß. Dann schwieg Jennings Ware einen Augenblick.

«Was Besseres gibt's nicht», sagte er.

Der Leinwandgurt der Zeitungstasche schnitt ihm grausam in die schmalen Schultern. Er kämpfte gegen das bittere Gewicht, das ihn zu Boden zog. Die ersten zwei Wochen lag es auf ihm wie ein Alp. Tag für Tag kämpfte er sich zur Freiheit empor. Er lernte die Mühsal der Beladenen kennen und erlebte jeden Morgen den Aufschwung derer, die von einer Bürde erlöst werden. Unterwegs, wenn die Last immer leichter wurde, hob sich die herabgezogene Schulter mit beflügelter Spannkraft, die abgekämpften Glieder wurden schwerelos. Wenn er seine Arbeit beendet hatte, hüpfte sein Körper, sinnlich von der Müdigkeit berührt, leicht dahin. Er war Hermes, an Lasten gekettet; Ariel, von Bürden gebeugt: Wenn er frei war, gingen seine windbeschuhten Füße über das Licht. Er schwebte durch die Luft. Die rapierspitzen Sterne glitzerten über seiner Knechtschaft, der Morgen rötete sich über seiner Befreiung. Er war wie ein Matrose, der, im Laderaum eingeschlossen, versinkt und sich durch eine Luke zum Leben, zum Morgen emporarbeitet; wie ein Taucher, der, verzweifelt in den Fangarmen eines Kraken verstrickt, sich schließlich freihackt vom Tode und langsam vom Meeresgrund dem Licht entgegenschwimmt.

Nach einem Monat hatte sich ein dicker harter Muskelwulst auf der Schulter gebildet; Eugene stürzte sich nun freudig in die Arbeit. Die Angst zu versagen war überwunden. Sein Herz triumphierte. Er war ohne jede Vergünstigung in die Schar eingereiht worden, und nun übertraf er die anderen. Er war der Herr der Dunkelheit; allein und einsam stand er seiner Arbeit vor; er war sich selbst genug. Er schritt zur Negersiedlung hinab; er war der Speerwerfer, der den Schlafenden die Botschaft des Tages zuschleudert. Geschickt und schnell faltete er das Blatt zum Block, schwang den sehnigen Arm wie eine Peitsche. Er sah die bleichen Sterne ertrinken und gezacktes Licht über den Bergen aufbrechen. Allein, der einzige Lebende, begann er den Menschentag, ging an den verschlossenen Fensterläden vorbei und hörte das langgedehnte Höhlenschnarchen der Tropen. Durch diesen engmaschigen, dichten Schlaf ging er, hörte wieder den geisterhaften Hall seiner eigenen Füße und die großorchestrierte Musik der Dunkelheit. Wenn die graue Flutwelle des Morgens westwärts brandete, wachte er auf.

Er beobachtete den langsamen Übergang der Jahreszeiten, die fürstliche Prozession der Monate, er sah das Sommerlicht sich wie einen Fluß den Weg durch die Dunkelheit bahnen; er sah das Dunkel von neuem triumphieren, und er sah die minutenerntenden Tage wie Fliegen heimwärtssummen, dem Tode entgegen. Im Sommer wurde es heller Tag, ehe er mit dem Austragen zu Ende kam. Sein Rückweg führte durch die erwachende Stadt. Die ersten Straßenbahnen, frisch grün gestrichen, wie neue Spielzeugwagen, standen am Square. Die hohen, verbeulten Kannen der Milchmänner blitzten blank im Licht. Und hoffnungsvoll schien die Sonne auf das fettig schwarzbraune Gesicht von George Chakales, des Nachtkellners aus dem *Café Athen*. Hellenendämmerung. Und auf dem hohen Barstuhl im *Uneeda Nr. 1* am Square saß Eugene und spülte ein Eisandwich mit gierigen Schlucken heißen starken Kaffees in der freundlichen Gesellschaft von Straßenbahnschaffnern, Polizisten, Chauffeuren, Gipsern und Maurern herunter. Wie angenehm ist es – dachte er – mit seiner Arbeit fertig zu sein, wenn die anderen anfangen. Und der Heimweg dann, die Vögel singen auf allen Bäumen.

Im Herbst schwebte ein später roter Mond niedrig am Himmel bis zum Morgen. Die Luft war voll vom Blätterfall, und es ertönte ein feierlicher Donner in den großen Bäumen am Berg; trauriges Geisterflüstern und machtvolle Kathedralenklänge sanken in sein Herz.

Im Winter stieg er freudig hinab in den dunklen, heulenden Wind, lehnte sein ganzes Gewicht gegen die auf ihn zukommende Wand, die den Berg hinauffegte. Und wenn im Vorfrühling der spitze, kalte Regen von den dampfenden Himmeln spritzte, war er zufrieden. Er war allein.

Unablässig war er hinter säumigen Kunden her, verfolgte sie mit verbissener Hartnäckigkeit. Sie hielten ihn hin; er aber wußte sie in ihren Wohnungen oder bei ihren Nachbarn zu finden, und er bestand so nachdrücklich auf seiner Forderung, daß sie schließlich mürrisch oder lachend einen Teil ihrer Schuld beglichen. Das war mehr, als seine Vorgänger fertiggebracht hatten. Er war trotzdem ungeduldig und nervös wegen seiner Abrechnung, bis er endlich merkte, daß ihn der Vertriebsleiter faulen Jungen als Beispiel hinstellte.

Wenn er sein mühsam zusammengeklaubtes Häufchen «Hühnerfutter» auf den Tisch schüttete, wandte sich sein Chef anklagend zu einem pflichtvergessenen Jungen: «Schau dir *den* an! Jede Woche kriegt er sein Geld. Dazu von Niggern!»

Sein blasses Gesicht wurde feuerrot vor Freude und Stolz. Wenn er mit dem großen Mann sprach, bebte seine Stimme. Kaum, daß er die Worte hervorbrachte.

Dann aber heulte der Wind herrlich durch die Dunkelheit, Eugene lachte wie ein Irrer, er sprang in die Luft und stieß kurze, schrille Tierschreie aus. Er schleuderte seine Zeitungsblöcke scharf gegen das knarrende Bretterwerk baufälliger Hütten. Er war frei, er war allein. Er hörte in der Nachbarschaft einen Zug vorbeipfeifen; in der Dunkelheit hob er den Arm, um seinem Bruder zu winken, dem Maschinisten mit der Schutzbrille über dem stahlsteten, auf die Schienen fixierten Blick.

Vor dem Druck, den die Familie auf ihn ausübte, hatte er keine solche Angst mehr. Was seinen Wert oder Unwert betraf, hatte er sich dem Zustand glücklicher Sorglosigkeit angenähert. Er saß in der Frühstücksbar mit drei oder vier anderen Zeitungsträgern und lernte Zigarettenrauchen. Unterwegs in der süßen Bläue des Frühlingstags lernte er die Lady Nikotina kennen, eine schöne, hirnbestrickende Traumfrau, die ihren herben Duft in seiner Nase, ihren scharfen Kuß auf seinen Lippen ließ.

Er war ein Kerl.

Der Frühling trieb ihm einen Dorn ins Herz; er riß einen wilden Schrei von seinen Lippen; er hatte keine Worte dafür.

Er kannte Hunger; er kannte Durst; eine große Flamme schlug in ihm hoch. Er kühlte sein brennendes Gesicht nachts an sprudelnden Wasserhähnen. Wenn er allein war, weinte er manchmal vor Qual und Ekstase. Zu Haus war er nicht mehr scheu und still wie als Kind, sondern von wilder Zurückhaltung, nervös-gespannt wie ein Rennpferd. Ein grelles Atom unartikulierter Wut explodierte in ihm wie eine Rakete, dann war er einen Moment lang vollkommen außer sich.

«Was hat er nur? Bricht die Pentland-Verrücktheit in ihm durch?» fragte Helen in Elizas Küche.

Eliza schürzte gewichtig die Lippen, schüttelte langsam den Kopf, lächelte lebenserfahren. «Ach, Kind», sagte sie, «weißt du denn nicht, was mit ihm los ist?»

Sich im Negerviertel herumzutreiben, wurde ihm zum Bedürfnis. Nachmittags nach der Schule streifte er ruhelos durch den Ameisenhaufen von Niggertown: der scharfe Gestank des kleinen Flusses, der seine dickflüssige, braune Kloake in ein Flußbett glattgeschliffenen Gerölls ergoß; der Geruch von Holzfeuer, nach Wäsche, die in einem schwarzeisernen Kessel auf dem Hof kochte; die gedämpften Dschungelrhythmen der Dämmerung; die Formen, die glitten, fielen, verschwanden in einer blinkenden Instrumentation von Nebengeräuschen. Dicke Sprachseile im Dunkel, das schmalzige Zischen gebratenen Fisches, traurig-leises Banjogeklimper und das Stampfen, fern-dumpf, von schweren Füßen; nilotische Stimmen, flußklagend, und das fettige Funzellicht von viertausend Hütten und Mietskasernen.

Aus der Calvary Baptist Church auf dem Hügel, dem Mittelpunkt, um den sich das Negerviertel gruppierte, drang von abends um sieben bis nachts um zwei ununterbrochen Gestöhn und Jammern, das frenetische, schweratmige Geschrei und Gestammel der religiös Verzückten und der Beter: eine wilde Dschungelklage von Sünde, Liebe und Tod, ein dunkles Geschwärm aus Fleischeslust und Geheimnis. Und sonst war überall Lachen, üppiges Kehllautlachen. Katzenhaft huschten die Gestalten. Alles war nah, alles war fern, nichts greifbar.

In der finster-beschwörenden Magie dieser Umwelt, von der geschöpflichen Jugend dieser uralten Rasse erschreckt, begann Eugene, die grauenhafte Unschuld des Bösen zu spüren. Zähnebleckend, mit lodernden Augen, die Arme lose schwingend, schlich er durch die Dunkelheit. Ihn überkam eine unerklärliche Scham, ein unerklärliches Entsetzen. Er wagte es nicht, die Sache klar ins Auge zu fassen.

Ein großer Teil seiner Abonnenten bestand aus anständigen, fleißigen Schwarzen: Friseuren, Schneidern, Krämern, Drogisten und ehrsamen schwarzen Hausfrauen in bunten Kattunkleidern. Sie bezahlten regelmäßig am ausgemachten Wochentag. Die weißen Zähne blitzten, wenn sie ihn gutmütig lächelnd grüßten; freundschaftlichst verliehen sie ihm extravagante Ehrentitel, nannten ihn «Mister», «Colonel», «General», «Gouverneur» und so weiter. Alle kannten sie Gant.

Aber die anderen – jene, die ihn mit Staunen und Verlangen erfüllten – waren «Zugvögel», junge Männer und Frauen ohne sichere Einkünfte, die ein abwechslungsreiches Leben führten, bald da, bald dort wohnten, sich nachts verstohlen herumtrieben. Oft fahndete er wochenlang nach solchen schattenhaften Existenzen, bis er herausfand, daß er sie nur sonntags morgens antreffen könne: Da lagen sie und schnarchten in einem dunklen, gestankerfüllten Raum in irgendeinem Mietshaus . . . sie lagen am Boden aufeinander wie schwere Säcke, ein halbes Dutzend junger Männer und Frauen, steif vom Whiskyrausch, erschöpft vom Geschlechtsgenuß.

Eines Samstags kam er im verdämmernden Abendrot zu einem dieser Mietshäuser am Rande des Negerviertels. Es war eine wacklige, dreistöckige Holzbaracke, so an den Steilhang gebaut, daß die beiden unteren Stockwerke unmittelbar an die Felsbank im Westen lehnten, nahe den Wohngebieten der Weißen. Vierundzwanzig Leute wohnten dort. Eugene war auf der Suche nach einer Frau namens Ella Corpening. Es war ihm nie geglückt, sie anzutreffen. Sie war mehrere Wochen mit der Zahlung im Rückstand. An diesem Abend stand ihre Tür offen. Warme Luft und Küchendünste strömten ihn an, als er die morsche Holztreppe den Hang hinunterstieg.

Ella Corpening saß in der Tür in einem Schaukelstuhl, und der Widerschein des Feuers im Küchenherd lag auf ihr. Sie saß, die mächtigen Beine behaglich ausgestreckt, und summte faul vor sich hin. Sie war Mulattin, sechsundzwanzig Jahre alt, schön, von amazonischem Gliederbau, mit glatter, lohfarbener Haut.

Sie trug Kleider, die ihr vermutlich von einer Dame, bei der sie gedient hatte, geschenkt waren: einen braunen Wollrock, Lackstiefel mit Wildledereinsätzen, graue Seidenstrümpfe. Ihre langen, vollen Arme schienen dunkel durch das dünne Gewebe einer frisch gewaschenen und gebügelten weißen Hemdbluse. Über den schweren Brüsten war die Untertaille mit einer billigen, hellblauen Seidenschleife zusammengebunden.

Auf dem Herd brodelte ein Topf: Kohl und fetter Schweinespeck.

«Zeitungsträger», sagte Eugene. «Komme ums Geld.»

«So?» sagte Ella Corpening gedehnt und bewegte träge den Arm. «Wieviel bin ich schuldig?»

«Ein Dollar zwanzig Cent», antwortete er und warf einen bezeichnenden Blick auf ihr Knie, wo eine gefaltete Banknote durch den Strumpf leuchtete.

«Das ist mein Mietgeld», sagte sie. «Kann ich nicht geben, das.»

Sie brütete vor sich hin. «Uh, uh!» grunzte sie liebenswürdig. «Dollar zwansig, so viel?»

«Ganz bestimmt», sagte er und schlug sein Kontrollbuch auf.

«Muß sein», pflichtete sie bei. «Stimmt, wenn das Buch so sagt.»

Sie dachte einen Augenblick nach.

«Können Sie Sonntag morgen komm?» fragte sie hoffnungsvoll. «Da hab ich was, ganz sicher dann. Ich wart auf 'nen weißen Herrn, der gibt mir Dollah.»

Sie räkelte ihre mächtigen Glieder und lächelte ihn an. Das Blut schoß ihm in den Kopf, der Puls in seinen Schläfen pochte. Er schluckte trocken. Seine Beine zitterten vor Erregung.

«Wof . . . wofür gibt er den Dollar?» murmelte er fast unhörbar.

«*Jelly roll*», sagte Ella Corpening.

Er bewegte die Lippen, wollte etwas sagen, brachte kein Wort hervor. Sie stand auf.

«Möchten Sie?» fragte sie flüsternd. «*Jelly roll?*»

«Sehen möchte ich, sehen!» brachte er atemlos hervor.

Sie machte die Tür nach dem Berghang zu und drehte den Schlüssel im Schloß. Der Widerschein des Herdfeuers glomm, ein Funkenregen fiel durch den Rost in den offenen Aschenkasten.

Ella Corpening öffnete die Tür in das Hinterzimmer. Dort standen zwei schmutzige, ungemachte Betten. Das einzige Fenster im Raum war verriegelt, die verschossenen, grünen Blenden heruntergelassen. Sie steckte eine verblakte kleine Lampe an und schraubte den Docht herunter. Von dem schäbigen kleinen Frisiertisch mit fleckigem Spiegel platzte der Lack großblasig ab; auf dem niedrigen Kaminsims stand eine Zelluloidpuppe, eine rosa Schleife um die Hüften gebunden, eine gerillte Vase mit goldbronzierten Kunstblumen, vermutlich auf einer Tombola gewonnen, und eine Papierrolle mit Stecknadeln. An der Wand hing ein Abreißkalender, gestiftet von der Altamont Coal & Ice Company, mit dem Bild eines Indianermädchens, das im Kanu eine mondbeglänzte Wasserstraße entlangpaddelt. Und ein religiöses Spruchbild, walnußholzgerahmt, mit dem Schnörkelmotto: «Gott liebt sie beide.»

«Was möchtest du?» flüsterte sie ihm ins Gesicht.

Aus weiter Ferne hörte er das Gespenst seiner eigenen Stimme: «Zieh dich aus!»

Ihr Rock fiel als Ring zu ihren Füßen herab. Sie zog die gestärkte Bluse aus. In einem Augenblick stand sie bis auf die Strümpfe nackt vor ihm.

Ihr Atem ging schnell; sie leckte sich mit der dicken Zunge den Mund.

«Tanz!» schrie er. «Tanz!»

Sie begann leise zu stöhnen, ihr gelber Leib fing an zu beben und zu wogen, die Hüften und die schweren, runden Brüste wanden sich langsam in sinnlichem Rhythmus.

Ihr glattes, geöltes Haar löste sich und fiel üppig in den Nacken zurück. Sie reckte die Arme aus. Die Lider schlossen sich über den großen, gelben Augäpfeln. Sie kam dicht an ihn heran. Er spürte ihren heißen Atem im Gesicht, das erstickende Wogen ihrer Brüste. Wie ein Span wurde er um- und umgewirbelt von dem wilden Sturm ihrer Leidenschaft; wie Fesseln umschlossen ihre kräftigen gelben Hände seine schlanken Arme. Sie schaukelte ihn langsam hin und her, preßte ihn fest an ihren Pelz.

Verzweifelt, in ihrer Umarmung ertrinkend, strebte er zur Tür.

«Laß mich los! Niggerweib! Laß mich los!» keuchte er.

Langsam ließ sie ihn los, ohne die Augen zu öffnen, stöhnend. Sie glitt von ihm zurück, als wäre er ein junger Baum. Sie sang in einem wehklagenden Moll, unendliche Male sich wiederholend: «*Jelly roll! Je-l-ly roll!*» Jedesmal sank ihre Stimme zu einem leisen Stöhnen.

Der Schweiß lief ihr über das Gesicht, die breite Säule ihres Halses, den Rumpf mit den tief angesetzten Brüsten. Er tappte blind nach der Tür, rannte durch das Vorderzimmer und fand atemlos seinen Weg an die Luft. Ihr Gesang, ununterbrochen, von seinem Abgang nicht gestört, folgte ihm, als er die morsche Holztreppe hinaufstürzte. Er rannte, er schöpfte erst wieder tief Atem, als er den Marktplatz erreichte. Dann blickte er zurück. Unten im Tal, drüben auf dem Hügel sah er im Zwielicht flackernd die blakenden Funzeln von Niggertown. Mattes Lachen, üppigwollüstiger dschungelwilder Kehllaut, sprudelte aus dem schwärmenden Dunkel. Er hörte verwehendes Saitengeklimper, rhythmisch stampfende Füße von fern her, ganz entfernt vom Wehklagen der Sünder in der Kirche übertönt.

23

Ἐντεῦθεν ἐξελαύνει σταθμοὺς τρεῖς παρασάγγας
πεντεκαίδεκα, ἐπὶ τὸ Εὐφράτην ποταμόν

ER SAGTE den Leonards nicht, daß er frühmorgens Zeitungen austrug. Sie würden heftigen Einspruch erheben, das wußte er, und dieser Einspruch würde sich triumphierend in schlechteren Noten niederschlagen, das wußte er auch. Und Margaret würde vielsagend von untergrabener Gesundheit und von zerstörten Zukunftsaussichten sprechen, würde ihm klarmachen, daß er den verlorenen Segen des süßen Morgenschlafs nie wieder einbringen könne. Tatsächlich war er nun robuster denn je, er war kräftiger und hatte zugenommen. Aber manchmal empfand er ein quälendes Schlafbedürfnis. Mittags wurde er schwer, im Laufe des Nachmittags lebte er dann wieder auf, und nach acht Uhr abends war er vor lauter Schlaftrunkenheit kaum in der Lage, sich auf ein Buch zu konzentrieren.

Er war und blieb ziemlich undiszipliniert. Unter der Obhut der Leonards kam es soweit, daß er mit romantischer Geringschätzung auf alle Disziplin herabsah. Margaret hatte die wunderbare Einsicht großer Menschen in das Wesentliche. Sie sah stets die dominierenden Farben, aber sie erkannte nicht immer die Schattierungen. Ganz dem Enthusiasmus ihres Gefühlslebens hingegeben, war sie überzeugt, sie «verstünde sich auf Jungen», stolz auf ihre Kenntnis des Knabenherzens. Tatsächlich jedoch wußte sie wenig. Die wilden Verwirrungen der Werdejahre, die geschlechtlichen Alpträume der Pubertät, der Schmerz, die Angst und die Scham, mit der Knaben über der dunklen Welt ihres Verlangens brüten ... das alles hätte sie tief entsetzt. Sie hatte keine Ahnung davon, daß sich jeder Junge, in Angst dem Gefängnis seines Schweigens überantwortet, wie ein Ungeheuer vorkommt.

Wissend war sie nicht, aber sie war weise. Sie erkannte unmittelbar die entscheidenden Eigenschaften eines Menschen. Knaben waren ihre Helden, ihre kleinen Götter. Sie glaubte bestimmt, daß einer von ihnen die Welt erlösen würde. Sie sah die Flamme, die in jedem brannte, und sie hütete diese Flamme. Sie versuchte irgendwie, an das dunkle Tasten nach Licht und Form, an das stumpfe, verstockte, schamgefesselte Wesen zu rühren. Sie sprach ein beruhigendes Wort zu dem aufgeregten Rennpferd, und es zitterte nicht mehr.

So kam es, daß Eugene nichts eingestand, sich nicht aussprach. Er blieb eingekerkert hinter den Gitterstangen aus Furcht und Scham. Aber er wandte sich stets zu Margaret; sie war sein Licht. Sie sah das unheilige Feuer, dessen Flammen auf seinen Mienen zuckten, sie erkannte den Hunger und die Qual – und sie fütterte den Hungernden – majestätisches Verbrechen! – mit Dichtung.

Alles, was sie voreinander verschlossen, was sie aus blind befolgtem Anstand in Schweigen hüllten, war entbunden und schwang im Symbol tönender Verse. Damit war Margaret für die guten Engel verloren. Denn die Sendboten des Teufels kümmern sich nicht um läßliche Alltagssünden, wenn es uns gelingt, aus dem jubelnden Methodistenchor dieser Welt ein einziges Herz verstohlen zu befreien, es flammend zu erheben – eine große verlorene Seele in die erhabene Sünde der Dichtung hineinzutragen. Der Wein der Traube hatte ihre Lippen nie befleckt, der Wein der Dichtung aber war ihr ins Blut gemischt, unauslöschlich in ihr verankert.

Eugene kannte die gesamte höhere Lyrik der englischen Sprache bereits, als er noch nicht fünfzehn war. Er besaß diese Gedichte in ihrem lebendigen Kern, kannte nicht eine Handvoll schöner Verse, sondern das Ganze, Zeile für Zeile. Er litt einen trunkenen, unstillbaren Durst. Er vergrößerte seinen Schatz noch um ganze Szenen aus Schillers ‹*Tell*›, den er für sich auf deutsch las, um einige Gedichte Heines und mehrere Volkslieder. Er lernte die ganze Stelle aus der ‹*Anabasis*› auswendig, das anschwellende, aufsteigende, triumphale Griechisch, jene Episode, in der die darbenden Übriggebliebenen des Heers der Zehntausend schließlich zum Meer kommen und, es beim Namen nennend, den großen Schrei ausstoßen. Außerdem lernte er, um des Klanges willen, ein paar von Ciceros volltönenden Dummheiten und ein paar knapp und prägnant formulierte Passagen aus dem Cäsar.

Die bewegenden Lieder von Robert Burns kannte er aus Vertonungen oder von Gants Rezitationen. Aber den ‹*Tam o'Shanter*› hörte er zum erstenmal von Margaret; ihre Augen lachten leuchtend, als sie las: «In der Höll' wirst du wie ein Hering gebraten.»

Die kleinen Wordsworth-Gedichte hatte er schon auf der Volksschule gelesen: «Mein Herz schwingt auf . . .», «Ich wandert' einsam wie die Wolk' . . .» und «Sieh an, sie steht im Feld allein . . .» kannte er seit Jahren. Nun las ihm Margaret die Sonette. Sie ließ ihn «Die Welt umgarnt uns rastlos» auswendig lernen. Ihre Stimme bebte und wurde leise vor Leidenschaft, als sie es las.

Er kannte alle die Lieder aus Shakespeares Schauspielen. Die beiden, die ihn am meisten bewegten, waren: «O Schatz! auf welchen Wegen irrt Ihr?», das ein fernes Horn in seinem Herzen erklingen ließ, und das große Lied aus *‹Cymbeline›*: «Fürchte nicht mehr Sonnenglut». Er hatte sich an die Sonette gewagt, den Versuch aber aufgegeben, weil sie in ihrer sprachlichen Dichte zu schwer für ihn waren. Er hatte ungefähr die Hälfte gelesen und vergessen; aber einige erinnerte er, die beim Lesen plötzlich wie seltsame Lichter aufgeflammt waren. Er kannte: «Wenn in der Chronik der verwehten Jahre . . .», «Mir, schöner Freund, kannst du nie alt erscheinen . . .», «Laß mich von keinen Hindernissen hören . . .», «Der Seelen Tod in schimpflicher Zerstörung . . .», «Wenn ich in schweigender Gedanken Rat . . .», «Soll ich dich einem Sommertag vergleichen . . .», «Im Frühling war ich fern von dir, mein Freund . . .», und das größte von allen, auf das ihn Margaret aufmerksam machte: «Die Zeit des Jahres kannst du an mir sehn . . .», das ihn an der Stelle: «Verfallnen Chören gleich, wo einst die Vögel sangen . . .» so ergriff, daß er es kaum zu Ende lesen konnte.

Außer *‹Timon›*, *‹Titus Andronicus›*, *‹Perikles›*, *‹Coriolan›* und *‹König Johann›* las er alle Dramen, aber das einzige, was ihn von Anfang bis Ende fesselte, war *‹König Lear›*. Mit den berühmten großen Passagen war er schon seit Jahren durch Gants Deklamationen vertraut; sie langweilten ihn nun. Und all das wortreiche Gewäsch der Narren, über das Margaret pflichtschuldigst lachte und das sie für Beispiele von Shakespeares kolossalem Witz hielt, erschien ihm ziemlich öd. Des Schwans Humor hatte ihn nie wirklich beeindruckt – diese Probsteins waren nicht nur geschwätzig, sondern auch todlangweilige Narren. («Ich für meinen Teil wollte Euch lieber ertragen als tragen. Und doch trüge ich kein Kreuz, wenn ich Euch trüge: denn ich bilde mir ein, Ihr habt keinen Kreuzer in Eurem Beutel.») Die dumpfe, langatmige Art dieser Witzbolde erinnerte ihn zu sehr an die Späße der Pentlands. Nur der Narr in *‹Lear›* – ihn bewunderte er, diesen tragischen, traurigen, mysteriösen Narren. Die anderen Narren parodierte er und bildete sich dabei ein, daß die Nachwelt sich über diese Mätzchen kranklachen würde, Einfälle wie:

«Ja, Gevatter, und wenn Fastnachtsdienstag auf letzten Mittwoch fällt, dann mach ich aus deinem Hahn einen Kapaun, wie Tom O'Ludgate zu dem Schäfer sagte, als er entdeckte, daß die Schlüsselblumen verschwunden waren. Bellst mit zwei Mäulern, Zerberus? Nieder mit dir, Junge, nieder!»

Die vielbewunderten Schönheiten ermüdeten ihn vielleicht, weil man ihn zu oft mit der Nase darauf gestoßen hatte. Außerdem war er der Meinung, daß Shakespeare, anstatt schlicht zu reden, sich oft absurd und pompös ausdrücke, wie zum Beispiel in der Laertes-Stelle, in der der Bruder von der Königin erfährt, daß Ophelia ertrunken ist: «Zu viel des Wassers hast du, arme Schwester!/ Drum halt ich meine Tränen auf ...» Kann man's ärger treiben? dachte er. Mein Gott, ich wünscht, er hätte hundert oder tausend Tränen drangehängt!

Aber in andere Stellen, die die Rhetoriker gewöhnlich übersehen, vertiefte er sich sehr, so zum Beispiel in die furchtbare epische Anrufung Edmunds im ‹*König Lear*›, die in Schlechtigkeit getränkt ist: «Natur, du meine Göttin!», und mit der Zeile «Nun, Götter, schirmt Bastarde!» endet.

Ja; das war finster wie Nacht, verworfen wie Niggertown, groß wie der urgewaltige Wind, der von den Bergen heulte! Eugene sang es in den Nachtstunden auf seiner Route gegen den Wind und das Dunkel. Das verstand er, das Böse darin begeisterte ihn. Es war das Erdböse, die Bosheit der unbezähmten Natur. Es war ein Schrei, an die gerichtet, die nicht klassifizierbar sind, die jenseits des Zauns leben, ein Ruf an die Engel des Aufruhrs und an alle Menschen, die zu groß für die Mittelmäßigkeit sind.

Von den Dramen der Elisabethaner kannte er außer Shakespeares Schauspielen nichts. Aber sehr früh lernte er ein paar der Gedichte von Ben Jonson kennen. Margaret hielt diesen Dichter für einen literarischen Falstaff und verzieh ihm seine gargantuanischen Ausschweifungen mit der bekannten Toleranz der Schulmeisterin als eine verzeihliche Schwäche des Genies.

Auf die Bacchanalien der Literatur reagierte sie mit einer Art von akademischer Lustigkeit – so wie der Professor in einem Baptisten-College sich angeregt den Mund leckt und rotwangig die

Studenten anstrahlt, wenn er ihnen vom Wein und Porter und von überschäumenden Krügen voll des frischen Ale vorliest. Das alles gehört zur humanistischen Tradition. Gebildete Menschen sind tolerant. Man sehe sich nur Professor Albert Thorndyke Firkins von der Universität Chicago an, wie er im *Falcon* in Soho sitzt, tapfer lächelnd über ein Glas Bitterbier gebeugt und umgeben von einem professionellen Tipgeber für Pferderennen, einer senkrückigen Bardame mit geräumigem Achtersteven und herausnehmbaren Zähnen sowie drei geselligen Nutten von der Lisle Street, die gute Fortschritte mit zwei Pinten Guinness-Bier machen. In seiner Ungeduld kann er die Ankunft von G. K. Chesterton und E. V. Lucas kaum noch erwarten.

«O genialer Ben Jonson», seufzte Margaret und lachte leise. «Ach Gott.»

«Meine Güte, Junge», dröhnte Sheba, riß den aufgeschnappten Gesprächsfetzen an sich und leckte geräuschvoll ihre fettigen Finger ab, bevor sie sich in die Unterhaltung stürzte. «Gott segne ihn!» Ihr haariges Gesicht brannte, die ädrigen Augen glänzten von Tränen. «Gott segne ihn, Gene! Er war so englisch wie Roastbeef und ein Krug Ale.»

«Ach Gott», seufzte Margaret. «Er war eines der größten Genies, die es je gegeben hat.» Mit verschleierten Augen sah sie in die Ferne, auf den Lippen ein leichtes Lächeln. «Hihi», lachte sie leise. «Der alte Ben!»

«Und paß mal auf, Gene», fuhr Sheba fort, vorgebeugt, eine fette Hand umschloß ihr Knie: «Wußtest du denn, daß von ihm das größte Lob stammt, das man Shakespeares Genie je gezollt hat?»

«Genauso ist es, mein Junge.» Margarets Augen hatten sich verdunkelt, ihre Stimme klang belegt. Er fürchtete, sie könne zu weinen anfangen.

«Und diese Trottel», rief Sheba. «Diese miesen, kleinen, dämlichen, fuseltrinkenden Gnome –»

«Hihi», seufzte Margaret leise.

John Dorsey drehte das kreidige Gesicht dem Jungen zu und wieherte seinen geistlosen Beifall heraus, nickte keck mit dem Kopf. Ach so geistesabwesend. «. . . mehr sind sie doch nicht, und daß solche Leute die Unverschämtheit besaßen zu behaupten, er sei eifersüchtig gewesen!»

«Ach was», sagte Margaret ungeduldig. «Das ist ja überhaupt nicht wahr.»

«Na, sie haben eben absolut keine Ahnung!» Sheba grinste plötzlich und sah ihn an. «Diese erbärmlichen Emporkömmlinge! Wir müssen uns dranmachen, sie zu erleuchten, Gene», sagte sie.

Es zog ihn fußbodenwärts, vom Rohrstuhl herab.

John Dorsey schlug sich auf die fleischigen Schenkel und krümmte sich unzusammenhängend wimmernd, wobei ihm etwas Speichel aus dem Mund floß. «Herr erbarme dich», stieß er keuchend hervor.

«Neulich hab ich mich mit einem Burschen unterhalten», erzählte Sheba. «Das war so ein Rechtsanwalt, einer, von dem man annimmt, er wüßte ein *bißchen*, und ich zitierte ’ne Stelle aus dem ‹*Kaufmann von Venedig*›, die jedes Schulkind kennt –

‹Die Art der Gnade weiß von keinem Zwang . . .›

– der Typ sah mich an, als ob er mich für ’ne Irre hielte.»

«Guter Gott», sagte Margaret mit ganz leiser Stimme.

«Ich sag: ‹Hören Sie mir mal gut zu, Mr. Soundso›, sag ich, ‹Sie mögen vielleicht ein cleverer Anwalt sein und haben vielleicht die Million Dollar, die man Ihnen nachsagt, aber da sind ’ne Menge Dinge, von denen Sie noch keine Ahnung haben. Das sind ’ne Menge Dinge, die man nicht für Geld haben kann, mein Lieber, und eins davon ist ’ne Gesellschaft kultivier-*tä* Männer und Frauen.›»

«Ach was», sagte Mr. Leonard. «Was wissen solche Gelbschnäbel schon von geistigen Dingen. Ebensogut kann man ignorante Feldnigger auffordern, einen Absatz Homer zu zergliedern.» Er griff sich ein halbvolles Glas Buttermilch, hielt es mit angespannter Aufmerksamkeit schräg in seinen kreidebeschmierten Händen und löffelte ein klumpiges Stück Quark heraus, das er glibbrig in den Mund schob. «No, Sir», lachte er. «Im Steuerverzeichnis sind sie vielleicht große Nummern, aber wenn sie sich unter Menschen mit

Kultur zu mischen versuchen, wie man so zu sagen pflegt, dann – dann . . .», er fing an, winselnd zu kichern, «na, dann sind sie *so* klein.»

«Was hülfe es dem Menschen», bemerkte Sheba, «so er die ganze Welt gewönne, und nähme doch –»

«Ach Gott», seufzte Margaret und blinzelte mit den rauchdunklen Augen. «Ich sag es dir!»

Sie sagte es ihm. Shakespeare war der Schwan. Und sie sagte ihm Dinge von der tiefen Menschenkenntnis des Schwans, von seiner allumfassenden und ausgewogenen Charaktergestaltung, von seinem enormen Humor.

«Und fochten eine gute Stunde nach der Glocke von Shrewsbury . . .» Sie lachte. «Dieser fette Schuft! Stell dir vor, daß ein Mann dabei auf die Zeit achtet!»

Und vorsichtig und ermahnend fuhr sie fort:

«Du mußt das verstehen, Eugene, damals waren die Sitten anders. Wenn man Shakespeares Werke mit denen seiner Zeitgenossen vergleicht, dann sieht man, wie viel, viel reiner er dachte und empfand als die anderen.»

Aber hier und da umging sie eine Vokabel, ließ sie eine Zeile unter den Tisch fallen. Der etwas befleckte Schwan . . . nun ja, ein bißchen von den Sitten seiner Zeit angedreckt. Mit der Bibel ist es ja auch so . . . Die schwelenden Kerzenstümpfchen der Zeit. Parnassus vom Berg Sinai aus gesehen, ein Vortrag mit Lichtbildern von Professor McTavish, Dr. theol., vom Presbyterian College.

«Und noch etwas, Eugene», sagte sie. «Shakespeare hat stets das Laster verdammt, er hat es nie anziehend dargestellt.»

«Wieso denn?» fragte er. «Da ist doch die Figur des Falstaff.»

«Ja», antwortete sie. «Du weißt doch, wie es ihm ergeht, nicht wahr?»

«Wieso?» sagte er zaudernd. «Er stirbt!»

«Na also! Da hast du es ja!» triumphierte sie. Warnend.

Da hab ich es ja. Wieso denn? Der Tod der Sünde Sold? Was ist dann der Sold der Tugend? Die Guten sterben jung.

Huhu! Huhu! Ich bin total geschafft:
Ein Sünder, wie für die Hölle gemacht,
Im Frühling des Lebens dahingerafft,
Achtundachtzig Jahre jung.

«Und noch was», sagte sie. «Keine von Shakespeares Gestalten steht still. Du siehst sie wachsen. Du verfolgst ihren Werdegang. Keiner seiner Helden ist am Ende der gleiche, der er am Anfang war.»

Am Anfang war das Wort. Ich bin das Alpha und Omega. Der Werdegang des Lear. Er wurde alt und wahnsinnig. Ein schöner Werdegang.

Diese Pseudo-Literaturwissenschaft hatte sie in ein paar Kursen auf der Universität aufgepickt und sich angelesen. Sie gehörte – und gehört vielleicht noch – zum glattzüngigen Jargon der Pedanterie. Aber ihrem Verständnis tat sie keinen Schaden. Das waren eben die Dinge, die die Leute so sagten. Sie hatte, ein wenig schuldbewußt, das Gefühl, daß sie ihren Unterricht mit diesem billigen Geschwätz aufputzen müsse; sie fürchtete, daß das, was sie zu bieten hatte, nicht genug sei. Was sie zu bieten hatte, war ein Gefühl für Dichtung, so unfehlbar, so grundrichtig, daß sie keinen schlechten Vers gut, keinen guten schlecht finden konnte. Sie war eine Stimme, nach der Gott sucht. Sie war die Schalmei der Ekstase und der Dämonie. Sie war vom Dichtergeist besessen, sie wußte selbst nicht wie; aber wenn der Geist über sie kam, erkannte sie ihn. Die singenden Zungen aller Welt erwachten wieder im Ton ihrer Stimme. Sie war bewohnt, restlos hingegeben. Durch ihr verriegeltes, verschlossenes Knabenleben ging sie wie ein schöner Geist. Sie schloß die Herzen auf, wie man Schranktüren aufschließt. Sie sagten: «Mrs. Leonard, ja die ist nett.»

Er kannte ein paar von Ben Jonsons Gedichten, darunter die Hymne an Diana, «Jägerkön'gin, keusch und schön . . .»; das große Preislied auf Shakespeare, in dem ihn besonders die Stelle «Er war nicht für ein Alter, nein für alle Zeiten . . .» bewegte und ihm die Kehle schnürte; und die Elegie auf den Kinderschauspieler

Salathiel Pavy: Honig aus eines Löwen Maul, dachte er, aber zu lang.

Von Herrick, auch er vom Stamme Bens, kannte er mehr. Seine Gedichte sangen sich von selbst. Von den englischen Dichtern war er, so schien es ihm später, der vollkommenste, der reinste Lyriker, von klarem, leisen, lieblichen, wie schwankenden Gesang. Die unvergleichliche Schwerelosigkeit eines begnadeten Kindes. Die jungen Frauen und Männer unseres Jahrhunderts haben versucht, sich diese Stimme wieder anzueignen – so wie sie es mit Blake versuchten und, darin etwas glücklicher, mit Donne.

«Here a little child I stand
Heaving up my either hand
Cold as paddocks though they be
Here I lift them up to Thee
For a benison to fall
On our meat and on us all. Amen.*

Dieses war unübertrefflich an Präzision, Zartgefühl und Ganzheit.

Die Namen der englischen Dichter aus jener Zeit klangen wie kleine, volle Vogellaute im flirrenden Sonnenlicht einer frühlingsfrischen Welt. Prophetisch brütete Eugene über den süßen, verlorenen Tönen; er ahnte, daß Namen wie diese nicht wiederkommen werden: Herrick, Crashaw, Carew, Suckling, Campion, Lovelace, Dekker. Welch lieblicher Inhalt schwang darin, o so lieblich.

Er las ganze Stöße von Romanen: alles von Thackeray, die sämtlichen Erzählungen von Poe und Hawthorne. Von Herman Melville las er ‹*Omoo*› und ‹*Typee*›, die er unter Gants Büchern fand. Von ‹*Moby Dick*› hatte er nie reden hören. Er las ein halbes Dutzend Bände von Cooper, alles von Mark Twain; aber er brachte es nie fertig, ein einziges Buch von Howells oder James zu Ende zu lesen.

Er las ein Dutzend Bände Scott. ‹*Quentin Durward*› gefiel ihm am

* Hier stehe ich, ein kleines Kind,/ Hebe meine beiden Hände auf,/ Wenn diese auch kalt wie Kröten sein mögen./ Hier hebe ich sie zu Dir auf,/ Damit ein Segen herabfällt,/ Auf unser Brot und auf uns alle. Amen.

besten, weil die Schilderungen vom Essen darin die üppigsten und appetitanregendsten waren, die er kannte.

Als Eugene dreizehn war, fuhr Eliza im Winter allein nach Florida. Sie gab ihn den Leonards in Pension.

Helen reiste in den Städten des Ostens und im Mittleren Westen herum, Beängstigung und Verdruß nahmen zu. Sie sang ein paar Wochen lang in einem kleinen Kabarett in Baltimore. Dann ging sie nach Philadelphia. Am Musikverkaufsstand eines Einheitspreisladens hämmerte sie an einem schäbigen Klavier volkstümliche Melodien, die Zunge zwischen den Zähnen, wenn sie einen neuen Schlager vom Blatt zu spielen versuchte.

Gant schrieb ihr regelmäßig zweimal die Woche, ein trübseliges, ausführliches Logbuch seiner Existenz. Manchmal schickte er ihr kleine Schecks, die sie nie einlöste, sondern aufsparte.

– «Deine Mutter», schrieb er, «hat mich wieder mal im Stich gelassen. Sie ist nach Florida gefahren, und da sitze ich allein und blas Trübsal nach Noten und friere und leide Hunger. Gott weiß, wie das alles noch werden soll in diesem furchtbaren, höllischen, fluchwürdigen Winter. Ich prophezeie Armenhäuser und Volksküchen, wie wir sie in Präsident Clevelands Zeit gehabt haben. Wenn die Demokraten an die Regierung kommen, dann kannst du einstweilen anfangen, Deine Rippen zu zählen. Kein Geld auf den Banken, überall Arbeitslosigkeit. Du kannst Dich drauf verlassen, was der Steuereinnehmer nicht kriegt, wird unter den Hammer kommen, eh die Sache noch rum ist. Heut morgen war es sieben Grad kalt auf dem Thermometer, und dabei ist die Tonne Kohle um fünfundsiebzig Cent teurer geworden. Der Sonnige Süden. Rasen betreten verboten, sagte Bill Nye. Ach Gott. Gestern ging ich an Wagners Kohlenhandlung vorbei, da stand der Alte am Fenster und grinste mit seiner unverschämten Teufelsfresse und weidete sich in Gedanken an der Qual der Witwen und Waisen. Ihm ist's gleich, ob sie erfrieren oder nicht. Bob Grady wurde vorgestern vom Schlag gerührt, als er aus der Citizens Bank herauskam. War sofort tot. Ich kenn ihn seit fünfundzwanzig Jahren, er war keinen Tag in seinem Leben krank. Alle, alle gehen sie dahin, die alten, vertrauten Gestalten, und der alte Gant wird als nächster dran glauben müssen. Seit Deine Mutter weg ist, esse ich mittags bei Mrs. Sales. Du hast in Deinem Leben keinen so reichgedeckten Tisch gesehen, frisches Obst in ganzen Pyramiden, dazu Backpflaumen, Pfirsiche und Eingekochtes, dann Schweine-, Rinds- oder Lammbraten, kalte Platten mit Schinken und Räucherzunge und dazu ein halbes Dutzend Gemüse, und alles in einer Menge, daß es jeglicher Beschreibung spottet. Wie sie das für fünfunddreißig Cent leisten kann, ist mir unverständlich. Eugene ist bei den Leonards in Pension, seit Deine Mutter weg ist. Ein- oder zweimal die Woche nehme ich ihn mit zu Mrs. Sales, damit er sich mal satt ißt. Dort ziehen sie lange Gesichter, wenn er auf seinen langen Stelzen angerückt kommt. Gott weiß, wo er all das Futter verstaut. Er ißt mehr als drei Leute zusammen. Bei den Leonards hängt der Brotkorb ein bißchen hoch, will mir scheinen. Er hat den hagern Hungerblick der Gants. Armer Junge, er hat keine Mutter mehr. Ich tu mein Bestes für ihn, solang ich kann. Leonard kommt jede Woche und tut dick mit dem Jungen. Er sagt, seinesgleichen gäb's nicht mehr. Alle Leute in der Stadt haben von ihm gehört. Neulich sprach ich mit Preston Carr, der sicher unser nächster Gouverneur werden wird, von ihm. Er riet mir, ich solle den Jungen auf die Staatsuniversität schicken und Jura studieren lassen, so daß er dort unter den Leuten aus seinem eignen Heimatstaat lebenslange Freundschaften schließt, und ihn dann in die Politik reinbringen. Genau das hatte ich auch schon gedacht und geplant. Ich lasse ihm eine anständige Schulbildung zukommen, nun kommt es darauf an, daß er sein Teil tut. Vielleicht wird er dem Namen Gant Ehre machen. Du hast ihn nicht gesehen, seit er lange Hosen trägt. Seine Mutter hat ihm zu Weihnachten bei Moale's einen schönen, neuen Anzug gekauft. Er ist zu Daisy runtergefahren Weihnachten, und hat ihn dort angezogen. Ich habe ihm dazu eine billige Hose bei Racket im Laden erstanden, so kann er die guten Hosen für den Sonntag aufsparen. Deine Mutter hat die alte Scheune bis zu ihrer Rückkehr an Mrs. Revell vermietet. Ich ging ein paarmal hin und hatte es da zum erstenmal im Leben warm und behaglich. Sie hat den ganzen Tag die Heizung an und knausert nicht mit Kohlen. Ben sehe ich kaum einmal die Woche. Er kommt nachts um eins oder zwei ins Haus, stöbert in der Küche rum, und morgens, wenn ich weggehe, schläft er noch. Es ist nichts aus ihm rauszubringen, kaum, daß er einem ein paar Worte gönnt, und wenn man ihn höflich was fragt, ist er kurz angebunden. Spätabends sehe ich ihn manchmal in der Stadt mit Mrs. P. Die beiden hängen wie Pech und Schwefel zusammen. Sie scheint mir ein loses Vögelchen zu sein. Also Schluß für heut. – John Duke wurde Sonntag nacht im Whitstone Hotel vom Hausdetektiv erschossen. Er war besoffen und wollte die Leute im Hotel übern Haufen schießen. Traurig für seine Frau. Er hinterläßt drei Kinder. Sie kam heute zu mir ins Geschäft. Alle hatten sie ihn gern, aber im Suff war er ja total unzurechnungsfähig. Mir blutete das Herz für die Arme. Sie ist eine hübsche kleine Frau. Der Alkohol hat mehr Elend angerichtet, als alle anderen Übel auf der Welt zusammengenommen. Ich verfluche den Tag, an dem er erfunden wurde. Beiliegend ein kleiner Scheck, kauf Dir ein Geschenk dafür. Gott weiß, wohin es mit uns noch kommen wird. Dein geneigter Vater,

W. O. Gant.»

Sie hob jeden seiner Briefe gewissenhaft auf. Er schrieb auf dickes, glattes Geschäftspapier mit seiner verkrüppelten Hand, in altmodischen, gewaltig ausladenden Schriftzügen.

In Florida unterdessen reiste Eliza an der Küste auf und ab. Sie starrte nachdenklich auf die noch kleine, sich entwickelnde Stadt Miami. Sie fand die Preise zu hoch in Palm Beach und die Mieten zu teuer in Daytona. So zog sie schließlich landeinwärts nach dem von Seen und Orangengärten umgebenen Orlando, wo die Pentlands ihre Ankunft erwarteten: Pett mit kalter Streitsucht im Gesicht und Will mit einer Grimasse jucklüsterner Nervosität, während er mit stumpfen Fingernägeln die schuppige Hautflechte an seiner Hand kratzte.

24

MIT DICKEN kreidebeschmierten Fingern massierte sich John Dorsey geistesabwesend von Kopf bis Fuß. «Nun wollen wir doch mal sehen», näselte er langgezogen und betont geschäftig, «wie das hier lautet.» Er suchte überall nach seinen Aufzeichnungen.

Tom Davis drehte sein sich rötendes Gesicht zum Fenster; unterdrücktes Gelächter spritzte noch durch seine fest zusammengepreßten Lippen. Guy Doak sah würdevoll zu Eugene und strich sich mit gespreizten Fingern über das ernste, blasse Gesicht.

«*Entgegen*», sagte Eugene mit leiser, erstickter Stimme, «folgt auf das Objekt.»

John Dorsey lachte unsicher, schüttelte den Kopf, tastete immer noch seine Taschen ab, um die Notizen zu finden.

«So sicher scheint mir das nicht zu sein», sagte er.

Ihr Lachen sprang empor wie wilde Hunde. Tom Davis warf sich ungestüm über sein Pult. John Dorsey blickte auf und ließ unsicher sein Falsett mitklingen, fröhlich, geistesabwesend. Manchmal, obwohl er so schwerfällig war, brachten es seine Schüler fertig, ihm ein bißchen Deutsch beizubringen – seine Kenntnisse auf diesem Gebiet zeugten von glücklicher Ignoranz.

Täglich warteten sie hungrig auf die Deutschstunde. Sie waren stets glänzend vorbereitet. Sie übersetzten die Lektion glänzend und so schnell, daß er nicht folgen konnte. Das bestürzte Gesicht, das er dann machte, belustigte sie sehr. Sie waren mit absichtlich falschen Lesarten schnell bei der Hand, erfanden manchmal vollkommen absurde Einschübe und warteten freudig gespannt auf seine umständliche Berichtigung eines Wortes, das es gar nicht gab.

«Langsam kroch das Licht des Mondes über den Stuhl, auf dem der Alte saß; es reichte ihm bis zu den Knien, bis zur Brust und schließlich . . .» – Guy Doak sah den Lehrer verschmitzt an – «versetzte es ihm einen Stoß ins Auge.»

«Nei-ein», sagte John Dorsey Leonard und rieb sich das Kinn, «nicht ganz so. ‹Und traf ihn ins Auge› wäre meiner Meinung nach besser übersetzt.»

Tom Davis schob einen Mundvoll seltsam gurgelnder Geräusche in sein Pult und wartete auf das berühmte Ausweichmanöver. Es kam prompt. «Nun wollen wir doch mal nachschauen» (John Dorsey blätterte), «wie das hier lautet.»

Guy Doak warf Eugene einen verkrumpelten Zettel zu. Eugene las:

«Gebe mir ein Stück Papier.
Before I bust you on the ear.»

Eugene löste zwei Blätter von seinem Schreibblock und schickte sie mit der Antwort: «Du bist wie eine bum-me.»

Sie lasen klebrig-süße Erzählungen, feiste deutsche Schnulzen: ‹*Immensee*›, ‹*Höher als die Kirche*›, ‹*Der zerbrochne Krug*›. Und sie lasen ‹*Wilhelm Tell*›. Das Eingangslied, der unirdische Gesang der Sirene an den Fischerjungen, bezauberte sie mit der Märchenmusik des feinen, lyrischen Versmaßes. Das schwerfällige Melodrama einiger Szenen hatte nichts Abgedroschenes für sie. Eifrig lasen sie vom Apfelschuß und der Flucht mit dem Boot. Im übrigen war das Stück, wie sie ermüdet anerkannten, große Literatur. Mr. Schiller war von schönen, freiheitlichen Ideen geradezu religiös beeindruckt, ganz wie Patrick Henry, George Washington und Paul Revere. Seine wackeren Schweizer sprangen pompös von Felszack zu Felszack und riefen die Freiheit in langatmigen Reden an.

«Die Berge», bemerkte John Dorsey Leonard in einem glücklichen, vom Genius des Orts eingegebenen Augenblick, «die Berge sind der angestammte Sitz des Freiheitsgedankens.»

Eugene sah durch das Fenster auf die Bergkette im Westen. Er hörte, ganz aus der Ferne, einen Zugpfiff und leisen Schienendonner.

In jener Saison, als Eliza fort war, wohnte Eugene mit dem fünf Jahre älteren Guy Doak zusammen.

Guy Doak war Yankee; er stammte aus Newark im Staate New Jersey. Er hatte die Sprödigkeit des Neuengländers und sprach nasal, wie es die Yankees tun. Seine Mutter war vor ein oder zwei Jahren aus Gesundheitsgründen nach Altamont gezogen; sie hatte eine Pension. Sie war tuberkulös und verbrachte einen Teil des Winters in Florida.

Guy Doak hielt sich selbstbewußt, war fit und mittelgroß, hatte schwarzes Haar und blitzend dunkle Augen. Sein bleiches, sehr glattes, ovales Gesicht mit dem ungünstig vollen Kinn, das die untere Gesichtshälfte schwerer machte als die obere, erinnerte Eugene irgendwie an einen Fischbauch. Guy Doak war stutzerhaft angezogen; die Leute nannten ihn einen gutaussehenden Jungen.

Er schloß sich nirgends an. Den Jungen in Leonards Schule erschien dieser Yankee viel fremder als ein anderer Mitschüler, der reiche Kubaner Manuel Quevado, dessen fettes, dunkles Lachen und gebrochenes Englisch besonders den Mädchen gefiel. Manuel gehörte einem üppigeren Süden an, aber sie verstanden ihn. Guy Doak dagegen war nicht protzig wie sie, hatte nichts von ihrer herzhaften Brutalität. Er lachte nie laut. Er hatte einen scharfen, hellen, aber seichten Verstand und war unbeugsam dogmatisch. Er lebte im falschen Realismus der Yankees; die anderen waren im üblen Romantizismus der alten Südstaaten zu Haus. So waren sie, wenn auch aus entgegengesetzten Richtungen kommend, im Aberglauben vereint. Guy Doak hatte bereits den infantilen Zynismus des amerikanischen Städtebewohners angenommen. Öfters machte er irgendeinen Spaß mit, nie jedoch benahm er sich anders dabei als ein Städter, der sich mal unter blöden Bauernlümmeln gehenläßt. Er war klug, in erster Linie war er klug. Seine Lebenseinstellung ging von der Annahme aus, daß die Wahrheit unvermeidlich das Schafott besteigen müsse, daß das Unrecht ewig auf dem Thron säße; so ließ er sich denn von der Hinmetzlung der Unschuld keineswegs deprimieren, sondern sah dem Schauspiel bitter amüsiert zu.

Abgesehen davon war Guy Doak ein sehr netter Kerl – clever, eigensinnig, unsubtil und mit seiner schlagfertigen Intelligenz sehr zufrieden. Er und Eugene wohnten im ersten Stock von Leonards Haus. Nachts saßen sie vor dem großen, knisternden Holzfeuer im Kamin, lauschten auf den Wintersturm in den großen Bäumen und auf den verstohlenen Tritt des Lehrers, der leise die knarrende Treppe herunterkam und vor ihrer Tür stehenblieb. Sie aßen am Tisch mit der Familie. Da saßen Margaret, John Dorsey, Miss Amy, der neunjährige John Dorsey jr., die fünfjährige Margaret und außerdem zwei Neffen Leonards aus Tennessee: der achtzehnjährige Tyson Leonard, der ein Frettchengesicht hatte, gerissen war und üble Reden führte, und der siebzehnjährige Dirk Barnard, ein großer, schlanker Junge mit pickligem Gesicht und braunen, lustigen Augen, der sehr jähzornig war.

Die Jungen unterhielten ein geheimes Verständnis bei Tisch; einer pflegte dem anderen die Gabel in die Weichen zu stoßen, während John Dorsey Leonard lange Tischgebete sprach; dann erstickten sie fast vor Lachen. Nachts klopften sie Gespensterbotschaften an Decken und Fußböden, hielten kichernde Zusammenkünfte in der zugigen, dunklen Diele ab und flohen eiligst in ihre unberührten Betten, wenn John Dorsey tobend nahte.

Leonard hatte einen schweren Stand, um die kleine Privatschule am Leben zu erhalten. Er hatte nicht ganz zwanzig Schüler im ersten, knapp dreißig im zweiten Schuljahr. Von den dreitausend Dollar, die an Schulgeld eingingen, mußte er Miss Amy, die eine gute Lehrstelle aufgegeben hatte, um ihm zu helfen, ein kleines Gehalt zahlen. Die Installation in dem alten, eichenumstandenen Haus auf dem schönen Hügel taugte nicht mehr viel, die Flure waren zugig. Leonard hatte das Anwesen für eine geringe Summe gepachtet. Aber die dreißig Jungen sorgten für tüchtige Abnützung, und Leonard mußte beträchtliches Geld für Reparaturen und Unterhalt ausgeben. Die Leonards kämpften tapfer und hartnäckig.

Das Essen war karg und mager. Zum Frühstück gab es bläulich-wäßrigen Haferbrei, Eier und Toast; mittags eine dünne Suppe, heißes, saures Maisbrot und Gemüse mit fettem, gekochtem Schweinefleisch; abends heiße Brötchen, Hackbraten und Salzkartoffeln oder Kartoffelbrei. Kaffee und Tee waren verpönt. Aber frische, sahnige Milch war im Überfluß da. John Dorsey Leonard hielt immer seine Kuh und molk sie eigenhändig. Gelegentlich gab es eine hohe, knusprige Obsttorte, würzigen Pfefferkuchen oder kleine, heiße Formenkuchen aus duftigem, dottergelbem Teig. Dann hatte Margaret selbst gebacken. Sie war eine glänzende Köchin.

Manchmal abends nahm Guy Doak Reißaus. Er kletterte aus dem Fenster, ließ sich an der Seitenveranda herunter und verschwand auf dem Weg unter den großen, sturmgepeitschten Bäumen. Nach zwei Stunden kam er zurück, kletterte lachend zum Fenster herein. Er brachte in einer Tüte etwas zum Futtern mit: Sandwiches mit Frankfurter Würstchen, dick mit Senf bekleckert und mit feingeschnittenen Zwiebeln und einer mexikanischen Pfeffersauce scharf gewürzt. Verschmitzt grinsend wickelte er zwei Fünfcentzigarren aus, die sie großartig und kühn rauchten. Sie bliesen den Rauch zum Kaminschlot hinauf, um etwaigen Überraschungen durch den Schulmeister vorzubeugen. Und außerdem brachte Guy Doak aus dem Wind und der Nacht den Salzhauch des Klatsches von Straße und Laden, die Neuigkeiten der Stadt und die prahlerischen Reden der Drugstore-Casanovas mit. Dann rauchten sie, stopften sich saftige, köstliche Bissen in den Mund und schauten sich kichernd an, komponierten absurde Lachsymphonien:

«Ha-ha-ha, Schadenfrohditis.
Hi-hi-hi, sagt die Kicherase.
Hu-hu-hu, freut sich der Freßotiker.»

Die kräftige Wärme des Kaminfeuers erfüllte wohlig den Raum; um das Haus heulte der dunkle, gigantische Wind, weither, weithin über die Erde. O du gehegte, warm im Winkel gegen diese Winternacht geborgene Liebe! O schöne, warme Frauen, die ihr in einer Hütte im Wald, in der hochgebauten Stadt über dem stöhnenden Meer wohnt: auf dem Wind dahinschießend, komme ich zu euch. Guy Doak nestelte sich mit der rechten Hand am Bauch, mit der linken strich er sich langsam über das runde Kinn. «Nun wollen wir mal nachschauen», näselte er, «wie das hier lautet.»

Ihr Lachen hallte von den Wänden. Zu spät hörten sie den verstohlenen Tritt des alarmierten Schulmeisters auf den knarrenden Dielen. Später dann: Stille, Dunkelheit, Wind.

Miss Amy klappte das kleine, peinlich sauber geführte Notizbuch, in das sie die Noten eintrug, zu. Sie reckte die mächtigen Arme und gähnte. Eugene sah sie hoffnungsvoll an und an ihr vorbei auf den Schulhof, der von der Abendsonne beschienen wurde. Sein Betragen war mangelhaft; er war wild, zügellos, unbeherrscht, konnte den Mund nicht halten, konnte nie einen Tag lang Frieden geben. Die Leonards waren bestürzt. Sie liebten ihn und straften ihn fromm, wohlwollend. Nie wurde er rechtzeitig bei Schulschluß herausgelassen – täglich mußte er nachsitzen.

John Dorsey Leonard machte sich Bemerkungen; er schrieb jedes unzulässige Geflüster, jede mangelnde Vorbereitung auf. Nachmittags dann verlas er die Namen der Sünder und brummte ihnen unter dem Protestgemurmel der Klasse die Strafen auf. Einmal brachte Eugene es fertig, einen ganzen Tag lang ohne Eintrag durchzukommen. Triumphierend stand er vor dem Schulmeister. John Dorsey Leonard sah nach, lachte albern und packte den Jungen gutmütig am Arm.

«Das muß ein Irrtum sein, Eugene. Du bist bloß nicht erwischt worden», sagte er. «Ich lasse dich aus Prinzip nachsitzen.»

Er bog sich vor saugend-sabberndem Lachen. Eugene schossen die Tränen in die Augen vor Zorn und Überraschung. Er vergaß es nie.

Miss Amy gähnte, lächelte ihn mit träger, mächtiger, wohlwollender Verachtung an.

«Geh jetzt», sagte sie mit breitem, trägem Akzent. «Ich mag mich nicht länger plagen mit dir. Du bist keinen Schuß Pulver wert.»

Margaret war gerade eingetreten, das Gesicht tief gefurcht, die rauchdunklen Augen voll von zarter Bestimmtheit und verstecktem Lachen.

«Was ist los mit dem Racker?» fragte sie. «Kann er keine Algebra lernen?»

«Lernen könnte er schon», sagte Miss Amy gemächlich. «Alles könnte er lernen. Er ist faul, daran liegt's. Einfach und rundheraus faul.»

Sie gab ihm mit dem Lineal einen Klaps auf den Hintern.

«Mit dem da möchte ich dir mal einheizen», lachte sie mit träger, voller Stimme. «Dann würdest du lernen.»

«Hör mal», sagte Margaret und schüttelte ablehnend den Kopf. «Laß ihn in Frieden. Man soll dem Faun nicht hinter die Ohren gucken. Reg dich nicht auf wegen der Algebra, das ist für arme Leute. Algebra ist überflüssig, wo zwei mal zwei fünf macht.»

Miss Amy sah Eugene mit ihren schönen Zigeuneraugen an und entließ ihn mit betont abfälliger Gebärde: «Geh jetzt, ich hab genug von dir!»

Barhaupt, mit einem wilden Freudengeheul, rannte er aus der Tür und setzte über das Terrassengeländer.

«Junge!» rief ihm Margaret nach. «Wo ist dein Hut?»

Er grinste, galoppierte zurück, holte den schlaffen Überrest eines schmutzigen grünen Filzhutes und stülpte ihn über sein wirres Haar. Unordentliche Locken ringelten sich durch die Löcher der Krempe.

«Komm mal her», sagte Margaret ernst. Mit nervösen Fingern band sie ihm die ausgefranste Krawatte gerade, zog ihm die Weste herunter, knöpfte ihm den Rock ordentlich zu, während er sie mit seinem seltsamen, teuflischen Grinsen ansah. Plötzlich lachte sie auf.

«Meine Güte!» sagte sie. «Schau dir mal so einen Hut an!»

Miss Amy lächelte ihn an, unbeteiligt, warm und schläfrig wie eine Katze.

«Du mußt dich ein bißchen besser herrichten, Eugene», sagte sie, «damit die Mädchen ein Auge auf dich werfen.»

Er hörte Margarets seltsames, singendes Lachen. «Kannst du dir vorstellen, daß er einem Mädchen den Hof macht?» sagte sie. «Die Arme müßte ja denken, ein Dämon hätte sich in sie verliebt.

As e'er beneath a waning moon was haunted,
By woman waiting for her demon lover.»*

Seine brennenden Augen blickten sie an mit einer dunklen, geheimnisvollen Schönheit.

«Troll dich, du Zigeuner!» befahl sie.

* «Wie nur ein Ort, der unter einem abnehmenden Mond heimgesucht wurde/ Von einem Weib, das um seinen dämonischen Geliebten klagte.»

Er rannte, einen wilden Tierschrei in der Kehle, mit großen Sprüngen den Weg hinunter.

Das Dämmerlicht verschwamm in ihren Augen. «Laßt ihn in Ruh!» flüsterte sie zu niemandem. «Laßt ihn in Ruh!»

Sanfter Aprilwind umfächelte den Hügel. Auf dem Schulgelände roch es nach verbranntem Laub und Schotter. Hinter dem Haus, auf dem Feld am Hang, trieb ein Bauer sein großes Pferd vor dem Pflug her; die Stränge klirrten locker; sie umrundeten ein stetig kleiner werdendes Quadrat trocken brachliegender Erde. Hü, brr. Breitfüßig ging er hinterdrein. Die große Pflugschar grub sich säuberlich in den Boden, ihn hinter sich feucht und neu in tiefe, fruchtbare Furchen zerspaltend.

John Dorsey Leonard sah vom Fenster aus fasziniert dem jährlich wiederkehrenden Verjüngungsritual der Erde zu. Unter seinem Blick schälte sich eine Nymphe aus ihrem harten, aufgeplatzten Hexenfell. Das Goldene Zeitalter kehrte wieder. Eine Gruppe Jungen bummelte die Straße entlang; sie verschwanden, waren all' entschwunden in der Welt des Lichtes. Feucht von ehrlich erworbenem Schweiß hielt der Bauer an der Kehre an, wischte sich mit dem blaubehemdeten Unterarm über die tropfende Stirn. Sein intelligentes Tier nahm indes die günstige Gelegenheit wahr und hob langsam und majestätisch den prachtvollen Schweif: gab sein Teil zur Fruchtbarkeit des Bodens dazu und ließ drei feuchte, hafrige Äpfel fallen. John Dorsey grunzte wohlgefällig. Auch jene dienen ihm, die stehn und warten.

«Bitte, Mr. Leonard», bat Eugene, der sich klug gerade diesen Moment ausgesucht hatte, «darf ich jetzt gehen?» John Dorsey Leonard strich sich geistesabwesend über das Kinn und starrte blicklos in sein Buch. Andre stellen sich dem Zweifel, du bist frei. «Ha?» brummte er. Dann wandte er sich plötzlich zu ihm um, kicherte hell und geistlos und sagte: «Du kleiner Lümmel! Frag Mrs. Leonard, ob sie dich brauchen kann.» Der brutale Griff, mit dem er den dünnen Knabenarm gefangenhielt, verstärkte sich, wurde hungriger. April ist der allergrausamste Monat. Eugene wand sich, drehte sich weg und stand dann plötzlich still, mitten im alten Aufbegehren gegen die Autorität durch seine Erinnerung gebannt. Er fand Margaret in der Bibliothek, wo sie den Kindern aus ‹*The Water Babies*› vorlas. «Mr. Leonard sagt, ich soll Sie fragen, ob ich gehen kann.» Ihre Augen verdunkelten sich ganz. «Ja, du Taugenichts, mach, daß du weiterkommst. Aber sag mir doch bloß mal», schmeichelte sie, «kannst du dich denn nicht ein bißchen mehr zusammennehmen?» «Yes'm», versprach er schnell, leichtfertig, «ich werd's versuchen.» Sagt nicht, alles Bemühen sei vergebens. Lächelnd sah sie seine feurig tänzelnde Nervosität. «In der Höll' wirst du wie ein Hering gebraten», sagte sie sanft. «Und nun verschwinde.» Er sprang davon, fort aus dem Nonnenkloster des keuschen Busens und des stillen Sinns. Als er die Treppe herab in den Hof sauste, hörte er Dirk Barnards vital-plätscherndes Badewannensolo. Holde Themse, fahre fort zu fließen,/ Bis ich beendet meinen Sang. Tyson Leonard, der jedes schlampige Eckchen der Natur durchsucht hatte, kam dünn und zufrieden grinsend mit einer Mütze voll frisch gelegter Eier aus der Scheune. Wütende Hennen schickten ihm ihr stotterndes Protestgackern hinterher, hatten zu spät gemerkt, daß die Menschen Betrüger sind. Neben der Scheune im Wagenschuppen zog «Pap» Rheinhart den Sattelgurt bei seiner braunen Stute an und schwang sich kräftig hinauf. Mit scharfem Hufgetrappel kam er hügelan, bog hinter dem Haus ein und parierte das Pferd vor Eugene durch. «Hopp rauf, Gene», sagte er einladend und tätschelte den breiten Pferderücken. «Ich bring dich nach Hause.» Eugene sah grinsend zu ihm hoch. «Du bringst mich nirgendwohin. Beim letztenmal konnte ich eine ganze Woche lang nicht sitzen.» «Pap» lachte dröhnend. «Ach was, Junge», sagte er, «das war doch nur ein gemütlicher kleiner Trab.» «Du willst mich wohl verarschen», sagte Eugene, «du hättest mich fast umgebracht!» «Pap» Rheinhart drehte seinen schiefen Hals zum Freund hin und sah mit kühl-ernstem Humor auf ihn herab. «Na komm schon», sagte er barsch. «Ich tu dir nichts. Ich kann dir das Reiten beibringen.» «Besten Dank auch, Pap», bemerkte Eugene voll Ironie. «Weißt du, ich hatte eigentlich vor, meinen Hintern noch oft zu gebrauchen, wenn ich mal alt bin, und ihn nicht schon in jungen Jahren ganz herunterzuwirtschaften.» Von dieser Unterhaltung angetan, lachte «Pap» Rheinhart mit lautem Baß, spuckte einen braunen Priem nach hinten über die Kruppe hinweg, grub die Absätze tief in die Weichen und galoppierte um das Haus herum auf die Straße. Das Pferd war eifrig und verbissen dabei, wie ein davonspringender Hund. Mit vierhufigem Donner trommelte er über die widerhallende Erde. *Quadrupedante putrem sonitu quatit ungula campum.*

Bei dem zweipfostigen Eingang, wo das Grundstück des Bischofs begann, drehten sich die Schüler um, die gerade auf dem Heimweg waren, sprangen rasch zur Seite und feuerten den Reiter mit schrillem Geschrei an. «Pap» beugte sich mit lockeren Zügeln tief auf die Pferdemähne und sauste geschoßschnell zischend durch das Tor. Dann riß er die Stute auf der Hinterhand herum – Staubwolke, herumschleudernde Hufe – und wartete auf die Jungen. «He!» Triumphierend kam Eugene die Straße heruntergelaufen und stellte sich zu ihnen. Ohne sich umzudrehen reckte der unerschütterliche Van Yeats den Arm in die Höhe, grüßte den Ungesehenen mit frohem Ruf. Die anderen blickten sich um, begrüßten ihn ironisch applaudierend. «Na, Highpockets», sagte «Doc» Hines und verzog komisch sein kleines brutales Gesicht, «wie um alles in der Welt hast du es nur geschafft, einmal pünktlich rauszukommen?» Seine Stimme war hoch, geziert und schleppend, wie die eines Niggers. Beim Sprechen hielt er immer eine Hand in der Manteltasche und spielte mit einer ledernen Schrothülse herum. «J. D. mußte sich um seine Frühjahrs-Feldbestellung kümmern», sagte Eugene. «Ist das etwa unser Hübscher», grinste Julius Arthur mit schielendem Blick, wobei er einen Mund voll fleckiger Zähne entblößte, die in einer Drahtklammer steckten. Sein Gesicht war von kleinen, gelbentzündeten Pusteln bedeckt. Wie gezeugt, wodurch genährt? «Solln wir mal ein Liedchen für unsern Hübschen Hal singen?» fragte Ralph Rolls seinen Gefährten Julius. Er trug seine Melone tief in die freche, sommersprossige Stirn gedrückt. Noch während er redete, nahm er eine zerfranste Rolle Kautabak aus der Tasche und biß ein großes Stück davon ab, das scharfen Wohlgeruch verströmte. «Willst auch einen, Jule?» fragte er. Julius nahm die Rolle, wischte sich mit lässigem Männergrinsen den

Mund und stopfte sich einen großen Priem zwischen die Kiemen. Und Wurzeln, voll von süßer Würze, bracht er mir. «Du auch einen, Highpockets?» fragte er Eugene grinsend. Ich hasse ihn,/ Der auf die Folter dieser zähen Welt/ Mich länger spannen will. «Quatsch», rief Ralph Rolls. «Der Hübsche krümmt sich und krepiert, wenn er je davon abbeißt.» Im Frühling, starren Schlangen gleich, erwachen meine Feinde. Ecke Church Street, gegenüber dem Pseudotudor der episkopelischen Kirche, hielten sie an. Über ihnen, auf dem Berg, erhoben sich die Türme der Methodisten und Presbyterianer. Ihr ehrwürdigen Kirchen, ach ihr fernen Türme. «Wer kommt mit mir längs?» fragte Julius Arthur. «Komm mit, Gene. Das Auto steht da unten – ich bring dich nach Hause.» «Danke, aber es geht nicht», sagte Eugene. «Ich geh noch in die Stadt.» Ihre neugierigen Augen auf Dixieland geheftet, wenn ich aussteige. «Gehst du nach Hause, Villa?» «Nein», sagte George Graves. «Na, dann paß gut auf den Hübschen Hal auf», bemerkte Ralph Rolls. Julius Arthur lachte grob und packte Eugene bei den Haaren. «Unser guter alter Grade-noch-davongekommen-Hal», sagte er. «Der Halsabschneider aus der Sägezahnschlucht.» «Laß dir von ihnen nicht auf der Nase herumtanzen, Junge», sagte Van Yeats und sah ihn mit seinen ruhigen, sympathischen Augen an. «Wenn du Hilfe brauchst, sag mir Bescheid.» «Ciao, Jungs.» «Ciao.» Flink überquerten sie die Straße, alberten herum und gingen dann neben der Kirche einen abschüssigen Weg hinunter, der zu den Garagen führte. George Graves und Eugene gingen weiter bergaufwärts. «Julius ist ein guter Kumpel», sagte George Graves. «Sein Vater verdient mehr als jeder andere Anwalt in der Stadt.» «Ja», sagte Eugene, der noch über Dixieland und seine plumpen Täuschungsmanöver nachbrütete. Ein Straßenkehrer schritt langsam bergan, neben sich seinen breiten, keilförmigen Karren. Von Zeit zu Zeit hielt er das große, schwerfällige Pferd an und fegte den Abfall von Straße und Rinnstein zusammen, kehrte ihn mit einem Besen auf die Schaufel und leerte alles in den Karren. Laßt nicht den Hochmut sich/ Über dies nützlich Werk ergießen. Drei Spatzen hüpften flink um drei frische, noch dampfende Pferdeäpfel herum und pickten sich wie verwöhnte Feinschmecker

Leckerbissen heraus. Der herankommende Karren vertrieb sie, und flink segelten sie herüber zum Straßengraben, ärgerlich zwitschernd. Einen wie dich, unzähmbar, schnell und stolz. George Graves stieg mit langsamen, schwerfälligen Schritten den Berg hinauf und starrte düster zu Boden. «Sag mal, Gene», sagte er schließlich. «Ich glaub doch nicht, daß er soviel verdient.» Eugene dachte ernsthaft einen Augenblick lang nach. Bei George Graves mußte man eine Unterhaltung dort wiederaufnehmen, wo man sie drei Tage zuvor abgebrochen hatte. «Wer denn?» fragte er. «John Dorsey? Doch doch, ich glaub schon», fügte er grinsend hinzu. «Aber bestimmt nicht mehr als zweitausendfünfhundert Dollar», sagte George Graves düster. «Doch: dreitausend, dreitausend!» beharrte er, schon dem Ersticken nahe. George Graves drehte sich zu ihm um, überrascht, mit ernstem Lächeln. «Was ist denn mit dir los?» fragte er. «O du Trottel, du Idiot!» keuchte Eugene. «Du hast die ganze Zeit darüber nachgedacht!» George Graves lachte einfältig, verlegen, ausgiebig. Von der Hügelspitze zur Linken schwoll aus der Ferne das üppige Pathos der Orgel aus der Methodistenkirche herüber, begleitet von einer volltönenden Altstimme, die bei Beerdigungen immer sehr gefragt war. *Abide with me.* Ihr musikalischsten der Trauernden, weinet von neuem! George Graves drehte sich um und sah lange auf die vier großen, schwarzen Häuser am Paston Place, die flach gestaffelt zur Kirche anstiegen. «Das ist ein gutes Stückchen Land, Gene», sagte er. «Es gehört zu Pastons Grund und Boden.» Schnell bricht der Abend herein. Hebt sich der stolzen Hure weitgedehnte Brust/ In komplizierten Sanges Müh. «Eines Tages wird Gil Paston das alles erben.» George Graves' Stimme war mit tugendhaftem Bedauern erfüllt. «Er ist ein rechter Taugenichts.» Sie hatten die Spitze des Hügels erreicht. Church Street endete mit einem geraden Schnitt einen Block davor, über dem engen Abgrund der Avenue. Mit beschleunigtem Puls sahen sie von hier oben auf das Gewimmel der Stadt herab. Ein Neger grub vorsichtig die runden, lehmigen Blumenbeete im presbyterianischen Kirchhof um, bückte sich dann und wann und steckte zart seine dicken Finger nahe den Wurzeln in die Erde. Die alte Kirche mit ihrem steilen, kantigen Turm verrottete langsam, anständig, glücklich, wie das Leben eines guten Mannes, abwärts in ihr feuchtes, von Flechten überzogenes Ziegelgemäuer. Eugene sah dankbar, mit flüchtigem Stolz auf diese dunkle Anständigkeit, diese solide schottische Kinderstube. «Ich bin Presbyterianer», sagte er. «Und was bist du?» «Episkopelisch, wenn ich mal hingehe», erwiderte George Graves mit respektlosem Gelächter. «Zum Teufel mit diesen Methodisten», bemerkte Eugene mit elegant verachtungsvoller Miene. «Sie sind so verdammt gewöhnlich.» Gott in drei Personen – die heilige Trinität. «Bruder Graves», fuhr er mit fetter, gutgeölter Stimme fort, «bei unserem letzten Gebetstreffen am Mittwochabend hab ich dich gar nicht gesehen. Wo in Jesus Namen bist du gewesen?» Mit flacher Hand schlug er George Graves hart zwischen die fleischigen Schulterblätter. Jener taumelte trunken, mit hell hallendem Lachen. «Ach, weißt du, Bruder Gant», sagte er, «ich hatte nur eine kleine Verabredung mit einer der Guten Schwestern, draußen im Kuhstall.» Eugene umfing einen Telegrafenmast in seiner wilden Umarmung und schlang erotisch ein Bein über dessen zweiten Fußkeil. George Graves lehnte sich mit den schweren Schultern dagegen, die mächtigen Glieder schlaff vor Lachen. Ein heißer, dampfender Luftstrom kam aus der Appalachian Laundry gegenüber; als sich die Tür zwischen Annahmestelle und Waschraum öffnete, erhaschten sie einen kurzen Blick auf die Negerinnen, die ihre feuchten Arme in die verflüssigten Kleider tunkten. George Graves wischte sich die Augen trocken. Erschöpft lachend gingen sie über die Straße. «Wir sollten so was nicht sagen, Gene», sagte George Graves vorwurfsvoll. «Nein, nein. Das gehört sich nicht.» Unvermittelt befiel ihn trübsinniger Ernst. «Die besten Leute hier in der Stadt sind Mitglieder der Kirche», sagte er streng. «Es ist eine prima Sache.» «Wieso denn», fragte Eugene mit müßiger Neugierde. «Weil», ließ George Graves verlauten, «du dann alle Leute kennenlernst, die verdammt noch mal was taugen.» Wert sind, verdammt zu sein, dachte er rasch. Eine kuriose Idee. «Das hilft dir bei deiner beruflichen Zukunft. Sie kennen dich dann und achten dich. Ohne sie wirst du nicht weit kommen in dieser Stadt, Gene. Es zahlt sich aus», fügte er fromm hinzu, «ein Christ zu sein.» «Ja», pflichtete

Eugene ihm ernsthaft bei, «da hast du recht.» Gemeinsam nach der Kirche gehn/ Mit ansehnlicher Schar. Traurig dachte er an seine verlorene Tugend und wie er früher einsam auf den anständigen Wegen von Gottes schottischer Stadt gewandelt war. Ungerufen kamen sie wieder und suchten ihn heim, die wohlrasierten Gesichter guter Kaufleute, ein jeder nach gehorsam befolgtem Ritual sein blankgeschrubbtes kleines Königreich anführend, mit ihrem verhuschten Gottesdienstlächeln und der in Ketten gehaltenen Leidenschaft der Andacht, mit der sie Gottes Wohlgefallen für ihre Unternehmungen erbaten oder ihre jungfräulichen Töchter in das heilige Tauschgeschäft der Ehe gaben. Und aus noch tieferen Heiligtümern seiner Seele schwammen die großen Fische, deren Namen er kaum kannte, langsam zu den Ufern seines alten Hungers empor: deren Namen, in blinder Mühsal aufgesammelt aus tausend Büchern – von Augustinus, der selbst ein Name war, bis hin zu Jeremy Taylor, dem englischen Metaphysiker –, weißglühende Lichter kurz aufleuchten ließen, elektrisch waren, phosphoreszierend, mit ihren magischen Konnotationen die ungeheuren Tiefen von Ritual und Religion ausleuchtend. Da kamen sie: Bartholomäus, Hilarius, Chrysostomos, Polykarp, Antonius, Hieronymus und die vierzig Märtyrer aus Kappadokien, die auf dem Wasser gewandelt waren; sie rollten sich auf wie die grünen Schatten ihrer selbst, einen kurzen Moment lang, und waren verschwunden. «Außerdem», sagte George Graves, «sollte ein Mann sowieso hingehen. Mit Anständigkeit kommt man am weitesten.» Gegenüber, im zweiten Stock eines kleinen, dreigeschossigen Backsteingebäudes, in dem mehrere Mitglieder der juristischen, medizinischen und zahnmedizinischen Fakultät residierten, pumpte Dr. H. M. Smathers kräftig mit dem rechten Fuß, nahm ein Wattebäuschchen aus der Hand seiner Assistentin Miss Lola Bruce, verstaute es sicher in den Kinnbacken seines unsichtbaren Patienten und neigte sich mit seinem illustren Kahlkopf voller Konzentration über ihn. Ein leichter Windhauch fächelte die dünnen Vorhänge und enthüllte seine weißjackige, kompetente Gestalt, die den Bohrer in der Hand hielt. «Fühlen Sie etwas?» fragte er sanft. «Wrogd gdo gurk!» «Bitte mal ausspucken!» Im süßen Zwiegespräch mit dir/ Vergesse ich die Zeit. «Bestimmt», sagte George Graves nachdenklich, «ist das Gold, was sie Leuten in die Zähen tun, 'ne Menge Geld wert.» Eugene war von dieser Vorstellung fasziniert: «Wenn nur einer von zehn eine Goldkrone hat, dann wären das allein in den Vereinigten Staaten schon zehn Millionen. Und ich schätz mal, daß jede fünf Dollar wert ist, nicht?» «Mindestens», sagte George Graves. «Mehr.» Kurz überließ er sich köstlichem Grübeln. «Das ist 'ne Menge Geld», sagte er dann. Im Büro des Bestattungsinstituts Rogers-Malone hatte sich die schmerzvolle Familie des Todes versammelt. Horse Hines, in einem Drehstuhl behaglich ausgestreckt und die Füße auf die breite Fensterbank gelegt, unterhielt sich im Plauderton mit Mr. C. M. Powell, dem verbindlich-stillen Teilhaber. Wie schlummern nun die Helden,/ Die zur ewgen Ruhe sind gebettet. Vergiß sie noch nicht. «Da kann man eine Menge Geld herausschlagen, aus so einem Beerdigungsunternehmen», sagte George Graves. «Mr. Powell ist ganz gut betucht.» Eugenes Augen hingen am hohlwangigen Gesicht von Horse Hines. Er zuckte mit dem Arm in der Luft herum und griff sich an die Kehle. «Was ist denn los?» rief George Graves. «Sie sollen mich nicht bei lebendigem Leibe begraben», sagte er. «Da kann man nie sicher sein», bemerkte George Graves düster, «so was soll schon vorgekommen sein. Später hat man sie dann ausgegraben und festgestellt, daß sie sich umgedreht haben, das Gesicht nach unten.» Eugene erschauerte. «Ich glaub aber», brachte er gequält heraus, «daß man die Innereien herausnehmen muß, wenn man jemanden einbalsamiert.» «Ja», sagte George Graves etwas optimistischer, «und dieses Zeug, das sie verwenden, bringt einen sowieso um. Sie pumpen einen voll damit.» Das Herz zusammengezogen vor Furcht, dachte Eugene darüber nach. Das Gespenst der alten Angst, seit Jahren gebannt, trat hervor, um ihn heimzusuchen. In seinen früheren Todesphantasien hatte er die Beerdigung seines lebendigen Leibes miterlebt, hatte sich sein Erwachen vorgestellt, lebend-im-Tode, seine langsamen, vergeblichen Versuche, die drückende Erdlast beiseite zu schieben, bis er dann, einem Ertrinkenden gleich, der in die Luft greift, seine tauben, steif gewordenen Finger wie einen Hilferuf durch den Boden stieß. Fasziniert starrten sie durch die drahtvergitterten Türen in den dunklen Hauptgang, der zu beiden Seiten von Hängefarnen flankiert wurde. Ein süßlicher, begräbnishafter Geruch nach Nelken und Zedernholz hing in der kühlen, schweren Luft. Hinter einer Trennwand konnten sie undeutlich einen riesigen Sarg erkennen, der auf einem fahrbaren Gestell ruhte und luxuriös mit Silbergriffen und Samtverkleidung ausgestattet war. Dort verlor sich das ölige Licht im Dunkel. «In dem Zimmer dahinter sind sie aufgebahrt», murmelte George Graves leise. In eine Blume verrotten, in einen Baum schmelzen mit den freudlosen Körpern unbegrabener Menschen.

In diesem Augenblick, nachdem er dem Elend alles gespendet hatte, was er besaß (eine Träne), trat Seine Ehrwürden Vater James O'Haley, Society of Jesus, unter den treulos Treuen nur er allein, unbeirrt, unverführt, unerschrocken, in seiner ganzen Rundlichkeit aus der Kapelle, schritt lebhaft und kurzbeinig über den weichen, teppichbelegten Mittelgang und trat in das Licht hinaus. Seine blaßblauen Augen zwinkerten kurz und heftig, sein volles faltenloses Gesicht war im Ausdruck ruhig lächelnder Gutherzigkeit erstarrt. Er bedeckte sich mit einem kleinen, sehr gepflegten schwarzen Samthut und ging in Richtung Avenue davon. Eugene wich etwas zurück, als der kleine Mann an ihm vorbeispazierte: Jene kleine priesterliche Figur in Schwarz trug die schreckliche Auszeichnung seiner erhabenen Herrin; jenes glatte Gesicht hatte das Unsagbare gehört, das Unerkennbare gesehen. Auf diesem fernen Vorposten der mächtigen Kirche war er der Fahnenträger des einen wahren Glaubens, das geweihte Fleisch Gottes. «Sie werden nicht bezahlt», sagte George Graves traurig. «Wovon leben sie dann?» wollte Eugene wissen. «Da laß dir mal keine grauen Haare drüber wachsen!» sagte George Graves mit wissendem Lächeln. «Sie bekommen alles, was die Kirche einnimmt. Er sieht doch nicht aus, als ob er am Verhungern wäre, nicht?» «Nein, ganz und gar nicht.» «Er lebt in Saus und Braus», sagte George Graves. «Wein zu jeder Mahlzeit. Es gibt hier ein paar reiche Katholiken.» «Ja», sagte Eugene. «Frank Moriarty hat einen Haufen Geld mit illegalem Schnapsverkauf gemacht.» «Das laß die bloß nicht hören», sagte George Graves und lachte verdrießlich.

«Sie haben schon einen Familienstammbaum und ein Wappen.» «Eine Bierflasche, steigend, auf einem Feld Limburger Käse, in Rot», sagte Eugene. «Sie versuchen gerade, die Prinzessin Madeleine in die Gesellschaft einzuführen», sagte George Graves. «Verdammt noch mal», rief Eugene und grinste. «Dann laßt sie uns doch willkommen heißen, wenn das alles ist, was sie will. Schließlich gehören wir doch zum ‹Jungen Kreis›, nicht wahr.» «Du vielleicht», sagte der vor Lachen taumelnde George Graves, «aber ich nicht. Nicht um alles in der Welt würd ich mich mit diesen kleinen Tellerwäschern zeigen.» «Mr. Eugene Gant veranstaltete gestern abend ein Würstchengrillen für die Mitglieder unseres ‹Jungen Kreises› in Dixieland, dem schönen, ehrwürdigen alten Haus seiner Mutter, Mrs. Eliza Gant.» George Graves schwankte. «Du solltest so was nicht sagen, Gene», stieß er keuchend hervor und schüttelte vorwurfsvoll den Kopf: «Deine Mutter ist eine prima Frau.» «Im Laufe des Abends gab der ehrenwerte George Graves, dieser talentierte Sproß einer unserer ältesten und wohlhabendsten Familien (die Chesterfield Graves – zehn Dollar und mehr die Woche), Beispiele seiner Kunst an ausgewählten Stücken auf der Maultrommel.» Abrupt stehenbleibend, trocknete George Graves seine tränenden Augen und schnupfte sich aus.

Im Schaufenster von Bains Modewarengeschäft trug eine wächserne Nymphe ein Arrangement verwegener Federn auf ihren falschen Locken und streckte geziert lächelnd die Hand aus, um das Gleichgewicht zu halten. *Hüte für die gnädige Frau.* O wenn doch diese Lippen sprechen könnten. In diesem Moment bog mit dem glatten Reibungsgeräusch trabender Pferderümpfe der Leichenwagen von Rogers-Malone in die Straße ein und rollte auf klingenden Hufen vorüber. Neugierig drehten sie sich um und beobachteten, wie er am Bordstein anhielt. «Noch eine Rothaut, die in den Staub gebissen hat», sagte George Graves. Komm herbei, zarter Tod, so heiter nahend, nahend. Horse Hines sprang mit seinen langen, schlenkrigen Beinen schnell vom Wagen und öffnete die hinteren Türen. Flugs hatte er mit Hilfe der zwei Kutscher den langen Weidenkorb vorsichtig hinabgehoben und verschwand dann ruhig, ernst und würdevoll in der dufterfüllten Düsterkeit seines

Geschäftes. Während Eugene dem zusah, kam das alte Verhängnis des Ortes wieder. Jeden Tag, dachte er, gehen wir an der Stelle vorbei, an der wir einst sterben müssen; oder soll auch ich im Tode zu einem armseligen Gebäude gefahren werden, das noch unbekannt ist? Soll diese strahlende Asche des Bergumgrenzten in einer Hütte sterben, die noch nicht erbaut ist? Werden diese Augen, getränkt mit noch nicht erblickten Visionen, angefüllt mit den unendlichen, zähflüssigen Dämmerungsseen und dem traurigen Trost nicht eingelöster Arkadien, ihre kalten toten Träume in einem einzigen Augenblick versiegeln, so wie hier – in irgendeinem heißen Dorf in der Hochebene? Er fing den Augenblick, hielt ihn fest. Ein Telegrammbote rollte kraftvoll von der Avenue herein, sich in die Pedale legend, schwang in weitem Bogen in die Straße zu seiner Rechten ein, riß scharf den Lenker hoch, als er über den Bordstein fuhr, und glitt im Freilauf bergab zum Lieferanteneingang. Und eilt über Land und Ozean ohne Rast. Milton, ach lebtest du in dieser Zeit! Langsam die dunklen Stufen des Medical Building herabsteigend, trat Mrs. Thomas Hewitt, des bekannten Anwalts hübsche Gattin (*Sozietät Arthur, Hewitt und Grey*) in das Licht hinaus und kam langsam auf die Avenue zu. Grüßend schwenkten Henry T. Merriman (*Merriman und Merriman*) und Richter Robert C. Allan galant die Hüte, beides Kollegen ihres Mannes. Sie lächelte und warf jedem schnell einen Blick zu. Lieblich ist dies Fleisch. Nachdem sie vorüber war, sahen sie ihr einen Augenblick lang nach. Dann setzten sie ihre juristische Unterhaltung fort.

Im dritten Stock der First National Bank rechts an der Ecke lehnte Fergus Paston, sechsundfünfzig, ein dünner, gieriger Mund zwischen langen, eisengrauen viktorianischen Koteletten, das angewinkelte Bein auf dem Sims des offenen Fensters, und verfolgte die Bewegungen von Miss Bernie Powers, zweiundzwanzig, als diese die Straße überquerte. Sogar in unserer Asche noch leben die Leidenschaften fort,/ Die jene einst besaßen. Gegenüber kam Mrs. Roland Rawls, deren Mann die Leitung der Peerless Pulp Company (Werk Nr. 3) oblag und deren Vater diese gehörte, aus der luxuriösen Abgeschiedenheit des Juweliergeschäftes von Arthur

N. Wright. Sie preßte ihr silbernes Netzhandtäschchen an sich und stieg in den Packard, der schon bereitstand; eine hochgewachsene, schwarzhaarige Frau von dreiunddreißig Jahren, gutgebaut, das Gesicht geistlos, flach, mittelwestlich. «Sie hat das Geld», sagte George Graves. «Er hat nix, absolut nix. Es geht alles auf ihren Namen. Sie will Opernsängerin werden.» «Kann sie denn singen?» «Kein bißchen – ich hab sie gehört. Das wär noch was für dich, Gene: Sie hat eine Tochter so ungefähr in deinem Alter.» «Und was macht die?» «Sie will Schauspielerin werden», sagte George Graves und lachte fettig. «Man muß sich zu sehr abrackern für sein Geld», sagte Eugene. Sie hatten nun die Ecke erreicht und standen vor der Bank; unschlüssig blickten sie in die kühle Schlucht des Nachmittags. Die Straße war vom Summen des leichten, fröhlich-ausgelassenen Schwarms der Passanten erfüllt; wie Blüten an einem Zweig leuchteten immer wieder die Gesichter der Jungfrauen in der Menschenmenge auf.

Noch etwa drei Meter von ihnen entfernt sah Eugene den schweren, halbgelähmten Körper des alten Mr. Avery unendlich langsam auf sie zukommen. Er war ein großer Gelehrter, stocktaub und achtundsiebzig Jahre alt. Er lebte allein in einem Zimmer über der öffentlichen Bücherhalle. Er hatte weder Freunde noch Verwandte. Er war ein Mythos. «Ach Gott», sagte Eugene, «da kommt er.» Es war zu spät, die Flucht zu ergreifen. Einen Gruß hervorkeuchend, donnerte Mr. Avery auf ihn zu, schwer schlurfend und mit zittrigem Geklopfe seines Stocks, der ihn die verbleibenden 2,71 Meter in vierzig Sekunden schaffen ließ. «Na, du junger Spund», keuchte er, «wie geht es mit dem Latein voran?» «Gut, gut», schrie Eugene in sein rosa Ohr. *«Poeta nascitur, non fit»*, sagte Mr. Avery und brach in stumm-keuchendes Gelächter aus, welches in einen Hust- und Erstickungsanfall überging. Seine Augen traten aus dem Kopf, seine zarte rosa Haut wurde hochrot, er brüllte seine Angst mit schleimigem Rattern heraus, während seine durchsichtige Hand verzweifelt-zittrig nach dem Taschentuch fummelte. Es bildete sich eine Menschenansammlung. Schnell zog Eugene ein schmutziges Schnupftuch aus der Tasche des alten Mannes und drückte es ihm in die Finger. Jener riß aus seinen sich krampfenden Organen eine faulige Masse hervor und holte keuchend Atem. Etwas bedrückt zerstreute sich die Menge wieder. George Graves grinste hinterhältig. «Das ist sehr schlimm», sagte er. «Darüber lacht man doch nicht, Eugene.» Gurgelnd wandte er sich ab. «Kannst du denn auch konjugieren?» stieß Mr. Avery keuchend hervor. «So hab ich das gelernt:

Amo, amas,
Ich lieb ein Mädchen –
Amat,
Er liebt sie auch.»

Von Lachschaudern erbebend, setzte er sich wieder in Gang. Weil er nur zentimeterweise von ihnen fort konnte, gingen sie ein paar Meter von ihm weg zur Straßenkante. Werd mit mir gemeinsam alt. «Tut mir verdammt leid für ihn», sagte George Graves. Er blickte ihm nach und schüttelte den Kopf. «Wo will er denn hin?» «Zum Abendessen», sagte Eugene. «Abendessen! Es ist doch erst vier Uhr. Wo ißt er denn?» Nicht, wo er ißt, sondern wo er gegessen wird. «Im *Uneeda Lunch*», sagte Eugene, in dem schon wieder das Lachen aufzusteigen begann. «Er braucht zwei Stunden, bis er dort ist.» «Geht er da jeden Tag hin?» fragte George Graves und fing an zu lachen. «Dreimal täglich», schrie Eugene. «Den ganzen Morgen braucht er, um zum Mittagessen zu gehen und den ganzen Nachmittag für den Weg zum Abendessen.» Nur noch lachendes Flüstern kam zwischen ihren müden Kiefern hervor. Sie seufzten wie Riedgras. In diesem Moment, sich flott durch die Menschenmassen schlängelnd, kam Mr. Joseph Bailey an ihnen vorbei, der immer ein herzhaftes und freundliches Wort für jedermann hatte. Er war der Sekretär der Handelskammer in Altamont; klein, vierschrötig und von frischer Gesichtsfarbe. Mit schwungvoller Handbewegung grüßte er sie: «Hallo, Jungs! Wie geht's?» Aber bevor noch einer von ihnen etwas entgegnen konnte, war er schon weiter, nickte aufmunternd mit dem Kopf und sagte im Brustton der Überzeugung: «So ist's recht!» «Was ist recht?» fragte Eugene. Aber noch ehe George Graves ihm das beantworten konnte, schoß der große Lungenspezialist Dr. Fairfax Grinder,

Sproß einer der ältesten und stolzesten Familien Virginias, bösartig aus der Church Street heraus, seine sehnige Körperlänge von fast zwei Metern eng im tiefen Sitz seines Buick-Sportwagens zusammengeklappt. In einem Abwasch das kriechende Ungeziefer vom Vereinigten-Konföderierten-und-Yankee-Nachkriegs-Pöbel verfluchend, wobei auf Juden und Nigger eine besonders Salve niederging, fuhr er mit voller Wucht auf die kleine, fette Figur von Joe Zamschnick los (*Herrenbekleidung – direkt am Square*). Joseph, nur noch zwei Meter von der gesetzlichen Sicherheitszone entfernt, warf sich mit wildem Kreischen dem Bordstein entgegen. Er landete auf allen vieren, aber noch Herr seiner selbst. «V-v-verdammt», sagte Eugene, «das war wohl mal wieder nichts.» O allzu wahr. Dr. Fairfax Grinders schmale, von Stoppeln bedeckte Oberlippe entblößte die starken gelben Zähne. Er trat heftig auf die Bremse und schleuderte sein Auto mit einer vollen Umdrehung seiner langen Arme herum. Dann dröhnte er durch den auseinanderstiebenden Verkehr davon, fettig-blau umwölkt von Benzin und verbranntem Gummi. Joe Zamschnick wischte sich seinen glänzenden Kahlkopf hektisch mit einem seidenen Taschentuch trocken und rief laut die Öffentlichkeit zum Zeugen an. «Was ist denn bloß los mit ihm?» fragte George Graves enttäuscht. «Sonst fährt er doch immer auf den Bordstein hinauf, um auf sie Jagd zu machen, wenn er sie auf der Fahrbahn nicht erwischen kann.»

Auf der anderen Straßenseite, nicht mehr als einen trägen Blick der einheimischen Passanten auf sich ziehend, hielt der Ehrenwerte William Jennings Bryan wohlwollend vor dem Schaufenster der Buchhandlung von H. Martin Grimes, wobei er der ausgelassenen Brise gestattete, sanft mit seinen berühmten Locken zu spielen. Die wirre Lockenpracht von Neaeras Haar. Der Bürger starrte kritisch in die Auslage, in der sich auch mehrere Exemplare von Jack Londons *‹Vor Adam›* befanden. Dann trat er ein und wählte einige Ansichten von Altamont und Umgebung aus. «Vielleicht wird er sich hier ganz niederlassen», sagte George Graves. «Dr. Doak hat ihm ein Haus und ein Grundstück in Doak Park angeboten.» «Warum denn?» fragte Eugene. «Weil das eine gute Reklame für die Stadt wäre.» Ein paar Schritte vor ihnen trat Miss Elizabeth

Scragg, jene unerschrockene Tochter der Lüste, aus Woolworths Five and Ten Cent Store und ging die Straße hinauf zum Square. Lächelnd erwiderte sie den schwerfälligen Gruß von Big Jeff White, jenem Riesen, dem das halbe Whitstone Hotel gehörte und dessen Glückssträhne begann, als er sich weigerte, seinem alten Kumpel Dickson Reese, dem betrügerischen Kassierer, die 90 000-Dollar-Beute zurückzugeben, die jener ihm anvertraut hatte. Ein Wolf frißt den anderen. Der Dieb fängt den Dieb. Zwar wächst er nicht breit wie ein Baum,/ Doch trotzdem zog der Mensch das beßre Los. Sein riesiger Schatten tanzte langsam vor ihnen her. In knirschenden Riesenschuhen ging er vorüber, ein massiger, glattwangiger Mann mit schwerem, von einem breiten Gürtel gehaltenen Bauch. Gegenüber, vor den Auslagen des Schuhgeschäfts von Van W. Yeats, verhielt Reverend J. Brooks Gall, Amherst '61, seinen Schritt – er war so treu wie nur ein *Delta Kappa Epsilon* sein kann, sah aber bloß nach sechzig von seinen dreiundsiebzig Jahren aus. Dann verwickelte er drei seiner Pfadfinder – die Herren Lewis Monk, siebzehn, Bruce Rogers, dreizehn, und Malcolm Hodges, vierzehn – in einen angeregten Monolog. Niemand kannte sich so gut wie er in einer Knabenseele aus. Auch er, so schien es, war einst ein Junge gewesen. Als nun eine geistreiche Anekdote auf die nächste folgte oder ein halbes Dutzend neue aufsprießen ließ, lächelten sie gottergeben und ehrerbietig unter dem hochgezogenen Schlagbaum seines struppigen weißen Schnurrbarts und hinein in den strahlenden Reim seiner falschen Zähne. Mit grober, aber herzlicher Kameraderie hielt er von Zeit zu Zeit inne und sagte: «Nicht wahr, mein lieber Malcolm?» oder: «Ist es nicht so, mein guter Bruce!», wobei er den Angeredeten kräftig am Arm ergriff und leicht hin und her schüttelte. Bleich, auf ruhelosen Füßen, lächelten sie, schrägäugig-verstohlen auf Flucht sinnend. Mr. Buse, der orientalische Teppichhändler, kam aus der Liberty Street und ging vor ihnen um die Ecke. Sein breites, dunkles Gesicht war mit einem persischen Lächeln umwunden. Ich traf einen Reisenden aus einem alten Land. Im *Bijou Café für Damen und Herren* stützte Mike, der Mann am Tresen, seine haarigen Arme auf die Marmorplatte und beugte seine zerfurchte Idiotenstirn über die schon eine Woche alte Ausgabe von *Atlantis*. Heute: Brathähnchen mit Süßkartoffeln. Gegrüßest seist du, muntrer Geist,/ Vogel warst du niemals. Eine einsame Fliege schoß flink über den fettigen Deckel des Glaskastens, unter dem sich ein ledriges Viertel Fruchtpastete langsam trocknend aufwölbte. Der Frühling war da.

Inzwischen hatten die jungen Damen Miss Christine Ball, Miss Viola Powell, Miss Aline Rollins und Miss Dorothy Hazzard schon zum zweitenmal ihre Parade von Square zum Postamt beendet und wurden nun vor Woods Drugstore von Tom French, siebzehn, Roy Duncan, neunzehn, und Carl Jones, achtzehn, begrüßt. «Wo wollt ihr denn hin?» fragte Tom French unverschämt. In fröhlich schallendem Chor antworteten sie: «Hey-ee!» «Heu kostet sieben Dollar der Doppelballen», sagte Roy Duncan und platzte sofort hellgackernd heraus, was alle ihm vergnügt nachtaten. «Ihr seid ir-re», gurrte Viola Powell zärtlich. Sagt mir, Ihr Kaufmannstöchter, habt Ihr je/ So eine schöne, kluge Frau wie sie gesehn. «Mr. Duncan», sagte Tom French und wandte sein stolzes, drohendes Antlitz seinem besten Freund zu. «Ich möchte Sie mit einer Freundin von mir bekannt machen – das ist Miss Rollins.» «Mir ist, als hätt ich diesen Mann schon mal *irgendwo* getroffen», sagte Aline Rollins. Und noch ein Ruhmeswort erstrahlt auf seinen Lippen. «Ja», bemerkte Roy Duncan, «ich geh da oft hin.» Sein kleines, straffes, sommersprossiges Koboldgesicht wurde wieder von Kichern durchfurcht. Was ich nie fertiggebracht hab. Sie gingen in den Drugstore hinein, wo die durstgen Nachbarn aufeinandertreffen, und zwängten sich durch die am Siphon herumstehenden jungen Männer. Mr. Henry Sorrell (*Alles ist machbar*) und Mr. John T. Howland (*Wir verkaufen Grundstücke . . . und noch mehr Grundstücke . . . und noch mehr Grundstücke*) traten direkt unter dem Juweliergeschäft von Arthur N. Wright aus dem düsteren Zwielicht des Gruner Building hervor. Ein jeder sah in die Unterabteilungen im Herzen des anderen hinein; ihre Augen bewahrten die große Vision des bewachten Berges, als sie schnell in die Church Street einbogen, in der Sorrell seinen Hudson geparkt hatte. Weißbewestet, ein bißchen kugelbäuchig, mit großen breiten Füßen und einem glattrasierten Mondgesicht, über dem üppig sein sahnebonbonfarbenes Haar wucherte, ging Reverend John Smallwood, Pastor der First Baptist Church, unbeholfen die Straße hinauf, wobei er seine Pfarrkinder freundlich grüßte und hoffte, seinen Retter/ Von Angesicht zu Angesicht zu sehn. Statt dessen traf er den Ehrenwerten William Jennings Bryan, der gerade langsam aus dem Buchgeschäft geschritten kam. Die beiden guten Freunde grüßten einander warm. Mit festem, freundlichem Handauflegen erteilten sie einander in christlicher Nächstenliebe die Absolution. «Grad der Mann, auf den ich gewartet hab», sagte Bruder Smallwood. Langsam und schweigend schüttelten sie sich einige Sekunden lang die Hände. Das Schweigen war angenehm berührt. «Genau dasselbe», bemerkte der Bürger mit gesetztem Humor, «hat mir das große amerikanische Volk schon dreimal gesagt.» Es war einer seiner Lieblingswitze – voll reifer Weisheit, im Laufe der Jahre mürbe geworden und doch so typisch für diesen Mann. Die tiefen Furchen um seinen Mund weiteten sich zu einem Lächeln. Unser Herr – still, berühmt und tot. Mit katzenpfötigem Gummischritt kam Professor L. B. Dunn, Rektor der Graded School No. 3 in der Montgomery Avenue, aus dem langen, dunklen Buchladen und ging an ihnen vorüber. Kalt lächelte er sie mit seinen stechend verengten Brillenaugen an. Das verräterische Deckblatt des *New Republic* lugte aus seiner Tasche hervor. Unter den hageren, sommersprossigen Arm geklemmt hielt er neue Bibliotheksbände von Norman Angells ‹*Die große Täuschung*› und Owen Wisters ‹*Der alte Groll*›. Als lebenslanger Verfechter einer Vereinigung der zwei großen englischsprachigen (sic) Nationen, die zusammen eine unwiderstehliche Union für Frieden, Wahrheit und Gerechtigkeit bilden und über die weniger verläßlichen Elemente der Zivilisation mit gütiger, aber fester Hand herrschen sollten, ging er vorüber, dieser Katholik, sich wohlig den kühnen Abenteuern des Geistes und der Rettung der Menschheit weihend. Ach ja. «Und wie haben Sie und Ihr gutes Weib Ihren Aufenthalt im Lande des Himmels verlebt?» fragte Reverend John Smallwood. «Als einziges bedauern wir», sagte der Bürger, «daß unser Besuch hier Tage und nicht Monate zählt, oder noch besser Jahre.» Mr. Richard Gorman, sechsundzwanzig, Lokalredakteur von dem *Citizen*, marschierte rasch die Straße hinauf, die stolze, kalte Neueste-Nachrichten-Nase erhoben. Sein selbstzufriedenes, hartlippiges Lächeln lockerte sich zur Unterwürfigkeit. «Ach, Dick», sagte John Smallwood und ergriff herzlich seine Hand, preßte seinen Arm: «Grad auf dich hab ich gewartet. Hast du schon Mr. Bryan kennengelernt?» «Wir sind doch beide Zeitungsleute», sagte der Bürger, «Dick und ich sind gute Freunde seit – wie lange ist das nun schon, mein Junge?» «Drei, Sir, glaube ich», sagte Mr. Gorman und errötete lieblich. «Ich wünsch, du wärst eben dabeigewesen, Dick», sagte Reverend Smallwood, «und hättest gehört, was Mr. Bryan über uns gesagt hat. Die guten Leute in dieser Stadt wären mächtig stolz darauf gewesen.» «Bevor Sie uns verlassen, hätte ich gern noch eine Stellungnahme von Ihnen, Mr. Bryan», sagte Richard Gorman. «Hier kursiert das Gerücht, Sie würden vielleicht hier bei uns Ihre Zelte aufschlagen.» Wenn immer ein *Citizen*-Reporter ihn auszufragen suchte, weigerte Mr. Bryan sich, das Gerücht entweder zu dementieren oder zu bestätigen. «Vielleicht werde ich später noch eine Stellungnahme abgeben», sagte er mit bedeutungsvollem Lächeln, «aber im Augenblick muß ich mich damit begnügen, festzustellen, daß ich, hätte ich mir meinen Geburtsort aussuchen können, keinen schöneren Ort hätte finden können als dieses Zauberland der Natur.» Irdisches Paradies, denkt der Bürger. «Zu meiner Zeit bin ich weit gereist», fuhr der Mann fort, der schon dreimal von einer großen Partei auserwählt wurde, sich um das höchste Ehrenamt zu bewerben, das dieses Volk zu vergeben hat. «Ich kam aus den Wäldern von Maine zu den wellenumspülten Stränden von Florida, von Hatteras nach Halifax, und von den Gipfeln der Rockies bis zum Punkt, an dem der Missouri seine angeschwollenen Fluten tosen läßt, aber ich hab nur wenige ebenbürtige Plätzchen gesehen, und keine, die die Schönheit dieses bergigen Garten Eden übertreffen.» Der Zeitungsmann machte sich schnell Notizen.

Und die Jahre seines Ruhmes schäumten zu ihm zurück, getragen von den rollenden Flutwellen seiner Rhetorik – die großen, verlorenen Tage des ersten Kreuzzugs, als die Geldbarone unter dem Schatten des goldenen Kreuzes schwankten und der Ruf Bryan! Bryan! Bryan! Bryan! brennend wie ein Kometenschweif durch das Land zog. Bevor ich alt war. 1896. Ach, schmerzliches Bevor,/ Das davon kündet, wie die Jugend schwand. Sieht den Niedergang der neuen Ära voraus. Hartnäckig vom Reporter auf seine Zukunftspläne angesprochen, antwortete Mr. Bryan: «Auf Monate im voraus bin ich vollkommen mit Vorträgen ausgebucht, die ich im ganzen Land halten werde, im Kampf gegen die enorme Aufrüstung, diesem Haupthindernis bei einem Friedensreich auf Erden und einer Freundschaft, die der Mensch seinem Mitmenschen bezeugt. Und danach – wer kann das jetzt schon sagen?» Er ließ sein berühmtes Lächeln aufblitzen. «Vielleicht komme ich dann zurück in diese wunderschöne Gegend und lebe fortan unter guten Freunden, die ich hier habe, als einer, der, nachdem er für das Gute gekämpft hat, es nun auch verdient, seine restlichen Jahre nicht nur in Sichtweite, sondern inmitten des glücklichen Landes Kanaan selbst zu verbringen.» Auf die Frage, ob er mit einiger Sicherheit schon den Zeitpunkt seines voraussichtlichen Ruhestandes angeben könne, antwortete der Bürger, wie es für ihn typisch war, mit folgendem wunderbaren Longfellow-Zitat:

> «Dann, wenn die Kriegstrommel schweigt,
> Die Banner aufgerollt sind
> Im Menschenparlament einer vereinigten Welt.»

Die zaubrische Hülse der Musik: das elektrische Klavier in dem niedrigen, mit Platten ausgelegten Vestibül von Altamonts beliebtem Kino, dem *Ajax*, verstummte mit blechern-fester Abruptheit, summte kurz unheilverkündend und hob dann plötzlich von neuem an. *It's a long way to Tipperary.* Die Welt erzitterte vom dumpfen Dröhnen marschierender Männer. Miss Margaret Blanchard und Mrs. C. M. McReady, des Apothekers betäubte Ehefrau, die, wenn man das weiße, löchrige Gewebe ihrer Haut und die weitgeöffnete, strahlende Schläfrigkeit ihrer Augen betrachtete, zu oft vom Honigtau genascht zu haben schien, kamen aus dem Kino und gingen in Richtung von Woods Drugstore. Sie sehen heute: Maurice Costello und Edith M. Storey in *Wirf den Rettungsanker aus*, eine Vitagraph-Produktion.

Glotzend, sein großer Idiotenkopf auf dem hageren Hals schwankend unter dem breitkrempigen Strohhut, den er winters wie sommers trug, stolperte der Schreibwarenhändler Willie Goff vorüber, dessen verkrüppelter rechter Fuß stets nach innen hing. Die Finger seines verkümmerten Arms zeigten starr auf seinen Körper, winkten ihm zu und berührten ihn, wenn er mit steifen, zuckenden Schritten ging, in einer schrecklichen Parodie der Eitelkeit. Ein grellfarbenes Taschentuch mit blauen, gelben und hochroten Mustern hing als zügelloser Fleck aus der Brusttasche seiner sorgsam zugeknöpften grauen Norfolkjacke; ein breiter, lockerer Seidenkragen, durch den sich rote und orange Streifen zogen, prangte auf seinen schmalen Schultern. Im Knopfloch stak eine riesige rote Nelke. Sein mageres Gesicht unter der vorspringenden, kugelförmigen Stirn grinste unentwegt; breite, überlappende, zurückflutende, wiederkehrende idiotische Lachgrimassen überschwemmten seine Züge. Und lebte er auch tausend Jahr,/ Er würd nie den Humor verliern. Ekstatisch murmelte er den Vorübergehenden zu, die ihm freundlich zunickten, und ging weiter zu Woods, wo er von einer am Siphon herumstehenden Gruppe junger Männer mit Gelächter und lautem Hallo begrüßt wurde. Lärmend versammelten sie sich um ihn, schlugen ihm auf den Rücken und zogen ihn zum Tresen. Er sah sie zutraulich und dankbar an, war gerührt und glücklich. «Was darf's denn sein, Willie?» fragte Mr. Tobias Pottle. «Eine Cola», sagte Willie Goff zum grinsenden Zapfer, «eine Cola und eine Limo.» Pudge Carr, des Politikers Sohn, begann herzlich zu lachen. «Cola und Limo, Willie, das möchtest du?» sagte er und schlug ihm kräftig auf den Rücken. Sein dickes, stumpfsinniges Gesicht beruhigte sich. «Nimm eine Zigarette, Willie», sagte er und bot ihm welche an. «Und was möchten Sie?» sagte der Zapfer zu Toby Pottle. «Auch eine Cola.» «Ich möcht gar nichts», sagte Pudge Carr. Solch Trunk, der macht sie würdig wild, nicht grob. Pudge Carr hielt ein brennendes Streichholz an Willies Zigarette und zwinkerte langsam Brady Chalmers zu, einem großen, gutaussehenden Burschen, der schwarze Haare und ein längliches, dunkles Gesicht hatte. Willie Goff sog an seiner Zigarette, brachte sie mit trocken schmatzenden

Lippen zum Brennen. Dann hustete er, nahm das Kraut aus dem Mund und hielt es ungeschickt zwischen Daumen und Zeigefinger, es mißtrauisch betrachtend. Ihr Lachen spritzte heraus, verwickelte und verlor sich in Rauchwolken, und sie soffen auch sehr dabei:/ Der Diener, der Bauer und der Lakai. Brady Chalmers zog Willies buntes Taschentuch sanft heraus und hielt es hoch, damit alle es sehen konnten. Dann faltete er es sorgfältig zusammen und steckte es wieder an seinen Platz. «Wieso bist du denn so schick zurechtgemacht, Willie?» fragte er. «Bestimmt willst du dich mit deiner Freundin treffen.» Willie Goff grinste verschmitzt. Toby Pottle blies eine köstliche Rauchfahne durch die Nasenlöcher. Er war vierundzwanzig, sehr gepflegt, mit glänzend glattem, blondem Haar und massiertem rosa Gesicht. «Na, mal raus mit der Sprache, Willie», sagte er ruhig und einschmeichelnd, «du hast doch bestimmt ein Mädchen, oder?» Willie Goff zog eine wissendlüsterne Grimasse; am Ende des Tresens brach Tim McCall, achtundzwanzig, der sich die ganze Zeit langsam zerstoßenes Eis aus der hohlen Hand zwischen seine aufgedunsenen, whiskywütigen Backen gestopft hatte, plötzlich zusammen und blies einen grell prasselnden Hagelsturm über die Marmorleiste. «Ich hab mehrere», sagte Willie Goff. «Als Mann hat man doch ein Anrecht auf ein bißchen Sex, oder?» Ihr schallendes Lachen trieb ihnen die Röte ins Gesicht; dann lächelten sie und sprachen respektvoll und ungeniert vor den Ohren von Miss Tot Webster, Miss Mary McGraw und Miss Martha Cotton, etwas älteren Mitgliedern des «Jungen Kreises». Begehrten lautren Wein und stärkeren Gesang. «Wie geht's?» «Aha, aha!» sagte Brady Chalmers zu Miss Mary McGraw. «Wo hast *du* denn gesteckt?» «Das errätst *du* nie», rief sie zurück. Sie hatten ein kleines Geheimnis miteinander. In der Freude des Besitzes lachten sie sich vertraulich zu. «Komm mit nach hinten, Pudge», sagte Euston Phipps, ihr Begleiter. «Du auch, Brady.» Er folgte den Damen nach hinten – hochgewachsen, kühn, elegant – ein junger Alkoholiker mit nur noch einem gesunden Lungenflügel. Er war ein guter Golfspieler. Freche Jungen rannten aus den vollen Nischen und von den überbesetzten Tischen langschrittig nach vorn an die Theke. Pöbelig brüllten sie ihre Bestellungen heraus und mäkelten zungenfertig und schrill mit den flinken Zapfern herum. «All right, Son. Zwei Colas und eine Pfefferminzlimo. Und fix.» «Sag mal, arbeitest du hier auch mal, Junge?!» Die Zapfer bewegten sich im Ragtime-Tempo hin und her, balancierten die Drinks, warfen Kugeln von Eiskrem in die Luft und fingen sie in Gläsern wieder auf, wobei sie mit dem Löffel schnelle Rhythmen klopften.

Allein an einem Tisch, mit ihren großen braunen Augen über den Strohhalm hinweg alles beobachtend, sog Mrs. Thelma Jarvis, die Putzmacherin, mit einem schlürfenden Zug die letzte beperlte Kette verbundener Süße vom Boden ihres Glases herauf, das schon lange leer war. O trink mir nur mit deinen Augen zu. Langsam erhob sie sich und sah in ihren Taschenspiegel. Dann, von Leuchtfarben übergossen, ihre reifen Glieder sich eng unter einem Kleid hennafarbener Seide abzeichnend, wand sie sich geschickt zwischen den vollbesetzten Tischen hindurch und murmelte sanftgurrendes Bedauern. Ihre Stimme war immer sanft, leise, gedämpft: was eine prima Sache bei einer Frau ist. Das leichte, helle Geplapper an den Tischen verstummte, als sie vorüberging. Um Gottes willen, schweig und laß mich lieben! Auf bernsteinfarben wogenden Gliedern ging sie langsam den Mittelgang hinauf, an Parfum, Schreib- und Gummiwaren sowie Kosmetikartikeln vorbei, um dann an der Tabaktheke zu bezahlen. Ihre runden, melonenschweren Brüste nickten in langsamem, aber munterem Tanz mit den Köpfen. Ein Dichter mußte fröhlich sein/ In solch heitren Kumpanei. Aber am Eingang, in der Ecke neben den Zeitschriften, stand Mr. Paul Goodson von der Versicherungsgesellschaft, klappte abrupt sein langes, grinsendes Tellergesicht zu und hörte auf zu reden. Ohne Überschwenglichkeit setzte er seinen Hut auf, wie es ihm auch sein Gefährte Coston Smathers, der Möbelmann (*Sie statten sich mit einem Mädchen, und wir statten Ihr Haus aus*), gleichtat. Sie waren beide Baptisten. Mrs. Thelma Jarvis sah sie mit warmem, elfenbeinernem Blick an, zerteilte ihren kleinen, vollen Mund zu einem abwesenden Lächeln und ging vorbei, sich beweglich windend. Als sie weg war, sahen sie sich an und grinsten schweigend. Wir erwarten dich am Flusse. Schnell blickten sie sich um. Niemand hatte etwas gesehen.

Schirmherrin aller Künste, aber besonders der Musik, o du himmlische Maid, kam Mrs. Franz Wilhelm Von Zeck, Frau des bekannten Lungenspezialisten und Entdeckers von Von Zecks Serum hoheitsvoll aus dem Modegeschäft *Fashion Mart* geschritten und wurde von Mr. Louis Rosalsky zärtlich in die empfangenden Kissen ihres Cadillacs gebettet. Wohlwollend, doch fern lächelte sie auf ihn hinab: Das weiße Pergament seines harten polnischen Gesichts wurde von einem grausam-unterwürfigen Grinsen zerschnitten, das sich an den Flügeln seiner enormen, kittfarbenen Nase emporwand. Frau Von Zeck ließ ihr kraftvolles Doppelkinn auf dem groben Regal ihrer wagnerianischen Büste nieder und wurde, der gedankenschwere Blick schon in die Traumweiten abseitiger Menschenfreundlichkeiten entflohen, sanft davongefahren, den ergebenen Händler zurücklassend. *Nur wer die Sehnsucht kennt, weiß was ich leide.* Mr. Rosalsky ging in sein Geschäft zurück. Zum drittenmal fuhren die jungen Damen Miss Mildred Shuford, Miss Helen Pendergast und Miss Mary Catherine Bruce vorüber, wie ungepflückte Kirschen auf den Vordersitzen von Miss Shufords Reo zusammengedrängt. Sie glitten vorüber und ließen die gespannten, hochmütigen Augen über die Passanten hingehen, zufrieden mit ihrer stolzen Show. Es ging die Liberty Street hinauf, zur vierten Fahrt um den Kreis. Schwing mich noch mal im Kreis, Willie. «Kannst du tanzen, George?» fragte Eugene. Sein Herz war voller Furcht und bitterem Stolz. «Ja», sagte George Graves gleichgültig, «ein bißchen. Find es total blöd.» Er ließ seinen brütenden Blick auf ihm ruhen. «Sag mal, Gene», sagte er. «Was glaubst du wohl, wieviel Kohle Dr. Von Zeck hat?» Eugenes Lachen parierte er mit verdutzt-schafigem Grinsen. «Komm bloß mit», sagte Eugene, «wir werfen 'ne Münze hoch und wer verliert, gibt 'ne Cola aus.» Flink fädelten sie sich durch die enge Straße und den dichter werdenden Nachmittagsverkehr. «Es wird immer schlimmer damit», sagte George Graves. «Die Leute, die die Stadt angelegt haben, hatten einfach keinen Weitblick. Wie soll das bloß in zehn Jahren werden?» «Man könnte doch die Straßen verbreitern, nicht?» «Nein. Jetzt nicht mehr. Dann müßte man ja alle Gebäude zurückschieben. Wie teuer das wohl werden würde?»

sagte George Graves nachdenklich. «Wenn wir dieses zu tun unterlassen», ließ sich die präzise Stimme von Professor L. B. Dunn kalt warnend vernehmen, «wird sich ihr nächster Zug gegen uns richten. Ihr werdet vielleicht noch den Tag miterleben, an dem euch der Eisenstiefel des Militarismus ins Genick tritt und die bewaffneten Truppen des Kaisers im Stechschritt durch diese Straßen marschieren werden. An jenem Tag . . .» «Ich glaub nicht an solche Geschichten», sagte Mr. Bob Webster grob und ohne Ehrfurcht. Er war ein kleiner Mann mit grauem, gemeinem Gesicht, gewalttätig und verbittert. Chronische Verdauungsbeschwerden schienen ihre Säure in seinen Zügen eingeätzt zu haben. «Wenn man mich fragt: das ist doch alles nur Propaganda. Diese Deutschen sind zu verdammt gut für sie, und deshalb fangen sie an, um Hilfe zu betteln.» «An jenem Tag», fuhr Professor Dunn unbeirrbar fort, «werdet ihr euch meiner Worte erinnern. Das Herrschgelüst der deutschen Regierung erstreckt sich auf die ganze Welt. Sie warten auf den Tag, an dem die gesamte Menschheit unter dem Joch von Krupp und *Kultur* stehen wird. Das Schicksal der Zivilisation steht auf dem Spiel. Die Menschheit ist am Scheideweg angelangt. Ich bete zu Gott, daß man nicht hinterher sagen wird, wir hätten zu lange gezaudert. Ich bete zu Gott, daß dieses freie Volk niemals wird so leiden müssen, wie das kleine Belgien gelitten hat, daß unsere Frauen und Töchter niemals in Sklaverei und Schande geführt werden, unsere Kinder nicht verstümmelt und dahingeschlachtet werden.» «Es ist doch nicht unser Kampf», sagte Mr. Bob Webster. «Ich will meine Jungs nicht dreitausend Meilen über die See schicken, damit sie sich für diese Ausländer abknallen lassen. Wenn die hier rüberkommen, dann werd ich mich mit dem Gewehr in der Hand den Besten von ihnen stellen, aber bis dahin sollen sie es unter sich ausmachen. Stimmt's, Richter?» sagte er und wandte sich der dritten Partei zu, die von Walter C. Jeter, Bundesgerichtshof, vertreten wurde, der glücklicherweise ein guter Freund von Grover Cleveland gewesen war. Stimmen der Alten, die den Krieg verkünden. «Hast du die beiden Wheeler-Jungs gekannt», fragte Eugene George Graves, «Paul und Clifton?» «Ja», sagte George Graves. «Sie gingen fort und traten in die französische Armee ein. Jetzt sind sie in der Fremdenlegion.» «Glaub, bei den Fliegern», sagte Eugene. «Die Lafayette-Luftstaffel. Clifton Wheeler hat schon mehr als sechs Deutsche abgeschossen.» «Hier war er bei den Jungs nicht sehr gefragt», sagte George Graves. «Man sagte, er sei ein Muttersöhnchen.» Bei diesem Wort zuckte Eugene zusammen. «Wie alt war er denn?» fragte er. «Och, schon erwachsen», erwiderte George Graves, «zweiundzwanzig oder dreiundzwanzig.» Enttäuscht dachte Eugene über seine Aussicht, zu Ruhm zu gelangen nach. (*Ich bin ja noch ein Kind.*) «. . . aber glücklicherweise», fuhr Richter Walter C. Jeter bestimmten Tones fort, «haben wir einen Mann im Weißen Haus sitzen, auf dessen politischen Weitblick wir uns verlassen können. Laßt uns Zutrauen fassen zu seiner weisen Führung, in Wort und Tat den Prinzipien striktester Neutralität gehorchen und nur als letzten Ausweg einen Kurs einschlagen, der diese große Nation erneut in das Leid und die Tragödie eines Krieges stürzen würde, was» (seine Stimme sank zu einem Flüstern herab) «Gott verhüte.»

An einen weiter zurückliegenden Krieg denkend, in dem er sich tapfer geschlagen hatte, fuhr Colonel James Buchanan Pettigrew, Leiter der Pettigrew-Militärakademie (gegr. 1789), in seinem offenen, zweisitzigen Einspänner vorbei, vor sich den alten Negerkutscher und zwei wohlgenährte braune Stuten. Um ihn war ein guter, brauner Geruch nach Pferd und schweißgebeiztem Leder. Der alte Neger schnickte sanft seine Peitsche über die glatten, trabenden Hinterteile und brummte leise. Colonel Pettigrew war bis zur Hüfte in eine dicke Decke gewickelt, seine Schultern umhüllte ein graues Konföderiertencape. Er beugte sich vor, sein altes Gewicht auf einen schweren, blanken Stock gestützt, die altersfleckigen Hände um den silbernen Knauf geklammert. Vor sich hin murmelnd, drehte er seinen stolzen, mächtigen alten Kopf wacklig von einer Seite zur anderen und schoß streng splittrige Blicke in die vorübertreibende Menge. Er war ein durchaus edler Ritter eben. Brummte etwas. «Sir?» sagte der Neger, zog die Leinen an und drehte sich zu ihm um. «Weiter! Weiter, du Halunke!» sagte Colonel Pettigrew. «Yes, Sir», erwiderte der Neger. Sie fuhren weiter. In der Traube herumlungernder Jünglinge auf der Schwelle von

Woods Drugstore entdeckten die hin und her schießenden Augen des Colonel zwei seiner eigenen Kadetten. Picklige Jungens mit schlaffhängendem Kinn und einer nachlässigen Haltung. Murmelnd machte er seinem Abscheu Luft. Nicht dasselbe! Nicht dasselbe! Überhaupt nicht zu vergleichen! In seiner stolzen Jugend, im einzigen Krieg, der wirklich zählte, war Colonel Pettigrew an der Spitze seiner Kadettenschar marschiert. Es waren hundertsiebzehn an der Zahl, Sir, alle unter neunzehn Jahren. Wie ein Mann erhoben sie sich ... kein einziger Offizier blieb übrig ... sechsunddreißig kamen zurück ... seit 1789 ... es muß weitergehen! ... neunzehn, Sir – alle unter hundertsiebzehn ... muß ... weiter ... gehen! Die Flanken seiner Hängewangen zitterten leicht. Dann trabten die Pferde aus dem Blickfeld heraus um die Ecke, begleitet von dem glattspeichigen Rumpeln der Gummireifen.

George Graves und Eugene betraten Woods Drugstore und stellten sich in der Schlange an der Theke an. Der ältliche Zapfer mit dem mürrischen Gesicht zog einen triefenden Putzlappen über eine Pfütze auf der Marmorplatte, wo etwas übergelaufen war. «Ja?» sagte er gereizt. «Ich möcht 'ne Schokomilch», sagte Eugene. «Ich auch», sagte George Graves. O einen Zug vom Wein der Lese nur,/ In tiefgegrabner Erde lang gekühlt.

25

JA. Das ungeheure Verbrechen war begangen. Und fast ein ganzes Jahr hatte Eugene eine verzweifelte Neutralität bewahrt. Sein Herz jedoch war nicht neutral. Das Schicksal der Zivilisation, schien es, hing in der Schwebe.

Der Krieg hatte mitten in der Hochsaison angefangen; Dixieland war voll. Eugenes nächster Freund damals war eine herbe alte Jungfer mit zerrütteten Nerven, die dreißig Jahre lang an einer Volksschule in New York City Englisch gelehrt hatte. Nach der Ermordung des Erzherzogs sahen sie Tag um Tag die Wogen aus Trostlosigkeit und Blut über die Welt hereinbrechen. Miss Cranes dünne, rosa Nasenflügel bebten vor Entrüstung. Ihre alten, grauen Augen blickten zornstreng. So was! Nein, so was!

Denn die Briten selbst bringen es nicht fertig, Albions Insel mit jener hehren und begeisterten Liebe zu lieben, mit der es amerikanische Ladies tun, die Englands edle Sprache lehren.

Auch Eugene war treu. Ganz wie Miss Crane trug er eine Miene sorgenvollen Bedauerns zur Schau, aber sein Herz trommelte Kriegsmärsche an die Rippen. Vom schrillen Ton der Querpfeifen und Flöten war die Luft voll. Er hörte das gespenstische, ferne Rumpeln der großen Geschütze.

«Wir müssen gerecht sein», sagte Margaret Leonard. «Wir müssen gerecht sein!» Aber ihre Augen waren dunkel geworden, als sie die Nachricht von Englands Eintritt in den Krieg las, und ihre Kehle zitterte wie eine Vogelkehle. Als sie aufsah, waren ihre Augen feucht.

«Großer Gott!» sagte sie. «Nun werden wir sehen.»

«Little Bobs!» lärmte Sheba. Sie meinte Lord Roberts. «Hast du gelesen, wo er den Oberbefehl übernommen hat?»

John Dorsey Leonard legte die Zeitung hin und lachte schrill und geifernd. «Du meine Güte!» keuchte er. «Nun laßt diese Gauner man kommen!» Und das taten sie.

Den ganzen Rest des Sommers sauste Eugene wie verrückt zwischen der Schule und Dixieland hin und her. Er führte Siegestänze auf, außerstande, seine vom versprochenen Ruhmesrausch taumelnden Glieder zu beherrschen. Er verschlang die Nachrichten vom Kriegsschauplatz und eilte, um den Leonards oder Miss Crane die große Kunde zu bringen. Er las jede Zeitung, die er nur erwischen konnte, und freute sich sehr über die schweren Niederlagen, die die Deutschen an allen Punkten der Front zum Rückzug zwangen. Denn – das eine war ja aus dem Wirrwarr der Zeitungsberichte klar zu erkennen: Den Hunnen ging es verdammt schlecht. Heulend, wie geprügelte Hunde, flohen sie vor dem englischen Stahl bei Mons; um Gnade winselnd brachen sie vor dem französischen Angriff an der Marne in die Knie; hier zogen sie sich zurück; dort gaben sie nach; wieder woanders nahmen sie Reißaus. Dann, eines schönen Morgens, als sie allem Dafürhalten nach hinter Köln hätten laufen müssen, standen sie vor Paris. Sie waren in die falsche Richtung gerannt. Eugene war verzweifelt, die Welt wurde dunkel; er versuchte zu verstehen und konnte nicht. Infolge der ungewöhnlichen Strategie dauernder Rückzüge waren die deutschen Truppen vor Paris angelangt. Das war eine neue Art Kriegführung. Tatsächlich vergingen Jahre, bis Eugene völlig begriff, daß irgendwer im deutschen Heer auch gekämpft haben müsse.

John Dorsey Leonard focht das nicht an.

«Abwarten!» sagte er vertraulich. «Nur abwarten, mein Söhnchen. Dieser alte Knabe Joffer weiß, was er tut. Nun sind sie ihm in die Falle gegangen; darauf hat er gerade gewartet.»

Eugene fragte sich, was für eine ausgeklügelte Taktik hinter dem Wunsch eines französischen Generals nach deutschen Truppen in Paris stecken mochte.

Margaret sah besorgt von der Zeitung auf. «Glaubt mir», sagte sie, «es sieht sehr ernst aus.» Sie schwieg vor leidenschaftlicher Teilnahme. Dann sagte sie mit bebender Stimme: «Wenn England zugrunde geht, dann ist es auch mit uns aus.»

«Gott schütze England!» gellte Sheba. «Gott schütze es, Gene», fuhr sie fort und berührte leicht sein Knie. «Damals, als ich dort landete und den lieben, alten Boden betreten durfte, wußte ich mich kaum zu fassen vor Glück. Mir war es gleich, was die Leute dachten. Ich kniete da direkt auf der Erde und tat so, als müßte ich mir das Schuhband binden. Aber ich sag dir, Junge! . . .» Ihre trüben Augen blitzten unter Tränen. – «Ja, Gott schütze England! Ich konnte nicht anders. Weißt du, was ich da tat? Ich beugte mich vornüber und küßte die Erde.» Dicke Tränen rollten über ihre geröteten Wangen. Sie weinte laut, redete aber weiter. «Das ist die Erde Shakespeares und Miltons und John Keats, sprach ich, und bei Gott, es ist auch meine Erde. Gott schütze England, er schütze es!»

Margaret weinte still vor sich hin. Tränen flossen über ihr Gesicht. Sie konnte nicht sprechen. Alle waren tiefbewegt.

«England geht nicht zugrunde», sagte John Dorsey Leonard. «Wartet mal ab! Da haben wir auch noch ein Wörtchen mitzureden.»

In Eugenes Phantasie brannte eine Vision von den großen, über den Atlantik einander gereichten Händen. Drüben wogten grüne, blühende Felder, und ein Märchenlondon erstand: mächtig, elfenhaft, alt, ein romantisches Labyrinth mit altmodischen, menschenerfüllten Gassen, hohen, überhängenden Häusern, lukullischen Speisen und Getränken; und vom Schwarm verschrobener Originale hoben sich brennend die irren, großartigen Augen des Genies ab.

Der Krieg nahm seinen Fortgang, und schwärmerische Kriegsliteratur kam auf. Margaret gab Eugene Buch um Buch zu lesen. Es waren die Bücher junger Männer, die ausgezogen waren, um das Böse dieser Welt mit ihrem Blut auszulöschen. Mit bebender Stimme las sie ihm das Sonett von Rupert Brooke vor: «Sterb ich für England, denk nur dies von mir . . .» Sie steckte ihm *‹Ein Student in Waffen›* von Donald Hankey zu und sagte: «Das lies, Junge. Das wird dich stärker als alles andere zuvor bewegen. Diesen Jungen ist die Vision zuteil geworden.»

Er las es. Er las viele andere. Die Vision wurde ihm zuteil. Er trat in die ritterliche Legion ein. Der junge Galahad-Eugene, die Speerspitze der guten Sache. Er ging auf Gralsfahrt. Er verfaßte Dutzende von Lebenserinnerungen, in die er ruhig, witzig, mit wohltemperierter englischer Zurückhaltung das gestaute Maß seines reinen Kreuzfahrerherzens ergoß. Manchmal ließ er einen Arm, ein Bein, ein Auge auf dem Feld der Ehre und kehrte zwar beschädigt, aber als ein Edler zurück. Manchmal schrieb er seine letzten, strahlenden Worte am Vorabend des Sturmangriffs, bei dem er sein Leben ließ. Mit tränenfeuchten Augen las er seinen eigenen Epilog, genoß er seinen Nachruhm in den Berichten und Erläuterungen seines Herausgebers. Zeuge seines eigenen Opfertodes ließ er zwei heiße Zähren auf seinen jungen, erschlagenen Leib fallen. *Dulce et decorum est pro patria mori.*

Ben schob, die Stirn gerunzelt, an Woods Drugstore vorbei. Als er an der Gruppe der Bummler, die dort am Eingang herumstanden, vorüberkam, schoß er ihnen einen Blick jäher, heftiger Verachtung zu. Er lachte herb und sagte: «Ach du mein Gott!»

An der Ecke, gegenüber dem Postamt, wartete er mit gerunzelter Stirn auf Mrs. Pert. Sie kam über die Straße, langsam, ein wenig taumelnd.

Er verabredete sich mit ihr auf später im Drugstore. Dann ging er eilig die Federal Street hinunter und trat in das Doctor's and Surgeon's Building ein. Die Stiegen knarrten im dunklen, kühlen Treppenhaus; irgendwo fiel pünktlich und monoton ein Wassertropfen in ein feuchtes schwarzes Waschbecken. Auf dem Treppenabsatz des ersten Stocks hielt Ben einen Augenblick inne und wartete, bis sich das nervöse Pochen seines Herzens beschwichtigt hatte. Dann ging er den breiten Korridor hinunter und trat in das Wartezimmer von Dr. J. H. Coker ein. Es war leer. Stirnrunzelnd schnupperte er. Das ganze Gebäude roch scharf nach dem sauberen, nervösen Duft der Antiseptika. Stöße abgegriffener Zeitungen – *Life*, *Judge*, *The Literary Digest* und *The American* – lagen auf dem schwarzen Holztisch und zeugten von gelangweiltem oder entnervtem Durchblättertwerden. Die Innentür wurde geöffnet, und Miss Ray, die Assistentin, trat ein. Sie hatte schon den Hut auf; sie war im Weggehen.

«Sie wollen Dr. Coker sprechen?» fragte sie.

«Ja», sagte Ben. «Hat er zu tun?»

«Komm nur rein, Ben», sagte Coker, der in der Tür erschien. Er nahm die lange, nasse Zigarre aus dem Mund und zeigte sein gelbes Grinsen. «Das wäre alles für heute, Laura. Auf Wiedersehn.»

«Guten Abend», wünschte Miss Laura Ray und ging.

Ben trat ins Ordinationszimmer. Coker schloß die Tür und nahm an dem unaufgeräumten Schreibtisch Platz.

«Du legst dich besser gleich dort auf den Untersuchungstisch», sagte er feixend.

Ben sah den Tisch an und machte ein Gesicht, als drehe sich ihm der Magen um. «Wieviel Menschen sind schon auf dem Tisch da verreckt?» fragte er.

Nervös setzte er sich auf den Stuhl vor dem Schreibtisch, nahm eine Zigarette heraus. Er hielt das Zündholz ans verkohlte Ende von Cokers Zigarre. Die beiden rauchten.

«Was kann ich für dich tun, Son?» fragte der Arzt.

«Hab's satt, hier herumzuhängen und später mal die Radieschen von unten anzusehen», sagte Ben. «Möchte das lieber woanders tun.»

«Erklär dich mal näher, Ben.»

«Sie haben doch wohl gehört, Coker, daß in Europa ein Krieg stattfindet», sagte Ben ruhig, mit verletzender Schärfe. «Oder können Sie vielleicht nicht lesen?»

«Ich weiß von nichts, Son», sagte Coker trocken und paffte langsam an seiner Zigarre. «Ich lese nur eine Zeitung – so ein Blatt, das morgens erscheint. Vermutlich war die Nachricht noch nicht eingelaufen.» Er grinste spöttisch. «Also, was hast du vor, Ben?»

«Ich möchte nach Kanada fahren und ins Heer eintreten», erklärte Ben. «Und Sie sollen mir sagen, ob ich tauglich bin.»

Coker schwieg. Er pflückte die lange, angekaute Zigarre aus den Zähnen und starrte sie nachdenklich an.

«Warum möchtest du das eigentlich, Ben?» fragte er.

Ben sprang nervös auf und ging zum Fenster. Er warf seine Zigarette in den Hof hinunter; mit einem kleinen, trockenen Plopp schlug sie am Zementbrunnen auf. Als er sich wieder umwandte, war sein hageres Gesicht weiß vor Leidenschaft. «Wozu leben wir eigentlich, Coker?» fragte er. «Können Sie mir das sagen? Wozu in Gottes Namen laufen wir hier herum? Sie sind Doktor, Sie müßten das doch wissen.»

Coker starrte seine Zigarre an. Sie war wieder ausgegangen. «Warum sollte ich etwas darüber wissen?» wandte er bedächtig ein.

«Wo kommen wir her? Wo gehen wir hin? Wozu sind wir da? Worum dreht sich der ganze Höllenbetrieb?» rief Ben zornig. Er war heftig geworden. Er sah den Älteren mit bitter anklagendem Blick an. «Um Gottes willen, Coker, reden Sie doch! Sitzen Sie doch nicht da wie 'ne verdammte Schaufensterpuppe! Sagen Sie was, bitte!»

«Ja, was soll ich da sagen?» erwiderte Coker. «Wer bin ich denn?

Ein Gedankenleser? Ein Spiritist? Ich bin dein Arzt, nicht dein Priester. Ich sehe, wie Menschen geboren werden und wie sie sterben. Was vorher oder nachher ist, davon weiß ich nichts.»

«Verdammt noch mal», sagte Ben. «Aber was geschieht zwischen Geburt und Tod?»

«Darüber weißt du genausoviel wie ich, Ben», erklärte Coker. «Was du brauchst, ist kein Arzt, sondern ein Prophet.»

«Die Leute kommen doch hierher, wenn ihnen was fehlt. Und wollen alle gesund werden. Nicht wahr?» sagte Ben. «Und Sie, Coker, tun Ihr Bestes, um ihnen zu helfen.»

«Nein», sagte Coker. «Nicht immer. Zugegeben, daß es von mir angenommen wird. Aber was soll das, Ben?»

«Also müssen Sie und die Patienten doch denken, daß es alles irgendeinen Sinn hat», erklärte Ben. «Sonst würden Sie sich doch nicht bemühen.»

«Der Mensch will leben, Ben, nicht wahr?» sagte Coker.

«Ja, warum aber, Coker, warum? Das frage ich Sie.»

«Warum?» sagte Coker. «Um neun Stunden täglich in einem Zeitungsbüro zu arbeiten, neun weitere Stunden zu schlafen, und die übrigen sechs zu genießen, indem er sich wäscht, rasiert, anzieht, im *Greasy Spoon* ißt und vor dem Drugstore herumlungert sowie gelegentlich die lustige Witwe ausführt, um ihr den Herrn Franz Xaver Buschmann zu zeigen. Ist das nicht Grund genug zum Leben für jedermann? Und wenn ein Erdenbürger dann schwer schuftet und sich wacker hält und sein Geld im Bausparverein anlegt, anstatt es für Zigaretten, Coca-Cola und bessere Konfektionsanzüge hinauszuschmeißen, dann kann er es sogar zu einem hübschen Einfamilienhaus bringen.» Cokers Stimme sank zum ehrerbietigen Flüstern. «Ja, Ben, er kann es sogar bis zum eigenen Auto bringen, stell dir das vor! Er kann sich ans Steuer setzen und fahren und fahren und fahren. Er kann in diesem ganzen verdammten Gebirge herumfahren. Er kann sehr glücklich werden. Er kann in der Gymnastikhalle des CVJM regelmäßig Leibesübungen machen und nur reine Gedanken hegen. Er kann eine gute, tugendhafte Frau heiraten und mit ihr Kinder zeugen, eine ganze Serie Buben und Mädchen. Und die kann er dann Baptisten, Methodisten oder Presbyterianer werden lassen, kann sie auf die Staatsuniversität schicken, um Kurse über Nationalökonomie, Handelsrecht und die schönen Künste zu hören. Das ist doch genug Grund zum Leben, Ben! Genug, um einen jede Sekunde zu beschäftigen.»

«Sie sind sehr witzig, Coker», sagte Ben. «Komisch wie 'ne Krücke.» Unsicher nahm er die Hängeschultern zurück und atmete tief ein.

«Also wie steht's mit mir?» fragte er mit nervösem Grinsen. «Bin ich tauglich oder nicht?»

«Sehen wir nach», sagte Coker bedächtig und musterte ihn. «Zehen einwärts gestellt . . . aber ein guter Rist.» Er sah Bens gelbe Lederschuhe genau an.

«Was soll das, Coker?» fragte Ben. «Braucht man seine Zehen, um ein Gewehr abzuschießen?»

«Wie steht's mit den Zähnen, Son?»

Ben zog die dünnen Lippen zurück und zeigte zwei Reihen harter, weißer Schneidezähne. In diesem Augenblick, ganz beiläufig, stieß Coker ihm schnell den starken gelben Finger in das Sonnengeflecht. Bens geschwellte Brust fiel zusammen, er beugte sich vornüber, lachte, hustete trocken. Coker ging zum Schreibtisch und nahm eine Zigarre.

«Was ist los, Coker? Was soll das heißen?» fragte Ben.

«Das wäre alles, Son. Ich bin fertig mit der Untersuchung», erklärte Coker.

«Und wie steht's?» fragte Ben aufgeregt.

«Ja, was denn, was?»

«Ob ich in Ordnung bin?»

«Gewiß bist du in Ordnung», sagte Coker. Er wandte sich zu ihm, das brennende Streichholz an der Zigarre. «Wer sagt denn, daß du nicht in Ordnung bist?»

Ben starrte ihn stirnrunzelnd an, die Augen hell vor Angst.

«Spaß beiseite, Coker», sagte er. «Ich bin kein kleiner Junge mehr. Kann ich fahren?»

«Wozu die Hast?» sagte Coker. «Der Krieg ist noch lange nicht aus. Über kurz oder lang kann es sein, daß auch wir mitmachen. Warum also nicht ein bißchen warten?»

«Das soll heißen, daß ich nicht tauglich bin», sagte Ben. «Also was ist los mit mir, Coker?»

«Nichts», sagte Coker vorsichtig. «Du wiegst nicht genug. Und du bist überarbeitet, Ben. Nicht wahr? Du brauchst ein bißchen Fleisch an die Knochen, Son. Du kannst nicht im *Greasy Spoon* sitzen und Kaffee trinken und rauchen und erwarten, daß dich das kräftigt.»

«Bin ich tauglich oder nicht, Coker?»

Cokers langer Totenkopf klaffte von einem breiten gelben Grinsen.

«Ja», sagte er. «Du bist tauglich, Ben. Du bist einer der tauglichsten Menschen, die mir im Leben vorgekommen sind.»

Ben las die wahre Antwort in den müden, rotgeäderten Augen des Arztes. Seine eigenen Augen waren krank vor Angst. Aber er sagte bissig:

«Danke schön, Coker. Sie haben mir sehr geholfen. Sehr verbunden für die Auskunft. Sie sind als Arzt ein famoser Baseballspieler, sozusagen.»

Coker feixte. Ben ging hinaus.

Als er auf die Straße trat, traf er Harry Tugman, der zum Zeitungsbüro hinunterging.

«Was ist los, Ben?» fragte Harry Tugmann. «Bist du krank?»

«Ja», sagte Ben und sah ihn finster an. «Ich habe mir gerade 'ne Spritze 606 geben lassen.»

Er ging die Straße hinauf, um sich mit Mrs. Pert zu treffen.

26

Im Herbst, als er fünfzehn war und das letzte Jahr in Leonards Schule ging, machte Eugene eine Reise nach Charleston. Er fand einen Ersatzträger für seine Zeitungsroute.

«Mach doch mit!» sagte Max Isaacs, den er gelegentlich noch traf. «Junge, das wird 'ne vergnügte Spritztour!»

«Und ob!» sagte Malvin Bowden, dessen Mutter diesen Ausflug

leiten würde. «In Charleston gibt's noch Bier», setzte er mit einem lüsternen Seitenblick hinzu.

«Wir können bei der Palmeninsel im Meer schwimmen», sagte Max Isaacs. «Und wir können die Schiffe in der Marinestation besichtigen», bemerkte er ehrfurchtsvoll.

Max wartete nur auf den Tag, an dem er alt genug wäre, um in die Kriegsmarine einzutreten. Gierig las er alle Plakate, kannte alle die Marineleute im Werbebüro, hatte alle Flugschriften gelesen; er kannte sich ganz genau aus. Er wußte die Löhnungssätze, Dollars und Cents der Maschinisten, der Leichtmatrosen, der Funker, der Deckoffiziere. Sein Vater war Installateur, und Max wollte kein Installateur werden. Er wollte zur Kriegsmarine und die Welt sehen. Bei der Flotte bekommt ein Mann anständige Löhnung und gute Ausbildung; er lernt ein Handwerk. Er kriegt gutes Essen und eine gute Montur. Und das alles umsonst, gewissermaßen für nichts.

«Hm», sagte Eliza, ein scherzhaftes Lächeln auf den Lippen. «Warum willst du da mitfahren? Du bist doch noch mein kleiner Junge!» Seit Jahren nicht mehr. Sie lächelte schmerzlich.

«Yes'm», sagte Eugene, «darf ich mit? Es dauert nur fünf Tage. Das Geld hab ich.»

Er steckte die Hand in die Tasche, um sich zu vergewissern.

«Ich will dir was sagen», sprach Eliza und verzog den Mund, lächelte. «Eh noch der Winter rum ist, wirst du mehr als einmal wünschen, daß du das Geld noch hättest. Du brauchst neue Schuhe und einen dicken Wintermantel, wenn das kalte Wetter kommt. Du mußt sehr reich sein. Ich wünschte nur, ich könnte mir auch mal so 'nen Ausflug leisten.»

«Ach du mein Gott!» sagte Ben. Er lachte kurz. Er warf seinen Zigarettenstummel in die Glut; es war einer der ersten Tage, an denen das Feuer im Kamin brannte.

«Ich möchte dir sagen, mein Sohn», bemerkte Eliza sehr ernst, «daß du den Wert des Geldes kennenlernen mußt, oder du wirst nie ein eignes Dach überm Kopf haben. Natürlich gönne ich dir ein Vergnügen, aber du solltest dein Geld nicht vergeuden.»

«Yes'm», sagte Eugene.

«Um Himmels willen», fuhr Ben auf. «Es ist doch sein selbstverdientes Geld. Damit kann er wahrhaftig machen, was ihm beliebt. Wenn er es zu diesem verdammten Fenster da rausschmeißt, ist es immer noch seine eigne Angelegenheit.»

Sie starrte, die Hände auf dem Bauch gefaltet, die Lippen geschürzt, nachdenklich ins Leere.

«Nun», entschied sie, «ich nehme an, daß die Sache in Ordnung ist. Mrs. Bowden wird ja gut auf dich aufpassen.»

Es war die erste Reise nach einem unbekannten Ziel, die er allein machte. Eliza packte umständlich einen alten Handkoffer für ihn, verstaute eine Schachtel mit belegten Broten und Eiern darin. Er reiste abends. Als sie ihn gewaschen, gebürstet und aufgeregt bei dem Handkoffer stehen sah, weinte sie ein bißchen. Wieder war er, das spürte sie, ein Stück weiter von ihr weggerückt. Der Hunger nach Reisen stand in seinem Gesicht.

«Halt dich brav, Junge!» ermahnte sie ihn, «und daß du mir keine Dummheiten anstellst.» Sie dachte einen Augenblick lang angestrengt nach und blickte weg. Dann griff sie in ihren Strumpf und holte eine Fünfdollarnote heraus.

«Geh sparsam mit deinem Geld um», riet sie ihm an. «Hier ist noch ein bißchen, vielleicht wirst du es brauchen.»

«Her mit dir, du kleiner Lump!» sagte Ben, die Brauen finster gerückt. Mit geschickter Hand band er ihm die ausgefranste Krawatte zurecht, holte mit schnellem Griff einen zusammengerollten Zehndollarschein aus seiner Weste und steckte ihn in Eugenes Tasche. «Benimm dich», knurrte er, «oder ich schlag dir die Knochen kaputt.»

Max Isaacs pfiff vor dem Haus. Eugene lief zu zu ihnen. Mrs. Bowdens Reisegesellschaft bestand aus sechs Teilnehmern: Max Isaacs, Malvin Bowden, Eugene, zwei Mädchen namens Josie und Louise und Mrs. Bowden. Josie war Mrs. Bowdens Nichte und wohnte bei ihr. Sie war eine Bohnenstange, zwanzig Jahre alt, mit einem vorstehenden Gebiß voll grinsender Zähne. Das andere Mädchen, Louise, war Kellnerin: eine kleine, rundlich-mollige Brünette. Mrs. Bowden war eine kleine, verblühte Frau mit dünnem braunen Haar und müden braunen Augen. Sie war Schneiderin. Ihr Gatte, ein Zimmermann, war im Frühjahr gestorben. Eine kleine Lebensversicherung war ihr zugefallen. So kam sie auf den Gedanken, diese Reise zu machen.

Wieder einmal fuhr Eugene durch die Nacht in den Süden. Das Abteil war heiß; es roch müde nach altem roten Plüsch. Die Fahrgäste dösten unbequem vor sich hin, aufgeschreckt von der klagenden Zugglocke und dem Knirschen der Bremsen. Ein Säugling wimmerte. Die Mutter, eine Frau aus dem Gebirge, hager, mit strähnigen Haaren, klappte den Sitz vor sich herunter und legte das Kleine auf eine ausgebreitete Zeitung. Sein schrumpeliges Gesicht blickte schmierig aus einer unbequemen Verpackung schmutziger, rosaverzierter Babywäsche heraus. Das Kind weinte sich in Schlaf. Vorn im Wagen saß ein junger Farmer in Cord und Leder gekleidet, mit hervorstehenden Backenknochen im sonnverbrannten Gesicht; er aß unablässig Erdnüsse und warf die Schalen auf den Boden. Mit durchdringend-üppigem Knirschen traten die Leute darüber hin. Die drei Jungen langweilten sich und gingen unentwegt im Gänsemarsch zum Trinkwasserbehälter am Ende des Wagens. Benutzte Papierbecher lagen am Boden; es stank aus den Toiletten.

Die beiden Mädchen lagen auf den heruntergeklappten Sitzen in tiefem Schlaf. Die Kleine atmete warm und lieblich durch die feuchten, halbgeöffneten Lippen.

Die Mattigkeit der Nacht lastete auf ihren erschöpften Nerven, drückte auf ihre trockenen, heißen Augäpfel. Sie preßten ihre Gesichter dicht gegen die verrußten Fensterscheiben und sahen das riesige Gefüge der Erde vorüberfliegen: wuchtige Waldstücke, der gleitende Bogen der Felder, das ungeheure, fließende Sichheben der Bodenwellen, zyklische Einschnitte, die verwirrten: die amerikanische Erde – roh, unermeßlich, formlos, gewaltig. Seine Gedanken waren eingebunden im wehmütig-einlullenden Zauber der Räder. Clackety-clack. Clackety-clack. Clackety-clack. Clackety-clack.

Sein Leben kam ihm vor wie etwas, was sich vor langer Zeit zugetragen hatte. Er hatte endlich in seine verlorene Welt gefunden. Aber lag sie hinter ihm, oder lag sie vor ihm? War er dabei, sie zu verlassen, oder betrat er sie gerade erst? Beim Rhythmus des fahrenden Zuges fiel ihm die Art ein, wie Eliza über längst Vergangenes lachte. Er sah eine knappe, vergessene Gebärde, die breite, weiße Stirn, das Gespenst eines alten Kummers in ihren Augen. Ben, Gant – ihre seltsamen, verlorenen Stimmen. Ihr trauriges Lachen. Nun schwammen sie auf ihn zu, durch die hellgrünen Wasserwände der Phantasie. Sie griffen nach seinem Herzen, zerrten daran. Das grüne Geisterflimmern ihrer Gesichter wand sich langsam fort. Verloren, verloren.

«Gehn wir 'ne Zigarette rauchen!» schlug Max Isaacs vor. Sie traten auf die geschlossene Plattform hinaus, standen spreizbeinig, weil der Zug schlingerte, rauchten.

Am trüben Osthorizont, fern, brach die Sonne auf und fraß sich durch das ferne Dunkel. Harte, grelle Lichtstreifen durchzogen den Himmel. Noch in Nacht begraben, blickten sie über die ausdruckslose Fläche des Tages hin. Der Vorhang hob sich, sie sahen in die Helligkeit und wurden mit Messerstichen von ihr fortgetrieben. Dann graute es; der Tag schmolz nun mild über das Land, wie Tau. Der Osten flammte. Die kleine Kellnerin im Wagen atmete tief auf, seufzte, öffnete die klaren Augen.

Max Isaacs fingerte ungeschickt an seiner Zigarette, blickte zu Eugene, grinste vor Freude ganz einfältig und renkte den Hals aus dem engen Hemdkragen, schnitt eine nervöse Grimasse dazu. Er hatte ein hellhäutiges, blondflaumiges Gesicht, blonde Augenbrauen, dichtes, mattgoldblondes glattes Haar. Es war viel Güte in ihm. Die beiden hegten eine ungeschickte Zärtlichkeit füreinander. Sie dachten an die verschollenen Jahre in der Woodson Street. Verwundert und linkisch waren sie sich ihrer Pubertät bewußt. Das stolze Tor der Zukunft tat sich vor ihnen auf. Sie spürten, einer im anderen, das Vereinsamende, das Licht. Sie sagten sich Lebewohl.

Charleston, dies üppige Unkraut, das an den Ufern der Lethe Wurzeln geschlagen hat, lebte in einer anderen Zeit. Die Stunden waren Tage, die Tage Wochen.

Sie kamen morgens an. Als es Mittag wurde, waren sie schon Wochen da, und sie sehnten sich nach dem Abend. Sie wohnten in einem kleinen Gasthof in der King Street, der die oberen Stockwerke eines alten Hauses einnahm. Im Erdgeschoß waren Läden. Die Zimmer waren sehr groß. Nach dem Mittagessen war ein Spaziergang durch die Stadt geplant. Max Isaacs und Malvin Bowden wollten sofort zur Marinestation. Mrs. Bowden ging mit ihnen. Eugene war sehr schläfrig. Er verabredete sich auf später mit ihnen.

Als die anderen gegangen waren, zog er Schuhe, Rock und Hemd aus und streckte sich auf dem Bett aus. Durch Schlitze in den Fensterläden fiel das Licht in dünnen Bohlen ins verdunkelte Zimmer. Schlafsüchtig wie eine Herbstfliege summte die Zeit sich zu Tode.

Um fünf Uhr kam Louise, die kleine Kellnerin, um ihn zu wecken. Auch sie hatte geschlafen. Sie pochte leise an die Tür. Als keine Antwort kam, schlich sie herein und schloß die Tür. Sie trat an sein Bett, sah ihn eine Weile an.

«Eugene!» flüsterte sie. «Eugene!»

Er murmelte verschlafen und dehnte sich. Louise lächelte und setzte sich auf das Bett. Sie beugte sich über ihn, kitzelte ihn an den Rippen, kicherte, als er sich krümmte. Sie kitzelte ihn an den Fußsohlen. Er kam allmählich zu sich, gähnte, rieb sich den Schlaf aus den Augen.

«Was ist denn?» fragte er.

«Es ist Zeit, wir müssen dorthin gehen», sagte sie.

«Wohin?»

«Zur Marinestation. Wir haben uns doch verabredet.»

«Zum Teufel mit der Marinestation», murrte er. «Ich möcht lieber schlafen.»

«Ich auch», gestand sie und gähnte üppig. Sie reckte die vollen Arme. «Ich bin so müde, daß ich mich überall ausstrecken und schlafen könnte.» Sie sah vielsagend auf das Bett.

Auf der Stelle war er ganz wach, sinnlich-gespannt.

Er stützte sich auf den Ellenbogen, das Blut schoß ihm heiß zu Kopf, sein Puls ging schwer.

«Wir sind ganz allein hier oben», sagte Louise lächelnd. «Wir haben das ganze Stockwerk für uns.»

«Warum legen Sie sich nicht nieder und schlafen, wenn Sie noch müde sind?» fragte er. «Ich werde Sie rechtzeitig wecken», fügte er ritterlich-zärtlich hinzu.

«Ich hab so ein kleines Zimmerchen. Heiß und stickig. Deswegen bin ich aufgestanden», sagte Louise. «Was für ein schönes großes Zimmer Sie hier haben!»

«Ja», sagte er, «und so ein schönes großes Bett.»

Sie schwiegen eine Weile, warteten.

«Wirklich, Louise, warum legen Sie sich nicht einfach hierhin und schlafen?» sagte er leise. Seine Stimme war nicht sehr fest. «Ich werde aufstehn!» Er richtete sich hastig auf. «Und ich werde Sie dann wecken.»

«Ach nein», meinte sie. «Das wäre wohl nicht ganz recht.»

Sie schwiegen wieder. Sie sah bewundernd seine jungen, mageren Arme an. «Bestimmt sind Sie sehr stark!» bemerkte sie.

Männlich warf er sich in die Brust und beugte seine langen sehnigen Arme.

«Oh!» sagte sie. «Wie alt sind Sie eigentlich, Eugene?»

Er war gerade fünfzehn.

«Im sechzehnten», sagte er. «Und Sie, Louise?»

«Achtzehn», sagte sie. «Sicher sind Sie so ein richtiger Casanova, Gene. Wie viele Freundinnen haben Sie denn?»

«Ach – ich weiß nicht –, nicht viele», sagte er. Das war nur allzu wahr.

Er wollte zu ihr reden, wollte Verführerisches, Erregendes, Schlimmes zu ihr sagen. Er wollte ganz beiläufig und sachlich im ernstesten, trockensten Ton der Welt die gewagtesten erotischen Anspielungen machen.

«Nicht wahr?» sagte sie, «Sie mögen sicher nur hochgewachsene Schlanke? So ein großer Bursche wie Sie macht sich doch wohl nichts aus so einer Kleinen wie mir, oder? Allerdings», fügte sie schnell hinzu, «kann man ja nie wissen. Es heißt doch, Gegensätze ziehen sich an, nicht?»

«Aus den langen Latten mache ich mir gar nichts», sagte Eugene. «Nichts wie Haut und Knochen. Mir gefallen Mädchen in Ihrer Größe. Wenn sie gut gebaut sind, natürlich.»

«Bin ich gut gebaut, Eugene?» fragte Louise und reckte lächelnd die Arme hoch.

«Ja, schön sind Sie gebaut, fein sind Sie gebaut, Louise», sagte Eugene ernst. «Ganz so, wie ich es mag.»

«Aber ich hab kein hübsches Gesicht, ich bin häßlich», behauptete sie herausfordernd.

«Das ist nicht wahr. Sie sind nicht häßlich. Sie haben ein sehr hübsches Gesicht», erklärte Eugene bestimmt. «Aber das Gesicht ist mir auch gar nicht so wichtig», versetzte er feinsinnig.

«Was ist denn das Wichtigste für Sie, Gene?» fragte Louise.

«Schöne Beine», sagte er. «Eine Frau muß unbedingt schöne Beine haben. Die schönsten Beine, die ich je sah, hatte eine Mulattin.»

«Schöner als meine?» fragte Louise leichtfertig lachend.

Sie schlug die Beine übereinander und zeigte ihre seidenbestrumpften Fesseln. «Ich weiß nicht, Louise», sagte er mit kritischem Blick. «Ich sehe nicht genug.»

«Sehen Sie so genug?» Sie zog ihren engen Rock über die Wade.

«Nein», erklärte Eugene.

«So?» Sie zog den Rock übers Knie und zeigte ihm den vollen Oberschenkelansatz. Sie trug seidene Strumpfbänder mit roten Rosetten. Sie streckte die kleinen Füße aus, die Zehen schamhaft eingerollt.

«Mannomann!» sagte Eugene und starrte mit großem Interesse die Strumpfbänder an. «Hübsche Strumpfbänder haben Sie da. So hübsche hab ich noch nie gesehen.» Er schluckte laut. «Tun die Dinger nicht weh, Louise?»

«Wie?» sagte sie, als stünde sie vor einem Rätsel. «Wieso denn?»

«Schneiden sie nicht ins Fleisch?» erklärte er. «Meine schneiden nämlich, wenn ich sie zu eng straffe. Sehn Sie mal.»

Er zog ein Hosenbein hoch und zeigte den jungen, dünnbehaarten Unterschenkel mit dem Sockenhalter.

Louise sah. Ernsthaft prüfte sie das Gummiband des Sockenhalters mit ihrer weichen Hand.

«Meine tun nie weh», sagte sie und ließ ihr Strumpfband schnappen. «Sehn Sie?»

«Lassen Sie mich mal», sagte er und legte seine zitternden Finger leicht auf ihr Strumpfband. «Ja, es stimmt», sagte er. Seine Stimme war ganz unsicher.

Ihr junger Leib rundete sich ihm schwer entgegen, ihr warmes, junges Gesicht blickte blind in seines. Er war ganz trunken im Kopf; linkisch küßte er sie auf die geöffneten Lippen. Sie sank schwer in die Kissen. Er küßte sie auf die Augen, auf den Mund; er bedeckte ihr Gesicht, ihren Hals mit Küssen, mit trockenen, ungeschickten Küssen. Er versuchte, ihre Bluse am Hals aufzunesteln, aber seine Hand zitterte zu sehr. Mit schlaftrunkener Gebärde löste sie die Hefthaken. Er hob sein fieberrotes Gesicht ihr zu.

«Louise, süß bist du, Louise süß . . .» flüsterte er leidenschaftlich zitternd. Er wußte kaum, was er sagte.

Sie fuhr ihm mit den Händen in die Locken, zog seinen Kopf an ihre Brüste, stöhnte leise, als er sie küßte, riß ihn an den Haaren. Er umfaßte sie mit den Armen, preßte sie an sich. Sie verschlangen einander mit jungen, feuchten Küssen, unersättlich, unglücklich, gierig in dem Wunsch, in dieser Umarmung zusammenzuwachsen und das letzte Verlangen mit einem einzigen Kuß zu befriedigen. Er lag da, wirr und von Sinnen vor Leidenschaft, unfähig, seiner Glut Herr zu werden, sie zu konzentrieren. Er hörte die ungeschrienen Schreie der Lust, spürte die wilde, würgende Ekstase des Unerlöstseins. Aber er hatte Angst – nicht die gesellschaftliche Angst, sondern Angst, seine Unerfahrenheit könne entdeckt werden. Er hatte Angst, impotent zu sein. Er sprach heiser zu ihr, gierig, benommen; er hörte selbst nicht, was er sprach:

«Willst du, daß ich es tue? Louise! Willst du, daß ich es tue?»

Sie preßte sein Gesicht an ihres, murmelte schlaftrunken: «Tu mir nicht weh, Eugene, tu mir nicht weh. Du weißt, wenn was passierte . . .»

Er klammerte sich an den Strohhalm.

«Ich will dich ja nicht verführen, nein, nein, Louise, nicht der erste sein. Ich hab noch nie ein Mädchen entjungfert», plapperte er sinnlos. Er war sich verworren bewußt, daß er sich da zu einem ritterlichen Grundsatz bekannte. Er schüttelte sie – sie war wie betäubt. «Du mußt mir das offen sagen, weißt du, du mußt. Ich mag ein schlechter Kerl sein, aber das! Das brächte ich nicht fertig. Hörst du?» Seine Stimme war schrill, heiser; sein Gesicht zuckte; er konnte kaum weitersprechen.

«Louise! Bin ich der erste oder nicht? Sag doch! Du mußt es sagen. Warst du schon einmal mit einem Mann zusammen?»

Sie blickte ihn träge an. Sie lächelte.

«Nein», sagte sie.

«Ich mag schlecht sein, aber das kann ich nicht.»

Er verlor die Sprache, stammelte, schnappte nach Luft, sein Gesicht zuckte, er suchte nach Worten.

Sie richtete sich plötzlich auf, schloß ihn tröstend in ihre warmen Arme, streichelte ihn. Sie zog seinen Kopf an ihre Brust, streichelte seine Haare und redete ihm gut zu.

«Ich weiß es ja, Lieber, ich hab's ja gewußt, daß du mir nichts antun würdest. Ach wie aufgeregt du bist. Komm, komm, sei doch ruhig. Du zitterst ja wie Espenlaub. Du bist so nervös, ein Nervenbündel bist du, ja, ja . . .»

Er weinte lautlos an ihrer Schulter.

Er wurde ruhiger. Sie lächelte, küßte ihn ganz sanft.

«Zieh dich jetzt an», sagte sie, «wir müssen fort, wenn wir die andern dort noch treffen wollen.»

In seiner Verwirrung versuchte er, ein Paar von Mrs. Bowdens Pumps, die im Zimmer standen, anzuziehen. Louise lachte belustigt auf und fuhr ihm mit den Händen durchs Haar.

Auf der Marinestation konnten sie die anderen nirgends finden. Ein junger Matrose führte sie auf ein Kanonenboot. Louise kletterte eine mit einem eisernen Geländer versehene Leiter hinauf. Ihre wohlgeformten Schenkel schwangen leise. Sie stellte ihre Beine zur Schau. Schamlos lange betrachtete sie das aus irgendeiner illustrierten Zeitung ausgeschnittene Bild einer Soubrette. Der junge Matrose rollte die Augen, ein Ausdruck unschuldiger Geilheit kam in sein Gesicht. Er blinzelte Eugene zu.

Auf der Kommandobrücke der *Oregon*.

«Was soll das denn?» fragte Louise. Sie deutete auf den mit Nägeln nachgezogenen Umriß von Admiral Deweys Fuß.

«Da stand der Admiral während der Schlacht», sagte der Matrose.

Louise stellte ihren kleinen Fuß in die Spur des größeren. Der Matrose blinzelte Eugene zu. Feuern Sie, wenn Sie schußfertig sind, Gridley!

«Sie ist ein nettes Mädchen», sagte Eugene.

«Sicher», sagte Max Isaacs. «Ein feiner Kerl.» Er reckte den Hals, verzog das Gesicht. «Wie alt mag sie sein, ungefähr?»

«Achtzehn», sagte Eugene.

Malvin Bowden starrte ihn an.

«Du bist nicht bei Trost», sagte er. «Sie ist einundzwanzig.»

«Nein», beharrte Eugene, «sie ist achtzehn. Sie hat's mir selber gesagt.»

«Quatsch», sagte Malvin Bowden. «Sie ist einundzwanzig. Meine Mutter kennt sie schon seit fünf Jahren. Sie hatte ein Kind, als sie achtzehn war.»

«Was?» fragte Max Isaacs.

«Jawohl», sagte Malvin Bowden. «Ein Handlungsreisender hat sie verführt und dann sitzenlassen.»

«Was?» fragte Max Isaacs. «Ohne sie zu heiraten oder sonst was?»

«Jawohl», sagte Malvin Bowden. «Er hat sich einfach nicht mehr um sie gekümmert. Ihre Eltern ziehen das Kind auf.»

«Donnerwetter!» sagte Max Isaacs langsam. Dann bemerkte er streng: «So ein Kerl sollte einfach totgeschossen werden.»

«Sicher!» sagte Malvin Bowden.

Sie schlenderten die Battery entlang, vorbei am Rande des verfallenen Reiches Camelot.

«Schöne, alte Häuser das», sagte Max Isaacs. «Damals waren sie gut zum Wohnen.»

Eugene bestaunte die schmiedeeisernen Torgitter. Schon als Kind hatte er Eisentrümmer geliebt.

«Das sind die berühmten alten Herrenhäuser der Südstaaten», sagte er ehrfurchtsvoll.

Die Bucht war ganz still. Es stank grün nach warmem, stehendem Wasser.

«Schade, daß hier alles so verfällt», sagte Malvin Bowden. «Die Stadt ist heute nicht größer als sie vor dem Bürgerkrieg war.»

No, Sir: ich schwöre Ihnen: Solange noch ein treues Herz schlägt und Appomattox, die Zeit der *Rekonstruction* und die schwarzen Parlamente erinnert, werden wir unser Blut für unsere geheiligten Traditionen hingeben, die so sehr bedroht sind.

«Sie brauchen Kapital aus den Nordstaaten», sagte Max Isaacs altklug. Ja, das brauchten sie alle.

Eine alte Lady, von einer schwarzen Wärterin geführt, erschien auf einer Hochveranda. Sie trug ein winziges Häubchen. Sie setzte sich in einen Schaukelstuhl und starrte blind in die Sonne. Eugene sah sie voll Mitgefühl an. Ihre Kinder hatten ihr wohl nicht gesagt, wie unglücklich der Bürgerkrieg für die Südstaaten geendigt hatte. Frommer Betrug! Und nun sparten und darbten sie und zogen ihre stolzen Bäuche ein, damit die alte Lady alle Bequemlichkeiten, an die sie gewöhnt war, haben konnte. Was sie wohl speiste? Das bißchen Fleisch von einem Hühnenflügel und ein Glas trockenen Sherry. Und all die kostbaren Erbstücke der Familie waren verkauft oder verpfändet. Ein Glück, daß sie fast blind war und das Hinschwinden des Vermögens nicht mit ansehen mußte. Traurig, so was. Ob sie wohl manchmal an die Zeit zurückdachte, als die Ritterlichkeit in Blüte stand, an die Tage des Weins und der Rosen?

«Seht mal, die alte Lady dort!» sagte Malvin Bowden.

«Ja», sagte Max Isaacs, «da sieht man gleich, daß sie 'ne Lady ist. Sie hat sicher nie im Leben 'nen Finger krumm gemacht.»

«Alte Aristokraten», sagte Eugene weich. Ja, die altvornehmen Familien der alten Südstaaten.

Ein Negergreis kam vorbei. Kindlich-gütiges Gesicht, von silberweißen Locken umrahmt. Ein guter alter Mann, sicher noch aus der Zeit vor dem Bürgerkrieg. Ach Gott, in diesen unseligen Zeiten gibt es nur noch wenige von ihnen.

Eugene dachte an die Schönheit der Sklaverei, jener Einrichtung, die seine mütterlichen Vorfahren so tapfer verteidigt hatten, obschon sie nie einen Sklaven besaßen. Ach Gott, Herr! Der alte Moses will kein freier Nigger sein. Wie soll er ohne seinen guten Herrn leben? Er will nicht mit den freien Niggern verhungern.

Hahaha! Philanthropie, reine Philanthropie. Er wischte sich eine Träne aus dem Auge.

Sie fuhren durch den Hafen zur Palmeninsel hinaus. Der Dampfer kirnte um den runden, roten Backsteinzylinder von Fort Sumter. Malvin Bowden sagte:

«Sie hatten mehr Leute als wir. Hätten wir soviel Leute gehabt wie sie, dann hätten wir sie geschlagen.»

«Sie haben uns gar nicht geschlagen», sagte Max Isaacs. «Unsre Kräfte waren erschöpft, weil *wir* sie dauernd geschlagen haben.»

«Wir haben den Krieg verloren, aber geschlagen sind wir nicht», stellte Eugene ruhig fest.

Max Isaacs sah ihn bewundernd an.

«Stimmt», sagte er.

Sie stiegen vom Dampfer und fuhren mit der quietschenden Straßenbahn zum Badestrand. Das Land war gelb und ausgedörrt von der sengenden Sommerglut. Staub lag dick auf den Blättern der Bäume. Der Wagen ratterte an den Strandhäusern vorbei – ausgetrocknet das Holz, der Anstrich blasig und abgeblättert, klein, windig, billig gebaut, auf Stelzen in den Sand gesteckt, unzählig wie Ungeziefer; alle mit hölzernen Aushängetafeln: *Ist-mir-total-egal*, *Seeblick*, *Ruhhafen*, *Atlantic Inn*. Eugene sah sie sich an und las voller Überdruß die verblaßten, ausgetretenen Witze, die in den Namen steckten.

«Es gibt 'nen Haufen Pensionen in der Welt», stellte er fest.

Ein heißer Frühherbstwind rauschte in den dürren Fächern der verkümmerten Palmen. Vor ihnen erhoben sich die riesigen, verrosteten Speichen eines Riesenrads. St. Louis. Sie waren am Strand angelangt. Malvin Bowden sprang vergnügt aus dem Wagen. «Den letzten beißen die Hunde!» brüllte er und rannte auf die Umkleidekabinen zu. «Ich bin erster!» schrie Max Isaacs und kreuzte herausfordernd die Finger.

Der Strand war leer. Zwei oder drei Buden waren noch geöffnet.

Der ausgeglühte, wolkenlose Himmel wölbte sich wie eine blaue Schale über dem polierten Smaragd des offenen Meeres. Schwer rollte die Brandung herein; die Wellen brachen, wurden dann dick und trübe, verfärbten sich im Sonnenlicht, sedimenttragend, zu einem strandigen Gelb.

Die Jungen gingen langsam auf die Kabinen zu. Das ruhige, unaufhörliche Donnern des Meeres erfüllte sie mit einsamer Musik. Sie starrten durch das grelle, fast schmerzende Licht hinaus auf die See.

«Ich geh zur Marine, Gene», sagte Max Isaacs. «Komm, mach mit!»

«Ich bin nicht alt genug», sagte Eugene. «Und du auch nicht.»

«Ich werde ja schon sechzehn im November», sagte Max Isaacs abwehrend.

«Hilft dir nichts. Dann nehmen sie dich immer noch nicht.»

«Ich lüg einfach, um reinzukommen», sagte Max Isaacs. «Sie machen überhaupt keine Scherereien. Du kannst rein. Komm, Eugene, mach mit!»

«Nein», sagte Eugene, «ich kann nicht.»

«Warum nicht?» fragte Max Isaacs. «Was hast du denn vor?»

«Ich will auf die Universität, Jura studieren.»

«Ach, das hat doch Zeit!» sagte Max Isaacs. «Das kannst du nach deiner Entlassung aus der Marine auch noch. Und du kannst 'nen Haufen bei der Marine lernen. Und mit der Flotte kommt man in der ganzen Welt herum.»

«Nein», sagte Eugene, «ich kann nicht.»

Aber sein Herz schlug höher, als er dem einsamen Donner des Meeres lauschte. Er sah dunkle, fremde Gesichter, sah Palmenufer, hörte die kleinen, klingelnden Laute Asiens. Schließlich war er doch von Häfen fasziniert.

Mrs. Bowdens Nichte und die Kellnerin kamen mit der nächsten Straßenbahn. Eugene hatte gebadet. Er lag am Strand. Er schauerte ein wenig unter dem Wind. Ein feiner Salzgeschmack war auf seinen Lippen. Er leckte sein sauberes, junges Fleisch.

Louise kam aus der Kabine und ging langsam auf ihn zu. Sie ging stolz, die weichen Kurven ihres Körpers zeichneten sich im Badeanzug ab. Sie trug grünseidene Badestrümpfe.

Draußen, außerhalb der Sicherheitsleine, hob Max Isaacs die

fleischigen, weißen Arme und tauchte durch den grünen Wasserwall der Brandung. Sein Körper leuchtete einen Augenblick lang grün. Dann stand er aufrecht, wischte sich die Augen, schüttelte sich das Wasser aus den Ohren.

Eugene nahm Louise bei der Hand und führte sie ins Wasser. Sie watete langsam, stieß kleine, erschreckte Schreie aus. Eine hereinrollende Welle schwoll tückisch heran, ging ihr plötzlich bis ans Kinn, nahm ihr den Atem. Sie schnappte nach Luft, klammerte sich an ihn. Nun waren sie eingeweiht. Sie tauchten durch heranbrüllende Wasserwälle. Es war köstlich. Als sie die Augen noch geschlossen hatte beim Auftauchen, küßte er sie. Junge, salzige Küsse.

Bald verließen sie das Wasser, überquerten den feuchten Randstreifen und schritten durch den warmen, lockeren Sand, betteten ihre triefenden Körper dankbar in der wohligen Hitze. Sie erschauerte. Er häufte weißen Sand über ihre Hüften und Beine, bis sie halb begraben war. Er küßte sie mit bebendem Mund.

«Ich liebe dich», sagte er. «Sehr!»

«Was haben dir die andern von mir erzählt?» fragte sie. «Haben sie von mir gesprochen?»

«Das ist mir gleich», sagte er. «Das ist mir alles ganz gleich. Ich lieb dich.»

«Du wirst mich vergessen, wenn du erst mal anfängst, mit den Mädchen zu gehen. Du wirst dich überhaupt nicht mehr erinnern. Eines Tages wirst du an mir vorübergehn und mich nicht einmal mehr kennen. Du wirst mich nicht wiedererkennen. Du gehst dann an mir vorbei, ohne ein Wort zu sagen.»

«Nein! Nein!» sagte er. «Ich werde dich nie vergessen, Louise! Solange ich lebe nicht!»

Ihre Herzen waren vom einsamen Donner der See erfüllt. Sie küßte ihn. Sie waren in den Bergen geboren.

Ende September kam er heim. Im Oktober fuhr Gant, von Helen und Ben begleitet, nach Baltimore. Die allzulange aufgeschobene Operation war nun unvermeidlich. Sein Krankheitszustand hatte sich ständig verschlimmert. Er hatte wochenlang furchtbare Schmerzen ausgestanden. Er war sehr geschwächt. Er hatte Angst.

Nachts stand er auf, weckte das schlafende Haus mit seinen Schreien, suchte das Entsetzen mit seiner alten Großartigkeit zu bannen.

«Das Messer! Das Messer! Ich seh's! Siehst du den Schatten! Da! Da! Da!»

Wie ein pathetischer Schauspieler krümmte er sich und deutete ins unanfechtbare Nichts.

«Da!! Siehst du ihn dort im Schatten stehn? Nun bist du also gekommen, um den Alten zu holen?! Da steht er, der schreckliche Sensenmann . . . ich hab's ja gewußt, daß er kommt! O Jesus, erbarme dich meiner Seele!»

Gant lag in der urologischen Klinik im Johns Hopkins Institute. Jeden Tag kam energisch-freundlich ein kleiner Herr herein, sah die Fieberkurve an. Er sprach vergnügte, aufheiternde Worte. Dann ging er wieder. Er war einer der größten Chirurgen im Land.

Die Krankenschwester machte Gant Mut: «Nur keine Bange», sagte sie. «Die Sterblichkeitsquote ist nur vier Prozent. Sie war dreißig Prozent. Er hat sie heruntergebracht.»

Gant stöhnte und reiche Helen seine große Rechte zu einem aufmunternden, lebenspendenden Händedruck.

«Mut! Mut! alter Junge!» sagte Helen. «Wenn du die Sache hinter dir hast, wird es dir bessergehn als je.»

Sie schenkte ihm ihre Lebenskraft, ihre Hoffnung, ihre Liebe. Er war fast ruhig, als man ihn in den Operationssaal rollte.

Aber der kleine, grauhaarige Herr sah sich das an, schüttelte bedauernd den Kopf und schnitt mit geschickter Hand.

«Gut soweit», sagte er vier Minuten später zu seinem Assistenten. «Schließen Sie die Wunde!»

Gant würde sterben. Am Krebs.

Gant saß im fahrbaren Krankenstuhl auf der Veranda des fünften Stocks. Durch die klare Oktoberluft sah er über die Stadt, die sich unten ausbreitete und im Fernendunst verlor. Er sah verklärt, fast zart aus. Ein mattes Lächeln der Glücksal und der Erleichterung umspielte seinen schmallippigen Mund. Er rauchte, frisch erweckter Sinne, eine lange Zigarre.

«Da unten», sagte er und zeigte dorthin, «da habe ich einen Teil meiner Jugend verbracht. Old Jeff Streeters Hotel stand ungefähr dort.» Er zeigte in die Ferne.

«Ja, grab nur Erinnerungen aus», sagte Helen. Sie grinste.

Gant dachte an die Jahre, die seitdem vergangen waren, an die unberechenbaren Wege seines Schicksals. Sein Leben erschien ihm seltsam. «Wir werden diese Plätze alle aufsuchen, sobald du aus dem Krankenhaus entlassen bist. Übermorgen darfst du hier weg. Weißt du, was das heißt? Weißt du überhaupt, daß du fast ganz gesund wieder bist?» Sie lächelte ihn groß an.

«Ja, jetzt bin ich wieder ein gesunder Mann», sagte er. «Ich fühle mich zwanzig Jahre jünger.»

«Armer alter Papa!» sagte sie. «Armer alter Papa!»

Ihre Augen waren feucht. Sie nahm sein Gesicht in ihre großen Hände und zog seinen Kopf an ihre Schultern.

27

MEIN SHAKESPEARE, stehe auf! Er stand auf, der Barde. Durch die ganze Länge und Breite seiner Schönen Neuen Welt stand er auf. Nicht einer Zeit nur war er, nein für alle Zeiten. Und außerdem: seine Tricentenarfeier fand nur einmal statt – nämlich nach dreihundert Jahren. Sie wurde von Maryland bis Oregon feierlich begangen. Einundachtzig Mitglieder des House of Representatives, von gebildeten Journalisten nach ihrem Lieblingsvers befragt, antworteten unverzüglich mit der Polonius-Stelle: «Dies über alles: sei dir selber treu.» Der Schwan wurde aufgeführt, Festzüge wurden veranstaltet, Aufsätze geschrieben.

Eugene riß das Chandos-Portrait des Barden aus den Seiten des *Independent* und heftete es an die getünchte Wand des Hinterzimmers. Ganz erfüllt vom Echo des großen Preislieds von Ben Jonson kritzelte er in großen Zügen darunter: *«Mein Shakespeare, stehe auf!»* Das große, feiste Gesicht – «so 'ne verdammt alberne Fresse hab ich in meinem Leben noch nicht gesehn» – starrte ihn kahlköpfig an mit Stielaugen, Bocksbart und Bauerndünkel. Aber die bildliche Anwesenheit des zu Feiernden feuerte ihn zu dem Schulaufsatz an, über den gebeugt er am Tische saß.

Die Tat ward ruchbar. Er ließ – unklugerweise – das Bild an der Wand hängen, als er einmal auf einen Sprung wegging. Als er zurückkam, hatten Ben und Helen die gekritzelte Unterschrift gelesen. Von diesem Tag an wurde er nur noch poetisch zu Tisch, ans Telefon, zu einer Besorgung gerufen.

«Mein Shakespeare, stehe auf!»

Er stand auf, rot vor Ärger im Gesicht.

«Will Mein Shakespeare die Liebenswürdigkeit haben, mir die Brötchen zu reichen?» oder «Darf ich Meinen Shakespeare um die Butter bemühen?» sagte Ben, die Brauen ganz finster gerückt.

«Mein Shakespeare, willst du noch ein Stück Kuchen?» fragte Helen. Und dann bemerkte sie, reumütig lachend: «Es ist weiß Gott 'ne Schande, den Kleinen so zu hänseln!» Sie kratzte sich das lange Kinn, starrte zum Fenster hinaus, lachte geistesabwesend. Reumütig lachte sie.

Aber:

«Seine Kunst war universal. Er sah das Leben klar und als Ganzes. Er war ein intellektueller Ozean, dessen Wellen an alle Gestade des Denkens schlugen. Er war alles in einem: Jurist, Kaufmann, Soldat, Arzt, Staatsmann. Männer der Wissenschaft stehen erstaunt vor der Tiefe seines Wissens. Im *‹Kaufmann von Venedig›* behandelte er rein technische, juristische Fragen mit der Geschicklichkeit eines Rechtsanwalts. Im *‹König Lear›* verschreibt er kühn den Schlaf als Heilmittel gegen Wahnsinn (‹Schlaf, der des Grams verworrn Gespinst entwirrt›). Er hat die letzten Erkenntnisse der modernen Wissenschaft vor drei Jahrhunderten bereits vorausgesehen. In seiner mitfühlenden, umfassenden Charakterdarstellung lacht er mit seinen Gestalten, nicht über sie.»

Eugene gewann die Medaille. Aus Bronze oder einem noch dauerhafteren Material. Das Profil des Barden unklar darauf eingegraben. W. S. 1616-1916. Ein langes und nützliches Leben.

Die Maschinerie des Festzugs war schön und schlicht. Der Verfasser, Dr. George B. Rockham (das Gerücht kursierte, daß er einst zu einer englischen Theatergruppe, den *Ben Greet Players*, gehört hätte), hatte dafür gesorgt. Sämtliche Worte waren *von* Dr. George B. Rockham geschrieben, und dementsprechend waren sämtliche Worte *für* Dr. George B. Rockham geschrieben. Dr. George B. Rockham war das Sprachrohr der Geschichte, die Stimme der Nachwelt. Und die unschuldigen Schulkinder von Altamont waren die stumme Illustration dieser Stimme.

Eugene war Prinz Hal. Am Tage vor dem Festzug kam sein Kostüm aus Philadelphia an. «Probier es mal gleich an», sagte John Dorsey Leonard. Eugene zog es an. Er erschien verlegen auf der Terrasse vor dem Schulhaus. Er fingerte seinen Blechdegen und blickte nicht ohne begründete Zweifel auf die hohen, dunkelrosa Seidenstrümpfe hinunter. Diese Strümpfe bedeckten nämlich nur knapp die hageren Waden und reichten bei weitem nicht bis zu der kurzen Pluderhose hinauf, sondern stellten eine breite Spanne der Oberschenkel bloß.

John Dorsey Leonard blickte ernst drein.

«Laß mich mal sehen, Junge.»

Er zog kräftig an den zu kurzen Strümpfen, woraufhin sich als einziges Resultat große Laufmaschen auftaten. Und da mußte John Dorsey Leonard lachen. Er hing am Verandageländer und lachte hell und hoch und so weinerlich, daß ihm der Speichel vom Mund troff.

«Ach du mein Gott!» Er schnappte nach Luft. «Entschuldigung, Eugene!» stöhnte er, als er die gekränkte Miene seines Schülers sah, «. . . aber so was Komisches hab ich mein Lebtag . . .» Hier verlor er die Sprache vor Lachen.

«Ich kann dir aushelfen» sagte Miss Amy. «Ich habe gerade das, was du brauchst.»

Sie gab ihm einen weiten, losen Clownanzug aus grünem Sackleinen, Relikt einer Hallowe'en-Party. Die vollen Falten der Hose wurden an den Knöcheln zusammengebunden.

Eugene blickte Miss Amy verwirrt und höchst besorgt an.

«Das paßt doch nicht für den Prinzen Hal, oder doch?» sagte er. So 'nen Anzug hat er doch sicher nie angehabt.»

Miss Amy musterte ihn. Ihr Busen wogte. Sie lachte tief und voll. «O ja! Das geht! Schon recht! Fein!» brüllte sie. «Gerade so ein Kerl war ja der Prinz Hal. Kein Mensch wird etwas merken», sagte sie.

Sie sank lachend in einen Korbsessel, der sich unter ihr mit einem Protestknirschen dehnte.

«O du mein Gott!» stöhnte sie, und die Tränen liefen ihr über die Backen. «So was hab ich wahrhaftig . . .»

Die Festvorstellung fand im Freien statt. Die mit Laubspalieren abgeteilte Rasenmulde hinter dem Manor-house war ein natürliches Amphitheater. Unten stand Dr. George B. Rockham; das Publikum saß am Rasenhang. Die geisterhafte Kavalkade der toten Poeten und Dramatiker spann sich zu ihm herab, und Dr. George B. Rockham erledigte sie alle mit seinen selbstgeschmiedeten fünffüßigen Jamben im Erzählstil. Sein Kostüm gehörte in die Zeit der Restauration der Stuarts, eine Periode, die er besonders hoch hielt, weil sie den Reiz muskulöser Waden zu schätzen wußte. Unter dem züchtigen Gekraus der Hosenrüschen wuchteten seine schweren Unterschenkel zu barocken Wulstknollen aus.

Eugene stand oben an der Straße hinter der natürlichen Baumkulisse und wartete. Es war ein prächtiger Maitag. «Doc» Hines (Falstaff) stand daneben und wartete auch. Sein zähes, kleines Affengesicht grinste frech aus dem unförmigen, mächtigen Wattekostüm. Amüsiert schlug er sich auf den untergeschnallten Schmerbauch, der Bauch bekam eine Grube.

Er wandte sich mit komisch verzogenem Gesicht an Eugene.

«Zur Hölle, Hal», sagte er, «du siehst ganz wie ein Prinz aus.»

«Schön bist du auch nicht, Jack», sagte Eugene.

Hinter ihnen zog Julius Arthur (Macbeth) prahlerisch sein Schwert.

«Ich fordere dich zum Zweikampf, Hal», sagte er.

Die Blechwaffen klirrten aneinander, blitzten im Licht. Zwitschernd mit jungem Vogelgelächter saßen und lagen sämtliche *dramatis personae* des Barden im Gras. Flink stieß Julius Arthur zu, wurde abgewehrt und ließ dann plötzlich, mit lässigem Grinsen, sein Schwert tief in «Doc» Hines' weichem Polsterbauch verschwinden. Die Truppe des Unsterblichen schrie vor Lachen.

Miss Ida Nelson, die Regieassistentin, erschien wütend auf dem Plan. «Pst! Pst!» zischte sie scharf. Sie verbrachte den Nachmittag mit Zischen.

Hoch zu Roß, im Damensattel schwingend, erschien Rosalind, eine reife, kleine Schöne aus der Klosterschule. Sie lächelte Eugene an. Er sah sie an und vergaß.

Unten in der Mulde begrüßte Dr. George B. Rockham das zahlreich erschienene Publikum. Eine sonore, bellende Stimme, fett wie ein Schinken. Der Festzug war eröffnet.

Aber Dr. George B. Rockham war noch lange nicht bei Shakespeare angelangt.

Zuerst sprachen die Stimmen der Gegenwart, was zwar nicht ganz zur Sache gehörte, aber aus geschäftlichen Gründen notwendig war. Diese Stimmen zogen nun stumm vorüber. Vier verängstigte Verkäuferinnen aus Schwartzbergs Warenhaus, in weiße Gewänder aus Gaze gehüllt und barfuß in Sandalen steckend, trugen ihr Anliegen auf einem Banner vorüber. Die beredsamen Jamben des Doktors lauteten folgendermaßen:

> «Du schöner Handel, sollst, der Künste Schwester,
> Den Platz, der dir gebührt zu dieser Feier,
> Auf unsrer Bühne haben . . .»

Dann kamen Ginsbergs: «Der Mode Spiegel und der Formen Abbild . . .» – der Krämer Bradley: «Als Pomona zuerst ihr Füllhorn leerte . . .» – die Agentur für Buick-Automobile: «Die Wagen auch vom Oxus und vom Indus . . .»

Kamen. Zogen vorbei wie Nebelgestalten über einem herbstlichen Strom.

Und nun kamen – Gott weiß aus welchem Grund – alle in weißen Engelshemdchen, zweitausend Freiheitsfähnchen grimmig in den kleinen Händen haltend, die Legionen der Schüler aus den Sonntagsschulen von Altamont. In Reih und Glied marschierten sie in die grüne Talwanne. Die Lehrer schubsten sie sanft, klatschten mit den Händen, stampften den Takt:

«Eins, zwei, *drei*, vier! Eins, zwei, *drei*, vier! Vorwärts, Kinder!»

Als sie auftraten, begrüßte sie musikalisch aus einem Baumversteck ein Orchester mit Choralmelodien. Beim Einmarsch der kleinen Baptisten erklang: «Die Religion der guten alten Zeiten . . .» Als die Methodisten vorübermarschierten, spielte die Musik: «Am Jordan will ich warten . . .» Den vorbeidefilierenden kleinen Presbyterianern gab «Fels aller Zeiten . . .» das Geleit, den Episkopalianern «Jesus, Liebster meiner Seele . . .» Und dann erhob sich die Musik zu lyrischer Leidenschaft und spielte «Vorwärts, Christi Streiter!», während unten in der Mulde die kleinen Juden vorüberschritten. Niemand lachte.

Nun kam eine Pause.

«Gott sei Dank, soweit wär's überstanden», sprach Ralph Rolls brutal in die feierliche Stille hinein. Des Barden versprengte Schar lachte und trat lärmend in Zweierreihen an.

«Pst! Psst!» zischte Miss Ida Nelson.

«Die glaubt wohl, sie wär das Sicherheitsventil an einem Dampfkessel, was?» sagte Julius Arthur.

Eugene beäugte aufmerksam die schönen Beine des Pagen Viola.

Ralph Rolls, laut wie es seine Art war, rief: «Hallo! Wer kommt denn da?!»

Sie sah sie mit ihrem kessen, unparteiischen Lächeln an. Wem ihr Herz gehörte, sagte sie nie.

Der Doktor gab Miss Nelson ein verstohlenes Zeichen. Langsam, immer zwei auf einmal, geleitete sie die Gestalten Shakespeares hinab. Der Mohr von Venedig (Mr. George Graves) zeigte den Spöttern seinen breiten Rücken und schob hinunter, mürrisch, mit einfältigem Lächeln und außerstande, die Befangenheit ob seiner stämmigen Waden zu verbergen.

«Sag ihnen, wer du bist, Othello», rief ihm «Doc» Hines nach. «Sonst halten sie dich für den Negerboxer Jack Johnson.»

Die Bürger der Stadt saßen im Frühlingsstaat auf dem Rasen und sahen ernst auf die waldumwobene kleine Komödie der Irrungen herab. Die Berge ringsum und die Götter, die auf ihnen thronen, sahen auf das etwas größere Theater, das die Stadt ihnen bot, herab. Und bildlich gesprochen, von den Bergen, die auf diese sichtbaren Berge herabsehen, von der höchsten Zitadelle der Philosophie, sah der endgültige Urheber des Ganzen auf alles herunter.

«Los geht's, Hal», sagte «Doc» Hines und schubste Eugene vorwärts.

«Auf sie mit Gebrüll, Son», sagte Julius Arthur. «Du hast das richtige Kostüm für die Rolle!»

«Junge, du bist danach angezogen, daß kein Augen trocken bleibt», sagte Ralph Rolls und lachte obszön.

Die beiden schritten in die Mulde hinunter. Ein leises, anschwellendes Gemurmel des erstaunten Publikums begleitete sie. Auf der Bühne hatte der Doktor gerade die Desdemona hinter sich gebracht, die mit einem zierlichen Knicks abtrat. Nun war er bei Othello, der bullig und verlegen dastand und abwartete, bis die Geduldsprüfung überstanden war. Nun schritt er ab. Der Doktor wandte sich an Falstaff.

Glücklicherweise erkannte er die Gestalt sofort an dem unförmigen Wanst. Er deklamierte:

> «Nun, Trauerspiel, fahr hin! Lustspiel erscheine,
> Du heiteres, mit Kappen und mit Schellen.
> Falstaff steht hier, der alte feiste Witzbold,
> Fürst aller Späßemacher, der mit seinen
> Dreist-liederlichen Streichen einen Prinzen
> Aus königlichem Blut ergötzte, und mit losem
> Wortspiel ein Königreich sich unterwarf.»

Das unterdrückte Lachen im Publikum nahm zu. «Doc» Hines blinzelte frech grinsend in der Gegend herum, zerrte komisch an seinem Wattebauch und flüsterte Eugene heiser zu: «Hörst du's, Hal? Ich bin wohl umwerfend, was?»

Eugene sah ihn im verschwimmenden Grün abtreten und wurde plötzlich gewahr, daß Dr. George B. Rockham eine unnatürliche Stille befallen hatte. Die Stimme der Geschichte, das Sprachrohr der Nachwelt war verstummt. Der Doktor sperrte den Mund weit auf und war wortlos.

Wild sah er um sich, beistandheischend. Flehentlich blickte er zu Miss Ida Nelson empor. Diese wandte sich ab. «Wer bist du?» flüsterte er heiser, die behaarte Hand am Mund.

«Prinz Hal», flüsterte Eugene, ebenfalls heiser, ebenfalls die Hand am Mund.

Dr. George B. Rockham taumelte ein wenig. Der kleine Wortwechsel war in den vorderen Reihen verstanden worden. Die Leute kicherten. Aber Dr. George B. Rockham ließ sich nicht entmutigen. Mit fester Stimme begann er:

> «Der Schwachen Freund, den Tollen ein Gefährte,
> Im Leichtsinn weis geworden, kühner Hal . . .»

Gelächter! Entzügeltes, ungestümes Gelächter! Gelächter, das sich Welle um Welle steigerte! Wildes, wieherndes, erderschütterndes, donnerdröhnendes Gelächter! – Gelächter, Gelächter, Gelächter verschüttete Dr. George B. Rockham und alles, was er zu sagen hatte.

Helen heiratete im Juni, einem Monat, der angeblich dem Hymen heilig ist, aber so oft zu Hochzeiten hergenommen wird, daß der Segen des Gottes vermutlich nicht immer eintrifft.

Sie kehrte im Mai nach Altamont zurück. Nach ihrem letzten Engagement war sie zur Gastopernwoche nach Atlanta gefahren und hatte dann in Henderson Daisy und Mrs. Selborne besucht. Dort hatte sie dann ihren künftigen Lebensgefährten gefunden.

Er war kein Fremder für sie. Sie hatte ihn schon vor Jahren in Altamont kennengelernt, als er dort als Bezirksvertreter einer großen und humanen Firma – der Federal Cash Register Company – stationiert war. Seitdem war er auf Befehl seiner Herren überall im Land herumgekommen, die erhabene Botschaft von Sparsamkeit und Wohlstand im Gepäck. Nun wohnte er in einer kleinen Stadt in South Carolina zusammen mit seiner Schwester und seiner betagten Mutter, deren Hinfälligkeit ihrem mächtigen Appetit keinen Abbruch tat. Er war den beiden sehr ergeben und zeigte sich äußerst freigebig gegen sie. Und die Federal Cash Register Company, von seinem Pflichtbewußtsein gerührt, belohnte ihn durch ein gutes Gehalt. Er hieß Barton. Die Bartons ließen es sich gutgehen.

Helen kehrte unerwartet heim. Es war die Art der Gants, unerwartet heimzukehren. Eines Nachmittags, als einige Mitglieder der Familie in der Küche in Dixieland versammelt waren, kam sie an, trat ein und sagte:

«Hallo! Wie geht's euch allen?»

«Um Go-go-gottes willen», sagte Luke. «Schau an, wer da-da-da ist!»

Sie umarmten sich herzlichst.

«Du meine Güte!» rief Eliza, stellte ihr Bügeleisen ab und schwankte einen Augenblick im Bestreben, gleichzeitig in zwei Richtungen zu laufen.

Sie küßten einander.

«Ich hab gerade so für mich gedacht», sagte Eliza, etwas ruhiger, «daß es mich gar nicht wundern würde, wenn du plötzlich hereingeschneit kämst. Ich hatte so 'ne Vorahnung, ich weiß nicht, mir war ganz so, als schwante mir . . .»

«Ach du mein Gott», stöhnte Helen, zwar gutmütig, aber doch ein wenig verdrossen, «wenn du wieder mit deinen Pentland-Spukgeschichten anfängst, zieht sich mir was zusammen.»

Sie schoß Luke einen komisch-flehentlichen Blick zu. Luke zwinkerte zurück, lachte idiotisch. Er ging zu Eliza und kitzelte sie in die Rippen.

«Weg mit dir!» keifte Eliza.

Er gluckste vor Lachen.

«Junge!» rief sie gereizt, «bei allem, was mir heilig ist, ich glaube wahrhaftig, du bist nicht ganz richtig im Kopf.»

Helen lachte heiser.

«Nun, wie geht's Daisy und den Kindern?» erkundigte sich Eliza.

«Zufriedenstellend, nehme ich an», sagte Helen mürrisch. «Gott soll mich vor ihnen schützen!» So eine Rasselbande wie diese Kinder habe ich in meinem Leben nicht gesehn!» Sie lachte. «Ich hab fünfzig Dollar für Geschenke und Spielsachen ausgegeben. Du würdest es nicht glauben, nach der Erkenntlichkeit, die sie mir dafür bezeigen. Daisy tut einfach so, als wäre man ihr das schuldig. Selbstsucht, reine Selbstsucht, weiter nichts.»

«Um Go-go-gottes willen!» sagte Luke solidarisch.

Ein feines Mädchen, die Helen.

«Das kann ich euch versichern», berichtete sie jetzt mit herausfordernder Schärfe, «ich habe für alles bezahlt, was ich bei Daisy gekriegt habe. Und ich bin nicht länger im Haus geblieben, als ich anstandshalber mußte. Ich war die meiste Zeit bei Mrs. Selborne; ich war fast immer bei ihr zu Tisch.»

Ihr Bedürfnis nach Unabhängigkeit war größer, die Sucht, andere an sich zu ketten war schärfer geworden. Sie sträubte sich heftig dagegen, jemandem Dank schuldig zu sein. Sie gab stets mehr, als sie empfing.

«Also, also», sagte sie bald darauf, vergeblich bemüht, ihre Mitteilungsgier länger zu zügeln, «also jetzt hat es mich auch erwischt.»

«Was denn?» fragte Luke.

«Barmherzigkeit!» schrie Eliza. «Du hast doch nicht etwa geheiratet?!»

«Noch nicht», sagte Helen, «aber bald wird es soweit sein.»

Dann erzählte sie von Hugh T. Barton, dem Registriermaschinenverkäufer. Sie sprach ergeben, treuherzig und gütig von ihm, ohne große Liebe.

«Er ist zehn Jahre älter als ich», sagte sie.

«Na», sagte Eliza und schürzte nachdenklich die Lippen. «Ich will dir was sagen, das gibt manchmal die besten Ehemänner.» Sie schwieg eine Weile. Dann fragte sie: «Besitzt er Vermögen?»

«Nein», sagte Helen, «sie verbrauchen alles, was er verdient. Sie leben auf großem Fuß. Die ganze Zeit zwei Dienstboten im Haus. Seine alte Mutter macht keinen Finger krumm.»

«Wo wirst du deinen Hausstand haben?» fragte Eliza scharf. «Doch nicht mit seinen Leuten zusammen?»

«Nein! Das nicht! Das nicht!» sagte Helen langsam und mit großer Entschiedenheit. «Ich will mein eigenes Heim.» Plötzlich fuhr sie gereizt auf. «Guter Gott! Mama! Siehst du das denn nicht ein? Ich bin mein Lebtag für andere dagewesen, nun will *ich* mich mal bedienen lassen.» Dann setzte sie mit Nachdruck hinzu: «Ich möchte keine angeheirateten Verwandten im Haus haben. Nein, beileibe nicht.»

Luke kaute nervös Nägel.

«Ja», sagte er, «der kriegt ein f-f-f-feines Mädchen! Ich hoffe, daß er sich darüber im klaren ist.»

Sie war gerührt. Sie lachte. Und sie sagte ein wenig ironisch: «Na, einen Menschen gibt's wenigstens, der Riesenstücke auf mich hält!» Sie sah ihm bewegt ins Auge. «Dank dir, Luke. Für dich ist die Familie immer das Wichtigste gewesen.»

Einen Augenblick lang wurde ihr Gesicht ganz ruhig; es hatte die strahlende Schlichtheit, die Schönheit des ersten Tageslichts und des Regenwassers. Ihre Augen leuchteten gläubig, wie Kinderaugen. Nichts Arges war in ihr. Sie hatte es nicht gelernt.

«Hast du es deinem Papa schon gesagt?» fragte Eliza nach einer Weile.

«Nein», sagte sie und schwieg wieder.

Sie dachten an Gant. Sie wunderten sich. Stillschweigend. Sie konnten es nicht fassen, daß sie von ihm weggehen würde. Plötzlich sagte Helen ärgerlich:

«Ich hab ein Recht auf mein eigenes Leben, genau wie jeder andere Mensch.» Sie tat ganz, als hätte ihr jemand dieses Recht abgestritten. «Guter Gott! Mama! Du und Papa, ihr habt euer Leben gelebt, bist du dir nicht im klaren darüber? Oder hältst du es etwa für recht, daß ich mein ganzes Leben für ihn aufopfere? Was?» Ihre Stimme schwoll hysterisch an.

«Wieso denn? Nei-ein! Das hab ich doch nie gesagt», wandte Eliza versöhnlich ein. Sie war verwirrt.

«Das ko-ko-ko-kommt davon, daß du immer zuerst an andere gedacht hast, st-st-st-st-statt an dich», sagte Luke zu Helen. «Die anderen wissen dir keinen Dank d-dafür.»

«Na, das hat jetzt aufgehört, soviel ist sicher. Du kannst dich drauf verlassen. Ich will ein Heim und ein paar Kinder haben. Ja! Ja!! Das werd ich!» sagte sie auftrumpfend. Und dann, nach einer langen Pause, sagte sie zärtlich vor sich hin: «Der arme alte Papa! Was wird er wohl dazu sagen?»

Er sagte sehr wenig. Die Gants verstanden es, nach der ersten Überraschung einen Tatbestand schnell in ihr Leben einzubeziehen. Abgrundtiefe Veränderungen weiteten ihre brütend-unbewußten Seelen.

Mr. Hugh Barton kam in die Gebirgsmetropole, um den Angehörigen seiner Braut einen Besuch abzustatten. Er kam – zum großen Entzücken der ihm anverlobten Sippe – in einem staubbraunen Buick-Rennwagen, Modell 1911, von einer Benzinwolke umhüllt und bei ohrenbetäubendem Motorengeknatter. Er stieg aus: eine hohe, elegante Gestalt, magenkrank, abgezehrt, ja beinahe ausgezehrt, sehr stutzerhaft angezogen und zurechtgemacht. Er sah langsam, sehr kritisch und prüfend seinen Wagen an, eine lange Zigarre in den Winkel seines düsteren Munds geklemmt, und zog sich gemächlich die Handschuhe aus. Dann nahm er ebenso gemächlich den riesigen, grauen Sombrero ab, der das einzige Auffällige an seiner sonst peinlich korrekten Aufmachung war, und schüttelte kurz und vorsichtig seine langen dünnen Beine aus, um die Falten seine Hose zu glätten. Es gab aber gar keine. Dann schritt er gemächlich den Vorgartenweg auf Dixieland zu, wo die versammelten Gants warteten. Er nahm gemächlich die Zigarre aus dem Mund und hielt sie zwischen den Fingern seiner hageren, behaarten, stark zitternden Hand. Er hatte schwarzes, sehr dünnes und feines Haar; eine leichte Brise wehte und versehrte ein wenig die Eleganz seiner Frisur. Beim Anblick seiner Braut grinste er würdevoll und düster, große Goldzähne entblößend. Die Verlobten begrüßten und küßten sich.

«Das ist meine Mutter, Hugh», stellte Helen vor.

Hugh Barton verbeugte sich langsam, sehr höflich, aus seinen schmalen Hüften herab. Mit einem kühnen, durchdringenden Blick, der sie etwas außer Fassung brachte, starrte er Eliza an. Alle glaubten nun, daß er etwas sehr, sehr Wichtiges sagen würde.

«Guten Tag», sagte er und nahm ihre Hand.

Alle waren nun überzeugt, daß Hugh Barton etwas sehr, sehr Wichtiges gesagt hatte.

Mit derselben gravitätischen Langsamkeit begrüßte er jeden.

Seine herrschaftlichen Allüren flößten den Gants eine gewisse Scheu ein. Der unkontrollierbare Luke jedoch platzte heraus:

«Sie kriegen ein f-f-f-feines Mädchen, Mr. Ba-ba-barton!»

Hugh Barton wandte sich langsam um und fixierte ihn.

«Ganz meine Meinung», sagte er ernst. Er hatte einen tiefen Baß. Langsam, mit einem sehr eindrucksvollen Raspeln in der Stimme sprach er. Er verkaufte sich gut.

Eine befangene Stille trat ein. Hugh Barton wandte sich freundlich grinsend an Eugene:

«'ne Zigarre?» fragte er, holte drei lange Brasil aus seiner oberen Westentasche und bot sie mit sauberen, zuckenden Fingern an.

«Danke», sagte Eugene mit einem genüßlichen Seitenblick. «Ich rauch 'ne Camel.»

Er zog ein Päckchen Zigaretten aus der Tasche. Ernst und gewichtig gab Hugh Barton ihm Feuer.

«Warum tragen Sie so 'nen großen Sombrero?» fragte Eugene.

«Psychologie!» sagte er. «So was bringt die Leute zum Reden.»

«Ich will euch was sagen», bemerkte Eliza und fing an zu lachen. «Das ist sehr smart gedacht, nicht wahr?»

«Sicher!» sagte Luke. «Das ist Reklame, Reklame macht sich bezahlt.»

«Ja», sagte Mr. Barton langsam, «man muß sich auf die Psychologie des andern einstellen.»

Dieser Satz schien die Handlungsweise eines Mannes zu beschreiben, der nie hemmungslos zum Angriff übergeht und sich beim Plündern zurückzuhalten weiß.

Er gefiel ihnen sehr. Sie gingen alle ins Haus.

Hugh Bartons Mutter war vierundsiebzig, aber sie hatte die Kräfte einer Fünfzigerin und den Appetit zweier gesunder Frauen von vierzig. Sie war eine stattliche alte Dame, fast zwei Meter groß, mit groben Männerknochen. Sie hatte ein volles Gesicht, sinnlich-träge, mit starken Kiefern und einem kräftigen, gesunden, gelblichen Pferdegebiß. Es war ein Erlebnis, sie beim Abknabbern eines Maiskolbens zu beobachten. Ein kleiner Schlagfluß hatte ihre Zunge leicht gelähmt; sie hatte eine dickzüngige, schwerfällige, äußerst bedächtige Aussprache; sie artikulierte jedes Wort mit gewichtiger Genauigkeit. Der Sprachfehler, den sie sorgsam verbarg, verstärkte noch die päpstliche Würde ihrer Äußerungen. Sie war, im Andenken an ihren verstorbenen Gatten, überzeugte Anhängerin der republikanischen Partei und haßte jeden, der ihren politischen Überzeugungen zu widersprechen wagte. Wenn ihr etwas konträr lief oder sie sich ärgerte, machte der Ausdruck behäbigen Wohlwollens auf ihren Mienen einer Gewitterwolke der Mißlaune Platz, und sie rollte ihre volle, vorstehende Unterlippe auf wie eine Jalousie. Aber wenn sie so angeschlingert kam wie ein Lastdampfer, die große Hand um den Griff des dicken Krückstocks gekrallt, auf den sie ihr massives Gewicht stützte, war sie eine wirklich imposante Matrone.

«Sie ist 'ne Lady, 'ne wirkliche Lady. Das sieht jeder», sagte Helen stolz. «Sie verkehrt mit den feinsten Leuten.»

Hugh Bartons Schwester, Mrs. Genevieve (= Veve) Watson, war achtunddreißig, eine sehr lange Person mit einem Kopf wie ein Zaunkönig. Sie war gelblich im Gesicht und dürr, ausgezehrt, magenkrank und sehr elegant, ganz wie ihr Bruder. Ihr geschiedener Gatte fiel dadurch auf, daß seiner auch gesprächsweise nie gedacht wurde. Nur ein- oder zweimal entstand schwere Unruhe bei der Erwähnung seines Namens, dann folgte eine Stille wie bei einem Leichenbegängnis und schließlich eine gemurmelte Anspielung auf geradezu orientalische Lasterhaftigkeit.

«Er war ein Tier, ein gemeiner Hund», erklärte Hugh Barton. «Er hat sich sehr übel gegen Schwester Veve benommen.»

Mrs. Barton wackelte langsam mit dem Kopf zum Zeichen jener nachdrücklichen Zustimmung, die sie sämtlichen Verlautbarungen ihres Sohnes zuteil werden ließ.

«O-o-h!» sagte sie, «er war ein furcht-ba-rer Mensch.»

Mr. Watson hatte es – das ließen sie durchblicken – wirklich höllisch getrieben. Er war «hinter anderen Frauen hergewesen».

Schwester Veve mit dem schmalen, unzufriedenen Gesicht bezeigte allenthalben ihr metallisch-lebhaftes, überschwenglich-herzliches Wesen. Sie war stets sehr smart angezogen. Sie hatte irgendwelche ungeklärten Beziehungen zum Immobilienhandel, sprach hochtönend von obskuren Käufen und Verkäufen und war immer gerade dabei, «ein großes Geschäft abzuschließen».

«Die Sache macht sich glänzend, Bruder», pflegte sie fröhlich und zuversichtlich zu sagen. «Alles wickelt sich zu meinen Gunsten ab. J. D. kam heute auf 'nen Sprung herein und sagte: ‹Veve, du bist die einzige Person auf der Welt, die dieses Geschäft glatt abschließen kann. Klemm dich dahinter, Kleine. Du wirst ein Vermögen damit machen, meine Liebe› . . .» Und so weiter.

Schwester Veve redet nicht viel anders, dachte Eugene, als Bruder Steve.

Aber die Zuneigung und Ergebenheit der Bartons untereinander war schön. Ein so fester Zusammenhalt, ein so ungewöhnliches Vertrauen, eine so ruhige Verläßlichkeit erschien den Gants rätselhaft. Es machte sie verstört. Vage rührte es sie, aber ein ganz klein wenig ärgerten sie sich auch darüber.

Die Bartons waren zwei Wochen vor der Hochzeit in die Woodson Street gekommen. Es dauerte keine drei Tage, und Helen und die alte Dame Barton standen auf gespanntem Fuß. Das war unvermeidlich. Die Begeisterung für die Familie ihres Verlobten kühlte schnell ab. Ihr Besitzinstinkt brach durch. Sie wollte keine halbe Liebe; sie konnte unmöglich den Platz in seinem Herzen mit jemandem teilen. Sie wollte ganz besitzen; ihr mußte volles Eigentumsrecht zugestanden werden. Natürlich würde sie sich großmütig erzeigen, aber erst mußte sie Herrin sein. Sie würde geben, selbstverständlich: das war ihr Naturgesetz.

Diesem starken Impuls folgend, sagte sie unverzüglich der alten Dame den Kampf an. Auch diese empfand das Ausmaß ihres Verlustes. Sie wollte Helen unbedingt klarmachen, daß es eine ungeheure Sache sei, einen der wenigen Heiligen, die es heutzutage noch gibt, zum Gemahl zu bekommen.

Sie pflegten im Dunkeln auf Gants Terrasse zu sitzen. Die alte Dame räkelte sich dann gewichtig im Schaukelstuhl und äußerte sich so: «Du kriegst ei-nen gu-ten Jun-gen, He-len.» Beinah streitsüchtig wackelte sie mit dem Kopf. «Ich selbst darf das ja vielleicht gar nicht sagen, Helen, aber du kriegst ei-nen gu-ten

Jun-gen. Einen bes-se-ren- Jun-gen als Hugh gibt es ü-ber-haupt nicht.»

«Ach, ich weiß nicht», sagte Helen spitz. «Ich glaube nicht, daß er so schlecht mit mir fährt. Ich hab eine ziemlich gute Meinung von mir selber.» Dann lachte sie heiser und herzhaft. Sie versuchte, lachend ihren Groll zu verhehlen, aber außer Mrs. Barton waren sich alle ihrer Gereiztheit bewußt.

Einen Augenblick später entschuldigte sie sich unter einem Vorwand und suchte im Haus nach Luke, Eugene oder sonst einer teilnahmsvollen Seele.

«Hast du's gehört? Hast du's wieder gehört?» legte sie, das Gesicht hysterisch verkrampft, los. «Und so was muß ich mir gefallen lassen! Kann man es mir vorwerfen, wenn ich diese alte Hexe nicht auf dem Hals haben will?! Alles soll doch nach ihren Anweisungen gehn, nicht wahr? Du merkst doch, wie sie mir das andauernd unter die Nase reibt. Sie bringt es einfach nicht fertig, ihn an mich abzutreten. Natürlich nicht! Er ist ja ihr Versorger, er zahlt für den ganzen Haushalt! Sie haben ihn total ausgenommen. Ja, selbst jetzt, wenn es darauf ankäme, daß er zwischen uns beiden wählen müßte . . .» Ihr Gesicht zuckte stark; sie konnte nicht weiterreden. Einen Augenblick später hatte sie sich beruhigt, sie erklärte bündig: «Nun weißt du, warum wir nicht in derselben Stadt mit ihnen leben wollen. Das siehst du doch ein, nicht wahr? Kannst du mir einen Vorwurf machen?»

«Nein», sagte Eugene. Gehorsam und erschöpft.

«'ne verda-da-dammte Schande, so was!» sagte Luke voller Solidarität.

In diesem Augenblick kam Mrs. Bartons Stimme ruhig, aber befehlshaberisch von der Terrasse: «He-len! Wo bist du? He-len!»

«O scher dich zum Teufel, scher dich zum Teufel!» knurrte Helen mit belustigtem Unterton.

«Ja! Was ist denn?» rief sie scharf.

Das siehst du doch ein, nicht wahr?

Sie heiratete in Dixieland. Große Hochzeit. Sie kannte sehr viele Leute.

Mit dem Herannahen des Hochzeitstages nahm ihre unterdrückte Hysterie zu. In ihrem Bedürfnis nach Respektabilität wurde sie geradezu streitsüchtig. Sie griff Eliza aufs schärfste an, weil sie gewisse zweifelhafte Dinge in Dixieland dulde.

«Mama, aber um Himmels willen, Mama! Wie kannst du solche Existenzen hier im Haus vor den Augen Hughs und seiner Angehörigen wohnen lassen?! Was müssen sie von uns denken?! Kannst du denn nicht *ein*mal meine Gefühle zu diesem Punkt respektieren?! Meine Güte, mußt du denn zu meiner Hochzeit das Haus voller Nutten haben?» Ihre Stimme überschlug sich schrill. Sie weinte beinahe.

«Aber Kind», sagte Eliza mit bekümmerter Miene. «Was meinst du denn? Ich habe nie das geringste bemerkt.»

«Bist du denn blind? Alle Welt redet davon! Die beiden leben in wilder Ehe zusammen!»

Diese letzte Bemerkung bezog sich auf den Stand der Dinge zwischen einem verlebten jungen Alkoholiker und einer dunkelschönen, leicht tuberkulösen Frau.

Eugene wurde mit der Aufgabe betraut, diese Dachse aus dem Bau zu graben. Er hockte sich starrsinnig vor die Tür der Schönen und sah zu, wie die Schatten in der Türritze tanzten. Nach sechs Stunden endlich ergaben sich die Belagerten. Der Mann kam heraus. Eugene, bleich, aber stolz auf das in ihn gesetzte Vertrauen, sagte dem Menschen, der das christliche Heim verunglimpft hatte, daß er ausziehen müsse. Der junge Alkoholiker, ziemlich besoffen, willigte freudig ein. Er zog sofort aus.

Mrs. Pert blieb bei dem großen Hausputz verschont.

«Alles in allem genommen», erklärte Helen, «was wissen wir über sie? Die Leute sollen reden, was sie wollen. Ich hab Fatty gern.»

Farne, Blumen, Topfpflanzen, Geschenke und Gäste trafen ein. Das langweilige Gedröhn des presbyterianischen Seelenhirten. Die dichtgedrängte Menge. Das frohlockende Donnern des Hochzeitsmarsches.

Blitzlichtaufnahme: Hugh Barton neben seiner Frau, mit starr ausdruckslosen Augen, erschreckt. Gant, Ben, Luke, Eugene, breit und einfältig grinsend. Eliza, hochbekümmert und sorgenvoll. Mrs. Selborne, ein subtil-geheimnisvolles Lächeln. Kecke Mädchen, die Blumen streuten; Pearl Hines' vergnügtes Lachen.

Als es vorüber war, hingen Eliza und ihre Tochter einander in den Armen. Sie weinten.

Eliza sagte zu fast jedem Gast:

> «Ein Sohn bleibt Sohn, bis er freit,
> Eine Tochter bleibt Tochter auf Lebenszeit.»

Sie war getröstet.

Die beiden flohen schließlich erschöpft aus dem Gedränge der Gratulanten. Mit bleichen Gesichtern, ganz von Sinnen vor Angst, stiegen Mr. und Mrs. Hugh Barton in ein geschlossenes Auto. Sie fuhren ins Battery Hill Hotel für die Nacht. Ben hatte die Hochzeitssuite für sie bestellt. Und morgen: Flitterwochen am Niagara.

Ehe sie abfuhren, küßte das Mädchen Helen den kleinen Bruder Eugene mit einer Zuneigung, die wie von einst war.

«Wir sehn uns im Herbst, mein Kleiner, du kommst rüber und besuchst uns, sobald du dich dort eingewöhnt hast.»

Denn Hugh Barton fing mit seiner Braut ein neues Leben an einem neuen Ort an. Er zog in die Hauptstadt des Staates. Und es war bereits – hauptsächlich von Gant – abgemacht, daß Eugene die Staatsuniversität besuchen sollte.

Aber Hugh und Helen gingen nicht auf die geplante Hochzeitsreise am nächsten Morgen. Mitten in der Nacht, als sie in Dixieland zu Bett lag, war die alte Mrs. Barton heftig erkrankt. Sie spie und spie. Dieses eine Mal hatte ihr robuster Verdauungsapparat die schweren Zumutungen, die sie beim Hochzeitsmahl an ihn gestellt hatte, zurückgewiesen. Sie war auf den Tod krank.

Schnell kehrten am frühen Morgen Hugh und Helen auf einen Schauplatz fahlen Flitters und angewelkter Lilien zurück. Helen warf sich mit ihrer ganzen Lebenskraft auf die Krankenpflege; herrschsüchtig, heftig, alle herumkommandierend blies sie ihr Leben in die Alte. Drei Tage später war die Kranke außer Gefahr.

Aber die vollkommene Wiederherstellung war langwierig, unangenehm, schmerzhaft. Tag um Tag verging, und das um seine Flitterwochen betrogene Mädchen wurde bitterer und bitterer. Sie kam aus dem Krankenzimmer gefegt und erschien bei Eliza in der Küche mit schmerzlich verkrampften Gesicht:

«Dieses verdammte alte Weib! Manchmal glaub ich wahrhaftig, sie hat es mit Absicht getan. Mein Gott! Kann ich denn nicht ein bißchen Glück im Leben haben? Werden sie mich nie in Ruhe lassen? Uäh! U-u-uäh!» Ihr herzhaftes bacchantisches Lächeln glitt über das große, unglückliche Gesicht . . . «Um Gottes willen, Mama, wo kommt nur all das Zeug her?» Sie grinste unter Tränen. «Ich steh die ganze Zeit mit dem Putzlappen da und wisch auf, was sie ausgekotzt hat. Ich fleh dich an, Mama, sag mir, wie lang das noch dauern kann!»

Eliza lachte schlau, fuhr sich mit dem Finger unter die breitangesetzten Nasenflügel.

«Aber Kind», sagte sie, «um alles in der Welt! Ich hab so was auch noch nie erlebt. Sie muß das Zeug seit einem halben Jahr aufgespart haben.»

«Bestimmt», sagte Helen und sah lächelnd ins Leere. «Wenn ich nur wüßte, wo es herkommt! Soweit hat sie alles ausgespien, ich warte nur noch drauf, daß sie ihre Nieren kotzt.»

«Bäh!» kreischte Eliza und schüttelte sich vor Lachen.

«He-len! O He-len!» Mrs. Bartons Stimme drang matt in die Küche.

«Ach, scher dich zum Teufel!» knurrte Helen leis vor sich hin. «Uäh! U-u-uäh!» Sie brach plötzlich in Tränen aus. «Wird es denn immer so sein? Ich glaub manchmal, daß Gottes Zorn auf uns liegt, Papa hat recht.»

«I wo!» sagte Eliza, benetzte ihren Zeigefinger und fädelte einen Zwirnfaden gegen das Licht ein. «Ich würde mich einfach nicht weiter um sie kümmern. Ihr fehlt ja nichts. Das ist lauter Einbildung!» Elizas tiefeingewurzelte Überzeugung war, daß die meisten menschlichen Krankheiten, außer ihren eigenen, «lauter Einbildung» seien.

«He-len!»

«Ich komme!» rief Helen vergnügt. Finster grinste sie Eliza an, ehe sie hinausging. Es war komisch, es war gräßlich, es war furchtbar.

Es schien in der Tat, als ob Papa recht hätte und als ob der himmlische Oberwolkenschieber, der oft in Hymnen besungene, den unsere bitteren Modernen manchmal den «alten Possenreißer» genannt haben, seinen Zornblick auf ihr Geschick geworfen habe.

Es fing an zu regnen, unaufhörlich zu regnen.

Es stürmte, schüttete, goß. Der Regen fiel endlos auf die stark riechenden Berge, das Gras und das Grün auf den Hängen ertrank, die lehmige Erde löste sich auf und bedeckte in lawinengleichem Fall ganze Siedlungen. Gefräßig schwollen schmale, felsige Gebirgsbäche zu schäumendgelben Sturzfluten an. Es kam zu Erdrutschen, Hänge wurden unterhöhlt, Wege verschüttet, Erdbänke weggewaschen. Der Eisenbahndamm wurde weggeschwemmt. Über dem gurgelnden Wildwasser hingen die Schienen mit den Schwellen wie ein Gerippe in der Luft.

In Altamont war Hochwasser. Breit kam die Flut von den Bergen geströmt. Der kleine Fluß trat über und verwandelte sich in eine Wasserwüste, breit wie der Mississippi. Die ganze Talsohle wurde überrannt. Eisen- und Holzbrücken trieben wie welke Blätter auf den Wellen. Das ganze Eisenbahnviertel und die Leute, die dort wohnten, standen vor dem Ruin.

Die Stadt war von der Außenwelt abgeschnitten. Nach drei Wochen, als der Fluß wieder in seine Ufer zurückgetreten war, stiegen Hugh Barton und seine junge Frau erbittert in den großen Buick. Sie fuhren fort. Auf ausgewaschenen Straßen, über gebrechliche Notbrücken fuhren sie gegen den allmächtigen Zorn der Fluten an, vergeblich bemüht, ihre verdorbenen Flitterwochen noch zu genießen.

«Entweder geht er dorthin, wo ich ihn hinschicke, oder er geht überhaupt nicht», erklärte Gant bündig.

Somit war es beschlossene Sache, daß Eugene die Staatsuniversität besuchen würde.

Eugene wollte nicht auf die Staatsuniversität.

Seit zwei Jahren hatte er mit Margaret Leonard romantische Pläne geschmiedet. Seinen zukünftigen Bildungsgang stellten sie sich so vor: – zwei Jahre im Vanderbilt College oder auf der Universität von Virginia (weil er noch so jung war) – dann zwei Jahre in Harvard – und schließlich (nachdem er so leicht ins Paradies gelangt wäre) ein oder zwei Jahre in Oxford, England, um «die Sache zu krönen».

John Dorsey Leonard, begeistert von diesem Plan, erklärte zwischen zwei Löffeln Dickmilch: «Dann, Jungchen, ja dann kann ein Mann anfangen, von sich zu behaupten, daß er wirklich kultivie-ärt ist. Dann natürlich», fügte er großzügig hinzu, «dann sollte er ein Jahr oder so auf Reisen gehn . . .»

Aber die Leonards waren noch gar nicht bereit, ihn ziehen zu lassen.

«Du bist noch so jung, Eugene», sagte Margaret. «Kannst du nicht deinen Vater überreden, daß er noch ein Jahr wartet? Du bist ja fast noch ein Kind, du hast noch so viel Zeit vor dir.» Ihre Augen wurden dunkler, als sie das sagte.

Gant war nicht umzustimmen.

«Er ist alt genug», sagte er. «Als ich so alt war, hatte ich schon jahrelang meinen Lebensunterhalt verdient. Ich bin ein alter Mann und werde es nicht mehr lange machen. Ehe ich sterbe, möchte ich es noch erleben, daß er sich einen Namen macht.»

Aufschub kam für ihn nicht in Betracht. In seinem jüngsten Sohn lag seine letzte Hoffnung, daß sein Name in Lorbeeren überleben würde: auf politischem Gebiet, das er so hoch schätzte. Er wollte, daß aus seinem Sohn ein weitblickender, großer Staatsmann würde, ein Mitglied der republikanischen oder der demokratischen Partei. Die Wahl der Universität war daher für ihn Sache der politischen Ratsamkeit, der praktischen Klugheit. Er gründete sein Urteil auf die Vorschläge seiner politischen und juristischen Freunde.

«Er ist alt genug, und seine Vorbildung ist abgeschlossen», erklärte Gant, «und nun geht er auf die Staatsuniversität. Eine andere Universität kommt nicht in Frage. Die Staatsuniversität ist so gut wie jede andere. Außerdem wird er dort Beziehungen anknüpfen und Freunde finden, die ihm sein Leben lang beistehn.» Er sah Eugene bitter-vorwurfsvoll an. «Es gibt sehr wenige Jungen», sagte er, «die so ein Glück haben wie du. Und du solltest dankbar sein, anstatt die Nase zu rümpfen. Höre auf mich: Eines Tages wirst du mir dafür danken, daß ich dich gerade dorthin geschickt habe. Also: Du gehst dorthin, wo ich dich hinschicke, oder du gehst überhaupt nicht. Verstanden? Das ist mein letztes Wort in dieser Angelegenheit.»

DRITTES BUCH

28

Eugene war nicht ganz sechzehn, als er auf die Universität zog. Damals war er beinahe zwei Meter groß und wog kaum mehr als hundertzwanzig Pfund. Er war fast nie krank gewesen, aber das schnelle Wachstum hatte sehr an seinen Kräften gezehrt. Eine rastlose Kraft war in seinem Körper, seiner Seele, die ihn verschlang und erschöpfte. Er ermüdete schnell.

Er war ein Kind, als er fortzog, ein Kind, das viel Schmerzliches und Schlimmes gesehen hatte und ein Phantast, ein Idealist geblieben war, ein Kind, das in der Schlüsselburg seiner Träume hauste. Zwar hatte er spotten und die Nase rümpfen gelernt, aber sein geheimes Leben blieb völlig unangetastet. Immer wieder hatte er sich im grauen Morast der Sachlichkeit festgefahren. Seine grausamen Augen hatten keine einzige Gebärde mißdeutet, sein gepreßtes und bitteres Herz hatte in ihm wie ein heißes Eisen gebrannt, aber all seine harten Weisheiten schmolzen wieder im Licht seiner Phantasie. Zwar war er kein Kind mehr, wenn er nachdachte, aber wenn er träumte, war er eines; und das traumselige Kind war es, das die Herrschaft über sein Wesen innehatte und behielt. Vielleicht gehörte er zu einer älteren, einfacheren Art Mensch, nämlich zu den Mythenschöpfern. Für ihn war die Sonne eine herrliche Lampe, die ihm bei seinen großen Abenteuern leuchtete. Er glaubte an ein tapferes, heldisches Leben. Er glaubte an die seltenen Blumen der Zärtlichkeit und Güte, unter denen er so selten gewandelt war. Er glaubte an Schönheit und Ordnung und war überzeugt, daß er durch diese Mächte das trübe Wirrsal das Daseins bannen könne. Er glaubte an Liebe, an die Reinheit und Größe der Frauen. Er glaubte an den Adel des Denkens und erwartete von sich selber, daß er, ganz wie Sokrates, nichts Niedriges oder Gemeines in der Stunde der Gefahr tun werde. Er stand im Überschwang seiner Jugend, so daß er glaubte, er könne nie sterben.

Vier Jahre später, als er die Universität absolviert hatte und seine Jünglingsjahre hinter ihm lagen, brannte der Kuß der Liebe und des Todes auf seinen Lippen ... und er war immer noch ein Kind.

Als es schließlich feststand, daß Gants Wille in der Sache unbeugsam war, sagte Margaret Leonard zu ihm:

«Dann also mußt du deiner Wege gehn, Junge, und Gott schütze dich!»

Sie sagte das ganz ruhig. Dann sah sie einen Augenblick lang Eugenes lange, dürre Gestalt an, wandte sich feuchten Blicks ab und sagte zu John Dorsey Leonard:

«Kannst du dir noch den kleinen Burschen in Kniehosen vorstellen, der vor vier Jahren zu uns kam? Kannst du es glauben?»

John Dorsey Leonard lachte leise, müd-sanft entspannt.

«Man faßt es nicht», sagte er.

Als Margaret sich wieder an Eugene wandte, war eine Leidenschaft in ihrer sanft-gedämpften Stimme, wie er sie nie zuvor gehört hatte:

«Du nimmst ein Stück von unserm Herzen mit, weißt du das, Eugene?»

Sie nahm seine zitternde Hand zärtlich in ihre schmalen Finger. Er senkte den Kopf, schloß die Augen.

«Wahrhaftig, Eugene», sagte sie, «wir könnten dich nicht mehr lieben, wenn du unser eigenes Kind wärst. Wir hätten dich so gern noch ein Jahr bei uns behalten, aber nachdem das nicht sein kann, schicken wir dich mit all unsern guten Hoffnungen fort. Ach, Junge, du bist fein. Keine Faser ist an dir, die nicht fein wäre. Und das Licht des Genius liegt hell auf dir. Gott schütze dich, die Welt gehört dir!»

Diese stolzen Worte von Liebe und Ruhm waren Musik für ihn; strahlende Triumphvisionen zogen auf, und heiße Scham über seine verborgenen Wünsche brannte in ihm. Die Liebe bat ihn einzutreten, doch sein Herz,/ Von Lust und Schuld befleckt, scheute zurück. Ein Tierschrei zwängte ihm die Kehle, jäh löste er seine Hand aus der ihren und fuhr sich an die Gurgel.

«Sie müssen nicht denken . . .» stammelte er. «Ich bin ja nicht . . .» Aber er konnte nicht weitersprechen. Alles in ihm drängte dumpf zur Beichte.

Später, als er von ihr weggegangen war, brannte der leise Kuß, der erste, den sie ihm gegeben hatte, wie ein feuriger Ring auf seiner Wange.

In diesem Sommer stand er Ben näher als je zuvor. Sie hausten zusammen im selben Zimmer in der Woodson Street. Luke war nach Helens Hochzeit nach Pittsburgh in die Westinghouse-Elektrizitätswerke zurückgekehrt.

Gant wohnte noch im alten Wohnzimmer, aber die übrigen Räume hatte er an eine muntere, grauhaarige Witwe von vierzig Jahren vermietet. Sie besorgte den Haushalt aufs beste; besondere, zärtliche Aufmerksamkeit aber schenkte sie Ben. Nachts fand Eugene die beiden unter den reifenden Trauben auf der kühlen Terrasse; er hörte Bens ruhige Stimme und sein kurzes, leises Lachen; er sah den Bogen, den Bens brennende Zigarette im Dunkel beschrieb.

Ben, der Stille, war noch stiller, noch mürrischer geworden. Seine Braue war tiefer, finsterer gerückt. Schweigsamer noch schlich er im Haus umher. Im Gespräch mit Eliza war er kurz angebunden und von bitterer Verächtlichkeit. Mit Gant unterhielt er sich kaum. Sie hatten nie miteinander geredet; jeder vermied den Blick des anderen. Eine große Scham, die Scham zwischen Vater und Sohn, die geheimnisvolle Scham jenseits der Mutterschaft, jenseits des Lebens, die allen Männern die Lippen versiegelt, diese Scham hatte sie voreinander stumm gemacht.

Aber mit Eugene sprach Ben nun offener, als er je mit ihm gesprochen hatte. Nachts, vor dem Schlafengehen, lagen sie auf ihren Betten, lasen und rauchten, und all der Schmerz und die Bitterkeit von Benjamin Gants Leben brach in heftigen Anklagen aus ihm heraus. Ben fing mit verstockter Schwerfälligkeit zu sprechen an; langsam und stolpernd, ganz wie beim Lesen, brachte er die Worte hervor, aber seine Stimme wurde schneller und leidenschaftlich, wenn er ins Reden kam.

«Sie haben dir wohl gesagt, was für arme Leute sie wären, was?» fragte er und warf den Zigarettenstummel weg.

«Ja», sagte Eugene, «ich muß eben aufpassen und vorsichtig mit dem Geld umgehen.»

«Ah, bah!» lachte Ben fast lautlos und zog einen bitteren Mund.

«Papa sagte mir, daß viele Studenten sich als Kellner oder so durchbringen. Vielleicht kann ich da auch Arbeit finden.»

Ben stützte sich auf den dünnen, behaarten Unterarm, wandte sich um und sah Eugene voll ins Gesicht. «Hör mal, Eugene!» sagte er streng. «Sei kein kleiner Idiot, hörst du? Du wirst jeden Cent nehmen, den du von ihnen kriegen kannst!» verlangte er grimmig.

«Immerhin», erklärte Eugene, «ich habe Grund, ihnen dankbar zu sein. Sie tun was für mich. Jedenfalls geben sie für mich mehr aus als für euch anderen.»

«Du Idiot!» Ben runzelte verächtlich und angewidert die Stirn. «Bildest du dir tatsächlich ein, daß sie das für dich tun? Sie tun es für sich selber. Sie rechnen damit, daß etwas aus dir wird, so daß sie eines Tages die Ehre dafür einheimsen können. Ohnehin hetzen sie dich zwei Jahre zu früh ins Studium. Du nimmst jeden Cent, den du von ihnen bekommen kannst. Wir übrigen haben nie was gekriegt, aber dir gönn ich von Herzen alles, was dir zusteht. Verstanden? Mein Gott!» rief er wütend aus, «ihr Geld nützt keinem Menschen was; da haben sie's auf der Bank liegen, bis es verrottet. Nein, Eugene, wenn du dort auf der Universität merkst, daß du schlechter gestellt bist als die andern Studenten, dann schreibst du dem Alten um mehr Geld. Verdammt noch mal! Hier konntest du nie den Kopf hochtragen, also laß dir jetzt die Gelegenheit nicht aus der Nase gehen, wenn du weg bist.»

Er zündete eine Zigarette an und rauchte in schweigsamer Verbitterung vor sich hin.

«Zur Hölle mit dem ganzen Betrieb», knurrte er schließlich. «Wozu in Gottes Namen leben wir denn überhaupt?»

Sein erstes Jahr an der Universität war voller Einsamkeit, Schmerz und Versagen. Schon nach drei Wochen hatte man ihn zum Opfer eines halben Dutzends klassischer Scherze gemacht; seine Unwissenheit, was die Gepflogenheiten auf dem Campus betraf, hatte man schamlos ausgenutzt, seine Naivität hatte sich überall herumgesprochen. Er war der grünste aller grünen Erstsemester, die es je gab und gegeben hatte: andächtig lauschte er einer Predigt in der Kapelle, die ein älterer Student mit falschem Bart gehalten hatte; sorgfältig hatte er sich auf eine Prüfung vorbereitet, in der die Inhalte des Vorlesungsverzeichnisses abgefragt wurden; und er hatte sich des unverzeihlichen Fauxpas schuldig gemacht, eine Antrittsrede zu halten, als man ihn mit fünfzig anderen in die *Literarische Gesellschaft* aufnahm. Diese groben Witze auf seine Kosten – ein wenig grausam, aber nur so grausam, wie müßiges Gelächter ist, und Bestand des groben, an amerikanischen Colleges üblichen Alltagshumors – gepfeffert, zügellos und national – verletzten ihn zutiefst: und die anderen ahnten nichts davon.

Er fiel sofort auf – nicht nur wegen seiner Tölpelhaftigkeit, sondern auch wegen seines Gesichtes, das wie das eines wilden Kleinkindes war, und wegen seines ungelenken, riesigen Körpers, der mit hüpfenden Scherenbeinen ausgestattet war. Die *undergraduates* gingen in grinsenden Grüppchen an ihm vorüber; gehorsam grüßte er sie, aber ihm war elend zumute. Und die selbstgefällig lächelnden Gesichter seines eigenen Semesters, der weltklügeren Studenten, die niemals seine Fehler begingen, reizten ihn manchmal zu irrer Wut. «G-g-grinst, grinst doch, soviel ihr wollt! Zum Teufel mit euch!» fluchte er zähneknirschend. Zum erstenmal in seinem Leben haßte er, was zu bequem in eine Schublade paßt. Er fing an, die Unauffälligkeit des Normalen mit Neid und Abscheu zu betrachten – diese Arme, Beine, Hände, Füße und Körper, die bequem auf Konfektionskleidung zugeschnitten sind. Und das hübsch Regelmäßige haßte er, wo immer er darauf stieß: diese nichtssagend gutaussehenden jungen Männer mit dem glänzenden, sorgfältig in der Mitte gescheitelten Haar, den sicheren, starken, normalgroßen Gliedern, die wie geschaffen dazu schienen, sich anmutig auf Tanzböden zu bewegen. Sehnsüchtig wartete er darauf, daß sie einen Fehler, eine Ungeschicklichkeit begehen würden – etwa zu stolpern und lang hinzuschlagen, Blähungen zu haben, in Damengesellschaft einen strategisch wichtigen Knopf zu verlieren, oder nicht zu merken, daß ihnen das Hemd aus der Hose hing, wenn sie ein Rendezvous mit einem hübschen Mädchen hatten. Aber ihnen unterliefen keine Fehler.

Wenn er den Campus überquerte, hörte er, wie man von einem Dutzend unparteiischer Fenster herab spöttisch seinen Namen rief; er vernahm heimliches Lachen und knirschte mit den Zähnen. Und nachts lag er steif vor Scham in seinem dunklen Bett und riß zerrend am Laken, wenn er sich in der unausgewogenen Sichtweise und übersteigerten Egozentrik des Introvertierten seinen Phantasien überließ: da war dann ein enger Raum voller Studenten, die alle grinsend dastanden, Zeugen seiner Ungeschicklichkeit. Diese Vorstellungen brannten in seinem Innersten. Mit verkrallter Hand erstickte er seinen wilden Aufschrei. Ihn drängte es, den schamvollen Augenblick auszulöschen, das Gewebe zu entwirken. Seine vollkommene Niederlage schien ihm gewiß, er glaubte, daß er in einer unverzeihlichen Tölpelhaftigkeit seine Universitätskarriere begonnen hatte, welche man ihm niemals nachsehen würde, und daß es das beste für ihn sei, wenn er sich für die kommenden Jahre im dunkeln halten würde. Er sah sich selbst in seinem Narrenkostüm und gedachte der früheren Visionen von Erfolg und Ruhm in zerfleischendem Selbsthaß.

Da war niemand, an den er sich wenden konnte; er hatte keine Freunde. Seine Vorstellung vom Universitätsleben war romantisch-verschwommen, hervorgerufen durch seine Leseerlebnisse und versetzt mit Erinnerungen an Stover in Yale, den Jungen Fred Fürchtenichts und irgendwelche lustigen Jungs, die herzlich eingehakt Sauflieder brüllten. Niemand hatte ihm auch nur rudimentäre Informationen über das gewissermaßen rudimentäre Dasein an amerikanischen Colleges zukommen lassen. Man hatte ihn nicht vor den wichtigsten Tabus gewarnt. So war er grün in sein neues Leben gekommen, so unvorbereitet, wie er später immer wieder in sein neues Leben kommen sollte, und außer in seinen rauschhaften Träumereien blieb er für immer ein Fremder in allen Arkadien.

Eugene war allein, verzweifelt allein.

Aber die Universität war ein bezaubernder, ein unvergeßlicher Ort. Sie lag in dem Dorfe Pulpit Hill, ungefähr in der Mitte des großen Staats. Die Studenten reisten mit der Bahn bis zu der trübseligen Tabakstadt Exeter und fuhren von dort die achtzehn Kilometer mit dem Bus oder im Auto. Die Gegend, wellig mit Feld und Wald, war von einer rohen, großartigen Häßlichkeit. Die Universität jedoch lag herrlich in einer bukolischen Wildnis auf dem langgezogenen Tafelberg, der sich steil aus dem flachhügeligen Land erhob. Oben angekommen, war man plötzlich am äußersten Ende der langen Hauptstraße, die anderthalb Kilometer lang zwischen Fakultätshäusern durchs Dorf zur Universität hinführte. Der zentrale Campus war ein großer, welliger Parkrasen mit herrlichen alten Bäumen. Ein Karree von schönen alten Backsteinbauten, kurz nach dem Nordamerikanischen Unabhängigkeitskrieg errichtet, stand am äußersten Ende. Um diese Mitte gruppierten sich weitere Bauten in jenem üblen neohellenischen Stil, in dem man heutzutage, vermutlich aus pädagogischen Gründen, so gern Schulen ausführt. Und dahinter kam die dichte Waldwildnis: Ihr Geruch wehte über den ganzen Ort; man spürte die Entlegenheit, den Zauber des Isoliertseins. Es war wie ein Vorposten in den alten römischen Provinzen: Wie ein Tier kroch die Wildnis darauf zu. Die große Kargheit, der jahrhundertelange Kampf mit der Wildnis hatte der Universität eine Lieblichkeit und Schönheit gegeben, die sie später verlieren sollte. Sie besaß die feine Autorität des Provinzialismus – des Provinzialismus der alten Südstaaten. Nichts zählte jenseits des Bundesstaates; der Staat war ein mächtiges Imperium, ein großes Königreich – draußen war eine nebelhafte, halbbarbarische Welt. Wenige Söhne der Universität hatten sich auf dem Schauplatz der Nation ausgezeichnet. Es hatte einmal einen obskuren Präsidenten der Vereinigten Staaten gegeben und ein paar Abgeordnete, aber nur wenige hatten sich um solche Ehren beworben: Es war genug des Ruhmes, wenn man ein großer Mann in seinem Heimatstaat war. Alles andere «draußen» war nicht so wichtig.

In dieser herrlichen Umgebung konnte ein junger Mensch gemütlich und vergnügt vier üppige und träge Jahre zubringen. Da war weiß Gott genug Einsamkeit für mönchischen Fleiß, aber die erlesene, romantische Aura, die verschwenderische Fülle der Frühlingszeit, üppig voller Blüten und getränkt in die duftende Wärme grünen, schimmernden Lichtes erstickte irgendwelche anfängliche Studierwut schon im Keim. Statt dessen bummelten sie herum und genossen ihre Freiheit oder stürzten sich mit Energie und Enthusiasmus in Gesangvereine, Sportklubs, Uni-Politik, Studentenverbindungen, Debattierklubs und Theatergruppen. Und sie redeten – immer und überall redeten sie: unter den Bäumen, gegen die efeuüberwucherten Mauern gelehnt, in Grüppchen in ihren Räumen hockend, redeten sie, schlaff hingeräkelt: dieser kein Ende nehmen wollende, charmante, gegenstandslose Redeschwall der Südstaaten. Großherzig und leichthin redeten sie über Gott, den Teufel und die Philosophie, Mädchen, Politik, Sport, Studentenverbindungen und wieder Mädchen – mein Gott, wie sie redeten!

«Man beachte», lispelte Mr. Torrington, der alte *Rhodes Scholar* (Pulpit Hill und Merton, '14), «man beachte, wie geschickt er die Spannung bis zuletzt aufrechterhält. Seht, mit welch vollendeter Kunstfertigkeit er auf den Höhepunkt zusteuert und die Bedeutung bis ganz zuletzt im dunkeln sein läßt, bis zum letzten Wort.» Tatsächlich noch länger.

Zumindest, dachte Eugene, krieg ich hier eine Ausbildung. Dies muß gute Literatur sein, weil es so verdammt langweilig scheint. Wenn es weh tut, sagt der Zahnarzt, dann tut es einem gut. Die Demokratie existiert, weil sie so verdammt ernst genommen wird. Es gibt sie, weil sie in diesem marmornen Mausoleum der Sprache so elegant einbalsamiert ist. *Essays für gebildete Männer*: Woodrow Wilson, Lord Bryce und Dean Briggs.

Nie erklang hier die laute, heisere Stimme Amerikas, der Parteitage und der Big Brass Band, von Tweed, der Tammany-Gesellschaft und der Machtelite, von Lynch-Meetings und schwarzen Barbecue-Parties, den Bostoner Iren und den verdammungswürdigen Machenschaften des Papstes, enthüllt und aufgedeckt von der *Hohlen Trompete Babylons* (Dem.), von der Vergewaltigung der belgischen Jungfrauen, von Rum, Öl, der Wall Street und Mexiko.

All dies, hätte Mr. Torrington gesagt, sei temporär und zufällig. Es war unsolide.

Mr. Torrington lächelte feucht zu Eugene auf und bat ihn sanft, auf einem Stuhl Platz zu nehmen, den er in intime Nähe seines Schreibtisches gerückt hatte.

«Mr. –? Mr. –?» sagte er, in seinen Karteikarten herumsuchend.

«Gant», sagte Eugene.

«Ach ja, ja, Mr. Gant.» Er lächelte entschuldigend. «Nun – wie steht es mit Ihrer extracurricularen Lektüre?» hob er an.

Und was ist mit meiner intracurricularen Lektüre? dachte Eugene.

Las er denn gern? Ah ja – das war schön. Er freue sich sehr, das zu hören. Heutzutage bestehe die wahrhafte Universität, wie Carlyle gesagt hatte (er hoffte, Eugene mochte den ruppigen alten Thomas), aus einer Sammlung von Büchern.

«Yes, Sir», sagte Eugene.

Dies, so schien es ihm, sei der Oxford-Plan. O ja – er war dagewesen, drei Jahre lang, um genau zu sein. Sein mildes Auge flammte auf. Die High Street entlangschlendern, an so einem warmen Frühlingstag, und am Schaufenster eines der Buchgeschäfte stehenbleiben, um einen Blick auf diese Schätze zu werfen, die für so wenig zu haben waren. Dann zu *Buol's* oder zu einem Freund auf einen Tee, oder einen Spaziergang durch die Wiesen oder den Park von Magdalen College machen, oder herab in den Collegehof zu sehen, auf die fröhliche Jugendschar. Ja, ja. Ein prima Ort? Nun – so würde er es kaum bezeichnen. Es kam alles darauf an, was man mit einem «prima Ort» meine. Die mangelnde gedankliche Präzision – unglücklicherweise, so schien es ihm, häufiger unter amerikanischen als unter englischen Jugendlichen anzutreffen – sei zur Hälfte auf einen unartikulierten Überschwang unüberlegten Sprechens zurückzuführen.

«Yes, Sir», sagte Eugene.

Ein prima Ort? Nun, er würde das kaum so nennen. Diese Ausdrucksweise sei typisch amerikanisch. Sanft und unfreundlich lächelnd wandte er sich dem Jungen zu: «Dort», verkündete er, «wird einem der überflüssige Enthusiasmus ausgetrieben.»

Eugene verfärbte sich.

«Das ist gut», sagte er.

Nun – nun wolle er mal nachfragen: Mochte Eugene denn Theaterstücke? Das moderne Drama? Ausgezeichnet. Es passierten einige recht interessante Dinge im modernen Drama. Dieser Barrie zum Beispiel, so ein reizender Kerl. Was war das? Shaw? Shaw!

«Yes, Sir», sagte Eugene. «Ich hab alles von ihm gelesen. Da ist eine neue Sache von ihm erschienen.»

«Ja wirklich? Aber mein lieber Junge!» sagte Mr. Torrington mild erstaunt. Er zuckte die Achseln und wurde höflich und gleichgültig. Nun, wenn Eugene so was mochte. Natürlich – er für seine Person fände es recht schade, seine Zeit mit so etwas zu verschwenden, wenn es daneben doch erstklassige Dinge gebe. Das sei gerade das Problem. Jener Mann spreche vorwiegend den unausgebildeten Geschmack, das unkritische Urteilsvermögen an. Jener übe eine reißerische Anziehungskraft auf Unreife aus. O ja, doch! Zweifellos ein amüsanter Kerl. Intelligent, ja – aber unbedeutend. Und – das müsse Eugene doch auch zugeben – er wirble doch auch zuviel Staub auf. Hatte er das bemerkt? Ja, in seinen Stücken sei so ein gewisser amüsanter keltischer Zug; keinesfalls sei das ohne Charme – aber eben unsolide. Jener Mann lag nicht auf dem gleichen Niveau mit der Elite des modernen Geisteslebens.

«Ich nehm dann den Barrie», sagte Eugene.

Ja, das sei sicher viel besser, wenn man *ihn* frage. «Nun, dann auf Wiedersehen, Mr. –? Mr. –??» lächelte er und suchte wieder in seinen Karteikarten herum.

«Gant.»

Ach ja, sicher, Gant. Er streckte ihm seine dicke schlaffe Hand entgegen. Er hoffe, daß Mr. Gant ihn aufsuchen würde. Vielleicht könne er ihm bei den kleinen Problemen behilflich sein, die so oft im ersten Jahr aufträten. Vor allem sollte er sich nicht entmutigen lassen.

«Yes, Sir», sagte Eugene und schoß in fieberhafter Eile zur Tür. Der leere Raum hinter ihm tat sich auf und saugte ihn heraus; er verschwand.

Egal, dachte er verbissen, ich werd alles von diesem verdammten Barrie lesen. Ich schreib ihm seinen verdammten Essay und werd ansonsten verdammt noch mal lesen, was ich verdammt noch mal möchte.

Gott schütze unsern König und unsere Königin!

Außerdem hatte er Kurse in Chemie, Mathematik, Griechisch und Latein. Er arbeitete hart und eifrig an seinem Latein. Sein Dozent war ein hochgewachsener, glattrasierter Mann mit gelblichem, düsterem Gesicht. Er teilte sein schütteres Haar geschickt so, daß es aussah wie zwei Hörner. Seine Lippen waren stets zu einem satanischen Lächeln verzerrt, seine Augen glommen seitwärts mit tief maliziösem Humor. Eugene setzte große Hoffnungen in ihn.

Wenn der Junge morgens ankam, keuchend und ohne gefrühstückt zu haben, gerade nachdem sich der Kurs gesetzt hatte und alles still war, grüßte ihn der satanische Professor mit erlesener Ironie: «Ach, Bruder Gant! Grad rechtzeitig zum Gottesdienst. Habt Ihr gut geschlafen?»

Die anderen brüllten vor Lachen. Später, nach einer erwartungsvollen Pause, pflegte der Professor dann unheilverkündend die Stirn zu runzeln und scherzhaft unter den buschigen Augenbrauen heraus in die wartende Zuhörerschaft zu starren. Dann sagte er mit tiefer, zynischer Stimme:

«Und nun möchte ich Bruder Gant bitten, uns mit einer seiner vollendeten, gelehrten Übersetzungen zu erfreuen.»

Dieser Spott war nur schwer erträglich, weil Bruder Gant, als einziger im ganzen Kurs, seine Hausaufgaben ohne Zuhilfenahme einer fertigen Übersetzung anfertigte. Er verwandte viel Schweiß auf Livius und Tacitus und überarbeitete alles mehrmals, bis er eine flüssige und fundierte eigene Fassung hergestellt hatte. Leider war er dann dumm genug, diese ohne Zögern oder eine geschickt gespielte Unsicherheit herunterzulesen. Für diese Mühsal und Ehrlichkeit wurde er vom Amateurteufel entsprechend belohnt. Das knappe Lächeln pflegte sich zu vertiefen, während Eugene las; jener Mann hob bedeutungsvoll die Augenbrauen, das grinsende Plenum im Blick, und wenn die Lesung beendet war, sagte er:

«Bravo, Bruder Gant! Ausgezeichnet! Hervorragend! Sie schwingen eine gute Klatsche, aber ein wenig zu flott, mein Junge! Etwas allzu flott!»

Die anderen kicherten dreist.

Als er es nicht mehr länger ertragen konnte, suchte er den Mann eines Tages nach dem Kurs auf.

«Verstehen Sie, Sir! Verstehen Sie . . .» begann er, halb erstickt vor Verzweiflung und Wut. «Sir, ich versichere Ihnen . . .» – dann mußte er an all die grinsenden Affen von Mitstudenten denken, die sich vorteilhaft mit gestohlenen Übersetzungen großtaten, und er konnte nicht mehr weiterreden.

Des Teufels Jünger war kein schlechter Mensch – er war nur,

wie die meisten Leute, die sich etwas auf ihren Scharfsinn zugute halten, ein dummer.

«Unsinn, Mr. Gant», sagte er gütig. «Sie glauben doch wohl nicht, daß Sie mich bei einer Übersetzung täuschen können, nicht wahr? *Mir* ist das ja gleich», fuhr er lächelnd fort, «wenn Sie lieber eine Klatsche benutzen wollen, als Ihre eigene Arbeit zu machen, dann geb ich Ihnen eben ein ‹Ausreichend› – solange Sie es gut machen.»

«Aber –» hob Eugene stürmisch an.

«Aber ich find, es ist einfach jammerschade, Mr. Gant», sagte der Professor eindringlich, «daß Sie sich so treiben lassen. Sehen Sie, mein Junge, Sie sind doch zu ausgezeichneter Arbeit imstande. Das kann ich doch genau sehen. Warum geben Sie sich dann nicht ein bißchen Mühe? Warum halten Sie sich nicht ran und fangen mal an, wirklich zu lernen? Jetzt endlich?»

Eugene starrte ihn an, Zornestränen im Auge. Er stotterte, aber brachte nichts heraus. Doch plötzlich, als er in dieses allwissend-boshafte Grinsen schaute, überwältigte ihn die totale und absolut lächerliche Ungerechtigkeit dieser Sache, das Karikaturhafte des Ganzen, so daß er in lautes Lachen ausbrach, ein Lachen des Amüsements und der Wut, das der Lehrer zweifelsohne als Schuldbekenntnis auffaßte.

«Nun, wie ist es?» fragte jener. «Wollen Sie sich nicht Mühe geben und es versuchen?»

«Ja! Ja! All right!» rief der Junge. «Das werd ich!»

Unverzüglich kaufte er sich auch so eine Hilfsübersetzung, wie sie alle anderen benutzten. Wenn er nun dran war, strauchelte er hübsch hier und da über einem Satzglied, bis ihm sein Dozent zu Hilfe kam, und der satanische Professor lauschte ihm ernst und voller Aufmerksamkeit, nickte von Zeit zu Zeit wohlwollend mit dem Kopf und sagte dann, wenn Eugene geendet hatte, zufrieden: «Gut, Mr. Gant. Sehr gut. Da können Sie mal sehen, wie weit man mit ein bißchen ernsthafter Arbeit kommt.»

Und unter vier Augen sagte er zu ihm: «Sie sehen doch den Unterschied, nicht? Sofort hab ich gemerkt, daß Sie aufgehört haben, diese Klatsche zu benutzen. Ihre Übersetzung ist nicht so glatt, aber es ist nun Ihre eigene. Sie leisten gute Arbeit, mein Junge, und das bringt Sie weiter. Es lohnt sich doch, nicht?»

«Ja», sagte Eugene dankbar, «das tut es.»

Der bei weitem beste Dozent seines ersten Jahres war Mr. Edward Pettigrew («Buck») Benson, der Griechisch-Professor. Buck Benson war ein kleiner Mann – etwa Mitte Vierzig, Junggeselle, ein bißchen geschniegelt, aber altmodisch gekleidet. Er trug Stehkragen, große, üppige Krawatten und Schuhe mit Wildlederspitzen. Seine Haare waren sehr dicht, schon stark ergraut und sehr gepflegt. Er hatte ein höfliches, streitbares Gesicht, sehr energisch, mit großen gelben vortretenden Augäpfeln und Falten um den Mund wie eine Bulldogge. Alles in allem war er auf gutaussehende Weise sehr häßlich.

Er hatte eine leise, faule, angenehme, träg-gedehnte Stimme. Ohne das Tempo zu wechseln oder die Betonung zu ändern, konnte er seinem Opfer die Haut abziehen mit der grausamsten Zunge, die es je gegeben hatte, aber schon im nächsten Augenblick verlieh ihm dieselbe Fähigkeit die Macht, alle Feindseligkeiten auszulöschen, die Zuneigung wiederaufzubauen und alle Wunden wieder zu heilen. Er besaß enormen Charme. Für die Studenten war er Gegenstand absurder Spekulationen – sie umgaben ihn mit dem Mythos des leidenschaftlichen, sinnlich-raffinierten Liebhabers, und sein winziges Auto, das wie ein Spielzeug über den Campus hüpfte, wurde in ihren Phantasien zum Schauplatz vieler romantischer Verführungsszenen.

Er war ein guter Gräzist – der Typ des eleganten, trägen Gelehrten. Unter seiner Anleitung begann Eugene, Homer zu lesen. Der Junge hatte wenig Ahnung von Grammatik – er hatte nur wenig davon bei Leonard gelernt –, aber da er so schlecht beraten gewesen war, diese Sprache unter jemand anderem als Buck Benson anzufangen, dachte jener, er wisse noch weniger, als er tatsächlich wußte.

Eugene lernte mit verzweifeltem Eifer, aber der bittere, schwermütige Blick des eleganten kleinen Mannes schüchterte ihn so ein, daß er seine Aufgaben stockend, furchtsam und ungewandt vortrug. Wenn er dann fortfuhr, mit Herzklopfen und zitternder

Stimme, pflegte Buck Benson immer müder dreinzuschauen, bis er schließlich sein Buch weglegte und schleppend sagte:

«Mr. Gant, Sie machen mich so wütend mit Ihrem Gestammel, daß ich Sie am liebsten aus dem Fenster werfen würde.»

Aber am Prüfungstag schlug Eugene sich glänzend und übersetzte fließend einen unbekannten Text. Er war gerettet. Buck Benson lobte seinen Übersetzungstext in aller Öffentlichkeit, träg erstaunt, und gab ihm eine gute Zensur. Danach bekamen sie ein entspannteres Verhältnis zueinander: Schon im Frühling konnte er mit einiger Sicherheit Euripides lesen.

Aber was am lebendigsten in ihm erhalten blieb, später, in den alles ertränkenden Jahren, die so vieles an Schönheit überdeckten, war die gewaltig brandende Sprache Homers, die in seiner Seele rhythmisch widerhallte, in seinem Blut, mit seinem Herzschlag, so wie es einst das Seerauschen der Muscheln getan hatte, die bei Gant im Salon lagen: ebenso klangen diese Verse in ihm, als er sie das erste Mal zum langsamen Schritt und in den gedehnten Hexametern von Buck Benson hörte, dem letzten, müden, verlorenen Sohn Hellas'.

Dwaney de clangay genett, argereoyo beeoyo – über dem grellen Pfiff der Lokomotive, dem rauhen Schrei der Räder auf den Schienen, dem Geklopfe des Nieters überdauert die große Musik, und wird für immer bestehen. Welcher Mißton kann sie ersticken? Welch schrille Gewalttat kann sie stören oder bezwingen? Sie, die in unserem Fleisch begraben liegt, dort eingepflanzt, als wir noch jung waren, und von uns erinnert wie «der Apfelbaum, das Singen und das Gold»?

29

EHE SEIN erstes Studienjahr um war, hatte Eugene vier- oder fünfmal seine Unterkunft gewechselt. Am Schluß des Jahres hauste er allein in einem großen, kahlen Zimmer ohne Teppich. So zu wohnen war eine Seltenheit in Pulpit Hill, denn die Studenten lebten meist zu zweien oder zu dreien zusammen. In jenem Zimmer begann für Eugene eine räumliche, anfangs schwer zu ertragende Isolation, die ihm später zum unerläßlichen Bedürfnis des Körpers und Geistes wurde.

Er war mit Hugh Barton nach Pulpit Hill gekommen, der ihn in Exeter abgeholt hatte und mit seinem großen Roadster hinfuhr. Gleich nach seiner Immatrikulation hatte er sich eine Unterkunft im Haus einer aus Altamont stammenden Witwe besorgt, deren Sohn auch studierte. Hugh Barton sah ganz erleichtert aus und fuhr zurück, von der Hoffnung beflügelt, sein Zuhause und seine Braut noch vor Einbruch der Nacht wieder zu erreichen. Mit lobenswertem Eifer, aber wenig Weltklugheit, zahlte Eugene der Witwe die Miete für zwei Monate im voraus. Sie hieß Mrs. Bradley – eine wabbelige, verdrossene Frau, bleich und herzkrank. Aber sie servierte ausgezeichnetes Essen. Ihr studierender Sohn wurde bei seinen Anfangsbuchstaben gerufen: «G. T.». G. T. Bradley, schon in den höheren Semestern, war ein mürrischer, finster blickender neunzehnjähriger Jüngling, kriecherisch und unverschämt. Sein größter, allerdings immer wieder durchkreuzter Ehrgeiz war es, in eine Studentenverbindung aufgenommen zu werden. Mit den ihm eigenen Talenten war es ihm nicht gelungen, Anerkennung zu erzwingen, und so beherrschte ihn die krankhafte Vorstellung, er werde zu Ruhm und Ehren gelangen, wenn er sich einen Ruf als Sklaventreiber der Erstsemester erwürbe. Eugene reagierte mit Trotz und Abneigung, als G. T. seine Taktiken an ihm ausprobierte. Sie wurden erbitterte Feinde: G. T. war mit voller Absicht darauf aus, Eugenes Start an der Universität zu einem unglücklichen werden zu lassen. Er verleitete ihn zu öffentlichen Ungeschicklichkeiten und trommelte Zeugen seiner Erniedrigung zusammen; er schmeichelte sich in sein Vertrauen ein und verriet ihn dann. Aber es gibt eine letztendliche Verhöhnung, einen äußersten Verrat, der uns der Schande überantwortet; denn unsere Fähigkeit zur Schurkerei ist, wie all unsere Fähigkeiten, sehr begrenzt.

Es kam der Tag, an dem Eugene aus der Abhängigkeit entlassen wurde. Es stand ihm frei, dieses Trauerhaus der Witwe zu verlassen. G. T. kam auf ihn zu, finster, scheu.

«Hab gehört, daß du von uns weggehn willst, Eugene», sagte er.

«Ja.»

«Weil ich mich dir gegenüber so verhalten hab?»

«Ja.»

«Du siehst alles zu verbissen, Eugene.»

«Ja.»

«Ich möcht nicht, daß du im Groll weggehst, Gene. Laß uns einander die Hand reichen und wieder Freunde sein.» Steif hielt er seine Hand hin.

Eugene sah in das harte, schwächliche Gesicht, die unsteten, unglücklichen Augen, die hin und her huschten auf der Suche nach etwas Eigenem. Das dicke schwarze Haar war steif von Pomade, an den Wurzeln sah man weiße Schuppenstäubchen. Um ihn roch es nach Talkum. Seine bleiche Mutter hatte ihn in ihrem Körper getragen und genährt – wozu bloß? Um die zornigen, streichelnden Finger des Ranges unterwürfig lecken zu können, um sich kriechend vor einem Statussymbol zu erniedrigen. Einen Augenblick lang war es Eugene schlecht.

«Gib mir deine Hand, Gene», sagte der Junge wieder und wedelte mit den ausgestreckten Fingern.

«Nein», sagte Eugene.

«Du haßt mich doch nicht, oder?» winselte G. T.

«Nein», sagte Eugene. Kurz überkam ihn Mitleid und Ekel. Er vergab, weil es nötig war, zu vergessen.

Eugene lebte in einer kleinen Welt. Aber die Schäden und Mißstände dieser Welt, mochten sie auch noch so unerheblich scheinen, erzeugten tiefgehende, verheerende Wirkungen in seinem Wesen. Er hatte keine Freunde; stolz und hochfahrend zog er sich in seine Zelle zurück, blindlings widersetzte er sich dem Gemeinschaftsleben, das ihn umgab.

In dem ersten, bitteren und verzweifelten Herbst fing Eugenes Bekanntschaft mit Jim Trivett an.

Jim Trivett, Sohn eines reichen Tabakpflanzers aus dem Osten des Staates, war ein gutmütiges Rauhbein von zwanzig Jahren. Er war ein stattlicher Bursche, machte aber keinen gewinnenden Eindruck. Sein grober, vorgeschobener, dicklippiger Mund stand immer ein wenig offen und lächelte lose und leer; man sah seine schlechten Zähne; die Mundwinkel waren von Kautabakspeichel verschmiert. Er hatte hellbraunes, trockenes Haar, dessen widerspenstige Zotteln sich nie ordentlich legen ließen. Er zog sich auffallend an, nach dem billigen, furchtbaren Geschmack der damaligen Mode: enge Hosenröhren, die drei Zentimeter über den Halbschuhen endeten und verzierte Socken bloßstellten; eine kurze Jacke mit einem Halbgürtel im Kreuz; breite Umlegekragen aus gestreifter Seide. Unter der Jacke trug Jim Trivett einen Sportsweater mit den eingewirkten Nummern seiner High-School.

Jim Trivett wohnte mit drei anderen Studenten aus seiner Vaterstadt zusammen in einer Pension ganz in Eugenes Nachbarschaft, etwas näher am Westtor der Universität. Die vier jungen Herren, die sich der Sicherheit und Kameradschaft halber zusammengeschlossen hatten, hausten in zwei unaufgeräumten, von kleinen gußeisernen Öfchen zu einer trockenen Backofenhitze überheizten Zimmern. Ständig trafen sie die ernsthaftesten Vorbereitungen zum Lernen, aber sie schafften nie etwas. Man trat entschlossen ein, verkündigte, daß man auf morgen höllisch zu büffeln habe, und bereitete alles auf das genaueste für einen Kampf mit den Büchern vor: rückte die Lampe richtig, spitzte umständlich-entschlossen die Bleistifte, ging zu dem hochroten Öfchen und schürte tüchtig nach, rückte den Stuhl zurecht, setzte einen Augenschirm auf, putzte die Pfeife, stopfte sie, zündete sie an, zündete sie abermals an, leerte sie aus . . . und hörte dann mit einem Seufzer der Erleichterung, daß jemand an die Tür klopfte.

«Rein in die gute Stube! Gott verdammt noch mal!» erschallte die gastfreie Aufforderung.

«Hallo, Eugene! Nimm 'nen Stuhl und setz dich, Son!» sagte Tom Grant. Er war ein dicker, vierschrötiger Kerl, auffällig gekleidet; er hatte eine niedrige Stirn, schwarzes Haar und war von freundlicher, träger, dümmlicher Gemütsart.

«Wart ihr gerade beim Lernen?»

«Zum Teufel, ja!» rief Jim Trivett. «Geschuftet hab ich wie ein Hundesohn.»

«Armer Junge, eines Tages wirst du uns an Überarbeitung

eingehn», sagte Tom Grant und drehte sich langsam nach ihm um. Er schüttelte betrübt den Kopf und lachte: «Wenn dein Alter wüßte, wie fleißig du sein Geld verstudierst, verdammt noch mal, er bekäm sicher 'nen Leistenbruch vor Aufregung!»

«Du kennst dich doch mit dem Englischen aus, Langbein», sagte Jim Trivett zu Eugene.

«Was er nicht weiß, kannst du hinten auf 'ne Briefmarke schreiben», sagte Tom Grant. «Der alte Sanford hält dich für den Größten, Gene.»

«Ich dachte, du wärst bei Torrington?» sagte Jim Trivett.

«Nein», erwiderte Eugene, «dem war ich nicht britisch genug – so jung und ungeschliffen. Gott sei Dank konnte ich wechseln. Was willst du denn, Jim?»

«Ich muß einen langen Aufsatz machen, aber mir fällt weiß Gott nichts ein», erklärte Jim Trivett.

«Warum sagst du das mir?» fragte Eugene. «Soll ich ihn dir etwa schreiben?»

«Ja», sagte Jim Trivett.

«Schreib deine verdammten Aufsätze selber», sagte Eugene mit gespielter Unerbittlichkeit. «Ich schreib sie dir nicht. Aber helfen will ich dir, wenn ich's kann.»

Tom Grant wandte sich an Eugene: «Sag mal, wann ziehst du mit dem ‹harten Knaben› nach Exeter, Langbein?» fragte er und blinzelte zu Jim Trivett hinüber.

Eugene errötete; die Frage war ihm peinlich.

«Jederzeit, wann's ihm paßt», erklärte er ausweichend.

«Schau her, Langbein», sagte Jim Trivett anzüglich grinsend. «Meinst du das ernst oder ist es Bluff?»

«Ich sag dir's ja, daß ich mitmache», sagte Eugene ärgerlich. Er zitterte ein wenig.

Tom Grant schmunzelte schlau zu Jim Trivett hinüber.

«Das wird 'nen Mann aus dir machen, Eugene», sagte er. «Junge, dann wachsen dir Haare auf der Brust.» Er lachte leise und unbeherrscht vor sich hin, wackelte mit dem Kopf dazu, als schüttle er sich über einen heimlichen Gedanken.

Jim Trivetts loses Lächeln wurde anzüglicher, deutlicher. Er spuckte in die Holzkiste.

«Herrje, sie werden dort denken, der Frühling wäre gekommen, wenn sie Langbein sehn. Sie brauchen 'ne Leiter, um zu ihm raufzukommen.»

Tom Grant lachte feist und laut. «Sicher!» sagte er.

«Also wie steht's damit, Gene?» fragte Jim Trivett unvermittelt. «Ist die Sache abgemacht? Samstag?»

«Paßt mir», sagte Eugene.

Als er gegangen war, schmunzelten die beiden einander an. Durstig. Wohlgefällig. Die Verführer zur Unkeuschheit.

«Hör mal, harter Knabe», sagte Tom Grant. «Du solltest es lieber nicht tun. Du bringst den Jungen auf Abwege.»

«Es wird ihm nicht schaden, im Gegenteil, es wird ihm guttun», erklärte Jim Trivett. Er fuhr sich mit dem Handrücken über den Mund, grinste.

«'nen Augenblick», flüsterte Jim Trivett. «Ich glaube, das ist das Haus.»

Sie verließen das Zentrum der trübseligen Tabakstadt. Eine Viertelstunde lang waren sie eilig durch düstere Herbststraßen gegangen, einen langen, zerklüfteten Hügel hinab, der an einer Reihe billiger, schmutziger, immer seltener werdender Häuser entlang in die Außenbezirke führte. Es war drei Wochen vor Weihnachten; in der nebligen Luft lag kühle Drohung. Die brütende Stille wurde von kleinen, fernen Geräuschen durchbrochen. Sie bogen in eine schmutzige Gasse ein, die ungepflastert und zu beiden Seiten wie von Abfall mit Negerhütten und den Behausungen armer Weißer bestückt war. Eine Rachitishölle. Es gab kein Licht. Trocken raschelten ihre Tritte im Laub. Nun hielten sie vor einem zweistöckigen Holzhaus. Hinter heruntergelassenen Fensterblenden brannte Licht; ein gelber Widerschein glomm in die rauchige Luft hinaus.

«'nen Augenblick», sagte Jim Trivett, «ich will mich erkundigen.» Es kamen schlurfende Schritte durchs welke Laub. Ein Neger erschien vor ihnen.

«Hallo, John!» sagte Jim Trivett fast unhörbar.

«'n abend, Boss!» sagte der Neger schläfrig, ebenso leise.

«Wir suchen das Haus von Lily Jones», erklärte Jim Trivett. «Sind wir da recht?»

«Yes, Sir», sagte der Neger, «das is es.»

Eugene lehnte an einem Baumstamm und lauschte ihrem leisen Verschwörergeflüster. Die Nacht war weit, lauernd und lauschend wie das böse Gewissen. Seine Lippen waren kalt und bebten, er klemmte eine Zigarette dazwischen. Ihn schauderte; er schlug den Mantelkragen hoch.

«Miss Lily, weiß sie, Sie kommen?» fragte der Neger.

«Nein», sagte Jim Trivett. «Kennen Sie sich aus?»

«Ja», sagte der Neger, «gehn Sie mit!»

Eugene wartete im Baumschatten; die zwei Männer gingen zum Haus. Sie machten einen Bogen um die Vorderveranda und hielten sich seitwärts. Der Neger klopfte vorsichtig an eine Gittertür. Da sind immer Gittertüren. Warum bloß?

Er wartete. Er sagte sich selbst Lebewohl. Er spürte, daß er mit gezücktem Morddolch über seinem Leben stand. Er war unentwirrbar verstrickt. Ein Entrinnen gab es nicht.

Von drinnen waren schwache Geräusche gekommen, Stimmen, Gelächter, das heisere Kratzen eines alten Grammophons. Nun verstummten sie plötzlich. Das Haus schien aufzuhorchen. Einen Augenblick später ging verstohlen quietschend eine Tür, Eugene hörte eine erstaunte Frauenstimme, die leise und verwirrt fragte: «Wer ist da? Wer?»

Gleich darauf kam Jim Trivett zurück und sagte: «Alles in Ordnung, Eugene. Komm, gehn wir rein!»

Jim Trivett gab dem Neger ein Trinkgeld, dankte ihm. Eugene sah dem Schwarzen einen Augenblick in das breite, freundliche Gesicht. Es wurde ihm wärmer. Der dunkle Zutreiber hatte seine Arbeit willig und gern getan; über der gekauften, lieblosen Liebe lag der Schatten seines Wohlwollens.

Sie gingen stillschweigend ins Haus. Eine Frau hielt die Tür auf und riegelte ab, sobald sie eingetreten waren. Sie befanden sich in einer kleinen Diele; eine Lampe mit heruntergeschraubtem Docht brannte matt im Halbdunkel. Eine Holztreppe führte zum zweiten Stock hinauf. Rechts und links gingen Türen ab zu den Zimmern des Erdgeschosses. Ein abgetragener Herrenfilzhut hing auf dem langen Kleiderhaken. Jim Trivett umarmte die Frau sofort, grinste, knutschte ihr die Brüste.

«Hallo, Lily!» begrüßte er sie.

«Jesses!» sagte sie. Sie lächelte mit grobem Mund und sah Eugene von der Seite an, neugierig darauf, was der Rachen der Nacht für sie ausgespuckt haben mochte. Dann sagte sie lachend:

«Barmherziger! Die Frau, die den da kriegt, muß ihm erst ein Stück von den Beinen abschneiden.»

Jim Trivett grinste. «Ich möcht ihn mal mit der Thelma sehen», sagte er.

Lily Jones lachte heiser. Die Tür rechts ging auf, und die kleine zarte Thelma erschien. Aus dem Zimmer schallte leeres, blödes Männerlachen. Jim Trivett umarmte Thelma.

«Jesses!» sagte Thelma mit blecherner Stimme. «Wen hast du denn dabei?» Sie wandte Eugene ihr scharfgeschnittenes Vogelgesicht zu und musterte ihn unverschämt.

«Ich hab dir ’nen neuen Verehrer mitgebracht», sagte Jim Trivett.

«So ’nen Schlanken hast du sicher noch nicht gesehn», sagte Lily Jones unbeteiligt. «Wie lang bist du eigentlich, Son?» fragte sie gutmütig, mit schleppender Stimme. Er schrak zusammen.

«Ich weiß es nicht genau», sagte Eugene. «Ungefähr zwei Meter.»

«Mehr!» erklärte Thelma entschieden. «Ein Lügenmaul will ich heißen, wenn er nicht zwei Meter zehn mißt.»

«Er hat sich halt seit ’ner Woche nicht gemessen», sagte Jim Trivett. «Drum weiß er’s nicht genau.»

«Und jung ist er», sagte Lily und starrte Eugene an. «Wie alt bist du, Son?»

Eugene wandte sein bleiches Gesicht ab, unentschieden.

«Wieso?» sagte er. «Ich werde schon . . .»

«Er wird achtzehn», sagte Jim Trivett ergeben. «Macht euch keine Gedanken wegen ihm. Das alte Langbein da kennt sich aus. Er ist ’n schwerer Junge. Spaß beiseite, der weiß, wie man’s macht.»

«Er sieht jünger aus», sagte Lily zweifelnd. «Dem Gesicht nach hätt ich ihn für fünfzehn gehalten. Aber hat er nicht wirklich ’n auffallend kleines Gesicht?» sagte sie, Staunen und Zweifel in der Stimme.

«Es ist das einzige, das ich habe», sagte Eugene wütend. «Tut mir leid, daß ich es nicht für ein größeres umtauschen kann.»

«Es wirkt komisch, weißt du, so hoch da droben», fuhr Lily träg fort. Thelma gab ihr einen Rippenstoß.

«Das kommt, weil er so ein langes Untergestell hat. Wenn er erst mal Fleisch und Fettpolster an dieses Knochengerüst kriegt, wird er ein Riesenkerl sein. Ja, ja, ein Riesenkerl wirst du sein, Langbein, und ein Herzensbrecher erster Klasse, das prophezeie ich dir.»

Sie nahm seine kalte Hand und preßte sie. Der Fremde, der Geist in ihm, wandte sich gramvoll ab. O Gott, dachte er, ich werde mich erinnern.

«Also legen wir los!» sagte Jim Trivett. Er umarmte Thelma und tat verliebt mit ihr.

«Geh einstweilen nach oben, Son», sagte Lily. «Ich komm in 'ner Minute rauf. Die Tür steht offen.»

«Wir sehn uns später, Eugene. Mach's gut!» sagte Jim Trivett und legte dem Jungen gutmütig-rauh einen Arm auf die Schulter. Dann schob er mit Thelma in das Zimmer links.

Eugene ging langsam die knarrende Stiege hinauf und trat in das Zimmer, dessen Tür offenstand. Im Kamin brannte ein großes Kohlenfeuer, eine starre Glutmasse ohne Flamme. Er nahm Hut und Mantel ab und legte sie auf eine hölzerne Bettstelle. Dann setzte er sich in einen Schaukelstuhl. Er saß vornübergebeugt, die Glieder schmerzhaft gespannt, und wärmte seine zuckenden Finger am Feuer. Es war kein Licht im Zimmer, nur das Feuer; beim Widerschein der Kohlenglut konnte er die häßliche alte Tapete erkennen, an der Rostwasser herabgelaufen war und lange Flecken hinterlassen hatte, und die sich hier und dort in fetzigen trockenen Röllchen abschälte. Er saß ganz still, aber von Zeit zu Zeit zitterte er heftig, wie vor Schmerz. Warum bin ich hier? Es ist nicht mein Ich, was hier ist, dachte er.

Alsbald vernahm er den vollen Tritt der Frau auf der Stiege; Licht schwamm durch die Tür. Sie trat ein, stellte eine Lampe auf den Tisch, schraubte am Docht. Er konnte sie nun ganz genau sehen. Lily war eine Frau in mittleren Jahren, bäurisch breit und schwer gebaut, von einer ungesunden, schlabbrigen Weichheit. Ihr glattes, ländliches Gesicht zeigte kleine Fältchen um den Mund und um die Augenwinkel; es sah aus, als hätte sie viel in der Sonne gearbeitet. Sie hatte volles, grobes schwarzes Haar, ihr Gesicht war ganz weiß gepudert. Sie trug ein frisch gewaschenes, formloses Kleid aus buntem Kattun, ohne Gürtel. Sie sah wie eine Hausfrau aus, trug aber als Zugeständnis an ihren Beruf rote Seidenstrümpfe und rote, pelzverbrämte Filzpantoffeln, in denen sie mit plattfüßigem Schritt ging.

Sie schloß die Tür und trat zum Kamin, wo Eugene nun stand. Er umarmte sie mit fieberhaftem Verlangen, streichelte sie mit seinen langen, nervösen Händen. Er war unentschlossen. Er setzte sich wieder auf den Schaukelstuhl und zog sie unbeholfen auf seine Knie. Sie küßte ihn mit der spröden Kälte der Provinzhure, fast widerwillig, und wandte den Mund wieder weg. Sie schauderte, als seine kalten Hände sie berührten.

«Du bist ja eiskalt, Son. Was ist denn los?»

Rauh und verlegen, mit geschäftsmäßiger Betulichkeit versuchte sie ihn zu erwärmen. Dann stand sie ungeduldig auf und sagte:

«Fangen wir an! Wo ist mein Geld?»

Er drückte ihr zwei zerknitterte Banknoten in die Hand.

Dann legte er sich zu ihr. Er zitterte, nervös und impotent. Die Leidenschaft in ihm war erloschen.

Die Glutmassen im Kamin fielen zusammen. Das verlorene, strahlende Wunder starb.

Als er die Treppe herunterkam, fand er in der Diele Jim Trivett, der Thelma bei der Hand hielt. Lily ließ sie stillschweigend aus dem Haus, nachdem sie in den Nebel hinausgespäht und gelauscht hatte.

«Verhaltet euch still!» flüsterte sie. «Drüben auf der Straße steht ein Mann. Wir sind in letzter Zeit beobachtet worden.»

«Komm wieder, Schlankerchen», sagte Thelma zu Eugene und drückte ihm die Hand.

Sie gingen leise hinaus, traten vorsichtig auf, bis sie die Straße erreicht hatten. Es war nebliger geworden; die Luft war mit feinen, stechenden Wassertröpfchen gesättigt.

Unter dem grellen Licht der Ecklaterne, als sie aus der Seitenstraße einbogen, atmete Jim Trivett herzhaft und erleichtert auf.

«Verdammt noch mal, Langbein», legte er los, «was hast du eigentlich mit der Frau da oben getrieben?» Aber als er Eugene ins Gesicht sah, fragte er rasch, mit freundschaftlich besorgter Stimme: «Was ist los, Eugene? Ist dir schlecht?»

«Augenblick! Gleich wieder gut!» sagte Eugene mit dicker Zunge. Er ging zum Rinnstein und erbrach in die Gosse. Dann richtete er sich auf und wischte sich den Mund mit dem Taschentuch ab.

«Ist dir besser jetzt?» fragte Jim Trivett.

«Ja. Wieder in Ordnung», sagte Eugene.

«Warum hast du nicht gesagt, daß dir übel war?» fragte Jim Trivett vorwurfsvoll.

«Es kam so verdammt plötzlich», erklärte Eugene. «Mir scheint, ich hab heut abend in dem griechischen Restaurant etwas Unrechtes gegessen.»

«Mir ist das tadellos bekommen. Na, 'ne Tasse Kaffee, und der Bauch wird wieder in Ordnung sein», bemerkte Jim Trivett freudig-überzeugt.

Sie gingen langsam den Hügel hinauf. Das Flimmerlicht der Ecklaternen lag bläulich und starr auf den Fassaden der armseligen Häuser.

«Jim», sagte Eugene nach einer Weile.

«Ja, was?»

«Sag niemandem was davon, daß mir übel geworden ist», bat Eugene unbeholfen.

Jim Trivett sah ihn überrascht an.

«Warum denn nicht? Ist doch nichts dabei. Kann jedem passieren.»

«Das schon. Aber mir wär's lieber, wenn es unter uns bliebe.»

«So. Schon recht. Warum sollte ich auch. Also ich werd's Maul halten», erklärte Jim Trivett.

Eugene wurde von dem verlorenen Geist seiner selbst heimgesucht; er wußte um die Unwiederbringlichkeit. Drei Tage lang ging er allen Menschen aus dem Weg; ihm war, als trüge er das Mal seiner Sünde auf die Stirn gebrannt. Er spürte, daß ihn jedes Wort, jede Gebärde verriete. Er wurde trotziger, trat dem Leben unfreundlicher entgegen. Er schloß sich fester an Jim Trivett an, dessen plump-loyaler Zuspruch ihm ein trauriges Vergnügen bereitete. Sein ungestilltes Verlangen entbrannte aufs neue; es überrannte seinen physischen Ekel und umgaukelte ihn mit neuen Bildern. Am Ende der Woche fuhr er wieder nach Exeter, diesmal allein. An ihm sei nichts mehr zu verlieren, dachte er. Diesmal ging er mit Thelma.

Als er zu Weihnachten heimfuhr, wimmelten seine Lenden von schwarzem Ungeziefer. Das Land lag öd und riesenhaft unter dem bleiernen Himmel. Der Zug rollte donnernd über das weite Hochland des Piedmont; es war Nacht; matt und fiebrig wie ein Kranker döste Eugene vor sich hin. Der Zug schob sich langsam in die mächtige Festung des Gebirges. Dunkel ragten die verschneiten, schwarzbeforsteten Berge. In seinen vereisten Ufern zog weiß ein Fluß durchs Tal, traumstill. Sein krankes Herz hob sich beim Anblick der ewigen Berge. Er war berggeboren. Aber als er in der Tagesfrühe mit den anderen Studenten ausstieg, war er wieder niedergeschlagen. Die kleinen, billigen Häuser am Bahnhof kamen ihm gemeiner und näher vor als je. Der Berghang hinter dem Bahnhofsviertel mit den winzigen, hochgepfropften Häusern war unnatürlich nah wie eine Vision. Der stille Square schien während seiner Abwesenheit zusammengerückt zu sein, und als er aus der Straßenbahn ausstieg und nach Dixieland hinunterging, kam er sich vor wie ein Riese, der die Entfernungen der Spielzeugstadt mit seinen Schritten durchmißt.

Weihnachten war grau und kalt. Helens Wärme fehlte. Gant und Eliza vermißten sie sehr. Auch Luke war nicht heimgekommen. Ben kam und ging wie ein Geist. Und Eugene war krank vor Scham über das Verlorene.

Er wußte nicht, wo er sich hinwenden sollte. Er ging nachts murmelnd in seinem kahlen Zimmer auf und ab, bis Elizas bekümmertes Gesicht über dem Morgenrock in der Tür erschien. Sein Vater war milder geworden; so alt hatte er ihn noch nie gesehen. Er hatte wieder Schmerzen, war geistesabwesend und vergrämt. Gleichgültig erkundigte er sich bei dem Sohn über das Leben auf der Universität. Eugenes Kehle war wie zugeschnürt. Er stammelte ein paar verlegene Antworten und floh das Haus, floh vor der leeren Angst in Gants Augen. Er lief planlos herum, Tag und Nacht. Er versuchte, seiner Angst Herr zu werden. Er bildete sich ein, am Aussatz zu verfaulen. Und daß er unheilbar verseucht sei. Denn so hatten ihn die Moralprediger seiner Jugend unterrichtet.

Ziellos, planlos, verzweifelt lief er herum. Er war außerstande, seinen ruhlosen Gliedern Rast zu gönnen. Er schweifte über die Hänge der östlichen Berge, die hinter Niggertown aufragten. Die Wintersonne kämpfte mit dem Nebel; unten auf den Matten und hoch auf den Gipfeln lag das Licht auf der Erde wie Milch.

Er blieb stehen, blickte umher. Ein Hoffnungsstrahl drang in seine Geistesnacht. Ich werde zu meinem Bruder gehen, dachte er.

Er fand Ben in der Woodson Street, noch im Bett, rauchend. Er schloß die Tür, raste wild im Zimmer herum, wie ein gereiztes Tier im Zwinger.

«Bist du verrückt geworden», rief Ben wütend. «Was ist los mit dir?»

«Ich bin –– krank», keuchte er.

«Was ist los? Wo fehlt's? Wo bist du gewesen?» fragte Ben scharf. Er richtete sich im Bett auf.

«Mit 'ner Frau», gestand Eugene.

«Setz dich mal, Gene», sagte Ben ganz ruhig nach einer Pause. «Sei doch kein Idiot! Du wirst nicht dran sterben, weißt du. Wann war es?»

Eugene platzte mit dem Geständnis heraus.

Ben stand auf und zog sich an.

«Komm», sagte er. «Wir gehn zu McGuire.»

Als sie zur Stadt hinaufgingen, versuchte Eugene zu reden, wirre Erklärungen, gestammelte Rechtfertigungen vorzubringen.

«Es war so», legte er los, «weißt du, wenn ich geahnt hätte, aber ich hatte doch gar keinen Begriff, natürlich, es war mein Fehler, ganz meine Schuld . . .»

«Um Himmels willen!» fauchte Ben ungeduldig, «hör doch auf mit dem verdammten Gewäsch! Ich bin doch nicht dein Schutzengel.»

Frohe Botschaft. Denn so viele Leute spielen diese Rolle, nachdem wir aus dem Paradies vertrieben worden sind.

Sie gingen durch den breiten, dunklen Korridor des Doctor's and Surgeon's Building. Die aufregenden, scharfen, medizinischen Gerüche. McGuires Wartezimmer war leer. Ben klopfte an die Innentür. McGuire öffnete, löste die nasse Zigarette, die ihm zwischen den breiten Lippen klebte, grüßte:

«Hallo, Ben!» bellte er. Er sah Eugene. «Hallo, Son. Seit wann bist du zurück?»

«Er bildet sich ein, daß er an der galoppierenden Schwindsucht eingeht», erklärte Ben mit einer abrupten Kopfbewegung. «Vielleicht können Sie was tun, McGuire, um sein Leben zu verlängern?»

«Wo fehlt's denn, Son?» fragte McGuire.

Eugene schluckte trocken, verrenkte den Hals, war grau im Gesicht.

«Kann ich Sie allein sprechen?» würgte er hervor. Er wandte sich verzweifelt an seinen Bruder. «Bitte, Ben, wart hier auf mich. Ich kann dich nicht dabeihaben.»

«Ich denk ja gar nicht dran, mit reinzukommen», sagte Ben mürrisch. «Ich hab an meinen eignen Sorgen genug.»

Eugene folgte dem vierschrötigen McGuire ins Ordinationszimmer. McGuire schloß die Tür und ließ sich schwerfällig an dem mit Papieren beladenen Schreibtisch nieder.

«Setz dich, Son», befahl er. Er zündete eine Zigarette an. «So, und jetzt sag mir, was mit dir los ist.» Er sah dem Jungen scharf in das verkrampfte Gesicht. «Vor allen Dingen, ruhig Blut, Junge! Vermutlich ist die Sache halb so schlimm, wie du dir vorstellst.»

«Es kam so», fing Eugene leise an. «Ich habe einen Fehler gemacht. Ich weiß das. Und ich bin bereit, die Folgen auf mich zu nehmen. Ich will mich nicht mit Entschuldigungen herausreden.» Seine Stimme wurde schrill. Er war halb aufgestanden und schlug heftig mit der Faust auf den unaufgeräumten Schreibtisch. «Ich mache keinem Menschen einen Vorwurf, verstehen Sie?»

Der Arzt sah den Patienten verquollen und bestürzt an; die nasse Zigarette hing komisch von seinen halbgeöffneten Lippen herab.

«Was soll ich verstehen?» fragte er. «Hör mal, Junge, wovon sprichst du eigentlich? Ich bin kein Sherlock Holmes, ich bin dein Arzt: Also sprich frei von der Leber weg!»

«Was ich getan habe», erklärte er dramatisch, «haben Tausende getan. Sie gestehn es bloß nicht ein. Aber es ist trotzdem wahr. Sie sind Arzt und wissen, daß es wahr ist. Leute aus der besten Gesellschaft sogar tun es. Ich bin einer von denen, die Pech haben. Ich bin reingefallen. Warum soll ich also schlechter sein als sie? Warum also . . .» fuhr er rhetorisch fort.

«Aha!» sagte McGuire. «Mir geht ein Licht auf! Laß mich mal die Sache besehn!»

Eugene gehorchte fieberhaft, immer weiter deklamierend.

«Warum soll ich das Brandmal tragen, wenn andre ungestraft ausgehn? Heuchler, verdammte, schmutzige, winselnde Heuchler, das sind sie! Sie messen mit zweierlei Maß! Wie soll man da an Ehre glauben? Wo bleibt da die Gerechtigkeit? Warum soll ich dafür angeklagt werden, wenn Leute aus der besten Gesellschaft . . .»

McGuire hob den großen Kopf von seiner kritischen Betrachtung der Angelegenheit und bellte komisch:

«Wer macht dir denn irgendeinen Vorwurf? Bildest du dir vielleicht ein, du wärst der erste, der sich was geholt hat? Außerdem fehlt dir nichts!»

«Können Sie mich heilen?» fragte Eugene langsam.

«Nein, du bist unheilbar, Son», sagte McGuire. Er kritzelte ein paar Hieroglyphen auf den Rezeptblock. «Das bringst du zum Apotheker», sagte er, «und das nächste Mal gibst du besser acht, mit wem du dich einläßt. Leute aus der besten Gesellschaft? So?» Er grinste. «Mit denen willst du dich amüsiert haben?»

Dem Jungen war ein Fels vom Herzen gehoben, ihm schwindelte vor Glück, er war toll vor Übermut. Er stieß wirre, unzusammenhängende Worte hervor. Er öffnete die Tür zum Wartezimmer. Ben sprang nervös auf.

«Na, wie lang hat er noch zu leben?» Ernsthaft und leise aber fragte er den Arzt: «Nichts Ernstes, wie?»

«Überhaupt nichts», sagte McGuire. «Aber ich glaub, er hat ’nen Sparren. Kein Wunder, ihr habt ja alle einen.»

Als sie wieder auf die Straße traten, fragte Ben:

«Hast du gefrühstückt?»

«Nein», sagte Eugene.

«Wann hast du zum letztenmal was zu dir genommen?»
«Gestern irgendwann, ich weiß nicht mehr genau.»
«Du verdammter Narr!» knurrte Ben. «Komm, gehn wir essen!»
Der Vorschlag erweckte angenehme Vorstellungen. Herrlich lag die Welt da im milchigen Wintersonnenschein. Pulsierendes warmes Leben wogte durch die aus ihrer Schlafstarre gerissene, festtäglich bewegte Stadt. Eugene ging mit großen, hüpfenden Schritten an Bens Seite. Er konnte seine aufwallende Daseinslust kaum zügeln. Als sie um eine Straßenecke in die Avenue einbogen, sprang er mit einem Freudenjuchzer in die Luft: «Squieh!»
«Du kleiner Idiot!» schalt Ben scharf. «Bist du verrückt?» Er zog ein finsteres Gesicht und begegnete dann dem brüllenden Gelächter der Vorübergehenden mit einem dünnen Lächeln.
«Halt ihn fest, Ben!» rief Jim Pollock. Er war ein leichenhafter kleiner Mann, wächsern unter dem schwarzen Schnurrbart hervorlächelnd – der Obersetzer, ein Sozialist.
«Wenn man ihm die verdammten großen Quanten abschneidet, dann geht er in die Luft wie ein Ballon», sagte Ben.
Sie gingen in die große, neue Imbißstube und setzten sich an einen Tisch.
«'ne Tasse Kaffee und ein Stück Mince-Pie», bestellte Ben.
«Dasselbe für mich», sagte Eugene bescheiden.
«Iß!» befahl Ben wild, «iß!»
Eugene studierte nachdenklich die Speisekarte.
«Bringen Sie mir ein paar panierte Kalbsschnitzel mit Tomatensauce und geröstete Kartoffeln dazu und eine Portion Erbsen- und Wurzelnpüree und einen Teller heiße Brötchen», bestellte er. «Und eine Tasse Kaffee.»
Sein Herz wurde ihm zurückgegeben. Nun war es glühend und unbekümmert, voll spukhafter Wildheit. Den Rest seiner Ferien trieb er sich zwischen der wimmelnden Menschenmenge herum und sah kühn, aber ohne Vermessenheit die Frauen und jungen Mädchen an. Unerwartet sprossen sie wie strahlende Blumen aus dem kahlen öden Winter hervor. Er war getrieben und einsam. Angst ist ein Drachen, der in der Menge lebt – und in Armeen. Selten ist er bei denen, die allein sind. Er war erlöst, hatte den

letzten Wall der Verzweiflung überwunden. Befreit und allein sah er mit prophetischer Distanz auf die Besitzenden und Besessenen um ihn herum. Das Leben hing wie eine fremdartige, bittere Frucht vor seinen Fingern und wartete darauf, gepflückt zu werden. *Die anderen* – der große Haufen, der sich auf der Suche nach Wärme und Sicherheit hinter den Palisaden zusammengekauert hatte: vielleicht würden sie ihn eines Tages hetzen und umbringen. Er war sogar sicher, daß es so kommen würde. Aber jetzt hatte er keine Angst – er war schon zufrieden, wenn der Kampf nicht gänzlich vergebens sein würde. Zwischen der Menge ging er umher, das Zeichen seiner Bedrohung auf der Stirn, und suchte nach etwas, das er begehren und sich nehmen könne.

Er fuhr auf die Universität zurück, gewappnet gegen die höhnischen Scherze seiner Mitstudenten. Im stickigen grünen Pullmanabteil drängten sie sich stichelnd um ihn, ließen aber sofort von ihm ab, als er sich ihnen mit mühsam gezügelter Wut entgegenstellte. Tom French, dessen hübsches Gesicht von der harten Unverschämtheit des Geldes überzogen war, ließ sich neben Eugene nieder. Roy Duncan, sein Hofnarr, folgte ihm auf dem Fuße – eine Sklavennatur mit hohem, gackerndem Lachen.

«Hallo, Gant», sagte Tom French brüsk. «Mal wieder in Exeter gewesen?» Stirnrunzelnd zwinkerte er dem grinsenden Roy zu.

«Ja», erwiderte Eugene. «Ich war grad dort, und will grad wieder hin, und ich wüßte nicht, was das dich angehen könnte, French.»

Von diesem unerwarteten Widerstand war der Sohn des reichen Mannes etwas aus der Fassung gebracht.

«Wir haben gehört, daß du dich mit denen herumtreibst, Gene», sagte Roy Duncan gackernd.

«Wer ist wir?» sagte Eugene. «Wer sind sie?»

«Sie sagen», bemerkte Tom French, «du seiest so sauber wie ein Gully.»

«Wenn ich ein Putzmittel brauch», sagte Eugene, «kann ich mich ja immer der Goldstaub-Zwillinge bedienen, nicht? French und Duncan, die Goldstaub-Zwillinge – die vor Faulheit stinken.»

Der grinsende Kreis von Studenten um sie herum – brutale

junge Kerle, die in dieser Auseinandersetzung noch keine Partei ergriffen hatten – brüllte auf vor Lachen.

«So ist's richtig! So ist's richtig! Gib ihnen Saures, Gene!» sagte Zeno Cochran mild.

Er war ein hochgewachsener zwanzigjähriger Jüngling, schlank, kräftig, anmutig wie ein Rennpferd. Beim Kampf um den Yale-Pokal war er im Punt siebzig Meter gegen den Wind angefahren. Cochran sah gut aus, sprach leise, war gutmütig und besaß die furchtlose Zartheit des Athleten.

Verwirrt und wütend sagte Tom French mit trotziger Prahlerei: «Mir kann keiner, ich bin ihnen zu glatt; niemand weiß was über mich.»

«Du meinst wohl», entgegnete Eugene, «daß jeder alles über dich weiß und es niemanden interessiert?»

Die Menge lachte.

«Wow!» sagte Jimmy Revell, «was sagst du dazu, Tom?»

Jener war ein sehr kleiner, dicker Junge, Sohn eines Zimmermanns und unangenehm pompös, der sich als Werkstudent durch das College arbeitete; ein Spaßmacher, der andere aufhetzte und sein ordinäres, boshaftes Wesen hinter lärmender, falscher Fröhlichkeit verbarg.

Ruhig wandte sich Eugene Tom French zu. «Hör jetzt auf damit», sagte er. «Mach dieses Spiel nicht einfach deswegen weiter, weil die anderen dastehen und zuhören. Ich find es nicht sehr witzig. Ich mag es nicht. Ich mag dich nicht. Ich möchte, daß du mich jetzt in Ruhe läßt. Ist das klar?»

«Komm», sagte Roy Duncan und erhob sich, «laß ihn, Tom. Er versteht eben keinen Spaß. Er sieht alles zu verbissen.»

Sie gingen. Ruhig und erleichtert stand er am Fenster des Wagens und sah auf die weite öde Erde hinaus, die grau in den Banden des Winters lag.

Der Winter ging vorüber, die frostige Erde taute auf. Die Wege in der Stadt und auf dem Campus waren aufgeweicht und schmutzig, schwammen von spiegelnden Wasserlachen. Kalter Regen fiel; Gras sproß in feuchten grünen Büscheln empor. Mit großen Känguruhsprüngen kam Eugene die Pfade entlanggerannt; manchmal machte er einen Satz in die Luft, um mit den Zähnen einen herunterhängenden Zweig abzureißen. Er schrie! Ein helles, die Kehle sprengendes Wiehern war sein Schrei, ein Mensch- und Tierschrei, zentaurenhaft, in dem sich sein von Freude, Qual und Leidenschaft erfülltes Herz Luft machte. Und dann wieder kamen Tage, an denen er niedergeschlagen umherschlich, mit einer namenlosen Trübsinnslast beladen.

Er rechnete nicht mit Stunden – er hatte überhaupt keinen Sinn für Zeit und Zeiteinteilung, keine regelmäßigen Fristen für Arbeit, Schlaf und Erholung. Seine Kurse besuchte er jedoch pünktlich; und er aß ziemlich regelmäßig, weil der Betrieb in der Mensa und in der Pension ihn dazu zwangen. Das Essen war reichlich, fett und schlecht. Es war sehr billig – in der Mensa kostete es zwölf Dollar im Monat, in den Pensionen fünfzehn. Einen Monat lang ging er in die Mensa, aber er hatte einen zu guten Geschmack, um es länger dort auszuhalten. Die Mensa lag in einem großen, trübseligen weißen Backsteingebäude, das offiziell «Stiggins Hall» hieß, von den Studenten aber drastisch «Schweinestall» genannt wurde.

Helen und Hugh Barton besuchte er mehrere Male. Sie lebten in der Hauptstadt des Staates, in Sydney, nur fünfzig Kilometer von Pulpit Hill entfernt. Sydney war eine Stadt von dreißigtausend Einwohnern, verschlafen, mit baumbestandenen, stillen Straßen und einem Kapitolsplatz im Zentrum, von dem die Avenuen strahlenförmig ausgingen. Gegenüber dem Kapitol, am Ende der Hauptstraße, stand ein billiges Hotel, ein braunes, verwittertes, von Flechten bewachsenes Steinhaus: das größte und verrufenste Bordell in der Stadt. Außerdem gab es drei konfessionelle Hochschulen für Frauen. Die Bartons hatten drei oder vier Zimmer im Erdgeschoß eines alten Hauses gemietet, das in der Nähe des Gouverneurspalasts lag.

Sydney war die Stadt, in die Gant als junger Mann auf seinem Zug in den Süden von Baltimore her gekommen war. Sydney war es, wo er zuerst selbständig sein Geschäft betrieb, wo er nach dem Verlust seines ersten Kapitals allen Bodenbesitz zu hassen angefangen hatte. Sydney war es, wo er seine erste Frau gefunden und geheiratet hatte, die heilige Cynthia, jene tuberkulöse alte Jungfer, die nach zweijähriger Ehe starb.

Sie wurden vom mächtigen Geist ihres Vaters heimgesucht, der über der Stadt brütete, über dem davonschwemmenden Vergessen der Jahre, die all unsere Spuren auslöschen. Suchend durchstreiften sie jenes armselige Viertel, bis sie schließlich vor einem heruntergekommenen Schuppen am Rande des Negerbezirks standen.

«Hier also muß es gewesen sein», sagte sie. «Hier hat er seine Werkstatt gehabt. Und nun ist nichts mehr davon zu sehn.» Sie schwieg eine Weile. «Der arme alte Papa», sagte sie dann. Feuchten Auges wandte sie sich ab.

Es war kein Zeichen von seiner großen Hand an dieser öden Stätte. Nicht einmal Reben rankten um das Haus. Was von Gant hier gelebt hatte, war begraben, war mit der toten Ehefrau zusammen verscharrt, war von der grauen Woge der Zeit hinweggespült. Sie standen da und schwiegen beklommen. Wie fremd der Ort war! Sie standen da, gläubigen Unglaubens in der Erwartung, seine große Stimme zu vernehmen, wie jemand, der auf den Straßen Brooklyns nach einem Gott Ausschau hält.

Im April erklärte das Volk der Vereinigten Staaten dem Deutschen Reich den Krieg. Ehe noch der Monat um war, wurden alle jungen Männer in Pulpit Hill, die über einundzwanzig und tauglich befunden waren, zum Heeresdienst eingezogen. Eugene sah zu, als die Ärzte in der Gymnastikhalle Musterung abhielten. Er beneidete die Jünglinge um die bedenkenlose Unschuld, mit der sie sich vor aller Augen auszogen: Sie warfen ihre Kleider in ein Bündel zusammen und traten lachend und selbstsicher in ihrer Nacktheit vor die Ärzte: gutgewachsene, saubere Burschen, gesund und gelenkig, mit gesunden, weißen Zähnen.

Die Verbindungsstudenten meldeten sich als erste freiwillig – jene ausgelassenen, zügellosen Snobs, mit denen er nie befreundet gewesen war, die ihm aber jetzt als Repräsentanten der aristokratischen Welt erschienen. Er hatte sie gesehen, wenn sie glücklich und faul auf den breiten Veranden ihrer Verbindungshäuser saßen, jener Tempel, in denen die letzten schrecklichen Riten der Initiation vollzogen wurden. Er hatte sie gesehen, wenn sie – immer als Gruppe, immer von den Uneingeweihten getrennt – beim Postamt lachend ihre Briefe abholten oder vor dem Drugstore um Schoko-Vanille-Eis spielten. Schmerzhaft wurde ihm sein niedriger gesellschaftlicher Rang bewußt und er fühlte sich als Versager, wenn er beobachtete, wie sie sich bemühten, ein begehrenswertes Erstsemester für ihre Verbindung zu gewinnen – jemanden, der unvergleichlich eleganter als er selbst war, jemanden aus gutem Hause, jemanden mit Geld. Diese jungen Männer waren bloß Söhne von wohlhabenden Eltern, von den Herren des Dorfes, des Bezirks, aber als er sie so selbstsicher dahingehen sah, mit solch lachender Ungezwungenheit, gepflegt, gekämmt, in gutsitzenden Anzügen, inmitten der bedeutungslosen anderen, die steif, verlegen und ungeschickt waren, voll bäurischer Feindseligkeit: da waren sie für ihn die Blüte des Rittertums, die Erben des Herrenhauses. Sie waren Sidney, Raleigh und Nash. Und nun zogen sie in den Krieg, wie es sich für Gentlemen gehörte.

Die Turnhalle brodelte vor Dampf und Männerschweiß, als die Sportler nach dem Spiel duschten. Sauber, mit offenem Hemd schlenderte Eugene langsam durch den grünknospenden schattigen Campus. Neben ihm ging Ralph Hendrix, ein Bekannter.

«Sieh dir das an!» sagte jener leise und zornig. «Sieh dir das bloß mal an!» Er wies auf eine Gruppe von Studenten vor ihnen. «Dieser kleine Trottel treibt die *Delta Kappa Epsilons* über den ganzen Campus.»

Eugene blickte dorthin, drehte sich dann zu dem gewöhnlichen, bitteren Gesicht neben ihm um. Jeden Samstagabend, nachdem die *Literarische Gesellschaft* ihren Treff beendet hatte, ging Ralph Hendrix zum Drugstore und kaufte sich zwei billige Zigarren. Er hatte schmale, gebeugte Schultern und ein weißes, knubbeliges Gesicht mit fliehender Stirn. Er sprach monoton und unangenehm schleppend. Sein Vater war Vorarbeiter in einer Baumwollspinnerei.

«Sie sind alle Trottel», sagte er. «Laß sie bloß alle zum Teufel gehen, eh ich mich dazu drängle, genommen zu werden.»

«Ja», stimmte Eugene zu. Aber er wollte auch mit. Er wollte weltmännisch und leichtsinnig sein. Er wollte gutgeschnittene

Anzüge tragen. Er wollte ein Gentleman sein. Er wollte in den Krieg ziehen.

Studenten, die in der Musterung für tauglich erklärt worden waren, kamen mit gepackten Handkoffern aus den alten Wohnheimen herunter. Sie gingen über den großen Campus, schritten fort unter den alten Bäumen, die Dorfstraße hinunter. Von Zeit zu Zeit streckten sie die Arme hoch zum Lebewohl:

«Macht's gut, Jungs! Auf Wiedersehn in Berlin!»

Das glänzende und trennende Meer schien nun näher und nicht so breit.

Eugene las sehr viel – planlos und rein zum Vergnügen. Er las Defoe, Smollet, Sterne und Fielding: das feine Salz des englischen Romans, das unter der Herrschaft der Witwe von Windsor von einem Ozean verzuckerten Tees verschwemmt worden ist. Er las Boccaccio und alles, was von einem zerrissenen Band des ‹*Heptameron*› übrig war. Der Anregung von Buck Benson folgend, las er Murrays ‹*Euripides*› (damals steckte er gerade im Originaltext der ‹*Alcestis*›, diesem edelsten und lieblichsten aller Mythen von Liebe und Tod). Er empfand die Erhabenheit der Prometheus-Fabel – aber jene berührte ihn stärker als das Stück des Äschylos. Den fand er hehr – und sehr langweilig. Er verstand nicht, warum jener so berühmt war. Oder doch. Das war Literatur, das waren Meisterwerke. Äschylos war fast so langweilig wie Cicero, dieser langatmige alte Moralist, der sich so für das Alter und die Freundschaft einsetzte. Sophokles aber war ein großartiger Dichter, der wie Gott beim Zucken der Blitze sprach; ‹*König Ödipus*› ist nicht nur eines der größten Theaterstücke, es ist auch eine der besten Geschichten. Vollkommen, unausweichlich und mythisch ließ es das alptraumhafte Zufallsgewebe des Schicksals auf ihn los. Vogelhaft gebannt verharrte er vor diesem großen Schlangenauge der Weisheit und des Entsetzens. Und den Euripides hielt er für einen der größten Lyriker überhaupt, wenn ihn auch die Pedanten noch so sehr verunglimpfen mochten. Er verliebte sich in die Welt der Fabulierlust, des Traumgesponnenen, Widerdachten und Freierfundenen vom ‹*Goldnen Esel*› bis zu Samuel Taylor Coleridge, diesem Kronprinz von Mond und Zauberei. Aber er liebte alles Wunderbare, wo auch immer er darauf stieß, welchem Zweck auch immer es dienen mochte. Die besten Fabeldichter sind oft auch die besten Satiriker gewesen – die Satire, wie man sie bei Aristophanes, Voltaire und Swift findet, ist eine subtile, hochentwickelte Kunstform, von den Primitivitäten, die heutzutage unter diesem Namen gehandelt werden, meilenweit entfernt. Eine große Satire muß auf einer großen Fabel basieren. Swifts Einbildungskraft ist unvergleichlich; es gibt keinen besseren Fabeldichter auf der Welt.

Er las Poes Erzählungen, ‹*Frankenstein*› und die Stücke von Lord Dunsany. Er las ‹*Sir Gawayne and the Greene Knight*› und ‹*The Book of Tobit*›.

Er wollte Gespenster und Wunder nicht erklärt haben. Das Geheimnis ist geheimnisvoll. Und er sehnte sich nach Gespenstern, nicht nach indianischen, sondern nach Geistern, die in Rüstungen umgehen, den Schemen alter Könige, den Spukgestalten der Damen von einst hoch zu Roß mit hohen konischen Hüten. Damals merkte er zum erstenmal, wie einsam das Stück Erde war, auf dem er wohnte. Und plötzlich erschien es ihm sonderbar, daß er da mitten in der Wildnis hockte und Euripides las.

Um ihn war das Dorf, und jenseits davon die wellige, häßliche Gegend mit den vereinzelten Farmen, und jenseits davon war Amerika – noch mehr Land, noch mehr hölzerne Farmhäuser, noch mehr Städte: hart, häßlich und roh. Er saß da und las den Euripides, und ringsum war eine Welt von Weißen und Negern, die von gebackenen Speisen lebte. Er las von dem alten Spuk, den alten Hexereien . . . aber ging je ein alter Geist in diesem Lande um? Der Geist von Hamlets Vater, in Connecticut.

> «. . . Ich bin deines Vaters Geist:
> Verdammt auf eine Zeitlang, nachts zu wandern,
> zwischen Bloomington und Portland, Maine.»

Plötzlich hatte er das vernichtende Gefühl von der Unbeständigkeit seiner Nation. Nur die Erde überdauerte, die gigantische, amerikanische Erde, die eine Welt windiger, fallsüchtiger Baulichkeit auf ihrer schrecklichen Brust trug. Nur die Erde überdauerte, diese breite furchtbare Erde, die von keinen Geistern heimgesucht war. Ach, verschollen in der Wüste, verschüttet, verweht, halbzertrümmert unter den geborstenen Säulen verlorener Tempel ... da war kein zerbrochenes Bild des Menkaura, kein Alabasterhaupt Echnatons. Nichts war aus Stein. Nur die Erde überdauerte, an deren einsamem Herzen er den Euripides las. In ihren Gebirgen hatte er, ein Gefangener, gehaust; auf ihren Ebenen wanderte er allein, ein Fremder.

O Gott! O Gott! Wir sind Verbannte in einem anderen Land gewesen und Fremde in unserem eigenen. Die Berge waren unsere Meister. Ehe wir noch fünf Jahre alt wurden, standen sie fest in unseren Augen, in unseren Herzen. Und alles, was wir sagen und tun, ist für immer bergumgrenzt. Unser furchtbares Land hat unsere Sinne genährt. Unser Blut pulst im Herzschlag Amerikas. O dieses Land, das wir verlassen, aber nie verlieren, nie vergessen können! Wir gingen auf einer Landstraße in Cumberland, wir mußten uns bücken, weil die Decke des Himmels so niedrig hängt. Wir flohen aus London und gingen an kleinen Flüssen entlang in einem Land, das gerade groß genug und nicht größer ist. Und nirgends, wo wir hinkamen, war Weite. Erde und Himmel waren eng und nah. Und der alte Hunger kam wieder, der dunkle, furchtbare Hunger, der den Amerikaner peinigt und heimsucht, dieser Hunger, der uns zu Hause zu Verbannten und überall sonst zu Fremden macht.

Im Frühjahr kam Eliza zu Helen nach Sydney zu Besuch. Das Mädchen war stiller, trauriger und nachdenklicher geworden. Ihr neues Leben hatte sie untergekriegt; in Sydney galt sie nichts. Sie vermißte Gant mehr, als sie eingestand. Und sie hatte Heimweh nach der Bergstadt.

Eliza sah sich kritisch um.

«Was zahlst du für die Wohnung?» fragte sie.

«Fünfzig Dollar im Monat», sagte Helen.

«Möbliert?»

«Nein, wir mußten uns Möbel kaufen.»

«Ich will dir was sagen, Kind, das ist ganz schön teuer. Und bloß fürs Erdgeschoß. Daheim sind die Mieten niedriger.»

«Ich weiß, daß es ziemlich teuer ist. Aber um Gottes willen, Mama, bist du dir denn klar darüber, daß wir hier im vornehmsten Stadtviertel wohnen? Zwei Straßen weiter steht der Gouverneurspalast! Und Mrs. Mathews ist keine gewöhnliche Vermieterin, nein, gewiß nicht!» rief sie lautlachend aus. «Sie ist eine wirkliche, große Dame. Zu allen wichtigen Anlässen wird sie eingeladen. Ihren Namen und ihr Bild kannst du jederzeit in der Zeitung unter den Gesellschaftsnachrichten finden! Und du weißt doch, Hugh und ich müssen Aufwand treiben. Hier ist er ein junger Mann, der gerade anfängt!»

«Ja! Ja, ich weiß», sagte Eliza nachdenklich. «Wie lassen sich denn seine Geschäfte an?»

«Sein Chef sagt, daß Hugh sein bester Vertreter ist», erklärte Helen. «Du weißt ja, er ist sehr tüchtig. Wir können überall anständig leben, sofern wir seine verdammte Familie los sind. Aber was mich manchmal ganz wild macht, ist, daß ich mit ansehen muß, wie er sich abrackert, bloß damit sein Chef die dicken Gelder einsteckt. Der Chef, weißt du, kriegt eine Kommission für jeden Verkauf, den Hugh abschließt. Und seine Frau und die zwei Mädchen fahren den ganzen Tag in einem Riesenauto spazieren und rühren keinen Finger. Sie sind Katholiken, weißt du, aber sie werden überall empfangen.»

«Ich will dir was sagen, Kind», bemerkte Eliza mit einem scheuen, halb ernsten Lächeln, «es wäre gar nicht schlecht, wenn Hugh sein eigener Herr würde. Es hat keinen Sinn, sich für andere zu plagen. Sag mal, wär es nicht ein guter Gedanke, wenn er versuchte, die Niederlassung in Altamont zu bekommen? Ich glaub nicht, daß der Mann, der den Posten jetzt hat, viel taugt. Hugh brauchte sich nicht anzustrengen, um sie zu bekommen.»

Eine Pause trat ein.

«Wir haben auch schon daran gedacht», gestand Helen langsam. «Hugh hat ans Zentralbüro geschrieben.» Sie schwieg wieder. «Jedenfalls wäre er dann sein eigener Herr. Und das ist was wert.»

«Nun ja», sagte Eliza bedächtig. «Der Plan scheint mir gut zu sein. Wenn er hart arbeitet, dann besteht kein Hinderungsgrund für ihn, er kann dort ein glänzendes Geschäft aufbauen. Und dein Papa hat kürzlich wieder sehr über sein Leiden geklagt. Er wäre froh, wenn er dich wieder um sich hätte.» Langsam schüttelte sie den Kopf. «Kind, Kind! Die Operation hat gar nichts geholfen, die ganze Geschichte ist wiedergekommen.»

Zu Ostern kamen sie auf zwei Tage zu Besuch nach Pulpit Hill. Eliza nahm Eugene mit nach Exeter und kaufte ihm einen neuen Anzug.

«Ich kann diese engen Hosen nicht an ihm leiden», sagte sie zu dem Verkäufer. «Er braucht etwas Volles, so daß er mehr wie ein Mann aussieht.»

Als er neu eingekleidet vor ihr stand, schürzte sie die Lippen, lächelte und ermahnte ihn:

«Halt dich grad, Junge! Nimm die Schultern zurück! Das ist ein Punkt, wo du dir deinen Vater zum Vorbild nehmen kannst. Er hält sich kerzengerade. Wenn du so krumm dahinschlurfst, wirst du die Lungenschwindsucht haben, eh du fünfundzwanzig bist.»

«Darf ich bekannt machen?» stellte Eugene linkisch vor. «Mr. Ballantyne – meine Mutter.»

Joseph Ballantyne, ein geleckter, rosiger Jüngling, war zum Präsidenten des Erstsemester-Kurses gewählt worden.

«Sie sind ein gutaussehender, smarter Bursche!» sagte Eliza. Sie lächelte. «Ich möchte Ihnen ein Geschäft vorschlagen: Wenn Sie mir unter Ihren Freunden und Bekannten Kunden zusammentrommeln, haben Sie bei mir in der Pension freie Station. Hier haben Sie ein paar Empfehlungskarten», fügte sie hinzu und öffnete ihre Handtasche. «Sie könnten ein paar davon an die rechten Leute bringen und dazu ein gutes Wort für die Pension Dixieland im schönen Altamont einlegen.»

«Ja, Madam», sagte Mr. Ballantyne langsam und verlegen. «Ich will mich gern bemühen.»

Mit heißem, verstörtem Gesicht sah Eugene Helen an. Sie lachte heiser, ironisch, dann wandte sie sich an den Jüngling. «Jedenfalls,

Mr. Ballantyne, Sie sind jederzeit willkommen! Ob aus dem Geschäft was wird oder nicht, wir werden Sie gern bei uns sehn.»

Als Eugene dann mit Helen allein war, erwiderte sie mit einem verdrießlichen Grinsen auf seine gestammelten Einwände:

«Ja, ich weiß, es ist unausstehlich. Aber du kannst von Glück sagen, du bist meistens weit vom Schuß. Kannst du dir vorstellen, was ich die ganze vorige Woche alles mit anhören mußte? Schlimm, sage ich dir. Das siehst du doch ein, nicht wahr?»

Als Eugene am Ende des Studienjahrs heimkam – es war spät im Mai –, waren Helen und Hugh Barton ihm schon vorausgereist. Sie wohnten mit Gant zusammen in der Woodson Street. Hugh Barton hatte die Niederlassung in Altamont bekommen.

Die Stadt und die ganze Nation tobten vor patriotischer Raserei, chaotisch, krampfhaft und ziellos vor lauter Betriebsamkeit. Der Same Attilas muß von den Söhnen der Freiheit zerstampft werden; «mit Stumpf und Stiel ausgerottet», erklärte Reverend Mr. Smallwood. Es gab Kriegsanleihen und Staatsobligationen, große Reden wurden gehalten. Man sprach davon, daß mehr Soldaten eingezogen würden, und ein paar Yankeeregimenter sickerten ganz allmählich in Frankreich ein. General Pershing kam nach Paris und sprach: «Lafayette, wir sind da!» Aber die Franzosen blickten immer weiter nach Hilfe aus. Ben trat vor die Musterungskommission und wurde zurückgewiesen. «Schwach auf der Lunge», sagten die Ärzte. «Nein, nicht tuberkulös. Aber Anlage dazu vorhanden. Sie wiegen zuwenig.» Ben fluchte. Sein Gesicht wurde noch mehr wie eine Klinge, dünner, grauer. Die Runzelfurche auf seiner Stirn klaffte tiefer. Er schien noch einsamer zu sein.

Eugene kam heim in die Berge und fand sie im reichen Glanz des jungen Sommers. Dixieland war zum Teil voll von zahlenden Gästen. Und weitere trafen ein.

Eugene war sechzehn, ein flotter Kerl, ein Student. Stolz bummelte er nachmittags durch die fröhliche, erregte Menge, erwiderte die herzlichen Begrüßungen freudig, beglückt von dem gedankenlosen Bombast.

«Man hat mir erzählt, daß Ihnen die Mädchen da unten in

Scharen nachlaufen, Son», rief Mr. Wood, der dickliche junge Inhaber des Drugstore, dem kein Mensch etwas dergleichen erzählt hatte. «Das ist recht, Junge! Immer zugegriffen!» Er trat in seinen wohlstandglänzenden, laubenkühlen Laden. Die Ventilatoren dröhnten.

Wenn man alles in Betracht zieht, dachte Eugene, hab ich mich gar nicht so schlecht gehalten. Ich hab meine ersten Wunden empfangen. Ich bin ganz und heil geblieben. Ich hab das bittere Geheimnis der Liebe an mir erfahren. Ich stand allein.

30

In Dixieland war ein Mädchen namens Laura James. Sie war einundzwanzig, sah aber jünger aus. Sie wohnte bereits dort, als Eugene heimkam.

Laura war schlank, mittelgroß, wirkte aber größer, als sie in Wirklichkeit war. Sie war gut gebaut, von schönen, festen Formen. Ihr Körper hatte etwas Frischgewaschenes, eine unbedingte Reinheit. Sie hatte sehr dichtes, glattes, hochblondes Haar, das sie zu einem Stirnband geflochten um den kleinen Kopf gelegt trug. Ihr Gesicht war weiß mit vielen kleinen Sommersprossen. Sie hatte sanfte, klare, katzengrüne Augen. Die Nase war ein wenig zu groß für das Gesicht und aufwärts gestülpt. Laura James war nicht hübsch. Sie zog sich sehr einfach, sehr elegant an: kurze Plisseeröcke und Seidenpullover.

Sie war die einzige junge Person in Dixieland. Hochmütig-scheu sprach Eugene mit ihr. Er fand sie unscheinbar und langweilig. Aber er fing an, abends mit ihr auf der Terrasse zu sitzen. Und irgendwie fing er an, sie zu lieben.

Er wußte es aber nicht. Sie saß neben ihm auf der hölzernen Schwingschaukel, und er redete anmaßendes Zeug. Er atmete den reinen Duft ihres wunderbaren jungen Körpers ein. Er war von der sanften Grausamkeit ihrer klaren, grünen Augen eingefangen, in das feine Netz ihres Lächelns verstrickt.

Laura James kam aus einer kleinen Stadt an einem Salzfluß in der Küstenebene, die im Osten des großen Staates lag, weit östlich sogar noch von Pulpit Hill. Ihr Vater war ein reicher Kaufmann, Grossist. Die Tochter war sein einziges Kind, sie gab großzügig Geld aus.

Eugene saß eines Abends auf dem Terrassengeländer und fing eine Unterhaltung mit ihr an. Zuvor hatte er sie lediglich gegrüßt oder ein paar steife Worte mit ihr gewechselt. Sie kamen zögernd ins Gespräch, wurden sich der Pausen in ihrer Unterhaltung sehr bewußt.

«Sie sind aus Little Richmond, nicht wahr?» sagte er.

«Ja», sagte Laura James. «Kennen Sie Leute von dort?»

«Ja», sagte er. «Ich kenne John Bynum und einen Jungen namens Ficklen. Die sind aus Little Richmond, wenn ich nicht irre.»

«Ach, David Ficklen! So, Sie kennen ihn! Ja, die beiden studieren in Pulpit Hill. Studieren Sie auch dort?»

«Ja», sagte er. «Eben dorther kenne ich sie.»

«Kennen Sie die beiden jungen Barlows? Sie sind Sigma Nus», fragte Laura James.

Er kannte sie vom Sehen: Mordskerle, Fußballspieler.

«Ja, bekannt sind sie mir», sagte er. «Roy und Jack Barlow.»

«Und kennen Sie ‹Snooks› Warren? Er ist ein Kappa Sig.»

«Gewiß. Wir nennen die Kappa Sigs Keg-Squeezers», sagte Eugene.

«Welcher Verbindung gehören Sie an?» fragte Laura James.

«Keiner», sagte er peinlich berührt. «Ich bin grad erst angefangen dieses Jahr.»

«Einige meiner besten Freunde sind nie in Verbindungen eingetreten», sagte Laura James.

Sie trafen sich öfter und öfter, bis sie schließlich unverabredet, auf stillschweigende Vereinbarung hin allabendlich auf der Terrasse zusammenkamen. Manchmal gingen sie in den kühlen, dunklen Straßen spazieren. Manchmal geleitete er sie ungeschickt ins Kino und schob mit ihr hernach mit der peinlichen Herausforderungssucht der Jugend an dem Schwarm vorüber, der vor Wood's herumlungerte. Manchmal nahm er sie mit in die Woodson Street, wo Helen die beiden auf der kühlen Rebenterrasse allein ließ. Sie mochte Laura James sehr gern.

«Ein nettes, reizendes Mädchen, sie gefällt mir. Schönheitspreise wird sie wohl nicht kriegen, was?» Sie lachte. Eine Spur gutmütigen Spotts war in diesem Lachen.

Er war ein bißchen gekränkt.

«Sie sieht tadellos aus», sagte er. «Längst nicht so häßlich, wie du sie hinstellst.»

Trotzdem: Sie war häßlich, von einer sauberen, lieblichen Häßlichkeit. Ihr Gesicht war sommersprossig über die ganze Nasen- und Mundpartie hinweg. Ihre unregelmäßigen Züge hatten einen unbewußt-kecken, etwas schnippischen Ausdruck. Aber sie war wunderbar gebaut und tadellos gepflegt. Sie hatte feste, junge, frühlingshafte Linien, knospend, schlank und jungfräulich. Sie war wie ein schnelles, beflügeltes Wesen, das in Wäldern umhuscht unter dem frisch ausgelaubten Gezweig, unerwartet, ungesehn, ungefangen.

Er bemühte sich, Eindruck auf sie zu machen; er gab an. Vielleicht, so hoffte er, würde sie dann die Häßlichkeit und Unordnung, die Gemeinheit und Peinlichkeit der Welt, in der er lebte, nicht bemerken.

Auf der anderen Straßenseite, mitten auf dem langgestreckten Rasen des *Brunswick* – jenem großen, giebeligen Backsteinhaus, das Eliza einst so gern besessen hätte – wässerte Mr. Pratt, der eine armselige Existenz als Mann der Pensionswirtin führte, mit einem Schlauch die großen grünen Rasenflächen. Die Wassertropfen blitzten im grellen Rot des Sonnenuntergangs auf. Das rote Licht fiel auf das glattrasierte, abgehärmte Gesicht, glitzerte auf den Schnallen seiner Armbinde.

Jenseits des Weges, auf dem anderen Grasstreifen, spielten einige Männer und Frauen Krocket. Lachen erklang von der rebenumrankten Veranda. Nebenan im *Belton* hatten sich die Pensionsgäste zum munteren Imbißstuben-Klatsch auf der langen Terrasse versammelt. Der Komiker der *Dixie Ramblers* kam mit zwei Tänzerinnen an. Er war klein, hatte ein Wieselgesicht und keine

Schneidezähne. Er trug einen Strohhut mit gestreiftem Band und ein blaues Hemd mit Stehkragen. Sofort scharten sich die Pensionsgäste um ihn. Schrilles Lachen ertönte.

Julius Arthur fuhr geschwind den Hügel hinab; er brachte seinen Vater nach Hause. Schräg grinsend schwenkte er fröhlich den Arm. Der wohlhabende Rechtsanwalt drehte neugierig das rundliche Spitzbartgesicht auf dem schiefen Hals herum. Ohne zu lächeln fuhr er vorüber.

Im *Brunswick* ließ eine Negerin die Glocken eines japanischen Gonges erklingen. Fußgetrappel kam von der Veranda; die Krocketspieler ließen die Schläger fallen und marschierten rasch auf das Haus zu. Pratt wickelte den Schlauch auf einer hölzernen Rolle auf.

Jemand schwang langsam eine Glocke im *Belton*, und die Gäste stürmten auf die Türen zu. Sofort setzte ein Klappern schweren Geschirrs und laute Essensgeräusche ein. Auf der Veranda des *Dixieland* schaukelten die Gäste schneller und brummten unzufrieden vor sich hin.

Eugene unterhielt sich mit Laura in der einfallenden Dämmerung und versteckte seine Beklemmung hinter stolzer Gleichgültigkeit. Elizas Gesicht, bleich in der Dunkelheit, glomm auf hinter dem holzgerahmten Fliegendraht der Sommertür.

«Kommen Sie, Mrs. Gant, und schöpfen Sie ein bißchen frische Luft», sagte Laura James.

«Ach nein, Kind, ich kann jetzt nicht abkommen. Wer ist da bei Ihnen? Ist es Eugene? Haben Sie ihn gesehn?»

«Ja, ich bin's», sagte er. «Was ist los?»

«Komm mal 'nen Augenblick her, Eugene», sagte Eliza.

Er ging zu ihr in die Diele.

«Was ist?» fragte er.

«Was ist? Ich weiß selbst nicht, Junge. Du mußt etwas tun», flüsterte sie und rang die Hände.

«Was ist denn?! Sag's doch, Mama!» begehrte er erregt auf.

«Ja, Jannadeau hat gerade angerufen. Dein Vater tobt wieder mal vor Besoffenheit. Er ist unterwegs hierher, Kind! Und ich hab das Haus voll Leute! Unvorstellbar, wie er sich aufführen wird. Er wird uns ruinieren!» Sie weinte. «Geh und versuch ihn aufzuhalten! Lenke ihn ab! Bring ihn in die Woodson Street!»

Er nahm seinen Hut und rannte. Die Fliegentür fiel hinter ihm zu.

«Wohin gehn Sie?» fragte Laura James. «Und ohne Abendessen?»

«Ich muß schnell in die Stadt», sagte er. «Bin bald wieder zurück. Wollen Sie auf mich warten?»

«Ja», sagte Laura James.

Er sprang den Vorgartenweg hinunter. Sein Vater bog gerade um die hohe Hecke des Nachbargartens, die das Haus vom großen Vorhof des Gerichtsgebäudes abtrennte. Er kam ihm entgegen. Gant schwankte bedenklich, trampelte auf ein Gladiolenbeet, steuerte haltlos mit großen, plumpen Schritten auf die Terrasse. Er stolperte auf der untersten Treppenstufe, fluchte, fiel vornüber auf die Terrasse, Eugene sprang hinzu und hob und zog den großen betrunkenen Körper auf die Beine. Die Hausgäste waren aufgeschreckt. Gant begrüßte sie mit dem heulenden Gelächter der Verachtung:

«Seid ihr da? He! Ob ihr da seid, frag ich! Ihr Niedrigsten unter den Niedrigen, ihr Pensionsschweine! Was für eine Travestie auf die Natur! Was für eine Travestie! Dahin mußte es kommen!»

Er brach in langgezogenes, wahnwitziges Gelächter aus.

«Papa, komm! Geh mit!» sagte Eugene leise und zupfte seinen Vater am Ärmel. Gant gab ihm einen Stoß, daß er zurücktaumelte. Als Eugene geschwind zurücksprang, schlug Gant mit gestrecktem Arm nach ihm. Eugene wich der großen Faust aus, duckte sich; Gant verlor das Gleichgewicht, schwankte. Eugene fing ihn auf, hielt ihn fest und schob ihn schnell auf die Tür zu, bevor jener sich wieder gefangen hatte. Die Hausgäste flohen wie aufgescheuchte Spatzen. Aber Laura James war vor ihm an der Tür und hielt sie auf.

«Gehn Sie weg! Bitte! Gehn Sie weg!» sagte er. Beschämt, verärgert. Einen Augenblick lang haßte er sie, weil sie ihn in dieser Lage gesehen hatte.

«Lassen Sie mich behilflich sein», flüsterte sie. Ihre Augen waren feucht, aber sie hatte keine Angst.

Vater und Sohn schwankten durch die große, halberhellte Diele. Eliza, weinend und gestikulierend, ging vor ihnen her.

«Führ ihn hierherein, hier!» flüsterte Eliza und deutete auf ein großes Schlafzimmer im oberen Stockwerk. Eugene bugsierte seinen Vater durch ein abgelegenes Badezimmer und warf ihn auf das Bett. Die eiserne Bettstelle krachte.

«Verdammter Schuft!» gellte Gant und schlug mit gerecktem Arm nach ihm aus. «Laß mich los, oder ich bring dich um!»

Eugene war aufgebracht. «Um Gottes willen, Papa, sei doch still!» flehte er. «Die ganze Stadt kann dich hören!»

«Zur Hölle mit der Bande!» brüllte Gant. «Verdammte Hinterwäldlerbrut! Sie haben sich an meinem Herzblut gemästet! Sie haben mich an den Rand des Todes gebracht! So wahr ein Gott im Himmel ist, das haben sie mir angetan!»

Eliza erschien in der Tür, weinend, mit verkrampftem Gesicht.

«Halt ihn zurück, Junge! Halt ihn zurück», bettelte sie. «Er wird uns ruinieren, er wird uns die Gäste vertreiben!»

Gant versuchte sich hochzukämpfen, als er ihrer ansichtig wurde. Ihr weißes Gesicht machte ihn rasend.

«Da ist es! Ha! Da! Da! Siehst du, das Gesicht! Das Schreckgespenst, das sich an meinen Qualen weidet! Schau dir's an! Schau dir's an! Siehst du das böse, teuflische Lächeln? Greeley, Will, der alte Major, das Schwein! Der Steuereinnehmer wird alles kriegen, und ich werde in der Gosse verrecken!»

«Wenn ich nicht gewesen wäre, wärst du schon längst in der Gosse verreckt!» entgegnete Eliza bitter und spitz.

«Um Himmels willen, Mama!» schrie Eugene, «stell dich doch nicht hin und antworte ihm! Siehst du nicht, daß du ihn wahnsinnig machst? Geh und ruf Helen her!»

«Jetzt wird ein Ende gemacht», schrie Gant und riß sich hoch. «Jetzt mach ich Schluß mit uns beiden!»

Eliza verschwand.

«Aber Papa! Ja, ja! Es ist ja schon gut!» beschwichtigte Eugene ihn und drückte Gant auf das Bett zurück. Er kniete und machte sich schnell daran, Gants Zugstiefel auszuziehen. «Ja, ja, es ist ja schon gut. Gleich kriegst du heiße Suppe und wirst schön ins Bett gesteckt, das geht wie im Handumdrehn, und dann ist ja alles in Ordnung . . .» Er zog einen Stiefel los, Gant trat heftig aus, und Eugene, den Stiefel in der Hand, taumelte zurück und fiel der Länge nach auf den Rücken.

Gant riß sich hoch, stand auf, gab seinem gefallenen Sohn noch einen Tritt und steuerte auf die Tür zu. Eugene sprang geschwind hoch und versuchte ihn mit aller Gewalt zurückzuhalten. Die beiden fielen schwer gegen die gipsverputzte, rauhkörnige Wand. Gant fluchte und schlug wild und blindlings nach seinem Quälgeist.

Helen trat ein.

«Baby!» weinte Gant. «Sie wollen mich umbringen! O Jesus! Hilf mir, oder ich verderbe!»

«Vorwärts! Mach, daß du auf das Bett da kommst, oder ich reiß dir den Kopf ab!» befahl Helen scharf.

Sehr gehorsam und willig ließ er sich von ihr zum Bett zurückführen. Sie zog ihn aus. Ein paar Minuten später saß sie bei ihm am Bettrand und löffelte ihm heiße Suppe ein. Er grinste einfältig, tat gehorsam den Mund auf. Sie lachte; beinahe glücklich lachte sie beim Erinnern der verlorenen, unwiederbringlichen Jahre. Plötzlich, im Einschlafen richtete er sich jählings auf, stierte wild und erschreckt und fragte:

«Ist es Krebs? Sag mir, ist es Krebs?»

«Pst!» beschwichtigte sie. «Nein, natürlich nicht. Sei doch nicht so töricht!»

Erschöpft sank er in die Kissen zurück, schloß die Augen. Aber sie wußten alle, was es war. Sie hatten es ihm nie gesagt. Niemand in der Familie außer ihm sprach den furchtbaren Namen seiner Krankheit in seinem Beisein aus. Und in seinem Herzen wußte er, so gut wie sie, daß es Krebs war. Den ganzen Tag über hatte Gant mit angststarrem Blick wie eine zerschlagene Skulptur zwischen seinen Marmorbildern gesessen und getrunken.

Es war Krebs.

Eugene blutete ziemlich stark aus einer Schürfwunde. Sein Vater, als er ihm das Handgelenk mit der ganzen Wucht seines Körpergewichts gegen die Wand gepreßt hatte, hatte sie ihm beigebracht.

«Geh und wasch die Wunde aus», sagte Helen. «Ich verbinde sie dir dann.»

Er ging in das dunkle Badezimmer und hielt seine Hand unter den lauwarmen Wasserstrahl. Eine stille Verzweiflung hatte sich seiner bemächtigt, ein dumpfer Friede, der brütend über dem Haus des Todes und des Aufruhrs lag, der wie ein sanft eindringender Windhauch durch die dunklen Korridore wehte und alles in eine müde Stille tauchte.

Die Gäste waren wie eine kopflose Schafherde in die benachbarten Pensionen geflohen, hatten dort gegessen, hatten sich zerstreut und waren noch nicht zurückgekehrt. Ihre Abwesenheit brachte Frieden und Befreiung. Eugene hatte das Gefühl, als ob schwere Ketten von seinen Gliedern gelöst worden wären. Eliza saß in der Küche und weinte leise über das umsonst bereitete Nachtessen; er blickte auf die schwarze, traurige Ruhe im Gesicht der Negerin. Langsam ging er den dunklen Korridor entlang, ein Taschentuch locker über die Wunde gebunden. Er spürte die tiefe Ruhe, die mit der Verzweiflung kommt. Das scharfe Schwert war durch den dünnen Panzer seines Stolzes gedrungen; der Stahl hatte ihn ins Herz getroffen. Aber unter der Rüstung hatte er sich selbst gefunden. Nichts anderes als sein wahres Ich konnte nun erkannt werden; Ausflüchte und Vorspiegelungen hatten keinen Sinn mehr. Er war aufrichtig froh darüber. Er war – er selbst. Es gab nichts mehr zu verhehlen.

Neben der Tür auf der dunklen Terrasse fand er Laura James.

«Ich dachte, Sie wären mit den anderen gegangen», sagte er.

«Nein», sagte Laura James. «Wie geht's Ihrem Vater jetzt?»

«Er ist soweit in Ordnung, er schläft», sagte er. «Haben Sie was gegessen?»

«Nein», sagte sie. «Ich mochte nichts.»

«Ich werde Ihnen was aus der Küche bringen», erbot er sich. «Es ist genug dort.» Und dann, nach einer kleinen Pause, sagte er: «Es tut mir sehr leid, Laura.»

«Was sollte Ihnen denn leid tun?» fragte sie.

Er lehnte sich gegen die Wand; seine Kräfte verließen ihn, als sie ihn berührte.

«Eugene, mein Lieber», sagte sie. Sie nahm seinen Kopf in ihre

Hände und küßte ihn. «Mein Liebster, mein Süßer, sei doch nicht traurig!»

Aller Widerstand schmolz. Er nahm ihre kleinen Hände, preßte sie mit seinen heißen Fingern und bedeckte sie mit Küssen.

«Laura, Liebste, Laura, Liebste!» sagte er mit erstickter Stimme. «Meine liebe, süße, schöne, liebliche Laura, ich lieb dich, ich lieb dich!» Die Worte stürzten aus ihm heraus, unzusammenhängend, unbeschämt, schäumend durch den zerbrochenen Damm aus Stolz und Schweigen. Sie umarmten sich im Dunkel, Mund auf Mund gepreßt, mit tränenfeuchten Gesichtern. Er war trunken von ihrem Duft; ihre Berührung fuhr ihm wie ein Zauber in die Glieder; er spürte den ungeduldigen, geschmeidigen Druck ihrer kleinen Brüste und empfand etwas wie Furcht: Ihm war, als hätte er, der Besudelte, sie entehrt.

Er hielt ihren wohlgeformten kleinen Kopf in den Händen, der so prachtvoll vom breiten Diadem feinen Blondhaars geschmückt war, und sagte die noch nie gesagten Worte des Bekenntnisses, der demütigen Liebe:

«Geh nicht fort, bitte, geh nicht fort von mir!»

«Sei still», sagte sie. «Ich bleibe ja da. Ich liebe dich, Liebster, Liebster!»

Sie sah den blutigen Verband an seiner Hand. Sie löste ihn sorgfältig ab unter zärtlichen, kleinen Ausrufen. Sie holte ein Fläschchen Jodtinktur aus ihrem Zimmer und bepinselte die brennende Wunde. Sie verband sie mit sauberen Streifen feinen weißen Stoffs, die sie von einer alten Bluse gerissen hatte; er roch matt nach einem erlesenen Parfum.

Dann saßen sie auf der hölzernen Sitzschaukel. Es war still im Haus. Eliza und Helen erschienen.

«Wie steht's mit deiner Hand, Eugene?» fragte Helen.

«Alles in Ordnung», sagte er.

«Zeig mal! Aha, du hast schon eine Pflegerin, was?» sagte sie gutmütig lachend.

«Was ist das? Was ist das? Er hat sich an der Hand verletzt? Wie denn? Was? Da . . . da habe ich gerade das Richtige dafür!» sagte Eliza und wollte gleichzeitig in alle Richtungen davonlaufen.

«Es ist ja schon alles in Ordnung, Mama», sagte Eugene resigniert. Es fiel ihm ein, daß Eliza das Richtige immer zu spät zur Hand hatte.

Er sah Helen grinsend an.

«Gott schütze unser trautes Heim!» sagte er.

«Arme Laura», sagte sie und tätschelte das Mädchen. «Zu schlimm, daß Sie in diese Sache reingezogen wurden.»

«Ach, das macht nichts», sagte Laura. «Irgendwie komme ich mir nun wie ein Familienmitglied vor.»

«Er soll sich nicht einbilden, daß er es so weitertreiben kann», grollte Eliza. «Ich mach das nicht länger mit.»

«Ach, hör doch bloß auf», sagte Helen resigniert. «Meine Güte, Mama! Begreifst du denn nicht, daß Papa ein kranker Mann ist?»

«Ach was», erklärte Eliza verächtlich. «Ich glaube nicht, daß ihm wirklich was fehlt. Das kommt alles nur von diesem gemeinen Alkohol. Der ist an allem Unglück schuld.»

«Lachhaft!» rief Helen verärgert. «Das kannst du doch unmöglich im Ernst behaupten!»

«Reden wir lieber vom Wetter!» schlug Eugene vor.

Sie saßen eine Weile schweigend da und tranken die Dunkelheit ein. Schließlich gingen Eliza und Helen ins Haus zurück; Eliza ging nur unwillig, auf Helens dringliche Aufforderung, wobei sie einen argwöhnischen Blick auf Eugene und Laura warf.

Die schwindende Sichel des Mondes driftete himmelwärts über dem Bergmassiv. Es roch nach feuchtem Gras und Flieder; die große brütende Symphonie der millionentönigen kleinen Nachtgeräusche hob und senkte sich in stetiger Klage und erfüllte die Seele mit einer ruhigen, unbewußten Gewißheit. Das bleiche Licht ertränkte die Sterne, lag schweigend über der Erde und troff durch das Blättergewebe der jungen Ahornbäume, auf dem Boden ein Muster aus tanzenden Elfenlicht-Motten zurücklassend.

Eugene und Laura saßen Hand in Hand auf der leise knirschenden Schaukel. Er legte seinen Arm um ihre Schultern. Als er sie zu sich zog, berührten seine Finger die feste, atmende Wölbung ihrer Brüste. Erschreckt zog er die Hand zurück und murmelte eine Entschuldigung. Wenn sie ihn berührte, wurde sein Körper schwach und starr. Sie war eine Jungfrau, eine frische, spröde junge Pflanze, und er hatte Angst, sie zu entweihen. Ihm schien, als sei er bei weitem der Ältere, obschon er sechzehn und sie einundzwanzig war. Seine dunkle Wahrnehmung und seine Einsamkeit machten ihn älter. Er hatte das graue Wissen um die Sünde, eine Wüste, die er kannte. Wenn er bloß ihre Hand in der seinen hielt, war ihm schon, als hätte er sie verführt. Sie hob ihm ihr liebliches Antlitz entgegen, dieses Antlitz, das keck und häßlich und wie ein Knabengesicht war. Er erkannte darin die wahrhafte und stete Anständigkeit ihres Wesens, und seine Augen wurden feucht. Die ganze jugendliche Schönheit der Welt wohnte für ihn in diesem Antlitz, diesem Antlitz, das sich das Staunen und die Unschuld bewahrt hatte, das in unsterblicher Blindheit vor dem Entsetzlichen und der Gemeinheit der Welt gelebt hatte. Er war vor ihr wie ein Wesen, das nach lebenslänglicher Wanderung durch den dunklen Weltraum für einen Augenblick des Friedens und der Gewißheit auf dem einsamen Planeten angekommen war, auf der weiten, verzauberten Ebene aus Mondlicht, vor der Mondlichtblüte ihres Gesichts. Denn, wenn ein Mensch vom Himmel träumte, und er fände beim Erwachen eine Blume in seiner Hand zum Zeichen, daß er dortgewesen . . . was wäre dann? Was wäre dann?

«Eugene», sagte Laura nach einer Weile, «wie alt bist du, Eugene?»

Sein Puls ging schnell, das Blut schoß ihm in die Augen. Die Antwort fiel ihm schwer.

«Gerade sechzehn», sagte er einen Augenblick später.

«O du Kind!» rief sie aus. «Ich dachte, du wärst älter.»

«Ich bin alt für mein Alter», murmelte er. «Wie alt bis du denn?»

«Einundzwanzig», sagte sie. «Schade, nicht?»

«Das ist kaum ein Unterschied», sagte er. «Ich finde nicht, daß es was ausmacht.»

«Ach, du Lieber!» sagte sie. «Es ist ein Unterschied. Es macht sehr viel aus.»

Er wußte, daß sie recht hatte. Wie sehr recht sie hatte, wußte er nicht. Aber er stand über dem Augenblick. Er hatte keine Angst vor Schmerzen, bangte nicht vor Verlust. Die praktischen Dinge des Lebens gingen ihn nichts an. Er wagte es, das Seltsame und Wunderbare zu sagen, das so dunkel in ihm aufgeblüht war.

«Laura», sagte er. Und er hörte seine leise Stimme über der breiten Ebene aus Mondlicht. «Laura, laß uns immer einander lieben und ganz so wie jetzt. Laß uns nie heiraten. Ich will, daß du mich immer lieben, immer auf mich warten sollst. Ich werde über die ganze Erde wandern. Ich werde oft jahrelang wegbleiben. Ich werde berühmt werden. Aber ich werde immer zu dir zurückkehren. Du wirst ein Haus haben, weit weg, in den Bergen. Da sollst du wohnen und auf mich warten und dich immer für mich bewahren. Willst du das?»

Er hatte sie um ihr ganzes Leben gebeten, so gelassen, als hätte er um eine Stunde Freizeit gefragt.

«Ja», sagte Laura im Mondlicht. «Ich werde immer auf dich warten.» Sie war ihm ins Fleisch gewachsen. Sie kreiste in seinen Adern. Sie war Wein in seinem Blut, Musik seines Herzens.

«Er nimmt überhaupt keine Rücksicht, weder auf dich noch auf andre Menschen», grollte Hugh Barton. Er hatte so spät noch im Büro gearbeitet und war vorbeigekommen, um Helen abzuholen. «Wenn das nicht anders wird, werde ich ein Haus für uns allein mieten. Es fällt mir nicht ein, einfach zuzusehen, wie du dich für ihn krank rackerst.»

«Laß doch», sagte Helen. «Er ist ein alter Mann.»

Sie kamen auf die Terrasse heraus.

«Komm morgen rüber, Süßer», sagte Helen zu Eugene. «Und Sie, Laura, bitte, kommen Sie auch. Ich lade zu einem richtigen Schmaus ein. Es geht ja nicht immer so bei uns zu wie heute», sagte sie lachend und tätschelte Laura mit ihrer großen Hand.

Hugh Barton ließ das Auto lautlos, ohne die Maschine anzulassen, den Hügel hinuntergleiten.

«Was für eine liebe Person deine Schwester ist!» sagte Laura James. «Bist du nicht einfach begeistert von ihr?»

Eugene antwortete nicht gleich.

«Ja», sagte er dann.

«Sie ist restlos begeistert von dir, das merkt jeder», sagte Laura.

Er griff sich im Dunkeln an die Gurgel.

«Ja», sagte er.

Der Mond zog leise seine Bahn über den Himmel. Eliza, scheu und zögernd, erschien wieder auf der Terrasse.

«Wer ist da? Wer denn?» sagte sie in die Dunkelheit hinein. «Ist es Eugene? Ach so, ich wußte es nicht. Bist du es, Eugene?» Sie wußte es sehr wohl.

«Ja», sagte er.

«Warum setzen Sie sich nicht ein bißchen zu uns, Mrs. Gant?» fragte Laura. «Wie Sie es nur den ganzen Tag in der heißen Küche aushalten können?! Sie müssen todmüde sein.»

«Ich will Ihnen was sagen», sagte Eliza und sah kurzsichtig zum Himmel auf. «Das ist eine herrliche Nacht. Eine Nacht für Verliebte, wie man so sagt.» Sie lachte unsicher. Dann blieb sie einen Augenblick in Gedanken versunken stehen. «Junge!» begann sie wieder, und ihre Stimme klang besorgt, «warum gehst du nicht ins Bett und schläfst? Es schadet deiner Gesundheit, wenn du so spät aufbleibst.»

«Ich sollte auch längst im Bett liegen», sagte Laura James und stand auf.

«Ja, Kind», sagte Eliza. «Gehn Sie und schlafen Sie Ihren Schönheitsschlaf. Wie das Sprichwort sagt: ‹Früh zu Bett, früh aufgestanden . . .›»

«Gehn wir alle schlafen!» sagte Eugene ungeduldig. Er war verärgert. Muß sie denn immer die letzte sein, die im Haus auf ist? fragte er sich.

«Wieso denn, Junge? Ich nicht. Ich kann nicht. Ich hab ja noch so viel zu bügeln.»

Laura preßte heimlich seine Hand und erhob sich. Bitter ertrug er seinen Verlust.

«Gute Nacht», sagte sie. «Gute Nacht, Mrs. Gant.»

«Gute Nacht, Kind», sagte Eliza. Als sie gegangen war, setzte sich Eliza, besorgt aufseufzend, zu ihm.

«Ich will dir was sagen», sagte sie, «das tut gut. Ich wünschte nur, ich hätte soviel Zeit wie andere Leute und könnte mich hier draußen hinsetzen und die Luft genießen.» Er konnte es nicht sehen im Dunkeln, aber er wußte, daß sie mit verzogenem Mund zu lächeln versuchte. «H-m!» sagte sie und nahm seine Hand in ihre rauhen, abgearbeiteten Hände. «Hat sich mein Kleiner eine Freundin zugelegt, was?»

«Nun, und wenn dem so wäre, was dann?» sagte er. «Ich hab doch wohl das Recht dazu, so gut wie jeder andre.»

«Ach was», sagte Eliza, «du bist noch viel zu jung, um an Mädchen zu denken . . . Ich würde mich an deiner Stelle überhaupt nicht um sie kümmern. Die meisten denken ohnehin nur an Tanzpartien und wollen die ganze Zeit nichts wie amüsiert sein. Ich möchte nicht, daß du deine Zeit mit ihnen verplemperst.»

Er spürte ihren Ernst hinter dem unbeholfenen Gerede. Er war verwirrt und wütend; er versuchte sich zu beherrschen, zu schweigen. Schließlich sagte er leise und leidenschaftlich:

«Wir müssen etwas haben im Leben, Mama, wir müssen etwas haben. Wir können nicht immer allein gehn. Allein.»

Es war dunkel; niemand konnte ihn sehen. Ein Tor tat sich auf, und er ließ es geschehn. Er weinte.

«Ich weiß», pflichtete Eliza hastig bei. «Ich sage ja auch nicht . . .»

«Mein Gott! Mein Gott! Wohin soll es denn kommen mit uns? Worum dreht sich denn unser Leben? Er liegt im Sterben – begreifst du das denn nicht? Merkst du's denn nicht? Sieh dir sein Leben an. Sieh deines an. Kein Licht, keine Liebe, kein Trost, nichts!» Er begann zu schreien, schlug sich mit den Fäusten auf die Brust. «Mama, Mama, in Gottes Namen, was ist denn? Was willst du denn? Willst du uns alle erwürgen und ersäufen? Besitzt du denn nicht genug? Willst du noch mehr Bindfäden und alte Flaschen? Bei Gott, ich werde rumgehn und für dich sammeln, wenn du es möchtest.» Seine Stimme war schrill geworden, er brüllte beinahe. «Aber sag mir doch, was du willst? Hast du nicht genug? Möchtest du die ganze Stadt besitzen? Was ist denn? Was ist denn?»

«Ich weiß überhaupt nicht, wovon du sprichst, Junge», sagte Eliza ärgerlich. «Wenn ich nicht versucht hätte, ein bißchen was zusammenzubringen, dann hättet ihr nicht mal ein eignes Dach überm Kopf, denn dein Papa, dessen kannst du versichert sein, hätte alles vergeudet.»

«Ein eignes Dach überm Kopf!» gellte er irr lachend. «Guter Gott! Wir haben ja nicht mal ein eignes Bett! Nicht mal ein eignes Zimmer! Nicht mal 'ne Steppdecke, die nicht von uns genommen werden kann, um diesen Pöbel zu wärmen, der hier auf der Terrasse rumräkelt und nörgelt.»

«Hör mal, du kannst über meine Hausgäste schimpfen, solang es dir beliebt . . .» begann Eliza streng.

«Nein, das kann ich nicht», unterbrach er. «Ich habe nicht die Kraft und den Atem dazu.»

Eliza fing an zu weinen.

«Ich hab mein Bestes getan», sagte sie. «Ich hätte euch ein Heim bereitet, wenn ich gekonnt hätte. Nach Grovers Tod war ich zu allem bereit, aber dein Papa hat mich keine Minute in Frieden gelassen. Kein Mensch weiß, was ich durchgemacht habe. Kein Mensch, Kind. Kein einziger Mensch.»

Im Mondlicht sah er ihr zu einer häßlichen Grimasse des Leidens verzerrtes Gesicht. Er wußte, es stimmte, was sie gesagt hatte. Er war tief getroffen.

«Es ist schon gut, Mama», sagte er schmerzlich. «Laß! Ich weiß es.»

Sie ergriff fast dankbar seine Hand und lehnte ihr weißes, verzerrtes Gesicht an seine Schulter. Es war die Gebärde eines Kindes, eines Kindes, das um Liebe und Mitleid und Zärtlichkeit bittet. Es schnitt ihm ins Herz.

«Nicht, Mama», bat er, «bitte nicht!»

«Kein Mensch weiß es», sagte Eliza. «Kein Mensch. Ich brauche auch jemanden. Ich habe ein schweres Leben gehabt, Junge, ein Leben voll Schmerz und voll Unordnung.» Langsam, ganz wie ein Kind wieder, wischte sie sich die nassen, kurzsichtigen Augen mit dem Handrücken.

O Gott, dachte er, und das Herz verkrampfte sich ihm vor Schmerz und Reue, eines Tages wird sie tot sein, und ich werde dieses immer erinnern. Immer. Immer.

Sie schwiegen eine Weile. Fest hielt er ihre rauhe Hand und küßte sie.

«Also, ich will dir was sagen», begann Eliza wieder. Sie war nun fröhlich und sah optimistisch in die Zukunft. «Ich denke nicht daran, mich hier wie ein Sklave für einen Haufen Pensionsgäste abzuplagen. Sie brauchen sich das nicht einzubilden. Ich werde mich zur Ruhe setzen und das Leben so leicht nehmen wie sie.» Sie blinzelte ihn verschmitzt an. «Wenn du das nächste Mal heimkommst, werde ich vielleicht in einem großen, schönen Haus im Doak Park wohnen. Ich hab das beste Baugrundstück in der ganzen Villenkolonie, ein viel besseres als das von W. J. Bryan. Vor ein paar Tagen hab ich den Kauf mit dem alten Dr. Doak persönlich abgeschlossen. Stell dir das vor!» Sie lachte. «Er hat gesagt: ‹Mrs. Gant, ich kann keinen meiner Angestellten mit Ihnen verhandeln lassen – bei Ihnen muß ich vorsichtig sein. Wenn ich auch was an der Sache verdienen will, muß ich mich selbst darum kümmern, denn Sie sind die härteste Geschäftsfrau der ganzen Stadt.› ‹Was sagen Sie da, Doktor!› rief ich (hab mir nicht merken lassen, wie sehr er ins Schwarze getroffen hatte), ‹ich will doch nur einen Gegenwert für mein Kapital. Jeder soll seinen Profit machen und dem anderen eine faire Chance geben, finde ich. Man muß immer am Ball bleiben.› Und ich lachte laut heraus. ‹Aber meine liebe Mrs. Gant›, fing er an . . .» – und nun erzählte sie in ihrer langatmigen, weitschweifigen Art, völlig absorbiert von der Sache, bei kleinsten Kleinigkeiten verweilend, sich öfter wiederholend, wie sie den Kauf des Grundstücks mit dem wackeren Chininkönig Doktor Doak getätigt hatte, und sie vergaß nicht, die dazugehörigen, gleichzeitigen Phänomene zu erwähnen und zu berichten, was Vögel, Bienen, Blumen, Sonne, Wolken, Hunde, Kühe und andere Menschen währenddessen getan hatten. Das befriedigte sie. Sie war glücklich.

Am Ende verfiel sie in ein nachdenkliches Schweigen, und dann sagte sie: «Also, es kann sein, daß ich das tue. Ich möchte gern ein Haus haben, wo meine Kinder zu mir zu Besuch kommen und ihre Freunde mitbringen können.»

«Ja», sagte Eugene. «Ja, das wär schön. Du sollst dich nicht dein ganzes Leben lang plagen.»

Ihre glückliche Fabel freute ihn; fast glaubte er an das Wunder der Erlösung, obwohl ihm ihre Geschichte nicht neu war.

«Ich hoffe, du tust es wirklich», sagte er. «Es wäre so schön. Aber laß uns jetzt zu Bett gehn, Mama, es ist spät geworden.» Er stand auf. «Ich geh schlafen.»

«Ja, Junge, da hast du recht», sagte sie und erhob sich. «Du mußt ins Bett. Also gute Nacht!» Sie küßten einander mit einer Liebe, die dies eine Mal ohne Bitterkeit war. Eliza trat vor ihm ins dunkle Haus.

Aber ehe er zu Bett ging, erschien er nochmals in der Küche, um sich Streichhölzer zu holen. Da stand sie am Bügelbrett, rechts und links einen großen Haufen eingespritzter Wäsche. Auf seinen anklagenden Blick hin erklärte sie hastig:

«Ich geh auch gleich ins Bett. Sofort. Ich wollte nur noch diese paar Handtücher hier fertigmachen.»

Er ging um den Tisch herum, um sie nochmals zu küssen. Sie fischte aus dem Knopfkasten an der Nähmaschine einen Bleistiftstummel, nahm einen alten Briefumschlag und kritzelte einen Plan darauf. Ihre Gedanken waren noch ganz beim Bauen.

«Hier, siehst du», begann sie, «ist Sunset Avenue. In dieser Richtung geht sie den Hügel hinauf. Hier ist die Doaksche Villa. Hier das Grundstück an der Straßenecke gehört Dick Webster. Und oberhalb, hier, genau auf dem höchsten Punkt des Hügels, ist . . .»

. . . ist, dachte er, dumpf-interessiert hinstarrend, der Ort, wo der begrabene Schatz liegt. Zehn Schritte Nordnordost vom großen Fels, unter den Wurzeln der alten Eiche. Er versenkte sich in dieser köstlichen Phantasie, während sie weiterredete. Wie wäre es, wenn wirklich auf einem von Elizas Grundstücken ein Schatz vergraben läge? Wenn sie weiterhin welche kaufte, könnte sie leicht einmal Glück haben. Oder eine Ölquelle? Oder eine Kohlenmine? Diese berühmten Berge sollen ja voller Bodenschätze sein! Hundertfünfzig Barrels täglich direkt im Hintergarten. Drei Dollar der Barrel, das wären über fünfzig Dollar täglich für jeden in der Familie. Hurra, die Welt ist unser!

«Verstehst du?» lächelte sie triumphierend. «Also genau dort werde ich bauen. Das Grundstück wird in fünf Jahren das Doppelte wert sein.»

«Ja», sagte er und küßte sie. «Gut Nacht, Mama. Nun aber, in Gottes Namen, geh endlich ins Bett und schlaf dich aus.»

«Gut Nacht, Junge», sagte Eliza.

Er ging hinaus und stieg die dunkle Treppe hinauf. Benjamin Gant, der in diesem Augenblick heimkehrte, stolperte über einen Stuhl in der Diele. Er fluchte wild und schlug nach dem Stuhl. Verdammt! Verdammt noch mal! Mrs. Pert flüsterte ihm eine Warnung zu, verschwommen kichernd. Eugene hielt inne, dann schlich er die mit einem Teppich belegte Treppe hinauf, leise, damit sie ihn nicht hören sollten, und trat oben auf dem Treppenabsatz auf die Altane, auf der er zur Zeit schlief.

Er knipste das Licht nicht an. Er haßte es, die verbogene eiserne Bettstelle zu sehen und den rohen, blasig abgeblätterten Firnis der Kommode. Er haßte es, die Nachtfalter und Motten zu sehen, arme, geblendete Wesen, die das Licht mit staubigen Flügeln umschwärmten. Und zudem war das Licht trübe, und er haßte trübe Lichter. Er entkleidete sich im Mondlicht, das wie eine magische, überirdische Helle auf die Erde fiel. Alles Rohe und Verletzende war hinweggewischt in diesem Licht; gewöhnliche, vertraute Dinge – das durchhängende Scheunendach, der ungestrichene Molkereischuppen, der geschwungene Bogen, den die Holzapfelbäume im Garten des Anwalts beschrieben – hüllten sich in das Gewand des Wunderbaren. Eugene zündete eine Zigarette an, beobachtete den roten Glutpunkt im Spiegel, trat an das Geländer der Altane und sah auf den Garten hinaus. Plötzlich wurde er gewahr, daß Laura James, aus nicht ganz drei Metern Entfernung, ihn beobachtete. Das Mondlicht fiel auf sie herab, badete ihr Fleisch in grünblassem Licht und tauchte sie in seine Stille ein. In der verwunschenen Dunkelheit waren ihre Gesichter nur angedeutet; sehend, aber unsichtbar leuchteten allein ihre strahlenden Augen. In jenem Feenlicht blickten sie einander schweigend an.

Unter ihnen kroch der Mondschein auf das Bett seines Vaters zu, schwamm über die Bettdecke und riß das scharf emporgewandte Gesicht aus der Dunkelheit. Die Luft der Nacht, der Berge fiel auf den bloßen Körper des Jungen wie ein klarer Wasserschwall. Seine Zehen rollten sich ein, um nasses Gras festzuhalten. Er hörte, wie

Mrs. Pert vorsichtig auf ihr Zimmer ging, auf dem Treppenabsatz stehenblieb und sich im Dunkeln an der Wand entlangtastete. Türen quietschten, schlugen leise zu. Das Haus wuchs massiv in die Stille hinein, wie ein Stein unter dem Mond. Sie sahen sich an, warteten auf das Zauberwort, die Aufhebung aller Zeit. Dann sprach sie: sie wisperte seinen Namen; es war nur wie die Ahnung eines Lauts. Er schwang seine Beine über das Geländer, streckte seinen langen Leib aus und machte einen Satz wie eine Katze. Er faßte die Schwelle ihres Fensterrahmens. Sie zog scharf den Atem ein, rief leise: «Nein, nein», aber sie empfing ihn am Fenster und hielt seine Arme fest, während er sich hochzog.

Sie hielten sich fest in den kühlen jungen Armen, preßten die jungen Lippen aufeinander, küßten sich die Gesichter. Ihre Flechten fielen seidig, wie dickes Maiskolbenhaar, in süßer, rückhaltloser Lust auf sie herab. An ihren geraden, reizenden Beinen trug sie gebauschte grüne Unterhosen, die über dem Knie von einem Gummiband gehalten wurden. Ihre Glieder waren verschlungen; er küßte ihre glatt schimmernden Arme und Schultern. Die Leidenschaft, die seinen Körper lähmte, war von einer religiösen Ekstase beherrscht; er wollte sie an sich halten, und gleichzeitig drängte es ihn, allein zu sein, zu fliehen, um über sie nachzudenken. Er bückte sich, faßte sie unter den Knien und hob sie jubelnd auf seinen Armen hoch. Sie sah ihn ängstlich an, klammerte sich fester an ihn.

«Was tust du denn?» flüsterte sie. «Bitte, tu mir nicht weh!»

«Ich werde dir nicht weh tun, Süße», sagte er. «Ich werde dich zu Bett bringen. Ja, zu Bett werde ich dich bringen, hörst du?»

Ihm war, als müsse er aufschreien vor Freude.

Er trug sie zu ihrem Bett. Dann kniete er neben ihr nieder, umschlang sie, preßte sie an sich.

«Gut Nacht, Liebste, Gut Nacht! Gib mir 'nen Gutnachtkuß. Liebst du mich?»

«Ja.» Sie küßte ihn. «Gut Nacht, Liebster. Klettre nicht wieder zum Fenster raus. Du könntest fallen.»

Aber er stieg durch das Fenster und sprang zu seiner Altane herüber. Lange Zeit lag er wach, in einem stillen Fieber. Sein Herz schlug hart an die Rippen. Allmählich kroch der warme, gänseflaumweiche Schlummer über ihn. Das junge Ahornlaub rauschte, ganz fern krähte ein Hahn sein geisterhaftes Lied, das Gespenst eines Hundes heulte. Er schlief.

Er erwachte, als die heiße, helle Sonne auf die Markise der Schlafaltane prallte. Er haßte es, im Sonnenlicht aufzuwachen. Später einmal würde er in einem großen Raum schlafen, immer kühl und dunkel, vor dem Fenster Bäume und Kletterpflanzen oder die Einbuchtung einer Bergwand. Er zog sich an, seine Kleider waren noch feucht vom Nachttau. Als er herunterkam, fand er Gant auf der Terrasse. Der Alte sah elend aus; er wippte müde in einem Schaukelstuhl, die Hand auf der Krücke des Spazierstocks.

«Guten Morgen», sagte Eugene. «Wie geht's?»

Gant stöhnte. Seine Augen flackerten unruhig.

«Barmherziger Gott! Ich werde für meine Sünden gestraft.»

«Es wird bald wieder besser werden», sagte Eugene. «Hast du gefrühstückt?»

«Ich konnte nichts runterkriegen, der Bissen blieb mir im Hals stecken», behauptete Gant, der mächtig gefuttert hatte. «Und wie steht's mit deiner Hand, Son?» fragte er demütig.

«Ach das? Ganz in Ordnung», sagte Eugene hastig. «Wer hat dir denn etwas davon gesagt?»

«Sie hat es gesagt. Sie behauptet, ich hätte deine Hand verletzt», sagte Gant bekümmert.

«Ach was! Nein!» sagte Eugene ärgerlich. «Nicht der Rede wert.»

Gant lehnte sich zur Seite. Ohne aufzublicken tätschelte er die unverletzte Hand seines Sohnes.

«Es tut mir leid», sagte er. «Ich bin ein kranker Mann. Brauchst du Geld?»

«Nein», sagte Eugene verlegen. «Ich hab alles, was ich brauche.»

«Komm heut mal rauf auf mein Büro, dann werd ich dir Geld geben», sagte Gant. «Armer Junge, ich fürchte, du bist nicht gut gestellt.»

Statt dessen wartete Eugene, bis Laura James von ihrem morgendlichen Besuch im städtischen Schwimmbad zurückkehrte. Sie kam, den Badeanzug in der einen und verschiedene kleine Päckchen in der anderen Hand. Weitere Pakete trafen ein. Sie bezahlte die schwarzen Lieferjungen und unterschrieb die Empfangsbestätigungen.

«Du mußt 'nen Haufen Geld haben, Laura», sagte er. «Du kaufst dir fast täglich Sachen, nicht wahr?»

«Mein Papa schlägt manchmal Krach», gestand sie. «Aber ich kaufe so gern Kleider. Ich gebe mein ganzes Geld dafür aus.»

«Was hast du nun vor?»

«Nichts – was dir paßt. Es ist so ein schöner Tag, um etwas zu unternehmen, nicht?»

«Ja, ein herrlicher Tag zum Nichtstun. Möchtest du einen großen Spaziergang machen, Laura?»

«Mit dir! Furchtbar gern!» sagte Laura James.

«Das ist ein Gedanke, mein Mädchen! Das ist ein Gedanke!» mimte er in burlesker Begeisterung. «Wir werden allein irgendwohin gehen, und wir werden was zu essen mitnehmen», fügte er verführerisch hinzu.

Laura ging auf ihr Zimmer, um sich ein Paar festere Schuhe anzuziehen. Eugene ging in die Küche.

«Hast du einen Karton für mich?» fragte er Eliza.

«Was willst du denn damit?» fragte sie mißtrauisch.

«Ich muß auf die Bank, und da brauch ich 'ne große Schachtel, um meine Ersparnisse zu transportieren», bemerkte er ironisch. Dann aber sagte er grob und direkt: «Ich geh zu 'nem Picknick.»

«Hu? Ha? Was sagst du da?» sagte Eliza. «Picknick? Mit wem? Mit diesem Mädchen?»

«Nein, nein», sagte er mit schwerem Ernst, «mit Präsident Wilson, dem König von England und Doktor Doak. Wir wollen 'ne Limonade zusammen trinken, und ich hab versprochen, die Zitronen mitzubringen.»

«Ich kann es beschwören, Junge», quengelte Eliza, «das gefällt mir gar nicht, daß du so einfach fortläufst, wenn ich dich brauche. Du solltest für mich auf die Bank einzahlen gehn, und die Telefonrechnung solltest du erledigen. Die Leute werden mir den Apparat sperren, wenn ich das Geld nicht heute schicke.»

«O Mama, um Gottes willen!» rief er aus. «Du brauchst mich immer dann, wenn ich mal weggehn möchte. Laß die Leute mal warten, einen Tag noch können sie sich wirklich gedulden.»

«Aber die Telefonrechnung ist ja längst fällig!» murrte sie. «Nun denn, da ist also eine.» Sie fischte einen Schuhkarton aus dem Gerümpel, das auf dem obersten Brett eines eingebauten Küchengestells herumlag. «Hast du was zu essen?»

«Das werden wir besorgen», sagte er und ging.

Sie gingen den Hügel hinunter und traten in den muffig riechenden kleinen Kramladen an der Woodson Street, unterhalb von Gants Haus. Sie kauften Crackers, Erdnußbutter, Johannisbeergelee, Mixed Pickles und eine große Scheibe fetten, gelben Käse. Der alte Jude murmelte etwas in seinen Rabbinerbart; es klang wie ein Zauber gegen den Dybbuk. Eugene paßte auf, daß der Alte mit seinen schmutzigen Händen die Speisen nicht anrührte.

Auf ihrem Weg bergan verweilten sie ein paar Minuten in Gants Haus. Helen und Ben waren im Speisezimmer. Ben frühstückte gerade, wie gewöhnlich stirnrunzelnd über seinen Kaffee gebeugt, wobei er sich angewidert von Speck und Eiern fernhielt. Helen bestand darauf, belegte Brote und hartgekochte Eier zum Picknick beizusteuern. Die beiden Frauen gingen in die Küche. Eugene setzte sich zu Ben und trank eine Tasse Kaffee.

«O-o mein Gott!» sagte Ben, verdrossen gähnend. Er zündete eine Zigarette an. «Wie geht's dem Alten heut morgen?»

«Er ist soweit in Ordnung, scheint mir. Er konnte zum Frühstück nicht essen, behauptet er.»

«Hat er was zu den Pensionsgästen gesagt?»

«Ja. Er nannte sie verdammte Schufte, Hinterwäldlerbrut oder so was.»

Ben kicherte leise.

«Hat er dich an der Hand verletzt? Zeig mal!»

«Nein. Nichts zu sehn. Nur 'ne Schrunde», sagte Eugene und hob das verbundene Handgelenk.

«Er hat dich nicht geschlagen, oder doch?» fragte Ben streng.

«Nein, natürlich nicht. Er war halt besoffen. Und heut früh tat es ihm leid.»

«Ja», sagte Ben, «es tut ihm immer hinterher leid, nachdem er einen Mordskrach gemacht hat.»

Er rauchte tiefe Lungenzüge mit einer Hingabe, als sei der Tabakrauch ein mächtiges, betäubendes Rauschgift für ihn.

«Wie ist's dir eigentlich in diesem Jahr auf der Universität ergangen?» fragte er dann.

«Mit dem Arbeiten gut. Bei den Abschlußprüfungen hab ich tadellos abgeschnitten», sagte Eugene. Es fiel ihm schwer, zu antworten. «Oder meinst du das andre? Nun, in diesem Frühjahr ging es besser als am Anfang.»

«Du meinst als letzten Herbst?»

Eugene nickte.

«Was war los?» fragte Ben, die Braue finster gerückt. «Haben dich die anderen aufgezogen?»

«Ja», gestand Eugene kleinlaut.

«Warum?» fragte Ben wild. «Dachten sie, du wärst nicht gut genug für sie? Haben sie dich von oben herab behandelt? Oder was war's?»

«Nein», sagte Eugene. Er war über und über errötet. «Das hatte gar nichts damit zu tun. Ich glaub, ich sehe komisch aus. Verstehst du? Ich komme ihnen komisch vor.»

«Was soll denn das heißen?» fragte Ben aufgebracht. «Du siehst doch anständig aus, wenn du nicht gerade wie ein Stromer herumläufst. In Gottes Namen!» rief er ärgerlich, «wann hast du dir das letzte Mal die Haare schneiden lassen? Bildest du dir vielleicht ein, du wärst der Wilde Mann aus Borneo?»

«Ich kann Friseure nicht ausstehn!» sagte Eugene wütend. «Deswegen! Widerlich, wenn sie einem mit ihren dreckigen Fingern um den Mund rumfahren! Wen geht's denn was an, wenn ich mir das Haar nicht schneiden lasse?»

«Ein Mann wird heutzutage nach seinem Äußeren beurteilt», erklärte Ben belehrend. «Ich habe vor kurzem in der *Saturday Evening Post* einen Artikel von einem führenden Businessman gelesen. Er sagte, daß er einem Kerl immer erst auf die Schuhe sieht, bevor er ihn einstellt.»

Er sprach ernst und zögernd und ohne rechte Überzeugung,

ganz so, wie er las. Eugene krampfte sich das Herz zusammen, als sein stolzer Kondor das schale Gerede gerissener Millionäre nachplapperte, als wäre er ein gelehriger Papagei in einer Jahrmarktsbude. Wenn er diese vorbildlichen Ansichten äußerte, wurde seine Stimme flach und monoton; es war, als suche er mit verwunderten, schmerzenden Augen hinter all der Rhetorik nach einer Antwort. Wenn er so mit stirnrunzelndem Eifer stolpernd jene Erfolgsrezepte vortrug, lag etwas Schmerzlich-Rührendes in dieser Anstrengung: der Anstrengung seines entfremdeten, einsamen Geistes, der eine Tür zum Leben suchte, der nach Erfolg, einer gesellschaftlichen Stellung, nach Freunden suchte. Es war, als säße in der Bronx ein lombardischer Einwanderer und versuchte, die Neue Welt zu enträtseln, indem er den ‹*Weltalmanach*› Buchstaben um Buchstaben entzifferte. Es war, als versuche ein Holzfäller, der mitten im Winter in seiner Hütte eingesperrt sitzt, die Symptome und Heilmittel gegen eine furchtbare, dunkle Krankheit, die ihn angefallen hat, in einem Handbuch für Hauskuren zu finden.

«Hat dir der Alte Geld genug geschickt?» fragte Ben. «Konntest du dich mit den anderen messen? Du weißt, er kann sich's leisten. Er braucht weiß Gott nicht zu knausern. Sieh zu, daß er mit den Dollars rausrückt!»

«Ich hatte genug zum Auskommen», sagte Eugene.

«Jetzt ist die Zeit, jetzt brauchst du Geld! Nicht später!» erklärte Ben. «Sieh ja zu, daß er für deine Ausbildung aufkommt. Wir leben im Zeitalter der Spezialisation. Überall werden Leute gebraucht, die eine Universität absolviert haben.»

«Ja», sagte Eugene. Gehorsam, gleichgültig. Die stereotypen Weisheiten prallten am harten, glänzenden Panzer seines Geistes ab. Das sprachlose, das andere Ich sah.

«Also, es kommt für dich darauf an, daß dir eine gute Ausbildung zuteil wird. Alle großen Männer – Ford, Edison, Rockefeller –, gleichgültig, ob sie selber studiert haben oder nicht, sagen, daß es einem im Leben hilft.»

«Warum bist du nicht selber gegangen?» fragte Eugene neugierig.

«Ich hatte niemanden, der mich drauf aufmerksam machte»,

erklärte Ben. «Außerdem hätte mir der Alte kein Geld gegeben, das ist doch wohl klar.» Er lachte zynisch. «Und jetzt ist's zu spät.»

Er schwieg eine Weile, rauchte.

«Weißt du eigentlich, daß ich einen Kursus für Werbung nehme?» fragte er grinsend.

«Nein. Wo denn?»

«In einem Fernlehrgang», sagte Ben. «Jede Woche kriege ich meine Aufgabe. Ich weiß nicht», gestand er schüchtern, «aber ich muß ziemlich begabt sein. Ich kriege jedesmal glänzende Zensuren, achtundneunzig oder hundert Punkte. Ich krieg ein Diplom, wenn ich den Kurs beende.»

Dem jüngeren Bruder stieg ein stechender Nebel in die Augen. Er wußte nicht warum. Etwas schnürte ihm die Kehle zu. Er senkte den Kopf und suchte in den Taschen nach Zigaretten. Schließlich bemerkte er:

«Ich freu mich drüber, Ben. Hoffentlich beendest du den Kurs.»

«Weißt du», erklärte Ben ernsthaft, «aus diesem Lehrgang sind ein paar glänzende Geschäftsleute hervorgegangen. Ich kann dir mal schwarz auf weiß Bestätigungen zeigen. Tatsächlich, Männer, die mit nichts anfingen und nun große Gehälter als Reklamechefs beziehn.»

«Hoffentlich glückt's dir auch», sagte Eugene.

«Na siehst du», sagte Ben grinsend, «du bist nicht der einzige Hochschüler in der Familie.» Er schwieg und rauchte. Dann sagte er plötzlich ernst: «Du bist die letzte Hoffnung, Eugene. Wir anderen werden es nie zu was bringen. Sieh zu, daß du die Universität absolvierst, und wenn du das Geld stehlen mußt. Trag deinen Kopf hoch! Laß dich nicht unterkriegen! Du taugst mehr als diese lächerlichen Knirpse von Studenten, die hier in den Ferien rumlaufen.» Aufgeregt sprang er auf. «Laß dich nicht von diesen Kerlen auslachen! Nimm das erste verdammte Ding, das dir zu Hand kommt, und schmeiß es ihnen in die Fresse. Verstanden?!» In seiner Wut ergriff er das Tranchiermesser, das auf dem Tisch lag, und schwang es durch die Luft.

«Ja», sagte Eugene verlegen. «Jetzt geht's schon. Am Anfang hab ich eben nicht Bescheid gewußt.»

«Du bist hoffentlich verständig genug, diese alten Nutten in Ruhe zu lassen», sagte Ben streng. Eugene antwortete nicht. «Man kann sich nicht mit Huren abgeben und es zu was bringen dabei, verstehst du? Und außerdem kann man sich alle möglichen Krankheiten dabei holen.» Er schwieg. Dann sagte er ruhig: «Das Mädchen da sieht sehr nett aus. Aber um Gottes willen, richte dich anständig und sauber her! Frauen, weißt du, merken so was. Saubere Fingernägel, gebügelter Anzug. Hast du Geld?»

«Alles, was ich brauche», sagte Eugene mit einem nervösen Blick nach der Tür. «Laß doch, um Himmels willen, laß doch!»

«Steck das ein, kleiner Schafskopf», sagte Ben ärgerlich und drückte ihm einen Geldschein in die Hand. «Geld kann man immer brauchen. Heb es auf, bis du's nötig hast.»

Helen kam mit ihnen auf die hochgebaute Vorderveranda hinaus, als sie weggingen. Wie es für sie typisch war, gab sie ihnen viel mehr mit, als sie brauchen konnten. So hatten sie noch einen Schuhkarton voller Sandwiches, hartgekochter Eier und Karamelbonbons. Auf dem hohen Treppenabsatz stand sie, ein Tuch um den Kopf gebunden, die hageren, mit alten Narben übersäten Arme in die Seiten gestemmt. Der warme Sonnengeruch von Kapuzinerkresse, lehmiger Erde und Geißblatt umspülte sie mit keimigen Wellen. «O-ho! A-ha!» zwinkerte sie spaßhaft. «Ich weiß was! Ich bin nicht so blind, wie ihr vielleicht glaubt!» Bedeutungsvoll und scherzend nickte sie ihnen zu, das großflächige, lächelnde Gesicht von jener seltsamen, strahlenden Reinheit übergossen, die manchmal so herrlich darauf lag. Immer wenn er sie so erblickte, dachte er an einen vom Regen gewaschenen Himmel, an weite, kristalline Entfernungen, kühl und rein. Mit grobem Kichern stieß sie ihn in die Rippen: «Ist die Liebe nicht was Schönes! Hahahaha! Sieh dir bloß mal sein Gesicht an, Laura.» Sie zog das Mädchen fest an sich und umarmte sie herzlich, unter Lachen, oh, mit lachendem Erbarmen, und als sie den Berg hinaufstiegen, stand sie noch immer da im Sonnenlicht mit leicht geöffnetem Mund, lächelnd, einen Hauch von Glanz, Schönheit und Staunen im Gesicht.

Langsam stiegen sie auf den Ostrand der Stadt zu, die lange

Kurve der Academy Street entlang, an deren einen Seite sich das Negerviertel chaotisch ausbreitete. Am Ende der Straße ragte plötzlich der Berg vor ihnen auf; zur rechten Hand kurvte sich ein gepflasterter Weg nach oben. Sie schlugen diesen Weg ein und kletterten nun am östlichen Rand von Niggertown empor. Unter ihnen hörte die Siedlung plötzlich auf, lief aus in eine Reihe von Lehmwegen. Ab und zu kamen sie an ein paar Holzhäusern vorüber, in denen Neger und arme Weiße lebten, aber auch diese wurden immer vereinzelter. Im gemächlichen Tempo gingen sie die kühle Straße entlang, die mit tanzenden, durch das Laub gefilterten Lichtreflexen gesprenkelt war, und deren linke Seite vom dichten, undurchdringlichen Blattwerk der Bäume am Berghang verschattet wurde. Aus dieser grünen Lieblichkeit erhob sich der riesige rohe Turm eines zementenen Wasserreservoirs, der kühl von Wasserspuren gefleckt und gestreift war. Eugene wurde durstig. Etwas weiter vorn dröhnte aus dem Abflußrohr eines kleineren Reservoirs ein schäumender Strahl heraus, dick wie ein Männerkörper. Sie kletterten steil hoch, einen felsigen Pfad entlang, und durchschritten die letzte große Korkenzieherwindung der Straße. Dann standen sie in der Felslücke am höchsten Punkt. Sie waren jetzt nur ein paar hundert Fuß über der Stadt, die vor ihnen mit der überscharfen Nähe eines Bildes der Sieneser Schule lag, nah und fern zugleich. Auf der höchsten Erhebung sah er das solide Mauerwerk des Square in scharf konturiertem Helldunkel, ein krabbelndes Spielzeug, das sich als Auto entpuppte, und Menschen von Spatzengröße. Rund um den Square erstreckte sich der baumlose Backsteindschungel der Geschäftswelt – billig, abgebröckelt und häßlich, und weiter hinten, nur als unregelmäßiger Fleck erkennbar, lagen die Wohnviertel; dann, noch etwas weiter hinten, die kleinen hellen Geschwüre der Vorstadt, die die heilende und verhüllende Anmut der Baumgruppen über sich gebreitet hatten. Unter ihm, aus der Senke zwischen Flanke und Bergrücken aufquellend, lag Niggertown.

Am Square schien es irgendeinen Mittelpunkt zu geben, auf den alle Autos erwartungsvoll zusteuerten, trotzdem lag dort nirgends ein Sinn. Aber die Berge waren herrlich, planvoll. Zum Westen breiteten sie sich aus bis in die Sonne hinein, flogen aus stützenden Schultern empor. Die Stadt war wie ein Zeltlager auf dem Plateau ausgebreitet; unter ihm gab es nichts, was der Zeit widerstehen könnte. Es gab keine zugrundeliegende Idee. Er hatte das Gefühl, daß unter ihm, in einem Becher, das Leben liege: Er sah es wie einer jener alten Gelehrten, die in Mönchslatein das Welttheater beschrieben hatten, oder wie Pieter Breughel auf einem seiner wimmelnden Bilder. Mit einemmal schien es ihm, als sei er nicht von der Stadt auf den Berg gestiegen, sondern aus der Wildnis gekommen wie ein Tier, und starrte nun mit unverwandtem Tierblick auf dieses erbärmliche Gewirr aus Holz und Mörtel, das eines Tages von der Wildnis wiedergeholt, von ihr verschlungen, überwuchert werden würde.

Die siebte Schicht von oben war Troja – aber Helena hatte dort gelebt, und deshalb hatte der Deutsche es ausgegraben.

Sie traten vom Geländer fort, der Wind nahm jetzt zu, und gingen durch die Felslücke unter Philip Roseberrys großer Bogenbrücke hindurch. Zur Linken, auf dem Gipfel, hatte der reiche Jude sein Vieh, seine Ställe, seine Pferde, seine Kühe und seine Töchter. Als sie den Schatten der Brücke verließen, hob Eugene den Kopf und stieß einen Schrei aus. Seine Stimme schlug wie ein Stein auf dem Bogen auf. Sie gingen unterdurch und standen nun auf der anderen Seite der Lücke, blickten von der Straßenseite in das Tal herab. Aber sie sahen nur grünes Geflimmer. Der Berghang war dicht bewaldet, die Straße wand sich durch den Baumbestand wie ein weißer, unendlicher Korkenzieher. Aber sie konnten herübersehen auf die schönen wilden Berge an der anderen Seite des Tals, die bis zur halben Höhe gerodet waren zu weiten Feldern und eingezäunten Weiden, oberhalb derer sich ihr wogendes Laubwerk ergoß.

Der Tag war wie Gold und Saphire; ein flinkes Geflimmer und Glitzern, unfaßbar und mannigfaltig wie Sonnenlicht auf aufgewühltem Wasser, lag über dem Land. Ein kräftiger warmer Wind wehte, schlug die Unterseiten der Blätter hoch und ließ milde Musik auf all den Lautensaiten von Blume, Gras und Frucht erklingen. Der Wind stöhnte, nicht mit der verrückten, teuflischen

Winterstimme, sondern wie eine üppige Frau, hochbrüstig-massig, voller Liebe und Weisheit; wie Demeter, unsichtbar auf ewiger Jagd. Ein Hund bellte im Tal, im Wind zerschellte der Laut. Kuhglocken läuteten. Im dichten Wald, der nun unter ihnen lag, fielen hallende Vogellaute herab, senkrecht wie Goldklumpen. Ein Specht hämmerte am trockenen, borkenlosen Stamm einer vom Blitz zerspellten Kastanie. Der blaue Golf des Himmels war überweht mit lichten, bauschigen Wolken, einer Flotte schneller Galeonen, die über die Hügel hinweg vor dem Winde kreuzten und ihren fliehenden Schatten auf die Baumwipfel unter ihnen warfen.

Eugene war blind vor Liebe und Verlangen. Der Becher seines Herzens war voll des Wunders und schäumte über. Es überfiel ihn und machte ihn schwach. Er griff nach Lauras kühler Hand. Sie standen zusammen, Bein an Bein, als wären sie einander ins Fleisch genietet.

Dann verließen sie die Straße und kürzten sich die großen Kurven ab, indem sie auf steilen, zugewachsenen Pfaden bergab stiegen. Der Wald war wie eine hochgewölbte, grüne Kirche. Die Vogellaute fielen wie Pflaumen. Ein großer Falter mit blausamtenen, gold- und scharlachgestreiften Flügeln schwebte unbeholfen durch die Sonnenkringel und taumelte schließlich auf einem Hartriegelzweig nieder. Rechts und links von dem schmalen Abkürzungspfad, aus dem dichten Unterholz kamen kleine, hurtige Geräusche und die schnellen Kugelschatten von Vögeln. Eine Vipernnatter, grüner als nasses Moos, nicht länger als ein Schuhband und nicht dicker als der kleine Finger einer Frau, schoß über den Pfad, die kleinen Augen hell vor Entsetzen, die winzige, gespaltene Zunge vorgeschnellt wie ein elektrischer Funke. Laura schrie auf. Eugene griff nach einem Stein, von einer jähen Lust gepackt, das kleine Geschöpf zu vernichten. Die alte Schlangenfurcht überkam sie, wie etwas Schönes, Furchtbares, Übernatürliches. Die Natter verschwand im Gebüsch. Eugene ließ beschämt den Stein fallen. «Sie tun dir nichts», sagte er.

Sie gingen weiter, traten aus dem Wald, trafen oberhalb des lieblichen Bergtals auf die Straße. Dieses Bergtal erweiterte sich gegen Süden in ein reiches kleines Paradies aus Feld- und Weideland. Kleine Häuser lagen verstreut in der Wanne. Grüne Wiesen leuchteten, von Wasser durchglänzt. Weizensaat wellte rhythmisch im Wind. Hüfthoch stand der junge Mais mit den hellen, aneinanderraschelnden Halmen. Die Schornsteine von Rheinharts Haus lugten aus einer dunklen Gruppe von Ahornbäumen hervor. Die fetten Milchkühe grasten langsam auf den weiten Triften. Und weiter unten im Baum- und Buschversteck lagen die üppigen Äcker von Judge Webster Tayloe. Die Straße war mit einer weißen Staubdecke dicht belegt, sie wand sich auf die Talsenke, kreuzte einen Bach. Sie sprangen auf die großen weißen Felsbrocken, die verstreut im Bachbett lagen, und kreuzten über. Ein paar Enten, die sich kaum von ihnen stören ließen, watschelten aus dem klaren Wasser heraus und betrachteten sie mit ernsthaftem Blick, wie Kinder in weißen Chorhemdchen. Ein junger Bursche vom Land fuhr mit einem Wagen an ihnen vorüber, auf dem die leeren Milchflaschen schepperten. Er grüßte mit einer langsamen Armgebärde, ein freundliches Grinsen im sonnverbrannten Gesicht; im Vorüberfahren verströmte er einen Geruch nach Milch, Schweiß und Butter. Eine Frau auf einem Acker richtete sich auf und starrte, die Augen mit der Hand beschattend, zu ihnen herüber. In einer Wiese mähte ein Mann mit blinkender Sense das hohe Gras, wie ein zorniger Gott, der seine Feinde fällt.

Am Rande der Talmulde bogen sie wieder vom Weg ab und gingen durch die ansteigenden Felder auf die waldigen Berge zu. Überall hing der kraftvoll-männliche Geruch des breitblättrigen Ampfers, heiß, unkrautig. Sie bahnten sich den Weg, bis zu den Knien in trocken-stoppligem Brachland; braune Kletten hefteten sich an ihre Kleider. Wohin man sah, standen sonnenwarme, duftende Gänseblümchen. Wieder im Wald stiegen sie bergan, bis sie eine Lichtung zarthalmigen Grases erreichten, neben der ein Bergbach in hellen Wirbeln sein steiniges, farnbewachsenes Bett hinabstürzte.

«Laß uns hier rasten», schlug Eugene vor. Die Wiese stand dicht voller Löwenzahn, dessen durchdringender, wortloser Duft die Erde mit gelben Zauberpünktchen verzierte. Es sah aus wie lauter Zwerge und Elfen und winzige, in Blüten und Eicheln versteckte Hexerei.

Sie lagen nebeneinander im hohen Gras auf dem Rücken und blickten durch lichtgrünes Gezweig in den südmeerblauen Himmel mit den treibenden Wolkenflotten. Der nahe Bach rauschte wie die Stille. Die Stadt lag jenseits des Bergs in einer anderen, unvorstellbaren Welt, deren schmerzliche Probleme sie vergessen hatten.

«Wie spät ist es?» fragte Eugene. Denn sie waren dorthin gekommen, wo es keine Zeit mehr gibt. Laura sah auf ihre Armbanduhr. Ihr wunderbares Handgelenk.

«Was!» rief sie überrascht aus, «erst halb eins!» Er hörte sie kaum.

«Was frag ich nach der Uhr», sagte er heiser, faßte ihre schöne, von dem seidenen Armband umwundene Hand und küßte sie. Ihre langen, kühlen Finger umschlossen seine Hand. Sie zog sein Gesicht an ihren Mund.

Sie lagen umschlungen auf dem paradiesischen Zauberteppich. Ihre grauen Augen waren tiefer und klarer als ein klarer Teich, er küßte die Sommersprossen ihrer zarten Haut, er starrte verehrungsvoll auf ihre kecke Stupsnase. Er beobachtete das Spiel des Lichts, der tanzenden Sonnenkringel und des widerspiegelnden Scheins der Bachkaskade auf ihrem Gesicht. Die ganze zaubrische Welt – Blumen und Feld und Himmel und Berg und all die lieblichen Waldrufe, Klang, Anblick, Duft – das wuchs in ihn hinein, wurde eine einzige Stimme in seinem Herzen, eine Sprache in seinem Hirn, harmonisch, strahlend und ganz – ein einziger, leidenschaftlicher, lyrischer Laut.

«Liebste, Süßeste, entsinnst du dich noch an gestern nacht?» fragte er zärtlich, als ob er Kindheitserinnerungen auskramte.

«Ja», sagte sie und umhalste ihn, «glaubst du, ich könnte es vergessen?»

«Weißt du noch, worum ich dich bat?» forschte er inständig weiter.

«Ach, was können wir nur tun? Was können wir nur tun?» stöhnte sie leise. Sie wandte ihr Gesicht ab, schlug einen Arm vor die Augen.

«Was ist?! Was ist los, Liebe?»

«Eugene, mein Lieber, du bist ja nur ein Kind! Und ich bin schon so alt, eine erwachsene Frau.»

«Du bist erst einundzwanzig», sagte er. «Das sind fünf Jahre Unterschied. Das ist nichts.»

«Ach», sagte sie. «Du weißt nicht, wovon du sprichst. Es ist ein Riesenunterschied.»

«Wenn ich zwanzig bin, wirst du fünfundzwanzig sein; wenn ich sechsundzwanzig bin, wirst du einunddreißig sein; wenn ich achtundvierzig bin, wirst du dreiundfünfzig sein. Was macht das? Nichts! Nicht das geringste!» sagte er verächtlich.

«Alles in der Welt!» sagte sie. «Alles! Wenn ich sechzehn wäre und du einundzwanzig, dann machte es nichts. Aber du bist ein Junge, und ich bin eine Frau. Wenn du ein junger Mann sein wirst, werde ich 'ne alte Jungfer sein; wenn du alt wirst, werde ich am Sterben sein. Wie kannst du wissen, was du in fünf Jahren machen wirst? Du hast gerade auf der Universität angefangen. Du hast keine Pläne. Du weißt noch nicht, was du mit deinem Leben anfangen willst.»

«Doch, das weiß ich sehr wohl!» gellte er wütend. «Ich werde Jurist und geh in die Politik. Vielleicht . . .», fügte er mit düsterem Vergnügen hinzu, «wird es dich dann gereuen, wenn ich mir einen Namen gemacht habe!» Bitter-freudig sah er seine einsame Berühmtheit voraus. Gouverneurspalast. Vierzig Zimmer. Allein. Allein.

«Also du wirst Jurist werden, schön», sagte Laura. «Und du wirst die ganze Welt bereisen. Und ich soll dasitzen und auf dich warten, und heiraten soll ich auch nie. Armer kleiner Junge!» Sie lachte leise. «Du weißt ja gar nicht, was du vorhast.»

Er sah sie an, Verzweiflung und Elend im Gesicht. Die Sonne hatte ihren Glanz verloren.

«Und dir ist es gleich!» würgte er hervor. «Und dir ist es gleich!» Er wandte sein Gesicht weg. Sie sollte nicht sehen, daß Tränen in seinen Augen standen.

«Ach du Lieber, du Liebster! Mir ist es gar nicht gleich. Mir macht es ungeheuer viel aus. Aber das Leben ist anders, als du denkst. Was du dir da vorstellst, klingt wie eine schöne Geschichte. Siehst du denn nicht, daß ich eine erwachsene Frau bin? In meinem Alter, mein Lieber, denken die Mädchen meistens ans Heiraten. Was wär, wenn ich auch dran dächte?»

«Heiraten!» Das Wort fuhr ihm aus dem Mund, aus dem gähnenden, klaftertiefen Abgrund seines Entsetzens, als hätte sie etwas Abscheuliches beim Namen genannt, das Unaussprechliche vorgeschlagen. Dann faßte er sich. Da sie das Ungeheure erwähnt hatte, nahm er es ohne weiteres als eine Tatsache hin. Er war so.

«So! Das ist's!» tobte er zornig. «Du willst heiraten! Aha! Du hast Kerle, was? Du gehst mit ihnen aus, was? Und du weißt das die ganze Zeit und hältst mich zum Narren!»

Nackt, Brust an Brust rang er mit dem Schrecken. Er geißelte sich. Er erfuhr in diesem Augenblick, daß die ganze, gräßliche, fratzenhafte Grausamkeit des Lebens nicht im Entlegenen und Phantastischen, sondern im Einfachen, alltäglich Möglichen liegt . . . im Entsetzen der Liebe, des Verlusts, des Heiratens, den neunzig Sekunden Verrat im Dunklen.

«Du hast Kerle, was? Sie dürfen dich anfassen. Sie streicheln deine Beine, tasten deine Brüste ab, sie . . .» Es verschlug ihm die Stimme, so sehr würgte der Schmerz.

«Nein! Aber nein! Lieber! Das hab ich doch gar nicht gesagt!» Sie richtete sich auf und faßte seine beiden Hände. «Es ist doch nichts Außergewöhnliches, daß man sich verheiratet. Die meisten Menschen tun es. Aber mein Lieber! Mach doch kein so verzweifeltes Gesicht! Nichts ist geschehn! Nichts! Nichts!»

Er umarmte sie wild. Er konnte nicht sprechen. Er begrub sein Gesicht an ihrem Hals.

«Laura! Liebste! Süße! Laß mich nicht allein! Ich bin allein gewesen, ich bin immer allein gewesen!»

«Allein sein, das willst du doch, mein Lieber. Du wirst immer allein sein wollen. Anders könntest du das Leben überhaupt nicht ertragen. Du würdest meiner bald müde werden. Unendlich müde. Du wirst vergessen, daß du mich je gekannt hast. Vergessen, vergessen.»

«Vergessen!! Ich werde nie vergessen! Dazu werd ich nicht lang genug leben.»

«Und ich werd nie einen andern lieben! Und dich nie verlassen. Und immer auf dich warten! Ach, mein Kind, mein Kind!»

Sie umschlangen einander im Wunder dieses strahlenden Augenblicks, hier auf dieser verzauberten Insel, wo die Welt so still war. Sie glaubten alles, was sie sagten. Und wer könnte behaupten – welche Ernüchterung auch immer gefolgt sein mag –, daß wir je der Verzauberung vergäßen! Daß wir auf dieser bleiernen Erde je des Apfelbaums, der Lieder und des Golds vergäßen? Fern, jenseits dieses zeitlosen Tals pfiff schrill und gespenstisch ein Zug, der nach Osten fuhr. Wie eine bunte Rauchsäule, wie das Wrack einer Wolke trieb das Leben dahin. Ihre Welt ward wieder eine einzige singende Stimme. Sie waren jung und würden nicht sterben. Dies würde ewig dauern.

Er küßte sie auf die leuchtenden Augen. Er verschmolz mit ihrem jungen Mänadenleib, sein Herz schlug köstlich an ihre kleinen, festen Brüste. Sie war sanft und schmiegsam wie eine Weidengerte in seiner stützenden Hand. Sie war schnell wie ein Vogel, huschender noch als die tanzenden Lichter auf ihrem Gesicht. Er hielt sie fest. Ganz fest, damit sie sich nicht wieder in einen Baum verwandle oder im Wald verschwände wie Rauch.

Komm in die Berge, o meine junge Liebe. Kehre zurück. O verlorener und vom Wind betrauerter Geist, kehre zurück, so wie ich dich einst kannte im zeitlosen Tal, daß wir einander wieder spüren, im Zauber des Juni gebettet. Da war ein Platz, wo alle Sonne in deinem Haar glänzte, und oben auf den Bergen hätten wir einen Stern mit dem Finger greifen können. Wo ist jener Tag, der in einen einzigen vollen Laut zusammenschmolz? Wo ist die Musik deines Fleisches, der Reim der Zahnreihen, die erlesene Mattigkeit deiner Beine, wo sind die jungen, kleinen, festen Arme mit den schlanken Fingern, Fleisch, in das man beißen konnte wie in einen Apfel? Wo die kleinen Kirschzitzen deiner weißen Brüste? Und wo all die winzigen Schlingen deines feingesponnenen Jungfrauenhaares? Schnell tut sich der Rachen der Erde auf, schnell malmen die Zähne, die am Lieblichen zehren. Die du für Musik gemacht warst, du wirst keine Musik mehr hören; um dein dunkles Haus schweigen die Winde. Geist, Geist, kehre zurück aus dieser Heirat, die wir nicht voraussahen, nicht ins Leben, sondern in den Zauber, in dem wir nie gestorben sind, in den verwunschenen Wald, in dem wir noch immer liegen im hohen Gras! Komm in die Berge, o meine junge Liebe! Kehre zurück! O verlorener und vom Wind betrauerter Geist, kehre zurück!

31

EINES TAGES gegen Ende Juni sprach Laura James:

«Nächste Woche muß ich heimfahren.»

Dann, als sie seine gequälte Miene sah, fügte sie hinzu:

«Aber es ist nur für ein paar Tage. Nicht länger als 'ne Woche.»

«Aber warum? Der Sommer fängt doch erst an. Da unten wirst du vor Hitze umkommen.»

«Ja, ich weiß, es ist albern. Aber meine Leute erwarten mich zum Nationalfeiertag. Ich hab dir ja gesagt, wir sind eine Riesenfamilie, Hunderte von Onkeln und Tanten und Cousins und angeheirateten Verwandten. Und jedes Jahr am vierten Juli ist Familientag, mit Ausflug, Picknick und Barbecue. Ich find's gräßlich. Aber sie würden mir nie verzeihen, wenn ich nicht käme.»

Er sah sie einen Augenblick an, furchtsam.

«Du kommst aber doch zurück, Laura, nicht wahr?» fragte er ruhig.

«Aber gewiß», sagte sie. «Reg dich nicht auf.»

Er zitterte heftig. Er hatte Angst, sie weiter auszufragen.

«Sei doch ruhig! Reg dich nicht auf, Liebster!» flüsterte sie und legte ihre Arme um seinen Hals.

Er fuhr mit ihr zum Bahnhof in der Hitze des Nachmittags. Die Straßen rochen nach geschmolzenem Teer. Sie hielt seine Hand in der ratternden Straßenbahn, preßte sie von Zeit zu Zeit, um ihn zu trösten, und flüsterte:

«In einer Woche, Liebster. Nur eine Woche!»

«Ich seh nicht ein, warum», murmelte er. «Eine Reise von sechshundert Kilometern nur für ein paar Tage!»

Da er ihr Gepäck trug, passierte er den einbeinigen Mann an der

Sperre des Bahnsteigs ohne Beanstandung. Dann setzte er sich bis zur Abfahrt des Zugs neben sie in die stickige grüne Hitze des Pullmanwagens. Ein kleiner elektrischer Fächer surrte sinnlos im Gang. Eine affektierte junge Dame, die er kannte, kam ins Abteil, richtete sich zwischen dem neuen, glänzenden Leder ihres Handgepäcks ein. Elegant, ein wenig hochmütig erwiderte sie seinen Gruß und wandte sich zum Fenster, um sich beredt grimassierend mit ihren Eltern zu unterhalten, die bewundernd vom Bahnsteig zu ihr aufschauten. Ein paar wohlhabende Kaufleute kamen den Gang entlang, das Knarren ihrer teuren gelben Schuhe überknirschte das Gesurr des Fächers.

«Sie gehn doch nicht von hier weg, Mr. Morris, wie?»

«Hallo, Jim. Nein, ich reise nur auf'n paar Tage nach Richmond.»

Aber selbst das graue Wetter ihres Lebens vermochte nicht die Erregung dieses heißen, nach Osten rollenden Triumphwagens zu dämpfen.

«Einsteigen!»

Zitternd stand er auf.

«In ein paar Tagen, Lieber!» Sie sah auf, nahm seine Finger in ihre schmale, behandschuhte Hand.

«Du wirst mir schreiben, sobald du dort bist, ja? Bitte!»

«Ja! Morgen sofort.»

Er neigte sich plötzlich zu ihr herab und flüsterte: «Laura! Du wirst zurückkommen?! Du wirst ganz bestimmt zurückkommen?!»

Sie wandte ihr Gesicht ab, weinte bittere Tränen. Er setzte sich wieder neben sie. Sie umarmte ihn, preßte ihn an sich, als wäre er ein Kind.

«Mein Lieber! Mein Lieber! Vergiß mich nie!»

«Nie! Komm wieder! Kehre zurück!»

Die Salzspuren ihrer Küsse lagen auf seinen Lippen, seinem Gesicht, seinen Augen.

Er wußte, was das war. Die blakenden Kerzenstummel der Zeit. Der Zug fuhr langsam an. Blindlings sprang er den Gang hinauf, einen Schrei in der Kehle.

«Komm wieder zurück!»

Aber er wußte. Ihr Schrei folgte ihm. Ein Schrei, als ob er ihr etwas entrissen hätte.

Drei Tage später hatte er seinen Brief. Vier Bogen, von kleinen, siegreichen amerikanischen Bannern umrahmt. So:

Mein Lieber! Ich kam um halb zwei heim. Einfach zu müd, um 'nen Finger zu rühren. Ich konnte die ganze Nacht im Zug nicht schlafen; es wurde immer heißer unterwegs. Ich war so niedergeschlagen, als ich hier ankam, daß ich fast weinte. Little Richmond ist einfach fürchterlich, alles versengt und ausgedörrt. Und alle Leute ins Gebirge oder an die See verreist. Wie werde ich das nur eine Woche aushalten können! (Gut, dachte er, wenn das Wetter so bleibt, wird sie um so früher heimkommen.) *Nun wäre mein Traum, einen Atemzug frischer Bergluft zu schöpfen. Könntest Du den Weg zu unserm Platz im Tal wiederfinden?* (Ja! und wenn ich blind wär! dachte er.) *Du mußt mir versprechen, Lieber, daß Du Dich um Deine Hand bekümmerst. Ich hab mir solche Sorgen gemacht im Zug, weil ich gestern vergaß, Dir den Verband zu wechseln. Mein Papa hat sich sehr gefreut, mich wiederzusehen. Er will mich nicht wieder weglassen. Aber mache Dir keine Gedanken, er gibt immer nach und läßt mich schließlich doch tun, was ich will. Hier kenn ich keinen Menschen mehr. Die jungen Männer sind alle eingezogen oder arbeiten auf den Werften in Norfolk. Die meisten Mädchen, die ich kenne, wollen heiraten oder sind schon verheiratet. So bleiben nur die ganz jungen.* (Er zuckte zusammen. Die so alt sind wie ich, vielleicht älter, dachte er.) *Bitte grüße Mrs. Barton und richte Deiner Mutter von mir aus, daß sie nicht den ganzen Tag in der heißen Küche arbeiten soll. Und all die kleinen Kreuzchen da unten sind für Dich. Rate, was sie bedeuten sollen.* *Laura*

Er las diesen trockenen Brief mit unbeweglicher Miene, er verschlang die Worte, als läse er ein lyrisches Gedicht. Sie würde bald wiederkommen. Zurückkommen. Bald. Bald.

Da war noch eine Seite. Die Aufregung war von ihm gewichen. Er lehnte sich matt zurück und sah sich diese nun an. Dort fand er, fast unleserlich geschrieben, endlich in ihrer eigenen Redeweise abgefaßt, so als überspränge ihr Ton die absichtliche Ziellosigkeit des Briefs, diese Nachschrift:

4. Juli. Richard kam gestern. Er ist fünfundzwanzig, arbeitet in Norfolk. Wir sind fast ein Jahr verlobt. Morgen fahren wir nach Norfolk, um in aller Stille zu heiraten. Mein Lieber! Mein Lieber! Ich konnte es Dir nicht sagen. Ich gab mir alle Müh, aber ich brachte es nicht fertig. Ich wollte Dich nicht belügen, wirklich nicht. Und alles andere war wahr, Wort für Wort wahr, ganz so wie ich es sagte. Wenn Du nur nicht so jung gewesen wärst. Aber was hilft das jetzt? Bitte verzeih mir, aber vergiß mich nicht, bitte. Lebwohl und Gott schütze Dich. Ach, mein Liebster, es war so schön. Ich werde Dich nie vergessen.

Sobald er fertig war, las er alles langsam und bedächtig noch einmal. Dann faltete er den Brief zusammen, steckte ihn in die innere Brusttasche und verließ Dixieland. Er ging dreiviertel Stunden, bis er an den Bergsattel über der Stadt kam. Die Sonne ging hinter den Bergen im Westen unter, glutrandig, blutrot; weithin leuchtete ihr Scheideglanz über das braune, dunstige Land. Die reingewaschene, süße Luft schimmerte und leuchtete von Perlen und Gold. Die ungeheuren Berge zerschmolzen zu lila Einsamkeiten; es war wie Kanaan und reife Trauben. Ein paar Autos klommen die Hufeisenkurve der Landstraße herauf. Die Dämmerung kam. Die kleinen, blinzelnden Lichter der Stadt zuckten auf. Die Dunkelheit fiel wie Tau über die Erde. Sie verschwemmte die Qual des Tages, verschattete das grelle Durcheinander. Langgezogene Klagelaute wehten matt von Niggertown herauf.

Und am Himmel flammten die stolzen Sterne. Da war einer, mächtig im Licht, so nah, daß er ihn mit den Händen hätte greifen können, wenn er auf den Berg hinter der Villa des Juden hinaufgestiegen wäre. Ein anderer, ganz niedrig, hing wie eine Ampel über den Häuptern der Menschen, die nun nach Hause zurückkehrten. (O Hesperus, du bringst uns alles Gute!) Einer hatte sein Licht ausgesandt in der Nacht, als Ruth zu Füßen des Boas lag, einer hatte der Königin Isolde geleuchtet, einer über Korinth und Troja gestanden. Es war Nacht, weite, brütende Nacht. Nacht, Mutter der Einsamkeit, die uns vom Makel des Tages reinigt. Er badete im großen Strom der Nacht, in den Gangesfluten der Erlösung. Seine bittere Wunde war für den Augenblick geheilt; er hob sein Gesicht zu den stolzen und zärtlichen Sternen, zu den Sternen, die ihn zu einem Gott und zu einem Sandkorn machten, ihn, den Bruder der ewigen Schönheit, den Todessohn. Allein -- allein.

«Hahahahaha!» Helen lachte heiser und stieß ihm in die Seite. «So, dein Mädchen ist abgereist und hat geheiratet, was? Hat dich zum Narren gehalten, ist dir abspenstig geworden!»

Eliza spielte die Neckische. «Wa-a-as? Ist mein Jungchen, wie man so sagt, dem Mädchen nachgestiegen?» Sie kicherte in die vorgehaltene Hand. Dann zog sie eine vorwurfsvolle Schnute.

«Verdammt noch mal, wer sagt was?!» knurrte er ärgerlich. Er legte die Stirn in zornige Falten. Als er den Blick seiner Schwester auffing, mußte er, trotz seiner Wut, grinsen. Sie lachten.

«Ach, Gene», sagte sie ernst, «sei nicht traurig. Du bist ja noch ein Junge, und Laura ist 'ne erwachsene Frau.»

«Sie hat dich bloß zum Narren gehalten. Das Mädchen hat dich die ganze Zeit genasführt», sagte Eliza spöttisch.

«Ach bitte, hört doch auf davon!»

«Komm, sei wieder vergnügt!» sagte Helen herzlich. «Die schönen Jahre kommen erst für dich. In einer Woche wirst du die ganze Geschichte vergessen haben. Es gibt viele andere Mädchen, weißt du, das war so eine Kinderliebschaft. Zeig ihr, daß du dir nichts draus machst. Du solltest ihr einen Hochzeitsglückwunsch schicken.»

«Aber gewiß», sagte Eliza, «ich an deiner Stelle würde die ganze Sache als Spaß auffassen. Ich würde sie es nicht merken lassen, daß es mir was ausmacht. Ich würde ihr einen großartigen Brief schreiben und lachend über die ganze Sache hinweggehn. Ich würde es ihr zeigen! Ja, ganz gewiß würde ich . . .»

«Ach, um Gottes willen, laßt mich in Ruhe!» stöhnte er. Sprang auf und verließ das Haus.

Den Brief aber schrieb er. Im Augenblick, als der Briefkastendeckel zugefallen war, packte ihn die Scham. Denn er hatte stolz und prahlerisch geschrieben, hatte mit griechischen, lateinischen und englischen Versen, unangebracht und ungenau zitiert, um sich geworfen, und zwar aus keinem anderen als dem erbärmlichen, offensichtlichen Grund, seinen gewichtigen Verstand und seine tiefe Gelehrsamkeit vor ihr darzutun. Sie sollte sich kränken, sollte einsehen, wen sie an ihm verloren habe. Und gegen Schluß war ihm doch sein heftig pochendes Herz davongestürmt:

... und ich hoffe, daß er Deiner wert ist – aber er kann Dich ja nicht verdient haben, niemand könnte das. Aber wenn er wenigstens weiß, welchen Schatz er besitzt, ist's mir ein Trost. Ach, der Glückliche! Du hast recht, ich bin zu jung. Ich würde eine Hand hingeben, wenn ich dafür acht oder zehn Jahre älter sein könnte. Gott schütze und erhalte Dich, meine liebe, liebe Laura.

Etwas in mir möchte zerspringen. Es möchte, aber es wird nicht. Es ist noch nie zersprungen. O mein Gott, zerspränge es doch! Ich werde Dich nie vergessen. Ich bin nun verloren und werde den Weg nie wieder finden. Um Gottes willen, schreib mir ein paar Zeilen, wenn Du diesen Brief erhältst. Schreib mir, wie Du nun heißt – das hast du ganz vergessen –, und wo Du wohnen wirst. Laß mich nicht ganz aus Deinem Leben gehn, ich bitte Dich drum, laß mich nicht allein.

Er hatte den Brief in das Haus ihres Vaters geschickt, an die einzige Anschrift, die er wußte. Eine Woche floß in die nächste; zweimal täglich erhob sich seine Seele in schrecklicher Gespanntheit, wenn der Postbote kam, um danach in einem tödlichen Sumpf zu versinken, wenn er wieder nichts von ihr gehört hatte. Der Juli ging zu Ende. Der Sommer welkte. Sie schrieb nicht.

Auf der dämmernden Terrasse, in Erwartung der Mahlzeit, saßen die Pensionsgäste und schaukelten, sich vor Lachen schüttelnd. Die Pensionsgäste sagten: «Dem Eugene ist sein Mädchen weggelaufen. Er weiß jetzt nicht mehr, was er machen soll; sein Mädchen ist weggelaufen.»

«Tatsächlich? Ist dem Burschen das Mädchen weggelaufen?»

Eine kleine, fette Göre mit fetten, braunen Waden über den kurzen Söckchen, Tochter einer der beiden fetten Schwestern, deren Gatten Hotelangestellte in Charleston waren, führte langsam einen Reigentanz um ihn auf: «Eugene! Eugene! . . . hat sein Schatz verloren . . . hat sein Schatz . . . hat sein Schatz . . . hat sein Schatz verlo-o-oren . . .»

Das fette Kind schlüpfte zu seiner fetten Mama, um seine Belobigung einzuheimsen; die beiden sahen einander mit dem gleichen selbstzufriedenen, lose hängenden Lächeln um die dicklippigen Münder an.

«Laß dich nicht hänseln, großer Junge! Was ist denn los? Hat dir ein andrer dein Mädchen weggeschnappt?» fragte, eine große schwarze Zigarre im Mund, Mr. Hake, Handlungsreisender in Mehl, ein forscher, junger Mann von sechsundzwanzig Jahren, mit spitz zulaufendem Gesicht, hochgewölbtem Schädel und einer von feinem Blondhaar dünn befransten Glatze.

Seine Mutter, eine umfangreiche Strohwitwe, fast fünfzig, mit einem ausdrucksvoll zerklüfteten Indianergesicht, hochgekämmtem, gelbgefärbtem Haar und einem vulgären Lächeln voll von Goldplomben und Herzlichkeit, schaukelte mächtig auf und ab und sagte heiser-mitleidig lachend: «Such dir 'ne andre, Eugene! Ach was! Da würde ich mich keine zwei Minuten grämen!» Er erwartete immer, daß sie mit Nachdruck und Gusto ausspucken würde, wenn sie sich geäußert hatte.

«Sie brauchen sich Sorgen zu machen, das haben Sie gerade nötig», sagte Mr. Farrel aus Miami, der Tanzlehrer. «Frauen sind wie Straßenbahnen: wenn einem eine wegfährt, kommt in spätestens fünfzehn Minuten eine andre. Nicht wahr, Lady?» sagte er keck zu Miss Clark aus Valdosta, Georgia, der zuliebe er seine Meinung zum besten gegeben hatte. Sie antwortete heiser-verwirrt kichernd: «Ach, die Männer sind doch wirklich schlimm!»

Am Terrassengeländer gelehnt in der dichter werdenden Dämmerung stand Mr. Jake Clapp, der wohlhabende Witwer aus Old Hominy, in verstohlenem Liebeswerben um Miss Florry Mangle, die staatlich geprüfte Krankenschwester. Ihr schlaffes Gesicht schwamm wie ein weißer Klecks im Halbdunkel. Sie sprach mit müder, weinerlicher Stimme:

«Ich dachte mir's ja, daß sie zu alt für ihn wäre, als ich sie sah.

Eugene ist ja noch ein Junge. Die Sache hat ihn schwer getroffen. Man braucht ihn bloß anzusehn, dann weiß man, wie elend er ist. Er wird krank werden, wenn das so weitergeht. Er ist spindeldürr und ißt fast nichts. Wenn jemand so abmagert, wird er im Handumdrehn widerstandslos gegen die nächstbeste Krankheit, die ihn anfliegen kann . . .»

Ihr melancholisches Geweine dauerte an, während Jake sich verstohlen mit dem Schenkel an ihr rieb. Sie stand neben ihm, die Arme vorsichtigerweise über ihren Hängebrüsten gekreuzt. Durch die graue Dämmerung wandte Eugene den beiden sein ausgehungertes Gesicht zu. Er sah aus wie eine Vogelscheuche, die schmutzigen Kleider schlotterten um seinen abgemagerten Leib. Seine Augen funkelten im Dunkel wie Katzenaugen. Das Haar fiel ihm in die Stirn, ungewaschen, ungekämmt, vollkommen verfilzt.

«Er wird drüber wegkommen», sagte Jake Clapp in seiner gedehnten bäuerischen Redeweise, einen Unterton von Geilheit in der Stimme. «Das ist die Jugendliebe; jeder Junge muß das durchmachen. Als ich so alt war wie Eugene . . .»

Er preßte seinen harten Oberschenkel leise an Florry, grinste breit mit seinen paar Goldzähnen. Er war ein Kerl wie ein Baum, mit einem harten, scharfgeschnittenen Gesicht von obszöner Respektabilität und mit schrägen Mongolenaugen. Sein Schädel war kahl und beulig.

«Es wäre besser, er gäbe acht», greinte Florry trübselig. «Ich weiß, wovon ich spreche. Der Junge ist nicht gerade der Kräftigste. Er darf sich nicht nächtelang so herumtreiben. Es fehlte nicht viel, daß er . . .»

Eugene wippte langsam auf den Zehen und starrte die Pensionsgäste mit einem steten Haß an. Plötzlich fauchte er wie ein wildes Tier und rannte von der Terrasse, sprachlos, taumelnd vor wahnwitzigem, ersticktem Zorn.

Die sogenannte Miss Brown saß derweilen steif und geziert am Ende der Terrasse, ein wenig abseits von den anderen. Aus dem Wintergarten erschien die hohe, elegante Gestalt von Miss Irene Mallard, achtundzwanzig Jahre alt, aus Tampa, Florida. Sie erwischte Eugene, als er auf der untersten Treppenstufe war, packte ihn am Arm, drehte ihn schnell um und hielt ihn leicht mit ihren langen, kühlen Fingern fest.

«Wo wollen Sie denn hin, Gene?» sagte sie leise. Ihre veilchenfarbenen Augen waren ein wenig müde. Sie duftete nach einem erlesenen Rosenparfum.

«Lassen Sie mich in Ruhe!» murmelte er.

«Sie dürfen so nicht weitermachen», mahnte sie leise. «Sie ist es nicht wert. Kein Mensch wäre es wert. Reißen Sie sich doch zusammen!»

«Lassen Sie mich in Ruhe!» knurrte er wütend. «Ich weiß, was ich tu.» Er riß sich heftig los, stürzte in den dunklen Garten davon, rannte hinters Haus.

«Ben!» rief Irene Mallard scharf.

Ben stand auf; er hatte mit Mrs. Pert auf der dunklen Schwingschaukel gesessen.

«Sehen Sie, daß Sie ihn aufhalten!» sagte Irene Mallard.

«Er ist verrückt», murmelte Ben. «Wo ist er hingegangen?»

«Hierherum, hinters Haus. Machen Sie schnell.»

Ben sprang die niedrigen Stufen hinunter und eilte über den Rasen. Dieser hatte ein starkes Gefälle; die Rückwand von Dixieland hing über dem Abhang; sie war hochgepfropft. Als Stützen diente ein Dutzend verrottender, weißgetünchter, etwa drei Meter hoher Backsteinsäulen. An einem dieser Pfosten, dessen Gemäuer schon bröckelte, hockte die Vogelscheuche und schlug mit den stockdürren Armen gegen den Tempel.

«Verruchtes, verrottetes Haus! Ich werde dich töten! Einreißen werde ich dich!» keuchte er. «Ein Wrack wirst du sein, gemeines Haus, und die Huren und Pensionsgäste wird du unter deinen Trümmern begraben!»

Er rannte mit der Schulter gegen den Pfosten; Bauschutt regnete herunter.

«Verrecken sollen sie in deinen Trümmern, Haus!» tobte er.

«Du Idiot! Was machst du!?» schrie Ben und sprang ihn an. Er packte ihn von hinten bei den Armen und zog ihn fort. «Bildest du dir ein, daß sie zurückkommt, wenn du das Haus da in Trümmer schmeißt? Gibt's keine andern Frauen auf der Welt, daß du dich von ihr so fertigmachen läßt?»

«Laß mich los!» tobte Eugene. «Was geht es dich an?»

«Glaub doch nicht, daß ich mich drum schere», sagte Ben wild. «Du tust niemandem weh, außer dir selber. Glaubst du, es macht den Pensionsgästen was aus, wenn es dir gelingt, dir selbst das Haus überm Kopf einzureißen?» Er schüttelte den Jungen. «Nein. Nein. Weißt du, mir ist es gleich, was du machst. Bilde dir doch nicht ein, daß ein Mensch auf der Welt danach fragt, ob du dich umbringst oder nicht. Ich möchte der Familie lediglich den Ärger und die Beerdigungskosten ersparen, weiter nichts.»

Eugene schrie, versuchte sich loszureißen. Aber der ältere Bruder hielt ihn so verzweifelt fest wie der Alte Mann des Meeres. Da hob Eugene ihn hoch und schleuderte ihn mit ungeheurer Anstrengung gegen die weiße Ziegelwand des Kellers. Ben ließ ihn los und fiel zusammen. Er begann, trocken und krampfhaft zu husten, die Hand auf den mageren Brustkasten gepreßt.

«Sei doch kein Narr!» keuchte er.

«Hab ich dir weh getan?» fragte Eugene dumpf.

«Nein, geh ins Haus und wasch dich. Und ein- oder zweimal die Woche könntest du dir die Haare kämmen, verstehst du? Du kannst nicht wie ein Wilder rumlaufen. Und iß dich mal wieder richtig satt. Hast du Geld?»

«Ja, ich habe genug.»

«Bist du wieder in Ordnung?»

«Ja –– sprich nicht davon, bitte.»

«Du Dummkopf, ich habe nicht die geringste Lust, davon zu sprechen. Ich möchte nur, daß du ein bißchen Vernunft annimmst», erklärte Ben. Er richtete sich wieder auf, wischte seinen von der getünchten Wand weiß gewordenen Rock ab. Er schwieg eine Weile. Dann sagte er ganz ruhig: «Zur Hölle mit der ganzen Bande, Eugene! Zum Teufel mit ihnen! Laß dich von denen nicht unterkriegen! Nimm, was das Leben dir bietet, und scher dich einen Dreck um den ganzen Betrieb! Niemand und nichts schert sich um dich. Zur Hölle damit, zur Hölle! Es gibt schlimme Tage. Es gibt gute Tage. Du wirst vergessen. Es gibt viele Tage. Vergiß es.»

«Ja», sagte Eugene trübselig. «Vergiß es. Es ist wieder gut. Ich bin zu müde. Wenn man müde ist, ist einem alles egal. Ich bin einfach zu müde dazu, es wird mir nie wieder was ausmachen. Ich bin zu müde. Die Männer in Frankreich werden müde, und dann ist ihnen alles egal. Wenn mir nun einer einen Revolver vor die Brust hielte, wäre mir's auch gleich. Ich würde nicht mal erschrecken. Ich bin einfach zu müde.» Er begann zu lachen, erlöst, mit einem gewissen, fast köstlichen Gefühl der Erleichterung. «Von nun an ist mir alles egal. Ich habe immer vor allen möglichen Dingen auf der Welt Angst gehabt, aber wenn ich es dann müde wurde, war mir alles egal. Und so werde ich über alles hinwegkommen: Ich werde es müde sein.»

Ben zündete sich eine Zigarette an.

«Das klingt schon besser», sagte er. «Sehen wir, daß wir was zu futtern kriegen!» Er lächelte dünn. «Komm mit, Samson!»

Sie gingen langsam um das Haus.

Er wusch sich und aß tüchtig. Die Pensionsgäste hatten gespeist und gingen fort: ein paar zum Kurkonzert auf dem Square, ein paar ins Kino, andere wieder auf einen Bummel durch die Stadt. Eugene ging nach dem Essen heraus auf die Terrasse. Sie war dunkel, fast leer. Auf der Seitenschaukel saß Mrs. Selborne mit einem reichen Holzhändler aus Tennessee. Ihr leises, üppiges Lachen quoll weich aus dem Faß der Nacht empor. «Miss Brown» schaukelte allein und hochanständig vor sich hin. Sie war eine untersetzte, sehr unauffällig angezogene Person von neununddreißig Jahren, von jener leicht komischen Geziertheit, jener allzu bedachten Vornehmheit, mit der Prostituierte inkognito auftreten. Sie benahm sich ungemein kultiviert. Sie war eine wirkliche Dame und würde sogar soweit gehen, dieses laut von sich zu behaupten.

«Miss Brown» wohnte, so gab sie an, in Indianapolis. Sie war nicht häßlich: Ihr Gesicht war einfach völlig durchtränkt von jenem unerbittlichen Stumpfsinn, der die Leute aus den Mittelweststaaten auszeichnet. Trotz ihres breiten, schmallippigen, unzüchtigen Mundes wirkte ihr Gesicht spießig. Sie hatte ziemlich viel Haar von einem unauffälligen Braun, eine glatte, rötliche Haut, verhältnismäßig kleine braune Augen.

«Ach was!» sagte Eliza von ihr, «wenn ihr Name Miss Brown ist, dann will ich Mrs. Smith heißen.»

Es hatte geregnet. Die Nacht war kühl und schwarz. Die Blumenbeete vor dem Haus waren feucht, es roch stark nach Geranien und nassen Stiefmütterchen. Er zündete sich eine Zigarette an. «Miss Brown» schaukelte.

«Es hat sich abgekühlt», sagte sie. «Das bißchen Regen hat gutgetan, nicht wahr?»

«Ja», sagte er. «Es war widerlich heiß. Ich hasse so 'ne Hitze.»

«Ich auch», sagte sie. «Deswegen verreise ich jeden Sommer. Und nun erwischt es mich doch noch hier. Ihr hier in den Bergen wißt ja eigentlich gar nicht, was richtige Hitze ist.»

«Sie sind aus Milwaukee, nicht wahr?»

«Indianapolis.»

«Ich wußte, es war dort in der Gegend. Ist es 'ne große Stadt?»

«Ja, man könnte ganz Altamont dort in 'ne Ecke stellen, und es würde verschwinden.»

«Wie groß?» fragte er neugierig. «Ich meine: wieviel Einwohner?»

«Genau weiß ich's nicht. Über dreihunderttausend, die Vorstädte einbegriffen.»

Er dachte befriedigt und sehnsüchtig nach.

«Ist es hübsch dort? Ich meine: nette Häuser und schöne öffentliche Bauten?»

«Ja», sagte sie nachdenklich, «das würde ich schon behaupten. Es ist nett und gemütlich dort.»

«Und wie sind die Leute? Was tun sie? Viele Reiche, was?»

«Ja, schon. Reiche Leute gibt's massenhaft. Viel Großhandel und Fabriken, wissen Sie.»

«Und die Reichen wohnen wohl in großen Häusern und fahren in großen Autos herum, oder?» wollte er wissen. Und ohne ihre Antwort abzuwarten, sagte er: «Und sicher essen sie gut, was?»

Sie lachte überrascht, etwas verwirrt: «Ja, doch. Besonders viel deutsche Küche. Machen Sie sich was aus deutscher Küche?»

«Bier!» murmelte er naschhaft. «Wird dort noch Bier gebraut?»

«Ja.» Sie lachte. Etwas Wollüstiges klang in ihrer Stimme mit. «Sie scheinen mir ein ganz Durchtriebener zu sein, Eugene.»

«Und die Theater und Bibliotheken? Da gibt's wohl allerhand zu sehn, was?»

«Ja. All die großen Schlager aus New York und Chicago kommen nach Indianapolis.»

«Und sicher haben Sie 'ne Riesenbibliothek dort?»

«Ja, eine nette Bibliothek.»

«Wieviel Bände?»

«Ach, das kann ich nicht sagen. Aber die Bibliothek ist ein schöner, stattlicher Bau.»

«Über hunderttausend Bände sicher. Vielleicht 'ne halbe Million.» Er wartete auf keine Antwort, er redete mit sich selbst. «Nein, das wäre wohl zuviel. Wieviel Bücher kann man auf einmal ausleihen?»

Der große Schatten seines Hungers überfiel sie; er kam aus sich heraus, fraß sie auf mit Fragen.

«Wie sind denn die Mädchen? Blond oder brünett?»

«Na, wir haben Blonde und Braune; die Dunklen überwiegen, scheint mir.» Durch die Dunkelheit hindurch sah sie ihn an, grinste.

«Hübsch, was?»

«Na, das kann ich nicht beurteilen, da müssen Sie Ihre eigenen Schlüsse ziehn. Sie wissen ja, ich gehöre dazu.» Sie sah ihn mit zimperlicher Lüsternheit an, stellte sich ihm zur Besichtigung dar. Dann sagte sie neckisch-vorwurfsvoll lachend: «Sie scheinen mir ein ganz Durchtriebener zu sein, Eugene!»

Fieberhaft zündete er sich eine neue Zigarette an.

«Ich würde alles um 'ne Zigarette geben», murmelte «Miss Brown». «Glauben Sie, ich könnte hier eine rauchen?» Sie sah sich um.

«Warum nicht?» sagte er ungeduldig. «Kein Mensch sieht Sie. Es ist stockfinster. Und außerdem, was macht es denn aus?»

Die Erregung spielte in kleinen elektrischen Schauern über sein Rückgrat.

«Ja, ich werd's wagen», flüsterte sie. «Haben Sie 'ne Zigarette?»

Er gab ihr seine Schachtel. Sie stand auf, um aus seinen hohlen Händen Feuer zu nehmen. Sie lehnte ihren schweren Körper gegen seinen, verzog das Gesicht und schloß die Augen, als sie die Zigarette an die Flamme brachte. Sie hielt seine Hände, in denen das Streichholz zitterte, noch ein wenig länger fest, als nötig war.

«Wie wär's, wenn Ihre Mutter uns nun ertappte?» sagte «Miss Brown» mit einem schlauen Lächeln.

«Sie wird uns nicht sehn. Und außerdem», bemerkte er großherzig, «warum sollten denn Frauen nicht rauchen? Ganz so wie Männer. Es ist doch nichts dabei.»

«Ja», sagte «Miss Brown». «Man sollte nicht engherzig denken in solchen Dingen.»

Er aber grinste im Dunkeln, weil die Person sich mit der Zigarette zu erkennen gegeben hatte. In der Provinz galt dieses als untrügliches Zeichen für Liederlichkeit.

Dann, als er sie, wieder auf dem Geländer sitzend, mit den Händen abtastete, gab sie sich ganz passiv seiner Umarmung hin.

«Eugene, aber Eugene», sagte sie leise, scherzhaft-vorwurfsvoll.

«Welches ist Ihr Zimmer?» fragte er.

Sie sagte es ihm.

Später dann erschien Eliza bei einer ihrer schnellen Razzien plötzlich und lautlos auf der Terrasse.

«Wer ist da? Wer ist da?» fragte sie und spähte argwöhnisch in die Finsternis. «Eugene? Ist Eugene da? Hat irgend jemand Eugene gesehn?»

Sie wußte sehr wohl, daß er da saß.

«Ja, ich bin hier», sagte er. «Was ist?»

«Ach so, wer ist denn da bei dir, he?»

«Miss Brown ist bei mir.»

«Miss Brown» sagte: «Kommen Sie doch, Mrs. Gant, und setzen Sie sich ein bißchen zu uns! Sie müssen müde und erhitzt sein.»

«Ach so!» sagte Eliza verlegen, «Sie sind's, Miss Brown. Ich hätte Sie so im Dunkeln nicht erkannt.»

Sie knipste das trübe Terrassenlicht an.

«Es ist ja stockfinster hier draußen. Jemand könnte auf den Terrassenstufen fallen und sich das Bein brechen.» Sie wurde gesprächig. «Ich will Ihnen was sagen, man atmet auf an der frischen Luft. Ich würd gern alles stehen- und liegenlassen und mein Leben ein bißchen genießen.»

Sie setzte ihr liebenswertes Selbstgespräch eine halbe Stunde lang fort, ohne auch nur einen Augenblick ihre forschenden Augen von den beiden halbdunklen Gestalten wegzuheben. Dann zog sie sich linkisch und zögernd wieder ins Haus zurück.

«Junge!» sagte sie besorgt beim Weggehn. «Es ist spät. Du solltest schlafen. Wir sollten alle längst im Bett stecken.»

«Miss Brown» pflichtete ihr verbindlichst bei und erhob sich:

«Ja, ich bin auch müde. Ich geh schlafen. Gute Nacht!»

Eugene saß still auf dem Geländer, rauchte und horchte. Das Haus ging schlafen. Er ging in die Küche und fand Eliza, die sich gerade in ihre kleine Zelle zurückziehen wollte.

«Junge!» sagte sie leise, nachdem sie mehrere Male vorwurfsvoll den Kopf geschüttelt hatte, «ich will dir was sagen. Das gefällt mir nicht. Es gehört sich nicht, daß du nachts allein mit dieser Frau auf der Terrasse sitzt. Sie ist alt genug, um deine Mutter zu sein.»

«Sie ist dein Gast, nicht meiner», sagte er störrisch. «Ich hab sie nicht ins Haus gebracht.»

Eliza war verletzt. «Eines ist sicher, das wirst du bemerkt haben: Ich verkehre nicht mit den Leuten. Ich trage meinen Kopf so hoch wie irgend jemand.» Sie lächelte verbittert.

«Na ja, gute Nacht, Mama», sagte er beschämt und betroffen. «Laß uns die Pensionsgäste für ein Weilchen vergessen. Was macht es schon viel aus?»

«Sei brav, Junge», mahnte Eliza scheu. «Ich möchte, daß du brav bleibst, Junge.» Etwas wie Schuldbewußtsein, Bedauern und Reue lag in ihrer Stimme.

«Mach dir keine Gedanken!» sagte er und wandte sich jäh ab; wieder schmerzlich berührt von der wahrhaft kindlichen Unschuld, der anständigen Festigkeit, die ihrem Leben zugrunde lag. «Es ist nicht dein Fehler, wenn ich es nicht bin. Ich werde dir keine Vorwürfe machen. Gut Nacht!»

Das Licht in der Küche ging aus. Er hörte, wie die Tür von Elizas Kammer leise ins Schloß schnappte. Ein kühler Luftzug wehte durch das dunkle Haus. Langsam, pochenden Herzens, stieg er die Treppe hinauf.

Aber auf der dunklen Treppe, wo der dicke Läufer den Laut seiner Tritte erstickte, prallte er unversehens auf einen Frauenkörper. An dem Magnoliengeruch erkannte er, daß es Mrs. Selborne war. Sie hielten einander einen Augenblick bei den Armen, mit angehaltenem Atem, hatten sich gegenseitig erwischt. Sie beugte sich vor; ein paar lose Strähnen ihres blonden Haars streiften sein Gesicht, hinterließen Flammenspuren.

«Pst!» wisperte sie.

So standen sie da, Brust an Brust, das einzige Mal, daß sie einander berührten. Und dann, jeder in seinem dunklen Wissen um das Leben des anderen bestätigt, trennten sie sich, schweigende Teilhaber, um sich fortan mit ruhigen Augen, die nichts verrieten, vor der Welt zu begegnen.

Er tastete vorsichtig den dunklen Gang entlang, bis er an die Zimmertür von «Miss Brown» kam. Die Tür war angelehnt. Er ging hinein.

Sie nahm alle die Medaillen, die er in Leonards Schule gewonnen hatte: die eine im Diskussionswettbewerb, die andere für Reden und die bronzene für William Shakespeare. W. S. 1616-1916. Für einen Dukaten ward's getan.

Er hatte kein Geld, um es ihr zu geben. Sie verlangte nicht viel. Jedesmal eine Silbermünze oder zwei. Es wäre ihr, so erklärte sie, nicht um das Geld zu tun. Es wäre wegen des Prinzips. Er erkannte ihren Standpunkt als richtig an.

«Wenn ich Geld wollte, würde ich mich nicht mit dir abgeben. Ich kriege täglich Anträge. Der reiche alte Tyson stellt mir nach, seit ich hier bin. Er bot mir zehn Dollar, wenn ich mit ihm ins Auto ginge. Dein Geld brauch ich wahrhaftig nicht. Aber du mußt mir etwas geben dafür, es ist mir gleich, wie wenig es ist. Ich käme mir sonst unanständig vor. Ich bin keine von diesen kleinen Edelnutten, wie sie hier zu Dutzenden herumlaufen, für so was hab ich zuviel Selbstachtung.»

So gab er, statt Geldes, die Medaillen zum Pfand.

«Wenn du sie nicht einlöst», sagte «Miss Brown», «werde ich sie meinem Sohn geben, wenn ich nach Hause komme.»

«Hast du 'nen Sohn?»

«Ja. Er ist achtzehn. Beinah so groß wie du und doppelt so breit. Die Mädchen sind wie verrückt hinter ihm her.»

Er wandte den Kopf scharf weg und erblaßte. Es war ihm übel vor Entsetzen. Ihm war, als hätte er sich blutschänderisch besudelt.

«Jetzt ist's aber genug!» sagte «Miss Brown» streng. «Geh auf dein Zimmer und schlaf dich aus!»

Aber anders als jene erste in der Tabakstadt nannte sie ihn nie «Son».

«Arme Butterfly, es brach ihr das Herz, oh
Arme Butterfly, denn sie liebte ihn so-o-o . . .»

Miss Irene Mallard wechselte die Nadel an dem kleinen Grammophon und legte die andere Seite der abgespielten Schallplatte auf. Als die gravitätische, nachdrücklich-rhythmische Melodie von *Katinka* erklang, stand sie da: aufrecht, lächelnd, schlank und schön. Die langen, lieblichen Hände wie Flügel erhoben, wartete sie auf seine Umarmung. Sie lehrte ihn tanzen. Laura James hatte wundervoll getanzt; es hatte ihn wahnsinnig gemacht, sie beim Tanzen in den Armen eines jungen Mannes zu sehen. Und nun bewegte er sich steif und ungeschickt, zählte eins, zwei, drei, vier, schwankte schwerfällig auf dem linken Fuß.

Irene Mallard schwebte fast körperlos wie eine Rauchsäule unter dem Druck seines unbeholfen steuernden Arms. Gewichtlos wie ein Vogel war ihre Linke auf seine knochige rechte Schulter gesetzt; die kühlen Finger ihrer Rechten lagen auf dem heißen Handteller seiner Linken, die auf und ab ging, als sägte er die Luft.

Sie hatte dichtes, eichenholzfarbenes Haar, in der Mitte gescheitelt. Ihre Haut war perlenblaß und von durchsichtiger Feinheit. Ihr Kinn war lang, voll und sinnlich – sie war ein reiner präraffaelitischer Typ. Sie hielt sich wunderbar aufrecht, war sehr graziös; aber in ihrem ganzen Wesen war etwas Sinnlich-Zerbrechliches und

Müdes. Ihre schönen Augen hatten die Farbe von Veilchen; sie waren ein wenig traurig und voll von langsamer Verwunderung und Zärtlichkeit. Sie war wie eine Luini-Madonna, himmlisch und irdisch, heilig und verführerisch zugleich. Er hielt sie in ehrfurchtsvoller Vorsicht umfangen, wie einer, der nicht zu nahe zu kommen wagt aus Angst, ein geweihtes Bild zu zerbrechen. Ihr köstliches, feines Parfum flüsterte ihm etwas Verstohlenes, etwas von heidnischer Heiligkeit zu. Er hatte Angst, sie zu berühren, und seine heiße, nervöse Hand schwitzte ihre kühlen Finger feucht.

Manchmal hustete sie leise, lächelte, hielt ein zerknülltes, kleines, blaugerändertes Taschentuch an den Mund.

Sie war nicht wegen ihrer eigenen Gesundheit ins Gebirge gekommen, sondern wegen ihrer Mutter, die an Asthma litt und herzkrank war. Die Mutter war fünfundsechzig; sie trug verschossene, altmodische Kleider und machte die ewig trübselige Miene alter Leute, die ständig krank sind. Sie waren aus Florida. Irene Mallard war eine tüchtige Geschäftsfrau; sie bekleidete den Oberbuchhalterposten in einer Altamonter Bank. Jeden Abend rief der Bankpräsident Randolph Gudger bei ihr an.

Irene Mallard legte die Hand auf die Schallmuschel des Telefonhörers, lächelte Eugene ironisch zu und verdrehte die Augen. Manchmal fuhr Randolph Gudger in seinem Auto vor, um sie zu einem Ausflug einzuladen. Eugene zog sich mürrisch zurück, bis der reiche Mann wieder abgezogen war. Der Bankier sah ihm mit bitteren Blicken nach.

«Er macht mir dauernd Heiratsanträge», sagte Irene Mallard. «Was soll ich tun?»

«Er ist alt genug, um dein Opa zu sein», sagte Eugene. «Hat 'ne Glatze, falsche Zähne und wer weiß, was sonst alles nicht stimmt», setzte er übellaunig hinzu.

«Aber er ist reich, Eugene», sagte Irene Mallard. «Das muß auch in Betracht gezogen werden.»

«Los, dann los! Vorwärts, geheiratet! Heirate ihn und verkauf dich!» rief er wütend. Und mit dramatischem Pathos sagte er: «Dieser Greis!»

Randolph Gudger war fast fünfundvierzig Jahre alt.

Und so tanzten sie im Wintergarten, im grauen Zwielicht, das schmerzlich schön war wie das verlorene Licht unter der See, in dem sein Ich schwamm, ein Meereswesen, verloren und der Verbannung eingedenk. Und im Tanz gab sie, die er nicht zu berühren wagte, sich ihm körperlich hin, flüsterte ihm leise ins Ohr, preßte die schlanken Finger um seine heiße Hand. Ja, sie, die er nicht anrühren wollte, lag wie eine Garbe in seinem gewinkelten Arm, in tausendfach wandelbaren Formen des Trosts und Entzückens schön: Heilmittel und Gnadenzeichen der Welt, Zuflucht vor dem einen verlorenen Gesicht unter allen Gesichtern, Linderung für jene Wunde, die Laura hieß. Der große Maskenzug von Stolz und Schmerz und Tod zog schrecklich vor seinen Augen vorbei durch die Dämmerung und berührte seinen Kummer mit einer einsamen Freude. Er hatte verloren, aber die ganze Pilgerfahrt über die Erde war ein Verlust; ein Augenblick des Zusammenhängens, ein Augenblick der Trennung, das Winken von tausend phantomischen Schatten und der hohe, leidenschaftslose Kummer der Sterne.

Es war dunkel. Irene Mallard nahm ihn bei der Hand und führte ihn nebenan auf die Terrasse.

«Setz dich einen Augenblick hierher zu mir, Gene; ich möchte mit dir sprechen.» Ihre Stimme klang leise und ernst. Gehorsam nahm er neben ihr auf der Sitzschaukel Platz; er ahnte, wovon sie reden würde.

«Ich hab dich in den letzten Tagen beobachtet, Eugene», sagte Irene Mallard. «Ich weiß, was los ist.»

«Wovon redest du?» fragte er heiser. Sein Puls schlug heftig.

«Das weißt du ganz genau», sagte Irene Mallard streng. «Nun hör mal, Eugene. Du bist ein viel zu feiner Kerl, um dich an so ein Frauenzimmer zu hängen. Jeder Mensch sieht doch, zu was für einer Sorte sie zählt. Meine Mutter hat auch mit mir darüber geredet. So eine Person kann einen Jungen wie dich ruinieren. Du mußt aufhören damit.»

«Wie hast du es erfahren?» murmelte er. Er war verschüchtert und beschämt. Sie nahm seine zitternde Hand und hielt sie mit ihren kühlen Fingern, bis er ruhiger wurde. Aber er rückte nicht näher zu ihr; bestürzt verharrte er vor ihrer Schönheit. Ganz wie Laura James schien sie ihm zu erhaben für seine Leidenschaft, er fürchtete sich vor ihrem Fleisch; aber vor dem Fleisch von «Miss Brown» war ihm nicht im geringsten angst. Nun war er dieser Frau überdrüssig und wußte nicht, wie er sie bezahlen sollte; sie hatte alle seine Medaillen.

Durch den ganzen Spätsommer ging er mit Irene Mallard. Abends bummelten sie auf kühlen Straßen im Rauschen des angewelkten Laubs. Sie gingen zusammen auf das Hoteldach tanzen. Später kam «Pap» Rheinhart zu ihnen an den kleinen Tisch; er war scheu und gütig und linkisch und roch nach seinem Reitpferd. Sie saßen und tranken. «Pap» war in den letzten Jahren, nachdem er Leonards Schule verlassen hatte, auf eine Militärakademie gegangen und hatte sich bemüht, seinem komisch verrenkten Hals eine gerade Haltung beizubringen. Aber er blieb immer derselbe: ein drolligtrockner, gutmütiger Spötter. Eugene blickte in das gute, scheue Gesicht und dachte an die verlorenen Jahre, an die verlorenen Gesichter. Und ein Kummer befiel sein Herz um all das, was nicht wiederkommen würde.

Der August endete. Der September kam. Die Luft war voll von schwirrenden Zugvögelschwingen, die Welt voll von Abschied. Die Trommel schlug zum Streite, und junge Männer zogen ins Feld. Ben war abermals bei der Musterung zurückgewiesen worden. Nun wollte er herumziehen und sich in anderen Städten Arbeit suchen. Luke hatte seine Anstellung in einer Munitionsfabrik in Dayton, Ohio, aufgegeben und war in die Marine eingetreten. Er erschien zu einem kurzen Heimaturlaub, ehe er zum Ausbildungskurs nach Newport in Rhode Island ging. Die Straßen brüllten vor Lachen, wenn er mit seinem vulgären Schritt angesegelt kam, in flappenden Hosen, mit grinsendem Gesicht, die dicken widerspenstigen Locken unter der Matrosenmütze hervorquellend: ganz der «Blaue Junge», wie er im Witzblatt steht.

«Luke!» schrie Mr. Fawcett, der Landauktionär, und zog ihn am Ärmel von der Straße in Woods Drugstore. «Bei Gott, Son, du hast dein Bestes getan! Ich geb dir einen aus. Was möchtest du?»

«Eine Cola», sagte Luke. «Ihr Wohl, Colonel!» Er hob das frostbeschlagene Glas mit einer heftig zitternden Hand und setzte sich vor dem grinsenden Tresen in Positur. «V-v-vor v-v-vierzig Jahren», sagte er heiser, «würde ich dieses Ansinnen abgelehnt haben, aber nun, bei Go-go-gott!, ka-ka-kann ich's nicht.»

Die Krankheit hatte Gant mit verstärkter Heftigkeit angefallen. Sein Gesicht war hager und gelb. Er tatterte vor Schwäche. Es war beschlossen, daß er wieder nach Baltimore müsse. Helen sollte ihn begleiten.

«Hör mal, Mr. Gant», versuchte Eliza ihn zu überreden, «warum gibst du nicht deinen Betrieb auf, um dich für den Rest deiner Tage zur Ruhe zu setzen? Du bist nicht mehr gesund genug, um dich um dein Geschäft kümmern zu können. Ich an deiner Stelle würde in Ruhestand gehen. Das Geschäftshaus könnten wir jederzeit für zwanzigtausend Dollar verkaufen. Wenn ich soviel Kapital in der Hand hätte, dann würde ich den Leuten was zeigen.» Sie nickte forsch, zwinkerte schlau. «Ja, ja, das Kapital könnte man zwei- oder dreimal in den nächsten zwei Jahren umsetzen. Heutzutage muß man im Handel schnell sein, um am Ball zu bleiben. So kommt man zu was.»

«Barmherziger Heiland!» stöhnte er. «Die Werkstatt ist meine letzte Zuflucht auf Erden! Weib! Hast du denn gar keine Spur von Mitgefühl? Ich flehe dich an: Laß mich in Ruhe sterben, es dauert ja nicht mehr lange. Nachher kannst du mit dem Zeug machen, was du willst. Aber laß mir ein bißchen Frieden. In Jesu Namen, ich bitte dich drum.» Er schnüffelte, als wolle er weinen.

«Ach was», sagte Eliza, vermutlich in der Hoffnung, ihn aufzumuntern. «Dir fehlt ja kaum was. Gut die Hälfte ist nichts wie Einbildung.»

Er stöhnte, wandte sich ab.

Der Sommer starb auf den Bergen. Ein Hauch von Rostrot, kaum merklich, lag auf dem Laub. Die nächtlichen Straßen waren voll von traurigem Gelispel. Die ganze Nacht hindurch, schlafsüchtig auf seiner Altane, lauschte Eugene auf die seltsamen Herbstlaute.

Und all die Menschen, die das helle, heiter drängende Sommerleben in die Stadt gebracht hatte, waren merkwürdigerweise wie über Nacht verschollen. Die Fremden waren in den weiten Süden heimgekehrt. Die ganze Nation war vom feierlichen Ernst und der Spannung des Kriegs erfüllt. Eugene hatte das Gefühl, in einem grimmig-grauen Zwielicht zu leben. Ihm war, als sei die Freude gestorben, und er spürte, wie tastend der Glaube an Wunder und Ruhm in ihm erwachte. Das Land erholte sich aus dem ziellosen, unordentlichen Taumel der ersten Kriegsmonate und fing an, die große Maschinerie des Krieges aufzubauen: – Maschinen, um Haß und Falschheit zu mahlen und durch Druck zu verbreiten – Maschinen, um die Ruhmsucht aufzupumpen – Maschinen, um jeden Widerstand zu knebeln und zu zerstampfen – Maschinen, um junge Männer regimentsweise zu drillen.

Aber etwas von echtem Wunder war über die Nation gekommen. Die Flammengarben und Leuchtraketen der Schlachtfelder warfen ihren Widerschein über die weiten Ebenen. Junge Männer aus Kansas sollten in der Pikardie fallen. Irgendwo, noch Erz in fremder Erde, lag das Eisen, das sie erschlagen sollte. Das Bewußtsein der unbekannten Mächte Schicksal und Tod war plötzlich auf Gesichtern zu lesen, auf denen sonst nichts Besonderes zu lesen stand . . . und die Vereinigung des Fremdartigen mit dem Alltäglichen ist es ja, die das Wunder bewirkt.

Luke war zu seinem Ausbildungskurs nach Newport gefahren. Ben begleitete Helen und Gant nach Baltimore. Gant hatte sich, ehe er sich im Krankenhaus zur Radiumbehandlung einstellte, noch einmal tüchtig der Sauferei ergeben. Eilig mußten sie von einem Hotel zum anderen ziehen. Schließlich lag der Alte erschöpft auf seinem Bett, stöhnte und verpuffte in gotteslästerlichen Flüchen die Kraft, die er viel lieber aufgespart hätte, um Dutzende frischer Austern mit Bier und Whisky durcheinander herunterzuspülen. Sie tranken alle ziemlich viel, Gants Exzesse jedoch waren derart, daß Ben sich stirnrunzelnd und fluchend davor ekelte und Helen darüber in rasenden Zorn versetzt wurde.

«Verdammter Alter!» schrie Helen, packte ihn bei den schlaffen Schultern und schüttelte ihn, der besoffen und nach Schnaps stinkend auf dem ungemachten Bett lag. «Ich könnte dich prügeln! Nicht du bist krank, sondern ich bin's, und du hast mich krank gemacht. Du wirst noch leben, wenn ich längst unterm Rasen liege, du selbstsüchtiger, alter Kerl! Es macht mich rasend, so was!»

«Aber Baby!» grölte er und fuchtelte mit den Armen in der Luft herum. «Gott soll dich schützen. Ohne dich könnte ich nicht leben!»

«Sag nicht Baby zu mir!» schrie sie.

Aber am nächsten Tag, als sie in das Krankenhaus fuhren, hielt sie seine Hand, hielt sie, als er sich zitternd umdrehte und in der Tür stehenblieb, nur ganz kurz, und schwermütig auf die Stadt herabschaute, die sich unter ihm erstreckte. «Hier bin ich ein Junge gewesen», murmelte er.

«Mach dir keine Gedanken», tröstete sie. «Es wird alles wieder gut. Du wirst wieder ganz wie ein Junge sein.»

Hand in Hand traten sie in die Wandelhalle, wo – flankiert von Tod und Schrecken, umhuscht von der geschäftigen Sachlichkeit der Krankenschwestern und den hundert eiligen Schatten der stillen Männer mit den grauen Gesichtern und den kleinen bohrenden Augen, die so sicher zwischen gebrochenen Leben einhergehen –, die Arme in einer Gebärde ungeheuren Mitleids ausgebreitet, viel größer als Gants größter Engel, ein Standbild des lieben Herrn Jesus steht.

Eugene besuchte die Leonards mehrere Male. Margaret sah dünn und krank aus, aber das große Licht schien deshalb nur um so heller zu brennen. Nie zuvor hatte ihn ihre ruhige, unerschöpfliche Geduld, die große Gesundheit ihres Geistes so beeindruckt. All seine Sünden, all seine Schmerzen, alle Trübsal und Seelenqual waren ausgetilgt vor der Strahlenkraft dieses Leuchtens. Das Durcheinander des Lebens, das Böse fielen von ihm ab wie ein schmutziger, zerschlissener Mantel; ihm war, als stünde er in neuen, nahtlosen Gewändern aus Licht.

Aber das, was ihn bedrückte, konnte er ihr nicht sagen, und so redete er ausgiebig über sein Studium und sonst sehr wenig. Er hätte gern gebeichtet, sich entlastet, sich befreit – aber er wußte im voraus, daß er nicht davon reden könne, daß sie ihn nicht verstehen würde. Sie war zu weise für alles außer dem Glauben. Einmal, ganz verzweifelt, wollte er ihr von Laura erzählen; er platzte linkisch heraus. Noch ehe er ein paar Worte gesagt hatte, fing sie an zu lachen und rief ihrem Gatten zu:

«Stell dir diesen Burschen mit einem Mädchen vor! Ach was, Junge, du hast ja keine Ahnung, was Liebe ist! Schlag dir das aus dem Sinn und denk in zehn Jahren mal wieder dran!»

Sie lachte zärtlich vor sich hin mit einem geistesabwesenden, von Tränen vernebelten Blick.

«Unser kleiner Gene mit einem Mädchen! Das arme Ding, man muß ja Mitleid mit ihm haben! Lieber Gott, Junge, damit hat es noch lange Zeit. Dank deinen Sternen dafür!»

Er neigte schnell den Kopf und schloß die Augen. O meine süße Heilige, dachte er, wie nah bist du mir gewesen, wenn je überhaupt ein Mensch mir nah war, wie habe ich mein Denken bloßgelegt, damit du mich sehen solltest, und wie gern hätte ich mein Herz bloßgelegt, wenn ich's gewagt hätte . . . und wie sehr bin ich allein, immer allein gewesen.

Abends ging er mit Irene Mallard spazieren. Die Stadt war trübselig und abschiedsöde; ein paar Leute trieben vorüber, wie von kurzen Windstößen vorwärts geschoben. Ihre feine Müdigkeit hielt ihn im Bann. Sie gab ihm Trost, und er rührte sie nie an. Aber er entlud sein Herz vor ihr, zitternd und leidenschaftlich. Sie saß neben ihm und streichelte seine Hand. Es schien ihm, als ob er sie nie gekannt hätte, bis er sich Jahre später an sie erinnerte.

Dixieland stand fast leer. Abends packte Eliza umständlich seinen Koffer. Befriedigt zählte sie die gebügelten Hemden und die gestopften Socken.

«Nun hast du genug gute, warme Sachen, Junge. Gib acht drauf!»

Sie tat Gants Scheck in seine innere Brusttasche und steckte ihn mit einer Sicherheitsnadel fest.

«Paß mir scharf auf das Geld auf, Junge. Man weiß nie, wer mit einem im Zug fährt.»

Er trödelte nervös zur Tür, vom Wunsch beseelt, sich in Luft auflösen zu können und um den Abschied herumzukommen.

«Mir scheint doch, du könntest wenigstens einen Abend zu Haus bei deiner Mutter verbringen», sagte sie streitsüchtig. Ihre Augen füllten sich mit Tränen, ihr Mund verzog sich zum bebenden Lächeln des Selbstmitleids. «Ich will dir was sagen, es ist doch alles sehr seltsam, findest du nicht? Du kannst keine fünf Minuten bei mir bleiben, ohne daß du mit der erstbesten Frau ausreißen möchtest. Es ist schon recht, schon recht! Ich beklage mich nicht. Mir scheint nur, daß Kochen und Nähen und Kofferzurechtmachen das einzige ist, wozu ich gut bin.» Sie brach geflissentlich in Tränen aus. «Sonst bin ich dir zu nichts gut! Ich hab dich den ganzen Sommer kaum zu sehen gekriegt.»

«Nein», sagte er bitter. «Du hattest zuviel zu tun, um nach deinen Pensionsgästen zu sehn. Glaub doch nicht, Mama, daß du mir nun in letzter Minute zusetzen kannst», rief er, der schon ganz weichgeklopft war. «Tränen sind billig! Ich war die ganze Zeit da, und du hattest nie Zeit für mich. Um Gottes willen, hör auf! Es steht ohnehin schlimm genug um uns. Mußt du dich denn jedesmal so aufspielen, wenn ich wegfahre? Willst du mich mit aller Gewalt traurig machen?»

Elizas Augen waren sofort trocken.

«Also, ich will dir was sagen», begann sie hoffnungsvoll. «Wenn ich ein paar Geschäfte abschließe und die Sache gutgeht, dann kann es sehr wohl sein, daß du mich in einem schönen großen Haus findest, wenn du nächstes Frühjahr wiederkommst. Das Grundstück ist schon ausgesucht; ich habe mir kürzlich erst die Sache wieder überlegt . . .» gestand sie mit verständnisinnigem Kopfnicken.

«Ach!» Er fauchte und riß an seinem Halskragen. «In Gottes Namen, ich bitte dich!»

Sie schwieg.

«Also, ich wünsche, daß du brav bist und fleißig studierst», sagte Eliza bedeutungsvoll und zog an ihrem Kinn. «Und gib auf dein

Geld acht! Gut und genug zu essen und warme Kleider, das brauchst du. Aber du darfst nicht verschwenderisch sein! Die Krankheit deines Vaters hat einen Haufen Geld gekostet. Und das Geld geht überhaupt an allen Ecken und Enden hinaus, und nichts geht ein. Niemand weiß, wo der nächste Dollar herkommt. Also du mußt sparsam sein.»

Sie schwieg, sie hatte ihr Sprüchlein aufgesagt. Sie war ihm so nah gekommen, wie sie konnte, und nun plötzlich stand sie sprachlos da, ausgeschlossen, ausgesperrt aus dem einsam-bitteren Geheimnis seines Lebens.

«Es ist schrecklich, daß du weggehst, mein Junge», sagte sie ganz still aus einer tiefen, unergründlichen Traurigkeit heraus.

In einer gequälten, halb vollendeten Gebärde reckte er die Arme.

«Und was macht es schon aus! O Gott! Was macht es aus!»

Elizas Augen standen voll Tränen. Es tat ihr wirklich weh. Sie griff nach seiner Hand und hielt sie.

«Versuch, glücklich zu sein, Junge!» weinte sie. «Versuch, ein bißchen glücklicher zu sein. Armes Kind! Armes Kind! Kein Mensch hat dich je gekannt. Eh du geboren wurdest . . .» Sie schüttelte den Kopf. Ihre Stimme war schmerzbeklommen, tränenerstickt. Dann räusperte sie sich und wiederholte leise: «Eh du geboren wurdest . . .»

32

Es war sein zweites Studienjahr. Als er nach Pulpit Hill zurückkehrte, hatte sich dort alles nüchtern auf den Krieg eingestellt. Die Universität war still und traurig; es waren weniger Studenten da, und sie waren jünger, denn die älteren waren fast alle eingezogen. Die Studenten lebten in einem Zustand wilder, jedoch unterdrückter Ruhelosigkeit. Sie scherten sich nicht um Kurse, Karriere, Erfolg. Das triumphale JETZT des Kriegs hatte sie erschüttert. Was für einen Sinn hatte das Morgen? Was für einen Sinn hatte es, auf das Morgen hinzuarbeiten? Vom erschütternden Donner der großen Kanonen waren alle feingesponnenen Lebenspläne zerrissen; das Ende aller Arbeit, die einem weitgesteckten Ziele galt, wurde mit wilder, mit heimlicher Freude begrüßt. Das Erziehungs- und Bildungsgeschäft wurde nur halbherzig betrieben, mit einem zerstreuten, geistesabwesenden Blick. Sie saßen in den Klassen, die Augen vage auf das Buch gerichtet, die Ohren aber scharf gespannt auf irgendeinen Alarm, der von draußen kommen könnte.

Eugene fing das Jahr sehr ernst an, als Zimmergenosse eines jungen Mannes, der Primus der High-School in Altamont gewesen war. Er hieß Bob Sterling. Er war neunzehn Jahre alt, der Sohn einer Witwe. Er war mittelgroß, immer nett und sauber angezogen; es war nichts Auffälliges an ihm. Aus diesem Grunde konnte er es sich leisten, gutmütig und ein wenig spießerhaft über alles Auffällige zu lachen. Er hatte einen tadellosen Verstand: hell, wach, beflissen und ohne eine Spur von Originalität oder Phantasie. Für alles gab es bei ihm eine festgesetzte Zeit. Ein Teil seiner Stunden war der Vorbereitung des Lehrstoffs gewidmet: Er ging jede Aufgabe dreimal durch und murmelte dabei schnell vor sich hin. Pünktlich jeden Montag schickte er seine Wäsche zum Waschen. Wenn er in lustige Gesellschaft geriet, lachte er herzhaft mit den anderen und war vergnügt; stets aber behielt er die Uhr im Auge. Er sah auf die Uhr, erklärte: «Na, das ist zwar alles recht schön, aber die Arbeit bleibt dabei ungetan», und ging.

Jedermann sagte, daß Bob Sterling eine glänzende Zukunft habe. Gutmütig-ernst ermahnte er Eugene wegen seiner schlechten Angewohnheiten. Er solle nicht seine Kleider überall herumliegen lassen. Er solle seine Hemden und seine Unterwäsche nicht zu einem schmutzigen Haufen anwachsen lassen. Er solle sich zu festgesetzten Stunden auf seine Kurse vorbereiten. Er solle mit einer regelmäßigen Zeiteinteilung leben.

Sie wohnten in einem Privatquartier am Rande des Campus, einem großen, hellen Zimmer, dessen Wände Bob Sterling mit Universitätswimpeln drapiert hatte.

Bob Sterling war herzleidend. Wenn er die Treppe hinaufgestiegen war, kam er nach Luft schnappend oben an. Eugene machte ihm die Tür auf. Bob Sterlings angenehmes, mit fahlen Sommersprossen gesprenkeltes Gesicht war dann totenbleich. Seine Lippen bebten und waren blau.

«Was ist los, Bob? Ist dir nicht gut?» fragte Eugene.

«Komm mal her!» sagte Bob Sterling grinsend. «Leg mal dein Ohr auf meine Brust!» Er nahm Eugenes Kopf und drückte ihn an sein Herz. Die große Pumpe ging langsam und unregelmäßig, mit einem zischenden Geräusch, als ob Luft entwiche.

«Um Gottes willen!» rief Eugene.

«Na, da hörst du's!» sagte Bob Sterling und fing an zu lachen. Er ging ins Zimmer und rieb sich munter die trockenen Hände.

Dann wurde er krank und konnte nicht ins Kolleg gehn. Er wurde in das Universitätskrankenhaus überführt, wo er ein paar Wochen lang lag, allem Anschein nach nicht sehr krank, aber ständig mit blauen Lippen, langsamem Puls und Untertemperatur. Dagegen ließ sich nichts tun.

Seine Mutter kam und nahm ihn mit nach Hause. Eugene schrieb ihm regelmäßig, zweimal in der Woche, und erhielt als Antwort kurze, fröhliche Botschaften. Dann starb er eines Tages.

Zwei Wochen später erschien die Witwe, um die Sachen ihres Jungen zu holen. Stillschweigend packte sie die Kleider ein, die nun niemand mehr tragen würde. Sie war eine stämmige Frau von vierzig Jahren. Eugene nahm die Universitätswimpel von den Wänden und faltete sie zusammen. Sie legte sie oben in den Handkoffer und schickte sich an wegzugehen.

«Da ist noch einer», sagte Eugene.

Sie brach plötzlich in Tränen aus und ergriff seine Hand.

«Er war so tapfer», sagte sie. «In den letzten Tagen . . . ich wollte nicht davon . . . Ihre Briefe haben ihn so glücklich gemacht.»

Nun ist sie allein, dachte Eugene.

Ich kann hier nicht bleiben, dachte er, wo er gewesen ist. Wir haben zusammen hier gewohnt. Ich würde ihn immer sehen, wie er oben auf dem Treppenabsatz stand, mit dieser zischenden Herzklappe und blauen Lippen. Oder ihn seine Aufgaben murmeln hören. Und nachts wäre das andere Bett leer. Ich werde fortan allein wohnen.

Aber er zog für den Rest des Semesters in eines der Wohnheime. Er hatte zwei Zimmergenossen. Der eine war ein junger Altamonter, L. K. Duncan, nicht bei seinem Vornamen Lawrence, sondern stets nach seinen Initialien «Elk» genannt. Der andere, Harold Gay, war der Sohn eines episkopalianischen Pastors. Beide waren älter als Eugene: Elk Duncan war vierundzwanzig, Harold Gay zweiundzwanzig. Es ist fraglich, ob je drei so ausgefallene Burschen zusammen in zwei so kleinen Zimmern gehaust haben, von denen sie eines als «Arbeitszimmer» benutzten.

Elk Duncan war der Sohn eines Altamonter Staatsanwalts, eines kleinen Politikers aus der demokratischen Partei, der im Distrikt eine große Rolle spielte. Elk Duncan war zwei Meter lang und unglaublich dünn und schmal. Er hatte bereits eine leichte Glatze über der hohen, vorgebauten Stirn und große, blasse Stielaugen. Von der Augenhöhe abwärts bis zum Kinn war sein Gesicht zurückfliehend. Seine Schultern waren ein wenig rund und sehr schmal, der Rest seines Körpers hatte die Symmetrie eines Bleistifts. Er zog sich stets sehr stutzerhaft an: knapp sitzende Anzüge aus blauem Flanell mit hohen Stehkragen, dicken Seidenkrawatten und bunten, seidenen Taschentüchern. Er studierte Jura, verbrachte jedoch einen guten Teil seiner Zeit damit, dem Studium sorgsam aus dem Wege zu gehen.

Jüngere Studenten, besonders die Erstsemester, versammelten sich nach den Mahlzeiten um ihn und bewunderten ihn mit halboffenen Mündern. Sie lebten von seinen Worten wie von Manna und verlangten hungrig nach mehr, je grotesker seine Geschichten wurden. Elk Duncans Lebenseinstellung glich sehr der eines Ausrufers vor einer Schaubude auf dem Jahrmarkt: schwatzhaft, gönnerhaft und zynisch.

Harold Gay war ein guter Kerl, vollkommen kindisch. Er trug eine Brille; sonst war nichts Helles in seinem trübgrauen, stumpfsinnigen Gesicht. Er war gutmütig und häßlich, hatte absolut nichts Bemerkenswertes an sich. Vier Fünftel aller Daseinsphänomene erschienen ihm von jeher so rätselhaft, daß er den Versuch, sie zu begreifen, längst aufgegeben hatte. Er verbarg sein scheues und bestürztes Wesen hinter einem wiehernden Lachen, das immer zur Unzeit und stets am falschen Ort erschallte, und einem absurden Grinsen, das eine geradezu verruchte Eingeweihtheit vortäuschen sollte. Seine Freundschaft mit Elk Duncan war eine der Sternstunden seines Daseins. Er suhlte sich in dem purpurblauen Glanz, in dem jener Held badete, rauchte Zigaretten mit den genäschigen Seitenblicken eines alten Lüstlings und fluchte laut und unsicher wie ein davongejagter Pastor.

«Harold, Harold!» mahnte Elk Duncan vorwurfsvoll, «wenn du es so weitertreibst, mein Junge, dann wirst du noch Kaugummi kauen und das Geld für die Kollekte im Kindergottesdienst fürs Kino vergeuden. Nimm doch Rücksicht auf uns! Der junge Eugene hier ist noch rein wie ein Plumpsklo, und ich habe stets in den besten Kreisen von Barkellnern und Edelnutten verkehrt. Weißt du, was dein Vater tun würde, wenn er dich so fluchen hörte? Der würd aus allen Wolken fallen. Er würde dir das Zigarettengeld kürzen, Son!»

«Ist mir scheißegal, Elk, und dir doch auch!» sagte Harold rauh und grinste. «Und wenn schon!» brüllte er, so laut er konnte. Und aus den Fenstern des ganzen Wohnheims erschallte lautes Geheul, beifälliges Lachen, ironische Aufmunterungen, wütende Rufe, «Hau bloß ab!» und «Hör auf damit!», was Harold Gay sehr gefiel.

Die verstreute Familie versammelte sich zu Weihnachten. Eine Ahnung von bevorstehenden Trennungen, von Verlust und Tod brachte sie zusammen. Der Chirurg in Baltimore hatte ihnen keine Hoffnungen gemacht. Was er gesagt hatte, klang wie ein Todesurteil.

«Wie lange hat er denn wohl noch zu leben?» hatte Helen gefragt.

Der Arzt zuckte die Achseln.

«Ich habe nicht die geringste Ahnung, meine Liebe. Ihr Vater ist ein Wunder. Wissen Sie, daß das ganze Krankenhaus ihn bestaunt? Sämtliche Chirurgen im Bau haben sich den Fall angesehen. Wie lange er es noch macht, kann niemand sagen. Es geht über meine Erfahrung. Als Ihr Vater nach der ersten Operation wegging, dachte ich, ihn nie wiederzusehen. Ich zweifelte daran, ob er den Winter überstehen könne. Und jetzt ist er wieder da. Und es kann sein, daß er noch öfters zurückkommen wird.»

«Glauben Sie, daß die Radiumbehandlung was nützt? Können Sie ihm überhaupt helfen?»

«Ich kann ihm Erleichterung verschaffen. Ich kann sogar das Fortschreiten der Krankheit eine Zeitlang aufhalten. Darüber hinaus vermag ich nichts. Aber seine Lebenskraft ist unglaublich. Er ist wie ein knarrendes Torgitter, das gerade noch an einer Angel hängt . . . aber immerhin: noch hängt.»

So hatte sie ihn heimgebracht. Der Schatten seines Todes hing über ihnen wie ein Damoklesschwert. Auf Panthertatzen schlich die Angst umher. Helen lebte in einem Dauerzustand unterdrückter Hysterie: Täglich einmal kam es zu Ausbrüchen, entweder in Elizas Küche in Dixieland oder in ihrem eigenen Heim. Hugh Barton hatte ein Haus gekauft; sie hatten sich eingerichtet.

«Du wirst keinen Frieden haben, solange du mit deiner Familie zusammensteckst. Sonst fehlt dir nichts», erklärte er.

Sie war andauernd krank, belagerte die Ärzte, holte sich Rat, ließ sich behandeln. Manchmal ging sie für ein paar Tage ins Krankenhaus. Ihr Leiden manifestierte sich auf vielerlei Weise: manchmal als rasende Ohrenschmerzen, manchmal als nervöse Erschöpfung, manchmal in hysterischen Anfällen, bei denen sie abwechselnd in Lach- und Weinkrämpfe verfiel. Ihr Zustand war zu einem Teil von Gants Siechtum beherrscht, zum anderen entsprang er ihrer krankhaft-gesteigerten Verzweiflung darüber, daß sie keine Kinder bekam. Zeitweise ergab sie sich dem heimlichen Trunk: Sie nippte, um sich aufzumuntern, betrank sich aber nie. Sie trank übles Zeug. Es kam ihr lediglich auf die alkoholische Wirkung an, und so genügten ihr Scheußlichkeiten, die unter Titeln wie *Tonikum, Extrakt, Essenz* und so weiter beim Apotheker zu haben sind. Fast bewußt hatte sie ihren Geschmack an den besseren alkoholischen

Getränken verdorben, um unter dem Deckmantel der «Arznei» jenen häßlichen, kriechenden Hunger ihres Körpers vor sich selbst zu verleugnen. Diese Selbsttäuschung war typisch für sie. Ihr Leben manifestierte sich in einer Reihe von Täuschungen, von Symbolen – ihren Abneigungen, ihrer Liebe, ihren Kümmernissen –, die nur dazu dienten, die wahren Ursachen zu verhüllen.

Wenn sie nicht tatsächlich bettlägerig war, hielt sie sich nie länger als ein paar Stunden von ihrem Vater fern. Sein Tod warf seinen Schatten voraus, sie alle schauderten vor Entsetzen. Das Drohende, Rätselhafte, Unverständliche, das über ihnen hing, nahm ihnen den Mut und die Haltung. Sie überantworteten sich jenem gemeinen und entwürdigenden Egoismus, der mit beiläufigen Allerweltsweisheiten über den Tod anderer hinwegsieht, aber im Tod am eigenen Fleisch und Blut einen Widerspruch gegen alle Naturgesetze zu erkennen glaubt. Es war schwer für sie, sich Gants Tod vorzustellen; viel eher hätten sie sich Gottes Tod vorstellen können, denn Gant war eine faßbarere Wirklichkeit als Gott, er erschien unsterblicher als Gott, er war Gott.

Das Zwielicht des Grauens, in das ihre Leben geglitten waren, entsetzte Eugene und machte ihn rasend. Wenn er Post von zu Haus gelesen hatte, tobte er und schlug mit den Fäusten an die harten Gipswände des Wohnheims, bis ihm die Knöchel bluteten. Sie haben ihm allen Mut genommen, dachte er. Sie haben einen winselnden Feigling aus ihm gemacht. Wenn ich mal sterbe, dann wird keine verdammte Familie um mich rumlungern und mich beschnüffeln und mir die Angst mit dem Atem ins Gesicht blasen! Schweinerei das! Dieses Herumhocken und Glotzen, bis einem Menschen die Luft ausgeht. Ihm mit herzhaftem Lächeln erzählen, wie gut er aussähe, und hinter seinem Rücken die besorgte Fratze schneiden! O schmutzige Unordnung des Todes! Können wir denn nie allein sein, allein leben, allein denken, in einem Haus für uns allein wohnen? Ha! Ich werde es schaffen. Allein, ganz allein, weit weg von allem, allein im herunterrauschenden Regen.

Er stürzte hinüber ins Arbeitszimmer. Elk Duncan saß unerleuchtet, von der ungewohnten Anstrengung blinzelnd über einem juristischen Werk, ein bunter Vogel, den das Gesetz, eine große

Schlange, in Hypnose hielt. «Sollen wir wie Ratten verrecken?» fragte Eugene. «In Erdlöchern ersticken, was?»

«Verdammt!» sagte Elk Duncan und verschanzte sich hinter dem dicken Kalbslederband. «Ja, so ist's recht! Bleib ruhig! Du bist Napoleon Bonaparte, und ich bin dein alter Spießgeselle Oliver Cromwell! Harold! Hilfe! Der Eugene hat seinen Wärter erschlagen und ist ausgebrochen!»

«He!» gellte Harold Gay und schleuderte ein dickes Buch zu Boden, gebannt von den großen Namen, die Elk beschworen hatte. «Eugene! Was weißt du in puncto Geschichte? Wer hat die Magna Charta unterzeichnet?»

«Sie wurde nicht unterzeichnet», erklärte Eugene. «Der König konnte nicht schreiben, und da haben sie sie vervielfältigt.»

«Stimmt!» brüllte Harold Gay. «Und wer war Ethelred der Unfertige?»

«Sohn Kynewulfs des Albernen, aus seiner Ehe mit Undine der Ungewaschnen», sagte Eugene.

«Und seitens seines Onkels Jasper war er mit Paul dem Syphilitischen und Genoveva der Knausrigen verwandt», ergänzte Elk Duncan.

«Durch eine päpstliche Bulle vom Jahre 903 wurde er exkommuniziert, ließ sich aber nicht einschüchtern . . .» sagte Eugene.

«. . . sondern rief statt dessen die Geistlichkeit seines Landes zusammen und ließ den Erzbischof von Canterbury – Doktor Gay war sein Name – zum Papst wählen. So kam es zu einem großen Schisma der Kirche», ergänzte Elk Duncan.

«Wie gewöhnlich jedoch stand Gott auf der Seite der meisten Kanonen», fuhr Eugene fort. «Später wanderte die Familie nach Kalifornien aus, wo sie 1849 beim Goldrausch zu Geld kam.»

«Hört auf! Hört auf! Da kann ich nicht mit!» schrie Harold Gay und sprang plötzlich auf. «Hopp! Los! Wer geht mit ins *Pic*?»

Das *Pic* – Kurzform für *Moving Picture Theater* – war die einzige ständige Unterhaltung, die das Dorf Pulpit Hill gewährte. Dieses Kino füllte sich allabendlich mit lärmenden Studentenrudeln, die durch das Schrapnellfeuer fliegender Nüsse über die mit Erdnußschalen bestreuten Gänge stampften, allerlei Unfug, besonders mit den Erstsemestern, trieben und sich nebenbei auch an dem armseligen Flickertanz der Puppen, den ein abgespielter Filmstreifen auf die Leinwand warf, mit Radau und lauten Zurufen ergötzten. Eine resignierte, aber fleißige junge Frau mit magerem Hals hämmerte auf einem abgenutzten Klavier herum; wenn sie einmal fünf Minuten Pause machte, johlte die ganze Bande und verlangte ironisch: «Musik, Myrtle! Musik!»

Man mußte dort mit jedem sprechen. Hatte man für jeden ein freundliches Wort, hieß es, man sei «demokratisch»; tat man dies nicht, war man ein «Snob» und hatte nur wenige Anhänger. Die Kategorisierungen, deren sie sich bedienten, waren wie alles an ihnen plump und brutal. Alles Herausragende war ihnen suspekt. In starrer, bäurischer Feindseligkeit standen sie dem Ungewöhnlichen gegenüber. Ein Mann war brillant? Er hatte Geist? Um so schlimmer. Dann war er nicht zuverlässig, dann war er nicht vernünftig.

Hier war ein Mikrokosmos der Demokratie, in dem politische Interessen – nationale, regionale, collegeinterne – brodelten. Auf dem Campus gab es Abgeordnete, Manager, Führer und Maschinerien wie im Staatsgefüge. Im College erwarb sich ein junger Mann das politische Geschick, das er später in der Parteipolitik benutzen würde. Der Sohn eines Politikers wurde von seinem gerissenen Erzeuger gedrillt, bevor noch der Flaum seiner Wangen einem Bart Platz gemacht hatte; schon mit sechzehn war sein Leben vorgeplant bis hinauf zum Gouverneur oder den stolzen Würden eines Kongreßabgeordneten. Der Junge kam mit der festen Absicht auf die Universität, dort seine ersten Fallen zu stellen – bewußt schloß er dort Freundschaften, die ihm später mit großer Wahrscheinlichkeit nützlich sein würden. Schon im zweiten Jahr hatte er, wenn er erfolgreich war, einen Polit-Organisator, der sich um die Durchsetzung seiner Ziele kümmerte; er bewegte sich dann mit Vorbedacht und bediente sich einer pomphaften, jovial angehauchten Redeweise: «Ach hallo, meine Herren.» «Meine Herren, wie geht's denn so?» «Wünsche einen angenehmen Tag, meine Herren.»

Die große Ebene der Welt breitete ihre grenzenlosen Wunder

vor ihnen aus, aber nur wenige ließen sich aus der festen Burg des Bundessstaates hinweglocken, nur wenige vernahmen den fernen Widerhall einer Idee. Sie konnten sich keine höhere Ehre vorstellen als einen Sitz im Senat, und der Weg zum Ruhm, der Weg zu jeder Art von Macht, Größe und Berühmtheit verlief über Jurastudium, Krawatte und Hut. Daher die Politik, juristische Fakultäten, Debattierklubs, das Halten von Reden. Um sich des Beifalls einer zuhörenden Senatsversammlung zu versichern.

Selbstverständlich waren die Bauernburschen führend – sie stellten neun Zehntel der Studentenschaft. Alle stolzen Auszeichnungen gehörten ihnen, und sie achteten wohl darauf, daß ihre Welt auch weiterhin ein sicherer Ort für Hinterwäldlertum und hausbackene Tugenden blieb. Normalerweise wurden jene Ehrenämter wie etwa der Vorsitz der Studentenunion, des CVJM, der Sportmannschaften irgendeinem anständigen Stallburschen verliehen, der sich seine Auszeichnungen hinter dem Pflug erworben hatte, bevor er in der Mensa hinter dem Tresen stand, oder einem fleißigen Mitläufer, der auf jedem Gebiet befriedigende Mittelmäßigkeit bewiesen hatte. Der galt dann als Allroundman. Er war zuverlässig, vernünftig, auf ihn konnte man bauen. Er würde nie fixe Ideen haben. Er war das Spitzenprodukt dieser universitären Ausbildung. Er war ein Footballspieler und zeigte zufriedenstellende Leistungen in all seinen Studienfächern. Er war der Mann der ewigen Zwei. In allem bekam er stets Zweien, außer in «Charakterbildung», wo er mit einer unbestrittenen Eins glänzte. Falls er nicht Jurist oder Theologe wurde, verlieh man ihm ein Rhodes-Stipendium für Oxford.

In dieser merkwürdigen Atmosphäre gedieh und entwickelte Eugene sich aufs erstaunlichste. Er stand außerhalb der Eifersüchteleien. Es war allzu offensichtlich, daß er unberechenbar, unvernünftig, kurz: ein unzuverlässiger Typ war. Er würde nie in das gültige Schema des in allen Dingen abgerundeten Bürgers passen. Es war ganz klar: Er würde es nie zum Gouverneur bringen. Nicht einmal Politiker würde er werden, denn er sagte «so komische Sachen». Er war nicht der Mann, der eine Klasse anführt, nicht der, der vor der Versammlung das Gebet spricht. Er war ein Mann für «kuriose» Unternehmungen. Nun ja, dachten die anderen wohlwollend, solche Leute muß es auch geben; man braucht auch sie; wir sind nicht alle für die gewichtigen Geschäfte geeignet.

Er war glücklicher als je zuvor und ungehemmter. Seine physische Einsamkeit war vollkommener und freudiger. Er war dem Familienleben, den dunklen Schrecknissen von Hysterie, Krankheit und Tod, die über den zusammengekauerten Seinen hingen, entronnen: das beseligte, gab Schwungkraft, machte freiheitstrunken. Er war allein gekommen, ohne Gefährten. Er hatte keinerlei Beziehungen oder Verbindungen; er hatte, selbst jetzt, nicht einmal einen Freund. Und dieses Isoliertsein sprach für ihn. Jeder kannte ihn vom Ansehen, jeder nannte ihn beim Vornamen und unterhielt sich gern mit ihm. Er war nicht unbeliebt. Er war ein glücklicher Enthusiast, voll von freimütigem Frohsinn. Eine große Zärtlichkeit, eine Liebe für die ganze wunderbare und unbesuchte Erde blendete seine Augen. Näher denn je war er der brüderlichen Empfindung für alles und jeden. Und dabei war er einsamer, als er je gewesen war. Eine göttliche Unbekümmertheit gegenüber allem Augenschein erfüllte ihn. Der Wein der Freude rollte in seinen Adern. Er kam die Campuspfade heruntergestürmt, wilde Schreie in der Kehle, und sprang in die Höhe, um sich das Leben wie einen Apfel zu pflücken; versuchte, das blinde Verlangen, das ihn zu zerreißen drohte, auf einen Punkt zu konzentrieren, all seine amorphe Leidenschaft zu einem Geschoß einzuschmelzen und so den Tod, die Liebe zu töten.

Er fing an beizutreten, er machte überall mit. Er hatte nie zuvor irgendeiner Gruppe angehört; aber nun luden ihn alle ein. An der Zeitung und der Zeitschrift, die die Studenten herausgaben, hatte er sich mühelos einen Namen gemacht, und schon regnete es Auszeichnungen. Er wurde in «literarische», «dramatische», «theatralische» «rhetorische», «debattistische», «journalistische» Verbindungen aufgenommen und im Frühling dann in eine «gesellschaftliche». Begeistert trat er bei, mit fanatischer Freude unterzog er sich den brutalen Einweihungsriten und lief lahm und mit wunden Gliedern herum, erfreut wie ein Kind oder ein Barbar über die bunten Bänder im Knopfloch seines Jackenaufschlags und seine mit Nadeln, Abzeichen, Symbolen und griechischen Lettern bepflasterte Weste.

Aber es hatte Überwindung gekostet. Der Herbstbeginn war glanzlos und träge; der Schatten Lauras suchte ihn heim. Als er zu Weihnachten nach Hause fuhr, fand er die Berge kahl und eng, die Stadt schäbig und zusammengerückt vor der grimmigen Kargheit des Winters. Eine lächerliche, verzweifelte und verkrampfte Fröhlichkeit herrschte in der Familie.

«Also!» sagte Eliza kummervoll und sah vom Herd auf, «nun wollen wir uns alle bemühn, glücklich zu sein, und stille Weihnachten feiern. Man weiß ja nie! Man weiß ja nie!» Sie schüttelte den Kopf, konnte nicht weitersprechen. Tränen standen ihr in den Augen. «Es kann das letzte Mal sein, daß wir alle zusammen sind. Das alte Leiden, ach, das alte Leiden!» sagte sie heiser und sah Eugene an.

«Was für ein altes Leiden?» fragte er ärgerlich. «Guter Gott, tu doch nicht so geheimnisvoll!»

«Mein Herz!» flüsterte sie tapfer lächelnd. «Ich hab keinem Menschen was davon gesagt, aber vorige Woche, da war mir so, ich dachte, mein letztes Stündlein habe geschlagen.» Sie flüsterte dieses in einem Ton, der das Schlimmste ahnen ließ.

«O Gott!» stöhnte Eugene. «Du wirst noch lange leben, wenn wir andern mit Haut und Haaren verfault sind.»

Helen platzte heiser lachend und zornig heraus, sah in sein mürrisches Gesicht und knuffte ihm unsanft in die Seite: «Hahahaha! Der Trick ist doch einfach unfehlbar. Sie hat eben immer was Schlimmeres. Wenn du eines Tages ohne Blinddarm zu ihr kommst, dann fehlt ihr sicher gleich der ganze Magen.»

«Lacht nur über mich! Lacht nur!» sagte Eliza bitter hinter Tränen lächelnd. «Vielleicht werdet ihr nicht mehr lange über mich lachen können.»

«Meine Güte, Mama!» rief Helen gereizt aus. «Dir fehlt ja doch gar nichts. Papa ist der Kranke! Er braucht Pflege und Aufwartung. Bist du dir nicht klar darüber, daß er . . . stirbt! Und ich bin auch krank! Du wirst noch leben, wenn wir beide längst unterm Rasen sind.»

«Man weiß ja nie!» sagte Eliza geheimnisvoll. «Man weiß ja nie, wer als erster dran glauben muß. Erst letzte Woche, da ist der alte Mr. Cosgrave, ein Mann in den besten Jahren . . .»

«Sie sind übergeschnappt! Total verrückt!» schrie Eugene irr lachend und hüpfte wie ein Wilder in der Küche herum.

In diesem Augenblick kam aus der Diele eine der gealterten Harpyien hereingeschwankt, von denen während des harten Winters immer zwei oder drei im Hause beherbergt wurden, und lehnte im Türrahmen – eine hochgewachsene, grobknochige Hexe, schwer drogensüchtig, die mit zuckenden, dissonanten Bewegungen hager einherstakte, wobei sie von Zeit zu Zeit mit krampfiger Hand in die Luft schlug. «Mrs. Gant», sagte sie mit einem schrecklichen Winden ihrer schlaffen grauen Lippen, bevor sie die Worte herausbrachte, «ist da ein Brief für mich? Haben Sie ihn gesehen?»

«Wen denn, was denn? Gehen Sie bloß», rief Eliza ärgerlich. «Ich weiß überhaupt nicht, wovon Sie reden, und ich glaub, Sie wissen es selbst nicht.»

Mit scheußlichem, an sie alle gewandten Lächeln in die Luft greifend, setzte sich das Ungeheuer wieder in Gang und verschwand wie ein alter Eisenbahnwaggon mit losen Rädern.

Helen fing heiser zu lachen an, als sie Eugenes Gesicht sah, das offenmündig im Ausdruck mürrisch-geistloser Überraschung erstarrt war. Eliza lachte auch, zog eine schlaue Grimasse und rieb ihre Nasenflügel. «Das ist dann doch!» sagte sie. «Ich glaub, die ist verrückt. Sie nimmt irgendein Zeugs – das ist klar. Ich krieg 'ne Gänsehaut, wenn ich ihr über den Weg lauf.»

«Warum behältst du sie denn bloß im Haus?» fragte Helen gereizt. «Meine Güte, Mama! Du könntest sie doch leicht loswerden! Armer Gene!» Und sie fing wieder an zu lachen. «Du kriegst es aber auch immer in voller Breitseite ab!»

«Die Zeit kam, da Christus geboren wurde», sagte er fromm. Sie lachte; dann ging ihr Blick ins Leere, und sie zog geistesabwesend an ihrem langen Kinn.

Sein Vater saß fast den ganzen Tag vor dem offenen Kamin im Wohnzimmer und starrte mit leerem Blick ins Feuer. Miss Florry Mangle, die Krankenpflegerin, schenkte ihm den morschen Trost ihrer Schweigsamkeit. Die Arme über ihre Hängebrüste gefaltet, saß sie im Schaukelstuhl und wippte auf und ab, auf und ab, dreißig Absatztapfen in der Minute.

Manchmal sprach sie zu ihm von Krankheiten und vom Sterben. Gant war unheimlich gealtert und zusammengefallen. Die Anzüge schlotterten um sein spindeldürres Gestell. Sein Gesicht war wächsern und durchsichtig; die Nase sah wie ein großer Schnabel aus. Er machte einen sauberen, zerbrechlichen Eindruck. Der Krebs blüht in ihm, dachte Eugene, wie eine furchtbare, aber schöne Pflanze. Gant war sehr klar im Kopf, sein Verstand hatte nicht nachgelassen, aber er war traurig und alt. Er sprach sehr wenig, mit einer fast komischen Sanftmut; er hörte auf zuzuhören, sobald man ihm antwortete.

«Wie ist's dir gegangen, Junge?» fragte er. «Kommst du gut voran?»

«Ja. Ich bin Reporter an der Universitätszeitung, nächstes Jahr werde ich wohl Redakteur werden. Ich bin in verschiedene studentische Organisationen gewählt worden . . .» Er fuhr begierig fort zu berichten, er war froh, daß er zu einem von ihnen über sein Leben auf der Universität sprechen konnte. Aber als er aufsah, wurde er gewahr, daß sein Vater geistesabwesend und traurig ins Feuer starrte. Eugene hielt inne, verwirrt vor Schmerz und Bitterkeit.

«Das ist gut», sagte Gant, als er merkte, daß Eugene aufgehört hatte zu sprechen. «Halt dich brav, Junge. Wir sind stolz auf dich.»

Ben kam zwei Tage vor Weihnachten heim. Er schlich im Haus umher wie ein allen wohlbekannter Schatten. Nach der Rückkehr von Baltimore hatte er im Frühherbst Altamont verlassen. Drei Monate lang war er allein im Süden herumgewandert und hatte in den Kleinstädten bei den Kaufleuten um Annoncen auf Wäschereilisten geworben.

Wie gut oder schlecht er bei diesem sonderbaren Geschäft gefahren war, sagte er nicht. Er war tadellos sauber und reinlich wie immer, aber seine Kleider waren fadenscheinig, er war stark abgemagert und verschlossener denn je. Schließlich hatte er einen Job bei einer Zeitung in einer reichen Tabakstadt in der Piedmontebene gefunden. Nach Weihnachten sollte er die Stelle antreten.

Er war wie immer mit Geschenken heimgekehrt.

Luke kam von der Marineschule in Newport. Er traf am Weihnachtsabend ein. Sie hörten seinen dröhnenden Tenor bereits, als er noch draußen auf der Straße stand und Leuten Grüße zurief. Wie ein Windstoß kam er ins Haus hereingewirbelt. Alle begannen zu grinsen.

«Ah! Also da sind wir! Der Admiral ist zurück! Na, wie geht's, Papa, alter Junge! Meine Güte!» rief er aus, umarmte Gant und tätschelte ihn auf den Rücken, «ich dacht, ich käm einen Kranken zu sehn, und da stehst du und siehst aus wie das blühende Leben! Wie geht's, wie steht's?»

«Ganz leidlich, mein Junge. Und dir?» fragte Gant, erfreut lächelnd.

«Könnte gar nicht besser gehn, Colonel. Na, Eugene, wie geht's bei dir, alter Pfadfinder?» sagte er, ohne Antwort zu erwarten.

«Wenn das nicht unser alter Glatzkopf ist?» rief er aus und schüttelte Bens Hand wie einen Pumpenschwengel. «Ich wußte gar nicht, ob du heimkämst.»

«Mama! Altes Mädchen!» sagte er und umarmte sie. «Na, wie geht's denn, wie geht's denn? Nicht, immer noch mit allen sechs Zylindern! Fein!!!» gellte er, ehe überhaupt noch jemand Zeit gehabt hatte, ihm zu antworten.

«Aber Junge! Um alles in der Welt!» rief Eliza bestürzt aus. Sie trat einen Schritt zurück, um ihn anzugucken. «Was hast du dir denn getan? Du gehst ja, als wärst du lahm!»

Als er ihr bekümmertes Gesicht sah, platzte er heraus, idiotisch lachend, und kitzelte sie in die Rippen.

«Ho! Ho! Ein Unterseeboot hat mich torpediert!» erklärte er. «Es ist nichts», sagte er dann bescheiden. «Ich hab ein Stückchen Haut abgegeben, um einem Kerl dort im College auf die Beine zu helfen.»

«Wa-a-a?!» kreischte Eliza. «Wieviel hast du hergegeben?»

«Ach, nur 'nen kleinen Streifen, zwanzig Zentimeter», erklärte er lässig. «Der arme Kerl hatte sich schlimm verbrannt; da sind ein paar von uns hingegangen und haben ihm jeder mit einem Streifen Haut ausgeholfen.»

«Barmherzigkeit!» rief Eliza aus. «Du wirst lebenslänglich gelähmt bleiben. Es ist ein Wunder, daß du gehn kannst.»

«Er denkt immer an andre, dieser Junge», erklärte Gant stolz. «Er würde sein Herzblut für seine Mitmenschen hergeben.»

Der Seemann hatte sich einen extra Handkoffer besorgt und hatte eine Auswahl guter Getränke für seinen Vater darin verstaut: mehrere Flaschen Scotch und Roggenwhisky, zwei Flaschen Gin, eine Flasche Rum, eine Flasche Portwein und eine Flasche Sherry.

Vor dem Abendessen waren alle plötzlich so mild und gesellig aufgelegt.

«Geben wir dem armen Kleinen auch was zu trinken!» sagte Helen. «Es wird ihm nichts schaden.»

«Was? Dem Baby! Mein Junge, du wirst doch keinen Tropfen anrühren, nicht wahr?» sagte Eliza neckisch.

«Nicht wahr?» sagte Helen und stieß ihn mit dem Zeigefinger. «Ha! Ha! Ha!»

Sie schenkte ihm einen tüchtigen Schluck Scotch ein.

«Hier!» kredenzte sie fröhlich. «Das kann dir nicht schaden.»

«Junge!» sagte Eliza ernst, das Weinglas in der Hand balancierend, «ich möchte nicht, daß du je Geschmack daran findest.» Sie hing noch immer treu an der Doktrin ihres Vaters, des alten Majors.

«Nein, beileibe nicht!» sagte Gant. «Das ruiniert einen Menschen schneller als alle anderen Übel der Welt zusammengenommen.»

«Nimm eines Narren Rat an», sagte Luke. «Wenn der Suff die Oberhand über dich kriegt, Junge, dann ist's aus mit dir.»

Sie überhäuften ihn mit schönen Warnungen, als er sein Glas hob. Er würgte einen Augenblick, als ihm der feurige Whisky in der Gurgel brannte. Der Atem blieb ihm aus, Tränen traten ihm in die Augen. Er hatte nur sehr selten vorher genippt; ganz geringe Mengen, die ihm Helen in der Woodson Street verabreicht hatte, und einmal mit Jim Trivett einen Schluck, woraufhin er sich ganz beschwipst vorgekommen war.

Nach dem Essen tranken sie wieder. Sie erlaubten ihm «einen Kleinen». Dann gingen sie alle in die Stadt, um ihre letzten, verspäteten Weihnachtseinkäufe zu erledigen. Er blieb allein im Haus.

Was er getrunken hatte, klopfte angenehm, mit warmen Pulsschlägen, durch seine Adern, badete seine zerfransten Nervenenden, gab ihm ein Gefühl von Macht und Ruhe, wie er es nie gekannt hatte. Er ging in die Speisekammer, wo die Flaschen aufbewahrt wurden. Er nahm ein Wasserglas und füllte es experimentierlustig zu gleichen Teilen mit Whisky, Gin und Rum. Dann setzte er sich an den Küchentisch und trank langsam das Glas aus.

Der furchtbare Trank schlug ihn nieder mit der Wucht und Plötzlichkeit einer Boxerfaust. Er war auf der Stelle betrunken, und auf der Stelle wußte er, warum Menschen trinken. Es war – das merkte er – einer der großen Augenblicke seines Lebens. Er lag da, gierig, und beobachtete, wie der Alkohol die Herrschaft über sein jungfräuliches Fleisch gewann; er war wie ein junges Mädchen, das zum erstenmal von seinem Liebhaber umarmt und besessen wird. Und plötzlich ward ihm klar, wie sehr er seines Vaters Sohn, wie ganz und gar, mit was für einer erhöhten Daseinslust und welch einer erlesenen Verfeinerung der Sinne er ein Gant war. Er freute sich über seinen großen Leib und seine langen Glieder, an denen die Zaubermacht des mächtigen Branntweins ein besseres Wirkungsfeld habe. In der ganzen Welt gab es seinesgleichen nicht mehr, gab es keinen zweiten Menschen, der so dafür geschaffen war, erhaben und großartig betrunken zu sein. Betrunkensein war größer als alle Musik, die er gehört hatte, es war so groß wie die größte Dichtung. Warum hatte man ihm das nie gesagt? Warum hatte niemand je entsprechend darüber geschrieben? Warum, wenn es möglich war, sich einen Gott in der Flasche zu kaufen, ihn zu trinken und dadurch selbst ein Gott zu werden, waren die Menschen nicht immer betrunken?

Er erlebte den Augenblick des großen, herrlichen Wunders, in dem wir einfache, ungesagte, begrabene Dinge in uns entdecken, die bewußt, aber unausgesprochen in uns liegen. So mag sich ein

Mensch vorkommen, der nach dem Tode im Jenseits aufwacht und um sich den Himmel erkennt.

Eine göttlich lähmende, schwere Starre bekroch nun sein Fleisch. Seine Glieder wurden steif, seine Zunge wurde dick und dicker, bis er sie nicht mehr zum raffinierten Klang der Worte biegen konnte. Er sprach laut vor sich hin, wiederholte schwierige Sätze immer noch einmal, lachte wild und verzückt über seine Bemühungen. Über dem betrunkenen Körper hing sein Bewußtsein wie ein Falke in der Schwebe, sah hohnvoll und zärtlich auf ihn hinab, betrachtete alles Gelächter mit Trauer und Mitleid. Es war etwas Unsichtbares, Unberührbares in ihm, etwas, das jenseits seiner selbst und über ihm war: ein Auge innerhalb des Auges, ein Hirn über seinem Hirn, der Fremde, der in ihm wohnte, der ihn betrachtete, der er selbst war und den er nicht kannte. Aber, dachte er, ich bin nun allein in diesem Haus; wenn es mir gelingen sollte, ihn kennenzulernen, will ich es versuchen.

Er stand auf und taumelte aus der Küche, aus der feindlichen Gegenwart von Licht und Wärme hinaus in die Diele, wo ein trübes Licht brannte und die hohen Wände eine grabesfeuchte Kühle ausatmeten. Das also, dachte er, ist das Haus. Er setzte sich auf die harte Sitzbank und lauschte dem kalten Tröpfeln der Stille. Das ist das Haus, in dem ich als Verbannter weilte. Es lebt ein Fremder in diesem Haus, und es lebt ein Fremder in mir.

O Haus des Admet, in dem ich (obschon ein Gott) so vieles ertrug. Nun Haus, ich fürchte mich nicht. Kein Geist braucht vor mir Angst zu haben. Wenn da eine Tür in die Stille führt, soll sie sich auftun. Meine Stille ist größer als deine. Und du, der du in mir bist, du, der ich selber bin, tritt hervor aus dem stillen Gehäuse meines Fleisches, das keine Anstalten macht, dich zu verleugnen. Niemand kann uns sehen: O komm mit ungebeugter Miene, mein Bruder, mein Herr! Wären mir vierzigtausend Jahre gegönnt, dann würde ich sie alle, bis auf die neunzig letzten, der Stille schenken. Ich würde mit der Erde verwachsen wie ein Hügel oder ein Fels. Entwirke das Gewebe aus Tagen und Nächten; spule mein Leben zurück bis zu meiner Geburt; nimm mich heim in die Nacktheit und baue mich wieder auf aus allen Summen, die ich nicht gezählt habe. Oder laß mich das lebendige Antlitz der Dunkelheit sehen, laß mich das furchtbare Urteil deiner Stimme vernehmen.

Da war nichts als die lebendige Stille des Hauses: Keine Türen taten sich auf.

Alsbald stand er auf und verließ das Haus. Er trug weder Mantel noch Hut; er konnte sie nicht finden. Dichter Nebelhauch umhüllte die Nacht; alle Geräusche waren gedämpft und heiter; die Erde war erfüllt von Weihnacht. Es fiel ihm ein, daß er noch keine Geschenke gekauft hatte. Er hatte ein paar Dollar in der Tasche. Ehe die Läden schlossen, mußte er für jeden in der Familie etwas erstehen. Barhaupt ging er zur Stadt hinauf. Er wußte, daß er betrunken war und daß er taumelte; aber er glaubte, daß er mit etwas Geschicklichkeit seinen Zustand vor den Leuten verbergen könne. Der Bürgersteig war betoniert mit einem einfachen, quadratischen Muster; in der Mitte lief eine Riefe. Er fixierte den Blick auf diese Riefe; er tappte, schwankte, geriet davon ab, kehrte aber wieder zu dieser Leitspur zurück. Als er ins Geschäftsviertel kam, war die Straße voll von Leuten, die ihre letzten Einkäufe gemacht hatten. Auf allem lag eine Stimmung des Erfülltseins und Vollendethabens. Die Leute strömten heim zum Weihnachtsfest. Er ging vom Square die schmale Avenue hinunter, an starrenden Passanten vorbei. Er hielt sich streng an die Riefe. Er wußte nicht, wo er hingehen wollte. Er wußte nicht, was er kaufen sollte.

Als er am Eingang von Woods Drugstore vorüberkam, erschallte von drinnen das laute Lachen der herumstehenden jungen Männer. Im nächsten Augenblick starrte Eugene in die freundlich grinsenden Gesichter von Julius Arthur und Van Yeats.

«Zum Teufel, wo willst du denn hin, Eugene?» fragte Julius Arthur.

Er versuchte es ihnen klarzumachen. Stammelte etwas Dickzüngiges, Verworrenes. «Er ist stinkbesoffen!» sagte Van Yeats.

«Gib du auf ihn acht», sagte Julius. «Bring ihn in einen Hauseingang, so daß ihn keiner von seinen Angehörigen sieht. Ich hol das Auto.»

Van Yeats stemmte ihn vorsichtig gegen eine Mauer. Julius

Arthur rannte schnell in die Church Street. Einen Augenblick später stoppte er sein Auto am Rinnstein. Eugene hatte eine übermächtige Neigung, sich achtlos an der nächstbesten Stütze anzulehnen. Er hängte sich mit den Armen auf die Schultern der beiden und brach zusammen. Sie zwängten ihn zwischen sich auf den Vordersitz. Irgendwo läuteten Glocken.

«Ding-dong!» sagte Eugene, sehr heiter. «Ding-dong! Weihnacht!»

Sie brüllten vor Lachen. Das Haus war noch leer, als sie vorfuhren. Sie zwängten ihn aus dem Wagen und schleiften ihn über die Treppe. Es tat ihm verdammt leid, daß ihr Zusammensein schon aufhören sollte.

«Wo ist dein Zimmer, Eugene?» fragte Julius Arthur schwer schnaufend, als sie ihn in der Diele hatten.

«Dieses hier ist so gut wie ein anderes», sagte Van Yeats.

Die Tür zu dem Schlafraum vornheraus, gegenüber dem Speisezimmer, stand offen. Sie brachten ihn hinein und legten ihn auf das Bett.

«Ziehn wir ihm die Schuhe aus!» sagte Julius.

Sie lösten die Schuhbänder und zogen sie aus. «Können wir noch was für dich tun, Son?» fragte Julius Arthur.

Er wollte ihnen sagen, sie möchten ihn ausziehen, ihn unter die Bettdecke stecken und die Tür zumachen, damit die Familie nichts merken solle, aber er hatte die Gewalt über seine Zunge verloren. Nachdem sie ihn eine Weile grinsend angesehen hatten, gingen sie hinaus, ohne die Tür zu schließen. Er lag auf dem Bett, außerstande sich zu bewegen. Er hatte jegliches Zeitgefühl verloren, aber sein Hirn arbeitete sehr klar. Er wußte, daß er aufstehen, die Tür zuriegeln und sich ausziehen sollte . . . und war wie gelähmt.

Dann kamen die Gants heim. Nur Eliza war noch über Einkäufen grübelnd in der Stadt. Es war nach elf Uhr. Gant, seine Tochter und seine zwei Söhne kamen ins Zimmer und starrten ihn an. Als sie ihn anredeten, errötete er hilflos.

«Sprich doch! Sprich!» gellte Luke, fiel über ihn her und rüttelte ihn so heftig, daß er fast erstickte. «Bist du stumm, Idiot!»

Ich werde mich daran erinnern, dachte Eugene.

«Hast du keinen Stolz? Hast du keine Ehre? Ist es so weit mit dir gekommen?» brüllte der entrüstete Seemann dramatisch los, während er im Zimmer auf und ab stolzierte.

Glaubt er vielleicht, er wäre ein toller Typ, oder was? dachte Eugene. Er konnte zwar keine Worte mehr bilden, aber er brachte Laute hervor, mit denen er den Tonfall der Moralpredigt nachäffte. «Tuh-tuh-tuh-tuh-tuh-tuh? Tuh-tuh-tuh-tuh-tuh-tuh-tuh?!» machte er ein rhythmisch genaues Mimikry. Helen, die ihm gerade den Hemdkragen aufknöpfte, platzte laut lachend heraus. Ben grinste flüchtig unter der tiefgefurchten Stirn hervor.

Hast du kein Dies? Hast du kein Das? Hast du kein Dies? Hast du kein Das? . . . der Rhythmus lullte ihn. Bedaure sehr, gnädige Frau, unser Vorrat an Ehre ist heute ausgegangen, aber wir haben eine frische Sendung Selbstachtung, wirklich prima Ware, auf Lager.

«Hör auf!» knurrte Ben. «Es ist ja niemand gestorben.»

«Hol heißes Wasser, er muß das Zeug aus dem Magen kriegen», ordnete Gant sachlich an. Er schien auf einmal nicht mehr alt. In seinem abgezehrten Schatten erwachte das Leben einen wunderbaren Augenblick lang; er strahlte vor Gesundheit und Tatkraft.

«Spar dein Feuerwerk!» sagte Helen im Hinausgehen zu Luke. «Und macht die Tür zu. Gebt acht, wenn sich's irgend machen läßt, daß Mama nichts merkt.»

Ein großes moralisches Problem das, dachte Eugene. Ihm wurde allmählich übel.

Helen kehrte mit einem dampfenden Wasserkessel, einem Glas und einem Paket Soda zurück. Mitleidlos flößte Gant seinem Sohn die Lösung ein, bis er erbrach. Als die Sache im besten Gang war, erschien Eliza. Er hob seinen Kopf von der Schüssel und sah ihr weißes Gesicht in der Tür, ihre kurzsichtigen braunen Augen, die immer so scharf funkelten, wenn etwas ihren Argwohn erweckte.

«Wie? Was? Was ist denn hier los?» fragte Eliza.

Natürlich wußte sie, was los war.

«Was sagt ihr?» sagte Eliza scharf, ehe noch jemand etwas gesagt hatte. Eugene grinste sie matt an. Trotz der Übelkeit und seines Kummers belustigte ihn die allzu durchschaubare Rolle der völlig

Ahnungslosen, die sie immer einnahm, bevor sie einer Sache auf die Spur kam. Bei ihrem Anblick fingen sie alle an zu lachen.

«Ach du lieber Herrgott! Da ist sie!» sagte Helen amüsiert kichernd. «Wir hatten gehofft, du würdest nicht heimkommen, bis die Sache vorüber wäre. Na, komm mal näher und sieh dir dein Baby an!» Sie stützte Eugenes Kopf mit der Hand auf.

«Geht's besser jetzt, mein Junge?» fragte Gant gütig.

«Ja, besser», murmelte er, freudig überrascht, daß er die Sprache nicht auf immer verloren habe.

«Na also! Da siehst du's!» erklärte Helen freundlich, aber auch mit einer Art schwermütiger Befriedigung. «Das beweist doch, daß wir alle gleich sind in dieser Beziehung. Wir mögen alle gern mal einen. Es steckt uns im Blut.»

«Dieser furchtbare Fluch!» klagte Eliza. «Ich hatte gehofft, daß wenigstens einer meiner Söhne davon verschont bliebe.» Sie brach in Tränen aus. «Das Gottesgericht ist über uns hereingebrochen! Die Sünden der Väter . . .»

«Um Himmels willen!» rief Helen ärgerlich. «Hör auf! Er wird nicht dran sterben. Es wird ihm eine Lehre sein.»

Gant biß sich auf die dünnen Lippen. Er leckte seinen großen Daumen mit der alten Gebärde.

«Du weißt doch, daß ich dran schuld bin», sagte er. «Wenn sich einer von euch ein Bein bricht, ist's auch mein Fehler.»

«Eines ist sicher», sagte Eliza, «aus meiner Familie stammt diese Anlage nicht. Du kannst sagen, was du willst, im Hause seines Großvaters, des alten Majors Pentland, wurde nicht ein Tropfen getrunken.»

«Zum Teufel mit Major Pentland», sagte Gant. «Wenn du dich auf ihn verlassen hättest, hättest du Hunger gelitten.»

Ganz gewiß aber Durst, dachte Eugene.

«Hört jetzt auf», sagte Helen. «Es ist Weihnachten. Laßt uns einmal im Jahr in Frieden leben.»

Sie gingen hinaus. Eugene versuchte, sie sich in jene zuckersüße Versöhnungslaune eingelullt vorzustellen, die oft auf ähnliche Szenen folgte, jene zahme Stimmung, die verheerender war als wüster, offener Krach.

Alles in ihm und um ihn schwamm gräßlich im Finstern. Bald aber glitt er in die Grube eines qualvollen Schlafs.

Die Familie war übereingekommen, ihm geflissentlich zu vergeben. Aufdringlich-vorsichtig, die Gemüter von Weihnachten und Barmherzigkeit erfüllt, beschwiegen sie seine Missetat. Ben betrachtete ihn mit ganz natürlichem Stirnrunzeln, Helen kitzelte ihn in die Rippen und grinste wie sonst; Eliza und Luke gehabten sich hold, traurig und still vor ihm. Die ganze Verzeihlichkeit dröhnte ihm laut in den Ohren.

Im Lauf des Vormittags forderte ihn sein Vater zu einem Spaziergang auf. Gant war verlegen und kopfhängerisch; die Rolle des milden Ermahners, die Eliza und Helen ihm aufgebürdet hatten, bedrückte ihn offensichtlich sehr. Kein Zweiter tat es Gant gleich, wenn es galt, im großen Wauwaustil loszulegen, aber niemand war weniger als er geeignet, jemandem sanfte Vorhaltungen zu machen. Sein Zorn und seine Schimpfkanonaden waren heftig und unmittelbar, aber für die Aufgabe, mit der er nun betraut worden war, hatte er keine Donnerkeile im Köcher. Er schätzte sie nicht, er kam sich mitschuldig vor, so wie ein Stadtrichter, der den Saufkumpan von gestern nacht heut früh wegen Trunkenheit zur Rechenschaft ziehen soll. Und außerdem: was, wenn seine bacchantische Ader auf den Sohn übergegangen wäre?

Sie gingen stillschweigend über den Square, an dem eisberingten Brunnenbecken vorbei. Gant hatte sich bereits mehrere Male verlegen geräuspert.

«Junge», sagte er schließlich, «ich hoffe, du läßt dir den Vorfall von gestern nacht zur Warnung dienen. Es wäre entsetzlich, wenn die Trunksucht Macht über dich bekäme. Ich will dir wahrhaftig keine Vorwürfe machen, aber ich hoffe, daß es dir eine Lehre gewesen ist. Besser tot als ein Säufer. Willst du dir's merken?»

So, Schluß damit, das wäre überstanden!

«Ja, das werde ich», sagte Eugene. Dankerfüllt und erleichtert. Wie gut sie alle zu ihm waren! Es drängte ihn, leidenschaftliche Gelübde abzulegen, große Versprechungen zu machen. Er wollte es sagen, konnte jedoch nicht. Es gab zuviel zu erklären.

Und so beging er diese Weihnachten, die mit elterlichem Rat anfingen, in Zerknirschung, unter Liebesbezeigungen und in Schicklichkeit. Sie versteckten ihr wildes Leben unter Gesellschaftskleidern und feierten das Fest in den üblichen, konventionellen Formen. Sie dachten: Nun sind wir wie andere Familien, aber sie waren schüchtern und steif und scheu wie Bauern im Sonntagsanzug.

Schweigen aber konnten sie nicht. Keineswegs, daß sie engherzig oder gemein waren, nein, es war ihnen lediglich nicht anerzogen, Selbstbeherrschung zu üben, sich zurückzuhalten oder sich einen Zwang aufzuerlegen. Helen schwankte im Wind ihrer Hysterien. Die starken, unberechenbaren Gezeiten ihres Temperaments bestimmten sie. Manchmal, wenn sie daheim vor ihrem Fenster saß und sich matt fühlte und draußen den Wind heulen hörte, dann überkam sie etwas, so daß sie Eugene fast haßte.

«Es ist lachhaft, geradezu lachhaft!» sagte sie zu Luke. «Wie er sich aufführt! Er ist doch noch ein grüner Junge. Er hat alles gekriegt, wir nichts. Nun sieht man, wohin es geführt hat.»

«Die Universität hat ihn verdorben», sagte der Seemann, durchaus nicht betrübt darüber, daß sein Licht in dieser schlimmen Finsternis um so heller brannte.

«Warum sprichst du nicht mit Mama darüber?» sagte sie gereizt. «Auf mich hört sie ja nicht. Sag ihr genau das! Du hast ja gehört, wie sie es dem alten, armen Papa unter die Nase gerieben hat, nicht wahr? Glaubst du, der Alte – krank wie er ist – wäre dran schuld? Eugene ist ja gar kein Gant, er schlägt in ihre Familie. Er ist nicht ganz richtig im Kopf, wie alle Pentlands. Wir, wir sind die Gants», erklärte sie mit bitterem Nachdruck.

Eugene tat vielfach Buße für seinen Fehltritt – er hatte den ersten großen Fehler gemacht, gleichzeitig so fern von ihnen und doch so nah zu sein. Sein derzeitiges Problem wurde kompliziert durch Elizas Aggressivität gegen seinen Vater und den latenten, aber stets wachsamen Antagonismus von Mutter und Tochter. So kamen Elizas nörgelnde Bissigkeiten auf ihn herab. All das war er gewöhnt; es war einfach die Charakterveranlagung seiner Mutter (sie mochte ihn wohl genauso gern wie die anderen). Die Feindseligkeit von Luke und Helen war ein unbewußtes, elementares, unversöhnliches Etwas, das aus der Beschaffenheit ihres Lebens entsprang. Er war einer der Ihren, er war deutlich gezeichnet, aber er gehörte nicht zu ihnen, ähnelte ihnen nicht. Seit Jahren schon verwunderte ihn das leidenschaftliche Rätsel ihrer Abneigung gegen ihn – ihre Angebote von Wärme und Zuneigung überraschten und befremdeten ihn, er nahm sie jedoch dankbar entgegen, mit einem Erstaunen, das er nicht gänzlich verbergen konnte. Ansonsten war er in einen Panzer aus trotzigem Schweigen hineingewachsen. Er sprach nur wenig zu Hause. Diese unglückselige Begebenheit und ihre Folgeerscheinungen zermürbten ihn. Er fühlte sich ungerecht behandelt, aber als die Sache kein Ende nehmen wollte, zog er wie ein Bulle trotzig den Kopf ein und war nicht zum Reden zu bewegen. Er zählte die Tage bis zum Ende der Ferien.

Still wandte er sich an Ben. Und das hätte er nicht tun sollen. Ben, tief unzufrieden mit sich selbst, verschlossen, verbissen, gepeinigt, zur Verzweiflung getrieben und von Selbsthaß aufgerieben, tadelte ihn bitter und scharf. Dieses nun war unerträglich. Er kam sich verraten vor – als hätten sich alle gegen ihn gewandt, gegen ihn verschworen.

Drei Tage vor seiner Abreise kam es abends im Empfangszimmer zum Ausbruch. Ben hatte ihm fast eine Stunde lang in wildem Monoton Vorhaltungen gemacht, offenbar in der Absicht, ihn zum Angriff zu reizen. Eugene, kochend vor Wut, hatte an sich gehalten und ihn angehört. Sein Schweigen erzürnte den älteren Bruder noch mehr, der ein Ventil für seine eigene Unzufriedenheit suchte.

«. . . und steh da nicht rum, du kleiner Gauner, und stier mich an. Ich sag dir alles zu deinem Besten, damit kein Galgenvogel aus dir wird.»

«Dir fehlt es einfach an Dankbarkeit», sagte Luke. «Du merkst nicht, was alles für dich getan wird. Für dich wird jedes Opfer gebracht, und du siehst es nicht einmal ein. Die Universität hat dich verdorben.»

Eugene wandte sich langsam an Ben.

«Jetzt ist's genug, Ben», erklärte er mit äußerster Beherrschtheit. «Was er da sagt, ist mir schnuppe, aber von dir hab ich jetzt genug gehört.»

Darauf hatte Ben gewartet. Sie waren alle furchtbar aufeinander geladen.

«Red hier nicht noch gegenan, du kleiner Idiot, sonst schlag ich dir den Schädel in Stücke!»

Fauchend wie eine Katze fiel Eugene über Ben her. Er packte ihn, hob ihn hoch und legte ihn glatt zu Boden, als wäre er ein Kind, kniete dann über ihm. Ben war so schwach und zerbrechlich, daß sich Eugene augenblicklich seiner körperlichen Überlegenheit schämte. Er schwankte zwischen Wut und Scham wie jemand, der sich vom Trotzanfall eines lästigen Kleinkindes nicht aus der Ruhe bringen lassen will, als Luke, aufgeregt quietschend, ihn hinterrücks anfiel. Er würgte ihn und schlug mit der anderen Hand ungeschickt auf ihn ein.

«Pack ihn b-b-bei den B-b-beinen, Ben!» stotterte Luke.

Eine wüste Rauferei entwickelte sich. Der Radau umfallender Stühle und Feuergeräte brachte Eliza sofort an die Tür.

«Barmherzigkeit!» schrie sie, «sie bringen ihn um.»

Obgleich er überwältigt wurde, hielt er sich gut, oder in der stolzen Sprache des alten Südens ausgedrückt: Er unterlag, wurde aber nicht geschlagen, und er entsetzte seine Feinde mit eigentümlichen Kehllauten, die auch, als sie alle schon wieder keuchend auf den Füßen standen, noch andauerten.

«Ich g-g-g-glaub, er ist durchgedreht», sagte Luke. «Ganz p-p-plötzlich hat er sich auf uns gestürzt.»

Der Held beantwortete dies mit einer trunkenen Kopfbewegung, schnaubte wütig und ließ erneut einen schreckerregenden Kehllaut ertönen.

«Was soll aus uns allen bloß werden!» weinte Eliza. «Wenn ein Bruder die Hand gegen seinen Bruder erhebt, dann ist das Ende nah.» Sie bückte sich, um den gepolsterten Armsessel wieder hinzustellen.

Als Eugene wieder sprechen konnte, sagte er ruhig, das Beben in seiner Stimme bemeisternd:

«Es tut mir leid, Ben, daß ich dich angefallen habe. Du –» er wandte sich an den aufgeregten Seemann – «hast dich hinterrücks über mich hergemacht wie ein Feigling. Aber trotzdem – was vorgefallen ist, tut mir leid. Auch mein Benehmen am Weihnachtsabend tut mir leid; ich habe es deutlich und oft genug gesagt, aber ihr konntet die Sache nicht ruhen lassen. Und du, Ben, hast alles getan, um mich mit deinen Reden zum Äußersten zu bringen. Ich hätte es nicht», keuchte er, «nein, ich hätte es nie für möglich gehalten, daß du mich so im Stich lassen könntest. Daß die andern mich hassen, das weiß ich . . .»

«Dich hassen!» schrie Luke aufgeregt. «Um Go-go-gottes willen, du bist nicht bei Trost! Wir geben uns alle Mühe zu deinem Besten, wir wollen dir helfen, weiter nichts. Warum sollten wir dich hassen?»

«Ja, du haßt mich!» sagte Eugene, «und du schämst dich, es einzugestehn. Ich weiß nicht, warum du mich haßt, aber es ist Tatsache. Du hast Angst, die Dinge beim richtigen Namen zu nennen.» Er wandte sich wieder anklagend an Ben: «Mit dir, Ben, ist es ganz anders. Wir standen immer wie Brüder zueinander, und nun hast du dich auf die Gegenseite geschlagen.»

«Ach was!» knurrte Ben und wandte sich nervös ab. «Du bist verrückt. Ich weiß überhaupt nicht, wovon du sprichst.» Er zündete eine Zigarette an, das Streichholz flackerte in seiner zitternden Hand.

«Kinder, Kinder!» sagte Eliza kummervoll. «Wir müssen versuchen, einander zu lieben. Laßt uns doch an diesem Weihnachtsfest, oder was noch davon übrig ist, versuchen, miteinander auszukommen. Es kann das letzte Mal sein, daß wir alle beisammen sind.» Sie fing an zu weinen. «Ich hab so ein schweres Leben gehabt, nichts wie Kampf ums Dasein und Plackerei, und ich verdiene wirklich ein bißchen Glück und Frieden.»

Die alte, bittere Scham voreinander befiel sie. Sie konnten sich nicht in die Augen sehen. Und die ungeheure, rätselhafte und schmerzliche Verwirrung, die an ihrem Leben riß, machte sie bedrückt und still.

«Kein Mensch, Eugene», begann Luke ruhig, «hat sich gegen

dich gestellt. Wir wollen dir einfach helfen, damit was Rechtes aus dir wird. Du bist unsere letzte Hoffnung. Wenn der Alkohol die Macht über dich bekommt, die er über uns andre bekommen hat, dann bist du verloren.»

Eugene war sehr erschöpft. Seine Stimme klang matt und leise. Er sprach aus stumpfer Verzweiflung. Was er sagte, hatte eine unbestreitbare Endgültigkeit.

«Und wie willst du es verhindern, Luke, daß der Alkohol die Macht über mich bekommt? Etwa dadurch, daß du mich hinterrücks anfällst und mich würgst? Das sieht ganz so aus wie all deine andren Versuche, mich zu verstehn.»

«Aha!» sagte Luke ironisch, «du glaubst also, wir verstünden dich nicht, was?»

Eugene anwortete ganz still:

«Nein, ihr versteht mich nicht, das weiß ich. Du weißt überhaupt nichts von mir. Und ich weiß nichts von dir, nichts von den andern. Ich habe siebzehn Jahre lang mit euch gelebt, und ich bin ein Fremder. Hast du in all diesen Jahren auch nur einmal wie ein Bruder zum Bruder mit mir geredet? Hast du mir je etwas von deinem eignen Leben gesagt? Hast du je versucht, mein Freund oder mein Kamerad zu sein?»

«Ich weiß nicht, was du verlangst», antwortete Luke. «Ich habe einfach mein Bestes getan. Und was hätte ich dir von meinem eignen Leben erzählen können; was willst du denn wissen?»

«Nun», sagte Eugene langsam. «Du bist sechs Jahre älter als ich, du bist aufs Polytechnikum gegangen, du hast in Großstädten gearbeitet und jetzt bist du bei der Kriegsmarine eingetreten und wirst ausgebildet. Warum benimmst du dich eigentlich immer, als wärst du Gott der Allmächtige?» fuhr er mit wachsender Erbitterung fort. «Ich weiß doch, wie es Matrosen treiben. Sie saufen, nicht wahr? Und sie gehn mit Weibern, nicht wahr?»

«So spricht man nicht in Gegenwart seiner Mutter», sagte Luke streng.

«Junge, Junge», sagte die bekümmerte Eliza, «es gefällt mir nicht, daß du so sprichst.»

«Nun, dann werde ich anders sprechen», erklärte Eugene. «Ich hatte den Einwand erwartet. Wir hören nicht gern, was wir bereits wissen. Und wir nennen die Dinge nicht gern beim Namen, obschon wir willig genug sind, einander mit bösen Namen zu belegen. Wir nennen Gemeinheit Edelmut und Haß nennen wir Ehre. Die Methode, dich zum Helden zu machen, besteht darin, daß du mich als Schuft hinstellst. Natürlich gestehst du das nicht ein, aber es ist trotzdem so. Also, Luke, reden wir nicht von den Damen, den weißen und den schwarzen, die du kennst oder nicht kennst, denn das verschafft dir Unbehagen. Statt dessen darfst du fortfahren, Gott den Allmächtigen zu spielen, und ich werde deine Ratschläge anhören wie ein kleiner Junge im Kindergottesdienst. Aber offen gestanden, ich lese lieber die Zehn Gebote, wo alles viel kürzer und besser steht.»

«Junge», sagte Eliza mit ihrer altvertrauten Kummer-und-Sorgen-Miene, «Junge», sagte sie, «wir sollen versuchen, miteinander auszukommen.»

«Nein», sagte Eugene. «Allein. Ich habe hier siebzehn Jahre Lehrzeit bei euch durchgemacht, aber nun geht sie zu Ende. Ich weiß nun, daß ich fliehen werde. Ich weiß, daß ich keines großen Verbrechens schuldig bin, und ich habe keine Angst mehr vor euch.»

«Aber Junge!» sagte Eliza, «wir haben alles für dich getan, was in unserer Macht stand. Welches Verbrechen sollen wir dir denn zur Last gelegt haben?»

«Daß ich eure Luft atme, euer Essen esse, unter eurem Dach wohne, daß ich euer Leben und euer Blut in meinen Adern habe, und daß ich eure Opfer und eure Entbehrungen annehme und für das alles nicht dankbar bin.»

«Wir sollten uns für alles erkenntlich zeigen», erklärte Luke salbungsvoll. «Mancher junge Kerl gäbe ein Auge dafür, wenn ihm die Chance geboten würde, die dir geboten wird.»

«Mir ist nichts geboten worden», erwiderte Eugene heiser vor Leidenschaft. «Nichts! Ich will nicht länger wie ein Gebeugter in diesem Haus herumlaufen. Die Chancen, die mir zuteil geworden sind, habe ich mir selbst geschaffen. Allein, ganz ohne euch, ja, sogar gegen euren Widerstand. Ihr habt mich auf die Universität geschickt, als euch einfach nichts anderes übrigblieb, denn die Leute hier im Ort hätten es für eine himmelschreiende Schande gehalten, wenn ihr es nicht getan hättet. Ihr habt mich geschickt, nachdem mich die Leonards drei Jahre lang wie Marktschreier angepriesen hatten, und dann noch habt ihr mich ein Jahr zu früh geschickt – ehe ich sechzehn Jahre alt war –, und zwar mit einem Paket belegter Brote, zwei Anzügen und der Ermahnung, ein braver Bub zu sein.»

«Ein bißchen Geld hast du auch gekriegt», sagte Luke. «Vergiß das nicht.»

«Wenn es mir entfallen wäre, dann wäre ich wahrhaftig der einzige in der Familie, der es je vergessen hätte», antwortete Eugene. «Denn das Geld steckt ja hinter allem, nicht wahr? Mein Verbrechen neulich abends war nicht, daß ich betrunken war, sondern daß ich betrunken war, ohne eignes Geld dafür zu haben. Falls ich von eignem Geld studierte und nichts taugte, dann würdet ihr nicht aufzumucken wagen – nachdem ich aber von eurem Geld auf die Universität geh und was leiste, müßt ihr mir dauernd eure Güte und meine Nichtswürdigkeit vorhalten.»

«Aber, mein Junge», versuchte Eliza diplomatisch einzulenken, «kein Mensch hat doch ein Wort über deine Leistungen auf der Universität gesagt. Wir sind sehr stolz auf dich!»

«Stolz braucht ihr nicht zu sein», sagte er mürrisch. «Ich hab 'ne Menge Zeit vertrödelt und einiges Geld vergeudet. Aber ich hab was dafür gehabt, und zwar mehr als die meisten dafür haben. Ich habe für meinen Lohn soviel Arbeit geleistet, wie ihr verdient. Ich habe euch einen anständigen Gegenwert für euer Geld geliefert. Ich danke euch für nichts.»

«Was war das? Was war das?» fragte Eliza scharf.

«Ich sagte, daß ich euch für nichts danke, aber ich nehme es zurück.»

«Das klingt besser», sagte Luke.

«Ja, ich habe für sehr vieles zu danken», sagte Eugene. «Ich sage Dank für jedes schmutzige Gelüst und jeden dreckigen Hunger, der ins verseuchte Blut meiner edlen Vorfahren kroch. Ich sage Dank für alle skrofulösen Zeichen, die mich je befallen können. Ich sage Dank für die Liebe und die Barmherzigkeit, die mich am Tage vor meiner Geburt überm Waschzuber knetete. Ich sage Dank für die Bauernschlampe, die meine Pflegerin war und den schmutzigen Verband über meinem Nabel schwären ließ. Ich sage Dank für jeden Puff und Fluch, den ich in meiner Kindheit von euch empfing, für jede muffige Zelle, die mir als Schlafkammer angewiesen wurde, für die zehn Millionen Stunden Grausamkeit und Gleichgültigkeit und für die dreißig Minuten billiger Ratschläge.»

«Unnatürlicher!» zischte Eliza. «Unnatürlicher Sohn! Du wirst bestraft werden, so wahr ein Gott im Himmel ist.»

«Oh, dort ist einer, sicher ist einer dort», rief Eugene. «Denn ich bin ja schon gestraft worden. Bei Gott! Ich werde den Rest meiner Tage brauchen, um mein Herz wiederzufinden, um die Wunden auszuheilen und die Narben zu verschmerzen, die mir zugefügt wurden, als ich ein Kind war. Das erste, was ich tat, als ich aus der Wiege kam, war, daß ich zur Tür krabbelte, und alles, was ich seitdem getan habe, war ein Versuch zu entfliehen. Und nun schließlich bin ich von euch allen frei, auch wenn ihr mich noch ein paar Jahre festhalten könnt, und sofern ich nicht frei bin, so bin ich doch wenigstens in meinen eigenen Kerker gesperrt. Aber ich werde es schaffen, daß etwas Schönheit und Ordnung in mein wirres Leben kommt. Ich werde einen Weg ins Draußen finden, selbst wenn es mich zwanzig Jahre kostet – und zwar allein.»

«Allein?» fragte Eliza mit dem alten Argwohn. «Wohin willst du denn gehn?»

«Ach!» sagte er. «Du hast nicht aufgepaßt, nicht wahr? Ich bin schon gegangen.»

33

Während der paar Feiertage, die noch blieben, hielt sich Eugene fast ganz dem Haus fern, erschien nur für kurze, brummige Mahlzeiten und spätabends zum Schlafengehen. Er wartete auf seine Abreise wie ein Sträfling auf seine Entlassung. Das schmerzhafte

Präludium jeder Reise – nasse Bahnsteigaugen und plötzliche, hektische Gefühlsausbrüche, Liebeserklärungen beim Schrillen der Lokomotivsirene – rührte ihn diesmal nicht. Er hatte herausgefunden, daß die Tränendrüsen nicht viel anders als die Schweißdrüsen der Haut auf gewisse Reizungen reagieren und schon beim bloßen Anblick eines Eisenbahnzuges leicht zu einer salzigen Absonderung bewegt werden können. So hatte er die etwas kühle Haltung eines Weltmanns, der beim Antritt einer kleinen Wochenendreise gelassen unter der laut lärmenden Menge auf ein Fährboot wartet.

Er pries die glückliche Formulierung, mit der er sich selbst als Lohnempfänger bezeichnet hatte. Diese Auffassung bestimmte und bestätigte sein Verhalten und schützte ihn vor dem ständig lauernden, betrügerischen Gefühl. In jenem Frühjahr tat er sein Bestes und beteiligte sich an allen möglichen studentischen Veranstaltungen und Unternehmungen, denn dort gab es Münzen, deren Klingeln sie zu vernehmen imstande waren. Jede Auszeichnung teilte er gewissenhaft seiner Familie mit. Mehr als einmal kam sein Name in die nachsichtigen Zeitungen von Altamont. Gant hob die Ausschnitte auf; stolz las er sie vor, sooft sich eine Gelegenheit bot.

Eugene bekam zwei kurze, unbeholfene Briefe von Ben, der nun in jener Tabakstadt, hundertfünfzig Kilometer von Pulpit Hill entfernt, seine Stelle angetreten hatte. Zu Ostern fuhr Eugene hin zu Besuch; er wohnte bei Ben. Das nie irrende Geschick hatte den Stillen wiederum in die offenen Arme einer grauhaarigen Witwe geführt. Sie war noch nicht fünfzig, ein hübsches, albernes Weibsbild. Wie mit einem angebeteten Kind trieb sie allerlei Kurzweil und Schabernack mit Ben. Sie nannte ihn anzüglich kichernd ihren «alten Lockenkopf», worauf er sein gewohntes: «Ach du mein Gott! Nun hör dir das an, bitte!» angewidert zu seinem Schöpfer emporzuschicken pflegte. Sie hatte sich in einen ausgelassenen kleinen Wildfang zurückverwandelt, erstaunlicherweise; in ihrer Verspieltheit ging sie manchmal ganz plötzlich auf den «alten Lockenkopf» los, stieß ihn mit steifen Fingern in die Rippen, schlüpfte flink davon und rief triumphierend aus: «Ha! Diesmal hab ich dich aber erwischt!»

In jener Stadt roch es überall nach rohem Tabak. Es stach einem beißend-beizig in die Nase. Den Fremden, der von der Bahn kam, warf es fast um. Die Einheimischen aber sagten: «Nein, nein, es riecht überhaupt nicht.» Und nach einem Tag merkte der Fremde auch nichts mehr davon.

Am Ostermorgen stand Eugene in der blauen Tagesfrühe auf und zog mit Scharen anderer Pilger auf den Herrnhuter Friedhof.

«Du solltest wirklich hingehn», hatte Ben gemeint. «Es ist ein altberühmter Brauch, aus allen Ecken und Enden kommen Leute, um sich das Schauspiel anzusehn.» Ben selbst aber blieb zu Haus.

Hinter einer Vielzahl Hörner und dröhnenden Posaunen rückte man auf dem fremdartigen Begräbnisort ein. Alle Grabsteine lagen flach auf den Gräbern, ein Zeichen dafür, sagte man, daß der Tod alle gleich mache. Aber als die Hörner losschmetterten, drängte sich Eugene die alte Phantasie von den leichenfressenden Dämonen auf: Die weißen, ernsten Grabplatten erschienen ihm wie Tischtücher; er kam sich vor, als nähme er an einem obszönen Gastmahl teil. Der Frühling war wiedergekommen; auf der Erde lag hellfunkelndes Wassergesprüh, die Toten feierten ihre seltsame, liebliche Wiederkehr in Blumen und Blüten. Ben ging durch die Straßen der Tabakstadt und sah wie ein Asphodele aus – seltsam, einen Geist an diesem Ort zu finden! –; seine alte Seele schlich verdrossen an den billigen, vertrauten Backsteinbauten und den frisch getünchten Fassaden vorüber.

Der Square lag sehr hoch; in der Mitte stand das Gerichtsgebäude; Autos waren in dichten Reihen geparkt; junge Männer lungerten im Drugstore herum.

Wie wirklich das alles ist, dachte Eugene, ganz wie etwas, das wir immer kannten und nicht mehr anzusehn brauchen. Die Stadt würde Thomas von Aquin nicht seltsam vorgekommen sein . . . wohl aber er der Stadt.

Ben schlich einher, grüßte die Kaufleute mit ernsthaft gerunzelter Stirn, unterhielt sich mit ihnen über die Ladentheken – ein Phantom, das unter praktischen Rundschädeln mit stiller, eintöniger Stimme um Anzeigen warb.

«Das ist mein kleiner Bruder, Mr. Fulton!»

«Hallo, Son! Donnerwetter, Ben, dahinten bei euch im Gebirge scheinen aber die Langen zu wachsen. Na also, junger Mann, wenn Sie so sind wie der Ben da, dann werden wir hier Ihnen nicht auf die Hühneraugen treten. Wir halten mordsmäßig viel von ihm.»

Das kommt mir vor, als hielte man mordsmäßig viel von Baldur oben in Connecticut, dachte Eugene.

Ben lag im Bett, die Ellenbogen aufgestützt, rauchte.

«Ich bin erst drei Monate hier», sagte er, «aber ich kenne schon all die führenden Geschäftsleute. Ich bin gern gesehen.» Er streifte den Bruder mit einem schnellen Blick, grinste; sein seltenes Eingeständnis hatte den Reiz der Schüchternheit. Aber seine Augen brannten wild vor Einsamkeit und Verzweiflung. Sehnte er sich ins Gebirge? Hatte er – Heimweh? Er rauchte.

«Verstehst du, die Menschen denken gut von einem, sobald man von seinen Angehörigen weg ist. Zu Haus hat man keine Chance, Eugene. Sie machen einem das Leben unmöglich. Um Gottes willen, geh fort von zu Haus, wenn du irgend kannst . . . Was ist denn los mit dir, warum stierst du mich so an?» fragte er scharf, als er merkte, daß Eugene ihn unverwandt anstarrte. Einen Augenblick später fuhr er fort: «Sie ruinieren einen. Kannst du sie denn nicht vergessen?»

«Nein», sagte Eugene. Er schwieg eine Weile, dann sagte er: «Sie hat mich den ganzen Frühling heimgesucht.»

Ihm entrang sich ein wilder Schrei.

Mit dem Frühling nahm das drohende Summen des Krieges zu. Die älteren Studenten verschwanden und rückten stillschweigend ein; die jüngeren warteten gespannt auf den Tag. Ihnen brachte der Krieg keine Sorgen; er war ein Festzug, der sie – sie spürten es – augenblicklich ins Licht des Ruhms heben konnte. Das Land floß von Milch und Honig. Sonderbare Gerüchte liefen um von einem Eldorado im Norden, im Industriegebiet an der Küste Virginias. Ein paar von den Studenten hatten im letzten Jahr in den Sommermonaten dort gearbeitet. Sie erzählten von fürstlichen Löhnen; ein ungelernter Arbeiter konnte am Tag zwölf Dollar verdienen; man würde als Zimmermann eingestellt, wenn man mit Hammer, Säge und Reißwinkel ankam; niemand frage einen was.

Krieg heißt für junge Männer nicht Tod; er heißt Leben. Nie war die Erde so bunt wie in diesem Jahr. Der Krieg schien Erzgruben zu erschließen, von denen die Nation zuvor nichts geahnt hatte; Reichtum und Macht entfalteten sich maßlos, richteten sich unerhört auf. Und dieser imperiale Wohlstand, diese Zurschaustellung der Macht durch Menschen und Geld flossen zu einer lyrischen Musik zusammen. In Eugenes Vorstellungsvermögen verschmolzen Reichtum, Liebe und Ruhm zu einem einzigen, symphonischen Klang: Das Zeitalter der Mythen und Wunder schien wiedergekommen; alles war möglich.

Er fuhr heim am Ende des Studienjahrs, gespannt wie eine Bogensehne, und verkündete, daß er nach Virginia gehen wolle. Sie erhoben Einspruch, aber nicht laut genug, um ihn zurückzuhalten. Elizas Gedanken waren vollauf mit Bodenspekulationen und dem Sommerbetrieb der Pension beschäftigt. Gant starrte in die Finsternis. Helen lachte und schalt ihn; dann verstummte sie plötzlich und zog sich geistesabwesend am Kinn:

«Kannst du denn nicht ohne sie auskommen? Mich kannst du nämlich nicht beschummeln! No, Sir. Ich weiß ganz genau, warum es dich dorthin zieht», erklärte sie heiter. «Sie ist 'ne verheiratete Frau jetzt, hat womöglich schon ein Baby; du hast kein Recht, ihr nachzulaufen.»

Dann sagte sie unvermittelt:

«Also laßt ihn ziehn, wenn er durchaus will! Mir kommt der Plan albern vor, aber er muß es selbst wissen.»

Sein Vater gab ihm fünfundzwanzig Dollar. Das reichte für die Fahrkarte nach Norfolk und ließ ihm noch ein bißchen Geld übrig.

«Hör auf mich!» sagte Gant. «Du wirst in einer Woche wiederkommen. Diese Reise ist ein törichtes Abenteuer ins Blaue, weiter nichts.»

Eugene fuhr.

Er fuhr die ganze Nacht hindurch. Ihr entgegen, quer durch Virginia. Er lag, die Arme aufgestützt, im Pullmanbett und starrte verzaubert auf die große romantische Landschaft mit ihren vereinzelten, träumenden Wäldern, die weiß wie eine seltsame Morgendämmerung unter dem gleißenden Mondlicht lag.

Früh am Morgen kam er nach Richmond; er mußte umsteigen; hatte Zeit zwischen den Zügen. Er verließ den Bahnhof, ging den Hügel hinauf und sah das schöne, alte State House im jungen, reinen Frühlicht liegen. Er trank Kaffee in einem kleinen Restaurant in der Broad Street, zusammen mit jungen Männern, die zur Arbeit gingen. Der kurze, beiläufige Kontakt mit ihrem Leben, gerade nun, nachdem er einsam und großartig durch die Nacht angekommen war, bezauberte ihn. Der Reiz des Alltäglich-Zufälligen erschloß sich. Die kleinen, tickenden Laute der erwachenden Stadt hörten sich seltsam an nach dem Geräusch des Schienendonners. Die Menschenstimmen an diesem fremden Ort schienen so seltsam vertraut. Die Stadt hatte eine magische Unwirklichkeit für ihn; sie hatte kein Dasein, außer dem, das er ihr verlieh; er fragte sich, wie sie bestanden habe, ehe er ankam, wie sie nach seiner Weiterreise bestehen würde. Er sah alle Menschen an, verzehrte sie mit seinen Augen, die noch von den weiten Mondlichtwiesen der Nacht, der kühlen, grünen Offenheit der Morgenlandschaft erfüllt waren.

Die Menschen erschienen ihm wie merkwürdige Wesen im Zoo; er starrte sie an, um Spuren ihrer Stadt an ihnen zu entdecken, um an ihren Gliedern und Gesichtern den Ausdruck des besonderen, eigenen Kosmos zu erkennen. Und der große Hunger nach Reisen stieg in ihm auf: immer so wie jetzt in der Tagesfrühe in fremde Städte kommen, umherstreifen und unter den Leuten sitzen wie ein Unbekannter, ja, wie ein Gott in der Verbannung, eine ungeheure Schau des Erdenrunds in sich tragend.

Der Mann am Tresen gähnte und drehte raschelnd die Seiten einer Morgenzeitung um; das war sonderbar.

Wagen ratterten vorbei; Kaufleute ließen die Markisen vor ihren Läden herunter; er ging fort von ihnen, als ihr Tag begann.

Eine Stunde später fuhr er wieder. Hundertzwanzig Kilometer weiter lagen das Meer und Laura. Sie schlief, ahnte nichts von den alles verschlingenden Rädern, die ihn zu ihr brachten. Er sah auf den wasserblauen Himmel mit den weißen Wölkchen, auf die Föhrenwälder, über denen schon unmerkliche Anzeichen von Marsch und flirrendem Salzwasser lagen. Der Zug fuhr durch die Bootshallen bei Newport News. Die wunderbare Lokomotive, schön wie ein Schiff, atmete in unangestrengter Müdigkeit am Schienenkopf. Dort, am plätschernden Wasser, kam sie zum Stehen, wie ein sich erfüllt habendes Geschick. Das kleine Boot lag schon wartend am Dock. Nach wenigen Minuten waren sie aus dem heißen, bedrückenden Geruch der Halle heraus und kreuzten im blauen Wasser der Reede. Ein starker, leichter Wind wehte, fuhr singend durch die Takelage und ließ Musik und ein Gefühl von Ruhm in seiner Seele aufsteigen. Er lief mit langen Schritten auf dem Deck herum, an starrenden Passagieren vorüber, wilde Laute in der Kehle. Die schlanken Zerstörer, die bunte, verrückte Tarnfarbe der Frachter und Transportschiffe, das träge rote Gewirbel einer Schiffsschraube, die nur halb aus dem Wasser heraussah und das tanzende, weinspritzige Glitzern der Wellen verband sich zu einem einzigen Glanz und erfüllte ihn mit einem erhabenen Glücksgefühl. Er rief in den Rachen des Riesenwindes hinein; Tränen traten ihm in die Augen. Auf den Schiffsdecks liefen kleine, saubere, weißgekleidete Gestalten herum; unter der vorstehenden Gillung eines riesigen Franzosen schwammen nackte junge Männer. Sie kommen aus Frankreich, dachte er, wie seltsam, daß sie jetzt hier sind. O Staunen, Verzauberung und Verlust! Sein Leben war wie eine große Welle, die sich in der einsamen See brach; seine hungrige Schulter fand keine Grenzen – er zerschlug seine Kräfte an einem Nichts, war verloren und verwehte wie ein Nebelwrack. Aber er glaubte, daß dieses absolute Ekstase, die ihn beherrschte und trunken machte, eines Tages ihr großes Licht bündeln würde zu einem einzigen Akt des Sichäußerns, des Sicherklärens. Er war Phaeton mit den schrecklichen Sonnenrossen; er glaubte, sein Leben könne immer mit dem stärksten Pulsschlag verlaufen, auf einem ewigen Höhepunkt verharren.

Das heiße Virginia kochte unter dem glutblauen Himmelsofen.

Aber in der Reede schaukelten die Schiffe in der frischen Brise von Krieg und Ruhm.

Vier Tage lang blieb Eugene in der Siedehitze der Stadt Norfolk. Das Geld ging ihm aus in diesen vier Tagen, und es ängstigte ihn nicht. Seine Pulse gingen schneller, er empfand die kühne Lust der Einsamkeit, er freute sich, wenn er an die unerwarteten Wendungen dachte, die sein Leben nun nehmen könne. Er spürte die zuckenden Antennen der Welt, das Leben surrte wie ein versteckter Dynamo mit der ungeheuren Aufregung von zehntausend ruhmreichen Bedrohungen. Er konnte alles tun, alles wagen, alles werden. Das Weite, Großartige war ganz in seiner Nähe, um ihn, über ihm. Keine große Brücke mußte geschlagen, kein steiler Gipfel erklommen werden. Aus Dunkelheit, Hunger und Einsamkeit konnte er im Nu zu Macht, Ruhm und Liebe erhoben werden. Die Soldatentransporte, die an den Docks eingeschifft wurden, könnten ihn kriegswärts, liebeswärts, ruhmwärts bringen am Mittwochabend.

Er ging nachts am plätschernden Wasser spazieren; er hörte die Uferlaute, das Anschwappen der Wellen an die verkrusteten Pierpfosten; er trank den starken, grünen Duft des Wassers und den Kabeljaugeruch tief ein. Dann sah er zu, wie die großen Schiffe beladen wurden, wie sie sich grell erleuchtet langsam hinunter ins Wasser wälzten. Und die Nacht war erfüllt vom Gekreisch und dem Rattern der großen Krane, dem plötzlichen Kettengerassel, dem Geschrei der Aufseher, dem Gerumpel der Ladekarren auf den Landungsbrücken.

Das imperiale Amerika ballte zum erstenmal seine Macht zu einem ungeheuren Wurf zusammen. Die Luft war geladen mit mörderischem Überschwang, wüster, verschwenderischer, verderblicher Ausschweifung.

Durch die heißen Straßen der Stadt trieb das Gesindel der Nation, trieben Gauner, Rohlinge, Vagabunden: Revolverhelden aus Chicago, finstere Nigger aus Texas, verkommene Brüder aus der Bowery, bleiche Juden mit weichen Händen aus den Läden der großen Stadt, Schweden auf dem Mittelwesten, Iren aus New England, Gebirgler aus Tennessee und North Carolina – und Huren in Rudeln und Horden, Huren aus allen Ecken und Enden des Landes. Für sie alle war der Krieg die große, fette Gans, die den ganzen Tag goldene Eier legt. Es gab kein Glauben, kein Denken an die Zukunft. Es gab nichts als das triumphale JETZT. Über den Augenblick hinaus gab es kein Leben, nur einen irren Kreislauf des Raffens und Verschwendens.

Junge Farmer aus Georgia kamen abends von ihrer Arbeit auf den Ladedocks, den Schiffswerften, den Camps und warfen sich in ihren Pfauenstaat: Am Rinnstein standen sie, hart und braun und hager im Gesicht, mit großen, groben, schwieligen Händen, in braunen Schuhen zu achtzehn Dollar, Anzügen zu achtzig Dollar, blau- und rotgestreiften Seidenhemden zu acht Dollar. Sie waren Zimmerleute, Maurer und Vorarbeiter, oder sie behaupteten, sie wären es, und sie verdienten zehn, zwölf, vierzehn, achtzehn Dollar am Tag.

Sie arbeiteten nicht ständig, sie gingen von Camp zu Camp, schafften einen Monat und faulenzten üppig eine Woche lang, die kurze, gekaufte Liebe der Mädchen genießend, die sie an einem Badestrand oder in einem Bordell kennenlernten.

Mordskerle von Negern, Bullen mit Gorillaarmen und Panthertatzen, verdienten sechzig Dollar die Woche und gaben das Geld an einem einzigen Abend brunstroter Lust für ein Mulattenmädchen aus.

Und stiller, nüchterner, besonnener bewegten sich in diesem Trubel die älteren, sparsameren Handwerker, die wirklichen Zimmerleute, die wirklichen Maurer, die wirklichen Mechaniker: gerissene, protestantische Iren aus North Carolina, Fischer von der Küste Virginias, schlaue Farmer aus dem Mittelwesten. Sie waren gekommen, um zu verdienen, zu sparen, um am Krieg Geld zu machen.

Überall in diesem schwärmenden Gedränge glänzten Uniformen. Matrosen, braun, zäh und sauber, in wehendem Blau und makellosem Weiß, wimmelten auf den Straßen. Marinesoldaten, arrogant zu zweit, schritten vorüber, steif wie Ladestöcke, im Pomp der Waffenröcke, prangend die V-förmigen Dienstgradabzeichen auf den Rockärmeln, leuchtend die bunten Streifen der Hosennaht. Kommandeure, grau und grimmig, harthändige Deckoffiziere und elegante junge Seekadetten, frisch von der Universität, und etwas Blondes in Tüll an der Seite, gingen vorüber an den roten Mützenquasten französischer Matelots und an den englischen Blaujacken mit dem seekundigen, schiffschwankenden Gang.

Durch diese Menge schob sich Eugene mit heißem, gierigem Blick; tags in Schweiß gebadet, nachts im ranzigen, scharfen Geruch seiner verschwitzten Kleider. Das verklebte Haar hing ihm in die Augen, wand sich in Spirallocken durch die Löcher seines alten, grünen Filzhuts, lag in einer dicken Rolle auf seinem schmutzigen Nacken. In diesem großen Heerlager aus Herumtreibern kam er sich selbst abhanden: Hier fand er ein Zuhause vor der Einsamkeit. Sein Hunger nach Reisen – jener Hunger, der die Amerikaner, die eine nomadische Rasse sind, umtreibt – war halb gestillt hier im Mahlstrom des Kriegs.

Er verlor sich in der Menge. Er rechnete nicht mehr mit Tagen, und sein kleiner Geldvorrat schmolz. Aus einem billigen Hotel, das nachts vom Radau der Hurerei widerhallte, zog er in eine kleine knallheiße, nach Tannenholz und Dachpappe riechende Kammer in einer Pension. Danach bezog er eine Schlafstatt im Asyl des Christlichen Vereins Junger Männer, wo er Nacht für Nacht erschien, seine fünfzig Cent Bettgebühr bezahlte und in einem Saal zusammen mit vierzig schnarchenden Matrosen übernachtete. Schließlich, als sein Geld alle war, schlief er, bis man ihn hinauswarf, in einem billigen Speiselokal, das die ganze Nacht offenstand; dann auf der Fähre nach Portsmouth und über dem schwappenden Wasser auf den morschen Bohlen eines Landungsstegs.

Abends trieb er sich unter den Negern herum und belauschte sie bei ihren wortreichen Liebesanträgen; er ging den Matrosen nach, die Church Street hinunter, dorthin, wo es Frauen gab. Er strich umher mit seiner jungen Raubtierlust, sein dünner Knabenkörper stank nach getrocknetem Schweiß, seine glühenden Augen durchbohrten die Dunkelheit.

Er hatte Hunger. Sein Geld war alle. Aber es war ein Hunger und Durst in ihm, der nicht mit Speise und Trank gestillt werden konnte. Über seinem verwirrten Hirn schwebte der Schatten von Laura James. Ihr Schatten schwebte über der Stadt, über allem

Leben. Er hatte ihn hierhergelockt. Sein Herz war geschwollen vor Scham und Stolz; er wollte sie nicht aufsuchen.

Er war von der Vorstellung besessen, daß er ihr in der Menge begegnen würde. Hier würde sie die Straße entlang kommen, dort gleich um die Ecke biegen. Er würde sie nicht ansprechen. Er würde stolz und gleichgültig vorübergehen. Er würde sie nicht sehen. Aber sie sollte ihn sehen. Sie sollte ihn in irgendeinem heroischen Moment sehen, wenn er gerade in der Liebe und der Achtung, die ihm schöne Frauen darbrachten, schwelgte. Sie sollte ihn ansprechen; er würde sie nicht ansprechen. Sie würde betroffen sein, sie würde niedergeschlagen sein, sie würde ihn um Liebe und Barmherzigkeit anflehen.

So, unsauber, verwahrlost, in Lumpen, Hunger und Wahnsinn gekleidet, sah er sich als schön, siegreich und heldisch. Er war irre vor Besessenheit. Täglich ein dutzendmal bildete er sich ein, daß er Laura auf der Straße sähe. Das Herz sank ihm, er wußte nicht, was er tun oder sagen solle, ob er stehenbleiben oder davonlaufen solle. Stundenlang brütete er über ihrer Adresse im Telefonverzeichnis. Er saß vor dem Apparat, zitternd vor Aufregung, gebannt von dem Gedanken, daß er mittels der furchtbaren Magie dieses Instruments binnen einer halben Minute bei ihr sein, ihre Stimme hören könne.

Er suchte ihr Heim auf. Sie wohnte in einem alten Holzhaus, weitab vom Zentrum der Stadt. Vorsichtig strich er in der Nachbarschaft herum, hielt sich aber immer einen Block vom Haus entfernt. Er beobachtete es versteckt von allen Seiten, mit verstohlenen Augen, mit heiß zum Hals schlagenden Herzen – nie aber ging er vor dem Haus vorüber, nie direkt auf es zu.

Er war verkommen und dreckig. Seine alten Schuhe waren durchgelaufen, seine verhornten Fußsohlen traten das heiße Pflaster. Er stank.

Schließlich suchte er Arbeit. Arbeit gab es überall, aber die hohen Löhne, von denen er gehört hatte, gab es selten. Er konnte nicht behaupten, daß er Zimmermann oder Maurer sei. Er war ein schmutziger Junge, weiter nichts, und sah danach aus. Er ging zum Navy Yard in Portsmouth, zur Naval Base in Norfolk, zum Bush

Terminal; überall war Arbeit zu haben, sehr viel Arbeit zu haben: Schwerarbeit für vier Dollar am Tag. Er hätte sie gern genommen; es stellte sich aber heraus, daß er seinen ersten Lohn erst nach vierzehn Tagen haben konnte, weil der Lohn für die erste Woche einbehalten wurde, als Absicherung gegen Krankheit, irgendwelche Probleme oder vorzeitige Arbeitsniederlegung. Und er konnte sich unmöglich vierzehn Tage halten.

Er ging zum Juden und versetzte die Uhr, die ihm Eliza zum Geburtstag geschenkt hatte. Er bekam fünf Dollar. Dann setzte er mit dem Schiff wieder nach Newport News über und fuhr mit der Bahn die Küste hinauf nach Hampton. Er hatte in Norfolk die Nachricht aufgeschnappt, daß in Hampton auf dem Flugfeld Arbeit sei und daß die Arbeiter dort auf Kosten der Firma im Lager verpflegt und beherbergt würden.

Eine kleine Baracke am diesseitigen Ende einer langen Brücke, die zum Flugfeld hinüberführte, diente als Annahmestelle. Eugene wurde als Arbeiter eingetragen. Die Wache durchsuchte die Kleider und sein Handgepäck.

Dann schleppte er sich über die Brücke, stieß Schritt für Schritt den Handkoffer, in dem seine schmutzigen Sachen unordentlich verstaut waren, mit dem Knie vor sich her.

Schließlich taumelte er in das primitive Büro der Gesellschaft und fragte nach dem Leiter. Dieser war ein Mann von Mitte Dreißig, glattrasiert, blaß, erschöpft, der eine blaue Schirmmütze und Armbinden trug und eine feuchte, klebrige Zigarette im Mund behielt, während er sprach. Mit zitternder Hand schob Eugene ihm seinen Einstellungszettel hin. Der Mann warf einen kurzen Blick darauf. «Du bist Student, nicht wahr, mein Junge?» sagte er und sah Eugene an.

«Ja, Sir.»

«Schon mal ungelernte Arbeit gemacht?»

«Nein, Sir.»

«Wie alt bist du denn, Son?»

Eugene schwieg kurz. «Ich . . . neunzehn», sagte er schließlich und fragte sich, warum er, wenn er schon log, dann nicht den Mut gehabt hatte, zwanzig zu sagen.

Der Leiter grinste müde. «Ist 'ne harte Arbeit, Son. Du bist dann zwischen all den Itakern und Schweden und Ungarn. Du lebst mit ihnen in derselben Baracke, du wirst mit ihnen essen. Die riechen nicht sehr gut, Son.»

«Ich hab kein Geld», sagte Eugene. «Ich werd hart arbeiten. Ich werd bestimmt nicht krank. Geben Sie mir den Job, bitte!»

«Nein», sagte der Mann, «nein. Das tue ich nicht.» Blindlings drehte Eugene sich um und wollte gehen. «Ich will dir was sagen», bemerkte der Leiter, «ich geb dir 'nen Job als Kontrolleur. Dann bist du mit bei den Büroleuten. Da gehörst du hin. Du wirst dann mit denen in der Baracke wohnen. Sie sind nette Burschen», sagte er gewandt, «Studenten, so wie du.»

«Danke.» Eugene krampfte die Finger zusammen, heiser vor Erregung. «Danke.»

«Der Kontrolleur, den wir hatten, hört jetzt auf», sagte der Leiter. «Morgen früh gehst du mit ihm zu den Ställen, da kriegst du dein Pferd.»

«P-p-pferd?» fragte Eugene.

«Pferd», sagte der Leiter, «damit du herumreiten kannst.»

Mit einem komischen Gefühl im Bauch, halb Freude, halb Angst, dachte Eugene über das Pferd nach. Er wollte gehen. Es war ihm unerträglich, von Geld reden zu müssen. «Wie – wieviel?» krächzte er schließlich, gedrängt von einer Art Pflichtgefühl. Geschäftsmäßig sein.

«Ich geb dir zu Anfang achtzig Dollar im Monat», sagte der Leiter großartig. «Wenn du dich hier gut machst, kriegst du hundert.»

«Und . . . Essen und so?» fragte Eugene im Flüsterton.

«Klar», sagte der Manager, «das ist da mit drin.»

Eugene torkelte mit seinem Handkoffer davon; Sterne tanzten ihm vor den Augen.

Diese Monate, von Hunger und Entsetzen voll, können hier nur kurz und andeutungsweise behandelt werden. Kaum etwas von Eugenes Erlebnissen und von den Menschen, die er damals kannte, wird hier erzählt, denn die Ereignisse jener Zeitspanne gehören in eine Geschichte von Flucht und Wanderschaft. An dieser Stelle haben sie lediglich den Sinn einer Einführung in die Reise, die dieses Leben machen wird. Sie sind das Präludium der Verbannung, und aus dem Chaos dieser von Nachtalben verfinsterten Monate läßt sich nichts lesen außer dem blinden Tasten einer Seele nach Freiheit und Selbständigkeit.

Eugene arbeitete einen Monat lang auf dem Flugfeld.

Dreimal am Tag ritt er über das Areal, um die Anwesenheitslisten von zwei Dutzend Trupps abzuhaken, die damit beschäftigt waren, den Boden zu ebnen, zu planieren, die Baumstümpfe aus der sumpfigen Erde herauszureißen und dann unablässig, wie in einem erschöpfenden, sinnlosen Alptraum, die morastigen Erdkrater aufzufüllen, die die ganze schaufelbewehrte Plackerei vergebens erschienen ließen. Die Arbeitstrupps setzten sich aus allen Rassen und Schichten zusammen: Nigger aus den portugiesischen Kolonien, ebenholzschwarz, treu, wie Kinder, die ihn mit breitem, zähnezeigendem Grinsen begrüßten, wobei jeder auf sein großes weißes Ansteckschild wies, auf dem die Nummer stand – mit merkwürdigem Akzent riefen sie dann «neinuuundfienfzig, seksuuundneinzig» und so weiter; Penner aus der Bowery in schmierigen Sergeanzügen, zerdrückte Hüte auf dem Kopf, die angewidert mit Spitzhacken herumtändelten, die schmutzigen weichen Handflächen wundgerieben – diese harten, verderbten Gesichter, unsauber von Stoppelbärten überzogen, ähnelten jenen fauligen, ekelhaften gelbgrünen Dingern, die unter Fässern wachsen. Außerdem gab es dort Fischer von der Küste Virginias, die schleppend redeten, riesige gorillahafte Nigger aus Georgia und dem Tiefen Süden, Italiener, Schweden und Iren – alle Teil des großen amerikanischen Komposts. Er lernte sie alle kennen, und auch ihre Vorarbeiter – zähe, rücksichtslose Typen, grauhaarig und geil, die schnell handelten und immer obszöne Sprüche klopften. Steif wie ein Hampelmann hockte er auf dem Pferd, vor dem er Angst hatte, starrte in den Himmel und vergaß manchmal ganz den großen Körper, der sich unter ihm in einem braunen, sinnlichen Rhythmus streckte und zusammenzog. Die Flieger erfüllten das blaue Virginia-Wetter mit dem mächtigen Dröhnen der Liberties.

Schließlich hungerte ihn wieder nach Schiffen und Gesichtern. Er gab seine Arbeit auf und lebte von seinem Lohn eine Woche in Saus und Braus in Norfolk und an den Stränden Virginias. Fast wieder ohne einen Cent und nichts als das wilde Kaleidoskop von tausend Straßen und Millionen Lichtern, die grelle Verwirrung und den gellenden Lärm des Karnevals im Kopf, kehrte er auf der Suche nach Arbeit nach Newport News zurück. Er war in Begleitung eines anderen Burschen aus Altamont, den er am Strand aufgelesen hatte. Dieser junge Mann, der ebenfalls das Sparen nicht gelernt hatte und als Kriegsarbeiter abenteuerte, hieß Sinker Jordan und war drei Jahre älter als Eugene. Er war ein hübscher, verwegener Junge, klein; er hinkte infolge eines Beinschadens, den er als Junge bei einem Footballspiel davongetragen hatte. Er war launisch und labil, haßte jede Anstrengung; Ausdauer bewies er nur, wenn es galt, sein Pech zu verfluchen.

Die beiden Jungen hatten zusammen ein paar Dollar. Sie machten gemeinsame Kasse und kauften sich, wild optimistisch, bei einem Pfandverleiher die nötigsten Zimmermannswerkzeuge: Hammer, Handsäge und T-förmige Reißwinkel. Sie reisten fünfzehn oder zwanzig Kilometer landeinwärts in ein trauriges Regierungscamp unter den Föhren Virginias, das vor Hitze fast verging. Sie wurden abgewiesen und kehrten niedergeschlagen und finster in die Stadt zurück, die sie morgens so hoffnungsfroh und heiter verlassen hatten. Noch ehe die Sonne unterging, hatten sie sich Arbeit auf der Werft beschafft, aber fünf Minuten nachdem sie sich morgens zur Arbeit gemeldet hatten, waren sie auch schon wieder entlassen. Sie mußten nämlich in einer Werkstatt voller Hobelspäne und stillsurrenden Treibriemen dem schmunzelnden Werkmeister gestehen, daß sie von der höchst spezialisierten Zimmermannsarbeit beim Schiffsbau keinen blauen Dunst hatten. Sie hätten ruhig hinzufügen können, daß sie von irgendeiner anderen Zimmermannsarbeit ebensowenig wußten.

Nun hatten sie keinen Cent mehr. Als sie wieder auf der Straße waren, schmiß Sinker Jordan die fatalen Werkzeuge auf das Pflaster und fluchte wüst über die blödsinnige Anschaffung, die sie nun zum Hungerleiden verdammte.

Eugene hob die Werkzeuge auf und brachte sie dem unerschütterlichen jüdischen Onkel, der sie ihm wieder abnahm. Er gab ihm nur ein paar Dollar weniger dafür, als sie ihm am Morgen dafür bezahlt hatten.

So verging der Tag. Sie fanden eine Unterkunft in einer schäbigen Pension, wo Sinker Jordan in einem Höhepunkt der Dummheit all ihr restliches Geld den gierigen Händen der Pensionswirtin überantwortete, die, wie sie betonte, eine wirkliche Dame sei. Aber sie hatten vorher etwas gegessen und waren im Vollbesitz all der Hoffnung, die man mit gefülltem Magen hat, wenn man jung ist. So schliefen sie ein; Sinker in vollster Sorglosigkeit und ohne die geringste Mühe.

Eugene stand in aller Herrgottsfrühe auf; nach vergeblichen Versuchen, den selig schlafenden Sinker zu wecken, ging er an die schäbigen, gelben Piers im Hafen, wo die Munition nach Frankreich verstaut und abtransportiert wurde. Nachdem er den ganzen Morgen die staubige Straße vor der bewachten Einzäumung auf und ab gelaufen war, fand er schließlich für sich und Sinker Arbeit. Der sie ihm gab, war der Oberlademeister Finch, ein geschwollener, kleinlicher Tyrann. Mr. Finch war ein nervöser, häßlicher Mann mit groben Kinnbacken, um die die gespannten Muskeln ständig zuckten; er hatte stechende Augen und trug eine Brille.

Am nächsten Morgen um sieben ging er an die Arbeit. Sinker erschien erst zwei Tage später, nachdem sein letztes Kleingeld ausgegeben war. Eugene schraubte seinen Stolz herunter und lieh sich ein paar Dollar von einem der anderen Kontrolleure. Davon lebten er und Sinker kärglich bis zur nächsten Lohnauszahlung, die schon nach ein paar Tagen war. Das Geld, das sie bekamen, schlüpfte schnell durch ihre achtlosen Finger. Bald hatten sie nur noch ein paar Münzen, und der nächste Zahltag war erst in zwei Wochen. Sinker würfelte mit den Kontrolleuren hinter der großen Festung aus Hafersäcken auf dem Pier, verlor, gewann, verlor, stand ohne einen Cent auf und verfluchte Gott. Eugene kniete neben ihnen, den letzten halben Dollar auf dem Handteller, ohne auf Sinkers bitteren Vorwurf zu hören. Er hatte noch nie Würfel gespielt, und natürlich gewann er. Acht Dollar und fünfzig Cent.

Er erhob sich hochgemut von den erstaunt Fluchenden und lud Sinker zum Dinner im besten Hotel ein.

Zwei Tage später ging er wieder hinter die Burg aus Hafersäcken, spielte um seinen letzten Dollar und verlor.

Er begann zu hungern. Kriechend ging ein Tag müde in den nächsten über. Das glühende Auge des Juli brannte in senkrechter, unerträglicher Helligkeit auf den Pier herab. Schiffe und Güterzüge liefen aus und ein; Munition und Fourage für die Soldaten. Die heiße, staubige Luft verschwamm ihm in tanzenden Partikeln vor den Augen, und er machte erschöpft lange *tallies*, wenn die großen schwarzen Stauer mit ihren Ladekarren an ihm vorüberschwärmten. Sinker Jordan bettelte und erborgte kleine Summen von den anderen Kontrolleuren und lebte von Mineralwasser und Käse aus dem kleinen Kramladen gegenüber der Ladestation. Eugene konnte nicht betteln und borgen gehen. Teilweise war es Stolz, mehr aber noch hemmte ihn seine mächtig brütende Lethargie, die zusehends die Herrschaft über seinen Willen zum Handeln gewann. Er konnte einfach nicht sprechen. Jeden Tag nahm er sich vor: «Heute werde ich zu einem von ihnen reden. Ich werde sagen, daß ich essen muß und kein Geld habe.» Aber als er es versuchte, konnte er einfach nicht sprechen.

Da sie tüchtig arbeiteten und mehr Arbeit zu bewältigen war, mußten sie nachts Überstunden machen. Diese Überstunden wurden fünfzig Prozent besser bezahlt als die Tagesarbeit. Eugene hätte sich sonst gern das Geld verdient, aber nun, taumelnd vor Erschöpfung, war ihm der Ruf zur Arbeit entsetzlich. Mehrere Tage schon war er nicht mehr zu der finsteren Bude heimgegangen, in der er mit Sinker Jordan zusammen hauste. Nach Feierabend suchte er sich eine Oase in der Riesenburg aus Hafersäcken und schlief den Schlaf des Erschöpften. Das Rattern der Krane und Winden, das Rumpeln der Karren, das Sirenentuten ferner Dampfer, die oben am Strom verankert waren, klang wie eine verworrene, nur sehr leise Symphonie in seinen Ohren.

Er lag da, und die Welt verdämmerte in seinem Bewußtsein. Und der Krieg erreichte seinen leidenschaftlichsten, blutigsten Höhepunkt in diesem furchtbaren Monat. Er lag da wie sein eigener

Geist und dachte mit Schmerz und Kummer an all die Millionen Städte und Gesichter, die er nicht gekannt hatte. Er war das Atom, um das sich alles frühere Leben gedreht hatte – Cäsar war für ihn gestorben und ein namenloses Weib in Babylon, und irgendwo hier, auf diesem wunderbaren, sterbenden Fleisch, auf diesem Myriadenhirn ruhte die Spur ihres Geistes.

Und er dachte an die fremden, verlorenen Gesichter, die er gekannt hatte, an die einsamen Gestalten seiner Angehörigen, jede ans Chaos verdammt, jede mit Ketten an ein Schicksal von Verlust und Untergang geschmiedet: – Gant, ein gestürzter Titan, auf unendliche Sichten der Vergangenheit zurückstarrend, gleichgültig gegen die Welt, die ihn umgab – Eliza, wie eine Ameise mit blindem Raffen beschäftigt – Helen, kinderlos, weglos, rasend: eine große Woge, die sich an wüstem Felsenstrand bricht – und schließlich an Ben, den Geist, den Fremden, der in diesem Augenblick in einer anderen Stadt umherschlich, die tausend Gassen des Lebens auf und ab ging und keine Türen fand.

Am nächsten Tag auf dem Pier wurde es Eugene schwächer und schwächer in den Knochen. Er saß spreizbeinig auf einem Thron dicker Hafersäcke, es schwamm ihm vor den Augen, als er das Einladen der Säcke überwachte und das *tally* mit zitternden Zeichen auf das große Blatt schrieb. Die Hitze dunstete schrecklich durch den körnigen Luftstaub; er bewegte jedes Glied mit äußerster Vorsicht, er hob es auf und legte es an seinen Platz zurück, als wäre es ein völlig von ihm getrennter Gegenstand.

Als Feierabend war, wurden sie zur Nachtarbeit bestellt. Eugene, taumelig vor Schwäche, lauschte der weithin schallenden Stimme des Oberlademeisters.

Die Stunde des Nachtessens fiel auf den heißen Pier mit dem plötzlichen Geräusch der Stille. Es kamen, matter werdend, Geräusche aus dem riesigen Lagerschuppen. Eugene hörte noch schwach die trampelnden Tritte der Arbeiter am Ausgang, das Schwappen des Wassers an einen großen Schiffsrumpf, ein paar Laute von der Brücke.

Er kletterte auf die Burg aus Hafersäcken, bis er die höchste

Zinne erreicht hatte. Die Welt verebbte aus seinem schwindenden Bewußtsein. Nachher, wenn ich mich ausgeruht habe, werde ich runterklettern und wieder arbeiten. Es ist ein heißer Tag gewesen. Ich bin müde.

Als er versuchte, die Glieder zu bewegen, konnte er es nicht mehr. Sein Wille kämpfte vergeblich gegen die unwägbare Bleilast seines Fleisches, hilflos wie ein Mann im Käfig. Er dachte nach, ruhig und klar dachte er nach, erleichtert und still erfreut: Sie werden mich hier nicht finden. Ich kann mich nicht bewegen. Es ist vorbei. Wenn ich das vorher gewußt hätte, hätte ich mich gefürchtet. Aber jetzt fürchte ich mich nicht. Da lieg ich auf dem Hafersack und tu mein Teil für die Demokratie. Ich werde anfangen zu stinken. Dann werden sie mich finden.

Das Leben verglomm aus seinen müden Augen. Er lag halb ohnmächtig auf den Säcken ausgereckt. Er dachte an das Pferd.

So fand ihn der junge Kontrolleur, der ihm am Anfang einmal Geld geliehen hatte. Er beugte sich über ihn, hielt ihm mit der einen Hand den Kopf hoch und flößte ihm mit der anderen aus einer Flasche starken, scharfen Branntwein ein. Als Eugene sich ein bißchen erholt hatte, half er ihm von der Haferburg herunter und ging langsam mit ihm über die lange hölzerne Plattform des Piers.

Sie gingen über die Straße in einen kleinen Kramladen. Der Kontrolleur bestellte eine Flasche Milch, eine Schachtel Cracker und ein großes Stück Käse. Als Eugene aß, liefen ihm die Tränen über das schmutzige Gesicht. Er konnte sie nicht zurückhalten; er weinte vor Hunger und Schwäche.

Der Kontrolleur stand aufmerksam über ihm und sah ihn mit gütig-besorgten Blicken an. Er war ein junger, hohlwangiger Mann mit einem kleinen Tellergesicht; er trug eine Gelehrtenbrille und rauchte nachdenklich Pfeife.

«Warum hast du mir nichts gesagt, Junge? Ich hätte dir Geld gegeben», sagte er.

«Ich – weiß – nicht», sagte Eugene zwischen zwei Bissen Käse. «Konnte nicht.»

Von den fünf Dollar, die er ihm lieh, lebten Eugene und Sinker

Jordan bis zum Zahltag. Dann, nachdem sie vier Pfund Beefsteak zur Nacht gegessen hatten, reiste Sinker Jordan nach Altamont ab, um eine Erbschaft zu genießen, die ihm ein paar Tage zuvor, an seinem einundzwanzigsten Geburtstag, rechtsgültig zuteil geworden war.

Eugene blieb.

Er war wie ein Mann, der gestorben ist und nun wiedergeboren wurde. Alles Vergangene lag in einer Geisterwelt. Er dachte an seine Familie, an Ben, Laura James wie an Geister. Seine Umgebung wurde unwirklich. Den ganzen vergangenen August hindurch, als der Krieg auf sein Ende zumarschierte, hatte er diesen sterbenden Karneval betrachtet. Nichts schien mehr hart, heiß, roh, neu zu sein. Alles war alt, alles lag im Sterben. Eine großartige Sphärenmusik, auf ewig fern-leise, wie die Sprache seiner vergessenen Welt, erklang in ihm. Er hatte die Geburt erlebt. Er hatte Schmerz und Liebe erlebt. Er hatte den Hunger erlebt und fast auch den Tod.

Abends, wenn er keine Nachtschicht hatte, fuhr er mit der Straßenbahn an den Strand. Aber der einzige Laut, der wirklich war, nah und gegenwärtig, war der Klang der ewigen See, die in seinem Herzen, seinem Hirn widerhallte. Er wandte ihr sein Gesicht zu. Hinter ihm wurden die unzähligen billigen Lichter, das Klappern, der Lärm, das Konfetti, das ohrenbetäubende Schmettern der Saxophone, der ganze freudlose, grelle Lärm seines Landes gedämpfter; alles war plötzlich traurig, fern, phantomhaft. Das sich drehende Karussell, das grölende Tanzorchester, welches *K-K-Katy, wunderschöne Katy, Arme kleine Butterblume* und *Kindergebet im Dämmern* spielte. Und auch diese billige Musik wurde elfenhaft und lieblich, verwandelte sich in Zauber, wurde Teil des romantischen, sanften Virginias, verschmolz mit dem Branden des Meeres, als es aus der ewigen Dunkelheit heranrollte, über den Strand hinweg, und wurde Teil seines eigenen erhabenen Schmerzes, seiner triumphierenden Einsamkeit jenseits der Qual, der Liebe und des Hungers.

Sein Gesicht war hell und schmal wie eine Messerklinge unter dem lockigen, reichen Haarschopf, sein Körper so mager wie der einer halbverhungerten Katze, seine Augen glänzend und wild. O See, dachte er, ich bin der Berggeborene, Eingekerkerte, der Geist, der Fremde, und ich gehe hier an deiner Seite. O See, ich bin einsam wie du, ich bin fremd und fern wie du, ich bin schmerzerfüllt wie du; mein Hirn, mein Herz, mein Leben haben wie deines fremde Strände berührt. Du bist wie eine Frau, die du unter dir auf dem Korallenboden ruhst. Du bist eine enorme, fruchtbare Frau mit dicken Schenkeln und einem üppigem Schopf lockigen Frauenhaares, das wie grünes Moos über deinem Bauch flutet. Und du wirst mich ins Land des Glücks bringen, du wirst mich auf glänzenden Schiffen dem Ruhm entgegentragen.

Dort an der dunklen See Virginias dachte er an die vergessenen Gesichter, die Millionen Formen seines Ichs, den Geist seines verlorenen Fleisches. Das Kind, das Swains Kuh muhen hörte; der verirrte Knabe in den Ozarks, der Zeitungsjunge des Negerviertels und der junge Mann, der an der Seite von Jim Trivett durch die vergitterte Tür schritt. Und die Kellnerin, Ben, Laura? Auch tot? Wo? Wie? Warum? Warum wurde das Gewebe gewirkt? Warum sterben wir so viele Tode? Wie bin ich hierher an die Meeresküste geraten? O Verlorener, o Ferner, Einsamer, wohin?

Dann als er zwischen den Tanzenden hindurch zurückging, eine Vogelscheuche in flatternden Lumpen, blickte er um sich und sah sich selbst in der Menge. Er schien aus zwei Personen zu bestehen. Immer sah er sich mit dunklem, geneigtem Gesicht auf dem Zaunbalken sitzen und zusehen, wie er gleichzeitig in einer lustigen Gruppe junger Leute vorüberging. Er sah sich in der Menge, ein Stück kleiner als in Wirklichkeit, unproblematisch eins mit einer Welt, die groß genug für ihn war. Und während er starrte und sich als Geliebten, willkommen Geheißenen sah, hörte er sie lachen – plötzlich fühlte er den harten, weißen Ring ihrer Gesichter sich um ihn schließen, und er stürzte fluchend davon.

O meine süßen Nutten! Meine schönen billigen Huren! Ihr kleinen kitzelnden Herumspielerinnen, ihr wagt es, über mich zu kichern! Über mich! Mich! (Er schlug sich mit den Fäusten gegen die Rippen.) Ihr macht euch über mich lustig mit euren Tellerwäschern, aufgedonnerten Affen, euren Matrosen-Gorillas, ihr niedlichen kleinen Hinterveranda-Strichbienen! Was wißt ihr denn schon! Die Lust eines Bocks, der Gestank von euresgleichen – das ist genug für euch, meine Süßen. Und doch lacht ihr mich aus! Aber ich werd euch sagen, warum: Ihr habt Angst vor mir, weil ich nicht wie die anderen bin. Ihr haßt mich, weil ich nicht dazugehöre. Ihr merkt, daß ich feiner und großartiger bin als alle, die ihr kennt: Ihr könnt nicht an mich heran, und ihr haßt mich! Genauso ist es! Die vergeistigte und doch männliche Schönheit meiner Züge, mein knabenhafter Charme *(denn ich bin nur ein Junge)* vereint mit der tragischen Weisheit meiner Augen (so alt wie das Leben selbst, vom lastenden Verhängnis der Zeitalter erfüllt), das sensible, zarte Zucken meines Mundes und mein wunderbares düsteres Gesicht, das in seltsamer Anmut nach innen blüht, wie eine Blume: das alles wollt ihr umbringen, weil ihr es nicht berühren könnt. Ach! (Seine Augen wurden feucht vor Liebe und Pathos, wenn er an seine seltsame Schönheit dachte, und er mußte sich die Nase putzen.) Ach, aber sie weiß es. Die Liebe einer Dame. Stolz, mit Tränen in den Augen sah er sie neben sich stehen, vom Pöbel abgehoben: ihren eleganten kleinen Kopf, umwunden vom Armband blonden Haars, an seine Schulter gelehnt, zwei herrliche Perlen in den Ohrläppchen. Süße! Süße! Wir stehen hier auf einem Stern. Wir sind nun jenseits von ihnen. Sieh doch! Sie werden kleiner, verblassen, sind vorüber. O siegreiche, standfeste, wunderbare Liebe – meine Süße, wir überdauern.

Solcherart in Gedanken verloren über der Vision seiner eigenen Schönheit, erregt von seiner eigenen heroischen Musik, feuchten Auges, wechselte er zu der verbotenen Siedlung über, in der wachsame Patrouillen der Hafen- und Militärpolizei nach Matrosen und Soldaten Ausschau hielten, und schlich leise in eine dunkle Nebenstraße zu einem schäbigen Holzhaus mit heruntergelassener Jalousie, woselbst eine Liebe wohnte, die für drei Dollar zu haben war und sich mit seiner Fabel umhüllen ließ. Sie hieß Stella Blake und hatte es nie eilig. Bei ihr lebte ein junges, zwanzigjähriges Mädchen mit maisblondem Haar, deren Familie in Pulpit Hill ansässig war. Manchmal ging er auch zu ihr.

Zweimal in der Woche kamen die Truppen durch die Stadt.

Dichtgedrängt standen sie braungekleidet und müde zu Tausenden am Pier, während eine Gruppe von Offizieren an einem Tisch an der Gangway ihre Abfertigungspapiere durchblätterte. Dann wurden sie im Gänsemarsch – jeder schwitzend unter seiner Gepäcklast gebückt – aus der Glutofenhitze des Piers in die noch heißere Gefängniszelle des Schiffes geschleust. Die großen Schiffe in ihren scheckigen Tarnanstrichen warteten im Strom, glitten hinein und hinaus, ein nicht abreißendes Geschwader.

Manchmal bestanden die Truppen aus Schwarzen – Arbeitsregimenter aus Georgia und Alabama; große Gorillas aus Texas. Sie glänzten vor Schweiß, ihr dröhnendes, tiefes Lachen ertönte – gehorsam wie Kinder waren sie und nannten ihre fluchenden Offiziere «Boss». «Nennt mich nicht noch mal ‹Boss›, ihr Arschlöcher!» brüllte ein junger Leutnant aus Tennessee, der während der Verladeaktionen fast durchgedreht war, als er die ihm Anvertrauten durch die Hölle führen mußte. Begeistert grinsten sie ihn an, voller Zuneigung, wie gute artige Kinder, als er tobend den Pier auf und ab stampfte. Hin und wieder reizten sie ihn zu neuen Zornesausbrüchen, wenn sie sich über verlorengegangene Helme, Bajonette, Pistolen oder irgendwelche Papiere beklagten. Irgendwie fand er diese Sachen dann wieder und gab sie ihnen; irgendwie fluchte er sich durch alles hindurch und hielt sie in Reih und Glied. Deshalb grinsten sie liebevoll und nannten ihn «Boss». «Und was zum Teufel habt ihr jetzt wieder angestellt?» schrie er, als ein hünenhafter schwarzer Feldwebel, der mit einigen anderen am Tisch der Prüfungskommission stand, plötzlich in lautes, kummervolles Gebrüll ausbrach. Der feurige Leutnant rannte fluchend zu ihnen. Dieser Feldwebel und die anderen Freiwilligen – alles Texasneger – waren ohne gültiges Gesundheitszeugnis aus dem Lager gekommen. Sie litten an einer Geschlechtskrankheit, die man nicht auskuriert hatte. «Boss», blubberte der dicke schwarze Feldwebel los, «wir wolln nach Frankreich gehn. Wir wolln nich in diesm gottverdammten Loch steckenbleiben.» (Das kann ich ihnen nicht verdenken, dachte Eugene.) «Ich bring euch um! Gott ist mein Zeuge, ich bring euch alle um!» brüllte der Offizier, schleuderte seine schmucke Mütze zu Boden und trampelte darauf herum. Kurz darauf führte er sie an der Seite eines Sanitätsoffiziers hinter den großen Wall aus Hafersäcken, um sie untersuchen zu lassen. Fünf Minuten später kamen sie wieder. Die Neger sprangen vor Freude in die Luft, drängten sich um ihren hitzigen Führer und ergriffen seine Hände, bedeckten sie mit Küssen, schmeichelten sich bei ihm ein, beteten ihn an.

«Da kannst du mal sehen», sagte der tellergesichtige Kontrolleur, der sich mit Eugene das Schauspiel angesehen hatte, «wie man mit Niggern umgeht. Man darf nicht nett zu ihnen sein. Sie würden sich für den Typ da umbringen lassen.»

«Er sich für sie auch», sagte Eugene.

Diese Neger, überlegte er, die aus Afrika stammten, auf irgendeiner Auktion in Louisiana verkauft worden waren und nun in Texas leben, sind jetzt auf dem Weg nach Frankreich.

Mr. Finch, der Oberlademeister mit den häßlichen Schlitzaugen und dem liebenswürdigem Heimtückerlächeln, trat an Eugene heran.

«Ich hab da 'ne Arbeit für Sie, Gant», sagte er. «Doppelte Bezahlung. Sie sollen auch mal ans leichtverdiente Geld ran.»

«Ja. Worum handelt es sich?» fragte Eugene.

«Das Schiff da wird mit großem Stoff beladen. Es fährt sofort raus auf den Strom und wird dort vollgepackt. Sie werden heut abend mit einem kleinen Schleppboot abgeholt», erklärte er.

Der Kontrolleur mit dem Tellergesicht, dem Eugene strahlend von seinem Auftrag berichtete, sagte:

«Ich bin auch aufgefordert worden; ich sagte, ich wollte nicht.»

«Warum?» fragte Eugene.

«Ich bin nicht so versessen aufs Geld. Sie laden das Schiff mit TNT und Nitroglyzerin. Die Nigger spielen Baseball mit den Kisten. Wenn eine hinfällt, können sie deine Überreste in einem Eimer heimschicken.»

«Das gehört alles zu einer guten Tagesarbeit!» sagte Eugene dramatisch.

Das war Gefahr, Krieg. Er war entschlossen, seine Haut für den Sieg der Demokratie zu Markte zu tragen. Er war begeistert.

Als der große Frachtdampfer vom Pier wegglitt, stand er spreizbeinig am Bug. Kühne Adlerblicke schossen aus seinen Augen. Durch seine dünnen Schuhsohlen brannten die eisernen Deckplanken, so daß er Blasen an den Füßen bekam. Das machte ihm gar nichts. Er war Kapitän.

Der Frachter ging seewärts unten in der Reede vor Anker. Die großen, flachen Lastkähne wurden von Schleppern angebracht. Den ganzen Tag über in der siedenden Hitze wurde die Ladung aus den schaukelnden Kähnen hinüber auf den Frachter getragen und verstaut; die riesigen gelben Spiere schwangen auf und nieder. Als es Abend wurde, hatte der Frachter Tiefgang. Er war bis oben vollgepackt mit Granaten, Pulver und Sprengstoff; auf den heißen Deckplanken lagerten zwölfhundert grauenvolle Tonnen Feldartillerie.

Eugene stand mit eiferheißen, abschätzenden Augen bei den Geschützen, schrieb Nummern, Gegenstände, Stücke auf. Er hatte Autorität. Von Zeit zu Zeit schob er sich eine Handvoll saftigen Stücktabak in den Mund und kaute ihn mit Genuß. Er spuckte brutzelnde Priemklumpen auf das heiße Deck. Donnerwetter, dachte er, das ist Männerarbeit. Hebt – hoch! Ihr schwarzen Teufel! Da ist ein Krieg im Gange! Er spuckte aus.

Das Schleppboot kam abends und holte ihn ab. Er saß abseits von den Stauern und versuchte sich einzureden, daß das Boot für ihn allein gekommen wäre. Die Lichter zwinkerten die lange Küste Virginias hinauf. Er spuckte ins strudelnde Wasser.

Wenn die Züge und Ladekarren aus und ein rollten, hoben die Stauer die hölzerne Bindungsbrücke hoch, die sich vom Pier auf die Lastdampfer spannte. Schritt für Schritt, rhythmisch in Ruck und Halt, strängten die Arbeitsgruppen an den Tauen und sangen unter der Leitung ihres Vorarbeiters ihr Lied von Liebe und Arbeit.

«*Jelly roll*! – He!!! – *Je-e-elly roll*!»

Hünenkerle von Negern. Jeder von ihnen hielt eine Frau aus. Sie machten fünfzig bis sechzig Dollar die Woche.

Ein- oder zweimal noch im Spätsommer fuhr Eugene nach Norfolk. Er versuchte nicht länger, Laura James zu sehen. Sie schien fern und verloren. Aber er suchte den Seemann Luke auf.

Er hatte den ganzen Sommer nicht nach Hause geschrieben. Nun fand er einen Brief in Gants gotischer Krakelschrift, einen kranken, matten Brief aus sorgenvoller Ferne. O verloren! Eliza, in der Plackerei der Geschäfte und des Sommerbetriebs, hatte ein paar praktische Zeilen dazugeschrieben. Spar dein Geld. Iß immer vernünftig. Sei ein guter Junge.

Der Junge war abgemagert zu einer Stange aus brauner Haut und großen Knochen. Er hatte während des Sommers über dreißig Pfund verloren. Er war zwei Meter lang und wog hundertfünfzehn Pfund.

Der Seemann erschrak über das abgezehrte Gestell und erging sich in polternden Vorwürfen:

«Warum ha-ha-hast du mich nicht wissen lassen, wo du stecktest? Idiot! Ich hätt dir doch Geld geschickt. Um Go-go-gottes willen! Komm, gehn wir essen!» Woraufhin sie aßen.

Der Sommer fuhr dahin. Als der September kam, gab Eugene seine Arbeit auf, lebte zwei Tage flott in Norfolk und trat dann die Heimreise an. In Richmond mußte er umsteigen. Während der dreistündigen Wartezeit zwischen den Zügen änderte er plötzlich sein Vorhaben und ging in ein gutes Hotel.

Er war stolz auf seinen Sieg. Er hatte hundertdreißig Dollar in der Tasche, schwerverdientes Geld. Er hatte allein gelebt, hatte Schmerz und Hunger erfahren, hatte überlebt. Der alte Hunger nach Reisen fraß ihm am Herzen. Er war begeistert vom Glanz des heimlichen Lebens. Die Angst vor den Menschen – Mißtrauen und Haß auf das Herdendasein, Entsetzen vor den Stricken, die ihn furchtbar an die Sippe der Erdgebundenen fesselten – beschwor wieder die große Utopie seiner Einsamkeit herauf. Oh, allein sein, wie diesmal, in fremde Städte reisen, fremde Leute kennenlernen und weiterfahren, ehe sie einen kennenlernten . . . als seine eigene Legende über die Erde wandern . . . es schien ihm, es gäbe auf der Welt kein besseres Los.

An seine Angehörigen dachte er fast mit Haß. Mein Gott! Werde ich nie frei sein? dachte er. Was hab ich getan, um diese Sklaverei zu verdienen? Angenommen, ich wär in China oder in Afrika oder am Südpol . . . ich würde immer Angst haben, Papa stürbe, während ich weg bin. Er verrenkte den Hals, als er sich Gants Tod vorstellte. Und das würden sie mir schön unter die Nase reiben, wenn er stürbe, ohne daß ich dabei wäre. Da treibst du dich in China herum, würden sie sagen, und hier liegt dein Vater auf dem Totenbett, unnatürlicher Sohn! Verflucht sollen sie sein, alle miteinander! Was habe ich denn dort zu suchen? Können sie denn nicht allein sterben? Allein! O Gott! Gibt es keine Freiheit mehr auf Erden?

Jäh entsetzt sah er ein, daß solche Freiheit eine langwierige Welt weit weg lag, daß sie nur durch ein Maß von Ausdauer und Mut erkauft werden könne, wie es wenige Menschen besitzen.

Er blieb ein paar Tage in Richmond, lebte üppig in dem glänzenden Hotel, aß von silbernen Tellern im Grillroom, bummelte beglückt durch die breiten Straßen der alten, romantischen Stadt, in der er einmal als Erstsemester zum Erntedankfest gewesen war, als seine Universitätsmannschaft gegen die von Virginia spielte. Drei Tage lang bemühte er sich, eine Kellnerin aus einem Eiskrem- und Konfitürenladen zu verführen; er lockte sie schließlich in eine mit Vorhängen abgeschlossene Nische in einem Chop-Suey-Restaurant, und alle seine Bemühungen waren für die Katz, denn die erlesene Mahlzeit, die er mit dem Chinesen eingehend besprochen hatte, erregte ihren Abscheu, weil ein mit Zwiebel bereitetes Gericht dabei war.

Ehe er heimfuhr, schrieb er einen langen Brief an Laura James in Norfolk, einen erbärmlichen, prahlerischen, wahnsinnig krächzenden Brief, der so endete: «Ich war den ganzen Sommer dort und hab dich nie aufgesucht. Ich sah keinen Grund, warum ich mich weiter mit dir abgeben sollte. Du warst nicht einmal anständig genug, meine Briefe zu beantworten. Außerdem ist die Welt voller Weiber; ich hab mehr als mein Teil von ihnen gehabt in diesem Sommer.»

In bösartig triumphierender Laune schickte er den Brief ab. Als der Deckel über den Briefkastenschlitz zufiel, verkrampfte sich sein Gesicht. Er lag wach und wand sich vor Scham und Reue über seine pubertäre Albernheit. Sie hatte ihn abermals besiegt.

34

Eugene kehrte in den letzten vierzehn Tagen vor Universitätsbeginn nach Altamont zurück. Die Stadt und die Nation gärten von der Hefe des Kriegs. Das Land wurde in ein riesiges Heerlager verwandelt. Aus Universitäten wurden Trainingscamps für Offiziere. Jedermann «tat seine Pflicht».

Es war eine armselige Kursaison gewesen. Eugene fand Dixieland fast leer, bis auf die verdrießliche Handvoll halb regelmäßiger Besucher und die Dauergäste. Mrs. Pert war da, süß, liebenswürdig und ein bißchen zerfahrener als sonst. Und Miss Newman war da, eine neurotische alte Jungfer mit einem Spatzengesicht, asthmatisch, die mit der Zeit Elizas inoffizielle Assistentin im Hausbetrieb geworden war.

Miss Malone, die hagere Drogensüchtige mit den schlaffen grauen Lippen, war da. Fowler, ein blonder, rotgesichtiger Bauingenieur, der lautlos kam und ging und stets den besoffenen Gestank von Maiswhisky hinter sich herzog, war da.

Und Gant war da. Er hatte endgültig sein Heim in der Woodson Street aufgegeben; es war vermietet, und er wohnte in einem großen Hinterzimmer in Dixieland – ein bißchen wächserner, ein bißchen wehleidiger, ein bißchen schwächer als zuvor.

Und Ben war da.

Ben war vierzehn Tage vor Eugene heimgekehrt. Er war abermals von der Musterungskommission zurückgewiesen worden, war endültig untauglich für den Dienst im Heer oder bei der Flotte erklärt. Er hatte über Nacht seine Stelle in der Tabakstadt aufgegeben und war stumm und mürrisch nach Haus gefahren. Er war dünner und sah mehr denn je wie aus altem Elfenbein geschnitzt aus. Ganz leise schlich er im Haus herum, rauchte unzählige Zigaretten, fluchte kurz und knurrig, verzweifelt über die Vergeblichkeit des Daseins. Sein altes, mürrisches Stirnrunzeln war verschwunden; sein altes, ärgerliches Gebrumm hatte er vergessen; sein leises, verächtliches Lachen, in dem sich soviel Zärtlichkeit versteckt hatte, lachte er nicht mehr. Er war von einem verhaltenen, aber innerlich kochendem Wahnsinn besessen.

Während der zwei kurzen Wochen vor seiner Rückkehr auf die Universität wohnte Eugene mit ihm zusammen im Obergeschoß in einem kleinen Stübchen mit einer Schlafaltane. Und der Stille redete; er redete sich aus einem leisen, heftigen Knurren in eine helle, heulende Wut, in bittere Verwünschungen, in unerbittlichen Haß. Seine Stimme schrillte vor Leidenschaft über die nachtschlafende, herbstraschelnde Welt.

«Was hast du denn mit dir angefangen, du kleiner Idiot?» fing er an, als er die eingefallenen Rippen des Jungen sah. «Du siehst ja wie 'ne Vogelscheuche aus.»

«Es geht schon wieder», sagte Eugene. «Ich hatte eine Zeitlang nichts zu essen. Aber ich hab nicht heimgeschrieben», fügte er stolz hinzu. «Sie bilden sich ein, ich könne ohne sie nicht durchhalten, aber ich kann es, den Beweis habe ich erbracht. Ich hab sie nicht um Hilfe gebeten und bin sogar mit eignem Geld heimgekommen. Guck mal!» Er zog eine Rolle schmuddeliger Banknoten aus der Tasche und faltete sie stolz auf.

«Ach, wer will denn was von deinem lausigen Kleingeld wissen?» gellte Ben zornig. «Dummkopf! Da kommst du heim und siehst wie ein Toter aus und spielst dich auf, als hättest du wer weiß was für eine Großtat vollbracht! Was hast du schon geschafft? Du hast dich zum Affen gemacht, weiter nichts!»

«Ich hab mich selbst durchgebracht!» schrie Eugene verletzt und wütend. «Ja, das hab ich fertiggebracht!»

«Bäh!» Ben rümpfte gehässig die Nase. «Du kleiner Idiot! Genau das haben ja die Alten gewollt! Rede dir doch nicht ein, daß du ihnen ein Schnippchen geschlagen hättest! Wirklich, nur das nicht! Ihnen ist es verdammt schnuppe, ob du verreckst oder nicht, solange es sie kein Geld kostet. Warum spielst du dich also auf? Dazu hast du erst Grund, wenn du ihnen Geld aus der Tasche gelockt hast.»

Die Ellenbogen aufgestützt, lange Lungenzüge rauchend, bitter schweigend lag er da. Dann, als er sich ein wenig beruhigt hatte, fuhr er fort:

«Nein, Eugene. Locke ihnen das Geld aus der Tasche, lotse es ihnen ab. Entreiße es ihnen auf jede Art. Zwinge sie, damit rauszurücken. Bettle sie an. Nimm es einfach. Stiehl es. Bloß: sieh unbedingt zu, daß du es kriegst. Wenn du es ihnen läßt, dann verrottet es. Nimm es ihnen ab und mach dich aus dem Staub damit. Geh weg und komm nie wieder zurück. Zum Teufel mit ihnen, zum Teufel!» gellte er.

Eliza war lautlos die Treppe heraufgekommen, um die Lichter auszuknipsen; sie hatte eine Zeitlang vor der Tür gestanden, nun klopfte sie leise an und trat ein. Einen zerrissenen Sweater über einem unbestimmbaren Konglomerat von Unterzeug, die Hände gefaltet, das Gesicht weiß und bekümmert, stand sie da und starrte. Sie schürzte vorwurfsvoll die Lippen und schüttelte den Kopf.

«Kinder», sagte sie, «es ist Schlafenszeit. Meine Gäste werden sich beschweren über euer lautes Gerede.»

«Pah!» sagte Ben gehässig lachend, «zum Teufel mit ihnen!»

«Kind, Kind, wirklich», quengelte sie, «du wirst uns ruinieren! Müßt ihr da draußen auf der Altane Licht brennen?» Argwöhnisch sah sie hinaus. «Was in aller Welt stellt ihr euch eigentlich vor. Wie könnt ihr nur soviel Strom verbrauchen?»

«Ach, nun hör dir das an, bitte!» sagte Ben und warf den Kopf hoch mit einem höhnischen Lachen.

«Ich kann es mir nicht leisten, alle diese Rechnungen zu bezahlen», erklärte Eliza zänkisch. «Bestimmt nicht!» Sie schüttelte nachdrücklich den Kopf. «Ihr braucht euch nicht einzubilden, daß ich es kann. Ich dulde es nicht! Wir müssen alle sparen!»

«Um Gottes willen!» höhnte Ben. «Sparen! Wofür denn! Damit du das Geld dem alten Doak für ein Baugrundstück geben kannst?»

«Nun, du hast es gar nicht nötig, dich aufs hohe Roß zu setzen», sagte Eliza. «Du brauchst die Rechnungen nicht zu bezahlen, sonst würdest du ganz anders reden. Ich höre so was nicht gern. Du hast jeden Cent, den du verdient hast, vergeudet, weil du den Wert des Dollars nie zu schätzen gelernt hast.»

«Aha!» sagte er. «Der Wert eines Dollars! Bei Gott, ich kenne ihn besser als du! Wenigstens habe ich für meinen Dollar was gehabt. Und was hast du gehabt? Sag mir's, ich möchte es wissen. Zur Hölle! Wozu ist dein Geld denn gut gewesen?» schrie er.

«Mach dich nur darüber lustig, soviel du willst», sagte Eliza streng. «Aber wenn dein Vater und ich nicht vorgesorgt hätten, dann hättest du kein eignes Dach überm Kopf. Dafür plage ich mich auf meine alten Tage! Das ist der Dank!» Sie brach in Tränen aus. «Undank! Undank!»

«Undank!» Er rümpfte die Nase. «Wofür sollte ich dankbar sein? Was haben du und der Alte mir je gegeben? Seit ich zwölf bin, habt ihr euch den Teufel um mich geschert. Nicht 'nen Nickel habt ihr mir gegönnt. Schau dir da deinen Jüngsten an! Ihr habt ihn im Land herumreisen lassen wie einen Irren! Ist es dir in diesem ganzen Sommer auch nur eingefallen, ihm einmal eine Karte zu schreiben? Hast du gewußt, wo er sich herumgetrieben hat? Hast du überhaupt nur eine einzige verfluchte Sekunde danach gefragt, solang sich die Möglichkeit bot, an deinen lausigen Pensionsgästen fünfzig Cent zu verdienen?»

«Undank!» zischte sie heiser und schüttelte streng und gebieterisch den Kopf. «Der Tag der Abrechnung wird kommen!»

«Um Gottes willen, nun hör dir das an, bitte!» sagte er geringschätzig lachend. Er rauchte einen letzten Zug und drückte seine Zigarette aus. Dann sagte er ganz gefaßt: «Nein, Mama! Du hast wirklich herzlich wenig getan, wofür wir dir Dank schulden müßten. Uns Ältere hast du wild herumlaufen lassen, und der Kleine hier ist unter Fixern und Nutten aufgewachsen. Du hast mit jedem Cent geknausert und hast dein ganzes Geld in Grund und Boden gesteckt, wo es keinem Menschen was genützt hat. So brauchst du dich nicht zu wundern, wenn deine Kinder dir nicht dankbar sind.»

«Ein Sohn, der so zu seiner Mutter spricht», sagte Eliza bissig, «mit dem muß es ein schlimmes Ende nehmen. Warte nur ab!»

«Zur Hölle!» höhnte er. Hart starrten sie einander an. Dann wandte er sich plötzlich ab, angewidert, runzelte die Stirn, die Reue stach ihn.

«Also schon gut, geh jetzt und laß uns allein!»

Er zündete eine Zigarette an, um seinen Gleichmut darzutun; seine mageren, weißen Finger zitterten so sehr, daß das Streichholz ausging.

«Hören wir auf! Hören wir bitte auf damit!» bat Eugene müde und verzagt. «Niemand von uns kann sich ändern. Nichts wird besser dadurch. Es wird immer dasselbe sein hier im Haus. Wir haben uns schon tausendmal die gleichen Vorwürfe gemacht, und es hat nichts genutzt. Also hören wir auf damit! Mama, bitte, geh jetzt zu Bett! Laß uns schlafen und vergessen!» Er ging zu ihr und küßte sie; er schämte sich sehr.

«Also, gute Nacht, mein Junge!» sagte Eliza langsam und ernst. «Knips das Licht aus und leg dich aufs Ohr. Gute Nachtruhe ist wichtig; du sollst auf deine Gesundheit achtgeben.»

Sie küßte ihn und ging, ohne Ben eines Blickes zu würdigen. Er sah sie nicht an. Sie waren schwer und bitterlich verzankt.

Einen Augenblick später, nachdem sie gegangen war, sagte Ben ohne Zorn:

«Ich hab nichts vom Leben gehabt. Ich hab versagt. Ich bin hiergeblieben, bis ich erledigt war. Meine Lunge geht drauf. Sie nehmen mich nicht mal zu den Soldaten. Ich tauge nicht genug, um von den Deutschen totgeschossen zu werden. Ich hab nie zu was getaugt. O Gott!!» stöhnte er leidenschaftlich. «Worum dreht sich alles? Kannst du es mir sagen? Kannst du es herausfinden, Eugene? Ist das Leben denn wirklich so, oder treibt jemand einen wüsten Scherz mit uns? Vielleicht träumen wir das alles, glaubst du das?»

«Ja», sagte Eugene. «Ich glaube, daß wir es träumen. Aber ich wünschte, wir würden aufgeweckt.» Er schwieg. Er saß am Bettrand über seinen dürren, nackten Leib gebeugt. Er brütete vor sich hin. «Vielleicht», sagte er langsam, «gibt es nichts, gibt es niemanden zum Aufwecken.»

«Zur Hölle mit dem ganzen Kram», sagte Ben. «Ich wollt, es wär rum!»

Eugene kehrte nach Pulpit Hill zurück, fiebernd vor Kriegsbegeisterung. Die Universität war in einen Truppenübungsplatz verwandelt. Taugliche junge Männer über achtzehn wurden zu Offiziers-Ausbildungskursen zugelassen. Aber er war noch nicht achtzehn. Sein achtzehnter Geburtstag war erst in vierzehn Tagen. Vergebens flehte er die Musterungskommission um Toleranz an. Was machten die zwei Wochen aus? Könnte er eintreten, sobald sein Geburtstag war? Nein, das könnte er nicht. Was könnte er denn tun? Sie sagten ihm, er solle auf die nächste Einziehung warten. Wie lange würde das dauern? Zwei Monate, höchstens drei, dann ganz sicher. Die Hoffnung lebte wieder auf. Er brannte vor Ungeduld. Alles war noch nicht verloren.

Zu Weihnachten, wenn alles glückte, würde er in Khaki stecken. Und im Frühjahr, wenn Gott gnädig war, konnte er all der stolzen Vorrechte teilhaft werden, als da sind: Kleiderläuse, Grabendreck, Senfgas, verspritztes Hirn, zerfetzte Lunge, zerrissene Eingeweide und Wundbrand. Über den Rand der Erde hin hörte er den glorreichen Tritt der Marschbataillone, den wilden, süßen Klang der Hörner. Mild lächelnd vor zartsinniger Eigenliebe sah er sich schneidig die Adlerabzeichen eines Obersten auf den Achselstücken tragen. Er sah sich als den Kampfflieger Gant, den Falken des Himmels, der mit seinen neunzehn Jahren schon dreiundsechzig Hunnen abgeschossen hatte. Er sah sich die Champs-Élysées heraufspazieren, die Schläfen hübsch angegraut, der linke Arm eine Prothese aus feinstem Kork, und die verführerische Witwe eines Maréchal de France ging ihm zur Seite. Zum erstenmal lernte er den romantischen Reiz des Verstümmeltseins so richtig schätzen. Die unverwundbaren Helden seiner Kindheit kamen ihm nun albern vor – gerade gut genug für Zahnpasta- und Hemdenreklame. Er sehnte sich nach jener köstlichen Auszeichnung, nach jenem Glanz des Gelebt- und Gelittenhabens, der nur durch ein Holzbein, eine rekonstruierte Nase oder eine Kugelnarbe an der Schläfe erreicht werden kann.

Inzwischen aß er wie ein Drescher und trank Unmengen von Wasser, um zuzunehmen. Er wog sich täglich zehn- bis zwölfmal. Er bemühte sich sogar, regelmäßig Leibesübungen zu machen, Armschwingen, Rumpfbeugen und so weiter.

Und er sprach über seine Probleme mit den Professoren. Allen Ernstes rang er mit seiner Seele, allen Ernstes drückte er sich im zündenden Jargon des Kreuzzugs aus. Die Professoren fragten, ob denn nicht im Augenblick sein Platz *hier* wäre. Ob ihn sein Gewissen so unbedingt triebe, daß er einfach kämpfen *müsse*. Ja, dann würden sie es allerdings verstehen. Ob er aber auch die *höheren Ziele* im Auge habe.

«Ist nicht hier», sagte der Dekan der Fakultät eindringlich, «Ihr Grabenabschnitt? Ist nicht hier auf dem Campus Ihre vorderste Kampfstellung? Ist es nicht hier, wo Sie zum Sturmangriff antreten müssen? Ach, ich weiß es von mir selbst», bemerkte er mit einem Lächeln stillen Schmerzes, «es wäre leichter ins Feld zu ziehn. Ich habe diesen Widerstreit der Pflichten durchgekämpft. Wir sind jetzt alle unter Waffen. Wir kämpfen im Dienste der Freiheit, sind mobil gemacht für die Wahrheit. Und jeder muß seine Pflicht tun, und zwar dort, wo er die gerechte Sache am besten fördern kann.»

«Ja», sagte Eugene mit bleicher, gequälter Miene, «ich weiß, ich weiß. Aber, Sir, wenn ich an diese mörderischen Bestien denke, wenn ich mir vergegenwärtige, wie sie alles bedroht haben, was uns heilig und teuer ist, wenn ich an das arme, geschändete Belgien denke, und dann an meine eigne Mutter, an meine eigne Schwester . . .» Er wandte sich ab, die Fäuste geballt, wahnsinnig in sich selbst verliebt.

«Ja, ja», sagte der Dekan liebenswürdig, «für Jungen mit einem solchen Herz ist es nicht leicht.»

«Oh, es ist schwer!» rief Eugene leidenschaftlich aus, «ich kann nur sagen, es ist furchtbar schwer.»

«Wir müssen durchhalten», sagte der Dekan ruhig. «Wir müssen uns in Geduld erhärten, uns im Feuer bewähren. Die Zukunft der Menschheit steht auf dem Spiel.»

Tiefbewegt standen sie ein Weilchen nebeneinander, aufgeplustert in der strahlenden Schönheit ihrer Heldenherzen.

Eugene war Redakteur der Universitätszeitung. Da aber der verantwortliche Herausgeber eingezogen war, fiel ihm die ganze Publikationsarbeit zu. Alles war bei den Soldaten. Mit Ausnahme von ein paar miesen kleinen Erstsemestlern, ein paar Vaterlandskrüppeln und ihm selbst – schien es – war jedermann Soldat. All seine Kommilitonen aus der Studentenverbindung, all seine Kameraden, soweit sie noch nicht schon vorher eingezogen worden waren, und viele junge Männer, die früher nie daran dachten, auf die Universität zu gehen, waren Soldat. «Pap» Rheinhart, George Graves, Julius Arthur, die kurze, irgendwie erfolglose Karrieren auf anderen Hochschulen hinter sich hatten, und eine Schar junger Altamonter, die in ihrem Leben keinen Campus gesehen hatten, waren nun in die Studentenarmee eingetreten.

Während der ersten Tage, als infolge der Betriebsumstellung alles drunter und drüber ging, war Eugene viel mit diesen Studenten-Soldaten zusammen. Dann, als das Räderwerk der Drillmaschine wie geschmiert ging und die ganze Universität in eine Kaserne verwandelt war, eine pünktliche Eintönigkeit des Drills, Essens, Lernens, der Inspizierung und des Schlafens sich überall ausgebreitet hatte, stand er auf einmal allein und abgesondert da, einen Posten einzigartiger, einsamer Autorität innehaltend.

Er hielt durch. Er trug die Fackel. Er tat seine Pflicht. Er war Herausgeber, Berichterstatter, Kritiker und Faktotum an der Zeitung. Er schrieb die Nachrichten. Er schrieb die Leitartikel. Er schleuderte Flammenblitze. Seine Worte zündeten. Er predigte den Kreuzzug. Er war besessen vom Mordgeist.

Er ging und kam, wann es ihm paßte. Wenn die Baracken nachts im Dunkel lagen, schlenderte er auf dem Campus herum, geringschätzig lachend, wenn die Wachen ihn mit ihren Taschenlaternen stellten und «Entschuldigung» murmelten. Er wohnte im Dorf, zusammen mit dem hühnerbrüstigen, hohlwangigen Heston, einem langen Kadaver von einem Mediziner. Drei- oder viermal die Woche fuhr er nach Exeter, wo er in der kleinen Druckerei den guten, warmen Geruch von Stahl und Druckerschwärze eintrank. Später bummelte er die trübselige Hauptstraße entlang, wenn nacheinander die Lichter angingen, aß zu Nacht im griechischen Restaurant, flirtete ein bißchen mit sich verstohlen herumtreibenden Frauen und nahm um zehn Uhr, wenn die Kleinstadt bereits im tiefen, totenähnlichen Schlaf lag, das letzte Verbindungsauto durch die verdunkelte Gegend nach Pulpit Hill. Er saß neben dem Chauffeur «Soak» Young, einem versoffenen, alten Walroß, der wie der Teufel fuhr.

Der Oktober setzte kalt und regnerisch ein. Es roch nach aufgeweichter Erde und vermoderndem Laub. Trübselig, traurig, unaufhörlich tropfte es von den Bäumen. Sein achtzehnter Geburtstag kam: Bebend vor Spannung dachte er an die nächste Musterung.

Er bekam einen kurzen, matten Brief von seinem Vater und einen seitenlangen von Eliza, sachlich, praktisch, in ihrer typischen derb-sarkastischen Art:

... Daisy war hier mit ihrem ganzen Stamm. Reiste vorgestern ab, ließ Richard und Caroline hier. Sie haben alle die Grippe gekriegt. Es war der reine Belagerungszustand. Jeder hat sie gehabt, man weiß gar nicht, wer als nächster drankommen kann. Die großen Starken scheint sie am liebsten anzufallen. Mr. Hanby, der methodistische Pfarrer, starb vorige Woche, Lungenentzündung war dazugekommen. Er war ein feiner, gesunder Mann in den besten Jahren. Die Ärzte hatten ihn von Anfang an aufgegeben. Helen lag ein paar Tage lang zu Bett. Sagt, es wäre ihre alte Nierensache. McGuire wurde Dienstag abends gerufen. Aber sie sollen nur schwätzen, mir können sie nichts weismachen. Mein Junge, ich hoffe, daß Du nie dieser furchtbaren Sucht nachgeben wirst. Dieser Fluch hat mein Leben schwergemacht. Dein Vater macht weiter wie immer. Er ißt gut, schläft ausgezeichnet; scheint mir ganz derselbe wie vor einem Jahr; er kann noch lange leben, wenn wir andern alle schon unter der Erde liegen. Ben ist noch hier. Er latscht den ganzen Tag im Haus herum und schneidet Gesichter. Er klagt über Appetitlosigkeit. Meiner Meinung nach sollte er sich wieder Arbeit suchen und was schaffen, so daß er auf andre Gedanken kommt. Es sind nur noch ein paar Leute im Haus. Mrs. Pert und Miss Newton wie gewöhnlich. Die Crosbys sind nach Miami zurückgefahren. Wenn es hier kälter wird, pack ich meinen Koffer und fahr auch nach Florida. Ich glaube, ich werde alt. Ich kann nämlich die Kälte nicht mehr so vertragen wie früher. Du sollst Dir einen warmen Mantel kaufen, ehe der Winter einsetzt. Du sollst viel und gut essen. Verschwende Dein Geld nicht, sondern ...

Daraufhin hörte er wochenlang nichts. Dann, an einem regnerischen Abend, als er gegen sechs in das Zimmer zurückkam, das er mit Heston zusammen bewohnte, fand er ein Telegramm. Es lautete: «Heimkomme sofort. Ben hat Lungenentzündung. Mutter.»

35

Es ging an diesem Tag kein Zug mehr. Heston beruhigte Eugene während des Abends; er gab ihm einen starken, mit Laboratoriumsalkohol selbstgebrauten Gin zu trinken. Eugene wurde still; stammelte dann wieder unzusammenhängendes Zeug; er richtete hundert Fragen über Art und Verlauf der Krankheit an den Mediziner.

«Wenn's doppelseitige Lungenentzündung wär, dann hätt sie's doch gesagt. Glaubst du nicht auch, Heston, wie?» fragte er fiebrig.

«Das glaub ich ganz sicher», sagte Heston. Er war ein ruhiger, gütiger junger Mann.

Eugene fuhr am nächsten Morgen nach Exeter zum Zug. Einen ganzen trübgrauen Nachmittag hindurch ratterte er durch den vom Regen durchweichten Staat. Dann mußte er auf einem Umsteigebahnhof ein paar schreckliche Stunden warten. Schließlich, als es dunkel wurde, trug ihn der Zug auf das Gebirge zu.

Er lag in seiner Pullmankoje und starrte mit heißen, schlaflosen Augen auf die schwarze Erde, auf den dunklen Umriß der Berge hinaus. Kurz nach Mitternacht verfiel er in einen nervösen Halbschlaf. Er wachte auf vom Schienengeratter, als der Zug in Altamont einfuhr. Er war betäubt, halb angezogen. Das Zischen und der Ruck der Bremse brachten ihn ganz zur Besinnung. Einen Augenblick später sah er durch die Vorhänge in die ernsten Gesichter von Luke und Hugh Barton.

«Ben ist sehr krank», sagte Hugh Barton.

Eugene zog seine Schuhe an und sprang aus der Koje herunter; er steckte Kragen und Schlips in die Manteltasche.

«Gehn wir!» sagte er. «Ich bin fertig.»

Sie gingen leise den vom Schnarchen der Fahrgäste durchdröhnten Gang hinauf. Als sie aus dem öden Bahnhof auf Hugh Bartons Auto zusteuerten, fragte Eugene den Seemann:

«Wann bist du gekommen, Luke?»

«Gestern abend spät», sagte er. «Ich bin erst ein paar Stunden da.»

Es war vier Uhr dreißig früh. Das häßliche Bahnhofsviertel starrte ihn an wie etwas Entsetzliches in einem Traum. Seine ungewöhnliche, plötzliche Heimkehr erhöhte den Eindruck der Unwirklichkeit. In einem der Autos, die längs des Bürgersteigs geparkt waren, schlief der Chauffeur zusammengerollt unter seiner Wolldecke. Im griechischen Restaurant hockte ein Mann, das Gesicht auf den Tresen gelegt. Die Lichter brannten matt und trüb; ein paar glommen schleichend-wollüstig in den billigen Bahnhofshotels.

Hugh Barton, der sonst sehr vorsichtig fuhr, ließ den Wagen anspringen, fuhr scharf an, wechselte kreischend die Gänge. Sie sausten mit Achtzigkilometergeschwindigkeit durch die rachitischen Elendsviertel.

«Be-be-ben geht's ziemlich schlecht, be-be-befürcht ich», fing Luke an.

«Wie ist es gekommen, sagt mir das doch!» fragte Eugene.

Ben hatte sich bei einem von Daisys Kindern mit Grippe angesteckt. Krank und fiebrig hatte er sich einen oder zwei Tage, ohne sich ins Bett zu legen, im Haus herumgeschleppt.

«In dieser go-go-gottverdammten kalten Scheune!» platzte Luke heraus. «Wenn er stirbt, ist es, w-w-weil er nicht warm werden ko-ko-konnte!»

«Laß das jetzt!» rief Eugene gereizt. «Weiter?!»

Schließlich hatte Ben sich zu Bett gelegt, und Mrs. Pert hatte ihn zwei Tage lang gepflegt.

«Sie war die einzige, die was für ihn t-t-tat», sagte der Seemann. Schließlich hatte Eliza Cardiac zugezogen.

«Dieser verda-da-dammte alte Quacksalber!» stotterte Luke.

«Laß das doch!» schrie Eugene. «Warum jetzt schimpfen? Weiter?!»

Nach ein bis zwei Tagen war Ben allem Anschein nach Rekonvaleszent. Cardiac sagte, er könne aufstehen, wenn er wolle. Ben war aufgestanden und hatte sich einen Tag lang, fluchend vor Wut, im Haus herumgeschleppt, aber am nächsten Tag mußte er wieder das Bett hüten. Er hatte hohes Fieber. Schließlich wurde Coker hinzugezogen, zwei Tage bevor . . .

«Hätten sie gleich tun sollen», grollte Hugh Barton, über das Steuerrad gebückt.

«Laß das doch jetzt!» gellte Eugene. «Weiter?!»

Und Ben war schwer krank, doppelseitige Lungenentzündung, seit zwei Tagen. Der traurig-prophetische Bericht gab einen kurzen, furchtbaren Einblick in die Öde, das Zu-Spät, den Verfall ihres Lebens. Sie verstummten vor der unerbittlichen Tragik ihres Daseins. Sie hatten nichts zu sagen.

Der große Wagen sauste surrend auf den öden, kalten Square hinauf. Der Eindruck der Unwirklichkeit verstärkte sich in Eugene. Er dachte an sein Leben, an die glänzenden, verlorenen Jahre vor diesem gemeinen, schäbigen Gewirr aus Stein, Backstein und Mörtel. Ben und ich, dachte er, . . . was haben wir damit zu schaffen? Vor diesem Rathaus, dieser Bank, diesem Kramladen? Warum hier? In Gath oder Ispahan, in Korinth oder Byzanz. Nicht hier, nicht hier. Es ist nicht wirklich.

Das Auto hielt vor Dixieland. Ein trübes Licht brannte in der Diele, Erinnerungen weckend an Feuchtigkeit und Finsternis. Ein wärmeres Licht brannte im Empfangszimmer, die herabgezogenen Blenden des hohen Fensters schimmerten in einem warmen, gedämpften Orange.

«Ben liegt im ersten Stock», wisperte Luke, «dort, wo Licht brennt.»

Eugenes Lippen waren kalt und spröde. Er blickte auf zu dem Vorderzimmer, das ein Erkerfenster im gräßlichen Stil der Gründerjahre hatte. Es lag neben der Schlafaltane, wo vor noch nicht drei Wochen Ben seine wilden Flüche auf das Dasein in die Dunkelheit gebrüllt hatte. Das Licht im Erker glomm grau, es beschwor eine Vision von Tod und Schrecken herauf.

Die drei gingen leise durch den Vorgarten und traten in das Haus. Stimmen und Geschirrgeklapper drangen gedämpft aus der Küche.

«Papa ist hier drin», sagte Luke.

Eugene trat ins Empfangszimmer. Gant saß allein vor einem hellen Kohlenfeuer. Er sah mit dumpfem, ungewissem Blick auf.

«Hallo, Papa!» sagte Eugene und ging zu ihm.

«Hallo, mein Junge», sagte Gant. Er küßte den Sohn mit seinem stachligen, kurzgestutzten Schnurrbart. Seine dünnen Lippen fingen an, wehleidig zu beben. Er schniefte.

«Hast du gehört, wie es um deinen Bruder steht? Daß ich das noch erleben muß, alt und krank wie ich bin! O Jesus, es ist furchtbar . . .»

Helen kam aus der Küche.

«Hallo, Langer!» sagte sie, Eugene herzlich umarmend. «Wie geht's dir, Süßer? Du bist in der Zwischenzeit ja schon wieder zehn Zentimeter gewachsen!» Sie lachte hämisch. «Also halt den Kopf hoch, Eugene! Schau nicht so trübselig drein. Wo Leben ist, ist auch Hoffnung. Er ist noch nicht hinüber, damit du's weißt.» Sie brach in Tränen aus, heiser, haltlos, hysterisch.

«Daß das über mich kommen muß!» schniefte Gant, der mechanisch auf ihren Kummer reagierte. Er schaukelte auf und ab, auf den Krückstock gestützt, und starrte ins Feuer. «Hu-hu-hu-hu! Was hab ich denn getan, daß Gott . . .»

«Halt endlich den Mund!» schrie Helen in rasender Wut. «Augenblicklich hältst du den Mund! Ich will nichts mehr von dir hören! Ich hab dir mein Leben dargebracht. Alles ist für dich getan worden, und du wirst noch herumlaufen, wenn wir andern alle unter der Erde sind. Nicht du bist der Kranke hier im Haus!» Sie war in diesen Tagen zänkisch und bitter mit ihm geworden.

«Wo ist Mama?» fragte Eugene.

«In der Küche», antwortete sie. «Sag ihr erst guten Tag, eh du zu Ben raufgehst.»

Beim Hinausgehen flüsterte sie heiser: «Ach, vergiß es. Es ist jetzt nichts mehr dran zu ändern.»

Er fand Eliza vor dem Gasherd. Sie hantierte mit mehreren Kesseln kochenden Wassers herum. Sie schwankte, war unbeholfen, schien überrascht und verwirrt, als sie ihn sah.

«Wie? Um alles in der Welt! Aber Eugene! Wann bist du denn angekommen?»

Er umarmte sie. Durch die Maske der Sachlichkeit hindurch gewahrte er das Entsetzen in ihrem Herzen. In ihren stumpfen, schwarzen Augen blitzten die Messer der Angst.

«Wie geht's Ben, Mama?» fragte Eugene ruhig.

«Hm-m . . .» Sie schürzte nachdenklich die Lippen. «Ich hab gerade, eh du reinkamst, mit Doktor Coker gesprochen. ‹Schaun Sie›, hab ich gesagt, ‹ich will Ihnen was sagen: Ich glaube, es steht nicht halb so schlimm um ihn, wie es aussieht. Wenn wir ihn nur bis zum Morgen durchbringen können, wird, glaub ich, eine Wendung zum Bessern eintreten.›»

«Mama! Um Himmels willen!» platzte Helen zornig heraus. «Wie bringst du's nur fertig, so zu reden? Bist du dir denn wirklich noch nicht klar darüber, daß Bens Zustand höchst kritisch ist? Wirst du denn nie aufwachen?»

Ihre Stimme klang geborsten vor Hysterie.

«Nun, ich will dir was sagen, Junge», begann Eliza wieder mit weißem, bebendem Lächeln. «Wenn du zu ihm reingehst, dann stell dich so, als wüßtest du gar nicht, daß er krank ist. Ich an deiner Stelle würde einfach einen herzlichen Spaß machen. Ich würde fröhlich herauslachen und frisch von der Leber weg zu ihm sagen: ‹Sieh mal einer an! Da dachte ich, ich käme einen Kranken besuchen, und was seh ich? Pah!› würde ich sagen. ‹Dir fehlt ja überhaupt nichts. Gut die Hälfte ist nichts wie Einbildung!›»

«Ach, Mama, um Gottes willen!» sagte Eugene außer sich vor Wut. «Um Gottes willen!»

Er wandte sich ab. Das Herz zog sich ihm zusammen. Er griff sich an die Gurgel.

Dann ging er mit Helen und Luke leise in den ersten Stock. Vor dem Krankenzimmer blieben sie stehen. Eugenes Glieder waren kalt und blutleer; ihm war, als hätte sein Herz ausgesetzt. Sie flüsterten, ehe er eintrat. Diese jämmerliche Verschwörung angesichts des Todes entsetzte ihn.

«Bleib nur 'ne M-m-minute», wisperte Luke. «M-m-mach ihn nicht nervös.»

Eugene riß sich zusammen und folgte Helen blindlings in das Zimmer.

Ihre Stimme klang herzhaft: «Guck mal, wer da zu Besuch kommt!» sagte sie. «Die lange Latte ist's!»

Einen Augenblick lang konnte Eugene vor lauter Angst nichts sehen. Ihm schwindelte. Dann nahm er im grauen Halbdunkel langsam die Krankenpflegerin Bessie Gant wahr und Cokers langen gelben Totenschädel, der ihn, eine lange, angekaute Zigarre zwischen den großen, tabakfleckigen Zähnen, trübselig angrinste. Und dann, unter dem grellen, furchtbaren Licht, das unmittelbar auf das Bett fiel, sah er Ben. Und in diesem Augenblick verzehrender Erkenntnis sah er, was sie alle gesehen hatten: Ben lag im Sterben.

Bens langer, dürrer Leib lag zu drei Vierteln unter dem Bettzeug; der hagere Umriß, in Qual und Anstrengung schrecklich verrenkt, zeichnete sich unter der Decke ab. Dieser Körper schien nicht mehr zu Ben zu gehören; abgetrennt und verkrümmt war er wie der Rumpf eines Enthaupteten. Und das fahle Gelbweiß des Gesichts war grau geworden. Aus diesem granitenen Todesgrau, beflackert von zwei kleinen roten Fieberfahnen, wuchs der schwarze Ginster eines dreitägigen Stoppelbarts. Dieser Bart war gräßlich; er drängte einem den Gedanken auf an die verruchte Lebenskraft des Haares, das noch an verwesenden Leichen weiterwächst. Ben bleckte die weißen, unheimlich und wie tot wirkenden Zähne; seine Lippen waren von der qualstarren Grimasse des Erstickens verzerrt. Stoßweise und keuchend zog er ein bißchen Luft in die Lunge. Und dieses röchelnde Atmen – laut, rauh, heiser, schnell, unglaublich –, das von Augenblick zu Augenblick das ganze Zimmer wie ein Orchester erfüllte, gab der Szene die abschließende Note des Grauenhaften.

Ben lag auf dem Bett, im gesammelten grellen Licht, und sie sahen auf ihn herunter: Er lag wie ein riesenhaftes Insekt auf dem Tisch eines Naturforschers und kämpfte, während sie zusahen, um seinem armen, verzerrten Leib das Leben zu erhalten, das keine Macht der Welt halten konnte. Es war ungeheuerlich und roh.

Als Eugene hinzutrat, fiel Bens angstheller Blick zum erstenmal auf den jüngeren Bruder. Und körperlos, ununterstützt hob er seine gepeinigte Lunge aus den Kissen, packte Eugene wild an den

Handgelenken mit heißen, weißen verkrampften Fingern und keuchte wie ein furchtsames Kind: «Warum bist du da, Eugene? Warum bist du zu Haus?»

Eugene stand bleich und stumm, von Mitleid und Entsetzen gelähmt.

«Wir haben Ferien, Ben», sagte er schließlich. «Sie mußten die Universität schließen wegen der Grippeepidemie.»

Dann wandte er das Gesicht jäh ab und starrte in das grauschwarze, schlammige Halbdunkel, geschlagen vor Scham über seine armselige Lüge und unfähig, die Angst in Bens grauen Augen zu ertragen.

«Jetzt aber raus mit dir, Eugene!» befahl Bessie Gant. «Vorwärts, raus! Du auch, Helen! Ich habe genug an einem verrückten Gant im Zimmer. Zwei weitere sind mir zuviel.» Sie sagte das ruppig, unangenehm lachend.

Sie war eine dürre Person, achtunddreißig Jahre alt, mit Gants Neffen Gilbert verheiratet und stammte aus dem Gebirge; sie war grob, hart, vulgär. Es war wenig Mitgefühl in ihr. Elend, Krankheit und Tod genoß sie mit kalter Lust. Ihre Unmenschlichkeit bemäntelte sie mit beruflichem Gehabe: «Wenn ich als Krankenschwester meiner Gefühlsduseligkeit nachgäbe», sagte sie, «was sollte dann aus den Patienten werden?»

Als sie wieder draußen auf dem Gang waren, sagte Eugene ärgerlich zu Helen:

«Warum habt ihr dieses gemeine Biest hier? Ich kann sie nicht ausstehn! Kein Mensch kann gesund werden, wenn diese Person um ihn herum ist.»

«Du kannst sagen, was du willst, sie ist eine ausgezeichnete Pflegerin.» Dann, ganz leise, fragte sie ihn: «Was hältst du von ihm?»

Eugene wandte sich ab mit verkrampfter Gebärde. Sie brach in Tränen aus und ergriff seine Hand.

Luke lief unruhig im Haus auf und ab; er schnaufte laut und sog nervös an einer Zigarette. Eliza verzog andauernd den Mund und lauschte gespannt nach der Tür des Krankenzimmers. Sie hatte, vollkommen zwecklos, einen Kessel mit heißem Wasser in der Hand.

«Wie? Was? Was sagt ihr da?» fragte sie, ehe noch jemand was gesagt hatte. «Wie geht's ihm denn?» Ihre Augen wanderten schnell von einem zum anderen.

«Geht doch fort! Fort!» knurrte Eugene wild. Seine Stimme wurde lauter. «Könnt ihr denn nicht wenigstens verschwinden?»

Der Seemann mit seinem nervösen Geschnaufe und seinen großen, linkischen Füßen machte ihn wütend. Und Eliza mit ihrem sinnlosen Wasserkessel, ihrem vergeblichen Lauschen, ihrem «Wie?» und «Was?» reizte ihn noch mehr.

«Wißt ihr nicht, daß er nach Luft ringt? Wollt ihr ihn denn erwürgen? Es ist ekelhaft! Ekelhaft! Begreift ihr das denn nicht?» Seine Stimme schwoll erneut an.

Die Häßlichkeit und Qual des Sterbens schnürten ihm die Kehle. Und die Familie, die mit ihrem Geflüster und ihrer zwecklosen Betriebsamkeit herumstand und ihren furchtbaren Todeshunger an Bens Sterben sättigte, machte ihn wahnsinnig, bald aus Mitleid, bald vor Wut.

Nach einer Weile gingen sie unschlüssig, immer noch auf die Geräusche aus dem Krankenzimmer horchend, ins Erdgeschoß hinunter.

«Also, ich will euch was sagen», begann Eliza hoffnungsvoll, «ich hab so ein Gefühl, ich weiß nicht recht, wie ich es nennen soll, also mir schwant so was . . .» Sie sah sich linkisch um und entdeckte, daß sie allein dastand. Dann ging sie nach hinten in die Küche zu ihren Töpfen und Pfannen.

Helen, das Gesicht hysterisch verkrampft, zog Eugene in eine Ecke der Diele und flüsterte:

«Hast du den Sweater gesehen, den sie anhat? Du hast ihn gesehn, nicht wahr? Er ist so-o-o schmutzig!» Sie brütete einen Augenblick vor sich hin, wurde noch leiser. «Weißt du auch, daß er ihren Anblick nicht ertragen kann? Sie kam gestern rauf an sein Bett, und ihm wurde ganz übel. Er drehte das Gesicht weg und sagte: ‹Oh, Helen, um Gottes willen, schick sie raus!› Da hast du's gehört, verstehst du? Du weißt es jetzt, nicht wahr? Er will sie nicht im Zimmer haben, er kann ihre Gegenwart nicht ertragen.»

«Hör auf! Um Gottes willen, Helen, hör auf!» sagte Eugene und krallte sich an der Kehle.

Helen war in diesem Augenblick irrsinnig vor Haß und Hysterie.

«Es ist gewiß furchtbar, daß ich so was sage, aber wenn er stirbt, werde ich sie hassen. Glaubst du, ich könnte es je vergessen? Wie sie an ihm gehandelt hat! Glaubst du, ich könnte das?» Sie fing an zu kreischen. «Sie hat ihn vor ihren Augen sterben lassen. Gestern noch, als seine Temperatur auf hundertvier Grad Fahrenheit stand, unterhielt sie sich mit dem alten Doktor Doak über ein Baugrundstück. Kannst du dir so was vorstellen?»

«Hör auf damit», sagte er wild. «Sie wird immer so bleiben. Man kann es nicht ändern. Sie ist nicht dran schuld. Siehst du das nicht ein? Mein Gott! Wie entsetzlich!»

Helen fing an zu weinen.

«Die arme Mama!» sagte sie. «Sie wird es nie verwinden. Sie steht Todesängste aus. Hast du ihre Augen gesehn? Sie weiß alles, natürlich weiß sie es.» Sie schwieg lange. Dann plötzlich mit finster brütendem, wahnsinnigem Gesicht sagte sie: «Ich hasse sie! Manchmal glaube ich wirklich, daß ich sie hasse!» Sie zog geistesabwesend an ihrem großen Kinn. «Also, wir sollten nicht so sprechen», erklärte sie. «Es gehört sich nicht. Nur Mut! Wir sind alle nervös und überreizt. Ich glaube, daß es immer noch gutgehn kann.»

Grau und kalt mit trübem Nebelbrodem kam der Tag. Eliza, rührend umtriebig, betätigte sich in der Küche mit der Vorbereitung des Frühstücks. Einmal lief sie ungeschickt mit einem Heißwasserkessel hinauf und stand eine Sekunde lang vor der Tür. Bessie Gant öffnete, Eliza, das Gesicht weiß und verzogen, spähte schnell hinein auf das furchtbare Bett. Bessie stellte sich in den Türspalt, verwehrte ihr den Zutritt, machte ihr die Tür vor der Nase zu. Eliza ging weg, verworrene Entschuldigungen vor sich hin murmelnd.

Denn was Helen gesagt hatte, war wahr, und Eliza wußte es. Sie war im Krankenzimmer unerwünscht, der sterbende Ben wollte sie nicht sehen. Sie hatte sehr wohl bemerkt, wie er sein gepeinigtes, verzagtes Gesicht abwandte, als sie zu ihm trat. Hinter ihrer weißen Miene wohnte das Grauen; aber sie gestand nichts und klagte nicht. Rührig-sachlich beschäftigte sie sich mit zwecklosen Dingen. Und Eugene, einen Augenblick von der Wut gewürgt und an den Rand der Raserei gebracht über ihren plumpen Optimismus, wurde im nächsten Augenblick plötzlich blind vor Mitleid, als er die schreckliche Angst, den Schmerz in ihren stumpfen, schwarzen Augen sah. Als sie so am heißen Ofen stand, ging er unvermittelt auf sie zu, ergriff ihre rauhe, verarbeitete Hand, küßte sie und plapperte hilflos:

«Ach Mama, Mama, es ist ja alles gut, es ist ja alles gut!»

Und Eliza, jählings aller Vorgeblichkeit entkleidet, hing sich an ihn, begrub ihr weißes Gesicht in seinem Jackenärmel und weinte bittere, hilflose, kummervolle Tränen. Sie weinte über die verlorenen, die traurig vergeudeten Jahre, die unwiderruflichen Jahre, jene unsterblichen Liebesstunden, die sich niemals wiederholen würden, jene große Sünde der Vergeßlichkeit und Gleichgültigkeit, die sich nie wiedergutmachen läßt. Wie ein Kind war sie dankbar für seine Zärtlichkeit. Und sein Herz verkrampfte sich wie ein wildes, wehes, zerbrochenes Wesen, und er murmelte in einem fort:

«Es ist ja alles gut, alles gut!» und wußte ganz genau, daß es nicht gut war und niemals gut werden könne.

«Ach, wenn ich gewußt hätte, Kind, wenn ich gewußt hätte!» weinte sie. Sie weinte, wie sie vor langem, bei Grovers Tod, geweint hatte.

«Raff dich auf, Mama», sagte er, «er wird es schaffen. Das Schlimmste ist wohl herum.»

«Also ich will dir was sagen», sagte Eliza und trocknete sofort ihre Augen, «ich glaube es ganz bestimmt, ich glaube, der Wendepunkt war gestern abend. Ich sagte zu Bessie . . .»

Das Licht nahm zu. Der Tag kam und brachte Hoffnung. Sie saßen und frühstückten in der Küche. An jedem bißchen Mut, das ihnen Arzt und Krankenpflegerin machten, bauten sie sich auf. Coker ging weg, einen unverbindlichen Optimismus verbreitend. Bessie Gant kam zum Frühstück und heiterte sie berufsmäßig auf.

«Solang ich die verdammte Familie aus dem Zimmer rausschmeißen kann, besteht Aussicht, daß er durchkommt.»

Sie lachten hysterisch und dankbar über die grobe Person.

«Wie steht's denn heut morgen?» fragte Eliza.

«Temperatur? Nun, das Fieber ist ein bißchen gefallen.»

Sie alle wußten, daß niedrigere Temperatur am Morgen ziemlich bedeutungslos ist, aber sie nährten sich von diesem Brosamen; ihre krankhaft erregten Gemüter verschlangen ihn. Im Nu hatten sie sich auf den Hoffnungsgipfel geschwungen.

«Und sein Herz ist gut», sagte Bessie Gant. «Wenn das Herz durchhält und er weiterkämpft, wird er es schaffen.»

«Kämpfen!» sagte Luke lobrednerisch. «Der Ben wird kämpfen, solang noch ein A-a-a-a-atemzug in ihm ist.»

«Aber gewiß!» fing Eliza an, «ich entsinne mich ganz genau, als er noch klein war . . . er war damals sieben Jahre, ja . . . da stand er eines Tages auf der Terrasse . . . ich erinnere mich deswegen, weil gerade der alte Mr. Buckner mit Butter und Eiern kam . . . und euer Vater hatte gerade . . .»

«Ach du mein Gott!» stöhnte Helen breit grinsend: «Nun kriegen wir's zu hören!»

«Ho! Ho!» lachte Luke tiefkehlig und übergeschnappt und stieß Eliza in die Rippen.

«Ich schwöre es, Junge, du benimmst dich wirklich wie ein Idiot», sagte Eliza ärgerlich. «Ich würde mich schämen!»

«Ho! Ho! Ho!»

Helen kicherte; sie stieß Eugene mit dem Ellenbogen an.

«Ist er nicht verrückt? Wahrhaftig! T-t-t-t!» Dann, mit Tränen in den Augen, zog sie Eugene rauh in ihre große, knochige Umarmung. «Armer Eugene! Ihr zwei habt euch immer so gut verstanden. Dich trifft es schwerer als uns.»

«Er ist ja noch nicht begraben!» schrie Luke herzhaft. «Es kann sein, daß er noch lange hier herumläuft, wenn wir andern längst die Radieschen von unten anschauen.»

«Wo ist Mrs. Pert?» fragte Eugene. «Im Haus?»

Eine erbittert-gespannte Stille trat ein.

«Ich hab sie hinausgeworfen», sprach Eliza grimmig nach einer

Weile. «Und ich hab ihr ganz genau gesagt, was sie ist: – eine Hure!» Sie sagte das mit der alten Strenge, aber einen Augenblick später verzog sie das Gesicht und brach in Tränen aus. «Diese Person hat ihn auf dem Gewissen, das schwör ich. Wenn sie nicht gewesen wäre, dann säße er heut stark und gesund hier unter uns!»

«Mama, um Himmels willen, wie wagst du es nur, so was zu behaupten?» fuhr Helen wutschnaubend hoch. «Sie war die einzige freundliche Menschenseele, die er auf der Welt hatte, die sich wirklich um ihn bekümmert hat. Als er krank wurde, hat sie ihn gepflegt. Nein! Das kann doch wohl nicht wahr sein!» Sie keuchte vor aufrichtiger Entrüstung. «Wenn Mrs. Pert nicht gewesen wäre, dann wäre er jetzt tot. Niemand sonst hat das mindeste für ihn getan. Du warst sehr gern bereit, sie hier im Haus zu haben und ihr Geld einzustecken, bis er krank wurde. Nein! Nein!!» erklärte sie mit allem Nachdruck. «Ich persönlich mag sie. Ich werde sie nicht schneiden.»

«'ne verda-da-dammte Schande so was!» sagte Luke, der fest und treu zu seiner vergötterten Helen hielt. «Wenn Mrs. Pert und du nicht gewesen wären, dann wär der Ben hinüber. Niemand sonst hat irgendwas für ihn getan. Niemand sonst hat sich im geringsten um ihn gekümmert. Und wenn er stirbt, dann ist's, weil er nicht die richtige Pflege bekam, als es was geholfen hätte. Da wird sich so verda-da-da-dammt viel Kopfzerbrechen gemacht, um 'nen Nickel zu sparen, und so verda-dammt wenig ans eigne Fleisch und Blut gedacht.»

«Ach, hör auf damit», sagte Helen düster. «Ich wenigstens habe mein Bestes getan, das steht fest. Ich bin seit zwei Tagen nicht ins Bett gekommen. Was auch kommen mag, ich habe mir keine Vorwürfe zu machen.» Ihre Stimme war hart und von gehässiger Genugtuung.

«Ich weiß! Ich weiß!» Der Seemann wandte sich aufgeregt in der Luft herumfuchtelnd an Eugene. «Die Helen hat sich bis auf die Knochen abgerackert. Wenn sie nicht gewesen wäre . . .» Tränen traten ihm in die Augen, er wandte sich ab und schneuzte seine Nase.

«O Gott», schrie Eugene und sprang vom Tisch auf. «Hört auf damit! Ich bitte euch, hört auf! Verschiebt es auf später.»

In dieser Weise vergingen ihnen die gedehnten, unerträglichen Morgenstunden. Sie versuchten alles, um dem tragischen Netz aus Ohnmacht und Verlust, das sie gefangenhielt, zu entweichen. Ihre Gemüter schwangen sich in kurzen Augenblicken zu wahnsinniger Freude und Begeisterung auf und fielen dann wieder auf Stunden ins Dunkel der Hysterie und Verzweiflung zurück. Nur Eliza schien beständig zu hoffen. Eugene und der Seemann schritten bebend vor nervöser Überreiztheit in der Diele auf und ab, unzählige Zigaretten rauchend, reizbar, wenn sie aufeinander zugingen, ironisch höflich, wenn einer den anderen am Ärmel streifte. Gant verdöste den Vormittag im Empfangszimmer und in seinem Zimmer, wachte und schlief abwechselnd, stöhnte wehleidig, war allem fern, war sich meist nur ungenau klar über die Ursache der Aufregung, grollte, weil er nun so gleichgültig behandelt wurde. Helen ging im Krankenzimmer aus und ein; sie beherrschte den Sterbenden kraft ihres Lebenswillens; ihr Herzensmut beströmte ihn; schenkte ihm auf Augenblicke Hoffnung und Vertrauen. Aber wenn sie aus dem Raum trat, klappte sie sofort zusammen vor Hysterie; sie weinte, lachte, grübelte, liebte und haßte abwechselnd.

Eliza ging nur einmal ins Krankenzimmer. Sie drang mit einer Wärmflasche ein, scheu, linkisch, wie ein Kind; sie verschlang Bens Gesicht mit ihren dumpfen, schwarzen Augen. Aber als der fiebrige Blick des laut Röchelnden auf sie fiel, krallten sich seine weißen Finger fester ins Bettzeug, und er keuchte wie vor Entsetzen:

«Geh raus! Raus! Ich will dich nicht!»

Eliza verließ das Zimmer. Sie wankte ein wenig, als versagten ihr die Füße den Dienst. Ihr weißes Gesicht wurde aschgrau, ihre stumpfen Augen wurden hell und starr. Als die Tür hinter ihr zuging, lehnte sie sich gegen die Wand und schlug eine Hand vors Gesicht. Dann, einen Augenblick später, ging sie gefaßt in die Küche.

Gereizt wie sie waren, verlangte einer vom anderen, er solle sich beherrschen. Sie bestanden darauf, daß man dem Krankenzimmer fernbleiben müsse, aber es war, als wenn ein mächtiger Magnet sie hinzöge. Immer wieder standen sie vor der Tür, auf den Zehenspitzen, und lauschten mit angehaltenem Atem, lüstern-gebannt auf das gräßliche Geröchel, mit dem Ben ruckweise Luft in seine verstopften Lungen zwang. Eifersüchtig vor Begier suchten sie einer vor dem anderen ins Zimmer zu gelangen, wenn es galt, Wasser, Handtücher oder sonst etwas hineinzubringen.

Mrs. Pert, die in der Pension gegenüber Zuflucht gefunden hatte, rief Helen alle halbe Stunde an. Helen sprach mit ihr am Telefon, während Eliza aus der Küche kam und mit gefalteten Händen, geschürzten Lippen und haßfunkelnden Augen daneben stand.

Helen weinte und lachte am Apparat.

«Ja, ja, ja . . . es ist schon recht, Fatty . . . Sie wissen ja, wie mir deswegen zumute ist . . . Ich habe immer gesagt, daß Sie der einzige wahre und treue Freund sind, den er auf der Welt hat . . . und denken Sie ja nicht, daß *keiner* von uns dankbar ist für das, was Sie getan haben . . .»

Während der Pausen hörte Eugene über den Draht, wie die andere Frau drüben am Apparat schluchzte.

Und Eliza sagte grimmig: «Wenn sie noch mal anruft, dann läßt du mich sprechen! Ich werde ihr heimleuchten!»

«Um Himmels willen, Mama!» rief Helen wütend. «Du hast schon genug verpatzt. Du hast sie rausgeworfen, nachdem sie mehr für ihn getan hatte, als die ganze Familie zusammen.» In ihrem breiten, verkrampften Gesicht arbeitete es. «Ach, es ist lachhaft!»

In Eugene, wenn er rastlos in der Diele auf und ab schritt oder im Haus herumschlich auf der Suche nach irgendeinem Eingang, den er nie gefunden hatte, krümmte und wand sich unausgesetzt ein helles, verzweifeltes Etwas wie ein Vogel in einer Falle. Dieses helle Etwas, der Kern seines Wesens, sein Fremder, verrenkte unaufhörlich den Kopf, außerstande, das Gräßliche anzusehen, bis es schließlich unentwegt gebannt in die Augen von Tod und Finsternis starrte. Und seine Seele stürzte hinab, ertrank in jenem tiefen Abgrund; er glaubte, niemals dieser unentrinnbaren Flut des Schmerzes und Ekels entkommen zu können, niemals den alles verfinsternden Schrecken, das Mitleid abzuschütteln in der Lage zu sein. Und als er auf und ab ging, verrenkte er seinen eigenen Hals und schlug mit den Armen wie mit Flügeln in die Luft, als wäre ihm ein furchtbarer Schlag auf die Nieren versetzt worden. Er spürte, daß er rein und frei sein könne, wenn er in einer einzigen brennenden Leidenschaft aufginge, hart, heiß und glitzernd: Liebe oder Haß oder Entsetzen oder Ekel. Aber er war verstrickt in einem Gewebe der Vergeblichkeit. Kein Augenblick des Hasses war, in dem ihn nicht auch ein Dutzend Speere des Mitleids trafen; er war machtlos; er wollte seine Angehörigen packen, sie puffen, sie abschütteln, wie man einen lästigen Balg abschüttelt, und zur selben Zeit drängte es ihn, sie zu streicheln, sie zu lieben, sie zu trösten.

Als er an den sterbenden Bruder oben im Zimmer dachte, die schmutzige Erbärmlichkeit des Ganzen, an die Familie, die winselnd daneben stand, während Ben erstickte, würgten ihn Wut und Ekel. Ein Umstand aus seiner Kindheit fiel ihm ein: Er erinnerte sich seines Hasses auf das halb private Badezimmer, den Abscheu, den er beim Stuhlgang empfand, wenn er dahockte und auf die Badewanne starrte, in der schmutzige Wäsche eingeweicht war, schlapp, schlampig und aufgebläht in einer kalten, grauen Seifenbrühe . . . Daran entsann er sich nun, als Ben im Sterben lag.

Hoffnung flackerte auf, als vormittags die Nachricht kam, daß die Temperatur des Patienten niedriger, sein Puls stärker und die Kongestion in der Lunge zurückgegangen sei. Aber gegen ein Uhr, während eines Hustenanfalls, verfiel Ben ins Delirium, die Temperatur stieg, die Atembeschwerden nahmen ständig zu. Eugene und Luke rasten in Hugh Bartons Wagen zu Woods Drugstore und holten eine Sauerstoffflasche. Als sie zurückkamen, war Ben am Ersticken.

Sie trugen eilig den Apparat ins Zimmer und stellten ihn am Kopfende des Betts auf. Bessie Gant nahm das Mundstück, wollte es Ben über den Mund legen und sagte ihm, er solle tief einatmen. Wie ein Tiger stieß er sie weg. Sie befahl Eugene, Bens Hände festzuhalten.

Eugene packte Ben bei den heißen Handgelenken; das Herz

drehte sich ihm im Leib um, als er zugriff. Ben richtete sich wild aus dem Kissen auf, schlug wie ein Kind um sich im wilden Bestreben, seine Hände freizubekommen und keuchte entsetzlich, Todesangst im Blick:

«Nein! Nein! Eugene, nein!»

Eugene gab nach. Er ließ ihn los, wandte sich mit blutleerem Gesicht ab von den anklagenden, hell entsetzten Augen des Sterbenden. Jemand anders hielt ihm die Hände. Der Apparat verschaffte ihm zeitweilige Erleichterung. Dann verfiel er wieder ins Delirium.

Um vier Uhr war es offenbar, daß der Tod nahe war. Ben hatte kurze Perioden von Bewußtsein, Delirium und Ohnmacht – aber die meiste Zeit lag er im Delirium. Sein Atem ging leichter, er summte Bruchstücke von populären Melodien vor sich hin, einige davon alt und vergessen, die er nun aus den geheimen, verschütteten Tempeln seiner Kindheit hervorrief. Immer aber kam er mit seiner stillen, summenden Stimme auf das *Kindergebet im Zwielicht* zurück, einen kitschig-sentimentalen Kriegsschlager, billig gemacht, aber nun tragisch rührend:

«. . . Wenn die Lichter leise werden,
Deine Jahre, armes Kind . . .»

Helen betrat das dunkel werdende Zimmer.

«. . . Voller Tränen sind . . .»

Alle Furcht war aus Bens Augen gewichen. Über sein Röcheln hinweg sah er sie stirnrunzelnd und ernst mit seinem alten, fragenden Kinderblick an. Sein Bewußtsein flackerte noch einmal kurz auf, er erkannte sie. Er lächelte sein wunderbares Lächeln, ein dünnes, schnelles Flackern huschte über seinen Mund.

«Hallo, Helen! Ja! Du bist's, Helen!» rief er erfreut. Ihr Gesicht war qualverzerrt, als sie aus dem Zimmer kam. Sie unterdrückte ein erschütterndes Schluchzen, bis sie halb die Treppe herunter war.

Als die Dunkelheit auf den grauen, naßkalten Tag herniederfiel, saß die Familie im Empfangszimmer: die letzte, schreckliche Versammlung vor dem Tod: stillschweigend, abwartend. Gant schaukelte eigensinnig im Stuhl, dann und wann spuckte er ins Feuer, wimmerte kläglich vor sich hin. Von Zeit zu Zeit, einer nach dem anderen, gingen sie leise die Treppe hinauf und horchten an der Tür. Sie hörten Ben sein Liedchen dudeln, wobei er sich wie ein Kind unaufhörlich wiederholte:

«Sitzt 'ne Mutter da im Abendwerden,
Freut sich, daß sie weiß . . .»

Eliza saß reglos, die Hände gefaltet, vor dem offenen Feuer. Ihr Gesicht war totenbleich, wie aus Stein, wahnsinnsstarr.

«Also», sagte sie auf einmal ganz langsam, «man weiß nie. Vielleicht ist das die Krisis . . . Vielleicht . . .» Ihr Gesicht wurde wieder steinern. Sie sprach nicht weiter.

Coker kam ins Haus und ging sofort, ohne mit jemandem zu sprechen, ins Krankenzimmer. Kurz vor neun kam Bessie Gant herunter.

«Ihr solltet jetzt alle zu ihm hineingehen», sagte sie ruhig. «Es geht zu Ende.»

Eliza stand mit reglosem Gesicht auf und ging aus dem Zimmer. Helen folgte ihr, händeringend, schweratmend vor Hysterie.

«Nimm dich zusammen, Helen!» mahnte Bessie Gant. «Laß dich nicht gehn, es paßt sich hier nicht.»

Eliza ging gefaßt nach oben, ganz lautlos. Im Flur aber hielt sie inne, als horchte sie auf die Laute aus dem Krankenzimmer. Matt kam Bens Lied durch die Stille. Und plötzlich, alle Verstellungen vergessend, taumelte sie, fiel gegen die Wand und schlug die Hände vors Gesicht mit einem furchtbaren, ruckhaften Aufschrei:

«O Gott! Wenn ich gewußt hätte! Wenn ich gewußt hätte!»

Rückhaltlos weinend, mit den Grimassen des Kummers, umarmten Mutter und Tochter sich. Nach einer Weile hatten sie sich gefaßt und traten still in das Zimmer.

Eugene und Luke halfen Gant auf die Beine und stützten ihn

treppauf. Er hing schlaff zwischen ihnen und stöhnte in langgezogenen, zittrigen Ausbrüchen:

«Barmherziger Gott! Daß ich auch das noch auf meine alten Tage tragen muß, daß ich . . .»

«Papa, um Gottes willen!» forderte Eugene scharf. «Reiß dich zusammen! Ben liegt im Sterben, nicht wir. Laß uns einmal anständig gegen ihn sein.» Das genügte, um Gant für den Augenblick zum Schweigen zu bringen. Aber als er eintrat und Ben in der Agonie liegen sah, befiel ihn die Angst vor seinem eigenen Tod, und er begann wieder zu stöhnen. Sie halfen ihm in den Schaukelstuhl am Fußende des Betts, er wippte auf und ab und greinte:

«O Jesus! Ich kann es nicht ertragen! Warum hast du mir das auferlegt? Ich bin alt und krank und weiß nicht, wo das Geld herkommen soll. Wie werde ich diesen furchtbaren, diesen grausamen Winter überstehn? Es wird mich tausend Dollar kosten, bis wir ihn begraben haben, und ich weiß nicht, wo das Geld herkommen soll.» Er weinte heuchlerisch, mit schnüffelnden Schluchzern.

«Still! Still!» fuhr Helen ihn an. In ihrer Wut packte und schüttelte sie ihn. «Du verdammter alter Kerl, ich könnte dich umbringen. Wie wagst du es, so zu reden, wenn dein Sohn im Sterben liegt? Ich habe sechs Jahre meines Lebens hingegeben, um dich zu pflegen, und du wirst der letzte von uns sein, der stirbt.» In ihrem Zorn wandte sie sich anklagend an Eliza:

«Du bist dran schuld, daß er so geworden ist, du ganz allein. Wenn du nicht mit jedem Cent geknausert hättest, wär er nie so geworden. Ja, und Ben wär auch noch am Leben.» Der Atem ging ihr aus; sie hielt inne. Eliza antwortete ihr nicht. Sie hatte sie gar nicht gehört. «Wenn das vorüber ist, werde ich mich um nichts mehr kümmern. Ich dachte, du wärst es, der sterben müsse, und nun muß der arme Ben dran glauben.» Helens Stimme schwoll zu erbittertem Schreien an. Sie schüttelte Gant abermals. «Nie wieder, hast du gehört, du selbstsüchtiger Alter! Du hast alles vom Leben gehabt und Ben nichts. Und Ben muß dran glauben. Ich hasse dich!»

«Helen! Helen!» mahnte Bessie Gant leise. «Bedenk doch, wo du bist!»

«Ja, das bedeutet bei uns was!» murmelte Eugene bitter.

Und dann, über dem Radau ihrer Streitsucht, über dem gehässigen Gefauch ihrer Nervosität, hörten sie Bens heiser pfeifenden Atem. Der Papierschirm an der Lampe war gedreht worden; Ben lag wie sein eigener Schatten in seiner ganzen, wilden, grauen, einsamen Schönheit da. Und als sie seinen verschwimmenden Blick, als sie das Herz schwach an seine magere Brust schlagen sahen, da überkam sie das fremde Wunder, das dunkle, verheißungsvolle Mysterium seines Lebens mit seiner ungeheuren Lieblichkeit. Sie wurden still und ruhig, sie vergaßen ihre zersplitterten und zertrümmerten Leben, sie versanken. Und sie schlossen sich aneinander in einem erhabenen Verständnis, mit einer Liebe und Tapferkeit, die stärker war als das Entsetzen, die Wirrnis, der Tod.

Eugenes Augen wurden blind vor Liebe und Staunen; eine große Orgelmusik rauschte in seinem Herzen. Er besaß seine Familie einen Augenblick lang, er war einbezogen und ein Teil ihrer Schönheit; sein Leben erhob sich großartig über die Erbärmlichkeit, den Schmerz und die Häßlichkeit. Das andere war nicht alles, dachte er, nein, wirklich nicht alles.

Ruhig und gefaßt wandte sich Helen an Coker, der im Schatten beim Fenster stand und auf seiner langen, unangezündeten Zigarre kaute.

«Können Sie nichts mehr tun? Haben Sie alles versucht? Alles?»

Sie hatte die leise Stimme einer Betenden. Coker wandte sich ihr langsam zu, nahm die Zigarre in die großen, fleckigen Finger. Dann sagte er sanft und freundlich mit seinem trübseligen, müden Lächeln:

«Alles und jedes. Alle Ärzte der Welt können nun nichts mehr tun.»

«Wie lang haben Sie das gewußt?» fragte sie.

«Seit zwei Tagen», antwortete er. «Von Anfang an.» Er schwieg kurz. «Seit zehn Jahren», fuhr er leidenschaftlich werdend fort. «Seit ich ihn zum erstenmal um drei Uhr morgens im *Fettlöffel* sitzen sah, einen Krapfen in der einen und eine Zigarette in der andern Hand.» Er wehrte mit einer sanften Bewegung ab, als sie etwas entgegnen wollte. «Mein liebes, liebes Mädchen», sagte er, «wir können die vergangenen Tage nicht wieder zurückrufen und zu jenem Zeitpunkt unseres Lebens zurückkehren, als unsre Lunge gesund, unser Blut heiß, unser Körper jung war. Wir sind ein Flackerfeuer – ein Hirn, ein Herz, ein Geist. Und wir sind für drei Cent Eisen und Kalk – die wir nicht wiederkriegen können.»

Er nahm seinen abgegriffenen schwarzen Schlapphut und stülpte ihn achtlos auf. Dann suchte er in seiner Tasche nach Streichhölzern und zündete seine angekaute Zigarre an.

«Haben wir alles für ihn getan?» fragte sie. «Ich muß es wissen. Läßt sich nichts mehr versuchen?»

Coker machte eine unendlich müde, ablehnende Gebärde.

«Mein liebes Mädchen», sagte er. «Er ertrinkt, er ertrinkt.»

Sie stand wie angefroren vor diesem furchtbaren Bescheid.

Coker sah einen Augenblick den grauen, verrenkten Schatten auf dem Bett an. Ruhig, sehr zärtlich und müde-verwundert sagte er: «Alter Ben! Wann werden wir so einen wiedersehn?»

Er ging still hinaus, die lange Zigarre fest zwischen die Zähne geklemmt.

Sie schwiegen. Bessie Gant unterbrach mit einer groben, hämisch-triumphierenden Bemerkung die Stille: «Das wird 'ne Erlösung sein, wenn's vorbei ist. Ich übernehme lieber vierzig Pflegen bei fremden Leuten, als eine, wo diese verdammte Verwandtschaft mit im Spiel ist. Ich bin todmüde.»

Helen wandte sich ruhig an sie.

«Verlaß das Zimmer!» befahl sie. «Das ist jetzt unsre Angelegenheit. Wir haben ein Recht, allein zu sein.»

Bessie Gant stutzte. Aufgebracht und wütend starrte sie Helen einen Augenblick lang an. Dann ging sie hinaus.

Der einzige Laut im Zimmer war Bens leise rasselnder Atem. Er röchelte nicht mehr, er kämpfte nicht mehr, er hatte das Bewußtsein verloren. Seine Augen waren fast geschlossen; ihr flackernder grauer Schein wurde von der Fühllosigkeit, vom Tode gedämpft. Er lag ruhig auf dem Rücken, sehr gerade ausgestreckt, ohne Anzeichen von Schmerz. Sein scharfes, schmales Gesicht war sonderbar hochgerissen; die Lippen waren fest geschlossen. Und abgesehen von dem schwachen Gemurmel seines Atems schien er bereits tot zu sein; er erschien losgelöst und entglitten; er hatte nicht mehr teil an dem häßlichen Mechanismus seines Atmens, das, an die furchtbare Chemie des Fleisches erinnernd, alle Illusionen, allen Glauben an den seltsamen Übergang und die Fortdauer des Lebens zu verhöhnen schien.

Er war tot bis auf das langsame Auslaufen der abgenutzten Maschine, tot bis auf dieses schreckliche Murmeln im Innern seines Körpers, an dem er nicht teilhatte. Er war tot.

Aus ihrem ungeheuren Schweigen erwuchs das Wunder. Sie entsannen sich der seltsamen, schattenhaften Einsamkeit seines Lebens, sie dachten an tausend vergessene Vorkommnisse und Augenblicke ... und immer war etwas um ihn gewesen, das fremd und unirdisch erschien; mitten durch ihr Leben ging er wie ein Schatten. Sie betrachteten sein graues, verlassenes Gehäuse in plötzlichem, schrecklichem Wiedererkennen, wie jemand, dem unversehens ein vergessenes Zauberwort einfällt, oder wie Menschen, die eine Leiche anzusehen wähnen und zum erstenmal einen dahingegangenen Gott schauen.

Luke, der am Fußende des Betts stand, drehte sich nervös zu Eugene um und stotterte in einem unwirklichen Flüstern, voll Verwunderung und Unglauben: «Ich g-g-glaub, Ben ist t-t-tot.»

Gant war sehr ruhig geworden. Er saß vornübergebeugt, auf seinen Stock gelehnt, im Dunkel am Fußende des Betts. Die Zwangsvorstellung seines eigenen herannahenden Todes war von ihm geglitten, er blickte zurück in die Wüstenlandschaft der Vergangenheit, schmerzlich-trauervoll beging er die Spur seiner verlorenen Jahre, die zur Geburt dieses sonderbaren Sohnes führte.

Helen saß im Dunkel in der Nähe des Fensters, die Augen auf das Bett gerichtet. Aber ihr Blick heftete sich nicht auf Ben, sondern auf das Gesicht ihrer Mutter. Es schien, als wären sie alle stillschweigend übereingekommen, in den Schatten zurückzutreten, damit Eliza sich wieder in den Besitz des Fleisches setzen könne, dem sie Leben gegeben hatte.

Und Eliza, nun, da er es ihr nicht länger wehren konnte, da er seine hellen, fiebrigen Augen nicht länger schmerzlich ablehnend von ihr wenden konnte, saß neben dem Bett und umklammerte seine erkaltenden Hände mit ihren rauhen, verarbeiteten Fingern.

Sie schien nicht zu wissen, was um sie vorging. Sie saß übermächtig gebannt, sehr steif und aufrecht auf dem Stuhl, das Gesicht versteint, die stumpfen, schwarzen Augen unentwegt starr auf jenes graue, kalte Antlitz gerichtet.

Sie saßen und warteten. Es wurde Mitternacht. Ein Hahn krähte. Eugene trat leise zum Fenster und blickte hinaus. Die Nacht, ein großes, schwarzes Tier, schlich lautlos ums Haus. Die Wände und Fenster schienen nach innen eingebogen vom Druck der Dunkelheit. Das leise Geräusch aus dem abgezehrten Körper hatte fast ganz aufgehört. Es war nur noch ein unregelmäßiges, fast unhörbares, mattschwingendes Aushauchen.

Helen gab Gant und Luke ein Zeichen. Sie standen auf und gingen still hinaus. Helen blieb in der Tür stehen und winkte Eugene zu sich.

«Du bleibst hier bei ihr», sagte sie. «Du bist ihr Jüngster. Komm und sag's uns, wenn's vorbei ist.»

Er nickte und schloß die Tür hinter ihr. Er blieb eine Weile stehen und lauschte. Dann ging er zu Eliza und beugte sich über sie. «Mama!» flüsterte er. «Mama!»

Sie gab kein Zeichen, daß sie ihn gehört hatte. In ihrem Gesicht regte sich nichts; ihr Blick löste sich nicht aus seinem unverwandten Starren.

«Mama!» sagte er ein wenig lauter. «Mama!»

Er berührte sie. Sie bewegte sich nicht.

«Mama! Mama!»

Sie saß steif und unbeweglich da, wie ein Kind, das sich ziert.

Ein überströmendes Mitleid bemächtigte sich seiner. Verzweifelt, ganz vorsichtig versuchte er, ihre Finger von Bens Hand zu lösen. Ihre rauhe Hand klammerte sich fester an Bens kalte Hand. Und dann, steinern, von rechts nach links, ausdruckslos, schüttelte sie einmal den Kopf.

Weinend und geschlagen vor dieser unerbittlichen Gebärde ließ er ab. Jäh entsetzt begriff er, daß sie ihren eigenen Tod erlebte, daß sie in dem unlöslichen Griff ihrer Hand auf Bens Hand den Akt der

Wiedervereinigung vollzog – daß für sie nicht Ben starb, sondern ein Stück von *ihr*, ein Stück *ihres* Lebens, *ihres* Blutes, *ihres* Körpers, ein jüngeres, lieblicheres, besseres Stück ihres Wesens, ein von ihrem Fleisch geprägtes, getragenes, genährtes, ein mit soviel Schmerz vor sechsundzwanzig Jahren begonnenes und seitdem vergessenes Stück.

Eugene wankte auf die andere Seite des Betts und fiel in die Knie. Er fing an zu beten. Er glaubte nicht an Gott, er glaubte nicht an Himmel oder Hölle, aber er befürchtete, Gott und Himmel und Hölle könnten wahr sein. Er glaubte nicht an Engel mit zarten Gesichtern und hellen Flügeln, aber er glaubte an dunkle Geister, die über den Häuptern einsamer Menschen schweben. Er glaubte nicht an Engel oder Teufel, aber er glaubte an Bens strahlenden Dämon, zu dem er ihn so viele Male hatte sprechen sehen.

Eugene glaubte nicht an diese Dinge, aber er befürchtete, sie könnten wahr sein. Er hatte Angst, daß Ben wieder verlorengehen könne. Er spürte, daß niemand außer ihm jetzt für Ben beten könne, daß die dunkle Verbindung ihrer Geister lediglich *seine* Gebete als gültig zuließe. Alles, was er in Büchern gelesen, die kühle Weisheit, die er so glattzüngig in seinem Philosophiekursus bekannt hatte, und die großen Namen Platon und Plotin, Spinoza und Kant, Hegel und Descartes verließen ihn nun vor dem übermächtigen Anprall seines wilden, keltischen Aberglaubens. Er spürte, daß er wie ein Rasender beten müsse, solange das kleine, sinkende Geflacker des Atems in seines Bruders Brust anhielt.

In einem wahnsinnigen Singsang murmelte er, unausgesetzt sich wiederholend: «Wer immer Du seist, sei gut zu Ben diese Nacht . . . zeig ihm den Weg! . . . Wer immer Du seist, sei gut zu Ben diese Nacht . . . zeig ihm den Weg! . . .» Von Minuten und Stunden wußte er nichts mehr. Er hörte nur noch den schwachen Atemhauch des Sterbenden und sein gleichzeitiges wirres Gebet.

Das Licht in seinem Hirn erlosch; sein Bewußtsein schwand. Übermüdung und nervöse Erschöpfung besiegten ihn. Er streckte sich halb auf den Boden, die Arme auf die Bettstelle gestützt, und murmelte verschlafen weiter.

Eliza saß reglos auf der anderen Bettseite und hielt Bens Hand. Eugene, vor sich hin murmelnd, fiel in einen unruhigen Schlaf.

Er fuhr plötzlich auf. Er wurde sich, zu seinem jähen Entsetzen, bewußt, daß er eingeschlafen war. Er befürchtete, daß der leise zögernde Atemgang nun aufgehört hätte, daß sein Gebet vergeblich gewesen sei. Der Körper auf dem Bett war ganz steif. Kein Hauch war hörbar. Dann, uneben und unrhythmisch, kam ein sehr mattes Ausatmen. Er wußte, daß dies das Ende war. Er stand schnell auf und lief zur Tür. In einem kalten Schlafzimmer auf der anderen Seite des Ganges lagen Gant, Luke und Helen erschöpft auf zwei breiten, aneinandergerückten Betten.

«Kommt» rief Eugene. «Er stirbt!»

Sie kamen schnell ins Zimmer. Eliza saß unbewegt da, sie bemerkte sie nicht. Sie waren kaum eingetreten, als wie ein ganz mattes Seufzen Bens letzter Atemzug entwich.

Das Rasseln in dem ausgeglühten Körper, das stundenlang – so schien es – alles vom Leben, das bewahrenswert ist, dem Tod übergeben hatte, war verstummt. Der Körper – so schien es – wurde starr vor ihren Augen. Nach einer Weile zog Eliza langsam ihre Hand zurück. Aber plötzlich, so, als ob das Wunder der Auferstehung und Wiedergeburt an ihm geschähe, zog Ben mit einem langen, kräftigen Atemzug Luft ein; seine grauen Augen öffneten sich. In diesem einzigen Augenblick von einer furchtbaren Vision des ganzen Lebens erfüllt, schien er sich ununterstützt und körperlos aufzurichten – eine Flamme, ein Licht, eine Glorie – und sich endgültig mit dem dunklen Geist zu vereinigen, der über jedem Schritt seines einsamen Abenteuers auf Erden gebrütet hatte. Das feurige Schwert seines Blicks war gezückt zu einer äußersten, endgültigen Erkenntnis des Raums, und der graue Schattenzug der billigen Liebschaften und der dumpfen Gewissen, der wirre, wüste Mummenschanz, der ihn heimgesucht hatte, entschwand nun vor den hellen Fenstern seiner Augen. Und zornig und furchtlos, wie er gelebt hatte, trat er sodann hinüber in den Schatten des Todes.

Wir können an das Nichtsein des Lebens glauben, wir können an das Nichtsein des Todes und des Lebens-nach-dem-Tod glauben:

aber wer vermöchte es, an Bens Nichtsein zu glauben? Wie Apoll, der dem höchsten der Götter im traurigen Haus des Königs Admet Buße tat, kam er, ein Gott mit gebrochenen Füßen, in die graue Elendshütte dieser Welt. Und lebte hier als ein Fremder, versuchte die Musik der verlorenen Welt wieder einzufangen, versuchte sich der großen, vergessenen Sprache zu entsinnen, der verlorenen Gesichter, des Steins, des Blattes, der Tür.

O Artemidoros, fahr wohl!

36

In dieser ungeheuren Stille voll Schmerz und Dunkelheit erwachten ein paar Vögel. Es war Oktober. Es war kurz vor vier Uhr früh. Eliza streckte Bens Glieder aus und faltete ihm die Hände . . . Sie glättete das zerknitterte Bettlaken, schüttelte die Kissen auf und machte eine kleine Delle dort, wo Bens Kopf ruhen sollte. Sein glänzendes Haar, ziemlich kurz geschnitten um den wohlgeformten Kopf, war spröd und kraus wie das Haar eines Knaben, und es leuchtete mit vielen Spitzen. Mit einer Schere schnipselte sie eine Locke ab an einer Stelle, wo man es nicht sehen würde.

«Grovers Haar war pechschwarz und ganz glatt; kein Mensch hätte sie für Zwillinge gehalten», sagte sie.

Sie gingen hinunter in die Küche.

«Eliza», sagte Gant – und das war das erste Mal seit dreißig Jahren, daß er sie beim Vornamen nannte – «du hast ein schweres Leben gehabt. Hätte ich mich anders benommen, dann wären wir vielleicht miteinander ausgekommen. Laß uns unser Bestes versuchen, den Rest unserer Tage in Frieden hinzubringen. Niemand hat dir was vorzuwerfen. Wenn man alles in Betracht zieht, hast du dich sehr gut gehalten.»

«Ich wünschte, ich könnte viele Dinge noch einmal, besser machen», sagte Eliza ernst. Sie schüttelte den Kopf. «Man weiß halt nie.»

«Laßt uns lieber ein anderes Mal darüber sprechen», meinte

Helen. «Mir scheint, wir sind alle ziemlich erledigt. Ich jedenfalls bin's. Ich geh schlafen. Und du, Papa, daß du mir um Himmels willen ins Bett gehst; du kannst jetzt nicht das geringste tun. Und, Mama, ich glaub, es wär das beste, du gingst auch . . .»

«Nein», sagte Eliza kopfschüttelnd, «ihr Kinder geht jetzt ins Bett. Ich könnte doch kein Auge zumachen. Ich hab verschiednes zu erledigen. Ich werde gleich John Hines anrufen.»

«Dann sag ihm», erklärte Gant, «er soll an nichts sparen. Ich werde für die Rechnung aufkommen.»

«Ja», sagte Helen. «Laßt uns dem Ben ein gutes Begräbnis geben, was es auch kostet. Es ist das Letzte, was wir für ihn tun können. Ich möchte da nichts zu bereuen haben.»

«Ja», sagte Eliza langsam nickend, «ich wünsche das Beste, was für Geld zu haben ist. Ich werde alles mit John Hines vereinbaren, wenn ich mit ihm spreche. Ihr Kinder geht jetzt ins Bett!»

«Armer Gene!» sagte Helen lachend. «Sieht er nicht aus wie des Sommers letzte Rose? Ganz verwelkt. Geh in die Falle, Kleiner, und penn dich aus.»

«Nein», sagte Eugene, «ich hab Hunger. Ich hab nichts gegessen, seit ich von der Universität weg bin.»

«Um Go-go-gottes willen», stotterte Luke. «Warum hast du mir denn nichts davon gesagt, du Dummkopf. Ich hätte dir was gebracht. Komm jetzt», schlug er grinsend vor, «ich könnte auch was essen – gehn wir rauf in die Stadt futtern.»

«Einverstanden», sagte Eugene. «Ich sehne mich wirklich ein bißchen vom Busen der Familie fort.»

Sie lachten dröhnend. Er machte sich am Herd zu schaffen. Sah im Ofen nach.

«Wie? Was? Was suchst du da, Junge?» fragte Eliza argwöhnisch.

«Was hast du Gutes zu essen, Miss Eliza?» fragte er mit einem irren Seitenblick. Er sah den Seemann an. Sie platzten heraus, lachten idiotisch, stießen einander in die Seite. Eugene nahm eine Kaffeekanne vom Herd; sie war halbvoll mit einem kalten, schwachen Aufguß; er hob den Deckel und roch.

«Bei Gott!» sagte er, «es gibt etwas, was Ben nun erspart bleibt. Er braucht Mamas Kaffee nicht mehr zu trinken.»

«Ho! Ho! Ho!» machte der Seemann.

Gant grinste und leckte seinen Daumen.

«Du solltest dich schämen», sagte Helen heiser kichernd. «Der arme Ben.»

«Was soll denn mit dem Kaffee sein?!» fragte Eliza gekränkt. «Es ist *guter* Kaffee.»

Sie heulten vor Lachen. Eliza schürzte schnell die Lippen.

«Mir gefallen solche Reden nicht, Junge», sagte sie. Plötzlich traten ihr Tränen in die Augen. Eugene nahm ihre rauhe Hand und küßte sie.

«Es ist ja alles gut, Mama», sagte er. «Es ist ja alles gut. Ich hab's nicht bös gemeint.» Er schloß sie in die Arme. Sie weinte bitterlich.

«Kein Mensch hat ihn gekannt. Er hat nie von sich gesprochen. Er war so still. Nun hab ich sie beide verloren.»

Dann trocknete sie ihre Augen und sagte:

«Ihr Jungen geht jetzt rauf in die Stadt und eßt was. Ein kleiner Spaziergang wird euch guttun. Und sagt mal», fügte sie hinzu, «könntet ihr da nicht am *Citizen*-Büro vorbeigehn? Wir sollten ihnen Bescheid sagen. Sie haben jeden Tag angerufen und sich nach ihm erkundigt.»

«Sie hielten große Stücke von ihm», sagte Gant.

Sie alle waren müde und gleichzeitig ungeheuer erleichtert. Länger als vierundzwanzig Stunden hatten sie gewußt, daß der Tod unausweichlich sei, und nachdem sie so lange das gräßliche Röcheln des Erstickenden gehört hatten, rührte sie dieser einfache Friede, dieses schlichte Ende des Schmerzes mit einer tiefen, einer erschöpften Freude.

«Ben ist also tot», sagte Helen langsam. Tränen standen ihr in den Augen. Sie weinte leise und bekümmert, wie eine Liebende weint. «Ich bin froh, daß es vorüber ist. Der arme Ben! Ich hab ihn nie recht kennengelernt, erst diese letzten Tage. Er war der Beste von der Bande. Gott sei Dank, daß er jetzt von allem befreit ist.»

Eugene dachte nun voll freudiger Liebe an den Tod. Der Tod war eine liebe und zärtliche Frau, der Tod war Bens Freundin und Geliebte, die gekommen war, ihn zu befreien, zu heilen, von der Lebensqual zu entbinden.

Da standen sie zusammen – ohne zu sprechen – in Elizas Küche, und ihre Blicke waren von Tränen geblendet, weil sie an die Holdseligkeit und die Süße des Todes dachten, und weil sie einander liebten.

Eugene und Luke gingen leise über die Diele und traten in die Dunkelheit hinaus. Vorsichtig schlossen sie die große Haustür hinter sich. Sie stiegen die breiten Stufen der Terrassentreppe hinunter. In dieser ungeheuren Stille erwachten die Vögel. Es war kurz nach vier Uhr früh. Wind fuhr ins Gezweig. Es war noch dunkel. ·Aber die schweren Wolken über ihnen, die tagelang den Himmel mit einer traurigen grauen Decke überzogen hatten, waren zerrissen. Eugene blickte auf in das tiefe, zerklüftete Gewölbe des Himmels und sah die stolzen Sterne glänzen; sie waren hell und blinzelten nicht. Es bebte das welke Laub.

Ein Hahn krähte den schrillen Morgenschrei vom Beginn und Erwachen des Lebens. Der Hahn, der um Mitternacht krähte – dachte Eugene –, krähte den Elfenschrei. Sein Schrei war schlaftrunken, todesbetäubt, er klang fernher wie ein Horn unter der See und war ein Warnruf an alle Menschen, die in Todesbanden lagen, und ein Mahnruf an alle Geister, die nun zurückkehren mußten.

Aber der Hahn, der frühmorgens kräht, hat eine Stimme, die schrill ist wie einer Querpfeife Ton. Er will besagen: Der Schlaf ist getan, der Tod ist getan, sie liegen hinter uns. O wacht auf, wacht auf ins Leben, sagt seine Stimme, die schrill ist wie einer Querpfeife Ton.

In dieser ungeheuren Stille erwachten die Vögel.

Er hörte das helle Spielmannslied des Hahns abermals, und vom Fluß her, aus der Dunkelheit, den großen Donner von Eisenbahnrädern und den langgezogenen, klagend verhallenden Pfiff der Lokomotive. Und langsam die kalte, öde Straße hinaufkommend nahte das schwere Getrappel eisenbeschlagener Hufe.

In dieser ungeheuren Stille erwachte das Leben.

Freude erwachte in ihm und Lebensmut. Sie waren aus dem Todeskerker entflohen, sie waren wieder in den hellen Gang der Lebensräder einbezogen. Das Leben, das wohlgesteuerte, gutgelenkte Leben begann, es fuhr aus auf tausend Barken, die nicht untergehen würden.

Ein Zeitungsjunge kam mit jenem steifen Humpelgang, den Eugene so gut kannte, mitten auf dem Fahrdamm frisch die Straße herunter. Er schleuderte eine zum Block gefaltete Zeitung treffsicher auf die Terrasse des Brunswick. Als er zu Dixieland kam, bog er auf den Bürgersteig und warf die frisch gedruckte Zeitung so, daß sie kaum hörbar aufplumpste. Er wußte, daß jemand im Haus krank war.

Es bebte das welke Laub. Mit ein paar Sätzen sprang Eugene über den Vorgartenrasen auf den Bürgersteig.

«Wie heißt du, Junge?» fragte er.

«Tyson Smathers», sagte der Junge und blickte auf mit seinem zuverlässigen schottisch-irischen Gesicht, das voll Leben und Geschäftigkeit war.

«Ich heiß Gene Gant, hast du mal was von mir gehört?»

«Freilich», sagte Tyson Smathers. «Sie hatten Route Nummer sieben.»

«Lang, lang ist's her», sagte Eugene pompös und grinste. «Damals war ich noch ein Junge.»

In dieser ungeheuren Stille erwachten die Vögel.

Er steckte die Hand in die Tasche und fand eine Dollarnote.

«Hier», sagte er. «Ich hab die verdammten Dinger mal geschleppt. Außer meinem Bruder Ben war ich der beste Junge, den sie je hatten. Fröhliche Weihnachten, Tyson!»

«Es ist ja noch gar nicht Weihnachten», sagte Tyson Smathers.

«Stimmt, Tyson», sagte Eugene. «Aber es wird schon kommen.»

Tyson Smathers nahm das Geld mit einem erstaunten, sommersprossigen Grinsen. Dann ging er weiter die Straße hinunter und schleuderte Zeitungsblöcke.

Die Ahornbäume standen hager und verdorrt. Moderndes Laub bedeckte den Boden. Aber die Kronen der Bäume waren noch nicht völlig kahl. Es raschelte das Laub. Ein paar Vögel fingen an, in den Zweigen zu schwätzen. Wind fuhr ins Geäst, es bebte das welke Laub. Es war Oktober.

Als Luke und Eugene die Straße hinauf auf die Stadt zugingen, trat eine Frau aus dem großen Backsteinhaus gegenüber und ging über den Vorgarten auf sie zu. Als sie näher kam, sahen sie, daß es Mrs. Pert war. Es war Oktober, aber ein paar Vögel erwachten.

«Luke?» sagte sie zerfahren, «ist es der gute alte Luke?»

«Ja», sagte Luke.

«Und Eugene, nicht? Es ist der gute alte Eugene?» Sie lachte leise, tätschelte ihm die Hand, lugte ihn komisch an mit ihren verschwommenen, eichenholzbraunen Augen. Sie schwankte bedächtig hin und her mit der Würde der Alkoholiker. Es raschelte, es rauschte, im Laub, im welken Laub. Es war Oktober, und es bebte das welke Laub.

«Sie haben die alte Fatty rausgeschmissen, Eugene», sagte sie. «Sie lassen sie nie mehr ins Haus rein. Sie haben sie rausgeschmissen, weil sie den alten Ben gern mochte. Ben, der alte Ben.» Sie schwankte unsicher, ihre Gedanken sammelnd. «Ja, der alte Ben. Wie steht's mit dem alten Ben, Eugene?» schmeichelte sie. «Fatty möchte es wissen.»

«Tu-tu-tu-tu-tut mir furchtbar leid, Mrs. P-p-pert», fing Luke an. Wind fuhr ins Gezweig, es bebte das welke Laub.

«Ben ist tot», sagte Eugene.

Sie starrte ihn eine Weile an, taumelnd.

«Fatty mochte den Ben gern», sagte sie liebenswürdig nach einer Weile. «. . . Fatty und der alte Ben waren Freunde.»

Sie kehrte sich ab und wankte mit unsicheren Schritten über die Straße; sie hielt einen Arm bedächtig ausgestreckt, um sich im Gleichgewicht zu halten. In dieser ungeheuren Stille erwachten die Vögel. Es war Oktober, aber ein paar Vögel erwachten.

Luke und Eugene gingen dann auf die Stadt zu, und eine große Freude erfüllte sie, weil sie die Laute des Lebens und des erwachenden Tages hörten. Und unterwegs sprachen sie von Ben, lachend, in frohen Erinnerungen schwelgend; nicht wie von einem Verstorbenen sprachen sie, sondern von einem Bruder, der jahrelang verreist war und nun heimkommen sollte. Sie sprachen triumphierend und zärtlich von ihm als von einem, der den Schmerz überwunden hat und glücklich davongekommen ist. Eugenes Gedanken waren unbeholfen und linkisch, sie spielten, wie ein Kind spielt, mit Kleinigkeiten.

Sie empfanden eine stille und tiefe Zuneigung füreinander. Sie sprachen rückhaltlos, ungekünstelt, still wissend, selbstverständlich vertrauend.

«Erinnerst du dich», fing Luke an, «wie er da-da-damals dem kleinen Waisenjungen, den Tante Pett aufgenommen hatte – Markus hieß er –, die Haare schnitt?»

«Er setzte ihm . . . einen Nachttopf auf . . . um die Ränder zu stutzen!» kreischte Eugene. Sein wildes Gelächter weckte die Straße auf.

Sie gingen des Wegs, heiter, sie grüßten ein paar frühe Passanten mit ironischer Unterwürfigkeit, sie machten sich hochgemut, brudereinig, über die Welt lustig. Dann traten sie in die entspannterschöpfte Atmosphäre des Zeitungsbüros ein, wo Ben so viele Jahre gearbeitet hatte. Sie gaben die Nachricht dem müden Mann an der Annahmestelle.

Ein Bedauern, eine Verwunderung kam an diesem Ort auf, wo die Berichte so vieler Tage der schnellen Vergessenheit anheimgefallen waren. Das war eine Nachricht, die nicht so schnell sterben würde, eine Erinnerung an etwas Seltsames, das dahingegangen war.

«Verdammt! Tut mir leid! So ein feiner Kerl!» sagten die Männer.

Als das Morgengrauen auf die Straßen fiel und die erste Straßenbahn zum Square hinaufratterte, kamen sie zu dem kleinen Imbiß, in dem Ben so oft über einer Tasse Kaffee, eine Zigarette rauchend, bei Tagesanbruch gesessen hatte. Eugene sah ins Lokal. Da saßen, wie sie vor vielen Jahren gesessen hatten: McGuire, Coker, der griesgrämige Mann am Tresen und am unteren Ende Harry Tugman. Es war, als hätte sich ein gräßlich-prophetischer Alptraum erfüllt. Luke und Eugene traten ein und setzten sich an die Theke.

«Gentlemen, Gentlemen», sagte Luke volltönend.

«Hallo, Luke», bellte McGuire. «Glaubst du, daß du je Vernunft annehmen wirst? Und wie geht's dir, Eugene? Was macht das Studium?» Die nasse Zigarette klebte komisch an seinen Lippen. Er starrte sie einen Augenblick lang mit seinen gutmütigen, betrunkenen Triefaugen an.

«Wie geht's Ihnen, General? Und was trinkt man heutzutage, Terpentin oder Firnis?» fragte der Seemann und kniff McGuire in die feisten Rippenpolster. McGuire grunzte.

«Ist es überstanden, Son?» fragte Coker ruhig.

«Ja», sagte Eugene.

Coker, mit einem malariagelben Grinsen, nahm die lange Zigarre aus dem Mund und fragte: «Geht dir besser seitdem, Son, was?»

«Ja», sagte Eugene. «Verdammt viel besser.»

«Nun, Eugenik», sagte der Seemann forsch, «was willst du essen?»

«Was ist denn da?» sagte Eugene und betrachtete die speckige Speisekarte. «Haben Sie vielleicht 'nen jungen, gerösteten Walfisch übrig?»

«Nein», sagte der Tresenmann, «wir hatten ihn, aber er ist ausgegangen.»

«Wie wär's mit einem frikassierten Bullen?» sagte Luke. «Noch was da?»

«Du brauchst keinen, der dir den Bullen frikassiert», sagte McGuire. «Du hast ohnehin zuviel, Son.»

Bullengelächter bellte durch das Lokal.

Stirnrunzelnd stolperte Luke über die Speisekarte.

«B-b-b-brathuhn à la Maryland», murmelte er. «A la Maryland», wiederholte er, als stünde er vor einem Rätsel. «Na, ist das nicht was?» sagte er und schnitt eine zimperlich-genäschige Fratze.

«Bringen Sie mir ein Beefsteak von dieser Woche, gut durchgebraten, und 'ne Fleischhaueraxt und 'ne Wursthackmaschine dazu.»

«Wozu brauchst du 'ne Wursthackmaschine?» fragte Coker.

«Für das Mince-Pie», erklärte Eugene.

«Also zweimal!» sagte Luke. «Und ein paar Tassen Mok-ka, genauso stark, wie sie bei Muttern sind!»

Er drehte sich übermütig zu Eugene um, brach in laute Hohos aus und stieß ihm in die Rippen.

«Wo bist du jetzt stationiert, Luke?» fragte Harry Tugman, schnauzig über seinen Kaffeebecher spähend.

«Zu-zur Z-z-zeit in Norfolk auf der Navy Base, um die Welt für die Hypokrisie sicher zu machen»*, sagte der Seemann.

«Fährst du auch mal irgendwann endlich zur See, Son?» fragte Coker.

«Sicher!» sagte Luke. «Für f-f-fünf Cent mit der Straßenbahn an den Badestrand.»

«Dieser Junge hat das Zeug zum Seemann in sich. Seit er ins Bett gepißt hat, hab ich es prophezeit», sagte McGuire.

Horse Hines kam rüstig herein, stutzte aber, als er der beiden Brüder ansichtig wurde.

«Gib acht!» flüsterte der Seemann verrückt grinsend in Eugenes Ohr. «Du kommst als nächster dran. Schon pappen seine Fischaugen an deinem langen Leichnam. Er schätzt dich auf Sarglänge ab.»

Eugene blickte sich brummig nach Horse Hines um und murmelte etwas vor sich hin. Der Seemann gluckste schon wieder vor Lachen.

«Guten Morgen, Gentlemen», sagte Horse Hines im Ton zartsinniger Trauer. Mit bekümmerter Miene näherte er sich den beiden Brüdern. «Ich bin tief betrübt über den schweren Schlag, der Sie beide betroffen hat. Ich hätte nicht besser von diesem jungen Mann denken können, wenn er mein eigner Bruder gewesen wäre.»

McGuire hob protestierend vier fette Finger in die Höhe und rief: «Fahren Sie nicht fort, Horse! Wir sehn es ja alle, daß es Ihnen das Herz gebrochen hat. Wenn Sie so weiterreden, könnten Sie vor lauter Schmerz hysterisch werden und plötzlich einen Lachkrampf bekommen. Wir könnten das nicht ertragen, Horse. Wir sind zwar große, starke Männer, aber wir haben ein schweres Leben hinter uns. Drum bitte ich Sie inständig, Horse: Verschonen Sie uns!»

Horse Hines nahm keine Notiz von McGuire.

«Ich habe ihn bereits drüben im Geschäft», sagte er sanft. «Ich möchte, daß Sie beide heut im Laufe des Nachmittags mal reinkommen, um ihn anzusehn. Sie werden ihn nicht wiedererkennen, wenn ich mit meiner Arbeit fertig bin.»

* Wortspiel: *hypocrisy* (Heuchelei), *democracy* (Demokratie).

«Eine Vervollkommnung sozusagen, eins besser als die Natur», bemerkte Coker. «Na, seine Mutter wird es zu schätzen wissen.»

«Haben Sie eigentlich ein Beerdigungsgeschäft oder einen Kosmetiksalon, Horse?» fragte McGuire.

«Wir wissen, daß Sie Ihr B-b-bestes tun werden», sagte der Seemann mit zungenfertiger, ernstgemeinter Unaufrichtigkeit. «Deswegen hat die Familie Sie beauftragt.»

«Essen Sie Ihr Beefsteak nicht auf?» fragte der Tresenmann Eugene.

«Beefsteak, was?! Das ist doch kein Beefsteak», murmelte er. «Jetzt weiß ich, was es ist.» Er stand vom Barstuhl auf und ging rüber zu Coker. «Können Sie mich retten, oder muß ich dran glauben? Seh ich krank aus, Coker?» murmelte er heiser.

«Nein, Son», sagte Coker. «Nicht krank, sondern verrückt.»

Horse Hines nahm am anderen Ende der Theke Platz. Eugene lehnte sich auf die speckige Marmorplatte und fing an zu singen:

«He! Ho! Die Aaskrähe, He!
Heißa, heißa, juchhe!»

«Halt's Maul, verdammter Narr», flüsterte der Seemann rauh und grinste.

«Eine Aaskrähe saß auf einem Stein,
Heißa, heißa, juchhe!»

Draußen im grauen Frühlicht erwachte munter das Leben. Eine Straßenbahn bog langsam in die Avenue ein, der Schaffner, den warmen Nebel seines Atems in die kühle Luft blasend, lehnte aus dem Fenster der Wagenbrüstung und stellte vorsichtig mit dem langen Eisenstab die Weiche. Der patrouillierende Polizist Leslie Roberts, fahl und leberkrank, schlurfte anämisch vorüber und schwang seinen Gummiknüppel. Das Negerfaktotum aus Woods Drugstore ging vergnügt ins Postgebäude, um die Morgenpost abzuholen. J.T. Stearns, Angestellter der Eisenbahngesellschaft, wartete auf der anderen Straßenseite auf die Bahn, die zum Bahnhof fuhr. Er hatte ein rotes Gesicht, stand am Rinnstein und las die Morgenzeitung.

«Da leben sie, als ob sie nichts davon wüßten!» schrie Eugene plötzlich.

«Luke!» sagte Harry Tugman und sah von seiner Zeitung auf. «Das mit Ben tut mir verdammt leid. Er war ein feiner Kerl.» Dann wandte er sich wieder seinem Blatt zu.

«Bei Gott!» sagte Eugene. «Das ist ganz was Neues!»

Er bekam einen Lachanfall, keuchte wild, unbeherrscht, heftig. Horse Hines beobachtete ihn sachkundig; dann steckte er die Nase wieder in die Zeitung.

Die beiden Brüder verließen das Lokal und gingen heim durch die Morgenfrische. Eugenes Gedanken rotierten um Kleinigkeiten. Die Straßen schallten von hartem Rädergerassel, dem Knirschen der Fensterblenden, schnellen Geräuschen. Der perlenfarbene Himmel war rosig-kalt überhaucht. Auf dem Square standen die Schaffner bei ihren Wagen herum, in lautstarken, atemdampfenden Klatsch vertieft. In Dixieland herrschte eine Stimmung der Leere und Erschöpfung. Das Haus schlief. Eliza war allein wach; sie war vollauf beschäftigt, hatte ein gutes Feuer im Küchenherd brennen.

«Geht jetzt und legt euch schlafen, Kinder. Später am Tag gibt's Arbeit für euch.» Luke und Eugene gingen in das große Speisezimmer, das im Winter als Schlafraum eingerichtet war.

«Verda-da-dammt!» sagte der Seemann zornig. «Ich könnte nicht da oben schlafen, nachdem . . .»

«Ach was», sagte Eliza. «Das ist nichts wie Aberglauben. Mir würde es nicht das geringste ausmachen.»

Die Brüder schliefen fest bis tief in den Nachmittag. Dann gingen sie, um bei Horse Hines vorzusprechen. Sie fanden ihn, die Beine behaglich auf den Schreibtisch gelegt, in seinem kleinen düsteren Büro, wo es nach Hängefarnen, welken Nelken und Weihrauch roch.

Er erhob sich sofort, als die beiden eintraten. Das Stärkhemd knitterte; der schwarze Gehrock rauschte feierlich. Dann begrüßte er sie mit gedämpfter Stimme, leicht vornübergebeugt.

Wie sehr dieser Mann dem Tod ähnlich ist, dachte Eugene. Er dachte an die dunklen, schrecklichen Mysterien der Bestattung: das Festmahl der leichenzehrenden Ghulen, die obszöne Beschäftigung mit Leichen, die finstere, üble Hexenmagie der Konservierung. Wo ist der Kanister, in den er die verweslichen Teile schmeißt? Ganz in der Nähe ist ein Restaurant.

Dann nahm er die Hand, die ihm Horse Hines entgegenstreckte, eine kalte, schwindsüchtige Hand, Sommersprossen auf dem Handrücken; ihm war, als wäre diese Hand einbalsamiert.

Der Leichenbestatter benahm sich noch geschäftlicher als am Morgen; er benahm sich offiziell. Er war der rührige Zeremonienmeister, der tüchtige Festordner ihres Kummers. Sein ganzes Gehaben gab ihnen zartsinnig zu verstehen, daß Ordnung und Schicklichkeit zu Todesfällen gehören, daß es ein Ritual der Trauer gibt, das eingehalten werden muß. Sie waren beeindruckt.

«Wir hatten vor, zuerst wegen des Sargs mit Ihnen z-z-zu s-s-sprechen, Mr. Hines», lispelte Luke nervös. «Wir wollten da Ihren Rat einholen, um was Passendes zu finden.»

Horse Hines nickte gewichtig zustimmend. Sanft führte er sie nach hinten in eine große, dunkle Halle mit gewachstem Parkettboden, wo im schweren, toten Holz- und Samtgeruch auf fahrbaren Böcken die stolze Drohung der glänzenden Särge zur Schau gestellt war.

«Nun, ich weiß», sagte Horse Hines ruhig, «daß die Familie nichts Billiges wünscht.»

«Das Beste, was Sie haben», sagte der Seemann entschieden.

«Ich nehme ganz persönlich Anteil an dieser Beerdigung», sagte Horse Hines verbindlich und gerührt. «Ich bin mit den Familien Gant und Pentland seit dreißig Jahren oder noch länger bekannt. Mit Ihrem Vater stehe ich bald zwanzig Jahre in Geschäftsverbindung.»

«Und ich m-m-m-möchte Ihnen sagen, Mr. Hines, daß die F-f-f-familie Ihnen f-f-für diese Anteilnahme sehr verbunden ist», sagte der Seemann ernst.

In dieser Rolle gefällt er sich, dachte Eugene. Achtung und Wohlwollen der Welt, das braucht er wie's Brot.

«Ihr Vater», fuhr Horse Hines fort, «ist einer der ältesten und angesehensten Geschäftsleute am Ort. Und die Familie Pentland ist eine der wohlhabendsten und prominentesten.»

Eugene war einen Augenblick lang stolz.

«Etwas Schäbiges kommt also nicht in Frage, das weiß ich», sagte Horse Hines. «Was Sie wünschen, soll geschmackvoll und würdig sein. Stimmt das?»

Luke nickte eine nachdrückliche Bestätigung.

«Genauso haben wir es uns vorgestellt, Mr. Hines. Wir wollen das Beste, das Sie haben. Es kommt uns nicht auf ein paar Cents an, wenn es sich um Ben handelt», sagte er stolz.

«Nun, dann will ich Ihnen meinen aufrichtigen Rat geben», sagte Horse Hines. Er legte seine Hand auf einen Sarg. «Diesen da könnten Sie billig haben, aber ich glaube nicht, daß er Ihren Wünschen entspricht. Natürlich, er ist gut für den Preis. Er ist sein Geld wert, ganz ohne Frage. Er stellt eine Leistung dar für die Summe. Sie können da was rausholen . . .»

Das klingt gut, dachte Eugene.

«Nun ja, sie sind alle gut, wissen Sie, ich habe kein schlechtes Stück auf Lager. Aber . . .»

«Wir wollen was Beßres», erklärte Luke ernst. Er wandte sich an Eugene. «Nicht wahr, das meinst d-d-du doch auch?»

«Ja», sagte Eugene.

«Also», sagte Horse Hines. «Ich könnte Ihnen diesen da verkaufen.» Er zeigte auf den prunkvollsten Sarg im Lager. «Beßre Ware gibt's nicht. Das ist 'ne Spitzenleistung. Der Sarg ist tatsächlich jeden einzelnen Dollar wert, den er kostet.»

«Schön», sagte Luke. «Sie können es am besten beurteilen. Wenn das der be-be-beste ist, wollen wir ihn nehmen.»

Nein, aber nein! dachte Eugene. Du hättest ihn nicht unterbrechen sollen. Laß ihn ausreden.

«Aber . . .», sagte Horse Hines unbeirrt, «sehen Sie, es besteht kein Grund dafür, daß Sie sich für diesen Sarg entscheiden. Was Sie suchen, ist Würde und einfache Ausstattung. Stimmt's?»

«Ja», sagte der Seemann demütig, «ich glaub, da haben Sie's getroffen, Mr. Hines.»

Nun werden wir ja bald sehn, dachte Eugene. Dieser Mann hat Spaß an seinem Beruf.

«Somit denn», sagte Horse Hines schlüssig, «möchte ich Ihnen beiden diesen Sarg hier vorschlagen.» Er legte seine Hand fast streichelnd auf den schönen Sarg, neben dem er nun stand.

«Dieser liegt gerade in der Mitte, ist nicht zu einfach und nicht zu prunkvoll. Er ist schlicht und geschmackvoll. Silberbeschläge, wie Sie sehen, und hier eine Silberplatte für den Namen. Mit diesem Sarg werden Sie überall bestimmt den besten Eindruck machen; er ist das richtige für Ihre Ansprüche. Und – er ist ein guter Kauf. Jeden einzelnen Dollar wert, den Sie reinstecken.»

Sie gingen um den Sarg herum und sahen ihn kritisch an.

Nach einer Weile fragte Luke nervös: «W-w-wie teuer ist er?»

«Vierhundertfünfzig Dollar», sagte Horse Hines. «Aber», fügte er nach einem Augenblick tiefen Nachdenkens hinzu, «ich will Ihnen was sagen. Ihr Vater und ich sind alte Geschäftsfreunde. Aus Entgegenkommen für die Familie will ich ihn Ihnen zum Anschaffungspreis geben, dreihundertfünfundsiebzig Dollar.»

«Was hältst du davon?» fragte der Seemann. «Glaubst du, er ist recht so, Eugene?»

Kaufen Sie Ihre Weihnachtsgeschenke frühzeitig ein!

«Ja», sagte Eugene. «Nehmen wir ihn. Ich wünschte nur, er hätte 'ne andre Farbe. Ich mache mir nichts aus Schwarz. Haben Sie ihn nicht in einer andern Farbe?»

Horse Hines starrte ihn an.

«Schwarz ist *die* Farbe», sagte er.

Sie schwiegen eine Weile, dann fragte Horse Hines:

«Möchten Sie die Leiche sehn?»

«Ja», sagten sie.

Er ging voran, auf den Zehenspitzen, den Gang zwischen den Särgen hindurch, und öffnete die Tür zu einem Hinterzimmer. Der Raum war dunkel. Sie traten ein und standen mit angehaltenem Atem. Horse Hines knipste das Licht an und schloß die Tür.

Ben, in seinem besten Anzug, einem adretten dunkelgrauen, lag steif ausgestreckt auf dem Tisch. Seine kalten, weißen Hände mit den sauberen, trockenen Fingernägeln, ein wenig runzlig wie alte Äpfel, waren lose über seinem Bauch gefaltet. Er war ganz glatt rasiert. Die ganze Aufmachung war tadellos. Das starre Haupt zeigte scharf nach oben. Ein gräßliches, imitiertes Lächeln lag auf dem Gesicht. In den Nasenlöchern staken kleine Wachspfröpfchen. Eine Wachsbindung hielt die kalten, starren Lippen zusammen. Der Mund war fest geschlossen. Die Lippen waren ein wenig vorstehend und sahen voller aus als je im Leben.

Um ihn hing ein matter, undefinierbarer, klebrig-süßer Geruch.

Der Seemann blickte abergläubisch drein und runzelte nervös die Stirn. Dann flüsterte er Eugene zu: «Ja, das ist wohl tatsächlich der B-b-ben.»

Weil, dachte Eugene, es nicht Ben ist und wir verloren sind. Er blickte ihn an, diesen kalten, aufgeputzten Kadaver, dieses stümperhafte Machwerk eines Leichenkonservators, das nicht einmal die Ähnlichkeit einer gut ausgeführten Wachspuppe hatte. Nichts von Ben konnte hier begraben werden. In dieser armseligen ausgestopften Krähe, so rührend rasiert und frisiert und säuberlich zugeknöpft, war nichts vom Eigentümer zurückgeblieben. Was da war, war eine Schneiderpuppe, zurechtgemacht von Horse Hines, der nun aufmerksam und lobeshungrig dabeistand.

Nein, dachte Eugene, das ist nicht Ben. Keine Spur von Ben ist in diesem verlassenen Gehäuse. Kein Zeichen von ihm ist in dieser leeren Hülse. Wohin ist er gegangen? Dies kann nicht sein eigenes, helles Fleisch sein, das Abbild seines Ichs, dem seine einmalige Gebärde, seine einzigartige Seele Leben verlieh. Dieses Ding da ist eins mit allem Aas; es wird sich wieder der Erde vermischen. Ben? Wo? O verloren!

Der Seemann schaute hin, sagte:

«Er ha-ha-hat schwer gelitten!» Er schlug plötzlich die Hände vors Gesicht und brach in kurze, gequälte Schluchzer aus. Sein verwirrtes, stammelndes Leben war aller Großspurigkeit enthoben in einem Augenblick harten, unerbittlichen Kummers.

Eugene weinte, nicht weil er da Ben sah, sondern weil Ben fort war und er alles Chaos, allen Schmerz von neuem erinnerte.

«Er hat ausgelitten», sagte Horse Hines mild. «Er hat seinen Frieden.»

«Bei Gott, Mr. Hines», sagte der Seemann und wischte sich die Augen mit dem Ärmel seiner Matrosenjacke ab. «Der Ben war ein feiner Kerl.»

Horse Hines sah verzückt das kalte, sonderbare Gesicht an. Seine Fischaugen hingen zärtlich an seinem Werk.

«Ein großartiger Junge», murmelte er. «Und ich hab mich bemüht, dem gerecht zu werden.»

Sie schwiegen eine Weile und schauten.

«Sie haben das f-f-f-fein gemacht, Mr. Hines, das muß man sagen», erklärte der Seemann. «Was sagst du, Eugene?»

«Ja», sagte Eugene kleinlaut mit erstickter Stimme. «Ja.»

«Ein bi-bi-bißchen b-b-blaß ist er, meinst du nicht?» stammelte der Seemann, kaum wissend, was er sagte.

«Eine Sekunde!» sagte Horse Hines mit erhobenem Zeigefinger. Er zog schnell einen Schminkstift aus der Westentasche, trat hinzu und skizzierte flink und geschickt ein rosenhauchiges, gräßlich-trügerisches Rot von Leben und Gesundheit auf die toten, grauen Wangen.

«So!» sagte er tiefbefriedigt. Den Schminkstift gezückt, den Kopf kritisch zur Seite geneigt, ganz wie ein Maler vor seiner Leinwand, trat er zurück in die starrblickende, schreckliche Gebanntheit ihres Grauens.

«Künstler gibt es in jedem Beruf», erklärte er mit stillem Stolz. «Und auch wenn ich das von mir selbst sag, Luke: Hier kann ich stolz auf meine Arbeit sein. Sehn Sie sich ihn an!» rief er, plötzlich lebhaft werdend, und eine leichte Röte überflog sein graues Gesicht. «Haben Sie in Ihrem Leben was Natürlicheres gesehn?»

Eugene starrte den Bestatter an; mit einer gewissen Rührung erkannte er den Ernst und den Stolz in dem langen Pferdegesicht. Er selber war blaurot im Gesicht, denn die Hunde des Gelächters rissen an seiner gespannten Kehle.

«Sehn Sie ihn an», sagte Horse Hines abermals. Er sprach diesmal ganz langsam vor ehrlicher Selbstbewunderung. «Das werde ich nie wieder erreichen. Und wenn ich eine Million Jahre alt werde. Das ist Kunst, Jungs!»

Ein leiser, gurgelnder Laut kam aus Eugenes zusammengepreßten Lippen. Der Seemann, ein irres Lächeln unterdrückend, drehte sich schnell nach ihm um.

«Was hast du?» fragte er. «Hör auf, du Narr!» warnte er und grinste verrückt.

Eugene, brüllend vor Lachen, taumelte in einen Lehnstuhl, seine langen Arme flappten hilflos an der Seite herunter.

«Entschuldigung! Nicht – so –– gemeint!» keuchte er, nach Luft schnappend. «K-u-n-s-t! Ja! Ja! Das ist's!» schrie er und trommelte wie ein Verrückter mit den Fingerknöcheln auf den polierten Fußboden. Er rutschte aus dem Sessel aufs Parkett, er war am Ersticken, knöpfte sich die Weste auf und löste mit schlaffer Hand seine Krawatte. Ein schwaches Gurgeln kam aus seiner erschöpften Kehle, sein Kopf wackelte haltlos hin und her, Tränen rollten über sein verschwollenes Gesicht.

«Fehlt dir was? Bist du verrückt geworden?» fragte der Seemann, übers ganze Gesicht grinsend.

Horse Hines beugte sich teilnahmsvoll herab und half Eugene auf die Beine. «Die Folgen seelischer Überanstrengung», bemerkte er fachmännisch zu dem Seemann. «Der arme Junge! Er hat 'nen hysterischen Anfall!»

37

UND SO WURDE auf den toten Ben mehr Aufmerksamkeit, Zeit und Geld verwandt als auf den Ben, der gelebt hatte. Das Begräbnis war eine endgültige Gebärde der Ironie und Sinnlosigkeit; eine Bemühung, an dem aufgeputzten Kadaver den nie entrichteten Lebenslohn – nämlich Liebe und Mitgefühl – nachträglich zu zahlen. Er hatte eine großartige Beerdigung. Alle Pentlands schickten Kränze, kamen mit ihrem ganzen Clan angereist und verbargen ihren diesseitigen Geschäftssinn nur mühsam hinter hastig aufgesetzten Begräbnismienen. Will Pentland unterhielt sich mit den Männern über Politik, den Krieg und die Wirtschaftslage, säuberte gedankenvoll seine Fingernägel, verzog den Mund, nickte sein kurzes, bedachtsames Nicken und riß ab und zu, vogelhaft zwinkernd, ein Witzchen. Sein selbstgefälliges Lachen mischte sich mit dem lauten Gewieher seines Sohnes Henry. Pett war älter, gütiger und sanfter als Eugene sie je gesehen hatte; ihre Bitterkeit war gemildert; in einem grauseidenen Rauschen ging sie einher. Und Jim Pentland war da mit seiner Frau, deren Namen Eugene nie behielt, und seinen vier Töchtern, deren Namen Eugene nicht auseinanderhalten konnte, intelligenten, stämmigen Mädchen, die alle eine Universität erfolgreich absolviert hatten, und seinem Sohn, der ein presbyterianisches College besucht hatte und relegiert worden war, weil er sich als Herausgeber der Universitätszeitung für freie Liebe und Sozialismus erklärt hatte. Nun spielte er Violine und liebte Musik und half seinem Vater im Geschäft; er war ein weibischer, zimperlicher Jüngling, aber trotzdem durchaus nicht aus der Art geschlagen. Und Thaddeus Pentland war da, Wills Buchhalter, der ärmste und nun jüngste von den Kindern des alten Majors. Er war ein Mann über fünfzig, mit einem angenehmen, roten Gesicht, braunem Schnurrbart und ruhigem, liebenswürdigem Auftreten. Er saß voller Späße und war sehr gutmütig, wenn er nicht gerade Karl Marx und Eugene Debs zitierte. Er war Sozialist und hatte einmal bei einem Wahlgang für den Kongreß acht Stimmen bekommen. Er war da mit seiner schwatzsüchtigen Ehefrau, der Helen den Spitznamen «Babbelbabbel» gegeben hatte, und seinen zwei Töchtern, schmachtenden, gutaussehenden Blondinen von zwanzig beziehungsweise vierundzwanzig Jahren.

Da waren sie versammelt in all ihrem Glanz, die Vertreter dieser reichen, sonderbaren Sippe, absurd geschäftstüchtig und unpraktisch zugleich, mit ihrem harten Geldverstand und ihrem visionären Fanatismus. Da waren sie mit ihren erstaunlichen Widersprüchen: der Geschäftsmann ohne Methode, der dennoch sein Milliönchen gemacht hatte; der besessene Widersacher des Kapitalismus, der sein Leben lang dem Kapitalisten treu gedient hatte; jener Sohn, der ein Verschwender und Taugenichts war, mit der Bullenvitalität eines Athleten, einem dröhnenden Lachen, tierhaftem Charme und . . . sonst nichts, und jener andere Sohn, der Musiker war, ein Universitätsrebell, intelligent, fanatisch und nebenher glänzend für Geldgeschäfte begabt – sinnloser Geiz, was einen selbst betraf, pompöser Aufwand für die Kinder.

Da waren sie, ein jeder, eine jede aus der Blutsverwandtschaft mit den typischen Stammesabzeichen, den breitangesetzten Nasen, den vollen Lippen, den flachen Wangen, den eigensinnig verzogenen Mündern, der tonlosen, gedehnten Sprechweise, dem seichten, selbstzufriedenen Lachen. Da waren sie mit ihrer ungeheuren Lebensfähigkeit, ihrem kranken Blut, ihrer fleischigen Gesundheit, ihrem klaren Menschenverstand und ihrem Wahnsinn, ihrem Humor und ihrem Aberglauben, ihrer Gemeinheit, ihrer Großzügigkeit, ihrem fanatischen Idealismus, ihrem unerbittlichen Materialismus. Da waren sie und rochen nach Erde und Parnaß – diese sonderbare Sippe, die sich nur auf Hochzeiten oder bei Beerdigungen traf, aber die sich immer und ewig die Treue hielt und fest zusammenstand, deren Mitglieder aber nie gemeinsame Wege gingen: da waren sie mit ihrer Melancholie, ihrem Irrsinn, ihrer Fröhlichkeit – zäher als das Leben, stärker als der Tod.

Und als Eugene sie ansah, da packte ihn ein alptraumhaftes Grausen vor dem Geschick: er gehörte dazu: hier gab es kein Entrinnen. Ihre Gelüste, ihre Schwächen, ihre Sinnlichkeit, ihr Fanatismus, ihre Lebenskraft und ihr üppiges, krankes Blut waren tiefverwurzelt im Mark seiner Knochen.

Aber Ben mit dem schmalen, grauen Gesicht, dachte er, Ben gehörte nicht zu ihnen. Keines ihrer Kennzeichen war an ihm.

Und unter dieser Sippe bewegte sich, alt und krank, auf seinen Krückstock gestützt, Gant, der Ausländer, der Fremde. Verloren war er und gramvoll. Nur zuweilen noch flammte seine Beredsamkeit auf, wenn er von seinem Gram und vom Tod seines Sohnes sprach.

Die Frauen erfüllten das Haus mit ihrem Jammer. Eliza weinte fast andauernd; Helen weinte zeitweise, in aufgelöster, hysterischer Anfälligkeit. Und all die anderen Frauen weinten selbstgefällig mit, trösteten Eliza und Helen, fielen einander herzhaft jammernd in die Arme. Und die Männer standen mit Trauermienen da, in ihren guten, schwarzen Anzügen, und fragten sich, ob es nicht bald vorüber wäre. Ben lag in seinem teuren Sarg aufgebahrt im Empfangszimmer; die Luft war schwer vom Geruch der Begräbnisblumen.

Der schottische Geistliche traf ein. Seine anständige Seele legte sich wie ein Dämpfer, wie ein Polster aus harter, reiner Wolle auf die laute Zurschaustellung des Kummers. Er begann mit dem Totengottesdienst in einer trockenen, nasalen Stimme, fern, monoton, kalt und leidenschaftlich.

Dann trugen, von Horse Hines angeleitet, junge Männer aus dem Städtchen und von der Zeitung, die den Toten am besten gekannt hatten, den Sarg hinaus, die nikotinfarbenen Finger an den silbernen Handgriffen. In einer langen Prozession von geschlossenen schwarzen Kutschen, in denen es nach altem Leder, muffiger Luft und Begräbnis roch, fuhr das Trauergeleit in geziemender Reihenfolge hinterher.

Die alte, ghulenhafte Ideenverbindung von Leichen und kaltem Schweinefleisch, dem Geruch der Toten und Hamburger Beefsteak drängte sich Eugene auf angesichts der bemäntelten Verderbtheit der christlichen Begräbnisriten, des obszönen Pomps um einen parfümierten Kadaver. Eine leichte Übelkeit befiel ihn. Er nahm seinen Platz neben Eliza in der Kutsche ein und versuchte, an das Abendessen zu denken.

Die Pferde schlugen einen frischen Trab ein. Die trauernden Frauen lugten mit scheuen Seitenblicken durch die Kutschenfenster auf die gaffende Stadt. Sie weinten hinter den schweren Schleiern und vergewisserten sich, daß die Leute es auch sähen. Hinter der großen, weltlichen Maske des Kummers leuchteten die Augen der Trauernden mit einem furchtbaren, unanständigen Hunger, einer unnennbaren Lust.

Es war rauhes Oktoberwetter, naßkalt und grau. Der Gottesdienst war kurz gewesen, eine Vorsichtsmaßnahme wegen der Grippeepidemie, die in der Stadt grassierte. Der Zug fuhr in den Friedhof ein, einen außerordentlich schön gelegenen Platz auf einem Hügel, von dem man eine herrliche Aussicht auf die Stadt hatte. Von dem frisch aufgeworfenen Grab ganz oben auf dem Hügel zogen sich zwei Erdarbeiter mit ihren Spaten zurück, als der

Leichenwagen herankam. Die Frauen jammerten laut, als sie den gähnenden Erdspalt sahen.

Langsam wurde der Sarg auf die über das Grab gespannten Seile heruntergelassen.

Und wieder hörte Eugene das nasale Gedröhn des presbyterianischen Seelenhirten. Seine Gedanken kreisten zögernd um Kleinigkeiten.

Horse Hines beugte sich zeremoniös vor – das Stärkhemd knitterte –, um seine Handvoll Erde auf den Sarg zu werfen. «Asche zu Asche . . .» Er schwankte und wäre vornübergefallen, wenn ihn Gants Neffe Gilbert nicht festgehalten hätte; er hatte getrunken. «. . . Ich bin die Auferstehung und das Leben . . .» Helen weinte andauernd, ein rauhes, bitteres Weinen. «. . . Wer aber an mich glaubt . . .» Die Seufzer der Frauen schwollen zu einem gellenden Geschrei an, als der Sarg auf den Boden des Grabes hinuntergesenkt wurde.

Dann gingen die Trauernden zu ihren Kutschen und wurden – unanständig hastig – davongefahren. Die endlose Barbarei des Begräbnisses war überstanden. Beim Wegfahren lugte Eugene durch das kleine, rückwärtige Kutschenfenster. Die Totengräber gingen bereits an die Arbeit. Er beobachtete sie, bis die erste Schaufel Erde ins Grab geworfen wurde. Er sah noch unbepflanzte, frische Gräber, vergilbtes Gras, schnell welk gewordene Kränze. Dann sah er zum feuchtgrauen Himmel hinauf. Er hoffte, daß es in der kommenden Nacht nicht regnen würde.

Es war vorüber. Die Prozession der Kutschen löste sich auf. Die Männer stiegen in der Stadt aus, gingen in das Zeitungsbüro, den Drugstore, den Zigarrenladen. Die Frauen fuhren heim. Niemals mehr. Niemals mehr.

Nacht kam, die leergefegten Straßen, die hohlwangigen Winde. Helen lag vor dem Feuer in Hugh Bartons Haus, eine Flasche flüssiges Chloroform in der Hand. Sie brütete, sie starrte krankhaft ins Feuer, sie durchlebte diesen Tod immer noch einmal, weinte bitterlich, wurde ruhig.

«Wenn ich nur daran denke, hasse ich sie. Ich werde nie vergessen können. Und hast du sie reden hören? Sie fängt wahrhaftig an zu behaupten, daß er sehr an ihr hing. Aber mich kann sie nicht hinters Licht führen, sage ich dir, ich kenne mich aus. Er wollte sie nicht um sich haben, das hast du doch selbst gesehn, nicht wahr? Er verlangte immer wieder nach mir, ich, ich war die einzige, die er zu sich ans Bett ließ. Das weißt du doch, nicht wahr?»

«Du mußt es immer ausbaden», sagte Hugh Barton sauertöpfisch. «Ich habe das satt. Denn gerade das ist es, was dich um deine Gesundheit gebracht hat. Wenn sie dich nicht in Ruhe lassen, dann zieh ich mit dir von hier weg.»

Dann machte er sich wieder über seine Papiere, runzelte wichtig die Stirn über einer Zigarre, kritzelte mit einem Bleistiftstummel Zahlen auf einen alten Briefumschlag.

Sie hat auch ihn hübsch dressiert, dachte Eugene.

Dann, als der Wind wieder ums Haus heulte, weinte sie von neuem.

«Der arme Ben», sagte sie. «Ich kann es nicht ertragen, daß er heut nacht da draußen in der kalten Erde liegt.»

Sie schwieg eine Weile, starrte ins Feuer.

«Von nun ab werde ich mich nicht mehr um die Familie kümmern. Ich hab es satt», erklärte sie bündig. «Sie können sehn, wie sie mit sich selber fertig werden. Hugh und ich haben ein Recht, unser eignes Leben zu leben. Das gibst du doch zu, was?»

«Ja», sagte Eugene. Ich bin ja nur der Chor, dachte er.

«Papa denkt ja nicht ans Sterben», fuhr sie fort. «Ich habe ihn sechs Jahre lang gepflegt, ich habe mich abgerackert wie eine Sklavin, und er wird noch leben, wenn ich längst unter der Erde bin. Wir rechneten alle mit Papas Tod, und Ben war es, der dran glauben mußte. Man kann eben nie wissen. Ich jedenfalls hab es jetzt satt.»

Sie war entrüstet. Sie hatten alle das Gefühl, als hätte ihnen der Tod einen grimmigen Streich gespielt: Sie hatten am Fenster auf ihn gewartet, und er war durch den Keller gekommen.

«Papa hat kein Recht dazu, er kann es einfach nicht länger von mir verlangen, er hat wirklich kein Recht dazu», grollte sie. «Er hat sein Leben genossen. Er ist ein Greis. Und nun haben wir unser

Recht aufs Leben so gut wie jedermann. Lieber Himmel! Können sie sich denn das nicht vorstellen?! Ich bin mit Hugh Barton verheiratet, ich bin *seine* Frau.»

Wirklich, dachte Eugene, bist du das?

Eliza aber saß, die Hände gefaltet, vor dem Feuer in Dixieland und versenkte sich in eine Vergangenheit der Zärtlichkeit und Liebe, die nie gewesen war. Der Wind heulte durch die öden Straßen, und Eliza wob tausend Fabeln um jenen bitteren, verlorenen Geist. Und das helle, uralte, weltwunde Etwas in Eugene krümmte und wand sich vor Entsetzen und hieß ihn aus dem Haus des Todes fliehen. Niemals mehr! Niemals mehr! sagte es. Du bist nun allein. Du bist verloren. Geh und finde dich, du Verlorener, jenseits des Gebirges. Das helle, uralte, weltwunde Etwas stand auf in Eugenes Herz, und es sprach ihm seine Worte in den Mund.

Ach, ich kann ja jetzt noch nicht gehn, sagte Eugene zu ihm. (Warum nicht? tuschelte es.) Weil ihr Gesicht so weiß ist und ihre Stirn so breit und hoch unter dem zurückgestrichenen, schwarzen Haar . . . und als sie neben dem Bett saß, sah sie aus wie ein kleines Kind . . . ich kann jetzt nicht gehn und sie hier allein lassen. (Sie ist allein, sagte es, und du bist allein.) Und wenn sie die Lippen so schürzt und so ernst und gedankenvoll vor sich hin starrt, ist sie wie ein kleines Kind. (Du bist allein jetzt, sagte es, du mußt fliehen, oder es ist dein Tod.) Es ist ja alles wie Tod: Sie nährte mich an ihrer Brust, ich schlief in ihrem Bett, sie nahm mich mit auf ihre Reisen. Alles das ist vorbei, und jedesmal war es wie Tod. (Und wie Leben, sagte es zu ihm. Jedesmal, wenn du stirbst, wirst du wiedergeboren werden. Und du wirst noch hundertmal sterben, eh du ein Mann bist.) Ich kann nicht! Ich kann nicht! . . . jetzt nicht, später, langsamer. (Nein. Jetzt, sagte es.) Ich habe Angst. Ich weiß nicht, wo ich mich hinwenden soll. (Du mußt den Ort finden, sagte es.) Ich bin verloren. (Du mußt dich selbst finden, sagte es.) Ich bin allein. Wo bist du? (Du mußt mich finden, sagte es.)

Das helle Etwas krümmte sich in ihm, der öde Wind heulte um das Haus und mahnte ihn an die Flucht, und er hörte Elizas Stimme, die aus der Vergangenheit Schönes und Verlorenes, das nie geschehen war, heraufbeschwor.

«. . . ja, und da sagte ich zu ihm: ‹Aber Junge›, sagte ich, ‹aber um alles in der Welt! Du mußt dich warm anziehn, besonders um den Hals, oder du wirst dich auf den Tod erkälten . . .›»

Eugene griff sich an die Kehle und rannte zur Tür.

«He, Junge, wo willst du denn hin?» sagte Eliza und blickte schnell auf.

«Ich muß gehn», sagte er mit erstickter Stimme. «Ich muß weg von hier!»

Und dann sah er die Angst in ihren Augen und den ernsten, starrenden, gramvollen Kinderblick. Er stürzte auf sie zu und ergriff ihre Hand. Sie klammerte sich an ihn und lehnte ihr Gesicht an seinen Arm.

«Geh jetzt noch nicht», sagte sie. «Du hast noch dein ganzes Leben vor dir. Bleib noch bei mir, nur einen Tag oder zwei.»

«Ja, Mama», sagte er und fiel auf die Knie. «Ja, Mama!» Er preßte sie an sich, er war außer sich. «Ja, Mama! Gott schütze dich, Mama! Es ist ja alles in Ordnung, Mama, es ist ja alles in Ordnung.»

Eliza weinte bitterlich.

«Ich bin eine alte Frau», sagte sie. «Und einen nach dem andern hab ich euch alle verloren. Er ist jetzt tot, und ich hab ihn nie kennengelernt. Ach Sohn! Verlaß mich jetzt nicht! Du bist der einzige, der mir geblieben ist. Du warst mein Kindchen. Geh nicht! Geh nicht!» Sie legte ihr weißes Gesicht an seinen Ärmel.

Fortgehn ist nicht schwer, dachte er. Wann aber können wir vergessen?

Oktober war es, und es bebte das Laub. Die Dämmerung kam. Die Sonne war untergegangen, die westlichen Bergketten verschwammen in einem kalten, violetten Dunstrauch, aber der Himmel darüber flammte noch mit zackigen, gelbroten Lichtbändern. Es war Oktober.

Eugene schritt schnell die vielfach gewundene, gepflasterte Rutledge Road hinauf. Feuchter Nebel und der Geruch vom Abendessen hing in der Luft, Fensterscheiben waren warm beschlagen; es brutzelte in den Küchen, Stimmen kamen nebelfern, und dann roch es nach brennendem Laub, und warme, gelbe Lichter schwammen.

Er bog in einen ungepflasterten Fahrweg ab, an dem großen Holzbau des Sanatoriums. Er hörte volles Negerlachen aus der Küche, das Zischen schmalzgebackener Speisen in den brutzelnden Pfannen, das trockene Veranda-Gehüstel der Lungenkranken.

Er ging flott im raschelnden Laub den ausgefahrenen Weg bergan. Die Luft war ein kaltes, dunkles Perlgrau. Ein paar bleiche Sterne waren aufgegangen. Die Stadt und das Haus lagen hinter ihm. In den hohen Bergföhren sang es.

Zwei Frauen kamen ihm entgegen. Er sah, daß sie vom Lande waren. Sie waren wie Farmersfrauen angezogen, in Schwarz, und eine von ihnen weinte. Eugene dachte an die Männer, die man an diesem Tag zu Grab getragen hatte, und an alle Frauen, die weinten.

Werden sie wiederkommen? fragte er sich.

Er fand das Gatter des Friedhofs offen. Er trat ein und ging schnell den gewundenen Fahrweg zur Spitze des Berges hinauf. Das Gras stand dürr und vergilbt; ein welker Lorbeerkranz lag auf einem Grab. Er ging auf den Begräbnisplatz der Familie zu. Sein Puls ging schneller, als er in die Nähe kam. Jemand bewegte sich langsam und bedächtig zwischen den Grabsteinen. Als er hinzutrat, erkannte er Mrs. Pert.

«Guten Abend, Mrs. Pert», sagte Eugene.

Sie blickte verschwommen. «Wer ist's?» fragte sie. Sie kam mit ihrem schweren, schwankenden Gang auf ihn zu.

«Gene, ich bin's», sagte er.

«Ach so», sagte sie. «Der alte Gene. Wie geht's dir, Gene?»

«Ziemlich gut», sagte er.

Er stand ungewandt da, ihn fröstelte, er wußte nicht, was er sagen sollte. Es wurde dunkel. Die langen, einsamen Präludien des Winters in den Bergföhren, und das Pfeifen des Windes im langen Gras. Unten in der Talschlucht war es Nacht. Eine Negersiedlung lag dort, Stumptown. Die üppigen Stimmen Afrikas sandten die Totenklage des Urwalds zu ihnen empor.

Aber weiter weg, auf gleicher Höhe mit dem Friedhof und höher, über die nächsten Hügel gebreitet, sahen sie die Stadt. Langsam, gruppenweise, zwinkernd gingen die Lichter der Stadt an, und von dorther kamen Stimmen, frostfern, und Musik und ein

Mädchenlachen. «Das ist ein netter Platz hier», sagte Eugene, «man hat so einen schönen Blick auf die Stadt.»

«Ja», sagte Mrs. Pert, «und der alte Ben hat den allerbesten Platz. Gerade hier hat man den schönsten Blick. Ich bin schon am Tage hier oben gewesen.» Ein bißchen später sagte sie: «Der alte Ben. Ich glaub, aus ihm werden schöne Blumen werden. Rosen, glaub ich.»

«Nein», sagte Eugene, «Löwenzahn und große Blumen mit vielen Dornen dran.»

Sie stand eine Weile da; ihr liebenswürdiges, etwas verwischtes Lächeln um die Lippen; sie sah sich betäubt um.

«Es wird dunkel, Mrs. Pert», sagte Eugene zögernd. «Sind Sie allein hier draußen?»

«Allein? Ich hab doch den alten Gene und den alten Ben hier, nicht wahr?» stellte sie fest.

«Vielleicht wäre es besser, wir gingen jetzt heim, Mrs. Pert», sagte er. «Es wird eine kalte Nacht. Ich werde Sie begleiten.»

«Fatty kann allein gehn», sagte sie mit Würde. «Machen Sie sich darüber keine Gedanken. Ich laß Sie allein.»

«Das ist schon recht so», sagte Eugene verwirrt. «Wir sind beide wohl aus demselben Grund hierherauf gekommen, nehme ich an.»

«Ja», sagte Mrs. Pert. «Wer wohl nächstes Jahr hierherauf kommen wird. Der alte Gene?»

«Nein», sagte Eugene, «nein, Mrs. Pert. Ich werde nie wieder hierher zurückkommen.»

«Ich auch nicht, Gene», sagte sie. «Wann fahren Sie auf die Universität zurück?»

«Morgen», sagte er.

«Dann wird Fatty Ihnen Lebwohl sagen müssen», sprach sie vorwurfsvoll. «Ich gehe auch von hier weg.»

«Wohin denn?» fragte er überrascht.

«Ich werde nach Tennessee ziehn, zu meiner Tochter. Sie wissen wohl gar nicht, daß Fatty Großmutter ist, oder doch?» sagte sie mit ihrem weichen, verwischten Lächeln. «Ich hab einen kleinen Enkelsohn, zwei Jahre alt.»

«Ich werd Sie vermissen», sagte Eugene.

Mrs. Pert schwieg eine Zeitlang, wippte unschlüssig auf ihren Füßen.

«Was soll eigentlich dem Ben gefehlt haben?» fragte sie.

«Er hatte Lungenentzündung, Mrs. Pert», sagte Eugene.

«Aha! Lungenentzündung. So.» Sie nickte verstehend, als wäre sie mit der Auskunft zufrieden. «Mein Gatte verkauft Arzneimittel, das wissen Sie ja, aber ich kann nicht mal die Sachen behalten, die den Leuten so fehlen. Lungenentzündung also.»

Sie schwieg wieder, in Nachdenken versunken.

«Und wenn sie einen in eine Kiste legen und in der Erde verscharren, so wie sie es mit dem alten Ben gemacht haben, wie nennt man das?» fragte sie mit einem weichen, wißbegierigen Lächeln.

Er lachte nicht.

«Das nennen sie Tod, Mrs. Pert.»

«Tod. Aha! Ja. So», sagte Mrs. Pert. Ihr Gesicht hellte sich auf. Sie nickte beifällig. «Das ist eine Bezeichnung dafür, Gene. Es gibt noch ein paar andre. Wußten Sie das?» Sie lächelte ihn an.

«Ja», sagte Eugene, «das weiß ich, Mrs. Pert.»

Unvermittelt streckte sie ihre beiden Hände nach ihm aus und drückte seine kalten Finger. Sie lächelte nicht mehr.

«Leben Sie wohl, mein Lieber», sagte sie. «Wir beide haben Ben gekannt, nicht wahr? Gott schütze Sie!»

Dann wandte sie sich ab und ging den Fahrweg hinunter mit ihrem stattlichen, ein wenig schwankenden Gang und war in der einfallenden Dunkelheit verloren.

Große, stolze Sterne zogen am Himmel auf. Und gerade über ihm, gerade über der Stadt, da stand einer, so hell und so nah, daß er ihn hätte greifen können. Bens Grab war an diesem Tag mit frischen Rasenstücken belegt worden. Es roch scharf nach der kalten Erde. Eugene dachte an den Frühling und an den scharfen, wortlosen Duft des zaubrischen Löwenzahns, der dann hier blühen würde. Durch das frostige Dunkel, fern-matt, kam der klagende Pfiff eines abfahrenden Zugs.

Und plötzlich, als er die fröhlichen Lichter der Stadt aufzwinkern sah, eine warme Botschaft des dort versammelten wimmelnden Lebens, überkam ihn ein dumpfer Hunger nach all den Worten und Gesichtern. Er hörte weither Stimmen und Gelächer. Und auf der fernen Landstraße bog ein großes Auto um die Kurve und warf für eine Sekunde über ihn, über jenen einsamen Berg der Toten seinen großen Strahl aus Leben und Licht. Und ein Licht wuchs in Eugenes betäubtem Bewußtsein, das nun seit Tagen merkwürdigerweise mit Kleinigkeiten, nur mit Kleinigkeiten beschäftigt gewesen war, so wie ein Kind mit Steinchen, mit Holzklötzchen oder anderen kleinen Dingen spielt.

Seine Gedanken erhoben sich über den Trümmerhaufen von Kleinigkeiten, sein Bewußtsein sammelte sich. Aus allem, was die Welt ihm gezeigt und ihn gelehrt hatte, konnte er sich nun nur noch an den einen großen Stern über der Stadt erinnern und an das Licht, das über den Berg geschwungen war, und an die frischen Rasenstücke auf Bens Grab und an den Wind und an Geräusche von fern her und an Musik und Mrs. Pert.

Wind fuhr ins Gezweig, es bebte das welke Laub. Es war Oktober, aber das Laub bebte. Ein Stern bebte. Ein Licht erwachte. Ein Wind rauschte. Der Stern war fern. Die Nacht, das Licht. Das Licht war hell. Ein Gesang, ein Lied, ein langsamer Tanz der Kleinigkeiten in seinem Hirn. Der Stern über der Stadt, das Licht über dem Berg, der Rasen über Ben, die Nacht über allem. Seine Gedanken rotierten um Kleinigkeiten. Über uns allen ist etwas. Stern, Nacht, Erde, Licht . . . Licht . . . o verloren! . . . ein Stein . . . ein Blatt . . . eine Tür . . . o Geist! . . . ein Licht . . . ein Lied . . . ein Licht . . . ein Licht schwingt über den Berg . . . über uns alle . . . ein Stern scheint über der Stadt . . . über uns allen . . . ein Licht.

Wir werden nicht wiederkommen. Wir werden nie wieder zurückkommen. Aber über uns allen, über uns allen, über uns allen ist – etwas.

Wind fuhr ins Gezweig, es bebte das welke Laub. Es war Oktober, aber es bebten ein paar welke Blätter.

Ein Licht schwingt über den Berg. (Wir werden nicht wiederkommen.) Und über der Stadt ein Stern. (Über uns allen, über uns allen, die wir nicht wiederkommen werden.) Und über dem Tag das Dunkel. Aber über dem Dunkel – was? Wir werden nicht wiederkommen. Wir werden nie wieder zurückkommen.

Über dem Tagesgrauen eine Lerche. (Die nicht wiederkommen wird.) Und Wind und Musik, fern. O verloren! (Sie wird nicht wiederkommen.) Und über deinem Mund die Erde. O Geist! Aber über dem Dunkel – was?

Wind fuhr ins Gezweig, es bebte das welke Laub.

Wir werden nicht wiederkommen. Wir werden nie wieder zurückkommen. Es war Oktober, aber wir werden nie wieder zurückkommen.

Wann werden sie wiederkommen? Wann werden sie wiederkommen?

Der Lorbeer, die Eidechse, der Stein werden nie mehr kommen. Die Frauen, weinend am Tor, sind fortgegangen und werden nicht wiederkommen. Und Schmerz und Stolz und Tod werden vorübergehen und werden nicht wiederkommen. Und Licht und Tagesgrauen werden vorübergehen, und der Stern und das Lied der Lerche werden vorübergehen und werden nicht wiederkommen. Und wir werden vorübergehen und werden nicht wiederkommen.

Was aber wird wiederkommen? Oh, der Frühling, grausamste und schönste der Jahreszeiten, er wird wiederkommen. Und die fremden und begrabenen Menschen werden wiederkommen, als Blume und Blatt werden die fremden und begrabenen Menschen wiederkommen, und Tod und Staub werden nie wiederkommen, denn Tod und Staub werden sterben. Und Ben wird wiederkommen, er wird nicht wieder sterben, als Blume und Blatt, als Wind und ferne Musik wird er wieder zurückkommen.

O verlorener und vom Wind betrauerter Geist, kehre zurück!

Es war dunkel geworden. Die frostige Nacht glänzte von großen, leuchtenden Sternen. Die Lichter in der Stadt schienen mit einer strahlenden Helligkeit. Nachdem er eine Zeitlang auf der kalten Erde gelegen hatte, stand Eugene auf und ging weg, auf die Stadt zu.

Wind fuhr ins Gezweig. Es bebte das welke Laub.

38

Drei Wochen nach Eugenes Rückkehr auf die Universität endete der Krieg. Die Studenten zogen fluchend die Uniformen aus. Aber dann läuteten sie die große Bronzeglocke, machten ein mächtiges Freudenfeuer auf dem Campus und tanzten drumherum wie Derwische. Allmählich dann gehörte das Leben wieder den Zivilisten. Dem Winter ward das graue Rückgrat gebrochen, und der Frühling drang durch.

Eugene war ein großer Mann auf dem Campus der kleinen Universität. Er tummelte sich übermütig im Strudel des Lebens, das ihn umgab. Freudenschreie fuhren aus seiner Kehle: Der Frühling war wiedergekommen über das ganze Land. Die jungen Männer waren zurückgekehrt auf den Campus. Die Bäume schlugen aus, kleinfiedrig, in einem zarten Hauchgrün leuchtete das Laub. Gefältelte Narzissen sproßten aus fettem, schwarzem Grund. Pfirsichblüten fielen auf schrille Inseln jungen Grases. Überall war das Leben: es war wiedergekommen, es war wieder erwacht, es lebte wieder. Freudig und sieghaft dachte Eugene an die Blumen auf Bens Grab.

Er war maßlos verzückt, weil der Frühling den Tod überwunden hatte. Der Schmerz um Ben sank in verschollene Tiefen. Leben und Bewegung stießen ihn voran. Er ging nicht, er hüpfte in großen Sätzen. Er trat überall bei und machte überall mit, wo er zuvor nicht mitgemacht hatte. Er hielt witzige Reden in der Kapelle, in Raucherkollegien, bei allen möglichen akademischen Zusammenkünften. Er gab die Universitätszeitung heraus, er schrieb Gedichte und Kurzgeschichten – rastlos, rückhaltlos lebte er sich aus.

Manchmal abends sauste er neben einem betrunkenen Chauffeur über Land, nach Exeter oder Sydney, und besuchte dort die Frauen hinter den verschlossenen Gitterfenstern, rief ihnen im frischen Frühlingszwielicht den Bocksruf seines gierigen, jungen Hungers zu.

Lily! Louise! Ruth! Ellen! O Mutter der Liebe, du Wiege des Wesens und Werdens, wie auch immer deine Billionen Namen lauten, ich komme, dein Sohn, dein Liebhaber, ich komme! Steh, Maya, in der offenen Tür deines Hauses im Dschungellabyrinth von Niggertown und erwarte mich, ich komme!

Manchmal im Vorübergehen hörte er, wie die jungen Studenten in ihren Zimmern von Eugene Gant sprachen. Eugene Gant war verrückt. Eugene Gant war wahnsinnig. Aber ich, dachte er, bin doch Eugene Gant!

Drinnen sagte jemand: «Er hat seine Unterwäsche seit sechs Wochen nicht gewechselt. Einer aus seiner Verbindung hat es mir erzählt.» Ein anderer ließ sich vernehmen: «Einmal im Monat nimmt er ein Bad, gleichgültig ob er es braucht oder nicht.» Sie lachten. Dann bemerkte jemand, er sei «brillant», und hierin stimmten sie alle überein.

Er krallte sich an der Gurgel. Sie reden von mir, von mir! Ich bin Eugene Gant, der Eroberer von Nationen, der Herr der Erde, der Schiwa der tausend schönen Formen.

In seelischer Nacktheit und Einsamkeit schritt er die Straße entlang. Niemand sagte: Ich kenne dich. Niemand sagte: Ich bin da. Das große Lebensrad, dessen Nabe er war, drehte sich wirbelnd im Kreise.

Man hält sich meist für einen Mordskerl, dachte Eugene. Ich zum Beispiel halte mich dafür. Aber als er leise die dunklen Campuspfade entlangstrich und die Studenten in den Wohnheimen von Eugene Gant reden hörte, fauchte er vor Selbsthaß und kratzte sich das Gesicht blutig.

Da bilde ich mir ein, ich wär ein Mordskerl, und die anderen behaupten, daß ich stinke, weil ich nicht gebadet habe. Aber ich könnte nicht stinken, auch wenn ich mich nie waschen würde. Nur die anderen stinken. Mein Schmutz ist besser als ihre Sauberkeit. Das Gewebe meines Fleisches ist feiner. Mein Blut ist ein köstliches Elixier. Das Haar meines Kopfes, das Mark meines Rückgrats, die klug gefügten Gelenkverbindungen meiner Knochen und alle dazugehörigen Gelees, Fette, Öle und Fleischteile, die Sehnen meines Körpers, der Speichel meines Mundes und der Schweiß meiner

Haut sind aus erleseneren Elementen gemischt und schöner und feiner als ihr grobes Bauernfleisch.

Er hatte in diesem Jahr einen kleinen Hautausschlag im Genick bekommen, ein juckendes, schuppendes Ekzem – Zeichen seiner Verwandtschaft mit den Pentlands, ein Zeichen seiner Verwandtschaft mit der großen Krankheit des Lebens. Er kratzte sich wie ein Verrückter, brannte den Flecken, bis sich Blasen zeigten, mit Karbolsäure – der Ausschlag blieb. Es war, als nährte ihn ein unausrottbarer Aussatz seines Bluts. Manchmal, bei kühlem Wetter, verschwand er fast völlig, aber sobald es wieder heiß wurde, brach die Wunde aufs neue auf, und Eugene kratzte sich das Genick rot vor Qual.

Es war ihm peinlich, Leute hinter sich hergehen zu lassen. Wenn es irgend möglich war, saß er mit dem Rücken gegen die Wand. Ging er in einer dichten Menschenmenge eine Treppe hinunter, dann zog er verzweifelt die Schultern hoch, um den furchtbaren Flecken mit dem Jackenkragen zu verdecken. Er ließ sich die Haare lang und zottig wachsen, um die Wunde zu verbergen und aus Scham vor dem Friseur.

Die Vorstellung einer fleckenlosen Jugend trieb ihn manchmal fast zum Wahnsinn. Er fürchtete sich vor der protzigen Gesundheit Amerikas, die in Wirklichkeit krankhaft ist, weil niemand sich traut zuzugeben, daß er wunde Stellen am Leib hat. Er schrak zurück bei der Erinnerung an seine verlorenen Phantasiehelden – er dachte an Bruce-Eugene und an all die tausend anderen romantischen Wunschbilder seiner selbst, und es schien ihm schlechthin unerträglich, mit einem Hautausschlag im Genick zu leben. Krankhaft befaßte er sich mit seinen körperlichen Fehlern, den wahren und den eingebildeten. So sah er tagelang nichts als Zähne, er starrte den Leuten in den Mund, wenn sie mit ihm sprachen, lediglich darauf aus, Lücken, Plomben, Brücken und Platten zu entdecken. Die gesunden, elfenbeinfarbenen Schneidezähne junger Männer erfüllten ihn mit Angst und Neid. Hundertmal am Tage sah er sein eigenes Gebiß an; die Zähne waren zwar regelmäßig, aber vom Rauchen leicht angegilbt. Er bürstete sie besessen mit einer harten Zahnbürste, bis ihm das Gaumenfleisch blutete. Stundenlang beschäftigte er sich mit einem angefaulten Backenzahn, der eines Tages gezogen werden mußte. Verzweifelt rechnete er sich schwarz auf weiß aus, in wieviel Jahren er vermutlich zahnlos sein würde.

Aber – sagte er sich: von meinem zwanzigsten Jahr an gerechnet – wenn ich jedes zweite Jahr einen Zahn verliere, dann werde ich, da wir ja zweiunddreißig, Weisheitszähne inbegriffen, haben, mit fünfzig Jahren noch fünfzehn übrig haben. Und das wird nicht so schlimm aussehen, besonders wenn es mir glückt, die Vorderzähne zu erhalten. Und bis dahin, dachte er zukunftsgläubig, sind die Zahnärzte vielleicht soweit, daß sie mir echte Zähne einsetzen können. Er las zahnärztliche Fachliteratur, um zu sehen, ob irgendeine Aussicht bestünde, alte Zähne durch gesunde neue zu ersetzen. Und dann beobachtete er seinen Mund mit den sinnlichen, stark geschwungenen Linien und der vorstehenden Unterlippe und stellte mit Befriedigung fest, daß er selbst beim Lächeln sein Gebiß kaum zeigte.

Den Medizinstudenten legte er zahllose Fragen vor über die Behandlung und Heilung erblicher Blut- und Geschlechtskrankheiten und von Darm- und Leistenkrebs; er erkundigte sich eingehend nach dem Erfolg der Übertragung tierischer Drüsen in den menschlichen Organismus und ging nur deshalb ins Kino, um die Zähne und Muskeln der Filmhelden zu studieren. Lange betrachtete er Zahnpasta- und Hemdenanzeigen in Zeitschriften; er ging in die Duschräume bei der Turnhalle und starrte auf die geraden Zehen der Athleten und dachte dabei, krank vor Verzweiflung, an seine eigenen verkrümmten und verkrüppelten Fußspitzen. Er stand nackt vor dem Spiegel und betrachtete seinen sehnigen, langen Leib, der weiß und glatt war, bis auf die verkrümmten Zehen und den schrecklichen Flecken im Genick, hager zwar, aber fein, kräftig und ebenmäßig im Bau.

Und dann, allmählich, fing er an, sich furchtbar über seinen Makel zu freuen. Er brachte das unausrottbare Ekzem in seinem Genick in Verbindung mit seiner tragischen Schwerblütigkeit, die ihn zuweilen in Melancholie und wahnsinnige Depressionen verfallen ließ. Aber dann mußte – das sah er ein – eine ebenso große Gesundheit in ihm stecken, eine positive Daseinskraft, die ihn wieder aus der Trostlosigkeit in die Höhe riß. Nirgends in Büchern, Filmen und Reklamen noch auch in seinen tausend Wunschbildphantasien von Bruce-Eugene war er einem Helden mit verkrümmten Zehen, einem faulen Backenzahn und einer nässenden Flechte im Genick begegnet, nirgends – weder bei den Damen der Gesellschaft von Chambers und Phillips noch bei den eleganten Schönen von Meredith und Ouida – hatte er eine Heldin entdeckt, die einen juckenden Ausschlag oder sonst etwas hatte. In seiner Phantasie liebte er nun eine Frau mit karottenrotem Seidenhaar und einem Gewebe zarter, delikater Fältchen um die etwas müden, blaßvioletten Augen. Sie hatte weiße, unregelmäßige, kleine Zähne, und wenn sie lächelte, blinkte die Goldkrone auf einem ihrer Eckzähne. Sie war subtil und ein wenig weltschmerzlich, Kind und Mutter in einer Person, so alt und tief wie Asien und so jung wie der keimträchtige April, der immer zugleich als Mädchen, Geliebte, Mutter und Amme erscheint.

So wurde, durch das Erlebnis von Bens Tod und durch die Krankheit seines eigenen Fleisches, Eugene sich tieferer und dunklerer Dinge bewußt als je. Er fing an zu begreifen, daß das Schöne und Köstliche des Menschendaseins von einer göttlichen Perlenkrankheit befallen ist. Wohl gab es Gesundheit in den steten Augen von Katze und Hund, und auch die glatten, ausdruckslosen Hängebacken der Bauern zeugten davon. Aber wenn er die Gesichter der Herren der Erde betrachtete, dann sah er, daß sie von dem schönen Siechtum des Denkens und den Fiebern der Leidenschaft abgezehrt und angegriffen waren. In tausend Büchern fand er ihre Portraits. Da war Coleridge im Alter von fünfundzwanzig Jahren mit dem sinnlichen, idiotisch halboffenen Mund, den großen, starrenden Augen, in deren Opiumtiefen die Visionen der vom Albatros heimgesuchten Meere schliefen, und der großen, weißen Stirn: ein Kopf, in dem die Züge des olympischen Zeus mit denen eines Dorftrottels gekreuzt schienen; in dem Eigenschaften des hageren, abgezehrten, an den Flanken ein wenig durstigen Haupts des Cäsar mit denen des träumenden, von grünflackernden Augenfeuern erhellten Mumiengesichts des Kublai Khan sich vereinigten. Und Eugene betrachtete die Büsten des großen Thutmoses und von Aspalta und Mykerinus und all die feingeistigen Ägypterköpfe mit den glatten ungefurchten Mienen, in denen die Weisheit von zwölfhundert Göttern bewahrt ist. Er betrachtete die seltsamen, wilden Köpfe von Goten, Franken und Vandalen, die unter dem alten, resignierten Blick Roms herangestürmt kamen. Und er kannte die müde Schläue im Gesicht des großen Juden Disraeli, das furchtbare Schädelgrinsen Voltaires, die wahnwitzige, tolle Wüstlingsvisage Ben Jonsons, die starrköpfige, düstere Qual in Carlyles Antlitz, und er kannte die Gesichter von Heine, Rousseau, Dante, Tiglath-Pileser und Cervantes ... das alles waren Gesichter, an denen das Leben gezehrt, die der Geier des Denkens verheert, die die Flamme der Schönheit gebrandmarkt und ausgehöhlt hatte.

Und so – von der furchtbaren Mitgift seines Bluts betroffen, in der Falle seines Ichs und der Pentlands gefangen mit der kleinen Blüte von Sünde und Finsternis im Genick – gelang es Eugene, sich auf immer von dem Guten und Hübschen zu sondern und in das dunkle Land zu gelangen, das den unfruchtbar Gemachten nie erreichbar ist. Die Geschöpfe der Romanschreiber, die lasterhaften Puppenfrätzchen der Filmfrauen, die Masken der Reklamegesichter in der brutalen Idiotie ihrer Regelmäßigkeit, die Gesichter der meisten Studenten und Studentinnen waren aus einer Schablone emaillierter Leere gegossen und kamen ihm unrein vor. Und das ganze Getue, das die Amerikaner um glänzende Installationen, Zahnpasta, weißgekachelte Restaurants, Haarschnitte, manikürte Zahnklempnerei, Hornbrillen und Badezimmer aufführten, die ganze wahnwitzige Angst vor Ansteckung, die die Staatsbürger nach ihren unbeholfenen Ausschweifungen flüsternd vor den Apotheker treibt, das alles erschien ihm schmutzig. Die äußerliche Reinlichkeit wurde zum Anzeichen innerer Verderbtheit: da glänzte etwas, und im Kern war es saftlos, verrottet und faul. Er spürte und wußte, daß in ihm – gleichgültig, welch ein Aussatz an seinem Fleisch fräße – eine größere Gesundheit steckte, als sie jemals vermuten würden: etwas, das wild und grausam verwundet, aber lebendig war und vor der furchtbaren Unterströmung des Lebens nicht zurückschrak, etwas Verzweifeltes und Mitleidloses, das standhaft auf die versteckten und unaussprechlichen Leidenschaften sah, die das Gemeingut aller tragischen Menschen dieser Erde sind.

Ein Rebell jedoch war Eugene nicht. Er hatte kein größeres Bedürfnis nach Revolution als die meisten Amerikaner, nämlich überhaupt keines. Er war vollauf zufrieden mit jedem System, das ihm Behagen und Sicherheit verbürgte, ihm Geld genug zu einem Leben, wie er es begehrte, gab und seine Freiheit zu denken, essen, trinken, lieben, lesen und schreiben, was ihm paßte, unangetastet ließ. Solange er dieser Dinge versichert war, kehrte er sich nicht im geringsten darum, ob das Land von Republikanern, Demokraten, Tories, Sozialisten oder Bolschewiken regiert würde. Er selbst verspürte keinen Drang, die Welt zu verbessern oder die Erde in einen erträglicheren Aufenthaltsort zu verwandeln. Seine ganze Überzeugung bestand darin, daß es überall angenehme Orte und verzauberte Plätze gäbe, wenn er nur fortgehen und sie finden könne. Das Leben in Pulpit Hill verdroß ihn bereits; er dachte daran, wie er entfliehen könne, denn er kam sich oft wie ein Gefesselter vor. Er war felsenfest überzeugt, daß es woanders besser wäre; immer war er felsenfest überzeugt, daß es woanders besser wäre.

Er war ein Romantiker, jedoch es war nicht seine Art, vom Leben weg, sondern in das Leben hinein zu flüchten. Er sehnte sich nicht nach Trugwelten, sondern seine Phantasien erstreckten sich in die Wirklichkeit. Es bestand für ihn kein Grund zu bezweifeln, daß es in Ägypten tatsächlich zwölfhundert Götter gab, und daß der Zentaur, das Flügelroß und der beschwingte Bulle gefunden werden konnten, jeder an seinem bestimmten Ort. Er glaubte, daß es in Byzanz Zauberei gab und in Flaschen eingestöpselte Geister. Außerdem war er seit Bens Tod zu der Überzeugung gelangt, daß die Menschen das Leben nicht aufgeben, weil es langweilig ist, sondern daß das Leben die Menschen aufgibt, weil diese klein sind. Er sah, daß die Leidenschaften im Schauspiel größer sind als die

Darsteller. Er hatte – so schien ihm – nie einen großen Augenblick erlebt, dem er an Fülle und Kraft gewachsen war. Sein Schmerz über Bens Tod war größer gewesen als er; die Liebe und der Verlust Lauras hatte ihn verzweifelt und verstört zurückgelassen; und wenn er junge Frauen und Mädchen umarmte, verspürte er stets eine verzweifelte Unzulänglichkeit, die Lust, die ihn besaß, auszudrücken; er wollte sie auffressen wie Kuchen und dann doch noch haben, wollte sie in einen Ball kneten, wollte sie in seinem Fleisch begraben, sie voller besitzen, als sie je besessen werden können.

Es verdroß und verletzte ihn sehr, daß man ihn für «verschroben» hielt. Seine Beliebtheit bei den Studenten tat ihm wohl, sein Herz schlug stolz unter all den Nadeln und Abzeichen, aber es erfüllte ihn mit Groll, daß er im Ruf eines Exzentrikers stand. Er beneidete jene Kameraden, die um ihrer soliden goldenen Mittelmäßigkeit willen in akademische Ehrenämter gewählt wurden. Er wollte gern die Gesetze befolgen und wohlangesehen sein; er hielt sich für einen zutiefst konventionellen Menschen. Aber dann sah ihn jemand nach Mitternacht, wenn er im Mondlicht mit großen Sätzen über den Campus stürmte und sein wildes Bocksgeschrei ausstieß. Seine Anzüge waren ausgebeult, seine Wäsche schmutzig, seine Hüte verloren jegliche Form und bekamen Löcher, er lief seine Schuhe durch und stopfte Pappdeckelsohlen hinein. Es lag ganz und gar nicht in seiner Absicht zu verschlampen, aber schon der Gedanke, daß er sich um seine Sachen kümmern solle und sie zur Reparatur bringen müsse, war ihm einfach unerträglich. Er haßte es, zu handeln. Am liebsten hätte er vierzehn Stunden täglich vor sich hin gebrütet. Schließlich, wenn es gar nicht anders mehr ging, raffte er seinen Riesenkörper auf, riß sich von der zwingenden Untätigkeit seiner Träumereien los und tat wild fluchend und heftig, was notwendig war.

Er hatte eine verzweifelte Angst vor Menschen in der Masse. Bei den Versammlungen der Klasse, in Tabakkollegien oder bei anderen öffentlichen Anlässen war er nervös und beklommen, bis er zu den anderen reden und sie in seinen Bann zwingen konnte. Er hatte stets Angst, jemand könne einen Witz über ihn reißen und er würde ausgelacht werden. Nie aber hatte er Angst vor einzelnen.

Er konnte mit jedem umgehen, sobald er ihn von der Herde wegbrachte, das wußte er. Und da er nie seinen Haß auf die Masse, seine Angst vor der Herde vergaß, spielte er grausam wie eine Katze mit seinem Opfer, knurrte leise und schlich sich mit bedrohlicher Schweigsamkeit an ihn heran, die Tigertatze seines Scharfsinns schlagbereit. Die armen Burschen schienen von allen guten Geistern verlassen, ängstlich und verlegen sahen sie sich nach der Tür um.

Er fischte sich irgendeinen pompösen, angeberischen Bauerntölpel heraus – den Präsidenten der Klasse oder den Studentenvorstand des CVJM – und ging mit bösartig-sanfter Pseudosachlichkeit auf ihn los.

«Bist du nicht auch der Meinung», begann er mit ernster Frömmigkeit, «daß ein Ehemann seine Gattin auf den Bauch küssen sollte?» Er nahm die ganze begierige Unschuld seiner Mienen zusammen und starrte. «Der Bauch ist doch schließlich manchmal schöner und viel reinlicher als der Mund! Oder bist du mehr für ein bauchloses Eheglück? Ich zum Beispiel», fuhr er mit leidenschaftlichem Bekennerstolz fort, «lehne jenes total ab. Ich trete offen für öfteres und intensiveres Bauchküssen ein. Frauen, Mütter und Schwestern haben ein Recht, es von uns Männern zu verlangen. Es ist eine Geste der Ehrerbietung dem Sitz des geschöpflichen Lebens gegenüber, es ist geradezu eine hohe Form von Gottesdienst. Wenn es uns gelänge, ein paar prominente Geschäftsleute und andere, gerecht denkende Männer für diese Bestrebung zu interessieren, würde sich die mächtigste Umwälzung, die je im Leben einer Nation eintrat, vollziehen. In fünf Jahren gäbe es keine Ehescheidungen mehr, und das Prestige des Heims wäre aufs neue garantiert. In zwanzig Jahren würde unsre Nation der stolze Mittelpunkt der Kultur und der Künste sein. Glaubst du nicht auch? Oder meinst du, es wäre was dagegen einzuwenden?»

Eugene glaubte das. Es war eine seiner wenigen Utopien.

Manchmal, wenn er gereizt und bitter war und Gelächter aus irgendeinem Studentenzimmer hörte, wandte er sich um und verfluchte sie, denn er glaubte, sie hätten über ihn gelacht. Er hatte das

Mißtrauen seines Vaters geerbt, so daß auch er zuweilen im Wahn lebte, die ganze Welt sei gegen ihn verschworen. Die Luft um ihn schien dann mit Hohn und Bedrohung geladen, die Blätter an den Bäumen flüsterten Verrat, in tausend Verstecken saßen Menschen beisammen, die berieten, wie sie ihn demütigen, in den Staub zerren, hintergehen könnten. Er verbrachte ganze Stunden unter der bedrückenden Vorahnung einer über ihm schwebenden Gefahr: Er betrat dann, obwohl er sich keiner Schuld bewußt war als seiner eigenen Alptraumphantasien, eine Versammlung mit kaltem, beklommenem Herzen und erwartete, daß man ihn nun, er wußte nicht wegen welchen Verbrechens, öffentlich bloßstellen, aburteilen und sein Leben ruinieren werde. Dann wieder war er wild ausgelassen und sorglos, lachte und quiekte den anderen triumphierend ins Gesicht und hüpfte wie von der Bockslust besessen weiter. Ihm war dann, als hinge die Welt wie eine reife Pflaume am nächsten Baum und wartete darauf, von ihm gepflückt zu werden.

Wenn er, in ruhmreiche Träume versunken, über den nächtlichen Campus ging, hörte er die jungen Männer wohlwollend und grob von ihm reden; sie lachten über seine Extravaganzen und sagten, was er brauche, sei ein Bad und saubere Unterwäsche. Er fuhr sich an die Gurgel, wenn er das vernahm.

Da bilde ich mir ein, ich wäre ein Mordskerl, und die anderen behaupten, daß ich stinke, weil ich nicht gebadet habe. Ich! Ich! Bruce-Eugene, die Geißel der Mexikaner, der größte Sportheros, der je für eine Universität Baseball spielte! Marschall Gant, der Retter des Vaterlands! Kampfflieger Gant, der Himmelshabicht, der den Richthofen runtergeholt hat! Senator Gant, Gouverneur Gant, Präsident Gant, der Staatsmann, der die zertrümmerte Nation wiederherstellte und einte und sich trotz weinenden Protests von hundert Millionen Mitbürgern dann still ins bescheidene Privatleben zurückzog, bis er wie Artus oder Barbarossa den Trommelschlag von Not und Gefahr wieder vernimmt.

Jesus-von-Nazareth Gant, verspottet, gelästert, angespuckt und eingekerkert für die Sünden anderer, der, der den Tod vorzieht und vornehm stillschweigt, um der Frau, die er liebt, keinen Kummer zu verursachen. Gant, der Unbekannte Soldat, der zum Märtyrer gemachte Präsident, der erschlagene Gott der Ernten, der den guten Segen der Erde bringt. Herzog Gant von Westmoreland, Viscount Pondicherry und zwölfter Lord Runnymede, der auf der Jagd nach wahrer Liebe inkognito durch Devon streift, wenn das Korn reif steht, und die kalikoweißen Beine findet, gebettet ins süße Heu. Ja, George Gordon-Noel-Byron Gant, der die tragische Maske seines blutenden Herzens durch ganz Europa trägt, und Thomas-Chatterton Gant, dieser großartige Kerl, und François-Villon Gant und Ahasver Gant und Mithridates Gant und Artaxerxes Gant und Edward-der-Schwarze-Prinz Gant; Stilicho Gant und Jugurtha Gant und Vercingetorix Gant und Iwan-der-Schreckliche Gant. Und Gant, der olympische Stier; und Herakles Gant; und Gant, der verführerische Schwan; und Astaroth und Asrael Gant, Proteus Gant, Anubis und Osiris und Mumbo-Jumbo Gant.

Was aber – sprach Eugene langsam vor sich hin ins Dunkel –, wenn ich kein Genie wäre? Er legte sich diese Frage nicht oft vor. Nun war er allein und sprach sie leise aus, um zu erfahren, wie unwirklich solche Blasphemie sei. Die mondlose Nacht blieb sternhell, und es blitzte und donnerte keineswegs.

Ja, was aber, wenn sonst jemand denkt, ich wäre keins? Er fletschte wie ein Rasender die Zähne. Denn das dächten sie bestimmt gern, die Schweine. Sie hassen mich und sind eifersüchtig; und weil sie es mir nicht gleichtun können, möchten sie mich herabsetzen. Sie würden es nur zu gern behaupten, bloß um mich zu verletzen. Einen Augenblick verkrampfte sich sein Gesicht vor Schmerz und Bitterkeit. Die Hand an der Kehle, verrenkte er den Hals.

Dann, wie er es gewohnt war, wenn sich sein Herz ausgeglüht hatte, legte er sich die Frage kühl und offen, in aller Ruhe vor.

Also – dachte er da in aller Ruhe – was wär, wenn ich keins wär? Soll ich mir deswegen die Kehle durchschneiden, Würmer fressen oder Arsen schlucken? Langsam und nachdrücklich schüttelte er den Kopf. Nein – sagte er –, keinesfalls. Außerdem gibt es genug

Genies. In jede High-School geht mindestens eins, und in jeder Kleinstadt sitzt eins im Kinoorchester. Manchmal schickt die reiche Mrs. Von Zeck, Patronin der Künste in Altamont, ein oder zwei Genies nach New York zum Studium. So daß also – berechnete er – entsprechend der letzten Volkszählung in diesen Vereinigten Staaten nicht weniger als 26 400 Genies und 83 752 Künstler herumlaufen, diejenigen aus der Geschäftswelt und in der Werbebranche nicht mit einbegriffen. Zu seiner persönlichen Genugtuung murmelte Eugene dann die Namen von einundzwanzig Genies, die Gedichte schrieben, und von siebenunddreißig weiteren Genies, die sich dem Drama und dem Roman widmeten, vor sich hin. Das verschaffte ihm endgültig Erleichterung.

Was – dachte er – kann ich sein außer einem Genie? Ich bin es lang genug gewesen. Es muß was Besseres zu tun geben.

Jenseits dieser letzten Hürde – dachte er – ist nicht, wie ich einst glaubte, der Tod, sondern neues Leben . . . und neues Land.

Kerzengerade, einen Arm in die Seite gestützt, stand er da, den gewölbten Schädel dem Lichte zugewandt: sechzig, mit geradem, feingliedrigem Körper, buschigen Augenbrauen, alten glitzernden Falkenaugen, mageren apfelroten Wangen und einem stachlig gestutzten Schnauzbart. Jenes Antlitz, an dem der Kondor Gedanke gefressen hatte, das geschwungen war vor geistvoller, subtiler Bosheit und sophistischem Frohlocken.

Unter ihm drückten sie sich in hingerissener Unterwürfigkeit auf den Bänken und warteten auf sein erstes heiseres Wort. Eugene betrachtete all diese stumpfen, ernsten Gesichter, die man aus den festgezimmerten Kirchenbänken des Kalvinismus in das Schattenreich der Metaphysik gelockt hatte. Und nun wird sein Spott wie ein Blitz um ihre Häupter zucken, aber sie werden es nicht merken, nie den Einschlag fühlen. Sie werden vorstürzen, um mit seinem Schatten zu kämpfen, sein dämonisches Lachen hören und feierlich mit ihren eigenen ungeborenen Seelen ringen.

Die reine, in der Manschette steckende Hand hält einen abgeschabten Stock hoch. Ihr Blick gleitet starr und gehorsam daran entlang.

«Mr. Willis?»

Bleich, verwirrt, unterwürfig, das Gesicht eines geduldigen Sklaven.

«Ja, Sir.»

«Was habe ich hier in der Hand?»

«Einen Stock, Sir.»

«Und was ist ein Stock?»

«Ein Stück Holz, Sir.»

Pause. Ironische Augenbrauen fordern die Klasse zum Lachen auf. Selbstzufrieden kichern sie auf Geheiß des Wolfes, der sie zerreißen wird.

«Mr. Willis behauptet, ein Stock sei ein Stück Holz.»

Ihr Gelächter schlägt gegen die Wände. Absurd.

«Aber ein Stock *ist* ein Stück Holz», sagt Mr. Willis.

«Das trifft auch auf einen Baum oder Telegrafenmast zu. Nein, ich fürchte, das reicht noch nicht. Ist die Klasse auch der Ansicht von Mr. Willis?»

«Ein Stock ist ein Stück Holz, das auf eine bestimmte Länge zugeschnitten ist.»

«Dann stimmen Sie mir zu, Mr. Ransom, wenn ich sage, daß ein Stock nicht einfach Holz von unendlicher Ausdehnung ist?»

Das überraschte Bauerngesicht mit seinem angestrengten Zwinkern.

«Ich sehe gerade, daß Mr. Gant sich auf seinem Stuhl vorbeugt. Da ist ein Glanz in seinen Augen, den ich schon kenne. Mr. Gant schläft nächtelang nicht, weil er denkt.»

«Ein Stock», sagte Eugene, «ist nicht nur Holz, sondern auch die Negation des Holzes. Es ist das Zusammentreffen im Raum von Holz und Nichtholz. Ein Stock ist endliches, begrenztes Holz, ein Faktum, das sich durch seine eigene Verneinung definiert.»

Der alte Kopf lauscht ernst, über ihrem ironischen Nach-Luft-Schnappen. Er wird mir recht geben und mich loben, denn ich werde gemessen an dieser Bauernerde. Er sieht mich schon im Besitz stolzer Titel, stolzer Ämter, und er liebt den Sieg.

«Wir haben einen neuen Namen für ihn, Professor Weldon», sagte Nick Mabley. «Wir nennen ihn jetzt Hegel Gant.»

Er hörte ihr brüllendes Gelächter, sah, wie sich ihre fröhlichen Gesichter ihm zuwandten. Das war nur gut gemeint. Ich soll mich jetzt freuen – ihr großes Original, der beliebte Exzentriker, Dichterfürst der strammen Bauernburschen.

«Er könnte sich einst dieses Namens würdig erweisen», sagte Vergil Weldon ernst.

Du alter Fuchs, auch ich kann mit deinen Phrasen jonglieren, so daß sie mich nie fangen werden. Über den Wirrnissen ihrer Gehirne schleudern unsere ungehemmten Geister Blitzstrahlen der Ironie und Leidenschaft. Wahrheit? Wirklichkeit? Das Absolute? Das Allgemeine? Weisheit? Erfahrung? Erkenntnis? Das Faktische? Der Begriff? Tod – der große Verneiner? Parier und stoße zu, Volpone! Wozu haben wir denn Worte? Wir werden alles beweisen. Aber Ben, und das Teufelsflimmern seines Lächelns? Wo nun?

Der Frühling kehrt wieder. Ich sehe die Schafe am Berghang. Die glockenbehängten Kühe kommen in Staubwolken die Straße entlang, und Wagen knirschen heimwärts unter dem blassen Mondschatten. Aber was regt sich im begrabenen Herzen? Wo sind die verlorenen Worte? Und wer hat seinen Schatten auf dem Square gesehen?

«Und wenn man Sie gefragt hätte, Mr. Rountree?»

«Ich hätte die Wahrheit gesagt», erwiderte Mr. Rountree und nahm seine Brille ab.

«Aber man hatte dort ein schönes großes Feuer angezündet, Mr. Rountree.»

«Das ist egal», sagte Mr. Rountree und setzte die Brille wieder auf.

Wie heroisch wir für die Wahrheit in den Tod gehen – in gemütlicher Gesprächsrunde.

«Es war ein sehr heißes Feuer, Mr. Rountree. Man hätte Sie verbrannt, wenn Sie nicht widerrufen hätten.»

«Das hätte ich geschehen lassen», sagte der zum Märtyrer gewordene Rountree hinter seinen erblindenden Brillengläsern.

«Stellen Sie es sich nicht etwas schmerzhaft vor?» wandte Vergil Weldon ein. «Schon eine kleine Brandblase tut sehr weh.»

«Warum soll man sich denn für irgendwas verbrennen lassen?»

sagte Eugene. «Ich hätte genauso wie Galilei gehandelt: klein beigegeben.»

«Ich auch», sagte Vergil Weldon, und ihre Gesichter erhoben sich in fröhlicher Bosheit über dem schwerfälligen Lachen der Klasse.

Aber sie bewegt sich doch.

«An einem Ende des Tisches stand die versammelte Macht Europas, am anderen Ende Martin Luther, Sohn eines Schmiedes.» Die Stimme heiser vor Leidenschaft, seelenbewegt. Das können sie behalten und mitschreiben. «Die Stunde der großen Versuchung: vielleicht eine der größten überhaupt. Aber seine Antwort kam wie der Blitz: *Ich kann nicht anders*. Es war ein unvergeßlicher Satz der Geschichte.»

Jener Satz, dreißig Jahre lang zitiert, Überbleibsel von Yale und Harvard: Royce und Munsterberg. Bei seinen Jongleurstückchen waren die Teutonen Weldons große Meister; sieh doch mal, wie begierig die Klasse das aufschleckt. Er verbietet ihnen, selbst zu lesen, damit keiner die Flickendecke seines gesammelten Diebstahls von Zeno bis Immanuel Kant findet. Die irre Collage aus drei Jahrtausenden, die Zwangsheirat der Unvereinbarkeiten, die Summe alles Gedachten: in seinem alten Schädel. Sokrates zeugte Platon. Platon zeugte Plotin. Plotin zeugte Augustinus . . . Kant zeugte Hegel. Hegel zeugte Vergil Weldon. Da halten wir ein. Es gibt nichts mehr zu zeugen. *Antwort auf alles in dreißig mühelosen Lektionen*. Wie sicher sie sich sind, daß sie nun alles wissen! Und heute abend tragen sie ihre dumpfen Gemüter in sein Arbeitszimmer, legen unfleischliche Bekenntnisse ab, winden sich in erlogenen Gewissensqualen und erzählen von Kämpfen, die sie niemals ausgefochten haben.

«Es gehörte Charakter dazu, so zu handeln. Dazu mußte man ein Mann sein, der dem Druck standhalten konnte. Und das ist es, was ich von meinen Jungs erwarte! Ich möchte, daß sie obsiegen! Ich möchte, daß sie ihre Verneinungen absorbieren! Ich möchte, daß sie so rein wie ein Hundezahn bleiben!»

Eugene wand sich und blickte sich um, sah all diese Gesichter, auf denen sich der feste Wille abzeichnete, unnachgiebig für die

Monogamie, die Partei und die Sache der stärksten Legion einzutreten.

Und dennoch fürchten die Baptisten diesen Mann! Warum bloß. Er hat zwar ihrem Gott den Bart abgenommen, aber ansonsten diesen Jungs nur beigebracht, die richtige Partei zu wählen.

So also sieht Hegel in der Baumwollzone aus!

In diesen Jahren fuhr Eugene öfter von Pulpit Hill weg bei Tag oder Nacht, wenn der April in jungem Grün verschwamm oder wenn der Frühling zu seiner ganzen Pracht entfaltet war. Am liebsten sauste er durch die kühle, pfingstliche Landschaft in Nächten voll von Tau und Sternenschein unter einer großen, von Wolken gerippten Mondbucht.

Er fuhr nach Exeter oder Sydney, öfters auch in kleine Städte, in denen er noch nie zuvor gewesen war. Er trug sich in den Hotels ein als «Robert Herrick», «John Donne», «George Peele», «William Blake», «John Milton». Niemals nahm jemand Anstoß daran; die Leute in diesen Nestern hatten ähnliche Namen.

Einmal, in einer Kleinstadt im Piedmont unterschrieb er als «Ben Jonson».

Der diensttuende Hotelportier drehte das Buch mißtrauisch herum.

«Haben Sie kein H im Namen?» fragte er.

«Nein», sagte Eugene, «das ist ein andrer Zweig der Familie. Ich habe einen Onkel Samuel, der schreibt sich mit H.»

Manchmal in übel beleumdeten Etablissements trug er sich mit diebisch-finsterer Schadenfreude als «Robert Browning», «Alfred Tennyson» oder «William Wordsworth» ein.

Einmal schrieb er «Henry W. Longfellow».

«Das ist der Name eines Schriftstellers», sagte der Angestellte mit einem harten, ungläubigen Grinsen. «Mich können Sie mit so was nicht anführen.»

Ein ungeheurer Lebenshunger verzehrte ihn. Nachts lauschte er dem millionentönigen, schrillen Klageruf kleiner Nachtwesen, hörte die brütende Symphonie der Dunkelheit, das Läuten ganz ferner Kirchenglocken über Land. Und dann weitete sich seine

Schau in ein Ringsum von mondbeglänzten Wiesen und träumenden Wäldern; mächtige Ströme zogen durchs Dunkel, an zehntausend schlafenden Städten vorbei. Er glaubte an eine unendlich reiche Abwechslung von Städten und Gesichtern. Er glaubte an fremdes, begrabenes Leben hinter den Wänden der Millionen von kleinen, schäbigen Häusern, zarte Romanzen und in Scherben gegangene Glücke, dunkles, unbekanntes Schicksal. Wenn er an irgendeinem Haus vorüberging, dachte er oft, daß da drinnen jetzt jemand stürbe, daß Liebende heiß umschlungen beieinander lägen, daß ein Mord verübt würde.

Er kam sich verzweifelt ausgesperrt vor, wie einer, der nicht teilhat am großen Festmahl des Lebens. Und bedenkenlos entschloß er sich, den Bann der Sitten zu brechen und Einblicke zu tun. Sein Hunger trieb ihn. So fuhr er manchmal spätnachmittags von Pulpit Hill weg und strich in der Dämmerung durch die stillen Straßen unbekannter Städtchen. Schließlich, wenn seine Hemmungen ganz von ihm abgefallen waren, lief er die Treppe vor einem Haus hinauf und klingelte. Dann, wenn jemand kam, lehnte er matt an der Wand, die Hand an der Kehle, und keuchte:

«Wasser! In Gottes Namen, Wasser! Mir ist schlecht!»

Manchmal kamen Frauen zur Tür, verführerisch und lächelnd, die seinen Trick durchschauten und ihn dennoch ungern gehen sahen; dann wieder andere Frauen, von Mitgefühl und Zärtlichkeit gerührt. Wenn er getrunken hatte, lächelte er tapfer und stammelte eine Entschuldigung in überraschte und teilnahmsvolle Gesichter.

«Verzeihen Sie bitte, es kam so plötzlich, ich habe manchmal diese Anfälle. Es war zu spät, um Bekannte um Hilfe zu bitten, da sah ich Licht in Ihrem Fenster.»

Sie pflegten dann zu fragen, wo seine Freunde wären.

«Freunde?!» sagte er und blickte wild und düster um sich, «Freunde hab ich keine. Ich bin ein Fremder.»

Dann erkundigten sie sich gewöhnlich nach seinem Beruf.

«Ich bin Zimmermann», sagte er merkwürdig lächelnd.

Sie wollten wissen, wo er her sei.

«Weither, von sehr weit her komme ich», sagte er tiefbewegt. «Sehr, sehr weit. Von meiner Heimat haben Sie sicher nie gehört.»

Er stand dann auf und sah sich voller Seelengröße und Mitgefühl um.

«Und nun muß ich weiterziehn», sagte er geheimnisvoll. «Ich muß noch weit wandern, eh mein Weg zu Ende ist. Gott schütze Sie alle. Ich kam als Fremder, und Sie haben mir ein Obdach gegönnt. Des Menschen Sohn ist nicht so gut behandelt worden.»

Manchmal klingelte er an einer Tür und fragte schüchtern:

«Ist hier Nummer sechsundzwanzig? Mein Name ist Thomas Chatterton. Ich bin auf der Suche nach einem Herrn namens Coleridge. Mr. Samuel T. Coleridge. Er wohnt doch hier, nicht wahr? . . . Nicht? Oh, das tut mir leid, ich bedaure aufrichtig . . . Ja, ganz bestimmt, sechsundzwanzig ist die Nummer, die ich mir notiert habe . . . Ich danke Ihnen vielmals, ich muß mich wohl geirrt haben. Ich werde nochmals im Telefonbuch nachschlagen.»

Was aber – dachte Eugene –, wenn ich ihn eines Tages in den Millionen Straßen des Lebens wirklich fände?

Das waren die goldenen Jahre.

39

Gant und Eliza kamen zu seiner Graduierung. Eugene besorgte ihnen Unterkunft. Es war Anfang Juni; alles war hitzig grün, von einer heftig-wollüstigen Südlichkeit. Der Campus war ein grüner Ofen; Graduierte früherer Jahrgänge, zur Reunion versammelt, liefen speckig-angeschwitzt zu zweien herum; kühle, hübsche Mädchen, von der Sorte, die nie schwitzt, waren da, um bei der Graduierung ihrer Verehrer dabeizusein und zu tanzen; die Mamas und Papas wurden linkisch und scheu herumgeführt.

Die Universität war zauberhaft, fast ganz verlassen. Die Studenten, außer der Graduantenklasse, waren beinah schon alle in Ferien gefahren. Die Luft war mit einer frischen, sinnlichen Hitze geladen, dem tiefgrünen Schimmer des Laubs, mit Blumendüften und den tausend Gerüchen der keimschweren Erde. Die jungen Männer waren abschiedstraurig, aufgeregt, stolz.

Auf dieser prächtigen Bühne sah Gant, der seine Sterbestätte auf drei Tage verlassen hatte, seinen Sohn Eugene. Der Alte war wie auferstanden und dem Leben wiedergeschenkt. Als er die Thronbesteigung des Sohnes anläßlich der von Hochgefühlen getragenen Commencementfeier erlebte, hob sich sein Herz über allen Staub. Auf dem herrlichen Rasen, im Schatten der großen Bäume, umringt von seinen feierlich schweigenden Mitgraduanten und deren Angehörigen, las Eugene das Klassengedicht: «O Mutter unsrer tausend Hoffnungen . . .», dann sprach Vergil Weldon gedämpft-erhaben, gedankentief, feiertraurig, und die lebendige Wahrheit quoll auf in allen Herzen. Es war eine eindrucksvolle Rede. Seid wahrhaft! Seid rein! Seid gut! Seid Männer! Absorbiert die Verneinung! Die Welt braucht . . . Leben war nie so wertvoll wie . . . Nie in der Geschichte gab es . . . Keine andere Klasse berechtigte zu so hohen Hoffnungen wie . . . Abgesehen von seinen übrigen Erfolgen ist es dem Herausgeber der Universitätszeitung gelungen, das moralische und intellektuelle Niveau des Staates um zwei Zoll zu heben. Universitätsgeist! Charakter! Dienst am Leben! Führertum!

Eugenes Antlitz wurde dunkel vor Freude und Stolz. Er hatte keine Worte. Glorreich, ja glorreich war die Welt. Und das Leben gierte luststöhnend nach seiner Umarmung.

Eliza und Gant hörten die Reden und Gesänge aufs aufmerksamste an. Ihr Sohn war ein großer Mann. Sie sahen und hörten ihn auf dem Campus, vor seiner Klasse und bei der Graduierung, als seine akademischen Ehren und Preise verkündigt wurden. Lehrer und Kameraden sprachen von ihm und sagten alle, daß Eugene eine «glänzende Karriere» machen würde. Und Eliza und Gant waren ein bißchen angesteckt von all dem falschen Goldglanz der Jugend. Sie glaubten, daß alles möglich wäre.

«Also, mein Junge», sprach Gant, «das übrige steht nun bei dir. Ich bin überzeugt, daß du dir 'nen Namen machen wirst.» Er legte seine große, trockene Hand schwerfällig auf Eugenes Schulter, und jener sah plötzlich in den erloschenen Augen das alte Dunkel von Umbra und ungefundenem Verlangen.

«H-m», begann Eliza mit einem neckisch sein sollenden, bebenden Lächeln, «diese Reden werden dir hoffentlich nicht den Kopf verdrehn!» Sie nahm seine Hand in ihre rauhen, warmen Hände. Ihr standen plötzlich Tränen in den Augen.

«Also, Junge», sagte sie sehr ernst, «ich wünsche, daß du vorwärtskommst und dir Mühe gibst, etwas zu werden. Keiner von den anderen hatte solche Chancen wie du, und ich hoffe, du wirst sie nutzen. Dein Vater und ich haben unser Bestes getan, der Rest hängt von dir ab.»

Er nahm ihre Hand und küßte sie. Eine wilde Ergebenheit wallte in ihm auf. «Ich werde etwas leisten!» sagte er. «Bestimmt!»

Schüchtern blickten sie in sein seltsames, dunkles Gesicht, das von leidenschaftlich-naivem Eifer glühte, und sie empfanden Zärtlichkeit und Liebe zu seiner Jugend und vor all dem, was ihm um dieser Jugend willen noch verschlossen war. Und ihn beströmte eine große Liebe, weil sie so sonderbar und hilflos einsam waren, und ein Mitleid überfiel ihn, weil er ahnte, daß ihm die Titel und Ehren, die sie für ihn begehrten, bereits gleichgültig waren, und daß die Dinge, die er nun für sich selbst begehrte, völlig außerhalb ihres Wertsystems standen. Und bestürzt von diesem Bild aus Mitleid, Verlust und Einsamkeit, das vor ihm erstanden war, wandte er sich ab, die hagere Hand an die Kehle gekrallt.

Es war vorüber. Gant, der in der Aufregung des Festes fast die Lebenskraft seiner mittleren Jahre wiedererlangt hatte, fiel zurück in seine weinerliche Altersschwäche. Die schreckliche Hitze drückte ihn nieder; ihm graute vor der langen heißen Fahrt zurück in die Berge.

«Barmherziger Gott!» flennte er. «Warum bin ich hergekommen? O Jesus, wie werde ich diese schreckliche Rückreise überstehn? Es ist ja nicht zum Aushalten! Ich werde unterwegs draufgehn! Es ist furchtbar, es ist entsetzlich, es ist grausam!»

Eugene begleitete die beiden nach Exeter und brachte sie im Pullmanwagen gut unter. Er selbst wollte noch ein paar Tage in Pulpit Hill bleiben, um seine Sachen zusammenzupacken, den Wirrwarr von vier Jahren, Briefe, Bücher, alte Manuskripte und allerhand wertloses Zeug. Er hatte anscheinend Elizas blinde Sammelwut geerbt. Er war verschwenderisch mit Geld und verstand nicht, damit hauszuhalten; aber von Sachen konnte er sich nicht trennen, selbst wenn sie ihn, samt der schalen, verstaubten Vergangenheit, längst anwiderten.

«Junge», sagte Eliza, als ein stiller Augenblick eintrat, «hast du dir überlegt, was du nun machen willst?»

«Ja, ja», sagte Gant und leckte seinen Daumen, «denn von jetzt an mußt du auf eignen Füßen stehn. Du hast die beste Ausbildung gehabt, die man für Geld haben kann, nun ist es an dir, was zu leisten.»

«Laßt uns in ein paar Tagen zu Hause davon reden», sagte Eugene. «Dann können wir es in Ruhe besprechen.»

Glücklicherweise fuhr jetzt der Zug an; er küßte die beiden schnell und rannte den Gang hinunter.

Er hatte ihnen nichts zu sagen. Er war neunzehn, hatte das College absolviert und wußte trotzdem nicht, was er werden wollte. An Gants Plan, daß der Junge Rechtswissenschaft studieren und in die Politik eintreten solle, glaubte seit Eugenes zweitem Universitätsjahr kein Mensch mehr. Es war allzu augenfällig, daß er keine Lust zur Juristerei hatte. Insgeheim hielt ihn die Familie für einen Exzentriker; für sie war er «verschroben», wie sie es nannten; sie munkelten etwas von «unpraktischer Art» und «literarischer Neigung».

Sie fragten sich nicht, warum es so sei, aber es schien absurd, diese schlaksige Gestalt mit dem leidenschaftlichen, dunklen Gesicht in einen Gehrock zu stecken! Er war undenkbar als Kaufmann oder Jurist. Eher sahen sie ihn als einen Bücherwurm und Träumer. Eliza bezeichnete ihn als «guten Gelehrten», was er aber keineswegs war. Er hatte einfach in allen Fächern, die sein leidenschaftliches Interesse erregten, geglänzt und sich in allen anderen achtlos, gleichgültig und dumpf durchgebracht. Niemand hatte eine klare Vorstellung, was er nun anfangen könne, Eugene selbst am allerwenigsten. Die Familie hatte von Kameraden das Stichwort «Journalistische Laufbahn» aufgeschnappt; das bedeutete so etwas wie eine Anstellung an einer Zeitung. Wie unbefriedigend und vage das auch sein mochte, zunächst wurde ihre unvermeidliche Fragerei noch vom Eindruck seines blendenden Erfolgs auf der Universität gebremst.

Aber Eugene ließ sich nicht von Zielvorstellungen bedrücken. Er war von wilden, nie gekannten Verzückungen besessen. Er war ein Zentaur, mondäugig, wildmähnig, zerrissen vom Hunger nach der goldenen Welt. Manchmal war er nahezu außerstande, in zusammenhängenden Sätzen zu sprechen. Wenn Leute mit ihm sprachen, kam es vor, daß er sie plötzlich anwieherte und davonsprang, das Gesicht von idiotischer Lebensfreude verkrampft. In der Ekstase von tausend unausgesprochenen Wünschen trieb er sich quietschend in den Straßen und auf dem Campus umher. Die Welt lag vor ihm, er brauchte sie nur zu fassen, mit ihren herrlichen Städten, goldenen Weinlesen, glorreichen Triumphen, schönen Frauen, voll von tausend ungekannten und großartigen Möglichkeiten. Nichts war trüb oder beschlagen. Die fremden, zauberhaften Küsten waren unbesucht. Und er war jung und unsterblich.

Er fuhr zurück nach Pulpit Hill für zwei oder drei Tage glücklicher Einsamkeit in der verlassenen Universität. Er strich nachts auf dem leeren Campus umher unter dem großen Mond des prächtigen, voll entfalteten Spätfrühlings; er atmete die tausend schweren Düfte von Laub, Gras und Blumen, die Gerüche des üppigen, verführerischen Südens. Er empfand die köstliche Traurigkeit des Abschieds, und im Mondlicht sah er die tausend Schatten von Jünglingen, die nie wiederkommen würden.

Und tagsüber redete er mit Vergil Weldon. Der alte Mann war reizend, offen und mitteilsam, voll weiser Vertraulichkeit, sanft und humorvoll. Sie saßen unter den großen Bäumen in seinem Garten und tranken Tee mit Eis. Eugene dachte an Kalifornien, Peru, Asien, Alaska, Europa, Afrika, China. Aber er redete von Harvard. Für ihn war das nicht der Name einer bloßen Universität, sondern stand für ausschweifenden Zauber, Geld, Eleganz, Glück, stolze Einsamkeit, wundervolle Bücher und goldene Stunden des Herumschmökerns; es war ein magischer Name wie Kairo oder Damaskus. Und außerdem hatte er das vage Gefühl, als setze es seiner wilden Begeisterung ein Ziel, lenke sie in eine vernünftige, gewinnbringende Richtung. «Ja», sagte Vergil Weldon zufrieden, «das ist genau das richtige für Sie, Mr. Gant. Für die anderen wäre das nichts, die sind jetzt fertig. Aber ein Verstand wie der Ihrige darf nicht grün abgepflückt werden. Sie müssen ihm Zeit lassen, zu reifen. Dort werden Sie zu sich selbst finden.»

Und er sprach verführerisch vom schönen, freien Geistesleben, dem Studieren in der Abgeschiedenheit, der reichen Kultur der Stadt und über das Essen. «Dort bekommen Sie Nahrung, die ein Mann verdauen kann, Mr. Gant», sagte er. «Ihr Verstand kann dabei arbeiten.» Dann sprach er von der eigenen Studentenzeit dort, erwähnte Größen wie Royce und Everett und William James.

In leidenschaftlicher Verehrung betrachtete Eugene den großartigen alten Kopf, der so ruhig, weise und trostspendend war. In einem Augenblick von Hellsichtigkeit erkannte er, daß dieses hier der letzte seiner Helden war, der letzte der Großen, denen wir das Vertrauen unserer Jugend entgegenbringen, wenn wir wie Kinder glauben, ihre ruhige Urteilskraft vermöchte die Rätsel unseres Lebens zu lösen. Er glaubte fest (und wußte, daß keine Erfahrung ihn davon abbringen würde), daß einer der Großen dieses Zeitalters sich hier in der kleinen Universitätsstadt still entfaltet habe. O mein alter Sophist, dachte er. All die alten Philosophen, von denen du nach Gutdünken borgtest, die du ausschmücktest, was galten sie dir, der du größer als sie alle warst? Was galt dir die Wissenschaft von den Gedanken, der du das Denken selbst warst? Und was, wenn nun dein ganzes altes Spiel der Metaphysik nie den dunklen Dschungel meiner Seele berührte? Glaubst du denn, du hättest den Gott meiner Kindheit durch deinen Absolutheitsbegriff ersetzt? Nein, du hast nur seinen Bart gegen einen Schnurrbart vertauscht und ihm das Glitzern teuflischer Falkenaugen verliehen. Für mich schwebtest du hoch über dem Guten, über der Wahrheit, über der Gerechtigkeit. Für mich warst du allein schon die ausreichende Verneinung all dessen, was du lehrtest. Was immer du auch tatest, es war um deiner Handlung willen richtig. Und nun lasse ich dich zurück, inthronisiert in meiner Erinnerung. Du wirst mein dunkles Gesicht, brennend auf der Bank deines Hörsaals, nicht wiedersehen; die Erinnerung an mich wird sich mit anderen mischen, wird zerbrechen; neue Studenten werden kommen und dein Wohlgefallen, dein Lob erringen. Aber du? Auf immer fest, unverblassend, hell, mein Herr.

Dann, während der alte Mann noch sprach, sprang Eugene plötzlich auf und umfaßte die magere Hand fest mit seinen beiden Händen. «Mr. Weldon!» sprach er. «Mr. Weldon! Sie sind ein großartiger Mann! Ich werde Sie nie vergessen!» Dann drehte er sich um und rannte blindlings den schmalen Weg hinunter.

Er zögerte und trieb sich herum, obwohl sein Gepäck seit Tagen fertig war. Mit verzweifeltem Schmerz dachte er daran, daß er diese arkadische Wildnis, in der er so fröhlich gelebt hatte, nun verlassen müsse. Nachts auf dem Campus traf er eine Handvoll Studenten, die, ganz wie er, es nicht fertigbrachten, davonzufahren. Sie gingen unter den gespenstischen Gebäuden, zwischen den Schatten verlorener Jünglinge umher und redeten, bis es Tag wurde. Der Gedanke an eine endgültige Trennung war einfach unerträglich. Eugene sagte, er wollte im Frühherbst für ein paar Tage und dann jedes Jahr mindestens einmal zurückkehren.

Dann, an einem heißen Morgen fuhr er kurz entschlossen ab. Als das Auto, das ihn nach Exeter brachte, unter dem heißen, grünen Junilaub die gewundene Dorfstraße hinunterfuhr, vernahm er, wie aus der Meerestiefe eines Traums, fern-matt, den vollen, weichen Klang der Campusglocke. Und plötzlich war ihm, als hörte er auf allen ausgetretenen Pfaden das Fußgetrampel der verlorenen Jünglinge, die in die Klasse eilten, und er selbst wäre einer von ihnen. Er lauschte . . . der Ton der Glocke schwang aus, die Geisterläufer verhallten im Nichts.

Bald dröhnte das Auto dann bergauf an Vergil Weldons Haus vorbei; im Vorüberfahren sah er den alten Mann unter seinem Baum sitzen. Eugene stellte sich hin und schwenkte seinen langen Arm in einer Abschiedsgebärde.

«Leben Sie wohl», rief er. «Leben Sie wohl.»

Der alte Mann erhob sich zu einem stillen Abschiedsgruß: langsam, schweigend, von beredsamer Güte.

Das Auto brummte über den Rand des Tafelberges und fuhr schnell den Steilhang hinunter in das heiße, ausgedörrte Unterland.

Als die verlorene Welt seinen Augen entschwand, stieß Eugene einen lauten Schrei aus. Ein Schmerz hatte ihn getroffen, und er trauerte, denn er wußte, daß die elfische Tür hinter ihm zugefallen war und daß er nie wieder zurückkommen werde.

Er sah die Berge, machtvolle, trächtige Leiber, hochbrüstig, prangend im wogenden Grün, von weit wandernden Wolkenschatten gescheckt. Aber es war, wußte er, das Ende.

Aus tiefen Forsten tönte das Horn. Ihn hungerte wild nach Entlassung: Die weite Ebene der Erde lag ausgestreckt vor ihm mit ihrer grenzenlosen Verführung.

Es war das Ende, das Ende. Es war der Beginn der Reise, der Suche nach neuen Landen.

Gant war tot und Gant war am Leben; Gant war Tod-im-Leben. In seinem großen Hinterzimmer in Elizas Haus wartete er auf das Sterben, ein verlorener, gebrochener Mann in einem Halbdasein von wehleidigen Erinnerungen. Sein Leben hing an einem halbzerrissenen Faden; er war eine Leiche, in der hin und wieder das Bewußtsein aufflackerte. Der plötzliche Tod, dessen Drohung so lange über ihnen gehangen hatte, bis sie sinnlos wurde, war nie eingetreten. Er hatte dort zugeschlagen, wo sie es am wenigsten erwartet hatten, bei Ben. Und die Überzeugung, die sich vor anderthalb Jahren bei Bens Tod in Eugene festgesetzt hatte, war nun Wahrheit geworden: Die Familie war auf immer auseinandergefallen. Das Muster war zerbrochen, die Bande der Gemeinschaft waren gelöst seit Bens Tod. Der Alptraum von Tod und Verlust hatte alle Hoffnungen vernichtet. Mit wahnsinnigem Fatalismus hatten sie sich alle dem wüsten Chaos des Lebens überantwortet.

Ausgenommen Eliza. Sie war nun sechzig, gesund an Körper und Geist, triumphierend gesund. Sie hatte noch ihren Betrieb in Dixieland, aber es wurde nicht mehr für die Fremden gekocht: Die Hausgäste waren keine Kostgänger mehr, sie bekamen nur noch möblierte Zimmer vermietet. Die Geschäftsführung überließ Eliza fast ganz einer alten Jungfer, die im Haus wohnte. Sie selbst widmete beinahe ihre ganze Zeit dem Immobilienhandel.

Sie hatte schon im Vorjahr endgültige Verfügungsfreiheit über

Gants Eigentum erlangt. Sie hatte den Besitz sofort und rücksichtslos, ohne auf sein schwaches Protestgebrumm zu hören, verkauft. Das alte Haus an der Woodson Street hatte sie für siebentausend Dollar losgeschlagen – «ein guter Preis in Anbetracht der Nachbarschaft», wie sie behauptete. Es stand nun nackt, kahl und roh da, seines dichten Rebengeranks beraubt, und gehörte als Nebengebäude zu einem neu aufgemachten Quacksalbersanatorium für Nervenkranke. Gants reiche Lebensarbeit war vernichtet. Hierin erkannte Eugene, deutlicher als in anderen Dingen, die endgültige Auflösung der Familie.

Außerdem hatte Eliza ein überwuchertes Gebirgsgrundstück (Farmland) für sechstausend Dollar verkauft, hundertfünfzig Hektar an der Reynoldsville Road für fünfzehntausend Dollar sowie mehrere kleine Immobilien losgeschlagen. Schließlich hatte sie Gants Werkstatt am Square für fünfundzwanzigtausend Dollar an ein Bausyndikat verkauft, das auf dem Grundstück den ersten Wolkenkratzer von Altamont zu errichten plante. Mit dem freigewordenen Kapital verlegte sie sich auf den Handel. Sie kaufte, verkaufte, tauschte, nahm Optionen auf, sie spann ein kompliziertes Netz verwickelter Geschäfte.

Dixieland war mittlerweile ungeheuer wertvoll geworden. Jene wichtige Zufahrtstraße, die Eliza seit Jahren vorausgesehen hatte, war tatsächlich knapp hinter der Grenze ihres Grundstücks durchgebrochen worden. Zehn Meter trennten sie vom goldenen Highway, aber ohne mit der Wimper zu zucken, zahlte sie für den dazwischenliegenden Bodenstreifen einen hohen Preis, und seitdem hatte sie, ein gespitztes Lächeln um den Mund, ein Angebot von hunderttausend Dollar bar für das Besitztum glatt abgelehnt.

Sie war besessen von ihren Geschäften. Sie sprach von nichts anderem als von Grund und Boden. Die Hälfte ihrer Zeit verbrachte sie im Gespräch mit Immobilienmaklern, die wie Schmeißfliegen im Haus herumschwärmten. Mehrere Male täglich fuhr sie mit diesen Herren zu Besichtigungen fort. Während ihre Besitztümer an Wert und Zahl zunahmen, wurde sie, was ihren persönlichen Aufwand betraf, zusehends geiziger. Sie erhob lautes Gezeter, wenn ein Licht im Haus nicht ausgeknipst wurde, und sprach sofort von Ruin und völliger Verarmung. Sie aß sehr selten und sehr wenig, es sei denn, daß sie zu Mahlzeiten eingeladen war. Eine Tasse schwachen Kaffee und eine trockene Brotkruste in der Hand lief sie im Haus herum. Ein knauseriges, nachlässig zubereitetes Frühstück war das einzige Mahl, dessen Luke und Eugene einigermaßen sicher waren. Sie lachten laut und wütend, gluckten dann und aßen es schließlich, in den engen Anrichteraum eingezwängt, denn das frühere Speisezimmer war an einen Hausgast vermietet.

Helen kümmerte sich um Gant, kochte ihm Essen. Mit unaufhörlichem Gequengel trieb sie zwischen Hugh Bartons Heim und Dixieland hin und her, in einem ständigen Stimmungswechsel von Energie und Erschöpfung, hysterischen Wutanfällen und trübsinniger Gleichgültigkeit. Sie hatte keine Kinder, und allem Anschein nach würde sie keine bekommen. Sie verfiel deswegen in längere Perioden krankhaften Brütens; während dieser Depression betäubte sie sich, ständig nippend, mit hochprozentigen Stärkungsmitteln und Medizinen sowie hausgemachten Weinen und Maiswhisky. Ihre großen Augen wurden dann glanzlos und stumpf, ihr breiter Mund war hysterisch gespannt, sie zog an ihrem langen Kinn und brach oft unerwartet in Tränen aus. Sie sprach unruhig, wütend, unablässig; sie verschwendete und verlor sich in einem Netz zerfranster Nerven, in endlosem Klatsch, in zusammenhanglosem Gewäsch über Leute im Städtchen, Nachbarn, Ärzte, Krankheiten, Krankenhäuser, Todesfälle.

Hugh Bartons besonnene Gemütsruhe brachte sie oft ganz aus dem Häuschen. Er pflegte abends, ohne auf ihre Tiraden zu hören, seine lange Zigarre lutschend, über Tabellen und der jeweils neuesten Ausgabe von *System* oder *The American Magazine* zu sitzen. Seine Fähigkeit, sich gänzlich in eine Sache zu vertiefen, in vollkommener Einsamkeit, machte Helen rasend. Sie wußte nicht, was sie von ihm wollte, aber sein Schweigen angesichts ihrer erbitterten Anklage gegen das Leben war mehr, als sie ertragen konnte. Wutschnaubend fuhr sie ihn an, schlug ihm die Zeitschrift aus der Hand und packte ihn an dem dünnen Haarschopf.

«Antworte mir gefälligst, wenn ich mit dir rede!» schrie sie, keuchend vor Hysterie. «Ich setze mich nicht Tag und Nacht hierhin und seh zu, wie du dich in deinen Kram vergräbst. Was glaubst du denn eigentlich? Was stellst du dir denn überhaupt vor?!» Sie brach in Tränen aus. «Da hätte ich genausogut 'ne Schaufensterpuppe heiraten können.»

«Ja, aber ich möchte mich ja gern mit dir unterhalten», brummte er sauertöpfisch. «Wenn ich dann was sage, paßt es dir doch nie! Wovon soll ich denn reden?»

Tatsächlich, wenn sie in dieser Stimmung war, paßte ihr nichts. Sie war gereizt, wenn jemand darauf bedacht war, ihr in allem beizupflichten; war gereizt, wenn jemand ihr widersprach oder schwieg. Eine Bemerkung über das Wetter oder irgendein noch so sorgsam neutral gehaltener Satz konnte ihre Wut herausfordern.

Manchmal nachts weinte sie hysterisch in die Kissen und fuhr plötzlich ihren Gatten wütend an: «Laß mich in Ruhe! Geh weg! Verschwinde! Ich hasse dich!»

Gehorsam stand er dann auf und ging ins Erdgeschoß hinunter. Aber noch ehe er das Wohnzimmer erreicht hatte, rief sie ihn ängstlich zurück und flehte ihn an zu bleiben.

Sie überhäufte ihn abwechselnd mit ungezügelten Liebkosungen und sinnlosem Geschimpfe. Der ungestillte Wunsch nach einem Kind überschwemmte ihr ganzes Wesen, und sie wandte all ihre bemutternde Zärtlichkeit an einen gemeinen, kleinen Hund, der ihr eines Abends halbverhungert auf der Straße zugelaufen war. Es war eine schwarz und weiß gescheckte Promenadenmischung, eine knurrende, widerliche Kreatur. Alle Leute, außer seinem Herrn und seiner Herrin, bleckte er bösartig an. Helen hatte ihn mit Leber und allerlei anderen Leckerbissen so gemästet, daß er vor Fett watschelte. Er schlief weich gebettet auf einem Samtkissen. Wenn die Bartons ausfuhren, saß er im Auto und knurrte die Vorübergehenden an.

Diesen Köter herzte und hätschelte, küßte und tätschelte Helen, sie redete mit ihm wie mit einem Baby, sie haßte jeden Menschen, der seine bastardische Bösartigkeit nicht leiden konnte. Aber weitaus den größten Teil ihrer Zeit, ihrer Liebe, ihrer jähen Energie schenkte sie ihrem Vater. Gegen Eliza empfand sie bitterer denn je;

sie war händelsüchtig und gereizt, manchmal haßte sie ihre Mutter. Sie pflegte stundenlang über sie herzuziehen:

«Ich glaub, sie ist verrückt. Scheint's dir nicht auch so? Mir kommt es vor, als müßte man sie unter Kuratel stellen. Weißt du eigentlich, daß ich fast jeden Bissen, der dort im Haus verzehrt wird, bezahle? Wenn ich's nicht tät, ließe sie den armen Papa vor ihren Augen verhungern. Sie würde es glatt tun, sage ich dir. Sie ist so geizig geworden, daß sie nicht mal mehr Essen für sich selbst kauft. Ach du lieber Himmel!» schrie sie entrüstet auf, «es ist doch nicht meine Sache, für sein Essen zu sorgen, nicht wahr? Er ist doch ihr Mann, nicht meiner! Ist so was denn normal?! Wie?» Sie weinte vor Wut.

Und sie pflegte Eliza mit Vorwürfen zu überfallen; so: «Mama, um Gottes willen! Willst du den armen alten Mann hier sterben lassen, weil er keine vernünftige Betreuung hat? Geht es denn nie in deinen Kopf, daß Papa schwerkrank ist? Er braucht gute Kost und anständige Pflege.»

Und Eliza, verwirrt und betreten, pflegte dann zu entgegnen:

«Wieso, Kind? Was in aller Welt meinst du denn damit? Ich selbst habe ihm zum Mittag einen großen Teller Gemüsesuppe gebracht, und er hat sie auf einen Sitz ausgelöffelt. ‹Na, Mr. Gant›, sagte ich zu ihm, um ihn ein bißchen aufzuheitern, ‹das will mir aber gar nicht einleuchten, daß ein Mann mit so einem Appetit krank sein soll! Nun sag mir doch selbst mal›, sagte ich . . .»

«Um Himmels willen», schrie Helen zornentbrannt. «Papa ist ein Schwerkranker! Begreifst du das denn nie?! Bens Tod sollte dir wirklich eine Lehre gewesen sein, wahrhaftiger Gott!!» Die Wut verschlug ihr die Stimme.

Gant war ein Schemen, wächsern und gelb. Die Krankheit, die seinen ganzen Körper in Mitleidenschaft gezogen hatte, verlieh ihm ein zartes, fast durchsichtiges Aussehen. Sein Geist war aus dem Leben in ein diffuses Schattenland übergewechselt. Trübselig-gleichgültig ließ er den Radau im Haus über sich ergehen; er greinte und keifte, wenn er Schmerzen hatte, wenn ihn hungerte oder fror; er lächelte, wenn er zufriedengestellt war und die Schmerzen ihn in Ruhe ließen. Zwei- oder dreimal im Jahr wurde er zur Radiumbehandlung nach Baltimore gebracht; jedesmal flackerte dann seine Lebenskraft kurz auf, es ging ihm besser, aber sie wußten alle, daß diese Erleichterung befristet war. Sein Körper war ein verrottetes Gewebe, das nur wie durch ein Wunder zusammenhielt.

Inzwischen redete Eliza unaufhörlich von Immobilien, kaufte, verkaufte, tauschte. Was ihre eigenen Unternehmungen betraf, war sie peinlich verschwiegen, tat wahnsinnig geheimnisvoll und verriet nichts. Wenn man sich nach dem Stand der Dinge erkundigte, dann lächelte sie schlau, zwinkerte bedeutungsvoll und räusperte sich scherzhaft: «Es fällt mir nicht ein, euch alles auf die Nase zu binden.»

Diese Redensart war mehr, als die vor Neugier gespannte, ohnehin schon gereizte Tochter ertragen konnte. Trotz allen Ärgers, trotz allen Hohns waren Helen und Hugh von der Manie für Bodenbesitz angesteckt worden. Insgeheim hegten sie große Hochachtung für Elizas Geschäftstüchtigkeit und holten stets ihren Rat ein bei den Käufen, in die Hugh seine sämtlichen Ersparnisse steckte. Wenn Eliza sich weigerte, sie in ihre Geschäfte einzuweihen, dann rief Helen überrascht, zornig und hysterisch:

«Sie hat kein Recht, das zu tun! Du weißt doch sicher, daß es genausogut Papas Vermögen ist wie ihres, das in den Liegenschaften steckt. Wenn sie jetzt stürbe, wäre es ein heilloses Durcheinander. Kein Mensch kennt sich aus, kein Mensch weiß überhaupt, was sie verkauft und erworben hat, ich glaub, sie weiß es selbst nicht. Und ihre Geschäftspapiere hat sie Gott weiß wo in Schublädchen und Pappschachteln versteckt!»

Aus lauter Angst und Argwohn hatte sie – sehr zu Elizas Verdruß – vor einem Jahr schon den Alten dazu gebracht, ein Testament zu machen, in dem er seinen fünf Kindern je fünftausend Dollar und den Rest seines Eigentums seiner Frau zuerkannte. Und nun im Frühsommer bearbeitete sie Gant, die beiden Männer, zu deren Ehrlichkeit sie das größte Vertrauen hatte, zu Testamentsvollstreckern zu machen, nämlich Hugh Barton und Luke Gant.

Luke war seit seiner Entlassung aus der Marine Verkäufer für elektrische Farmanlagen; sein Arbeitsgebiet war der Gebirgsdistrikt rund um Altamont. Helen sagte zu ihm:

«Wir sind diejenigen, die stets das Interesse der Familie im Auge hatten, und was haben wir davon? Nichts! Wir sind großzügig und aufopfernd gewesen, und am Schluß werden Eugene und Steve alles ergattern. Eugene hat alles gekriegt, und wir? Nichts! Nun redet er schon davon, nach Harvard zu gehn, hast du es schon gehört?»

«St-st-st-stell dir vor! Seine Majestät!» sagte Luke ironisch. «Wer soll denn d-d-dafür blechen?»

Der Hochsommer kam, und vor dem langsam kriechenden Grauen von Gants Tod wurde dieser gehässig-habsüchtige Zwist ausgetragen. Steve kam aus Indiana; es dauerte keine vier Tage, und er war unzurechnungsfähig von Whisky und Veronal. Es fing damit an, daß er Eugene überall im Haus nachstellte. Er drängte ihn drohend in Ecken, packte ihn streitsüchtig am Arm, blies ihm seinen gelbstinkenden Atem ins Gesicht, redete mit weinerlich-drohender Stimme auf ihn ein.

«Ich hab nie deine Chancen gehabt. Der Stevie ist immer von allen schlecht behandelt worden. Hätte man ihm soviel gegeben wie gewissen Leuten, dann wär er heut ein großer Mann. Und selbst ohne dies hat er immer noch mehr Grütze im Kopf als manch einer, den er kennt, der auf die Universität gegangen ist. Das kapierst du doch, wie?»

Er brachte sein mit Eiterpickeln übersätes, stinkendes Gesicht ganz nahe an Eugenes.

«Geh weg, Steve! Laß mich in Ruhe!» murmelte der Junge und wollte entweichen. Steve aber versperrte ihm den Weg. «Geh weg, du Schwein!» schrie er plötzlich und schlug das üble Gesicht von sich fort.

Als Steve schlapp und dumpf am Boden lag, fiel Luke, Flüche stotternd, über ihn her und drosch wie ein Verrückter auf ihn los. Und Eugene fiel über Luke her, um ihn von Steve abzubringen, und alle drei stotterten und fluchten und fauchten und baten und beschuldigten einander, und die Hausgäste drückten sich an der Tür herum, und Eliza weinte und rief um Hilfe, und Daisy, die aus dem tiefen Süden mit ihren Kindern zu Besuch da war, rang ihre Patschhände und stöhnte: «Ach, sie bringen ihn um, sie bringen ihn um! Habt doch Mitleid mit mir und meinen armen Kindern, ich flehe euch an!» Und dann die Scham, der Ekel, weinerliche Klagen, das Schluchzen der Frauen, die Wut der Männer.

«Du m-m-ieser, verkommener Kerl!» schrie Luke. «Du bi-bibist b-bloß heimgekommen, weil du gedacht hast, der P-p-papa wird sterben und du be-be-bekämst ein bi-bi-bißchen Geld zu e-e-erben! Du verdienst keinen Cent!»

«Ich weiß, was ihr vorhabt!» kreischte Steve, vom Verfolgungswahn besessen. «Ihr seid alle gegen mich und wollt mich um meinen Anteil betrügen. Ihr habt das untereinander ausgemacht», behauptete er.

Er heulte vor echter Wut und Angst, zornig und mißtrauisch wie ein geprügeltes Kind. Eugene betrachtete ihn voll Mitleid und Ekel, so schweinisch, gemein und jammerläppisch war der Kerl. Und dann, als er mit anhörte, wie die Brüder einander beschuldigten, packte ihn ein unwirkliches Entsetzen. Er traute seinen Ohren nicht. Die Geldsucht oder Habgier ist eine Krankheit, die andere Leute befällt, Leute in Büchern. In der eigenen Familie, meint man, käme sie nicht vor. Da knurrten und bellten die Brüder einander an wie Straßenköter, die sich um einen Knochen balgen – – – und es ging um das bißchen Geld eines unbegrabenen Toten, der leise stöhnend vor Schmerz keine drei Meter entfernt lag.

Die Familie spaltete sich in zwei Lager, die einander feindselig beobachteten: Helen und Luke auf der einen Seite, Daisy und Steve, unterdrückt aber hartnäckig, auf der anderen. Eugene, der für Parteigängerei kein Talent hatte, schwebte im siderischen Raum und ging nur für Augenblicke auf Erden vor Anker. Er schlenderte die Avenue entlang, bummelte bei Wood's herum und unterhielt sich mit den Drugstore-Casanovas, machte den Sommermädchen auf den Pensionsterrassen den Hof; er besuchte Roy Brock in einem Hochgebirgsdorf und schlief mit einem hübschen Mädchen im Wald, machte eine kleine Reise nach South Carolina; er ließ sich in Dixieland von einer Zahnarztgattin verführen, einer spröden, durchaus unhübschen Frau von dreiundvierzig Jahren, die eine Brille trug und ziemlich gelichtetes Haar hatte. Sie war

Mitglied der *Töchter der Konföderation* und trug stets das Bundesabzeichen auf ihren gestärkten Blusen.

Er hielt sie für eine kühle, anständige Frau. Er spielte mit ihr und anderen Hausgästen Casino – das einzige Gesellschaftsspiel, das er kannte – und nannte sie «Ma'am». Eines Abends nahm sie seine Hand und sagte, nun wolle sie ihm mal zeigen, wie man zu einem Mädchen lieb sei. Sie kitzelte seine Handfläche, legte seinen Arm um ihre Taille, dann hob sie seine Hand und führte sie an ihre Brüste, und plötzlich fiel sie ihm unversehens um den Hals und wiederholte schweratmig durch ihre zusammengekniffenen Nasenlöcher: «Mein Gott, Junge! Mein Gott, Junge!» in einem fort. Er trieb sich bis drei Uhr früh auf den kühlen, dunklen Straßen herum und wußte nicht, was er machen sollte. Er kehrte in das schlafende Haus zurück und schlich auf den Strümpfen in ihr Zimmer. Angst und Ekel folgten unmittelbar. Er kletterte in den Bergen herum, um seinen gequälten Geist zu befreien. Halbe Tage lang mied er das Haus. Sie stellte ihm überall nach. Wenn er an ihrem Zimmer vorüberging, tat sich plötzlich die Tür auf, und sie stand in einem roten Kimono da. Sie wurde sehr gehässig und bitter, behauptete, daß er sie betrogen, entehrt und verlassen habe. Sie sagte, in ihrer Heimat, dem guten, alten Staat South Carolina, würde ein Mann, der eine Dame so behandle, kurzerhand über den Haufen geschossen. Eugene dachte an neue Lande. Er war verzweifelt vor lauter Reue und Schuldbewußtsein; das Gefühl, sich erniedrigt zu haben, bedrückte ihn. Er legte sich Wort für Wort eine ausführliche Bitte um Vergebung zurecht und schloß diese Bitte in sein Nachtgebet ein. Er betete nämlich noch, nicht etwa aus wirklicher Frömmigkeit, sondern aus dem Aberglauben der Gewohnheit, der Zahl. Er murmelte eine festgesetzte Formel sechzehnmal mit angehaltenem Atem herunter. Von Kind auf hatte er an die Zaubermacht bestimmter Zahlen geglaubt; so tat er zum Beispiel sonntags immer nur die zweite Sache, die ihm in den Kopf kam, und nie die erste. Sein umständlich verzahntes Ritual von Zahl und Gebet hielt er immer noch mit sklavischer Treue ein, nicht etwa, um sich den Schöpfer aller Dinge günstig zu stimmen, sondern um eine geheimnisvoll-harmonische Beziehung zum Universum herzustellen, oder um der dämonischen Macht, die über ihm brütete, seine Verehrung kundzutun. Sonst konnte er nicht schlafen.

Eliza schöpfte schließlich Verdacht, was die Frau des Zahnarztes betraf, brach einen Streit vom Zaun und setzte sie hinaus.

Über seinen Plan, die Universität Harvard zu besuchen, wurde kaum gesprochen. Er selbst wußte nicht, ob er weiter studieren sollte, und erst im September, ein paar Tage vor Beginn des Semesters, faßte er den festen Entschluß hinzugehen. Er hatte zwar den ganzen Sommer über ab und zu mal davon geredet, aber wie alle Gants bedurfte er zu Entscheidungen des Drucks der Unmittelbarkeit. An mehreren Zeitungen im Staat und im Lehrkörper einer ziemlich heruntergekommenen Militärakademie, die zwei Meilen von Altamont entfernt auf einem lieblichen Hügel lag, waren ihm Stellen angeboten worden. Aber im Grunde wußte er genau, daß er weggehen würde. Und niemand erhob ernsthaft dagegen Einspruch. Helen schimpfte sich mit Luke tüchtig aus, Eugene gegenüber aber beschränkte sie sich auf ein paar gleichgültige, abfällige Bemerkungen. Gant stöhnte grämlich und erklärte: «Meinetwegen kann er machen, was er will. Ich kann kein Geld mehr für seine Erziehung ausgeben. Wenn er durchaus hin will, soll ihn seine Mutter schicken.» Eliza schürzte gedankenvoll die Lippen und kicherte neckisch:

«H-m! Harvard! Das heißt allerhand, mein Junge. Wo willst du denn das Geld hernehmen?»

«Ich kann es kriegen», deutete er dunkel an. «Es gibt Leute, die es mir leihen werden.«

«Nein, Junge», sagte sie, sofort von ernster Besorgnis erfüllt. «Ich wünsche nicht, daß du so was tust. Du sollst nicht dein Leben mit Schulden anfangen.»

Eugene schwieg, quälte sich, um den furchtbaren Satz über die Lippen zu bringen:

«Warum kann ich eigentlich nicht von meinem Anteil an Vaters Nachlaß studieren?»

«Aber Kind!» sagte Eliza ärgerlich. «Du sprichst, als wären wir

Millionäre! Ich weiß nicht mal, ob da für irgend jemand ein Erbteil abfallen wird. Und überhaupt», fügte sie mürrisch hinzu, «dein Vater hat sich gegen besseres Wissen zu diesem Testament überreden lassen.»

Eugene begann plötzlich, sich wild mit den Fäusten auf den Brustkasten zu trommeln.

«Ich will hier weg!» sagte er. «Ich brauch das Geld jetzt! Jetzt!» Rasend war er sich seiner Ohnmacht bewußt. «Ich brauch das Geld nicht, wenn ich alt und verfault bin! Ich brauch es jetzt! Zum Teufel mit den Liegenschaften! Was nützen mir die dreckigen Grundstücke! Ich hasse den ganzen verdammten Kram! Laß mich gehn!» schrie er, und blind vor Wut schlug er seinen Kopf an die Wand.

Eliza schürzte die Lippen.

«Also», sagte sie nach einer Weile, «ich werde dich für ein Jahr hinschicken. Dann wollen wir weitersehn.»

Zwei oder drei Tage vor seiner Abreise kam Luke, der Gant am folgenden Tag nach Baltimore bringen sollte, und reichte Eugene ein maschinengeschriebenes Dokument.

Mit dumpfem Verdacht sah Eugene das Papier an.

«Was ist das denn?» fragte er.

«Ach, nur 'ne kleine Förmlichkeit, um die Hugh dich bittet für den Fall, daß was passiert. Ein Verzicht.»

«Ein Verzicht auf was?» fragte Eugene und starrte das Blatt an.

Dann, als er langsam in den glattzüngigen Juristenjargon eindrang, sah er, daß es sich um eine Bestätigung handelte, daß er bereits sein väterliches Erbanteil von fünftausend Dollar in Form von Studienkosten empfangen habe. Er sah seinen Bruder mit gerunzelter Stirn an. Luke hielt kurz seinem Blick stand, dann platzte er laut heraus, «Hohoho», und stieß ihn in die Rippen. Eugene grinste mürrisch und sagte: «Gib mir deinen Füllfederhalter!»

Er unterschrieb die Erklärung und gab mit einem Gefühl traurigen Triumphs das Schriftstück zurück.

«Ho! Ho!» wieherte Luke stumpfsinnig. «Nun hast du unterschrieben!» sagte er.

«Ja», sagte Eugene. «Und du hältst mich deswegen für einen Trottel. Aber ich laß mich lieber jetzt von euch reinlegen als später. Dieser Verzicht entbindet mich, nicht euch!»

Er dachte an Hugh Bartons feierliches Fuchsgesicht. Diesem Typus war er nicht gewachsen, das wußte er. Und schließlich, sagte er sich, habe ich meine Eisenbahnfahrkarte in der Tasche und dazu das Geld für meine Flucht. Nun hab ich endgültig Schluß mit allem gemacht. Ein gutes Ende, trotz allem.

Als der Vorfall Eliza zu Ohren kam, erhob sie aufs schärfste Einspruch. «Das gibt's doch nicht!» sagte sie. «Sie haben gar kein Recht, so was zu tun. Eugene ist doch noch nicht mündig. Und sein Vater hat immer behauptet, daß er ihm die Mittel zum Studium stiften würde!»

Dann, nach einer nachdenklichen Pause, sagte sie: «Also, wir werden sehn. Jetzt hab ich versprochen, ihn für ein Jahr zu schicken.»

In der Dunkelheit vor dem Haus griff sich Eugene an die Kehle. Er weinte um all die lieben Menschen, die nicht wiederkommen würden.

Eliza stand auf der Terrasse, die Hände lose über dem Bauch gefaltet. Eugene verließ das Haus, um zur Stadt hinaufzugehen. Es war der Abend vor seiner Abreise, Zwielicht. Die Berge blühten auf in einem seltsamen lila Dämmer. Eliza sah, wie Eugene wegging.

«Halt dich grad! Halt dich grad, Junge!» rief sie. «Nimm die Schultern zurück.»

Er spürte im Zwielicht, daß sie ihn mit wehleidig geschürzten Lippen anlächelte. Sie hörte wohl, wie er etwas vor sich hin brummte.

«Junge!» sagte sie und nickte lebhaft. «Ich an deiner Stelle würde es den Leuten zeigen. Ich würde so auftreten, daß jedermann gleich auf den ersten Blick sähe, daß er jemand vor sich hat ... Junge! ...» sagte sie dann ernsthaft, und ihre klägliche Neckerei schien vergessen. «Junge, wirklich, es macht mir Sorge, daß du dich so krumm hältst. Todsicher wirst du mal Lungengeschichten kriegen, wenn du so vornübergebeugt gehst. Das muß man deinem Vater lassen, er hielt sich immer kerzengrad . . . natürlich kann er es jetzt nicht mehr so wie früher, denn du weißt ja, wie die Leute so sagen –» sie lächelte bebend – «wenn man alt wird, wächst man nach unten . . . aber als dein Vater noch jung war, da war weit und breit kein Mann, der so aufrecht ging wie er.»

Dann trat jene furchtbare Stille zwischen ihnen ein. Er hatte sie mit verdrossener Miene angehört, nun hielt sie unschlüssig inne und sah mit weißem, zusammengezogenem Gesicht forschend auf ihn herunter. Und in dieser Stille hörte Eugene hinter dem trivialen Vorhang ihres Geredes das bittere Lied ihres ganzes Lebens.

Die wunderbaren Berge blühten auf im Dämmer. Eliza schürzte nachdenklich die Lippen. Nach einer Weile sagte sie:

«Also! Wenn du da raufkommst, zu den Yankees, wie die Leute so sagen, dann mußt du deinen Onkel Emerson und die ganze Verwandtschaft in Boston aufsuchen. Deine Tante Lucy mochte dich so gern, als sie hier zu Besuch waren, sie sagten immer, sie würden sich sehr freuen, uns zu sehen, wenn einer von uns mal rauf in den Norden käme. Weißt du, wenn man so als Fremder in ein fremdes Land kommt, dann ist es oft sehr, sehr gut, Bekannte zu haben. Und hör mal, noch was. Wenn du deinen Onkel Emerson besuchst, dann sag ihm, er solle nicht überrascht sein, wenn auch ich nun eines Tages vor der Tür stünde, ja, ja, in Boston mein ich.» (Hier nickte sie keck.) «Wie die Dinge stehn, kann ich mir's jederzeit leisten, meinen Koffer zu packen und loszufahren, ohne daß ich irgend jemandem eine Erklärung darüber schuldig bin, verstehst du? Ich denke gar nicht daran, mich mein Lebtag im Haus abzurackern, es macht sich nicht bezahlt. Wenn ich diesen Herbst ein paar Geschäfte abgeschlossen habe, mache ich mich vielleicht auf und guck mir mal die Welt an, wie ich es schon immer vorgehabt habe. Erst vor einigen Tagen habe ich mit Cash Rankin drüber gesprochen. ‹Also, Mrs. Gant›, sagte er, ‹wenn ich Ihren Geschäftssinn hätt, dann wär ich in fünf Jahren der reichste Mann in der Stadt; kein Mensch hier versteht sich besser auf den Handel als Sie›, sagte er. ‹Hören Sie mir auf von Geschäften›, sagte ich, ‹wenn ich die Sachen, die ich jetzt in der Hand habe, loswerde, dann denke ich überhaupt nicht mehr dran, mich um Grund und Boden zu bekümmern, und dann mögen meinetwegen die Leute von Häusern und Bauplätzen und Grundstücken und Liegenschaften reden, solange es ihnen Spaß macht, ich werde ihnen dann einfach nicht mehr zuhören. Wissen Sie, Cash›, sagte ich zu ihm, ‹wenn's soweit ist, können wir nichts mit uns nehmen, Totenhemden haben ja bekanntlich keine Taschen, und alles, was wir dann brauchen, sind sechs Kubikfuß Erde für ein Grab, und deswegen›, sagte ich, ‹habe ich mir die Sache überlegt, und ich denke daran, mich zurückzuziehen und das Leben noch ein bißchen zu genießen, ehe es, wie die Leute so sagen, zu spät dazu ist.› – ‹Na also, so einen Standpunkt versteh ich vollkommen, Mrs. Gant›, sagte er, ‹man kann Ihnen da wirklich keinen Vorwurf machen, im Gegenteil, Sie haben vollkommen recht, wir können wirklich nichts mit hinübernehmen, und außerdem, wenn wir es wirklich könnten, was würde es uns dann dort nützen?› – Also, mein Junge –» sie wandte sich mit plötzlich veränderter Miene und der altvertrauten, lockeren, männlich wirkenden Handbewegung an ihn – «und nun will ich dir noch sagen, was ich vorhabe. Du erinnerst dich doch an das Baugrundstück in Sunset Crescent, von dem ich dir erzählt hab . . .»

Und hier trat plötzlich die furchtbare Stille zwischen ihnen ein.

Die wunderbaren Berge blühten auf im Dämmer. Wir werden nicht wiederkommen. Wir werden nie wieder zurückkommen.

Wortlos sahen sie einander an, wortlos verstanden sie sich. Plötzlich wandte Eliza sich ab, und mit schwankenden, unsteten Schritten, ganz so, wie sie damals aus dem Zimmer, in dem der sterbende Ben lag, herausgetaumelt war, ging sie auf die Tür zu.

Er rannte den Weg zurück und nahm mit einem einzigen Satz die Stufen der Verandatreppe. Er riß die rauhen Hände, die sie über ihrem Leib gefaltet hatte, leidenschaftlich an sein Herz.

«Lebwohl!» murmelte er. «Lebwohl! Lebwohl, Mama!» Ein Schrei, fremd und wild wie der Schrei eines gepeinigten Tieres, entrang sich seiner Kehle. Seine Augen waren blind vor Tränen. Er versuchte zu sprechen, versuchte, seine Empfindung in Worte zu pressen: Es drängte ihn, all den Schmerz, die Schönheit und das

Wunder ihres Daseins auszusagen, und sich aussagend, in unglaublicher Rückerinnerung und innerer Schau, jeden Schritt der furchtbaren Reise bis heim in die Wohnung ihres Schoßes zu tun . . . aber ihm fielen keine Worte ein, ihm konnten keine Worte einfallen, heiser vor Leidenschaft rief er nur immer wieder: «Lebwohl! Lebwohl!»

Sie verstand ihn, sie wußte alles, was er empfand und sagen wollte. Ihre kleinen, kurzsichtigen Augen waren tränenfeucht wie seine eigenen, ihr Gesicht war zu einer schmerzvollen Kummergrimasse verzogen, und sie wiederholte ein paarmal:

«Armes Kind! Armes Kind! Armes Kind!» Und dann flüsterte sie heiser, kaum hörbar: «Wir müssen versuchen, einander zu lieben.»

Und dieser Leitsatz, furchtbar und schön, die letzte abschließende Weisheit, die die Erde vergönnt, kommt am Ende. Zu spät wird ihrer gedacht, zu spät wird sie ausgesagt und in Trübsal. Unbezichtigt und ehrfurchtgebietend steht dieses Wort über dem staubaufwirbelnden Lärm unseres Lebens. Kein Vergessen. Kein Verzeihen. Kein Leugnen. Keine Erklärung. Kein Haß.

O du sterbliche und vergängliche Liebe, die du mit diesem Fleisch geboren bist, und die du sterben wirst mit diesem Geist, immer und ewig wird dein Gedenken auf Erden umgehen.

Und nun die Ausschiffung. Wohin?

40

DER SQUARE lag im hellsten Mondlicht. Der Springbrunnen pulsierte stetig, keine Brise verwehte die Sprühfahne, und die fallende Wassersäule planschte pünktlich auf den kleinen Teich. Niemand kam.

Die Uhr am Bankgebäude schlug ein Viertel nach drei, als Eugene um die Nordecke aus der Academy Street einbog.

Er ging langsam an der Feuerwehrhalle und dem Rathaus vorbei. An Gants Ecke war der Platz abgerandet, denn von dort schoß die Straße steil bergab nach Niggertown hinunter.

Eugene erblickte den Namen seines Vaters, verblaßt, an der alten Backsteinfassade, im Mondlicht. Auf der Steinterrasse hielten die Engel ihre marmornen Posituren. Sie sahen wie erstarrt aus im Mondlicht. Oberhalb des Bürgersteigs, am Eisengeländer der Terrasse, lehnte ein Mann. Er stand da und rauchte. Verwirrt und ein bißchen ängstlich ging Eugene auf ihn zu. Langsam stieg er die breiten, hölzernen Treppenstufen hinauf und sah dem Mann vorsichtig in das vom Schatten halbverdunkelte Gesicht.

«Ist da jemand?» fragte Eugene.

Niemand antwortete.

Als Eugene oben auf der Terrasse ankam, sah er, es war Ben.

Ben starrte ihn einen Augenblick an, ohne zu sprechen. Eugene konnte sein Gesicht im Schatten des grauen Filzhutes nicht genau sehen, wußte aber, daß er die Stirn runzelte.

«Ben?» fragte Eugene unsicher. Er schwankte ein wenig auf der obersten Stufe. «Bist du's, Ben?»

«Ja», sagte Ben. Und dann, einen Augenblick später sagte er mürrisch: «Wer denn sonst, du kleiner Trottel.»

«Ich war nicht sicher», sagte Eugene verschüchtert. «Ich konnte dein Gesicht nicht sehn.»

Sie schwiegen eine kleine Weile. Eugene räusperte sich vor Verlegenheit und sagte:

«Ich dachte, du seist tot, Ben.»

«Ach Gott», sagte Ben geringschätzig. Er schnickte den Kopf nach oben. «Nun hör dir das an, bitte!»

Er sog an seiner Zigarette, tat einen tiefen Lungenzug, der krause Rauch schlängelte heraus und zerging in der mondhellen Stille.

«Nein», sagte er dann ruhig. «Nein, ich bin nicht tot.»

Eugene trat auf die Terrasse und setzte sich auf einen hochkant gestellten Kalksteinsockel. Ben wandte sich um und hockte sich auf das Eisengeländer, bequem vornübergebeugt, die Ellenbogen auf die Knie gestützt.

Eugene suchte in seinen Taschen nach einer Zigarette; seine Finger waren steif und zitterten. Er hatte keine Angst – er war sprachlos vor Verwunderung und einer mächtigen Wißbegier und fürchtete, daß er sich mit seinen Gedanken lächerlich mache. Er zündete sich eine Zigarette an. Dann fragte er mühsam und stockend, gleichsam im Ton um Entschuldigung bittend:

«Ben, bist du ein Geist?»

Ben antwortete ganz ohne Spott.

«Nein», sagte er, «ich bin kein Geist.»

Es wurde wieder still, während Eugene schüchtern nach Worten suchte.

«Ich hoffe dann», begann er mit einem leisen, geborstenen Lachen, «ich hoffe dann, daß das nicht bedeutet, daß ich verrückt bin.»

«Wieso denn nicht?» sagte Ben mit einem schnellen, flackernden Grinsen. «Natürlich bist du verrückt!»

«Dann», sagte Eugene langsam, «bilde ich mir das alles wohl nur ein, ja?»

«Um Himmels willen!» fuhr ihn Ben gereizt an, «wie soll ich das wissen? Was heißt das überhaupt . . . ich bilde mir das alles wohl nur ein . . .?»

«Was ich meine», erklärte Eugene, «ist: Sprechen wir hier miteinander oder nicht?»

«Frag mich nicht!» sagte Ben. «Wie soll ich das wissen?»

Mit hartem Marmorrauschen und einem kalten Seufzer des Überdrusses bewegte der Engel, der Eugene am nächsten stand, den steinernen Fuß und hob seinen Arm ein wenig höher; der schmale Lilienstengel zitterte steif in den feingeformten, kalten Fingern.

«Hast du das gesehn?» rief Eugene aufgeregt.

«Ob ich was gesehn habe?» knurrte Ben.

«De-de-den Engel da!» plapperte Eugene. Er deutete mit bebendem Finger hin. «Hast du gesehn, wie er sich bewegt hat? Er hat seinen Arm hochgehoben.»

«Was ist denn dabei?» fragte Ben gereizt. «Das ist doch sein gutes Recht. Du weißt doch», bemerkte er mit sarkastischer Bissigkeit, «es gibt kein Gesetz, das es einem Engel verwehrt, seinen Arm zu bewegen, wenn's ihm paßt.»

«Allerdings nicht», pflichtete Eugene nach kurzer Überlegung bei. «Aber ich habe stets sagen hören . . .»

«Dummkopf!» schrie Ben wütend. «Glaubst du alles, was du hörst?» Er sog an seiner Zigarette. Dann, ruhiger, sagte er: «Es stünde schlecht um dich, wenn dem so wäre.»

Abermals wurde es still. Sie rauchten. Dann fragte Ben:

«Wann fährst du weg, Gene?»

«Morgen», antwortete er.

«Weißt du, warum du weggehst, oder fährst du nur ein bißchen mit der Bahn spazieren?»

«Ja, das weiß ich! Natürlich weiß ich, warum ich weggeh!» sagte Eugene aufgebracht. Plötzlich hielt er bestürzt inne. Er besann sich. Ben starrte ihn unentwegt an, die Stirn gerunzelt. Dann, ganz still und bescheiden, sagte Eugene:

«Nein, Ben, ich weiß nicht, warum ich weggeh. Vielleicht hast du recht. Vielleicht fahr ich wirklich bloß ein bißchen mit der Bahn spazieren.»

«Wann kommst du zurück, Gene?» fragte Ben.

«Wie meinst du das?» antwortete Eugene. «Wenn mein Studienjahr um ist, nehme ich an.»

«Nein, nein», sagte Ben, «das wirst du nicht tun.»

«Was soll das heißen, Ben?» fragte Eugene bestürzt.

«Daß du nicht zurückkommen wirst, Gene», sagte Ben leise. «Weißt du das?»

Sie schwiegen eine kleine Weile.

«Ja», sagte Eugene dann, «ich weiß es.»

«Und warum kommst du nicht zurück?» fragte Ben.

Eugene zerrte mit gekrallter Hand heftig an seinem Kragen.

«Ich will weg! Hörst du?!» schrie er.

«Ja», sagte Ben. «Das wollte ich auch. Und warum, Eugene, willst du weg?»

«Ich hab hier nichts zu suchen», murmelte Eugene.

«Seit wann hast du das gemerkt?» fragte Ben.

«Immer schon», sagte Eugene. «Seit ich denken kann. Aber ich wußte es nicht, bis du . . .» Er stockte.

«Bis ich . . . was?» fragte Ben.

Eine Pause trat ein.

«Du bist tot, Ben», murmelte Eugene. «Du mußt tot sein. Ich

war dabei, als du starbst, Ben!» Seine Stimme wurde schrill. «Ich sag dir, ich selbst hab es gesehn, wie du starbst! Erinnerst du dich nicht? Das Vorderzimmer im ersten Stock, das die Frau des Zahnarztes jetzt hat! Erinnerst du dich nicht? Coker, Helen, Bessie Gant, die dich pflegte, Mrs. Pert? Die Sauerstoffflasche? Ich versuchte deine Hände festzuhalten!» Er kreischte. «Erinnerst du dich nicht? Du bist tot, Ben, tot!»

«Dummkopf!» sagte Ben wild. «Ich bin nicht tot.»

Stille.

«Dann sag mir doch», begann Eugene wieder, «wer von uns beiden ist der Geist?» Ben antwortete nicht.

«Ist das der Square, Ben? Bist du's, mit dem ich rede? Bin ich wirklich hier oder bin ich nicht hier? Und ist das der Mond, der hier auf den Platz scheint? Stimmt das alles?»

«Wie soll ich das wissen?!» sagte Ben wiederum.

Aus Gants Werkstatt kam das schwere Getrappel marmorner Füße. Eugene sprang auf und lugte durch die schmutzige Scheibe von Jannadeaus Lädchen. Auf dem Tisch blitzten in tausend winzigen Pünktchen bläulichen Lichts die Teilchen einer auseinandergenommenen Uhr. Und jenseits der Uhrmacherwerkstatt, dort wo das Mondlicht durch die hohen Seitenfenster in den Lagerschuppen strömte, schritten die Engel auf und ab wie riesige, aufgezogene Spielzeugpuppen aus Stein. Die langen, kalten Falten ihres Gewands klangen spröd klirrend aneinander, die vollen, keuschen Brüste wogten in steinernen Rhythmen. Und im Mondlicht, mit den Flügeln schmetternd, flogen die marmornen Cherubim rundum. Steif, kaltblökend nach dem Mutterschaf, grasten die steingehauenen Lämmer auf dem mondüberfluteten Mittelgang.

«Siehst du das?» schrie Eugene. «Siehst du das, Ben?»

«Ja», sagte Ben. «Was ist denn dabei? Es ist doch ihr gutes Recht, nicht wahr?»

«Nein! Nein! Nein! Nicht hier!» sagte Eugene leidenschaftlich. «Hier gehört sich das nicht! Mein Gott, das ist doch der Square, und dort drüben ist der Springbrunnen, und dort steht das Rathaus, und da drüben ist das griechische Restaurant!»

Die Uhr von der Bank schlug die halbe Stunde.

«Und dort ist die Bank!» schrie er.

«Das ist doch egal», sagte Ben.

«Ist es nicht», sagte Eugene. «Nein!»

Ich bin deines Vaters Geist: Verdammt auf eine Zeitlang, nachts zu wandern . . .

«Nicht hier! Nicht hier, Ben!» sagte Eugene.

«Wo denn sonst?» fragte Ben verdrossen.

«In Babylon. In Theben. An allen andern Orten . . . Aber nicht hier!» antwortete Eugene. Er wurde noch leidenschaftlicher. «Es gibt Orte, an denen alles passieren kann! Aber nicht hier, Ben!»

Meine Götter, mit Vogelrufen in der Sonne, hängen am Himmel.

«Nicht hier, Ben. Hier gehört sich das nicht!» versicherte Eugene nochmals.

Die Götter mannigfalt zu Babylon.

Eugene starrte die dunkle Gestalt auf dem Geländer einen Augenblick an und murmelte in ungläubigem Protest:

«Geist! Geist!»

«Dummkopf!» sagte Ben. «Wenn ich dir's doch sage: Ich bin kein Geist.»

«Was sonst kannst du sein?» fragte Eugene heftig erregt. «Du bist doch tot, Ben!»

Nach einer Weile, etwas ruhiger, fügte er hinzu:

«Menschen sterblich nämlich, oder nicht?»

«Wie soll ich das wissen», sagte Ben.

«Sie sagen, daß Papa bald stirbt. Wußtest du das, Ben?»

«Ja.»

«Sie haben die Werkstatt hier gekauft, wollen sie abreißen und einen Wolkenkratzer hinbauen.»

«Ja, ich weiß», sagte Ben.

Wir werden nicht wiederkommen. Wir werden nie wieder zurückkommen.

«Alles vergeht. Alles wandelt sich und geht vorüber. Morgen werde ich schon weg sein und dies . . .» Eugene hielt inne.

«Na, und dies . . .?» forschte Ben.

«Und dies wird auch vergangen sein, oder --- O Gott! Geschieht es denn wirklich?» schrie Eugene auf.

«Dummkopf! Woher soll ich das wissen?!» sagte Ben ärgerlich.

«Was geschieht denn überhaupt? Was geschieht wirklich?» fragte Eugene. «Ben, kannst du dich an ein paar von denselben Dingen erinnern, an die ich mich erinnere? Ich habe die alten Gesichter vergessen. Wo sind sie, Ben? Wie hießen sie? Ich vergesse die Namen von Leuten, die ich jahrelang gekannt habe. Ich verwechsle ihre Gesichter. Es kommt vor, daß ich die Köpfe der einen auf die Körper der andern setze. Ich bilde mir ein, jemand hätte das gesagt, was ein andrer gesagt hat. Und ich vergesse, vergesse. Es gibt etwas, das ich verloren und vergessen hab. Ich kann mich nicht erinnern, Ben.»

«Woran möchtest du dich denn erinnern?» fragte Ben.

Ein Stein, ein Blatt, eine ungefundene Tür. Und die vergessenen Gesichter.

«Ich hab Namen vergessen. Ich hab Gesichter vergessen. Und ich erinnere mich an Kleinigkeiten», sagte Eugene. «Ich erinnere mich an die Fliege auf dem Pfirsich, die ich mitschluckte, an die kleinen Jungen auf Dreirädern in St. Louis und an das Muttermal an Grovers Hals und an den Güterwagen aus Lackawanna, Nr. 16 356, auf dem Rangiergleis bei Gulfport. Und einmal in Norfolk hat mich ein australischer Soldat aus einem Truppentransport nach Frankreich nach dem Weg zu einem Schiff gefragt: Ich erinnere mich genau an sein Gesicht.»

Er starrte antwortheischend in Bens verschattetes Antlitz. Und dann wandte er seine mondhellen Augen dem Square zu.

Und im Augenblick war der silberne Raum um sie herum bedruckt mit den tausend Formen seiner selbst und Bens. Dort, von der Academy Street her, beobachtete Eugene sich selbst, wie er näher kam; dort vor dem Rathaus marschierte er stelzend vorüber; hier, zwischen dem Rinnstein und den Treppenstufen stand er und bevölkerte die Nacht mit der großen, verlorenen Legion seines Ichs: den tausend Formen, die kamen und vorübergingen, sich in endlosem Wechsel verwoben und verwandelten, und die unabänderlich er selbst waren.

Und über den Platz, sich zurückwindend aus verlorener Zeit, auf dem todlosen Webstuhl spinnend, glitt die strahlende, wilde Horde der Bens vorüber. Ben in tausend Augenblicken ging über den Platz; der Ben der verlorenen Jahre; der vergessenen Tage, der unerinnerten Stunden. Vor mondhellen Häuserfronten schlich er entlang, verschwand, erschien wieder, verließ sich und begab sich zu sich zurück, war einer und war viele: – der todlose Ben auf der Suche nach den verlorenen, toten Lüsten, dem vollkommenen Unternehmen, der ungefundenen Tür – der unwandelbare Ben, der sich in Formen vervielfachte vor all den Backsteinbauten, wo er aus und ein ging.

Und als Eugene die Armee aus seinen und Bens Ichs betrachtete – keine Geister, sondern Verlorene –, da sah er sich selbst – seinen Sohn, seinen Jungen, sein verlorenes, unberührtes Fleisch – über den Square kommen, am Springbrunnen vorbei. Vom Gewicht der vollgepfropften Leinwandtasche gekrümmt, humpelte er eilig an Gants Werkstatt vorbei nach Niggertown hinab, in der jungen, vorgeburtlichen Dämmerung. Und als er vor der Terrasse, wo Eugene ihn beobachtete, vorüberging, sah dieser unter der schmutzigen, zerrissenen Kappe jenes verlorene, vom Zauber ungehörter Musik trunkene Kindergesicht, das dem Hornklang aus fernen Forsten, das auf das sprachlose, fast vernommene Einlaßwort lauschte. Die schnellen Knabenhände falteten die frisch gedruckte Zeitung, aber das sagenumwobene, verlorene Gesicht ging vorüber, in seine Zaubersprüche vertieft.

Eugene sprang zum Geländer.

«Du! Du! Mein Sohn! Mein Kind! Komm zurück! Komm zurück!»

Es schnürte ihm die Kehle. Der Junge war vorübergegangen, entschwunden, und nur die Erinnerung an sein bezaubertes, verwunschenes, der verborgenen Welt lauschend zugewandtes Antlitz blieb. O verloren.

Nun war der Square überfüllt mit ihren hellen, verlorenen Gestalten, und alle Minuten der verlorenen Zeit sammelten sich und standen still. Dann, jählings, schoß der Platz von ihnen fort, schrumpfte zusammen auf den Geleisen des Geschicks und schwand dahin vor seinen Augen mit allen erledigten Dingen, mit allen vergessenen Formen seiner selbst und Bens.

Und in seiner Vision erblickte er die sagenhaften, verlorenen, die im Treibsand verschütteten Städte: das siebentorige Theben und all die Tempel der daulischen und phokischen Lande und das ganze Oenotria bis hinauf zum Tyrrhenischen Golf. Versunken in die Graburne des Erdreichs sah er die entschwundenen Kulturen: die fremde, ursprungslose Pracht der Inkas; die Bruchstücke verlorener Epen auf den Scherben gnossischer Töpfereien; die verschütteten Königsgrüfte von Memphis und den Staub der Pharaonen, umwunden mit Gold und linnenen Binden, deren Faser zerfiel . . . tot mitsamt ihren tausend Tiergöttern, ihren stummen, unerwachten Uschtaben, in ihren vollendeten Ewigkeiten.

Er sah die Billion der auf Erden Lebenden und die tausend Billionen der Toten; ausgetrocknete Meere, überflutete Wüsten, ertrunkene Gebirge; und Götter und Dämonen kamen aus dem Süden, herrschten über das kleine Raketengeleucht von Jahrhunderten und sanken dahin – kamen zu ihrem Todesnordlicht, dem murmelnden, todflackernden Dämmer der vollendeten Götter.

Die Rassen taumelten dahin auf ihrem Marsch zum Untergang, die riesenhaften Rhythmen der Erde aber blieben. Die Jahreszeiten zogen auf in majestätischer Prozession, und immer wieder kam der keimkräftige Frühling – neue Saaten, neue Menschen, neue Ernten, neue Götter.

Und dann die Reise, das Fahren und Fahnden nach dem glückseligen Land. In diesem Augenblick seiner furchtbaren Vision sah Eugene im qualhaften Getriebe von tausend fremden Orten seine immer vereitelte Suche nach seinem Selbst. Und sein heimgesuchtes Gesicht war besessen von jenem dunklen und leidenschaftlichen Hunger, der sein Weberschiffchen über die Meere geführt hatte und den Einschlagfaden zwischen den Pennsylvania-Deutschen hindurchzog, jenem Hunger, der seines Vaters Augen verdunkelt hatte mit dem unfaßbaren Verlangen nach behauenem Stein und dem Kopf eines Engels. Und er, der von den Bergen Heimgesuchte, dessen Erdenschau vom Wall der Bergwände umstellt war, er sah die goldenen Städte vor seinen Augen zerfallen, sah, wie der üppig-dunkle Glanz einer schmutziggrauen Trübe anheimfiel. Sein Hirn war krank von der Million Bücher, seine Augen waren krank von der Million Bilder, sein Leib war hinfällig von hundert fürstlichen Weinen.

Aus seiner Vision auftauchend, schrie er: «Ich bin nicht dort in den Städten. Ich habe Millionen Straßen abgesucht, bis der Bocksruf in meiner Kehle erstarb, und ich habe keine Stadt gefunden, wo ich war, keine Tür gefunden, wo ich eintrat, keine Stätte gefunden, wo ich stand.»

Vom Rand der mondhellen Stille erwiderte Ben: «Dummkopf! Warum suchst du auf Straßen?» Dann sagte Eugene: «Gegessen und getrunken hab ich die Erde, ich bin verlorengegangen und geschlagen worden, und nun will ich nicht weitergehn.»

«Dummkopf!» sagte Ben. «Was willst du denn finden?»

«Mich selbst und ein Ende des Hungers und das glückselige Land», antwortete er. «Denn ich glaube, daß am Ende Häfen sind. O Ben, Bruder und Geist und Fremder, der du nie sprechen konntest, steh mir nun Antwort!» Und als er noch nachdachte, sagte Ben: «Das glückselige Land gibt es nicht. Und ein Ende des Hungers gibt es nicht.»

«Und ein Stein, ein Blatt, eine Tür? Ben . . .?» sprach er, fuhr er sprachlos sprechend fort. «Die sind, die nie waren, Ben, Erscheinungen meines Hirns, so wie ich Erscheinung deines Hirns bin, mein Geist, mein Fremder, der starb, der nie gelebt hat, so wie ich? Aber, falls du hättest, was ich nicht habe, du verlorene Erscheinung meines träumenden Hirns – eine Antwort?»

Die Stille sprach. («Ich kann nicht von Reisen reden, ich gehör hierher, ich bin nie von hier weggekommen», sagte Ben.)

«Und mein Ich, die Erscheinung deines Hirns, Ben? Dein Fleisch ist tot und in diesen Bergen begraben worden. Und meine uneingesperrte Seele jagt durch Millionen Straßen, auf denen das Leben treibt, und durchläuft ihren gespenstischen Alptraum von Hunger und Gier. Wo, Ben, wo ist die Welt?»

«Nirgends», sagte Ben. «Du bist deine Welt.»

Unvermeidliche Katharsis durch die Verstrickung aus Chaos.

Unfehlbare Pünktlichkeit des Geschicks. Zugespitzte Summierung des Erledigten aus den billionenfachen Toden, die die Möglichkeit stirbt.

«Ich werde ein Land unbesucht lassen», sagte Eugene. *Et ego in Arcadia.*

Als er dies sprach, sah er, daß er die Million Stadtskelette und den aufgerollten Strang der Straßen verlassen hatte. Er war allein mit Ben, sie standen mit den Füßen auf der Dunkelheit, ihre Gesichter waren erhellt vom kalten, hohen Schrecken der Sterne.

Am Rand der Dunkelheit stand er und besaß nur noch den Traum von allem: den Traum der Städte, der Million Bücher, der schemenhaften Abbilder der Menschen, die er geliebt hatte, die ihn geliebt hatten, die er gekannt und verloren hatte. Sie werden nicht wiederkommen. Sie werden nie wieder zurückkommen.

Mit den Füßen auf der Felsklippe der Dunkelheit stehend, spähte er aus und sah keiner Städte Licht. Das ist, dachte er, des Todes gute, starke Medizin.

«Ist dies das Ende?» fragte er. «Habe ich Leben verzehrt und ihn nicht gefunden? Dann will ich nicht länger reisen.»

«Dummkopf!» sagte Ben. «*Dies* ist das Leben. Du bist nirgendwo gewesen.»

«Aber in den Städten?»

«Es gibt keine. Es gibt nur die eine Reise, die erste, die letzte, die einzige Reise.»

«An Küsten fremder als Cipango, an Orten ferner als Fez werde ich ihn jagen und finden, den Geist und Heimsucher meiner selbst. Ich hab das Blut, das mich nährte, verloren, ich starb die hundert Tode, die zum Leben führen. Mit dem langsamen Donner von Pauken, am Ausflackern sterbender Städte vorbei, bin ich an diesen dunklen Ort gekommen. Und dies ist die wirkliche Reise, die gute, die beste Reise. Und nun bereite dich, meine Seele, denn die Suche beginnt. Ich werde Meere erforschen, fremder noch als das Meer, das der Albatros heimsuchte.»

Er stand nackt und allein in der Dunkelheit, fern von der verlorenen Welt der Straßen und Gesichter; er stand auf dem Bollwerk seiner Seele, vor dem verlorenen Land seiner selbst; er hörte den Murmellaut der im Binnenland verlorenen Meere und der Hörner ferne, innere Musik. Die letzte Reise, die längste, die beste.

«O du jäher, unfaßbarer, in den Dickichten meines Ichs verlorener Faun, ich werde dich jagen und stellen, bis du aufhörst, meine Augen mit Hunger heimzusuchen. Ich hörte deiner Tritte Hall in der Wüste; ich sah deinen Schatten in alten, begrabenen Städten; ich hörte dein Lachen durch eine Million Straßen schallen. Aber dort fand ich dich nicht. Und im Wald hängt kein Blatt für mich, auf den Bergen werde ich keinen Stein aufheben, in keiner Stadt werde ich die Tür finden. Aber in der Stadt meiner selbst, auf dem Kontinent meiner Seele werde ich die vergessene Sprache finden, die verlorene Welt, eine Tür, wo ich eintreten darf, und seltsamere Musik hören als je erklang. Und dich werde ich heimsuchen, Geist, auf den labyrinthischen Wegen bis . . . bis? O Ben, mein Geist, eine Antwort?»

Aber während er sprach, verschnörkelte sich die Schau der phantomischen Jahre; nur Bens Augen noch – antwortlos – brannten furchtbar in der Dunkelheit.

Und es tagte; Vögel erwachten; der Square lag gebadet im jungen Perlglanz des Morgens. Ein leichter Wind flatterte über den Platz, und er blickte zu Ben hinüber und sah ihn wie eine Rauchfahne mit dem Frühlicht verschmelzen.

Und die Engel auf Gants Terrasse standen erfroren in der harten Marmorstille, und in der Nachbarschaft erwachte das Leben mit hartem Rädergerassel und dem gemächlichen Klapperklang eisenbeschlagener Hufe. Und Eugene hörte den langen, klagenden Pfiff eines Zuges unten am Fluß.

Jedoch, als er da zum letztenmal neben den Engeln auf seines Vaters Terrasse stand, schien es ihm, als sei der Square bereits fern und verloren; oder, anders gesagt: er war wie ein Mann, der auf dem Berg steht über einer Stadt, die er verlassen hat, jedoch nicht sagt: «Die Stadt ist nah», sondern seine Augen auf die fernen, schwingenden Bergketten richtet.

Es führt kein Weg zurück
Roman
Deutsch von Susanna Rademacher
rororo 4753

Tod, der stolze Bruder
Sämtliche Erzählungen
Deutsch von Hans Schiebelhuth
und Susanna Rademacher
448 Seiten. Gebunden

Briefe
Herausgegeben von Elizabeth Nowell
Deutsch von Susanna Rademacher
624 Seiten und 1 Foto. Gebunden

Gesammelte Werke
in 6 Bänden
Gebunden

Die Stories
Gesammelte Erzählungen
Sonderausgabe. Gebunden

Fiesta
Sonderausgabe. Gebunden
und als rororo 5

In einem andern Land
rororo 216

In unserer Zeit
15 stories
rororo 278

Männer ohne Frauen
14 stories
rororo 279

Der Sieger geht leer aus
14 stories
rororo 280

Der alte Mann und das Meer
rororo 328

Schnee auf dem
Kilimandscharo
6 stories
rororo 413

Über den Fluß
und in die Wälder
rororo 458

Haben und Nichthaben
rororo 605

Die grünen Hügel Afrikas
rororo 647

Tod am Nachmittag
rororo 920

Paris – ein Fest fürs Leben
Gebunden und als rororo 1438

49 Depeschen
Gebunden und als rororo 1533

Die Sturmfluten
des Frühlings
Gebunden und als rororo 1716

Inseln im Strom
rororo 4080

Die Nick Adams Stories
rororo 5091

Der Abend vor der Schlacht
Stories aus dem spanischen
Bürgerkrieg
Gebunden und als rororo 5173

Ausgewählte Briefe
1917-1961
«Glücklich wie die Könige»
Gebunden

JOHN UPDIKE

Das Fest am Abend
Gebunden und als rororo 1625

Hasenherz
Rabbit Run
Gebunden und als rororo 5398

Der Zentaur
Gebunden und als rororo 4421

Auf der Farm
Gebunden

Henry Bech
rororo 5448

Unter dem Astronautenmond
Rabbit Redux
Gebunden und als rororo 4151

Ehepaare
Gebunden und als rororo 1488

Der Sonntagsmonat
Gebunden und als rororo 4676

Heirate mich!
Gebunden und als rororo 4982

Der Coup
Gebunden und als rororo 5667

Der weite Weg zu zweit
Gebunden

Bessere Verhältnisse
Rabbit is Rich
Gebunden

Die Hexen von Eastwick
Gebunden

Werben um die eigene Frau
Gebunden

ROWOHLT

V.
Roman. Deutsch von Dietrich Stössel
und Wulf Teichmann. Nachwort von Elfriede Jelinek
554 Seiten. Broschur

Die Versteigerung
von No. 49
Roman. Deutsch von Wulf Teichmann
rororo 5717

Die Enden der Parabel
Gravity's Rainbow. Roman
Deutsch von Elfriede Jelinek und Thomas Piltz
1184 Seiten. Broschur

Spätzünder
Frühe Erzählungen
Deutsch von Thomas Piltz
und Jürg Laederach
235 Seiten. Kartoniert

Heinz Ickstadt (Hg.)
Ordnung und Entropie
Zum Romanwerk von Thomas Pynchon
331 Seiten. Broschur